CONTES
DE BOCCACE

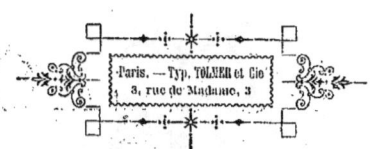

Paris. — Typ. TOLMER et Cie
3, rue de Madame, 3

CONTES
DE BOCCACE

LE DÉCAMÉRON

ÉDITION ILLUSTRÉE D'UN GRAND NOMBRE DE DESSINS INTERCALÉS
DANS LE TEXTE

Gravés par les principaux Artistes

TRADUCTION NOUVELLE

Il lui mit un anneau au doigt et la renvoya.

PARIS

VICTOR BUNEL, ÉDITEUR

3, RUE DE L'ABBAYE, 3

ANCIEN PALAIS ABBATIAL

—

1881

PROLOGUE

Il faut plaindre les affligés : c'est une loi de l'humanité; la compassion
sied à tous, mais à personne plus qu'à ceux qui en ont eu besoin, et en ont
éprouvé les salutaires effets. Si jamais homme en ressentit les bienfaits, c'est
moi. Dès ma plus tendre jeunesse, je devins éperdument amoureux d'une
dame d'un mérite éclatant, d'une naissance illustre, trop illustre peut-être
pour un homme de basse condition comme moi; quoi qu'il en soit, les discrets confidents de ma passion, loin de blâmer mes sentiments, les louèrent
fort et ne m'en considérèrent que mieux; cependant j'éprouvais un violent
tourment, non pas que j'eusse à me plaindre des cruautés de ma dame,
mais parce que le feu qui me dévorait excitait en moi des ardeurs inextin-
guibles : dans l'impossibilité de les satisfaire, à cause de leur excès, mes
tortures étaient affreuses. J'en serais mort sans aucun doute, si ne m'é-
taient venues en aide les consolations d'un ami, qui entreprit de faire

a

diversion à mes chagrins en m'entretenant de choses intéressantes et agréables.

Mais, grâce à Celui dont la puissance est sans bornes et qui veut que, par une loi immuable, toutes choses en ce monde aient une fin, mon amour, dont l'effervescence était telle qu'aucune considération de prudence, de déshonneur évident ou de péril n'en pouvait triompher ni apaiser la violence, s'amoindrit lui-même avec le temps, de manière à ne plus me laisser dans l'esprit qu'un doux sentiment. J'aime à présent comme il faut aimer pour être heureux ; je ressemble à celui qui, sur mer se contente d'une navigation unie et ne se lance pas à travers les aventures. Toute fatigue a sa peine : je sens tout ce qu'il y a de délicieux dans le repos. Bien que mes tourments aient cessé, je n'ai cependant pas perdu la mémoire du bienfait que j'ai reçu de ceux qui, par l'affection qu'ils me portaient, souffraient de mes douleurs. Non, jamais ce souvenir ne s'effacera : la tombe seule l'éteindra. Et comme la reconnaissance est, à mon sens, la plus louable de toutes les vertus, et l'ingratitude le plus odieux de tous les vices, pour ne pas paraître ingrat, j'ai résolu, à présent que j'ai recouvré ma liberté, de donner quelques consolations, sinon à ceux qui m'en ont donné et qui n'en ont peut-être pas besoin, du moins à ceux à qui elles peuvent être nécessaires.

Plus on est malheureux plus on souffre, mieux les consolations sont reçues : aussi dois-je adresser les miennes, encore bien qu'elles soient fort peu de chose, aux dames plutôt qu'aux hommes. La délicatesse, la pudeur, leur font souvent cacher la flamme amoureuse qui les brûle ; c'est un feu d'autant plus violent qu'il est enseveli : ceux-là seuls le savent qui l'ont éprouvé. D'ailleurs, sans cesse contraintes de renfermer en elle-mêmes leurs volontés et leurs désirs, esclaves des pères, des mères, des frères, des maris, qui, la plupart du temps les retiennent prisonnières dans l'étroite enceinte de leur chambre, où elles demeurent oisives, elles sont livrées aux caprices de leur imagination qui travaille ; mille pensées diverses les assiégent à la même heure, et il n'est pas possible que ces pensées soient toujours gaies. Vienne à s'allumer dans leur cœur l'amoureuse ardeur, arrive aussitôt la mélancolie qui s'empare d'elles, et que chasse seul un joyeux entretien.

On doit en outre demeurer d'accord qu'elles ont beaucoup moins de force que les hommes pour supporter les chagrins de l'amour. La condition des amants est d'ailleurs beaucoup moins misérable ; c'est chose facile à voir. Ont-ils quelque grave sujet de tristesse, ils peuvent se plaindre, et c'est déjà un grand soulagement ; ils peuvent, si bon leur semble, se promener, courir les spectacles, prendre cent exercices divers ; aller à la chasse, à la pêche, courir à pied, à cheval, faire le commerce. Ce sont autant de moyens de distraction qui peuvent guérir en tout ou en partie du moins, pour un temps plus ou moins long, le mal que l'on souffre; puis, de manière ou d'autre, les consolations arrivent et la douleur s'en va.

Pour réparer autant qu'il est en moi les torts de la fortune, qui a donné le moins de sujets de distraction au sexe le plus faible, je me propose, pour venir en aide à celles qui aiment (car pour les autres il ne leur faut que l'aiguille et le fuseau); de raconter cent nouvelles, ou fables, ou paraboles, ou histoires, à notre choix. Ces Contes sont divisés en dix journées et racontés par une honnête société composée de sept dames et de trois cavaliers, durant la peste qui a tout dernièrement causé une si effrayante mortalité : de temps en temps les aimables dames chantent les chansons qu'elles préfèrent. On trouvera dans ces nouvelles plusieurs aventures galantes tant anciennes que modernes : les dames qui les liront y trouveront du plaisir et des conseils utiles; elles verront par ces exemples ce qu'il faut éviter et ce qu'il faut imiter. Si cela arrive (et Dieu veuille qu'il en soit ainsi), j'en rendrai grâce à l'amour, qui, en me délivrant de ses chaînes, m'a mis en état de pouvoir tenter quelque chose qui puisse plaire aux dames.

CONTES

DE

BOCCACE

LE DÉCAMÉRON

ÉDITION ILLUSTRÉE D'UN GRAND NOMBRE DE DESSINS INTERCALÉS DANS LE TEXTE
GRAVÉS PAR LES PRINCIPAUX ARTISTES

TRADUCTION NOUVELLE

PARIS
VICTOR BUNEL, ÉDITEUR, 3, RUE DE L'ABBAYE, 3.

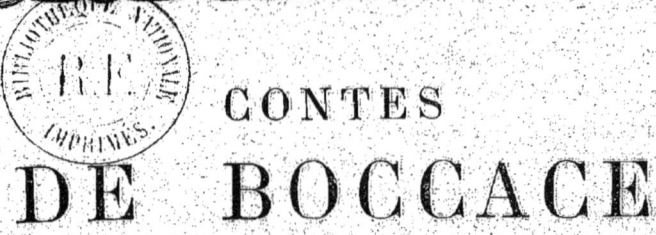

CONTES
DE BOCCACE

PREMIÈRE JOURNÉE

INTRODUCTION

 'an 1348, la peste se répandit dans Florence, la plus belle de toutes les villes d'Italie. Quelques années auparavant, ce fléau s'était fait ressentir dans diverses contrées d'Orient, où il enleva une qantité prodigieuse de monde. Ses ravages s'étendirent jusque dans une partie de l'Occident. Il y fit, en très peu de jours, des progrès rapides, malgré la vigilance des magistrats, qui n'oublièrent rien pour mettre les habitants à l'abri de la contagion. Mais ni le soin qu'on eut de nettoyer la ville de plusieurs immondices, ni la précaution de n'y laisser entrer aucun malade, ni d'autres règlements très sages, ne purent les en garantir.

Pendant le temps de cette calamité, un mardi matin, sept jeunes dames, en habit de deuil, comme la circonstance présente semblait l'exiger, se rencontrèrent dans l'église de Sainte-Marie-la-Nouvelle. La plus âgée avait à peine accompli vingt-huit ans, et la plus jeune n'en avait pas moins de dix-huit. Elles étaient toutes unies par les liens du sang, ou par ceux de l'amitié; toutes de bonne maison, belles, sages, honnêtes et remplies d'esprit. Je ne les nommerai pas par leur propre nom, parce que, les contes que je publie étant leur ouvrage, et les lois du plaisir et de l'amusement étant plus sévères aujourd'hui qu'elles ne l'étaient alors, je craindrais, par cette indiscrétion de blesser la mémoire des unes et l'honneur de celles qui vivent encore. Je ne veux pas d'ailleurs fournir aux esprits envieux et malins des armes pour s'égayer sur leur compte; mais, afin de pouvoir faire connaître ici ce que disait chacune de ces dames, je leur donnerai un nom conforme, en tout ou en partie, à leur caractère et à leurs qualités. Je nommerai la première, qui était la plus âgée, *Pampinée;* la seconde, *Flamette;* la troisième, *Philomène;* la quatrième, *Émilie;* la cinquième, *Laurette;* la sixième, *Néiphile;* et je donnerai, non sans sujet, à la dernière, le nom d'*Élise.*

Ces dames, s'étant donc rencontrées, par hasard, dans un coin de l'église, s'approchèrent l'une de l'autre, après que l'office fut fini, et formèrent un cercle. Elles poussèrent d'abord de grands soupirs, en se regardant mutuellement, et commencèrent à s'entretenir sur le fléau qui désolait leur patrie. Mme Pampinée prit aussitôt la parole : « Mes chères dames, dit-elle, vous avez sans doute, ainsi que moi, ouï dire que celui qui use honnêtement de son droit ne fait injure à personne. Rien n'est plus naturel à tout ce qui respire que de chercher à défendre et à conserver sa vie autant qu'il le peut.

« Je ne sais si vous l'éprouvez comme moi; mais, quand je rentre au logis et que je n'y trouve que ma servante, j'ai une si grande peur que tous mes cheveux se dressent sur la tête. »

Ses compagnes l'ayant interrompue pour lui dire que leur sort était tout aussi désagréable que le sien, elle reprit aussitôt la parole pour leur faire remarquer que, de toutes les personnes qui avaient un endroit à pouvoir se retirer hors de la ville, elles étaient peut-être les seules qui n'en eussent pas profité.

« Que de femmes jeunes comme nous, que de jeunes gens aimables, frais et bien constitués, ont été les tristes victimes de l'épidémie! Ainsi, pour ne pas éprouver un pareil sort, qu'il ne sera peut-être pas dans deux jours en notre pouvoir d'éviter, mon avis serait, si vous le trouvez bon, que nous imitassions ceux qui sont sortis ou qui sortent de la ville et que, fuyant la mort ou les mauvais exemples qu'on donne ici, nous nous retirassions honnêtement dans quelqu'une de nos maisons de campagne pour nous y livrer à la joie et aux plaisirs, sans toutefois passer en aucune manière les bornes de la raison et de l'honneur. Là, nous entendrons le doux chant des petits oiseaux ; nous contemplerons l'agréable verdure des plaines et des coteaux, nous jouirons de la beauté de mille espèces d'arbres chargés de fleurs et de fruits ; les épis ondoyants nous offriront l'image d'une mer doucement agitée.

« Ainsi, si vous voulez me croire, prenant avec nous nos servantes et tout ce qui nous est nécessaire, nous irons, dès aujourd'hui, parcourir les lieux les plus agréables de la campagne, pour y prendre tous les divertissements de la saison, jusqu'à ce que nous voyions quel train prendront les calamités publiques. Faites attention surtout, mesdames, que l'honneur même nous invite à sortir d'une ville où règne un désordre général, et où l'on ne peut demeurer plus longtemps sans exposer sa vie ou sa réputation. »

Ce discours de Mme Pampinée reçut une approbation générale. Ses compagnes furent si enchantées de son projet qu'elles avaient déjà cherché en elles-mêmes des moyens pour l'exécution, comme si elles eussent dû partir sur l'heure. Cependant Mme Philomène, femme très sensée, crut devoir leur communiquer ses observations : « Quoique ce que vient de proposer Mme Pampinée soit très raisonnable et très bien vu, dit-elle, il ne serait pourtant pas sage de l'exécuter sur-le-champ, comme il semble que nous voulons le faire. Nous sommes femmes, et il n'en est aucune, parmi nous, qui ignore que, sans la conduite de quelque homme, nous ne savons pas nous gouverner. Nous sommes faibles, inquiètes, soupçonneuses, craintives et naturellement peureuses : ainsi, il est à craindre que notre société ne soit pas de longue durée, si nous n'avons un guide et un soutien. Il faut donc nous occuper d'abord de cet objet, si nous voulons soutenir avec honneur la démarche que nous allons faire.

— Et véritablement, répondit Élise, les hommes sont les chefs des femmes. Il ne nous sera guère possible de faire rien de bon ni de solide, si nous sommes privés de leur secours. Mais comment pourrons-nous avoir des hommes ? Les maris de la plupart de nous sont morts ; et ceux qui ne le sont pas courent le monde, sans que nous sachions où ils peuvent être actuellement. Prendre des inconnus ne serait pas décent. Il faut pourtant que nous songions à conserver notre santé et à nous garantir de l'ennui du mieux qu'il nous sera possible. »

Pendant qu'elles s'entretiennent ainsi, elles voient entrer dans l'église trois jeunes gens, dont le moins âgé n'avait pourtant pas moins de vingt-cinq ans. Les malheurs du temps, la perte de leurs amis, celle de leurs parents, les dangers dont ils étaient eux-mêmes menacés, ne les affectaient pas assez pour leur faire oublier les intérêts de l'amour. L'un d'eux s'appelait Pamphile ; l'autre Philostrate ; et le dernier, Dionéo : tous trois polis, affables et bien faits. Ils étaient venus en ce lieu dans l'espérance d'y rencontrer leurs maîtresses, qui effectivement se trouvèrent parmi ces dames, dont quelques-unes étaient leurs parentes.

Mme Pampinée ne les eut pas plutôt aperçus : « Voyez, dit-elle en souriant, comme la fortune seconde nos projets et nous présente à point nommé trois aimables chevaliers, qui se feront un vrai plaisir de nous accompagner, si nous le leur proposons. — O ciel ! vous n'y pensez pas, s'écrie alors Néiphile ; faites bien attention, madame, à ce que vous dites. J'avoue qu'on ne peut parler que très avantageusement de ces messieurs ; je n'ignore pas combien ils sont honnêtes ; je conviens encore qu'ils sont très propres à répondre à nos vœux, au delà même de tout ce que nous pouvons désirer ; mais comme personne n'ignore qu'ils rendent des soins à quelques-unes d'entre nous, n'est-il pas à craindre, si nous les engageons à nous suivre, qu'on n'en glose, et que notre réputation n'en souffre ? — N'importe, dit Mme Philomène en l'interrompant, je me moque de tout ce qu'on pourra dire, pourvu que je me conduise honnêtement et que ma conscience ne me reproche rien. Je ne craindrai donc pas de convenir hautement, avec Mme Pampinée, que, si ces aimables messieurs acceptent la partie, nous n'avons qu'à nous féliciter du sort qui nous les envoie. »

Les autres dames se rangèrent de son avis ; et toutes, d'un commun accord, dirent qu'il fallait les appeler, pour leur faire la proposition. Mme Pampinée, qui était alliée à l'un deux, se leva, alla gaiement leur communiquer leur dessein et les pria, de la part de toute la compagnie, de vouloir bien être de leur voyage. Ils crurent d'abord qu'elle plaisantait ; mais voyant ensuite qu'elle parlait sérieusement, ils répondirent qu'ils se feraient un vrai plaisir de les accompagner partout où bon leur semblerait. Ils s'avancèrent vers les autres dames, et, leur cœur plein de joie, ils prirent avec elles tous les arrangements nécessaires pour le départ, fixé au lendemain.

Tout le monde fut prêt à la pointe du jour. Chacun arrivé au rendez-vous, on partit gaiement, les dames accompagnées de leurs servantes, et les messieurs de leurs domestiques. L'endroit qu'ils avaient d'abord indiqué n'était qu'à une lieue de la ville : c'était une petite colline, un peu éloignée, de tous côtés, des grands chemins, couverte de mille tendres arbrisseaux. Sur son sommet était situé un château magnifique. On y entrait par une vaste cour bordée de galeries. Les appartements en étaient commodes, riants et ornés des plus riches peintures. Autour du château régnait une superbe terrasse, d'où la vue s'étendait au loin dans la campagne. Les jardins, arrosés de belles eaux, offraient le spectacle varié de toutes sortes de fleurs. Les caves étaient pleines de vins excellents, objet plus précieux pour des buveurs que pour des femmes sobres et bien élevées.

La compagnie fut à peine arrivée et réunie dans un salon garni de fleurs et d'herbes odoriférantes que Dionéo, le plus jeune et le plus enjoué de tous, commença la conversation par dire : « — Votre instinct, mesdames, en nous conduisant ici, nous a mieux servis que n'aurait fait toute notre prudence. Je ne sais ce que vous avez résolu de faire de vos soucis : pour moi, j'ai laissé les miens à la porte de la ville. Ainsi préparez-vous à rire, à chanter, à vous divertir avec moi ; sinon, permettez que je retourne promptement à Florence, reprendre ma mauvaise humeur. — Tu parles comme un ange, répondit Mme Pampinée ; oui, il faut se réjouir et avoir de la gaieté, puisque ce n'est que pour bannir le deuil et la tristesse que nous avons quitté la ville. Mais comme il n'y a point de société qui puisse subsister sans règlements et que c'est moi qui ai formé le projet de celle-ci, je crois devoir proposer un moyen propre à l'affermir et à prolonger nos plaisirs : c'est de donner à l'un de nous l'intendance de nos amusements, de lui accorder à cet égard une autorité sans bornes, et de le regarder, après l'avoir élu, comme s'il était effectivement notre supérieur et notre maître ; et afin que chacun de nous supporte à son tour le poids de la sollicitude et goûte pareillement le plaisir de gouverner, je serais d'avis que le règne de cette espèce de souverain ne s'étendît pas au-delà d'un jour, qu'on l'élût à présent, et qu'il eût seul le droit de désigner son successeur, lequel nommerait pareillement celui ou celle qui devrait le remplacer. »

Cet avis fut généralement applaudi, et tous, d'une voix, élurent donc Mme Pampinée pour être reine, cette première journée. Aussitôt Mme Philomène alla couper une branche de laurier dont elle fit une couronne qu'elle lui plaça sur la tête comme une marque de la dignité royale. Après avoir été proclamée et reconnue souveraine, Mme Pampinée ordonna un profond silence, fit appeler les domestiques des trois messieurs, et les servantes, qui n'étaient qu'au nombre de quatre ; puis elle parla ainsi :

« Pour commencer à faire régner l'ordre et le plaisir dans notre société, et pour vous engager, messieurs et dames, à m'imiter à votre tour, à me surpasser même dans le choix des moyens, je fais Parmeno, domestique de Dionéo, notre maître d'hôtel et le charge, en conséquence, de veiller à tout ce qui concernera le service de la table. Sirisco, domestique de Pamphile, sera notre trésorier et exécutera de point en point les ordres de Parmeno. Pour Tindaro, domestique de Philostrate, il servira non seulement son maître, mais encore les deux autres messieurs, quand leurs propres domestiques n'y pourront pas vaquer. Ma femme de chambre et celle de Mme Philomène travailleront à la cuisine et prépareront avec soin les viandes qui leur seront fournies par le maître d'hôtel. La domestique de Mme Laurette et celle de Mme Flamette feront l'appartement de chaque dame, et auront soin d'entretenir dans la propreté la salle à manger, le salon de compagnie, et généralement tous les lieux fréquentés du

château. Faisons savoir en outre, à tous en général, et à chacun en particulier, que quiconque désire de conserver nos bonnes grâces se garde
bien, en quelque lieu qu'il aille, de quelque part qu'il vienne, quelque
chose qu'il voie ou qu'il entende, de nous apporter ici des nouvelles tant
soit peu tristes ou désagréables. »

Après avoir ainsi donné ses ordres en gros, la reine permit aux dames
et aux messieurs d'aller se promener dans les jardins jusqu'à neuf heures,
qui était le temps où l'on devait dîner. La compagnie se sépare : les uns
vont sous des berceaux charmants, où ils s'entretiennent de mille choses
agréables ; les autres vont cueillir des fleurs et forment de jolis bouquets
qu'ils distribuent à ceux qui les aiment. On court, on folâtre, on chante des
airs tendres et amoureux.

A l'heure marquée, les uns et les autres rentrèrent dans le château, où
ils trouvèrent que Parmeno n'avait pas mal commencé à remplir sa charge.
Ils furent introduits dans une salle embaumée par le parfum des fleurs, et
où la table était dressée. On servit bientôt des mets délicatement préparés :
des vins exquis furent apportés dans des vases plus clairs que le cristal,
et la joie éclata pendant tout le repas.

Après le dîner, Dionéo, pour obéir aux ordres de Pampinée, prit un luth,
et Flamette une viole. La reine et toute la compagnie dansèrent au son de
ces instruments. Le chant suivit la danse, jusqu'à ce que Pampinée jugeant
à propos de se reposer. Chacun se retira dans sa chambre et se jeta sur
un lit parsemé de roses. Vers une heure après midi, la reine, s'étant levée,
fit éveiller les hommes et les femmes, donnant pour raison que trop dormir
nuisait à la santé. On alla dans un endroit du jardin que le feuillage des
arbres rendait impénétrable aux rayons du soleil, où la terre était couverte
d'un gazon de verdure, et où l'on respirait un air frais et délicieux. Tous
s'étant assis en cercle selon l'ordre de la reine : « — Le soleil, leur dit-
elle, n'est qu'au milieu de sa course, et la chaleur est encore moins vive ;
nous ne pourrions en aucun autre lieu être mieux qu'en cet endroit, où le
doux zéphir semble avoir établi son séjour. Voilà des tables et des échecs
pour ceux qui voudront jouer ; mais si mon avis est suivi, on ne jouera
point. Dans le jeu, l'amusement n'est pas réciproque : presque toujours l'un
des joueurs s'impatiente et se fâche, ce qui diminue beaucoup le plaisir de
son adversaire, ainsi que celui des spectateurs. Ne vaudrait-il pas mieux
raconter quelques histoires, dire quelques jolis contes, en fabriquer même,
si l'on n'en sait pas? Dans ces sortes d'amusements, celui qui parle et
celui qui écoute sont également satisfaits. Si ce parti vous convient, il est
possible que chacun de nous ait raconté sa petite nouvelle avant que la
chaleur du jour soit tombée; après quoi, nous irons où bon nous semblera.
Je dois pourtant vous prévenir que je suis très disposée à ne faire en ceci

La Reine et toute la compagnie dansèrent au son de ces instruments.

que ce qui vous plaira davantage. Si vous êtes à cet égard d'un sentiment contraire, je vous laisse même la liberté de choisir le divertissement que vous jugerez le meilleur. »

Les dames et les messieurs répondirent unanimement qu'ils n'en connaissaient point de plus agréable que celui qu'elle proposait. « J'aime les contes à la fureur, dit l'enjoué Dionéo. Oui, madame, il faut dire des contes : rien n'est plus divertissant.

2

—————

— Puisque vous pensez tous comme moi, répliqua Mᵐᵉ Pampinée,
je vous permets de parler sur la matière qui vous paraîtra la plus gaie et
la plus amusante. » Alors, se tournant vers Pamphile, qui était assis à sa
droite, elle le pria gracieusement de commencer; et Pamphile obéit en
racontant l'histoire que vous allez lire.

NOUVELLE PREMIÈRE

LE PERVERS INVOQUÉ COMME UN SAINT

l y avait autrefois en France un nommé François Musciat, qui, de riche marchand, était devenu un grand seigneur de la cour. Il eut l'ordre d'accompagner en Toscane
Charles-sans-Terre, frère du roi de France, que le pape
Boniface y avait appelé. Les dépenses qu'il avait faites
avaient mis ses affaires en désordre, comme le sont le
plus souvent celles des marchands; et, prévoyant qu'il lui
serait impossible de les arranger avant son départ, il se détermina à les mettre entre les mains de plusieurs personnes. Une
seule chose l'embarrassait : il était en peine de trouver un
homme assez intelligent pour recouvrer les sommes qui lui
étaient dues par plusieurs Bourguignons. Il savait que les Bourguignons étaient gens de mauvaise composition, chicaneurs, brouil-
lons, calomniateurs, sans honneur et sans foi, tels enfin qu'il n'avait
encore pu rencontrer un homme assez méchant pour leur tenir tête.
Après avoir longtemps réfléchi sur cet objet, il se souvint d'un certain
Chappellet Duprat, qu'il avait vu venir souvent dans sa maison à Paris.
Le véritable nom de cet homme était Chappel; mais, parce qu'il était de
petite stature, les Français lui donnèrent celui de Chappellet, ignorant
peut-être la signification que ce mot avait ailleurs. Quoi qu'il en soit, il était
connu presque partout sous ce dernier nom.

Ce Chappellet était un si galant homme, qu'étant notaire de sa profession, et notaire peu employé, il aurait été très fâché qu'aucun acte eût
passé par ses mains sans être jugé faux. Il en eût fait plus volontiers de
pareils pour rien, que de valides pour un gros salaire. Avait-on besoin d'un
faux témoin, il était toujours prêt; souvent même n'attendait-il pas qu'on
l'en priât. Comme on était alors en France fort religieux pour les serments et
que cet homme ne se faisait aucun scrupule de se parjurer, il gagnait tou-

jours son procès, quand le juge était obligé de s'en rapporter à sa bonne
foi. Son grand amusement était de jeter le trouble et la division dans les
familles ; et il n'avait pas de plus grand plaisir que de voir souffrir son
prochain et d'en être cause. Jetait-on les yeux sur lui pour commettre une
mauvaise action, il n'avait rien à refuser. Comme il était emporté et violent
à l'excès, la moindre contradiction lui faisait blasphémer le nom de Dieu
et celui des saints. Il se jouait des oracles divins, méprisait les sacrements,
n'allait jamais à l'église, et ne fréquentait que les lieux de débauche. Il
aurait volé en secret et en public avec la même confiance et la même tranquillité qu'un saint homme aurait fait l'aumône. Aux vices de la gourmandise et de l'ivrognerie, il joignait ceux de joueur passionné et de filou ; car
ses poches étaient toujours pleines de dés pipés ; en un mot, c'était le plus
méchant homme qui fût jamais né. Les petits et les grands avaient également
ment à s'en plaindre ; et si l'on souffrit si longtemps ses atrocités, c'est
parce qu'il était protégé par Musciat, qui jouissait d'une grande faveur à la
cour, et dont on redoutait le crédit.

Ce courtisan, s'étant donc souvenu de maître Chappellet qu'il connaissait
à fond, le jugea capable de remplir ses vœux, et le fit appeler : « Tu sais,
lui dit-il, que je suis sur le point de quitter tout à fait ce pays-ci. J'ai des
créances sur des Bourguignons, hommes trompeurs et de mauvaise foi, et
je ne connais personne de plus propre que toi pour me faire payer. Comme
tu n'es pas fort occupé à présent, si tu veux te charger de cette commission, j'obtiendrai de la cour des lettres de recommandation, et, pour tes
soins, je te céderai une bonne partie des sommes que tu recouvreras. »

Maître Chappellet, que ses friponneries n'avaient point enrichi, et qui se
trouvait alors découvré, considérant d'ailleurs que Musciat, son seul
appui, était à la veille de quitter la France, se détermina à accepter l'offre,
et répondit qu'il se chargeait volontiers de l'affaire. On convint des conditions. Musciat lui remit ensuite sa procuration et les lettres du roi qu'il lui
avait promises.

Ce seigneur fut à peine parti pour l'Italie, que notre fripon arriva à
Dijon, où il n'était presque connu de personne. Il débuta, contre son ordinaire, par exposer avec beaucoup de douceur et d'honnêteté, aux débiteurs
de Musciat, le sujet qui l'amenait auprès d'eux, comme s'il n'eût voulu se
faire connaître qu'à la fin. Il était logé chez deux Florentins, frères, qui
prêtaient à usure, lesquels, à la considération de Musciat, qui le leur avait
recommandé, lui faisaient beaucoup d'honnêtetés.

Peu de temps après son arrivée, maître Chappellet tomba malade. Les
deux frères firent aussitôt venir des médecins, et lui donnèrent des gens
pour le servir. Ils n'épargnèrent rien pour le rétablissement de sa santé,
mais tout cela fut inutile. Cet homme était déjà vieux ; et comme il avait

passé sa vie dans toute espèce de débauches, son mal alla tous les jours en empirant. Bientôt les médecins désespérèrent de sa guérison, et n'en parlaient plus que comme d'un malade sans ressource.

Les Florentins, sachant son état, témoignèrent de l'inquiétude. « Que ferons-nous de cet homme? se disaient-ils l'un à l'autre dans une chambre assez voisine de celle de Chappellet. Que penserait-on de nous, si on nous voyait mettre si cruellement à la porte un moribond que nous avons si bien accueilli, que nous avons fait servir et médicamenter avec tant de soin, et qui, dans l'état où il est, ne peut nous avoir donné aucun sujet légitime de le congédier? D'un autre côté, il nous faut considérer qu'il a été si méchant, qu'il ne voudra jamais se confesser, ni recevoir les sacrements, et que, mourant dans cet état, il sera jeté, comme un chien, en terre profane. Mais quand il se confesserait, ses péchés sont en si grand nombre et si horribles, que, nul prêtre ne voulant l'absoudre, il serait également privé de la sépulture ecclésiastique. Si cela arrive, comme nous avons tout lieu de le craindre, alors le peuple de cette ville, déjà prévenu contre nous, à cause du commerce que nous faisons, et contre lequel il ne cesse de clabauder, ne manquera pas de nous reprocher la mort de cet homme, de se soulever, et de saccager notre maison. Ces maudits Lombards, dira-t-on, qu'on ne veut pas recevoir à l'église, ne doivent plus être ici supportés : ils n'y sont venus que pour nous ruiner ; qu'on les bannisse de la ville, et, peu content d'avoir mis tous nos effets au pillage, le peuple est capable de tomber sur nos personnes, et de nous chasser lui-même sans autre forme de procès. Enfin, si cet homme meurt, sa mort ne peut avoir que des suites très funestes pour nous. »

Maître Chappellet, qui, comme on le voit dans la plupart des malades, avait l'ouïe fine et subtile, ne perdit pas un mot de cette conversation. Il fit appeler les deux frères. « J'ai entendu, leur dit-il, tout ce que vous venez de dire. Soyez tranquilles, il ne vous surviendra aucun dommage à mon sujet. Il n'est pas douteux que, si je me laissais mourir de la façon dont vous l'entendez, il ne vous arrivât tout ce que vous craignez; mais rassurez-vous, j'y mettrai bon ordre. J'ai tant fait d'outrages à Dieu durant ma vie, que je puis bien lui en faire un autre à l'heure de ma mort, sans qu'il en soit ni plus ni moins. Ayez soin seulement de faire venir ici un saint religieux, si tant est qu'il y en ait quelqu'un : et puis laissez-moi faire. Je vous réponds que tout ira au mieux et pour vous et pour moi. »

Ces paroles rassurèrent peu les Florentins : ils n'osaient plus compter sur la promesse d'un tel homme. Ils allèrent cependant dans un couvent de cordeliers, et demandèrent un religieux aussi saint qu'éclairé, pour venir confesser un Lombard qui était tombé malade chez eux. On leur en donna un très versé dans la connaissance de l'Écriture sainte, et si rempli de piété

et de zèle, quo tous ses confrères et les citoyens avaient pour lui la plus
grande vénération. Il se rendit avec eux auprès du malade; et s'étant assis
au chevet du lit, il lui parla avec beaucoup d'onction, et tâcha de lui inspirer du courage. Il lui demanda ensuite s'il y avait longtemps qu'il s'était
confessé. Maître Chappellet, à qui peut-être cela n'était jamais arrivé, lui
répondit : « Mon père, j'ai toujours été dans l'habitude de me confesser
pour le moins une fois toutes les semaines, et dans certaines occasions je
l'ai fait plus souvent; mais depuis huit jours que je suis tombé malade, la
violence du mal m'a empêché de suivre ma méthode. — Elle est très bonne,
mon enfant, et je vous exhorte à vous y tenir, si Dieu vous fait la grâce de
prolonger votre vie. J'imagine que si vous vous êtes confessé si fréquemment, vous aurez peu de chose à me dire, et moi peu à vous demander. —
Ah! ne parlez pas ainsi, mon révérend père; je ne me confesse jamais
sans ramener tous les péchés que je me rappelle avoir commis, depuis ma
naissance jusqu'au moment de la confession; ainsi je vous supplie, mon
bon père, de m'interroger en détail sur chaque péché, comme si je ne
m'étais jamais confessé. N'ayez aucun égard pour l'état languissant où je
me trouve : j'aime mieux mortifier mon corps que de courir risque de
perdre une âme qu'un Dieu n'a pas dédaigné de racheter de son sang
précieux. »

Ces paroles plurent extrêmement au saint religieux, et lui firent bien
augurer de la conscience de son pénitent. Après l'avoir loué sur sa pieuse
pratique, il commença par lui demander s'il n'avait jamais offensé Dieu
avec quelque femme. « Mon père, répondit Chappellet, en poussant un profond soupir, j'ai honte de vous dire ce qu'il en est. — Dites hardiment,
mon fils : soit en confession, soit autrement, on ne pèche point en disant
la vérité. » — Sur cette assurance, répliqua Chappellet, je vous dirai donc
que je suis encore, à cet égard, tel que je sortis du sein de ma mère. —
Ah! soyez béni de Dieu, s'écria le confesseur. Que vous avez été sage!
Votre conduite est d'autant plus méritoire, que vous aviez plus de liberté
que nous, pour faire le contraire, si vous l'eussiez voulu. Mais n'êtes-vous
jamais tombé dans le péché de gourmandise? — Pardonnez-moi, mon
père! j'y suis tombé plusieurs fois, et en différentes manières; outre les
jeûnes ordinaires pratiqués par les personnes pieuses, j'étais dans l'usage
de jeûner trois jours de la semaine au pain et à l'eau, et je me souviens
d'avoir bu cette eau avec la même volupté que les plus fiers ivrognes boi-
vent le meilleur vin; et surtout dans une occasion où, accablé de fatigue,
j'allais dévotement en pèlerinage. » Il ajouta qu'il avait quelquefois désiré
avec ardeur de manger d'une salade que les femmes cueillent dans les
champs; et qu'il avait aussi trouvé quelquefois son pain meilleur qu'il ne
devait le paraître à quiconque jeûnait, comme lui, par dévotion.

« Tous ces péchés, mon fils, sont assez naturels et assez légers ; ainsi il ne faut pas que votre conscience en soit alarmée. Il arrive à tout homme, quelque saint qu'il puisse être, de prendre du plaisir à manger, après avoir longtemps jeûné, et à boire, après s'être fatigué par le travail. — Il m'est aisé de voir, répondit maître Chappellet, que vous me dites cela pour me consoler ; mais, mon père, je n'ignore pas que les choses que l'on fait pour Dieu doivent être pures et sans tache, et qu'on pèche quand on agit autrement. »

Le père, ravi de l'entendre parler ainsi : « Je suis enchanté, lui dit-il, de votre façon de penser et de la délicatesse de votre conscience. Mais, dites-moi, ne vous êtes-vous jamais rendu coupable du péché d'avarice, en désirant des richesses plus qu'il n'était raisonnable, ou en retenant ce qui ne vous appartenait pas? — Je ne voudrais pas même que vous le pensassiez, répondit le pénitent. Quoique vous me voyiez logé chez des usuriers, je n'ai, grâce à Dieu, rien à démêler avec eux. Si je suis venu dans leur maison, ce n'est que pour leur faire honte et tâcher de les retirer de l'abominable commerce qu'ils font ; je suis même persuadé que j'y aurais réussi, si Dieu ne m'avait envoyé cette fâcheuse maladie. Apprenez donc, mon père, que celui à qui je dois cette vie misérable que je suis sur le point de terminer, me laissa un riche héritage, qu'aussitôt après sa mort, je consacrai à Dieu la plus grande partie du bien qu'il m'avait laissé, et que je ne gardai le reste que pour vivre et secourir les pauvres de Jésus-Christ. Je dois vous dire encore qu'afin de pouvoir leur être d'un plus grand secours, je me mis à faire un petit commerce. J'avoue qu'il m'était lucratif ; mais j'ai toujours donné aux pauvres la moitié de mes bénéfices, réservant l'autre moitié pour mes besoins, en quoi Dieu m'a si fort béni, que mes affaires ont toujours été de mieux en mieux.

— C'est fort bien fait, reprit le religieux? mais combien de fois vous êtes-vous mis en colère? — Oh ! cela m'est souvent arrivé, répondit maître Chappellet, et je mérite vos reproches à cet égard ; mais le moyen de se modérer à la vue de la corruption des hommes qui violent les commandements de Dieu et ne craignent point ses jugements ! Oui, je le déclare à ma honte, il m'est arrivé de dire plusieurs fois le jour, au dedans de moi-même : Ne vaudrait-il pas mieux être mort, que d'avoir la douleur de voir les jeunes gens courir les vanités du siècle, fréquenter les lieux de débauche, s'éloigner des églises, jurer, se parjurer, marcher, en un mot, dans les voies de perdition plutôt que dans celles de Dieu !

— C'est là une sainte colère, dit alors le confesseur, mais n'en avez-vous jamais éprouvé qui vous ait porté à commettre quelque homicide, ou du moins à dire des injures à quelqu'un, ou à lui faire d'autres injustices ? — Comment, mon père, vous qui me paraissez un homme de Dieu, comment pouvez-vous parler ainsi? Si j'avais eu seulement la pensée de faire l'une de ces choses, croyez-vous qu'il m'eût si longtemps laissé sur la terre? C'est à des voleurs et à des scélérats qu'il appartient de faire de telles actions, et je n'ai jamais rencontré aucun de ces malheureux, que je n'aie prié Dieu pour sa conversion.

— Que ce Dieu vous bénisse! reprit alors le confesseur. Mais, dites-moi, mon cher fils, ne vous serait-il pas arrivé de porter faux témoignage contre quelqu'un? N'avez-vous pas médit de votre prochain? — Oui certes, mon révérend père, j'ai dit du mal d'autrui. J'avais jadis un voisin, qui, toutes les fois qu'il avait trop bu, ne faisait que maltraiter sa femme sans sujet. Touché de pitié pour cette pauvre créature, je crus devoir instruire ses parents de la brutalité de son mari.

— Au reste, continua le confesseur, vous m'avez dit que vous aviez été marchand. N'avez-vous jamais trompé quelqu'un, comme le pratiquent assez souvent les gens de cet état? — J'en ai trompé un seul, mon père; car je me souviens qu'un homme m'apporta, un jour, l'argent d'un drap que je lui avais vendu à crédit, et qu'ayant mis cet argent, sans le compter, dans une bourse, je m'aperçus, un mois après, qu'il m'avait donné quatre deniers de plus qu'il ne fallait. N'ayant pu revoir cet homme, j'en fis l'aumône à son intention, après les avoir toutefois gardés plus d'un an. — C'est une misère, mon cher enfant, et vous fîtes très bien d'en disposer de cette façon. »

Le père cordelier fit plusieurs autres questions à son pénitent. Celui-ci répondit à toutes à peu près sur le même ton qu'il avait répondu aux précédentes. Le confesseur se disposait à lui donner l'absolution, lorsque maître Chappellet lui dit qu'il avait encore un péché à lui déclarer. « Quel est ce péché, mon cher fils? — Il me souvient, répond le pénitent, d'avoir fait nettoyer la maison par mon domestique, un saint jour de dimanche ou de fête. — Que cela ne vous inquiète pas, répliqua le ministre du Seigneur : c'est peu de chose. — Peu de chose, mon père! ne parlez pas de la sorte : le dimanche mérite plus de respect, puisque c'est le jour de la résurrection du Sauveur du monde.

— N'avez-vous plus rien à me dire, mon enfant? — Un jour, par distraction, je crachai dans la maison du Seigneur. » A cette réponse, le bon religieux se mit à sourire, et lui fit entendre que ce n'était point là un péché. « Nous qui sommes ecclésiastiques, ajouta-t-il, nous y crachons tous les jours. — Tant pis, mon révérend père; il ne convient pas de souiller par de pareilles vilenies le temple où l'on offre à Dieu des sacrifices. » Après lui avoir débité encore quelque temps de semblables sornettes, notre hypocrite se mit à soupirer, à répandre des pleurs; car ce scélérat pleurait quand il voulait. « Qu'avez-vous donc, mon cher enfant? lui dit le père, qui s'en aperçut. — Hélas ! répondit-il, j'ai sur ma conscience un péché dont je ne me suis jamais confessé, et je n'ose vous le déclarer : toutes les fois qu'il se présente à ma mémoire, je ne puis m'empêcher de verser des pleurs, désespérant d'en obtenir jamais le pardon devant Dieu. — A quoi songez-vous donc, mon fils, de parler de la sorte ? Un homme, fût-il coupable de tous les crimes qui se sont commis depuis que le monde existe, et de tous ceux qui se commettront jusqu'à la fin des siècles, s'il en était repentant et qu'il eût la contrition que vous paraissez avoir, serait sûr d'obtenir son pardon en les confessant, tant la miséricorde et la bonté de Dieu sont grandes ! Déclarez donc hardiment celui que vous avez sur le cœur. — Hélas ! mon père, dit maître Chappellet, fondant toujours en larmes, ce péché est trop grand. J'ai même peine à croire que Dieu veuille me le pardonner, à moins que, par vos prières, vous ne m'aidiez à le fléchir. — Déclarez-le, vous dis-je, sans rien craindre ; je vous promets de prier le Seigneur pour vous. » Le malade pleurait toujours et gardait le silence. Il paraît peu rassuré par ce discours ; il pleure encore et s'obstine dans son silence. Le père le presse, lui parle avec douceur, et fait de son mieux pour lui inspirer de la confiance ; mais il n'en obtient que des gémissements et des sanglots qui le pénètrent de compassion pour le pénitent. Celui-ci, craignant d'abuser enfin de sa patience : « Puisque vous me promettez, lui dit-il en soupirant, de prier Dieu pour moi, vous saurez donc, mon père, vous saurez qu'étant encore petit garçon, je maudis.., ciel ! qu'il m'en coûte d'achever ! je maudis ma mère. » Ce mot échappé, pleurs aussitôt de recommencer. Alors le confesseur, pour le calmer : « Croyez-vous donc, mon enfant, lui dit-il, que ce péché soit si grand ? Les hommes blasphèment Dieu tous les jours ; et cependant, quand ils se repentent sincèrement de l'avoir blasphémé, il leur fait grâce. Pouvez-vous douter, après cela, de sa miséricorde ? Ayez donc confiance en lui, et cessez vos pleurs. Quand même vous auriez été du nombre de ceux qui le crucifièrent, vous pourriez, avec la contrition que vous avez, espérer d'obtenir votre pardon. — Que dites-vous ? reprit avec vivacité maître Chappellet. Avoir maudit ma mère ! ma pauvre mère qui m'a porté neuf mois dans son sein, le jour comme la nuit ; qui m'a porté plus de cent fois à son cou ! C'est un trop grand péché : et il ne me sera jamais pardonné, si vous ne priez Dieu pour moi avec toute la ferveur dont vous êtes capable. »

Le confesseur voyant que le malade n'avait plus rien à dire, le bénit et lui donna l'absolution, le regardant comme le plus sage et le plus saint de tous les hommes ; parce qu'il croyait comme mot d'Évangile tout ce qu'il avait entendu. Eh ! qui ne l'aurait pas cru ? Qui aurait pu imaginer qu'un homme fût capable de trahir à ce point la vérité, dans le dernier moment de sa vie ? « Mon fils, lui dit-il ensuite ; j'espère que vous serez bientôt guéri,

Les emplois ne s'obtenaient que par le crédit des courtisanes,

avec l'aide de Dieu ; mais s'il arrivait qu'il voulût appeler à lui votre âme
pure et sainte, seriez-vous bien aise que votre corps fût inhumé dans notre
couvent ? — Oui, mon révérend Père, et je serais fâché qu'il le fût ailleurs,
puisque vous m'avez promis de prier Dieu pour moi, et que j'ai toujours
eu pour votre ordre une vénération particulière. Mais j'attends de vous une
autre grâce : je vous prie, aussitôt après que vous serez arrivé dans
votre couvent, de me faire apporter, si vous me le permettez, toutefois, le
vrai corps de notre Sauveur, que vous avez consacré ce matin sur l'autel.

3

Je désire de le recevoir, tout indigne que j'en suis, de même que l'extrême onction, afin que, si j'ai vécu en pécheur, je meure du moins en bon chrétien. »

Le saint homme lui répondit qu'il y consentait volontiers; il loua beaucoup son zèle, lui promit de faire ce qu'il désirait, et lui tint parole.

Les deux Florentins, qui craignaient fort que maître Chappellet ne les trompât, s'étaient postés derrière une cloison qui séparait sa chambre de la leur, et, prêtant une oreille attentive, ils avaient entendu toutes les choses que le malade disait au cordelier, dont quelques-unes faillirent à les faire éclater de rire. « Quel homme est celui-ci! disaient-ils de temps en temps. Quoi! ni la vieillesse, ni la maladie, ni les approches d'une mort certaine, ni même la crainte de Dieu, au tribunal duquel il va comparaître dans quelques moments, n'ont pu le détourner de la voie de l'iniquité, ni l'empêcher de mourir comme il a vécu! » Mais voyant qu'il aurait les honneurs de la sépulture, le seul objet qui les intéressât, ils s'inquiétèrent fort peu du sort de son âme.

Peu de temps après, on porta effectivement le bon Dieu à Chappellet. Son mal augmenta, et cet honnête homme mourut sur la fin du même jour, après avoir reçu la dernière onction. Les deux frères se hâtèrent d'en avertir les cordeliers, afin qu'ils fissent les préparatifs de ses obsèques, et qu'ils vinssent, selon la coutume, faire des prières auprès du mort.

A cette nouvelle, le bon père qui l'avait confessé alla trouver le prieur du couvent, et fit assembler la communauté. Quand tous ses confrères furent réunis, il leur fit entendre que maître Chappellet avait toujours vécu saintement, autant qu'il avait pu en juger par sa confession, et qu'il ne doutait pas que Dieu n'opérât par lui plusieurs miracles; il leur persuada en conséquence qu'il convenait de recevoir le corps de ce saint homme avec dévotion et révérence. Le prieur et les autres religieux, également crédules, y consentirent, et allèrent tous solennellement passer la nuit en prières autour du mort. Le lendemain, vêtus de leurs aubes et de leurs grandes chapes, le livre à la main, précédés de la croix, ils vont chercher ce corps saint, et le portent en pompe dans leur église, suivis d'un grand concours de peuple. Le père qui l'avait confessé monta aussitôt en chaire, et dit des merveilles du mort, de sa vie, de ses jeûnes, de sa chasteté, de sa candeur, de son innocence et de sa sainteté. Il n'oublia pas de raconter, entre autres choses, ce que le bienheureux Chappellet lui avait déclaré comme son plus grand péché, et la peine qu'il avait eue à lui faire entendre que Dieu pût le lui pardonner. Prenant de là occasion de censurer ses auditeurs, il se tourne vers eux, et s'écrie : « Et vous, enfants du démon, qui pour le moindre sujet blasphémez le Seigneur, la Vierge, sa mère et ous les saints du Paradis, pensez-vous que Dieu puisse vous pardonner? »

Il s'étendit beaucoup sur sa charité, sur sa droiture, et sur l'excessive délicatesse de sa conscience. En un mot, il parla avec tant de force et d'éloquence de toutes ses vertus, et fit une telle impression sur l'esprit de ses auditeurs, qu'aussitôt après que le service fut fini, on vit le peuple fondre en larmes sur le corps de Chappellet. Les uns baisaient dévotement ses mains, les autres déchiraient ses vêtements; et ceux qui pouvaient en arracher un petit morceau s'estimaient fort heureux. Pour que tout le monde pût le voir, on le laissa exposé tout ce jour-là, et quand la nuit fut venue, on l'enterra avec distinction dans une chapelle. Dès le lendemain, il y eut une grande affluence de peuple sur son tombeau, les uns pour l'honorer, les autres pour lui adresser des vœux : ceux-ci pour faire brûler des cierges, ceux-là pour appendre aux murs des images en cire conformes au vœu qu'ils avaient fait. Enfin, sa réputation de sainteté s'établit si bien dans tous les esprits, que quelque genre d'adversité qu'on éprouvât, on ne s'adressait presque plus à d'autre protecteur qu'à lui. On le nomma *saint Chappellet*, et l'on poussa l'enthousiasme jusqu'à soutenir que Dieu avait opéré par lui, et opérait tous les jours des miracles.

Ainsi vécut et mourut Chappellet Duprat, mis au nombre des saints, comme vous venez de l'entendre.

NOUVELLE II

MOTIFS SINGULIERS DE LA CONVERSION D'UN JUIF A LA RELIGION CHRÉTIENNE.

La nouvelle que Pamphile venait de conter ne fut point écoutée sans avoir fait rire la compagnie. Elle fut surtout fort applaudie des dames; mais à peine fut-elle achevée que la reine, pour se conformer à l'ordre établi, commanda à Neiphile qui était assise près de Pamphile, d'en dire une à son tour. Cette dame, qui n'était pas moins complaisante que belle, répondit avec un sourire des plus gracieux qu'elle allait obéir, et elle débuta de la sorte :

'ai entendu dire qu'il y avait autrefois à Paris un fameux marchand d'étoffes de soie, nommé Jeannot de Chevigny, aussi estimable par la franchise et la droiture de son caractère que par sa probité. Il était l'intime ami d'un très riche juif, marchand comme lui, et non moins honnête homme. Comme il connaissait mieux que personne ses bonnes qualités : « Quel dommage, disait-il en lui-même, que ce brave homme fût damné ! » Il crut donc devoir charitablement l'exhorter à ouvrir les yeux sur la fausseté de sa religion, qui tendait continuellement à sa ruine, et sur la vérité de la nôtre, qui prospérait tous les jours.

Abraham lui répondit qu'il ne connaissait de loi si sainte ni meilleure
que la judaïque; qu'étant né dans cette loi, il voulait y vivre et mourir, et
que rien ne serait jamais capable de le faire changer de résolution.

Cette réponse ne refroidit point le zèle de Jeannot. Quelques jours après,
il recommença ses remontrances. Il essaya même de lui prouver, par des
raisons telles qu'on pouvait les attendre d'un homme de sa profession, la
supériorité de la religion chrétienne sur la judaïque; et quoiqu'il eût affaire
à un homme très éclairé sur les objets de sa croyance, il ne tarda pas à
se faire écouter avec plaisir. Dès lors il réitéra ses instances; mais Abraham se montrait toujours inébranlable. Les sollicitations d'une part et les
résistances de l'autre allaient toujours leur train, lorsque enfin le juif,
vaincu par la constance de son ami, lui tint un jour le discours que voici :

« Tu veux donc absolument, mon cher Jeannot, que j'embrasse ta religion? Eh bien, je consens de me rendre à tes désirs; mais à une condition,
c'est que j'irai à Rome pour voir celui que tu appelles le vicaire général
de Dieu sur la terre, et étudier sa conduite et ses mœurs, de même que
celle des cardinaux. Si, par leur manière de vivre, je puis comprendre
que ta religion soit meilleure que la mienne (comme tu es presque venu à
bout de me le persuader), je te jure que je ne balancerai plus à me faire
chrétien; mais si je remarque le contraire de ce que j'attends, ne sois plus
étonné si je persiste dans la religion judaïque, et si je m'y attache davantage. »

Le bon Jeannot fut singulièrement affligé de ce discours. « O ciel!
disait-il, je croyais avoir converti cet honnête homme, et voilà toutes mes
peines perdues! S'il va à Rome, il ne peut manquer d'y voir la vie scan-
daleuse qu'y mènent la plupart des ecclésiastiques, et alors, bien loin
d'embrasser le christianisme, il deviendra sans doute plus juif que jamais. »
Puis, se tournant vers Abraham : « Eh! mon ami, lui dit-il, pourquoi
prendre la peine d'aller à Rome, et faire la dépense d'un si long voyage?
Outre qu'il y a tout à craindre sur mer et sur terre pour un homme aussi
riche que toi, crois-tu qu'il manque ici de gens pour te baptiser? Si, par
hasard, il te reste encore des doutes sur la religion chrétienne, où trou-
veras-tu des docteurs plus savants et plus éclairés qu'à Paris? En est-il
ailleurs qui soient plus en état de répondre à tes questions, et de résoudre
toutes les difficultés que tu peux proposer? Ainsi ce voyage est très inutile.
Imagine-toi, mon cher Abraham, que les prélats de Rome sont semblables
à ceux que tu vois ici, et peut-être meilleurs, étant plus près du souverain
pontife, et vivant, pour ainsi dire, sous ses yeux. Si tu veux donc suivre
mon conseil, mon cher ami, tu remettras ce voyage à une autre fois, pour
un temps de jubilé, par exemple, et alors je pourrai peut-être t'accompagner.

— Je veux croire, mon cher Jeannot, répondit le juif, que les choses sont telles que tu le dis ; mais, pour te déclarer nettement ma pensée et ne pas t'abuser par de vains détours, je ne changerai jamais de religion, à moins que je ne fasse ce voyage. » Le convertisseur, voyant que ses remontrances seraient vaines, ne s'obstina pas davantage à combattre le dessein de son ami. D'ailleurs, comme il n'y mettait rien du sien, il ne s'en inquiéta pas plus qu'il ne fallait ; mais il n'en demeura pas moins convaincu que son prosélyte lui échapperait s'il voyait une fois la cour de Rome.

Le juif ne perdit point de temps pour se mettre en route ; et, s'arrêtant peu dans les villes qu'il traversait, il arriva bientôt à Rome, où il fut reçu avec distinction par les juifs de cette capitale du monde chrétien. Pendant le séjour qu'il y fit, sans communiquer à personne le motif de son voyage, il prit de sages mesures pour connaître à fond la conduite du pape, des cardinaux, des prélats et de tous les courtisans. Comme il ne manquait ni d'activité ni d'adresse, il vit bientôt, par lui-même et par le secours d'autrui, que, du plus grand jusqu'au plus petit, tous étaient corrompus, adonnés à toutes sortes de plaisirs naturels et contre nature, n'ayant ni frein, ni remords, ni pudeur ; que la dépravation des mœurs était portée à un tel point parmi eux, que les emplois, même les plus importants, ne s'obtenaient que par le crédit des courtisanes et des gitons. Il remarqua encore que, semblables à de vils animaux, ils n'avaient pas de honte de dégrader leur raison par des excès de table ; que, dominés par l'intérêt et par le démon de l'avarice, ils employaient les moyens les plus bas et les plus odieux pour se procurer de l'argent ; qu'ils trafiquaient du sang humain, sans respecter celui des chrétiens ; qu'on faisait des choses saintes et divines, des prières, des indulgences, des bénéfices, autant d'objets de commerce, et qu'il y avait plus de courtiers en ce genre qu'à Paris en fait de draps ou d'autres marchandises. Ce qui ne l'étonna pas moins, ce fut de voir donner des noms honnêtes à toutes ces infamies, pour jeter une espèce de voile sur leurs crimes. Ils appelaient *soin de leur fortune*, la simonie ouverte ; *réparation des forces*, les excès de table dans lesquels ils se plongeaient, comme si Dieu, qui lit jusque dans les intentions des cœurs corrompus, ne connaissait pas la valeur des termes, et qu'on pût le tromper en donnant aux choses des noms différents de leur véritable signification.

Ces mœurs déréglées des prêtres de Rome étaient bien capables de révolter le juif, dont les principes et la conduite avaient pour base la décence, la modération et la vertu. Instruit de ce qu'il voulait savoir, il se hâta de retourner à Paris. Dès que Jeannot est informé de son retour, il va le voir, et, après les premiers compliments, il lui demanda, presque en tremblant, ce qu'il pensait du saint-père, des cardinaux et généralement de tous les autres ecclésiastiques qui composaient la cour de Rome. « Que Dieu les traite comme ils le méritent, répondit le juif avec vivacité ; car tu sauras, mon cher Jeannot, que si, comme je puis m'en flatter, j'ai bien jugé de ce que j'ai vu et entendu, il n'y a pas un seul prêtre à Rome qui ait de la piété ni une bonne conduite, même à l'extérieur. Il m'a semblé, au contraire, que le luxe, l'avarice, l'intempérance, et d'autres vices plus criants encore, s'il est possible d'en imaginer, sont en si grand honneur auprès du clergé, que la cour de Rome est bien plutôt, selon moi, le foyer de l'enfer que le centre de la religion. On dirait que le souverain pontife et les autres prêtres, à son exemple, ne cherchent qu'à la détruire, au lieu d'en être les soutiens et les défenseurs; mais, comme je vois qu'en dépit de leurs coupables efforts pour la décrier et l'éteindre, elle ne fait que s'étendre de plus en plus, et devenir tous les jours plus florissante, j'en conclus qu'elle est la plus vraie, la plus divine de toutes, et que l'Esprit-Saint la protège visiblement. Ainsi, je t'avoue franchement, mon cher Jeannot, que ce qui me faisait résister à tes exhortations est précisément ce qui me détermine aujourd'hui à me faire chrétien. Allons donc de ce pas à l'église afin que j'y reçoive le baptême, selon les rites prescrits par ta sainte religion. »

Le bon Jeannot, qui s'attendait à une conclusion bien différente, fit éclater la plus vive joie, quand il l'eut entendu parler de la sorte. Il le conduisit à l'église de Notre-Dame, fut son parrain, le fit baptiser et nommer Jean. Il l'adressa ensuite à des hommes très éclairés qui achevèrent son instruction. Le nouveau converti fut cité, depuis ce jour, comme un modèle de toutes les vertus.

NOUVELLE III

LES TROIS ANNEAUX OU LES TROIS RELIGIONS

Le conte de la belle Neiphile fut généralement approuvé. Après quelques réflexions auxquelles il donna lieu, la reine fit signe à Philomène de parler, et cette dame commença en ces termes :

aladin fut un si grand et si vaillant homme, que son mérite l'éleva non seulement à la dignité de soudan de Babylone, mais lui fit remporter plusieurs victoires éclatantes sur les chrétiens et sur les Sarrasins. Comme ce prince eut diverses guerres à soutenir, et que d'ailleurs il était naturellement magnifique et libéral, il épuisa ses trésors. De nouvelles affaires lui étant survenues, il se trouva avoir besoin d'une grosse somme d'argent ; et ne sachant où la prendre, parce qu'il la lui fallait promptement, il se souvint qu'il y avait dans la ville d'Alexandrie un riche juif, nommé Melchisédec, qui prêtait à usure. Il jeta ses vues sur lui pour sortir d'embarras. Il ne s'agissait que de le déterminer à lui rendre ce service ; mais c'était là en quoi consistait la difficulté, car ce juif était l'homme le plus intéressé et le plus avare de son temps, et Saladin ne voulait point employer la force ouverte. Contraint cependant par la nécessité, et prévoyant bien que Melchisédec ne donnerait jamais de son bon gré l'argent dont il avait besoin, il s'avisa, pour l'y contraindre, d'un moyen raisonnable en apparence. Pour cet effet, il le mande auprès de sa personne, le reçoit familièrement dans son palais, le fait asseoir auprès de lui et lui tient ce discours : « Melchisédec, plusieurs personnes m'ont dit que tu as de la sagesse, de la science, et que tu es surtout très versé dans les choses divines : je voudrais donc savoir de toi laquelle de ces trois religions, la juive, la mahométane ou la chrétienne, te paraît la meilleure et la véritable. »

Le juif, qui avait autant de prudence que de sagacité, comprit que le soudan lui tendait un piège, et qu'il serait infailliblement pris pour dupe, s'il donnait la préférence à l'une de ces trois religions. Heureusement il ne perdit point la tête, et avec une présence d'esprit singulière : « Seigneur, lui dit-il, la question que vous daignez me faire est belle et de la plus grande importance ; mais pour que j'y réponde d'une manière satisfaisante, permettez-moi de commencer par un petit conte.

« Je me souviens d'avoir plusieurs fois ouï dire que, dans je ne sais quel pays, un homme riche et puissant avait, parmi d'autres bijoux précieux, un anneau d'une beauté et d'un prix inestimables. Cet homme, voulant se faire honneur de ce bijou si rare, forma le dessein de le faire passer à ses successeurs comme un monument de son opulence, et ordonna par son testament que celui de ses enfants mâles qui se trouverait muni de cet anneau après sa mort fût tenu pour son héritier, et respecté comme tel du reste de sa famille.

« Celui qui reçut de lui cet anneau fit, pour ses successeurs, ce que son père avait fait à son égard.

« En peu de temps, ce bijou passa par plusieurs mains, lorsque enfin il tomba dans celles d'un homme qui avait trois enfants, tous trois bien faits, aimables, vertueux, soumis à ses volontés, et qu'il aimait également. Instruits des prérogatives accordées au possesseur de l'anneau, chacun de ces jeunes gens, jaloux de la préférence, faisait sa cour au père, déjà vieux, pour tâcher de l'obtenir.

« Le bonhomme, qui les chérissait et les estimait autant l'un que l'autre, et qui l'avait successivement promis à chacun d'eux, était fort embarrassé pour savoir auquel il devait le donner. Il aurait voulu les contenter tous trois, et son amour lui en suggéra le moyen. Il s'adressa secrètement à un orfèvre très habile, et lui fit faire deux autres anneaux qui furent si parfaitement semblables au modèle, que lui-même ne pouvait distinguer les faux du véritable. Chaque enfant eut le sien.

« Après la mort du père, il s'éleva, comme on le pense bien, de grandes contestations entre les trois frères.

« Chacun, en particulier, se croit des droits légitimes à la succession ; chacun se met en devoir de se faire reconnaître pour héritier et en exige les honneurs. Refus de part et d'autre. Alors chacun de son côté produit son titre ; mais les anneaux se trouvent si ressemblants, qu'il n'y a pas moyen de distinguer quel est le véritable.

« Procès pour la succession ; mais ce procès, si difficile à juger, demeura pendant et pend encore.

« Il en est de même, seigneur, des lois que Dieu a données aux trois peuples sur lesquels vous m'avez fait l'honneur de m'interroger : chacun croit être l'héritier de Dieu, chacun croit posséder sa véritable loi et observer ses vrais commandements. Savoir lequel des trois est le mieux fondé dans ses prétentions, c'est ce qui est encore indécis ; et ce qui, selon toute apparence, le sera longtemps. »

Saladin vit, par cette réponse, que le juif s'était habilement tiré du piège qu'il lui avait tendu. Il comprit qu'il essayerait vainement de lui en tendre de nouveaux. Il n'eut donc d'autre ressource que de s'ouvrir à lui ; ce qu'il

Il le conduisit à l'église, fut son parrain, le fit baptiser et nommer Jean.

fit sans détour. Il lui exposa le besoin d'argent où il se trouvait, et lui demanda s'il voulait lui en prêter. Il lui apprit en même temps ce qu'il avait résolu de faire dans le cas que sa réponse eût été moins sage. Le juif, piqué de générosité, lui prêta tout ce qu'il voulut ; et le soudan, sensible à ce procédé, se montra très reconnaissant. Il ne se contenta pas de rembourser le juif, il le combla encore de présents, le retint auprès de sa personne, le traita avec beaucoup de distinction et l'honora toujours de son amitié.

NOUVELLE IV

LA PUNITION ESQUIVÉE

Madame Philomène eut à peine achevé de conter son histoire, que Dionéo son plus proche voisin, voyant que c'était à son tour de dire la sienne, n'attendit pas les ordres de la reine pour prendre la parole et voici de quelle manière il débuta

ans le pays de Lunigiane, qui n'est pas fort éloigné du nôtre, se trouve un monastère dont les religieux étaient autrefois un exemple de dévotion et de sainteté. Vers le temps qu'ils commençaient à dégénérer, il y avait parmi eux un jeune moine, entre autres, dans qui les veilles et les austérités ne pouvaient réprimer l'aiguillon de la chair. Étant un jour sorti sur l'heure de midi, c'est-à-dire pendant que les autres moines faisaient leur méridienne, et se promenant seul autour de l'église, située dans un lieu solitaire, le hasard lui fit apercevoir la fille de quelque laboureur du canton, occupée à cueillir des herbes dans les champs. La rencontre de cette fille assez jolie et d'une taille charmante fit sur lui la plus vive impression. Il l'aborde, lie conversation avec elle, lui conte des douceurs, et s'y prend tellement bien, qu'ils sont bientôt d'accord. Il la mène dans le couvent et l'introduit dans sa cellule sans être aperçu de personne. Je vous laisse à penser les plaisirs qu'ils durent goûter l'un et l'autre. Tout ce que je me permettrai de vous dire à ce sujet, c'est que leurs transports étaient si ardents et si peu mesurés, que l'abbé, qui avait fini son somme et qui se promenait tranquillement dans le dortoir, fut frappé, en passant devant la cellule du moine, du bruit qu'ils faisaient. Il s'approcha tout doucement de la porte, prêta une oreille curieuse, et distingua clairement la voix d'une femme. Son premier mouvement fut de se faire ouvrir; mais il se ravisa, et comprit qu'il valait beaucoup mieux, de toute façon, qu'il se retirât dans sa chambre, sans mot dire, en attendant que le jeune moine sortît.

Quoique celui-ci fût fort occupé, et que le plaisir l'eût presque mis hors de lui-même, il crut, dans un intervalle de repos, entendre dans le dortoir quelques mouvements de pieds. Dans cette idée, il court vite, sur la pointe des siens, à un petit trou, et il voit que l'abbé écoutait. Il ne douta point qu'il n'eût tout entendu, et il se crut perdu. La seule idée des reproches et de la punition qu'il allait subir le faisait trembler. Cependant, sans laisser apercevoir son trouble et son chagrin à sa maîtresse, il cherche dans sa têté un expédient pour se tirer, aux moindres frais, de cette cruelle aventure. Après avoir un peu réfléchi, il en trouva un assez adroit, mais plein de malice, qui lui réussit à merveille. Feignant de ne pouvoir garder plus longtemps la jeune paysanne : « Je m'en vais, lui dit-il, m'occuper des moyens de te faire sortir d'ici sans être vu d'âme qui vive ; ne fais point de bruit et n'aie aucune crainte ; je serai bientôt de retour. » Le moine sort, ferme la porte à double tour, va droit à la chambre de l'abbé, lui remet la clef de sa cellule, ainsi que chaque religieux le pratique quand il sort du couvent, et lui dit d'un air très tranquille : « Comme il ne m'a pas été possible, ce matin, de faire transporter tout le bois qu'on a coupé dans la forêt, je vais de ce pas, mon révérend père, faire apporter le reste, si vous me le permettez. »

Cette démarche prouva à l'abbé que le jeune moine était bien loin de soupçonner d'avoir été découvert. Charmé de son erreur, qui le mettait à portée de se convaincre plus évidemment de la vérité, il fit semblant de tout ignorer, prit la clef et lui donna permission d'aller au bois. Dès qu'il l'eut perdu de vue, il rêva au parti qu'il devait prendre. La première idée qui lui vint dans l'esprit fut d'ouvrir la chambre du coupable en présence de tous les moines, pour qu'ils ne fussent pas ensuite étonnés de la dure punition qu'il lui ferait subir ; mais réfléchissant que la fille pouvait appartenir à d'honnêtes gens, et que même ce pouvait être une femme mariée, dont le mari méritait des égards, il crut devoir, avant toutes choses, aller lui seul l'interroger, pour aviser ensuite au meilleur parti qu'il y aurait à prendre. Il va donc trouver la belle prisonnière ; et ayant ouvert la cellule avec précaution, il entre et ferme la porte sur lui.

Quand la fille, qui gardait un profond silence, le vit entrer, elle fut tout interdite, et, toute honteuse, redoutant quelque terrible affront, elle se mit à pleurer. L'abbé, qui la regardait du coin de l'œil, étonné de la trouver si jolie, fut touché de ses larmes ; et, l'indignation faisant place à la pitié, il n'eut pas la force de lui adresser le moindre reproche. Le démon est toujours aux trousses des moines : il profite de ce moment de faiblesse pour tenter celui-ci, et tâche de réveiller en lui les aiguillons de la chair. Il lui présente l'image des plaisirs qu'a goûtés son jeune confrère ; et bientôt, malgré les rides de l'âge, l'abbé, éprouvant le plaisir d'en goûter de pareils, se dit à lui-même : « Pourquoi me priverais-je d'un bien qui s'offre à moi ? Je souffre assez de privations, sans y ajouter encore celle-là ! Ma foi, cette fille est tout à fait charmante ! Pourquoi n'essayerais-je point de la conduire à mes fins ? Qui le saura ? Qui pourra jamais en être instruit ? Péché secret est à demi pardonné. Profitons donc d'une fortune qui ne se représentera peut-être jamais, et ne dédaignons point un plaisir que le ciel nous envoie. » Dans cet esprit, il s'approche de la belle affligée ; et, pre-

nant un tout autre air que celui qu'il avait en entrant, il cherche à la tranquilliser, en la priant avec douceur de ne point se chagriner. « Cessez vos
pleurs, mon enfant ; je comprends que vous avez été séduite : ainsi ne craignez point que je vous fasse aucun tort ; j'aimerais mieux m'en faire à
moi-même. » Il la complimenta ensuite sur sa taille, sur sa figure, sur ses
beaux yeux ; et il s'exprima de manière et d'un ton à lui laisser entrevoir
sa passion. On juge bien que la fille, qui n'était ni de fer ni de diamant, ne
fit pas une longue résistance. L'abbé profite de sa facilité pour lui faire
mille caresses et mille baisers plus passionnés les uns que les autres. Il
l'attire ensuite près du lit, et dans l'espoir de lui inspirer de la hardiesse,
il y monte le premier. Il la prie, la sollicite de suivre son exemple, ce
qu'elle fit après quelques petites simagrées. Mais croirait-on que le vieux
penard, sous prétexte de ne point la fatiguer par le poids de sa révérence,
qui à la vérité n'était pas maigre, lui fit prendre une posture qu'il aurait
dû prendre lui-même, et que d'autres que lui n'auraient certainement pas
dédaignée ?

Cependant le jeune moine n'était point allé au bois, il n'en avait fait que
le semblant, et s'était caché dans un endroit peu fréquenté du dortoir. Il
n'eut pas plutôt vu le révérend père abbé entrer dans sa cellule qu'il fut
délivré de toutes ses craintes. Il comprit, dès ce moment, que le tour plein
de malice qu'il avait imaginé aurait son entier effet. Pour en être convaincu, il s'approcha tout doucement de la porte et vit par un petit trou,
qui n'était connu que de lui seul, tout ce qui se passa entre la fille et le
très révérend père.

Lorsque l'abbé en eut pris à son aise avec la jeune paysanne, et qu'il fut
convenu avec elle de ce qu'il se proposait de faire, il la quitta, referma la
porte à clef et se retira dans sa chambre. Peu de temps après, sachant que
le moine était dans le couvent, et croyant tout bonnement qu'il revenait du
bois, il l'envoya promptement chercher, dans l'intention de le réprimander
vivement et de le faire mettre en prison, pour se délivrer d'un rival et
jouir seul de sa conquête. Dès qu'il le vit entrer, il prit un visage sévère.
Quand il lui eut lavé la tête d'importance, et qu'il lui eut dit la punition
qu'il lui réservait, le jeune moine, qui ne s'était pas déconcerté, lui répondit aussitôt : « Mon très révérend père, je ne suis pas assez ancien dans
l'ordre de Saint-Benoît pour en connaître encore toutes les règles. Vous
m'avez bien appris les jeûnes et les vigiles ; mais vous ne m'aviez point
encore dit que les enfants de Saint-Benoît dussent donner aux femmes la
prééminence de s'humilier sous elles ; à présent que Votre Révérence m'en
a donné l'exemple, je vous promets de n'y manquer jamais, si vous me
pardonnez mon erreur. »

Le père abbé, qui n'était pas sot, comprit tout de suite que le moine en savait autant que lui, et qu'il devait avoir vu tout ce qu'il avait fait avec la fille. C'est pourquoi, tout honteux de sa propre faute, il n'osa lui faire subir une punition qu'il méritait aussi bien que lui. Il lui pardonna donc de bon cœur, et lui imposa silence sur tout ce qui s'était passé. Ils prirent ensemble des mesures pour faire sortir la fille secrètement du monastère, et vraisemblablement pour l'y faire rentrer plusieurs fois.

NOUVELLE V

LE REPAS DES GELINOTTES, OU ANECDOTES SUR UN ROI DE FRANCE.

La nouvelle que raconta Dionée, blessa tellement la pudeur des dames, qu'elles ne purent d'abord s'empêcher de rougir. Plusieurs furent tentées de l'arrêter; mais se regardant ensuite les unes les autres, peu s'en fallut qu'elles n'éclatassent de rire, elles se retirèrent pourtant, et écoutèrent le reste, en se contentant de sourire intérieurement; mais quand le récit en fut achevé, elles crurent devoir reprocher à Dionée son peu de retenue, et lui firent entendre qu'il ne convenait pas de conter de pareilles histoires devant des femmes. Après quoi, la reine se tournant vers Fianette, assise sur l'herbe à côté de lui, elle lui commanda de suivre l'ordre prescrit; et cette dame, sans se faire prier davantage, commença de la sorte, avec un visage riant :

e marquis de Montferrat fut un des plus grands et des plus valeureux capitaines de son temps. Son mérite l'ayant élevé à la dignité de gonfalonier de l'Église, il fut obligé, en cette qualité, de faire le voyage d'outre-mer avec une grosse armée de chrétiens qui allait conquérir la terre sainte. Un jour qu'on parlait de ses hauts faits à la cour de Philippe le Borgne, roi de France, qui se disposait à faire le même voyage, un courtisan s'avisa de dire qu'il n'y avait pas sous le ciel un plus beau couple que celui du marquis et de la marquise sa femme; et qu'autant que le mari l'emportait, par ses grandes qualités, sur les autres guerriers, autant l'épouse était supérieure aux autres femmes par sa beauté et sa vertu.

Ces paroles firent une telle impression sur l'esprit du roi, que, sans avoir jamais vu la marquise, il conçut dès ce moment de l'amour pour elle. Comme il était alors sur le point de partir pour la Palestine, il résolut de ne s'embarquer qu'à Gênes, afin qu'allant par terre jusqu'à cette ville il eût occasion de passer par Montferrat et d'y voir cette belle personne. Il se flattait qu'à la faveur de l'absence du mari il pourrait obtenir d'elle ce qu'il désirait.

Philippe ne tarda pas d'exécuter son projet. Après avoir fait prendre les devants à ses équipages, il se mit en route avec une petite suite de gentilshommes. A une journée du lieu qu'habitait la marquise, il y envoya dire qu'il irait dîner le lendemain chez elle. La dame, prudente et sage, répondit qu'elle était très sensible à cet honneur, et qu'elle ferait de son mieux pour le bien recevoir. Cette visite de la part d'un si grand monarque, qui ne pouvait ignorer que son mari était absent, parut d'abord l'inquiéter. Elle n'en devinait pas le motif : mais, après y avoir un peu rêvé, elle ne douta point que la réputation de sa beauté ne lui attirât cette distinction. Cependant, pour soutenir la dignité de son rang, elle résolut de lui rendre tous les honneurs possibles. Elle fit assembler les gentilshommes du canton, pour régler, par leur conseil, ce qu'il convenait de faire en pareil cas ; mais elle ne voulut confier à personne le soin du festin, ni le choix des mets qui devaient être servis. Elle donna ordre qu'on prît toutes les gelinottes qu'on pût trouver, et commanda à ses cuisiniers de les déguiser du mieux qu'ils pourraient, et d'en faire plusieurs services sans y ajouter aucune autre viande.

Le roi ne manqua pas d'arriver le lendemain comme il l'avait fait dire, et fut honorablement reçu de la marquise. Il fut enchanté de l'accueil qu'elle lui fit ; et voyant que sa beauté surpassait encore ce que la renommée lui en avait appris, son amour augmenta à proportion des charmes qu'il lui trouvait. Il la loua beaucoup, et ses compliments n'étaient qu'une faible expression des feux qu'il éprouvait. Pour se délasser, il se retira ensuite dans l'appartement qu'on lui avait préparé ; et l'heure du dîner étant venue, Sa Majesté et la marquise se mirent seules à une même table.

La bonne chère, les vins choisis et excellents, le plaisir d'être auprès d'une belle femme qu'il ne se lassait point de regarder, transportaient le roi. S'étant toutefois aperçu, à chaque service, qu'on ne lui servait que des poules, préparées, à la vérité, de diverses manières, il parut un peu surpris de cette affectation. Il avait remarqué que le pays produisait d'autres espèces de volailles et même du gibier, et il ne pouvait douter qu'il n'eût dépendu de la dame de lui en faire servir. L'esprit de galanterie, qui le conduisait, l'empêcha cependant de témoigner aucun mécontentement. Il se félicita même de trouver, dans cette multiplicité de mets composés d'une seule et même viande, l'occasion de lâcher quelques gentillesses à la marquise. « Madame, lui dit-il avec un air riant, est-ce que dans ce pays seulement les poules naissent sans coq ? » faisant sans doute allusion à ce que, dans cette quantité de poules, il n'avait trouvé ni poulet, ni chapon. Mme de Montferrat comprit très bien le sens de cette demande : et voyant que c'était là le moment de lui faire connaître ses dispositions, elle lui répondit avec courage sur-le-champ : « Non, sire ; mais les femmes y sont faites comme partout ailleurs, malgré la différence que mettent entre elles les habits et les dignités. »

Le roi, sentant toute la force de cette réponse, comprit alors le dessein que s'était proposé la marquise en lui faisant servir tant de gelinottes. Il vit, dans ce moment, qu'il était inutile d'aller plus avant, que ses soins seraient perdus avec une dame de cette trempe, et que ce n'était pas là le cas d'employer la violence. Il se reprocha à lui-même de s'être enflammé trop légèrement, et jugea que le meilleur parti, pour son honneur, était de tâcher d'éteindre son feu, en renonçant aux espérances flatteuses qu'il avait conçues. C'est pourquoi il renonça au désir de l'agacer davantage, de peur de s'exposer à de nouvelles reparties. Il ne fut pas plutôt sorti de table qu'afin de mieux cacher le motif de sa criminelle visite il reprit tout de suite le chemin de Gênes, et remercia la marquise des honneurs qu'il en avait reçus.

NOUVELLE VI

CENT POUR UN

Toute la compagnie donna des éloges à la sagesse de la marquise de Montferrat, et admira la leçon pleine de délicatesse qu'elle avait faite au Roi de France. Après cela, Émilie, qui était assise à côté de Flamette, n'attendant que l'ordre de la Reine pour remplir sa tâche, ne l'eut pas plutôt reçu, qu'avec cette sagesse qui lui était ordinaire, elle commença ainsi :

I n'y a pas longtemps que dans notre ville vivait un cordelier qui avait la charge d'inquisiteur de la foi. Quoiqu'il s'efforçât de passer pour un homme plein de sainteté et de zèle pour la religion chrétienne, comme c'est assez l'usage parmi ces messieurs, il était néanmoins beaucoup plus ardent à rechercher ceux qui avaient la bourse pleine que ceux qui sentaient le poison de l'hérésie. Le hasard lui fit rencontrer un homme plus riche d'écus que de science, qui, se trouvant un jour dans une société, la tête échauffée par le jus de la treille ou par un excès de satisfaction, s'avisa de dire, par simplicité, plutôt que par manque de foi, qu'il avait de si bon vin dans sa cave que *Dieu même en boirait s'il était au monde*. Ce propos fut bientôt rapporté à l'inquisiteur, qui, connaissant les riches facultés de celui qui l'avait tenu, fondit impétueusement sur lui, *cum gladiis et fustibus*, et lui fit son procès, persuadé qu'il en viendrait

plus de florins dans sa poche que de lumière et de secours à la foi du bonhomme.

L'accusé, cité et interrogé si ce qu'on avait apporté à l'inquisiteur était
vrai, répondit que oui, et raconta de quelle manière et en quel sens il l'avait
dit. Le Père inquisiteur, qui n'en voulait qu'à son argent, lui repartit aussitôt : « Est-ce que tu t'imagines que Dieu soit un buveur et un gourmet de
vins excellents, comme un Chincillon, ou tel autre d'entre vous tous, qui
ne bougez presque pas du cabaret? Tu voudrais sans doute nous persuader
à présent, par une humilité affectée, que ton cas n'est pas grave : mais
c'est vainement; et si nous faisons notre devoir, tu seras condamné à être
brûlé. » Ces menaces et plusieurs autres, prononcées d'un ton aussi véhé-
ment et aussi dur que s'il eût été question de quelque épicurien qui eût nié
l'immortalité de l'âme ou douté de l'existence de la Divinité, jetèrent la ter-
reur dans l'esprit du prisonnier. Après avoir quelque temps rêvé sur sa
situation, et avoir cherché quelque expédient pour adoucir la rigueur de sa
sentence, il imagina de recourir à l'onguent de Plutus, et d'en frotter les
mains du Père inquisiteur, ne connaissant pas de meilleur remède contre le
poison de l'avarice qui ronge presque tous les ecclésiastiques, et les cordeliers surtout, sans doute parce qu'ils n'osent toucher d'argent. Quoique
Galien n'a point indiqué cette recette, elle ne laisse pas d'être excellente.
Le bonhomme y eut recours, et fut dans le cas de s'en applaudir. L'onction
produisit des effets si merveilleux, que le feu dont il avait été menacé se
convertit en une croix. Il en fut revêtu; et comme s'il eût dû faire le voyage
de la terre sainte, et qu'on eût eu dessein d'en décorer sa bannière, on lui
donna une croix jaune sur un fond noir. Après quelques pénitences peu
rigoureuses, l'inquisiteur lui accorda sa liberté, à condition que, pour sa
dernière pénitence, il entendrait tous les matins la messe à Sainte-Croix,
et qu'à l'heure du dîner il viendrait se présenter devant lui jusqu'à nouvel
ordre, et lui permit de disposer du reste du jour comme il voudrait.

Pendant que le pénitent remplissait exactement ce qui lui avait été prescrit, il entendit un jour chanter à la messe ces paroles de l'Évangile : *Vous
recevrez cent pour un, et possédérez la vie éternelle.* Frappé de ce passage, il lui resta gravé dans la mémoire. Il vint à l'heure accoutumée se
présenter au Père inquisiteur, et le trouva ce jour-là à table. Il s'approche,
et interrogé s'il avait entendu la messe, il répondit qu'oui, sans hésiter.
« N'as-tu rien entendu, reprit le cordelier, qui te cause quelque doute, et
dont tu veuilles t'éclaircir? — Non, mon révérend père; je crois tout fermement, et n'ai de doutes sur rien; mais puisque vous me permettez de
parler, je vous dirai que j'ai entendu une chose qui me fait de la peine, et
pour vous et pour vos confrères, quand je songe au sort que vous éprouve-
rez dans l'autre vie. — Quelle est donc cette chose? dit le Père inquisiteur.

Il ne douta point qu'il n'eût tout entendu.

— C'est ce mot de l'Évangile, répond le pénitent, où il est dit : *Vous recevrez cent pour un.* — Il n'est rien de si vrai, reprit le père ; mais je ne vois point là ce qui peut t'affecter si fort pour nous. — Vous allez le connaître, répliqua celui-ci : depuis que je fréquente votre couvent, j'ai vu donner aux pauvres, qui sont à la porte, tantôt une, tantôt deux chaudières de soupe, qui ne sont, à la vérité, que les restes de celle qu'on sert à chacun de vous. — Or, si pour chaque chaudière il vous en est à chacun rendu cent dans

5

l'autre monde, vous en aurez tant qu'il n'est pas possible que vous n'y soyez
tous noyés dedans. »

Cette naïveté fit rire ceux qui étaient à table avec l'inquisiteur ; mais lui,
qui sentit que c'était un trait contre l'avarice et l'hypocrisie des moines, et
un reproche indirect de sa conduite, en fut piqué au vif, et aurait volontiers
intenté un second procès au bonhomme, s'il n'eût craint de révolter le
public, qui l'avait déjà blâmé au sujet du premier. Il lui commanda, dans
son dépit, de s'éloigner, de ne plus se représenter devant lui, et lui permit
de vivre désormais tout comme il l'entendrait.

NOUVELLE VII

LE REPROCHE INGÉNIEUX

La nouvelle d'Émilie, et les grâces infinies dont elle accompagna son récit enchantèrent la Reine
et toute la société ; on ne se lassait point surtout d'admirer le bon mot de l'homme qu'on avait
affublé d'une croix. Après qu'on eut bien ri, et que chacun eut fait silence, Philostrate dont le
tour était venu de conter la sienne débuta ainsi :

P eu de gens ignorent que messire Can de la Scale fut un
des plus magnifiques seigneurs qu'on ait vu naître en Italie depuis l'empereur Frédéric II. Il est peu d'hommes
que la fortune ait autant favorisés, et qui aient pu se faire
plus d'honneur que lui de leurs richesses. Un jour qu'il
s'était proposé de donner une fête superbe dans la ville
de Vérone, et qu'il avait fait, en conséquence, de grands
préparatifs, on le vit changer tout à coup de résolution, pour
des motifs qu'on a toujours ignorés, et combler de présents
les étrangers que la nouvelle de cette fête avait attirés de
toutes parts à sa cour, afin de les dédommager, par cette politesse, du spectacle et des divertissements qu'il comptait leur
donner. Il oublia, dans ses générosités, un nommé Bergamin,
homme agréable, beau parleur, et qui avait des saillies si heureuses, qu'il fallait l'avoir entendu pour s'en former une juste idée. On
prétend que cet oubli fut volontaire de la part du prince, qui s'était figuré
que cet homme ne valait pas la peine qu'on s'occupât de lui. D'après cette
idée, il ne crut point lui devoir aucun dédommagement, ni lui faire dire
de s'en retourner.

Cependant Bergamin, qui n'avait entrepris le voyage de Vérone que dans
l'espérance d'en retirer quelque profit, voyant qu'on ne songeait point à lui,

et qu'il dépensait beaucoup à l'auberge, soit pour lui et ses domestiques, soit pour ses chevaux, commença à s'impatienter et à être de fort mauvaise humeur. Persuadé néanmoins qu'il ferait mal de partir sans prendre congé, il attendit encore, quoiqu'il eût déjà dépensé tout son argent ; car l'aubergiste n'était pas homme à se payer de ses saillies.

Le pauvre Bergamin avait apporté avec lui trois habits fort beaux et fort riches, dont quelques seigneurs lui avaient fait présent, pour qu'il pût paraître avec honneur à la fête. Il en donna un à son hôte, pour le payer de ce qu'il lui devait. Comme il s'obstinait toujours à ne point s'en retourner, il fallut encore donner le second habit. Enfin, résolu d'attendre le dénoûment de cette aventure, il était sur le point de livrer le troisième et de partir, lorsqu'un jour, se trouvant au dîner de messire Can, il se présenta devant lui avec un visage triste et un air rêveur. « Qu'as-tu, Bergamin ? lui dit ce seigneur, plutôt pour l'insulter que pour s'amuser de ce qu'il pouvait lui répondre ; qu'as-tu donc ? tu parais avoir du chagrin. Ne peut-on en savoir le sujet ? » Bergamin répondit sur-le-champ, comme s'il s'y fût préparé d'avance, par le conte que voici :

« Vous saurez, Monseigneur, qu'un nommé Primasse, célèbre grammairien, était l'homme de son temps qui faisait le plus facilement des vers. Jamais poète n'excella comme lui dans les impromptus sur toutes sortes de sujets. Ce talent, joint à ses grandes connaissances, le rendit si fameux, que dans les pays mêmes où il n'avait jamais paru il n'était question que de Primasse : la renommée ne parlait que de lui. Le désir d'acquérir de nouvelles connaissances l'amena un jour à Paris. Il y parut dans un triste équipage ; car son savoir n'avait pu le garantir de l'indigence, par la raison que les grands récompensent rarement le mérite. Il entendit beaucoup parler, dans cette ville, de l'abbé de Clugny, qui, après le pape, passe pour le plus riche prélat de l'Église. On disait des merveilles de sa magnificence, de la cour brillante qu'il avait, de la manière dont il régalait tous ceux qui l'allaient voir à l'heure de dîner. Frappé de ce récit, Primasse, qui était curieux de voir les hommes magnifiques et généreux, résolut d'aller visiter M. l'abbé. Il s'informe s'il demeurait loin de Paris. Il apprend qu'il habitait une de ses maisons de campagne, qui n'en était éloignée que de trois lieues. Primasse calcula qu'en partant de grand matin il pourrait être arrivé à l'heure du dîner. Il se fait enseigner le chemin ; mais dans la crainte de ne rencontrer personne qui, allant du même côté, pût l'empêcher de s'égarer et d'aboutir quelque part où il n'aurait eu rien à manger, il eut la précaution d'emporter avec lui trois pains, comptant qu'il trouverait partout de l'eau, pour laquelle d'ailleurs il avait peu de goût. Muni de cette provision, il se met en route, et va si droit et si bien, qu'il arrive à la maison de plaisance de M. l'abbé avant l'heure du dîner. Il entre, il examine tout, et à

la vue d'une quantité de tables dressées, de plusieurs buffets bien garnis et
de tous les autres préparatifs, il conclut en lui-même qu'on n'a rien dit de
trop de la magnificence du prélat.

« Tandis qu'il était occupé à ces réflexions, et que, n'osant lier conversation avec personne, il portait partout un œil étonné et curieux, l'heure du
dîner arrive. Le maître d'hôtel commande qu'on donne à laver, et que chacun se mette à table. Le hasard voulut que Primasse se trouvât placé justement vis-à-vis la porte de la pièce d'où M. l'abbé devait sortir pour entrer
dans la salle à manger. Vous noterez, Monseigneur, que c'était la coutume
chez lui de ne rien servir, pas même du pain, qu'il ne fût lui-même à table.
Tout le monde était donc placé, le maître d'hôtel fait dire à M. l'abbé qu'on
n'attend que lui pour servir. L'abbé sort de son appartement. A peine a-t-
il mis un pied dans la salle, que, frappé de la figure et du mauvais accoutrement de Primasse, qu'il voyait pour la première fois, et qui fut précisément le premier objet de ses regards, il fit une réflexion qui ne lui était
encore jamais venue dans l'esprit. « Mais voyez donc, dit-il en lui-même, à
qui je fais manger mon bien. » Puis, reculant d'un pas, il fait refermer sa
porte, et demande à ceux de sa suite s'ils connaissent l'homme qui est assis
à table au-devant de la porte de son appartement. Chacun répondit qu'il ne
le connaissait pas.

« Cependant Primasse, affamé comme un homme qui a longtemps marché, et qui n'était pas accoutumé à dîner si tard, voyant que l'abbé se faisait trop attendre, tire un pain de sa poche et le mange sans façon. Quelque
temps après, le prélat ordonne à un de ses gens de voir si cet inconnu était
toujours là. « Il y est encore, Monseigneur, répond le domestique, et même
il mange un morceau de pain, qu'il semble avoir apporté. — Qu'il mange
du sien s'il en a, car pour du mien il n'en tâtera pas aujourd'hui, » repartit
l'abbé avec un mouvement de dépit. Il ne voulait pas toutefois lui faire dire
de se retirer, croyant que ce serait une impolitesse trop marquée : il espérait
que l'inconnu prendrait ce parti de lui-même. Primasse, qui ne se doutait
pas de ce qui se passait, ayant mangé un de ses pains, et voyant que l'abbé
ne se pressait pas de venir, tire le second, et le mange avec le même appétit
que le premier. On en instruit le prélat, qui avait fait regarder de nouveau si
l'étranger était encore là. Enfin Primasse, désespérant de le voir arriver, et
n'ayant pu apaiser sa faim par les deux premiers pains, tire le troisième, sans
s'inquiéter de l'étonnement qu'il causait à ceux qui étaient auprès de lui.
L'abbé en est encore informé, et surpris de la constance de cet homme, fait
des retours sur lui-même, et se dit : « Quelle étrange idée m'est aujour-
d'hui venue dans l'esprit? D'où vient cette avarice, ce mépris? Qui sait encore
pour qui? Ne m'est-il pas arrivé cent fois d'admettre à ma table le premier
venu, sans examiner s'il était noble ou roturier, pauvre ou riche, marchand

ou filou? A combien de mauvais sujets n'ai-je pas fait politesse, qui peut-être étaient pires que celui-ci? D'ailleurs, il n'est pas possible que ce mouvement d'avarice ait pour objet un homme de rien. Il faut nécessairement que ce soit un personnage d'importance, puisque je me suis ravisé de lui faire honneur. » Sur cela, il voulut savoir qui il était. Ayant appris que c'était Primasse, et qu'il venait pour être témoin de sa magnificence, dont il avait beaucoup ouï parler, l'abbé, qui le connaissait de réputation, rougit de son procédé, et n'épargna rien pour réparer sa faute. Il lui témoigna la plus grande estime, et lui fit tous les honneurs possibles. Après le dîner, il commanda qu'on lui donnât des habits convenables à un homme de son mérite, lui fit présent d'une bourse pleine d'or et d'un très beau cheval, lui laissant la liberté de passer chez lui tout autant de jours qu'il voudrait. Primasse, le cœur plein de joie et de reconnaissance, rendit un million de grâces à M. l'abbé, et reprit à cheval la route de Paris, d'où il était parti à pied. »

Messire Can de la Scale, qui ne manquait pas de pénétration, comprit aussitôt ce que voulait Bergamin; et sans attendre d'autre explication de sa part, lui dit en souriant : « Bergamin, tu m'as fait connaître très honnêtement tes besoins, ton mérite, mon avarice, et ce que tu désires de moi. J'avoue, que je ne me suis jamais montré avare qu'à ton égard ; mais je te promets de me corriger par les mêmes moyens que tu m'as si adroitement indiqués. » Cela dit, il fit payer les dettes de Bergamin, lui donna un de ses plus riches habits, une bourse bien garnie, un des plus beaux chevaux de son écurie, et lui laissa le choix de s'en retourner ou de demeurer encore quelque temps à Vérone.

NOUVELLE VIII

L'AVARE CORRIGÉ

Quand on eut suffisamment loué l'adresse de Bergamin, Mme Laurette, voyant que son tour de parler était venu, n'attendit pas les ordres de la Souveraine, et d'un ton de voix enchanteur, elle s'exprima en ces termes :

 l y eut autrefois à Gênes un gentilhomme commerçant, connu sous le nom de messire Ermin de Grimaldi, qui passait pour le plus riche particulier qu'il y eût alors en Italie. Mais autant il était opulent, autant était-il avare. Il n'ouvrait jamais sa bourse pour obliger qui que ce fût, et se refusait à lui-même les choses les plus nécessaires

à la vie, tant il craignait de faire la moindre dépense ; bien différent en cela des autres Génois, qui aimaient le faste et la bonne chère. Il poussa cette ladrerie si loin, que ses concitoyens lui ôtèrent le surnom de Grimaldi, pour lui donner celui d'Ermin l'Avare.

Pendant que, par son économie sordide, il augmentait tous les jours ses richesses, arriva à Gênes un courtisan français, nommé Guillaume Boursier ; c'était un gentilhomme plein de droiture et d'honnêteté, parlant avec autant d'esprit que d'aisance, généreux et affable envers tout le monde.

Sa conduite était fort opposée à celle des courtisans d'aujourd'hui, qui malgré la vie dépravée qu'ils mènent et l'ignorance dans laquelle ils croupissent, ne rougissent pas de se qualifier de gentilshommes et de grands seigneurs, et qui auraient plus de raison de se faire appeler du nom de ces animaux à longues oreilles, dont ils ont, pour la plupart, les mœurs et la stupidité, plutôt que la politesse de la cour.

Les gentilshommes du temps passé étaient sans cesse occupés à mettre la paix dans les familles divisées, à favoriser les alliances convenables, à resserrer les nœuds de l'amitié ; ils se faisaient un devoir et un plaisir d'égayer les esprits mélancoliques et chagrins par des propos aussi joyeux qu'innocents, de secourir les malheureux, et de rendre service aux hommes de tous les états : ils cultivaient leur esprit pour se rendre utiles et intéressants dans la cour où ils vivaient, et étaient surtout attentifs à réprimer, par une juste censure et avec la douceur d'un père à l'égard d'un enfant, les vices et les travers de leurs inférieurs.

Les courtisans de nos jours font presque tout le contraire : ils ne s'occupent qu'à se nuire réciproquement, à se susciter des querelles et des haines, par des propos ou des rapports malins ; à se reprocher, les uns aux autres, leurs excès et leurs turpitudes.

Tour à tour altiers et bas, flatteurs, caressants, tyranniques, injustes, méchants, cruels, on les voit sans cesse dégrader leur noblesse et avilir leur rang.

Le plus recherché, le plus chéri, le mieux récompensé de ceux qui occupent les premiers postes est, à la honte du siècle, presque toujours celui à qui on a à reprocher le plus de défauts, de vices et quelquefois de crimes.

N'est-ce pas là une preuve évidente que la vertu n'habite plus aujourd'hui parmi les hommes, puisque ceux qui sont surtout destinés à lui rendre hommage et à la faire régner croupissent sans honte dans la fange du vice ?

Mais pour reprendre le sujet de mon récit, dont une juste indignation des mœurs actuelles m'a peut-être un peu trop écarté, je vous dirai que Guillaume Boursier fut visité et honoré de toute la noblesse de Gênes. Il eut bientôt occasion d'entendre parler de l'avarice de messire Ermin et de la vie malheureuse qu'il menait, et il lui prit fantaisie de le voir.

Ermin, qui, tout avare qu'il était, avait conservé un reste de politesse, et qui, de son côté, avait entendu dire que messire Boursier était un fort galant homme, le reçut de bonne grâce, et soutint à merveille la conversation, qui roula sur différents sujets.

Il fut si enchanté de l'esprit et des manières polies de ce courtisan, qu'il le mena, avec les Génois qui l'avaient conduit chez lui, à une belle maison qu'il avait fait bâtir depuis peu, et qu'il voulait lui faire voir.

Quand il lui en eut montré les divers appartements : « Monsieur, lui dit-il en se tournant vers lui, vous, qui me paraissez si instruit et qui avez vu tant de choses, ne pourriez vous pas m'en indiquer une qui n'eût jamais été vue, et que je voudrais faire peindre dans la salle de compagnie ? » Boursier, sentant le ridicule de cette demande : « Faites-y peindre des éternuments, lui répondit-il ; c'est une chose que personne n'a jamais vue et qu'on ne verra jamais. Mais si vous voulez, ajouta-t-il, que je vous en indique une qu'on peut peindre, mais que certainement vous ne connaissez pas, je vous la dirai. — Vous m'obligerez, Monsieur, lui répondit messire Ermin, qui ne s'attendait sans doute pas à une telle réponse. — Eh bien ! reprit Boursier, faites-y peindre la LIBÉRALITÉ. »

Ce mot, ce seul mot fit une telle impression sur messire Ermin, et le rendit si honteux, qu'il prit soudain la résolution de changer de système, et de tenir une conduite différente de celle qu'il avait eue jusqu'alors. « Oui, Monsieur, répondit-il un peu déconcerté, oui, je ferai peindre la Libéralité, et si bien, que ni vous, ni aucune autre personne, de quelque qualité qu'elle puisse être, ne pourra désormais me reprocher que je ne l'ai ni vue ni connue. »

En effet, messire Ermin changea tellement de conduite et de sentiments, qu'il fut depuis ce jour-là le plus libéral et le plus honnête Génois de son temps, et celui qui recevait le mieux les étrangers et ses propres compatriotes.

NOUVELLE IX

LA JUSTICE EST LA VERTU DES ROIS

Il ne restait plus que Lise à recevoir l'ordre de la Reine, pour conter à son tour une nouvelle; mais sans attendre qu'il lui fût signifié, elle prit la parole, et dit d'un air riant :

u temps du premier roi de Chypre, qu'on avait établi dans cette île, après que Godefroi de Bouillon eut fait la conquête de la terre sainte, une dame de Gascogne alla par dévotion à Jérusalem visiter le saint sépulcre. A son retour, elle passa par Chypre où elle fut insultée et indignement outragée par de mauvais garnements. Elle s'en plaignit au magistrat, et n'en ayant obtenu aucune sorte de satisfaction, elle résolut de s'en plaindre au roi lui-même. Quelqu'un lui dit qu'elle perdait son temps et ses pas, parce que ce prince était si indolent et si peu craint, que non seulement il ne réprimait point les insultes qu'on faisait à autrui, mais qu'il souffrait encore tranquillement celles qui lui étaient faites à lui-même; au point que, lorsqu'on avait quelque mécontentement de sa part, on pouvait impunément décharger son cœur devant lui, de la manière la moins respectueuse et la moins mesurée.

Sur cet avis, la dame, désespérant de pouvoir tirer vengeance ni la moindre satisfaction de l'outrage qu'elle avait essuyé, se proposa de dauber du moins l'indolence et la lâcheté de ce roi. Elle se présenta devant lui, fondant en larmes : « Je ne viens pas, sire, lui dit-elle, dans l'espérance d'être vengée des insultes que j'ai reçues de quelques-uns de vos sujets; je viens seulement supplier Votre Majesté de m'apprendre comment elle fait pour pouvoir supporter les affronts et les injures qu'elle essuie tous les jours, à ce qu'on m'a assuré. Peut-être qu'à votre exemple, sire, je pourrai souffrir patiemment l'outrage qui m'a été fait, et duquel je vous ferais bien volontiers le cadeau, s'il m'était possible, puisque vous avez une si belle patience. »

Le roi, qui jusqu'alors s'était montré insensible à tout, ne le fut point à ce discours; et, comme s'il fût sorti d'un profond sommeil, il s'arma de

Il fut enchanté de l'accueil qu'elle lui fit.

vigueur, commença par punir sévèrement ceux qui avaient offensé cette dame, et fut, depuis, très exact à réprimer les attentats commis contre l'honneur de sa couronne.

NOUVELLE X

LES RAILLEURS RAILLÉS, OU LE VIEILLARD AMOUREUX

Après que la belle Elise eut fini, il n'y avait plus que la Reine qui n'eût point dit d'histoire. Elle voulut remplir sa tâche et prit à son tour la parole :

I n'y a pas longtemps qu'il y avait à Bologne un très habile médecin nommé maître Albert. A l'âge de soixante ans son esprit était encore vert, et plein d'agrément. Quoique son corps eût perdu, comme il est aisé de le penser, sa chaleur naturelle, il ne laissait pas d'être encore sensible aux tendres mouvements

6

de l'amour. Il aperçut un jour, à une fenêtre, une très jolie veuve, nommée, à ce que plusieurs personnes m'ont dit, Marguerite Chisolieri. Cette dame fit une telle impression sur lui, qu'il l'avait continuellement dans l'esprit; et comme s'il eût été encore dans la vigueur de l'âge, il ne pouvait fermer l'œil la nuit, quand il avait passé le jour sans la voir; de là vint qu'il allait et venait sans cesse, tantôt à pied et tantôt à cheval, sous ses fenêtres.

La belle veuve ne tarda pas, ainsi que plusieurs autres dames, ses voisines, de s'apercevoir de cette affectation. En ayant deviné le motif, elles rirent souvent ensemble de voir un homme de cet âge et de cette gravité si passionnément amoureux, comme si l'amour ne pouvait ou ne devait se faire sentir qu'aux jeunes gens sans expérience.

Pendant que le docteur continuait ses promenades devant le logis de Mme Chisolieri, il la trouva, un jour de fête, assise sur le seuil de sa porte, avec plusieurs autres dames. La jeune veuve, l'ayant aperçu de fort loin, compléta aussitôt avec ses compagnes de le bien accueillir, afin d'avoir occasion de le railler sur son amour. Elles se lèvent pour le saluer; et l'ayant ensuite engagé d'entrer dans une cour pour respirer le frais, elles le régalèrent de confitures, de fruits et de vins excellents. Sur la fin de la collation, elles lui demandèrent, en termes honnêtes et ménagés, comment il était possible qu'il se fût épris d'une dame qui avait plusieurs amants, jeunes, aimables, pleins de grâce et de gentillesse.

Le médecin, qui vit bien qu'on le badinait, et qui en fut piqué, s'adressant à la veuve, répondit d'un ton également honnête, mais accompagné d'un sourire malin : « Madame, aucune personne sage ne sera étonnée de me voir amoureux, et encore moins de vous qui en valez si fort la peine. Quoique les années ôtent les forces nécessaires pour bien remplir les exercices de l'amour, elles n'ôtent cependant pas les désirs ni le discernement qu'il faut pour voir ce qui est vraiment aimable; au contraire, comme les hommes âgés ont plus d'expérience, aussi distinguent-ils mieux ce qui mérite de l'attachement et de l'amour. Voulez-vous que je vous dise ce qui m'a déterminé à vous aimer et à suivre ma pointe, quoique vous ayez plusieurs jeunes soupirants? c'est, Madame, que je me suis plusieurs fois trouvé en divers lieux où j'ai vu des dames collationner avec des lupins et des porreaux. Quoique le porreau n'ait rien de bon par lui-même, il est certain que la tête est ce qu'il a de moins mauvais et de moins désagréable au goût. Cependant, par un caprice trop ordinaire à votre sexe, j'ai vu plusieurs de ces mêmes dames empoigner les porreaux par la tête et en savourer la queue qui a pourtant un fort vilain goût. Que savais-je, Madame, si en fait d'amants vous n'auriez pas un semblable caprice? et, dans ce cas, je devais naturellement m'attendre à être préféré à tous les autres. »

Ce discours, auquel on ne s'attendait guère, couvrit la veuve et les autres dames d'un peu de confusion.

« Notre témérité, Monsieur, dit Mme Chisolieri, en s'adressant au médecin, a reçu le juste châtiment qu'elle méritait; je vous prie, Monsieur, d'être bien persuadé que, loin de vous en vouloir, je suis très flatté des sentiments que je vous ai inspirés.

Je fais cas de votre amitié, comme de celle d'un homme aimable; ainsi comptez sur ma reconnaissance et sur tout ce qui dépendra de moi pour vous obliger, persuadée que vous n'exigerez rien que d'honnête. »

Maître Albert remercia la veuve de ses offres obligeantes. Puis il se leva, prit congé de la compagnie, et se retira en éclatant de rire.

La dame se trouva fort sotte, et se reprocha plus d'une fois d'avoir voulu badiner un homme qu'elle ne connaissait presque point, et qui en savait beaucoup plus qu'elle sur l'article de la raillerie. Si vous êtes sages, mes chères amies, vous profiterez de son imprudence.

Quand les sept dames et les trois messieurs eurent dit chacun leur histoire, le soleil allait se coucher, et la chaleur était fort diminuée.

Mes chères compagnes, dit alors en plaisantant Mme Pampinée, il ne me reste plus rien à faire à présent, qu'à vous donner une nouvelle Reine, qui disposera, comme elle le jugera à propos, de son temps et du nôtre.

Mon règne ne devrait ce me semble finir qu'à la nuit close; il est bon d'avoir du temps devant soi, je suis d'avis pour que la nouvelle Reine puisse tout préparer la veille pour le lendemain; je pense, dis-je, qu'il conviendrait de les lire toujours à cette même heure. Ainsi, au nom de celui par qui toutes choses existent, et pour le plus grand plaisir de notre société, je choisis et nomme pour la Reine de la seconde journée, la très aimable et très sage Philomène.

A peine a-t-elle prononcé ces paroles, qu'elle se lève et ôte la couronne qu'elle avait sur sa tête, et va la placer très respectueusement sur celle de la Reine qu'elle vient de nommer.

Elle lui fait ensuite son compliment sur sa royauté, et bientôt son exemple est suivi des autres dames et des messieurs, et tous, d'un commun accord, lui jurent obéissance et fidélité.

Mme Philomène rougit d'abord et fut même déconcertée des honneurs qu'on lui rendait; mais craignant de paraître ridicule elle bannit bientôt sa timidité, et se rappelant ce que Mme Pampinée venait de dire, elle commença par confirmer les arrangements que celle-ci avait faits.

Elle donna ensuite ses ordres pour le souper et pour le déjeuner du lendemain; et quand cela fut fait, s'adressant à la compagnie qui était encore dans le jardin, elle parla ainsi :

Quoique Mme Pampinée, par un effet de sa politesse plutôt qu'à cause de mon mérite, m'ait choisie pour être votre Reine, ne croyez pas, mes chers amis, que je veuille gouverner d'après mes seules idées.

Je me ferai un vrai plaisir de prendre vos conseils et de les suivre, pour l'avantage commun de la Société. Je vais donc vous dire en peu de mots ce que je me propose de faire.

C'est de fixer et d'annoncer la veille, la matière sur laquelle devront rouler nos nouvelles, afin que chacun de nous ait le temps d'en préparer une bonne et conforme au sujet qui aura été proposé.

Je me flatte que celui que je vais prescrire pour demain, sera du goût de toute l'assemblée.

Vous savez que depuis le commencement du monde, les hommes ont été les jouets de la fortune, qu'elle a influé et qu'elle influera toujours sur les divers événements de leur vie ;

Or, il faut que chacun de nous raconte demain l'histoire d'une personne jetée dans quelque mésaventure qui, contre toute attente et par un pur effort du sort, aura eu pour elle un heureux dénouement.

Les dames et les messieurs approuvèrent fort son avis et promirent de s'y conformer, à l'exception de Dionéo qui, profitant d'un moment de silence, dit en s'adressant à la nouvelle Reine : « Madame, je pense comme toute cette aimable compagnie que rien n'est plus sage et plus digne d'éloges que l'ordre que vous venez de donner ; mais j'ose vous demander une grâce, et je désire qu'elle me soit accordée pour tout le temps que notre Société subsistera ; c'est de me dispenser de la loi qui nous obligera de ne raconter des nouvelles que sur le sujet donné, et de me laisser la liberté de dire celle que je jugerai la plus agréable ; mais pour qu'on n'imagine pas que je demande cette grâce parce que le fond des histoires me manque, je m'engage dès à présent à dire toujours la mienne le dernier.

La Reine, qui le connaissait gai et facétieux, sentant que son but était de les divertir par quelque conte plaisant et gaillard, dans le cas qu'on vint à se lasser d'entendre parler toujours sur le même sujet, lui accorda sans peine et du consentement de la compagnie ce qu'il demandait.

L'heure du souper étant venue, on prit le chemin du château ; le temps du souper se passa fort agréablement ; après avoir dansé une partie de la nuit, il plut à la Reine de mettre fin à la première journée.

Elle fit allumer les flambeaux, et chacun, par son ordre, se retira dans son appartement.

FIN DE LA PREMIÈRE JOURNÉE.

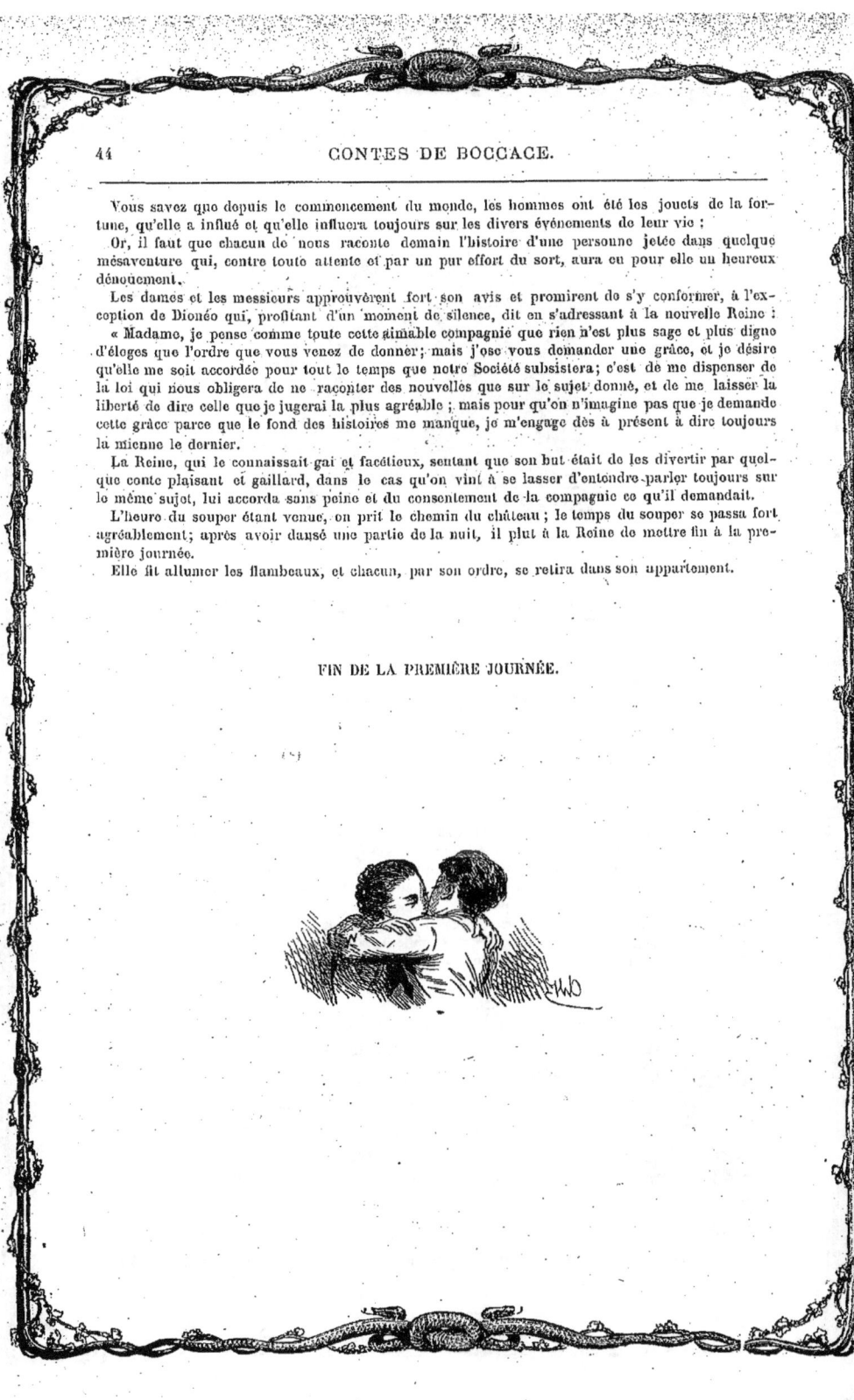

DEUXIÈME JOURNÉE

NOUVELLE PREMIÈRE

LE TROMPEUR TROMPÉ OU LE FAUX PERCLUS PUNI

La lumière du jour commençait à se répandre sur l'horizon, lorsque toutes les dames et les trois gentilshommes qui s'étaient levés de bonne heure entrèrent dans le jardin, où tout en se promenant, ils s'amusèrent à faire des bouquets, et des guirlandes de fleurs. On dîna au frais, on dansa, on fit la méridienne, et ensuite on se rendit au même endroit que la veille. Chacun s'étant assis sur le gazon dans l'ordre marqué par Mme Philomène, on vit cette belle et charmante Reine, le front ceint d'une couronne de laurier, promener ses regards d'un air tout à fait gracieux sur toute la compagnie, et commander à Mme Néiphile de conter une nouvelle ; cette aimable dame ne s'en défendit pas, et d'un visage riant, elle prit la parole et parla en ces termes :

l n'y a pas longtemps qu'il y avait à Trévise un Allemand nommé Arrigne. La misère l'avait réduit à l'état de portefaix ; mais, dans sa pauvreté, il était généralement estimé, à cause de ses bonnes mœurs et de la sainteté de sa vie. Qu'il ait réellement vécu en saint ou non, les Trévisans assurent qu'à l'heure de sa mort, les cloches de la grande église de Trévise sonnèrent d'elles-mêmes. On cria au miracle, et tout le monde disait que c'était là une preuve incontestable que cet Arrigne avait vécu en saint, et qu'il était au nombre des bienheureux. Le peuple court en foule à la maison où il était décédé, et

on le porte en la grande église avec la même pompe que si c'eût été le corps d'un saint canonisé. Les boiteux, les aveugles, les impotents, et généralement toutes les personnes affectées de quelque maladie ou incommodité y furent amenées, dans la persuasion qu'il suffisait de toucher le corps du nouveau saint pour être guéri de toute espèce de mal.

Pendant que de tous les lieux circonvoisins on arrivait à Trévise au bruit de ses miracles, on vit arriver trois de nos Florentins. L'un se nommait Stechi, l'autre Martelin et le troisième Marquis. Ils étaient attachés à de grands seigneurs, qu'ils amusaient par leur singeries et par leur habileté à contrefaire toute sorte de personnages. Les trois nouveaux débarqués, qui entraient pour la première fois dans Trévise, furent très surpris de voir le peuple courir en foule dans les rues. Lorsqu'ils eurent appris le sujet de ces mouvements, ils eurent envie d'aller voir cet objet de la curiosité publique. Ils n'eurent pas plutôt posé leur bagage dans une auberge, que Marquis dit à ses deux camarades : « Nous voulons aller voir ce corps saint, c'est fort bien ; mais je ne vois pas trop comment nous pourrons y réussir. J'ai ouï dire que la place était couverte de suisses et d'autres gens armés, que le gouverneur de la ville a fait poster dans tous les environs pour prévenir le désordre. D'ailleurs, l'église est, dit-on, si pleine, qu'il n'est presque pas possible d'y aborder. — Laissez-moi faire, répondit Martelin, qui avait plus d'envie que les autres de voir le nouveau saint ; je trouverai le moyen de percer la foule et d'arriver jusqu'à l'endroit où est le corps. — Et comment t'y prendras-tu ? répliqua Marquis. — Tu vas le savoir. Je contreferai l'homme impotent et perclus : tu me soutiendras d'un côté, et Stechi de l'autre, comme si je ne pouvais marcher seul, et vous ferez semblant de vouloir me mener auprès du saint pour être guéri. Quel homme, en nous voyant ne se rangera pas pour nous laisser approcher ? »

Cette invention plut extrêmement à ses deux compagnons ; et, sans délibérer davantage, ils se mirent en chemin. Arrivé au coin d'une rue peu fréquentée, il se tordit tellement les mains, les bras, les jambes, la bouche, les yeux et toute la figure, qu'il parut, dans le moment hideux, épouvantable. A le voir, on aurait réellement assuré qu'il était perclus de tous ses membres. Cela fait, les deux autres le saisissent, chacun d'un côté, et s'acheminent vers l'église.

Contrefaisant les affligés, ils prient, au nom de Dieu, toutes les personnes qu'ils rencontrent sur leur passage, de les laisser avancer, ce que tout le monde fait volontiers. Ils eurent bientôt attiré les regards des spectateurs, si bien qu'on criait partout : *Place, place au malade !* Ils arrivèrent en peu de temps auprès du corps de saint Arrigne.

Un profond silence règne alors dans toute l'église. Tous les spectateurs, immobiles et dans l'attente de l'événement, ont les yeux attachés sur Martelin. Celui-ci, très habile à bien jouer son rôle, se fait placer sur le corps-saint. Après avoir demeuré quelques moments dans cette position, il commence à étendre peu à peu un de ses doigts, puis l'autre, puis la main, puis les bras, et insensiblement tous les autres membres.

A cette vue, l'église retentit des cris de joie que poussent les assistants ; mille voix s'élèvent à la fois à la louange de saint Arrigne. Le bruit des acclamations fut si grand et si réitéré, qu'on n'aurait pu entendre le coup de tonnerre le plus éclatant.

Cependant, non loin du corps, il se trouva par malheur un Florentin qui connaissait depuis longtemps Martelin, mais qui n'avait pu d'abord le remettre sous la forme qu'il avait en entrant. Dès qu'il le vit dans son état naturel : « Que Dieu le punisse ! s'écria-t-il aussitôt. Qui n'aurait pris ce coquin pour un homme réellement perclus?

— Quoi ! dirent quelques Trévisans qui entendirent ses paroles, cet homme n'était pas paralytique ?

— Non, certes, répondit le Florentin ; il a été toute sa vie aussi bien tourné et aussi droit qu'aucun de nous ; mais c'est de tous les baladins celui qui sait le mieux se défigurer et prendre la forme qu'il lui plaît. »

A peine a-t-il achevé ces mots, que plusieurs Trévisans, sans vouloir en savoir davantage, poussent avec force pour se faire un passage à travers la foule ; et, parvenus à l'endroit où était Martelin : « Qu'on saisisse, s'écriaient-ils, cet impie, qui vient ici se jouer de Dieu et de ses saints ! Il n'était point perclus ; il s'est contrefait pour tourner en dérision notre saint et nous-mêmes. » Aussitôt ils s'élancent sur lui, le renversent, lui arrachent les cheveux, déchirent ses habits et font pleuvoir sur sa tête une grêle de coups.

Tout le monde était si indigné, que les personnes les moins fanatiques et les plus sages lui lâchaient, les unes un coup de pied, les autres un coup de poing ; bref, pas un des assistants n'eût cru être un homme de bien s'il ne lui eût appliqué quelque soufflet. Martelin avait beau demander grâce et crier miséricorde, on ne se lassait point de le frapper.

Stechi et Marquis, voyant un dénoûment si peu attendu, comprirent que leurs affaires allaient fort mal ; et, craignant pour eux-mêmes un pareil traitement, ils n'osèrent secourir leur pauvre camarade. Au contraire, ils prirent le parti de crier comme les autres : Qu'on assomme ce scélérat ! Cependant ils songeaient à le retirer des mains de la populace qui l'aurait infailliblement tué, si Marquis ne se fût avisé d'un expédient qui lui réussit.

Comme il savait que tous les sergents de la justice étaient à la porte de l'église, il courut, le plus promptement qu'il lui fut possible, chez le lieute-nant du podestat.

« Justice, Monsieur, s'écria-t-il en se présentant à lui, justice ! il y a ici

un filou qui vient de m'enlever ma bourse où j'avais cent ducats. Je vous
supplie de le faire arrêter, afin que je retrouve mon argent. »

Douze sergents courent aussitôt vers l'endroit où le malheureux Martelin
était immolé ; ils fendent la presse avec beaucoup de peine, l'arrachent
tout meurtri et tout moulu des mains de ces furieux et le mènent au palais.

Un grand nombre de gens, qui s'imaginaient que Martelin avait voulu se
moquer d'eux, s'empressèrent de le suivre ; et, ayant entendu dire qu'il
était arrêté comme coupeur de bourses, ils crurent avoir trouvé une occasion favorable pour se venger de lui. Chacun donc dit hautement qu'il lui
avait volé la sienne.

Sur ces plaintes, le lieutenant du podestat, homme intègre et sévère, le
fit entrer dans un lieu retiré, et procéda à son interrogatoire. Mais Martelin, sans être du tout alarmé de sa détention, ne lui répondait que par des
plaisanteries. Le juge en fut si irrité qu'il le fit attacher à l'estrapade, où il
le fit traiter de la bonne manière, dans le dessein de lui faire avouer ses
vols, pour avoir lieu de le condamner ensuite à être pendu. Après la question, le juge réitéra ses interrogatoires, lui demandant toujours s'il n'était
pas vrai qu'il fût coupable de ce dont on l'accusait. Ce malheureux, voyant
qu'il ne lui servait de rien de le nier : « Monseigneur, dit-il au juge, je
suis prêt à confesser la vérité, pourvu que tous ceux qui m'accusent dé-
signent le temps et le lieu où j'ai coupé leur bourse, puis je vous déclarerai
ingénument tout ce que j'ai fait. »

Le juge y consentit volontiers ; et ayant fait venir quelques-uns des accusateurs, il les interrogea séparément. L'un disait qu'il y avait huit jours
passés, l'autre six, l'autre quatre, et quelques-uns soutenaient que l'affaire
était du jour même. Martelin ayant entendu leurs réponses :

« Ils ont tous menti, dit-il au juge. Je puis, Monseigneur, vous en donner une bonne preuve ; car il n'y a que quelques heures que je suis arrivé
dans cette ville, où je n'étais point encore venu ; et plût au ciel que je
n'y eusse jamais mis le pied ! A mon arrivée, mon mauvais sort m'a conduit à l'église où est exposé le corps du nouveau saint, et où j'ai été maltraité de la façon dont vous pouvez juger par les marques que je porte. Si
vous doutez de ce que j'ai l'honneur de vous dire, les officiers du gouverneur, devant lesquels les nouveaux venus sont obligés de se présenter, son
livre et mon hôte même vous en rendront témoignage. Si, après ces informations, vous trouvez que j'ai dit vrai, vous êtes trop équitable pour me
faire subir, à l'instance de ces garnements, un supplice que je ne mérite
pas. »

Pendant que ceci se passait, Marquis et Sechi, alarmés de la sévérité du
juge, et sachant qu'il avait fait donner l'estrapade à Martelin, étaient dans
la plus grande inquiétude sur le sort de leur camarade, et ne savaient quel

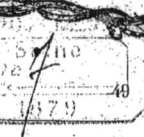

On ne se lassait point de le frapper... Page 47.

parti prendre pour le tirer de là. « Nous avons fait une bien mauvaise
manœuvre, disaient-ils ; nous l'avons tiré de la poêle pour le jeter dans le
feu. » Sur cela, ils vont trouver leur hôte, et lui racontent le fait, qui le
fit beaucoup rire. Il les mena à un certain messire Alexandre, habitant de
Trévise, qui avait beaucoup de crédit sur l'esprit du gouverneur. Après qu'on
lui eut également détaillé la mésaventure de Martelin, sans lui en cacher
la moindre circonstance, ils le prièrent de prendre pitié de son état, et de
vouloir bien s'intéresser pour lui. Messire Alexandre, après avoir ri son

soûl de ce récit, alla trouver le gouverneur, et obtint qu'on enverrait chercher Martelin. Ceux qui furent chargés de cette commission le trouvèrent encore devant le juge, à genoux, en chemise, et dans la plus grande consternation, parce que le juge se trouvait sourd et insensible à toutes ses raisons. Ce magistrat, qui haïssait singulièrement les Florentins, voulait absolument le faire pendre. Il fit même des difficultés pour le céder au gouverneur, et il ne s'y décida qu'après y avoir été contraint par des ordres réitérés et formels.

Aussitôt que Martelin eut paru devant son libérateur, il lui raconta, sans nul déguisement, tout ce qu'il avait fait, et lui demanda, pour grâce spéciale, de le laisser partir, disant que jusqu'à ce qu'il se fût rendu à Florence, il croirait toujours avoir la corde au col. Ce seigneur rit longtemps de cette aventure. Il fit présent d'un habit à chacun des trois compagnons, qui partirent sur-le-champ, bien satisfaits d'avoir échappé à un tel danger.

NOUVELLE II

L'ORAISON DE SAINT JULIEN

L'histoire de Mme Neiphile réjouit beaucoup la compagnie, les dames surtout rirent à gorge déployée de l'aventure de Martelin. Philostrate ne se laissait point d'en plaisanter. Comme il était assis à côté de Neiphile, la Reine lui ordonna de dire sa nouvelle, il prit la parole et commença ainsi :

u temps qu'Azzo, marquis de Ferrare, vivait, un marchand nommé Renaud d'Ast, venant de Bologne, où quelques affaires l'avaient appelé, s'en retournait chez lui, lorsqu'au sortir de Ferrare, et tirant du côté de Vérone, il rencontra des gens à cheval, qu'il prit pour des marchands, et qui étaient des brigands et des voleurs de grand chemin.

Il s'en laissa accoster sans aucune défiance, et consentit volontiers de faire route avec eux. Ces coquins, voyant qu'il était commerçant, jugèrent qu'il devait porter de l'argent, et formèrent en eux-mêmes le projet de le détrousser aussitôt que le moment serait favorable. Pour éloigner toute crainte de son esprit, ils parlent d'honneur et de probité, affectent de grands sentiments d'honnêteté, et s'empressent de lui montrer de l'estime et de l'attachement en saisissant toutes les occasions de lui faire politesse.

Renaud, charmé de leurs bons procédés, se félicitait de cette bonne rencontre, d'autant plus qu'il n'avait avec lui qu'un seul domestique, aussi bien

monté que lui, mais qui ne lui était d'aucune ressource contre l'ennemi.
Tout en causant de choses et d'autres avec ces brigands, la conversation
tomba sur les prières qu'on fait à Dieu. Alors un de ces malheureux, lesquels étaient au nombre de trois, dit à Renaud : « Et vous, mon gentilhomme, quelle prière êtes-vous dans l'usage de faire quand vous êtes en
voyage ?

— A vous dire le vrai, répondit-il, je ne me pique point de savoir beaucoup
d'oraisons ; je vis à l'antique et tout simplement. Cependant je vous avouerai
qu'en campagne je suis dans l'usage de dire tous les matins, avant de sortir
de l'auberge, un *Pater noster* et un *Ave Maria* pour l'âme du père et de
la mère de saint Julien, afin d'avoir bon gîte la nuit suivante.

Je vous assure que je me suis bien trouvé de cette prière. Il m'est arrivé
plusieurs fois de tomber dans de grands dangers ; mais je m'en suis toujours tiré, et j'ai toujours rencontré, le soir, une sûre et excellente auberge.
C'est ce qui m'a donné une grande confiance en saint Julien, en l'honneur duquel je récite ces deux courtes prières. C'est à lui seul que je suis
redevable de cette grâce que Dieu m'a toujours accordée. Je vous assure
que si j'omettais de dire ces oraisons, je ne croirais pas être en sûreté pendant le jour, ni trouver une retraite sûre pour passer la nuit.

— Et ce matin, Monsieur, avez-vous récité ce *Pater* et cet *Ave* ? lui dit
celui qui l'avait interrogé. — Sans doute, répondit Renaud.

— Tant mieux pour toi, dit alors en lui-même ce scélérat, qui pensait à
exécuter son projet ; car, si tu y as manqué, il ne tiendra pas à moi que
tu ne sois très mal logé ce soir. » Puis élevant la voix : « J'ai voyagé, lui
dit-il, pour le moins autant que vous ; et quoique je n'aie jamais dit votre
oraison, dont on m'a plusieurs fois vanté l'efficacité, il ne m'est cependant
jamais arrivé d'être mal logé. Je gagerais même que ce soir je trouverai

un meilleur gîte que vous, nonobstant votre raison. Il est vrai que je suis dans l'usage de réciter, au lieu de cela, le verset *Diripuisti*, ou l'*Intemerata*, ou le *De profundis*, qui, selon ce que me disait ma grand'mère, sont d'une très grande vertu. »

Tout en causant de la sorte, ils continuaient leur route, et les trois coquins ne perdaient point de vue leur projet; ils n'attendaient que le lieu et le moment favorables pour l'exécuter. Après avoir passé à côté d'une forteresse appelée Château-Guillaume, ils s'arrêtèrent dans un lieu solitaire et couvert, sous prétexte de faire boire leurs chevaux au gué d'une petite rivière, et puis se jetèrent sur Renaud, lui enlevèrent son cheval et ses habits, et le laissèrent là à pied et en chemise. « Tu verras, lui dirent-ils en s'éloignant, si ton saint Julien te donnera un bon logis cette nuit; pour le nôtre, il sera bon selon toutes les apparences. » Après ces douces paroles, ils passent la rivière et continuent leur route.

Le domestique de Renaud, qui était resté derrière, le voyant aux prises avec ces brigands, au lieu de voler à son secours, fut assez poltron ou plutôt assez méchant pour tourner bride sur-le-champ, et galopa jusqu'à ce qu'il fût au Château-Guillaume, où il arriva de nuit. Il alla loger dans une des meilleures auberges, sans se mettre aucunement en peine de son maître.

Cependant Renaud, presque tout nu, exposé au froid et à la neige qui tombait à gros flocons (car c'était dans le cœur de l'hiver), maudissant sa destinée, et, voyant qu'il faisait obscur, ne savait quel parti prendre. Transi de froid et claquant des dents, il se tourne de tous côtés pour voir s'il n'y aurait pas dans les environs quelque asile où il pût passer la nuit.

Ce pays portait encore l'empreinte des ravages que la guerre y avait causés; tout était devenu la proie des flammes; si bien que Renaud, n'apercevant ni maison ni chaumière, prit le parti, plutôt que de se laisser mourir de froid, de gagner le chemin de Château-Guillaume, ignorant parfaitement que son domestique se fût retiré dans cette forteresse. Il imaginait que, s'il avait le bonheur d'y entrer, le ciel lui enverrait quelques secours. Mais, hélas! comme il était déjà fort nuit lorsqu'il y arriva, il trouva les portes fermées et les ponts levés.

Le voilà désolé, et j'avoue qu'on le serait à moins. Cependant, comme le désespoir ne remédie à rien, il court çà et là pour découvrir un endroit où il puisse au moins se garantir de la neige qui tombait en abondance. Heureusement il aperçut une maison située sur le rempart, laquelle, avançant un peu en dehors, formait au bas un petit couvert. Renaud s'y arrêta sans balancer, dans la résolution d'y attendre le jour. Sous cet avancement était une petite porte autour de laquelle il y avait un peu de paille. Il la ramassa avec soin, et s'en forma un lit du mieux qu'il put. Là, accroupi et soufflant dans ses mains engourdies par le froid, il gémit sur son état et murmure contre saint Julien de ce qu'il récompense si mal la dévote confiance qu'il avait en lui. Ce bon saint, qui ne l'avait point perdu de vue, touché de compassion, ne tarda pas à lui procurer un asile beaucoup meilleur.

Vous saurez que dans cette maison, dont la saillie servait de couvert au pauvre Renaud, logeait une jeune veuve, jolie et charmante autant qu'il soit possible de l'être. C'était la maîtresse du marquis d'Azzo, gouverneur de la forteresse. Il l'aimait à la folie, et l'entretenait dans cette maison, afin d'être à portée de la voir plus à son aise et sans témoins. Le marquis devait précisément aller passer la nuit avec elle.

La dame, en conséquence, lui avait fait préparer un bain et un souper magnifique. Tout était disposé pour le recevoir, lorsqu'un de ses gens vint annoncer qu'il ne pouvait s'y rendre : des lettres, qu'un exprès avait apportées, obligeait le gouverneur de partir sur-le-champ pour Ferrare. La dame, fâchée d'avoir fait inutilement tant de préparatifs, voulut du moins profiter du bain destiné au marquis.

Ce bain était tout près de la porte où gisait le pauvre morfondu. Elle en sortait dans le moment que Renaud s'était placé dans cet endroit; et, ayant entendu ses doléances et le cliquetis de ses dents : « Va voir, dit-elle à sa servante, ce que c'est. » La fille monte, regarde par la fenêtre, et aperçoit, à la faveur d'une faible clarté, un homme en chemise, assis sur le seuil de la porte. Elle lui demande ce qu'il fait là. Renaud veut lui répondre ; mais le claquement de ses dents ne lui permet pas de bien articuler ses paroles. Ce ne fut qu'avec beaucoup de peine qu'il parvint à lui faire entendre distinctement ce qu'il était, et à lui conter, en peu de mots, son désastre.

Cette fille, naturellement sensible, courut vite en informer sa maîtresse, et la pria d'avoir compassion de ce malheureux. La dame, qui n'était pas moins humaine, se souvenant qu'elle avait la clef de cette porte, par où passait le marquis quand il ne voulait pas être vu : « Va lui ouvrir, lui dit-elle, nous avons de quoi le loger et de quoi lui faire un bon souper. »

La fille, louant la bonté d'âme de sa maîtresse, se hâta d'aller lui ouvrir; et, le voyant presque mort de froid, elle le fait entrer dans le bain encore chaud. Vous jugez bien qu'il ne se le fit pas dire deux fois.

Le pauvre diable crut ressusciter en sentant cette douce chaleur. Pendant qu'il reprenait ses esprits et ses forces, la charitable dame lui fit chercher un habit parmi ceux de son mari, mort depuis peu de temps. Cet habit lui allait si bien, qu'on eût dit qu'il avait été fait pour lui. Se voyant ainsi vêtu d'une manière décente, et attendant les ordres de sa bienfaitrice, il commença à bénir Dieu et saint Julien de lui avoir envoyé un secours si inattendu, et de l'avoir conduit dans un si bon logis.

La dame, s'étant un peu reposée, se rendit dans une salle, au rez-de-

chaussée, où elle avait fait allumer un grand feu, et demanda des nouvelles
du marchand.

La domestique répond qu'il est habillé, qu'il est bien fait de sa personne, et qu'il a l'air d'un très galant homme.

« Dis-lui d'entrer, reprit la dame, il se chauffera, et je le ferai souper
avec moi, car il y a toute apparence qu'il a besoin de manger. »

Renaud paraît, et fait son compliment en homme qui a reçu une certaine
éducation; il tâche d'exprimer sa reconnaissance du mieux qu'il lui est
possible. La beauté de son hôtesse, dont il est frappé, lui rend encore ses
bienfaits plus précieux. Il ne se lasse point de la regarder et de l'admirer.
La dame, de son côté, trouvant à sa mine et à ses discours qu'il était tel
que la servante l'avait dépeint, le combla d'honnêtetés, le fit asseoir devant
le feu à côté d'elle, et le pria de lui raconter le malheur qui lui était arrivé.

Renaud lui en fit le récit dans le plus grand détail. Elle ne douta point
de la vérité de son aventure ; car son valet, en arrivant à Château-Guillaume, avait répandu le bruit que son maître avait été volé et peut-être
assassiné par une bande de brigands. Cette nouvelle était parvenue jusqu'à
la dame, ce qui fit qu'elle lui donna des nouvelles de son domestique, ajoutant qu'il lui serait facile de le trouver le lendemain matin.

Pendant leur conversation, la fille avait servi le souper. Renaud eut
ordre de se mettre à table ; il obéit sans peine et mangea, comme on peut
penser, de fort bon appétit. La dame avait les yeux toujours fixés sur lui.
Plus elle le regardait et plus elle le trouvait aimable. Soit que l'attente du
marquis eût déjà mis ses esprits en mouvement, soit qu'elle fût charmée de
la bonne mine, de la jeunesse et des manières agréables de Renaud, elle
conçut de la passion pour lui. « Quand je profiterais de l'occasion, disait-
elle intérieurement, je ne ferais que me venger du marquis qui s'est moqué
de moi. »

A peine fut-on sorti de table, qu'elle prit la servante en particulier pour
la pressentir sur ce qu'elle était tentée de faire. Celle-ci, qui connaissait
les besoins de sa maîtresse, et qui lisait parfaitement dans son intention,
lui conseilla de se satisfaire, et fit de son mieux pour lever tous ses scrupules.

La dame alla donc se remettre auprès du feu où elle avait laissé Renaud,
qui, comprenant très bien ce dont il était question, se félicitait intérieurement de n'avoir pas manqué de dire ce jour-là son oraison.

Elle se plaça presque vis-à-vis de lui, et après lui avoir lancé plusieurs
regards amoureux : « D'où vient donc que vous êtes si pensif ? Est-ce que
la perte de votre cheval et de vos habits vous afflige ? Consolez-vous, vous
êtes en bonne maison, et regardez-moi comme votre amie. Au reste, ajouta-
t-elle, savez-vous que sous cet habillement, qui vous va à ravir, il me

semble voir feu mon mari, à qui il a appartenu ? Savez-vous encore que,
d'après cette idée, j'ai été vingt fois tentée de vous embrasser et de vous
faire mille baisers ? Je vous avoue même que je me serais satisfaite, si je
n'avais été retenue par la crainte de vous déplaire. »

A ce discours, accompagné d'un ton qui décelait la passion la plus vive,
Renaud, qui n'était rien moins que novice, s'approche de la belle et lui dit
en levant les bras au ciel : « Que je serais ingrat, Madame, moi qui vous
dois la vie, si j'étais capable de trouver mauvais quelque chose qui vous
fît plaisir ! Satisfaites donc votre envie, embrassez-moi, faites-moi des baisers tant que vous voudrez ; je vous assure que je m'estimerai très heureux de vos caresses, et que j'y répondrai de toute mon âme. » Il n'eut
pas besoin d'en dire davantage. Entraînée par la passion qui la dominait,
la dame se jette aussitôt à son col, et lui donne mille tendres baisers que
Renaud lui rend avec usure.

Après avoir ainsi demeuré quelque temps attachés l'un à l'autre, ils
passent dans la chambre à coucher et se mettent dans le lit. Je vous laisse
à penser les plaisirs qu'ils goûtèrent : je vous dirai seulement que l'oraison
en l'honneur de saint Julien produisit des merveilles.

Le jour commençait à poindre, lorsque la dame se mit en devoir de
congédier le marchand ; et pour que personne ne se doutât de l'aventure,
elle se contenta de lui donner des habits vieux et déchirés, qu'elle accompagna, en dédommagement, d'une bourse bien garnie. Après lui avoir
recommandé le secret sur ce qui s'était passé, et lui avoir indiqué le chemin qu'il devrait prendre pour rentrer dans la forteresse, où il ne manquerait pas de trouver son domestique, elle fit sortir par la petite porte qui
donnait en dehors de la forteresse.

Quand il fut plein jour et que les portes furent ouvertes, Renaud, feignant de venir de plus loin, entra dans Château-Guillaume, et ayant trouvé
l'auberge où était logé son domestique, il prit d'autres habits qu'il avait
dans sa malle. Il était sur le point de partir, monté sur le cheval de son
valet, lorsqu'il apprit que les trois brigands qui l'avaient volé la veille
avaient été arrêtés pour quelque autre crime, et qu'on les conduisait dans
les prisons de la forteresse. Il alla trouver le juge.

Les voleurs ayant tout avoué, on lui rendit son cheval, ses habits et son
argent ; de sorte qu'il ne perdit, à ce que dit l'histoire, qu'une paire de
jarretières, que les voleurs avaient égarée. Après cela, Renaud, rendant
grâces à Dieu et à saint Julien de cet heureux dénoûment, monta à cheval,
et s'en retourna sain et sauf dans sa patrie. Quant aux voleurs, ils furent
tous trois pendus le jour suivant.

NOUVELLE III

LES TROIS FRÈRES ET LE NEVEU, OU LE MARIAGE
INATTENDU

Le récit des aventures de Renaud d'Ast excita l'admiration des dames et messieurs. On loua beaucoup le genre de dévotion de cet homme et on bénit Dieu et saint Julien, de l'avoir ainsi secouru dans son malheur. Mais tandis qu'on s'amusait à causer sur la bonne nuit que Renaud dut passer avec cette jeune veuve, Mme Pampinée, voyant que c'était son tour de raconter une histoire, se recueillit pour penser à ce qu'elle devait dire, et quand elle en eut reçu l'ordre de la Reine, d'un ton plein d'assurance, elle commença en ces termes :

l y eut autrefois, dans notre ville de Florence, un chevalier nommé messire Thébalde, qui, selon quelques-uns, était de l'illustre maison des Lamberti, et, selon d'autres, de celle des Agolanti. Ces derniers n'appuient leur sentiment que sur le train qu'ont mené les enfants de Thébalde, et qui était exactement le même qu'ont toujours tenu et que tiennent encore les Agolanti. N'importe de laquelle de ces deux maisons il sortait, je vous dirai seulement qu'il fut un des plus riches gentilshommes de son temps, et qu'il eut trois fils. Le premier s'appelait Lambert, le second Thébalde, comme lui, et le dernier Agolant ; tous trois bien faits et de bonne mine. L'aîné n'avait pas encore accompli sa dix-huitième année, lorsque le père mourut, les laissant héritiers de ses grands biens.

Ces jeunes gens, se voyant très riches en fonds de terres et en argent comptant, ne se gouvernèrent que par eux-mêmes, et commencèrent par prodiguer leurs richesses en dépenses purement superflues. Grand nombre de domestiques, force chevaux de prix, belle meute, volières bien garnies, table ouverte et somptueuse, enfin non seulement ils avaient en abondance ce qui convient à l'éclat d'une grande naissance, mais ils se procuraient à grands frais tout ce qui peut venir en fantaisie à des jeunes gens ; c'étaient chaque jour nouveaux présents, nouvelles fêtes, sans parler des tournois qu'ils donnaient de temps en temps.

Un train de vie si fastueux devait diminuer bientôt les biens dont ils avaient hérité. Leurs revenus ne pouvant y suffire, il fallut engager les terres, puis les vendre insensiblement l'une après l'autre pour satisfaire

Elle le fit sortir par la petite porte... Page 55.

les créanciers. Enfin, ils ne s'aperçurent de leur ruine que lorsqu'il ne leur restait presque plus rien. Alors la pauvreté leur ouvrit les yeux que la richesse leur avait fermés. Rentrés en eux-mêmes, ils reconnurent leur folie ; mais il n'était plus temps.

Dans cette fâcheuse circonstance, Lambert prit ses deux frères en particulier ; il leur représenta la figure honorable que leur père avait faite dans le monde, la fortune immense qu'il leur avait laissée, et la misère où ils allaient se trouver réduits, à cause de leurs folles dépenses et du peu d'ordre qu'ils avaient mis dans leur conduite. Il leur conseilla ensuite, du mieux qu'il lui fut possible, de vendre le peu qui restait des débris de leurs richesses, et de se retirer dans quelque pays étranger pour cacher aux yeux de leurs compatriotes leur misérable situation.

Ses frères s'étant rendus à ses représentations, ils sortirent tous trois de Florence à petit bruit et sans prendre congé de personne. Ils allèrent droit en Angleterre, sans s'arrêter nulle part.

Arrivés à Londres, ils louent une petite maison, font peu de dépense, et s'avisent de prêter de l'argent à gros intérêts. La fortune leur fut si favorable, qu'en peu d'années ils eurent amassé de grandes sommes, ce qui les mit à portée de faire alternativement les uns et les autres plusieurs voyages à Florence, où, avec cet argent, ils achetèrent une grande partie de leurs anciens domaines et plusieurs autres terres.

Étant enfin venus y fixer tout à fait leur séjour, ils s'y marièrent, après avoir toutefois laissé en Angleterre un de leurs neveux, nommé Alexandre, pour y continuer le même commerce à leur profit.

Établis à Florence, ils ne se souvinrent bientôt plus de la pauvreté où leur faste les avait réduits. La fureur de briller s'empara de chacun d'eux, comme auparavant; et, quoiqu'ils eussent femme et enfants, ils reprirent leur ancien train de vie, sans s'inquiéter de rien. C'étaient tous les jours de nouvelles dettes. Les fonds qu'Alexandre leur envoyait ne servaient qu'à apaiser les créanciers. Par ce moyen, ils se soutenaient encore; mais cette ressource devait bientôt leur manquer.

Il est bon de vous dire qu'Alexandre prêtait son argent aux gentils-hommes et aux barons d'Angleterre, sur le revenu de leurs gouvernements militaires ou de leurs autres charges, ce qui lui produisait un grand profit. Or, pendant que nos trois étourdis, se reposant sur son commerce, s'endettaient de plus en plus pour mener leur genre de vie ordinaire, la guerre survint, contre toute apparence, entre le roi d'Angleterre et l'un de ses fils.

Cette guerre inattendue mit le désordre dans ce royaume, les uns prenant parti pour le père, les autres pour le fils. Voilà le malheureux Alexandre privé des revenus qu'il percevait sur les places fortes et sur les châteaux où commandaient auparavant ses débiteurs; le voilà forcé de discontinuer son commerce faute de fonds. Néanmoins l'espérance de voir bientôt terminer cette guerre, et de pouvoir toucher ensuite ce qui lui était dû, le retenait encore dans ce pays.

Cependant les trois Florentins ne diminuaient rien de leurs dépenses ordinaires, et contractaient tous les jours de nouvelles dettes. Mais plusieurs années s'étant passées sans qu'on vit l'effet des espérances qu'ils donnaient aux marchands, ils perdirent non seulement tout crédit, mais ils se virent poursuivis et arrêtés par leurs créanciers. On vendit tout ce qu'ils possédaient ; et comme le produit ne put suffire à payer toutes leurs dettes, on les tint en prison pour le surplus. Leurs femmes et leurs enfants, réduits à la plus affreuse indigence, se retirèrent les uns d'un côté, les autres de l'autre.

Alexandre, qui s'impatientait depuis longtemps en Angleterre, dans l'espérance de récupérer ses fonds, voyant que la paix était non seulement encore éloignée, mais qu'il courait risque de la vie, se détermina à revenir en Italie, et en prit le chemin. Il passa par les Pays-Bas. Comme il sortait de Bruges, il rencontra, presque aux portes de cette ville, un jeune abbé en habit blanc, accompagné de plusieurs moines, avec un gros train et un gros bagage.

A la suite étaient deux vieux chevaliers qu'Alexandre avait connus à la cour de Londres, et qu'il savait être parents du roi. Il les aborde et en est favorablement accueilli. Il leur demande, chemin faisant et avec beaucoup de politesse, qui étaient ces moines qui marchaient devant avec un si gros train, et où ils allaient.

« Le jeune homme qui est à la tête de la cavalcade, répondit un des milords, est un de nos parents, qui vient d'être pourvu d'une des meilleures abbayes d'Angleterre. Comme il est trop jeune, suivant les canons de l'Église, pour remplir une telle dignité, nous le menons à Rome pour obtenir du pape une dispense d'âge et la confirmation de son élection ; c'est de quoi nous vous prions de ne parler à personne. »

Alexandre continua sa route avec eux. L'abbé, qui marchait tantôt devant, tantôt derrière, selon la coutume des grands seigneurs qui voyagent avec une suite, se trouva par hasard à côté du Florentin. Il l'examine, et voit un jeune homme bien tourné, de bonne mine, honnête, poli, agréable et charmant. Il fut si enchanté de son air et de sa figure, qu'il l'engagea poliment à s'approcher davantage et à se tenir à côté de lui. Il l'entretient de diverses choses, lui parle bientôt avec une certaine familiarité, et, tout en causant, il lui demande qui il est, le pays d'où il vient et l'endroit où il va. Alexandre satisfit à toutes ses questions ; il ne lui laissa pas même ignorer l'état actuel de ses affaires, qu'il lui exposa avec une noble ingénuité. Il termina son récit par lui offrir ses petits services en tout ce qui pourrait lui être agréable.

M. l'abbé fut ravi de sa manière de parler, facile et gracieuse. Il trouva dans le son de sa voix je ne sais quoi de doux qui allait au cœur. Sentant croître l'intérêt qu'il lui avait d'abord inspiré, il se mit à l'étudier de plus près, et conclut, d'après ses observations, qu'il devait être véritablement gentilhomme, malgré la profession servile qu'il avait exercée à Londres. Il fut touché de son infortune, et lui dit, pour le consoler, qu'il ne fallait

désespérer de rien. « Qui sait, ajouta-t-il d'un ton qui annonçait le vif
intérêt qu'il prenait à son sort, qui sait si le ciel, qui n'abandonne jamais
les hommes de bien, ne vous réserve point une fortune égale à celle dont
vous avez joui, et peut-être plus considérable ? » Il finit par lui dire que
puisqu'il allait en Toscane, où il devait passer lui-même, il lui ferait plaisir
de demeurer en sa compagnie. Alexandre le remercia de l'intérêt qu'il
prenait à son infortune, et l'assura qu'il était disposé à se conformer à ses
moindres désirs.

Pendant qu'ils voyageaient ainsi de compagnie, le jeune seigneur anglais
paraissait quelquefois rêveur et pensif. Le Florentin, qui lui devenait chaque
jour plus cher, donnait lieu à ses rêveries : il avait des vues sur lui pour
certain projet. Il en était tout occupé, lorsque, après plusieurs journées de
marche, ils arrivèrent à une petite ville, qui n'était rien moins que bien
pourvue d'auberges. On s'y arrêta cependant, par la raison que M. l'abbé
était fatigué. Alexandre, qu'il avait chargé, dès le premier jour, du soin
des logements, parce qu'il connaissait mieux le pays que pas un de sa suite,
le fit descendre à une auberge dont l'hôte avait autrefois été son domestique ; il lui fit préparer la meilleure chambre, et comme l'auberge était
fort petite, il logea le reste de l'équipage dans différentes hôtelleries, du
mieux qu'il lui fut possible.

Après que l'abbé eut soupé et que tout le monde se fut retiré, la nuit
étant déjà fort avancée, Alexandre demanda à l'hôte où il le coucherait.
« En vérité, je n'en sais rien, lui répondit-il : vous voyez, Monsieur, que
tout est si plein, que ma famille et moi sommes contraints de coucher sur le
plancher. Il y a cependant, dans la chambre de M. l'abbé, un petit grenier
où je puis vous mener ; nous tâcherons d'y placer un lit, et pour cette nuit
vous y coucherez comme vous pourrez.

— Comment veux-tu que j'aille dans la chambre de M. l'abbé, puisqu'elle
est si petite, qu'on n'a pu y placer aucun de ses moines ?

— Il y a, vous dis-je, un réduit où il nous sera facile de placer un matelas.

— Point d'humeur ; si je m'en fusse aperçu quand on a préparé la
chambre, j'y aurais fait coucher quelque moine, et j'aurais réservé pour
moi la chambre qu'il occupe.

— Il n'est plus temps, reprit le maître du logis ; mais j'ose vous promettre
que vous serez là le mieux du monde. M. l'abbé dort, les rideaux de son
lit sont fermés ; j'y placerai tout doucement un matelas et un lit de plume,
sur lequel vous dormirez à merveille. » Le Florentin, voyant que la chose
pouvait s'exécuter sans bruit et sans incommoder M. l'abbé, y consentit,
et s'y arrangea le plus doucement qu'il lui fut possible.

L'abbé, qui ne dormait point, mais qui était tout occupé des tendres impressions qu'Alexandre avait faites sur son esprit et sur son cœur, non

seulement l'entendait se coucher, mais n'avait pas perdu un seul mot de sa conversation avec l'hôte. « Voici l'occasion, disait-il en lui-même, de satisfaire mes désirs, si je la manque, il n'est pas sûr qu'elle se représente. » Résolu donc d'en profiter, et persuadé que tout le monde dormait, il appelle tout bas Alexandre, et l'invite à venir se coucher auprès de lui. Celui-ci s'en défend par politesse. L'abbé insiste, et, après quelques façons, Alexandre cède enfin à ses instances.

A peine est-il dans le lit de monseigneur, que monseigneur lui porte la main sur l'estomac, et commence à le manier, à le caresser de la même manière que les jeunes filles en usent quelquefois à l'égard de leurs amants. Alexandre en fut tout surpris. Il ne douta point que l'abbé ne méditât, par ses divers attouchements, le plus infâme de tous les crimes.

L'abbé, qui s'en aperçut, soit par conjecture, soit par quelque mouvement particulier d'Alexandre, se mit à sourire ; pour le détromper, il défait incontinent la camisole avec laquelle il couchait, ouvre sa chemise, et prenant la main d'Alexandre, la porte sur sa poitrine en lui disant : « Bannis de ton esprit toute idée déshonnête, et vois à qui tu as affaire. » Qui fut surpris ? ce fut Alexandre, qui trouva sous sa main deux petits tétons arrondis, durs et polis comme deux boules d'ivoire.

Revenu de son erreur, et voyant que le prétendu abbé était une femme, il lui rend aussitôt caresse pour caresse ; et, sans autre cérémonie, se met en devoir de lui prouver qu'il était, lui, véritablement homme. « N'allez pas si vite en besogne, lui dit le faux abbé en l'arrêtant ; avant de pousser les choses plus loin, écoutez ce que j'ai à vous dire. A présent que vous connaissez mon sexe, je ne dois pas vous laisser ignorer que je suis fille, et que j'allais trouver le pape pour le prier de me donner un époux ; mais je ne vous eus pas plutôt vu l'autre jour, que, par un effet de mon malheur ou de votre bonne fortune, je me sentis aussitôt éprise de vous. Mon amour s'est tellement fortifié, qu'il n'est pas possible d'aimer plus que je vous aime. C'est pourquoi j'ai formé le dessein de vous épouser de préférence à tout autre. Voyez si vous me voulez pour votre femme ; sinon, sortez de mon lit et retournez dans le vôtre. »

Quoique Alexandre ne connût pas assez bien la dame pour se déterminer si promptement, néanmoins comme il jugeait, par son grand train et par la qualité des gens qui l'accompagnaient, qu'elle devait être riche et de bonne maison, et d'ailleurs la trouvant fort aimable et fort jolie, il lui répondit, presque sans balancer, qu'il était disposé à faire tout ce qui pourrait lui être agréable.

Alors la belle s'asseoit sur le lit ; et, dans cette attitude, devant une image de Notre-Seigneur, elle met un anneau au doigt d'Alexandre, en signe de leur foi et de leur mutuelle fidélité. Puis ils s'embrassèrent, se caressèrent, et passèrent le reste de la nuit à se donner des marques de leur commune satisfaction. Ils prirent des mesures pour tâcher de jouir des mêmes plaisirs le reste du voyage ; et quand le jour fut venu, Alexandre se retira dans le petit réduit, et personne ne sut où il avait couché.

Ils continuèrent ainsi leur route, fort contents l'un de l'autre, et arrivèrent à Rome, après plusieurs jours de marche, non sans avoir pris de nouveaux acomptes sur les plaisirs du mariage.

Quelques jours après, l'abbé, accompagné d'Alexandre et des deux milords, alla à l'audience du pape ; et après lui avoir présenté les saluts accoutumés, il lui parla ainsi :

« Très-Saint Père, vous savez mieux que personne que, pour vivre honnêtement, il faut éviter avec soin les occasions qui peuvent nous conduire à faire précisément le contraire.

Or, c'est ce qui m'a engagé à m'enfuir de chez mon père, le roi d'Angleterre, avec une partie de ses trésors, et à venir déguisée sous l'habit que je porte, dans l'intention de recevoir un époux de la main de Votre Sainteté.

J'aurai l'honneur de vous dire que mon père voulait me forcer d'épouser, jeune comme je suis, le roi d'Écosse, prince courbé sous le poids des années. Toutefois ce n'est pas tant à cause de son grand âge que je me suis déterminée à prendre la fuite, que dans la crainte qu'après l'avoir épousé, la fragilité de ma jeunesse ne me fît tomber dans quelque égarement indigne de ma naissance et contraire aux lois de la religion.

Je n'avais pas encore fait la moitié du chemin pour me rendre auprès de Votre Sainteté, lorsque la Providence, qui seule connaît parfaitement les besoins de chacun de nous, m'a fait rencontrer celui qu'elle me destinait pour mari.

C'est ce gentilhomme que vous voyez, ajouta-t-elle en montrant Alexandre ; il n'est pas de naissance royale comme moi ; mais son honnêteté et son mérite le rendent digne des plus grandes princesses.

Je l'ai donc pris pour mon époux ; et, n'en déplaise au roi mon père, et à tous ceux qui pourraient m'en blâmer, je n'en aurai jamais d'autre.

J'aurais pu, sans doute, depuis que j'ai fait ce choix, me dispenser de venir jusqu'ici ; mais, Très-Saint Père, j'ai cru devoir achever mon voyage, tant pour visiter les lieux saints de la capitale du monde chrétien que pour vous rendre mes hommages, et vous supplier de vouloir bien faire passer, devant notaire, un contrat de mariage que ce gentilhomme et moi avons déjà passé devant Dieu. Je me flatte donc que Votre Sainteté approuvera une union qui était écrite dans le ciel, et de laquelle j'attends mon bonheur.

Nous vous demandons votre sainte bénédiction, que nous regarderons comme un gage assuré de celle de Dieu, dont vous êtes le digne vicaire. »

Je vous laisse à penser quels durent être l'étonnement et la joie d'Alexandre, quand il apprit que sa femme était fille du roi d'Angleterre. Sa surprise fut cependant moins grande que celle des deux milords. Ils eurent de la peine à retenir leur dépit, et auraient peut-être maltraité l'Italien et outragé la princesse, s'ils se fussent trouvés ailleurs qu'en la présence du souverain pontife.

Le pape, de son côté, parut fort étonné de ce qu'il venait d'entendre, et trouva le choix de la dame non moins singulier que son déguisement; mais, ne pouvant empêcher ce qui était résolu et déjà fait, il consentit à ce qu'elle désirait; puis il consola les milords, leur fit faire la paix avec la dame et avec Alexandre, fixa le jour des noces, et donna ses ordres pour les préparatifs.

La cérémonie fut magnifique. Elle se fit en présence de tous les cardinaux et de plusieurs autres personnes de distinction.

Le pape avait fait préparer un superbe festin. La dame y parut en habits royaux. Tout le monde la trouva charmante et la combla de compliments et d'éloges. Alexandre en reçut aussi. Il était richement vêtu, et avait un maintien si noble, qu'on l'aurait plutôt pris pour un prince que pour un homme qui avait prêté sur gages.

Quelque temps après, les nouveaux mariés partirent de Rome pour venir à Florence, où la renommée avait déjà porté la nouvelle de ce mariage. On les y reçut avec tous les honneurs imaginables. La dame paya les dettes des trois frères, qui sortirent de prison et rentrèrent dans la possession de tous leurs biens qu'elle leur racheta.

Elle alla ensuite en France avec son mari, emportant l'un et l'autre l'estime et les regrets de toute la ville de Florence. Ils amenèrent avec eux Agolant, un des oncles d'Alexandre. Arrivés à Paris, le roi de France les accueillit avec beaucoup de distinction.

Les deux milords, qui ne les avaient point quittés jusqu'alors, partirent de là pour retourner en Angleterre. Ils firent si bien auprès du roi, qu'ils remirent sa fille dans ses bonnes grâces, et lui inspirèrent de l'estime et de l'amitié pour son gendre. Ce monarque les reçut depuis avec toutes les démonstrations de la joie la plus vive.

Peu de temps après leur arrivée à la cour, il éleva son gendre aux plus hautes dignités, et lui donna le comté de Cornouailles. Alexandre devint si habile politique, qu'il parvint à raccommoder le fils avec le père, qui étaient encore en guerre. Il rendit par ce moyen un service important au royaume et s'acquit l'amour et l'estime de la nation.

Son oncle Agolant recouvra tout ce qui était dû à ses frères et à lui; et après que son neveu l'eut fait décorer de plusieurs dignités, il revint à Florence chargé de richesses.

Le comte de Cornouailles vécut toujours depuis en bonne intelligence avec la princesse sa femme. On assure même qu'après avoir beaucoup contribué, par sa prudence et sa valeur, à la conquête de l'Écosse, il en fut couronné roi.

NOUVELLE IV

LANDOLFE OU LA FORTUNE IMPRÉVUE

Mme Laurette qui était assise à côté de Mme Pampinée, voyant que celle-ci avait achevé de raconter sa nouvelle, commença sans attendre le commandement de la Reine à parler ainsi :

'est une opinion généralement adoptée, que le voisinage de la mer, depuis Reggio jusqu'à Gaëte, est la partie la plus gracieuse de l'Italie. C'est là qu'assez près de Salerne est une côte, que les habitants appellent la côte de Malfi, couverte de petites villes, de jardins et de commerçants. La ville de Ravello en est aujourd'hui la plus florissante.

Tout le monde la trouva charmante et la combla de compliments... Page 63.

Il n'y a pas longtemps qu'il y avait dans celle-ci un nommé Landolfe Ruffolo, qui possédait des richesses immenses; mais la cupidité peut-elle être jamais satisfaite?

Cet homme voulut augmenter encore sa fortune, et son ambition démesurée pensa lui coûter la perte de tous ses biens et celle de sa propre vie.

Après avoir donc mûrement réfléchi sur ses spéculations, selon la coutume des commerçants, Landolfe acheta un gros navire; et l'ayant chargé pour son compte de diverses marchandises, il fit voile pour l'île de Chypre.

Il y trouva tant de vaisseaux chargés des mêmes marchandises, qu'il se vit obligé, non seulement de vendre les siennes à bas prix, mais de les donner presque pour rien, afin de pouvoir s'en défaire.

Vivement consterné d'une perte si considérable, qui l'avait ruiné en si peu de temps, il prit la résolution de mourir ou de se dédommager sur autrui de ce qu'il avait perdu, pour ne pas retourner en cet état dans sa patrie, d'où il était sorti si riche.

Dans cette intention, il vendit son navire; et de cet argent, joint à celui qu'il avait retiré de ses marchandises, il acheta un vaisseau léger pour faire le métier de corsaire.

Après l'avoir armé et très bien équipé, il s'adonna tout entier à la piraterie, courut les mers, pilla de toutes mains, et s'attacha principalement à donner la chasse aux Turcs. La fortune lui fut plus favorable dans ce nouvel état qu'elle ne lui avait été dans le commerce.

Il fit un si grand nombre de captures sur les Turcs, que, dans l'espace d'un an, il recouvra non seulement ce qu'il avait perdu en marchandises, mais il se trouva deux fois plus riche qu'auparavant.

Jugeant donc qu'il avait assez de biens pour vivre agréablement, sans s'exposer à un nouveau revers de fortune, il borna là son ambition, et résolut de s'en retourner dans sa patrie avec le butin qu'il avait fait. Le souvenir de son peu de succès dans le commerce lui donnant lieu de craindre de nouveaux revers, il ne se soucia guère de faire de nouvelles tentatives de ce côté-là.

Il partit donc, et fit voile vers Ravello avec ce même vaisseau léger qui lui avait servi à acquérir tant de richesses; mais à peine fut-il en pleine mer, qu'il s'éleva, pendant la nuit, un vent des plus violents.

Il agita et souleva les flots avec tant de fureur, que Landolfe, voyant que sa petite frégate ne pourrait longtemps résister à l'impétuosité des vagues, prit le parti de se réfugier promptement dans un petit port formé par une île qui le défendait de ce vent.

Bientôt après, deux grandes caraques génoises, venant de Constantinople, entrèrent dans ce même port pour se mettre à l'abri de l'ouragan. Les Génois, ayant appris que le petit vaisseau appartenait à Landolfe, qu'ils savaient, par la voix publique, être très riche, et étant naturellement passionnés pour l'argent et avides du bien d'autrui, conçurent le dessein de s'en rendre les maîtres.

Ils lui fermèrent d'abord le passage; puis, ils mirent à terre une partie de leurs gens, munis d'arbalètes et bien armés, qui se postèrent en un lieu d'où ils pouvaient aisément accabler de traits quiconque aurait osé sortir du vaisseau de Landolfe, sans coup férir et sans perdre un seul homme.

Les honnêtes Génois firent monter le Ravellin sur une de leurs caraques; et, après avoir pris tout ce qui était dans son vaisseau, ils le coulèrent à fond. Le malheureux Landolfe fut mis à fond de cale, et on ne lui laissa pour tout vêtement qu'un fort mauvais haillon.

Le lendemain le vent changea : les Génois firent voile vers le ponant, et voguèrent heureusement pendant tout le jour; mais, à l'entrée de la nuit, il s'éleva un vent impétueux, qui, faisant enfler la mer, sépara bientôt les deux caraques. Celle qui portait l'infortuné citoyen de Ravello fut jetée avec violence au-dessus de l'île de Céphalonie, sur des rochers, où elle s'ouvrit et se brisa comme un verre. La mer fut en un instant couverte de marchandises, de caisses et des débris du navire.

Tous les gens de l'équipage, qui savaient nager, luttant au milieu des ténèbres contre les vagues agitées, s'attachaient à tout ce que le hasard leur présentait pour tâcher de se sauver.

Le malheureux Landolfe, à qui la perte de tout ce qu'il possédait avait fait souhaiter la mort le jour précédent, en eut une peur effroyable quand il la vit si proche. Par bonheur, il rencontra un ais et s'en saisit, espérant que Dieu voudrait bien lui envoyer quelque secours pour le retirer du danger.

Il s'y plaça le mieux qu'il lui fut possible, et ne laissa pas d'être le jouet des vents et des flots, tantôt poussé d'un côté, tantôt d'un autre. Il s'y soutint cependant jusqu'à ce que le jour parût.

A la faveur de la clarté naissante, il veut regarder autour de lui, et ne voit que mer, que nuages et une petite caisse, laquelle, flottant au gré des eaux, s'approchait quelquefois de si près, qu'il craignait qu'elle ne le blessât; c'est pourquoi, quand elle s'approchait de trop près, il se servait du peu de forces qui lui restaient pour la repousser.

Pendant qu'il luttait ainsi contre la caisse qui le suivait, il s'éleva dans les airs un tourbillon furieux, qui, en redoublant l'agitation des vagues, poussa la caisse contre la planche. Landolfe, renversé et forcé de lâcher prise, fut précipité sous les flots.

Revenu sur l'eau et nageant plus de peur que de force, il vit l'ais fort loin de lui. Désespérant de pouvoir l'atteindre, il nagea vers la caisse qui était beaucoup plus proche, et s'y cramponna du mieux qu'il put. Il s'étendit sur le couvercle, et se servit de ses bras pour la conduire.

Toujours en butte au choc des vagues, qui le jetaient de côté et d'autre, ne prenant, comme on peut se l'imaginer, aucune nourriture, et buvant de temps en temps plus qu'il n'eût voulu, il passa le jour et la nuit suivante dans cet état, sans savoir s'il était près de la terre, et ne voyant que le ciel et l'eau.

Le lendemain, poussé par la violence des vents, ou plutôt conduit par la volonté suprême de Dieu, Landolfe, dont le corps était devenu comme une éponge, accroché par ses mains à la caisse de la même manière que ceux qui sont sur le point de se noyer, aborda à l'île de Oulfe.

Une pauvre femme écurait alors sur le rivage sa vaisselle avec du sable. A peine eut-elle aperçu le naufragé, que, ne reconnaissant en lui aucune forme d'homme, elle fut saisie de frayeur et recula en poussant de grands cris.

Landolfe était si épuisé, qu'il n'eut pas la force de lui dire un mot ; à peine la voyait-il. Cependant les flots le poussant de plus en plus vers la rive, la femme distingua la forme de la caisse. Elle regarda alors plus attentivement, et, s'approchant davantage, elle aperçoit des bras étendus sur la caisse ; elle distingue un visage, et voit enfin que c'est un homme.

Touchée de compassion, elle entre au bord de la mer, qui était tranquille, prend Landolfe par les cheveux, et vient à bout de l'entraîner, avec la caisse, sur le rivage.

Elle lui détache les mains fortement accrochées à la caisse, qu'elle met sur la tête d'une fille qui était avec elle ; et prenant ensuite Landolfe sur son dos, comme s'il eût été un enfant, elle le porte à la ville, elle le met dans une étuve, et à force de le frotter, de le laver avec de l'eau chaude, elle fit revenir la chaleur et parvint à lui rendre ses forces.

Lorsque la bonne femme comprit qu'il était temps de le sortir de l'étuve, elle l'en retira et acheva de le réconforter avec du bon vin et quelques confitures.

En un mot, elle le traita si bien, qu'il revint à son état naturel, et connut enfin où il était. Elle crut alors devoir lui remettre sa caisse, et l'exhorta du mieux qu'elle put à oublier son infortune ; ce qu'il fit.

Quoique Landolfe ne songeât plus à la caisse, il la prit toutefois, jugeant que, pour peu qu'elle valût, il en retirerait de quoi se nourrir pendant quelques jours ; mais la trouvant fort légère, il eut peu d'espérance.

Cependant, impatient de savoir ce qu'elle renfermait, il l'ouvrit de force, pendant que la femme était hors du logis, et y trouva quantité de pierres précieuses, dont une partie, mise en œuvre, était richement travaillée.

Comme il se connaissait en pierreries, il vit qu'elles étaient d'un très grand prix, loua Dieu de ne l'avoir point abandonné, et reprit entièrement courage. Mais pour éviter un troisième revers de fortune, il pensa qu'il fallait user de finesse pour conduire heureusement ces bijoux jusqu'à sa maison.

C'est pourquoi il les enveloppa, le mieux qu'il put, dans de vieux linges, et dit à la bonne femme que, n'ayant pas besoin de la caisse, elle pouvait la garder, pourvu qu'elle lui donnât un sac en échange ; ce qu'elle fit très obligeamment.

Après l'avoir remerciée du service signalé qu'il en avait reçu, il mit son sac sur son col et partit. Il monta dans une barque, qui le passa à Brindes. De là il se rendit à Trany, où il rencontra plusieurs de ses compatriotes.

C'étaient des marchands de soie, qui après avoir entendu le récit de ses aventures, à l'article de la cassette près, que Landolfe crut devoir passer sous silence, le firent habiller par charité. Ils lui prêtèrent même un cheval, et lui procurèrent compagnie pour aller à Ravello, où il leur avait dit qu'il voulait retourner.

De retour dans sa patrie, et se trouvant, grâce au ciel, en lieu de sûreté, il n'eut rien de plus pressé que de visiter son sac. Il examina à loisir les pierreries, parmi lesquelles il vit beaucoup de diamants ; de sorte qu'en vendant tous ces bijoux à un prix raisonnable, il allait être du double plus riche que lorsqu'il sortit de sa patrie.

Quand il s'en fut défait, il envoya une bonne somme d'argent à la femme de Gulfe qui l'avait retiré de l'eau.

Il récompensa également les marchands qui l'avaient secouru à Trany, et il passa le reste de ses jours dans une honnête aisance dont il sut se faire honneur.

NOUVELLE V

LE RUBIS.

Les pierres trouvées par Landolphe, dit Mme Flammette, car c'était son tour de parler, me font souvenir d'une histoire qui ne contient pas moins de malheurs que celle que nous venons d'entendre. Toute la différence qu'il y en a c'est que les événements de l'une se sont passés dans le cours de plusieurs années, et que ceux de la nouvelle que je vais dire sont arrivés dans une seule et même nuit.

Il y eut autrefois à Pérouse un nommé André de la Pierre, qui faisait commerce de chevaux.

Ayant appris qu'ils étaient à bon marché dans la ville de Naples, il mit cinq cents écus d'or dans sa bourse, dans l'intention de s'y rendre pour en acheter plusieurs.

Comme il n'avait jamais perdu de vue le clocher de sa paroisse, il partit avec d'autres marchands, et arriva à Naples un dimanche au soir.

Après avoir pris des instructions de son hôte, il alla le lendemain matin au marché aux chevaux, où il en trouva plusieurs à son gré, qu'il n'acheta pourtant point, pour n'avoir pu convenir du prix.

De peur qu'on imaginât qu'il n'avait pas de quoi les payer, il tirait de temps en temps sa bourse de dessous son manteau, et étalait ainsi son argent, comme un sot, aux yeux des passants.

Dans un moment où il la tenait dans ses mains pour en faire parade, passe à côté de lui, sans qu'il s'en aperçût, une Sicilienne d'une beauté ravissante, mais d'un naturel si compatissant, qu'elle accordait ses faveurs à qui en voulait et pour très peu de chose. Dès qu'elle vit cette bourse :

« Que je serais heureuse, dit-elle au fond de son cœur, si tout cet or m'appartenait ! »

Et elle continua son chemin.

Or, il y avait avec cette courtisane une vieille femme, de Sicile comme elle, qui la quitta aussitôt qu'elle eut aperçu André. Elle courut vers le jeune homme, qu'elle connaissait, et l'embrassa avec affection.

La courtisane la suivit des yeux ; et voyant qu'elle parlait à l'homme aux écus, elle s'arrêta pour l'attendre.

André, tout surpris de se voir ainsi embrassé dans une ville où il ne connaissait personne, se retourna ; il regarda attentivement cette vieille, et, l'ayant enfin reconnue, il répond de son mieux aux marques d'amitié qu'elle lui donnait.

Celle-ci fut si enchantée de l'avoir rencontré, qu'elle lui promit d'aller le voir dans son auberge ; puis, sans s'arrêter plus longtemps à discourir, elle prit congé de lui et alla rejoindre sa compagne. Le maquignon continua de marchander des chevaux, mais il n'en acheta point de cette matinée.

La jeune fille, à qui la bourse du maquignon tenait fort au cœur, et cherchant dans sa tête un moyen pour la lui escroquer tout entière ou en partie, demanda finement à la vieille qui était cet homme, d'où il était, ce qu'il faisait là et d'où elle le connaissait.

La bonne femme, qui ne se défiait de rien, l'instruisit de tout, aussi bien que l'aurait pu faire André lui-même. Elle lui dit qu'elle avait demeuré avec son père, d'abord en Sicile, ensuite à Pérouse, et ne manqua pas de lui apprendre quel sujet avait conduit le jeune homme à Naples.

La rusée demoiselle, instruite à fond de la famille d'André et du nom de tous ses parents, résolut de se servir de ces renseignements pour venir à bout de son dessein.

Arrivée à sa maison, elle donna de l'occupation à la vieille pour tout le jour, afin de lui ôter le temps d'aller voir le Pérousin ; puis, s'adressant à une jeune fille de son espèce, qui lui tenait lieu de servante, et qu'elle avait très bien instruite dans l'art de faire de pareils messages, elle l'envoya sur le soir chez André, qu'elle rencontra, par un heureux hasard, sur la porte de l'auberge.

Elle l'aborde et lui demande s'il ne savait point où était un honnête homme de Pérouse, nommé André de la Pierre, qui logeait là dedans. Après qu'il lui eut répondu que c'était lui-même, elle le tire un peu à l'écart et lui dit :

« Monsieur, une aimable dame de cette ville serait très charmée d'avoir, s'il vous plaisait, un entretien avec vous. »

Ces paroles flattèrent tellement l'amour-propre d'André, qui s'imaginait être un beau garçon, qu'il ne douta point que cette dame ne fût éprise d'amour pour lui. Il répondit donc sans balancer qu'il irait la trouver, et il demanda l'heure et le lieu où cette dame jugerait à propos de le recevoir.

« Quand il vous plaira, dit le commissionnaire ; elle vous attend chez

elle. — Puisque cela est ainsi, répliqua André, va-t'en devant, et je te
suis. »

Il la suivit, en effet, sans en avertir personne du logis.

Cette petite friponne le conduisit à la maison de la belle, qui demeurait
rue Maupertuis, nom qui désigne assez combien la rue était honnête ; mais
le jeune Pérousin, qui l'ignorait parfaitement, croyant aller dans un lieu
décent parler à une honnête femme, entra avec sécurité dans ce mauvais
lieu, précédé de la commissionnaire.

Il monte après elle. Celle-ci n'a pas plutôt appelé sa maîtresse et crié
qu'André était là, que la courtisane parut au haut de l'escalier pour le recevoir.

Figurez-vous une femme qui, au mérite de la jeunesse et à celui de
la beauté, joignait une taille aussi riche qu'élégante, et une parure qui
annonçait autant de goût que de propreté.

Le jeune homme avait encore deux ou trois marches à monter, lorsqu'elle
courut à lui les bras ouverts ; elle les étendit autour de son col, et demeura
quelques moments sans lui rien dire, comme si l'excès de sa tendresse
l'eût empêchée de proférer une parole ; puis, fondant en larmes, elle couvrit son front de baisers, et d'une voix entrecoupée :

« O mon ami, lui dit-elle, ô mon cher André, sois le bienvenu !

— Et vous, Madame, lui répondit André, tout ébahi de recevoir tant de
caresses, et vous, soyez la bien trouvée. »

Elle le prit par la main, et le fit entrer dans un salon, d'où, sans lui parler, elle le fit passer dans sa chambre, qui était parfumée de roses, de
fleurs d'orange et d'autres parfums. Il y vit un lit superbe, de très beaux
meubles et des habits magnifiques étalés sur des perches, selon l'usage de
ce pays-là.

Comme il était encore tout neuf, il fut étonné de cet éclat, et ne douta
point qu'il n'eût affaire à une dame de conséquence. Quand ils furent assis
l'un et l'autre sur un sofa, situé près du lit, la donzelle lui tint ce discours :

« Je ne doute nullement, mon cher André, que tu ne sois surpris de mes
caresses et de mes larmes. J'avoue que tu dois l'être, puisque tu ne me
connais pas et que tu n'as peut-être jamais entendu parler de moi.

« Mais ta surprise sera bien plus grande, quand je t'aurai dit que je suis
ta sœur.

« J'ai toujours désiré de voir tous mes frères avant de mourir ; mais, puisque le bon Dieu me fait la grâce d'en voir un, je t'assure qu'à présent je
mourrai contente, en quelque temps qu'il lui plaise de m'appeler à lui. Tu

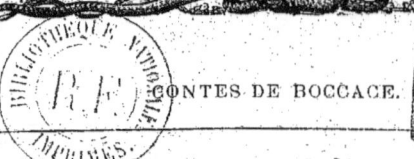
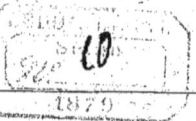

Elle l'embrassa de nouveau et couvrit son front de baisers... Page 74.

n'as sans doute aucune connaissance de ceci ; je vais te découvrir ce mystère en peu de mots. Tu as pu entendre dire que la Pierre, mon père et le tien, fit autrefois un long séjour à Palerme.

« Son caractère, naturellement bon et obligeant, lui acquit dans cette ville un grand nombre d'amis, dont plusieurs vivent encore.

« De toutes les personnes qu'il sut s'affectionner, ma mère, née de parents nobles, et alors veuve d'un très bon gentil homme, fut sans doute celle qui eut pour lui le plus grand attachement, puisque sans être arrêtée par la

10

crainte de son père et de ses frères, et oubliant, qui plus est, son propre honneur, elle vécut avec lui dans une si étroite liaison, qu'elle devint grosse et accoucha de moi.

« Quelque temps après, notre père, forcé de quitter Palerme et de retourner à Pérouse pour ses affaires, nous laissa en Sicile ma mère et moi (je n'étais encore qu'une enfant), sans qu'il nous ait donné depuis, à l'une ni à l'autre, la moindre marque de son souvenir.

« Je t'avoue que si le respect qu'on doit à un père ne me retenait, je le blâmerais vivement de son ingratitude envers ma mère, et de son peu de tendresse pour sa fille qu'il a eue, non d'une servante ou d'une personne méprisable, mais d'une femme honnête, qui, sans le connaître de longue main, avait eu la faiblesse de le rendre maître de ses biens et de sa personne. Mais brisons là-dessus ; car il est bien plus aisé de censurer un mal passé que de le réparer.

« Malgré l'abandon de celui qui m'avait donné le jour, ma mère, à qui son mari avait laissé beaucoup de bien, prit un soin particulier de mon enfance ; et, quand je fus devenue grande, elle me maria à un très honnête gentilhomme de la maison de Gergentes, qui, pour lui complaire, ainsi qu'à moi, vint se fixer à Palerme.

« Comme il était un zélé partisan des Guelfes, il conduisit quelque entreprise secrète avec le roi Charles. Frédéric, roi d'Aragon, en fut averti avant qu'il eût pu la mettre à exécution ; ce qui nous obligea à nous enfuir de Sicile, à la veille d'être la plus grande dame de cette île.

« Nous emportâmes de nos biens le peu que nous en pûmes recueillir ; je dis peu, eu égard à tout ce que nous possédions.

« Forcés d'abandonner ainsi nos hôtels et nos palais, nous vînmes nous réfugier en cette ville, où le roi Charles nous a un peu dédommagés des pertes que nous avions faites pour son service.

« Il nous a donné maison en ville et maison à la campagne, et il fait une bonne pension à mon mari, comme tu pourras t'en convaincre par toi-même.

« Voilà, mon cher frère, par quel accident je suis ici ; voilà, mon bon ami, ce qui, grâce à Dieu et non à ton amitié, me procure aujourd'hui le plaisir de te voir. » Après ces derniers mots, elle l'embrassa de nouveau et couvrit son front de baisers.

André, entendant une fable si bien tissue, débitée avec tant d'ordre par une personne qui, loin de paraître embarrassée dans la moindre circonstance, s'exprimait avec autant de facilité que de grâce et de naturel, se souvenant que son père avait effectivement demeuré autrefois à Palerme, jugeant d'ailleurs par lui-même de la faiblesse des jeunes gens, qui con-

tractent aisément des liaisons avec les objets qui leur plaisent ; touché
peut-être aussi des larmes, des démonstrations d'amitié et des honnêtes
caresses de la dame ; André, dis-je, crut sans peine tout ce qu'elle lui avait
raconté.

« Vous ne devez pas trouver étrange, Madame, lui répondit-il, que je
sois étonné de tout ce que vous venez de m'apprendre. Je ne vous connais
pas plus que si vous n'aviez jamais existé. Mon père, vous pouvez m'en
croire, n'a jamais parlé de vous, ni de madame votre mère, ou, s'il l'a fait,
cela n'est jamais parvenu jusqu'à moi.

« Je n'en suis pas moins charmé de trouver ici une sœur si aimable. Vous
ne sauriez croire le plaisir que j'ai de cette rencontre ; il est d'autant plus
grand, que je ne m'y attendais nullement.

« Tout homme, quelque élevé que fût son rang, ne pourrait qu'être flatté
d'une semblable découverte ; combien ne dois-je pas m'en glorifier, moi qui
ne suis encore qu'un petit marchand, et qui ne connais ici personne ! Mais
de grâce, éclaircissez-moi d'un fait : par quel moyen avez-vous su que
j'étais en cette ville ?

— Je l'ai appris ce matin d'une bonne femme qui vient me voir souvent
et qui a demeuré quelque temps avec votre père à Palerme et à Pérouse.

« Il m'a paru plus décent de vous envoyer chercher que d'aller moi-
même chez vous. Soyez sûr que, sans cette considération, j'aurais été vous
trouver. »

Après lui avoir ainsi répondu, elle se mit à lui demander des nouvelles
de tous ses parents, qu'elle désigna par leur nom les uns après les autres.

André satisfit à toutes ses questions ; et il demeura persuadé, beaucoup
plus qu'il n'aurait dû l'être sans doute, de la vérité de l'histoire qu'elle
venait de lui conter.

Comme la conversation avait été longue, et qu'il faisait fort chaud, elle
fit apporter du vin de Grèce, avec quelques confitures, et en régala notre
jeune homme. Peu de temps après, voyant que l'heure du souper approchait, André se mit en devoir de s'en retourner à son auberge. La dame
l'en empêcha, et feignant même d'en être choquée :

« Eh ! mon Dieu, lui dit-elle, je vois bien que tu fais peu de cas de moi,
puisque, étant avec une sœur que tu n'avais jamais vue, et chez qui tu
aurais dû venir descendre à ton arrivée en cette ville, il te tarde si fort de
la quitter pour aller souper à l'auberge.

« Il n'en sera rien, je te le jure : et, bon gré, mal gré, tu souperas avec
moi. Quoique mon mari ne soit point ici, à mon grand regret, sois sûr que
la bonne chère ne te manquera pas.

— Vous ne me rendez pas justice, répondit André, je vous aime comme on doit aimer une sœur ; mais si je ne prends congé de vous, on m'attendra tout le soir pour souper, et il n'est pas honnête de se faire attendre.

— Que le bon Dieu te bénisse ! s'écria la donzelle. N'ai-je pas ici quelqu'un pour envoyer dire qu'on ne t'attende point ? Je pense même que tu ferais bien de prier tes compagnons de voyage de venir souper ici ; tu leur ferais une politesse à laquelle ils seraient sensibles, et tu ne te retirerais pas seul, dans le cas que tu ne veuilles point coucher ici. »

André répondit que, puisqu'il fallait absolument qu'il soupât avec elle, il ferait tout ce qu'elle jugerait à propos ; et que, quant à ses compagnons, il n'en voulait aucun ce soir. Elle lui en témoigna sa satisfaction, et feignit d'envoyer dire à l'auberge qu'on ne l'attendît point.

Après divers propos, on se mit à table ; les viandes furent délicates et la chère abondante. La belle fit de son mieux pour faire durer le souper jusqu'à ce qu'il fît bien obscur. Lorsqu'on eut desservi et qu'André voulut s'en aller :

« Je ne le souffrirai point pour tout au monde, dit la charitable sœur ; Naples n'est pas une ville où personne, et encore moins un étranger, puisse aller la nuit dans les rues. »

Elle ajouta qu'elle avait fait dire qu'on ne l'attendît, ni pour souper, ni pour coucher. Le bon André, croyant sans peine tout ce qu'elle disait, et prenant plaisir d'être avec elle, donna dans le panneau et ne parla plus de se retirer.

Les voilà à s'entretenir de nouveau de différentes choses. Après avoir longtemps causé, la sœur prétendue, voyant qu'il était près de douze heures, laissa André dans sa chambre avec un petit garçon pour le servir, et elle se retira, avec ses femmes, dans une autre.

On était dans la canicule, et la chaleur se faisait sentir ; c'est pourquoi André, se voyant seul, crut devoir se mettre à son aise, et quitta jusqu'à ses hauts-de-chausses, qu'il posa sur le chevet de son lit, ne gardant pour tout habillement que son pourpoint.

Pressé par un besoin naturel, il demanda au petit domestique où étaient les commodités.

« Entrez là, » lui répondit-il en lui montrant une porte qui était dans le coin de la chambre.

A peine fut-il entré, qu'ayant mis malheureusement le pied sur une planche, dont l'un des bouts était décloué du soliveau sur lequel elle portait, il tombe dans les commodités, suivi de la planche ; mais, grâce à Dieu, quoique la chute fût assez élevée, il ne se fit aucun mal. Il en fut quitte pour se voir dans un instant tout barbouillé de la puante ordure dont ce lieu était plein.

Pour vous faire mieux comprendre ceci et ce qui en fut la suite, je vais vous dire de quelle façon étaient construites ces commodités. Il y avait un petit cul-de-sac fort étroit, comme nous en voyons à Florence dans plusieurs maisons, qui, au moyen de quelques planches soutenues par deux soliveaux, formait une communication avec la maison voisine.

Or, le siège des commodités était au haut de ce cul-de-sac ou d'une petite allée, dans laquelle le pauvre diable se vit précipité.

Vous imaginez bien qu'il n'était rien moins qu'à son aise, au fond de

ce cloaque infect. Il appelle le garçon, qui, immédiatement après qu'il eut fait la culbute, avait été en avertir sa maîtresse.

Celle-ci de courir aussitôt à la chambre, et d'y chercher les habits d'André ; elle les trouve avec l'argent que le jeune homme défiant avait jusquelà porté toujours sur lui, et pour lequel cette coquine avait tendu ses pièges, en feignant d'être de Palerme et fille d'un Pérousin. Dès lors, ne se souciant plus de ce prétendu frère si chéri et si bien reçu, elle se hâta d'aller fermer la porte des commodités. André, voyant que le garçon ne lui répondait point, cria plus fort, mais tout aussi inutilement.

Il commença à soupçonner, mais un peu trop tard qu'il était pris pour dupe. Comment sortir d'un si vilain lieu? Il cherche, il tâtonne, pour trouver une issue; il s'aperçoit que les latrines ne sont séparées de la rue que par une cloison.

Il monte, non sans peine, sur ce petit mur; et lorsqu'il est descendu dans la rue, il va droit à la porte de la maison qu'il reconnut très bien. Heurter, appeler, frapper de toutes ses forces, fut l'affaire d'un instant; mais tout fut inutile.

Ne doutant plus alors qu'il n'eût été joué : « Hélas! dit-il les larmes aux yeux, comment est-il possible qu'en si peu de temps j'aie perdu cinq cents écus et une sœur! »

Après plusieurs autres doléances, il frappe encore et se met à crier à pleine tête. Le bruit fut si grand, qu'il réveilla les voisins, et que plusieurs se levèrent, pour savoir ce qui l'occasionnait. Une des femmes de la courtisane se mit à la fenêtre; et feignant de sortir du lit et de sommeiller encore, elle crie, d'un ton rauque et de mauvaise humeur :

« Qui est en bas?

— C'est moi; ne me connais-tu point? Je suis André, frère de Mme Fleur-de-Lis.

— Bonhomme, réplique la servante, si tu as trop bu, va-t'en dormir : tu reviendras demain; je ne connais point André, et je ne comprends rien aux extravagances que tu dis. Retire-toi, et laisse nous dormir, s'il te plaît.

— Quoi! s'écrie André, tu ne sais pas ce que je dis? certes, je suis bien sûr du contraire; mais puisque les parentés de Sicile s'oublient en si peu de temps, rends-moi au moins mon argent et mes habits que j'ai laissés là-haut, puis je m'en irai volontiers.

— Tu rêves, sans doute, bonhomme, » répondit la fille en souriant malicieusement; et elle referma aussitôt la fenêtre.

André, déjà trop certain de son malheur, pensa se désespérer, et résolut d'obtenir à force d'injures ce qu'il n'avait pu gagner à force de prières. Il jure, il peste, il crie de toutes ses forces; et, armé d'une grosse pierre, il frappe contre la porte à coups redoublés, et menace de l'enfoncer.

Plusieurs des voisins qu'il avait éveillés, croyant qu'on voulait faire pièce à cette bonne dame, lassés d'entendre tout ce bruit, se mirent aux fenêtres, et, semblables à une troupe de chiens qui aboient dans la rue après un chien étranger, s'écrient tout d'une voix :

« C'est bien infâme de venir, à l'heure qu'il est, dire et faire de pareilles

impertinences à la porte d'une femme d'honneur ! Au nom de Dieu, bonhomme, retire-toi, et laisse-nous en repos. Si tu as quelque chose à démêler avec cette dame, reviens demain, et ne nous romps plus la tête de tout
ce vilain tintamarre.

Un galant de la dame qui était dans la maison, et qu'André n'avait ni vu
ni entendu, encouragé par les paroles des voisins, courut aussitôt à la
fenêtre, et d'une voix fière et terrible :

« Qui est là-bas ? » s'écria-t-il.

André lève la tête et voit un homme qui, autant qu'il en put juger, lui
parut un vrai coupe-jarret. Il avait une barbe noire et épaisse ; et, comme
s'il sortait d'un profond sommeil, il baissait et se frottait les yeux.

« Je suis frère de la dame du logis, » répondit-il tout effrayé de cette
voix. Mais celui-ci, sans attendre qu'il eût achevé de répondre, et prenant
un ton plus rude et plus menaçant que la première fois :

« Scélérat, ivrogne, dit-il, je ne sais ce qui me tient que je n'aille t'assommer et te donner autant de coups de bâton que tu en pourras porter,
pour t'apprendre à troubler ainsi le repos d'autrui ; » et, après ces mots, il
ferma aussitôt la fenêtre.

Quelques-uns des voisins, qui connaissaient sans doute la trempe de cet
homme, dirent à André avec douceur :

« Au nom de Dieu, mon ami, retirez-vous, et ne vous faites pas tuer.
Allez-vous-en, vous dit-on, c'est le plus sûr parti que vous puissiez prendre. »

Le Pérousin, aussi épouvanté du son de voix et des regards de celui qui
l'avait menacé, que persuadé de la sagesse de l'avertissement et des conseils des charitables voisins, triste et désespéré d'avoir perdu son argent,
reprit, pour s'en retourner à son auberge, le même chemin qu'il avait suivi
avec la petite chambrière ; et, comme il pouvait à peine résister à la puanteur qu'il exhalait, il crut devoir aller du côté du port pour se laver.

Il se détourna à main gauche, et entra dans la rue Catellane. Comme il
gagnait le haut de la ville, il aperçut de loin deux hommes qui venaient
vers lui, munis d'une lanterne sourde. Craignant que ce ne fût la patrouille
ou des malfaiteurs, il voulut les éviter, et se cacha dans une masure qu'il
découvrit à ses côtés.

Les deux hommes y entrèrent un moment après, comme s'ils se fussent
donné le mot pour le suivre. Ils s'arrêtent tout proche de lui, posent à terre
plusieurs instruments de fer, et les examinent au clair de leur lanterne.
Pendant qu'ils causaient sur ces divers instruments :

« Que veut dire ceci ? dit l'un deux à son compagnon, je sens une puan-
tueur si forte, que de ma vie je ne crois en avoir senti une pareille. Il

tourne aussitôt la lanterne de côté et d'autre, et voit le malheureux André.

« Qui est là ? » Point de réponse. Ils s'approchent avec la lanterne et, le voyant tout barbouillé, lui demandent qui l'avait mis dans cet état. Le pauvre hère, un peu rassuré, leur conta sa triste aventure.

Les deux inconnus, cherchant dans leur esprit où l'on pouvait lui avoir joué ce tour, imaginèrent que ce devait être dans la maison de Scarabon Boute-Feu.

« Bonhomme, lui dit alors l'un d'eux, tu dois, malgré la perte de ton argent, remercier le ciel de ce que tu es tombé dans les commodités, et que tu n'aies pu rentrer dans la maison ; tu n'en aurais pas été quitte pour la perte de ton argent ; car on t'aurait infailliblement égorgé pendant ton sommeil.

« Mais à quoi bon les pleurs ? Il faut te consoler et prendre ton parti. Tu arracherais plutôt les étoiles du ciel qu'un seul des écus qu'on t'a pris. Tu cours même risque d'être assassiné, si l'amoureux de la donzelle apprend que tu aies ébruité ton aventure. »

Puis, après s'être parlé à l'oreille : « Écoute, lui dirent-ils, comme nous avons compassion de toi, si tu veux nous aider dans l'exécution d'une entreprise que nous avons projetée, nous te promettons un butin qui te dédommagera de reste de ce que tu as perdu. »

André, au désespoir et ne sachant où donner de la tête, répondit sans balancer qu'il ferait tout ce qu'ils voudraient.

On avait enterré à Naples, le jour précédent, l'archevêque de cette ville, nommé Philippe Minutolo, avec de très riches vêtements et un rubis à son doigt qui valait plus de cinq cents ducats d'or.

Leur dessein était de voler ce tombeau. Ils le déclarèrent à André, qui, plus intéressé qu'avisé, prit avec eux le chemin de la cathédrale. Comme l'odeur qu'il exhalait était toujours très incommode : « Ne saurions-nous, dit, chemin faisant, un des compagnons, trouver un moyen pour le laver, afin qu'il ne nous infecte plus ?

— Rien de plus aisé, répondit l'autre ; nous voici tout proche d'un puits auquel on laisse ordinairement une corde et un grand seau. Allons-y de ce pas, et nous le laverons. »

Arrivés à ce puits, ils trouvèrent bien la corde, mais point de seau. Quel parti prendre ? Il fut résolu d'attacher le maquignon au bout de la corde, et de le descendre lui-même dans le puits, où il pourrait se baigner de pied en cap.

On convint qu'il secouerait la corde, quand, après s'être lavé, il voudrait qu'on le remontât. A peine l'y avaient-ils descendu, qu'un détache-

il leur raconta sans déguisement tout ce qui lui était arrivé... Page 84.

ment de la patrouille, excédé de fatigue et brûlant de soif, marche vers ce puits dans l'intention de s'y désaltérer.

Les compagnons d'André les ayant entendus venir, et craignant d'être arrêtés, prirent aussitôt la fuite, et n'en furent point aperçus.

Quand les autres arrivèrent, André était parfaitement débarbouillé.

Ayant mis bas leurs armes, leurs pavois et leurs casaques, les voilà à tirer la corde, jugeant par sa résistance que le seau était tout plein.

Arrivé au haut du puits, André lâche la corde et s'élance avec vivacité sur le bord.

Les soldats, saisis de frayeur et croyant avoir puisé le diable, s'enfuirent à toutes jambes, ce qui jeta le Pérousin dans un étonnement d'autant plus grand, que s'il ne s'était bien tenu il serait tombé au fond du puits, non sans risque de se tuer ou de se blesser dangereusement.

Sa surprise augmenta lorsque, descendu à terre, il vit des armes qu'il savait bien que ses compagnons n'avaient point apportées.

Frappé de crainte, et ne sachant ce que cela signifiait, il prit le parti de s'en aller, mais sans savoir où.

A quelques pas de là, il rencontra les deux inconnus qui revenaient pour le retirer du puits.

Étonnés de le voir, ils lui demandent qui l'en avait retiré; il répond qu'il n'en sait rien et leur raconte comment la chose s'était passée.

Ils lui dirent alors par quel motif ils avaient pris la fuite, et lui apprirent par qui il devait avoir été retiré du puits.

Comme il était déjà minuit, sans s'amuser davantage à discourir, nos trois associés marchent en diligence vers l'église.

Ils s'y introduisent et vont droit au tombeau de l'archevêque.

Il était couvert d'une grande pierre de marbre, qu'ils vinrent à bout de soulever par le moyen de leurs instruments, et qu'ils étayèrent ensuite de manière qu'un homme pouvait y passer. Quand cela fut fait :

« Qui entrera? dit l'un deux.

— Ce ne sera pas moi, répondit l'autre.

— Ni moi non plus, répliqua le premier; mais qu'André y entre.

— Je n'en ferai rien assurément, dit André.

Tu dis que tu n'y entreras point? répliquèrent alors ses deux compagnons en se tournant vers lui; palsambleu! il faut bien que tu y entres, sans quoi nous allons t'assommer. »

Le maquignon, les jugeant très capables d'effectuer leurs menaces, ne se le fit pas dire davantage, et il entra.

Comme il descendait : « Ces coquins-là, dit-il en lui-même, m'ont bien la mine de vouloir me filouter.

« Si je suis assez fou pour leur donner tout, je suis presque sûr que, dans le temps que je serai occupé à sortir du caveau, ils décamperont et ne me laisseront rien ; c'est pourquoi je ne ferai point mal de me payer par mes mains. »

Il se souvint de l'anneau précieux dont il leur avait entendu parler;

et la première chose qu'il fît, quand il fut descendu, fut de le tirer du doigt de Mgr l'archevêque et de le mettre en lieu de sûreté.

Il prit ensuite la crosse, la mitre, les gants, les habits pontificaux; en un mot, il dépouilla le prélat jusqu'à la chemise, et donna tout cela à ses camarades, disant qu'il n'y avait plus rien de bon à prendre.

Ceux-ci se tuaient de dire que l'anneau devait y être et qu'il n'avait qu'à bien chercher.

André, le bon André leur protestait qu'il ne le trouvait point.

Eux, aussi rusés que lui, insistèrent de nouveau; et pendant qu'il faisait semblant de chercher, ils ôtèrent l'appui qui soutenait la pierre, et prenant la fuite, ils le laissèrent ainsi enfermé dans le tombeau.

Vous devez penser dans quelle situation se trouva le malheureux André; il essaya plusieurs fois de soulever le marbre avec la tête et avec les épaules, mais ses efforts furent inutiles.

Accablé de douleur et de fatigue, il tomba évanoui sur le corps de l'archevêque.

Qui les eût vus dans cette position, aurait eu de la peine à distinguer lequel des deux était le mort.

Ayant repris ses sens, il pleure, il gémit, il se désespère se voyant dans la cruelle alternative, ou de périr de faim et de misère dans ce tombeau, ou d'être pendu comme un voleur, si l'on venait à le découvrir dans ce lieu.

Tandis qu'il était en proie à ces tristes réflexions, il entendit marcher dans l'église.

Il se figura, avec raison, que c'étaient des voleurs qui y étaient conduits par le même appât qu'il l'avait été lui-même avec ses compagnons: ce qui ne fit que redoubler ses craintes.

Ceux-ci, après avoir ouvert le tombeau et appuyé la pierre qui le couvrait, firent les mêmes difficultés pour y entrer.

Personne n'osait y descendre; enfin un prêtre de la bande termina la contestation en disant:

« Il faut convenir que vous êtes bien poltrons! Pour moi, qui n'ai point peur des morts, j'y entrerai avec plaisir. »

Le voilà dans l'instant ventre à terre sur le bord du caveau, et tournant le dos à l'ouverture, il y introduit d'abord ses jambes l'une après l'autre pour passer ensuite plus sûrement le reste du corps.

André, qui s'était un peu rassuré et qui avait entendu tout ce qu'on avait dit, n'en fait pas à deux fois: il se lève, et, saisissant le prêtre par une jambe, il le tire à lui de toute sa force.

Celui-ci de crier aussitôt et de faire des efforts pour s'échapper.

Il faillit s'évanouir de peur ; mais, rassemblant le peu de forces qui lui restaient, il sortit du trou ; et, sans songer à refermer le tombeau, il suivit de près ses camarades qui s'étaient enfuis aussi vite que s'ils eussent eu cent diables à leurs trousses.

André, tout joyeux de cet événement inattendu, ne perd pas un instant pour sortir du tombeau, et, muni du rubis, se sauve promptement de l'église.

Il courut longtemps les rues sans savoir où il allait.

A la pointe du jour, se trouvant sur le port, il se reconnut et gagna le chemin de l'auberge.

L'hôte et ses compagnons de voyage lui ayant témoigné combien ils avaient été toute la nuit en peine de lui, il leur raconta sans déguisement tout ce qui lui était arrivé.

L'aubergiste lui conseilla très fort de sortir promptement de Naples.

Il ne tarda pas à suivre ce conseil, et s'en retourna à Pérouse avec son beau rubis, qui le dédommagea de la perte de ses écus.

NOUVELLE VI

LES ENFANTS RETROUVÉS

Toute la compagnie paraissait enchantée du récit des aventures d'André, dont Mme Flammette venait de les régaler, lorsque Mme Émilie, pour obéir au commandement de la Reine, prit la parole et dit :

ous n'ignorez pas, mes chères dames, qu'après la mort de Frédéric II, empereur, Mainfroi fut couronné roi de Sicile.

Ce prince avait auprès de lui un gentilhomme napolitain, nommé Henri Capèce, qui jouissait d'une grande fortune et d'un très grand crédit.

Il avait le gouvernement du royaume de Sicile, et était marié à Britolle Caracciola, dame de qualité, et Napolitaine comme lui.

Dans le temps qu'il était encore gouverneur de Sicile, Charles 1er ayant gagné la bataille de Bénévent, où Mainfroi perdit la vie, il eut la douleur de voir les Siciliens se déclarer pour le vainqueur.

Ne pouvant plus dès lors compter sur leur attachement et leur fidélité, et ne voulant point devenir sujet de l'ennemi de son souverain, il se disposa à prendre la fuite; mais les Siciliens, ayant eu vent de son projet, le livrèrent au roi Charles avec plusieurs autres zélés serviteurs de Mainfroi.

Quand Charles eut pris possession du royaume de Sicile, Britolle, à la vue d'un changement si subit et si étonnant, ne sachant quel sort on avait fait subir à son mari, et craignant d'en éprouver un pareil, dans le cas qu'on l'eût fait mourir, crut devoir sacrifier ses biens à sa propre sûreté; et quoique enceinte, elle s'embarqua dans un vaisseau qui allait à Lipari, accompagnée seulement de son fils, âgé tout au plus de huit ans, et qui portait le nom de Geoffroi.

Elle arriva heureusement dans cette ville, où elle accoucha d'un autre fils qu'elle nomma le Fugitif.

Elle y prit une nourrice, et s'embarqua, ainsi que cette nourrice et ses deux enfants, pour se rendre à Naples chez ses parents; mais le ciel traversa son projet.

Une violente tempête jeta la galère qui la portait sur la côte de l'île de Pouza, où l'on relâcha dans un petit port pour attendre les vents favorables.

Étant descendue à terre à l'exemple du reste de l'équipage, et ayant trouvé dans l'île une petite solitude, elle commença à gémir sur le sort de son mari.

Elle se dérobait tous les jours aux yeux des matelots et des passagers pour aller dans ce lieu solitaire donner un libre cours à sa douleur.

Un jour, pendant qu'elle y faisait ses doléances ordinaires, arrive tout à coup un corsaire, qui s'empare, sans coup férir, de sa galère, et l'emmène avec tous ceux qui la montaient.

Mme Britolle, ayant donné à ses plaintes et à ses gémissements le temps qu'elle leur consacrait journellement, reprit le chemin du rivage pour revoir ses enfants.

Quelle fut sa surprise de n'y trouver personne! Soupçonnant aussitôt ce qui était arrivé, elle porte ses regards de tous côtés sur la mer, et voit, à une distance peu éloignée, le vaisseau du corsaire, suivi de la petite galère qu'il venait d'enlever. Britolle ne douta plus qu'elle n'eût perdu pour jamais ses chers enfants, comme elle avait perdu son mari.

Quelle douleur! Seule, abandonnée, ne sachant que devenir, appelant d'une voix presque éteinte, tantôt ses fils, tantôt leur père, elle tomba évanouie sur le rivage; et comme il n'y avait là personne pour la secourir, elle demeura longtemps sans connaissance et sans sentiment : revenue à elle-même, des larmes abondantes coulèrent de ses yeux.

Elle se lève, et, dans le trouble que lui cause sa douleur, elle court de caverne en caverne, et, par des cris entremêlés de sanglots, appelle ses chers enfants, comme si elle eût eu quelque espérance de les retrouver.

S'apercevant de l'inutilité de ses plaintes, et l'horreur de l'obscurité qui commençait à se répandre sur l'horizon la forçant de songer à elle-même, elle prit le parti de se retirer dans la petite caverne où elle avait accoutumé d'aller gémir sur son infortune.

Elle y passa la nuit dans des agitations d'autant plus douloureuses, qu'une frayeur continuelle s'était jointe à son affliction.

Le jour venu, n'ayant pris aucune nourriture depuis plus de vingt-quatre heures, elle se sentit si fort pressée de la faim, qu'elle se détermina à manger de l'herbe, plutôt que de se laisser mourir.

Après s'être sustentée comme elle put, elle se mit à pleurer de nouveau, songeant au cruel avenir qui la menaçait.

Tandis qu'elle était livrée à ses tristes réflexions, elle voit une chèvre entrer dans une caverne voisine de la sienne, et en sortir quelques instants après pour retourner dans le bois.

La vue de cette bête attire sa curiosité.

Elle se lève et va dans l'endroit d'où la chèvre venait de sortir; elle y trouva deux petits chevreaux, nés le jour même.

Comme elle n'avait pas perdu son lait depuis qu'elle était relevée de couches, et qu'elle en était même incommodée, elle ne fit aucune difficulté de les prendre l'un après l'autre dans ses bras et de leur présenter sa mamelle.

Ces animaux, loin de se refuser à ses caresses, la tétèrent comme si c'eût été leur propre mère, et dès ce moment ne mirent aucune différence entre l'une et l'autre. Ces deux petits nourrissons furent pour cette dame infortunée une espèce de compagnie et un soulagement à ses malheurs.

Elle ne les quittait que pour aller paître l'herbe, comme leur mère, et se désaltérer au bord d'un ruisseau.

Privée de tout secours humain et de l'espoir de sortir d'un lieu si désert, elle se résolut d'y vivre et d'y mourir, pleurant néanmoins à chaudes larmes toutes les fois que le souvenir de son mari, de ses enfants et de son ancien état se retraçait à son esprit.

Sa manière de vivre et le séjour qu'elle fit dans un lieu si sauvage la rendirent sauvage elle-même.

Le moyen de ne pas le devenir, quand on n'a de société qu'avec des animaux farouches!

Mᵐᵉ Britolle avait déjà passé plusieurs mois dans cette île, lorsque le hasard attira dans le petit port où elle avait débarqué un vaisseau de Pise, qui y jeta l'ancre et y demeura plusieurs jours.

Sur ce navire était un gentilhomme nommé Conrad, marquis de Malespini, qui avait avec lui son épouse, femme d'une vertu et d'une dévotion exemplaires : ces époux venaient de visiter tous les lieux saints du royaume de la Pouille, et s'en retournaient chez eux.

Un jour, pour se dissiper, accompagnés de quelques domestiques, et suivis de leurs chiens, ils allèrent se promener dans l'île, non loin de la grotte que Mᵐᵉ Britolle avait choisie pour sa demeure ordinaire.

Les chiens ayant aperçu les deux chevreaux, devenus assez forts, pour aller paître seuls dans le bois, coururent aussitôt après eux.

Ceux-ci prirent la fuite, et se réfugièrent incontinent dans la caverne de l'infortunée Britolle, où ils furent poursuivis par les chiens.

A cette vue, Mᵐᵉ Britolle prend un bâton et se lève pour les chasser. Pendant qu'elle est occupée à les mettre en fuite, messire Conrad et sa femme, qui suivaient leurs chiens, arrivèrent près de la grotte.

Je vous laisse à penser quel fut leur étonnement, quand ils virent cette femme, qui était devenue noire, maigre et velue.

Britolle, de son côté, éprouva une surprise pour le moins aussi grande.

Le gentilhomme fait taire et retirer ses chiens; il s'approche de cette femme et la prie instamment de lui dire qui elle est, et ce qu'elle fait dans un lieu si désert.

Elle ne se fit pas longtemps prier pour satisfaire sa curiosité et celle de son épouse, qui venait de lui faire les mêmes questions.

Elle leur déclara ingénument son nom, sa qualité, et leur raconta toutes ses infortunes.

Le marquis, qui avait connu particulièrement son mari, fut vive-

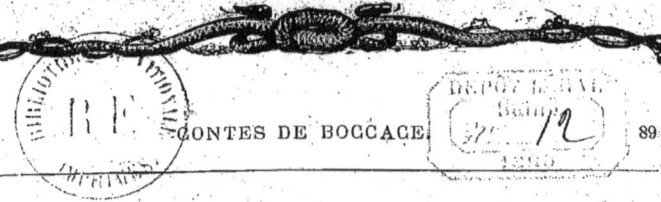

Bref ils furent surpris... Page 92.

ment touché de ce récit ; il n'oublia rien pour lui faire abandonner la résolution qu'elle avait prise de finir ses jours dans ce désert.

Il s'offrit de la ramener chez ses parents, ou de la garder chez lui jusqu'à ce que le sort lui fût plus favorable, en lui promettant de la traiter comme sa propre sœur.

Mais, voyant qu'elle ne se rendait point à ses instances, il la laissa avec sa femme, persuadé qu'elle pourrait la déterminer plus facilement à accepter ses offres ; en attendant, il donna des ordres pour qu'on lui

apportât des habits et de quoi manger. La femme du marquis, restée
seule avec elle, se conduisit au mieux.

Elle commença d'abord à partager sa douleur ; bientôt après elle se
mit à pleurer avec elle sur ses malheurs ; puis elle l'engagea, mais ce
ne fut pas sans peine, à manger et à s'habiller.

Enfin, quoique cette infortunée protestât qu'elle n'irait jamais en lieu
où elle fût connue, la marquise fit si bien, par ses tendres sollicitations
et ses vives instances, qu'elle la détermina à partir avec elle pour Lunigiane, en lui promettant d'emmener, si elle voulait, les deux chevreaux
et leur mère.

Cet animal était revenu au gîte, et, au grand étonnement de la marquise, avait fait mille caresses à M⁰ᵉ Britolle.

Les vents étant devenus favorables, cette infortunée s'embarqua
avec messire Conrad et sa femme.

Leur navigation fut des plus heureuses.

Il leur fallut peu de temps pour arriver à l'embouchure de la rivière
de la Maigra, où ils débarquèrent.

De là ils se rendirent au château du marquis, qui en était peu
éloigné.

On convint que, pour mieux déguiser M⁰ᵉ Britolle, elle prendrait un
habit de deuil, et qu'elle passerait pour être attachée à la marquise en
qualité de demoiselle de compagnie.

Elle joua au mieux ce nouveau personnage, conservant toutefois
pour ses chevreaux la même affection, et prenant grand soin de les
bien nourrir.

Cependant les corsaires qui s'étaient emparés, à Pouza, du vaisseau
qui avait conduit M⁰ᵉ Britolle à cette île, étaient déjà arrivés à Gênes
avec tout ce qu'ils avaient pris.

La nourrice et les deux enfants échurent en partage à un nommé
Gasparin d'Oria, qui les envoya à sa maison pour s'en servir comme
d'esclaves.

La nourrice, affligée plus qu'on ne saurait le dire de la perte de sa
maîtresse et de l'état misérable où elle se voyait réduite avec les deux
enfants, ne cessait de gémir et de verser des pleurs sur sa déplorable
destinée.

Mais voyant que les larmes ne remédiaient à rien, et que ses gémissements ne la tiraient point d'esclavage, elle prit enfin son parti et se
consola du mieux qu'elle put.

Quoique née et élevée dans l'obscure pauvreté, elle ne manquait pas d'esprit et était douée d'un excellent jugement : elle comprit d'abord que si les enfants étaient connus, on pourrait leur faire un mauvais parti.

Espérant donc que le temps ferait changer les choses, et que ces malheureux orphelins pourraient rentrer dans leur premier état, elle résolut de ne déclarer à personne qui ils étaient, à moins qu'elle n'y vît un grand avantage pour eux.

Ainsi, quand on l'interrogeait sur leur compte, elle répondait qu'ils étaient ses enfants.

Elle n'appelait plus l'aîné par le nom de Geoffroi, mais par celui de Jeannot de Procida.

Quant à son petit frère, elle se mit fort peu en peine de lui en donner un autre que celui qu'il portait.

Elle eut la précaution de communiquer à Geoffroy les raisons qui l'avaient engagée à le faire changer de nom.

Elle lui représenta, non une seule fois, mais presque à tous les instants, le danger auquel il serait exposé si malheureusement on parvenait à découvrir qui il était.

L'enfant, qui n'était pas mal avisé pour son âge, approuva la conduite de la sage nourrice et s'y conforma parfaitement.

Les deux jeunes esclaves demeurèrent longtemps dans la maison de Gasparin d'Oria, très mal vêtus, occupés aux plus vils emplois, aussi bien que la nourrice, qui leur donnait en tout l'exemple de la patience.

Après avoir atteint sa seizième année, Jeannot, qui, malgré l'esclavage, avait conservé un cœur digne de sa naissance, ne pouvant plus soutenir une condition si dure et si vile, s'évada de chez Gasparin, monta sur des galères qui partaient pour Alexandrie, et parcourut plusieurs pays, sans cependant trouver aucun moyen de s'avancer.

Au bout de trois ou quatre ans de courses et de travaux, qui n'avaient pas peu contribué à former son corps et à mûrir sa raison, il apprit que son père vivait encore, mais que le roi Charles le retenait en prison.

Désespérant de faire changer la fortune, il erra encore çà et là, jusqu'à ce que, le hasard l'ayant amené dans le territoire de Lunigiane, il alla offrir ses services au marquis de Malespini, qui gardait sa mère chez lui.

Comme Jeannot était devenu bel homme et qu'il avait fort bonne mine, ce seigneur l'accepta pour domestique, et fut on ne peut plus satisfait de sa manière de servir.

L'âge et les chagrins avaient fait un si grand changement sur la mère et le fils, qu'encore qu'ils se vissent quelquefois ils ne se reconnurent ni l'un ni l'autre.

Le marquis avait une fille bien faite et jolie, nommée de l'Épine.

A sa dix-septième année, il l'avait donnée en mariage à Messire Nicolas de Grignan, et, comme elle se trouva veuve presque aussitôt que mariée, elle était retournée chez son père peu de jours avant que Jeannot entrât à son service.

La figure et les manières de ce jeune homme lui plurent si fort, qu'elle ne put se défendre de l'aimer.

Sa beauté avait fait les mêmes impressions sur le cœur de Jeannot, ils ne tardèrent pas à s'avouer l'un à l'autre leur passion et à s'en donner des preuves réciproques.

Ce commerce de galanterie dura plusieurs mois sans que personne en eût le moindre soupçon.

Voyant qu'on était loin de soupçonner leur intrigue, ils commencèrent à mettre moins de prudence et de réserve dans leurs plaisirs.

Un jour étant sortis, avec le reste de la famille, pour se promener dans les bosquets voisins du château, ils trouvèrent le moyen de se détacher de la compagnie et d'entrer les premiers dans le bois.

Croyant avoir laissé bien loin leurs compagnons de promenade, ils s'arrêtèrent dans un lieu des plus agréables, et là, sur un tapis de verdure entouré d'arbres et parsemé de fleurs, ils s'abandonnèrent à leur passion et s'enivrèrent des plus doux plaisirs.

Mais qu'ils les payèrent cher ces plaisirs délicieux, dont ils ne pouvaient se lasser !

Bref, ils furent surpris, d'abord par la marquise, à qui l'indignation arracha un cri qui interrompit des extases qu'elle eût peut-être voulu partager ; puis par le marquis, qui, outré de la lâcheté de sa fille et de la perfidie de son domestique, les fit lier tous deux par ses gens et conduire sur-le-champ aux prisons du château.

N'écoutant que la colère et la fureur dont il était agité, il était déterminé à les faire mourir ignominieusement, et aurait peut-être exécuté sa résolution, si sa femme, qui avait pénétré son dessein, ne l'en eût détourné.

Quoiqu'elle jugeât sa fille digne de la punition la plus rigoureuse, l'idée de cette mort la faisait frémir.

Elle mit tout en œuvre pour fléchir son mari ; elle le conjura de ne pas se livrer en furieux aux premiers mouvements de son cœur irrité, et lui représenta combien il serait odieux de devenir, dans sa vieillesse, le bourreau de sa fille, et de tremper ses mains dans le sang d'un de ses esclaves.

Qu'est-il besoin, ajouta-t-elle, de vous rendre homicide pour satisfaire votre juste ressentiment?

N'avez-vous pas d'autres moyens pour punir les coupables?

Enfin, elle lui parla d'une manière si persuasive, qu'elle lui fit abandonner le projet de les punir de mort.

Il se contenta de les condamner à une prison perpétuelle où ils furent gardés séparément, et où ils n'avait de nourriture qu'autant qu'il leur en fallait pour les empêcher de mourir, et leur donner le temps de pleurer leur faute.

On imagine aisément les tourments qu'ils éprouvèrent en se voyant séparés l'un de l'autre, sans avoir seulement la triste consolation de pouvoir s'écrire.

Que de soupirs, que de larmes dut leur causer la seule privation des plaisirs qu'ils avaient goûtés, et dont l'horreur de leur situation ne pouvait leur faire perdre le souvenir!

Ces amants infortunés avaient passé plus d'un an dans leur prison, et le marquis ne songeait plus à eux, lorsque Pierre d'Aragon parvint, par les menées de Jean de Procida, à soulever la Sicile et à l'enlever au roi Charles.

A la nouvelle de cet événement, le marquis de Malespini, attaché au parti gibelin, témoigna la plus grande joie; et voulant que toute sa maison y participât, il donna une grande fête à cette occasion, et il y eut des réjouissances magnifiques dans le château.

Jeannot, instruit de la cause de ces divertissements par un de ses gardiens:

« Que je suis malheureux! s'écria-t-il aussitôt en poussant un profond soupir.

J'ai couru le monde pendant plus de quatorze ans, presque toujours en mendiant mon pain pour attendre une pareille révolution; et aujourd'hui qu'elle est arrivée, je me trouve en prison, sans espérance d'en pouvoir jamais sortir!

— Quel intérêt, lui dit le garde, peux-tu prendre aux démêlés des rois? Aurais-tu des prétentions sur la Sicile? ajouta-t-il pour le plaisanter.

— Mon cœur se fend, reprit Jeannot, au seul souvenir du poste que mon père y occupait.

Quoique je fusse fort jeune quand je fus contraint d'en sortir, je me souviens, on ne peut pas mieux, que je l'en ai vu gouverneur, du vivant du roi Mainfroi.

— Et qui était ton père ?

— Puisqu'à présent je puis le déclarer sans avoir rien à craindre, dit le prisonnier, tu sauras que mon père se nommait et se nomme encore, s'il est vivant, Henri Capèce, et que mon véritable nom, à moi, n'est pas Jeannot, mais Geoffroi Capèce.

Que n'ai-je ma liberté ! Je suis sûr que, si je retournais en Sicile, j'y jouirais d'un grand crédit. »

Le garde ne poussa pas plus loin ses questions ; mais il n'eut rien de plus pressé que d'aller rendre cette conversation au seigneur du château.

Celui-ci parut faire peu de cas de ce qu'il venait d'entendre : il crut cependant devoir s'en éclaircir avec Mme Britolle ; il lui demanda si un de ses enfants s'appelait Geoffroi.

« C'est le nom, répondit-elle, que portait mon fils aîné ; et il aurait à présent vingt-deux ans, s'il vivait encore, ajouta-t-elle en pleurant. »

Le marquis, à demi persuadé que son prisonnier était cet enfant qu'on croyait mort ou perdu pour toujours, fut ravi au fond de l'âme de n'avoir fait mourir personne, et se flattait déjà de pouvoir réparer son honneur et celui de sa fille.

Pour faire les choses plus sûrement, il ne précipita rien ; et, gardant le silence sur sa découverte, il fait venir le prisonnier, lui parle en secret, et l'interroge à fond sur toute sa vie passée.

Les réponses du jeune homme achèvent de le convaincre qu'il est véritablement le fils de Britolle.

« Jeannot, lui dit-il alors, tu dois sentir combien est grand l'outrage que tu m'as fait dans la personne de l'Épine, ma fille.

« Je te traitais avec douceur, avec amitié ; et loin d'être un serviteur soumis et fidèle, tu m'as payé de la plus noire ingratitude.

« Avoue que si tu eusses commis à l'égard de tout autre un pareil attentat, la mort aurait été inévitablement ton partage.

« Pour moi, je n'ai pu me résoudre à te punir si sévèrement, et je m'en applaudis, il ne tiendra même qu'à toi de voir finir tes peines et de sortir de captivité ; puisque tu dis être fils d'un gentilhomme et d'une femme de qualité ; il ne s'agit que de réparer ta faute en réparant l'honneur de ma fille.

« Tu as eu de l'amour pour elle, elle en a eu pour toi ; tu sais qu'elle devint veuve peu de jours après avoir fait un bon et grand mariage; tu n'ignores pas quel est son caractère, sa fortune, quels sont ses parents : à l'égard des tiens, je n'en dis rien pour le moment.

« Eh bien ! tu peux, si tu veux, rendre légitime l'amour peu honnête que vous avez éprouvé l'un pour l'autre.

« Oui, je consens que tu l'épouses ; il vous sera même libre à tous deux de demeurer dans ma maison autant de temps qu'il vous plaira, et je m'engage à vous y traiter comme mes enfants. »

Le chagrin et la prison avaient défiguré Jeannot, au point qu'il était méconnaissable ; mais ils n'avaient pu altérer ses sentiment nobles et fiers, dignes de sa naissance, ni rien diminuer de l'amour qu'il avait pour sa maîtresse.

Il désirait avec ardeur le mariage que le seigneur Conrad lui offrait ; cependant, pour ne pas lui laisser croire qu'il l'acceptait par crainte, il n'oublia rien de ce que son grand cœur était capable de lui suggérer en cette occasion.

« Si je vous ai offensé, Monsieur, lui répondit-il en autres choses, ce n'a été par aucune lâcheté.

« Oui, j'ai aimé, j'aime encore, et j'aimerai toujours madame votre fille, parce que je l'ai jugée digne de mon amour ; et si, selon le langage des âmes froides et insensibles, je ne me suis conduit avec elle rien moins qu'honnêtement, je puis dire que c'est une faute inséparablement attachée à la jeunesse, et dont il n'est pas possible de se garantir, tant que cet âge dure.

« Si les vieillards voulaient se souvenir qu'ils ont été jeunes, et mesurer les fautes d'autrui sur les leurs, et les leurs sur les fautes d'autrui, la mienne certainement ne leur paraîtrait pas si grande.

« Ils conviendraient alors qu'elle prend sa source plutôt dans un grand fond d'estime et d'affection que dans un fond de mépris et de noirceur.

« Depuis le premier jour que j'ai vu Mme l'Épine, l'union que vous m'offrez aujourd'hui n'a pas cessé de faire l'objet de mon ambition, et il y a longtemps que je vous en aurais fait moi-même la proposition, si je n'avais craint de vous déplaire et d'être refusé.

« Mais si, par hasard, vos discours n'étaient qu'une raillerie, si votre cœur dément ce que m'annonce votre bouche, finissez, de grâce, ce cruel badinage, et cessez de me flatter d'une vaine espérance.

« Je suis prêt à rentrer dans ma prison et à souffrir patiemment les maux qui me sont réservés ; mais, quelque tourment que vous me fassiez essuyer, je vous déclare que je ne cesserai point d'aimer madame votre fille, ni d'avoir pour vous, à sa considération, tout le respect, toute la soumission que vous pouvez désirer. »

Ces paroles, prononcées d'un ton noble et décidé, frappèrent d'aise et d'étonnement le seigneur Conrad.

Il vit alors par lui-même que ce jeune homme avait de l'âme et des sentiments, et que son amour pour sa fille était vraiment sincère.

Il se leva aussitôt pour l'embrasser; et après lui avoir donné plusieurs marques de satisfaction, il commanda qu'on lui amenât secrètement sa fille.

Elle était devenue maigre, pâle, et tout aussi méconnaissable que le compagnon de son infortune.

Là, en la seule présence du marquis, les deux amants, touchés jusqu'aux larmes du plaisir de se revoir, s'embrassèrent tendrement et se promirent une foi inviolable.

Le contrat de mariage fut fait et signé le même jour avec beaucoup de secret.

Conrad mit tous ses soins pour faire oublier aux nouveaux époux les mauvais traitements qu'il leur avait fait essuyer.

Il leur procura tout ce qui pouvait leur être nécessaire et leur faire plaisir, sans s'en ouvrir à sa femme.

Quelques jours après, jugeant qu'il était temps d'apprendre cette agréable nouvelle à Mme Britolle, il profita d'une occasion où elle était rêveuse, pour la tirer de sa rêverie par ce discours :

« Que diriez-vous, Madame, si je vous faisais voir votre fils aîné marié à l'une de mes filles?

— Je ne vous dirais autre chose, sinon que mon attachement et ma reconnaissance pour vous redoubleraient, s'il était possible, d'autant plus que vous me rendriez un bien qui m'est plus cher que ma propre vie ; et, me le rendant de la manière que vous le dites, vous ressusciteriez en quelques façons mes espérances.

— Et toi, ma bonne amie, dit-il à sa femme, que dirais-tu si je te donnais un tel gendre?

— Non seulement un des enfants de madame, qui sont gentilshommes, mais même tout autre me serait fort agréable, répondit la mère.

— Eh bien ! reprit Conrad, je me flatte de vous rendre bientôt satisfaites l'une et l'autre. »

Il alla ensuite trouver les jeunes époux, qui n'étaient plus en prison, mais qui se tenaient cachés, depuis leur mariage, dans un appar-

Ces malheureuses voyant le vaisseau enfoncé dans le sable et plein d'eau... Page 104.

tement séparé; ils avaient déjà repris leur fraîcheur et leur embonpoint, et étaient l'un et l'autre superbement habillés.

« Quel plaisir serait comparable au tien, qui est déjà si grand, dit-il
à son gendre, si tu voyais ici la mère !

— Je ne puis croire, répondit Geoffroi, qu'elle ait pu survivre à ses
malheurs : si toutefois elle est encore en vie, le plaisir que j'aurais de
la revoir ne pourrait s'exprimer.

Je ne doute pas que, par ses indices et ses conseils, il ne me fût possible de recouvrer une partie de mes biens en Sicile. » Le marquis fit alors venir les deux mères.

Je vous laisse à penser quelle dut être leur surprise.

Elles firent compliment à la nouvelle mariée de ce que Conrad avait enfin pris pitié de son sort, et avait porté la bonté jusqu'à la marier à Jeannot.

Mme Britolle, toute préoccupée de l'espérance que le marquis lui avait donnée, fixa attentivement ses regards sur le jeune époux, et démêlant sur son visage les mêmes traits qu'avait son fils dans son enfance, elle lui sauta au cou sans autre explication.

L'excès de son amour ne lui permit pas de proférer une parole ; ses forces même l'abandonnèrent, et elle tomba évanouie dans les bras de son fils.

Geoffroi, averti par je ne sais quel mouvement secret, la reconnut aussitôt pour sa mère ; et transporté de joie et de tendresse, il répondit à ses caresses par d'autres non moins touchantes.

Il ne se lassait point de la couvrir de baisers, et on eut de la peine à l'arracher de ses bras pour la faire revenir de son évanouissement.

A peine cette tendre mère eut-elle repris ses sens, par le secours de la marquise et de sa fille, qu'elle se jeta de nouveau au cou de son fils.

Elle lui dit les choses du monde les plus affectueuses, et tous ses discours étaient entremêlés de baisers et de larmes.

Son fils, au comble de la joie et de l'attendrissement, lui témoignait de son côté le respect le plus tendre et la reconnaissance la plus vive.

Enfin, après s'être donné l'un à l'autre mille marques réciproques de leur amour, à la grande satisfaction des spectateurs, chacun conta son aventure ; après quoi, le marquis fit savoir à ses parents et à ses amis le mariage de sa fille.

Tout le monde le félicita de la nouvelle alliance qu'il venait de contracter, et il donna, pour la célébrer, une fête des plus brillantes.

Geoffroi choisit ce moment pour prier son beau-père de deux choses :

« Vous m'avez comblé de bienfaits, lui dit-il ; ma mère ne vous a pas moins d'obligations, puisque vous l'avez recueillie dans votre maison, où vous n'avez cessé de la traiter avec toute sorte d'égards.

« Maintenant, pour qu'il ne vous reste rien à faire de ce qui peut mettre le comble à sa satisfaction et à la mienne, je vous prie d'abord de faire venir mon frère, qui, comme je vous l'ai dit, est au service de Gasparin d'Oria ; puis d'envoyer quelqu'un en Sicile pour s'infor-

mer de l'état actuel du pays, et savoir ce que mon père est devenu,
s'il est mort ou vivant; et s'il vit, dans quelle situation il se trouve. »

Conrad se rendit aux désirs de son gendre.

Il fit partir, sans différer, deux hommes sur le zèle et la fidélité desquels il pouvait compter.

Celui qui alla à Gênes, ayant trouvé Gasparin, lui conta par ordre
tout ce que son maître avait fait pour Geoffroi et pour sa mère; il finit
par le prier, de la part de ce seigneur, de lui envoyer le fugitif et la
nourrice.

Gasparin, moins étonné de la proposition que de tout ce qu'il venait
d'entendre, répondit :

« Il n'est rien que je ne fasse, mon ami, pour obliger M. le marquis
de Malespini, que je connais de réputation et que je considère beaucoup ; mais ce que vous demandez n'est pas en mon pouvoir.

« J'ai véritablement chez moi, depuis quatorze ans, un enfant avec
une femme ; mais cette femme est sa mère; et si le marquis s'en contente, je suis prêt à les lui envoyer ; dites-lui de ma part, je vous
prie, de ne pas se fier à Jeannot ; c'est sûrement un fourbe et un mauvais sujet, qui ne prend le nom de Geoffroi Capèce que pour mieux le
tromper. »

Après cette réponse, le Génois crut devoir faire politesse à l'envoyé,
et ordonna qu'on lui servît à manger.

Pendant qu'on le régalait, Gasparin prit la nourrice en particulier,
et la questionna adroitement sur ce qu'on venait de lui conter.

Celle-ci, qui avait entendu parler de la révolution arrivée en Sicile,
et qui pensait que Henri Capèce pouvait vivre encore, jugeant qu'elle
n'avait plus rien à craindre, prit le parti de lui avouer sans détour tout
ce qui était arrivé, et lui exposa ingénument les motifs qu'elle avait
eus pour se conduire comme elle l'avait fait.

Gasparin, voyant que les discours de cette femme s'accordaient parfaitement avec ceux de l'envoyé, commença de croire que ce qu'on lui
disait était vrai.

Cet homme fin et rusé ne s'en tint pas là : il fit de nouvelles questions à l'envoyé de Conrad et à la nourrice ; et comme il apprenait à
tout moment des choses qui confirmaient la vérité de ce qu'on lui avait
dit, il se reprocha alors la manière peu généreuse dont il avait agi
avec ce petit enfant.

Pour l'en dédommager, et convaincu qu'il était réellement de la
famille de Capèce, il le maria promptement à une de ses filles, aussi

jeune que jolie, à laquelle il constitua une riche dot. Après la fête du mariage, Gasparin s'embarqua avec son gendre, sa fille, l'envoyé et la nourrice.

Ils arrivèrent en très peu de temps à l'Ereci, où ils furent on ne peut pas mieux accueillis du seigneur Conrad et de toute la famille.

On imagine aisément le plaisir que dut avoir la mère de revoir ce jeune enfant qu'elle croyait perdu; la commune satisfaction des deux frères de se trouver réunis après une si longue séparation; la joie de la nourrice à la vue d'un dénoûment si peu attendu : celle du marquis, de sa femme, de sa fille et de Gasparin n'éclata pas moins dans cette touchante conjoncture.

Celui qui se joue des fortunes et des desseins des hommes, le souverain dispensateur des grâces, inépuisable dans ses bienfaits quand il daigne nous en favoriser, voulut rendre cette joie parfaite, par la nouvelle qu'apporta l'homme qu'on avait envoyé en Sicile.

On s'était déjà mis à table, et l'on était au premier service, lorsque ce fidèle commissionnaire vint annoncer que Henri Capèce jouissait d'une bonne santé et d'un aussi grand crédit que jamais.

Il raconta, entre autres choses, qu'au commencement de la révolte contre le roi Charles, le peuple furieux était accouru en foule à sa prison, et qu'après avoir tué les gardes, il l'avait mis en liberté, et l'avait fait capitaine général pour chasser les Français; qu'il était en grande faveur auprès du roi Pierre, et que ce prince l'avait rétabli dans tous ses biens et honneurs.

Cet homme ajouta que cet illustre commandant l'avait très bien accueilli; qu'il avait témoigné une joie inexprimable d'apprendre des nouvelles de sa femme et de ses enfants, dont il n'avait plus entendu parler depuis le jour de sa disgrâce, et qu'il les enverrait prendre par plusieurs gentilshommes qu'on verrait bientôt paraître, et qui avaient débarqué avec lui.

Dieu sait le plaisir que ces nouvelles firent à toute la compagnie.

Le marquis, accompagné de quelques-uns des convives, courut au-devant de ces gentilshommes.

Jamais ambassadeurs ne furent reçus avec plus de joie.

On les invita à se mettre à table.

Avant de s'asseoir, ces dignes députés saluèrent la compagnie, et remercièrent de la part de leur maître le marquis de Malespini et sa femme des bons offices qu'ils avaient rendus à Mme Britolle et à son fils Geoffroi, les assurant l'un et l'autre qu'ils pouvaient disposer de tout ce qui était au pouvoir de Capèce. Puis, se tournant vers Gasparin :

« Vous pouvez être assuré, lui dirent-ils, de toute la reconnaissance de celui qui nous envoie, lorsqu'il apprendra le service que vous lui avez rendu en lui conservant un fils qui ne lui est pas moins cher que son aîné. »

Après quoi, ils prirent part au festin, où chacun s'empressa de leur faire politesse.

Les fêtes durèrent quelques jours, après lesquelles Mme Britolle, impatiente de revoir son mari, s'embarqua avec ses deux fils, leurs femmes et la nourrice, sur la frégate qui lui avait été envoyée.

Le marquis, la marquise et Gasparin les accompagnèrent jusqu'au port, où ils leur firent leurs adieux, non sans répandre des larmes en abondance.

Le vent leur fut si favorable, qu'ils arrivèrent dans peu de jours à Palerme, où ils furent reçus de Henri Capèce avec des transports de joie inexprimables.

Ils vécurent longtemps dans la prospérité ; et, pleins de reconnaissance pour les bontés de l'Être suprême, ils l'aimèrent et le servirent fidèlement.

O. Frère

NOUVELLE VII

ALACIEL OU LA FIANCÉE DU ROI DE GARBE

Pour peu que Mme Émilie eût encore fait durer son récit, on eût vu les jeunes dames verser des larmes sur les malheurs de l'infortunée Napolitaine. Elles en parurent si touchées, que pour les distraire de leur trop grande sensibilité, la Reine se hâta d'ordonner à Pamphile de conter sa nouvelle ; il obéit sans délai et débuta à peu près en ces termes :

 adis régnait, en Babylonie, un soudan qui portait le nom de Béminedab. Presque toutes les entreprises qu'il forma pendant sa vie réussirent au gré de ses désirs.

Il eut plusieurs enfants, une fille entre autres, nommée Alaciel, dont la beauté ravissante surpassait celle des plus belles femmes de son temps.

Le roi de Garbe en devint amoureux sur les éloges qu'il en avait entendu faire, et la demanda en mariage.

Le soudan, qui avait été secouru par ce prince dans une irruption qu'une multitude d'Arabes avaient faite dans ses États, la lui accorda d'autant plus volontiers, qu'il était charmé de trouver une occasion de lui marquer sa reconnaissance.

Après avoir fait équiper un vaisseau de guerre, et avoir fait présent à sa fille d'une riche et magnifique garde-robe, il la lui envoya, accompagnée d'une nombreuse suite d'hommes et de femmes, et la recommanda au maître des destinées.

Le temps étant beau et le vent favorable, la princesse partit du port d'Alexandrie, et fit, durant plusieurs jours, une navigation très heureuse ; mais à peine eut-on doublé les côtes de Sardaigne, qu'il s'éleva une violente tempête.

Le vaisseau fut tellement agité, qu'Alaciel et les gens de sa suite se crurent perdus.

Cependant, par la bonne manœuvre des matelots, on soutint pendant deux jours l'effort de la tourmente ; mais elle augmenta si fort, et devint si furieuse, qu'à la nuit du troisième jour les pilotes ne savaient plus où l'on était, tant le ciel était chargé de nuages et la nuit obscure.

Le vaisseau, n'allant plus qu'au gré des vents, était poussé vers l'île de Majorque, lorsqu'on s'aperçut qu'il s'ouvrait.

A la vue de ce péril inévitable, chacun n'est occupé que de sa propre vie : on met la chaloupe en mer ; les officiers, les pilotes, les matelots, croyant y être moins exposés à périr, se hâtent d'y descendre.

Le reste des hommes de l'équipage s'y jette en foule sans craindre la pointe des épées que leur présentaient ceux qui étaient entrés les premiers ; mais ces malheureux, croyant échapper ainsi à la mort, la trouvèrent dans la chaloupe même, qui, affaissée par un poids si lourd, coula à fond et entraîna dans les flots tous ceux qui la montaient.

Il n'était resté dans le vaisseau qu'Alaciel et ses femmes, que personne ne s'empressa de secourir.

Saisies d'effroi et presque sans connaissance, elles n'attendaient que le moment d'être englouties par les flots, lorsque le vaisseau, quoique entr'ouvert et faisant eau de toutes parts, fut emporté par le vent sur un sable peu éloigné du rivage de l'île de Majorque.

Il y fut jeté avec tant de violence, qu'il s'y enfonça comme une flèche qu'on aurait lancé avec force.

Il fut toute la nuit battu des vents et des flots sans en être ébranlé.

Aux premières lueurs de l'aurore, les vents cessèrent et la mer devint calme.

Le soleil était déjà sur l'horizon, lorsque la princesse revint de l'évanouissement où l'effroi de sa situation l'avait plongée.

Ne sachant où elle est, le corps brisé de douleur, connaissant à peine si elle existe, elle ouvre les yeux, soulève la tête, et, malgré son extrême faiblesse, elle appelle, tantôt l'un de ses gens, tantôt l'autre ; mais c'est en vain ; ceux qu'elle appelait n'étaient déjà plus.

Étonnée de n'entendre et de ne voir paraître personne, elle se sentit saisie d'une nouvelle frayeur ; puis, rappelant dans son esprit ce qui était arrivé, et s'apercevant qu'elle était encore dans le vaisseau, elle réunit les forces qui lui restent et se lève.

Quel spectacle ! elle voit ses femmes étendues çà et là sur le plancher.

Après les avoir longtemps appelées, et toujours inutilement, elle les secoua l'une après l'autre ; mais elle en trouva peu à qui la frayeur ou le mal de mer n'eût ôté tout sentiment.

Il est plus aisé d'imaginer que de dire quelle fut alors sa consternation.

Cependant, prenant conseil de la nécessité, elle secoua si fortement celles qui lui paraissaient vivre encore, qu'elle les fit lever.

Ces malheureuses, voyant le vaisseau enfoncé dans le sable et plein d'eau, se mirent à pleurer et à gémir avec leur maîtresse, de se trouver seules, sans hommes, et éloignées de tout secours.

Il était déjà midi, qu'elles n'avaient vu paraître personne sur le rivage ni sur la mer.

Par bonheur pour elles, il passa vers cette même heure un gentilhomme nommé Péricon de Visalgo, qui revenait d'une de ses maisons de campagne, suivi de plusieurs domestiques à cheval.

Il n'eut pas plutôt aperçu le vaisseau fracassé, qu'il comprit que c'était là un effet de l'orage de la nuit précédente.

Il commanda à un de ses gens d'y monter, et de venir lui dire ce qui était dedans.

Cet homme y parvient avec peine et trouve la jeune et belle dame et ses compagnes couchées sous le bec de la proue.

A la vue de l'inconnu, ces infortunées fondirent en larmes; elles ne cessaient de crier miséricorde; mais, voyant qu'elles n'entendaient pas non plus ce que cet homme leur disait, elles firent ce qu'elles purent pour expliquer par signes leur triste aventure.

Le domestique, après avoir tout examiné, alla faire son rapport.

Péricon fit incontinent débarquer les femmes et tout ce qui leur restait de plus précieux, et les mena à une de ses maisons de campagne.

A force de soins et de bons traitements, il tâcha de les consoler de leur mauvaise fortune.

Il reconnut bientôt, aux riches habits d'Alaciel et aux égards que les autres femmes avaient pour elle que c'était une femme de distinction.

Quoiqu'elle fût pâle, triste, abattue, que la frayeur et la fatigue eussent altéré sa beauté, Péricon ne laissa pas d'admirer les traits de son visage, qui lui parurent fort beaux et fort réguliers.

Il en fut si épris, qu'il résolut de l'épouser, si elle n'était pas mariée, et s'il ne pouvait s'en faire aimer autrement.

Ce gentilhomme était lui-même d'une figure agréable; il avait le regard noble et fier, et le caractère un peu brusque; mais comme il n'est rien qui adoucisse les âmes plus que l'amour, il eut des manières si honnêtes pour Alaciel, il la fit servir avec tant de soin, qu'au bout de quelques jours elle reprit sa fraîcheur et tous ses attraits.

Péricon n'en devint que plus passionné et plus désespéré de ne pouvoir ni s'en faire entendre ni l'entendre elle-même.

Il fut si frappé de sa beauté qu'aussitôt il en devint amoureux fou... Page 107.

Il eût voulu lui déclarer l'excès de son amour : il essaya de le lui faire connaître par ses regards, ses gestes, ses empressements, et n'oublia rien pour l'engager à satisfaire ses désirs : tout fut inutile.

Alaciel se refusait constamment à ses sollicitations ; mais ses refus, qu'elle adoucissait par beaucoup d'honnêteté, ne faisaient qu'irriter la patience de l'insulaire. Elle en était elle-même désespérée, dans la crainte qu'il ne se portât à quelque extrémité.

Jugeant aux mœurs et usages du pays qu'elle était parmi des chrétiens, et qu'il lui serait peu avantageux de se faire connaître, elle s'arma de courage, résolut de combattre sa mauvaise fortune, et défendit à ses femmes, qui n'étaient qu'au nombre de trois, de déclarer qu'elle était fille du soudan d'Alexandrie, à moins qu'elles fussent bien certaines que cet aveu leur procurerait la liberté.

Elle les exhorta de plus à conserver soigneusement leur honneur, leur protestant qu'elle était dans la ferme résolution de garder la fidélité la plus inviolable au roi de Garbe, son époux.

Ses femmes la louèrent beaucoup sur sa vertu, et lui promirent de se conformer à ses intentions autant que la chose serait en leur pouvoir.

Consumé d'amour, Péricon était rongé par un chagrin d'autant plus cuisant, que ce qu'il désirait était plus près de lui.

Les soins et les prières ne servant de rien, il résolut, avant d'en venir à la violence, de mettre en œuvre l'artifice. Alaciel, qui n'avait jamais bu de vin, parce que sa religion le lui défendait, trouvait dans cette liqueur un goût délicieux.

Péricon s'en était aperçu toutes les fois qu'il lui en avait fait servir.

Il se rappela que le vin était le ministre ordinaire des plaisirs de Vénus; c'est ce qui lui fit naître l'idée de l'employer pour surprendre Alaciel.

D'abord, il eut soin de cacher sa passion sous le voile de l'indifférence.

Quelques jours après, sous le prétexte d'une grande fête, il commanda un souper des plus splendides, auquel il invita ses amis. On conçoit aisément que la belle fut de la partie.

Il avait donné ordre à celui qui devait lui verser à boire de mêler ensemble plusieurs vins, et de ne lui servir que de cette liqueur ainsi composée.

Le sommelier s'acquitta à merveille de la commission.

Alaciel, qui ne se doutait de rien, trouva ce breuvage si doux et si flatteur, qu'elle en but plus qu'à son ordinaire.

Elle en oublia ses chagrins et devint si gaie, que, voyant danser à la mode de Majorque, elle s'empressa de danser à la mode d'Alexandrie.

Péricon ne douta point qu'il ne fût bien près du terme de ses désirs.

Il fait servir de nouveaux mets, de nouvelles liqueurs, et prolonge la fête jusque vers le milieu de la nuit.

Enfin, les convives s'étant retirés, il conduisit seul Alaciel dans sa chambre. Elle ne fut pas plutôt entrée, que les vapeurs du vin lui faisaient oublier toute modestie : elle se déshabilla et se mit au lit en présence de son hôte, tout aussi librement qu'elle eût pu le faire devant une de ses femmes.

L'amoureux, déjà triomphant, ne tarde pas à suivre son exemple.

A peine est-il déshabillé, qu'il éteint les flambeaux, gagne la ruelle du lit, et se couche auprès de la belle.

Il la prend aussitôt dans ses bras, la couvre de baisers ; et, voyant qu'elle n'opposait aucune résistance à ses caresses, il satisfait à l'aise tous ses désirs.

Aux premières impressions du plaisir, la jeune Alaciel, qui avait ignoré jusque-là de quel instrument se servaient les hommes pour blesser si agréablement les dames, trouva le jeu si fort de son goût, qu'elle se repentit de n'avoir pas plutôt cédé aux sollicitations de son généreux bienfaiteur.

Aussi, depuis cette heureuse expérience, n'eut-il plus besoin de lui faire des instances pour obtenir ses faveurs.

Elle savait même le prévenir et l'y inviter, non par des paroles, puisqu'elle ignorait encore la langue du pays, mais par des signes qui valaient bien des paroles.

Pendant que ces amants jouissaient si agréablement de la vie, la Fortune, jalouse de leurs plaisirs, vint les traverser d'une manière cruelle.

Peu satisfaite d'avoir donné à Alaciel un roi pour époux et un châtelain pour amant, elle lui suscita un nouvel amoureux.

Péricon avait un frère âgé de vingt-cinq ans, bien fait de sa personne et frais comme une rose : il se nommait Marate, et faisait sa résidence dans un port de mer un peu éloigné de la maison de campagne de son frère.

Il eut occasion de voir la charmante Alaciel ; il fut si frappé de sa beauté, qu'aussitôt il en devint amoureux fou.

Il crut lire aussi dans ses regards qu'il ne lui déplaisait point, et qu'il lui serait facile d'avoir ses bonnes grâces.

Il jugea donc que le seul obstacle qui s'opposait à son bonheur était la vigilance de son frère, qui, jaloux de sa conquête, ne la perdait presque point de vue.

Pour triompher de cet obstacle, il forme le plus noir dessein et se dispose à le mettre à exécution.

Il va d'abord trouver deux jeunes marchands génois, maîtres d'un

navire prêt à faire voile au premier bon vent pour Clarence, en Rou-
manie.

Il traite avec eux pour partir la nuit suivante, avec une dame qu'il
devait leur amener.

Toutes ses mesures prises et la nuit arrivée, il se rend à la maison
de son frère, qui ne se méfiait de rien, et posté dans les environs plusieurs de ses amis, qu'il avait choisis pour exécuter son projet.

Après s'être introduit furtivement dans le logis, il se cacha dans
l'appartement même d'Alaciel, qui ne tarda pas à venir se coucher
avec son amant.

Quand il les crut plongés l'un et l'autre dans le sommeil, il courut
ouvrir à ses compagnons, ainsi qu'il en était convenu avec eux, et les
introduisit dans la chambre où étaient couchés les deux amants.

Ces scélérats, sans perdre de temps, poignardent Péricon endormi
et enlèvent sa maîtresse tout éplorée, menaçant de la tuer si elle fait le
moindre bruit ou la moindre résistance.

Ils enlèvent ce qu'il y a de plus précieux dans l'appartement, et, sans
éveiller personne, emmènent Alaciel. Ils arrivent au port ; Marate les
remercie, monte sur le vaisseau avec sa captive, et, secondé d'un vent
favorable, il fit mettre à la voile.

On se figure aisément la triste situation de la Sarrasine. Elle était
d'autant plus affligée, que cette cruelle aventure ne fit que lui rendre
plus amer le souvenir de son premier malheur ; mais son ravisseur
avait de quoi l'humaniser.

Il lui fit voir le saint croissant, l'en toucha, et l'en toucha si bien,
qu'elle ne tarda pas d'être consolée.

En un mot, ce talisman produisit sur elle un tel effet, qu'elle oublia
son premier amant.

Elle se croyait parfaitement heureuse, lorsque la Fortune, qui l'avait
choisie pour le jouet de ses caprices, lui préparait de nouveaux chagrins.

Alaciel, ainsi que je l'ai déjà dit, était non seulement d'une beauté
éblouissante, mais elle avait dans ses yeux et dans son air je ne sais
quoi de doux et de gracieux qui lui soumettait le cœur de quiconque la
voyait.

Faut-il s'étonner, après cela, si les deux jeunes commerçants qui
commandaient l'équipage en devinrent amoureux ? Ils l'étaient si éperdument l'un et l'autre, qu'ils oubliaient tout, pour lui faire leur cour,
prenant néanmoins toujours garde que Marate ne s'en aperçût.

Ils ne tardèrent pas à connaître qu'ils avaient tous deux le même but. Ils s'en entretinrent ensemble et convinrent d'en faire la conquête à frais communs, comme si la société et le partage fussent aussi praticables en amour qu'en fait de commerce et de marchandises.

Mais, comme Marate ne désemparait pas d'auprès la belle, ils résolurent de se défaire du jaloux à la première occasion.

Un jour que le navire allait à pleines voiles, et que Marate prenait l'air sur la poupe, sans se défier de rien, ils s'approchent de lui, et, saisissant le moment qu'il regardait tranquillement la mer, ils le prennent par derrière et le jettent dans l'eau.

Le navire avait fait plus d'une demi-lieue, avant que personne s'aperçût qu'il fût tombé.

Les deux Génois furent les premiers à se plaindre de sa disparition, et, par ce moyen, ils la firent connaître.

A cette fâcheuse nouvelle, Alaciel pleura de nouveau ses malheurs.

Les deux patrons vinrent la consoler, et lui dirent, pour cet effet, quoiqu'elle les entendît peu, tout ce qu'ils purent s'imaginer de tendre et d'obligeant.

Ce n'était pas tant de la perte de Marate qu'elle était touchée que de sa propre infortune.

Jugeant donc qu'ils l'avaient à peu près consolée par leurs offres de services et leurs soins empressés, ils se retirèrent pour décider à qui l'aurait le premier.

Chacun prétendant avoir la préférence, on en vint aux gros mots, des gros mots aux menaces, et des menaces aux couteaux.

Ils se donnèrent plusieurs coups avant qu'on pût parvenir à les séparer. L'un tomba mort sur la place, et l'autre fut couvert de blessures, mais il n'en mourut pas.

Alaciel, sans appui, sans conseil, sans connaissances, craignant d'être la victime du ressentiment des parents et des amis des deux patrons, fut fort affligée de ce double accident; mais les prières du blessé et la diligence avec laquelle le vaisseau arriva à Clarence la délivrèrent du danger qu'elle redoutait.

Quoique le blessé fût hors d'état d'en jouir, il ne cessa point d'en prendre soin, et il lui fit donner un appartement dans l'auberge où il alla loger.

Bientôt le bruit de la beauté ravissante d'Alaciel se répandit dans toute la ville. On allait la voir par curiosité.

Le prince de la Morée, qui se trouvait pour lors à Clarence, d'après les éloges merveilleux qu'il en avait entendu faire, eut aussi envie de la voir, et elle lui parut encore plus belle qu'on ne le lui avait dit.

Il en devint si passionnément amoureux, qu'il ne pouvait penser à autre chose.

Informé de sa dernière aventure, il ne se fit aucun scrupule de chercher les moyens de l'enlever aux Génois.

Les parents du malade, sachant que le prince en était épris et qu'il était résolu de se l'attacher à quelque prix que ce fût, aimèrent mieux la lui céder de bonne grâce que de l'exposer et de s'exposer eux-mêmes à quelque violence; ils la lui firent offrir.

L'offre fut acceptée avec une joie qu'Alaciel partagea, parce qu'elle se voyait par là à couvert du péril qu'elle craignait encore.

Quoique le prince ne sût point qui elle était, les manières nobles et faciles qu'elle joignait à la physionomie la plus distinguée lui firent juger qu'elle était d'une naissance illustre.

Cette idée ne faisait qu'augmenter ses feux, et le portait à la traiter non seulement comme son amie, mais avec les mêmes égards que si elle eût été sa propre femme.

Ces bons procédés firent oublier à la dame ses malheurs passés ; elle reprit sa gaieté naturelle, les charmes revinrent en foule ; sa beauté même acquit un nouvel éclat, et, dans toute la Morée, il n'était question que de la belle maîtresse du prince.

Le duc d'Athènes eut envie de la voir, sur le portrait qu'on lui en faisait.

Ce duc, encore à la fleur de son âge, bien fait de sa personne, était parent et ami du prince more.

Il prit prétexte d'aller lui faire une visite, et se rendit à Clarence, accompagné d'une suite aussi brillante que nombreuse. Il fut reçu avec tous les honneurs dus à son rang.

Quelques jours après son arrivée, ayant fait tomber la conversation sur la beauté des femmes, il mit le prince dans le cas de lui parler d'Alaciel.

« Est-elle en effet aussi belle qu'on le publie? lui dit alors le duc.

— Beaucoup davantage, répondit le prince, et vous en demeurerez convaincu quand je vous l'aurai fait voir.

— Ce sera quand vous voudrez, reprit l'Athénien.

— Vous aurez cette satisfaction dans le moment; » et sur cela il le conduisit à l'appartement de la dame.

Alaciel, avertie de l'illustre visite qu'elle allait recevoir, lui fit un noble accueil, et mit tous ses attraits et toute sa gaieté en étalage.

Ils la firent placer au milieu d'eux ; mais ils ne purent goûter le plaisir de causer avec elle, parce qu'ils parlaient une langue qu'elle entendait peu ou pour mieux dire, pas du tout.

On se borna à faire l'éloge de ses charmes.

Le duc pouvait à peine croire que ce fût une mortelle ; il ne se lassait point de la regarder avec admiration, ne sentant pas le poison qui se glissait dans son âme.

Croyant satisfaire pleinement son plaisir par la seule vue de ce bel objet, il ne pensait pas qu'il allait se donner des fers.

Son cœur palpitant lui annonça qu'il était blessé, et bientôt il brûla de l'amour le plus violent.

Ils ne l'eurent pas plutôt quittée, que le duc d'Athènes, repassant dans son esprit tous les attraits qui l'avaient charmé, conclut que son parent était l'homme du monde le plus heureux.

Plein de cette idée, écoutant plus la voix de cette malheureuse passion que celle du sang, il résolut d'enlever un trésor si précieux, aux risques de tout ce qui pourrait en arriver.

Il suit son projet ; et, foulant aux pieds tout sentiment de raison et d'équité, il cherche dans sa tête des moyens pour la réussite.

Il ne trouve pas de meilleur expédient que de corrompre le valet de chambre du prince.

Après avoir gagné cet homme, qui se nommait Churiacy, il fit secrètement préparer ses équipages, pour partir vers le milieu de la nuit.

Ce misérable valet l'introduisit, armé et accompagné d'un homme de sa suite, dans la chambre du prince more, qui, pendant que sa maîtresse dormait, respirait le frais, en chemise, à une fenêtre pratiquée du côté de la mer.

Le duc, après avoir fait la leçon à son compagnon, s'avance tout doucement auprès de la croisée, perce le jeune prince de part en part avec son épée, et jette le corps par la fenêtre.

Le palais était fort élevé et situé sur le bord de la mer. L'appartement du prince donnait sur des maisons que les flots avaient renversées.

Personne ne passait dans cet endroit, à cause des décombres : c'est pourquoi le bruit que le corps du prince fit en tombant sur ces masures ne fut ni ne pouvait être entendu, ainsi que le duc assassin l'avait prévu.

Cette exécution faite, le compagnon du duc sort de sa poche une corde, dont il s'était muni non sans dessein ; et, tout en causant avec le valet de chambre, qu'il cajolait de son mieux, la lui jette si adroitement à son cou, qu'il l'entraîna facilement jusqu'à la fenêtre, sans lui donner le temps de proférer un seul mot.

Là, il fut achevé d'étrangler par les deux assassins, qui le jetèrent ensuite en bas.

Le duc ayant consommé ces deux crimes, sans que personne l'eût entendu, prit un flambeau, et s'approcha du lit de la dame, qui dormait d'un profond sommeil.

Il la découvre avec beaucoup de précaution, de peur de l'éveiller, et la considère tout à son aise.

S'il l'avait trouvée belle étant habillée, elle le lui parut mille fois davantage, à la vue de ses attraits cachés.

Embrasé de la plus ardente passion, et nullement effrayé du crime qu'il venait de commettre, il se couche tranquillement auprès d'elle, les

On tua tous ceux qui firent mine de se défendre... Page 118.

mains encore teintes du sang de son rival. Alaciel, éveillée par ses caresses, croyant tenir le prince more entre ses bras, lui prodigua les siennes et l'enivra de plaisir.

Après avoir passé près d'une heure avec elle, il se leva, appela quelques-uns de ses gens, que son complice avait déjà introduits dans le palais, et la fit enlever de manière à l'empêcher de crier.

15 15

Quand il fut sorti par la même porte où il était entré, il monta à cheval, et gagna, avec tous ses gens, le chemin d'Athènes.

Il se garda bien de mener Alaciel dans cette ville, parce qu'il était marié ; il la conduisit dans une maison de plaisance qu'il avait dans les environs.

La malheureuse princesse y fut secrètement enfermée, avec ordre à tout le monde de l'honorer, de lui obéir et de lui donner tout ce qu'elle pourrait désirer.

Le lendemain, les gentilshommes du prince more ayant vainement attendu jusqu'à midi son lever, et ne l'ayant point entendu sonner de toute la matinée, prirent le parti d'entrer dans son appartement.

Ne l'y trouvant pas, non plus que sa maîtresse, ils imaginèrent que l'un et l'autre étaient allés incognito passer quelques jours à la campagne, et cette idée les tranquillisa.

Le jour suivant, un fou, connu pour tel de toute la ville, rôdant parmi les décombres où étaient le cadavre du prince et celui du traître Churiacy, s'amusa à tirer ce dernier par la corde attachée à son col, et allait le traînant par la ville.

Plusieurs personnes ayant reconnu le mort, elles se firent conduire au lieu d'où le fou l'avait tiré, et y trouvèrent le corps du prince, qu'on ensevelit avec les honneurs ordinaires.

On chercha les auteurs de ce double assassinat. L'absence et la fuite secrète du duc d'Athènes firent présumer avec raison, qu'il avait commis le crime et enlevé la dame.

Le peuple élut aussitôt pour son souverain le frère du prince more, et lui demanda vengeance d'un tel attentat, lui promettant tous les secours possibles.

Le prince nouvellement élu, assuré par plusieurs témoignages incontestables de la vérité du fait, assemble promptement, par le secours de ses parents et de ses alliés, une armée nombreuse et puissante, et se dispose à marcher vers Athènes.

A la première nouvelle de ces mouvements, le duc songe à se mettre en état de défense, et demande des secours à plusieurs princes.

L'empereur d'Orient, qui lui avait donné une de ses sœurs en mariage, lui envoya son fils Constantin et son neveu Emmanuel, avec un corps considérable de troupes.

Si le duc fut bien aise d'un pareil secours, la duchesse sa femme le fut encore plus, puisqu'elle allait avoir l'occasion de revoir son frère qu'elle aimait tendrement.

Pendant qu'on s'occupait des préparatifs de la guerre, et qu'on disposait les troupes pour l'ouverture de la campagne, la duchesse profita d'un moment favorable pour entretenir son frère et son neveu sans témoins.

Elle les fit venir dans son appartement, et, les larmes aux yeux, elle leur raconta la vraie cause de cette guerre, et leur fit sentir l'outrage que son mari lui faisait, par son commerce criminel avec une étrangère qu'il croyait posséder sans qu'elle en sût rien.

Elle se plaignit amèrement de cette conduite si mortifiante pour son amour-propre, et les pria d'y remédier, autant pour l'honneur du duc que pour sa propre consolation.

Les deux jeunes seigneurs, depuis longtemps au fait de toute l'histoire, consolèrent la duchesse de leur mieux, et lui firent espérer une prompte satisfaction.

Ils lui demandèrent le logement de l'étrangère, et se retirèrent dès qu'ils en furent instruits.

Ils avaient souvent entendu parler de la beauté de cette Hélène.

Ayant une envie démesurée de la voir, ils prièrent en grâce le duc de leur procurer cette satisfaction.

Le duc, sans songer ce qu'il en avait coûté au prince de la Morée de la lui avoir montrée, promit de la leur faire voir.

Il fit en conséquence préparer un superbe dîner, dans un très beau jardin du château qui recélait la belle, et les y mena le lendemain avec une petite suite.

Il arriva à Constantin ce qui était arrivé au duc lui-même.

A peine fut-il assis et eut-il jeté des regards sur Alaciel, qu'il fut émerveillé de sa beauté.

Il ne se lassait point de l'admirer, et disait en lui-même qu'une créature si charmante, si parfaite, portait avec elle de quoi faire excuser les trahisons qu'on s'était permises et qu'on pouvait se permettre pour la posséder.

En un mot, il la regarda, l'examina et l'admira tant, qu'il n'eut besoin que de cette première entrevue pour se sentir dévoré des feux de l'amour.

Ils prirent si fort racine dans son cœur, que, bannissant de son esprit les affaires de la guerre, il rêvait continuellement au moyen d'enlever Alaciel, sans cependant donner à connaître à personne qu'il en fût amoureux.

Tandis qu'il cherche et qu'il arrange dans sa tête la manière dont il

s'y prendra pour réussir dans son projet, vint le temps de marcher
contre l'ennemi, qui s'approchait à grandes journées de l'Attique.

Le duc Constantin et les autres généraux partirent donc, à la tête
de leurs troupes, et se rendirent sur les frontières, pour en défendre
l'entrée au prince more.

Le jeune Constantin, tout occupé de l'objet de sa passion, s'imagina
que pendant que son beau-frère serait éloigné de sa maîtresse il
pourrait facilement venir à bout de son dessein.

Pour avoir un prétexte de retour à Athènes, il feignit d'être malade.

Il céda sa place à Emmanuel, son cousin ; et après avoir obtenu un
congé du duc, il quitta l'armée.

De retour auprès de sa sœur, il ne tarda pas de l'entretenir de
l'infidélité de son mari, afin de rallumer sa jalousie et son ressentiment.

Il s'offrit de la venger de l'affront qu'on lui faisait, en enlevant sa
rivale, pour la conduire hors de l'Attique, et l'en délivrer ainsi pour
jamais.

La duchesse, bien éloignée de soupçonner les vrais motifs d'un zèle
dont elle se croyait l'unique objet, dit qu'elle serait très charmée de cet
enlèvement, si elle était assurée que son mari ne saurait jamais qu'elle
y eût eu la moindre part.

Constantin ne manqua pas de la rassurer ; il lui promit qu'elle ne
serait compromise en rien ; et après l'avoir parfaitement tranquillisée,
il fit armer secrètement un vaisseau, y mit des gens affidés, et donna
des ordres pour qu'on le conduisit vis-à-vis du château qu'habitait
Alaciel. Il se rendit dans le même temps au château, avec peu de suite.

Il fut très bien accueilli de la dame et de ceux qui étaient auprès
d'elle pour la servir. Il lui proposa, sur le soir, une promenade au
jardin.

Elle y consentit volontiers, se faisant accompagner de deux domestiques.

Constantin, suivi de deux des siens, la prit à l'écart, comme s'il avait
eu quelque chose de particulier à lui dire de la part du duc.

Ils arrivèrent, tout en causant, à une porte qui donnait du côté de
la mer.

Un de ses complices l'avait déjà ouverte, et, au signal donné, avait
conduit le vaisseau tout auprès.

Alors Constantin, saisissant la dame par le bras, la livre à ses
domestiques, qui la conduisent dans le vaisseau ; puis, se retournant
vers les gens qui l'avaient accompagnée :

« Que personne ne bouge et ne fasse le moindre bruit, leur dit-il, s'il ne veut perdre la vie ; mon dessein n'est pas d'enlever au duc sa maîtresse, mais de venger l'outrage fait à ma sœur ; » à quoi ils n'osèrent rien répliquer.

Il n'eut pas plus tôt regagné le vaisseau et rejoint Alaciel, qui se lamentait et fondait en larmes, qu'il commanda de se mettre à la rame.

On obéit, et, à la pointe du jour, on aborda à Égine.

Ils descendirent à terre, où Constantin fit quelque séjour pour tâcher de consoler la dame, qui se plaignait amèrement des disgrâces auxquelles sa beauté l'exposait si souvent.

Après l'avoir consolée de la bonne manière, il se rembarqua avec elle, et ils arrivèrent en peu de jours à l'île de Scio.

La crainte de perdre sa maîtresse, et de s'exposer au ressentiment de l'empereur son père, lui fit prendre le parti de s'y fixer, regardant dans cette île comme un lieu où il était à l'abri de tout danger.

La belle dame y déplora plusieurs fois sa malheureuse destinée, mais enfin les consolations énergiques de Constantin lui firent oublier ses malheurs, et lui rendirent agréable ce nouveau séjour.

Pendant que nos deux amants coulaient des jours délicieux, Osbech, pour lors sur le trône des Ottomans, et continuellement en guerre avec l'empereur, fit, par hasard, un voyage à Smyrne.

Il y apprit que Constantin était à Scio, et qu'il y menait une vie molle et voluptueuse dans les bras d'une femme qu'il avait enlevée.

Sachant qu'il n'était rien moins que sur ses gardes et qu'il avait peu de forces, il forma le dessein de l'y surprendre.

Pour cet effet, il fait armer quelques vaisseaux légers, s'embarque, arrive la nuit avec ses troupes au port de Scio, et entre dans la ville, sans trouver la moindre résistance.

Comme tout dormait, la plupart des habitants furent pris avant d'être informés que l'ennemi était chez eux.

On tua tous ceux qui firent mine de se défendre; les autres furent faits prisonniers et conduits sur les vaisseaux avec le butin, qui fut considérable.

Osbech fit mettre ensuite le feu à la ville, et s'en retourna à Smyrne.

A peine fut-il de retour, qu'il passa les prisonniers en revue. Il trouva parmi eux la belle Alaciel, et jugea facilement, à sa beauté, que c'était la maîtresse de Constantin.

Ravi d'avoir une femme si belle à sa disposition, il crut user des droits de la victoire.

Il était jeune et vigoureux, il en fit sa femme, sans autre cérémonie que de coucher avec elle; ce qu'il répéta pendant plusieurs mois.

Avant cet événement, l'empereur s'était ligué avec Bassen, roi de Cappadoce, contre le prince ottoman.

Ils avaient concerté de fondre sur lui chacun de son côté; mais ce projet n'avait pu avoir lieu, parce que l'empereur n'avait pas cru devoir accepter les dures conditions que Bassen mettait à cette levée de boucliers.

Cependant, lorsqu'il apprit que son fils avait été inhumainement massacré, il ne balança plus d'accorder tout ce qu'il lui demandait.

Il sollicita le roi de Cappadoce d'aller, avec toutes ses forces, attaquer Osbech, se préparant d'en faire autant de son côté.

Osbech, informé de ses préparatifs, assembla promptement son armée, et, pour éviter d'avoir à se défendre à la fois contre les deux princes si puissants, il se hâta de marcher vers le roi de Cappadoce, ayant laissé sa maîtresse à Smyrne, sous la garde d'un ami fidèle.

Il l'atteignit quelques jours après, et lui livra bataille; mais son armée fut taillée en pièces, et il périt lui-même dans le combat. Le roi de Cappadoce, pour jouir pleinement du fruit de sa victoire, s'avança vers Smyrne.

Les habitants, hors d'état de résister à ses troupes, s'empressèrent d'aller au-devant de lui, offrant de se soumettre aux lois que leur imposerait le vainqueur.

L'ami à qui Osbech avait confié sa maîtresse se nommait Antioche; c'était un homme avancé en âge, et sur la fidélité duquel le prince croyait pouvoir compter.

Mais quel âge, quelle vertu peut résister à deux beaux yeux! Antioche ne put voir Alaciel sans en devenir amoureux.

Il chercha même à s'en faire aimer, au mépris de la foi qu'il devait à son maître.

Il savait parler la langue de la dame; car, depuis trois ou quatre ans Alaciel n'ayant encore pu trouver personne à qui se faire bien entendre, prenait plaisir à s'entretenir avec lui.

Ils devinrent bientôt familiers; et de familiarité en familiarité, oubliant ce qu'ils devaient à Osbech, qui était à l'armée, ils en vinrent à coucher dans les mêmes draps, où ils goûtaient des plaisirs bien doux à des cœurs bien épris.

Ces plaisirs furent troublés par la nouvelle de la mort du prince ottoman et de la défaite de son armée.

Quand ils surent que le vainqueur venait droit à Smyrne pour tout piller, ne jugeant pas à propos de l'attendre, ils prirent ce qu'Osbech avait laissé de plus précieux, et s'enfuirent secrètement à Rhodes.

Peu de temps après leur arrivée dans cette ville, Antioche tomba dangereusement malade.

Il avait fait le voyage de Smyrne à Rhodes avec un marchand de Chypre, que des affaires de commerce avaient attiré dans cette ville.

Ce marchand était depuis longtemps son ami intime.

Lorsqu'il se sentit bien malade, et jugeant qu'il ne pouvait guère en revenir, il résolut de lui laisser son bien, en le chargeant de veiller aux besoins de sa chère maîtresse.

Il les fit appeler l'un et l'autre.

« Je touche à ma dernière heure, leur dit-il ; quoique je doive regretter la vie, je meurs en quelque sorte satisfait, puisque j'ai la consolation de mourir entre les bras de deux personnes que j'aime le plus ; mon cher ami, je te recommande cette infortunée ; je te conjure de ne jamais l'abandonner, et d'avoir pour elle l'amitié que tu as eue pour moi.

« Je me flatte que tu la respecteras, et que tu te conformeras à mes intentions ; je te laisse tous mes biens.

« Oui, mon ami, je me flatte que tu ne délaisseras pas cette aimable personne : c'est la plus grande marque de reconnaissance que tu puisses donner à ton ami, pour les tendres sentiments qu'il n'a cessé de te témoigner durant sa vie, et qu'il emporte dans le tombeau.

« Et toi, ma chère et tendre amie, ne m'oublie point après ma mort.

« Sois sage, je t'en conjure.

« Fais que je puisse me vanter, dans l'autre monde, d'avoir été aimé, dans celui-ci, de la plus belle femme qui soit sortie des mains de la nature.

« Mes chers amis, si vous me promettez l'un et l'autre de m'accorder ce que je vous demande par ce qu'il y a de plus saint, je meurs tout consolé. »

Pendant ce discours, que les soupirs et la voix faible du mourant rendaient plus pathétique, le marchand cyprien et la belle Alaciel fondaient en larmes. Ils le consolèrent, en le flattant de sa guérison, et en lui promettant, s'ils avaient le malheur de le perdre, de faire ce qu'il désirait de leur amitié.

Le mal étant sans remède, Antioche mourut bientôt après, et on lui fit de pompeuses funérailles.

Le marchand ayant terminé les affaires qui l'appelaient à Rhodes, et désirant revoir sa patrie, dont il était absent depuis longtemps, se disposa à retourner en Chypre.

Il demanda à la Sarrasine si elle était dans l'intention de l'y suivre.

« Très volontiers, lui répondit-elle, pourvu que vous me promettiez de me traiter comme votre sœur ; vous le devez à la mémoire de votre ami. »

Le Cyprien lui promit de faire tout ce qu'elle voudrait.

« Afin même de vous mieux garantir de toute insulte, ajouta-t-il, je vous ferai passer pour ma femme. »

S'étant embarqués sur une caraque de Catalans, on leur donna une

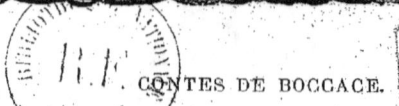 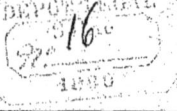

Afin même de vous mieux garantir de toute insulte, ajouta-t-il, je vous ferai passer pour ma femme... Page 120.

petite chambre sur la proue. Ils avaient demandé d'être logés dans la même pièce, afin de démentir, par leur manière de vivre, ce qu'ils avaient avancé.

Pour mieux éloigner les soupçons, ils couchèrent dans le même lit, tout petit qu'il était.

Le diable les attendait là, pour les amener à ce qu'ils n'avaient point prévu lors de leur départ.

Encouragés par l'obscurité, par l'occasion qui ne pouvait être plus commode, et excités par la chaleur du voisinage, qui, comme on sait, communique des forces plus que suffisantes pour exciter les désirs, ils oublièrent insensiblement les promesses qu'ils avaient faites l'un et l'autre au jaloux Antioche.

Ce ne furent d'abord que de légères agaceries. On en vint aux caresses, et des caresses à ce que vous devinez aisément.

Arrivés à Baffa, qui était la patrie du marchand, ils se démarièrent, pour la forme seulement ; car ils ne passaient pas de jour sans user des privilèges attachés au mariage.

Nouvelle aventure. Pendant l'absence du marchand, qui était allé, pour des affaires, en Arménie, arrive à Baffa un vieux gentilhomme, peu favorisé de la fortune, ayant dépensé presque tout son bien au service du roi de Chypre ; mais homme plein de sagesse et de jugement.

Un jour, passant devant la maison où logeait Alaciel, il l'aperçut à la fenêtre.

Frappé de l'éclat de sa beauté, il s'arrêta un moment pour la considérer. Il se ressouvint de l'avoir vue quelque part, sans savoir précisément l'endroit.

Alaciel, qui, dans ce moment même, faisait des réflexions sur les bizarreries de sa destinée, ignorant qu'elle touchait au terme de ses malheurs, revint de sa rêverie en voyant cet homme s'arrêter ; et fixant à son tour ses regards sur lui, elle se rappela aussitôt de l'avoir vu autrefois à la cour de son père, dans un état fort brillant.

L'espérance de revoir ses parents ou son fiancé se fait aussitôt sentir à son cœur.

Elle appelle le gentilhomme avec d'autant plus de liberté que l'hôte était absent.

Antigone, c'était le nom de l'étranger, monte au premier signe, et quand il fut entré :

« N'êtes-vous pas, lui dit-elle, la honte peinte sur son front, n'êtes-vous pas Antigone de Famagoste ? — Oui, Madame, c'est lui-même que vous voyez. Il me semble, continua-t-il, que je vous connais aussi ; mais je ne puis me rappeler précisément l'endroit où je vous ai vue. Y aurait-il de l'indiscrétion à moi de vous demander qui vous êtes ? »

Se jeter à son cou et verser un torrent de larmes fut la réponse de la dame.

Elle demanda ensuite à Antigone, un peu surpris de cette façon d'agir, s'il ne l'avait jamais vue à Alexandrie.

Il la regarda attentivement, et la reconnaît alors pour Alaciel, fille du soudan, qu'on croyait ensevelie depuis longtemps au fond de la mer. Il voulut se mettre en devoir de lui rendre les honneurs dus à son rang ; mais la princesse ne le souffrit point, et le fit asseoir auprès d'elle.

Antigone lui obéit, et lui demanda respectueusement par quelle aventure elle se trouvait là, puisqu'il passait pour certain, dans toute l'Égypte, qu'elle avait péri depuis plusieurs années dans les flots.

« Il serait à souhaiter pour moi, s'écria-t-elle, que cela fût arrivé ! je n'aurais pas été si bizarrement et si constamment ballottée par la fortune.

« Ah ! si mon père est jamais instruit de la vie que j'ai menée, je suis persuadée qu'il regrettera lui-même, si l'honneur de sa fille lui est cher, que je n'aie point péri dans ce funeste naufrage. »

Après ces mots, grands soupirs et larmes de recommencer.

« Ne vous affligez point, Madame, lui dit Antigone, ne vous affligez point avant le temps. Racontez-moi, s'il vous plaît, les événements qui vous sont arrivés, et peut-être qu'avec l'aide de Dieu nous trouverons un remède à tout.

— Je vous regarde comme mon père, mon cher Antigone ; d'après cette idée, j'aurai pour vous les mêmes sentiments d'amour, de confiance et de respect que j'aurais pour lui s'il était ici, et je ne vous cacherai rien.

« J'ai toujours eu pour vous beaucoup d'estime, et je vous avoue que je ne saurais vous exprimer la joie de vous avoir reconnu la première. Vous allez lire dans mon cœur, et connaître ce que, dans mes plus grands malheurs, j'ai pris soin de cacher à tout le monde.

« Si, après avoir entendu le récit fidèle de tout ce qui m'est arrivé, vous jugez à propos de me rendre à mon premier état, je vous prie de le faire ; mais si vous jugez que la chose ne soit pas faisable, je vous conjure de ne dire à qui que ce soit au monde que vous m'avez vue, ou que vous ayez entendu parler de moi. »

Après ce préambule, elle lui fit le détail de toutes ses aventures, depuis son naufrage sur les côtes de Majorque jusqu'au moment où elle lui parlait, et son récit fut plusieurs fois interrompu par ses soupirs et par ses larmes.

Antigone, touché de pitié, mêla ses pleurs aux siens ; et après quelques moments de réflexion, il lui dit :

« Puisqu'on n'a jamais su, dans vos malheurs, qui vous étiez, et qu'on ignore encore si vous vivez, je vous promets, Madame, de vous rendre au roi votre père, plus aimée que jamais ; je ne doute nullement qu'il n'ait beaucoup de plaisir de vous revoir, et qu'il ne vous envoie ensuite au roi de Garbe, votre fiancé, à qui vous n'en serez que plus chère. »

Alaciel demanda comment cela se pourrait. Antigone lui expliqua, par ordre, ce qu'ils avaient à faire.

Aussitôt, sans perdre un seul moment, il retourne à Famagoste, et va trouver le roi.

« Sire, lui dit-il, vous pouvez, si tel est votre plaisir, faire, sans qu'il vous en coûte presque rien, une chose glorieuse pour vous, et qui deviendra très avantageuse pour moi qui ai perdu ma fortune à votre service.

— Par quel moyen ? dit le roi.

— La fille du soudan d'Alexandrie, répondit Antigone, cette fille si célèbre par sa beauté, et qui passait pour avoir péri dans un naufrage, est arrivée au port de Baffa.

Pour conserver sa vertu, elle a longtemps souffert la misère, et se trouve encore aujourd'hui dans la plus grande indigence : elle désire de retourner chez son père ; et s'il vous plaisait de la lui envoyer, je suis persuadé que le soudan n'oublierait jamais un tel service. »

Le roi de Chypre, naturellement bon et généreux, lui répondit favorablement. Il donna des ordres pour qu'on la fît venir à la cour, où elle reçut du roi et de la reine tous les honneurs qu'elle pouvait désirer. Elle satisfit à toutes les questions qui lui furent faites sur ses aventures, selon les instructions qu'Antigone lui avait données.

Quelques jours après elle fut envoyée au soudan, avec une suite nombreuse d'hommes et de femmes, sous le commandement d'Antigone. Il serait difficile de peindre le plaisir et la joie que le soudan éprouva à la vue d'une fille qu'il croyait pour jamais perdue.

Il fit l'accueil le plus gracieux à Antigone et aux gens de sa suite.

Après que la princesse eut prit quelques jours de repos, le soudan voulut savoir d'elle-même par quels moyens elle avait échappé du naufrage, et pour quelles raisons elle avait passé tant de temps sans lui donner de ses nouvelles. Alaciel, qui savait parfaitement par cœur la leçon que lui avait faite le sage Antigone, parla en ces termes :

« Vous saurez, mon cher père, que vingt jours, ou environ, après mon départ d'Alexandrie, le vaisseau, agité et entr'ouvert par la plus horrible tempête, fut jeté pendant la nuit sur certaines côtes de Ponant, voisines d'un lieu nommé Aigues-Mortes.

« Je n'ai jamais su ce que devinrent les gens de ma suite : je me souviens seulement que, lorsque le jour eut paru et que je fus revenue de l'évanouissement que m'avait causé l'approche de la mort, le vaisseau était partagé en deux et attaché à un banc de sable.

« Des paysans qui le virent accoururent, sur l'heure de midi, pour en piller les débris.

« Ils furent suivis de tous les gens de la contrée ; ils me trouvèrent dans un coin sur des planches avec deux femmes exténuées, comme moi, de frayeur et de faiblesse.

« On me fit descendre avec elles au rivage. Des jeunes gens s'emparèrent de ces pauvres filles, et les emmenèrent, celle-ci d'un côté, celle-là de l'autre. Je n'ai jamais su non plus ce qu'elles sont devenues.

« Deux de ces jeunes gens, qui étaient du nombre de ceux qui m'avaient conduite sur le rivage, voulurent aussi m'emmener avec eux, malgré la défense que je faisais et les larmes que je répandais. Ils me tiraient tantôt par le bras et tantôt par les cheveux, selon mon plus ou moins de résistance, et me conduisaient ainsi vers une forêt.

« Comme nous étions sur le point d'y arriver, je vis venir quatre cavaliers.

« Mes ravisseurs ne les eurent pas plutôt aperçus, qu'ils me lâchèrent et s'enfuirent à toutes jambes.

« Les cavaliers, qui me parurent des personnes de considération et d'autorité, accoururent vers moi.

« Ils m'interrogèrent ; je répondis ; mais ils ne purent m'entendre, et je ne les entendais pas.

« Après avoir parlé quelque temps entre eux, et m'avoir fait plusieurs signes auxquels je répondis du mieux que je pus, ils me firent monter sur leurs chevaux, et me menèrent dans un monastère de femmes, qu'on appelle religieuses, dont toute l'occupation est de prier Dieu, selon la loi du pays.

« Je fus très bien reçue de toutes ces dames, avec lesquelles j'ai dévotement servi une de leurs idoles favorites.

« On l'appelle saint Croissant, pour lequel saint, les femmes de ce pays-là ont une très grande dévotion.

« Quelque temps après, lorsque j'eus appris leur langue, elles me demandèrent qui j'étais et quelle était ma patrie.

« Dans la crainte d'être chassée de leur maison, où les hommes n'entraient jamais, je n'eus garde de leur dire que j'avais une religion ennemie de la leur ; c'est pourquoi je leur répondis que j'étais fille d'un gentilhomme de Chypre, qui m'avait envoyée à mon futur époux en Candie, où j'avais fait naufrage sur le point d'arriver.

« Quand la maîtresse de toutes ces femmes, qu'on appelait madame l'abbesse, m'eut demandé si je serais bien aise de retourner en Chypre, je répondis que je ne désirais autre chose.

« Elle me promit de m'y envoyer ; mais comme elle ne voulait point exposer mon honneur, dont elle paraissait très jalouse, elle n'osa jamais me confier à aucune personne de Chypre, de peur que je ne tombasse en mauvaises mains.

« Je serais encore dans le monastère, si deux gentilshommes de France, qui devaient accompagner leurs femmes à Jérusalem, où elles allaient visiter le sépulcre où l'on croit que leur Dieu fut enseveli après que les Juifs l'eurent mis à mort, ne se fussent offerts de me conduire.

« L'un d'eux était parent de l'abbesse.

« Elle me recommanda à ces Français et à leurs femmes, et les pria de me rendre à mon père, en Chypre.

« Je ne saurais vous exprimer les égards que ces gentilshommes et ces dames eurent pour moi durant le voyage. Il n'est point de politesse que je n'en aie reçue.

« Nous abordâmes à Baffa après une navigation des plus heureuses. J'étais fort embarrassée, ne connaissant personne dans cet endroit, que j'avais indiqué comme le lieu de ma naissance.

« Je ne savais que dire à mes conducteurs, qui voulaient me présenter eux-mêmes à mon père, ainsi qu'ils l'avaient promis à l'abbesse du monastère.

« Par bonheur que, dans le moment que nous descendions à terre, Dieu, qui eut sans doute pitié de mon embarras, conduisit Antigone au rivage.

« Je le reconnus et l'appelai aussitôt en notre langue pour n'être point entendue des gentilshommes, et le priai de me faire passer pour sa fille. Il me comprit à merveille ; et, après m'avoir bien embrassée, il fit mille remercîments à mes généreux conducteurs, qu'il traita ensuite selon ses petites facultés.

« Trois ou quatre jours après, Antigone me mena de Baffa à la cour du roi de Chypre, qui, comme vous l'avez vu, m'a envoyé vers vous, avec des honneurs qui méritent votre reconnaissance et toute la mienne.

« Si j'ai omis quelque circonstance dans ce récit, Antigone, qui m'a entendue raconter plusieurs fois l'histoire de mes malheurs, se fera un plaisir d'y suppléer. »

Le sage et prudent Antigone, se tournant alors vers le soudan :

« Monseigneur, lui dit-il, ce que la princesse vient de vous dire s'accorde parfaitement avec ce qu'elle m'a plusieurs fois raconté, et avec ce que m'ont dit également les gentilshommes et les dames qui l'ont amené en Chypre; mais elle a oublié une circonstance, ou plutôt sa modestie la lui fait passer sous silence: c'est l'éloge que ces chrétiens m'ont fait de la conduite irréprochable qu'elle a menée dans le monastère, de ses sentiments nobles et dignes du sang illustre qui lui a donné le jour, et surtout de ses bonnes mœurs.

« Elle n'a pas jugé non plus à propos de vous dire les vifs regrets qu'ils ont témoignés et les larmes qu'ils ont répandues en lui faisant leurs adieux.

« S'il fallait, en un mot, vous répéter tous les éloges qu'ils ont donnés à ses vertus, un jour entier ne suffirait pas.

« Aussi pouvez-vous vous vanter, Monseigneur, d'après ce qu'ils m'ont dit, et d'après ce que j'ai vu par moi-même, d'avoir la fille la plus belle, la plus honnête, la plus sage que puisse avoir un monarque. »

Le soudan entendit tout ce récit avec la plus grande satisfaction, et demanda plusieurs fois à Dieu la grâce de pouvoir un jour reconnaître les divers services qu'on avait rendus à sa fille.

Quelques jours après, il combla Antigone de présents, et lui permit de retourner en Chypre.

Il le chargea de témoigner sa reconnaissance au roi, et lui remit plusieurs lettres, où il le remerciait lui-même, en attendant de pouvoir lui envoyer des ambassadeurs, et des présents dignes de la marque d'amitié qu'il en avait reçue.

Désirant ensuite d'achever ce qui était commencé, c'est-à-dire le mariage de sa fille avec le roi de Garbe, il fit savoir à ce prince tout ce qui s'était passé, lui marquant que, s'il persistait dans ses sentiments, il envoyât prendre sa fiancée.

Ce monarque fut enchanté d'apprendre qu'Alaciel vivait encore.

Il l'envoya quérir, et la reçut avec une joie inexprimable.

Cette princesse, qui avait eu successivement huit amants, et qui avait couché plus de mille fois avec eux, entra dans le lit du monarque comme pucelle, fit accroire à son époux qu'elle l'était véritablement et vécut avec lui dans une longue et parfaite union.

Aussi dit-on communément que bouche baisée ne perd ni son coloris ni sa fraîcheur, et qu'elle se renouvelle comme la lune.

NOUVELLE VIII

L'INNOCENCE RECONNUE

Après qu'on eut beaucoup ri des dernières paroles de Pamphile, la Reine se tournant vers Mme Élise lui ordonna de conter sa nouvelle; elle obéit sur-le-champ, et prenant un sourire gracieux, elle commença ainsi :

'empire romain étant passé des Français aux Allemands, ces deux nations se déclarèrent une haine implacable, et par conséquent une guerre continuelle. Le roi de France ne se borna point à défendre ses États, il voulut encore tenter d'en reculer les bornes.

Il rassembla pour cet effet toutes les forces de son royaume, et, suivi de son fils, il marcha à la tête d'une armée formidable contre l'ennemi. Avant d'aller à cette expédition, il crut qu'il convenait de pourvoir au gouvernement de son royaume pendant son absence, afin d'éviter le trouble et les séditions.

Il jeta les yeux sur Gautier, comte d'Angers, son vassal, homme d'un jugement profond et d'une sagesse consommée.

Ce seigneur avait de plus grand talents pour la guerre ; mais soit que le roi comptât plus sur sa fidélité que sur celle d'un autre, soit qu'il le crût plus disposé à goûter les douceurs de la paix qu'à supporter les fatigues de la guerre, il lui confia l'administration des affaires, et le laissa à Paris avec le titre de lieutenant général du royaume.

Le comte commença à remplir avec beaucoup de prudence les pénibles fonctions dont il s'était chargé.

Quoiqu'il eût plein pouvoir, et qu'il ne fût nullement obligé de consulter personne, il ne laissait pas, dans les affaires tant soit peu importantes, de prendre l'avis de la reine et de sa belle-fille.

Ces deux princesses avaient été confiées à sa garde et à ses soins.

Il se faisait néanmoins un devoir de les traiter comme ses supérieures, sans jamais se prévaloir de l'espèce d'autorité qu'il avait sur elles.

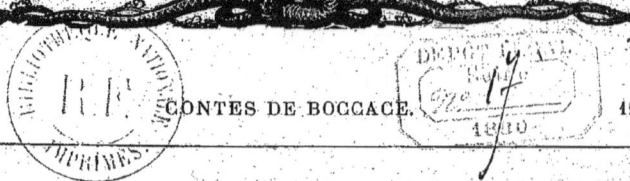

Aux cris de la princesse étaient accourues plusieurs personnes... Page 132.

Il était âgé de quarante ans, bien fait de sa personne, et avait la plus heureuse et la plus agréable physionomie du monde.

Sa taille était haute, régulière; sa marche noble et aisée; de plus, il était l'homme de son siècle le plus plein de grâces, et celui qui mettait le plus de goût et d'élégance dans sa parure.

Peu de temps après avoir été élevé à la dignité de gouverneur du royaume, il eut le malheur de perdre sa femme, qui lui laissa un fils et une fille, tous deux en bas âge.

Les affaires du gouvernement le mettaient dans le cas de voir fréquemment la reine et sa belle-fille.

Celle-ci prenait plaisir à s'entretenir avec lui, et le recevait toujours avec beaucoup d'égards.

A force de le pratiquer, elle se sentit une tendre inclination pour lui.

Plus elle était à portée d'admirer ses agréments et ses vertus, et plus son inclination se fortifiait.

Enfin elle en devint tout à fait amoureuse, sans pouvoir résister à son penchant.

Sa jeunesse, sa fraîcheur, son rang, et d'autres considérations jointes au veuvage du comte, lui persuadaient qu'elle pourrait parvenir aisément à s'en faire aimer.

La honte de se déclarer était le seul obstacle qui l'arrêtait ; mais elle se fit bientôt une loi de la surmonter et n'écouta plus la voix de la pudeur.

Un jour, se trouvant seule, elle l'envoya chercher, comme si elle eût eu des affaires à lui communiquer.

Le comte, bien éloigné de soupçonner les intentions de la princesse, quitte tout et se rend à ses ordres.

La princesse le fait asseoir sur son lit de repos et se met à côté de lui. Le comte lui demande pourquoi elle le fait appeler.

La princesse ne répond rien.

Il répète la même question : la dame rouge, d'amour et de honte, les yeux mouillés de larmes, tremblante, ne lui répond que par des soupirs et des mots entrecoupés, auxquels le comte ne comprend rien.

Enfin, enhardie par sa passion :

« Mon doux et tendre ami, lui dit-elle, vous avez trop de lumières et trop d'expérience pour ne pas connaître jusqu'où va la fragilité des hommes et des femmes, et pour ignorer que l'un de ces deux sexes est beaucoup plus faible que l'autre.

« Dans l'esprit d'un juge équitable, un péché est plus ou moins grand, selon la qualité des personnes qui le commettent.

« Qui oserait nier, par exemple, qu'une femme qui, pour gagner sa vie, n'aurait d'autre ressource que son travail, ne fût plus coupable de s'amuser à faire l'amour qu'une dame riche, opulente, qui aurait tout à souhait ? Personne assurément.

« C'est pourquoi je pense que les commodités de la vie doivent, en grande partie, servir d'excuse à la femme qui en jouit, lorsqu'elle se livre aux penchants de l'amour ; elle est toujours excusable, et même justifiée, si l'objet qu'elle aime est un homme sage et vertueux.

« Ces raisons et plusieurs autres, entre lesquelles je compte ma grande jeunesse et l'éloignement de mon mari, m'ont rendue amoureuse de vous, et portent avec elle ma justification.

« Il me sied mal, sans doute, de vous faire un semblable aveu ; mais un amour aussi violent que le mien se met au-dessus des bienséances ; les personnes de mon rang seraient martyres toute leur vie, si elles suivaient l'usage ordinaire.

« Je ne crains pas de vous l'avouer, mon cher ami, dans les ennuis que me cause l'absence de mon mari, ce petit dieu qui a soumis et soumet encore tous les jours, non seulement les femmes faibles, mais les hommes les plus forts et les plus courageux, ce dieu, dis-je, a blessé mon cœur d'un trait enflammé, et y a allumé la passion la plus tendre et la plus vive pour vous.

« Je sais que, si elle paraissait à découvert, elle serait condamnable ; mais cachée sous les voiles du mystère, elle ne peut avoir rien de criminel.

« Votre figure, vos agréments, votre mérite, sont plus que suffisants pour l'excuser.

« Non, quelque passionnée que je sois, je ne me suis pas aveuglée sur le choix que j'ai fait.

« Vous êtes, aux yeux de tous ceux qui vous connaissent, le plus aimable, le mieux fait et le plus sage de tous les hommes de France. Songez donc que je suis depuis quelque temps sans mari ; songez que vous n'avez plus de femme ; songez à ce que l'amour que vous m'avez inspiré me porte à faire dans ce moment, et vous ne me refuserez pas le vôtre.

« Prenez pitié d'une jeune femme qui sèche de langueur, et qu'il ne tient qu'à vous de rendre heureuse... »

Les larmes qu'elle répandit à ces mots l'empêchèrent de continuer.

Elle voulut vainement reprendre la parole, l'excès de sa passion avait étouffé sa voix tremblante ; et, tout à fait décontenancée, elle n'eut que la force de pencher la tête sur le sein du comte.

Ce brave chevalier, surpris et humilié de l'étrange discours qu'il venait d'entendre, s'écria alors en la repoussant :

« A quoi pensez-vous donc, Madame, et pour qui me prenez-vous ?

« Mon honneur m'est trop précieux, et je sais trop ce qu'il me dicte, pour ne pas blâmer un amour si extravagant.

« Je souffrirais mille morts plutôt que de faire un pareil outrage à mon maître. »

A cette réponse inattendue, la princesse, passant subitement de l'amour à la fureur :

« Ingrat ! lui dit-elle, n'est-ce pas assez d'avoir le chagrin de faire les avances, sans avoir la honte de me voir refusée ?

« Tu veux donc ma mort, barbare ?

« Eh bien, puisque tu ne crains pas de m'exposer à mourir de rage et de désespoir, tu en seras la victime : car, ou j'attirerai la mort sur ta tête, ou tu périras dans un exil ignominieux. »

A ces mots elle s'arrache les cheveux, déchire ses habits, et crie de toutes ses forces :

« Au secours ! au secours ! le comte d'Angers en veut à mon honneur ! »

Le comte, considérant que l'élévation de sa fortune lui avait fait plusieurs envieux qui seraient ravis de profiter de cette calomnie pour le perdre, et craignant, malgré le bon témoignage de sa conscience, de ne pouvoir confondre l'imposture de la princesse, sort promptement du palais, arrive à son hôtel, et, sans faire d'autres réflexions, prend ses deux enfants et s'enfuit à Calais.

Aux cris de la princesse étaient accourues plusieurs personnes, qui, la voyant éplorée et fondant en larmes, ne doutèrent point de la vérité du récit qu'elle leur fit.

Il leur vint alors dans l'esprit que le comte n'avait mis en usage tout ce que la parure a de plus attrayant et la gaieté de plus aimable qu'afin de séduire la princesse et de parvenir à ses fins.

Il ne fut pas plutôt parti, qu'on alla chez lui pour l'arrêter ; mais, ne le trouvant pas, la populace s'assembla, entra dans l'hôtel, le pilla, saccagea tout et le démolit jusqu'aux fondements.

Le roi et son fils reçurent bientôt au camp cette nouvelle, accompagnée de toutes les circonstances qui pouvaient rendre le comte odieux.

Ils furent tellement outragés de cet attentat, qu'ils étendirent la punition du prétendu coupable sur ses enfants, en les condamnant, eux et leur postérité, à un bannissement perpétuel ; et l'on promit une grande récompense à ceux qui leur livreraient le père, mort ou vif.

Le vertueux Gautier, qui, tout innocent qu'il était, semblait, par sa fuite, s'être déclaré criminel, arriva à Calais, avec ses deux enfants, sans se faire connaître. Il passa tout de suite en Angleterre, et marcha droit à Londres, sous l'habit de mendiant.

La première leçon qu'il fit à ses enfants fut de leur recommander de souffrir patiemment la pauvreté où la fortune les avait réduits, et de ne déclarer jamais à qui que ce fût, s'ils ne voulaient s'exposer à perdre la vie, ni d'où ils étaient, ni qui était leur père.

Le garçon, appelé Louis, avait environ neuf ans, et la fille, qui s'appelait Violente, pouvait en avoir sept.

L'un et l'autre saisirent, autant que leur âge pouvait le permettre, les instructions de leur père, et en profitèrent très bien, comme on le verra dans la suite.

Il les fit changer de nom, pour les mieux déguiser; donna celui de Perrot au garçon, et celui de Jeannette à la fille.

Entrés dans la ville de Londres sous de mauvais haillons, ils vécurent fort petitement; et après avoir épuisé le peu d'argent qu'ils avaient, ils se virent contraints de demander l'aumône.

S'étant trouvés un matin à la porte d'une église, à l'heure qu'on en sortait, la femme d'un secrétaire d'État, voyant le comte et ses enfants qui mendiaient, lui demanda d'où il était, et si ces enfants lui appartenaient.

Gautier répondit qu'il était de Picardie, et qu'une fâcheuse affaire, arrivée à son fils aîné, l'avait obligé de s'expatrier avec ses deux autres enfants.

La dame, naturellement sensible et compatissante, regardant la petite fille, et la trouvant tout à fait gentille et fort à son gré :

« Bonhomme, dit-elle au comte, si tu veux me laisser prendre cette petite enfant, dont la physionomie me plaît beaucoup, je m'en chargerai volontiers; et si elle veut être sage, je pourrai la bien établir dans la suite. »

Le père, charmé de la proposition, répondit conformément aux désirs de la dame; et après avoir dit un tendre adieu à sa fille, il la remit entre ses mains, en la lui recommandant très fort.

Le comte, ayant trouvé un bon asile à sa fille, voulut aller chercher fortune ailleurs.

Il traversa l'île avec Perrot, en mendiant son pain, et arriva dans la principauté de Galles, non sans beaucoup de temps et de fatigue, n'étant pas accoutumé de voyager à pied.

Il y avait dans cette province un maréchal du roi d'Angleterre, qui en était gouverneur, et qui faisait une grosse dépense. Le comte et son fils, se trouvant dans la ville où ce seigneur faisait sa résidence, allaient souvent devant son hôtel, et entraient quelquefois dans la cour, pour demander l'aumône.

Le fils du gouverneur s'y amusait souvent, avec d'autres enfants de qualité, à jouer et à polissonner.

Perrot se mêla un jour avec eux, et se tira avec beaucoup plus d'adresse et de grâce que les autres de ces petits exercices; il fut remarqué du maréchal, qui, charmé des manières de cet enfant, demanda à qui il appartenait.

On lui dit que c'était le fils d'un pauvre homme, qui venait souvent demander son pain à la porte.

Il fait appeler le père, et lui propose de lui céder cet enfant, en lui promettant d'en prendre soin.

Le comte, qui ne désirait pas mieux, le lui accorda bien volontiers, quoique cette séparation coûtât beaucoup à son cœur.

Après avoir ainsi placé son fils et sa fille, il résolut de quitter l'Angleterre, et passa du mieux qu'il put en Irlande.

Arrivé à Stanfordvint, il se mit au service d'un gentilhomme du pays. Quoiqu'il n'y fût pas trop bien, il y demeura longtemps en qualité de page ou de valet.

Cependant Violente, qui n'était plus connue que sous le nom de Jeannette, étant devenue grande et belle, avait su gagner l'affection et les bonnes grâces de sa bienfaitrice.

Sa bonne conduite lui avait également mérité l'estime et l'amitié du mari.

Toutes les personnes de sa maison, et généralement tous ceux qui la connaissaient, en faisaient cas.

On ne pouvait la regarder sans admiration, et on jugeait à ses manières et à son maintien qu'elle était digne d'une grande fortune et d'un rang élevé.

La dame, qui n'avait pu découvrir sa véritable origine, mais qui la soupçonnait honnête à un certain point, pensait à la marier à quelque artisan aisé et de bonnes mœurs ; mais Dieu, qui laisse rarement la vertu sans récompense, et qui ne voulait point lui faire supporter le crime d'un autre, avait arrangé les choses tout autrement, et ne permit point qu'elle fût mariée à une personne d'un rang médiocre et indigne de la noblesse de sa naissance.

Le secrétaire d'État et sa femme n'avaient qu'un fils unique, qu'ils aimaient fort tendrement, et qui, à la vérité, méritait leur tendresse par les heureuses qualités dont il était doué.

Une figure aimable, une taille bien prise et dégagée, un caractère plein de douceur, de la politesse et du courage, voilà ce qui le distinguait avantageusement des jeunes gens de son âge.

Ce jeune homme, qui avait six ans de plus que Jeannette, la trouvait si honnête, si gracieuse et si jolie, qu'il ne se lassait point d'avoir des intentions pour elle.

Il se plaisait à sa société, et en devint insensiblement si amoureux, qu'il ne voulait penser à d'autre objet ; mais la croyant d'une naissance obscure, non seulement il n'osait la demander pour femme à son père, mais il n'osait même pas s'ouvrir sur les sentiments qu'elle lui avait inspirés, craignant qu'on ne lui reprochât cet amour comme indigne de lui.

Il cachait donc sa passion avec soin, et cette contrainte la rendait beaucoup plus vive.

Consumé de tristesse et de langueur, il tomba dangereusement malade. Les médecins ne pouvant connaître les symptômes ni la cause de son mal, désespérèrent de sa guérison.

Le père et la mère étaient inconsolables du triste état de leur fils.

Ils le conjuraient sans cesse, les larmes aux yeux, de leur déclarer ce qui causait sa maladie.

Le fils ne leur répondait autre chose sinon qu'il se sentait accablé, et accompagnait cette réponse de profonds soupirs.

Jeannette, qui, pour faire sa cour au père et à la mère, en prenait un soin particulier, entra un jour dans sa chambre, dans le moment qu'un jeune mais très habile médecin lui tâtait le pouls.

Le malade ne l'eut pas plutôt aperçue, que son cœur, vivement ému par sa présence, éprouva une agitation qui rendit les pulsations du pouls beaucoup plus fortes.

Quoiqu'il n'eût proféré aucun mot, ni laissé paraître aucune émotion sur son visage, le médecin, sentant aussitôt son pouls qui redoublait, et se doutant de quelque chose, ne bougea point, pour voir combien durerait ce battement précipité.

Le pouls reprit son mouvement ordinaire dès que Jeannette fut sortie.

L'habile médecin crut alors avoir découvert en partie la cause du mal.

Pour mieux s'assurer du fait, sous prétexte de demander quelque chose, il fit rappeler Jeannette, tenant toujours le bras de son malade.

Jeannette reparaît, et le pouls de reprendre aussitôt le galop, qu'il ne quitta que lorsqu'elle fut éloignée.

Le médecin, ne doutant plus qu'il n'eût découvert la véritable cause du mal, va trouver le père et la mère, et les ayant pris en particulier :

« La guérison de monsieur votre fils, leur dit-il, ne dépend point de mon art, elle est entre les mains de Jeannette ; je l'ai reconnu à des signes certains, quoique la demoiselle n'en sache rien elle-même, autant du moins que j'en puisse juger par les apparences.

« Voyez maintenant ce que vous avez à faire.

« Je dois seulement vous avertir que si la vie de votre fils vous est chère, il faut au plus tôt apporter remède à son mal, ou je ne réponds pas de sa guérison ; car, pour peu que sa langueur continue, toute la médecine sera hors d'état de le sauver. »

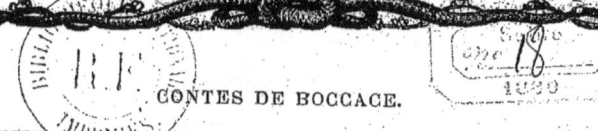

Il se hâta de faire publier par tout le royaume... Page 144.

Le père et la mère demeurèrent interdits à cette nouvelle.

Ils furent cependant charmés d'apprendre que le mal de leur fils n'était pas sans remède, espérant qu'il ne serait peut-être pas nécessaire de lui donner Jeannette pour épouse.

Ils allèrent le voir dès que le médecin fut sorti.

« Mon fils, lui dit sa mère en l'abordant, je n'aurais jamais cru que

18   18

tu m'eusses caché le secret de tes désirs, surtout quand ta vie en dépend.

« Tu devais et tu dois être assuré qu'il n'est rien au monde de faisable, fût-ce quelque chose de peu décent, que je ne fisse pour toi.

« Tu ne m'as pourtant pas ouvert ton cœur ; mais le Seigneur, touché de ton état, ne voulant pas ta mort, m'a fait connaître la cause de ton mal, qui n'est autre chose qu'un mal d'amour.

« Pourquoi as-tu craint de m'en faire l'aveu ?

« Ne sais-je pas que c'est une faiblesse commune et pardonnable aux jeunes gens de ton âge ?

« Pouvais-tu croire que je t'en estimerais moins ?

« Au contraire, je t'en aime davantage ; car ce besoin de la nature me prouve que tu n'en as pas été disgracié.

« Ne le cache donc plus, mon cher fils.

« Déclare-moi tous tes sentiments, et compte sur l'indulgence d'une mère qui t'aime de tout son cœur.

« Bannis cette mélancolie qui te consume, et ne songe plus qu'à ta guérison.

« Tu me verras disposée à faire tout ce qui pourra t'être agréable, sois-en persuadé.

« Éloigne de ton esprit toute crainte et toute timidité ; parle hardiment : puis-je quelque chose auprès de celle que tu aimes ? Je te permets de me regarder comme la plus cruelle des mères, si tu ne me vois employer mes soins pour te servir. »

À ce discours, le fils éprouva d'abord quelque honte ; mais, encouragé par les invitations, les prévenances de sa mère, et réfléchissant que personne ne pouvait mieux lui faire obtenir ce qu'il désirait, il secoua bientôt sa timidité, et lui parla en ces termes :

« Ce qui m'a porté, Madame, à cacher mon amour, c'est de voir que la plupart des hommes ne veulent jamais, quand ils ont atteint l'âge mûr, se rappeler qu'ils ont été jeunes.

« Mais puisque je vous trouve raisonnable et de bonne composition sur ce point, non seulement je conviendrai de la vérité de votre observation, mais je vous ferai connaître l'objet dont je suis épris, si vous me promettez de me le faire obtenir.

« Ce n'est que par ce moyen que vous me rendrez la vie ; je vous devrai de plus mon bonheur. »

La mère, qui comptait un peu trop sur la complaisance de Jeannette, et qui ne pensait pas que la vertu de cette fille serait un obstacle à son projet, lui répondit qu'il n'avait qu'à lui nommer en assurance l'objet de son amour.

« Vous saurez donc, Madame, que c'est de votre Jeannette que je suis épris : je n'ai pu me défendre de l'aimer en considérant sa beauté et les rares qualités dont elle est pourvue.

« Comme j'ai désespéré de la rendre sensible, et que j'ai imaginé que vous ne consentiriez pas à me la donner pour femme, je n'ai jamais osé confier mon amour à qui que ce soit, pas même à Jeannette ; et c'est là ce qui me réduit dans l'état où vous me voyez.

« Mais, je vous en avertis, si ce que vous me promettez venait à ne pas réussir, de manière ou d'autre, vous pouvez compter que je ne vivrai pas longtemps. »

La mère, voyant que le jeune homme avait besoin de consolation, et que ce n'était pas le moment de lui faire des représentations :

« Mon fils, lui dit-elle en souriant, si c'est là l'unique cause de ton mal, tu peux être tranquille ; ne songe qu'à te rétablir, et laisse-moi faire ; tu auras lieu d'être content. »

Le jeune homme, plein d'espérance, ne tarda pas à donner des marques sensibles de rétablissement.

La mère, enchantée de lui voir reprendre son embonpoint, se disposa à exécuter ce qu'elle lui avait promis.

Elle ne savait trop comment s'y prendre, tant elle avait bonne opinion de la vertu de Jeannette ; mais enfin elle se détermina à la sonder, et lui demanda, par manière de plaisanterie, si elle n'avait point d'amoureux.

Jeannette répondit en rougissant qu'elle ne voyait pas que cela fût nécessaire, ajoutant qu'il siérait mal à une pauvre demoiselle, chassée de sa patrie, et ne subsistant que par le secours d'autrui, de songer à l'amour.

« Cependant, répliqua la dame, je ne veux point qu'une fille aussi aimable et aussi jolie soit sans amant, et je me flatte que vous serez satisfaite de celui que je vous destine.

— Je sens, Madame, répliqua Jeannette, qu'après avoir été tirée par vous de l'état de mendicité où mon père est peut-être encore réduit, et avoir été élevée chez vous comme votre propre fille, je sens, dis-je, que je devrais me soumettre aveuglément à tout ce qui peut vous être agréable ; mais vous me dispenserez de vous obéir en ceci, à moins que vous n'entendiez me faire épouser celui que vous me destinez pour amoureux ; dans ce cas, il pourra compter sur toute ma tendresse.

« L'honneur, vous le savez, est le seul bien que j'aie reçu en héritage de mes parents ; je dois et je veux le conserver précieusement et sans tache jusqu'à mon dernier soupir. »

Cette réponse n'était point conforme aux désirs de la dame, qui ne se proposait rien moins que de faire de cette fille la conquête de son fils.

Elle ne laissa pas de l'approuver dans le fond de son âme.

L'intérêt qui l'animait était pourtant trop fort pour qu'elle lâchât prise.

Elle insista donc, en lui disant, d'un ton de surprise :

« Comment, Jeannette ! si le roi, qui est jeune et bien fait, était épris de votre beauté, et qu'il vous demandât quelque faveur, vous auriez le courage de la lui refuser ?

— Le roi, répliqua Jeannette sans hésiter, pourrait user de violence ; mais j'ose vous assurer que je ne consentirais jamais à rien qui ne fût d'accord avec l'honnêteté. »

La dame, admirant la vertu et la fermeté de cette aimable enfant, ne poussa pas plus loin ses tentatives ; mais, voulant la mettre à l'épreuve, elle dit à son fils que, lorsqu'il serait guéri, elle lui donnerait des facilités pour l'entretenir seule dans une chambre, et que, dans ce tête-à-tête, il essaierait de la rendre sensible, lui faisant sentir qu'il ne lui convenait pas de l'en prier elle-même, puisque ce serait jouer évidemment le rôle d'entremetteuse.

Le jeune homme, peu satisfait de cette proposition, et voyant qu'on ne lui tenait point parole, retomba dans son premier état.

Sa mère, le voyant empirer tous les jours, et craignant plus que jamais pour sa vie, passa enfin sur toutes les bienséances, et s'ouvrit nettement à Jeannette ; mais l'ayant trouvée inébranlable, et ayant fait part à son mari de l'inutilité de toutes ses tentatives, ils se déterminèrent à la fin, l'un et l'autre, à la donner pour femme à leur fils.

Ce ne fut pas sans regret qu'ils prirent ce parti ; mais ils aimèrent mieux voir leur enfant marié à une personne qui ne leur paraissait pas faite pour lui, que de le voir mourir de douleur.

Jeannette bénit Dieu de ne l'avoir point oubliée.

Quelque brillant que fût pour elle un tel mariage, elle ne voulut cependant pas dévoiler sa véritable origine, et se contenta toujours de prendre le nom de fille d'un Picard.

Le malade recouvra dans peu de temps toutes ses forces, ainsi que sa gaieté ; et quand le mariage fut fait, il s'estima l'homme du monde le plus heureux, et se donna du plaisir en toute liberté.

Perrot, domestique dans la maison du gouverneur de la principauté de Galles, était devenu grand, et avait su, comme sa sœur, gagner les bonnes grâces de son maître ; son esprit, sa sagesse et sa bonne mine le faisaient rechercher. Personne ne maniait mieux que lui une lance, et n'était plus habile dans tous les exercices militaires de ce temps-là ; il faisait, en un mot, l'admiration de tout le monde.

Les gentilshommes l'appelaient Perrot le Picard, et sous ce nom il était connu et renommé dans toute l'île.

Dieu, qui n'avait point oublié la sœur, n'abandonna pas le frère. Il le préserva d'une maladie contagieuse qui se fit sentir dans cette contrée et qui enleva la moitié des habitants. Les trois quarts de ceux qu'elle avait épargnés s'étaient retirés dans les pays voisins, en sorte que la principauté de Galles semblait abandonnée et se trouvait presque déserte.

Le gouverneur, sa femme, son fils, ses neveux, ses parents, avaient été les victimes de la contagion.

Une fille du gouverneur fut tout ce qui resta de cette illustre famille.

Cette demoiselle, devenue héritière des biens de toute sa parenté, était en âge d'être mariée, lorsque la peste eut cessé ses ravages.

Perrot ne l'avait point quittée et en avait eu grand soin.

La reconnaissance qu'elle en eut, jointe au mérite qu'elle lui connaissait, lui inspira du goût pour ce jeune homme, et elle crut ne pouvoir rien faire de mieux que de l'épouser, suivant en cela le conseil des personnes de confiance qui lui restaient.

Elle lui apporta ainsi le riche héritage de ses parents, et l'en fit seigneur.

Peu de temps après, le roi d'Angleterre ayant appris la mort du maréchal, et étant informé du rare mérite et de la valeur du fortuné Picard, lui donna toutes les places que son beau-père avait occupées.

Tel fut l'heureux sort des deux enfants du comte d'Angers, qui, loin de soupçonner leur grande fortune, les regardait alors comme des enfants perdus.

Dix-huit ans s'étaient écoulés depuis que ce père infortuné s'était enfui de Paris.

Il avait éprouvé bien des adversités, lorsque, se voyant déjà vieux et las de souffrir, il eut le désir de savoir quel avait été le sort de ses enfants. Le travail et l'âge avaient totalement changé les traits de son visage ; cependant, comme l'exercice qu'il avait fait depuis l'avait rendu plus agile et plus robuste qu'il ne l'était dans sa jeunesse, passée dans le repos, il quitta l'Irlandais chez lequel il avait toujours demeuré, et partit pour le pays de Galles, fort pauvre et mal vêtu.

Il arriva dans la ville où il avait laissé Perrot.

Il le trouva gouverneur du pays, bien fait de sa personne et en bonne santé.

Il en eut, comme on l'imagine aisément, beaucoup de joie; mais il jugea à propos de ne se faire connaître qu'il n'eût su auparavant ce que Jeannette était devenue.

Il continua donc sa route, et ne s'arrêta point qu'il ne fût arrivé à Londres.

Il s'informe secrètement de la dame à laquelle il l'avait laissée, et apprend que Jeannette était mariée avec le fils de cette dame, ce qui lui fit un plaisir qu'on ne saurait exprimer.

Ce fut alors que la prospérité de ses enfants le consola de toutes ses souffrances.

Le désir de voir sa fille le faisait rôder tous les jours autour de son hôtel.

Un jour Jacquet Lamyens, mari de Jeannette, voyant ce bon vieillard, et touché de compassion pour son triste état, donna ordre à un de ses gens de le faire entrer et de lui donner à manger.

Jeannette avait déjà plusieurs enfants, dont le plus âgé touchait à sa huitième année. Ces petits enfants, voyant manger le comte, se mirent autour de lui, et lui firent mille caresses, comme si la nature leur eût fait sentir que ce bonhomme était leur grand-père.

Le comte, les reconnaissant pour ses neveux, leur fit beaucoup d'amitié et loua leur gentillesse, ce qui fit que ces enfants ne voulaient point le quitter, quoique le gouverneur les appelât. La mère vint elle-même, et les menaça de les battre, s'ils n'obéissaient à leur maître.

Les enfants commencèrent à pleurer, en disant qu'ils demeureraient auprès de ce bon vieillard, qui leur plaisait plus que leur gouverneur.

Ces paroles firent éclater de rire la dame.

L'infortuné comte ne put s'empêcher d'en rire aussi. Il s'était levé pour saluer Jeannette, non comme sa fille, mais comme la dame et la maîtresse du logis.

Il la regardait avec un plaisir extrême; mais il n'en fut point reconnu, parce qu'il était tout à fait changé, étant devenu vieux, maigre, noir et barbu.

La mère, voyant l'empressement de ses enfants pour cet homme, dit à leur gouverneur de les laisser encore quelque temps avec lui, puisqu'ils pleuraient de ce qu'on voulait les en éloigner. A peine fut-elle sortie, que son mari entra.

Ayant appris du gouverneur ce qui venait de se passer, et faisant peu de cas de la naissance de sa femme : « Laissez-les, lui dit-il d'un ton plein d'orgueil et de dépit, laissez-les dans les sentiments que Dieu leur a donnés ; ils tiennent du lieu d'où ils sortent : ils sont nés d'une mère de basse extraction, et ils aiment la bassesse. »

Le comte entendit ces paroles et en fut outré ; mais comme il s'était accoutumé aux humiliations, il ne répondit rien, et se contenta de hausser les épaules.

Jacquet n'était rien moins que charmé des caresses que ses enfants faisaient à ce pauvre étranger ; néanmoins, il les aimait tant, qu'il poussa la complaisance jusqu'à offrir à son beau-père de lui donner quelque emploi dans sa maison, s'il voulait y rester.

Le beau-père répondit qu'il en serait très aise, ajoutant qu'il ne savait que panser les chevaux, n'ayant jamais fait autre chose depuis une longue suite d'années.

Il fut retenu à cette condition, qu'il remplit au mieux.

Son grand plaisir, quand il avait fini sa besogne, était d'amuser et de divertir ses petits-fils, qui se faisaient une fête de rire et de jouer avec lui.

Pendant que la fortune traitait ainsi le comte d'Angers, le roi de France, après plusieurs trèves faites avec les Allemands, termina sa carrière.

Son fils, le même dont la femme avait causé l'exil du comte, succéda à sa couronne.

La dernière trève expirée, la guerre recommença avec plus de fureur que jamais.

Le nouveau roi demanda du secours au roi d'Angleterre, son parent, qui lui envoya un corps considérable de troupes, sous le commandement de Perrot et de Jacquet Lamyens.

Le comte d'Angers, qui n'avait jamais osé se faire connaître depuis sa proscription, ne craignit pas de suivre son gendre en qualité de palefrenier.

Il demeura quelque temps au camp, sans être reconnu de personne.

Malgré la bassesse de son emploi, comme il était fort expérimenté dans l'art de la guerre, il trouva moyen de se rendre utile, par les vues qu'il fit parvenir ou qu'il donna lui-même à ceux qui avaient le commandement de l'armée.

La nouvelle reine ne jouit pas longtemps des honneurs du diadème. Elle tomba dangereusement malade durant cette guerre, et mourut peu de jours après.

Lorsqu'elle se sentit près de sa fin, touchée de repentir, elle fit appeler l'archevêque de Rouen, qui passait pour un saint homme, et se confessa à lui dévotement.

Elle lui déclara que le comte d'Angers était innocent du crime dont elle l'avait accusé et le pria de le faire savoir au roi.

Elle n'omit aucune circonstance ; et pour rendre l'aveu de son péché plus authentique, elle le fit en présence de plusieurs personnes de la première qualité, et finit par les solliciter de se réunir au prélat, pour prier le roi de rappeler le comte et ses enfants, s'ils vivaient encore, et de les faire rentrer dans tous leurs biens.

Le roi ne fut pas plutôt informé de la mort de la reine et du détail de sa confession, que, vivement touché de l'injuste disgrâce du comte d'Angers, il se hâta de faire publier à son de trompe, dans le camp et dans tout son royaume, qu'il récompenserait richement quiconque pourrait lui donner des nouvelles de cet infortuné ou de quelqu'un de ses enfants ; qu'il reconnaissait, par la confession publique de la reine, que ce seigneur était parfaitement innocent du crime pour lequel il avait été proscrit, et qu'il entendait le remettre dans son premier état, et même l'élever plus haut, pour le dédommager, lui et les siens, de leur injuste flétrissure.

A cette nouvelle, qui fit le plus grand bruit, le comte d'Angers alla trouver Jacquet, son maître, et le pria de se réunir avec Perrot, en leur disant qu'il voulait leur montrer celui que le roi de France cherchait.

A peine furent-ils tous trois réunis dans le même lieu, que le comte d'Angers, dans son accoutrement de palefrenier, dit à Perrot, qui pensait déjà lui-même à se faire connaître et à se présenter au roi :

« Perrot, sais-tu bien que Jacquet que voilà est le mari de ta sœur et qu'il l'a épousée sans aucune dot ?

« Or, comme il convient qu'il en reçoive une, j'entends et prétends que lui seul ait la récompense promise à la personne qui te fera connaître ; je veux aussi qu'il obtienne celle qu'on destine à celui qui donnera des nouvelles de Violente, ta sœur et femme ; de même que celle qu'on se propose de donner à celui qui me présentera, moi, qui suis le comte d'Angers, ton père. »

Perrot, hors de lui-même, en écoutant ces paroles, regarde fixe-

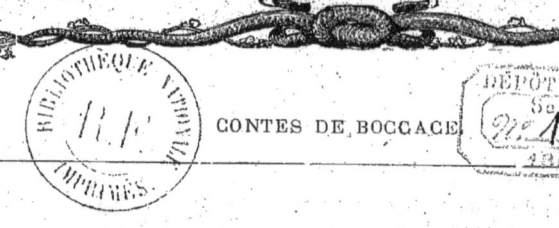

L'émissaire remit la lettre à Mme Genèvre... Page 152.

ment celui qui les profère, et le reconnaissant à travers le changement que ses traits avaient éprouvé, il se jette à ses genoux, les
embrasse et s'écrie avec des larmes d'attendrissement :

« Ah ! mon père ! mon cher père ! que j'ai de joie de vous revoir ! »

Jacquet fut si surpris d'un tel événement, qu'il ne savait que penser
ni que dire.

19   19

Le tableau des mauvais traitements qu'il avait fait éprouver au vieillard pendant le temps qu'il avait été à son service, s'offrant aussitôt à sa mémoire, l'engage à se jeter à ses pieds et à lui demander mille pardons.

Le comte le relève avec douceur et l'embrasse cordialement.

Après s'être mutuellement conté leurs aventures, le fils et le gendre voulurent faire habiller le comte; mais il s'y refusa constamment, désirant d'être présenté au monarque sous l'habit qu'il portait.

Jacquet alla trouver le roi, et lui dit qu'il était en état de lui présenter le comte d'Angers, son fils et sa fille, dans le cas qu'il voulût lui accorder les récompenses promises.

Le roi fit sur-le-champ apporter trois présents magnifiques, et lui dit qu'ils seraient à lui aussitôt qu'il aurait tenu sa promesse.

Jacquet fait avancer son beau-père, avec son habit de palefrenier :

« Sire, voilà le comte, lui dit-il, et voilà son fils, en montrant Perrot; sa fille, qui est ma femme, n'est point ici, mais vous la verrez dans peu de jours. »

A force de regarder le comte d'Angers, le roi le reconnut, malgré le changement que l'âge, les fatigues et les chagrins avaient opéré dans toute sa personne.

Il l'accueillit avec mille démonstrations de joie et d'amitié, et commanda qu'on lui donnât promptement des habits et un équipage dignes de sa naissance et de son rang.

Il fit mille caresses à Perrot, et témoigna à Jacquet toute sa sensibilité pour le plaisir qu'il venait de lui faire.

Il lui demanda par quel hasard son beau-père était son palefrenier et par quelle aventure il se trouvait le mari de sa fille.

Après que Jacquet eut satisfait la curiosité du monarque, on lui remit la récompense promise.

« Prenez ces beaux et riches présents de mon souverain, dit alors le comte à son gendre, et ne manquez pas, je vous prie, d'apprendre à votre père que vos enfants, mes neveux, ne sont pas nés dans la bassesse, du côté de leur mère. »

Jacquet se hâta d'écrire en Angleterre.

Il attira sa femme à Paris.

Perrot y appela la sienne.

Après un long séjour dans cette ville, ils s'en retournèrent avec l'agrément du roi.

Ce ne fut pas sans regret et sans répandre des pleurs qu'ils se séparèrent du comte d'Angers, qui demeura en France, où, après être rentré dans tous ses biens et avoir été élevé aux plus hautes dignités, il vécut encore plusieurs années, estimé, chéri et honoré plus que jamais de tout le monde.

NOUVELLE IX

L'IMPOSTEUR CONFONDU OU LA FEMME JUSTIFIÉE

Mme Élise eut à peine achevé sa nouvelle, que la Reine, dont la taille noble et régulière répondait parfaitement à la beauté ravissante du visage, prit la parole et dit d'un sourire tout à fait gracieux : « Il faut tenir la promesse qui a été faite à Dionéo; puisqu'il ne reste plus que lui et moi à dire notre nouvelle, je vais dire la mienne, afin de lui laisser le plaisir de fermer la scène, ainsi qu'il l'a demandé. »

Des affaires de commerce avait appelé à Paris des négociants d'Italie. Ils étaient logés dans la même auberge, et se faisaient un plaisir de manger ensemble.

Un soir, sur la fin du souper, étant plus gais qu'à l'ordinaire, ils se mirent à raconter des histoires de galanterie.

La conversation tomba insensiblement sur leurs propres femmes, car ils étaient tous mariés.

« Je ne sais ce que fait la mienne, dit l'un ; mais je sais bien que, lorsque je trouve l'occasion de goûter d'un mets étranger, j'en profite avec plaisir.

— J'en fais tout autant, répondit un autre ; et il y a grande apparence que ma femme suit le même système : en tout cas, que je le croie ou non, il n'en sera ni plus ni moins. »

Un troisième tint à peu près le même langage, et chacun parut persuadé que sa femme mettait le temps et l'absence du mari à profit.

Un seul, nommé Bernard Lomelin, de Gênes, fut d'un sentiment contraire, du moins pour ce qui le regardait ; assurant que, par la grâce de Dieu, il avait la femme la plus honnête et la plus accomplie de toute l'Italie.

Il fait ensuite l'énumération de ses belles qualités, l'éloge de sa beauté, de sa jeunesse, de sa vivacité, de la finesse de sa taille, de son amour pour le travail et de son adresse pour tout ouvrage de femme, ajoutant que le plus habile écuyer tranchant ne pouvait se flatter de servir à table avec plus d'aisance, de grâce et d'honnêteté.

Il loua encore son habileté à manier un cheval, à élever un oiseau ; son talent pour la lecture, l'écriture, la tenue des livres de compte, et pour toutes les affaires de commerce.

Après avoir ainsi loué ses différentes qualités, il en vint à l'objet en question, et soutint qu'il n'existait pas de femme plus chaste et plus vertueuse.

Au moyen de quoi il était très persuadé que, quand il serait absent dix ans de suite, toute la vie même, elle ne songerait jamais à lui faire d'infidélité.

Ces dernières paroles firent éclater de rire un jeune homme de la compagnie, nommé Ambroise de Plaisance.

Pour se moquer de Bernard, il lui demanda si l'Empereur lui avait donné un privilège si singulier.

Le Génois, un peu piqué, lui répondit que ce n'était point de l'Empereur qu'il tenait cette grâce, mais de Dieu même, qui avait un peu plus de puissance que l'Empereur.

« Je ne doute point, réplique aussitôt Ambroise, que vous ne soyez de très bonne foi, mais vous me permettrez de vous dire que ce n'est pas connaître la nature de la chose dont il s'agit que d'en parler comme vous faites. Si vous l'aviez examinée sans prévention, vous penseriez tout autrement.

« Ne vous figurez pas au reste, malgré ce que nous avons pu dire de nos femmes, que nous ayons plus sujet de nous en plaindre que vous de la vôtre ; mais nous n'en avons parlé de la sorte que d'après la connaissance que nous avons des personnes du sexe en général.

« Mais raisonnons un peu sur cette matière.

« N'est-il pas vrai, et tout le monde ne connaît-il pas que l'homme est l'animal le plus parfait qui soit sorti des mains du Créateur ?

« La femme ne tient donc que le second rang : aussi tout le monde s'accorde-t-il à dire que l'homme a plus de courage, de force et de constance, et que la femme est timide et changeante.

« Je pourrais vous développer ici les raisons et les causes de cette différence ; mais il est inutile d'entrer à présent dans cette discussion, qui nous mènerait trop loin.

« Concluons seulement que si l'homme, étant plus ferme, plus fort et plus constant, ne peut résister, je ne dis pas à une femme qui le prévient et le provoque, mais même au seul désir qui le porte vers celle qui lui plaît ; s'il ne peut s'empêcher de tenter tous les moyens possibles d'en jouir ; s'il succombe enfin toutes les fois que l'occasion se présente, comment une femme, naturellement faible et fragile, pourra-t-elle se défendre des sollicitations, des flatteries, des présents, de tous les ressorts, en un mot, que fera jouer un amoureux passionné ?

« Pouvez-vous penser qu'elle résiste longtemps ?

« Vous avez beau en paraître persuadé, j'ai peine à croire que vous soyez assez simple pour être de bonne foi sur cet article.

« Quelque estimable que soit votre femme, elle est de chair et d'os comme les autres ; sujette aux mêmes passions, aux mêmes désirs, aux mêmes poursuites.

« Or, comme l'expérience prouve tous les jours que les autres succombent, il est très possible et même très vraisemblable qu'elle succombe aussi, toute vertueuse que je la suppose ; mais, quand cela ne serait que possible, vous ne devriez pas le nier aussi opiniâtrément que vous le faites.

— Je suis négociant et non philosophe, répondit Bernard ; comme négociant, je réponds que ce que vous dites peut arriver aux femmes qui n'ont point d'honneur ; mais je soutiens que celles qui en ont sont plus fermes, plus constantes, plus inébranlables que les hommes, qui, comme vous savez, sont continuellement occupés à tendre des pièges à leur vertu, et je suis intimement persuadé que ma femme est du nombre de ces dernières.

— Si toutes les fois que les femmes ont des complaisances pour d'autres que pour leurs maris, reprit Ambroise, il leur venait une corne au front, je ne doute point que le nombre des infidèles ne fût très petit ; mais comme il n'y a point de signe qui distingue les sages de celles qui ne le sont pas, leur honneur ne court aucun danger ; il n'y a que la publicité du fait qui puisse le leur faire perdre.

« Par conséquent, il n'est pas douteux que celles qui sont assurées du secret ne se livrent à leur penchant ; ce serait sottise de leur part si elles résistaient.

« D'où je conclus qu'il n'y a de prudes et de fidèles que celles qui n'ont pas été sollicitées, ou qui ont été refusées si elles ont fait elles-mêmes les avances.

« Quoique ce soit là le sentiment de tout le monde, je ne parlerais pas si positivement si moi-même je n'en avais fait mille fois l'expérience.

« J'ajoute hardiment que si je me trouvais auprès de votre femme, de cette femme si honnête, si vertueuse, il ne me faudrait pas beaucoup de temps pour la déterminer à faire avec moi ce que j'ai fait avec tant d'autres qui se piquaient comme elle d'une grande honnêteté.

— Cette contestation, répliqua Bernard tout en colère, nous mènerait trop loin ; ce ne seraient de part et d'autre qu'objections, que contradictions, et nous n'aurions jamais fini.

« Mais puisque vous êtes si prévenu contre la vertu des femmes, et que vous pensez qu'aucune ne pourrait vous résister, je gage ma tête à couper que tout votre talent échoue contre la mienne; et si vous perdez, vous en serez quitte pour mille ducats.

— Que ferais-je de votre tête, répondit Ambroise, qui commençait à s'échauffer, si je gagnais la gageure ?

« Mais si vous voulez être bien convaincu que je n'avance rien que je ne puisse exécuter, gagez cinq mille ducats, qui doivent vous être moins précieux que votre tête, contre mille des miens, et je suis votre homme.

« Quoique vous ne prescriviez point de temps, je ne demande que trois mois à dater de ce jour pour rendre votre femme docile à mes désirs.

« Si vous consentez à ma proposition, j'offre de vous apporter de si bonnes preuves du succès de mon voyage que vous en serez pleinement convaincu.

« Mais j'exige aussi de vous que vous ne viendrez pas à Gênes, et que vous n'écrirez point à votre Lucrèce pour l'informer du pari. »

Bernard répondit qu'il ne demandait pas mieux, et il accepta les conditions.

Les autres négociants, craignant que cette gageure n'eût des suites fâcheuses, firent de vains efforts pour la rompre.

Ils étaient l'un et l'autre si échauffés qu'ils ne voulurent rien entendre, et qu'ils s'engagèrent par un écrit en forme.

Ambroise part le lendemain de Paris pour se rendre à Gênes.

A peine est-il arrivé qu'il s'informe de la demeure et de la conduite de la dame.

Apprenant par la voix du public qu'elle était encore plus prude, plus farouche que son mari n'avait dit, il crut avoir tenté une entreprise folle, dont il ne lui serait pas possible de venir à bout.

Toutefois, ayant lié connaissance avec une vieille femme qui allait voir souvent la dame, et que celle-ci aimait beaucoup, il résolut de pousser plus loin l'aventure.

Cette femme ne fut pas si facile qu'il l'avait imaginé.

Il eut recours à l'argent et parvint à la séduire.

Tout ce qu'elle put faire pour le service du galant fut de l'introduire par un stratagème dans la chambre de la vierge.

Il fut conclu qu'Ambroise ferait faire un coffre à sa fantaisie, qu'il s'enfermerait dedans, et que la bonne femme, sous prétexte de voyage, prierait la femme de Bernard de le lui garder pour quelques jours, et de le placer, pour plus grande sûreté, dans un coin de la chambre où elle couchait. Ce qui fut dit fut fait.

Vers le milieu de la nuit, lorsque Ambroise crut que la dame dormait d'un profond sommeil, il sortit du coffre, dont la serrure était de celles qui s'ouvrent par dedans et par dehors.

Il trouve la chandelle allumée, car on n'était pas dans l'usage de l'éteindre ; elle lui sert à examiner la forme de l'appartement, les tapisseries, les tableaux, les autres ornements, et il grave l'idée de tous ces objets dans sa mémoire.

Il s'approche ensuite du lit : la dame était couchée avec une petite fille.

Les voyant toutes deux dormir profondément, il découvre la mère avec une grande précaution, et trouve que ses charmes les plus cachés répondaient parfaitement à ceux de son visage.

Comme elle était nue ainsi qu'un ver, rien ne l'empêcha de la considérer à son aise, pour voir si elle n'avait rien de particulier sur son corps.

A force d'en parcourir des yeux les diverses parties, il remarqua sous sa mamelle gauche une petite excroissance ou poireau, entouré de quelques poils blonds comme de l'or.

Après l'avoir bien examinée, il la recouvrit tout doucement, non sans éprouver de vives émotions.

Il fut même tenté, au péril de sa vie, de se coucher auprès d'elle ; mais comme il savait qu'elle n'était pas de facile composition, il n'osa rien risquer.

Il visite de nouveau tous les coins de la chambre; et voyant une armoire ouverte, il en tire une bourse, une ceinture, un anneau et une méchante robe, qu'il met dans son coffre, où il se renferme sans faire le moindre bruit.

Il y passa encore deux nuits comme il s'y était attendu.

Le troisième jour étant venu, la bonne vieille se représenta pour demander son coffre, ainsi qu'on en était convenu, et le fit porter au lieu où elle l'avait pris.

Ambroise, sorti de cette étroite prison, récompensa la vieille et reprit le chemin de Paris, avec les nippes qu'il avait dérobées à la femme de Bernard, connue sous le nom de Mme Genèvre.

Il fut de retour bien avant l'expiration des trois mois, et trouva à l'auberge les mêmes négociants qui avaient été témoins de sa gageure.

Il les assembla, et leur dit en présence de Bernard qu'il avait gagné le pari, puisqu'il avait accompli ce à quoi il s'était engagé.

Pour prouver qu'il n'en imposait point, il se mit à faire la description de la chambre à coucher de la dame, fit le détail des peintures dont elle était ornée, et montra les nippes et les bijoux qu'il avait enlevés, disant que la dame lui en avait fait présent.

Bernard, un peu décontenancé, avoua que la chambre était faite comme il le disait.

Il convint aussi que les bijoux avaient effectivement appartenu à sa femme ; mais il voulait d'autres preuves, disant, pour ses raisons, qu'Ambroise avait pu acheter ces bijoux de quelque domestique, qui lui aurait également donné les renseignements sur la forme de la chambre, du lit et des autres meubles de sa femme.

« Cela devrait suffire, répondit Ambroise ; mais, puisque vous voulez de plus fortes particularités, je vous satisferai : Mme Genèvre, votre digne moitié, a, sous le teton gauche, un poireau assez gros, autour duquel il y a cinq ou six poils parfaitement ressemblants par leur couleur à de petits fils d'or. »

Ces mots percèrent le cœur de Bernard. Il partit aussitôt de France pour venir à Gênes, et s'arrêta dans une de ses maisons de campagne, qui n'en était qu'à dix lieues.

Il écrivit de là à sa femme, pour l'engager à venir le trouver, et lui envoya un domestique de confiance avec deux chevaux.

Il commanda à ce valet de l'assassiner sans pitié dès qu'il se trouverait avec elle dans certain lieu peu fréquenté, et de revenir au plus vite après l'avoir tuée.

L'émissaire, arrivé à Gênes, remit la lettre à Mme Genèvre, qui, apprenant le retour de son mari, la reçut avec de grandes démonstrations de joie.

Il trouva la personne qu'il désirait dans une des filles de Messire Lotto Galande... Page 162.

Elle partit dès le lendemain pour aller le rejoindre, accompagnée du seul domestique qui venait la chercher. Ils arrivent, tout en causant, dans une vallée profonde et solitaire, bordée de hautes collines et couverte de bois.

Ce lieu lui parut propre à l'exécution des ordres de son maître.

Il tire son épée, et saisissant la dame par le bras :

20   20

« Madame, lui dit-il, recommandez votre âme à Dieu ; il vous faut mourir sans aller plus loin.

— Bon Dieu ! s'écria-t-elle tout épouvantée, que t'ai-je fait pour vouloir m'assassiner ?

« Suspends ta cruauté pour un moment.

« Dis-moi, de grâce, avant de me tuer, en quoi je t'ai offensé, et ce qui te porte à vouloir m'arracher la vie ?

— Madame, vous ne m'avez point offensé, j'ignore même si vous avez offensé votre mari ; mais il m'a commandé de vous tuer sans miséricorde, et m'a même menacé de me faire pendre si je n'exécutais ses ordres.

« Vous savez combien je dépends de lui, et l'impossibilité où je me trouve de pouvoir lui désobéir.

« Dieu m'est témoin que j'agis à contre-cœur, que je plains votre destinée ; mais, enfin, il faut que je suive ses ordres.

— Ah ! bon Dieu, mon ami, dit Mme Genèvre en pleurant, je prends mon bon ange et tous les saints à témoin que je n'ai jamais rien fait à mon mari qui mérite un traitement si barbare.

« Je te demande la vie.

« Ne te rends pas coupable d'un homicide pour plaire à ton maître.

« Je voudrais pouvoir te faire lire dans le fond de mon cœur : tu en aurais pitié, le voyant innocent ; mais, sans chercher à me justifier, daigne écouter ce que je vais te dire.

« Tu peux me sauver et contenter ton maître : prends mes habits et donne-moi seulement une partie des tiens.

« Mon mari croira sans peine que tu m'as tuée.

« Je te jure, par cette vie que je te devrai, que je m'en irai si loin, que ni toi, ni lui, ni personne de ce pays, n'entendra jamais parler de moi. » Le valet avait trop de répugnance à l'assassiner pour ne pas se laisser fléchir.

Il prit ses habits, lui donna une mauvaise veste et un chapeau, lui abandonna le peu d'argent qu'elle avait sur elle, et la laissa dans cette vallée, en lui recommandant de s'éloigner le plus qu'elle pourrait.

De retour chez son maître, il lui dit qu'il avait exécuté ses ordres, et qu'il avait vu des loups qui commençaient déjà à prendre soin de la sépulture de sa femme.

Quelques jours après, Bernard se rendit à Gênes.

La disparition de sa femme le fit soupçonner de s'en être défait, et ce soupçon le rendit l'horreur des honnêtes gens.

L'infortunée Mme Genèvre, ayant un peu calmé sa douleur par
l'idée d'avoir échappé à la mort, se cacha le mieux qu'elle put jusqu'aux
approches de la nuit ; puis, quand le jour eut achevé de disparaître,
elle gagna un petit village peu éloigné de cette même vallée qui avait
failli lui être si funeste.

Une bonne femme chez qui elle entra, touchée de son triste état,
s'empressa de la secourir.

Elle lui donna une aiguille, du fil et des ciseaux, pour rajuster les
guenilles qui la couvraient.

Elle raccourcit la veste, l'accommoda à sa taille, fit de sa chemise
des hauts-de-chausses à la matelote, et se coupa les cheveux, qu'elle
avait très longs et très beaux.

Le lendemain, ainsi déguisée en marin, elle prit son chemin du côté
de la mer.

Elle fit la rencontre d'un gentilhomme catalan, nommé seigneur
Encarah, maître d'un vaisseau qui était à la rade, proche de la ville
d'Albe. Il avait quitté son bord pour aller se rafraîchir à une fontaine
peu éloignée du port.

La dame ne l'eut pas plutôt aperçu qu'elle courut à lui.

Elle causa quelque temps avec ce seigneur, et le pria de la prendre
à son service, ce qu'il fit d'autant plus volontiers qu'il fut charmé de
son esprit et de sa figure.

Il la mena dans son vaisseau et lui fit donner de meilleurs habits.

On devine aisément qu'elle eut grand soin de lui cacher son sexe et
son nom.

Elle se fit appeler Sicuran de Final.

Le capitaine fut si content de son service et de son intelligence,
qu'il se félicitait de ce que le hasard lui eût fait rencontrer un si bon
domestique.

Le vaisseau était chargé pour la ville d'Alexandrie, où il arriva à
bon port en très peu de temps.

Encarah, qui avait fait les frais de la cargaison, avait apporté
plusieurs faucons passagers, dans l'intention d'en faire présent au
soudan.

Ce monarque l'accueillit avec bonté, et l'invita plusieurs fois à dîner
à sa table.

L'air de Sicuran, et la manière avec laquelle il servait son maître
pendant le repas, plurent si fort au soudan, qu'il le demanda au gentilhomme catalan.

Celui-ci n'osa le lui refuser, quelque attaché qu'il fût à ce bon serviteur.

En peu de temps, Sicuran fut aimé du soudan autant qu'il l'avait été du capitaine ; il ne se passait presque pas de jour qu'il n'en reçût quelque bienfait.

Il y avait tous les ans dans la ville d'Acre, qui était dépendante de ce souverain, une espèce de foire, où un grand nombre de négociants, chrétiens et sarrasins, se rendaient de tous les pays.

Outre la garnison et les officiers de justice qu'il y avait dans cette ville pour y maintenir l'ordre, le prince avait coutume d'y envoyer, durant la foire, un corps de troupes choisies, commandées par un homme de confiance et destinées à la garde des marchands et des marchandises.

Le temps de cette foire étant arrivé, Sicuran, qui savait déjà la langue du pays, eut ordre d'y aller en qualité de commandant.

Il s'acquitta on ne peut mieux de la commission.

Son emploi le mit à portée de conférer souvent avec les marchands, parmi lesquels il rencontra des Siciliens, des Pisans, des Génois, des Vénitiens. Comme son pays lui était toujours cher, il se plaisait surtout à s'entretenir avec des Italiens.

Se trouvant un jour dans une boutique de marchands vénitiens, il vit, parmi d'autres bijoux, une bourse et une ceinture qu'il reconnut pour lui avoir appartenu.

Il en fut fort surpris ; mais, dissimulant sa surprise, il demanda à qui appartenaient ces bijoux et si on voulait les vendre.

Ambroise de Plaisance, qui était venu à cette foire, avec beaucoup de marchandises, sur un vaisseau vénitien, entendant le commandant de la garde, s'avança, et dit en riant : « Ils sont à moi, et je ne veux point les vendre ; mais, s'ils vous font plaisir, je vous prie de les accepter en présent. »

Sicuran, ayant remarqué qu'Ambroise souriait en lui parlant, craignit d'avoir fait quelque geste trop expressif.

Il prit cependant un air assuré, pour lui dire en italien :

« N'est-il pas vrai que vous riez de ce que, tout homme de guerre que je suis, je m'attache à ces colifichets de femme ?

— Non, Monsieur, répondit Ambroise, je ris de la manière dont j'en ai fait l'acquisition.

— Serait-ce une indiscrétion de vous demander comment vous les avez acquis ? reprit le capitaine.

— Monsieur, répondit Ambroise, ces bijoux et plusieurs autres m'ont été donnés par une jolie femme de Gênes, connue sous le nom de Mme Genèvre, une nuit que je couchai avec elle ; comme elle m'a prié de les garder pour l'amour d'elle, je ne crois pas devoir m'en défaire ; mais vous m'obligerez de les recevoir en don, pour peu qu'ils vous plaisent.

« Je ne saurais les regarder sans rire, parce qu'ils me rappellent la sottise de son mari, qui fut assez fou pour parier cinq mille ducats contre mille que je n'obtiendrais pas les faveurs de sa femme, qu'elle ne donnait, dit-il, qu'à lui seul.

« J'en vins pourtant à bout, comme vous pouvez le croire, et je gagnai le pari.

« Ce bonhomme, qui aurait dû se punir lui-même de sa sotte crédulité, plutôt que de blâmer sa femme d'avoir fait ce que font toutes les autres, la fit assassiner, m'a-t-on dit, dès qu'il fut à portée de se venger de son infidélité. »

Sicuran n'eut point de peine à comprendre quel avait été le sujet de la colère de son mari, et connut clairement qu'Ambroise était la seule cause de son malheur.

Résolu de ne pas laisser ce crime impuni, il feignit de s'amuser beaucoup de cette aventure, se lia dès ce moment avec le marchand, et sut si bien l'amadouer, qu'il lui persuada, quand la foire fut finie, de faire porter tout ce qui lui restait de marchandises à Alexandrie, lui promettant de lui en faire tirer grand parti.

Pour mieux assurer son coup et avoir le temps de bien prendre ses précautions, il l'engagea à se fixer pour quelques années dans cette ville, et lui procura des fonds et d'autres secours pour l'y déterminer.

Ambroise y consentit d'autant plus volontiers, qu'il y faisait des profits considérables.

Sicuran, jaloux de se justifier dans l'esprit de son mari, chercha tous les moyens de l'attirer aussi à Alexandrie.

Il y réussit par l'entremise de plusieurs négociants génois, nouvellement établis dans cette ville.

Bernard, qui ne se doutait pas du sujet pour lequel il était mandé, arriva en mauvais équipage.

Il fut reçu secrètement par un ami de Sicuran, qui, sous de vains prétextes, le retint chez lui jusqu'à ce qu'on eût trouvé le moment favorable pour l'exécution du projet.

Afin de disposer les choses, Sicuran avait fait raconter l'aventure d'Ambroise, par Ambroise lui-même, en présence du soudan, qui s'en amusa beaucoup.

Quand son mari fut arrivé, il pria le monarque, qui ne lui refusait rien, de se la faire conter une seconde fois en présence de Bernard, qui était en ville, et qu'il avait déterré.

« Je crains fort, ajouta-t-il, qu'Ambroise n'ait déguisé la vérité dans son récit, et que le Génois ne se soit trop pressé de condamner sa femme.

« Mais si Votre Hautesse daigne lui ordonner de dire au vrai comment la chose s'est passée, je ne doute pas qu'il n'obéisse; et, s'il s'y refuse, je sais un moyen sûr pour le contraindre à dire la vérité. »

Ambroise et Bernard ayant paru devant le soudan, ce prince prit un ton sévère, et paraissant instruit de toutes les circonstances de l'aventure, commanda au premier d'en faire le récit, et de dire, sans aucun déguisement, de quelle manière il avait gagné les cinq mille ducats, le menaçant des plus cruels supplices s'il déguisait en rien la vérité.

Ambroise, effrayé de cette menace, et croyant le monarque plus instruit qu'il ne l'était, se détermina, malgré la présence de Bernard et de toute la cour, à raconter au vrai comment la chose s'était passée, persuadé qu'il en serait quitte pour rendre les cinq mille ducats et les bijoux qu'il avait pris.

Après qu'il eut tout dit, Sicuran, en qualité de ministre de Sa Hautesse, prit la parole, et s'adressant à Bernard :

« Et toi, dit-il, que fis-tu de ta femme après une telle imposture?

— Emporté par la colère et la jalousie, répondit-il, désespéré d'avoir perdu mon argent et mon honneur, je jurai sa mort, et la fis tuer par mon valet.

— Et que fîtes-vous de son corps?

— Suivant le rapport de l'esclave, son corps devint aussitôt la proie des loups. »

Le ministre du soudan, qui avait caché à son maître la véritable raison pour laquelle il l'avait supplié de faire comparaître les deux marchands, se tourne alors vers lui, et dit : « Vous voyez, seigneur, bien clairement, comme cette pauvre dame a été malheureuse en mari et en amant.

« Ce dernier lui enlève l'honneur par l'imposture la plus atroce, et ruine son mari.

« L'autre, trop crédule, la fait tuer, et la laisse manger aux loups.

« Voilà ce qui s'appelle un amant et un mari bien tendres ! Je parie que, s'ils étaient dans le cas de revoir cette femme infortunée, aucun d'eux ne la reconnaîtrait, tant leur amour a été grand !

« Mais vous êtes équitable, seigneur, et vous voyez vous-même ce qu'ils ont mérité l'un et l'autre.

« Je n'ai pas besoin de vous supplier de punir le trompeur, son crime est trop grand pour obtenir grâce ; mais, pour le trompé, tout indigne qu'il est de pardon, j'ose vous la demander pour lui, et, si vous daignez la lui accorder, je m'engage à faire paraître ici sa femme. »

Le soudan, qui aimait beaucoup son ministre, promit de se conformer à ses désirs, et lui dit de faire venir la femme.

On imagine aisément quel dut être l'étonnement de Bernard, qui croyait que sa femme n'existait plus, et celui d'Ambroise, qui craignait bien de n'en être pas quitte pour la restitution des ducats.

Sicuran se jette aussitôt aux pieds du monarque, et perdant pour ainsi dire la voix d'homme avec la volonté de le paraître :

« C'est moi, seigneur, dit-il en pleurant, c'est moi-même qui suis la femme de Bernard, la malheureuse Genèvre, qui ai couru pendant six ans le monde, travestie en homme, calomniée si odieusement par le perfide Ambroise, et livrée par mon cruel époux au glaive assassin d'un valet et à la dent des bêtes carnassières. »

Après ces mots, elle déchire ses habits, découvre son sein, et fait voir une femme aux yeux du soudan et de toute l'assemblée.

Puis, se tournant vers Ambroise, elle lui reproche éloquemment sa fourberie.

Celui-ci, la reconnaissant, ne sut que répondre : la honte et les remords lui fermaient la bouche.

Le prince, qui ne s'était jamais douté que Sicuran de Final fût une femme, était si fort étonné de tout ce qu'il voyait et entendait, qu'il croyait que c'était un rêve.

Revenu des premiers mouvements de sa surprise, et reconnaissant la vérité, il loua hautement les mœurs, le courage, la conduite et la vertu de Mme Genèvre ; il lui fit donner des habits magnifiques et des femmes pour la servir.

Par pure considération pour la prière qu'elle lui avait faite, il pardonna à Bernard l'excès de sa barbarie, fruit de sa crédulité.

Cet homme, sensible à la grâce qu'on lui accordait par égard pour celle dont il avait ordonné la mort, verse des larmes de joie et de repentir, se jette aux genoux de sa femme et lui demande pardon.

La vertueuse Genèvre lui représente ses torts avec douceur, lui dit qu'elle les oublie, puis elle le relève et l'embrasse tendrement comme son époux.

Ambroise de Plaisance subit la juste punition de son crime.

Le soudan ordonna qu'il fût attaché tout nu à un pal, dans un lieu élevé de la ville, après qu'on aurait frotté son corps de miel, depuis les pieds jusqu'à la tête, avec défense de l'en détacher qu'il ne fût entièrement pourri ou dévoré par les insectes.

Il voulut que tout son bien, qui valait près de vingt mille ducats, fût confisqué au profit de la dame dont il avait causé le malheur.

Il fit ensuite préparer un beau festin, où il invita Bernard comme mari de Mme Genèvre, et Mme Genèvre comme une des femmes les plus estimables qu'il eût jamais connues.

Il la combla d'éloges ; et ce qu'il lui donna en bijoux, vaisselle et autres présents fut estimé plus de dix mille doubles ducats.

Il leur permit ensuite de retourner à Gênes.

Il fit équiper, dans cette intention, un très beau vaisseau, qui les y mena dans très peu de temps.

Ils y arrivèrent chargés de richesses, et furent reçus de leurs compatriotes avec des transports de joie.

Mme Genèvre surtout, qu'on avait cru morte, fut généralement fêtée de toute la ville, et regardée comme une femme d'une vertu exemplaire.

Au reste, le même jour qu'Ambroise fut supplicié, son corps fut dévoré jusqu'aux os par les guêpes et les taons, dont ce pays abonde.

Son squelette, qui demeura longtemps attaché au pal, instruisit les passants de son crime et de sa méchanceté.

Son aventure nous prouve que les fourbes et les méchants sont tôt ou tard confondus et punis en présence de la victime de leur imposture.

Pour Dieu, ma mignonne, regarde-moi... Page 167.

NOUVELLE X

LE CALENDRIER DES VIEILLARDS.

La nouvelle que la Reine venait de raconter plut beaucoup à toute la société, l'enjoué Dionéo, qui était resté le dernier pour dire la sienne, la trouva fort agréable.

Je m'étais proposé, mes belles dames, dit-il, de vous conter une toute autre histoire que celle que je vais vous dire, car le récit que nous venons d'entendre, m'a fait changer de dessein.

La brutalité de Bernard, que je condamne, quoiqu'elle ait tourné à son avantage et sa présentation antérieure pour la vertu de sa femme, m'ont fait naître l'idée de vous entretenir de la bêtise de ces maris qui, moins heureux que lui, soutiennent obstinément que leurs femmes sont incapables de faire brèche à la foi conjugale. Je ne puis m'empêcher de rire de leur aveugle prévention. Il en est qui, tandis qu'ils vont s'amuser de côté et d'autre, et voltiger de belle en belle, comme des papillons, ne laissent pas de s'imaginer que leurs femmes, qu'ils ont laissées seules à la maison, y demeurent les bras croisés, comme s'ils pouvaient oublier qu'elles font partie de ce même sexe qu'ils débauchent et avec qui ils goûtent des plaisirs d'autant plus piquants, qu'ils les dérobent à d'autres maris. Vous verrez par la nouvelle que je vais raconter combien tous ces messieurs sont dupes de leur crédulité.

I l y avait à Pise un juge plein d'intelligence et de capacité, mais d'une complexion tout à fait faible et délicate.

Il était extrêmement riche, et se nommait Richard de Quinzica.

Malgré sa vieillesse et ses infirmités, il lui prit envie de se marier, croyant qu'il serait en état de remplir les devoirs du mariage avec le même honneur qu'il remplissait ceux de la magistrature. Il s'empressa de chercher une femme qui réunît en elle les avantages de la jeunesse et de la beauté.

Il eût dû, au contraire, redouter ce double mérite, s'il eût été sage, et qu'il eût pris pour lui d'aussi bons conseils qu'il en donnait aux autres.

Il trouva la personne qu'il désirait dans une des filles de messire Lotto Galandi, nommée Bartholomée.

C'était effectivement une des plus belles et des plus aimables demoiselles qui fussent dans Pise.

Elle avait le plus beau teint du monde, quoique, à dire le vrai, il y en ait peu dans cette ville qui ne péchent par la couleur, comme si elles avaient la jaunisse.

Les noces furent célébrées avec beaucoup de gaieté et de magnificence.

La consommation du mariage ne se ressentit point de la splendeur de la fête : le bonhomme ne caressa la jeune mariée qu'une seule et unique fois ; il ne s'en fallut même de rien qu'il ne pût consommer l'œuvre.

Cette triste unité ne laissa pas de le fatiguer beaucoup : aussi le lendemain, pour réparer ses forces épuisées, eut-il recours au vin de Malvoisie, aux consommés et à d'autres semblables restauratifs.

Voyant, par cet essai, qu'il avait trop compté sur sa vigueur et voulant se conserver, il commença, dès le premier jour, à soupirer après le repos.

Mais pour déguiser sa faiblesse et son impuissance à sa jeune moitié, il s'avisa de lui remontrer qu'il y avait des jours dans l'année où l'on ne pouvait pas légitimement goûter les plaisirs du mariage.

Il lui remit, pour cet effet, un de ces calendriers qu'on imprimait autrefois à Ravenne, à l'usage des enfants qui apprennent à lire.

Ce petit livre lui fournissait presque chaque jour un nouveau saint, en révérence duquel il s'efforçait de lui prouver que le mari et la femme devaient s'abstenir de marcher ensemble.

A ces jours de fête il ajoutait les solennités, les jours de jeûne, les quatre-temps, les vigiles, le vendredi, le samedi, le dimanche et tout le carême.

En un mot, il grossissait le plus qu'il pouvait le catalogue de ces jours où les joies du mariage devaient être interdites aux bons chrétiens.

Peut-être imaginait-il que le lit conjugal devait avoir ses vacances ainsi que le palais.

Quoi qu'il en soit, toutes ces raisons n'étaient rien moins que du goût de la dame, car à peine ce bonhomme trouvait-il un jour dans le mois où il pût sans scrupule s'acquitter du devoir marital : encore quand cela lui arrivait, n'en pouvait-il plus de fatigue et d'épuisement.

Ce qu'il y avait de plus fâcheux pour la belle, c'est qu'elle était tenue de court, de peur que quelque dégourdi ne lui fît connaître les jours ouvrables, comme son vieux mari lui avait appris les jours de fête.

Cependant Quinzica, pour la dédommager des abstinences qu'il lui faisait faire, lui procurait de temps en temps quelques divertissements.

Il la menait souvent à une belle maison de campagne, qu'il avait près de la montagne Noire, à peu de distance de la mer.

Un jour qu'il y était allé pour changer d'air et dans l'intention d'y passer plus de temps qu'à l'ordinaire, il voulut, pour varier ses plaisirs, lui donner le divertissement de la pêche.

Il invite à cette partie plusieurs personnes de connaissance.

Il se mit dans la barque des pêcheurs, et pour que sa femme pût jouir à son aise de ce spectacle, il l'engagea à se mettre sur une autre barque, avec plusieurs dames de ses amies.

Le plaisir de la conversation, joint à celui de la pêche, fut si grand, qu'ils avaient insensiblement fait plusieurs lieues en mer avant de s'en être aperçus.

Mais un fameux corsaire de ce temps-là, nommé Pagamin de Monègue, vint interrompre leur divertissement, dans le temps qu'ils en étaient le plus occupés.

Il n'eut pas plutôt aperçu les barques qu'il tourna de leur côté pour s'en emparer.

On se mit promptement à la rame pour l'éviter; mais il n'était plus temps.

Le corsaire eut bientôt atteint la barque des dames, qui était la plus avancée.

A peine eut-il jeté les yeux sur ce groupe de femmes, qu'il fut frappé de la beauté de Bartholomée.

Il trouva les autres femmes si désagréables, qu'il ne voulut qu'elle pour tout butin, et il la fit passer sur son vaisseau, à la vue du mari qui avait presque gagné le rivage.

Le corsaire dédaigna de le poursuivre, de peur de trop s'approcher des terres, et s'enfuit avec sa capture.

Il ne faut pas demander si M. le juge, qui poussait la jalousie jusqu'à l'excès, fut chagrin de cette aventure.

Il était furieux et jetait les hauts cris, ne sachant de qui sa femme était devenue la proie, ni en quel endroit du monde son ravisseur l'avait menée.

Il se plaignit amèrement à Pise et ailleurs du brigandage des corsaires, et les aurait volontiers tous exterminés, s'il eût été en son pouvoir.

Cependant Pagamin, charmé de la beauté et de la jeunesse de sa captive, se félicitait de s'en être rendu maître.

Comme il n'était pas marié, il résolut, dès le premier jour, de la garder toujours, pour lui tenir lieu de femme. Il employa les soins, les égards, les attentions et tout ce qu'il avait d'éloquence pour la consoler; car elle se désolait et fondait en larmes.

Quand la nuit fut venue, il eut recours à des consolations plus énergiques que les discours les plus flatteurs.

Elles furent si efficaces, que la belle oublia bien vite son calendrier.

Il n'y eut plus de fêtes, plus de vigiles; tous les jours étaient bons.

Ce changement plut si fort à la dame, qu'avant d'être arrivée à

Monègue, le juge, les lois et la légende de ses saints furent entièrement effacés de son souvenir.

Elle était au comble de la joie, tant ce nouveau genre de vie lui
plaisait.

Quand le corsaire l'eut conduite à Monègue, il lui fit présent d'une
riche garde-robe, lui donna tout ce qu'il jugea pouvoir lui faire plaisir,
et continua de lui prouver qu'il n'y avait dans son calendrier ni saint
ni fête portant abstinence.

Mais s'il la traitait la nuit comme sa maîtresse, le jour il avait pour
elle les mêmes égards qu'il aurait eus pour sa femme.

A force de recherches, Richard de Quinzica, étant parvenu à découvrir le lieu qu'habitait sa chère Bartholomée, résolut d'aller la chercher lui-même, ne croyant pas qu'aucun autre fût digne ou capable
d'une négociation aussi importante.

Quelque forte que fût la rançon qu'on lui demanderait, il était déterminé à la payer généreusement, sans marchander.

Il s'embarqua donc, après avoir pris ses sûretés; et arrivé à Monègue
sans avoir couru le moindre danger, il aperçut sa femme qui, l'ayant
elle-même aperçu, en avertit le soir Pagamin.

Le lendemain matin, Richard alla voir le corsaire; il l'aborde civilement, et en est accueilli avec la même civilité.

Pagamin feignit d'ignorer qui il était, afin de le faire expliquer sur
les motifs de sa visite.

Notre juge trouva enfin le moment de lui découvrir ce qui l'amenait,
et il le fit dans les termes les plus honnêtes et les plus affectueux, en
le suppliant de lui rendre sa femme, pour la rançon de laquelle il lui
payerait sur-le-champ tout ce qu'il demanderait.

« Soyez le bienvenu, Monsieur, lui répondit Pagamin avec un front
riant et serein : il est bien vrai que j'ai chez moi une jeune femme;
mais j'ignore si elle est à vous ou à quelque autre; car je n'ai pas
l'honneur de vous connaître, et ne la connais elle-même qu'autant
qu'elle a demeuré quelque temps avec moi.

« Comme vous me paraissez un très honnête gentilhomme, tout ce
que je puis faire pour vous obliger, c'est de vous la faire voir.

« Si vous êtes son mari, elle vous reconnaîtra sur-le-champ, et si elle
convient qu'elle est votre femme et qu'elle veuille retourner avec vous,
je vous permets de grand cœur de l'emmener; je vous laisserai même
le maître du prix de sa rançon ; je dois ce retour à votre honnêteté.

« Mais si elle ne convient pas que vous soyez son mari, ou qu'elle refuse de vous suivre, vous auriez grand tort de vouloir m'en priver, parce que, jeune et vigoureux tel que je suis, je puis tout aussi bien qu'un autre entretenir une femme, surtout celle dont il s'agit : car je n'en connais ni de plus jolie ni de plus aimable.

— Oh! je vous jure, s'écria Richard, qu'elle est ma femme ; et si vous voulez bien me conduire vers elle, vous en serez aussitôt convaincu ; vous verrez comme elle se jettera à mon cou ; ainsi j'accepte volontiers les conditions que vous me proposez.

— Eh bien, suivez-moi, reprit le corsaire, vous allez la voir. »

Il le conduit dans un salon, et fait avertir la dame.

Celle-ci, s'étant vêtue et ajustée promptement, sortit d'une chambre voisine, et parut dans le salon, brillante comme un astre.

Elle salue et regarde son mari d'un air aussi indifférent que si c'eût été un étranger qu'elle n'eût jamais vu, et ne daigne seulement pas lui dire un mot.

M. le juge, qui s'attendait à être reçu avec les plus vives caresses, fut on ne peut pas plus surpris de cette froideur.

Peut-être, disait-il en lui-même pour se consoler, peut-être que la douleur et les chagrins qui ne m'ont pas quitté depuis que j'ai eu le malheur de la perdre m'ont si fort changé, qu'elle ne me reconnaît plus.

D'après cette idée :

« Ah! ma chère amie, lui dit-il, qu'il m'en coûte cher de t'avoir menée à la pêche !

« Jamais douleur n'a été aussi sensible que celle que j'ai soufferte depuis l'instant fatal que je t'ai perdue ; et tu es assez barbare pour garder le silence, comme si tu ne me connaissais point !

« Ne vois-tu pas que je suis ton mari Richard, qui suis venu pour te reprendre et te ramener à Pise, en payant ta rançon à cet honnête homme qui veut bien avoir la bonté de te rendre pour la somme que je voudrai lui donner ? »

Bartholomée, se tournant vers lui en souriant un peu :

« Est-ce bien à moi, Monsieur, lui dit-elle, que vous en voulez?

« Regardez-moi bien, vous me prenez sans doute pour une autre.

« Pour moi, je ne me souviens pas seulement de vous avoir vu.

— Pense bien, ma chère, à ce que tu dis ; regarde-moi bien toi-même, et si tu veux t'en souvenir, tu ne douteras plus que je ne sois ton Richard de Quinzica.

— Vous me pardonnerez, Monsieur, mais il n'est pas décent que je vous regarde beaucoup.

« Je vous ai cependant assez envisagé pour être certaine que c'est pour la première fois que je vous vois. »

Le pauvre juge était décontenancé : il s'imagina ensuite qu'elle ne parlait ainsi en la présence de Pagamin que parce qu'elle craignait le corsaire; c'est pourquoi il pria celui-ci de vouloir bien lui permettre d'avoir avec elle un entretien particulier dans sa chambre, pour entendre ce qu'il avait à lui dire, et pour répondre à ce qu'elle jugerait à propos.

Dès qu'ils y furent entrés, ils s'assirent, et le bonhomme, se voyant vis-à-vis de sa femme, qui tenait toujours ses yeux baissés, lui parla en ces termes :

« Eh ! mon cher cœur, ma chère, ma bonne amie, ma plus douce espérance, ne connais-tu plus ton Richard, qui t'aime plus que sa vie ?

« Comment peut-il se faire que tu l'aies sitôt oublié? Suis-je donc si défiguré ?

« Pour Dieu, ma mignonne, regarde-moi; je suis sûr qu'avec un peu d'attention tu me reconnaîtras aussitôt. »

La dame, à ces mots part d'un éclat de rire ; et sans lui donner le temps de continuer ses douceurs :

« Il faut, lui dit-elle, que vous soyez bien simple pour penser que j'aie assez peu de mémoire pour ne pas voir du premier coup d'œil que vous êtes Richard de Quinzica, mon mari.

« Mais si j'ai fait semblant de ne pas vous connaître, pouvez-vous vous en plaindre ?

« N'est-ce pas vous qui, pendant tout le temps que nous avons demeuré ensemble, avez fait voir que vous ne me connaissiez pas ?

« Si vous m'aimiez, comme vous voulez me le faire entendre, si je vous avais été chère, vous m'auriez traitée de la même manière qu'une jeune femme, fraîche et qui aime le plaisir, veut qu'on la traite.

« Avez-vous pu ignorer qu'elle a besoin de quelque chose que la pudeur naturelle à mon sexe m'empêchait de vous demander ?

« Avez-vous oublié la manière ridicule dont vous vous y preniez pour vous dispenser de contenter mes besoins à cet égard ?

« Si l'étude des lois vous était plus agréable qu'une femme, il ne fallait pas vous marier.

« Mais que dis-je ? je ne vous ai jamais regardé comme un juge ; vous me paraissiez plutôt un crieur de fêtes et de confréries, tant vous connaissez bien les jeûnes et les vigiles.

« Convenez, Monsieur, que si vos fermiers et vos laboureurs avaient chômé autant de fêtes qu'en a chômé celui qui avait mon petit jardin à cultiver, vous n'auriez jamais recueilli un grain de blé.

« Or, comme le bon Dieu ne veut pas que les bonnes terres restent en friche, il a jeté un regard de pitié sur moi; et, par un coup de sa providence, il m'a fait tomber entre les mains du seigneur Pagamin, avec qui il n'est jamais question de fêtes; j'entends de ces fêtes que vous chômiez si religieusement, ayant plus de vocation et plus de zèle sans doute pour le service des saints que pour celui des dames.

« On ne connaît dans cet asile ni vendredi, ni samedi, ni vigiles, ni quatre-temps, ni le carême qui est si long ; mais jour et nuit on y laboure, on y est infatigable à l'ouvrage ; cette nuit même, depuis qu'on a sonné matines, j'en ai fait la douce expérience.

« Ainsi, ne trouvez pas mauvais, Monsieur, que je veuille toujours demeurer avec un si bon ouvrier.

« J'ai du goût pour le travail, et je suis déterminée à travailler avec lui tant que je serai jeune : pour les fêtes, les jeûnes et les abstinences, je me réserve de les observer quand je serai vieille.

« Ce que vous pouvez donc faire de mieux, Monsieur, c'est de vous en retourner bien vite.

« Partez sans délai, et que Dieu vous conduise.

« Vous n'avez aucunement besoin de moi pour célébrer vos fêtes tant qu'il vous plaira d'en imaginer, ni moi de vous pour connaître les jours ouvrables. »

Ce discours perçait le cœur au pauvre Richard, qui en était tout interdit.

Il fut cent fois tenté de l'interrompre; mais comme il se trouvait chez un étranger, et chez un corsaire, il crut devoir patienter.

Mais quand elle eut cessé de parler :

« Quoi! ma chère amie, lui dit-il d'un ton affectueux, peux-tu bien me tenir de pareils propos?

« Fais-tu donc si peu de cas de ton honneur et de celui de ta famille?

« Est-il possible que tu aimes mieux demeurer avec cet homme pour être sa catin, et vivre toujours en état de péché mortel, que de retourner à Pise, pour y vivre avec ton mari, comme une honnête femme?

« Songe que si tu viens à déplaire à Pagamin il ne fera pas la moindre difficulté de te mettre à la porte, tandis que si tu veux venir avec moi, je ne cesserai de t'aimer; et si je viens à mourir, tu seras toujours dame et maîtresse dans ma maison.

Ses concitoyens se faisaient un plaisir de se moquer de lui... Page 171.

« Faut-il qu'un appétit désordonné, une passion honteuse et criminelle, te fasse renoncer à ton honneur et à ton époux qui t'aime si
tendrement ?

« De grâce, mon cher cœur, ne me tiens pas ces propos offensants et
n'hésite pas à t'en revenir avec moi.

22   22

« Je te promets, puisque je connais à présent ton humeur, de faire désormais des efforts pour contenter ton appétit.

« Je ne consulterai plus si souvent le calendrier, puisque cela te déplaît.

« Ainsi, ma mignonne, je t'en prie, change de résolution et consens à partir avec ton mari, qui, depuis l'instant que tu lui as été enlevée, n'a pas cessé d'être en proie à l'ennui, à la tristesse et à la douleur.

— Vous me parlez de mon honneur, répondit la dame, quand il n'est plus temps.

« Mes parents devaient y prendre garde, lorsque, sans me consulter, ils me donnèrent à vous.

« S'ils parurent alors s'en soucier fort peu, je me soucie aujourd'hui fort peu de ménager le leur.

« Pour vous, ne vous inquiétez ni du mien ni du leur; et, puisqu'il faut tout dire, sachez que je me regarde ici comme étant véritablement la femme de Pagamin, au lieu qu'à Pise il me semblait n'être effectivement que votre catin, qu'une femme de parade que vous méprisiez, que vous faisiez souffrir sans pitié.

« Pagamin est bien un autre homme ! c'est pour moi un véritable mari; il me tient toute la nuit entre ses bras, il me caresse de cent manières différentes : jugez si je dois vous regretter.

« Vous dites encore que vous ferez vos efforts pour me satisfaire un peu mieux que par le passé; mais je voudrais bien savoir comment vous vous y prendriez.

« Seriez-vous devenu par hasard un vaillant champion, depuis que je vous ai perdu de vue ?

« Allez-vous-en, vous dis-je, et ne songez qu'à vivre ; car on dirait, à voir votre faiblesse, votre pâleur, votre maigreur, qu'on a oublié de vous enterrer.

« Au reste, je suis bien aise de vous dire que si Pagamin me chasse, ce ne sera jamais chez vous que je retournerai.

« On aurait beau vous pressurer, on ne tirerait pas de tout votre individu une goutte de suc, comme je ne l'ai que trop éprouvé pour mon malheur.

« Soyez donc persuadé que je chercherais fortune partout ailleurs que chez vous.

« Mais je n'ai pas peur que Pagamin me congédie jamais; je connais ses sentiments et le cas qu'il fait de moi.

« Je vous le dis encore une fois, mon parti est pris, je veux et je dois demeurer ici, où l'on ne connaît ni fêtes, ni vigiles, ni carême.

« Partez donc sans plus tarder, sinon je crierai que vous voulez me faire violence. »

Messire Richard, se voyant si maltraité de Bartholomée, reconnut alors la faute qu'il avait faite d'épouser une jeune femme dont l'âge était si fort disproportionné au sien.

Il sortit de la chambre confus, humilié, le désespoir dans le cœur.

Il trouva Pagamin sur ses pas, et lui marmotta quelques paroles auxquelles ce bon redresseur des torts des maris ne daigna pas faire la moindre attention.

C'est ainsi que le bonhomme Richard, voyant son projet échoué et n'ayant pu rien gagner sur l'esprit de sa femme, sortit de cette maison où il aurait voulu n'avoir jamais mis les pieds.

Il s'en retourna à Pise sans délai, désespéré du mauvais succès de son voyage, et dévoré du chagrin que lui causait l'infidélité de sa femme. Ses concitoyens, bien loin de le plaindre, se faisaient un plaisir de se moquer de lui.

S'il allait quelque part, ou qu'on allât chez lui pour des affaires, on débutait toujours par lui dire :

Le méchant trou, Monsieur le juge, ne veut point de fête.

Ces railleries augmentèrent si fort son chagrin, qu'il mourut quelque temps après.

Le bon Pagamin ne fut pas plutôt instruit de sa mort que, connaissant toute la tendresse que la dame avait pour lui, il se détermina à l'épouser.

Le sacrement n'apporta aucun changement à leur manière de vivre.

Ils travaillèrent et bêchèrent le petit jardin tant qu'ils eurent de forces, et menèrent joyeuse vie, sans jamais observer ni fêtes, ni vigiles, ni carême.

Cette nouvelle fit rire toute la compagnie ; quand on eut cessé de causer de cette histoire, la Reine, voyant que chacun avait rempli sa tâche, et que comme il était déjà tard, son règne allait bientôt finir, prit le parti d'ôter sa couronne, et la porta sur la tête de Mme Neiphile, en lui disant d'un air gracieux : C'est à Madame qu'appartient désormais le gouvernement de ce petit peuple, après quoi elle se remit sur son siège.

Mme Neiphile parut un peu déconcertée de l'honneur qu'elle recevait. Dès que les applaudissements de l'assemblée, qui témoignait sa satisfaction de la voir Reine eurent cessé, elle se plaça sur un siège un peu plus élevé que celui qu'elle occupait auparavant et adressa ensuite ce discours à la compagnie :

« Puisque je suis devenue votre souveraine, je vais vous déclarer, en peu de mots mes intentions.

« Mon projet est d'abord de m'éloigner des règlements établis par les reines qui m'ont précédée.

« Vous savez que c'est demain vendredi et après demain samedi, jours un peu incommodes pour bien des personnes, à cause du maigre; je pense donc qu'il serait plus convenable et plus décent de consacrer la journée de demain à l'oraison, que de l'employer à conter des histoires. Quant au samedi, vous n'ignorez pas, dit-elle, en se tournant vers les messieurs, que ce jour-là les femmes sont dans l'usage de se baigner et de nettoyer leur peau de la poussière qui peut s'être attachée pendant le cours de la semaine ; ainsi, puisqu'il n'est guère possible de suivre, pendant ces deux jours, l'ordre que nous avons établi, je pense qu'il serait à propos de faire trève demain et après-demain, avec toute espèce de jeu.

« Je vous dirai de plus, qu'il serait très à propos de changer de demeure, si nous voulons éviter qu'il ne nous vienne du monde, car depuis quatre jours que nous sommes ici, il est probable que toute la ville le sait déjà.

« La maison de campagne où nous pourrons aller nous établir est toute meublée, dans le cas même que vous acceptiez mon idée, je donnerai des ordres dès ce soir, pour que tout y soit prêt dimanche prochain; quand nous y serons réunis nous reprendrons le fil de nos amusements et nous y raconterons des histoires.

« La grâce que je vous demande c'est de vous permettre à l'avenir moins de licence dans vos récits. Je vous préviens dès à présent que les premières nouvelles rouleront sur les fortunes brillantes et rapides qu'on voit souvent dans le monde.

« Au reste, je conserve à Dionéo le privilège qui lui a été accordé par la Reine à qui j'ai l'honneur de succéder. »

Toute l'assemblée approuva le discours de Mme Neiphile, on trouva beaucoup de sagesse dans les airs qu'il contenait, et il fut arrêté qu'on le suivrait de tout point.

FIN DE LA SECONDE JOURNÉE.

TROISIÈME JOURNÉE

Le dimanche matin, le soleil paraissait à peine sur l'horizon que la Reine fit lever toute la compagnie. On se mit aussitôt en marche pour se rendre de bonne heure au lieu désigné, on s'entretenait, chemin faisant, de mille choses amusantes, et après avoir fait une lieue de chemin, on arriva sur les six heures à un magnifique château situé sur une petite colline. La première chose fut d'en parcourir les divers appartements qu'on trouva meublés avec autant de goût que de richesse, ce qui donna à toute la société une grande idée de la fortune du seigneur à qui il appartenait ; ce seigneur était un ami de la Reine.

De là on se rendit dans une galerie bordée de vases de fleurs et couverte de rameaux verdoyants. C'est dans ce lieu que la compagnie se reposa et qu'on fit le déjeuner le plus agréable. Après le déjeuner ils entrèrent dans une espèce de parc muré de tous côtés ; ils furent tous émerveillés de sa beauté. L'endroit le plus agréable de ce parc était un grand tapis de verdure émaillé de mille sortes de fleurs ; au milieu de cette espèce de prairie on voyait une fontaine de marbre blanc décorée de figures d'un travail merveilleux ; de la bouche d'une de ces principales figures sortait une eau abondante qui, avant de se jeter dans un grand bassin, formait des nappes dont les chutes faisaient un bruit flatteur. Après avoir visité tout le parc, ils allèrent se reposer sur le tapis vert et firent dresser plusieurs tables auprès de la fontaine ; au sortir de table, ils firent de la musique et s'assirent pour conter des nouvelles. Le premier à qui la Reine commanda de dire la sienne fut Philostrate, qui commença en ces termes :

NOUVELLE PREMIÈRE

MAZET DE LAMPORECHIO OU LE PAYSAN PARVENU.

Bien des personnes sont assez peu raisonnables, mes belles dames, pour croire qu'aussitôt qu'une demoiselle a le voile sur la tête et le bandeau blanc sur le front, et qu'elle est revêtue d'un capuchon noir, elle cesse d'être femme, et ne sent plus les désirs naturels à son sexe ; comme si le nouveau titre de nonne lui donnait un cœur de pierre.

Si par hasard, ces sortes de gens entendent quelque chose qui contrarie en cela leur façon de penser, les voilà aussitôt de mauvaise humeur. J'en ai vu qui se mettaient si fort en colère qu'on eût dit qu'il s'agissait d'un péché contre nature, sans songer, d'un côté, qu'ils vivaient fort librement eux-mêmes et sans faire attention, de l'autre, aux dangereux effets que produisent dans le cloître, la contrainte et l'oisiveté.

Je connais encore des gens qui sont intimement persuadés, que la houe, la bêche, les aliments grossiers et la pauvreté répriment, étouffent même dans le laboureur, l'aiguillon de la chair, et lui ôtent la pénétration et l'esprit.

Je vais, sans sortir du sujet proposé par la Reine, vous raconter une histoire qui vous prouvera combien l'erreur de ces personnes est grossière. Mon récit ne sera pas long :

 l y a dans notre pays un monastère de filles qui fut autrefois célèbre par sa sainteté. Il n'y a pas encore longtemps qu'il n'était composé que de huit religieuses, sans y comprendre Madame l'abbesse.

Elles avaient alors un très beau jardin et un très bon jardinier.

Il prit fantaisie un beau matin à ce jardinier de les quitter, sous prétexte que les gages qu'on lui donnait n'étaient pas assez forts.

Il va donc trouver leur intendant, lui demande son compte et s'en retourne au village de Lamporechio, sa patrie.

A son arrivée, tous les paysans ses voisins allèrent le voir, et entre autres un jeune drôle nommé Mazet, fort, robuste, et assez bien fait de sa personne pour un homme de village, qui lui demanda où il avait demeuré pendant la longue absence qu'il avait faite.

Nuto, c'était le nom du vieux jardinier, lui répondit qu'il avait passé tout ce temps chez des nonnes.

« Et à quoi vous occupaient-elles ? reprit Mazet.

— A cultiver un beau et grand jardin qu'elles ont ; à leur porter du bois, que j'étais obligé d'aller couper dans la forêt ; à puiser de l'eau, et à mille autres travaux de cette nature.

« Mais ces dames me donnaient de si petits gages, que je pouvais à peine payer les souliers que j'usais.

« Le pis, c'est qu'elles sont toutes jeunes et turbulentes en diable : il n'est pas possible de jamais rien faire à leur gré ; elles ont pensé vingt fois me faire perdre la tête : c'était à qui me commanderait.

« Mets ceci en cet endroit, me disait l'une lorsque je paraissais au jardin.

« Non, mets-le là, me disait l'autre ; une troisième m'ôtait la houe des mains en disant :

« Ceci ne va pas bien. Bref, elles me faisaient si fort enrager, que d'impatience je quittais quelquefois la besogne et sortais du jardin.

« Las de toutes ces tracasseries, et d'ailleurs mal payé de mes travaux ; je n'ai plus voulu les servir.

« Leur homme d'affaires m'a fait promettre de leur envoyer quelqu'un pour me remplacer ; mais la place est trop mauvaise pour que je m'avise de la proposer à qui que ce soit. »

Ces dernières paroles du bonhomme Nuto firent naître à Mazet le désir d'aller offrir ses services à ces nonnains.

L'argent n'était pas ce qui le touchait ; il avait d'autres vues, et il ne doutait pas qu'il ne vînt à bout de les remplir.

Quoiqu'il brûlât d'envie d'y être déjà, il crut devoir cacher son dessein à Nuto ; c'est pourquoi il lui répondit qu'il avait bien fait de quitter ce monastère.

« On n'a jamais fini avec des femmes, ajouta-t-il, quel homme pourrait y tenir ? Autant vaudrait demeurer avec des diables qu'avec des nonnes : c'est beaucoup si de sept fois une elles savent ce qu'elles veulent. »

A peine est-il sorti de chez le voisin, qu'il commence à s'occuper des moyens de mettre son projet à exécution.

Les travaux n'étaient pas ce qui l'inquiétait, il se sentait très en état de s'en acquitter ; pour les gages, il s'embarrassait peu de leur modicité; son unique crainte était donc de n'être pas accepté à cause de sa grande jeunesse.

Cette idée le tourmentait; mais, à force de réfléchir, il s'avisa d'un expédient qui lui réussit.

Le monastère, dit-il en lui-même, est éloigné d'ici; personne ne me connaît; tâchons de contrefaire le muet; à coup sûr j'y serai reçu si je sais bien jouer mon rôle.

Le voilà qui met aussitôt une pioche et une cognée sur ses épaules, et qui prend le chemin du monastère.

Il entre dans la cour, où il rencontre heureusement l'homme d'affaires.

Il l'aborde et le prie, par des signes de muet, de lui donner à manger pour l'amour de Dieu, lui faisant entendre que, s'il avait à lui faire fendre du bois ou à l'employer à quelque autre ouvrage, il ne demandait qu'à travailler.

L'intendant lui donna volontiers à manger; puis, pour essayer son savoir-faire, il lui montra de grosses souches que Nuto n'avait pu fendre.

Mazet en vint à bout dans un moment.

L'intendant, charmé de sa force et de son adresse, le conduisit ensuite à la forêt pour couper du bois.

Il lui fit entendre par des signes d'en charger l'âne qu'il avait amené et de le conduire au logis.

Mazet exécuta ses ordres à la lettre.

L'homme d'affaires, satisfait de son intelligence, et ayant de l'ouvrage à lui donner, le garda plusieurs jours, durant lesquels l'abbesse, l'ayant aperçu, demanda qui il était.

« C'est un pauvre homme, dit l'intendant, muet et sourd, qui vint l'autre jour me demander l'aumône et du travail, et que j'ai employé à plusieurs choses nécessaires à la maison, desquelles il s'est assez bien acquitté.

« Je pense que, s'il sait labourer et cultiver la terre et qu'il veuille rester, vous feriez très bien de le garder pour être votre jardinier.

« On pourrait en tirer toute sorte de services : il est robuste, vigoureux et de bonne volonté.

« Nous en ferions tout ce que nous voudrions, sans compter que vous n'auriez pas à craindre qu'il causât avec les religieuses.

— Votre réflexion est très sage, répondit la mère abbesse; voyez s'il sait travailler la terre, et tâchez de le retenir.

Il les aperçut, mais il fit semblant de dormir... Page 178.

« Commencez par lui donner une paire de vieux souliers, quelque vieux manteau; faites-le manger son soûl, et amadouez-le du mieux que vous pourrez.

— Vous serez satisfaite, Madame ; comptez sur mon zèle à remplir vos intentions. »

Mazet, qui, non loin d'eux, faisait semblant de nettoyer la cour, entendit distinctement cette conversation, et, plein de joie, il disait en lui-même :

« Si vous me retenez ici, Mesdames, je labourerai si bien votre jardin qu'il n'aura jamais été labouré de la sorte. »

L'intendant le conduisit dans le jardin.

Il fut aussi content de son labourage qu'il l'avait été du reste, et lui demanda s'il voulait demeurer et s'attacher au couvent.

Il lui répondit par signes qu'il ferait tout ce qu'on voudrait.

Dès ce moment il fut arrêté pour le service des nonnes.

L'intendant lui prescrivit ce qu'il avait à faire et le laissa dans le jardin.

La nouvelle du nouveau jardinier fut bientôt sue de toutes les religieuses.

Elles allaient souvent le voir travailler, et prenaient plaisir à lui tenir mille propos extravagants, comme il arrive qu'on fait aux muets.

Elles se gênaient d'autant moins qu'elles étaient éloignées de soupçonner qu'il pût les entendre.

L'abbesse, s'imaginant qu'il n'était pas plus à craindre du nerf viril que de la langue, ne s'en mettait guère en peine :

Mazet avait trop bien joué son personnage pour ne pas paraître un sot accompli aux yeux de toutes les religieuses, espérant d'en dissuader quelques-unes lorsqu'il en trouverait l'occasion.

Elle se présenta d'elle-même.

Un jour qu'il avait beaucoup travaillé et qu'il s'était couché sur un gazon pour se reposer, deux jeunes nonnains, qui se promenaient et passaient devant lui, s'arrêtèrent pour le regarder.

Il les aperçut, mais il fit semblant de dormir.

Les deux poulettes le couvaient des yeux.

« Si je croyais, dit la plus hardie, que tu fusses discrète, je te ferais part d'une idée qui m'est venue plusieurs fois dans l'esprit, et dont assurément tu pourrais, aussi bien que moi, faire ton profit.

— Parle en toute sûreté, je te promets un secret inviolable.

— Je ne sais, reprit alors la petite effrontée, si tu as jamais réfléchi sur la contrainte où nous vivons dans cette maison : aucun homme ne peut y entrer, à l'exception de notre vieil intendant et de ce muet.

« J'ai entendu dire à plusieurs femmes du monde qui sont venues nous voir que tous les plaisirs de la terre doivent être comptés pour rien lorsqu'on les compare à celui que la femme goûte avec l'homme.

« Il m'est plusieurs fois entré dans l'esprit d'en faire l'épreuve avec cet imbécile, au défaut d'un autre. Ce bon muet est précisément l'homme qu'il faut pour cette expérience ; quand même il s'y refuserait et qu'il voudrait nous trahir, il sera secret malgré lui.

« Il est jeune, bien fait, et paraît assez vigoureux pour être en état de nous satisfaire l'une et l'autre.

« Vois si tu veux que nous fassions cet essai.

— Grand Dieu ! que dites-vous là, ma sœur ? s'écria l'autre nonnain.

« Oubliez-vous que nous avons fait vœu de chasteté ?

— Non ; mais combien d'autres vœux ne fait-on pas tous les jours sans qu'on en exécute un seul !

— Vous avez raison, ma sœur ; mais si nous devenions grosses !

— C'est s'alarmer avant le temps et prévoir les malheurs de trop loin.

« Si celui-là arrivait, nous prendrions alors des mesures pour nous en tirer, et nous trouverions des moyens pour le tenir caché. »

Après cette réponse, sa compagne, qui malgré ses craintes brûlait déjà d'envie d'éprouver quel animal c'était que l'homme, se contenta de lui demander comment elles s'y prendraient pour n'être pas aperçues.

« Que cela ne t'inquiète pas, répondit la première : comme c'est l'heure de midi, je suis presque certaine que toutes nos sœurs reposent actuellement ; mais, pour mieux nous en assurer, parcourons le jardin pour voir s'il n'y a personne ; rien ne nous empêchera ensuite de prendre cet homme par la main, et de le conduire dans ce cabinet qui lui sert à se mettre à couvert de la pluie.

« Tandis que l'une sera dedans avec lui, l'autre fera sentinelle sur la porte.

« Il est si sot, qu'il se tiendra volontiers dans la posture que nous voudrons.

« Je me charge de le mettre au fait s'il n'y est déjà. »

Mazet entendait cette édifiante conversation, et sentait l'eau lui venir déjà à la bouche.

Il les aurait volontiers prévenues ; mais, pour ne pas manquer sa proie, il crut devoir les laisser faire et attendre qu'elles le prissent par la main.

Les deux religieuses, s'étant assurées qu'il n'y avait personne qu'elles dans le jardin et qu'on ne pouvait les voir, allèrent rejoindre le jardinier.

Celle qui avait commencé le propos s'approche de lui et l'éveille.
Mazet se lève.

La nonnette le prend par la main, et, tout en le caressant, le mène
droit à la petite cabane, où il la suit en riant et faisant le niais.

Là, le drôle, sans se faire prier, satisfit les désirs de la pucelle avec
assez d'adresse pour prévenir son embarras, sans pourtant se déceler.

Celle-ci, satisfaite, fit place à sa compagne.

Mazet joua également bien son rôle avec le nouveau personnage : et
comme on n'est ni honteux ni timide avec ceux qu'on croit imbéciles,
elles voulurent l'une et l'autre, avant de quitter le muet, éprouver par
plusieurs reprises s'il était bon cavalier, et elles en demeurèrent toutes
deux convaincues.

Depuis cet heureux moment, leur conversation ne roulait que sur le
plaisir qu'on goûte entre les bras d'un homme, et elles s'accordaient
à soutenir que ce plaisir était cent fois au-dessus de l'idée qu'elles s'en
étaient faite.

Je vous laisse à penser, d'après cela, si elles retournèrent souvent
dans le petit cabinet, et si elles surent prendre le temps et l'heure convenables pour aller s'amuser avec le bon muet.

Cependant il arriva qu'un jour une de leurs compagnes les aperçut
de sa fenêtre folâtrer avec lui et le suivre dans la petite cabane.

Elle le fit même remarquer à deux autres religieuses qui étaient
dans sa chambre.

Ce trio jaloux résolut d'abord d'avertir l'abbesse, mais ensuite
elles changèrent d'avis.

Elles en parlèrent aux deux coupables, et s'étant accordées ensemble, elles partagèrent le péché et jouirent, comme les deux autres,
des faveurs de Mazet.

Il ne restait plus que trois religieuses qui n'eussent point de part au
gâteau ; mais, avec le temps, elles grossirent le petit troupeau du
muet.

Quel débrideur de nonnes ! dira-t-on sans doute.

Patience, on n'est pas encore au bout de ses exploits.

Madame l'abbesse ne se doutait nullement de ce qui se passait.

Les jeunes poulettes qui étaient sous sa direction avaient d'autant
moins de peine à lui cacher leurs intrigues avec le coq-jardinier,
qu'elles étaient d'intelligence et toutes également coupables.

Un jour qu'elle se promenait seule dans le jardin par un grand
chaud, elle trouva Mazet qui dormait, couché à l'ombre d'un amandier.

Il avait assez travaillé la nuit pour avoir peu de chose à faire pendant le jour.

Quelques-unes des sultanes de son sérail se trouvaient dans leur temps critique, et il y avait peu de temps qu'il avait donné aux autres leur ration.

Il était en chemise à cause de la grande chaleur, et le vent la lui avait levée au point qu'il était presque tout découvert depuis les cuisses jusqu'à l'estomac.

A cette vue, la mère abbesse sent l'aiguillon de la chair se réveiller, et elle succombe à la tentation comme l'avaient fait ses nonnains.

Elle tourne la tête de tous côtés, et n'apercevant ni n'entendant personne, elle éveille Mazet et le mène dans son appartement.

Dieu sait comme elle en fut contente !

Elle l'y garda plusieurs jours, quoique les religieuses se plaignissent grandement de ce que le rustre ne venait plus labourer leur jardin.

Après l'avoir fait bien manger, bien boire, bien travailler, elle le relâcha, mais dans l'intention de le rappeler dans peu de temps.

Comme la commère aimait le jeu qu'elle lui faisait jouer, elle rognait par là la portion des autres, car ce bon jardinier, tout vigoureux qu'il était, ne pouvait plus les satisfaire toutes ; il comprit même que s'il continuait encore le train qu'il menait, il s'en trouverait très mal.

Une nuit, étant donc couché avec l'abbesse, qui lui demandait plus qu'il ne pouvait donner :

« Madame, lui dit-il en rompant tout à coup le silence, je sais qu'un coq peut suffire à dix poules, mais difficilement dix hommes peuvent-ils suffire à une femme : comment voulez-vous donc que je fasse, moi qui en ai neuf à contenter ?

« Je n'y saurais plus tenir, Madame ; mettez-y ordre, je vous prie, ou donnez-moi mon congé. »

L'abbesse faillit se trouver mal d'étonnement.

« Que veut dire tout ceci ? lui dit-elle, je te croyais muet !

— Je l'étais en effet, répondit Mazet, non pas de naissance, à la vérité, mais par la suite d'une maladie qui me fit perdre la parole.

« Je viens de la recouvrer tout à l'heure, et j'en rends grâces au Seigneur. »

L'abbesse crut qu'il disait vrai ou feignit d'en être persuadée : elle lui demanda ce qu'il voulait dire avec ses neuf femmes à contenter.

Mazet lui raconta tout ce qui s'était passé.

La dame, voyant que ses religieuses n'étaient pas plus sages qu'elle, et se doutant bien qu'elles n'ignoraient pas non plus son intrigue avec Mazet, ou qu'elles la sauraient tôt ou tard, prit le parti de se concerter avec elles pour pouvoir garder ce bon jardinier sans causer de scandale.

Elle les fit appeler.

Toutes lui avouèrent de bonne foi ce qu'elles ne pouvaient plus lui cacher.

L'abbesse fut la première à rire de l'aventure.

Elles délibérèrent unanimement qu'on ferait accroire aux voisins et aux autres personnes qui fréquentaient leur église que, par le secours de leurs prières et les mérites du saint sous les auspices duquel était fondé leur monastère, Mazet avait recouvré la parole.

L'homme d'affaires était mort depuis quelques jours.

Elles donnèrent sa place à Mazet, et prirent des arrangements pour coucher avec lui chacune à son tour, avec promesse toutefois de le ménager, dans la vue de le conserver plus longtemps.

Mazet s'acquitta au mieux de sa tâche.

Il en naquit plusieurs moinillons ; mais la chose fut tenue si secrète, qu'on ne le sut dans le monde que longtemps après la mort de l'abbesse, et après que Mazet, déjà vieux, eut pris le parti de s'en retourner chez lui chargé de biens.

Cette histoire fit alors beaucoup de bruit.

On ne parlait que du jardinier parvenu, qui, après avoir passé sa jeunesse de la manière la plus agréable, sortit très riche d'une maison où il était entré presque tout nu.

C'est ainsi que le ciel récompense ceux qui bêchent et arrosent infatigablement le jardin altéré des pauvres nonnains.

NOUVELLE II

LE TONDU OU LE MULETIER HARDI ET RUSÉ

La nouvelle de Philostrate fit tantôt rire et tantôt rougir les dames qui l'écoutaient.

Quand elle fut finie, la Reine ordonna à Mme Pampinée de raconter la sienne. Cette aimable personne, prenant un visage riant, commença en ces termes :

Il y a des hommes si mal avisés, que, pour montrer qu'ils ont de la pénétration, ils l'exercent jusque dans les choses qui leur sont nuisibles. Ils ne savent rien dissimuler, et croient leur honneur intéressé à venger le plus léger des outrages qu'on leur fait.

Qu'arrive-t-il ? Ils ne font le plus souvent qu'accroître leur honte et leur déshonneur ; c'est une vérité que je me propose de faire sentir, par l'exemple du contraire, en vous racontant la ruse d'un homme qui ne cédait en rien à Mazet du côté de l'esprit, puisqu'il fut plus fin qu'un roi qui cependant l'était beaucoup lui-même.

l'exemple de ses prédécesseurs, Agiluf, roi des Lombards, fit de la ville de Pavie la capitale de son royaume et le lieu de sa résidence.

Il avait épousé Teudelingues, veuve de Vetari son prédécesseur, femme éclairée, sage, affable, d'une rare beauté, mais malheureuse en amants.

Après que son second mari eut, par sa bonne conduite et la sagesse de son administration, rétabli les affaires de Lombardie et rendu son royaume parfaitement tranquille et florissant, un palefrenier de son écurie en devint éperdument amoureux.

C'était un homme de bonne mine, bien fait de sa personne et taillé à peu près comme le roi.

Sa naissance était obscure, mais assez bonne pour la place qu'il occupait dans les écuries de la reine.

La bassesse de son état ne l'empêchait pas d'avoir du sens et de raisonner.

Il sentait la distance immense qu'il y avait du trône à l'écurie et le danger qu'il courait si l'on venait à découvrir sa passion.

Aussi se donna-t-il bien de garde d'en parler à personne : à peine osait-il fixer ses regards sur la princesse, de peur qu'ils ne trahissent ses sentiments.

Quelque peu d'espoir qu'il eût de jamais satisfaire ses désirs, il ne laissait pas de s'applaudir d'avoir si bien placé son amour.

Il rendait à la reine tous les petits soins qui dépendaient de sa profession; il était beaucoup plus attentif que ses camarades à faire tout ce qu'il jugeait lui être agréable.

Aussi avait-il la satisfaction de voir que, lorsqu'elle voulait aller à cheval, elle montait de préférence celui qu'il avait pansé.

Le palefrenier était extrêmement flatté de cette espèce de faveur, et abandonnait l'étrier le plus tard qu'il pouvait, afin de se ménager le plaisir de toucher le pied ou les jupes de la reine; ce qui lui causait une grande joie.

Cependant, comme il voyait peu d'apparence de pouvoir jamais contenter sa passion, il fit tout ce qu'il put pour s'en guérir.

Mais le plus souvent, moins un amant a sujet d'espérer, plus son amour s'irrite et s'enflamme : c'est précisément ce qu'éprouva le malheureux palefrenier.

C'est pour lui le plus cruel des tourments de renfermer ses feux au dedans de lui-même.

Ne pouvant venir à bout de les étouffer, il résolut de se donner la mort, pour mettre fin à ses peines, mais de telle sorte qu'on imaginât que l'amour qu'il avait pour la reine l'avait porté à cette dure extrémité.

Avant de mettre son noir projet à exécution, il crut devoir chercher tous les moyens possibles pour contenter ses désirs en tout ou en partie.

Comment s'y prendre?

La chose n'était pas aisée.

Déclarer son amour à la reine, c'était une extravagance qui n'aurait abouti qu'à le perdre, sans aucune espèce de consolation.

Lui écrire n'aurait pas été plus sage.

L'amour est inventif : il lui suggéra un stratagème pour coucher avec elle, au risque d'être surpris et de perdre une vie dont il avait fait d'avance le sacrifice.

Sachant que le roi ne couchait pas toutes les nuits avec la reine, il forma le projet hardi d'aller une fois prendre sa place.

Afin de mieux réussir, il voulut voir, avant tout, par lui-même dans quel accoutrement et de quelle manière il allait la trouver.

Pour cet effet, il se cacha plusieurs fois, la nuit, dans une grande salle du palais qui séparait l'appartement du roi de celui de la reine.

Le palefrenier était extrêmement flatté de cette espèce de faveur... Page 184.

Il vit ce prince sortir de son appartement, affublé d'un grand manteau, tenant une bougie d'une main et de l'autre une baguette, aller droit à la chambre à coucher de sa femme; il le vit ensuite frapper, sans mot dire, un ou deux coups à la porte avec la petite baguette; après quoi, la porte s'ouvrait aussitôt.

Il remarqua qu'une des femmes de la reine lui avait ouvert et pris la bougie de la main.

Il attendit qu'il fût sorti pour savoir l'heure à laquelle il retournait dans son appartement.

Quand il s'est bien mis au fait du rôle nocturne du monarque, il ne songe plus qu'à le jouer à son tour.

Il trouve moyen de se procurer un manteau à peu près semblable à celui du roi; il se munit d'une bougie et d'une petite baguette; et après avoir pris la précaution de se bien laver, bien parfumer, pour ne pas sentir le palefrenier et ne pas faire apercevoir la reine de la tromperie, il se cacha un soir dans la grande salle.

Lorsqu'il comprit que tout le monde dormait, il crut qu'il était temps de satisfaire ses désirs, ou de courir à une mort certaine, qu'il désirait subir avec éclat.

Il fait du feu avec un fusil qu'il portait sur soi, allume sa bougie, s'enveloppe du manteau, et va frapper deux petits coups à la porte de la chambre de sa souveraine.

Une femme lui ouvre, prend sa bougie, les yeux à demi fermés par le sommeil, et lui fait gagner le lit de la reine, qui dormait déjà.

Il se couche sans cérémonie à côté d'elle, et la prend entre ses bras, sans lui dire un seul mot, mais non sans lui faire du plaisir.

La reine, ne se doutant de rien, crut que son mari avait de l'humeur; car, dans les moments de chagrin, il ne parlait point et souffrait avec peine qu'on lui parlât.

A la faveur de ce silence, le palefrenier jouit à plusieurs reprises de la dame, étonnée de ce que la mauvaise humeur du roi devenait si bonne pour elle.

Cela fait, quoiqu'il eût bien de la peine à s'arracher de ce bon lit, mais craignant que, s'il demeurait davantage, le plaisir ne se changeât en douleur, cet amant téméraire se leva, reprit son manteau, sa bougie, et alla promptement et sans bruit se coucher dans le sien.

« Quel bonheur, disait-il en lui-même, de n'avoir été aperçu de qui que ce soit, de n'avoir point été reconnu de la femme de chambre, ni de la reine elle-même! quels plaisirs! quelle belle femme! quelle peau! que ce lit ci est dur, désagréable en comparaison! »

A peine fut-il sorti de chez la reine, que le roi, qui s'était éveillé pendant la nuit, sans pouvoir se rendormir, et voulant mettre à profit son insomnie, alla trouver sa femme, fort surprise de cette nouvelle visite.

S'étant mis au lit, et l'ayant saluée de la bonne façon :

« Quelle nouveauté, sire! lui dit-elle dans son étonnement; il n'y a qu'un moment que vous sortez d'ici.

« Vous vous en êtes donné même plus que de coutume, et vous revenez encore à la charge !

« Ménagez un peu votre santé, qui m'est plus chère que le nouveau plaisir que vous pourriez me donner. »

Ces paroles furent un coup de foudre pour le monarque.

Il comprit dans l'instant que sa femme avait été trompée, et qu'un audacieux avait pris sa place auprès d'elle.

Mais puisqu'elle ne s'en était point aperçue, non plus que la femme de chambre, qui avait témoigné quelque étonnement en ouvrant la porte pour la seconde fois, il crut, en homme prudent, devoir feindre d'être déjà venu.

Un étourdi l'aurait sans doute détrompée : il jugea qu'il était plus sage de la laisser dans sa bonne foi, pour ne pas la chagriner et l'exposer peut-être à regretter un commerce qui ne lui avait pas déplu.

Agiluf, plus troublé qu'il ne paraissait l'être, se contenta donc de lui demander adroitement :

« Est-ce que vous me jugez incapable, Madame, de vous faire deux visites dans une nuit ?

— Non, assurément, lui répondit-elle ; mais je m'intéresse trop à votre santé pour ne pas vous prier de la ménager.

— Eh bien ! répliqua-t-il, je suivrai votre conseil, et m'en retournerai, pour cette fois, sans rien exiger. »

Irrité de l'injure qu'on venait de lui faire, il se lève, reprend son manteau, et sort de la chambre, dans l'intention de chercher le coupable.

Ne doutant point que ce ne fût quelqu'un du palais, il crut qu'il n'avait, pour le découvrir, qu'à faire la revue des gens attachés à son service.

« Il est impossible, disait-il en lui-même, que celui qui a fait un coup si hardi n'en soit encore tout ému ; le cœur doit lui battre d'une force extraordinaire au seul souvenir du danger qu'il a couru. »

Il prend donc sa lanterne, va au grand corps de logis, et visite toutes les chambres, où il trouva tout le monde dormant fort tranquillement.

Il était sur le point de s'en retourner, quand il se souvint qu'il n'avait pas été dans la salle des palefreniers : il s'y rend.

L'audacieux qui avait eu l'insolence de partager sa couche ne le vit pas plutôt entrer qu'il se crut perdu.

La crainte redoubla les mouvements de son cœur déjà agité.

Il ne doutait point que, si le roi s'en apercevait, il ne fût immolé sur-le-champ même à sa juste colère.

Cependant, voyant que le roi était sans armes, il résolut d'attendre le dénoûment de sa destinée, et fit semblant de dormir.

Le roi, ayant commencé par un bout sa visite, trouva les premiers fort tranquilles et sans émotion.

Il arrive au lit du coupable, et trouvant son cœur extrêmement agité : « Le voici, ce scélérat ! » dit-il en lui-même.

Mais, comme il voulait exécuter sans éclat la vengeance qu'il avait méditée, il se contenta de lui couper avec des ciseaux une face de ses cheveux, qu'on portait fort longs en ce temps-là, afin de pouvoir le reconnaître le lendemain matin.

Cette opération faite, il se retira dans son appartement.

Le palefrenier, qui ne croyait pas en être quitte à si bon marché, comprit aisément que ce n'était pas sans dessein que le roi l'avait ainsi marqué.

Comme il avait l'esprit aussi rusé qu'entreprenant, il se lève un moment après, va prendre dans l'écurie une paire de ciseaux dont on se servait pour faire le crin aux chevaux; puis, parcourant à son tour les lits de tous ses camarades, il leur coupe tout doucement le même côté de cheveux que le roi lui avait coupé, et s'en retourne dans son lit sans avoir éveillé personne.

Agiluf, s'étant levé de bon matin, ordonna, avant qu'on ouvrît les portes du palais, que tous ses domestiques parussent devant lui.

Dieu sait s'il fut surpris quand il vit que tous les palefreniers avaient les cheveux coupés du même côté.

« Je ne me serais jamais attendu à une pareille ruse de la part du coupable, se dit-il à lui-même.

« Le drôle, quoique de basse condition, montre bien qu'il ne manque pas d'esprit; le fripon est rusé, et je ne me dissimule pas que j'ai été pris pour dupe. »

Considérant qu'il ne pourrait le découvrir sans faire de l'éclat, et voulant d'ailleurs éviter une vengeance qui eût compromis son honneur, il se contenta de le réprimander et de lui faire entendre, sans être entendu des autres, qu'il s'était aperçu de la ruse dont il s'était servi pour coucher avec la reine.

« *Que celui*, dit-il, *qui vous a tondus garde le secret et qu'il n'y revienne plus, s'il ne veut perdre la vie dans les supplices.* »

Après ces mots, il ordonna à tout le monde de se retirer.

Un autre que lui eût peut-être mis tous les palefreniers dans les fers et les tortures pour découvrir le coupable ; mais il n'eût fait par là que découvrir ce que tout homme, et surtout un roi, a intérêt de tenir secret.

Il se serait vengé sans doute ; mais il eût à coup sûr humilié sa femme et augmenté son propre déshonneur.

Tout le monde fut surpris des paroles du roi et chercha à en démêler le sens.

Il n'y eut que le rusé palefrenier qui comprit l'énigme.

Il eut la prudence de ne l'expliquer à personne tant qu'Agiluf vécut, et il profita de l'avis qu'il avait reçu en ne s'exposant plus au danger qu'il avait couru.

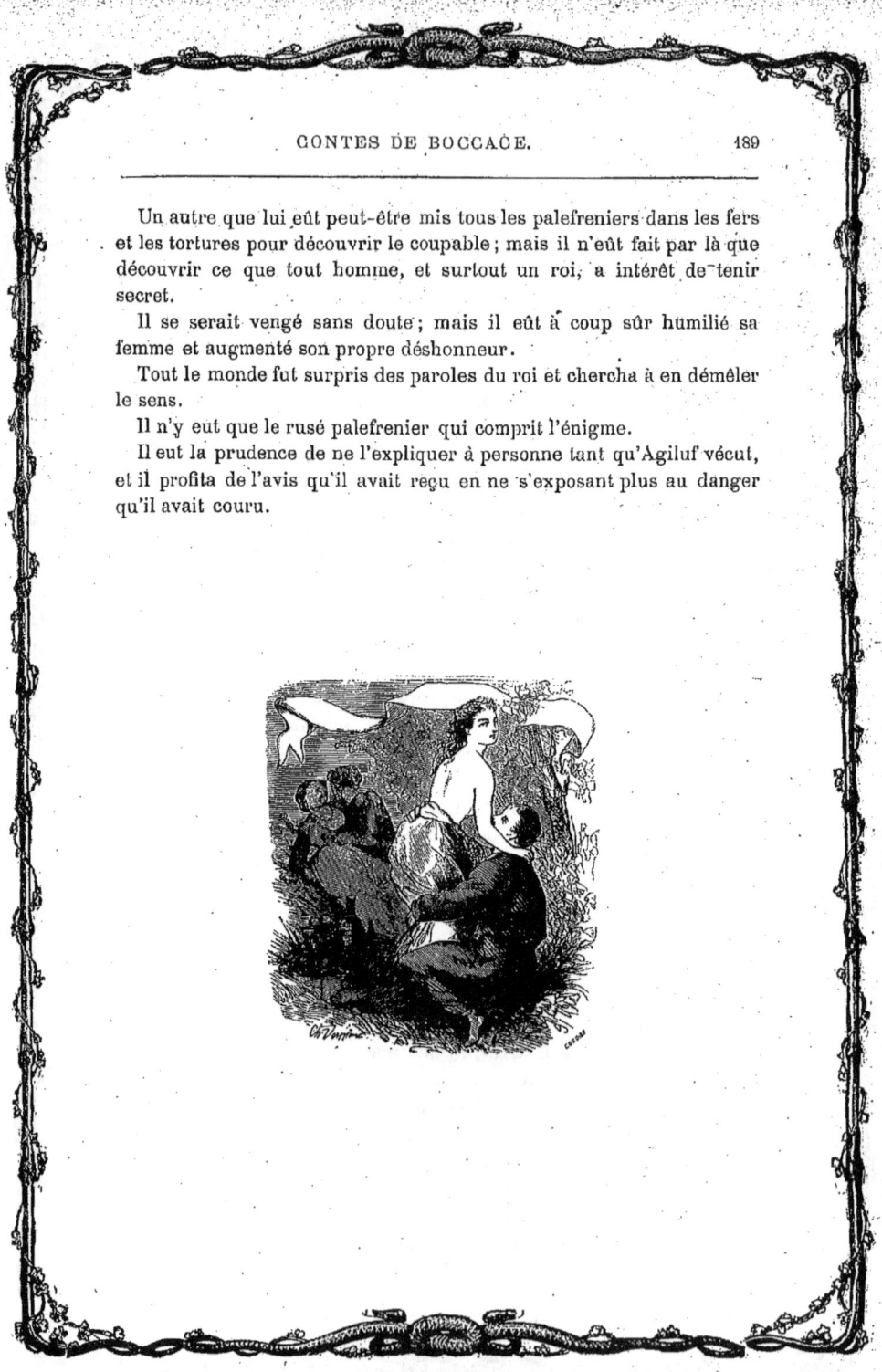

NOUVELLE III

LE CONFESSEUR COMPLAISANT SANS LE SAVOIR

Mme Pampinée ayant cessé de parler, chacun se mit à louer la hardiesse et la ruse du palefrenier. On donna aussi des éloges à la prudence d'Agiluf, et l'en aurait peut-être poussé beaucoup plus loin les commentaires, si la Reine ne se fût tournée vers Mme Philomène, pour lui commander de dire sa nouvelle. Cette dame obéit sur-le-champ, et s'exprima ainsi :

Mon dessein est de vous régaler d'un joli tour, joué à un célèbre religieux, par une des plus belles femmes de notre pays.

Le récit de cette bonne plaisanterie vous fera d'autant plus de plaisir, Messieurs et Dames, qu'il vous convaincra de plus en plus que les moines, qui, pour l'ordinaire, se croient beaucoup plus fins que les autres hommes, ne sont que des sots pour la plupart.

Il n'y en a pas un parmi eux qui ne croient avoir plus d'esprit et de mérite qu'un séculier : vous savez pourtant ce qui en est. Pour moi, je soutiens que les moines sont inférieurs, à tous égards, aux autres hommes.

Il suffit, pour en demeurer convaincu, de les considérer du côté de cette bassesse d'âme, qui, étouffant en eux toute noble ambition, ne leur a inspiré que le désir de chercher un asile où ils puissent s'occuper uniquement du soin de vivre ou de s'engraisser, comme des animaux immondes.

L'histoire que je vais vous raconter, mes belles dames, achèvera de vous confirmer que ces fainéants, en qui la plus grande partie de l'un et de l'autre sexe mettent si aveuglément leur confiance sont souvent la dupe, non seulement des autres hommes, mais encore la dupe des femmes.

Dans notre ville de Florence, où, comme vous savez, la galanterie règne encore plus que l'amour et la fidélité, vivait, il y a quelques années, une dame que la nature avait enrichie de ses dons les plus précieux.

Esprit, grâce, beauté, jeunesse, elle avait tout ce qui peut faire adorer une femme.

Je ne vous dirai pas son nom ni celui des personnes qui figurent dans cette anecdote.

Ses parents, qui vivent encore et qui occupent un haut rang à Florence, le trouveraient sans doute mauvais.

Je me contenterai de vous dire que cette dame appartenait à des gens de qualité, mais si peu favorisés de la fortune, qu'ils furent obligés de la marier à un riche fabricant de draps.

Elle était si entêtée de sa naissance, qu'elle regarda ce mariage

comme humiliant pour elle, aussi, ne put-elle jamais se résoudre à
aimer son mari.

Cet homme d'ailleurs n'avait rien d'aimable; tout son mérite se
réduisait à être fort riche et à bien entendre son commerce.

Le mépris ou l'indifférence de sa femme pour lui alla si loin, qu'elle
résolut de ne lui accorder ses faveurs que lorsqu'elle ne pourrait s'en
dispenser sans en venir à une rupture ouverte, se proposant, pour se
dédommager, de chercher quelqu'un qui fût plus digne de son attachement.

Elle ne tarda pas à trouver la personne qu'elle cherchait.

Un jour, en allant à l'église, elle vit un jeune gentilhomme de la
ville, dont la physionomie la charma si fort, qu'elle en devint aussitôt
amoureuse.

Sa passion fit de tels progrès, qu'elle ne pouvait reposer la nuit,
quand elle avait passé le jour sans le voir.

Pour lui, il était parfaitement tranquille, parce qu'il ignorait les
sentiments qu'il avait fait naître dans le cœur de la belle; et la belle
était trop prudente pour oser les lui découvrir par lettres ou par l'entremise d'aucune femme, craignant avec raison les suites d'une pareille
démarche.

Comme elle était naturellement rusée, elle trouva moyen de l'en
instruire sans se compromettre.

Elle avait remarqué qu'il voyait fréquemment un moine qui, quoique
gras et bien dodu, menait une vie fort régulière et jouissait de la réputation d'un saint homme.

Après avoir donc réfléchi sur la manière dont elle s'y prendrait, elle
alla au couvent, et, ayant fait appeler le religieux, elle lui témoigna
un grand désir de se confesser à lui.

Le bon père, qui du premier coup d'œil la jugea femme de condition, l'entendit volontiers.

Après lui avoir déclaré ses péchés, la dame lui dit qu'elle avait une
confidence à lui faire et une grâce à lui demander.

« J'ai besoin, mon révérend père, de vos conseils et de votre secours
pour ce que j'ai à vous communiquer.

« Vous savez à présent quels sont mes parents : je vous ai également
fait connaître mon mari; mais je ne vous ai pas dit, et je dois vous
l'apprendre, qu'il m'aime plus qu'il ne s'aime lui-même.

« Je ne puis rien désirer qu'il ne me le donne aussitôt.

« Il est extrêmement riche, et il ne se sert de sa fortune que pour prévenir mes goûts et me rendre heureuse. Je vous prie d'être bien persuadé que je réponds à sa tendresse comme je le dois.

« Mon amour égale pour le moins le sien.

« Je me regarderais comme la plus ingrate et la plus méprisable des femmes, si je songeais seulement à la moindre chose qui pût donner atteinte à son honneur, ou blesser tant soit peu sa délicatesse.

« Vous saurez donc, mon révérend père, qu'un jeune homme dont j'ignore l'état et le nom, et qui me prend sans doute pour tout autre que je ne suis, m'assiège tellement, que je le trouve partout.

« Je ne puis paraître sur la porte, à la fenêtre, dans la rue, qu'il ne s'offre aussitôt à mes yeux.

« Je suis même étonnée qu'il ne m'ait pas suivie ici, tant il est sur mes pas.

« Il est grand, bien fait, d'assez jolie figure, et ordinairement vêtu de noir.

« Il a l'air d'un homme de bien et de distinction, et, si je ne me trompe, je crois l'avoir vu souvent avec vous.

« Comme ces sortes de démarches exposent ordinairement une honnête femme à des bruits fàcheux, quoiqu'elle n'y ait aucune part, j'avais eu d'abord envie de prier mes frères de lui parler; mais j'ai pensé que des jeunes gens ne peuvent guère s'acquitter de ces sortes de commissions de sang-froid : ils parlent ordinairement avec aigreur; on leur répond de même ; on en vient aux injures, et des injures aux voies de fait.

« J'ai donc mieux aimé, pour éviter le scandale et prévenir tout fàcheux événement, m'adresser à vous, tant parce qu'il paraît être lié avec vous, que parce que vous êtes en droit, par votre caractère, de faire des leçons non seulement à vos amis, mais à toute sorte de gens.

« Je vous prie donc de vouloir bien lui faire les reproches qu'il mérite, et de l'engager à me laisser en repos.

« Qu'il s'adresse à d'autres femmes, s'il est d'humeur galante : il y en a assez, Dieu merci, et il n'aura pas de peine à en trouver qui seront flattées de recevoir ses soins.

« Pour moi, j'en serais sincèrement fâchée ; et, grâce à Dieu, je n'ai jamais porté mes vues de ce côté-là.

« Je sais trop ce que je dois à mon mari et ce que je me dois à moi-même. »

Après ces mots, elle baissa la tête, comme si elle eût envie de pleurer.

Tout en disant ces mots, elle lui donna une poignée d'argent... Page 197.

Le religieux comprit d'abord, par le portrait qu'elle lui fit du personnage, que c'était de son ami qu'il s'agissait.

Il loua beaucoup les sentiments vertueux de sa pénitente, qu'il
croyait sincère, et il lui promit de faire ce qu'elle souhaitait.

Puis, comme il savait qu'elle était riche, il eut soin de la régaler d'un petit sermon sur l'aumône, qu'il termina selon l'usage, par l'exposition de ses besoins et de ceux du couvent.

« Au nom de Dieu, reprit la dame, n'oubliez pas ce que je viens de vous dire, s'il nie la chose, dites-lui, s'il vous plaît, que c'est de moi que vous la tenez, et que je vous en fais mes plaintes, pour lui faire savoir combien je suis offensée de sa conduite. »

La confession achevée et l'absolution reçue, la pénitente mit à profit l'exhortation du confesseur sur l'aumône.

Elle tira de sa bourse une bonne somme d'argent, qu'elle lui remit, le priant, pour donner un motif à sa libéralité, de dire des messes pour le repos de l'âme de ses parents; après quoi, elle sortit du confessionnal et s'en retourna chez elle.

Quelques jours après, le jeune homme dont la dame était devenue amoureuse alla voir, à son ordinaire, le bon religieux, qui après lui avoir parlé de choses indifférentes, le prit à part pour lui reprocher avec douceur ses poursuites et ses assiduités prétendues auprès de la belle dévote.

Le gentilhomme, qui ne la connaissait point, qui ne se rappelait même pas l'avoir jamais vue, et qui passait rarement devant sa maison, répondit tout naturellement au moine qu'il ignorait ce qu'il voulait dire.

Mais le crédule confesseur, sans lui donner le temps de s'excuser davantage :

« Il ne vous sert de rien, lui dit-il, de faire ici l'homme surpris et ignorant; je sais ce qui en est, et vous auriez beau le nier.

« Ce n'est point par des inconnus ni par les voisins que j'en ai été instruit; c'est par la dame elle-même, qui en est désolée.

« Outre que toutes ces folies ne vous conviennent pas du tout, je vous avertis que vous n'en retirerez aucun fruit; cette femme est la vertu et la sagesse même; ainsi, je vous prie de la laisser en paix, pour votre honneur et pour le sien. »

Le jeune homme voulut se défendre encore, en disant qu'elle l'avait sans doute pris pour un autre.

« Tout ce que vous pouvez alléguer est inutile, vous dis-je; elle vous a trop bien dépeint pour que ce ne soit pas de vous qu'elle ait parlé. »

Le jeune gentilhomme, plus déniaisé que le bon père, comprit qu'il y avait du mystère dans ces reproches qu'il ne méritait pas.

Il fit alors semblant d'avoir une espèce de honte, et promit de ne donner, à l'avenir, aucun sujet de plainte.

A peine eut-il quitté le religieux, qu'il alla passer devant la maison de la femme du fabricant ; elle était à la fenêtre pour voir s'il passerait.

Aussitôt qu'elle le vit venir, elle ne douta point qu'il n'eût compris le sens de ce qu'elle avait dit au moine, et la joie la plus vive éclata sur son visage.

Le gentilhomme, qui fixa, en passant, ses regards sur elle, voyant que l'amour et le plaisir étaient peints dans les siens, demeura convaincu de la vérité de sa conjecture.

Depuis ce jour, il passait et repassait dans cette rue, à la grande satisfaction de la dame, qui, par ses regards et par ses gestes, le confirma de plus en plus dans sa première opinion.

La belle, non moins pénétrante, ne tarda pas à s'apercevoir qu'elle lui avait donné de l'amour ; mais, pour l'enflammer davantage et le mieux assurer de la tendresse qu'elle avait pour lui, elle retourne à confesse au même religieux, et commence sa confession par les larmes.

Le bon père, attendri, lui demande s'il lui est survenu quelque nouveau chagrin.

« Hélas ! mon révérend, j'ai de nouvelles plaintes à faire de votre ami, de cet homme maudit de Dieu, dont je vous parlai l'autre jour.

« Je crois, en vérité, qu'il est né pour mon tourment : il ne cesse de me poursuivre, et voudrait me porter à des choses qui m'ôteraient à jamais la paix du cœur et la confiance de revenir me jeter à vos pieds.

— Quoi ! il continue de rôder devant votre maison ?

— Plus fort qu'auparavant, reprit la bonne dévote ; on dirait qu'il veut se venger des reproches que je lui ai attirés de votre part, puisqu'il passe jusqu'à sept fois le jour, tandis qu'il ne passait guère plus d'une auparavant.

« Plût au ciel encore qu'il se fût contenté de passer et de me lorgner ! mais il a eu l'effronterie de m'envoyer, par une femme, une bourse et une ceinture, comme si je manquais de ces choses-là.

« J'étais si outrée de son impudence, que si la crainte de Dieu et les égards que je vous dois ne m'eussent retenue, je ne sais pas ce que j'aurais fait.

« Je me suis modérée uniquement par rapport à vous qui êtes son ami, je n'ai pas même voulu en parler à qui que ce soit, avant de vous le faire savoir.

« J'avais d'abord laissé la bourse et la ceinture à la commissionnaire, avec prière de les lui rendre exactement ; mais, songeant que ces femmes complaisantes prennent de toute main, et que celle-ci aurait fort bien pu retenir le présent en faisant entendre à votre ami que je l'aurais accepté, j'ai cru devoir reprendre ces bijoux pour vous les apporter.

« Les voilà.

« Je vous prie de les lui rendre, et de lui dire en même temps que je n'ai que faire de ses présents ni de sa personne ; et que, s'il ne cesse de me persécuter comme il le fait, j'en avertirai mon mari et mes frères, quoi qu'il puisse en arriver ; j'aime mieux qu'il reçoive quelque bonne injure, et peut-être quelque chose de pis, que de m'attirer le moindre blâme à son sujet.

« Ne ferais-je pas bien, mon révérend père, de prendre ce parti, si cela continue ?

« N'ai-je pas raison d'être offensée ?

— Votre colère ne me surprend point, Madame, lui répondit le religieux en prenant la bourse et la ceinture, qui étaient d'une richesse extraordinaire : elle est sans doute juste et bien digne d'une femme honnête et vertueuse.

« Je lui fis des reproches l'autre jour, et il me promit d'abandonner ses poursuites ; mais puisque, malgré ma réprimande, il ne cesse de rôder continuellement autour de votre maison, et qu'il a l'audace de vous envoyer des cadeaux, je vous promets de le tancer d'une si bonne façon, que vous n'aurez vraisemblablement plus de plaintes à me faire sur son compte.

« Si vous m'en croyez, vous n'en direz rien à vos parents ; ils pourraient se porter à quelque extrémité, et vous auriez cela à vous reprocher.

« Ne craignez rien pour votre honneur ; de quelque manière que la chose tourne, je rendrai témoignage de votre vertu devant Dieu et devant les hommes. »

La dame parut consolée par ce discours, et elle changea de propos.

Comme elle connaissait l'avarice du moine et celle de ses confrères, pour avoir prétexte de lui donner de l'argent :

« Ces nuits dernières, lui dit-elle, plusieurs de mes parents m'ont apparu en songe, ma bonne mère entre autres.

« J'ai jugé, à l'air de tristesse et d'affliction qui régnait sur leur visage, qu'ils souffraient et ne jouissaient pas encore de la présence de Dieu.

« C'est pourquoi je voudrais faire prier pour le repos de leur âme.

« Je vous serai donc bien obligée de dire les quarante messes de saint Grégoire à leur intention, afin que le Seigneur les délivre des flammes du purgatoire. »

Tout en disant ces mots, elle lui donna une poignée d'argent, qu'il reçut sans se faire prier.

Pour l'affermir dans ses bons sentiments, le bon père lui fit une petite exhortation et la congédia après lui avoir donné sa bénédiction.

Elle ne fut pas plutôt partie, que le religieux, trop peu fin pour s'apercevoir qu'il était pris pour dupe, envoya chercher son ami.

Le jeune homme comprit, à l'air courroucé du moine, qu'il allait apprendre des nouvelles de sa maîtresse.

Il l'écouta sans l'interrompre, jusqu'à ce qu'il eût assez parlé pour le mettre bien au fait des intentions de la dame.

Il n'y eut point de reproches que le sot personnage ne lui fît; il en vint même, dans son appartement jusqu'aux injures.

« Vous m'aviez solennellement promis de ne plus persécuter cette femme, et vous avez l'effronterie de lui envoyer des présents !

« Elle les a rejetés avec indignation.

— Moi, je lui ai envoyé des présents? répondit alors le gentilhomme, qui voulait tirer du religieux de plus grands éclaircissements.

— Oui, et vous le nieriez inutilement, car elle me les a remis pour vous les rendre, monstre que vous êtes.

« Tenez, les voilà; les reconnaissez-vous?

— Je n'ai plus rien à dire, répondit-il en feignant d'être confus et humilié; je reconnais mes torts; et puisque cette dame est si sauvage, si inflexible, je vous donne, pour cette fois, ma parole d'honneur de la laisser tranquille. »

Alors, le moine lui rendit bêtement la bourse et la ceinture, en l'exhortant à tenir sa promesse plus religieusement qu'il n'avait fait.

Le jeune homme lui promit de se mieux conduire, et se retira fort content d'avoir reçu des assurances de l'amour de sa maîtresse.

Ce présent lui fit d'autant plus plaisir qu'il y avait pour devise sur la ceinture :

« *Aimez-moi comme je vous aime.* »

Il alla incontinent se poster dans un lieu d'où il pût faire voir à la dame qu'il avait reçu son beau présent.

La belle fut enchantée d'apprendre qu'elle avait affaire à un amoureux intelligent.

Elle eut une joie infinie de ce que son intrigue était en bon-train, et ne soupirait plus qu'après une absence de son mari pour se trouver au comble de ses désirs.

Elle n'attendit pas longtemps cette absence tant désirée.

Peu de jours après, le fabricant de draps fut obligé d'aller à Gênes pour les affaires de son commerce.

Il ne fut pas plutôt parti, que sa femme alla trouver son confesseur, et lui dit, après plusieurs doléances :

« Je reviens, mon révérend père, pour vous dire que je n'y puis plus tenir.

« Il faudra que j'éclate, quoi qu'il en arrive, malgré tout ce que je vous ai promis.

« Sachez que votre ami est un vrai démon incarné.

« Vous n'imagineriez jamais ce qu'il m'a fait ce matin même, avant que le jour parût.

« Il a su, je ne sais comment, que mon mari était parti hier pour Gênes.

« N'a-t-il pas eu l'insolence d'entrer hier dans notre jardin, de monter sur un arbre qui donne vis-à-vis de ma chambre et d'ouvrir ma fenêtre ?

« Il était sur le point d'entrer, lorsque, éveillée par le bruit, je me suis levée pour voir ce que c'était.

« J'allais crier au voleur, quand ce malheureux m'a dit son nom, et m'a conjurée, pour l'amour de Dieu et par considération pour vous, de ne faire aucun éclat et de lui donner le temps de se retirer.

« Je me suis donc entêtée, purement par égard pour vous, de refermer la fenêtre, et il s'est sans doute enfui, puisque, depuis ce moment, je n'ai plus rien entendu.

« Je vous demande à présent, mon père, si je dois souffrir des outrages de cette nature.

« Je n'en ferai rien, je vous assure, et il n'en sera pas quitte à si bon marché que les autres fois.

« J'ai été trop patiente jusqu'à présent par condescendance pour vous, qui êtes son ami, et c'est sans doute ce qui l'a si fort enhardi à m'outrager à ce point.

« Si vous m'aviez laissée suivre mon premier dessein, cela ne serait point arrivé.

— Mais, Madame, répondit le bon père tout confus, êtes-vous bien assurée que ce soit lui ?

« Ne l'auriez-vous pas pris pour un autre ?

— Dieu vous bénisse, mon père, je sais trop le distinguer pour être méprise, quand il ne se serait pas nommé lui-même.

— Je ne puis disconvenir que ce ne soit là une hardiesse des plus criminelles.

« Vous avez très bien fait de lui fermer la fenêtre au nez et de n'avoir pas voulu seconder son damnable projet.

« Je ne saurais donner trop de louanges à votre vertu; mais puisque Dieu a sauvé votre honneur du naufrage, et que vous avez par deux fois déféré à mes conseils, je me flatte que vous voudrez bien mettre le comble à votre soumission en suivant encore celui que je vais vous donner.

« Permettez que je lui parle encore avant d'informer vos parents de son impudence.

« Peut-être serais-je assez heureux pour l'engager à vaincre sa brutale passion,

« Si je ne réussis pas à le rendre sage, à la bonne heure; vous ferez alors tout ce qu'il vous plaira.

— J'y consens encore, mon père, puisque vous le désirez; mais je vous proteste que c'est pour la dernière fois que je vous porterai des plaintes à ce sujet. »

Et, en disant ces mots, elle se retira brusquement en faisant la fâchée.

A peine fut-elle sortie, que l'amant arriva pour savoir s'il n'y aurait rien de nouveau sur le tapis.

Le moine le prit en particulier pour lui dire mille injures plus fortes les unes que les autres sur son manque d'honneur et de foi.

Le jeune homme, accoutumé aux reproches du zélé confesseur, s'en inquiétait fort peu; il le laissait dire, et attendait avec grande impatience une explication plus claire.

Il tâchait, par sa surprise et son maintien curieux, de le mettre dans le cas de parler le premier.

Voyant qu'il n'en pouvait venir à bout :

« Qu'ai-je donc fait, lui dit-il, mon père, pour exciter si fort votre courroux ?

« Ne dirait-on pas, à vous entendre, que c'est moi qui ai crucifié Jésus-Christ?

— Oui, malheureux, vous l'avez crucifié par vos désirs impudiques...

« Mais, voyez le sang-froid de ce scélérat ! on dirait à le voir, qu'il est blanc comme neige, ou qu'il a perdu le souvenir de ses crimes, comme s'il y avait plusieurs années qu'il les eût commis.

« Avez-vous oublié, monstre infernal, l'injure atroce que vous avez faite à la femme du monde la plus honnête ?

« Où étiez-vous ce matin avant le jour ?

« Parlez.

— J'étais chez moi, dans mon lit.

— Dans votre lit !

Il n'a pas tenu à vous, impudique, que vous ne soyez entré dans celui d'une autre.

— Je vois, dit alors le jeune homme, qu'on a pris soin de vous instruire de bonne heure.

— Cela est vrai ; mais vous étiez-vous bonnement imaginé, parce que le mari est absent, que cette femme allait vous recevoir à bras ouverts ?

« Grand Dieu ! est-il possible que mon ami, auparavant si honnête, soit devenu en si peu de temps un coureur de nuit ; qu'il entre dans les jardins, qu'il monte sur les arbres pour chercher à s'introduire dans la chambre des femmes les plus vertueuses !

« Êtes-vous donc devenu fou, pour croire que cette sainte personne se laisse vaincre par vos importunités ?

« Sachez que vous êtes pour elle un objet d'aversion et de mépris.

« Oui, vous êtes, j'en suis sûr, ce qu'elle abhorre le plus, et vous voulez l'engager à vous aimer !

« Mais quand elle ne vous aurait pas fait connaître sa répugnance pour vous, mes exhortations et la parole que vous m'aviez donnée n'auraient-elles pas dû vous retenir ?

« Je l'ai empêchée jusqu'à présent d'en parler à ses parents, qui vous auraient certainement fait un mauvais parti ; mais si vous continuez à la harceler, je lui ai permis et même conseillé de ne plus garder aucun ménagement.

« Arrangez-vous là-dessus.

« Je suis las de vous défendre, et je serai le premier à la louer de porter plainte contre vous à ses frères, si vous êtes assez aveugle pour faire de nouvelles tentatives auprès d'elle. »

L'amoureux gentilhomme comprit parfaitement les intentions de la belle.

Il calma le religieux du mieux qu'il lui fut possible.

« J'avoue, lui dit-il, que j'ai fait une folie ; mais je vous jure que ce

Aussi ne bougeait-il point de l'église... Page 203.

sera la dernière, et que vous n'entendrez plus parler de moi par cette dame.

« Je rends hommage dès ce moment à sa vertu, et je vous remercie des soins que vous avez pris pour l'empêcher de parler de mes poursuites à ses parents.

« Je profiterai de vos avis, vous pouvez y compter. »

Il en profita en effet ; car, voyant clairement que sa maîtresse n'avait eu d'autre intention que de lui fournir les moyens de la voir, il ne manqua pas, dès la nuit suivante, d'entrer dans le jardin et de monter à la fenêtre par l'arbre qu'on lui avait indiqué.

La belle, qui ne dormait pas, comme il est aisé de le comprendre, mais qui brûlait d'impatience de le voir arriver, le reçut à bras ouverts.

Après s'être témoigné et prouvé mutuellement leur tendresse, ils rirent et s'amusèrent beaucoup de la simplicité du religieux, qui, sans s'en douter, avait si bien servi leur amour.

Ils firent également plusieurs plaisanteries au sujet du mari, et prirent, avant de se séparer, des mesures pour se revoir sans avoir plus besoin de l'entremise du confesseur.

Ils mirent tant de prudence dans leur intrigue, qu'ils eurent le secret de se voir fréquemment, et même de coucher plusieurs fois ensemble sans être découverts.

NOUVELLE IV

LE MARI EN PÉNITENCE OU LE CHEMIN DU PARADIS

Mme Philomène n'eut pas plutôt achevé de parler, que Dionée se mit à louer la supercherie ingénieuse de la dame, et la manière dont elle venait d'être racontée.

Après cela la reine se tournant du côté de Pamphile : c'est à votre tour de parler, lui dit-elle ; tâchez je vous prie, que l'histoire que vous allez nous conter soit aussi plaisante que celle-là.

Je ferai de mon mieux, Madame, répondit-il, pour vous contenter, et il commença ainsi :

Il y a beaucoup de gens qui, désirant d'aller au ciel, ne font le plus souvent que le procurer aux autres ; c'est ce qui arriva il n'y a pas longtemps à un de nos compatriotes, comme vous allez l'entendre.

'ai ouï dire qu'il demeurait autrefois, près du couvent de Saint-Brancasse, un bon et riche particulier nommé Pucio de Rinieri.

Cet homme, ayant donné dans la dévotion la plus outrée, se fit affilier à l'ordre de Saint-François, sous le nom de Frère Pucio.

Comme il n'avait pour toute charge qu'une femme et un domestique à nourrir, et qu'il était d'ailleurs fort à son aise, il avait tout son temps à lui pour se livrer aux exercices spirituels.

Aussi ne bougeait-il point de l'église ; et parce qu'il était simple et peu instruit, toute sa dévotion consistait à réciter ses patenôtres, à aller aux sermons et à entendre plusieurs messes.

Il jeûnait presque tous les jours, et se donnait si souvent la discipline qu'on le croyait de la confrérie des bâilleurs : c'était le bruit public dans son quartier.

Sa femme, nommée Isabelle, était jolie, fraîche comme une rose, bien potelée, et n'avait guère plus de vingt-huit ans.

Elle ne se trouvait pas bien de la dévotion du frère Pucio, car il lui faisait souvent faire des abstinences un peu longues et peu supportables à une femme de son âge.

Quand elle avait envie de dormir, ou plutôt de passer un moment agréable avec lui, le bonhomme ne l'entretenait que des sermons du frère Nartaise, ou des lamentations de la Madeleine, ou d'autres choses semblables, ce qui ne faisait pas le compte de la dame.

Un moine nommé dom Félix, conventuel de Saint-Brancasse, arriva alors de Paris, où il s'était rendu pour assister à un chapitre général de son ordre.

Ce moine était jeune, bien fait, plein d'esprit et de savoir.

Frère Pucio fit connaissance avec lui.

Ils furent bientôt liés de la plus étroite amitié, parce que le moine le satisfaisait sur tous les doutes qu'il lui proposait, et qu'il lui paraissait aussi pieux qu'éclairé.

Notre bon dévot ne fit pas difficulté de le mener chez lui, où il le régalait de temps en temps de quelque bouteille de bon vin.

Isabelle le recevait le mieux du monde, par égard pour son mari.

Le religieux ne put se défendre d'admirer la fraîcheur et l'embonpoint de cette femme, et ne tarda pas à s'apercevoir de ce qui lui manquait, et, en homme charitable, il aurait bien voulu le lui procurer.

La chose était difficile, mais elle ne lui parut pas impossible.

Il fit longtemps parler les yeux, et s'y prit si bien qu'il vint à bout d'inspirer à la dame le même désir dont il brûlait.

Lorsqu'il s'en fut bien assuré, il trouva l'occasion de l'entretenir sans témoin, et la pria de répondre à son amour.

Il la vit assez disposée à lui accorder ce qu'il demandait, mais en même temps très résolue à n'accepter d'autre rendez-vous que chez elle, ne paraître autre part avec lui que dans sa maison : mais il n'était guère possible d'y consommer l'affaire, parce que Pucio n'en sortait presque pas.

Charmé d'un côté d'avoir trouvé la belle sensible à son amour, désespéré de l'autre de ne pouvoir la caresser, il ne savait comment se tirer de cette situation.

Les moines sont ingénieux pour leurs intérêts, surtout pour ceux de la paillardise.

Celui-ci s'avisa d'un expédient bien singulier et bien digne de l'honnêteté d'un homme d'Église.

Voici la tournure diabolique qu'il prit pour jouir de sa maîtresse dans sa propre maison et presque sous les yeux de son mari, sans que le bonhomme pût en avoir le moindre soupçon.

Un jour qu'il se promenait avec ce benêt dévot :

« Je vois bien, mon cher Pucio, lui dit-il, que vous n'êtes occupé que de votre salut ; je vous en loue très fort, mais vous prenez un chemin bien pénible et bien long.

« Le pape, les cardinaux et les autres prélats en ont un bien plus court et plus facile ; mais ils ne veulent pas qu'on l'enseigne aux fidèles, parce que cela ferait tort aux gens d'Église, qui, comme vous savez, ne vivent que d'aumône.

« Si les particuliers le connaissaient, le métier de prêtre ne vaudrait plus rien ; on donnerait peu à l'Église, et nous autres moines mourrions bientôt de faim.

« Mais comme vous êtes mon ami, et que je voudrais vous marquer par quelque chose la sensibilité que je dois aux politesses que je reçois chez vous, je vous l'enseignerai bien volontiers, si j'étais sûr que vous n'en parlassiez à personne. »

Frère Pucio, dans une extrême impatience de savoir ce beau secret, conjure son ami de lui apprendre et lui proteste, par tout ce qu'il y a de plus sacré, de n'en jamais parler.

« Je n'ai rien à vous refuser sous ces conditions, répondit dom Félix : vous saurez donc, mon bon ami, que la voie la plus courte et la plus infaillible pour arriver au séjour des bienheureux est, selon les saints docteurs de l'Église, de faire la pénitence que je vais vous dire.

« N'allez pourtant pas vous imaginer que, la pénitence faite, vous cessiez d'être pécheur : on pèche tant qu'on est dans ce bas monde ; mais vous devez être assuré que tous les péchés que vous aurez commis jusqu'au moment de la pénitence vous seront remis et pardonnés, et que ceux que vous pourriez commettre à l'avenir ne seront regardés que comme des péchés véniels, par conséquent incapables de vous damner, et qu'un peu d'eau bénite pourra effacer.

« Il faut donc, pour accomplir cette pénitence salutaire, commencer par se confesser très scrupuleusement, puis jeûner et faire une abstinence de quarante jours, pendant lesquels il faut non seulement ne pas toucher à la femme d'autrui, mais à la sienne propre.

« De plus, il faut avoir une chambre dans la maison, d'où vous puissiez voir le ciel pendant la nuit.

« Vous vous y rendrez à l'heure des Complies, et vous aurez soin d'y placer une table large et élevée, de manière que vous puissiez y placer vos reins, ayant vos pieds à terre.

« Quand vous aurez couché votre dos sur cette table, vous étendrez ensuite vos bras en forme de croix, et, les yeux attachés au ciel, vous demeurerez dans cette posture jusqu'à la pointe du jour, sans bouger de place.

« Si vous étiez un homme lettré, vous seriez obligé de dire pendant ce temps certaines oraisons que je vous donnerais pour les apprendre par cœur; mais, ne l'étant pas, il suffira que vous disiez trois cents *Pater* et trois cents *Ave Maria*, en l'honneur de la très sainte Trinité.

« En regardant les étoiles, vous aurez toujours présent à votre mémoire que Dieu a créé le ciel et la terre; et, en tenant vos bras étendus en croix, vous aurez soin de méditer sur la Passion de Notre-Seigneur Jésus-Christ.

« Au premier coup de cloche de Matines, vous pourrez sortir de ce lieu de méditation et vous jeter sur votre lit pour vous délasser.

« Puis, dans la matinée, vous tâcherez de dire cinquante *Pater* et autant d'*Ave Maria*.

« Si vous avez du temps de reste, vous pourrez vaquer à vos affaires.

« Après dîner, vous ne manquerez pas d'aller à vêpres dans notre église, où vous direz plusieurs prières, sans lesquelles tout le reste serait inutile.

« De là vous retournerez chez vous, et à l'heure de Complies, vous recommencerez ladite pénitence, le tout pendant quarante jours.

« J'ai fait tout cela autrefois, et si vous vous sentez en état de le faire aussi, je puis vous assurer qu'avant la fin des quarante jours, vous sentirez des avant-goûts de la béatitude éternelle, ainsi que je l'ai moimême éprouvé.

— Que je vous sais gré, mon révérend père, de tout ce que vous venez de m'apprendre! lui répondit Pucio.

« Je ne vois là rien de bien difficile ni de trop long.

« Pas plus tard que dimanche prochain, j'espère, avec la grâce de Dieu, commencer cette pénitence salutaire. »

Il ne quitta pas le moine sans lui renouveler ses remercîments au sujet du service qu'il venait de lui rendre.

Pucio ne fut pas plutôt de retour au logis qu'il raconta tout à sa femme, qui, moins simple que lui, comprit d'abord que c'était une ruse du moine pour se ménager la liberté de pouvoir passer d'heureux moments auprès d'elle.

L'invention lui parut ingénieuse et assez conforme à l'esprit d'un dévot imbécile.

Elle dit à son mari qu'elle était charmée des progrès qu'il allait faire pour mériter le ciel, et que, pour avoir part à sa pénitence, elle voulait jeûner avec lui, en attendant de pouvoir pratiquer elle-même les autres mortifications.

Le dimanche suivant, frère Pucio ne manqua pas de commencer sa pénitence, et dom Félix, d'accord avec la femme, ne manqua pas non plus de se rendre auprès d'elle, et de se divertir pendant que le mari était en contemplation.

Ce bon moine arrivait, chaque nuit, un moment après que notre dévot s'était mis en oraison.

Il soupait le plus souvent avec sa maîtresse avant de se mettre au lit, d'où il ne sortait qu'un quart d'heure avant les Matines.

Comme le lieu que Pucio avait choisi pour faire sa pénitence n'était séparé que par une petite cloison de la chambre où couchait sa femme, il arriva qu'une nuit le fripon de moine, plus passionné que de coutume et ne pouvant modérer ses transports, se trémoussait tellement dans les bras de sa donzelle qu'il faisait crier le lit et trembler le plancher.

Frère Pucio, qui récitait dévotement ses *Pater*, étonné de ces mouvements qui lui causaient des distractions, interrompit ses prières et, sans bouger de place, demanda à sa femme pourquoi elle se démenait ainsi.

La bonne dame, qui était d'un naturel rieur et qui, dans ce moment, chevauchait sans selle ni bride, lui répondit qu'elle s'agitait tant qu'elle pouvait.

« Et pourquoi te démènes-tu de la sorte? ajouta le mari.

« Que signifient tous ces trémoussements?

— Comment pouvez-vous me faire cette question? répliqua-t-elle en riant de tout son cœur, et ayant en effet grand sujet de rire.

« Ne vous ai-je pas entendu soutenir mille fois que, lorsqu'on ne soupe pas, on se trémousse toute la nuit? » Le bonhomme, croyant de bonne foi que l'abstinence prétendue de sa chère moitié la contraignait de s'agiter pour chercher le sommeil :

« Je t'avais bien dit, ma bonne amie, de ne pas jeûner, reprit-il aussitôt ; mais enfin, puisque tu l'as voulu, tâche de dormir et de ne plus te trémousser, car tu fais tellement remuer le lit que les mouvements se communiquent jusqu'ici et que le plancher en tremble.

— Ne vous mettez point en peine de cela, mon cher mari, je sais bien ce que je fais ; mêlez-vous de vos affaires, et laissez-moi faire les miennes. »

Frère Pucio ne répliqua plus rien et reprit ses patenôtres.

Cependant, nos amoureux ne voulant plus être si près du pénitent, de peur de lui donner à la longue des soupçons, cherchèrent un gîte éloigné de son oratoire.

La dame y fit placer un lit, sur lequel, comme on peut le penser, ils passèrent d'heureux moments.

Le moine n'était pas plutôt sorti qu'Isabelle regagnait promptement son lit d'habitude, où le pauvre frère Pucio venait se reposer après son pénible exercice.

On mena le même train de vie pendant tout le temps que dura la pénitence.

Isabelle disait souvent à l'égrillard dom Félix :

« N'est-il pas plaisant que vous fassiez faire la pénitence à mon mari, et que ce soit nous qui goûtions les délices du paradis ? »

Elle prit un si grand goût à l'ambroisie que lui servait son amoureux tondu que, plutôt que de s'en priver, elle consentit, quand les quarante jours furent passés, à le voir ailleurs que chez elle.

Le compère lui en servit à discrétion : il en était d'autant plus libéral qu'il n'avait pas moins de plaisir à lui en donner qu'elle à en recevoir : ce qui prouve la vérité de ce que j'ai avancé en commençant mon histoire, car, tandis que le pauvre frère Pucio croyait, par sa dure pénitence, entrer en paradis, il ne fit qu'y pousser sa femme et le moine qui lui en avait montré le court chemin.

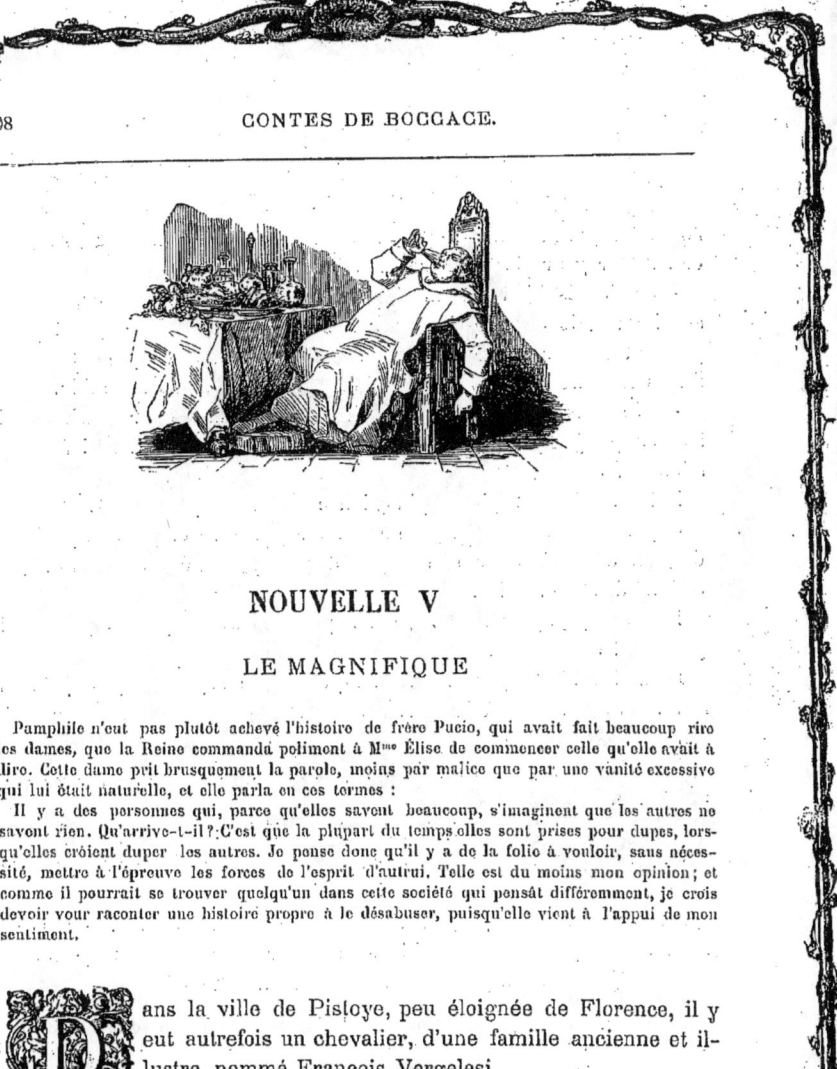

NOUVELLE V

LE MAGNIFIQUE

Pamphile n'eut pas plutôt achevé l'histoire de frère Pucio, qui avait fait beaucoup rire les dames, que la Reine commanda poliment à Mme Élise de commencer celle qu'elle avait à dire. Cette dame prit brusquement la parole, moins par malice que par une vanité excessive qui lui était naturelle, et elle parla en ces termes :

Il y a des personnes qui, parce qu'elles savent beaucoup, s'imaginent que les autres ne savent rien. Qu'arrive-t-il ? C'est que la plupart du temps elles sont prises pour dupes, lorsqu'elles croient duper les autres. Je pense donc qu'il y a de la folie à vouloir, sans nécessité, mettre à l'épreuve les forces de l'esprit d'autrui. Telle est du moins mon opinion ; et comme il pourrait se trouver quelqu'un dans cette société qui pensât différemment, je crois devoir vous raconter une histoire propre à le désabuser, puisqu'elle vient à l'appui de mon sentiment.

D ans la ville de Pistoye, peu éloignée de Florence, il y eut autrefois un chevalier, d'une famille ancienne et illustre, nommé François Vergelesi.

Il était extrêmement riche, mais fort avare, d'ailleurs homme de bien, rempli d'esprit et de connaissances.

Ayant été nommé podestat de Milan, il monta sa maison sur un grand ton, et se fit un équipage magnifique pour figurer honorablement dans cette ville, où il était sur le point de se rendre.

Il ne lui manquait plus qu'un cheval de main, et comme il voulait qu'il fût beau, il n'en pouvait trouver aucun à son gré.

Or, il y avait alors dans la même ville de Pistoye un jeune homme nommé Richard, d'une naissance obscure, mais immensément riche.

Elle se vit forcée de lui obéir... Page 210.

Il s'habillait avec tant de propreté, de goût et d'élégance, qu'il fut surnommé *le Magnifique*, et on ne le désignait plus que sous ce beau nom.

Il était éperdument amoureux de la femme de François Vergelesi.

Il l'avait vue une seule fois ; mais sa beauté, ses charmes, l'avaient tellement frappé, qu'il aurait sacrifié sa fortune au seul plaisir d'en être aimé.

Il avait mis tout en usage pour se rendre agréable à cette belle, mais inutilement : le mari la tenait si fort de court, qu'il ne put seulement pas parvenir à lui parler.

27

François n'ignorait point l'amour de Richard, et le plaisantait à ce sujet toutes les fois qu'il le rencontrait.

Celui-ci le badinait à son tour sur son extrême jalousie; et ces railleries réciproques n'empêchaient pas qu'ils ne fussent bons amis.

Comme le Magnifique avait le plus beau cheval de toute la Toscane, on conseilla au mari de le lui demander, en lui faisant entendre que le galant était homme à lui en faire présent par estime pour sa femme.

François, gourmandé par son avarice, se laissa persuader, et envoya prier le Magnifique de vouloir bien passer chez lui.

Il lui demande s'il veut lui vendre son cheval, moins par envie de le lui acheter que pour l'engager à lui en faire un don.

Le Magnifique, charmé de la proposition, lui répond qu'il ne le vendrait pas pour tout l'or du monde :

« Mais, quelque attaché que j'y sois, ajouta-t-il, je vous en ferai présent, si vous voulez me permettre d'avoir un entretien avec madame votre épouse, en votre présence, pourvu que vous soyez assez éloigné pour ne pas entendre ce que je lui dirai. »

Cet homme fut assez vil pour se laisser dominer par l'intérêt.

Il répondit qu'il y consentait volontiers, étant assuré de la vertu de sa femme, et comptant se moquer ensuite du Magnifique.

Il le laisse dans le salon, et va trouver incontinent sa chère moitié.

Il lui conte ce qui venait de se passer, et la prie de vouloir bien lui gagner le beau cheval de Richard.

« Cette complaisance, lui dit-il, ne doit pas vous faire de la peine; je serai présent; je vous défends, sur toutes choses, de lui rien répondre; venez entendre ce qu'il a à vous dire. »

Mme Vergelesi était trop honnête pour ne pas blâmer le procédé de son mari.

Elle refusa de se prêter à son désir; mais il insista tellement, qu'elle se vit forcée de lui obéir.

Elle le suivit donc dans le salon, en murmurant contre sa sordide avarice.

Le Magnifique ne l'eut pas plutôt saluée qu'il renouvela sa promesse, et après avoir fait retirer le mari à l'autre extrémité du salon, il s'assit auprès de la dame et voici le discours qu'il lui tint :

« Vous avez trop d'esprit, Madame, pour ne vous être pas aperçue, depuis longtemps, que je brûle d'amour pour vous : je vous en demande pardon; mais je n'ai pu me défendre des charmes de votre beauté; elle l'emporte sur celle de toutes les femmes que je connais.

« Je ne vous parlerai point des autres qualités dont vous êtes ornée et qui vous soumettent tous les cœurs : vous me rendez assez de justice pour croire que personne au monde n'en sent le prix autant que moi.

« Je ne chercherai pas non plus à vous peindre la violence du feu que vous avez allumé dans mon cœur : je me contenterai de vous assurer qu'il ne s'éteindra qu'avec ma vie, et qu'il durera même éternellement, s'il est encore permis d'aimer après le trépas.

« Vous pouvez croire, d'après cela, Madame, que je n'ai rien au monde dont vous ne puissiez disposer librement : mes biens, ma personne, ma vie, tout ce que je possède est à votre disposition, et je me regarderais comme le mortel le plus heureux si je pouvais faire pour vous quelque chose qui fût agréable.

« Je me flatte que, d'après ces dispositions, vous voudrez bien, Madame, vous montrer un peu plus sensible que vous ne l'avez fait jusqu'à présent à l'amour que vous m'avez inspiré dès le premier jour que j'eus le bonheur de vous voir.

« De vous dépend ma tranquillité, ma conservation, mon bonheur.

« Oui, je ne vis que pour vous, et mon âme s'éteindrait tout à l'heure, si elle n'avait l'espoir de vous rendre sensible à ma tendresse.

« Laissez-vous fléchir par le plus amoureux des hommes ; ayez pitié d'un cœur que vous remplissez tout entier ; payez l'amour par l'amour ; que je puisse dire que si vos charmes m'ont rendu le plus passionné et le plus à plaindre des amants, ils m'ont aussi conservé la vie et rendu le plus heureux des mortels !

« Que ne pouvez-vous lire dans mon âme ! vous seriez touchée des tourments qu'elle souffre.

« Apprenez que je ne puis plus les supporter, et que vous aurez à vous reprocher ma mort, si vous persistez dans votre insensibilité.

« Outre que la perte d'un homme qui vous aime, qui vous adore, qui sèche d'amour pour vous, ne vous fera point d'honneur dans le monde, soyez sûre que vous ne pourrez vous en rappeler le souvenir, sans vous dire à vous-même :

« Hélas ! que je suis barbare d'avoir fait mourir sans pitié ce pauvre jeune homme qui m'aimait tant !

« Mais, Madame, ce repentir, alors inutile, ne fera qu'accroître votre peine et votre douleur.

« Pour ne pas vous exposer à un pareil remords, laissez-vous attendrir sur les maux que votre indifférence me fait souffrir ; que ce soit par pitié, si ce n'est par amour.

« Oui, vous êtes trop humaine pour vouloir la mort d'un jeune homme qui brûle depuis si longtemps d'amour pour vous, qui n'aime que vous, qui n'en aimera jamais d'autre que vous, qui ne vit et veut ne vivre que pour vous.

« Oui, vous vous laisserez toucher par la constance de sa tendresse ; oui, vous aurez compassion de son sort, et vous le rendrez aussi heureux qu'il est à plaindre, en lui faisant connaître, par votre réponse, que vous le payez d'un tendre retour. »

Après ces mots, prononcés du ton le plus pathétique et le plus touchant, le Magnifique se tut, pour attendre la réponse de la dame, et pour essuyer quelques larmes qu'il ne put retenir.

La dame, qui jusqu'alors s'était montrée insensible à tout ce que cet amant passionné avait fait pour elle, qui avait dédaigné les hommages qu'il lui avait rendus dans des tournois, des joutes et d'autres fêtes qu'il avait données en son honneur ; qui n'avait même jamais voulu consentir à lui accorder un quart d'heure d'entretien, ne put entendre ce discours sans émotion ; elle en fut vivement affectée, et elle sentit son cœur s'ouvrir insensiblement aux douces impressions de la tendresse.

Sa sensibilité s'accrut à un tel point, qu'elle ne fut bientôt plus maîtresse de la cacher ; et quoique, pour obéir aux ordres formels de son mari, elle gardât le silence, les soupirs qu'elle laissait échapper exprimaient bien éloquemment ce qu'elle eût déclaré peut-être ouvertement au Magnifique, si elle eût eu la liberté de parler.

Celui-ci, surpris de son silence, en connut bientôt la cause, en voyant le mari qui riait sous cape.

« Je comprends qu'il vous a défendu de parler : le barbare !.....

« N'imitez pas son exemple, Madame ; un mot suffit pour me rendre heureux. »

Elle ne lui dit point ce mot qu'il demandait ; mais ses yeux, les mouvements de son visage, les soupirs qui s'échappaient à tout instant de son cœur, faisaient à merveille l'office de sa bouche.

Le Magnifique s'en aperçut aisément ; il conçut dès lors quelque espérance et prit courage.

« Eh bien ! dit-il, puisque votre mari vous a défendu de me répondre, je répondrai pour vous, je serai l'interprète de vos sentiments. »

Et aussitôt de tenir le langage qu'il désirait qu'elle lui tînt.

« Mon cher Richard, dit-il, en prenant un ton plein de douceur, il y a longtemps que je me suis aperçue de ton amour pour moi ; ce que tu viens de me dire prouve combien il est tendre et sincère. Je t'avoue que j'en suis flattée, que j'en ai un vrai plaisir.

« Je t'ai paru insensible, cruelle ; je ne veux plus que tu croies que cette insensibilité soit dans mon cœur : oui, je t'aimais ; mais la prudence m'empêchait d'en rien témoigner : je suis trop jalouse de ma réputation et de l'estime du public pour avoir agi autrement ; mais comme je te connais prudent et discret, sois tranquille, je suis toute disposée à te donner des preuves de mon attachement.

« Encore quelques jours de patience, et sois sûr que je tiendrai la promesse que je te fais.

« Je sens que ce n'est que pour l'amour de moi que tu fais présent de ton beau cheval à mon mari ; il est juste que tu sois dédommagé de ce sacrifice.

« Tu sais qu'il est à la veille de partir pour Milan : je te jure qu'aussitôt après son départ tu pourras me voir à ton aise : et pour que je ne sois pas dans le cas de te parler encore pour t'apprendre le temps auquel nous pourrons nous réunir, je te préviens que le jour que je serai libre et que j'aurai tout disposé pour te recevoir, je suspendrai deux bonnets à la fenêtre de ma chambre qui donne sur le jardin.

« Tu viendras m'y trouver, en prenant bien garde que personne ne te voie ; je t'y attendrai, et nous passerons le reste de la nuit ensemble. »

Après avoir ainsi parlé pour la belle muette, il parla ensuite pour lui-même en ces termes :

« Ma belle, ma chère, mon adorable dame, je suis si pénétré de vos bontés, elles me causent une si vive joie, que je n'ai pas d'expressions pour vous peindre ma reconnaissance ; et quand les expressions ne me manqueraient pas, le temps le plus long ne suffirait pas pour vous témoigner toute ma sensibilité.

« Je vous prie donc de vouloir bien suppléer vous-même à tout ce que je pourrais vous dire pour vous remercier dignement.

« Je vous assurerai seulement que j'aimerais mieux mourir mille fois que de vous compromettre en aucune manière, et que je me conduirai toujours de façon à me rendre digne de votre amour.

« Je n'ai maintenant plus rien à vous dire, si ce n'est que Dieu vous rende aussi constante et aussi heureuse que je le désire et que vous le méritez. »

La dame n'ouvrit point la bouche, mais laissa connaître au Magnifique qu'elle n'était pas aussi insensible qu'elle l'avait paru d'abord.

L'amoureux passionné, voyant qu'il n'en pouvait tirer aucun mot, se leva et courut vers le mari, qui lui dit en souriant :

« Eh bien, Monsieur le galant, ne vous ai-je pas bien tenu ma promesse ? »

— Mais non, lui répondit-il froidement ; vous m'aviez promis un entretien avec Madame votre épouse, et vous ne m'avez présenté qu'une belle statue. »

Cette réponse du Magnifique plut extrêmement à messire François, parce qu'elle ne fit que lui donner une plus grande opinion de la vertu de sa femme.

« Le cheval qui vous appartenait n'en est pas moins à moi, répliqua-t-il.

— J'en conviens ; mais si j'eusse pourtant imaginé ne retirer qu'un pareil avantage de la grâce que vous m'avez faite, je vous avoue que j'aurais beaucoup mieux aimé vous en faire cadeau, sans y mettre de condition : j'aurais eu du moins la satisfaction de vous en avoir fait la galanterie en entier, au lieu que je n'ai fait en quelque sorte que vous le vendre. »

Le mari souriait malignement en l'écoutant, et se moquait de lui tant qu'il pouvait.

Parvenu ainsi au comble de ses désirs, il partit deux jours après pour se rendre à Milan.

Quand la dame se vit en liberté dans sa maison, le discours que le Magnifique lui avait tenu, l'amour dont il brûlait pour elle, la générosité avec laquelle il avait fait le sacrifice d'un cheval auquel il était attaché, toutes ces choses s'offraient continuellement à son esprit ; son amour-propre prenait même plaisir à s'en occuper.

Ce qui contribuait surtout à l'entretenir de ces idées, c'était de voir le passionné Richard passer et repasser plusieurs fois le jour devant sa fenêtre.

Elle disait en elle-même, lorsqu'elle l'apercevait :

« Le pauvre jeune homme, comme il m'aime ! ne dois-je pas avoir compassion de lui, puisque c'est pour moi qu'il souffre ?

« Que ferai-je ici toute seule pendant six mois de veuvage ?

« C'est bien du temps pour une femme de mon âge.

« Comment mon mari pourra-t-il me payer ces arrérages ?

« Qui sait s'il ne fera pas une maîtresse à Milan ?

« D'ailleurs, quand trouverai-je un amant aussi tendre, aussi aimable que le Magnifique ? »

Ces réflexions, qui revenaient sans cesse à son esprit, la déterminèrent enfin à pendre les deux bonnets à la fenêtre de sa chambre.

Richard ne les eut pas plutôt aperçus que, transporté de la plus vive joie, il se crut le plus heureux des hommes.

Il attendit la nuit avec beaucoup d'impatience, et quand elle fut venue, il se rendit à la porte du jardin, qui n'était que poussée, et courut, après l'avoir fermée, à la porte du corps du logis où la dame l'attendait.

Il la suivit dans sa chambre, et n'y fut pas plutôt entré qu'il s'empressa de l'embrasser et de la couvrir de mille baisers.

Ils se mirent au lit, où ils goûtèrent des plaisirs d'autant plus délicieux qu'ils étaient le fruit de l'amour le plus tendre.

On imagine bien que ce ne fut pas la seule nuit qu'ils passèrent ensemble : leur commerce dura tout le temps de l'absence du mari.

La chronique prétend même qu'ils trouvèrent le moyen de se réunir plusieurs fois depuis le retour du cocu.

NOUVELLE VI

LA FEINTE PAR AMOUR

Mᵐᵉ Élise avait cessé de parler ; et, l'on avait beaucoup loué le bon tour du Magnifique, lorsque la Reine commanda à Mᵐᵉ Flammette de dire la sienne.

Volontiers, Madame, répondit-elle en riant ; puis se tournant vers le reste de l'assemblée.

Il me semble, dit-elle, Mesdames, que nous ne ferions pas mal de laisser là les aventures que fournit notre belle ville de Florence, si féconde en tours de toute espèce. Puisque Mᵐᵉ Élise a porté la scène un peu plus loin, je suis d'avis d'imiter son exemple et de la pousser jusqu'à Naples, pour vous apprendre de quelle manière une de ces saintes femmes, qui font semblant de fuir l'amour, fut engagée par la finesse de son amant à en goûter les fruits, avant d'en avoir cueilli les fleurs.

L'histoire que je vais vous raconter aura le double avantage de vous amuser, et de vous prémunir contre les ruses que les amoureux emploient pour venir à bout de leurs desseins.

 aples est une ville très ancienne, et à coup sûr une des plus agréables de l'Italie. On y vit autrefois un jeune homme de qualité, fort riche, qu'on appelait Richard Minutolo.

Quoiqu'il fût marié et qu'il eût une femme fort aimable et fort jolie, il ne laissa pas de devenir amoureux d'une autre dame, qui surpassait, à la vérité, toutes les Napolitaines par sa vertu, sa beauté et ses agréments.

C'était Mme Catella, femme d'un gentilhomme nommé Philippe Figinolpho, qu'elle aimait de tout son cœur et par-dessus toutes choses.

L'amoureux Richard fit auprès d'elle tout ce qu'un homme passionné peut tenter pour se rendre agréable à une femme et s'en faire aimer; mais tous ses soins furent inutiles : la dame était insensible pour tout autre que pour son mari.

Désespéré du peu de succès de ses poursuites, il essaya de vaincre sa passion, et n'en put malheureusement venir à bout; la belle avait fait de trop profondes impressions sur son cœur.

Ce pauvre homme dépérissait tous les jours à vue d'œil : la vie lui devint si insupportable, qu'il se serait donné la mort pour mettre fin à ses maux, si la crainte de l'enfer ne l'eût retenu.

Un de ses parents, touché de son triste état, le prit un jour en particulier, et lui dit tout ce que la raison était capable de lui suggérer pour le détacher de cette femme.

Il lui fit entendre qu'un amour sans espérance était une vraie folie, et qu'il ne devait pas se flatter que le sien fût jamais récompensé.

« Songez, mon cher, que cette femme raffole de son mari, qu'elle ne voit que lui dans le monde, qu'elle en est jalouse, au point de se trouver mal lorsqu'elle lui entend faire l'éloge d'une autre femme. »

Il voyait cela tout aussi bien que son parent; mais il ne lui était pas aisé de renoncer à une passion enracinée.

Il lui restait une lueur d'espérance, et c'était autant qu'il en fallait pour entretenir ses feux.

Il comprit toutefois qu'il ne parviendrait que difficilement, très tard, et peut-être jamais à se faire écouter de celle dont il était si fort épris.

Il crut donc devoir recourir à la ruse, pour tâcher d'obtenir par supercherie ce qu'il n'eût voulu devoir qu'à la tendresse.

La jalousie de la dame lui parut propre à servir son projet.

Pour réussir plus sûrement, il feignit d'être parfaitement guéri de la passion que Mme Catella lui avait inspirée, et d'être amoureux d'une autre dame.

Pour le faire mieux accroire, il donna, en l'honneur du nouvel objet de son attachement prétendu, des fêtes, des tournois et d'autres divertissements, comme il en avait donné à celle qui n'avait pas voulu le payer de retour.

Il sut si bien se contraindre et cacher ses vrais sentiments, que tout

Les deux sociétés se rencontrèrent comme il le désirait... Page 218.

le monde, et Mme Catella elle-même, crut qu'il avait sincèrement changé d'objet.

Dès ce moment elle fut beaucoup plus libre avec lui, et ne faisait aucune difficulté de le regarder, de le saluer et de lui parler quand elle le rencontrait dans la rue ou autre part ; ce qui arrivait assez fréquemment, parce qu'ils logeaient dans le même quartier.

Les choses étaient dans cet état, lorsqu'un jour de la belle saison,

28   28

Mme Catella fit la partie, avec plusieurs autres dames, d'aller dîner et souper à la campagne.

Richard en fut instruit assez à temps pour engager plusieurs personnes de sa coterie d'en faire autant, et d'aller dans le même endroit.

Les deux sociétés se rencontrèrent, comme il le désirait.

Il fut décidé qu'on ne se séparerait point.

Richard feignit d'y consentir difficilement, pour mieux éloigner les soupçons sur son projet.

On ne manqua pas de le railler sur ses nouvelles amours; Mme Catella se mit de la partie, et poussa ses plaisanteries plus loin que les autres.

Richard n'avait garde de se défendre; il faisait, au contraire, l'homme passionné, ce qui donnait matière à le plaisanter davantage.

Il recevait le tout au mieux, et ne perdait point son projet de vue.

Quelques dames s'étant écartées pour se promener, il se trouva auprès de Mme Catella avec peu de monde.

Il saisit cette circonstance pour lâcher quelques généralités sur l'infidélité des hommes les plus aimés de leurs femmes; il fit même entendre assez clairement à la belle qu'il idolâtrait et pour qui il se montrait si indifférent, que Philippe, son mari, ne lui était pas aussi fidèle qu'elle se l'imaginait.

Il n'en fallut pas davantage pour réveiller toute la jalousie de Mme Catella.

Elle questionna Richard, qui feint de ne pas l'entendre, et qui finit par lui dire que ce n'était qu'une plaisanterie de sa part.

Elle n'en veut rien croire, et lui témoigne la plus grande envie de savoir ce qui en est.

Elle le prend en particulier, et le supplie de lui dire si son mari a quelque intrigue.

« Pourquoi voulez-vous que je vous afflige?

« Non, Madame, je n'en ferai rien.

— Je vous le demande en grâce, lui répliqua-t-elle; je vous aurai la plus grande des obligations de m'instruire de ce qui se passe à mon insu.

— Eh bien, Madame, vous serez satisfaite; vous avez conservé trop d'empire sur moi pour que je puisse vous rien refuser; mais je ne vous obéirai qu'à condition que vous ne parlerez de rien à personne, ni à votre mari, que vous n'ayez vu de vos propres yeux la vérité de ce que je vais vous dévoiler.

« Je vous fournirai, si vous voulez, les moyens de le convaincre vous-même de son infidélité ; il ne tiendra qu'à vous de le prendre sur le fait. »

Ces mots ne font que redoubler la curiosité et l'impatience de la dame ; elle lui promet, par tout ce qu'il y a de plus saint, de ne jamais le compromettre, et l'invite à s'expliquer promptement.

« Si je vous aimais comme autrefois, Madame, lui dit alors Richard, je me garderais bien de vous porter une semblable nouvelle.

« Ces sortes d'avis sont toujours suspects, quand ils viennent d'un amant ; mais à présent que je suis guéri de la passion malheureuse que vous aviez allumée dans mon cœur ; à présent que j'aime non moins éperdument un nouvel objet, je ne crains pas d'être soupçonné d'avoir aucun intérêt à vous dévoiler la conduite de votre mari.

« Vous saurez donc, Madame, que maître Philippe n'est pas, à beaucoup près, aussi scrupuleux que vous sur l'article de la galanterie.

« J'ignore s'il est fâché contre moi, à l'occasion de l'amour que j'ai eu pour vous, ou s'il vous fait l'injustice de croire que vous ayez répondu à mes soins ; mais je sais bien qu'il cherche à me faire cocu.

« Oui, il est amoureux de ma femme depuis quelque temps, et il ne se passe pas de jour qu'il n'essaye de nouveaux moyens pour la séduire.

« Ce sont des messages continuels de sa part.

« Ma femme, qui a craint avec raison que je ne m'en aperçusse à la longue, et que je ne vinsse ensuite à le soupçonner d'être d'intelligence avec lui, m'en avertit avant-hier.

« Qu'ai-je fait ?

« Je l'ai engagée à feindre de s'être laissé gagner par ses poursuites, afin de pouvoir le convaincre de son ingratitude pour une femme dont il n'est pas digne.

« J'ai voulu me ménager ce plaisir, et il m'en a fourni l'occasion ce matin même ; car vous saurez qu'un moment avant que je sortisse de chez moi, il a envoyé une commissionnaire à ma femme pour la prier de lui donner un rendez-vous.

« Elle est aussitôt venue me trouver pour me demander quelle réponse elle devait lui faire.

« Donnez-lui rendez-vous, lui ai-je dit, chez Jeannot, le baigneur, sur l'heure de midi, pendant que tout le monde repose.

« Elle a été joindre la commissionnaire sur-le-champ, qui a paru enchantée de cette réponse.

« Vous pensez bien, Madame, que je n'y enverrai point ma femme ;
c'est moi qui me propose d'y aller, pour lui faire les reproches qu'il
mérite...

« Mais il me vient une idée; si vous y alliez vous-même?

« Oui, Madame, si j'étais à votre place, je lui jouerais ce tour ; et
pour mieux le convaincre de sa perfidie et lui ôter tout prétexte
d'excuse, je lui laisserais consommer l'œuvre avant de lui dire la
moindre chose : cela vous sera d'autant plus facile, que les croisées et
la porte de la chambre où il se propose d'attendre ma femme doivent
être fermées.

« C'est une condition qu'on a mise au rendez-vous pour le rendre
plus vraisemblable ; car il ne manquera pas d'imaginer que ma femme
ne prend cette précaution qu'afin de s'épargner l'embarras et la honte
que les dames éprouvent la première fois qu'elles rendent leurs amants
heureux.

« Si vous suiviez mon conseil, Madame, vous lui joueriez ce bon tour.

« Dieu ! quelle sera sa confusion, quand, sortant d'entre vos bras,
vous lui ferez voir qu'il a eu affaire à sa propre femme et non à la
mienne !

« Je vous assure que la honte qu'il éprouverait dans ce moment nous
vengerait bien de l'outrage qu'il veut nous faire à l'un et à l'autre. »

Mme Catella, sans considérer quel était l'homme qui lui faisait un
pareil rapport ; sans songer du tout au stratagème dont elle allait être
la dupe, sans imaginer qu'on pouvait lui en imposer, tomba dans le
défaut ordinaire aux personnes jalouses : elle crut aveuglément tout ce
que Richard venait de lui dire ; et, après avoir fait réflexion à plusieurs choses qui s'étaient passées auparavant entre elle et son mari,
elle répondit, enflammée de colère, qu'elle était résolue de prendre ce
parti et de suivre en tout ses conseils à cet égard, se félicitant
d'avance de la gamme qu'elle chanterait à son mari s'il se trouvait au
rendez-vous.

« Je le traiterai, je vous jure, de manière qu'il ne verra jamais de
femme sans se le rappeler. »

Richard, fort satisfait du succès de son entreprise, confirma la dame
dans sa résolution, et lui rapporta plusieurs faits adroitement imagi-
nés, pour la fortifier dans sa crédulité.

Il finit par la prier de garder un secret inviolable jusqu'au moment
où elle serait pleinement convaincue de la perfidie de son mari; et la
bonne dame le lui promit sur sa foi.

Le lendemain, de grand matin, Richard alla chez le baigneur.

Il parla à une vieille femme qui avait soin des bains et qu'il connaissait un peu.

Il la pria instamment de vouloir bien le servir dans son projet, en lui promettant une bonne récompense.

La bonne vieille, qui ne demandait pas mieux que de gagner de l'argent, lui promit de faire tout ce qui dépendrait d'elle pour l'obliger. Richard lui dit ce dont il s'agissait.

« J'ai votre affaire, lui répondit-elle.

« Il y a dans la maison une petite chambre qui n'a point de fenêtres ; je vais y placer un lit ; et pour que le jour ne puisse y pénétrer quand on ouvrira la porte, je fermerai les croisées de la pièce qu'il faut traverser pour y arriver.

— Fort bien, reprit l'amoureux tout transporté de joie. »

Puis, il lui fit la leçon sur la manière dont elle devait introduire la dame dans cet endroit.

Après que tout fut ainsi disposé, il alla dîner, et revint chez la bonne vieille sur les onze heures pour y attendre la femme de Philippe Figinolpho.

Mme Catella, ne doutant aucunement de la vérité de tout ce que lui avait dit Richard, rentra le soir dans sa maison de très mauvaise humeur.

Son mari, qui dans ce moment rêvait sans doute à ses affaires, la reçut fort froidement et ne lui fit point les caresses qu'il était dans l'usage de lui faire toutes les fois qu'elle rentrait au logis après une absence de quelques heures.

Cette froideur la confirma dans ce qu'on lui avait dit sur son compte.

« Je ne le vois que trop, disait-elle en elle-même, mon mari ne pense qu'au rendez-vous de demain ; il est tout occupé de la femme dont il espère jouir ; mais il n'en sera rien. »

Au lit, même distraction, même froideur de la part du mari, et par conséquent mêmes réflexions, même dépit de la part de la femme.

La jalousie qui la dévorait écarta le sommeil de ses yeux.

Elle ne fut occupée qu'à penser à ce qu'elle lui dirait quand elle serait au rendez-vous.

Enfin, le lendemain, son mari la quitte sur les onze heures, sous prétexte d'aller dîner chez une personne qui avait quelque affaire à lui communiquer ; ce qui se trouvait vrai, parce que Richard avait eu l'habileté d'engager un de ses bons amis à attirer Figinolpho chez lui vers cette heure-là. « L'imposteur ! le perfide ! disait sa femme en elle-même ; fiez-vous après cela aux hommes !

« Mais le traître ne s'attend pas à la surprise que je lui prépare.

« Que je vais lui en dire ! »

Enfin, l'heure de midi s'approchant, elle sort accompagnée de sa servante, et arrive bientôt à la maison du baigneur, que Minutolo lui avait indiquée.

Elle trouve la bonne vieille sur la porte, et lui demande si Philippe Figinolpho est venu.

« Êtes-vous la personne qui doit lui parler à midi ? répond la vieille, très bien endoctrinée par l'amoureux Richard.

— Oui, répliqua la dame.

— Entrez donc là, et suivez-moi.

Mme Catella la suit, en baissant un voile qu'elle avait sur la tête, afin de n'être point reconnue de son mari.

La voilà introduite dans la chambre obscure.

Richard, le cœur plein de joie, lui dit d'une voix extrêmement basse :

« Soyez la bienvenue, ma chère amie. »

Il la saisit ensuite par la main, la mène près du lit, la prend entre ses bras et lui fait mille caresses, auxquelles elle répond sans dire un seul mot, craignant de se faire connaître si elle parlait.

Quel plaisir pour l'amant de jouir des faveurs d'une personne qu'il aimait avec tant de passion !

Mais quel plaisir encore de tromper une inhumaine qui le faisait languir depuis si longtemps !

Quand la dame comprit qu'il n'y avait plus rien à gagner en gardant le silence, elle fit éclater sa jalousie et son ressentiment.

« A qui crois-tu avoir affaire, traître ? s'écria-t-elle.

« Que je suis malheureuse d'aimer un perfide qui brûle pour une autre !

« Est-ce là le prix de huit ans de soins, de tendresse et de fidélité ?

« Apprends que je suis Catella, et non la femme que tu penses.

« Oui, malheureux, tu viens de jouir de celle que tu as si longtemps trompée par tes feintes caresses ; tu dois reconnaître ma voix, et il me tarde de voir le jour pour rendre ta honte complète.

« Je ne suis plus surprise de ta rêverie d'hier au soir : tu te réservais pour la femme de Richard.

« Ai-je moins d'appas qu'elle, monstre que tu es, pour me traiter avec tant de mépris ?

« Que j'étais aveugle d'avoir tant d'amour pour cet ingrat!

« Le perfide! croyant être avec ma rivale, il m'a fait plus de caresses, m'a montré plus d'amour dans le peu de moments que je viens de passer avec lui que dans aucun temps de sa vie.

« D'où vient que tu es chez moi tout de glace, quand tu montres ici tant de feu?

« Mais, grâce au ciel, c'est ton propre champ que tu viens de labourer et non celui d'autrui.

« Je ne m'étonne plus si tu t'endormis hier au soir sans me faire la plus petite caresse : tu voulais te ménager pour faire aujourd'hui des prouesses et arriver tout frais au champ de bataille.

« Mais, encore une fois, grâce à Dieu et au bon avis que j'ai reçu, l'eau a suivi sa pente ordinaire ; tu es venu, malgré toi, moudre à mon moulin...

« Mais, n'as-tu rien à dire, misérable?

« Es-tu devenu muet depuis que je t'ai fait connaître ton erreur?

« Par ma foi, je suis tentée de t'arracher les yeux ; toute autre que Catella ne se contenterait certainement pas des reproches que je te fais ; tu mériterais que je t'étranglasse, misérable!

« Faire infidélité à une femme aussi honnête, aussi tendre, aussi recherchée : quelle noirceur !

« Tu te flattais sans doute que je ne serais jamais instruite de ta trahison ?

« Mais tout se découvre, et nul n'est si fin qu'il n'en trouve un plus fin !

« Conviens que je t'ai joué là un bon tour, et que tu ne t'attendais guère à me rencontrer ainsi sur ton chemin.

« Mais tu n'en seras pas quitte pour le dépit et la honte que tu éprouves en ce moment ; je t'apprendrai, de la bonne manière, à me trahir de la sorte ! »

Richard avait toutes les peines du monde à retenir les éclats de rire.

Il voulut recommencer ses caresses sans dire mot, mais elle le repoussa brusquement.

« Me prends-tu, lui dit-elle, pour une enfant?

« T'imagines-tu qu'il n'y a qu'à me flatter, me caresser, pour me faire revenir ?

« Non, je ne te le pardonnerai jamais.

« Tu peux même t'attendre à te voir accablé de reproches en présence de tous nos parents, amis et voisins.

« Réponds-moi, scélérat, ne vaux-je pas la femme de Richard ?

« Suis-je moins jeune qu'elle, et d'une condition moins relevée ?

« Parle, qu'a-t-elle de plus que moi ? »

Pendant qu'elle exhalait ainsi son courroux, l'amoureux lui baisait la main et cherchait à lui baiser autre chose.

« Ote-toi de là, mauvais sujet, ne me touche plus.

« Tu as fait assez d'exploits ; et à présent que tu me connais, tout ce que tu pourrais faire serait forcé ; mais, si Dieu me prête vie, je te promets de te mettre dans le cas de le désirer plus d'une fois.

« Tu n'en auras pas quand tu voudras ; je me repens seulement d'avoir été si fidèle à un homme qui l'est si peu.

« Je trouverai moyen de m'en venger.

« Je ne sais ce qui m'empêche d'envoyer quérir Richard tout à l'heure, lui qui m'a tant aimée, sans pouvoir se vanter d'avoir eu de moi un seul regard favorable, et de me venger à tes yeux, par représailles, de ta perfidie.

« Quel mal ferais-je en effet ?

« N'as-tu pas voulu et cru jouir de sa femme ?

« Pourrais-tu te plaindre si je te payais de la même monnaie ? »

A ces mots, elle voulut sortir du lit et s'en aller, mais l'amoureux Richard la retint ; et jugeant qu'il était de trop grande conséquence pour lui et pour elle de la laisser dans son erreur, il résolut de se faire connaître et de la détromper.

Il l'embrasse et, après lui avoir appliqué plusieurs baisers sur le front :

« Ne vous troublez pas, ma chère amie ; je suis Richard.

« J'ai cherché à obtenir par la ruse des faveurs que je n'ai pu obtenir par l'amour le plus tendre qui fut jamais. »

A ce son de voix qu'elle reconnut, à ces paroles inattendues, Mme Catella faillit se trouver mal.

Elle voulut se jeter hors du lit, mais Richard l'en empêcha ; elle voulut crier, mais il lui ferma la bouche avec sa main.

« Consolez-vous, Madame ; ce qui est fait est sans remède.

« A quoi vous servirait-il de crier ?

« Vous ne feriez que vous déshonorer et vous couvrir de honte, si vous alliez rendre publique cette aventure.

« Faites réflexion que vous aurez beau dire que c'est par ruse que je vous ai fait venir ici, personne n'en croira rien.

« D'ailleurs, je le nierai comme un diable : je dirai même que c'est

La femme qui tenait une lampe, lui paraissait jeune et craintive... Page 23o.

par argent que je vous ai attirée, et que, ne vous en ayant pas donné autant que vous espériez, vous avez pris cette tournure pour vous venger de moi.

« Vous n'ignorez pas que le public est plus enclin à croire le mal que le bien; il ajoutera plutôt foi à mes discours qu'aux vôtres.

« Songez que si vous en parlez seulement à votre mari, vous allez allumer dans son cœur une haine implacable contre moi : il faudra que l'un de nous deux périsse.

« En serez-vous plus tranquille quand il m'aura arraché la vie, ou que je la lui aurai arrachée ?

« Ne nous exposez pas l'un et l'autre à un danger inévitable ; ne vous exposez pas vous-même à une infamie qui ne remédierait à rien.

« Vous n'êtes pas la seule femme qu'ont ait ainsi trompée.

« Mon crime vient de trop d'amour ; jamais votre mari ne vous a aimée ni ne vous aimera autant que je vous aime : il ne sent pas autant que moi le prix de vos charmes.

« Ne vous affligez point, je vous en prie, ma chère amie ! je suis et serai toujours tout à vous.

« Si je vous avais moins aimée, je ne serais pas si coupable.

« Pardonnez l'artifice dont je me suis servi à l'excès de ma tendresse.

« Je vous idolâtre ; et si vous saviez tout ce que j'ai souffert avant d'employer la ruse pour vous subjuguer, vous cesseriez d'être fâchée contre moi. »

Toutes ces raisons ne la consolaient point ; elle fondait en larmes de dépit et de rage.

Néanmoins, quelque outrée qu'elle fût, elle eut assez de liberté d'esprit pour sentir qu'elle aurait tort de faire un esclandre ; elle comprit que le plus grand mal retomberait sur elle ; c'est pourquoi elle ne jugea point à propos de crier quand Richard eut ôté sa main de dessus sa bouche.

Pour mieux la consoler, notre amoureux ne manqua pas de lui promettre le secret le plus inviolable, il lui serrait les mains, les approchait de son cœur, et lui marquait de toutes les façons le plus grand attachement.

« Laissez-moi, cruel, lui dit-elle ; je doute que vous obteniez jamais du ciel le pardon de l'outrage que vous m'avez fait.

« Je suis la victime de ma simplicité et de ma jalousie.

« Je ne crierai point.

« Je sens que tout éclat pourrait me nuire ; mais, soyez assuré que, de façon ou d'autre, je ne mourrai point avant de m'être vengée du cruel tour que vous avez eu l'indignité de me jouer.

« Laissez-moi, ne me retenez plus à présent que vous avez obtenu ce que vous désiriez; laissez-moi, vous dis-je, aller cacher ma honte et mon désespoir. »

Richard n'avait garde de la laisser partir avant d'avoir fait sa paix : il lui parla encore, lui demanda mille fois pardon, et lui montra tant de douleur et de tendresse, qu'il finit par la désarmer.

Quand il l'eut apaisée, il la supplia de permettre qu'il lui donnât encore des preuves de son amour, pour gages de la sincérité du pardon qu'elle lui accordait.

Elle fit bien des difficultés, mais enfin elle se laissa gagner.

Le plaisir acheva si bien de la réconcilier avec lui, qu'elle ne s'en sépara qu'avec le plus grand regret.

En ces sortes de choses, rien ne coûte que le commencement.

Elle trouva une si grande différence entre Richard et son mari, qu'elle eut depuis ce jour pour le premier autant d'amour qu'elle avait eu autrefois de froideur et d'indifférence.

Ils retournèrent plusieurs fois chez le même baigneur et dans d'autres endroits, et se conduisirent avec tant de prudence, que la femme de l'un et le mari de l'autre ne se doutèrent jamais de leur intrigue.

NOUVELLE VII

LE QUIPROQUO OU LE PÈLERIN

Mme Flammette n'eut pas plutôt achevé son histoire, qui avait fait grand plaisir à la compagnie, que, sans perdre de temps, la reine fit signe à Mme Émilie de dire la sienne. Cette dame se hâta de commencer, et le fit en ces termes :

Je veux, mes aimables dames, retourner à notre bonne ville de Florence, dont il a plu à Mme Flammette et à Mme Élise de s'éloigner, et vous raconter de quelle manière un de nos concitoyens recouvra l'amitié de sa maîtresse, qui l'avait entièrement délaissé.

Un jeune gentilhomme de Florence, nommé Tédalde Eliséi, devint amoureux fou de Mme Hermeline, femme d'Aldobrandin Palermini, et sut, par ses soins et ses bonnes qualités, s'en faire aimer à son tour ; il eut même le secret d'obtenir ses faveurs ; mais la fortune traversa bientôt ses plaisirs.

La belle, après lui avoir donné pendant quelque temps les plus grandes marques de tendresse, prit tout à coup la résolution de rompre avec lui, et, sans lui en dire le motif, cessa de recevoir ses assiduités, et ne voulut pas même lui permettre de lui écrire, elle refusait jusqu'à ses lettres, et défendit aux commissionnaires qu'il lui envoyait de paraître davantage chez elle et de l'accoster nulle part.

Cette conduite extraordinaire plongea Tédalde dans la tristesse la plus profonde et la mélancolie la plus noire ; mais il avait tellement caché son amour, que personne ne se doutait de la cause de son chagrin.

Il n'oublia rien pour regagner les bonnes grâces d'Hermeline, qu'il n'avait pas perdues par sa faute, et n'ayant pu en venir à bout, ni même lui parler pour savoir la cause d'un changement si subit, il résolut de s'éloigner, pour ne pas donner à l'inhumaine le cruel plaisir de le voir se consumer de jour en jour.

Il ramassa donc tout l'argent qu'il put, et partit secrètement de Florence, sans avoir communiqué son dessein à ses parents.

Il n'en parla qu'à un de ses amis, pour lequel il n'avait rien de réservé.

Arrivé à Ancône, où il prit le nom de Philippe Sandolescio, il se mit aux gages d'un marchand et s'embarqua pour l'île de Chypre.

Le marchand le trouva si intelligent et si fort à son gré, que, non content de lui donner de très gros appointements, il l'associa à son commerce ; bientôt après, il lui confia la plus grande partie de ses affaires.

Philippe les conduisit si bien, qu'il devint en peu d'années un bon et riche négociant et qu'il se fit un nom dans le commerce.

Quoiqu'il n'eût jamais oublié sa maîtresse, qu'il aimait toujours, et qu'il eût souvent des mouvements qui lui faisaient souhaiter de revoir Florence, sept ans se passèrent sans qu'il prît la résolution d'y retourner.

Mais un jour, entendant chanter une chanson qu'il avait faite autrefois pour sa chère Hermeline, dans laquelle il avait peint leur tendresse mutuelle et les doux plaisirs qu'ils goûtaient ensemble, il sentit réveiller tout à coup dans son cœur la première vivacité de sa passion, ne pouvant se figurer que sa maîtresse l'eût oublié.

Il repassa alors dans son imagination le mérite de cette dame, et ne put résister cette fois au désir violent qu'il avait de la revoir.

Il met ses affaires en ordre ; il s'embarque sans perdre de temps, et arrive à Ancône, accompagné d'un seul domestique.

Il fait passer de là ses effets à Florence, à l'adresse d'un correspondant de son associé, et, revêtu d'un habit de pèlerin, il prend, sous ce déguisement, le chemin de sa patrie.

Arrivé à Florence, il va loger dans une auberge, que trois frères tenaient près de la maison d'Hermeline.

Ses premiers soins furent de passer devant cette chère maison, dans l'espérance de voir son ancienne maîtresse ; mais, trouvant les portes et les fenêtres fermées, il crut qu'elle avait changé de demeure, ou qu'elle ne vivait plus.

Plein de cette triste idée, il passa ensuite devant la maison des Éliséi, ses frères aînés.

Autre sujet d'inquiétude et d'étonnement : il voit devant leur porte trois ou quatre de leurs domestiques en deuil. Il ne sait que penser.

Persuadé qu'on ne pourrait le reconnaître sous l'habit qu'il portait, son visage étant d'ailleurs fort changé, il entre incontinent chez un cordonnier du voisinage, sous prétexte d'avoir besoin de quelque chose de sa boutique, et, après un court dialogue, il lui demande pourquoi ces gens étaient en deuil.

« Parce qu'un frère des maîtres de la maison, nommé Tédalde, qui était venu ici depuis quelque temps après une longue absence, a été tué il y a quinze ou vingt jours.

— Êtes-vous bien sûr de ce que vous me dites là ?

— Très certainement, et même j'ai ouï dire que les frères du mort ont prouvé juridiquement qu'Aldobrandin Palermini, que vous connaissez peut-être, était l'auteur de cet assassinat ; car on prétend que ce Tédalde était amoureux de sa femme, et qu'il était venu déguisé pour coucher avec elle.

— Et qu'a-t-on fait à Aldobrandin ?

— On l'a mis en prison, et il est à la veille de passer un mauvais quart d'heure.

— Et sa femme, qu'est-elle devenue ?

— Elle est chez elle, fort affligée de cette aventure, comme vous le pensez bien. »

Tédalde était étonné à un point qui ne se conçoit pas ; il ne pouvait s'imaginer qu'il y eût quelqu'un qui lui ressemblât assez pour qu'on l'eût pris pour lui-même.

Touché de la malheureuse destinée d'Aldobrandin, et charmé pourtant d'avoir appris que sa chère Hermeline vivait encore, il retourna au logis, la tête remplie de mille idées différentes.

On le fit coucher dans une chambre au dernier étage.

Le mauvais lit qu'on lui avait donné, le mince souper qu'il avait fait, l'inquiétude qu'il éprouvait, tout cela joint ensemble ne lui permit pas de fermer l'œil.

Vers une heure après minuit, il entendit marcher sur le toit, et puis descendre sur le palier de sa chambre.

Voulant voir ce que c'était, il sort du lit, s'approche tout doucement de la porte, et aperçoit de la lumière à travers une fente.

Il approche son œil de cette fente, et il aperçoit très distinctement une femme avec trois hommes.

La femme, qui tenait une lampe, lui paraissait jeune et craintive ; il redouble alors d'attention, et prêtant une oreille curieuse, il entendit un de ces hommes qui disait, en se tournant vers la femme :

« Nous pouvons à présent être parfaitement tranquilles ; on est généralement persuadé qu'Aldobrandin a fait le coup ; les frères de Tédalde l'ont fait mettre à la question, et la force des tourments lui a fait

déclarer qu'il était coupable de l'assassinat ; son arrêt est même prononcé ; ainsi, songez bien à ne pas vous trahir par quelque indiscrétion ; il n'est pas douteux qu'on ne nous fît un mauvais parti si l'on
venait à découvrir la moindre chose. »

Ce discours parut répandre la joie et la tranquillité dans l'âme de
cette femme.

Tédalde comprit que ces hommes étaient les hôtes du logis ; il n'en
douta plus, lorsqu'il vit deux de ces coquins entrer dans une chambre
voisine, en disant qu'ils allaient se coucher.

Ils souhaitèrent la bonne nuit au troisième et à la femme, qui répondirent, en descendant l'escalier, qu'ils allaient en faire autant.

On imagine aisément quelle dût être la surprise de Tédalde ; il
gémit sur les égarements auxquels l'esprit de l'homme est sujet.

Il ne pouvait concevoir comment ses frères avaient pu prendre un
étranger pour lui, et faire condamner un innocent pour les vrais coupables.

Il réfléchissait sur les périls auxquels l'ignorance et la prévention
exposent la pauvre humanité, et ne pouvait se défendre de condamner
l'aveugle sévérité des lois et la barbarie des juges, qui sous prétexte
de découvrir la vérité et de punir le crime, arrachent, par la voie inhumaine des tortures, des aveux qui n'en sont point, et se rendent
ainsi les oppresseurs de l'innocence et les ministres de l'enfer.

Après ces réflexions, le reste de la nuit se passa à songer aux
moyens de sauver Aldobrandin, et il crut les avoir trouvés.

Le lendemain matin, il n'eut rien de plus pressé que de chercher
la femme de cet infortuné.

Laissant son domestique au logis, il va droit à la maison de la dame,
pour s'informer si elle l'habite encore.

Il trouve la porte de l'allée ouverte, et entre sans difficulté dans une
petite salle basse, où il voit son ancienne maîtresse dans le plus triste
état.

Elle sanglotait et était étendue sur le carreau, qu'elle inondait de
ses larmes.

Le pèlerin, à cette vue, ne put retenir les siennes.

« Ne vous tourmentez point, Madame, lui dit-il en s'approchant, la
paix n'est pas loin de vous. »

A ces paroles, la femme d'Aldobrandin se relève, et tournant ses
regards vers l'homme qui lui parle :

« Comment pouvez-vous savoir ce qui cause ma douleur, lui dit-elle, et ce qui peut la faire cesser, vous qui me paraissez un pèlerin étranger?

— Rassurez-vous, Madame, je suis plus instruit que vous ne croyez, Constantinople est ma patrie, et j'en arrive tout à l'heure.

« Dieu m'envoie vers vous pour changer vos pleurs en joie, et pour délivrer votre mari de la mort qui le menace.

— Mais si vous êtes de Constantinople, et que vous en arriviez dans le moment, comment pouvez-vous être instruit de ce qui se passe, je vous prie? »

Le pèlerin se mit alors à lui raconter l'histoire de l'infortune de son mari; il lui dit qui elle est, depuis quel temps elle est mariée, et plusieurs autres particularités qui la jetèrent dans le plus grand étonnement.

Elle ne douta point que ce ne fût un homme de Dieu, un vrai prophète.

La voilà aussitôt à genoux devant lui, le priant en grâce, s'il était venu délivrer son mari du péril qui le menaçait, de vouloir bien se hâter, parce que le temps pressait extrêmement.

Le pèlerin, contrefaisant à merveille l'homme inspiré :

« Levez-vous, lui dit-il, Madame, cessez vos pleurs ; écoutez attentivement ce que je vais vous dire, et, sur toutes choses, gardez-vous d'en jamais parler à qui que ce soit.

« Dieu m'a révélé que l'affliction que vous éprouvez aujourd'hui est la punition d'une faute que vous avez commise autrefois ; il faut la réparer le plus tôt qu'il vous sera possible, sinon vous serez châtiée avec encore plus de rigueur que vous ne l'avez été jusqu'à présent.

— Ah! saint homme, j'ai commis tant de péchés en ma vie, que j'ignore quel est celui dont vous voulez parler ; faites-le-moi connaître, je ferai de mon mieux pour l'expier.

— Quoique je sache aussi bien que vous-même toutes les actions de votre vie, vous devriez, Madame, m'épargner la peine de vous dire quel est ce péché : il est de nature à se présenter vivement à votre esprit : je veux bien toutefois vous mettre sur la voie, pour vous le faire distinguer de tous les autres.

« Ne vous souvient-il pas d'avoir eu un amant? »

Hermeline est d'autant plus surprise de la demande, qu'encore que l'ami de Tédalde, qui seul était instruit de son ancienne intrigue, eût lâché imprudemment quelques paroles le jour que le faux Tédalde fut tué, elle ne croyait pas que personne en fût informé.

M'étant confessé à un maudit religieux que j'avais alors pour directeur... Page 234.]

Poussant donc un profond soupir :

« Je vois bien, répondit-elle, que Dieu vous révèle les secrets des hommes, et que par conséquent il ne me servirait de rien de vous cacher les miens.

« Je vous avoue donc que, dans ma jeunesse, j'aimais le malheureux jeune homme que mon mari est accusé d'avoir tué; car je ne vous cacherai point que, malgré la cruauté avec laquelle je le traitai avant son départ, ni son éloignement, ni sa longue absence, ni même sa fin malheureuse, n'ont pu l'effacer de mon cœur; il m'a toujours été cher, il me l'est encore; et quoique mort, son image est sans cesse présente à mon esprit.

— Apprenez, ma belle dame, que le Tédalde qui a été tué n'est pas le Tédalde de la maison d'Éliséi, que vous avez aimé et que vous regrettez.

« Mais, dites-moi, je vous prie, quel fut le motif qui vous engagea à rompre si brusquement avec lui?

« Que vous avait-il fait pour le traiter avec tant de barbarie?

— Rien du tout; mais m'étant confessée à un maudit religieux que j'avais alors pour directeur, et lui ayant déclaré mon amour pour Tédalde et les faveurs que je lui accordais, il me fit de si grands reproches et une telle frayeur à ce sujet, que l'impression ne s'en est point effacée de mon esprit.

« Il me déclara que si je n'abandonnais incontinent ce commerce criminel, je n'obtiendrais jamais le pardon de mon péché, et que je serais précipitée dans les profonds abîmes de l'enfer, pour y brûler éternellement; enfin, il m'épouvanta si fort, que je rompis tout à coup avec mon amant.

« Je cessai de le voir; et, pour ne plus m'exposer à la tentation, je ne voulus lire aucune de ses lettres, ni recevoir aucun message de sa part.

« Ce sacrifice, qui me coûta plus que je ne saurais vous l'exprimer, mit le désespoir dans le cœur de Tédalde, et le jeta dans une mélancolie affreuse.

« J'avoue que, pour si peu qu'il eût insisté, je n'aurais pu tenir contre la résolution que j'avais prise.

« Le pauvre jeune homme maigrissait et se consumait à vue d'œil, lorsque, pour faire sans doute diversion à sa douleur, il prit le parti de quitter Florence, et s'en alla, sans rien dire à personne, je ne sais dans quel pays.

« Depuis ce moment je n'ai pas passé un seul jour sans le regretter.

— Voilà justement, Madame, le péché qui vous a attiré l'affliction que vous éprouvez aujourd'hui, dit le pèlerin en l'interrompant.

« Je sais, à n'en pouvoir douter, que Tédalde ne vous fit aucune espèce de violence pour vous attacher à lui; que vous l'aimâtes d'inclination, parce qu'il vous avait paru sensible et honnête, et que ce ne fut que de votre plein gré qu'il obtint vos faveurs.

« Je sais qu'étant ainsi unis, sa tendresse pour vous devint mille fois plus forte et plus vive que la vôtre; jamais amant ne fut si tendre ni si passionné; il eût mieux aimé mourir que de vous être infidèle et de cesser de vous aimer.

« Comment avez-vous pu, après cela, vous déterminer à rompre si brusquement avec un si honnête homme ?

« Ne deviez-vous pas réfléchir auparavant sur la démarche que vous alliez faire, prévoir les fâcheux événements qui pourraient en résulter, tout peser, tout considérer, et penser que vous auriez peut-être sujet de vous en repentir un jour ?

« Ne lui aviez-vous pas donné votre cœur ?

« Pouviez-vous donc le lui refuser, s'il ne s'en était pas rendu indigne ? il le regardait, et était en droit de le regarder comme un bien qui lui appartenait ; cependant vous le lui avez enlevé ; c'est une espèce de larcin qui méritait une punition.

« A l'égard de votre confesseur, je suis religieux, et je puis me flatter de connaître assez bien les moines pour vous dire mieux que personne ce qu'ils sont.

« Il est bon, Madame, que je vous fasse ici leur portrait, pour vous apprendre à les connaître vous-même, et lever tous vos scrupules sur ce qu'ils peuvent vous avoir dit.

« Le temps corrompt les meilleures institutions.

« Les religieux étaient autrefois de savants et pieux personnages ; mais aujourd'hui la plupart n'ont de commun que l'habit avec leurs illustres prédécesseurs ; encore leurs robes sont-elles bien différentes de ce qu'elles étaient dans leur origine : ils les portaient autrefois étroites, modestes, d'un drap commun et grossier, pour marquer leur mépris pour les choses de ce monde ; à présent ils les font fort larges, d'un drap fin et lustré.

« Aussi les voit-on se pavaner sans honte dans les églises et dans les places publiques, et le disputer aux gens du monde par le luxe et la coquetterie de leurs habillements.

« Semblables aux pêcheurs, qui tâchent de prendre plusieurs poissons dans leurs filets, on dirait qu'ils n'ont élargi leurs robes que pour être plus à portée d'y fourrer et cacher les dévotes, les veuves, et généralement toutes les femmes qui sont assez imbéciles pour les écouter.

« Les religieux des premiers temps ne désiraient que le salut des âmes : les modernes ne cherchent que les plaisirs et les richesses ; ils ont inventé et inventent tous les jours mille moyens pour épouvanter, pour duper les sots et leur faire accroire que la rémission des péchés s'obtient par les aumônes et par les messes, afin de les engager à leur apporter du pain, du vin, de la viande et de l'argent, pour le repos de l'âme de leurs parents trépassés.

« Les anciens religieux ne renonçaient au monde que pour mieux s'occuper des choses du ciel : ceux d'aujourd'hui n'entrent dans le cloître que pour y trouver un asile contre la misère et les peines de la vie, et les hommes sont assez imbéciles pour leur prodiguer leurs bienfaits, pour nourrir leur oisiveté !

« Je veux croire que les aumônes contribuent à l'expiation des péchés, surtout quand elles sont faites en vue de Dieu ; mais si l'on connaissait les moines, si l'on savait la vie qu'ils mènent, on se donnerait bien de garde de les en rendre l'objet ou les dépositaires.

« Pourquoi ne pas faire ses charités aux véritables pauvres, aux infirmes, aux familles honteuses, plutôt qu'à des hommes qui semblent avoir fait vœu de vivre dans la fainéantise et aux dépens de la société laborieuse ?

« Comme les moines savent qu'ils ne peuvent s'enrichir qu'en recommandant aux autres la pauvreté, il n'est rien qu'ils ne disent, qu'ils ne fassent pour décrier les richesses, afin d'en demeurer les seuls possesseurs ; ils ne déclament contre la luxure et ne prêchent sans cesse la continence que pour avoir plus de facilité à séduire et à gagner les femmes que les maris négligent.

« Ils condamnent l'usure et les gains illégitimes comme des choses qui mènent à l'enfer, afin qu'on les rende dépositaires des restitutions, dont ils se font, sans scrupule, des fonds pour acheter la prélature et les gros bénéfices, tout en disant qu'ils causent la perdition de ceux qui les possèdent.

« Ce qu'il y a de singulier, c'est que lorsqu'on leur reproche tous ces désordres et beaucoup d'autres de la même espèce, ils croient avoir bien répondu et être absous de tout crime quand ils ont dit :

« *Faites ce que nous disons, et ne faites pas ce que nous faisons,* comme s'il était possible aux ouailles d'être plus fermes, plus incorruptibles, plus courageuses que leurs pasteurs !

« Ce qui est plus singulier encore, c'est de voir des hommes assez sots, assez imbéciles pour se contenter d'une pareille réponse, et pour la prendre dans un sens tout différent de celui que les religieux y attachent :

« *Faites ce que nous disons,* c'est-à-dire remplissez nos bourses, confiez-nous vos secrets, soyez chastes, patients, pardonnez les injures, ne dites du mal de personne.

« Mais quel est le but de cette exhortation, dans le fond très sage ?

« C'est de pouvoir se plonger seuls dans les vices opposés aux vertus qu'ils recommandent, ce qu'ils ne feraient pas avec la même facilité si tout le monde s'en mêlait.

« Qui ignore que sans argent ils ne pourraient longtemps vivre dans la crapule et l'oisiveté?

« Si les séculiers dépensaient leurs biens en voluptés, d'où les moines en tireraient-ils pour faire la meilleure chère et boire les meilleurs vins?

« Si les gens du monde courtisent toutes les femmes, il faudra que les bons moines s'en détachent.

« Si ceux-là n'étaient patients et ne pardonnaient les outrages, ceux-ci n'oseraient pas déshonorer les familles.

« Mais qu'ai-je besoin d'entrer ici dans tous ces détails?

« Toutes les fois que les moines, pour excuser leurs vices, répondent qu'on doit faire ce qu'ils disent et non ce qu'ils pratiquent, ils ne font que répondre une absurdité et se condamnent eux-mêmes.

« S'ils veulent devenir saints, pourquoi ne pas demeurer enfermés dans leur cloître! ou, s'ils veulent se répandre dans le monde pour y prêcher la parole de Dieu, pourquoi ne pas suivre l'exemple de Jésus-Christ, qui commença par faire, et puis enseigna?

« Qu'ils pratiquent d'abord eux-mêmes les vertus qu'ils recommandent, et on les croira sans peine.

« Mais, au contraire, ceux qui déclament en chaire le plus violemment contre la fornication sont les plus ardents à courtiser, à séduire, à débaucher, non seulement les femmes du monde, mais même des religieuses.

« J'en connais beaucoup de ce caractère.

« Faut-il courir après ceux-là, et les prendre pour les directeurs de notre conduite?

« Il est libre à chacun de se conduire comme il l'entend, mais je pense qu'il vaudrait encore mieux ne pas se confesser que d'avoir un moine pour confesseur.

« Si l'homme fait bien, s'il fait mal, Dieu le sait et le punira ou le récompensera selon ses œuvres.

« Or, si Dieu sait ce que nous faisons, je ne vois même pas qu'il soit absolument nécessaire de nous confesser à d'autres qu'à lui.

« Mais, supposé que la confession à un prêtre soit indispensable, et que vous ayez été obligée de déclarer le péché pour lequel votre braillard de directeur vous fit tant de reproches, c'est-à-dire d'avoir violé

la foi conjugale, deviez-vous pour cela, Madame, vous conduire comme
vous l'avez fait?

« Si c'est un péché de favoriser un amant, n'en est-ce pas un plus
grand de le tuer ou de le rendre errant et vagabond sur la terre ?

« Personne ne saurait en disconvenir : le premier est un péché naturel, et l'autre est un péché de pure malice et qui suppose un mauvais
cœur ; c'est un vol, un assassinat, une cruauté.

« Quoique vous n'ayez point enlevé le bien de Tédalde, il n'en est
pas moins vrai que vous l'avez volé, puisque, comme je vous l'ai déjà
dit, vous étant donnée toute à lui, vous ne pouviez vous en séparer
sans son consentement.

« Si vous ne l'avez pas tué, vous avez fait tout ce qu'il fallait pour
le porter à se tuer de sa propre main, et la loi veut que celui qui est
cause du mal en soit puni comme l'auteur.

« S'il n'est pas mort, vous ne pouvez nier que vous ne soyez du
moins cause de son exil et de ce qu'il a mené pendant sept ans une
vie errante et misérable.

« D'où je conclus qu'en commettant un de ces trois péchés, vous
vous êtes rendue plus criminelle et bien plus condamnable qu'en vivant
avec lui.

« Mais, Madame, allons plus loin, continua le pèlerin, sans lui donner le temps de répondre un seul mot : Tédalde méritait-il d'être traité
de cette manière ?

« Non, certes, vous en êtes vous-même convenue, et je le savais
aussi bien que vous.

« Il vous aimait comme sa vie ; jamais femme ne fut aussi honorée,
aussi louée, aussi obéie que vous le fûtes par ce tendre amant.

« Se trouvait-il dans une compagnie, où, sans donner des soupçons,
il pouvait parler de vous ? c'étaient aussitôt des éloges aussi adroits que
délicats : vos charmes, votre caractère, vos qualités recevaient le tribut
d'un encens d'autant plus flatteur qu'il paraissait venir d'une personne
désintéressée.

« Tédalde avait mis son sort entre vos mains ; sa fortune, son honneur, sa liberté, étaient à votre seule disposition ; il ne vivait que
pour vous; vous seule faisiez son bonheur.

« Il avait du mérite, de la naissance, de l'honnêteté, de la jeunesse,
une assez jolie figure ; tout le monde l'estimait, le recherchait, le chérissait ; vous ne sauriez le nier.

« Comment donc avez-vous pu, après cela, vous déterminer à rom-

pre tont à coup avec lui, à la seule instigation d'un cagot, d'un babil-
lard, d'un envieux qui ne désirerait peut-être que de remplir auprès de
vous la place de ce galant homme ?

« Je ne conçois pas par quel étrange aveuglement il y a des femmes
qui n'aiment point les hommes, et qui ne font aucun cas des soins
qu'ils leur rendent.

« Si elles voulaient faire usage de leur raison, si elles considéraient
la noblesse, la grandeur de l'homme et la prééminence que Dieu lui
la donnée sur tous les autres êtres, il n'y en aurait pas une qui ne se
glorifiât d'avoir un amant, de se l'attacher, de lui plaire, de s'en faire
adorer, et d'éviter avec soin tout ce qui pourrait le refroidir.

« Vous avez cependant fait tout le contraire, et cela par les conseils
d'un moine, moins animé du zèle de la religion que jaloux des plaisirs
de votre bon ami.

« Voilà, Madame, voilà le péché que le Tout-Puissant, qui pèse tout
dans une juste balance, et qui conduit toutes choses à la fin qu'il s'est
proposée, n'a pas voulu laisser impuni.

« L'ingratitude est un crime horrible qui n'est jamais impuni, et
vous vous êtes rendue coupable de ce crime en congédiant, comme
vous l'avez fait, un amant qui ne vivait que pour vous.

« Vous avez voulu, sans sujet, faire mourir Tédalde de chagrin et
de désespoir, et votre mari court risque aussi, sans sujet, de perdre
a vie à cause de ce même Tédalde.

« Si vous voulez donc sauver le mari, il faut réparer l'injustice que
vous avez faite à l'amant.

« Il faut, s'il revient de son long exil, que vous lui rendiez vos
bonnes grâces, votre bienveillance, votre amitié, vos faveurs même,
afin qu'il soit dans votre cœur tel qu'il y était avant que vous eussiez
sottement ajouté foi aux extravagances de ce détestable moine qui
vous l'a fait congédier. »

La dame, qui avait écouté très attentivement le long discours du
pèlerin, ne douta point que son malheur présent ne fût une juste
punition de son mauvais procédé à l'égard de son amant infortuné.

Quelque relâchée que lui parût la morale du bon apôtre, elle fut touchée de ses raisons, qu'elle regardait comme mot d'Évangile.

« Ami de Dieu, lui dit-elle, je suis pénétrée de la vérité de tout ce
que vous venez de me dire.

« Je connais à présent les religieux, que je prenais, hélas ! pour

autant de saints, mais le portrait que vous venez d'en faire m'en donne
une tout autre idée.

« Je reconnais également mon tort à l'égard du pauvre Tédalde, et
je vous assure que je le réparerais de mon mieux s'il était en mon
pouvoir.

« Oui, je suis une malheureuse, une inhumaine, et je voudrais qu'il
me fût possible d'effacer, par une conduite opposée, l'injustice et la
cruauté dont je me suis rendue coupable envers cet honnête homme.

« Mais le moyen? ce cher amant n'existe plus, et c'est moi qui suis
cause de sa mort.

« Maudit moine! que je me reproche d'avoir écouté tes funestes conseils!

— Tranquillisez-vous, Madame, reprit le pèlerin; Tédalde n'est
point mort, il est plein de vie et de santé.

« Vous êtes à temps de réparer les tourments que vous lui avez fait
souffrir; et je puis vous assurer que si vous lui rendez vos bonnes
grâces, il oubliera tous ses maux pour ne goûter que le plaisir de vous
plaire et de vous aimer.

— Prenez donc garde à ce que vous dites, homme de Dieu : je suis
sûre que Tédalde n'est plus; je l'ai vu étendu devant ma porte, percé
de mille coups; je l'ai tenu longtemps dans mes bras, et j'ai arrosé
son visage de mes larmes; et cela même m'a attiré quelques médi-
sances.

« Plût au ciel qu'il fût encore en vie! sa présence me ferait autant de
plaisir que la liberté de mon mari; et dût le public en jaser, je m'estimerais très heureuse de pouvoir lui rendre ma première affection.

— Soyez sûre, Madame, que Tédalde vit encore, et je me fais fort
de vous le représenter plus amoureux que jamais, si vous me promettez de suivre votre première résolution.

— Je vous le jure sur tout ce qu'il y a de plus saint; mon cœur est
trop plein de lui pour que je puisse changer à cet égard. »

Tédalde jugea pour lors qu'il était temps de se faire connaître et de
donner à Hermeline des assurances positives de la délivrance d'Aldobrandin.

« Ne vous affligez plus, ma chère dame, sur le sort de votre mari,
je vais vous découvrir un secret qu'il faut que vous gardiez toute votre
vie. »

Après avoir dit ces mots, le pèlerin, pour plus grande sûreté, ferma
la porte de la salle, et la dame, qui le regardait comme un saint

Il le trouva pâle, défait et plus occupé des idées de la mort que de l'espoir de sa délivrance... Page 242.

homme, le laissa faire sans montrer la moindre défiance. Ensuite il s'approcha d'elle, et tirant de sa poche un anneau dont elle lui avait fait présent la dernière nuit qu'il avait passée avec elle, et qu'il avait gardé très précieusement :

« Connaissez-vous cet anneau? lui dit-il en le lui présentant.

— Je le connais fort bien, répondit-elle en soupirant; c'est un

anneau qui m'a appartenu, et dont j'avais fait présent à Tédalde pour
gage de ma tendresse.

— Eh bien ! Madame, c'est Tédalde en personne qui vous le présente ; ne me reconnaissez-vous point ? »

Et il ôte en même temps son manteau et son chapeau de pèlerin.

Hermeline croit voir un revenant ; elle est si effrayée de ce changement si imprévu, qu'au lieu de sauter au cou de Tédalde, elle cherche
à s'enfuir, le prenant réellement pour un ressuscité ; mais Tédalde la
retient et la rassure en lui disant :

« Ne craignez rien, Madame ; je suis cet amant infortuné, ce Tédalde
qui vous fut si cher, et que vous et mes frères croyiez mort sans
raison.

« Ce n'est pas moi qu'on a tué, mais quelque autre qu'on a pris pour
moi. »

Hermeline fut quelque temps dans le trouble ; mais enfin, revenue de sa frayeur, et le reconnaissant au son de sa voix et aux traits
de son visage, qu'elle examina plus attentivement, elle l'embrassa les
larmes aux yeux, et lui témoigna par mille caresses le plaisir qu'elle
avait de le revoir.

Tédalde y répondit de son mieux, et eut beaucoup de peine à contenir les transports de son amour.

Il remit pourtant à un autre moment le plaisir qui manquait à son
bonheur, parce qu'il n'y avait pas de temps à perdre pour sauver le
mari.

« Je vais m'occuper, dit-il, de son élargissement, persuadé que vous
serez plus constante et plus raisonnable que par le passé.

« Je me flatte que vous le verrez libre et blanchi de toute accusation
dans moins de deux jours.

« Je reviendrai vous rendre compte de mes démarches, et puis je
vous raconterai à loisir tout ce qui me concerne.

« Soyez tranquille sur le sort d'Aldobrandin : j'ai des preuves de
son innocence, et je les ferai valoir. »

Tédalde, ayant repris son chapeau et son habit de pèlerin, embrassa
de nouveau sa chère Hermeline, et la quitta pour se rendre à la prison
où son mari était détenu.

Il le trouva pâle, défait, et plus occupé des idées de la mort que de
l'espoir de sa délivrance.

Il entre dans son cachot, du consentement de ses gardes, qui crurent
qu'il allait pour le consoler.

« Aldobrandin, lui dit-il, je suis un de vos amis, qui connaît votre innocence, et que Dieu vous envoie pour vous délivrer de l'infamie dont on vous a couvert, et du supplice qu'on vous prépare.

« Le jour de demain ne se passera pas sans que j'aie fait triompher votre innocence.

« J'y mets seulement une condition, et je me flatte que vous ne vous y opposerez point.

— Homme de Dieu, répondit le prisonnier, quoique vous me soyez parfaitement inconnu, et que je ne me souvienne seulement point de vous avoir jamais vu, je crois sans peine que vous êtes de mes amis, puisque vous le dites et que vous vous intéressez à mon triste sort.

« J'ignore par quel moyen vous avez pu découvrir mon innocence, mais je puis vous assurer, en toute vérité, que je n'ai point commis le crime pour lequel on m'a fait essuyer la question, et dont la violence des tourments m'a fait avouer coupable.

« Dieu a sans doute voulu me punir de mes autres péchés, qui sont en grand nombre; sa volonté soit faite, pourvu que j'obtienne son saint paradis.

« Je suis aujourd'hui fort détaché de la vie; je vous avoue cependant que je serais charmé de vivre, ne fût-ce que pour faire connaître mon innocence et rétablir mon honneur si indignement flétri.

« D'après cela, vous pouvez juger de l'obligation que je vous aurai et de l'étendue de ma reconnaissance, s'il est en votre pouvoir de me délivrer de la mort qui m'attend.

« Non seulement je vous promets de faire ce que vous exigerez de moi, mais je prends à témoin ce Dieu qui m'humilie que je tiendrai tout ce que je vous aurai promis.

« Parlez, je suis disposé à tenter même l'impossible, pour me conformer à vos désirs, si j'ai le bonheur de recouvrer ma liberté.

— Ce que j'exige de vous n'est pas seulement possible, mais très honnête : c'est qu'après que j'aurai fait voir votre innocence, vous vous réconciliez de bonne foi avec les frères Tédalde, qui ne vous ont poursuivi en justice que parce qu'ils vous ont cru coupable de la mort de votre frère, sur de faux rapports et de faux indices.

« Voyez si vous êtes dans l'intention de leur pardonner, et de les regarder comme vos amis, comme vos propres frères, après toutefois qu'ils auront réparé, de tout leur pouvoir, le tort qu'ils vous ont fait par erreur.

— Quelque doux que soit le plaisir de la vengeance pour un cœur

aussi ulcéré que le mien, répondit Aldobrandin, j'y renoncerai volontiers, par égard pour un ami si généreux, et dans l'espoir de faire
connaître mon innocence.

« Oui, je leur pardonnerai tout ce qu'ils m'ont fait souffrir, et je leur
pardonne dès ce moment, puisque vous l'exigez.

« Je vous promets même, si je sors d'ici, de faire toutes les démarches
que vous désirerez à cet égard. »

Cette réponse plut infiniment au pèlerin.

Il exhorta le prisonnier à prendre courage, et lui fit espérer que le
lendemain ne se passerait pas sans qu'il reçût de bonnes nouvelles.

Il ne jugea pas à propos de lui en dire davantage; mais il l'embrassa affectueusement avant de le quitter.

Au sortir de la prison, il alla droit au palais, et parvint à obtenir une
audience particulière de l'un des principaux magistrats, fort renommé
par son intégrité.

« Vous savez, Monseigneur, lui dit-il, que tous les hommes sont
intéressés à connaître la vérité, particulièrement les personnes de
votre état, afin que les innocents ne paient point pour les coupables.

« Je suis persuadé que vous seriez fâché de faire périr un homme
dont on vous aurait fait connaître l'innocence; c'est ce qui me fait
prendre la liberté de venir vous représenter que vous avez agi avec
trop de rigueur envers le nommé Aldobrandin Palermini, qu'on est
sur le point de faire mourir.

« Je vous rends trop de justice pour vous soupçonner de mauvaise
foi, vous et les autres magistrats qui l'avez ainsi jugé.

« Vous n'avez agi de la sorte que parce vous l'avez cru réellement
coupable de la mort de Tédalde Éliséi.

« Mais je vous avertis que ce n'est point lui qui a commis ce crime;
il est entièrement innocent, et je me fais fort de vous en convaincre
avant la nuit, en vous faisant connaître et en vous livrant les véritables assassins. »

Le juge, qui n'était pas intimement convaincu du crime d'Aldobrandin et qui ne l'avait vu condamner à mort par ses confrères qu'avec
regret, fut bien aise d'entendre parler ainsi le pèlerin.

Il l'interroge, et ayant appris ce que Tédalde avait entendu la nuit
passée, il donne aussitôt des ordres pour faire prendre les trois coquins
et la femme.

Ils furent arrêtés la nuit suivante, au premier sommeil, sans la
moindre résistance.

Ils comparurent aussitôt devant le juge, qui les interrogea chacun en particulier, et qui, les ayant menacés de la question, leur arracha l'aveu de leur crime.

Ces malheureux confirmèrent cet aveu à la confrontation, ajoutant toutefois qu'ils ne connaissaient pas Tédalde Éliséi, et que celui qu'ils avaient tué était un homme de la campagne, qui venait fréquemment à Florence, où il logeait ordinairement chez eux.

Interrogés sur le motif qui les avait portés à commettre ce meurtre, ils répondirent que c'était pour se venger de ce que cet homme avait voulu, pendant leur absence, débaucher la femme de l'un d'eux.

Le pèlerin, témoin de tout ce qui venait de se passer, prit congé du magistrat sans lui dire qui il était, voulant le laisser dans l'opinion que l'homme assassiné était de la famille des Éliséi.

Il retourna ensuite secrètement chez Hermeline, qui l'attendait avec impatience.

Elle ne s'était point couchée, mais elle avait fait coucher ses domestiques pour se trouver seule avec lui.

« Réjouissez-vous, ma bonne amie, je vous apporte de bonnes nouvelles, lui dit-il en l'abordant ; votre mari est sur le point d'être mis en liberté. »

Pour lui en donner de plus fortes assurances, il lui rendit compte de tout ce qui était arrivé.

La dame fut au comble de la joie.

« Que je suis aise de vous revoir, lui dit-elle, après vous avoir tant pleuré ! que je vous ai d'obligation ! sans vous mon mari aurait perdu l'honneur et la vie.

« Comment pourrai-je m'acquitter envers vous, mon cher Tédalde.

— Je suis trop heureux et trop payé si vous m'aimez, si vous m'avez rendu ce cœur autrefois si tendre et si passionné.

« — N'en doutez point, mon bel ami, ces tendres baisers doivent vous en être de sûrs garants.

On imagine bien que son amant les lui rendit.

Après s'être livrés l'un et l'autre aux plus douces étreintes, après s'être juré un amour éternel, pour mieux sceller leur réconciliation, ils se couchèrent et passèrent le reste de la nuit à goûter des plaisirs dont les seuls amants passionnés peuvent se former une juste idée.

Le jour commençant à poindre, l'heureux Tédalde entretint sa maîtresse du dénoûment qu'il avait dessein de donner à cette espèce de tragédie ; il la pria de nouveau de garder le secret, et sortit de la maison, toujours sous son habit de pèlerin, pour apprendre l'état des affaires d'Aldobrandin.

Les juges, s'étant pleinement convaincus de son innocence, se hâtèrent de révoquer la sentence qu'ils avaient rendue contre lui, et ordonnèrent son élargissement.

Peu de jours après, ils condamnèrent les véritables meurtriers à avoir la tête tranchée sur le lieu même où ils avaient commis le crime, ce qui fut exécuté.

Aldobrandin, rendu à sa femme, à ses parents et à ses amis, se fit un devoir de publier que le pèlerin était son libérateur.

Il le mena dans sa maison, et le pria d'y demeurer autant de temps qu'il lui plairait.

Il y fut fêté, chéri, caressé de toute la parenté, et surtout de Mme Herméline, qui connaissait son mérite mieux que personne.

Plusieurs jours s'étant passés en réjouissances, le pèlerin somma son hôte de se réconcilier, comme il l'avait promis, avec les frères de Tédalde, qui étaient dans la dernière surprise d'un changement si subit, et qui craignaient qu'Aldobrandin ne les prît à partie pour l'avoir fait arrêter si imprudemment sur un simple soupçon de jalousie.

Aldobrandin répondit avec franchise qu'il était tout prêt à faire ce qu'il lui prescrirait à cet égard.

« Il faut, dit alors le pèlerin, que vous fassiez préparer pour demain un grand repas.

« Vous engagerez vos parents et leurs femmes à s'y trouver, et j'irai, de votre part, prier les frères de Tédalde de s'y rendre, après leur avoir annoncé notre projet de réconciliation. »

Aldobrandin l'ayant laissé maître de tout, il alla chez ses quatre frères, leur parla comme il convenait dans la circonstace, e leur prouva par des raisons solides et sans réplique qu'ils lui devaient des réparations.

Ils lui promirent de se rendre chez lui, et de lui demander pardon de tout ce que leur attachement pour leur frère leur avait fait entreprendre contre lui.

Quand il eut ainsi leur parole, il les pria, de sa part, à dîner pour le lendemain, avec leurs femmes.

Le jour suivant, les quatre frères, en habit de deuil (car ils ignoraient encore la déclaration qu'avaient faite, touchant la qualité du mort, les vrais auteurs de l'assassinat), et accompagnés de quelques-uns de leurs amis, sortirent un peu avant l'heure indiquée, pour se rendre chez Aldobrandin, où ils arrivèrent les premiers.

Ils n'eurent pas plutôt paru devant lui qu'ils posèrent à terre leurs épées et lui demandèrent pardon en se mettant à sa discrétion.

Le bon Aldobrandin les reçut les larmes aux yeux, et les embrassa en leur disant qu'il leur pardonnait de tout son cœur.

Leurs femmes et leurs sœurs arrivèrent ensuite en deuil et furent très bien accueillies.

Chacun fit de son mieux pour se surpasser en honnêtetés.

Le festin n'alla pas moins bien que la raccommodement ; on fut magnifiquement servi, et tout se passa avec beaucoup de décence.

Cependant le repas fut triste et silencieux, à cause du deuil des Éliséi, qui croyaient toujours que l'homme assassiné était véritablement leur frère Tédalde, dont on leur avait annoncé l'arrivée.

Ils savaient seulement, comme le reste du public, qu'Aldobrandin avait été soupçonné et accusé à faux.

Ce qui avait donné lieu à cette accusation, c'est que le corps du prétendu Tédalde avait été trouvé percé de coups sur la porte de sa maison, où les meurtriers l'avaient apporté pour donner le change sur les auteurs du délit.

Leur douleur encore récente répandit sur le reste de l'assemblée un air morne qui donna lieu à quelques convives de blâmer le pèlerin d'avoir ordonné cette fête.

Afin de réparer cette irrégularité et ne dissiper cette tristesse, il crut devoir se faire connaître.

Il se lève, après le premier service, et se tenant debout :

« Je sens, dit-il, Messieurs et Dames, que pour rendre votre satisfaction complète et répandre la gaieté sur vos visages, je sens, dis-je, qu'il faudrait ici la présence de Tédalde.

« Je suis bien aise de vous apprendre que ce n'est pas lui qui a été assassiné.

« Il est encore plein de vie, et, ce qui vous étonnera davantage, il est actuellement dans cette compagnie, sans qu'aucun de vous l'ait reconnu. Je vais vous le montrer. »

Et, en disant ces derniers mots, il quitte son habit de pèlerin.

Tous les regards se fixent sur lui, on l'examine, on l'étudie ; et, comme on a de la peine à le reconnaître, il se met à rapporter une foule de particularités capables de convaincre les convives qu'il n'en imposait point.

Ceux qui composaient cette nombreuse assemblée paraissaient tombés des nues ; on se regardait avec surprise ; ses frères mêmes ne savaient que croire.

Mais quand il eut conté ses aventures, et cité plusieurs anecdotes que lui seul pouvait savoir, ils se rendirent à ces marques, et coururent l'embrasser ainsi que ses sœurs.

Aldobrandin et les autres en firent autant.

Il n'y eut qu'Hermeline qui demeura froide et tranquille.

Son mari en fut surpris, et lui reprocha son indifférence devant tout le monde.

« Il n'y a ici personne, mon cher mari, lui répondit-elle d'un ton assez fort pour que l'assemblée pût l'entendre, qui lui fît plus volontiers que moi des caresses, et qui eût plus sujet de lui en faire, puisque c'est à lui que je dois le bonheur de te posséder encore ; mais les mauvais bruits qu'on a répandus le jour de la mort de celui qu'on a pris pour lui, m'obligent de retenir les mouvements de ma juste reconnaissance.

— Belle raison ! répliqua le mari : crois-tu que j'ajoute foi à tous ces bavardages ?

« Je lui dois ma liberté, et cela doit confondre les calomniateurs.

« Lève-toi, cours l'embrasser, et ne t'embarrasse pas du reste. »

Hermeline le désirait trop pour se le faire dire encore ; elle l'embrassa donc et lui fit mille amitiés.

La manière libre et généreuse dont en usait Aldobrandin plût extrêmement aux frères de Tédalde.

Tout le monde fut content, et les honnêtetés mutuelles rétablirent entièrement la bonne intelligence entre les deux familles.

L'ex-pèlerin, au comble de la joie, déchira les habits de deuil que portaient ses frères, leurs femmes et ses sœurs, et leur en fit mettre d'autres.

Ensuite on chanta, on dansa, on fit mille folies plus amusantes les unes que les autres ; de sorte que la fin du repas fut aussi gaie que le commencement avait été triste.

Tédalde régala le lendemain les mêmes convives, et plusieurs jours se passèrent en festins et en divertissements.

Les Florentins regardèrent longtemps Tédalde comme un homme ressuscité.

On était tenté de crier au miracle.

Plusieurs de ses parents mêmes n'étaient pas tout à fait convaincus

Il lui mit un anneau au doigt et la renvoya... Page 255.

que ce fût véritablement lui, et ne l'auraient peut-être jamais cru, sans un événement qui fît connaître quel était celui qui avait été tué.

Des gens de l'Unigiane passant un jour devant la maison de Tédalde, et le voyant sur sa porte, coururent le saluer.

« Eh! bonjour, notre ami Fativole! lui dirent-ils en présence de ses frères.

« Comment te portes-tu?

— Vous vous trompez, mes bonnes gens, répondit-il; vous me prenez sans doute pour un autre, car je ne vous connais point. »

En effet, ils reconnurent à sa voix qu'ils s'étaient mépris, et lui en firent des excuses.

« Jamais homme, ajoutèrent-ils, n'a mieux ressemblé à un de nos amis, nommé Fativole, de Pontremoli, qui doit être arrivé ici depuis environ quinze jours, et que nous cherchons partout, sans pouvoir le découvrir : il fallait vous entendre parler pour nous détromper; vous lui ressemblez parfaitement, à l'habit près, car le sien n'était pas aussi beau, ni de si belle couleur que le vôtre.

— Comment était-il habillé? dit le frère ainé de Tédalde, qui avait entendu la conversation.

— De la même étoffe et de la même couleur que vous voyez nos habits; car c'est un homme de notre état, répondirent-ils. »

Ces détails et plusieurs autres particularités qu'on apprit de ces étrangers firent voir clairement que ce Fativole était l'homme qui avait été assassiné ; et dès ce moment tout le monde demeura entièrement convaincu que l'ex-pèlerin n'en avait aucunement imposé.

C'est ainsi que Tédalde, expatrié par les rigueurs d'une maîtresse qu'il adorait, parvint à renouer avec elle, après une absence de sept ans, qui fut cause de sa grande fortune.

La belle fit de son mieux pour lui faire oublier son ancien tort ; et ces deux amants vécurent depuis dans une si parfaite union, et se conduisirent avec tant de prudence, qu'ils n'eurent jamais le moindre démêlé et que peu de personnes se doutèrent de leurs amours.

NOUVELLE VIII

LE RESSUSCITÉ

Quelque longue que fût la nouvelle de Mme Émilie, elle ne le parut point à l'assemblée, vu la quantité et la diversité des événements qu'elle renfermait.

Elle fut d'ailleurs racontée avec tant de grâce et de vivacité, qu'on parut fâché de la voir sitôt finir. La Reine alors se tourna vers Mme Laurette, et lui fit entendre, par un signe, qu'elle désirait de lui voir remplir sa tâche. Cette dame prit incontinent la parole, et débuta en ces termes :

L'histoire que je vais vous raconter a tout l'air d'une fable ; je puis cependant vous assurer, mes chères et aimables dames, qu'elle est véritablement arrivée.

Une circonstance de celle que nous venons d'entendre, m'en a rappelé, tout à l'heure le souvenir : c'est la mort prétendue de Tédalde. Vous allez voir comment un homme, qui n'était pas mort, quoiqu'il en eût l'apparence, fut enterré, et ressuscité ensuite par un fripon de moine, qui fit passer pour un miracle de sa façon, ce qui ne fut que l'ouvrage de sa scélératesse.

I l y eut, et il y a encore dans la Toscane, une abbaye située dans un lieu solitaire, comme le sont ordinairement ces sortes de maisons.

Le moine qui en était l'abbé menait une vie assez régulière, à l'article des femmes près, dont il ne pouvait se passer ; mais le bon père prenait si bien ses mesures, que ses intrigues étaient parfaitement ignorées de sa communauté, qui le regardait comme un saint religieux.

Il y avait dans le voisinage de l'abbaye, un riche paysan nommé Féronde, un homme matériel et stupide.

Il fit connaissance avec l'abbé, qui, le voyant si simple et si bête, ne le recevait chez lui que pour avoir occasion de s'égayer à ses dépens.

Ayant passé quelques jours sans paraître au couvent, l'abbé résolut d'aller lui faire une visite.

La femme de Féronde était jeune et jolie.

Le moine ne l'eut pas plutôt aperçue qu'il en devint amoureux.

Quel dommage, disait-il, que ce rustre possède un pareil bijou, dont il ne connaît pas sans doute le prix !

Il se trompait ; car, quoique Féronde n'eût pas d'esprit, il ne laissait pas de bien aimer sa femme, et la veillait de près ; il en était même si jaloux, qu'il ne la perdait presque pas de vue.

Cette dernière découverte ne fit aucunement plaisir à l'abbé, qui la convoitait de tout son cœur, et qui craignait de ne pouvoir la lui débaucher.

Il ne perdit cependant pas espérance.

Comme il était fin et rusé, il sut si bien amadouer le jaloux, qu'il l'engagea à mener quelquefois sa femme au beau jardin de l'abbaye.

Le bon hypocrite partageait avec eux le plaisir de la promenade, et, pour mieux les duper l'un et l'autre, ne les entretenait que de choses saintes.

L'onction qu'il mettait dans ses discours, le zèle qu'il montrait pour leur salut, le faisaient passer un saint dans leur esprit.

Enfin il joua si bien son personnage, que la femme mourait d'envie de le prendre pour son directeur.

Elle en demanda la permission à son mari, qui la lui accorda volontiers.

La voilà aussitôt aux pieds de l'abbé, qui, ravi d'avoir une telle pénitente, se proposait de tirer parti de sa confession pour la conduire à ses fins.

Le catalogue des gros péchés fut bientôt expédié ; mais les affaires du ménage furent de plus longue discussion.

C'était là que le confesseur l'attendait.

Il lui demanda si elle vivait bien d'accord avec son mari.

« Hélas ! lui répondit-elle, il est bien difficile de faire son salut avec un pareil homme.

« Vous ne sauriez vous imaginer ce que j'ai à souffrir de sa bêtise et de sa stupidité.

« Ce sont continuellement des altercations, des gronderies et des reproches sur des misères.

« Il est d'ailleurs d'une jalousie dont rien n'approche, quoique je puisse dire, avec vérité, que je n'y donne pas sujet.

« Je vous aurais bien de l'obligation, mon père, si vous vouliez me dire comment je dois m'y prendre pour le guérir de ce travers qui fait mon malheur et le sien.

« Tant qu'il se conduira comme il le fait à mon égard, je crains que toutes mes bonnes œuvres ne soient des œuvres mortes, par les impatiences continuelles auxquelles je me livre. »

Ces paroles chatouillèrent agréablement l'oreille et le cœur de l'abbé.

Il crut, dès ce moment, qu'il lui serait aisé d'accomplir ses desseins sur la belle.

« Il est sans doute bien désagréable, répondit-il, pour une femme sensible et jolie, de ne trouver dans son mari qu'un sot sans esprit et sans jugement ; mais je crois qu'il est encore plus fâcheux pour elle d'avoir affaire à un mari dur et jaloux.

« Je conçois, ma fille, toute l'étendue de vos peines.

« Le seul conseil que je puisse vous donner pour les diminuer, c'est de tâcher de guérir votre mari du mal cruel de la jalousie.

« Je conviens que la chose ne vous est pas aisée, mais je vous offre mes services.

« Je sais un remède infaillible : je l'emploierai, pourvu toutefois que vous me promettiez un secret inviolable sur ce que je vous dirai.

— Ne doutez point de ma discrétion, répondit la dame ; je mourrais mille fois, s'il était possible, plutôt que de révéler une chose que vous m'auriez défendu de dire.

« Parlez sans crainte, et dites-moi quel est ce remède ?

— Si nous voulons, répliqua l'abbé, que votre mari guérisse, il faut de toute nécessité qu'il fasse un tour en purgatoire.

« Que dites-vous donc là, mon cher père ?

« Est-ce qu'on peut aller en purgatoire tout en vie ?

— Non, il mourra avant d'y aller ; et quand il y aura passé assez de temps pour être guéri de sa jalousie, nous prierons Dieu, l'un et l'autre, qu'il le rappelle à la vie, et je vous garantis que nos prières seront exaucées.

— Mais, en attendant qu'il ressuscite, faudra-t-il que je demeure veuve ? Ne pourrai-je point me remarier ?

— Non, mon enfant, il ne vous sera pas permis de prendre un autre mari ; Dieu en serait irrité.

« D'ailleurs vous seriez obligée de le quitter lorsque Féronde re-

viendra de l'autre monde, et ce nouveau mariage ne manquerait pas
de le rendre plus jaloux qu'auparavant.

— Je me soumettrai aveuglément à toutes vos volontés, mon père,
pourvu qu'il guérisse de son mal, et que je ne sois pas dans le cas de
demeurer longtemps dans le veuvage; car je vous avoue que s'il arrivait que vous ne pussiez le ressusciter, il me serait difficile de n'en
point prendre un autre, dût-il être jaloux comme lui.

— Soyez tranquille, ma chère enfant, j'arrangerai toutes choses

pour le mieux; mais quelle récompense me donnerez-vous pour un tel
service?

— Celle que vous souhaiterez, si elle est en mon pouvoir; mais que
peut faire une femme comme moi pour un homme comme vous?

— Vous pouvez faire autant et plus pour moi, reprit l'abbé, que je
ne puis faire pour vous; je vais vous procurer le repos, il ne tiendra
qu'à vous de me le procurer aussi; car je l'ai totalement perdu depuis
que je vous connais; vous pouvez même me conserver la vie, que je
perdrai infailliblement, si vous n'apportez remède à mon mal.

— Que faut-il donc que je fasse? Je ne demande pas mieux que de vous témoigner ma reconnaissance.

« Quel est votre mal, et comment puis-je le guérir?

— Mon mal n'est autre chose que beaucoup d'amour pour vous; et si vous ne m'aimez comme je vous aime, si vous ne m'accordez vos faveurs, je suis un homme mort.

— Hélas! que me demandez-vous là? dit la femme tout étonnée.

« Je vous regardais comme un saint.

« Convient-il à un prêtre, à un religieux, à un confesseur, de faire de pareilles demandes à ses pénitentes?

— Ne vous en étonnez pas, ma chère amie, la sainteté n'en sera point altérée, parce qu'elle réside dans l'âme, et que ce que je demande ne regarde que le corps.

« Ce corps a ses besoins, qu'il est permis de satisfaire, pourvu que l'on conserve un esprit pur.

« Ce n'est pas la nourriture que l'on prend qui constitue le péché de gourmandise; c'est l'idée qu'on y attache; il en est de même des autres besoins de l'homme.

« Si quelque chose doit vous étonner, c'est l'effet que produit votre beauté sur une âme qui a coutume de ne voir que des beautés célestes.

« Il faut que vos charmes soient bien puissants, pour m'avoir porté à désirer la faveur que je vous demande.

« Vous pouvez vous vanter d'être la plus belle de toutes les femmes, puisque la sainteté même n'a pu se défendre de convoiter votre cœur.

« Quoique religieux, quoique abbé, quoique saint, je n'en suis pas moins homme.

« J'en aurais plus de mérite sans doute devant Dieu, si je pouvais faire le sacrifice de l'amour que vous m'avez inspiré et du plaisir que j'en attends; mais je vous avoue que ce sacrifice est au-dessus de mes forces, tant votre beauté a fait d'impression sur mon âme.

« Ne me refusez pas la grâce que je vous demande. Pourquoi balanceriez-vous à me l'accorder?

« Je ne suis pas encore vieux, comme vous voyez; quelque austère que soit la vie que je mène, elle ne m'a pas encore défiguré; mais quand bien même je ne vaudrais pas votre mari du côté de la figure, ne devez-vous pas aimer qui vous aime, et avoir quelque complaisance pour quelqu'un qui tenterait l'impossible pour vous rendre heureuse dans ce monde et dans l'autre?

« Bien loin que ma proposition vous fît de la peine, vous devriez en être charmée.

« Tandis que le jaloux Féronde sera en purgatoire, je vous ferai compagnie et vous servirai de mari; personne n'en saura jamais rien.

« Profitez donc, ma belle amie, de l'occasion que le ciel vous ménage.

« Je connais beaucoup de femmes qui seraient ravies d'avoir une pareille fortune.

« Si vous êtes sage, vous ne la laisserez point échapper.

« Sans compter que j'ai beaucoup de belles bagues et des bijoux très précieux, dont je vous ferai présent si vous consentez à faire pour moi ce que je suis disposé à faire pour vous.

« Seriez-vous assez peu reconnaissante pour me refuser un service qui vous coûtera si peu, lorsque je veux vous en rendre un si important à votre tranquillité? »

La femme, les yeux baissés, ne savait que répondre au saint religieux.

Elle n'osait dire *non*, et dire *oui* ne lui paraissait pas chose honnête et décente.

L'abbé, qui vit son embarras, en augura favorablement. Il crut qu'elle était ébranlée.

Pour l'enhardir et achever de la déterminer, il redoubla ses prières et ses instances.

Il parvint enfin à lui persuader, par des raisons tirées de sa dévotion et de sa sainteté, qu'il n'y avait rien de criminel dans ce qu'il lui demandait.

La belle alors lui répondit, non sans quelque peu de honte et de timidité, qu'elle ferait tout ce qu'il lui plairait; mais que ce ne serait qu'après qu'il aurait envoyé Féronde en purgatoire.

« Il y sera bientôt, dit l'abbé plein de joie. Tâchez seulement de l'engager à me venir voir demain ou après-demain, le plus tôt ne sera que le mieux. »

Et en disant cela, il lui mit un anneau au doigt et la renvoya.

La bonne femme, fort satisfaite du présent de l'abbé, et espérant d'en recevoir d'autres, alla voir plusieurs de ses amies, avant de rentrer chez elle, pour avoir occasion de parler de l'abbé.

Elle leur raconta des choses merveilleuses de sa sainteté, et ne tarissait pas sur son compte.

On crut d'autant plus volontiers tout le bien qu'elle en disait, que personne n'avait garde de le soupçonner d'hypocrisie et de galanterie.

Féronde ne tarda pas d'aller à l'abbaye.

Le fripon d'abbé ne l'eut pas plutôt vu qu'il se mit en devoir d'exécuter son noir dessein.

Il avait reçu des contrées d'Orient une poudre merveilleuse qui faisait dormir plus ou moins de temps, selon que la dose était plus ou
moins forte.

La personne de qui il la tenait lui en avait donné la recette, et en
avait fait plusieurs fois l'expérience.

On pouvait s'en servir à coup sûr, lorsqu'on voulait envoyer quelqu'un dans l'autre monde, et l'en faire revenir après un certain temps.

Cette poudre était si extraordinaire, que, pendant qu'elle agissait,
on eût dit que le dormant était mort, sans que pour cela elle lui causât
la moindre incommodité : elle ne faisait qu'ôter l'usage des sens.

L'abbé en mit dans du vin et en donna à Féronde une quantité suffisante pour le faire dormir trois jours.

Quand cela fut fait, il sortit de sa chambre avec lui, pour se promener dans le cloître jusqu'à ce qu'il commençât à s'endormir.

Il y rencontra plusieurs moines, avec lesquels il s'égaya des bêtises
du bon paysan.

Cette récréation ne dura pas longtemps. La poudre commença à
faire son effet.

Féronde s'endort et tombe tout à coup. L'abbé feint d'être troublé de
cet accident, qu'on prit pour une attaque d'apoplexie, et donne des ordres pour qu'on transporte le malade dans une chambre.

Chacun s'empresse de le secourir : les uns lui jettent de l'eau froide
sur le visage, les autres lui font respirer du vinaigre pour rappeler
ses esprits ; mais tout est inutile.

On lui tâte le pouls, qu'on trouve sans mouvement ; on ne doute
plus que le pauvre homme ne soit mort.

On en fait avertir sa femme et ses parents, qui viennent gémir et
pleurer autour de son corps.

Enfin on l'enterra avec les cérémonies accoutumées, mais tout vêtu
et dans un grand caveau.

Sa femme, qui espérait de le revoir dans peu, d'après la parole que
lui en avait donnée l'abbé, fut moins affligée de sa mort qu'elle ne l'aurait été sans cet espoir, et s'en retourna chez elle avec son petit enfant
qu'elle avait mené aux funérailles, disant aux parents de son mari
qu'elle ne se remarierait de sa vie.

La nuit ne fut pas plutôt venue, que l'abbé et un moine boulonnais,

Tous ceux qui le rencontrent dans le chemin prennent la fuite, comme à la vue d'un spectre...
Page 262.

son intime ami qu'il avait attiré dans son couvent depuis peu de jours, se rendent au caveau, tirent Féronde du cercueil et le portent dans le *vade in pace;* c'était une cave obscure et profonde, qui servait de prison aux moines qui avaient commis quelque fredaine.

Ils lui ôtent ses habits, l'habillent en moine, et l'étendent sur la paille en attendant son réveil.

Le lendemain, l'abbé, accompagné d'un autre moine, fit une visite de cérémonie à la veuve, qu'il trouva en deuil et dans l'affliction.

Après l'avoir consolée par des discours pleins de sagesse et d'édification, il la prit à l'écart, et lui rappela à voix basse, pour n'être pas entendu de son camarade, la promesse qu'elle lui avait faite.

La femme, devenue libre par la mort de son mari, et voyant luire au doigt de l'abbé un anneau beaucoup plus beau que celui qu'elle en avait déjà reçu, lui répondit qu'elle est encore disposée à la tenir, et il convient avec elle qu'il ira la rejoindre la nuit suivante.

Il y alla en effet, vêtu des habits du pauvre Féronde, qui dormait encore.

Il coucha avec elle, et s'en donna à loisir tant et plus, malgré la sainteté dont il faisait profession.

Ou sent bien que le drôle ne s'en tint pas à cette nuit là.

Il allait et venait si souvent, qu'il fut rencontré par plusieurs personnes; mais comme il ne faisait ce chemin que de nuit, ces bonnes gens s'imaginèrent que Féronde lui-même revenait pour demander des prières ou faire quelque pénitence; ce qui donna lieu dans tout le village à mille contes plus ridicules les uns que les autres.

On en parla même à la veuve; mais comme elle savait mieux que personne ce qui en était, elle ne s'en mit guère en peine.

Cependant le pauvre Féronde se réveilla trois ou quatre jours après.

Il ne pouvait s'imaginer dans quel lieu il se trouvait, lorsque le moine boulonnais entra dans sa prison, muni d'une poignée de verges, dont il lui appliqua cinq ou six coups à force de bras.

« Hélas! où suis-je? s'écria-t-il en fondant en larmes.

— Tu es en purgatoire, lui répondit le moine d'une voix terrible.

— Je suis donc mort?

— Sans doute, repartit le moine. »

A cette nouvelle, le pauvre homme se lamente plus fort, pleure sa femme et son fils, et dit les plus grandes extravagances du monde.

Le moine rentra quelque temps après, pour lui apporter de quoi boire et manger.

« Eh quoi! dit Féronde, est-ce que les morts mangent?

— Oui, dit le religieux; oui, ils mangent quand Dieu l'ordonne.

« La nourriture que je t'apporte est ce que la femme que tu as laissée sur la terre a envoyé ce matin à l'église, pour faire dire des messes pour le repos de ton âme ; Dieu veut qu'on te le rende ici.

— O vous ! qui que vous soyez, donnez de ma part à cette chère femme, donnez-lui le bonjour.

« Je l'aimais tant, quand je vivais, que je la serrais toute la nuit dans mes bras ; je la couvrais sans cesse de baisers, et puis, quand l'envie m'en prenait, je lui faisais autre chose.

« Saluez-la, vous dis-je, de ma part, s'il est en votre pouvoir, monsieur le Diable, ou monsieur l'Ange ; car je ne sais lequel des deux vous êtes. »

Après avoir parlé ainsi, notre bon imbécile, qui se sentait faible, se mit à manger et à boire.

N'ayant pas trouvé le vin bon :

« Que Dieu la punisse ! s'écria-t-il incontinent.

« C'est une véritable carogne.

« Pourquoi n'a-t-elle pas envoyé au prêtre du vin du tonneau qui est couché le long du mur ? »

A peine eut-il achevé de prendre la mince nourriture qu'on lui avait donnée, que le moine recommença à le discipliner.

« Pourquoi me frapper ainsi ?

— Parce que Dieu me l'a commandé, il veut que tu en reçoives autant deux fois le jour.

— Et pourquoi, je vous prie ?

— Parce que tu as été jaloux de ta femme, qui était la plus honnête et la plus vertueuse du village.

— Hélas ! cela est vrai : elle était plus douce que le miel ; mais je ne savais pas que la jalousie fût un péché devant Dieu.

« Je vous assure que, si je l'avais su, je n'aurais point été jaloux.

— Tes assurances sont inutiles ; je dois exécuter les ordres qui me sont donnés ; tu devais t'en instruire quand tu vivais.

« Ce châtiment du moins t'apprendra à ne plus l'être, si tu retournes jamais au monde.

— Est-ce que les morts peuvent retourner sur la terre ?

— Oui, quand c'est la volonté de Dieu.

— Hélas ! si je puis jamais y retourner, je me promets bien d'être le meilleur mari du monde.

« Non, jamais il ne m'arrivera de gronder, ni de maltraiter ma femme.

« Je me contenterai seulement de lui faire des reproches au sujet

du mauvais vin qu'elle m'a fait boire, et sur ce qu'elle n'a point envoyé de chandelles à l'église, puisqu'elle est cause que j'ai mangé dans
les ténèbres.

— Elle a eu soin d'en envoyer; mais on les a brûlées à dire des
messes.

— La bonne femme! que je suis fâché de l'avoir quelquefois tour-
mentée!

« Hélas! on ne connaît le prix des choses que quand on les a perdues.

« Si je retourne jamais chez moi, je lui laisserai faire tout ce qu'elle
voudra.

« La bonne, l'excellente femme! Mais vous, qui m'avez si fort étrillé,
pour la venger de ma jalousie, apprenez-moi donc qui vous êtes?

— Je suis un mort comme toi, né en Sardaigne; et parce qu'il
m'est arrivé de louer la jalousie d'un maître que je servais, Dieu m'a
condamné à te porter à manger, et à te battre deux fois le jour, jusqu'à ce qu'il ait décidé autrement de notre destinée.

— Dites-moi encore, continua Féronde, n'y a-t-il que nous deux
ici?

— Nous sommes des milliers; mais tu ne peux ni les voir ni les
entendre; et eux aussi ne t'entendent ni te voient.

— A quelle distance sommes-nous de notre pays?

— A des milliers de lieues.

— Diable! c'est beaucoup; nous devons être sans doute hors du
monde, puisqu'il y a si loin d'ici à notre village. »

Le moine ne pouvait s'empêcher de rire sous cape des raisons sau-
grenues et de la stupidité du bonhomme.

Il allait régulièrement tous les jours lui porter à manger; mais il se
lassa de le battre et de lui parler.

Ce malheureux avait déjà passé dix mois dans cette prison obscure,
lorsque sa femme, qui l'avait presque entièrement oublié, devint
grosse.

Aussitôt qu'elle s'en fut aperçue, elle en avertit l'abbé, qui ne cessait de lui rendre de fréquentes visites.

Ils jugèrent alors qu'il était à propos de ressusciter le mari, pour
couvrir leur libertinage.

Sans cet accident, le pauvre diable eût peut-être passé bien des années dans son purgatoire.

L'abbé se rendit lui-même, la nuit suivante, dans la prison de

Féronde, et contrefaisant sa voix, il lui cria, à travers un long cornet :

« Console-toi, Féronde, Dieu veut que tu retournes sur la terre, où tu auras un second fils, à qui tu donneras le nom de *Benoît*.

Tu dois cette grâce signalée aux fréquentes prières de ta femme et à celles du saint abbé du couvent de ton village.

— Dieu soit loué ! s'écria le prisonnier plein de joie, je reverrai donc ma douce et bénigne femme, mon cher et tendre fils, le saint et pieux abbé, à qui je devrai ma délivrance.

« Que Dieu les bénisse à jamais ! »

A peine eut-il dit ces mots, qu'il tomba en léthargie.

L'abbé avait eu la précaution de faire mettre dans sa boisson de la même poudre ; mais on n'en avait mis qu'autant qu'il fallait pour le faire dormir quatre ou cinq heures seulement.

Il profita de son sommeil, aidé du moine boulonnais, son confident, pour le revêtir de ses habits, et le porter dans le caveau où il avait été d'abord enterré.

Il était déjà grand jour, lorsque le prétendu mort se réveilla.

Apercevant, par un trou, la lumière qu'il n'avait point vue depuis dix mois, et sentant, dès ce moment, qu'il était réellement en vie, il s'approcha du trou, et se mit à crier de toutes ses forces qu'on lui ouvrît.

Comme personne ne lui répondait, il essaya de la tête et des épaules à pousser lui-même la pierre qui couvrait le tombeau.

Il fit de si grands efforts qu'il l'entr'ouvrit, parce qu'elle n'était pas bien jointe.

Il crie de nouveau à son secours ; les moines qui venaient de chanter matines, accourent au bruit de cette voix sourde.

Ils s'approchent du tombeau, et sont si épouvantés, qu'ils prennent la fuite, et vont avertir l'abbé de ce prodige.

L'abbé feignait d'être en ce moment en oraison.

« Ne craignez rien, mes enfants, leur dit-il, prenez la croix et l'eau bénite, et allons voir, avec un saint respect, ce que la puissance de Dieu vient d'opérer. »

Pendant ce temps, le bonhomme Féronde était parvenu, à force d'efforts, à détourner assez la pierre pour passer son corps et sortir du tombeau.

Il était pâle, défait, comme devait l'être un homme qui avait passé tant de temps sans voir la lumière.

Dès qu'il aperçoit l'abbé, il se jette à ses pieds, et lui dit :

« Mon père, ce sont vos prières et celles de ma femme qui m'ont délivré des peines du purgatoire et rendu à la vie.

« Je prie Dieu qu'il vous accorde de longs jours et vous comble de ses grâces.

— Que le saint nom du Tout-Puissant soit béni, dit alors l'abbé. Lève-toi, mon fils, et va consoler ta femme, qui, depuis ta mort, n'a cessé de pleurer; va, et sois un fidèle serviteur de Dieu.

— Je sens, mon père, tout ce que je lui dois; soyez sûr que je ferai de mon mieux pour lui marquer ma reconnaissance.

« La bonne, l'excellente femme !

« Je vais la joindre, et lui prouver par mes caresses le cas infini que je fais de son attachement.

« Je la recommande, mon père, à vos saintes prières et à celles de la communauté. »

L'abbé feignit d'être plus étonné que ses moines; il ne manqua pas de leur faire valoir la grandeur de ce miracle, en l'honneur duquel il leur ordonna de chanter le *miserere*.

Féronde retourne dans sa maison.

Tous ceux qui le rencontrent dans le chemin prennent la fuite, comme à la vue d'un spectre.

Sa femme même, quoique prévenue, en eut peur, ou en fit le semblant.

Mais quand on le vit s'acquitter de toutes les fonctions d'un homme vivant, quand on l'entendit appeler chacun par son nom, tout le monde se rassura, et on le crut ressuscité tout de bon.

Alors de l'interroger et de lui faire mille questions; et lui, de leur donner des nouvelles de l'autre monde, de leur parler de l'âme de leurs parents, et de leur conter ses tristes aventures, en y mêlant mille fables ridicules, comme s'il fût devenu homme d'esprit, et qu'il eût voulu se moquer de leur sotte crédulité.

La révélation qu'il avait eue peu d'instants avant qu'il ressuscitât ne fut point oubliée.

Il prétendit qu'elle lui avait été faite par l'ange Gabriel.

En un mot, il n'est point d'extravagances qu'il ne débitât du plus grand sang-froid, et qui ne fussent adoptées avidement par le peuple de son village.

Sa femme le reçut avec toutes les démonstrations de la joie.

Elle mit au monde, au bout de sept mois, un enfant que le prétendu ressuscité nomma Benoît Féronde, et dont il se crut véritablement le père.

Ce qu'il avait raconté de l'autre monde, l'absence qu'il avait faite, le témoignage des moines et celui de ses parents, qui avaient assisté à ses funérailles, tout concourut à prouver qu'il était réellement ressuscité d'entre les morts : ce qui ne contribua pas peu à grossir la réputation de sainteté du père abbé.

Féronde n'oublia jamais les bons coups de verge qu'il avait reçus en purgatoire, et vécut avec sa femme sans soupçon et sans jalousie.

Elle profita de son indulgence et de sa simplicité pour continuer ses intrigues avec son saint directeur.

NOUVELLE IX

LA FEMME COURAGEUSE

Pour conserver le privilège accordé au facétieux Dionée, c'était à la Reine à conter sa nouvelle, puisque tous les autres avaient dit la leur. Aussi dès que Mme Laurette eut cessé de parler, et sans attendre que la compagnie l'en priât, elle prit aussitôt la parole, et dit d'un air aussi noble que gracieux : Qui pourra Messieurs et Dames, raconter des histoires capables de vous amuser, après avoir entendu celle de Mme Laurette? Il est en vérité fort heureux que cette dame n'ait pas été la première à parler; car tout ce qu'on aurait dit après elle, ne nous eût guère paru intéressant.

Je crains fort que les deux nouvelles qui vous restent à entendre, ne vous ennuient après la sienne.

N'importe, je dois remplir ma tâche, et je vais le faire le moins mal qu'il me sera possible.

 l y eut autrefois en France un comte de Roussillon, nommé Esnard, qui, ne jouissant pas d'une bonne santé, avait toujours auprès de lui un médecin, connu sous le nom de Gérard, natif de Narbonne, en Languedoc.

Le comte n'avait qu'un fils, qui se nommait Bertrand.

Il était encore enfant, et joli comme un cœur, lorsque son père crut devoir le faire élever avec plusieurs autres enfants de son âge, parmi lesquels se trouvait la fille de son médecin, nommée Gillette.

Cette fille parut d'abord avoir beaucoup d'attachement pour lui.

Son inclination se fortifia avec l'âge, et se changea en un amour si grand, qu'on n'aurait jamais imaginé qu'une demoiselle qui n'avait

pas encore atteint l'âge de puberté pût être capable d'une si forte passion.

Le comte, après avoir été valétudinaire toute sa vie, mourut enfin,
et laissa Bertrand, son fils, sous la tutelle du roi de France, qui ne
tarda pas à le faire venir à Paris.

On conçoit aisément le chagrin que son départ dut causer à la jeune
demoiselle.

Elle faillit en mourir de douleur.

L'espérance de le revoir la soutint un peu et lui rendit la santé.

Quand elle eut perdu son père, dont la mort suivit de près celle de
son malade, elle serait volontiers partie pour Paris, si, commençant
déjà de raisonner, elle n'avait eu peur de choquer les bienséances.

D'ailleurs, comme elle était sans frères ni sœurs, et que son père lui
avait laissé un riche héritage, il lui eût été difficile de tromper la vigilance de ses proches, qui la veillaient de fort près.

Parvenue à l'âge d'être mariée, elle refusait tous les partis qu'on lui
offrait, parce qu'elle nourrissait toujours la passion qu'elle avait pour
le comte.

Comme elle ne l'avait point donné à connaître à personne, elle disait, pour colorer ses refus, qu'elle était trop jeune pour prendre un
établissement qui ne devait finir qu'avec sa vie.

Elle avait un pressentiment qu'elle pourrait un jour épouser celui
qu'elle aimait.

Le désir d'aller à Paris, pour jouir seulement du plaisir de le voir,
ne l'abandonnait point.

Elle eut bientôt occasion de le satisfaire : elle apprit que le roi souffrait beaucoup d'une fistule, causée par les suites d'une enflure d'estomac, pour laquelle il n'avait pas été bien traité ; que tous les médecins qu'il ayait consultés n'avaient fait qu'irriter son mal; et que,
désespérant lui-même de sa guérison, il avait renoncé aux secours de
l'art.

Cette nouvelle lui fit grand plaisir, parce qu'elle lui fournissait un
prétexte honnête pour se rendre à Paris, disant qu'elle se sentait en
état de guérir le roi.

Son père lui avait effectivement laissé plusieurs secrets, un entre
autres contre les ulcères les plus tenaces.

Elle partit donc incontinent, dans l'espérance que si son remède opérait la guérison du roi, il ne lui serait pas difficile d'obtenir ensuite
Bertrand pour mari.

Elle fit rassembler les plus considérables de l'État... Page 268.

Le premier soin de Gillette, quand elle fut arrivée à Paris, fut d'aller voir le comte, qui l'accueillit avec beaucoup de politesse.

Elle parvint ensuite à se faire introduire auprès du roi, et le pria en grâce de lui faire voir son mal.

Ce prince, charmé de sa jeunesse, de sa douceur et de sa beauté, ne crut pas devoir la refuser.

Quand elle eut vu la partie affligée :

« J'ose vous promettre, sire, lui dit-elle, de vous guérir radicalement dans huit jours, si vous voulez faire les remèdes que je vous donnerai et qui ne vous causeront pas la moindre douleur. »

Le roi d'abord se moque d'elle, se disant à lui-même :

« Comment une fille de cet âge pourrait-elle réussir dans une cure où les plus habiles médecins ont échoué ? »

Il se contenta de lui répondre qu'il était résolu de ne plus faire de remèdes.

« Sans doute, sire, reprit-elle, que mon sexe et ma jeunesse sont cause que vous n'avez aucune foi à mon remède ; mais j'aurai l'honneur de vous dire que ce n'est point sur mes faibles lumières que je compte, mais sur celles de mon père, qui, durant toute sa vie, a joui d'une grande réputation parmi les médecins.

« C'est par le même remède, que je me propose de vous donner, qu'il a opéré, de son vivant, plusieurs guérisons que ses confrères avaient jugées impossibles.

« Pourquoi craindriez-vous de l'essayer ? huit jours seront bientôt passés. »

Ce discours ébranla le roi, qui, paraissant réfléchir, disait intérieurement :

« Peut-être Dieu m'envoie-t-il cette fille pour opérer ma guérison.

« Pourquoi ne ferais-je pas l'essai de son savoir, puisqu'elle s'engage à me guérir dans peu de temps et sans me faire souffrir ? »

S'adressant ensuite à la demoiselle :

« Mais si vous ne me guérissez pas, à quoi vous soumettez-vous ?

— Sire, à être brûlée vive, et vous pouvez d'avance vous assurer de ma personne, et me faire garder à vue, jusqu'à ce que les huit jours soient écoulés.

« Mais si je guéris Votre Majesté, qu'elle récompense puis-je en attendre ?

— Je vous établirai le plus honorablement du monde, lui dit le roi, si, comme je le présume, vous êtes dans l'intention de vous marier.

— C'est tout ce que je puis désirer, sire ; mais je supplie Votre Majesté de me promettre qu'elle me donnera le mari que je lui demanderai, vos enfants et les princes du sang exceptés. »

Le roi ayant acquiescé à cette proposition, la jeune demoiselle prépara son remède, et l'administra si à propos, que le monarque fut entièrement guéri avant le terme prescrit, au grand étonnement de tous ses médecins.

Le prince, très satisfait, la combla d'éloges, et lui dit qu'elle pouvait faire la demande du mari qu'elle désirait, parce qu'elle l'avait bien mérité :

« J'ai donc mérité, répondit-elle, le comte Bertrand de Roussillon, que j'ai commencé d'aimer dès ma plus tendre enfance, et que j'aime encore de tout mon cœur. »

Le roi le fit venir et lui dit :

« Comme vous êtes à présent d'un âge à vous conduire vous-même, je veux que vous retourniez dans votre province avec une jeune et aimable demoiselle que je vous destine pour femme.

— Et quelle est cette demoiselle, sire?

— C'est celle qui m'a guéri. »

Le comte, qui la connaissait, qui l'estimait, qui l'aimait même, mais pas assez pour en faire sa femme, à cause de la disproportion de sa naissance avec la sienne, répondit d'un ton dédaigneux :

« Vous voulez donc, sire, me donner pour femme la fille d'un médecin !

« Je vous prie de me dispenser d'un pareil mariage.

— Voudriez-vous, reprit le roi, me faire manquer à la parole que j'ai donnée à cette aimable enfant, qui m'a rendu la santé, et qui vous demande pour récompense?

« J'ai trop bonne opinion de votre attachement pour moi.

— Il n'est rien, sire, que je ne fasse pour vous en donner des preuves ; vous êtes maître de mes biens et de ma personne ; puisque je suis votre vassal, vous pouvez me marier à qui il vous plaira ; mais je ne vous cacherai point que le mariage que vous me proposez répugne à mes sentiments.

— Cette répugnance vous passera, reprit le roi ; la demoiselle est jeune, jolie, sage ; elle vous aime beaucoup ; vous l'aimerez aussi, j'en suis sûr, et vous serez plus heureux avec elle qu'avec une autre d'une condition plus élevée. »

Le comte, qui savait que les rois de France n'étaient pas accoutumés à être désobéis, ne répliqua plus rien, et cacha son dépit.

Le roi ordonna aussitôt les préparatifs de ce mariage, et le jour des noces étant venu, Bertrand de Roussillon, en présence de Sa Majesté, donna, contre son cœur, la main à la demoiselle.

Après la cérémonie, il demanda la permission d'aller consommer le mariage dans son pays.

Le roi, qui était quitte de sa parole, lui accorda sa demande, et le comte de partir aussitôt.

Mais, à peine eut-il fait quelques lieues, qu'il quitta sa femme, dans le même état qu'il l'avait prise.

Il gagna la route d'Italie, et vint en Toscane demander de l'emploi aux Florentins, alors en guerre avec les Siennois.

Ils le reçurent à bras ouverts, et lui donnèrent un régiment, qu'il conserva tout le temps qu'il fut attaché à leur service.

La nouvelle mariée, peu contente de sa destinée, espérant que le temps et sa bonne conduite ramèneraient son mari, s'en alla en Roussillon, et y fut reçue comme l'épouse du comte, c'est-à-dire en souveraine.

Elle y trouva un grand désordre causé par l'absence du prince.

Les affaires furent remises en bon état par la sagesse de son gouvernement.

Son intelligence et sa bonne conduite lui gagnèrent l'estime et l'amour des grands et du peuple, qui blâmaient le comte d'agir si mal avec une femme d'un si grand mérite.

Après avoir établi le bon ordre, et l'avoir consolidé par de sages règlements, elle envoya deux gentilshommes à son mari, pour lui dire que si elle était cause qu'il n'allait point en Roussillon, elle était prête d'en sortir pour le contenter.

« Qu'elle s'arrange comme elle voudra, répondit-il durement; quant à moi, je n'irai demeurer avec elle que lorsqu'elle aura au doigt l'anneau que je porte, et qu'elle tiendra un fils de moi entre ses bras, voulant faire entendre qu'il n'habiterait jamais avec elle. »

L'anneau dont il parlait lui était fort cher, et il le portait toujours, à cause de certaine vertu qu'on lui avait dit qu'il avait.

Les envoyés, jugeant ces deux conditions impossibles, firent de leur mieux pour le fléchir; mais tout fut inutile.

N'en pouvant tirer autre chose, ils s'en retournèrent rendre compte à leur souveraine du mauvais succès de leur ambassade.

La dame, fort affligée, ne savait quel parti prendre.

A la fin, après avoir bien réfléchi, elle résolut d'essayer si elle ne pourrait pas venir à bout d'obtenir, par ruse ou autrement, les deux choses dont avait parlé son mari.

Quand elle eut avisé aux moyens qu'elle devait employer, elle fit rassembler les plus considérables de l'État et les plus honnêtes gens du pays, leur dit la démarche qu'elle avait faite auprès de son mari, et leur représenta, avec sa sagesse ordinaire, que le séjour qu'elle faisait parmi eux les privant de la satisfaction de voir leur seigneur, elle était résolue de se retirer, de s'exiler de sa patrie, et de passer le reste de sa vie en pèlerinages et en œuvres pies pour le salut de son âme.

« Je vous prie donc, ajouta-t-elle, de pourvoir au gouvernement, d'informer mon mari de ma retraite, et de lui dire que je n'ai pris ce parti que dans l'intention de l'attirer dans sa souveraineté, où je me propose de ne plus revenir, pour l'y laisser tranquille. »

Pendant qu'elle leur tenait ce discours, ces braves gens répandaient des larmes d'attendrissement.

Ils firent tout ce qu'ils purent pour la détourner de ce dessein, mais inutilement.

Après s'être munie d'une bonne provision d'argent et de bijoux, elle partit, accompagnée seulement d'un de ses cousins et d'une femme de chambre, sans que personne sût où elle allait.

Elle ne fut pas plutôt hors du Roussillon, qu'elle se travestit en pèlerine, et se rendit, dans cet équipage, à Florence, le plus diligemment qu'il lui fut possible.

Elle alla loger dans une petite auberge, que tenait une bonne veuve, où elle ne s'occupa que des moyens de voir son mari.

Elle n'osait en demander des nouvelles.

Le hasard voulut qu'il passât le lendemain, à cheval, devant la porte de cette auberge, à la tête de son régiment.

Quoiqu'elle le reconnût très bien, elle demanda à son hôtesse qui était ce beau cavalier.

« C'est, lui répondit-elle, un gentilhomme étranger, qu'on appelle le comte Bertrand de Roussillon.

« Il est très poli, très aimable, et fort aimé dans cette ville, où il occupe un poste honorable. »

La comtesse ne s'en tint pas là.

Elle lui fit plusieurs autres questions, et apprit que son mari était passionnément amoureux d'une demoiselle de qualité du voisinage, bien faite, mais pauvre, et qui aurait peut-être déjà répondu à son amour, sans sa mère, qui était l'honnêteté et la vertu même.

Elle ne perdit pas un mot de ce qu'elle venait d'apprendre, et résolut d'en faire son profit.

Elle fit encore jaser son hôtesse, et quand elle en eut tiré tous les éclaircissements possibles, et qu'elle se fut informée de la demeure et du nom de la dame en question, elle alla secrètement la voir.

Elle la trouva avec sa fille, et après les avoir saluées l'une et l'autre, elle dit à la mère qu'elle désirerait de l'entretenir un moment en particulier. Elles passent dans une autre chambre, et, s'étant assises, la comtesse lui dit :

« Il me paraît, madame, que vous n'avez pas plus que moi à vous louer de la fortune; mais si vous voulez me rendre le service que je viens vous demander, je vous promets de réparer ses torts à votre égard.

— Et que puis-je faire pour vous?

— Beaucoup, madame; mais avant de vous ouvrir mon cœur, je vous demande le secret.

— Je vous le promets; parlez en toute sûreté; je suis femme d'honneur, et j'aimerais mieux mourir que de manquer à ma parole pour trahir qui que ce fût. »

Sur cette assurance, la comtesse lui dit qui elle était, lui conta le commencement et le progrès de son amour, les suites de son mariage, et la réponse de son mari aux députés qu'elle lui avait envoyés; en un mot, elle lui fit l'histoire de sa vie, sans lui rien déguiser, et mit tant d'intérêt et un si grand air de vérité dans sa narration, que la Florentine fut persuadée, dès le commencement, de ce qu'elle lui disait, et fut touchée de ses malheurs.

« Je savais, Madame, une partie de ce que vous venez de me raconter, lui dit-elle, et je m'intéressais à votre sort sans vous connaître; mais en quoi puis-je vous être utile?

— Vous n'ignorez pas, madame, répondit la comtesse, quelles sont les deux choses que je dois avoir pour recouvrer mon mari : il dépend de vous de me les procurer, s'il est vrai, comme on me l'a dit, que le comte aime mademoiselle votre fille.

— S'il l'aime sincèrement, reprit la dame, c'est ce que j'ignore : ce que je sais, c'est qu'il fait tout ce qu'il faut pour persuader qu'il en est fou.

« Mais dites-moi donc comment je puis vous servir et vous procurer ce que vous désirez.

— Je vous le dirai après que je vous aurai fait connaître mes dispositions.

« Sachez donc, Madame, que ma reconnaissance sera sans bornes.

« Votre fille est dans l'âge d'être mariée, et le serait peut-être déjà, si elle était riche : je me charge de lui faire une dot très considérable pour la mettre à portée de trouver un mari digne de sa naissance.

« Pour cela, je ne vous demande qu'un service qui ne vous coûtera rien, et que vous pouvez me rendre sans vous compromettre. »

Les offres de la comtesse plurent beaucoup à cette tendre mère, qui ne soupirait qu'après l'établissement de sa fille. Néanmoins, comme elle avait le cœur noble :

« Vous n'avez qu'à me dire ce qu'il faut que je fasse pour vous obliger, Madame, lui répondit-elle ; je le ferai de grand cœur et sans intérêt, puisque mon honneur ne sera point compromis.

« Si, après cela, vous jugez ma fille digne de vos bontés, vous serez la maîtresse de l'honorer de vos bienfaits.

— La grâce que je vous demande, Madame, c'est de vouloir bien faire dire à mon mari, par une personne dont vous soyez sûre, que mademoiselle votre fille n'est pas insensible à son amour, qu'elle ne serait pas même éloignée d'y répondre, si elle pouvait s'assurer qu'il fût sincère, et qu'elle n'en doutera plus, s'il veut lui envoyer l'anneau qu'il porte à son doigt, parce qu'elle a ouï dire que cet anneau lui était fort cher.

« S'il vous l'envoie, vous me le remettrez, et vous lui ferez dire ensuite que, pour reconnaître ce sacrifice, votre fille est disposée à couronner ses désirs, ne pouvant plus douter de la sincérité de son amour.

« On lui assignera un rendez-vous nocturne ; je me mettrai à la place de mademoiselle votre fille, et Dieu me fera peut-être la grâce de devenir grosse.

« Si j'obtiens ce bonheur, comme je l'espère, et que j'accouche heureusement, alors je serai en état de lui faire tenir la parole qu'il a donnée, et je vous devrai la satisfaction de vivre avec lui. »

La Florentine, qui craignait d'exposer sa fille à la médisance, fit d'abord beaucoup de difficultés ; mais la comtesse sut les lever, en lui représentant qu'elle se ferait connaître pour rendre témoignage de la vertu de sa fille, dans le cas que le comte fût assez malhonnête pour se permettre la moindre indiscrétion.

En un mot, elle fit si bien, que la dame, qui ne pouvait d'ailleurs se dissimuler que sa complaisance avait une fin louable, lui promit de seconder incessamment ses vues.

Elle lui tint parole.

Peu de jours après, sans que sa fille même en sût rien, l'anneau arriva, non sans qu'il en eût coûté beaucoup au comte de l'envoyer.

La comtesse se trouva la nuit suivante au rendez-vous, et fut enfin dépucelée par son mari, qui ne la croyait pas si près.

Dieu voulut qu'elle devînt grosse de deux beaux garçons, cette nuit même, à en juger par le temps de l'accouchement, car les rendez-vous furent répétés jusqu'au moment où il y eut preuve de grossesse ; et le comte ne la quittait jamais sans lui faire quelque joli cadeau ; c'était tantôt un anneau, tantôt un cœur, tantôt un autre bijou, que la comtesse conservait précieusement pour en faire usage en temps et lieu.

Quand elle se fut aperçue de sa grossesse, quelque plaisir qu'elle trouvât aux rendez-vous, elle crut devoir y mettre fin, pour ne plus importuner la Florentine.

« Par la grâce de Dieu, Madame, lui dit-elle, j'ai ce que je désirais.

« Il est temps que je me retire, et que je fasse pour mademoiselle votre fille ce que j'ai promis. »

La dame lui répond qu'elle est enchantée de la nouvelle qu'elle lui apprend, et ajoute que ce n'est dans aucune vue d'intérêt, mais par amour pour l'honnêteté, qu'elle l'a obligée.

« C'est fort louable à vous ; mais ce ne sera point pour vous payer du service important que vous m'avez rendu, ce sera aussi par amour pour l'honnêteté, que je veux doter mademoiselle votre fille.

« Voyez donc, Madame, ce que vous désirez que je lui donne.

« Puisque donc il n'y a pas moyen de se défendre de votre générosité, lui répondit la dame en rougissant, cent ducats sont plus que suffisants pour cet objet. »

La comtesse admira sa discrétion, et la força d'en prendre cinq cents, qu'elle accompagna de plusieurs bijoux, qui valaient pour le moins autant.

Grands remercîments, comme vous pouvez croire, de la part de la Florentine.

Cette honnête dame, pour ôter tout prétexte au comte de rentrer dans sa maison, se retira avec sa fille à la campagne, chez un de ses parents.

Bertrand, désespéré de la disparition de celle qu'il croyait sa maîtresse, se rendit enfin aux vœux de ses vassaux qui, depuis la retraite de sa femme, n'avaient cessé de solliciter son retour dans le Roussillon.

La comtesse, charmée de son départ, crut devoir demeurer à Florence jusqu'à ce que le temps de ses couches fût arrivé ; elle mit au monde deux beaux garçons qui avaient tous les traits de leur père.

Elle leur donna une nourrice, et quand elle fut parfaitement rétablie de ses couches, elle se disposa à retourner en France, et se mit en route, accompagnée de la nourrice, de son cousin et de sa femme de chambre.

Arrivée dans le Languedoc, elle séjourna quelques jours à Montpellier.

Il ne peut s'empêcher d'admirer la fraîcheur de son teint... Page 276.

Ce fut là qu'elle apprit la nouvelle d'une assemblée de gens notables, de l'un et de l'autre sexe, qui devait se tenir le jour de la Toussaint, dans le Roussillon.

Elle s'y rendit, avec le même habit de pèlerine qu'elle avait pris en partant.

Elle arriva au palais du comte, où se tenait cette belle assemblée, comme on était sur le point de se mettre à table.

Elle entre dans la cour, sans avoir changé d'habillement; et prenant ses deux enfants sur ses bras, elle traverse la salle des gardes, entre dans celle où tout le monde est réuni, voit le comte, se jette à ses pieds, et lui dit, les yeux baignés de larmes :

« Voici, Monseigneur, cette femme infortunée, qui a mieux aimé s'exiler de son pays et de votre palais que de priver plus longtemps vos sujets de votre présence.

« Elle vient vous sommer de tenir la promesse que vous avez faite aux députés qu'elle vous envoya quand vous étiez à Florence.

« Je vous apporte votre anneau; et au lieu d'un fils, en voilà deux, qui sont à vous.

« J'ai rempli vos conditions; remplissez actuellement la vôtre. »

Les assistants, et le comte surtout, parurent tombés des nues.

Il n'eut pas de peine à reconnaître l'anneau; mais quoique les enfants eussent avec lui une ressemblance marquée, il douta qu'il en fût le père.

La comtesse lui conta, au grand étonnement de l'assemblée et au sien, comment la chose s'était passée, et il demeura alors convaincu de la vérité.

Le comte admira son adresse, loua sa constance, et vaincu par les prières des spectateurs, et ravi d'ailleurs d'avoir deux jolis enfants, il releva la comtesse, lui fit mille embrassades, se félicita de l'avoir pour femme, et eut pour elle l'estime et l'amour qu'elle méritait.

Il la fit revêtir d'habits convenables à son rang, et asseoir à table à ses côtés, à la grande satisfaction de tous ceux qui étaient présents.

Ce jour-là et plusieurs autres se passèrent en festins et en réjouissances.

En un mot, le comte de Roussillon fut au comble de la joie, et eut depuis pour sa femme autant d'égards et de tendresse qu'il avait d'abord montré de mépris et d'indifférence.

NOUVELLE X

LA CASPIENNE OU LA NOUVELLE CONVERTIE.

La Reine n'eut pas plutôt achevé sa nouvelle, que Dionéo, qui l'avait écoutée avec beaucoup d'attention, voyant qu'il ne restait plus que lui à dire la sienne, prit la parole, sans attendre qu'on l'en priât, et dit, avec son sourire ordinaire : Vous ne savez peut-être pas, mes belles Dames, comment on met le diable en enfer?

C'est ce que je vais vous apprendre sans m'écarter beaucoup du sujet proposé.

Cette recette est bonne à savoir, pour faire son salut en ce bas monde.

Vous verrez en même temps, que si l'amour se plaît mieux sous les lambris dorés, que sous le chaume, il ne laisse pas de visiter les forêts les plus épaisses et les cavernes les plus désertes, pour nous faire entendre sans doute qu'il n'y a rien dans l'univers qui ne ressorte de son empire.

Mais laissons là les réflexions, et allons au fait.

Dans la ville de Caspe, en Barbarie, il y eut autrefois un homme extrêmement riche, qui avait, entre plusieurs autres enfants, une fille jeune, jolie, pleine de grâces, et douce comme un agneau.

Elle se nommait Alibech, et faisait les délices de sa famille.

Comme elle n'était pas chrétienne et qu'elle entendait continuellement les chrétiens établis dans sa patrie faire l'éloge de notre religion, elle résolut de l'embrasser, et se fit secrètement baptiser par l'un des plus zélés d'entre eux.

Cela fait, elle demande à celui qui l'avait baptisée quelle était la meilleure façon de servir Dieu et de faire son salut.

Cet honnête homme lui répond que ceux qui voulaient aller au ciel plus sûrement renonçaient aux vanités et aux grandeurs de ce monde, et vivaient dans la retraite et la solitude, comme les chrétiens qui s'étaient retirés dans les déserts de la Thébaïde.

Ne voilà-t-il pas que cette petite fille, qui avait tout au plus quatorze ans, forme aussitôt le projet d'aller aussi dans la Thébaïde ?

Son imagination, exaltée par l'amour divin et par le désir de servir Dieu uniquement, lui aplanit toutes les difficultés, et, sans s'ouvrir à personne sur son dessein, elle sort un beau matin de la maison de son

père, et se met en chemin toute seulette, pour se rendre aux déserts
de la Thébaïde.

Elle va comme le vent, ne s'arrête que pour prendre de nouvelles
forces, et arrive en peu de jours dans ces lieux solitaires, habités par
la dévotion et la pénitence.

Ayant aperçu de loin une petite maisonnette, elle dirige aussitôt ses
pas vers ce lieu : c'était la demeure d'un saint solitaire, qui, tout
émerveillé de la voir, lui demande ce qu'elle cherche.

Elle lui répond que, conduite par une inspiration divine, elle était
venue dans ces déserts pour y chercher quelqu'un qui lui apprît à
servir Dieu et à mériter le ciel.

Le saint solitaire admira et loua beaucoup son zèle; mais la trouvant jeune, tout à fait gentille, et craignant que le diable ne le tentât,
s'il se chargeait de son instruction, il ne crut pas devoir la retenir.

« Ma fille, lui dit-il, il y a un saint homme, non loin d'ici, beaucoup
mieux en état que moi de t'instruire.

« Je t'indiquerai sa demeure pour que tu puisses aller le joindre;
mais il faut auparavant que tu prennes quelque nourriture. »

Et il lui donna à manger des racines, des dattes, des pommes sauvages, et lui fit boire de l'eau fraîche.

Il lui enseigna ensuite la demeure du saint solitaire, et l'accompagna
jusqu'à moitié chemin.

Cet autre ermite, qui était effectivement un homme instruit et un
pieux personnage, lui fit, en la voyant, la même question que lui avait
faite son confrère; et comme père Rustique (c'était son nom) ne se
défiait aucunement de sa vertu, quoiqu'il fût encore dans la vigueur
de l'âge, il ne jugea pas à propos de l'envoyer plus loin.

« Si elle me cause des tentations, dit-il en lui-même, j'y résisterai,
et mon mérite sera plus grand devant Dieu. »

Il la retint donc, se mit à la catéchiser, et la fortifia, par des discours édifiants, dans ses bons sentiments.

Il lui fit ensuite un petit lit de branches de palmier, et lui dit que ce
serait là qu'elle coucherait.

Le temps où la vertu de ce solitaire devait faire naufrage approchait.

Pendant la collation, placé vis-à-vis de cette jeune fille, il ne peut
s'empêcher d'admirer la fraîcheur de son teint, la vivacité de ses yeux,
la douceur de sa physionomie, et je ne sais quoi d'angélique répandu
sur toute sa personne.

Il baisse d'abord les yeux, comme s'il se défiait de lui-même ; mais un penchant plus fort les ramène sur Alibech.

Les aiguillons de la chair commencent à se faire sentir ; il veut les repousser par des signes de croix et par des oraisons qu'il récite tout bas, mais inutilement ; ils ne font que lui livrer de plus rudes combats, et amènent les désirs qui achèvent de le subjuguer.

Ne pouvant se dissimuler à lui-même sa défaite, il ne songe plus qu'à la manière dont il doit s'y prendre pour conduire la petite fille à ses fins, sans blesser ses préjugés, ni lui faire perdre la bonne idée qu'elle a de sa religion et de sa vertu.

Dans cette vue, il lui fait plusieurs questions et voit, par ses réponses, qu'elle est tout à fait neuve, et qu'elle n'a pas la moindre idée du mal.

Convaincu de sa simplicité, il forme alors le projet de couvrir ses désirs charnels du manteau de la dévotion, et d'ériger en acte de ferveur et de piété l'œuvre par laquelle il espère les satisfaire.

Il commence par lui dire que le diable est le plus grand ennemi du salut des hommes, et que l'œuvre la plus méritoire que des chrétiens puissent faire est de le mettre et remettre en enfer, lieu pour lequel il est destiné.

— Et comment cela se fait-il ? dit la jeune néophyte.

— Tu le sauras tout à l'heure, ma chère fille, reprit père Rustique ; fais seulement tout ce que tu me verras faire.

L'ermite se déshabille aussitôt, et le petit ange d'en faire autant.

Quand ils sont tous nus l'un et l'autre, Rustique se met à genoux, et fait placer la pauvre innocente vis-à-vis de lui, dans la même situation.

Là, les mains jointes, il promène ses regards sur ce corps d'albâtre, qu'on eût dit qu'il adorait, et il a toutes les peines du monde à retenir les mouvements de son impatiente ardeur.

Alibech, de son côté, le regarde tout étonnée de cette manière de servir Dieu, et apercevant au bas de son ventre une grosse chose qui remuait :

« Qu'est-ce que je vois là, lui dit-elle, qui avance et qui remue si fort, et que je n'ai pas, moi ?

— Ce que tu aperçois là, ma chère fille, c'est le diable dont je t'ai parlé.

« Vois comme il me tourmente, comme il s'agite ! J'ai toutes les peines du monde à supporter le mal qu'il me fait.

— Loué soit Dieu, reprit-elle, de ce que je n'ai pas un pareil diable, puisqu'il vous tourmente ainsi !

— Mais, en revanche, tu as autre chose que je n'ai point.

— Et quoi, s'il vous plaît ?

— Tu as l'enfer, et je pense que Dieu t'a envoyée ici exprès pour le salut de mon âme, parce que si le diable continue de me tourmenter, et que tu veuilles souffrir que je le mette dans l'enfer, tu me soulageras, et feras l'œuvre la plus méritoire possible pour gagner le ciel.

— Puisque cela est ainsi, mon bon père, vous êtes le maître de faire tout ce qu'il vous plaira.

« J'aime tant le Seigneur, que je ne demande pas mieux que de vous laisser mettre le diable dans l'enfer.

— Eh bien ! je vais l'y mettre pour qu'il me laisse en paix ; sois assurée, ma chère fille, que Dieu te tiendra compte de ta complaisance, et qu'il te bénira. »

Il la conduit ensuite sur l'un des deux lits, et lui enseigne l'attitude qu'elle doit prendre pour laisser emprisonner ce maudit diable.

La jeune Alibech, qui n'avait jamais mis aucun diable en enfer, éprouva une grande douleur aux approches de celui-là.

C'est ce qui lui fit dire :

« Certes, il faut que ce diable soit bien méchant, puisque dans l'enfer même il fait encore du mal.

— Cela est vrai ; mais sois tranquille, ma chère enfant, il n'en sera pas toujours de même ; il n'y a que le premier jour qu'on l'y met qu'il tourmente ainsi. »

L'ermite, qui ne souffrait pas, et qui dans ce moment s'inquiétait peu sans doute de faire souffrir cette charmante enfant, remit par six fois différentes le diable en prison, avant de descendre du lit ; après quoi il la laissa reposer et reposa lui-même.

Le solitaire était trop zélé pour se lasser sitôt de faire la guerre au diable.

Il la recommença pas plus tard que le lendemain.

La fille, toujours obéissante, ne tarda pas à éprouver du plaisir.

« Je vois, à présent, dit-elle à Rustique, que ces honnêtes gens de Caspe avaient bien raison de dire que rien n'est plus doux que de servir Dieu dévotement ; car je ne me souviens pas d'avoir eu de ma vie un plaisir pareil à celui que j'éprouve aujourd'hui à mettre et à remettre le diable dans le trou ; d'où je conclus que ceux qui ne s'occupent pas du service de Dieu sont de grands imbéciles. »

Enfin ce jeu lui plut si fort, que lorsque le père passait trop de temps sans le répéter, elle l'en faisait ressouvenir.

« Est-ce que votre zèle se ralentit ? lui disait-elle.

« Songez que je suis venue ici pour servir Dieu, et non pour demeurer oisive : allons remettre le diable en enfer. »

Et ils y allaient.

La bonne fille se plaignait quelquefois de ce qu'il en sortait trop tôt ; elle était si zélée, qu'elle eût voulu l'y retenir des jours entiers.

Mais si sa ferveur augmentait, celle de Rustique diminuait chaque jour.

Elle en était fort chagrine, et en bonne chrétienne elle cherchait à le ranimer par les caresses et les invitations ; il lui arrivait même quelquefois de retrousser l'ermite pour voir si le diable restait tranquille ; et quand elle le trouvait humble et silencieux, elle lui faisait de petites agaceries pour le réveiller et l'exciter au combat.

Rustique la laissait faire ; mais voyant qu'elle y revenait trop souvent, il lui dit alors qu'il ne fallait châtier le diable que lorsqu'il levait orgueilleusement la tête.

« Laissons-le tranquille ; nous l'avons si fort puni qu'il n'a plus de force.

« Attendons qu'elles lui reviennent pour mater son orgueil. »

Ce discours ne plut aucunement à la jeune Alibech, mais il fallait bien obéir.

Lassée néanmoins de voir que l'ermite ne la requérait plus de remettre le diable en prison, elle ne put s'empêcher de lui dire un jour :

« Si votre diable est assez châtié et ne vous tourmente plus, mon père, il n'en est pas de même de mon enfer.

« J'y sens des démangeaisons terribles, et vous me feriez grand plaisir si vous vouliez adoucir cette rage, comme j'ai calmé celle de votre diable. »

Le pauvre ermite, qui ne vivait que de fruits et de racines, et ne buvait que de l'eau, choses peu propres à rétablir une vigueur éteinte, ne se sentant pas en état de contenter l'appétit de la jeune Caspienne, lui répondit qu'un seul diable ne pouvait suffire pour éteindre le feu de son enfer, mais qu'il ferait pourtant de son mieux pour la soulager.

Il remettait donc de temps en temps le diable en enfer ; mais les lacunes étaient si longues, et le séjour qu'il y faisait si court, qu'au lieu d'apaiser les démangeaisons, il les irritait davantage.

Son peu de zèle affligeait singulièrement la jeune fille, elle tremblait pour le salut du solitaire et pour le sien propre, croyant que Dieu ne pouvait voir leur inaction qu'avec des yeux irrités.

Pendant qu'ils s'affligeaient tous deux, l'un de non impuissance l'autre de son trop grand désir, il arriva que le feu prit à la maison du père d'Alibech, qui y périt avec sa femme et tous ses enfants.

Alibech, seul reste de cette famille malheureuse, se trouva, par cet accident, l'unique héritière du bien immense dont son père jouissait.

Un jeune Caspien, nommé Neherbal, qui avait diverti tout le sien en dépenses folles, et qui épiait l'occasion de rétablir sa fortune, se ressouvint alors de la jeune Alibech, qui, depuis six mois, avait disparu de chez ses parents, et se mit à la chercher, dans l'espérance de l'épouser.

Il parvint, à force de démarches, à découvrir la route qu'elle avait tenue lors de sa fuite, et fit si bien qu'il la trouva.

Il eut beaucoup de peine à la ramener à Caspe; mais enfin il y réussit, et l'épousa en arrivant.

Quoique l'ermite n'en pût plus d'épuisement, il la vit néanmoins partir avec regret, parce qu'il se flattait de rétablir ses forces et de finir ses jours avec elle.

Les dames que Neherbal avait invitées à la noce ne manquèrent pas de questionner Alibech sur le genre de vie qu'elle avait mené dans la Thébaïde.

Elle leur répondit avec la franchise et la naïveté qui formaient son caractère, qu'elle y avait passé tout le temps à servir Dieu, et que Neherbal avait grand tort de l'en avoir retirée.

« Mais que faisiez-vous pour le servir?

— Je le servais en mettant et remettant le plus souvent que je pouvais le diable en enfer. »

Cette réponse avait besoin d'explication, et les dames la lui ayant demandée, elle leur fit voir, par ses gestes et ses paroles, comment cela se faisait; ce qui fit beaucoup rire toute l'assemblée.

« Si ce n'est que cela, lui répliquèrent-elles, n'ayez aucun regret à la Thébaïde; on en fait autant ici.

« Soyez assurée que Neherbal servira Dieu avec vous, tout aussi bien que le plus zélé des Pères du désert. »

Quand les dames se furent retirées, elles n'urent rien de plus pressé que d'aller raconter cette anecdote dans leurs sociétés.

Le parc était si beau que personne ne fut tenté d'en sortir... Page 283.

Elle fut bientôt sue de toute la ville, et depuis il passa en proverbe, parmi ses habitants : que l'œuvre la plus méritoire qu'un chrétien puisse faire, est de remettre le diable en enfer.

Ce proverbe est venu jusqu'à nous, et vous savez qu'il dure encore.

D'où je conclus, mes belles dames, que si vous êtes de bonnes chrétiennes, comme je n'en doute pas, vous devez travailler à remettre le diable en enfer.

Il vous serait difficile de faire une œuvre plus méritoire et plus agréable en même temps. Suivez mon conseil, vous dis-je, et soyez assurées que vous vous en trouverez à merveille.

Si les diables vous manquent, le mien est à votre service.

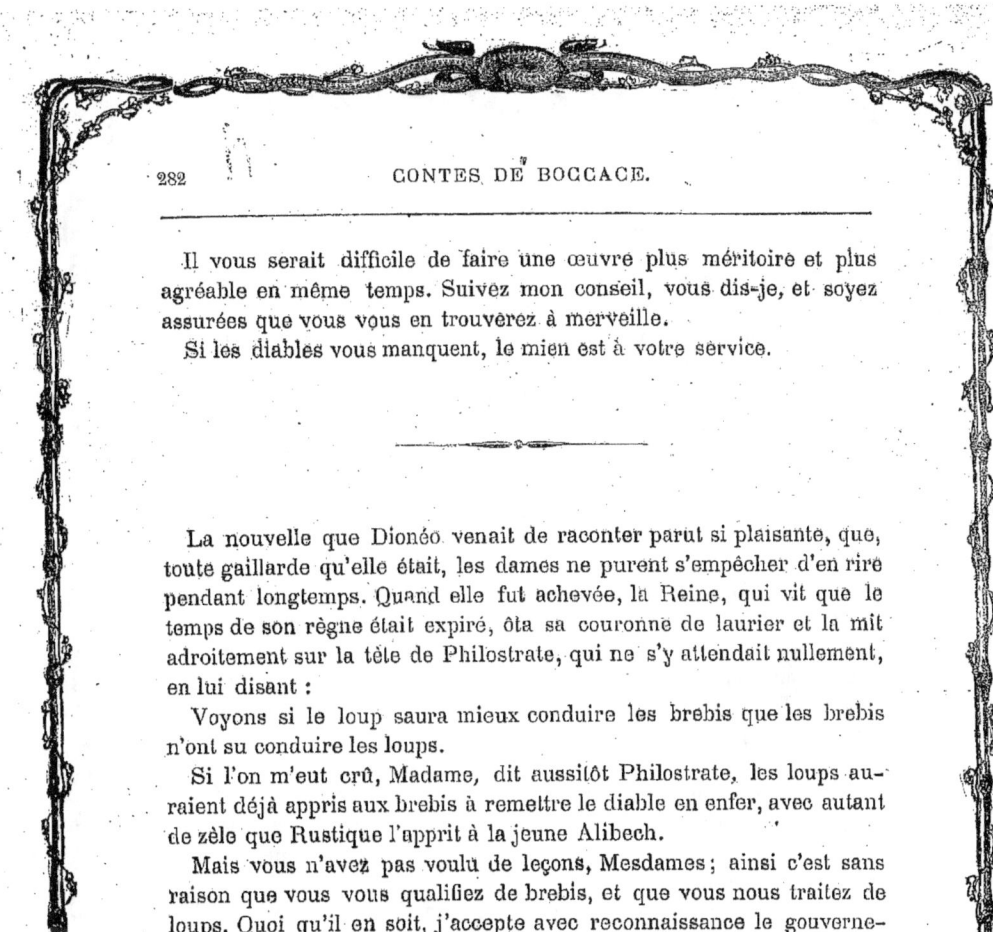

La nouvelle que Dionéo venait de raconter parut si plaisante, que, toute gaillarde qu'elle était, les dames ne purent s'empêcher d'en rire pendant longtemps. Quand elle fut achevée, la Reine, qui vit que le temps de son règne était expiré, ôta sa couronne de laurier et la mit adroitement sur la tête de Philostrate, qui ne s'y attendait nullement, en lui disant :

Voyons si le loup saura mieux conduire les brebis que les brebis n'ont su conduire les loups.

Si l'on m'eut crû, Madame, dit aussitôt Philostrate, les loups auraient déjà appris aux brebis à remettre le diable en enfer, avec autant de zèle que Rustique l'apprit à la jeune Alibech.

Mais vous n'avez pas voulu de leçons, Mesdames; ainsi c'est sans raison que vous vous qualifiez de brebis, et que vous nous traitez de loups. Quoi qu'il en soit, j'accepte avec reconnaissance le gouvernement que vous me déférez, et il ne tiendra pas à mon zèle que je ne l'exerce à la grande satisfaction de tout le monde.

En voulant nous donner des leçons, mon cher Philostrate, répondit Mᵐᵉ Neiphile, il aurait fort bien pu arriver que vous nous auriez appris à être sages, de la même manière que Mazet de Lamporechio apprit des Nonnains à recouvrer l'usage de la parole; vous vous souvenez sans doute de la raison qui le contraignit de parler. Le nouveau roi comprit ce qu'elle voulait dire.

Voyant donc qu'il avait affaire à forte partie, et ne pouvant se dissimuler que les trous étaient plus nombreux que les chevilles, il mit fin à la plaisanterie, et commença, dès ce moment, à s'occuper des devoirs de sa place.

Il fait appeler le maître d'hôtel, pour s'informer de l'état des choses; il veut tout voir, tout examiner par lui-même, et après avoir pris toutes sortes de renseignements, il donne des ordres en conséquence, et n'oublie rien de ce qui pourra être agréable à la compagnie, à laquelle il tint ensuite ce discours :

Croiriez-vous, mes belles dames, que, tout roi que je suis, il n'y a peut-être pas d'homme plus à plaindre que moi ?

Je suis amoureux d'une des dames qui sont ici : et quoiqu'il y ait plus d'un an que je soupire pour elle, quoique j'aie toujours été empressé à lui faire ma cour, à prévenir ses moindres désirs, quoiqu'elle ne puisse ignorer que je ne vis et ne veux vivre que pour elle, je n'ai pu encore toucher le cœur de l'ingrate ; j'ai même eu la douleur de me voir entièrement délaissé pour un amant qu'elle a fait depuis peu.

Ce qu'il y a de plus cruel pour moi, c'est qu'il ne m'est pas possible de me détacher de cet objet, malgré son indifférence !

Bien loin de pouvoir l'oublier, je sens mon amour devenir plus violent chaque jour, sans avoir la moindre espérance de le voir couronné.

Or, pour consacrer en quelque sorte mon malheur, je suis d'avis que, dans les nouvelles qu'on doit raconter demain, on traite des sujets analogues à ma disgrâce.

Oui, j'entends et je prétends, puisque ma qualité de Roi me donne ce droit, que les histoires qu'on racontera pendant mon règne, roulent sur les personnes dont les amours ont fini malheureusement ; car je ne vous cacherai point que je m'attends à voir finir le mien de la manière la plus fâcheuse.

C'est pour cela sans doute qu'on m'a surnommé Philostrate, et la cruelle qui m'a donné ce surnom, savait bien ce qu'elle disait.

Le Roi ayant parlé de la sorte, se leva, et permit à chacun d'aller où bon lui semblerait, jusqu'à l'heure du souper.

Le parc était si beau, si charmant, que personne ne fut tenté d'en sortir pour aller prendre son divertissement ailleurs.

Le soleil touchait alors à la fin de sa carrière, de sorte qu'on n'était plus incommodé de la chaleur.

On voyait les chevreuils, les lapins et plusieurs autres animaux bondir sur le même tapis de verdure où se trouvait la compagnie. On ne jugea donc pas à propos de se séparer.

Dionéo et Mme Flammette se mirent à chanter la chanson de *Messire Guillaume* et de *Mme Vertu.*

Philomène et Pamphile s'amusaient à jouer aux échecs.

Comme ils s'occupaient les uns les autres de différentes choses pour passer le temps, l'heure du souper arriva qu'ils ne s'y attendaient pas encore.

j'avais commencé. Je trouve même une espèce de consolation dans les persécutions odieuses que mon travail m'a attirées, puisque, selon la remarque des hommes sages, il n'y a guère que les auteurs sans talent et sans mérite qu'on laisse en repos.

Croiriez-vous, Mesdames, que plusieurs de mes critiques me font un crime de vous trouver aimables, et qu'ils soutiennent qu'il n'y a aucun honneur à vous amuser, à vous plaire, et à célébrer vos charmes? Rien n'est cependant plus vrai. D'autres, plus circonspects, prétendent qu'il ne convient nullement à un homme de mon âge de se livrer à de semblables bagatelles, et que ce n'est qu'à des jeunes gens, tout au plus qu'il appartient de causer si longtemps de galanterie et de vous faire la cour. Quelques-uns, feignant de s'intéresser à ma réputation et à ma gloire, disent que je ferais beaucoup mieux d'aller avec les Muses sur le Parnasse que de perdre le temps avec vous. Quelques autres, moins prudents et plus aigres, n'ont pas craint de dire qu'au lieu d'employer le temps à composer des niaiseries, je devrais plutôt songer à amasser de quoi vivre. Il y en a qui, pour décrier mon travail et le dépriser à vos yeux, ont cherché à vous persuader que les événements que je vous ai racontés se sont passés d'une autre manière, et qu'ils sont devenus méconnaissables sous ma plume.

C'est ainsi, Mesdames, que, pendant que je travaille pour vous, l'envie me poursuit de tous côtés sans aucun ménagement; mais Dieu sait avec quelle patience et quel courage je supporte ses sifflements et ses morsures, lorsqu'il s'agit de vous plaire? Quoiqu'il n'appartienne qu'à vous de me défendre avec succès, je ne crois cependant pas devoir garder le silence dans cette occasion. Ce n'est pas que je veuille répondre en forme, et traiter mes ennemis comme ils le mériteraient; non, une réponse courte et sans préparation me suffira pour les mettre à la raison; encore même m'épargnerais-je ce soin si je ne craignais qu'ils ne prissent mon silence pour un effet de ma timidité. Mais avant de répondre à aucune de leurs critiques, en particulier, permettez que je raconte une nouvelle qui cadre avec mon sujet on ne peut pas mieux. Je ne l'achèverai point, et n'en rapporterai qu'une partie, pour qu'on ne la mette point au rang de celles qui vous sont spécialement consacrées. Je m'adresse à mes censeurs.

A MES CENSEURS

LES OIES DU FRÈRE PHILIPPE

I y avait autrefois, dans notre bonne ville de Florence, un citoyen d'une naissance peu relevée, mais riche dans son état, et fort entendu dans les affaires. Cet homme s'appelait Philippe Balduci. Sa femme et lui s'aimaient passionnément; ils vivaient en bonne intelligence, et bornaient leurs soins à se plaire réciproquement; la mort de la femme rompit une union si parfaite : elle laissa Philippe avec un fils âgé d'environ deux ans, dans la plus grande désolation; il ne pouvait se consoler d'avoir perdu ce qu'il avait de plus cher : il fut si fort touché de cette perte qu'il résolut de renoncer entièrement à la société, et de se consacrer, avec son fils, au service de Dieu; pour cet effet, il distribua tout son bien aux pauvres, et se retira sur le mont Asinaire, au milieu des bois, dans une petite grotte, où il passait son temps en prières et en mortifications, et où il ne subsistait que des charités des bonnes âmes ; il se fit un devoir d'élever son fils dans la piété et dans l'ignorance des choses du monde, de peur qu'elles ne le détournassent du chemin du ciel ; il ne lui parlait que de la vie éternelle, de la gloire de Dieu et du bonheur des saints ; il le garda plusieurs années dans la grotte sans le laisser sortir, et sans lui laisser voir d'autres objets que des oiseaux et des bêtes fauves ; il était dans l'habitude de l'y enfermer toutes les fois qu'il allait à Florence pour y faire la quête ; enfin, son fils était parvenu à l'âge de dix-huit ans, sans être jamais sorti du bois, et sans savoir qu'il y eût au monde ni femme ni fille. Un jour que l'ermite, déjà vieux, allait à la ville pour y recueillir des charités accoutumées, le jeune homme lui demanda où il allait : « Je m'en vais faire la quête, lui répondit-il, dans une ville appelée Florence, voisine de notre ermitage.

— Vous devriez m'y mener une fois, mon père, pour me faire connaître les personnes pieuses et charitables qui nous assistent ; car vous êtes déjà vieux, et bientôt hors d'état de soutenir la fatigue ; moi qui suis plus jeune, plus vigoureux, j'irai désormais chez ces bonnes âmes, pour leur demander ce qui nous fait vivre, et vous vous reposerez. Dieu peut, d'ailleurs, vous retirer de ce monde, et que deviendrai-je ne reconnaissant personne ? »

Le bonhomme goûta fort une proposition si raisonnable, et croyant son fils bien affermi dans la sainteté, et bien fortifié contre les tentations et les vanités de la vie humaine, ne fit aucune difficulté de le mener à Florence. Le jeune homme, comme s'il fût tombé des nues, arrête ses yeux avec étonnement sur tous les objets qu'il aperçoit ; et ravi en admiration à la vue des maisons, des palais, des églises, demande à son père le nom de chaque chose. Son père le lui dit, et il paraît enchanté de l'apprendre. Pendant qu'il continuait ses questions et qu'il contemplait des beautés qu'il n'avait jamais vues, dont il n'avait pas même entendu parler, il aperçut une troupe de jeunes dames, bien mises, qui venaient d'une noce. Il les examine attentivement, et demande au vieillard ce que c'était : « Ne regarde point cela, mon fils : c'est quelque chose de dangereux. — Mais comment cela s'appelle-t-il ? » Le père, qui veut écarter de l'esprit de son fils toute idée charnelle, et qui craint de nouvelles questions capables d'exciter dans son enfant les désirs de la concupiscence, ne croit pas devoir lui dire leur nom, et lui répond que ce sont des oies. Chose étonnante ! celui qui n'avait jamais vu ni entendu parler de ces oies, se sentit vivement

Le jeune homme s'aperçut aisément que la princesse avait du goût pour lui... Page 291.

ému à leur aspect, et ne se sentant plus touché ni de la beauté des
palais, ni de la gentillesse du cheval, ni de la grosseur du bœuf, ni
des autres objets qu'il venait de voir pour la première fois, il s'écria
aussitôt : « Mon père, je vous en prie, faites-moi avoir une de ces
oies. — O bon Jésus ! répondit le père étonné, ne songe point à cela,
mon fils ; c'est une mauvaise chose. — Quoi ! mon père, les mauvaises
choses sont-elles ainsi faites ? — Oui, mon fils. — Je ne sais, mon

père, ce que vous voulez dire, ni pourquoi ces choses-là sont mauvaises ; mais il me semble que je n'ai encore rien vu de si beau et
de si agréable. Je doute que les anges peints que vous m'avez mon-
trés soient aussi gentils que ces oies. Mon père, ne pourrions-nous
pas en mener une dans notre ermitage ? Ce sera moi qui aurai soin de
la faire paître. — Je ne le veux point, mon fils ; tu ne sais pas de
quelle façon on les repaît. » Le père reconnut alors que la nature avait
plus de force, par son instinct, que tous les préceptes de l'éducation,
et se repentit d'avoir mené son fils à Florence... Mais, je m'arrête, et
je laisse là la nouvelle pour retourner à ceux pour qui je l'ai racontée.

Quelques-uns de mes critiques, mes jeunes et charmantes dames,
me font donc un crime de ce que je m'attache trop à vous faire ma
cour. J'avoue, et j'avouerai devant tout l'univers, que vous me plaisez
infiniment. J'ajoute même que je me ferai toujours un devoir de vous
plaire. Tant pis pour eux s'ils le trouvent mauvais ; je me contenterai
de leur demander ce qu'ils trouvent là de blâmable et de surprenant.
Pourraient-ils m'en faire un crime, quand même je serais du nombre
des amants que vous favorisez ? Mais, jusqu'à présent, mes seules
jouissances sont de vous voir tous les jours, de contempler vos
charmes, vos grâces naturelles, d'admirer votre enjouement, votre
douceur, votre honnêteté et toutes les rares qualités dont vous êtes pour-
vues. Si, dès le premier moment qu'il vous vit, vous fûtes un objet de
tendre affection pour celui qui avait été nourri et élevé au milieu des
bois, sur le sommet d'une montagne déserte, doit-on, parce que je
cherche à vous plaire, doit-on me blâmer, me mordre et me déchirer à
belles dents ; moi, à qui le ciel n'a donné un cœur que pour vous
aimer ; moi qui, dès ma plus tendre jeunesse, ai mis en vous toute
mon espérance ; moi qui n'ai pu me défendre du pouvoir de vos
charmes, des feux dévorants qui partent de vos yeux, des sons enchanteurs de votre voix douce et touchante ? Si, après avoir considéré
l'effet que votre seul aspect a produit sur l'esprit et le cœur d'un
pauvre ermite, et d'un jeune homme sans aucune expérience des plaisirs que vous procurez, ou plutôt d'une véritable bête sauvage, il se
trouve encore quelqu'un qui ose blâmer les soins que je vous rends,
ce censeur sera certainement un homme disgracié de la nature, un
homme incapable de connaître le plaisir et la force du sentiment, et
dès lors il ne mérite que mon mépris.

Quant à ceux qui parlent de mon âge, ils font bien voir leur ignorance. Qui ne sait qu'on peut avoir de la vigueur jusque dans la vieil-

lesse même? Il suffit d'avoir été sage dans son printemps. Je ne suis pas encore si vieux; et quand mon âge serait plus avancé qu'il ne l'est, qui ignore que, quoique le poireau ait la tête blanche, il ne laisse pourtant pas d'avoir la queue verte? Mais, quittant la plaisanterie, je réponds à ceux-ci que je ne rougirai jamais de faire jusqu'à la fin de mes jours ce que firent le Guide Cavalcanti, le Dante Alighieri et le Cino de Pistoye, qui s'étudièrent toute leur vie, qui fut très longue, surtout celle du dernier, à rendre des soins aux personnes de votre sexe. Je pourrais leur citer mille autres exemples de gens de mérite, qui, dans l'âge le plus avancé, se sont fait un plaisir et un honneur de plaire aux dames; mais c'est à eux à les chercher s'ils les ignorent; je ne veux ni ne dois m'écarter de mon sujet.

Me conseiller d'aller établir mon séjour sur le Parnasse avec les Muses, j'avoue que l'avis est très bon. Mais pouvons-nous toujours demeurer avec elles, et sont-elles d'humeur à demeurer toujours avec nous? D'ailleurs, lorsqu'on ne les quitte que pour des objets qui leur ressemblent, mérite-t-on d'être blâmé? Or, les Muses sont de votre sexe, et quoique les dames ne puissent pas faire ce que les Muses font, au moins est-il vrai qu'elles ont beaucoup de rapport ensemble. De sorte que quand les femmes ne me plairaient qu'à cause de la ressemblance du sexe, je serais excusable. De plus, ce sont elles qui m'ont inspiré les meilleurs vers que j'aie faits en ma vie; tandis que les Muses ne m'en ont pas inspiré un seul. Ce n'est pas que je ne leur aie de grandes obligations, puisqu'elles m'ont appris à les faire : qui sait si ce n'est pas aussi à leur secours que je dois la facilité que j'ai d'écrire les historiettes que je donne au public? Ce qui est certain, c'est que, quoiqu'elles soient en prose, et en prose très simple, les Muses n'ont pas laissé de me visiter quelquefois pendant que je les composais. Je puis donc conclure qu'en écrivant ces Nouvelles, je ne m'éloigne pas si fort du Parnasse qu'on pourrait se l'imaginer.

Mais que dire à ceux qui, pleins de pitié pour moi, me conseillent de chercher de quoi vivre? Certes je l'ignore; mais je sais bien quel serait leur réponse, si j'étais dans les cas de leur demander du pain. Ils ne manqueraient pas de me dire : « Vas-en chercher parmi tes fables. » Mais qu'ils sachent, ces critiques si compatissants, que les anciens poètes en ont trouvé plus avec leurs fables que beaucoup d'autres par leur industrie et leur travail; qu'on a vu des auteurs faire fleurir et honorer leur siècle par leurs fables, et des hommes riches le déshonorer par leur ambition démesurée, et finir par se ruiner et périr misérablement. Que dirai-je de plus? Que ceux qui me parlent si indécemment, me chassent sans pitié lorsque j'irai leur demander du pain. Je n'en ai pas eu besoin, grâces à Dieu, jusqu'à présent ; et s'il m'arrive de tomber dans la pauvreté, je saurai, suivant le précepte de l'Apôtre, la souffrir et la supporter. Ainsi je les dispense de me plaindre, et les prie de ne pas prendre plus de souci de moi que je n'en prends moi-même.

Pour ce qui est de ceux qui prétendent que les événements ne se sont pas passés de la manière que je les rapporte, ils me feraient grand plaisir de me montrer les originaux que j'ai ainsi défigurés. S'ils peuvent les produire, et qu'ils ne soient pas d'accord avec les faits que j'ai racontés, j'applaudirai moi-même à leur critique, et je tâcherai de me corriger. Mais s'ils sont dans l'impossibilité de me les présenter, je les laisserai dans leur sentiment, sans m'en inquiéter, et me contenterai de dire qu'eux seuls altèrent la vérité pour décrier mes productions.

Ces réponses, que je viens d'écrire couramment, me paraissent suffisantes pour le présent. Je me flatte qu'avec le secours de Dieu et le vôtre, mes aimables dames, je pourrai achever l'ouvrage que j'ai commencé sous vos auspices. J'ai assez de sagesse et de courage pour ne pas me laisser abattre par le souffle cruel de l'envie. Je saurai lui tourner le dos. Si mes ennemis augmentent d'efforts pour me nuire, il me sera aisé d'en triompher et de les couvrir de honte. Que peuvent-ils faire, au bout du compte ? Je ne vois pas qu'il puisse m'arriver pis qu'au tourbillon de poussière agité par le vent : ou le vent n'a pas la force de l'enlever de terre, ou s'il l'emporte dans les airs, ce n'est que pour la laisser retomber sur la tête des hommes, sur la couronne des rois et des empereurs, ou bien sur le faîte des palais et sur le sommet des tours. En un mot, elle ne peut descendre plus bas que n'est le lieu d'où elle est montée.

Me voilà donc déterminé pour toujours, mes belles dames, à faire tout ce que je pourrai pour vous plaire et vous amuser. J'y suis plus disposé que jamais, quoi qu'on en puisse dire, parce que je sens que les personnes raisonnables et éclairées conviendront que ceux qui vous aiment ne font qu'obéir à la nature. Il est difficile de résister à ses lois, il faudrait de trop grandes forces pour la subjuguer et la vaincre; encore a-t-on vu les hommes qui avaient le plus d'empire sur eux-mêmes, succomber sous leurs efforts, et en être punis par cette même nature, à laquelle on ne désobéit jamais en vain. Pour moi, j'avoue que je n'ai pas la force de lui résister, et je ne désire nullement de l'avoir. Si je l'avais, je la prêterais à quelque autre, plutôt que de m'en servir. Ainsi le meilleur parti que mes censeurs puissent prendre, c'est de garder un profond silence. Leurs clameurs ne me corrigeront point. S'ils ont le cœur froid et glacé, peu fait pour aimer, qu'ils croupissent tant qu'ils voudront dans leur indifférence, et qu'ils me laissent passer à mon gré le peu d'années qui me restent à vivre... Mais revenons à notre sujet, que nous avons assez et trop longtemps perdu de vue.

NOUVELLE PREMIÈRE

LE PÈRE CRUEL

Le soleil avait déjà chassé les étoiles du ciel, et dissipé les humides vapeurs de la nuit, lorsque le Roi Philostrate fit lever toute la compagnie.

Quand chacun eut fait sa petite toilette, on entra dans le parc, où l'on s'amusa jusqu'à l'heure du dîner qui fut servi à l'heure accoutumée, et dans le même endroit où l'on avait mangé la veille.

Après qu'on eut reposé pendant le fort de la chaleur, la société se réunit auprès de la belle fontaine; et quand tout le monde fut assis, le Roi commanda à Mme Flammette de raconter sa nouvelle. Cette dame, sans attendre un second commandement, prit la parole d'un air tout à fait gracieux, et dit :

Il faut avouer, mes aimables Dames, que notre Roi nous a donné un sujet d'entretien bien désagréable et bien triste. N'est-il pas singulier que dans un lieu où nous sommes venus pour nous réjouir, il nous faille raconter des malheurs dont il est impossible de faire le récit sans que le conteur et ceux qui l'écoutent en soient touchés et attendris ?

Philostrate a voulu sans doute modérer par là le plaisir que nous avons goûté ces jours passés.

Quel qu'ait été son motif, puisqu'il faut lui obéir et qu'il ne m'est pas libre de changer de sujet, je vais vous raconter un événement aussi touchant que malheureux, et bien capable de faire couler nos larmes.

ancrède, prince de Salerne, aurait eu la réputation d'un seigneur fort doux et fort humain, si, dans sa vieillesse, il n'eût souillé ses mains dans son propre sang.

Ce prince n'avait eu de son mariage qu'une seule fille, encore il eût été à souhaiter, pour sa gloire, qu'il ne lui eût pas donné le jour.

Il l'aimait avec tant de passion, et se plaisait si fort avec elle, qu'il avait toutes les peines du monde à se résoudre de la marier, quoiqu'elle eût passé l'âge nubile.

Enfin, il la donna au fils du duc de Capoue ; mais la mort de ce duc, arrivée presque aussitôt après son mariage, obligea la fille de Tancrède de retourner chez son père.

Cette princesse, qui s'appelait Sigismonde, était jeune, belle, bien faite, gaie, autant qu'on peut l'être, d'un esprit supérieur et peut-être trop pour une femme.

Son père, qui l'aimait toujours avec la même ardeur, et qui avait eu de la peine à la marier, n'eut garde de lui parler d'un second mariage.

Elle avait cependant besoin d'un mari ; mais elle ne crut pas qu'il fût de la bienséance de le lui demander.

Pour se dédommager de cette dure privation, elle résolut de se choisir secrètement un amant qui fût honnête et discret.

Après avoir jeté les yeux sur tous les hommes qui étaient à la cour de son père, elle n'en trouva point qui fût plus à son gré qu'un jeune courtisan nommé Guichard, d'assez basse extraction, mais qui avait, en récompense, de la vertu, du mérite et de la noblesse dans les sentiments, qualités que cette dame préférait à la naissance la plus illustre.

Comme elle avait occasion de le voir souvent, et qu'elle n'avait besoin que d'un coup d'œil pour connaître un homme jusqu'au fond de l'âme, elle en devint en peu de temps si passionnée, qu'elle ne pouvait s'empêcher de louer publiquement ses belles qualités.

Le jeune homme, qui n'était pas novice, s'aperçut aisément que la princesse avait du goût pour lui, et il ne tarda pas à éprouver pour elle les feux de l'amour le plus tendre et le plus passionné.

Il ne rêvait qu'à son mérite et à sa beauté ; son image l'accompagnait partout, jusque dans son sommeil.

Pendant qu'ils brûlaient ainsi l'un pour l'autre, sans avoir pu se le dire autrement que par leurs regards, la princesse, qui ne voulait mettre personne dans la confidence, mais qui désirait d'avoir un tête-à-tête avec l'objet de son amour, eut recours à un stratagème pour lui en indiquer les moyens.

Elle lui écrivit une lettre, où elle lui marquait tout ce qu'il avait à faire pour qu'ils se trouvassent ensemble, et mit cette lettre dans le tuyau d'une canne, qu'elle donna à Guichard en lui disant :

« Voilà pour votre servante, elle pourra en faire un soufflet pour allumer votre feu. »

Il la prit, pensant bien qu'elle ne lui avait pas donnée sans quelque intention cachée.

De retour chez lui, il n'eut rien de plus pressé que de l'examiner.

Il s'aperçoit qu'elle est fendue, l'ouvre avec empressement, y trouve une lettre qu'il lit et relit; le cœur plein de joie, et s'étant bien pénétré de ce qu'elle contenait, il se dispose à mettre en pratique les moyens que la dame lui indiquait pour la voir en secret.

A l'un des angles du palais, il y avait une vieille cave taillée dans le roc et tirant son jour par un soupirail pratiqué dans le rocher même.

Comme elle était abandonnée depuis fort longtemps, le soupirail était quasi fermé par des buissons et des ronces qui étaient venus tout alentour.

On pouvait y descendre par un escalier dérobé, qui répondait à l'appartement de la princesse ; mais cet escalier était si peu pratiqué, que personne ne s'en souvenait.

L'amour, qui découvre tout, en fit souvenir Sigismonde, qui s'efforça aussitôt d'ouvrir la porte de cette cave.

Elle s'en occupa secrètement plusieurs jours ; et après en être venue à bout avec une peine extrême, elle visita ce lieu souterrain, remarqua le soupirail, en mesura la hauteur; et voyant que son amant pourrait descendre par ce trou, elle prit alors le parti de lui écrire pour le lui faire savoir.

L'amoureux Guichard, informé par la lettre de sa maîtresse de la profondeur de la cave, se munit d'une grosse corde noueuse, pour pouvoir y descendre et remonter, se procura un manteau de cuir pour se garantir des épines, et se rendit, la nuit suivante, au lieu indiqué.

Il y descendit sans accident, après avoir bien attaché la corde à un tronc d'arbre, situé fort à propos presque à la bouche du soupirail.

Il y passa le reste de la nuit et la matinée à attendre sa maîtresse.

Celle-ci, feignant de vouloir reposer après son dîner, écarta ses dames d'honneur, et, se voyant toute seule, descendit ensuite dans la cave, où elle trouva Guichard fort impatient de son arrivée.

Elle lui fit l'accueil le plus gracieux, le plus tendre, et le conduisit bientôt après dans sa chambre, où ils passèrent plusieurs heures dans les plaisirs que l'amour peut faire goûter.

Après avoir pris des mesures pour se voir à l'avenir de la même manière, la princesse ramena son amant à la cave, referma la porte, et alla retrouver ses femmes.

La nuit suivante, Guichard sortit de la caverne par le même chemin qu'il y était entré, et s'en retourna chez lui fort satisfait.

Ces deux amants se revoyaient souvent, mais pas tant qu'ils l'auraient désiré.

Leurs plaisirs étaient d'autant plus délicieux, qu'ils étaient achetés par la contrainte et la gêne ; la fortune en fut jalouse, et changea en pleurs le sujet de leur joie.

Le prince allait quelquefois sans suite dans la chambre de sa fille pour causer avec elle.

Il s'y rendit un jour, l'après-dîner, pendant qu'elle était dans son jardin avec ses dames d'honneur, et il ne fut vu ni entendu de personne.

Ne voulant pas interrompre la récréation de la princesse, et trouvant les fenêtres de la chambre fermées et les rideaux du lit abattus, il s'assit, en l'attendant, sur un carreau ; la tête appuyée contre le lit, et le rideau tiré sur lui, comme s'il eût voulu se cacher.

Bientôt après, il s'endormit dans cette situation.

Sigismonde, qui savait que son amant était au rendez-vous, impatiente de le délivrer, se dérobe à sa compagnie, va le tirer de son cachot, et le mène dans sa chambre, où, sans aucune défiance, ils se mettent tous deux sur le lit à leur ordinaire.

Après avoir dormi quelque temps, Tancrède se réveilla.

Il entendit des mouvements et des soupirs qui l'étonnèrent beaucoup, comme on peut l'imaginer.

Quand il vit ce qu'il en était, dans le premier moment de sa colère, il eut envie d'appeler du monde ; mais il se contint, jugeant qu'il ferait mieux de se taire et de demeurer caché, afin de pouvoir venger ensuite cette injure plus secrètement et avec moins de honte pour sa fille et pour lui-même.

Les amants furent assez longtemps ensemble, selon leur coutume, et se séparèrent sans apercevoir le prince.

Pendant que Sigismonde conduisait Guichard au petit escalier qui menait à la cave, Tancrède, tout vieux qu'il était, se glissa par une croisée qui donnait sur une terrasse du jardin, et le cœur accablé de douleur, se retira ainsi dans son appartement sans être vu de personne.

La nuit suivante, il mit des gens en sentinelle, et l'on prit Guichard, encore empaqueté de son manteau de cuir, au moment qu'il allait rentrer chez lui.

Guichard sortit de la caverne par le même chemin qu'il y était entré... Page 206.

Le prince se le fit amener secrètement, lui fit mille reproches, et lui dit que les bontés qu'il avait eues pour lui ne méritaient pas l'outrage qu'il lui avait fait, et dont il avait été lui-même témoin oculaire.

Guichard ne s'excusa que sur la puissance de l'amour, qui ne reconnaissait point de souverain.

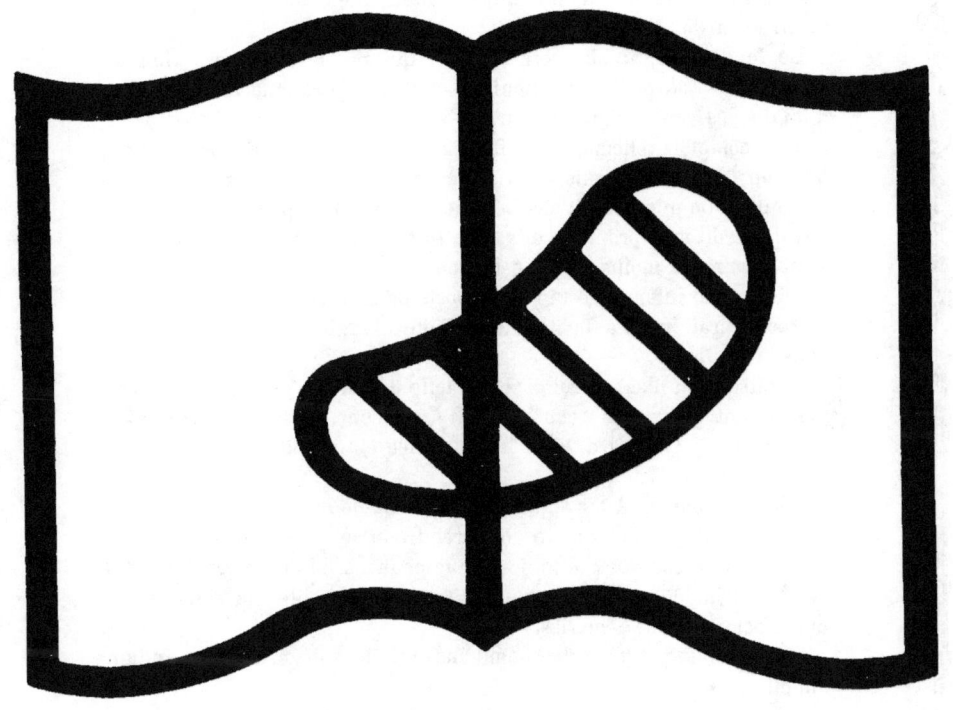

Original illisible

NF Z 43-120-10

Le prince ordonna qu'on l'enfermât dans une chambre du palais, et qu'on le gardât à vue.

Le lendemain, il alla voir sa fille, qui ne savait encore rien de l'aventure; il la prit en particulier, et après s'être enfermé avec elle, il lui dit, les yeux baignés de larmes :

« Je comptais tellement, ma fille, sur ton honnêteté et sur ta vertu, qu'il ne me serait jamais venu dans l'esprit, que je n'aurais jamais cru, quand on m'en aurait assuré, que je ne croirais pas encore, si je ne l'avais vu de mes propres yeux, que tu fusses capable de t'abandonner à un homme, à moins qu'il ne fût ton mari.

« Une telle infamie de ta part a porté dans mon âme un chagrin que je ressentirai jusqu'à la fin de ces jours languissants, que je traîne dans la vieillesse.

« Puisque tu n'as pas rougi d'une telle démarche, est-il possible que, parmi tant de braves gens qui sont à ma cour, tu te sois déterminée en faveur de Guichard, dont la naissance est obscure et que j'ai tiré de la bassesse ?

« Mon embarras à ton égard égale ma douleur.

« Je ne sais le parti que je dois prendre et ce que je dois faire de toi.

« La tendresse que j'ai toujours eue pour ma fille me porte à l'indulgence, et la lâcheté dont elle s'est rendue coupable me sollicite à la punir comme elle le mérite.

« Je ne suis pas dans la même incertitude à l'égard de ton indigne amant.

« Je l'ai fait arrêter cette nuit et mettre dans les fers.

« Je sais le sort que je lui prépare.

« J'ignore encore quel sera le tien; mais soit que je te pardonne, soit que j'écoute ma juste indignation, je veux, avant de me décider sur ton compte, je veux savoir ce que tu as à dire. »

Après ces paroles, il baissa la tête et sanglota comme un enfant.

Sigismonde, voyant que son intrigue était découverte et que Guichard était prisonnier, pensa vingt fois faire éclater sa douleur par ses larmes ; faible ressource, mais fort ordinaire aux personnes de son sexe.

Cependant, comme elle avait l'âme grande, elle vainquit ces mouvements de faiblesse, et sentant bien que son amant était un homme perdu sans ressource, elle résolut de ne faire aucune prière pour elle, déterminée à ne point lui survivre.

« Je n'ai rien à vous nier, mon père, lui répondit-elle, non en femme affligée ou qui se reproche quelque faute, mais d'un œil sec et d'un

air tranquille et assuré ; je ne vous ferai non plus aucune prière, puisque je sens qu'elle serait inutile ; je ne chercherai même point à fléchir
votre colère, ni à émouvoir votre amour en ma faveur.

« Je me bornerai à défendre mon honneur, et m'abandonnerai ensuite à mon courage.

« Oui, j'ai aimé et j'aime encore Guichard ; je l'aimerai tant que ma
vie, qui ne sera pas longue, durera ; et si l'on aime après la mort, je
vous déclare que je l'aimerai encore.

« La vertu de ce jeune homme et le peu de soin que vous avez pris
de me marier ont eu plus de part à mon amour que la faiblesse du
sexe.

« Comme vous n'êtes ni de fer ni de marbre, vous deviez songer
qne votre fille n'en était pas non plus ; vous deviez, quoique dans
l'âge avancé, vous rappeler combien fortes et puissantes sont les passions de la jeunesse.

« Si vous avez passé vos premières années dans le dur métier des
armes, il vous était encore plus aisé de sentir les inconvénients et les
suites de la mollesse et de l'oisiveté, d'ans les hommes de tous les âges,
et surtout dans les jeunes gens.

« Je suis sensible, je suis à la fleur de mon âge, et à ce double
égard sujette à des besoins que le mariage a tellement irrités, que je
n'ai pu m'empêcher de les satisfaire.

« Ce sont ces besoins sans doute qui ont allumé dans mon cœur les
feux de l'amour.

« Mais qu'y a-t-il là de surprenant dans une jeune femme ?

« Ce n'est pas que je n'aie longtemps combattu les mouvements de
la nature ; mais tous mes efforts ont été impuissants.

« Quand j'ai vu qu'il n'y avait pas moyen de résister à ma passion,
j'ai pris toutes les précautions possibles pour accorder l'amour avec
l'honneur, et ce n'est qu'à l'insu de tout le monde que j'ai cherché à
satisfaire les désirs qui me gourmandaient.

« De quelque façon que vous ayez été instruit de mon intrigue, je ne
la désavoue point.

« Je vous dirai seulement que ce n'est point le hasard qui m'a déterminée en faveur de Guichard ; si je l'ai préféré à tous les autres courtisans, c'est par réflexion, le sentiment de son mérite m'a uniquement
décidée en sa faveur.

« A vous entendre, il semble que vous me pardonneriez mon amour
s'il avait eu un homme de qualité pour objet : c'est la faute de la for-

tune, et non la mienne, si mon amant n'est pas d'un rang distingué ou d'une naissance illustre.

« Mais pouvez-vous ignorer que cette fortune est aveugle, et que le plus souvent elle n'élève que ceux qui le méritent le moins, tandis qu'elle laisse dans l'obscurité ceux qui, par leur esprit et leurs sentiments, sont dignes de toutes ses faveurs ?

« Est-il possible que vous soyez l'esclave des préjugés vulgaires, et que vous fassiez un crime à un homme de la bassesse de son origine, lorsque ce n'est que la faute du destin ?

« Remontez à la source des conditions, et vous verrez que nous sommes tous enfants d'un même père, formés d'une même chair, sujets aux mêmes infirmités, et que c'est proprement la vertu qui a commencé à mettre de la distinction parmi nous.

« Les premiers qui se distinguèrent par leurs talents et leurs qualités furent appelés nobles ; les autres rampèrent dans la roture.

« Quoique la corruption du cœur humain ait abrogé cette loi, elle n'est pas entièrement détruite, et subsiste encore dans les âmes qui ne se laissent point entraîner au torrent des préjugés.

« La raison ne se prescrit jamais ; il existe toujours des esprits qui réclament ses droits.

« Il est donc certain, à parler raisonnablement, que plus on a de vertus, plus on est noble.

« D'après ce principe, qui est celui des âmes élevées, si vous voulez jeter les yeux sur tous vos courtisans et examiner leur mérite sans prévention, vous conviendrez aisément que Guichard est le plus noble de votre cour.

« Vos paroles, aussi bien que mes yeux, lui ont rendu ce témoignage.

« Qui le loua jamais plus que vous? et certainement sa conduite a toujours justifié le bien que vous en disiez; j'ose même dire qu'elle était encore supérieure à vos éloges.

« Si toutefois je m'étais trompé dans la bonne opinion que j'ai de ce jeune homme, je l'aurais été par vous.

« C'est donc sans raison que vous blâmez mon attachement pour un homme de basse condition; vous pourriez me reprocher avec plus de justice la pauvreté de mon amant; mais ce reproche même retomberait sur vous, de n'avoir pas enrichi et élevé aux dignités un homme d'un si grand mérite, et qui vous a si bien servi.

« D'ailleurs, la pauvreté n'exclut point la noblesse; elle n'est qu'une privation de richesses : autrement, que deviendrait la noblesse de tant de rois, de tant de princesses de l'antiquité qui étaient pauvres, tandis que des affranchis et des mercenaires nageaient dans l'abondance ?

« Tel a autrefois gardé les troupeaux et labouré la terre, qui est riche à présent ; et tel est aujourd'hui au faîte de la grandeur et de la fortune, qui sera bientôt réduit à la condition des laboureurs.

« Quant à l'incertitude où vous êtes sur ce que vous devez faire de moi, vous pouvez suivre votre penchant, je ne m'y opposerai point.

« Il dépend même de vous de devenir cruel dans votre vieillesse ?

« Ne craignez pas que je vous fasse la moindre prière pour vous empêcher de tremper vos mains dans mon sang, si vous avez résolu de le faire.

« Je vous annonce seulement que je suis toute résolue de subir le traitement que vous destinez à Guichard, et que si ce n'est pas par votre ordre, ce sera de ma propre volonté.

« Ne pleurez donc plus, ou allez pleurer avec les femmelettes, et faites-nous mourir tous deux, si vous croyez que nous l'ayons mérité. »

Le prince reconnut à ce discours le courage et la fermeté de sa fille.

Il ne la crut cependant pas capable d'exécuter ce qu'elle avait annoncé dans ses dernières paroles; il pensait au contraire que la perte de son amant la guérirait bientôt de son amour.

Il la quitte dans cette idée, et donne aussitôt des ordres pour que la nuit suivante on étrangle Guichard, qu'on lui arrache le cœur et qu'on le lui apporte incontinent.

Le prince fut obéi, et ayant mis ce cœur dans une grande coupe d'or, il l'envoya à sa fille par un domestique, avec ordre de lui dire :

« Le prince, votre père, vous envoie ce présent pour vous consoler de la perte de ce que vous aimiez le plus. »

Sigismonde, qui avait prévu la perte de son amant, s'était munie d'un poison pour l'avoir tout prêt au besoin.

Elle n'eut pas plutôt vu le présent et entendu le compliment que son père lui faisait faire, qu'elle ne douta plus que ce ne fût le cœur de Guichard.

« Mon père, dit-elle à l'envoyé, a agi plus sagement qu'il ne pense peut-être : il a donné à ce cœur la sépulture qu'il méritait. »

Après avoir baisé ce cœur avec transport :

« J'ai éprouvé dans tous les temps, continua-t-elle, que mon père m'aimait ; mais il me le fait mieux connaître à présent que jamais; par les honneurs qu'il rend à ce cœur; fais-lui-en des remercîments de ma part, et dis-lui que ce seront les derniers qu'il recevra de moi. »

Après ces paroles, elle baisa de nouveau le cœur de son amant, en poussant des soupirs qui étonnaient et touchaient également les dames de sa suite, qui se trouvaient alors dans sa chambre, et qui ne savaient ce que c'était que ce cœur, qu'elle ne cessait de contempler.

« Cœur qui m'as fait tant plaisir, s'écriait la princesse, te voilà donc quitte des misères et des traverses de la vie !

« Maudite soit à jamais la cruauté de celui qui est cause que je te vois maintenant avec les yeux du corps, après t'avoir vu et admiré si souvent des yeux de l'esprit !

« Ton destin est fini, te voilà parvenu au terme où nous courons tous ; ton ennemi même a cru que tu méritais un tombeau d'or.

« Il ne fallait plus, pour achever tes funérailles, que les larmes d'une amante qui t'était si chère.

« Tu les auras, ces larmes que tu désires...

« Père impitoyable !...

« J'avais résolu de mourir d'un œil sec, d'un front calme ; mais je ne puis résister aux tendres mouvements que m'inspire le plus beau de tous les cœurs.

« Oui, je l'arroserai de mes larmes, ce cœur qu'un Dieu propice vous a inspiré de m'envoyer; cœur qui faisais tous mes plaisirs, toute ma volupté, après que mes justes larmes t'auront rendu les hommages que je te dois, je te suivrai dans l'autre monde, j'unirai mon âme à celle qui t'animait.

« Que dis-je? l'âme de mon amant est encore tout entière dans cette coupe, dans ce cœur que j'idolâtre encore, et cette âme me dit qu'elle attend la mienne pour ne plus se séparer... »

Les soupirs, les sanglots, les larmes qui coulaient en abondance des yeux de la princesse, et qui tombaient dans la coupe, l'empêchèrent d'en dire davantage.

Les dames qui l'environnaient étaient stupéfaites, attendries, et ne comprenaient rien à cette scène lugubre.

Elles lui demandent la cause de son chagrin, elles mêlent leurs larmes aux siennes, et font de leur mieux pour la consoler.

La princesse, absorbée dans sa douleur, lève la tête, essuie ses larmes, et paraissant reprendre courage :

« O cœur chéri, s'écria-t-elle, j'ai rempli mon devoir envers toi, il ne me reste plus qu'à joindre mon âme à la tienne ! »

Elle prend ensuite la fiole qui renfermait le poison qu'elle avait préparé; elle la verse dans la coupe, et avale cette liqueur jusqu'à la dernière goutte, sans montrer la moindre crainte.

Elle se jette incontinent sur son lit, sans abandonner la coupe précieuse, qu'elle pencha et renversa sur son cœur, pour y coller celui de son amant.

Quoique les dames ignorassent quelle était la liqueur qu'elle avait avalée, elles firent avertir le prince de ce qui venait de se passer.

Il arriva, mais trop tard, dans le moment que sa fille venait de se jeter sur son lit.

Instruit du malheur qu'il avait causé, il ne pouvait voir sa fille dans un si triste état, sans répandre des larmes de tendresse et de repentir :

« Ne me donnez point, mon père, lui dit Sigismonde d'une voix presque éteinte, ne me donnez point des pleurs qui me sont inutiles et que je ne souhaite point; mais s'il vous reste encore un peu de cette affection que vous m'avez tant de fois témoignée, ne me refusez pas, pour dernière grâce, de me faire enterrer publiquement avec Guichard, puisque vous n'avez pas voulu que je vécusse heureuse avec lui dans le particulier et le secret. »

Le prince était si affligé, qu'il ne put lui répondre un seul mot; il se retira en sanglotant.

A peine fut-il sorti, que la princesse, sentant qu'elle allait rendre le dernier soupir, et serrant toujours le cœur de son amant contre le sien, se tourna vers ses femmes et leur dit adieu.

Un instant après, ses yeux se fermèrent, et ayant perdu tout à fait connaissance, elle expira.

Telle fut la fin malheureuse de Guichard et de la princesse Sigismonde.

Jamais affliction ne fut plus grande que celle du vieux Tancrède.

Il se repentit, mais trop tard, de sa cruauté, et fit enterrer avec pompe, dans un même tombeau, les deux amants, qui emportèrent les regrets de tous les Salernitains.

NOUVELLE II

LE FAUX ANGE GABRIEL OU L'HYPOCRITE PUNI

La nouvelle racontée par Mme Flammette, fit plusieurs fois couler les larmes de ses compagnes.

Quand elle eut achevé son récit, le Roi dit d'un ton ferme et un peu vif : Je ferais volontiers et sans regret le sacrifice de ma vie, pour goûter seulement la moitié du plaisir que Guichard dut trouver dans les bras de sa chère Sigismonde.

Les tourments que je souffre à chaque instant sont pires que la mort, sans que j'aie le moindre intervalle de plaisir. Amour! cruel Amour! rends-moi mon indifférence; si tu te refuses encore à me rendre heureux.

Mais sans parler davantage de mes peines, j'ordonne à Mme Pampinée, de poursuivre le cours de nos récits. Si la nouvelle qu'elle va raconter est dans le même goût que celle que nous venons d'entendre, je ne doute pas que je n'éprouve bientôt du soulagement, et que le feu qui me consume ne commence à s'affaiblir. S'il pouvait s'éteindre tout à fait!

Mme Pampinée se mit en devoir d'obéir à l'ordre du Roi.

Elle crut lire dans les yeux de ses compagnes qu'elles aimeraient mieux une histoire plus divertissante que triste et pathétique : et comme elle était plus jalouse de leur plaire, que de contenter le Roi, elle résolut de les satisfaire, sans sortir toutefois du sujet proposé.

l y avait dans la ville d'Imola un mauvais sujet, nommé Berto de la Massa, tellement reconnu pour fourbe et pour méchant, qu'on n'ajoutait jamais foi à ce qu'il disait, et qu'on lui eût prêté de mauvais desseins s'il eût été capable de faire une bonne action.

Voyant qu'il était trop connu dans cette ville pour pouvoir y demeurer encore, il prit le parti d'aller à Venise, refuge ordinaire des bandits et des libertins.

Dans l'espérance d'y suivre plus librement ses inclinations perverses, il crut devoir changer de nom et mettre plus de politique dans sa conduite.

Il débuta donc par se montrer tout différent de ce qu'il était.

Il afficha la probité, l'amour de la religion, et finit par se faire cordelier, sous le nom de frère Albert d'Imola, non qu'il fût converti, mais uniquement pour se mettre à l'abri de la misère et se procurer les moyens de satisfaire ses passions sous le manteau de la religion.

21

Elle attendit avec impatience une seconde visite de l'ange... Page 310.

Que d'hommes ont embrassé l'état religieux dans ces mêmes vues !

Frère Albert comprit qu'il devait se gêner pour parvenir à son but ; il s'y résolut, se proposant de se dédommager quand l'occasion se présenterait.

Il commença donc par afficher la plus grande austérité.

Louer les dévots, recommander le jeûne et la prière, vanter les douceurs de la pénitence, était l'unique sujet de ses discours.

Il ne faisait gras en aucun temps, ne buvait de vin qu'en cachette, s'approchait fort souvent des sacrements, et consacrait les heures de récréation à l'étude.

Par ce moyen, il s'acquit bientôt l'estime de ses confrères, qui, le jugeant aussi savant que pieux, ne balancèrent point à lui faire prendre la prêtrise.

39   39

Il s'adonna ensuite à la chaire; et comme il avait de l'esprit et de l'ambition, qui en donne à ceux qui n'en ont pas, il ne tarda pas à devenir célèbre parmi ses concurrents.

Il était le plus suivi de tous.

A l'entendre prêcher, personne n'eût pu le soupçonner de n'être pas pénétré des vérités qu'il enseignait, tant il avait l'art de se déguiser.

Il lui arrivait quelquefois de pleurer, pour mieux paraître touché et pour toucher davantage ses auditeurs.

Enfin, il sut si bien faire, qu'il s'acquit en fort peu de temps l'estime et la confiance de toute la ville.

On ne parlait que du frère Albert; toutes les dévotes voulaient l'avoir pour directeur; les plus honnêtes gens le faisaient appeler au lit de la mort : plusieurs le nommaient exécuteur de leurs dernières volontés; d'autres mettaient leur argent et ce qu'ils avaient de plus précieux en dépôt entre ses mains.

Je vous laisse à penser si le drôle faisait de bons coups, quand il était sûr de n'être ni découvert, ni soupçonné.

Il y était d'autant plus encouragé, que quand on l'eût surpris en faute, on n'aurait pu le croire coupable, tant il était en grande vénération dans tous les esprits.

Jamais cordelier, pas même saint François d'Assise, ne jouit pendant sa vie d'une aussi grande réputation de sainteté.

L'empire que frère Albert avait pris sur lui-même ne s'étendait que sur ses actions extérieures.

Il nourrissait ses anciens vices dans le fond de con cœur, et y avait ajouté l'hypocrisie, le plus grand de tous, puisque l'hypocrisie se joue de Dieu même.

Comme il avait toujours eu du goût pour les femmes, quand il rencontrait une pénitente facile ou crédule, il la conduisait adroitement dans ses filets.

Un jour, une jeune femme d'un esprit faible et niais, nommée Lisette de Caquirino, vint se confesser à lui.

Elle était mariée à un riche marchand que ses affaires de commerce avaient attiré en Flandre depuis peu de temps.

Après qu'elle eut débité assez lentement la kyrielle de ses péchés, le moine lui demanda si elle n'avait point de galant.

La dame, fière et orgueilleuse comme tous les Vénitiens, lui répondit avec humeur :

« De quoi vous servent donc vos yeux, mon révérend père? croyez-vous que ma beauté soit de nature à être facilement prostituée?

« J'aurais sans doute plus d'amants que je ne voudrais, si j'étais moins difficile; mais comme mes charmes sont extraordinaires, je les réserve aussi pour des gens qui en vaillent la peine.

« Avez-vous vu des femmes aussi bien faites et aussi belles que je le suis? »

Elle dit mille autres extravagances au sujet de sa beauté, qu'elle traita plus d'une fois de céleste et de divine.

Frère Albert comprit sans peine que sa pénitente avait le cerveau un peu creux, quoiqu'effectivement elle fût assez jolie; et voyant que c'était là précisément ce qu'il lui fallait, il la convoita aussitôt et en devint passionnément amoureux.

Il remit cependant à un temps plus favorable le soin de l'apprivoiser; et, pour continuer son personnage d'homme pieux, il lui fit une petite morale, et lui remontra que ce qu'elle disait d'avantageux pour elle était un effet de vaine gloire et d'amour-propre dont elle devait se corriger.

La pénitente, qui n'entendait pas raillerie et qui ne sentait sans doute pas la force des termes, lui répondit tout uniment qu'il était un sot, puisqu'il ne savait pas distinguer une beauté d'une autre.

Frère Albert, qui ne voulait pas l'aigrir davantage, lui donna l'absolution et la renvoya sans rien répliquer.

Quelques jours après, accompagné d'un moine qui lui était dévoué, il alla la voir dans sa maison; et l'ayant prise en particulier, il se jeta à ses pieds.

« Madame, lui dit-il, je vous prie de me pardonner ce que je vous dis dimanche dernier en vous confessant : j'en fus si sévèrement châtié la nuit suivante, que j'ai passé depuis presque tout le temps au lit.

— Et qui vous a châtié de la sorte? dit la jeune et folle Lisette.

— Vous allez en être instruite.

« Le soir qui suivit votre confession, étant à mon ordinaire en oraison dans ma cellule, j'aperçus tout à coup une grande lumière.

« A peine ai-je tourné la tête pour voir ce que c'est, qu'un beau jeune homme saute sur moi et m'assomme de coups de bâton.

« Après m'avoir aussi maltraité, je lui demandai qui il était, et pourquoi il m'avait battu; il me répondit qu'il était l'ange Gabriel, et qu'il m'avait châtié parce que j'avais osé censurer la beauté céleste de Mᵐᵉ Lisette, qu'il aimait, après Dieu, par-dessus toutes choses.

« Je lui demandai pardon, comme vous jugez bien.

« Je te pardonne, me répondit-il, à condition que tu iras trouver
« cette dame pour lui faire tes excuses.

« Arrange-toi comme tu pourras, ajouta-t-il ; mais sois assuré que si
« elle ne veut point te pardonner, je reviendrai, et je te donnerai tant
« de coups, que tu t'en ressentiras le reste de ta vie. »

« Pardonnez-moi donc, Madame, je vous rendrai compte ensuite de
ce que l'ange me dit de plus. »

La petite imbécile était au comble de la joie d'entendre des choses
qui flattaient si fort sa folle vanité, et qu'elle n'avait garde de révoquer en doute.

« Je vous le disais bien, père Albert, lui répondit-elle d'un ton de
gravité, que mes charmes étaient tout célestes.

« Je suis cependant très fâchée du mal que vous avez eu ; et afin que
vous ne soyez plus maltraité, je vous pardonne, à condition toutefois
que vous me répéterez tout ce que l'ange vous a dit.

— Puisque vous me pardonnez, reprit le moine, je ne vous cacherai
rien ; mais souvenez-vous bien qu'il vous faut garder un secret inviolable sur ce que je vais vous révéler.

— Parlez sans crainte et comptez sur ma discrétion.

— Vous êtes la plus heureuse de toutes les femmes, lui dit alors le
père Albert : l'ange Gabriel vous aime avec passion, et s'il n'avait pas
craint de vous déplaire, ou plutôt de vous effrayer, il y a déjà longtemps qu'il serait venu coucher avec vous.

« Il m'a chargé de vous dire qu'il en avait la plus grande envie, et
qu'il se proposait de venir vous trouver la nuit qu'il vous plaira de lui
assigner.

« Mais comme il est ange, et que s'il venait sous cette forme, vous
ne pourriez le toucher, il m'a déclaré que, pour vous faire plaisir, il
prendra la figure humaine.

« C'est pourquoi il m'a donné ordre de vous demander dans quel
temps vous voulez qu'il vienne, et sous la forme de qui : soyez persuadée qu'il sera très exact au rendez-vous ; par conséquent, vous
pourrez vous flatter d'être la plus heureuse des femmes, comme vous
en êtes la plus belle. »

La bonne dame répondit naïvement qu'elle était ravie de l'amour
que l'ange avait conçu pour elle, parce qu'elle avait toujours eu pour
lui beaucoup de dévotion.

« Je ne vois son image dans aucune église, dans aucune chapelle, que je ne fasse brûler aussitôt un cierge en son honneur. Il peut venir quand il voudra, il sera bien reçu, et me trouvera seule dans ma chambre.

« Je le laisse le maître de prendre la figure de qui bon lui semblera, pourvu qu'elle ne soit pas effrayante.

— Vous parlez à ravir, ma belle dame ; laissez-moi faire, vous serez satisfaite.

« Mais j'aurais une grâce à vous demander : elle ne vous coûtera rien, et me fera grand plaisir : c'est de trouver bon que l'ange emprunte mon corps.

« Voici le bien qui en résultera pour moi : l'ange, animant mon corps, enverra mon âme en paradis, et l'y retiendra tant qu'il demeurera avec vous.

— Il est juste, répliqua Lisette, de vous donner cette consolation, pour vous dédommager des coups de bâton que je vous ai attirés.

— Vous donnerez donc vos ordres, Madame, s'il vous plaît, pour que cette nuit l'ange trouve la porte de votre maison ouverte, parce que, venant vous voir avec un corps, il ne peut entrer que par la porte, comme font les hommes. »

Lisette l'ayant promis, le cordelier se retira et la laissa si pleine de joie et d'impatience de voir son ange, qu'elle ne pesait pas une once, et que chaque moment lui paraissait un siècle.

Frère Albert se prépara d'avance au personnage qu'il devait faire la nuit suivante.

Comme ce n'était pas le rôle d'un ange qu'il devait jouer, il commença par prendre plusieurs restaurants pour se fortifier et se mettre en état de faire des prodiges de valeur.

Sitôt que la nuit fut venue, il sortit accompagné du moine qui lui était affidé et s'en alla dans la maison d'une appareilleuse de sa connaissance, où il avait autrefois accoutumé de prendre ses ébats, lorsqu'il trouvait quelque jeune femme de bonne volonté.

Après s'être muni d'une longue robe blanche, il se rendit, lorsqu'il crut qu'il en était temps, chez la belle Lisette.

Il ouvre la porte, qui n'était fermée qu'au loquet, met l'habit blanc qu'il avait apporté, et monte dans la chambre de la dame, qui, ravie de la blancheur éclatante de l'ange prétendu, se met à genoux devant lui.

L'ange lui donne sa bénédiction, la relève, et lui fait signe de se mettre au lit.

Elle obéit incontinent, et monsieur l'ange de la suivre.

Frère Albert était assez bel homme et d'une constitution vigoureuse; ainsi se trouvant dans les mêmes draps que Lisette, qui était fraîche et délicate, il ne tarda pas à lui faire connaître que les anges de son espèce étaient plus habiles que son mari.

Elle était dans le ravissement, et bénissait le ciel de lui avoir donné une beauté assez brillante pour qu'un ange en devînt amoureux.

La scène fut remplie tout autant de temps qu'il en fallait pour contenter la belle sans la fatiguer.

Les intermèdes furent employés à s'entretenir de la gloire céleste.

A la pointe du jour, le cordelier, jugeant qu'il était temps de se retirer, prit des mesures pour son retour, et alla rejoindre son compagnon, que la charitable vieille avait fait coucher avec elle pour l'empêcher de s'ennuyer.

Mme Lisette n'eut pas plutôt dîné qu'elle alla trouver frère Albert pour lui apprendre qu'elle avait reçu la visite de l'ange Gabriel, et lui conter ce qu'il lui avait dit de la gloire céleste, mêlant dans son récit mille fables de sa façon.

« J'ignore, Madame, lui dit le moine, comment vous vous êtes trouvée de sa visite; mais je sais bien qu'après m'être apparu la nuit dernière pour apprendre le succès de mon ambassade, il a tout à coup fait passer mon âme dans un lieu de délices dont les hommes n'ont aucune idée, et où j'ai demeuré jusqu'à la pointe du jour.

« Pour mon corps, j'ignore ce qu'il est devenu pendant tout ce temps qui m'a paru très court.

— Votre corps, répond Mme Lisette, a été toute la nuit dans mes bras avec l'ange Gabriel.

« Si vous en doutez, regardez sous votre téton gauche, vous y trouverez une marque qui ne s'effacera pas de longtemps.

— Je me déshabillerai pour voir si ce que vous dites est vrai. »

Après un assez long entretien de cette nature, Lisette s'en retourna chez elle, où elle attendit avec impatience une seconde visite de l'ange.

Elle la reçut, puis une troisième, qui fut suivie encore de beaucoup d'autres, qui vraisemblablement l'auraient été d'un plus grand nombre, si son imbécillité n'en avait arrêté le cours.

Elle était un jour avec une de ses amies. La conversation étant tombée sur la beauté des femmes, la folle ne manqua pas de mettre la sienne au-dessus de celle de toutes les autres.

« Si vous saviez, ma chère, à qui j'ai le bonheur de plaire, vous ne balanceriez pas de donner la préférence à ma beauté sur celle des femmes que vous venez de me citer. »

L'amie, qui connaissait sa naïveté, et qui était bien aise de savoir ce qu'elle voulait dire, lui répondit que cela pouvait être vrai :

« J'en suis même persuadée; mais toute autre que moi n'en croirait rien, à moins de savoir à qui vous plaisez.

« Qui que ce soit, je suis sûre que c'est à quelqu'un de bon goût.

— Je ne devrais sans doute pas le nommer, reprit alors notre étourdie; mais comme je n'ai rien de réservé pour vous, je vous dirai que c'est l'ange Gabriel.

« Il m'aime comme lui-même, et me trouve la plus belle femme du monde, ou du moins de ce pays-ci, à ce qu'il m'a dit. »

L'amie de Lisette faillit partir d'un éclat de rire ; mais elle se retint, dans l'intention de la faire causer davantage.

« Si l'ange Gabriel, lui répondit-elle d'un air sérieux, vous a dit cela, il n'y a plus moyen de douter qu'il ne soit votre amant; mais je vous avoue que je n'aurais jamais cru que les anges fissent leur cour aux dames.

— Sortez de votre erreur, reprit Lisette, ils leur font si bien la cour, que les hommes ne sont rien en comparaison de ces messieurs.

« Le beau Gabriel m'a prouvé, toutes les fois qu'il est venu coucher avec moi, que mon mari n'est qu'un blanc-bec auprès de lui.

« Au reste, il m'a assuré qu'on fait l'amour en paradis comme ici-bas, et qu'il n'est amoureux de moi que parce qu'il n'a pas trouvé au ciel de femme dont la beauté lui ait plu autant que la mienne.

« L'entendez-vous maintenant ?

« Cela est-il clair ? »

L'amie avait une impatience extrême d'être en lieu où elle pût rire à gorge déployée de la bêtise de Lisette.

Elle la quitta plus tôt qu'elle n'aurait fait sans cette intention, et s'en donna tout son soûl quand elle fut seule.

Elle se trouva le soir même à une noce avec une grande compagnie de femmes; elle leur raconta, pour les divertir, l'amour angélique de la folle Lisette, dont elle fit le détail d'un bout à l'autre.

Ces femmes n'eurent rien de plus chaud que d'en régaler leurs maris; ceux-ci en parlèrent à d'autres femmes : de sorte qu'en moins de deux jours presque tout Venise fut instruit de l'anecdote.

Elle parvint aux oreilles des beaux-frères de Mme Lisette, qui, connaissant sa grande simplicité, ne doutèrent pas que quelque galant ne se fît passer pour un ange dans son esprit. Ils formèrent aussitôt la résolution de savoir comment cet ange était fait.

Frère Albert, informé du bruit qui courait sur le compte de Mme Lisette, l'alla voir une nuit pour lui faire de vifs reproches sur son indiscrétion; mais comme les beaux-frères, qui toutes les nuits faisaient sentinelle, l'avaient vu entrer et l'avaient suivi de fort près, à peine fut-il déshabillé, qu'il entendit du monde à la porte de la chambre.

Il se douta d'abord de ce que c'était, surtout lorsqu'il entendit pousser vivement la porte, qu'il avait fermée au verrou.

Il n'avait d'autre parti à prendre pour s'évader que de se jeter bien vite par la fenêtre, qui donnait sur le grand canal.

C'est ce qu'il fit; et comme il y avait beaucoup d'eau, il ne se blessa point en tombant; il fut seulement étourdi, mais pas assez pour ne pas gagner à la nage l'autre bord.

Il se réfugia promptement dans la maison d'un matelot qu'il trouva ouverte, et pria cet homme de vouloir bien lui sauver la vie.

Il donne un tel tour à son aventure, qu'il sait l'attendrir sur son sort, et s'excuser de ce qu'il est tout nu.

Le matelot le fait mettre dans son lit, et promet de lui rendre tous les services qui dépendront de lui.

Quand le jour fut venu, il lui fit des excuses de ce qu'il était obligé de le quitter pour une affaire qui demandait tout au plus une heure de temps, et le pria de se tenir tranquille jusqu'à son retour.

Quand les deux beaux-frères furent entrés dans la chambre de la dame, ils trouvèrent que l'ange s'était envolé.

Ils dirent mille sottises à leur belle-sœur, la menacèrent de la faire enfermer, et se retirèrent avec les habits du moine angélique.

Cependant, l'aventure s'étant répandue de grand matin, le bon matelot entendit dire, à la place de Realte, que l'ange Gabriel avait couché la nuit précédente avec Mme Lisette; qu'ayant été trouvé chez elle par ses parents, il s'était jeté dans le grand canal, de peur d'être pris, et qu'on ne savait ce qu'il était devenu.

A cette nouvelle, il imagina d'abord que cet ange pourrait bien être l'homme qu'il avait dans sa maison.

Il rentre, le questionne, le reconnaît et le menace de le livrer aux beaux-frères de la dame s'il ne lui donne cinquante ducats.

Le cordelier écrit un billet que le matelot fait parvenir à son adresse par un commissionnaire, qui rapporte l'argent; il pense en être quitte pour cette somme; mais son hôte, justement indigné de son hypo-

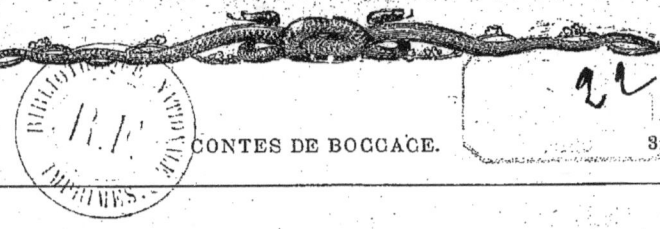

Il vit une jeune demoiselle de condition, qui lui parut si aimable qu'il en devint amoureux...
Page 320.

crisie, ne le croit point assez puni.

« Père Angélique, lui dit-il, vous n'avez qu'un moyen pour sortir d'ici et échapper aux parents irrités de Mme Lisette. Le voici:

Nous faisons aujourd'hui une fête à la place Saint-Marc, où chacun peut mener un homme déguisé en ours ou en sauvage.

« Si vous voulez vous travestir de l'une de ces manières, je vous y conduirai; et quand la cérémonie, qui doit représenter une chasse, sera finie, je vous.promets de vous conduire. en lieu de sûreté, et de vous donner les habits que vous me demanderez ; par ce moyen, vous échapperez aux parents de la dame chez qui vous avez couché ; car vous saurez qu'ayant eu avis que vous vous êtes réfugié dans une des maisons de ce quartier, ils ont fait poster, dans les environs, tant de gens pour vous saisir, qu'il n'est guère possible que vous sortiez d'ici sans tomber entre leurs mains, à moins que vous ne vous déterminiez au déguisement que je vous propose. »

Frère Albert avait bien de la répugnance à paraître sous un pareil accoutrement ; mais que faire ?

Le matelot lui avait parlé d'un ton à lui persuader qu'il n'avait pas d'autre parti à prendre.

La peur qu'il avait d'ailleurs des parents de Lisette l'y fit consentir.

Son hôte le frotte aussitôt de miel, le couvre de plumes, lui attache un masque au visage, lui passe une chaîne au col, lui met ensuite un bâton dans une main, et dans l'autre une petite corde, à laquelle étaient attachés deux gros chiens de boucher.

Pendant qu'il est occupé à le travestir ainsi en sauvage, il dépêche un homme à la place Realte, pour y faire publier à son de trompe que ceux qui voudraient voir l'ange Gabriel n'avaient qu'à se rendre à la place Saint-Marc.

Le matelot ne fut pas plutôt dans la rue, tenant son sauvage par le bout de la chaîne, et le faisant marcher devant, qu'il se vit entouré d'une infinité de gens.

On ne savait ce que c'était, et chacun questionnait son voisin pour le savoir.

La place Saint-Marc était couverte de monde quand ils y arrivèrent.

Le premier soin du matelot fut d'attacher son sauvage à un pilier, sur un endroit élevé, sous prétexte d'attendre le moment de la prétendue chasse.

Il le laissa plus d'une heure exposé aux mouches, aux taons et aux huées du peuple.

Quand il vit que la place était bien garnie de monde, feignant de vouloir déchaîner son sauvage, il lui ôta le masque, en criant à la multitude qui l'environnait :

« Puisque le sanglier ne vient pas à la chasse, il n'y en aura point aujourd'hui ; mais, Messieurs, afin que vous n'ayez pas perdu votre temps en venant ici, je veux vous faire voir l'ange qui est descendu du ciel pour venir consoler la nuit mesdames les Vénitiennes.

« Le voilà, ce bel ange dont vous avez entendu parler, » ajouta-t-il en montrant le visage du frère Albert, qu'il venait de démasquer, et qui fut aussitôt reconnu de tout le monde.

Je vous laisse à penser ce qu'il dut souffrir de se voir ainsi joué et exposé aux huées du peuple, qui fut bientôt au fait de l'aventure de la nuit dernière.

On l'insulta, l'injuria de toutes les manières ; on poussa la méchanceté ou plutôt la justice jusqu'à lui jeter des ordures au visage.

Les plus honnêtes gens de la ville se firent un plaisir d'aller le voir, et de jouir du spectacle de son humiliation.

Il passa plusieurs heures dans cette cruelle situation, jusqu'à ce que, la nouvelle de son aventure étant parvenue au couvent, six religieux accoururent pour le réclamer.

Ils lui jetèrent une large étoffe sur le dos, le détachèrent et le menèrent au couvent, suivis de la populace, qui ne cessait de huer à pleine tête l'ange et ses confrères.

L'histoire dit que frère Albert, de retour au couvent, fut mis dans une prison, où l'on présume qu'il dut finir ses jours d'une manière misérable.

C'est ainsi qu'un gueux de moine, après avoir longtemps trompé toute une ville par son hypocrisie, avoir abusé de la crédule vanité d'une femme, et avoir peut-être commis mille actions plus noires, mais moins éclatantes, fut démasqué aux yeux de tout un public, et qu'il porta la punition due à ses iniquités.

Plaise au ciel qu'il puisse en arriver autant à tous ceux qui lui ressemblent !

NOUVELLE III

LES MALHEURS DE LA JALOUSIE

Quand Mme Pampinée eut achevé le récit de sa nouvelle, le Roi demeura quelque temps dans le silence. Il y a, Madame, dit-il ensuite, il y a quelque chose de bon et qui m'a fait grand plaisir, dans l'histoire que vous venez de nous raconter; c'est vers la fin.

Le reste ne m'a pas paru assez sérieux.

Puis, se tournant vers Mme Laurette, faites en sorte, Madame, lui dit-il de nous en raconter une meilleure. — C'est fort bon à dire répondit celle-ci, mais vous êtes un peu trop cruel envers les amants, puisque vous ne voulez entendre parler que de ceux qui sont malheureux.

Cependant puisque cela vous fait plaisir, je vais vous conter une nouvelle dans laquelle vous n'en trouverez pas moins de trois qui ont fait chacun une fin également malheureuse.

arseille est, comme vous savez, une des villes les plus anciennes et les plus considérables de la Provence.

Comme c'est un port de mer, elle est fort commerçante, mais aujourd'hui moins qu'autrefois.

Parmi les négociants de cette ville, il y en avait un extrêmement riche en terres et en argent, nommé Narnald Cluade, de très basse origine, mais plein d'honneur et de probité.

Il avait de sa femme plusieurs enfants, trois filles entre autres, plus âgées que les garçons.

Les deux premières, qui étaient jumelles, avaient quinze ans, et la plus jeune quatorze.

Leur mère n'attendait, pour les marier, que le retour de son mari, qui était en Espagne pour les affaires de son commerce.

L'une des aînées se nommait Ninette, l'autre Madeleine, et la troisième Bertelle.

Un jeune gentilhomme, peu favorisé des biens de la fortune, nommé Restaignon, était amoureux passionné de Ninette, qui ne l'aimait pas moins tendrement.

Comme il était fort aimable et fort insinuant, il sut obtenir ses faveurs.

Au lieu d'affaiblir son amour, elles ne firent que l'augmenter et le rendre plus violent.

Pendant qu'il jouissait de son bonheur, deux jeunes cavaliers, qui étaient frères et orphelins, et à qui leurs parents avaient laissé de grands biens, devinrent amoureux, l'un de Madeleine, l'autre de Bertelle.

Le premier portait le nom de Foulques, et le plus jeune le nom d'Huguet.

L'amant de Ninette n'en fut pas plutôt informé qu'il forma le projet de sortir, par leur secours, de son état de pauvreté.

Dans cette idée, il fait connaissance avec eux; il s'empresse à leur procurer les moyens de voir leurs maîtresses, les accompagne au ren-

dez-vous qu'ils obtiennent par l'entremise de la sienne; en un mot, il laisse rarement échapper l'occasion de leur montrer son zèle pour les obliger.

Quand il crut avoir gagné leur amitié, il les invita un jour à déjeuner chez lui; et après avoir parlé de différentes choses :

« Mes amis, leur dit-il, je me flatte que vous me rendez assez de justice pour penser que je suis très aise d'avoir fait votre connaissance et de m'être lié avec vous.

« Je ferai tout ce qui dépendra de moi pour vous en donner les preuves les moins équivoques.

« Je ne doute pas non plus de la sincérité de votre attachement pour moi, et c'est ce qui m'engage aujourd'hui à vous faire une proposition qui, si vous l'acceptez, peut nous rendre tous trois heureux.

« Vous savez que je suis pour le moins tout aussi amoureux de Ninette que vous pouvez l'être vous-même de ses sœurs; vous savez combien nous avons de difficulté les uns et les autres pour les voir : eh bien, je m'engage à lever tous les obstacles qui s'opposent à notre félicité, si vous consentez à ce que je vais vous proposer.

« Vous êtes riches, et moi je ne le suis pas.

« Si vous voulez donc me faire part de vos biens, et convenir d'un lieu où nous puissions nous retirer et vivre en commun comme de bons amis, je me fais fort de déterminer les trois sœurs à nous suivre, si toutefois vous consentez à prendre ce parti.

« Quels amants, quels hommes seront plus heureux que nous?

« Voyez maintenant ce que vous avez à faire. »

Les deux frères, qui étaient amoureux à la folie, voyant qu'ils pourraient jouir de leurs maîtresses en toute liberté, ne balancèrent pas un instant à accepter la proposition.

« C'est à vous à choisir le lieu, lui dirent-ils : nous sommes prêts à aller nous établir où bon vous semblera, pourvu que nous soyons avec nos maîtresses. »

Restaignon fut enchanté, comme on peut le croire, de cette réponse.

Quelques jours après, il trouva moyen d'avoir un tête-à-tête avec sa chère Ninette.

Il lui fit part du complot qu'il avait fait avec Foulques et Huguet, et la pria d'en faciliter l'exécution.

La jeune Ninette y consentit d'autant plus volontiers, qu'elle brûlait d'envie de pouvoir suivre sans obstacle les mouvements de son cœur vivement passionné.

Elle l'assura qu'elle parviendrait à engager ses sœurs à faire sa volonté à cet égard, et l'engagea à se hâter de tout disposer pour le départ.

Restaignon se hâta d'aller rejoindre les deux frères pour les informer d'un si heureux commencement.

Ceux-ci, après être convenus de choisir Candie pour le lieu de leur retraite, vendirent leurs biens-fonds et tous leurs immeubles, sous prétexte de vouloir entrer dans le commerce, et achetèrent une frégate, qu'ils armèrent secrètement, attendant un moment favorable pour mettre à la voile.

Ninette, de son côté, qui savait que ses sœurs n'étaient ni moins gênées, ni moins amoureuses qu'elle-même, sut si bien leur échauffer la tête, qu'elles attendaient l'heure de leur départ avec une extrême impatience.

Ce moment si désiré étant venu, les trois Marseillaises trouvèrent moyen de mettre la main dans le coffre-fort de leur père, et prirent tout l'argent qu'elles purent emporter.

Elles sortirent pendant la nuit, et allèrent trouver leurs amants qui les attendaient.

Le trio amoureux s'embarqua incontinent, et l'on mit à la voile.

Ils voguèrent tout le jour par un vent des plus favorables, et arrivèrent le soir à Gênes, où les deux frères goûtèrent, pour la première fois, les grands plaisirs de l'amour.

Ceux de Restaignon ne furent pas moins vifs, quoiqu'il sût déjà à quoi s'en tenir.

Il avait été si gêné les autres fois, et était d'ailleurs si passionné pour sa belle, que cette jouissance eut pour lui les charmes de la nouveauté.

Après s'être amusés quelque temps à Gênes, et s'y être munis de choses nécessaires, ils continuèrent leur route.

Ils naviguèrent si heureusement, qu'ils arrivèrent dans moins de huit jours en Candie.

Ils s'établirent près de la ville de ce nom, où ils achetèrent de fort belles terres et des maisons de plaisance.

Ils vivaient très splendidement.

Grosse meute, force oiseaux, chevaux de prix, nombreux domestiques, ils avaient tout ce que des gens riches peuvent se procurer.

C'étaient chaque jour nouveaux festins, nouveaux plaisirs avec leurs maîtresses : en un mot, ils étaient au comble de la joie et du bonheur.

Comme on se lasse de tout, même d'être heureux; comme la maîtresse la plus jolie et la plus aimable cesse à la longue de le paraître à celui qui en jouit librement, il arriva que Restaignon, qui avait été si épris de la sienne, se refroidit au point de chercher à lui faire infidélité.

Dans une fête où il se trouva, il vit une jeune demoiselle de condition, qui lui parut si aimable qu'il en devint amoureux.

Il fit de son mieux pour cacher sa nouvelle inclination à tout le monde, surtout à Ninette ; mais ses assiduités auprès de sa rivale, les fêtes qu'il lui donnait, son empressement à se trouver partout où elle allait, donnèrent des soupçons et de l'inquiétude à Ninette, qui l'aimait toujours avec la même ardeur.

Depuis ce moment, il ne pouvait faire un pas sans que la Marseillaise le suivît ou le fît épier : elle l'accablait de reproches, et devint d'une si grande jalousie, qu'elle s'emportait contre lui pour la moindre chose capable de lui donner de l'ombrage ; mais comme les difficultés enflamment le désir, plus elle faisait d'efforts pour éloigner son amant de sa rivale, plus elle augmentait la nouvelle passion de Restaignon.

On ignore s'il vint à bout d'obtenir les faveurs du nouvel objet qui l'avait enflammé ; on sait seulement que Ninette, d'après certains rapports ou indices, ne douta point qu'il n'eût consommé l'infidélité.

Le dépit qu'elle en conçut la plongea dans une mélancolie extrême ; elle eut bientôt autant d'aversion pour son amant qu'elle avait eu auparavant de passion et de tendresse, et s'abandonnant à son ressentiment et à sa fureur, elle résolut de se défaire de l'infidèle.

Elle s'adresse, dans ce dessein, à une vieille Grecque, savante dans l'art d'empoisonner, et l'engage, par prières et par argent, à lui composer une liqueur meurtrière, qu'elle fit prendre à Restaignon un soir qu'il était fort échauffé, et qu'il ne s'attendait à rien moins qu'à une vengeance.

L'effet du poison fut si prompt qu'il mourut pendant la nuit.

La nouvelle de cette mort subite fit le plus grand chagrin à Foulques, à son frère et aux deux sœurs, qui en ignoraient la cause.

Ninette affecta de la tristesse comme les autres, afin d'écarter le soupçon de son crime, qui ne laissa pourtant pas d'être découvert.

Quelque temps après, le bon Dieu permit que la vieille Grecque fût arrêtée pour quelque autre mauvaise action qu'elle avait commise.

On la mit à la question ; et dans la confession qu'elle fit de ses crimes, elle déclara qu'elle avait eu part à la mort de Restaignon, par le poison qu'elle avait délivré à sa maîtresse.

D'après cette déclaration, le duc de Candie, sans s'ouvrir à personne sur ce qu'il projetait, alla pendant la nuit, à la tête de plusieurs soldats, entourer le palais qu'habitaient les Provençaux et fit prendre Ninette.

Le condamna lui-même à avoir la tête tranchée, ce qui fut exécuté... Page 330.

Cette fille, sans attendre qu'on la mit à la question, avoua tout ce qu'on voulut.

On imagine sans peine quel dut être l'étonnement de Foulques et de Huguet lorsqu'ils apprirent du duc la cause de l'emprisonnement de la sœur de leurs maîtresses.

Celles-ci n'eurent ni moins de surprise, ni moins de douleur.

Les uns et les autres employèrent toutes sortes de moyens pour la soustraire à la peine qu'elle méritait ; mais ils désespéraient d'y réussir, tant le duc paraissait déterminé à ne lui faire aucune grâce.

Madeleine, qui était jeune et belle, à qui le duc avait fait quelque temps sa cour, mais sans fruit, pensa qu'un peu de complaisance pourrait sauver sa sœur.

Dans cette vue, elle envoya secrètement chez le duc, et lui fit dire, par un commissaire intelligent, qu'elle consentirait à ses désirs s'il voulait lui rendre sa sœur et lui promettre un secret inviolable.

Cette proposition fit grand plaisir au duc ; il balança toutefois pour l'accorder ; mais enfin l'amour l'emporta sur la raison et la justice.

Il donna des ordres pour qu'on arrêtât, du consentement de Madeleine, Foulques et Huguet, sous prétexte qu'ils devaient être ouïs et confrontés à Ninette, pour savoir s'ils n'avaient pas trempé dans l'empoisonnement, et il se rendit secrètement la nuit suivante chez la belle.

Il avait eu auparavant la précaution de répandre le bruit qu'il avait fait mettre dans un sac et jeter dans l'eau la coupable Ninette, qu'il remit, cette nuit même, entre les mains de sa charitable sœur, recommandant à celle-ci de l'éloigner, de peur qu'il ne fût obligé de la punir, si l'on venait à découvrir le fait.

Le lendemain, les deux frères furent remis en liberté ; et comme ils ne doutaient pas que Ninette n'eût été noyée, ils se mirent à consoler leurs maîtresses de la mort de leur sœur.

Quelque soin que Madeleine prît de la tenir cachée, Foulques ne tarda pas à s'apercevoir qu'elle était chez lui, et en fut fort étonné.

Le mystère qu'on lui en avait fait lui donna des soupçons.

Il se souvint incontinent de l'amour que le duc avait eu pour Madeleine, et il ne douta point que les faveurs de sa maîtresse n'eussent été le prix de la délivrance de Ninette.

Il fit part de ses craintes à Madeleine, qui lui tint un long discours pour lui cacher la vérité ; mais ce discours ne le persuada point ; il augmenta au contraire ses soupçons, au point qu'il eut recours aux emportements pour la contraindre à lui dire ce qui s'était passé.

Cette fille, intimidée par ses menaces, eut la faiblesse de lui déclarer ce que son amitié pour sa sœur lui avait fait faire.

Cet aveu fut un coup de poignard pour son amant, qui, n'écoutant plus que les mouvements de sa colère et de sa fureur, tire aussitôt son épée et la plonge impitoyablement dans le sein de cette infortunée qui s'était mise à genoux pour lui demander pardon.

Il n'eut pas plutôt fait le coup, que, craignant le ressentiment du duc, il alla trouver Ninette.

Il lui dit d'un front tranquille et serein, qu'il venait la prendre pour la dérober à la cruauté du duc, qui, sachant qu'elle n'était point partie, avait donné ordre de la lui amener.

Finette, qui n'avait que trop de raisons de craindre, ne balança point à le suivre; et sans songer à prendre congé de ses sœurs, ils se mirent en chemin au commencement de la nuit, après avoir emporté tout l'argent qu'ils trouvèrent sous leur main.

Ils gagnèrent le port le plus proche, et s'embarquèrent, sans qu'on ait jamais su ce qu'ils étaient devenus.

Le duc, averti que Madeleine avait été tuée, fit arrêter Huguet et son amante.

Ils eurent beau protester de leur innocence, et s'excuser sur la fuite de Foulques et de Ninette, ils furent mis tous deux à la question.

La violence des tourments les contraignit de s'avouer complices de la mort de Madeleine; et comme il n'y avait que la mort à attendre, après un tel aveu, quelque forcé qu'il eût été, ils trouvèrent moyen de corrompre leur concierge, en lui promettant une somme d'argent qu'ils iraient prendre, quand ils seraient libres, dans le lieu où ils l'avaient cachée pour les cas de nécessité.

Ils s'embarquèrent avec lui pendant la nuit, et s'enfuirent à Rhodes, où ils éprouvèrent bientôt toutes les horreurs de la misère qui les accompagna jusqu'au tombeau.

NOUVELLE IV

LA FIANCÉE DU ROI DE GRENADE OU LES AMANTS INFORTUNÉS

Après que Mme Laurette eut achevé sa nouvelle, on se mit à gloser sur l'emportement de Ninette et sur les funestes effets de sa jalousie.

Le Roi, qui gardait un profond silence, sortit de sa rêverie par un soupir, et levant les yeux vers le ciel, comme pour se plaindre de la malheureuse destinée, il ne les laisse retomber sur l'assemblée que pour commander à Mme Élise de continuer le récit des nouvelles.

Cette dame obéit sur-le-champ; et voici en quels termes elle s'exprima :

Ceux là sont certainement dans l'erreur, qui prétendent que l'amour n'entre dans notre cœur que par les yeux. L'histoire que je vais raconter prouve qu'il s'y glisse aussi par les oreilles, et qu'il suffit quelquefois d'entendre parler du mérite d'une personne pour en devenir amoureux.

C'est du moins ce qui arriva autrefois à un prince et une princesse, qui, sans s'être jamais vus conçurent l'un pour l'autre une passion très forte, et qui causa la perte de beaucoup de monde comme vous allez le voir.

uillaume II, roi de Sicile, eut deux enfants : un garçon, nommé Roger, et une fille, appelée Constance. Roger mourut avant son père. Il laissa un fils, qui portait le nom de Gerbin, que le grand-père fit élever avec beaucoup de soin.

Ce jeune homme devint un prince accompli.

On ne parlait dans toute la Sicile que des agréments de sa personne et des heureuses dispositions de son esprit.

La réputation de son mérite croissait avec son âge; elle pénétra dans les pays étrangers; elle fit surtout beaucoup de bruit dans la Barbarie, alors tributaire du roi de Sicile.

La fille du roi de Tunis, à force d'entendre louer ce prince, et ayant un goût naturel pour les grands hommes, conçut de l'attachement pour celui-ci.

Elle se plaisait à en demander des nouvelles à tous les étrangers qui venaient de Sicile.

Cette princesse jouissait, de son côté, d'une grande réputation.

C'était un des plus beaux ouvrages de la nature, au dire de tous ceux qui l'avaient vue.

Esprit, grâces, beauté, douceur, politesse, elle avait tout ce qui fait admirer et adorer la grandeur.

La noblesse de ses sentiments répondait parfaitement aux charmes de sa figure.

Elle aimait les hommes vertueux ; et on lui dit tant de merveilles de la valeur et des autres qualités de Gerbin, que, le regardant comme un prince accompli, elle passa bientôt de l'estime à l'amour.

Chercher toutes les occasions d'en entendre parler, en parler elle-même avec un ton et des expressions qui laissaient aisément apercevoir le penchant de son cœur, était pour elle la plus agréable des occupations.

Si le mérite du prince de Sicile faisait du bruit à la cour du roi de Tunis, la rare beauté et les vertus de la princesse sarrasine n'en faisaient guère moins à celle du roi Guillaume.

A force de l'entendre louer, Gerbin s'en forma une si belle image, qu'il devint également amoureux.

Il brûlait du désir de la voir, et en attendant qu'il pût, sous quelque honnête prétexte, obtenir de son grand-père la permission d'aller à Tunis, il y envoya un courtisan qui lui était affidé.

« Vous y séjournerez, lui dit-il, jusqu'à ce que vous ayez trouvé une occasion favorable pour faire mes compliments à la princesse sur son rare mérite, et pour lui peindre les sentiments d'estime, de respect et d'amour que j'ai conçus pour elle.

« Vous remarquerez l'effet que cette déclaration produira sur son âme, et vous repartirez aussitôt pour venir m'en rendre compte. »

L'envoyé s'acquitta à merveille de la commission.

Arrivé à Tunis, il se déguisa en marchand, et pénétra jusqu'à la fille du roi, sous prétexte de lui montrer des bijoux.

Pendant qu'elle les examinait, il trouva moyen de lui déclarer l'amour qu'elle avait inspiré au célèbre Gerbin, et lui offrit les services et la main de ce prince, dans le cas qu'elle voulût répondre à ses sentiments.

La Sarrasine, flattée de cette déclaration, répondit à l'ambassadeur que son cœur avait déjà prévenu les intentions de Gerbin ; qu'elle l'aimait tendrement, depuis qu'elle avait entendu parler de son grand mérite ; qu'elle s'estimait heureuse de pouvoir lui en donner des preuves : puis elle ôta de son doigt le plus précieux de ses anneaux, et le lui remit, avec ordre de le donner au prince, comme un gage de la sincérité de son estime et de sa tendresse.

Gerbin reçut cet anneau avec la plus grande joie qu'il soit possible d'imaginer.

Il lui écrivit pour lui peindre l'excès de sa satisfaction, et lui envoya, par le même confident, des présents magnifiques.

Ce commerce dura quelque temps à l'insu des deux rois.

Rien n'était plus tendre, plus passionné que les lettres de ces amants.

Il ne manquait à leur bonheur que de se voir pour ne plus se quitter.

Ils paraissaient formés l'un pour l'autre.

Mais tandis qu'ils s'occupaient des moyens de se réunir, il arriva que le roi de Tunis promit sa fille au roi de Grenade.

A la nouvelle de cette future alliance, la princesse faillit mourir de chagrin.

Elle était inconsolable de se voir à la veille de perdre un amant qui pouvait seul la rendre heureuse.

Elle aurait été le joindre bien volontiers, s'il lui eût été possible de se dérober à l'autorité paternelle; mais le peu d'apparence du succès l'empêcha de rien hasarder.

La nouvelle de ce mariage fut pareillement un coup de foudre pour Gerbin.

Il voyait ses plus douces espérances trompées ; mais, comme l'amour qui l'enflammait était fondé sur l'estime, il paraissait moins touché de son propre malheur que de celui de sa maîtresse.

Ce qui achevait de le désespérer, c'est qu'il ne voyait point de remède à son infortune.

Il ne pouvait cependant se déterminer à renoncer à la princesse.

La seule idée de la voir passer dans d'autres bras le faisait frémir.

Certain de n'être heureux qu'avec elle, persuadé qu'elle ne pouvait l'être qu'avec lui, il forme enfin la résolution de l'enlever, s'il arrive qu'on la conduise par mer à son époux.

Ce projet était sans doute extravagant; mais les passions fortes raisonnent-elles?

Elles ne cherchent qu'à se satisfaire, à quelque prix que ce soit.

Le roi de Tunis ayant eu vent de l'amour de Gerbin pour sa fille, et craignant que ce prince, dont il connaissait le courage, ne se portât à quelque violence, prit le sage parti d'envoyer des ambassadeurs au roi de Sicile, pour lui notifier le mariage de sa fille et lui demander un sauf-conduit qui la mît à couvert de toute insulte.

Le vieux roi Guillaume, qui ignorait parfaitement l'amour de Gerbin, et qui était loin de soupçonner qu'on demandât une sûreté par rapport à ce jeune prince, accorda volontiers le sauf-conduit, et, pour preuve de sa bonne foi, envoya un de ses grands au roi de Tunis.

Celui-ci, muni de ce gage d'amitié, ne songea plus qu'aux préparatifs du départ de sa fille.

Il fit équiper, au port de Carthage, un beau et grand vaisseau qu'on chargea de munitions de guerre, en cas d'accident.

Pendant qu'on disposait toutes choses pour son voyage, la princesse, qui ne pouvait se résoudre à renoncer à son amant, lui envoya secrètement un de ses confidents, avec mission de lui retracer vivement son chagrin, de lui dire qu'elle devait partir incessamment pour Grenade, et qu'elle s'attendait qu'il profiterait de cette occasion pour lui faire connaître s'il était aussi brave qu'on l'assurait, et s'il l'aimait autant qu'il le lui avait fait entendre dans ses missives.

Gerbin ne demandait pas mieux que d'enlever sa maîtresse.

Tel avait été d'abord son projet ; mais le sauf-conduit que son grand-père avait donné s'opposait à cette entreprise.

Il ne savait à quoi se résoudre.

L'amour plus fort que toute autre considération, joint à la crainte de paraître lâche aux yeux de la personne qu'il aimait le plus, le détermina à suivre son premier dessein.

Il part pour Messine, fait armer promptement deux galères, et s'embarque, suivi d'une troupe de soldats d'un courage éprouvé.

Il prend sa route vers la Sardaigne, persuadé que le vaisseau de la princesse passera de ce côté.

En effet, à peine fut-il arrivé sur les côtes de cette île, qu'il le vit venir, à l'aide d'un petit vent, vers l'endroit où il s'était posté pour l'attendre.

« Mes amis, dit-il aussitôt à ses compagnons, comme je vous connais sensibles, je suis sûr qu'il n'est aucun d'entre vous qui n'ait éprouvé ou qui n'éprouve peut-être encore l'empire de l'amour, de cette passion énergique qui a fait entreprendre et exécuter tant de grandes choses ; si donc vous avez été amoureux, ou si vous l'êtes encore, il ne vous sera pas difficile de comprendre ce que je désire et ce que j'attends de vous.

« Mon cœur, au moment où je vous parle, est enflammé de l'amour le plus tendre et le plus violent ; je vous avoue même que c'est uniquement cette brûlante passion qui m'a porté à vous conduire ici : celle qui en est l'objet est la vertu et la beauté mêmes.

« Vous la verrez, mes amis, cette belle princesse que j'idolâtre : elle est dans le vaisseau qui paraît devant vous.

« Ce vaisseau est chargé de richesses ; nous pouvons les acquérir à peu de frais en l'attaquant : vous vous les partagerez, je vous les abandonne en entier ; je ne désire pour ma part que la fille du roi de Tunis, que son père veut immoler à son ambition.

« Sauvons cette auguste victime ; sachez qu'elle n'est pas insensible à l'amour que j'ai pour elle.

« Allons l'arracher des mains de ses persécuteurs ; vous ferez son bonheur et le mien.

« Attaquons courageusement ces barbares ; ils sont en petit nombre.

« Le ciel favorise déjà notre entreprise, puisqu'ils ne peuvent même nous éviter, faute de vent. »

Gerbin eût pu se dispenser de parler si longtemps.

Les Messinois, naturellement avides de rapine, ne demandaient pas mieux.

Ils ne lui répondent donc que par des cris de joie.

Aussitôt trompettes de sonner, et chacun de se préparer au combat.

Les Messinois s'avancent vers le vaisseau à force de rames.

Les Barbaresques, qui se doutent de leur projet, et qui ne peuvent fuir, courent soudain aux armes et se mettent en défense.

Gerbin, se voyant à une portée de flèche du vaisseau, détacha une chaloupe vers l'équipage, pour lui proposer de se rendre s'il voulait éviter le combat.

Les chefs répondirent aux députés qu'ils étaient d'autant plus étonnés de la proposition, qu'elle était directement contraire à la foi que le roi de Sicile leur avait donnée ; et ils montrèrent, en témoignage de cette foi, le sauf-conduit et le gant du roi, ajoutant qu'ils ne se rendraient que par la force des armes.

Pendant cette espèce de négociation, la princesse avait paru sur la poupe.

Gerbin la trouva plus belle encore qu'il ne se l'était figurée.

C'est pourquoi, plus enflammé que jamais, il se moqua des représentations des Sarrasins, et leur fit dire, pour la dernière fois, que s'ils ne consentaient du moins à lui livrer la future épouse du roi de Grenade, ils devaient se résoudre à combattre.

Ils prirent ce dernier parti, et commencèrent à faire voler les flèches et les pierres.

Le combat fut sanglant, et la perte grande des deux côtés.

Le prince sicilien, désespéré de voir la victoire demeurer incertaine, ranime le courage de ses soldats, met du feu dans un petit na-

Ils allèrent s'assoir auprès d'une fontaine... Page 336.

vire, qu'il avait amené de Sardaigne, et ordonne aux rameurs de
s'avancer tout près du vaisseau.

Les Sarrasins, qui se voient contraints ou de périr ou de se rendre,
ne consultent plus que leur désespoir; ils amènent de force, sur le
tillac, la princesse, qui s'était réfugiée au fond du vaisseau, pour
cacher ses alarmes; puis, la faisant voir à Gerbin, ils l'égorgent impitoyablement à ses yeux, et la jettent aussitôt dans la mer, en lui
criant :

« Tiens, la voilà, puisque tu la veux; mais nous te la donnons comme tu l'as méritée. »

À la vue d'une pareille férocité, Gerbin, aimant autant mourir que vivre et n'écoutant plus que son désespoir, crie aux rameurs de s'avancer; il s'accroche au vaisseau, y monte, et malgré la résistance des Sarrasins, tel qu'un lion affamé, qui, s'élançant au milieu d'un troupeau, assoupit sa rage plutôt qu'il ne rassasie sa faim, il abat à coups de sabre tout ce qui se présente devant lui, et le sang ruisselle de toutes parts.

Son exemple est bientôt suivi par tous ses soldats, qui achèvent de tout exterminer.

Pour récompenser leur courage, il fait enlever ce qu'il y a de plus précieux dans le vaisseau; il y met ensuite le feu, et il redescend dans la galère, peu touché de la victoire qu'il venait de remporter.

Il fait tirer de la mer le corps de sa maîtresse, qu'il arrosa de ses larmes.

De retour en Sicile, il la fit enterrer avec pompe dans la petite île d'Ustica, située presque vis-à-vis de celle de Trapani; puis il retourna à Palerme, plein de tristesse et de douleur.

Le roi de Tunis ne tarda pas à être informé de tout ce qui s'était passé.

Il envoya incontinent au roi de Sicile des ambassadeurs vêtus de deuil, pour se plaindre d'une violation de foi si insigne, et l'instruire de tout ce qui s'était passé, afin d'obtenir la vengeance qu'il était en droit d'attendre.

Le roi Guillaume, irrité de la conduite de son petit-fils et ne pouvant refuser la justice qu'on lui demandait, fit arrêter Gerbin, et le condamna lui-même à avoir la tête tranchée, ce qui fut exécuté, malgré les prières et les sollicitations de tous les barons, qui cherchaient à le fléchir, aimant mieux n'avoir point d'héritier que de passer pour un prince injuste et sans foi.

Telle fut la fin tragique de ces deux amants fidèles, qui se suivirent de près dans le tombeau, avant d'avoir pu goûter les fruits de leur amour.

NOUVELLE V

LE BASILIC SALERNITAIN

La nouvelle de Mme Élise fut à peine achevée, que le Roi se mit à la louer.

Il ordonna ensuite à Mme Philomène de dire la sienne. Cette Dame, qui paraissait vivement touchée du sort malheureux de Gerbin et de sa chère maîtresse, commença ainsi :

Les héros de l'histoire que vous allez entendre, ne sont pas à beaucoup près d'aussi haut parage que ceux dont on vient de parler, mais je puis vous assurer d'avance qu'elle n'en sera pas moins touchante.

Le nom de Messine l'a rappelée dans mon souvenir; car l'événement dont il s'agit, se passa dans cette ville.

l y avait autrefois à Messine trois frères, marchands, qui demeurèrent très riches après la mort de leur père, né à San-Geminiano.

Ils avaient une sœur, jeune, belle et bien faite, nommée Isabeau, qu'ils n'avaient pas encore mariée, quoiqu'ils en eussent souvent trouvé l'occasion.

Ils avaient aussi pour garçon de boutique un jeune homme de Pise, nommé Laurent, sur qui roulaient presque toutes les affaires de leur négoce.

Ce commis était d'une figure agréable et d'un caractère plein de douceur.

La charmante Isabeau en devint amoureuse.

Laurent s'en aperçut, en fut très flatté, et renonça, pour sa nouvelle conquête, à ses autres maîtresses.

Comme ils étaient à portée de se voir et de se parler fort souvent, ils ne furent pas longtemps à se donner des preuves de tendresse.

Le commencement de leur intrigue fut accompagné de tout le succès et de tout le secret qu'ils pouvaient désirer; mais enfin le malheur voulut que l'aîné des trois frères rencontrât Isabeau une nuit qu'elle allait trouver son cher Laurent dans sa chambre.

Le jeune homme, quoique irrité de la conduite de sa sœur, dont il n'avait point été aperçu, sut se contenir et attendit jusqu'au lendemain pour faire part de sa découverte à ses frères.

Après s'être bien consultés, ils résolurent de supporter secrètement un affront dont ils ne pouvaient interrompre le cours sans se venger, et dont ils ne pouvaient tirer vengeance sans déshonorer leur sœur ni se couvrir eux-mêmes de honte; ils espéraient que le moment de pouvoir remédier à ce désordre sans se compromettre ne tarderait pas à se présenter.

Ils feignirent donc de tout ignorer et se conduisirent avec Laurent comme à l'ordinaire; afin qu'il ne comprît point qu'ils s'étaient aperçus de son intrigue.

Cependant, comme le commerce de galanterie allait toujours son train et qu'il pouvait en résulter des suites fâcheuses pour leur sœur, ils se lassèrent d'attendre et prirent le parti de le rompre pour jamais.

Dans cette idée, ils engagèrent un jour leur commis à aller se promener avec eux hors de la ville.

Arrivés dans un lieu extrêmement solitaire, ils se jetèrent tout à coup sur lui et le poignardèrent, sans qu'il eût le temps de faire la plus petite résistance.

Après l'avoir enterré sans être vus de personne, ils retournèrent à Messine, où ils firent courir le bruit qu'ils l'avaient éloigné pour les affaires de leur commerce.

On le crut d'autant plus facilement, qu'il leur était souvent arrivé de l'envoyer en divers endroits.

Mais, comme il ne revenait pas, Isabeau, qui ne s'accommodait point de son absence, ne cessait de demander à ses frères quand est-ce qu'il serait de retour.

Un jour qu'elle le demandait très instamment :

« Que signifie donc ceci? lui dit un de ses frères.

« Qu'as-tu affaire de Laurent, pour te montrer si empressée de le revoir?

« S'il t'arrive encore d'en parler, tu dois t'attendre à être traitée comme tu le mérites. »

Isabeau, intimidée par une réponse si brusque et ne sachant à quoi attribuer cette menace, n'osa plus en demander des nouvelles.

Cependant elle ne cessait de penser à lui et de gémir sur la longueur de son absence.

Elle l'appelait souvent pendant la nuit, et le conjurait de venir essuyer les larmes que le chagrin d'en être séparée lui faisait répandre.

Elle était inconsolable; mais elle n'osait se plaindre à personne; l'image de son amant ne la quittait pas un seul instant.

Une nuit, après avoir longtemps soupiré avec larmes sur une absence aussi cruelle, elle s'endormit tout en lui faisant des reproches de son retardement à venir la consoler.

Le sommeil ne se fut pas plutôt emparé de ses sens, qu'elle crut voir Laurent en personne, pâle, défait, vêtu d'habits déchirés et couverts de sang, et lui entendre dire ces propres mots :

« Hélas! ma chère Isabeau, c'est vainement que tu m'appelles et que tu me tourmentes en me reprochant ma longue absence.

« Apprends, ma chère amie, que je ne peux plus revenir te voir.

« Tes frères m'ont tué le dernier jour que tu me vis ; » et, après lui avoir indiqué le lieu où ils l'avaient enterré, il disparut.

La jeune fille, à son réveil, crut à son songe comme à un article de foi, et se mit à pleurer amèrement.

Lorsqu'elle fut levée, elle fut tentée d'en parler à ses frères ; mais, toute réflexion faite, elle n'en fit rien, de peur de les aigrir davantage.

Elle résolut de se rendre seulement à l'endroit désigné, pour voir si celui qui lui avait apparu était réellement mort.

Ayant donc obtenu de ses frères la permission d'aller se promener hors de la ville, avec son ancienne bonne, elle va tout droit en ce lieu.

Son premier soin est de chercher la terre qui paraissait le plus fraîchement remuée.

Elle s'arrête et creuse dans l'endroit où elle aperçoit une petite éminence.

Elle ne fouille pas longtemps sans trouver le corps de son cher amant, qui n'était encore ni corrompu, ni défiguré, et voit alors avec douleur son songe réalisé.

Ce triste spectacle renouvela ses gémissements et ses larmes ; mais, jugeant que ce n'était pas là un lieu à s'abandonner au chagrin, elle suspendit ses sanglots pour songer à ce qu'elle devait faire du corps de son amant.

Elle l'eût enlevé, si elle l'eût pu, pour le faire enterrer honorablement.

Dans l'impossibilité d'exécuter ce projet, elle lui coupa la tête avec son couteau, l'enveloppa d'un mouchoir, la mit dans le tablier de sa domestique, et s'en retourna au logis après avoir recouvert de terre le reste du corps.

Arrivée dans sa chambre avec cette tête, elle la baisa mille fois et l'arrosa de ses larmes.

Ne sachant comment la soustraire aux regards de ses frères, elle s'avisa de la mettre dans un de ces grands vases où l'on plante de la marjolaine ou d'autres fleurs.

Elle commença par l'envelopper d'un beau mouchoir de soie, la couvrit ensuite de terre, et planta dessus un très beau basilic salernitain, dans l'intention de ne l'arroser jamais que d'eau de rose, ou d'eau de fleurs d'oranger, ou de ses larmes.

Elle ne se lassait point de regarder ce pot chéri qui renfermait les restes précieux de son cher Laurent.

Elle pleurait quelquefois si abondamment, que le basilic, sur lequel elle se penchait, en était inondé.

Les soins continuels qu'elle en prenait, joints à la graisse que la terre recevait de cette tête, le firent croître à vue d'œil, et le rendirent plus beau et plus odoriférant.

Isabeau, au contraire, dépérissait tous les jours.

Ses yeux étaient enfoncés, son visage maigre et décharné ; en un mot, sa figure devint aussi hideuse qu'elle avait été agréable.

Ses frères, surpris d'un si grand changement, apprirent d'une de leurs voisines qui avaient souvent aperçu de sa fenêtre cette amante infortunée qu'elle ne cessait de gémir et de pleurer devant un vase qu'elle ne quittait presque point.

Ils lui en firent des reproches; et voyant qu'elle ne laissait pas de continuer, ils trouvèrent moyen de le lui dérober.

La pauvre fille, ne le voyant plus, le demanda avec les plus vives instances.

On ne crut pourtant pas devoir le lui rendre; ce qui lui causa tant de douleur, qu'elle tomba dangereusement malade.

Elle ne fit que demander son vase durant sa maladie.

Ses frères, surpris d'un attachement si singulier, voulurent voir ce qu'il y avait dedans.

Ils ôtent la terre, et trouvent une tête de mort.

Elle n'était pas encore assez pourrie pour ne pas reconnaître, à ses cheveux crêpés, que c'était celle de Laurent.

Il est aisé de se figurer leur étonnement.

La peur qu'ils eurent que leur crime ne fût découvert les détermina à enterrer cette tête et à sortir promptement de Messine.

Ils se retirèrent secrètement à Naples, et laissèrent leur sœur Isabeau en proie à sa propre douleur.

Cette pauvre fille, qui ne cessait de demander son vase, mourut bientôt après.

Le genre de sa mort, la disparition de ses frères, et quelque propos lâchés par la femme qui l'avait accompagnée dans l'endroit où Laurent avait été enterré, rendirent la chose presque publique, et l'on fit sur cette aventure une romance qu'on chante encore aujourd'hui ; c'est celle qui commence ainsi :

> Quel est le mortel inhumain
> Qui m'a volé sur ma fenêtre
> Le basilic salernitain? etc.

NOUVELLE VI

LES DEUX SONGES

L'histoire que Mᵐᵉ Philomène venait de raconter, plut extrêmement aux autres Dames, parce qu'elles en avaient plusieurs fois entendu chanter la chanson sans avoir jamais pu savoir à quelle occasion elle avait été faite. Quand cette nouvelle fut achevée, le Roi commanda à Pamphile de dire la sienne.

Celui-ci débuta ainsi :

Le songe dont il est fait mention dans la nouvelle qu'on vient de raconter, m'engage à vous en dire une où il s'agit de deux rêves, qui se trouvèrent réalisés presqu'au moment du réveil. Vous n'ignorez pas, mes aimables Dames, que lorsque nous dormons, nous sommes tous exposés à rêver ; que les objets que nous voyons dans nos rêves, nous paraissent aussi réels que s'ils existaient véritablement, et que nous sommes tout étonnés, en nous éveillant, de n'avoir fait que songer et de trouver notre songe destitué de toute réalité et quelquefois même de toute vraisemblance. Cependant comme il arrive quelquefois que les choses que nous rêvons s'effectuent en tout ou en partie, cela fait que beaucoup de gens regardent les songes comme autant d'articles de foi ; de sorte qu'ils s'en affectent au point de s'en affliger ou de s'en réjouir selon qu'ils sont fâcheux ou agréables. D'autres, au contraire, traitent tous les rêves comme autant de mensonges, qui ne sauraient influer le moins du monde sur les événements de leur vie. Je ne blâme ni les uns ni les autres. Sur des objets de cette nature, il est libre à chacun de penser ce qu'il veut. Je dirai seulement que si les songes sont la plupart du temps, mensongers et hors de toute vraisemblance, il n'est pas moins vrai qu'on en voit se réaliser, jusque dans la moindre circonstance.

La nouvelle de Mᵐᵉ Philomène en est une preuve, et celle que je vais raconter vient à l'appui de cette observation.

l y eut autrefois dans la ville de Brescia un gentilhomme connu sous le nom de messire Le Noir, de Ponte-Carraro, qui, entre autres enfants, avait une fille nommée Andrée, que la nature et l'art avaient pris plaisir à orner de leurs dons les plus précieux.

Elle était dans l'âge de se marier, quand elle devint amoureuse d'un de ses voisins, nommé Gabriel, de naissance obscure, mais doué de toutes les qualités qui font l'honnête homme et l'homme aimable.

La jeune demoiselle trouva moyen de lui faire savoir l'inclination qu'elle avait pour lui; elle se servit pour cet effet du ministère d'une femme de chambre qui lui était fort affidée.

Cette fille lui ménagea plusieurs rendez-vous dans le jardin de messire Le Noir, où nos amants ne tardèrent pas à se livrer à toutes les jouissances de l'amour.

Pour cimenter leur union de manière que la mort seule fût capable de la rompre, ils prirent le parti de se marier secrètement, si l'on peut appeler mariage une promesse réciproque faite par serment et par écrit d'être toujours unis et de s'épouser dès qu'ils en auraient la liberté.

Continuant donc de se voir comme mari et femme, il arriva que la jeune demoiselle rêva une nuit qu'elle était dans le jardin avec son cher Gabriel, qu'elle le tenait entre ses bras; que dans cette situation elle avait vu sortir du corps de son amant quelque chose de noir et d'affreux, dont elle n'avait pu démêler la forme; que ce je ne sais quoi, ayant saisi Gabriel, avait, malgré ses efforts, arraché cet amant d'entre ses bras, et qu'ensuite cette espèce de fantôme avait disparu avec sa proie, après s'être roulé quelque temps par terre.

La douleur que lui causa ce songe vraiment effrayant la réveilla en sursaut.

Elle eut peine à revenir de sa frayeur.

Quoiqu'elle eût repris l'usage de ses sens et qu'elle fût très contente de voir que ce n'était qu'un rêve, elle ne laissait pas d'être inquiète par la crainte que ce songe ne se réalisât.

C'est pourquoi elle fit tout son possible pour empêcher Gabriel, qui devait aller la voir la nuit suivante, de se rendre au jardin.

Néanmoins, comme son amant s'obstinait à ne point vouloir faire le sacrifice de ce rendez-vous, et qu'elle craignait de lui déplaire et de donner lieu à des soupçons injurieux à sa fidélité, elle consentit à le recevoir.

Après s'être amusés un moment à cueillir des roses blanches, des roses vermeilles et d'autres fleurs, ils allèrent s'asseoir auprès d'une fontaine, où ils avaient l'habitude de se rendre pour goûter les divins plaisirs de l'amour.

Quand ils se furent assez caressés, Gabriel voulut savoir la raison pourquoi sa maîtresse l'avait fait prier de remettre ce rendez-vous à un autre jour.

Elle ne se fit aucun scrupule de la lui dire, et lui raconta son rêve, en lui témoignant combien elle en avait été alarmée.

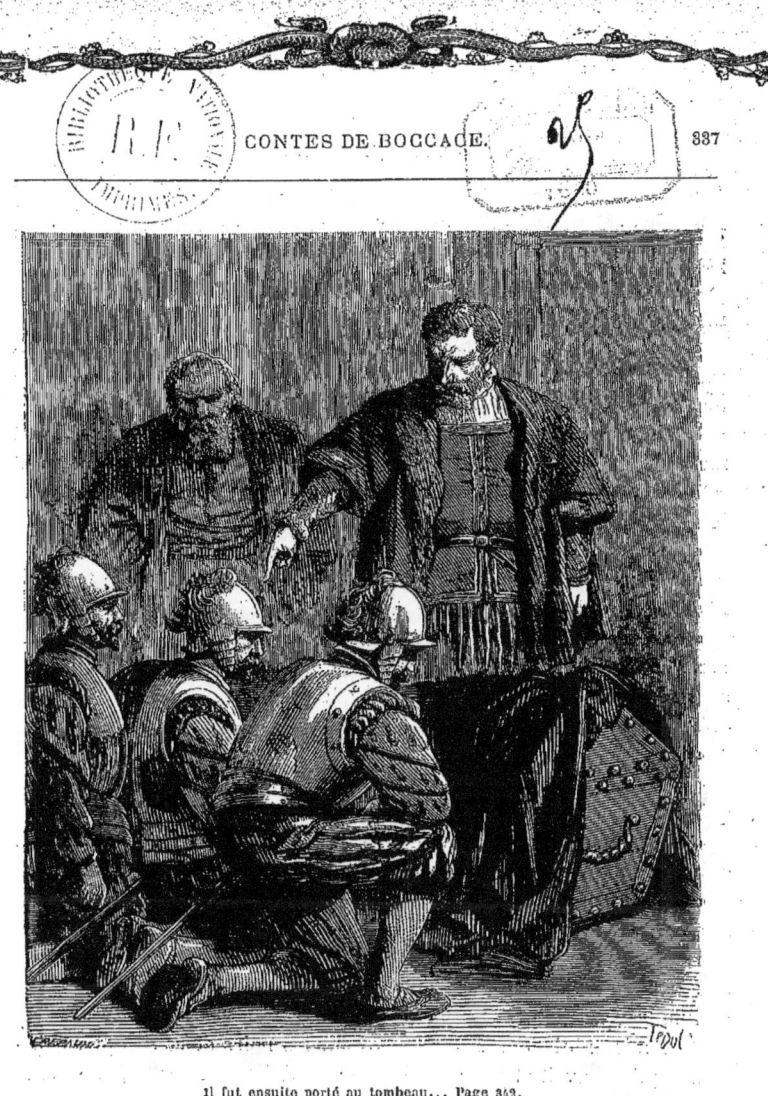

Il fut ensuite porté au tombeau... Page 342.

Le jeune homme rit beaucoup de sa simplicité, lui faisant remarquer que les songes ne signifient rien, et qu'ils n'ont, le plus souvent, d'autre cause que l'excès ou le trop de sobriété dans le manger.

« S'il fallait ajouter foi aux songes, continua-t-il, j'en ai fait un aussi la nuit dernière, qui m'aurait empêché de venir ici.

« J'ai rêvé que, chassant dans une belle et vaste forêt, j'avais rencon-

tré une biche extrêmement blanche, et tout à fait jolie, qui s'était en
peu de temps si familiarisée avec moi, qu'elle me suivait partout.

« Flatté d'une telle affection, j'ai beaucoup caressé ce joli petit animal.

« Je m'y suis si fort attaché, que, de peur de le perdre, j'ai mis à son
cou un collier d'or, duquel pendait une chaîne du même métal, que je
tenais à la main.

« Après avoir marché quelque temps, je m'arrête pour me reposer, et
mets sur mes genoux la tête de la biche, qui me paraissait également
fatiguée, lorsqu'une lionne noire, affamée et horrible à voir, sortie de
je ne sais où, s'offre tout à coup à mes regards.

« Ce hideux animal se jette aussitôt sur moi et me déchire le côté
gauche, comme s'il voulait m'arracher le cœur, sans que je fasse le
moindre mouvement pour fuir ou pour lui résister.

« La violence du mal que je croyais sentir m'ayant alors éveillé, mon
premier mouvement a été de porter ma main sur le côté, et le trouvant
sans blessure, je ne pus m'empêcher de rire, un moment après, de ma
crédulité.

« Ce songe, continua-t-il, ne signifie absolument rien.

« J'en ai fait cent fois de pareils, et de plus affreux encore, sans
qu'il m'en soit jamais rien arrivé de fâcheux.

« Ainsi, ma chère amie, moquez-vous de celui que vous avez fait
comme je me ris du mien.

« Ne pensons qu'à nous bien aimer et qu'à jouir des plaisirs de
l'amour. »

Le récit de ce songe redoubla la frayeur de la belle ; mais, comme
elle craignait d'attrister son amant, elle lui cacha ses craintes autant
qu'il lui fut possible.

Pour mieux lui donner le change sur les noirs et confus pressenti-
ments qu'elle avait et pour tâcher de les oublier elle-même, elle l'embrassait et le caressait de temps en temps.

Mais elle avait beau lui prodiguer ses caresses et en recevoir de sa
part, qui n'étaient ni moins tendres, ni moins vives, son imagination
alarmée lui présageait continuellement quelque malheur et lui causait
des distractions.

Elle regardait son amant plus que de coutume, et ne détournait ses
regards de dessus lui que pour les porter de tous les côtés du jardin,
pour voir s'il ne paraissait rien de noir.

Dans un des moments où elle était occupée de regarder de part et d'autre, elle entend Gabriel pousser un gros soupir, et lui dire d'une voix presque éteinte :

« A mon secours ! ma chère amie ; hélas ! je me meurs. »

A peine a-t-il prononcé ces paroles, qu'il tombe à ses pieds.

Andrée se hâte de le relever, appuie sa tête contre ses genoux, et l'arrosant de ses larmes, lui demande, tout éperdue, quelle est la cause de son mal.

Son amant n'a pas la force de lui répondre ; une sueur froide couvre son visage, il se sent suffoquer : un moment après il rend le dernier soupir.

Il serait difficile d'exprimer la douleur de sa maîtresse, qui l'aimait avec passion.

Elle l'appelle, porte ses mains tremblantes sur tous ses membres pour s'assurer s'il vit encore ; et le trouvant sans mouvement et froid comme glace, elle gémit, elle pleure, elle se désespère.

Ne pouvant plus douter qu'il ne fût mort, elle va, tout éplorée, appeler sa femme de chambre et lui faire part, en sanglotant, du malheur qui vient d'arriver.

Après avoir follement tenté de rappeler Gabriel à la vie et avoir répandu bien des larmes sur son corps, Andrée dit à sa domestique d'un ton de désespoir que, puisqu'elle avait perdu ce qu'elle avait de plus cher au monde, elle était résolue de renoncer à la vie ; mais qu'avant de se donner la mort, elle voudrait bien trouver moyen de mettre son honneur à couvert, et de faire rendre à son cher amant les honneurs de la sépulture.

« Dieu vous préserve, Mademoiselle, répondit la confidente, de devenir homicide de vous-même !

« Ce serait le vrai moyen de perdre votre amant dans l'autre monde comme vous l'avez perdu dans celui-ci : vous iriez droit en enfer, où je suis assurée que l'âme de cet honnête jeune homme n'est point allée.

« Il vaut mieux vous consoler et soulager l'âme de Gabriel par vos prières et vos bonnes œuvres, si elle en a besoin.

« Pour ce qui est de la sépulture, cela ne doit pas vous inquiéter.

« Il importe peu en quel lieu on soit enterré, pourvu qu'on le soit.

« Nous enterrerons votre amant dans le jardin ; personne n'en saura rien, puisqu'on ignore qu'il y soit venu.

« Nous pouvons aussi le porter dans la rue ; les premiers qui l'y trouveront ne manqueront pas d'en avertir ses parents, qui se chargeront du soin de le faire enterrer. » La jeune veuve, tout affligée qu'elle était, ne laissait pas d'écouter la servante.

« A Dieu ne plaise, répondit-elle en sanglotant, que je souffre qu'un amant qui m'a été si cher, qu'un mari qui m'aimait si fort, soit enterré comme un chien, ou jeté dans la rue comme une charogne !

« Il a eu mes larmes, et je veux qu'il ait celles de ses parents, s'il se peut.

« Je sais ce que nous avons à faire. »

Elle lui donna ordre aussitôt d'aller prendre une pièce de drap de soie qu'elle avait dans son armoire, et la lui ayant apportée, elles enveloppèrent le mort de ce drap, après avoir mis sous sa tête un petit carreau.

Andrée dit ensuite à sa femme de chambre :

« J'ai encore besoin de ton secours, ma chère amie.

« La maison de Gabriel n'est pas fort éloignée, nous pouvons l'y porter aisément ; nous le placerons sur le seuil de la porte ; on ne manquera pas de le recueillir quand le jour paraîtra.

« Ce ne sera pas sans doute une grande consolation pour ses parents ; mais c'en sera une grande pour moi de lui rendre les derniers devoirs. »

Après ces mots, elle se jeta de nouveau sur le corps et le baigna de ses larmes ; elle ne pouvait s'en séparer ; mais, pressée par la domestique, parce que le jour approchait, elle se leva et tira alors de son doigt le même anneau que Gabriel lui avait donné en l'épousant, comme un gage de sa fidélité, et le mit à celui du mort, en disant :

« Si ton âme voit mes larmes, ou si quelque sentiment reste au corps quand l'âme en est séparée, reçois, cher amant, avec reconnaissance le dernier présent que te fait celle que tu as si tendrement aimée. »

A peine eut-elle fini ces mots, qu'elle tomba évanouie.

Aussitôt qu'elle fut revenue, elles prirent le drap chacune par un bout, et se mirent en devoir de porter le mort devant sa maison.

Elles furent surprises et arrêtées en chemin par la garde du podestat, qu'un accident avait attirée dans ce quartier.

A cette rencontre imprévue, Andrée eût voulu être morte.

Elle prit cependant son parti sur-le-champ :

« Je sais, leur dit-elle en les reconnaissant, qu'il ne me servirait de rien de prendre la fuite, me voilà disposé à comparaître devant le podestat, pour lui raconter la vérité ; mais qu'aucun de vous ne soit

assez hardi pour mettre la main sur moi, puisque j'obéis volontaire-
ment, ou pour ôter rien de ce qui est sur ce mort, s'il ne veut s'exposer à être sévèrement puni. »

Ils la menèrent donc chez le gouverneur, qui la fit entrer dans sa
chambre, où elle lui raconta ce qui s'était passé.

Après que le magistrat l'eut interrogée sur plusieurs choses, il fit
visiter le mort par des médecins, pour voir s'il n'avait point été empoisonné ou tué d'une autre manière.

Tous assurèrent que non, disant qu'il avait été étouffé par un abcès
qu'il avait auprès du cœur.

Le gouverneur, assuré par ce rapport de l'innocence de la demoiselle, dont la beauté l'avait vivement frappé, s'avisa de vouloir lui faire
entendre par ses discours qu'il était maître de son sort, qu'il ne tenait
qu'à lui de la faire enfermer, ajoutant que, si elle voulait se prêter à
ses désirs amoureux, il lui rendrait la liberté.

Il ne négligea rien pour la séduire ; et voyant que les supplications
ne servaient de rien, il voulut user de violence ; mais la demoiselle,
que l'indignation rendait courageuse, se défendit avec vigueur, et le
repoussa en lui parlant d'un ton fier et imposant.

Il était déjà grand jour.

Le père d'Andrée, qui, dans cet intervalle, avait été instruit de tout,
courut au palais, accompagné de plusieurs de ses amis, pour réclamer
sa fille.

Il arriva assez à temps pour la délivrer des persécutions du gouverneur.

Celui-ci, qui voulait prévenir les plaintes de la demoiselle, fit au
père l'éloge de sa vertu, déclarant lui-même qu'il avait tâché de la
séduire pour l'éprouver.

Il ajouta qu'il était si enchanté de sa résistance et si épris de ses
charmes, que s'il voulait la lui donner en mariage, il était prêt à
l'épouser, quoiqu'il n'ignorât pas le peu de naissance de son premier
mari.

Le podestat avait à peine achevé de parler, qu'Andrée, entendant
la voix de son père de la pièce où elle était restée, courut se jeter à
ses pieds, et pleurant à chaudes larmes :

« Il est inutile, lui dit-elle, mon cher père, que je vous entretienne
de ma faute et de mon malheur ; vous en êtes suffisamment informé :
je me borne à vous demander très humblement pardon de m'être
mariée à votre insu. Le pardon que je sollicite à vos genoux n'est pas

pour prolonger ma vie ; je mourrai, s'il le faut, de grand cœur, pourvu que je meure avec votre amitié. »

Messire Le Noir, déjà vieux et naturellement bon et sensible, ne put retenir ses larmes ; il la releva, en lui disant d'une voix pleine d'attendrissement :

« J'aurais sans doute aimé, ma chère enfant, que tu m'eusses marqué plus de soumission, en prenant un mari de ma main ; mais je ne suis pourtant pas fâché que tu en aies pris un à ton gré.

« Je ne me plains que de ton peu de confiance dans le plus tendre des pères.

« Pourquoi m'avoir fait un secret de ton mariage ? Je l'aurais certainement approuvé, puisque ton bonheur en dépendait.

« Ainsi, comme j'aurais reconnu Gabriel vivant pour mon gendre, je veux qu'on le reconnaisse pour tel après sa mort. »

Puis, se tournant vers ses parents et ses amis, il leur dit de se préparer à lui rendre les honneurs de la sépulture.

Les parents du défunt, qu'on avait avertis de l'accident qui était arrivé, se réunirent à ceux de la jeune veuve.

On mit le corps au milieu de la cour, toujours étendu dans le drap de soie.

On l'exposa dans une plus grande cour, qu'on ouvrit à tout le monde, où il fut visité de presque tous les honnêtes gens de la ville, qui l'honorèrent de leurs regrets et de leurs larmes.

Il fut ensuite porté au tombeau sur les épaules de plusieurs nobles citoyens, et avec toutes les cérémonies d'usage aux funérailles des gens de distinction.

Quelque temps après, le podestat, toujours épris des charmes de la belle Andrée, revint à la charge auprès du père.

Celui-ci en parla à sa fille, qui n'y voulut jamais consentir.

Elle lui demanda la permission de se retirer dans un couvent avec sa femme de chambre.

Son père, qui ne voulait point la gêner, lui donna son consentement, et elle pratiqua les devoirs de religion avec plus d'ardeur encore qu'elle n'avait rempli ceux de l'amour.

NOUVELLE VII

LE CRAPAUD OU L'INNOCENCE JUSTIFIÉE HORS DE SAISON

Quand Pamphile eut achevé le récit de sa nouvelle, le Roi qui paraissait vivement affecté du malheur de la belle Andrée, fit signe à Mme Émilie de raconter la sienne. Mes chères et charmantes compagnes, dit aussitôt cette aimable dame, l'histoire que nous venons d'entendre m'a fait naître l'envie de vous en conter une qui ressemble beaucoup à celle-là. L'amante dont je vais vous entretenir, perdit, comme la belle Andrée son amoureux au milieu du jardin, et, comme elle, cette bonne fille se vit traduire devant les juges.

Elle échappa également des mains de la justice ; mais ce ne fut ni par la force de son courage, ni à cause de son innocence, mais par sa mort inopinée.

La scène se passa dans notre bonne ville de Florence, d'où nous ne nous sommes éloignés que pour mieux varier nos entretiens, mais où je reviens avec plaisir.

l n'y a pas encore beaucoup de temps qu'il y avait à Florence une jeune fille, nommée Simone, issue de parents pauvres, mais jolie à ravir, et assez bien élevée pour son état.

Comme elle était obligée de travailler pour vivre, elle filait de la laine pour différents particuliers.

Le soin de songer à gagner sa vie ne la rendait point inaccessible à l'amour.

Pasquin, jeune homme d'une condition à peu près égale à la sienne, eut occasion de la connaître, en lui apportant de la laine à filer, pour un fabricant dont il était commis, et la trouvant aussi honnête que jolie, il ne put se défendre d'en devenir amoureux.

Il lui fit assidûment la cour, et ne tarda pas à se rendre agréable à ses yeux.

S'apercevant qu'il commençait à faire impression sur le cœur de la belle, il redoubla de soins, pressa, sollicita, et acheva de l'enflammer au point qu'elle soupirait après lui presque à chaque fois qu'elle tournait son fuseau.

Sous prétexte de veiller à ce que la laine de son bourgeois fût bien filée et le fût avant toute autre, il lui rendait de fréquentes visites.

Le temps qu'il passait auprès d'elle lui paraissait toujours trop court.

Il l'employait à lui parler de sa tendresse, à lui vanter les plaisirs de l'amour, à l'exhorter, à la solliciter de répondre à sa flamme, et de le rendre le plus heureux des hommes en consentant à l'être elle-même.

Le cœur de Simone était de moitié dans tous les discours de son amant; mais la timidité l'empêchait de céder à ses sollicitations.

L'un devenu plus hardi, et l'autre moins honteuse, ils mêlèrent enfin leurs fuseaux, et trouvèrent tant de plaisir dans ce mélange, qu'ils s'exhortèrent mutuellement à le continuer.

Leur amour, au lieu de s'affaiblir par la jouissance, devenait chaque jour plus ardent : ils ne laissaient jamais échapper l'occasion d'en goûter les fruits; elle se présentait souvent, mais beaucoup moins qu'ils ne désiraient.

D'ailleurs, la crainte d'être surpris abrégeait souvent leurs plaisirs. C'est ce qui fit naître à Pasquin le désir de voir sa maîtresse ailleurs que chez elle, afin de pouvoir se livrer tout à son aise à ses transports.

Dans cette intention, il lui indiqua un jardin où ils seraient à l'abri de toute espèce d'alarme et de soupçon.

Simone accepta avec joie la proposition, et promit de s'y trouver le dimanche suivant, après dîner.

Le jour arrivé, elle dit à son père qu'elle allait avec Lagine, une de ses bonnes amies, à l'église de Saint-Gal, pour y gagner l'indulgence plénière, et, accompagnée de sa camarade, elle courut droit au jardin.

Son amant l'y attendait avec un de ses amis, nommé Puccin, mais qu'on appelait le plus communément le Strambe.

Celui-ci profita de l'occasion pour faire connaissance avec Lagine.

Il la complimenta sur sa gentillesse, et ils devinrent bientôt bons amis.

Pendant que ceux-ci étaient tout occupés à s'entretenir d'amourettes, Pasquin et Simone se retirèrent dans un coin.

Il est aisé de deviner ce qu'ils y firent.

Il y avait dans cet endroit une grande et belle plante de sauge.

Pendant que nos deux amants se félicitent de se trouver dans un lieu si agréable, et qu'ils prennent des mesures pour y revenir bientôt, Pasquin cueille une feuille de cette sauge, et s'en frotte les dents, sous prétexte qu'il n'y a rien de meilleur pour les blanchir.

Mais à peine cette plante a-t-elle touché ses gencives, qu'il pâlit; bientôt après il perd la vue, la parole et la vie.

Les voisins et les maîtres du jardin accoururent au bruit de Simone... Page 346.

Simone, surprise d'un accident si funeste et si prompt, jette les hauts cris, pleure, se désespère.

Elle appelle Strambe et Lagine, qui volent à son secours.

Rien d'égal à leur étonnement, quand ils voient Pasquin étendu par terre et sans mouvement.

Le Strambe, qui s'aperçoit que le corps de son ami est enflé, et son visage couvert de taches noires :

44   44

« Ah ! malheureuse, s'écrie-t-il, tu l'as empoisonné ! »

Les voisins et les maîtres du jardin, accourus aux cris de Simone et trouvant le corps de son amant tout noir et enflé, joignent leurs soupçons et leurs reproches à ceux de Strambe, et cette pauvre fille, que l'excès de la douleur empêchait de se justifier, achève, par son silence, de leur persuader qu'elle est coupable.

Elle eut beau vouloir s'en défendre quand ses sens furent un peu calmés, on la saisit, et elle fut conduite devant le podestat, en présence duquel elle fut accusée par Strambe, et par deux amis de Pasquin, qui étaient survenus, dont l'un portait le nom d'Attio, et l'autre celui de Malaisé.

Le juge travailla sans délai à l'instruction de l'affaire ; il interrogea Simone, et d'après ses réponses, ne pouvant se figurer qu'elle fût criminelle, voulut se transporter avec elle à l'endroit où l'événement était arrivé et où le corps du mort était encore étendu, pour apprendre d'elle-même toutes les circonstances de cette mort subite.

Arrivée sur les lieux, Simone raconta au juge dans le plus grand détail comment la chose s'était passée.

Pour mieux persuader qu'elle n'en imposait pas, elle se mit à répéter les discours de Pasquin, la situation et l'attitude où il se trouvait, ses mouvements, ses gestes, et porta la représentation jusqu'à prendre une feuille de la même sauge, dont elle se frotta les dents, à son imitation.

Les spectateurs traitèrent toutes ses simagrées de dessein frivole.

Strambe et les deux autres témoins l'accusaient avec encore plus de chaleur, et demandaient instamment que le feu fût son supplice, lorsque la malheureuse Simone, à qui le chagrin d'avoir perdu son cher amant et la crainte de la peine sollicitée par ses accusateurs ôtaient l'usage de la parole, tomba morte, au grand étonnement de tous les assistants.

Ainsi finirent en un jour, et presque à la même heure, l'amour et la vie de ces deux amants ; heureux tous deux, s'ils s'aiment dans l'autre monde comme ils s'aimaient dans celui-ci ! mais trois fois plus heureuse la tendre Simone, dont l'innocence triompha, par cette mort, du faux témoignage de Strambe, d'Attio et de Malaisé, gens de la lie du peuple, mais plus méprisables encore par la bassesse de leurs sentiments que par l'obscurité de leur naissance !

Le juge et le reste des spectateurs étaient au comble de l'étonnement.

Cependant, après les premiers moments de surprise, le podestat, voyant que cette sauge devait être venimeuse, donna des ordres pour qu'on l'arrachât, afin de prévenir de pareils accidents.

A peine en eut-on abattu le pied, qu'on trouva, sous les racines, un crapaud d'une grosseur énorme, et l'on ne douta point qu'il n'eût infecté cette plante de son venin, et que ce ne fût la cause de la mort de ces deux personnes.

La vue de cet animal fit tellement frémir les assistants, que personne n'eut le courage de le tuer.

Chacun craignait avec raison d'en approcher, de peur du venin qu'il pouvait exhaler.

On prit le parti de jeter beaucoup de feu dans le creux où il était, et de le brûler vivant avec la plante qu'il avait empoisonnée.

Il est, je pense, inutile de dire qu'on ne continua pas le procès commencé contre l'infortunée Simone.

On l'enterra avec son amant, dans l'église de Saint-Paul, sa paroisse, et ses propres accusateurs se firent un devoir d'assister à ses funérailles.

NOUVELLE VIII

LA FORCE DU SENTIMENT

Mme Émilie avait à peine fini son récit, que Mme Neiphile prit la parole pour se conformer aux ordres du Roi, qui lui avait fait signe de parler. Il me paraît, mes respectables Dames, dit-elle, qu'il est une infinité de gens qui se croient plus éclairés que les autres tandis que c'est le plus souvent tout le contraire. Je connais une multitude de ces esprits présomptueux, qui ne doutent de rien, qui se croient en état de tout entreprendre, qui rejettent avec dédain les conseils qu'on veut leur donner, et qui finissent par échouer dans toutes leurs entreprises. Ils veulent en savoir plus que les hommes expérimentés, plus que la nature elle-même. C'est cette aveugle présomption qui enfante presque tous les désordres de ce monde, sans produire jamais aucun bien, et malgré la triste expérience qu'on en fait tous les jours.

La plus terrible, la plus opiniâtre de toutes les passions, celle qui écoute le moins les conseils, c'est l'amour. Les reproches, les remontrances, au lieu de l'affaiblir et de l'éteindre ne font que l'aigrir, l'irriter, l'allumer plus vivement, et le porter aux plus terribles excès. Voilà, mes belles Dames, la raison qui me détermine à vous raconter l'histoire d'une femme qui, voulant faire à sa tête, et user d'une prudence hors de saison, pour chasser l'amour du cœur de son fils, fut cause de sa mort.

Si elle eût écouté la raison et les avis des gens sages, elle se serait épargné cette affliction.

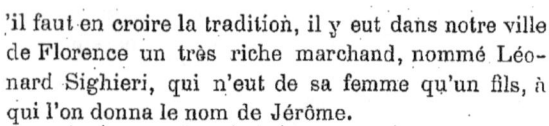

'il faut en croire la tradition, il y eut dans notre ville de Florence un très riche marchand, nommé Léonard Sighieri, qui n'eut de sa femme qu'un fils, à qui l'on donna le nom de Jérôme.

Sa naissance fut suivie de fort près, de la mort du père, qui laissa heureusement ses affaires en fort bon état.

Les tuteurs de l'enfant régirent son bien avec beaucoup de probité, conjointement avec la veuve.

Jérôme, devenu grand, se familiarisa avec les autres enfants du voisinage, et particulièrement avec la fille d'un tailleur.

Cette familiarité devint, avec l'âge, un amour aussi tendre que violent.

Jérôme n'était content que lorsqu'il était avec cette fille, ou qu'il la voyait, ou qu'il parlait d'elle.

Sa mère s'en aperçut; elle lui en fit des reproches, et le châtia même plusieurs fois à ce sujet.

Quand elle vit qu'il persistait à l'aimer et à rechercher les occasions de se trouver avec cette fille, qui ne l'aimait pas moins tendrement, elle prit le parti de s'en plaindre à ses tuteurs.

Cette femme, qui avait l'ambition d'élever son fils au-dessus de son état, leur tint à peu près ce langage :

« Vous saurez que mon fils, quoiqu'il ne soit encore âgé que de quatorze ans, est passionnément amoureux de la fille d'un tailleur, notre voisin, nommé Silvestre.

« Or si nous n'apportons un prompt remède à cette passion, il pourra fort bien se faire qu'il l'épouse un jour secrètement; et je mourrais de douleur si cela arrivait.

« Pour prévenir ce malheur, je serais d'avis que nous l'envoyassions dans quelque ville éloignée, chez un bon négociant.

« Je suis intimement persuadée qu'il n'aura pas plutôt perdu de vue l'objet dont il est épris qu'il l'oubliera ; et, à son retour, nous pourrons le marier à une demoiselle de bonne maison. »

Les tuteurs approuvèrent fort son avis, et lui promirent de se prêter de tout leur pouvoir à ses vues. Ils appellent d'abord le jeune homme dans le magasin :

« Mon cher enfant, lui dit l'un d'eux avec beaucoup de douceur, te voilà assez grand pour commencer à prendre connaissance de tes affaires.

« Nous serions donc très charmés que tu allasses passer quelque temps à Paris, pour apprendre le commerce chez quelque habile négociant et te mettre en état de juger ensuite par toi-même si nous avons bien ou mal régi tes biens, dont une partie se trouve d'ailleurs dans les comptoirs de cette ville. Outre les lumières que tu acquerras sur le commerce, tu pourras te former, te polir dans ce qu'on appelle la bonne compagnie, qu'il te sera facile de fréquenter.

« Il n'y a pas de ville au monde où il y ait plus de politesse et plus de gens aimables ; tu en prendras les mœurs et les manières, après quoi tu reviendras ici. »

Le pupille écouta ce discours avec beaucoup d'attention, et répondit, sans balancer, qu'il pouvait faire tout cela à Florence, et qu'il n'irait point à Paris.

On eut beau insister, lui vanter tous les avantages qui devaient lui revenir ; on eut beau le flatter, le caresser, il n'y eut pas moyen de lui faire dire autre chose.

Les tuteurs en firent le rapport à la mère.

Cette femme, irritée non de ce que son fils refusait d'aller à Paris, mais de ce qu'il était toujours amoureux, l'accabla de reproches et d'injures.

Elle eut ensuite recours à la douceur ; elle le flatta, le caressa, le pria de toutes les manières de se conformer à la volonté de ses tuteurs : enfin elle sut si bien faire, qu'elle le fit consentir d'aller passer un an en France, avec promesse de le rappeler après ce temps expiré.

On ne lui tint pas parole, car on le fit demeurer deux ans entiers à Paris, sous l'espoir de l'envoyer chercher de jour en jour.

Jérôme, qui n'en avait pas passé un seul sans penser à la fille de Silvestre, que l'éloignement lui rendait plus chère encore, était furieux de tous ces délais, et serait venu de lui-même à Florence, si l'on n'eût eu l'art de lui faire continuellement envisager son rappel comme très prochain.

De retour enfin dans sa patrie, toujours possédé du même amour, impatient de savoir des nouvelles de celle qui en est l'objet, il s'empresse d'en demander, en attendant qu'il puisse la voir.

On lui dit qu'elle est mariée.

Cette nouvelle fut pour lui un coup de poignard.

Il était inconsolable ; mais le mal était sans remède, il fallut prendre patience.

Une passion que l'absence n'avait fait qu'augmenter ne se déracine pas aisément : Jérôme était trop dominé par la sienne pour songer seulement à vouloir en guérir.

Il ne perdit point l'espérance d'être heureux.

Persuadé que sa chère maîtresse conservait toujours pour lui les mêmes sentiments, il s'informa quelle maison elle habitait.

Il passa et repassa devant ses fenêtres, mais toutes ses démarches furent inutiles ; soit que la belle ne l'aperçût point, soit qu'elle l'eût entièrement oublié, elle ne lui donna aucun signe de vie.

Jérôme ne perdit point courage ; il tenta toute sorte de moyens pour la voir et tâcher de regagner ses bonnes grâces, supposé qu'il les eût perdues.

Il résolut de lui parler à quelque prix que ce fût.

Il forme donc le projet de s'introduire secrètement dans sa maison.

Il en apprend tous les êtres par un voisin de la dame, et après avoir guetté le moment favorable, y entre sans être aperçu un soir qu'elle et son mari étaient allés veiller chez un de leurs amis.

Il se cache dans la chambre à coucher, derrière un lit de camp.

Là, le cœur agité par l'amour et la crainte, il attendit qu'ils fussent rentrés et couchés.

Aussitôt qu'il comprit que le mari dormait, il alla, sur la pointe des pieds, vers le lit, du côté où la femme s'était couchée.

Encouragé par le sommeil du mari qui ronflait, il se hasarda à poser sa main sur la gorge de son ancienne maîtresse, et, se courbant en même temps, lui dit d'une voix extrêmement basse :

« Ne dis rien, ma chère amie, si tu ne dors pas ; je suis Jérôme, ton bon ami, qui ne peut vivre sans t'aimer et qui t'aimera jusqu'au tombeau ; ne dis rien, je t'en prie. »

La belle qui ne dormait pas, faillit se trouver mal de frayeur.

« A quoi vous exposez-vous ? lui répondit-elle toute tremblante.

« Au nom de Dieu, au nom de l'attachement que vous dites avoir pour moi, retirez-vous, je vous en conjure ; si mon mari se réveille, vous êtes perdu, et vous serez cause que nous vivrons mal ensemble, ce que nous n'avons pas fait jusqu'ici.

« Il m'aime, il me rend heureuse : vous êtes trop honnête pour vouloir troubler notre repos. »

Qu'on juge de l'impression que dut faire ce discours sur le cœur du jeune homme !

Il en fut extrêmement affligé.

Il ne laissa pourtant pas de rappeler à sa maîtresse leur amitié passée, de lui jurer que l'éloignement et l'absence, au lieu de nuire à sa tendresse, n'avaient fait que l'augmenter, et lui déclara que si elle ne consentait à l'aimer comme autrefois, il se tuerait de désespoir.

Ni ses prières ni ses menaces ne purent déterminer la dame à lui accorder la moindre faveur.

Jérôme était trop amoureux pour lâcher prise ; un baiser qu'il fit à la dame avait porté un feu dévorant dans son âme ; mais ce feu ne l'empêchait sans doute pas d'avoir son corps gelé de froid.

On était dans l'hiver ; il demanda pour dernière grâce qu'il lui fût au moins permis de se coucher à côté d'elle, pour se réchauffer un peu, avec promesse de ne lui rien faire qui pût lui déplaire le moins du monde, et de se retirer aussitôt après qu'il se sentirait réchauffé.

La jeune femme, touchée de compassion, lui accorda cette petite grâce, à condition toutefois qu'il ne lui parlerait plus de rien.

Elle se pousse donc pour lui faire place, et Jérôme se met doucement à son côté.

Le pauvre garçon ne jouit pas longtemps de cette légère faveur ; car, soit qu'il succombât à la douleur de n'être plus aimé de celle qu'il avait lui-même tant aimée et qu'il idolâtrait encore, soit que les efforts qu'il faisait pour retenir les mouvements impétueux de sa passion eussent détraqué ses organes, il mourut incontinent, sans proférer une seule parole.

La belle, surprise de sa grande tranquillité, et voyant qu'il ne se pressait point de se retirer, prit le parti de l'en prier.

Comme elle n'en recevait point de réponse, elle crut qu'il s'était endormi.

Elle avance alors la main, et se met en devoir de l'éveiller.

Étonnée de le trouver froid comme glace, elle le touche, le secoue, le retouche, et ne doute pas qu'il ne soit mort.

On peut imaginer quels durent être sa douleur et son embarras.

Quel parti prendre ? que faire en pareille conjecture ?

Que dira-t-elle à son mari ?

Elle imagina de le pressentir sur le fait, avant de lui dire qu'il lui fût personnel.

« Après l'avoir éveillé, elle le lui raconta comme étant arrivé à une femme de sa connaissance ; puis elle lui demanda quel conseil il lui donnerait, si elle se trouvait elle-même dans un cas pareil.

Le mari répondit qu'il faudrait porter sans bruit le corps du galant devant sa maison, sans savoir mauvais gré de l'aventure à la femme, puisqu'elle n'y aurait point donné lieu.

« C'est donc, répliqua-t-elle, ce que nous avons à faire. »

Elle lui prit en même temps la main, et lui fit toucher le corps glacé de Jérôme.

Le mari, fort chagrin d'un pareil événement, se lève, allume une chandelle, prend le mort sur ses épaules, et, sans faire le moindre reproche à sa femme, qu'il croit vraiment innocente, le porte devant la maison de sa mère, et revient tranquillement se coucher.

Le lendemain, toute la ville fut instruite de cette mort.

On ne savait à quoi l'attribuer.

La mère de Jérôme était inconsolable. Elle fit examiner le corps de son fils par des médecins qui, n'y trouvant ni plaie ni meurtrissure, dirent qu'il devait être mort de chagrin.

Il fut porté à l'église, où la mère, suivant notre usage, se rendit en habits de deuil, accompagnée des parents et des amis du voisinage.

Cependant le mari de la fille de Silvestre, curieux d'apprendre si l'on savait quelque chose de l'aventure, engagea sa femme à se couvrir d'un voile, à aller à l'église, à se mêler parmi les femmes du deuil, pour tâcher de découvrir ce que l'on pensait de cette mort inopinée.

« J'irai aussi de mon côté, ajouta-t-il, et je me glisserai parmi les hommes pour entendre ce qu'on dira. »

La cruelle amante de Jérôme, sensible, mais trop tard, à l'amour extrême que ce jeune homme avait eu pour elle, fut charmée de la proposition de son mari, qui la mettait à portée de rendre les derniers devoirs à celui dont elle avait sujet, en quelque sorte, de se reprocher la mort.

Elle se couvrit donc d'une cape, et arriva à l'église, le cœur plein de tristesse.

Qu'il est difficile de connaître les puissants effets de l'amour !

Le cœur de cette femme, que la brillante fortune de Jérôme n'avait pu toucher, fut vivement ému et attendri à la vue du convoi ; la passion qu'elle avait eue autrefois pour ce fidèle amant reprit tout à coup son premier empire.

Son cœur s'ouvre au repentir et à la plus vive compassion, et,

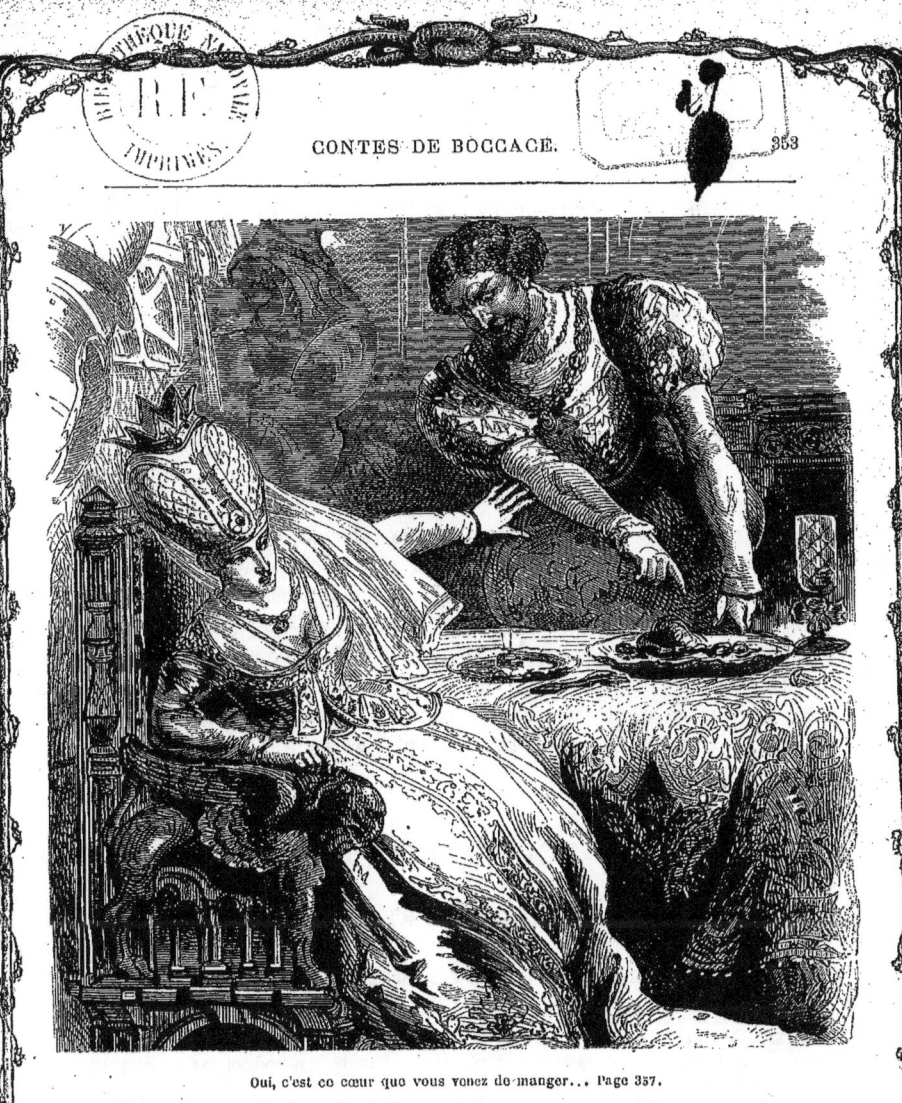

Oui, c'est ce cœur que vous venez de manger... Page 357.

s'abandonnant entièrement à la douleur, elle suit le deuil dans l'église, perce la foule, pénètre jusqu'à l'endroit où repose le corps de Jérôme, se jette sur lui en sanglotant et en poussant un cri qui alla jusqu'au cœur des assistants.

À peine eut-elle vu le visage de celui que le chagrin de n'avoir pu l'attendrir avait étouffé, qu'elle fut étouffée elle-même par la force du sentiment douloureux de l'avoir perdu.

Les autres femmes, sans savoir qui elle était, à cause du voile qui la couvrait, et qui la prenaient peut-être pour la mère du défunt, se mettent aussitôt en devoir de la consoler et de la faire retirer ; voyant qu'elle ne bougeait pas de place, elles la saisissent par les bras et la trouvent morte.

Leur étonnement redoubla lorsque, après lui avoir ôté le voile, elles la reconnurent pour la fille de Silvestre, que Jérôme avait tendrement aimée.

Alors les pleurs de la mère de recommencer, et les gémissements des autres femmes de se faire entendre.

Le bruit de cette mort parvint bientôt à l'endroit où étaient les hommes.

Le mari, qui fut des premiers à en être informé, se livra à la douleur et aux larmes, sans vouloir recevoir aucune consolation.

L'excès de son affliction ne lui laissant plus l'usage de sa raison, il se mit à conter ce qui était arrivé la nuit précédente, et chacun vit plus clairement la cause de la mort de ce couple d'amants infortunés.

Ou suspendit l'inhumation de Jérôme, pour l'ensevelir dans le même tombeau que sa maîtresse, de sorte que la mort fit ce que l'amour n'avait pu faire, en les unissant pour ne plus se séparer.

NOUVELLE IX

LE MARI JALOUX ET CRUEL

La nouvelle de Mme Neiphile attendrit toute l'assemblée. Le Roi, ne voulant point violer les droits du joyeux Dionéo qui devait parler le dernier de tous, se mit à raconter la sienne et débuta en ces termes :

Mes belles Dames, puisque vous paraissez si touchées des malheureux accidents causés par l'amour, il faut que je vous raconte une anecdote qui ne vous attendrira pas moins que tout ce que vous avez entendu jusqu'à présent.

Les personnages sont de plus haute condition que ceux de cette dernière nouvelle, et l'événement en est bien plus tragique, ce qui en augmentera l'intérêt.

 ersonne n'ignore qu'il y eut autrefois en Provence deux nobles chevaliers de réputation, connus, l'un sous le nom de Guillaume de Roussillon, et l'autre sous celui de Guillaume Gardastain.

Comme ils étaient tous deux fort célèbres par leurs exploits militaires, ils se lièrent d'amitié, et se trouvaient toujours ensemble aux tournois, aux joutes et aux autres exercices de chevalerie, et prenaient plaisir à porter ordinairement les mêmes couleurs de distinction.

Ils faisaient leur séjour ordinaire chacun dans son château, à cinq ou six lieues l'un de l'autre.

Comme ils se voyaient fréquemment, il arriva que, malgré l'amitié qui les unissait, Gardastain devint passionnément amoureux de la femme de Roussillon, qui était très belle et très bien faite.

La dame, sensible aux attentions, aux prévenances et au mérite du chevalier, ne tarda pas à s'apercevoir qu'elle lui avait donné de l'amour; sa vanité en fut si flattée, qu'elle attendait avec impatience qu'il lui déclarât ses sentiments, bien résolue d'y répondre d'une manière à lui donner toute la satisfaction qu'il pouvait désirer.

Elle ne languit pas longtemps; Gardastain lui ayant ouvert son cœur, ils furent bientôt d'intelligence, et se donnèrent réciproquement les plus tendres preuves d'amour.

Soit que leurs rendez-vous fussent trop fréquents, soit qu'ils fussent mal concertés, le mari s'aperçut de leur intrigue.

Dès ce moment, l'amitié qu'il avait pour Gardastain se changea en aversion; mais il fut plus politique en haine que les deux amants ne l'étaient en amour.

Il sut si bien cacher son ressentiment, qu'on ne se doutait même point qu'il pût être jaloux.

Il l'était cependant à tel point, qu'il jura dans son cœur d'arracher la vie au perfide chevalier qui le trahissait.

On venait de publier à son de trompe qu'il devait y avoir un grand tournoi aux environs de la Provence.

Cette circonstance parut favorable à l'exécution de son dessein.

Il fait savoir à Gardastain la nouvelle du tournoi, en le priant de le venir trouver, pour délibérer ensemble s'ils iraient, et de quelle manière ils s'habilleraient.

Celui-ci, charmé de l'invitation, répondit qu'il irait sans faute le lendemain souper avec lui.

Guillaume de Roussillon crut ne pas devoir différer plus longtemps sa vengeance.

Dès le matin, armé de pied en cap, il monte à cheval, suivi de quelques domestiques, et va se mettre en embuscade à une demi-lieue de son château, dans un bois par où Gardastain devait passer.

Après avoir attendu quelque temps, il le voit venir accompagné de deux valets seulement, et sans armes, comme gens qui ne se défient de rien. Aussitôt qu'il l'aperçoit, il court à lui comme un furieux, la lance à la main, et la lui plonge dans le sein en lui disant :

« Voilà comme je me venge de la perfidie de mes amis. »

Le chevalier, percé d'outre en outre, tombe mort, sans avoir eu le temps de proférer une seule parole.

Ses domestiques piquent des deux, et s'en retournent au grand galop d'où ils venaient, sans savoir par qui leur maître avait été si lestement assassiné.

Roussillon, se voyant seul avec ses gens, descend de cheval, ouvre, avec un couteau, le corps de Gardastain, lui arrache le cœur, l'enveloppe d'une banderole de lance, et ordonne à un de ses domestiques de l'emporter, avec défense à tous de jamais parler de ce qui venait de se passer, s'ils ne voulaient s'exposer à tout son ressentiment.

Il reprit ensuite le chemin du château, et y arriva qu'il était déjà nuit.

La dame, qui savait que Gardastain devait aller souper chez elle, l'attendait avec l'impatience d'une femme qui l'aimait tendrement.

Surprise de ne le voir point venir avec son mari, elle lui en demanda la raison.

« Il m'a fait dire, lui répondit-il, qu'il ne viendrait que demain. »

Cette réponse ne plut guère à la belle ; mais force lui fut de n'en rien témoigner.

A peine Guillaume avait-il mis pied à terre, qu'il appela son cuisinier.

« Tiens, lui dit-il, prends ce cœur de sanglier, et prépare-le de la manière la plus délicate et la plus ragoûtante.

« Tu me le feras servir dans un plat d'argent. »

Le cuisinier lui obéit, employa toute sa science pour l'apprêter, et en fit le meilleur hachis du monde.

L'heure du souper arrivée, Guillaume se mit à table avec sa femme.

L'idée du crime qu'il venait de commettre le rendait rêveur et lui ôtait l'appétit ; aussi mangea-t-il fort peu.

On servit le hachis, dont il ne mangea point.

La dame, qui ce soir-là était de fort bon appétit, en goûta, et le trouva si bon, qu'elle le mangea tout.

« Comment avez-vous trouvé ce mets? lui dit alors son mari.

— Excellent, répondit-elle.

— Je n'ai pas de peine à le croire, répliqua Guillaume ; il est assez naturel de trouver bon mort ce qui vous a tant plu étant vivant.

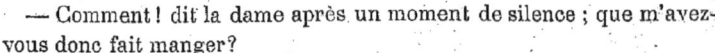

— Comment ! dit la dame après un moment de silence ; que m'avez-vous donc fait manger?

— Le cœur du perfide Gardastain, répond le chevalier, ce cœur que vous n'avez pas eu honte d'aimer, ce cœur que je lui ai arraché de mes propres mains, un moment avant mon arrivée ; oui, c'est ce cœur que vous venez de manger. »

Je n'essayerai point de rendre la douleur de la dame à cette horrible nouvelle.

Il suffit de savoir, pour s'en former une idée, qu'elle aimait Gardastain plus que sa vie.

Son âme, naturellement sensible, était en proie à tous les sentiments capables de la déchirer.

L'accablement où elle se trouvait l'empêcha quelque temps de parler ; mais enfin, revenue à elle :

« Vous avez fait le personnage d'un lâche et perfide chevalier, lui dit-elle en soupirant.

« Gardastain ne m'a fait aucune violence ; moi seule je vous ai trahi, et c'est moi seule qu'il fallait punir.

« A Dieu ne plaise qu'après avoir mangé d'une viande aussi précieuse que l'est le cœur du plus aimable et du plus vaillant des chevaliers qui fut jamais, je sois tentée de la mêler avec d'autres, et de prendre jamais de nouveaux aliments ! »

Elle se lève de table en achevant ces mots, se jette, sans balancer, par une fenêtre très élevée, et s'écrase en tombant.

Guillaume de Roussillon connut alors sa faute, et se la reprocha amèrement.

La peur le saisit, et lui fit promptement prendre la fuite.

Le lendemain, l'aventure ayant été divulguée jusqu'aux moindres circonstances, les amis, les parents de la dame et du comte de Provence recueillirent les restes de ces corps, et les firent ensevelir ensemble, avec beaucoup de pompe, dans l'église du château du barbare chevalier.

On grava sur leur tombeau une épitaphe qu'on y voit encore, et qui contient les qualités de ces deux amants infortunés et l'histoire de leur mort.

NOUVELLE X

ROGER DE JÉROLI OU LES BIZARRERIES DU SORT

Quand le Roi eut cessé de parler, Dionéo, le seul qui n'eût pas encore rempli sa tâche, se mit aussitôt en devoir de commencer son récit. « Il me paraît, dit-il, mes belles Dames, que les histoires des amants malheureux qu'on a racontées aujourd'hui, ont répandu beaucoup de tristesse dans votre âme. Je vous avoue que la mienne commençait à s'en ressentir : aussi me tardait-il beaucoup de voir la fin de tous ces lugubres tableaux. Vous devez juger d'après cela que je me donnerai bien de garde de parler sur le même ton. Je changerai même de sujet, selon le privilège qui m'en a été accordé, pour vous raconter une nouvelle plus gaie que les vôtres : elle pourra même vous indiquer la matière qu'il conviendrait de traiter dans celles qu'on contera demain. »

I n'y avait pas encore longtemps qu'il existait à Salerne un célèbre chirurgien, qu'on appelait maître Mazzeo de la Montagne, à qui il prit fantaisie de se marier, quoiqu'il fût d'un âge fort avancé.

Il épousa donc une demoiselle de sa ville, jeune, fraîche, tout à fait gentille, et qui eût mérité un homme moins âgé.

Le bonhomme n'épargnait rien pour lui plaire; il lui prodiguait bagues, bijoux, robes du meilleur goût; enfin, tout ce qui est capable de flatter la vanité d'une jolie femme.

Ce qu'il ne lui prodiguait pas, et ce qu'elle ambitionnait plus que toute autre chose, c'étaient les plaisirs de l'amour conjugal.

Il la laissait se morfondre dans son lit, et agissait avec elle à peu après comme un autre Richard de Guinzica, dont nous avons parlé ci-devant, en lui prêchant le jeûne et l'abstinence sur ce chapitre, sous de vains prétextes, dont elle n'était jamais la dupe.

Il voulait lui faire entendre, entre autres choses, qu'une femme devait s'estimer heureuse quand son mari la caressait une fois par semaine.

La belle, qui n'en croyait rien, et qui voyait que tous les principes de son mari provenaient de son impuissance, résolut, en femme sage et de bon appétit, de se régaler aux dépens d'autrui, puisque son mari était si économe.

Après avoir jeté les yeux sur plusieurs jeunes gens, elle se détermina en faveur d'un beau garçon nommé Roger de Jéroli, qui passait pour le plus mauvais sujet de la ville.

Il était de bonne maison, mais si déréglé dans sa conduite, et avait fait tant de fredaines, de sottises et d'escroqueries, que pas un de ses parents ne voulait le voir.

La jeune dame ne l'ignorait pas ; mais, comme elle cherchait plus la vigueur que la probité, elle résolut d'en faire son amant, sans s'inquiéter de tout ce que l'on en publiait.

Dans cette intention, elle chercha les occasions de le voir, et ne cessait de le regarder et de lui sourire, dès qu'elle le rencontrait quelque part.

Roger, qui s'aperçut de ses sentiments, fit de son mieux pour s'assurer cette conquête.

Il lui fit parler, et, comme la belle n'aimait pas les longueurs, elle lui accorda bientôt un rendez-vous, où elle se trouva seule avec lui, par l'habileté d'une jeune servante qui lui était affidée. Après s'être amusés de la manière dont on s'amuse dans un tête-à-tête amoureux, la dame profita de cet agréable commencement pour sermonner le jeune homme ; elle le pria de renoncer pour l'amour d'elle à ses filouteries et autres méchantes actions qui l'avaient perdu de réputation, s'obligeant, pour mieux l'y engager, de lui donner de l'argent de temps en temps.

Roger promit de se conduire plus honnêtement, et ils continuèrent de se voir sans que personne en sût rien.

Pendant que ces amants se divertissaient ainsi à petit bruit, le chirurgien eut occasion de voir un malade qui avait une jambe toute pourrie.

Comme il était fort habile dans son art, il connut d'abord la cause du mal, et dit aux parents du malade que s'il ne lui ôtait un os gangrené, il faudrait bientôt lui couper entièrement la jambe, ou s'attendre à le voir mourir dans fort peu de temps ; encore ne voulait-il pas répondre du succès de l'opération.

Les parents, aimant mieux hasarder sa guérison que de le laisser mourir faute de secours, donnèrent leur consentement pour que le chirurgien fît ce qu'il jugerait convenable.

Maître Mazzeo, craignant que le malade ne pût supporter la douleur de l'opération, résolut de l'endormir auparavant avec une eau dont il avait seul la recette.

L'opération fut donc remise à un autre moment.

Il se mit aussitôt à distiller cette eau soporifique, et après qu'il en eut une quantité suffisante, il la mit dans une fiole, qu'il posa sur la fenêtre de sa chambre, sans dire à personne ce que c'était.

Dans l'après-dînée, étant sur le point d'aller trouver l'homme à la jambe malade, pour lui porter ce breuvage et l'opérer, il reçut de Melfi un exprès avec une lettre d'un de ses intimes amis, qui le priait très instamment de partir tout de suite pour venir panser plusieurs personnes de sa connaissance qui avait été blessées à une batterie qu'il y avait eu la nuit précédente : il remit donc l'opération de la jambe au lendemain, et, montant sur un batelet, il partit sur-le-champ pour Melfi.

Sa jeune et fringante moitié ne fut pas plutôt instruite qu'il ne reviendrait au logis que le lendemain, qu'elle envoya quérir Roger, et l'enferma dans sa chambre jusqu'à ce que tout le monde de la maison fût couché.

Soit que le galant eût travaillé le jour, soit qu'il eût mangé salé, il éprouvait une soif ardente, et ne trouvant dans la chambre d'autre eau que celle que le chirurgien avait mise sur la fenêtre, il ne fit aucune difficulté de l'avaler jusqu'à la dernière goutte.

L'eau fit son effet, et notre homme s'endormit un moment après.

La belle vint le trouver aussitôt qu'elle fut libre.

Le voyant dans cet état, elle se met à le secouer, lui disant tout bas de se lever ; mais à tout cela, ni mouvement, ni réponse.

Dépitée de sa lenteur à s'éveiller, elle le secoue beaucoup plus fort, en lui disant :

« Lève-toi donc, gros dormeur ; si tu avais tant envie de dormir, fallait-il donc venir ici ? »

La secousse qu'elle lui donna fut si forte, qu'il tomba de dessus un coffre sur lequel il s'était endormi.

Cette chute ne fit pas plus d'effet sur Roger que s'il eût été mort.

La dame, un peu surprise de ce qu'il ne donnait aucune marque de sentiment, se met à lui pincer le nez et à lui arracher, par douzaines, les poils de la barbe.

Elle n'en est pas plus avancée : pas le moindre signe de vie, de sorte qu'elle commença à craindre qu'il ne fût mort.

Elle l'agite de nouveau, le pince plus vivement, lui pose les doigts

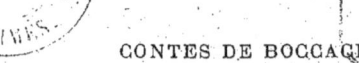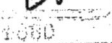

J'avoue ma faute, Monsieur, et vous en demande pardon... Page 366.

sur la flamme de la chandelle, et voyant qu'il se brûle sans les retirer, elle ne doute plus qu'il ne soit mort.

On sent quelle dut être son affliction.

Elle pleura, se lamenta avec le moins de bruit qu'il lui fut possible ; mais craignant enfin d'ajouter la honte et le déshonneur à son chagrin, si l'événement venait à se découvrir, elle commença à rêver aux moyens qu'elle devait prendre pour mettre sa réputation à couvert.

Elle va trouver sa fidèle servante, lui raconte en peu de mots sa triste aventure et lui demande conseil.

La confidente, bien étonnée, comme on l'imagine, ne peut croire que Roger soit véritablement mort, qu'auparavant elle ne l'ait pincé, secoué de toute manière, sans en avoir arraché la moindre marque de sentiment; mais alors, n'en doutant plus, elle fut d'avis de le porter hors de la maison.

« Comment faire, répondit sa maîtresse, pour qu'on n'imagine pas que c'est ici qu'il est mort? car on ne manquera pas de le soupçonner, lorsqu'on le trouvera dans la rue.

— Que cela ne vous inquiète point, Madame : j'ai vu tantôt à nuit close, une espèce de coffre devant la boutique du menuisier du coin, qu'on a sans doute oublié d'enfermer, et qui fera notre affaire, s'il y est encore.

« Cette caisse n'est pas grande, mais nous pourrons l'y mettre dedans ; puis, quand nous l'y aurons enfermé, nous lui donnerons trois ou quatre coups de couteau, qui persuaderont qu'il a été assassiné ; on le croira d'autant plus aisément, que sa conduite, comme vous savez, lui a fait beaucoup d'ennemis, on imaginera qu'il a été tué en flagrant délit, et votre honneur, par ce moyen, sera à couvert. »

Le conseil de la servante fut trouvé bon.

Sa maîtresse consentit à le suivre, aux coups de couteau près, qu'elle ne pourrait jamais se résoudre de lui donner, et qui lui paraissaient d'ailleurs inutiles.

Cette fille intelligente alla donc voir si la caisse était encore au même endroit, et l'y ayant trouvée, elle revint promptement l'annoncer à sa maîtresse, qui l'aida à charger le corps de Roger sur ses épaules, et qui sortit devant pour faire sentinelle, afin de n'être rencontrées par personne.

Arrivées à l'endroit où était le coffre, elles l'ouvrent, y mettent le corps de Roger, et s'en retournent précipitamment après l'avoir refermé.

Ce même jour, deux jeunes gens qui prêtaient sur gages étaient venus se loger dans ce quartier, deux ou trois maisons au-dessus de celle du menuisier.

Ayant aperçu le coffre, et n'étant pas riches en meubles, ils avaient formé le projet de l'emporter chez eux, dans le cas qu'on ne le retirât point.

Ils sortent vers le minuit, dans l'intention de s'en assurer, et le trouvant à la même place, ils se hâtent de l'emporter, sans s'inquiéter ni du poids, ni de ce qu'il y avait dedans.

De retour chez eux, où ils étaient sans lumière, ils le posèrent dans un coin de la chambre où couchaient leurs femmes, et s'en allèrent dormir dans la leur, qui donnait dans celle-là.

Or, il advint que Roger, qui avait cuvé son breuvage, et qui dormait depuis longtemps, se réveilla un peu avant le jour, le corps brisé, moulu, et la tête étourdie.

Il ouvre les yeux, et ne voyant rien, il tâtonne et il étend les bras.

Se trouvant dans une caisse, il ne sait s'il dort encore ou s'il veille.

« Où suis-je donc? Qu'est-ce que ceci? disait-il en lui-même.

« Je me souviens fort bien que j'étais hier dans la chambre de ma bonne amie, que je m'endormis sur un coffre ; et, Dieu me pardonne, m'y voilà à présent dedans, si je ne me trompe.

« Qu'est-ce que cela signifie? serait-il arrivé quelque accident? le chirurgien ne serait-il point de retour? sa femme ne m'aurait-elle pas caché ici pour me soustraire à sa jalousie? »

Cette pensée l'engagea à se tenir tranquille, et à écouter s'il n'entendrait pas quelque chose.

Cependant il n'était rien moins qu'à son aise ; la caisse était petite et étroite ; il s'était tenu si longtemps dans la même attitude, que le côté sur lequel il était couché lui faisait beaucoup de mal.

Pour soulager sa douleur, il voulut changer de situation et se mettre sur l'autre côté.

Il le fit si lestement, que donnant des reins contre un des panneaux du coffre, qui n'était pas en lieu uni, il le fit d'abord pencher, et par un second mouvement, le renversa sur le plancher.

Le bruit de la chute fut assez grand pour éveiller les femmes, dont le lit était fort près.

Elles furent saisies de frayeur, sans néanmoins oser dire mot.

Roger, qui sentit que la caisse s'était ouverte en tombant, et croyant qu'il valait mieux, en cas de malheur, être libre qu'enfermé, sortit tout doucement de cette étroite prison.

Ignorant le lieu où il est, il va, tâtonnant çà et là, dans l'espérance de trouver quelque porte par où il puisse gagner l'escalier.

Les femmes, qui entendent marcher et tâtonner, se mettent à crier d'une voix timide et tremblante :

« Qui va là? »

Roger, qui ne reconnaît pas leurs voix, demeure coi et ne répond rien.

Alors les femmes d'appeler leurs maris ; mais ils dorment si profondément, qu'ils ne les entendent pas.

Ne voyant venir personne à leur secours, leur peur augmente.

Enfin elles prennent le parti de sauter du lit, courent aux fenêtres, et crient à pleine tête :

« Au voleur ! au voleur ! »

Pendant que les voisins accourent à leurs cris et entrent dans la maison les uns par les toits, les autres par la porte, les maris, que ce grand bruit avait éveillés, se saisirent de Roger.

Celui-ci, bien surpris de se trouver là, et de ne pouvoir s'évader, se laissa lier les bras sans dire mot.

Il fut mis entre les mains des sergents du gouverneur de la ville, qui étaient accourus.

En faveur de sa bonne réputation, il fut d'abord appliqué à la question, et croyant en être plus tôt quitte, il convint qu'il était entré chez les usuriers pour les voler, sur quoi le gouverneur délibéra de le faire pendre.

Dès le matin, on sut dans tout Salerne que Roger avait été pris chez des prêteurs sur gages, qu'il avait intention de voler.

Quand la nouvelle parvint aux oreilles de la dame et de la confidente, elles furent si surprises, qu'elles étaient tentées de croire que ce qui s'était passé la nuit dernière n'était qu'un songe.

Cependant la belle, considérant le péril où était son amoureux, se tourmentait tellement, qu'il était à craindre que la tête ne lui tournât.

Elle aurait voulu le sauver au péril de sa propre vie ; mais le moyen ?

Le chirurgien, arrivé sur les neuf heures du matin, dans l'intention d'aller opérer son malade, court à la fenêtre où il avait posé son eau, et trouvant la fiole vide, fait un si grand bruit que personne n'ose se montrer devant lui.

Sa femme, qui avait l'esprit occupé de tout autre chose que de son eau, lui dit avec mauvaise humeur qu'une fiole d'eau jeté par inadvertance ne valait pas la peine de faire un si grand fracas, comme si l'eau était très rare.

Le chirurgien lui répondit qu'elle était dans l'erreur d'imaginer que ce fût de l'eau commune ; il lui dit que c'était une eau composée pour faire dormir, et lui apprit à quoi il l'avait destinée. Sa femme, comprenant alors que Roger devait l'avoir bue :

« C'est ce que j'ignorais, répliqua-t-elle ; mais le mal n'est pas grand, il vous sera aisé d'en faire d'autre. »

Sur ces entrefaites, la servante, qui était sortie par ordre de sa maîtresse pour apprendre des nouvelles plus positives de l'affaire de Roger, arriva, et rapporta qu'on parlait fort mal de lui, que tous ses amis l'avaient abandonné; que pas un de ses parents ne voulait faire des démarches pour le sauver, et qu'on ne doutait pas que le prévôt ne le fît pendre le lendemain.

« J'ai rencontré, ajouta-t-elle, le menuisier qui était en grande contestation avec un homme que je ne connais pas, au sujet de la caisse où nous avons porté le pauvre Roger, et qui la réclame comme lui appartenant.

« Le menuisier, qui l'avait sans doute en garde chez lui, prétend qu'elle lui a été volée; l'homme l'accuse de l'avoir vendue à deux prêteurs sur gages, chez lesquels il l'a vue au moment où l'on a arrêté Roger.

« Ce sont des fripons, a répliqué le menuisier, s'ils disent qu'ils me « l'ont achetée. Ils l'ont enlevée cette nuit devant ma porte, où je « l'avais oubliée; ainsi ils me la payeront, où ils vous la rendront tout « à l'heure. »

« Sur cela, ils sont allés chez les prêteurs sur gages, et je m'en suis revenue.

« Je comprends, Madame, d'après cette contestation, et vous en jugerez vous-même, que Roger a été transporté, dans la caisse, au lieu où il a été pris; mais de savoir comment il est ressuscité, c'est ce que j'ignore. »

La dame, comprenant alors très bien ce qui devait s'être passé, apprit à la confidente ce que son mari lui avait dit, et la pria de faire tout ce qu'elle pourrait pour tâcher de sauver son amant, sans toutefois la compromettre.

« Enseignez-m'en les moyens, et je vous promets de faire avec zèle tout ce qui dépendra de moi. »

La dame, comme la plus intéressée à la chose, fut la première à trouver un expédient.

Elle en fit part à la servante, qui, le trouvant assez de son goût, consentit volontiers à le mettre en pratique.

Cette fille, aussi obligeante que rusée, commença donc par aller se jeter aux pieds de Mazzeo; elle lui demande pardon de la faute qu'elle a commise.

Son maître, ne sachant ce qu'elle voulait dire.

« De quelle faute veux-tu parler? lui dit-il.

— Vous connaissez Roger de Jéroli ! répondit-elle en pleurant ; eh bien, Monsieur, il m'aimait depuis près d'un an, et moitié de gré, moitié de force, il m'avait obligée de l'aimer aussi.

« Il apprit hier au soir que vous étiez allé à Melfi, et que vous ne coucheriez pas au logis ; il fit tant par ses sollicitations et ses promesses, qu'il me força de consentir à le laisser coucher avec moi.

« Il ne fut pas plutôt dans ma chambre qu'il eut une soif démesurée.

« Ne sachant avec quoi le désaltérer, et craignant que Madame ne se doutât de quelque chose si j'allais quérir de l'eau et du vin dans la salle où elle était, j'allai prendre une petite bouteille pleine d'eau que je me souvins d'avoir vue sur la fenêtre.

« Je la lui donnai ; et après qu'il l'eut bue, je reportai au même endroit cette fiole, pour laquelle vous avez fait tant de bruit.

« J'avoue ma faute, Monsieur, et vous en demande pardon.

« Qui est-ce qui n'en commet pas quelquefois ?

« Je suis très repentante, très affligée de la mienne, non seulement à cause de votre eau, que vous avez raison de regretter, mais à cause de ce qui s'en est suivi, puisque le pauvre Roger est sur le point d'en perdre la vie.

« Permettez-moi donc, Monsieur, d'aller à son secours ; car je suis assurée qu'il n'est point coupable. »

Quoique le chirurgien fût de très mauvaise humeur contre sa servante, il ne put s'empêcher de la plaisanter sur son aventure.

« Te voilà punie, lui répondit-il d'un ton railleur, par l'endroit sensible.

« Tu croyais avoir cette nuit un galant frais et dispos, et tu n'as eu qu'un dormeur.

« Je te permets d'aller le délivrer, si tu peux, du danger qui le menace ; je te pardonne ; mais songe à ne plus lui donner de rendez-vous chez moi ; car si cela t'arrive encore, je t'en ferai repentir de la bonne manière. »

Un commencement si favorable lui donnant sujet d'espérer, elle alla sur-le-champ à la prison où était Roger, et sut si bien amadouer le concierge, qu'elle parvint à lui parler en particulier.

Après l'avoir instruit de ce qu'il devait dire pour se tirer d'affaire, sans compromettre sa maîtresse, elle alla chez le prévôt, pour en obtenir une audience particulière.

Le prévôt, la trouvant à son gré, voulut en tâter avant de l'entendre.

La suppliante, pour mieux réussir dans son dessein, ne fit de résistance qu'autant qu'il en fallait pour attacher plus de prix à sa complaisance.

La besogne achevée, elle dit au prévôt que Roger de Jéroli, qui avait été pris et condamné comme un voleur, n'était rien moins que cela.

Après lui avoir répété l'histoire qu'elle avait faite au chirurgien, elle ajouta que, l'eau l'ayant si fort endormi, elle l'avait cru mort, et que, pour se tirer d'embarras, elle l'avait porté dans le coffre.

Elle lui conta ensuite la conversation du menuisier avec celui qui soutenait que le coffre avait été vendu aux prêteurs sur gages, pour lui faire comprendre que son amant prétendu pouvait bien avoir été transporté dans la maison des usuriers par les usuriers eux-mêmes.

Le prévôt, porté à obliger cette fille, qui venait elle-même de l'obliger, considérant qu'il était aisé d'éclaircir la chose, fit d'abord venir le chirurgien pour savoir s'il avait fait une eau soporifique, et Mazzeo lui confirma la vérité de cette circonstance.

Le menuisier, l'homme à qui le coffre appartenait, et les deux prêteurs sur gages, furent également appelés ; et après de longs débats et un sérieux examen, il se trouva que les derniers avaient dérobé la caisse.

Roger fut ensuite interrogé, pour savoir l'endroit où il avait couché la nuit dernière.

« Je l'ignore, répondit-il ; tout ce que je sais, c'est que j'étais allé chez maître Mazzeo, dans l'intention de coucher avec sa servante, où je me suis endormi après avoir bu d'une certaine eau qu'elle m'a donnée pour me désaltérer, et que le matin, en me réveillant, je me suis trouvé dans un coffre dans la maison où j'ai été pris comme un voleur. »

Le prévôt, trouvant l'aventure fort plaisante, se plut à faire répéter plusieurs fois à chacun son rôle ; renvoya Roger, qu'il reconnut innocent, et condamna les prêteurs sur gages à une amende de dix onces d'argent.

Il ne faut pas demander si Roger, sa maîtresse et la servante furent satisfaits d'un pareil jugement ; leur joie égala la crainte qu'ils avaient eue.

L'amour alla toujours son train, et l'on se divertit longtemps des coups de couteau que la confidente était d'avis qu'on donnât au galant.

Si les premières nouvelles avaient rembruni l'esprit des dames et affligé leur cœur, celle que Dionéo venait de raconter les égaya beaucoup. Elles ne purent s'empêcher d'en rire ; de sorte qu'elles se dédommagèrent amplement du sérieux qu'elles avaient gardé jusqu'à ce moment.

Mais Philostrate, voyant que le soleil allait se coucher, et que la fin de son règne approchait, crut devoir leur faire des excuses de ce qu'il avait donné des sujets si tristes à traiter.

Il les accompagna de tant de politesse et dit à l'assemblée des choses si obligeantes, qu'il n'y eut pas moyen de lui en vouloir.

Cela fait, il se leva de son siège et ôta la couronne de lauriers de dessus sa tête, qu'il posa d'un air gracieux sur celle de Mme Flammette, en disant à cette blonde :

« C'est vous que je choisis pour succéder à ma royauté, comme étant plus en état que tout autre de dédommager l'assemblée de la triste journée que je viens de lui faire passer. »

Cette dame, dont les blonds cheveux tombaient en boucles sur ses épaules blanches et bien prises, et dont le visage rondelet, orné des plus beaux yeux du monde, offrait l'agréable mélange des roses et des lis, lui répondit, avec un sourire enchanteur, qu'elle acceptait avec reconnaissance le gouvernement dont il venait de se démettre en sa faveur ; et afin ajouta-t-elle, qu'on se souvienne de votre règne, mon cher Philostrate, je veux et j'entends qu'il soit encore question des amants, dans nos entretiens de demain ; mais des amants qui sont parvenus à surmonter les obstacles qui s'opposaient à leur félicité, et dont les amours ont eu une heureuse fin.

Si j'annonce dès à présent mes intentions à cet égard, c'est pour donner à chacun le temps de se préparer.

Quand la nouvelle Reine eut fait appeler le maître d'hôtel et lui eut signifié ses ordres, elle permit à la compagnie de se retirer et d'aller où bon lui semblerait.

On se réunit à l'heure du souper, qui fut servi dans le jardin, auprès de la belle fontaine, à l'heure accoutumée.

Quand on se fut levé de table, on se mit à chanter et à danser, comme à l'ordinaire. Mme Philomène fut celle qui conduisit la danse.

Ensuite la Reine ordonna que chacun se retirât dans son appartement; on lui obéit avec d'autant plus de plaisir qu'on avait besoin de repos.

CINQUIÈME JOURNÉE

e soleil commençait à paraître, lorsque Mme Flammette, éveillée par le ramage des oiseaux perchés sur les arbres fleuris, se leva, et fit lever les dames et les trois messieurs. Ils sortirent tous du château, et allèrent se promener dans les champs, marchant à petit pas sur l'herbe couverte de rosée, et s'entretenant de milles choses agréables.

Mais aussitôt qu'ils sentirent que le soleil devenait plus fort et plus ardent, ils reprirent le chemin du château, où ils réparèrent leurs forces avec des vins excellents et des confitures délicieuses. Après le déjeuner, on alla dans le jardin attendre l'heure de dîner : lorsqu'elle fut venue, on se mit à table. Le repas fut fort gai : plusieurs des convives chantèrent des chansons bachiques, d'autres des chansons amoureuses.

On ne quitta la table que pour danser ; et quand on se fut ainsi amusé quelque temps, la Reine permit à chacun d'aller se reposer.

Quelques-uns se retirèrent dans leur chambre pour dormir, les autres restèrent dans le jardin.

Tout le monde se réunit l'après-midi auprès de la belle fontaine, ainsi que la Reine l'avait ordonné. On fut à peine assis, que cette aimable souveraine, jetant du haut de son trône, un regard plein de douceur sur Pamphile, lui commanda de dire une nouvelle.

Ce jeune homme s'empressa de lui obéir, et parla ainsi.

NOUVELLE PREMIÈRE

LE PRODIGE OPÉRÉ PAR L'AMOUR

Parmi les différentes histoires qui se présentent dans ce moment à mon esprit, pour commencer une si agréable journée, j'en choisis une qui me paraît propre à vous faire comprendre le véritable but que nous devons nous proposer dans nos récits d'aujourd'hui. Elle vous fera voir en même temps de quoi l'amour est capable, combien il mérite d'être révéré, ce dont bien des gens ne sont pas assez persuadés, et combien les désirs qui l'accompagnent sont délicieux.

Je pense, mes aimables Dames, que cette histoire vous plaira beaucoup ; car, permettez-moi de vous le dire, je suis intimement persuadé qu'il n'en est aucune parmi vous, qui ne soit un peu amoureuse.

es anciennes histoires de Chypre font mention d'un gentilhomme de ce pays, nommé Aristippe, le plus riche de tous ses compatriotes, et qui sans doute eût été le plus heureux, si la fortune ne l'eût affligé dans une chose.

Parmi les enfants dont il était le père, il en avait un qui pouvait le disputer à tous les jeunes gens du pays pour la taille et la figure ; mais cet enfant était si sot, si stupide, qu'on n'en pouvait espérer rien de bon.

On l'appelait Galeso. Son père n'épargna rien pour réparer les défauts de la nature par une bonne éducation ; il lui donna un précepteur et d'autres maîtres, mais tout fut inutile.

On ne put ni lui apprendre à lire, ni le rendre tant soit peu poli.

Tout ce qu'il faisait était marqué au coin de la grossièreté ; discours, manières, même le son de sa voix, annonçaient en lui l'impolitesse et la rusticité.

De là vint qu'on lui donna le surnom de Chimon, qui, en langage chyprien, signifie grosse bête.

Aristippe, désolé des mauvaises dispositions de son fils, et désespérant d'en pouvoir jamais faire un homme honnête et supportable, se détermina à l'envoyer à la campagne vivre avec les paysans, pour n'avoir pas incessamment devant les yeux un objet si désagréable et si affligeant.

Il lui signifia ses ordres : Chimon les exécuta avec d'autant plus de plaisir, que la façon de vivre des villageois lui plaisait cent fois plus que celle de la ville.

Il partit donc pour la campagne, où il ne s'occupa que de ménage et de travaux rustiques.

Il arriva qu'un jour, après avoir couru d'un champ à l'autre, avec un gros bâton à la main, il entra, sur l'heure de midi, dans un petit bois agréable et touffu, car c'était dans le mois de mai.

Le hasard le conduisit dans un pré entouré de mille arbrisseaux verts, au bout duquel il y avait une claire fontaine.

Non loin de cette fontaine, il vit une jeune et belle fille qui dormait sur le gazon.

Le mouchoir qui couvrait sa gorge était si simple et si léger, qu'on distinguait sans peine à travers et la blancheur et la finesse de sa peau ; le reste de son vêtement consistait en un casaquin et un jupon d'une blancheur éblouissante, et d'une étoffe presque aussi fine qu'une gaze ; à ses pieds dormaient deux femmes et un valet.

Chimon n'eut pas plutôt aperçu cette jeune dormeuse, qu'il s'approcha pour la voir de plus près.

Appuyé sur son bâton, il la regarde d'un œil curieux, et l'admire comme s'il n'avait jamais vu de femme.

Son esprit rustique, sur lequel les leçons les plus sages et les plus attrayantes n'avaient pu faire la moindre impression, lui dit dans ce moment que cette fille était le plus bel objet qui pût s'offrir aux regards des hommes ; il ne se lassait point de la contempler.

Il loua ses blonds cheveux, son front, son nez, sa bouche, ses bras, et surtout sa gorge naissante, plus blanche que l'albâtre.

D'homme rustre et sauvage, il devint tout à coup un excellent juge en fait de beauté.

Il ne manquait à son plaisir que de voir les yeux de la belle, que le sommeil tenait fermés.

Il fut tenté de l'éveiller pour se satisfaire ; mais, comme il commençait à raisonner, et qu'il n'avait jamais vu de femme aussi belle, il crut que c'était une déesse, et qu'il devait la respecter.

Il eut dès lors assez de discernement pour sentir que les choses divines méritent plus de vénération et de respect que les choses mortelles et terrestres.

Il se contenta donc de l'admirer, et attendit qu'elle s'éveillât d'elle-même.

Quoiqu'il fût naturellement brusque et impatient, le plaisir qu'il trouvait à contempler ses charmes le retint constamment auprès d'elle.

Quelque temps après, Éphigène s'éveilla : c'était le nom de cette beauté.

Chimon, immobile, appuyé sur son bâton, fut le premier objet qu'elle vit en ouvrant les yeux.

Comme il était connu presque partout par son imbécillité autant que par le nom et la richesse de son père, il le fut de cette fille, qui, surprise de le voir là dans cette posture :

« Que viens-tu faire dans ce bois, à cette heure-ci ? » lui dit-elle.

Chimon, tout occupé d'admirer ses beaux yeux, qu'il lui tardait de voir, et d'où partaient les traits de feu qui enivraient son âme de plaisir, ne répondit pas un seul mot.

La belle, voyant qu'il lui lançait continuellement des regards passionnés, et craignant que sa rusticité ne le portât à quelque malhonnêteté, réveilla ses femmes ; et, s'étant levée, elle partit avec elles.

« Vous avez beau fuir, charmante souveraine de mon âme, lui dit Chimon, j'irai avec vous. »

Quoique Éphigène, qui avait toujours peur de lui, le priât de se retirer, elle ne put jamais s'en défaire : il la conduisit jusque dans sa maison, non sans lui avoir fait, durant la route, beaucoup de compliments sur sa beauté.

De là il s'en retourna chez son père, et lui dit qu'il ne voulait plus demeurer au village.

Le père n'en fut pas trop content, non plus que ses autres parents ; néanmoins on lui permit de vivre à sa manière, pour découvrir quel pouvait être le motif d'un pareil changement.

Ce jeune homme, dont le cœur n'avait été jusqu'alors susceptible d'aucune impression, plein d'amour pour la jeune et belle Éphigène, étonna, par ses idées et par sa nouvelle conduite, son père, ses frères et tous ceux qui le connaissaient.

Il demanda d'abord et obtint d'être habillé comme ses frères, et d'avoir le même train.

Perdant chaque jour de son caractère sauvage, il se mit à fréquenter les honnêtes gens, s'appliqua à imiter leurs façons, leur politesse, et s'attacha surtout à retenir les manières et les discours des jeunes gens amoureux.

Au grand étonnement de tout le monde, il apprit dans fort peu de temps, non seulement à lire et à écrire, comme le commun des gens bien nés, mais il se distingua parmi les savants, tant l'amour et l'envie de plaire surent lui inspirer d'ardeur pour l'étude !

Il parvint même, à force d'exercice et de travail, à modifier sa voix, au point qu'il la rendit douce et agréable.

Peu de musiciens chantaient et jouaient mieux que lui des instruments.

Il devint bon écuyer et un des hommes les plus vigoureux et les plus adroits de son temps dans tous les exercices militaires de mer et de terre.

En un mot, il se rendit, dans moins de quatre ans, le gentilhomme le plus poli, le mieux tourné, le plus aimable et le plus accompli de son pays.

La seule vue d'Éphigène produisit tous ces miracles.

Les divins attraits de cette charmante personne ayant fait entrer l'amour dans son cœur, cette passion fut suffisante pour y développer le germe de ces qualités précieuses qui y étaient ensevelies comme dans une sombre et épaisse prison.

Telle est la puissance incompréhensible de ce sentiment sur les âmes dont il s'est emparé : sa présence anime et féconde les vertus les plus assoupies.

Quoique Aristippe ne fût pas trop charmé de l'amour de son fils pour Éphigène, considérant toutefois les effets avantageux que cette passion avait produits sur son esprit et sur son cœur, il le laissa maître de suivre son inclination.

Chimon, devenu homme aimable, d'homme stupide qu'il était, eût fort désiré qu'on ne l'appelât plus que Galeso, qui était son premier nom ; mais, comme la belle Éphigène lui avait donné celui de Chimon le jour qu'elle l'avait rencontré, il crut devoir le garder toute sa vie.

L'amour qu'il conservait toujours pour elle et le désir de la posséder le portèrent plusieurs fois à prier Chypsée, son père, de la lui donner en mariage ; mais le père d'Éphigène répondit toujours qu'il l'avait promise à un gentilhomme de Rhodes, nommé Pasimonde, auquel il ne voulait pas manquer de parole.

Chimon était trop épris, trop passionné et avait trop fait pour renoncer à sa maîtresse : il jura que nul autre que lui ne la posséderait.

A peine fut-il instruit que le Rhodien avait envoyé un vaisseau pour la prendre, et qu'elle était sur le point de partir :

« Aimable et cher objet de ma flamme, dit-il en lui-même, voici le moment de te faire connaître combien je t'aime.

« Tu m'as rendu homme ; je ne doute point que je ne devienne pour toi un héros.

« Oui, je te posséderai ou je perdrai la vie. »

Dans ce dessein, il rassembla plusieurs de ses amis, quelques soldats, et s'embarqua avec eux sur un vaisseau qu'il avait fait armer secrètement, pour aller attendre celui qui devait conduire à Rhodes l'aimable reine de son cœur : il ne l'attendit pas longtemps.

Le père d'Éphigène ayant fait les honneurs convenables aux parents de son gendre futur, sa fille ne tarda pas à se mettre en mer.

Elle fut rencontrée le lendemain par Chimon, qui était aux aguets pour la voir passer.

Il s'approche des Rhodiens ; et quand il en est assez près pour pouvoir se faire entendre, il monte sur la proue, et leur crie de mettre bas les voiles, ou de s'attendre à être pris et jetés dans la mer.

Voyant qu'ils se disposaient à se défendre, on lança promptement un harpon sur le vaisseau, et, l'ayant accroché, Chimon monte à l'abordage ; et, sans attendre qu'il soit secondé d'aucun des siens, s'élance sur l'équipage, l'épée à la main, et en fait un carnage horrible.

Les Rhodiens, effrayés et contraints de céder à sa valeur, demandent grâce, presque tous d'une commune voix, et offrent de se rendre prisonniers.

« Mes amis, leur dit alors Chimon, ce n'est ni par haine ni par l'espoir du butin que j'ai pris les armes contre vous, mais uniquement pour me rendre maître d'un objet qui m'est mille fois plus précieux que la vie, et qu'il vous est facile de me livrer.

« Je ne vous demande qu'Éphigène : son père me l'a refusée en mariage, et l'amour que j'ai pour elle m'a contraint de recourir aux armes, plutôt que de la laisser marier à un étranger, qui ne saurait l'aimer autant que moi.

« Je prétends l'épouser, et crois la mériter aussi bien que Pasimonde.

« Donnez-la-moi donc, et je vous laisse la vie avec la liberté. »

Les Rhodiens, qui n'étaient pas les plus forts, cédèrent à la nécessité, et livrèrent avec regret Éphigène, qui fondait en larmes.

Chimon la consola de son mieux ; il la fit passer sur son vaisseau, sans exiger autre chose des Rhodiens.

Ravi d'une si belle conquête, son premier soin fut de calmer ses inquiétudes, et d'essuyer les pleurs qu'elle ne cessait de répandre.

« Ne vous chagrinez point, ma chère amie, vous serez plus heureuse avec moi que vous ne l'auriez été avec Pasimonde, qui ne vous connaît pas, qui ne peut, par conséquent, vous aimer comme vous le méritez.

« Songez que, depuis le premier moment que je vous ai vue, je n'ai pas cessé de vous adorer ; songez à tout ce que l'amour m'a fait entreprendre pour vous plaire et me rendre digne de vous. »

Après avoir ainsi donné quelque temps à la consolation de sa maîtresse, il tint conseil avec ses compagnons, pour délibérer sur le parti qu'il avait à prendre.

Il fut décidé qu'il ne devait pas retourner de quelque temps en Chypre, après un tel enlèvement.

Alors il fit voile vers Candie, où il croyait pouvoir passer quelque temps en sûreté avec Éphigène, à la faveur des parents et des amis qu'il avait dans cette île, mais la fortune en disposa autrement, par une de ces bizarreries qui lui sont ordinaires, elle se plut à changer en tristesse la joie qu'elle venait de procurer à Chimon, jusque-là son favori.

Quatre heures s'étaient écoulées depuis la séparation des deux vaisseaux lorsque le temps changea.

Le ciel se couvrit d'épais nuages, et la mer fut bientôt agitée par les vents les plus impétueux.

Tout annonçait une tempête pour la nuit qui commençait à répandre ses voiles, et que Chimon s'était promis de passer dans les plaisirs.

Les flots s'agitaient, se courrouçaient de plus en plus, et menaçaient à chaque instant d'engloutir le vaisseau qu'ils battaient avec fureur.

Les matelots manœuvraient avec beaucoup de difficulté ; on ne savait plus que faire pour éviter le danger.

Chimon était au désespoir d'un pareil contre-temps ; il lui semblait que le ciel ne lui avait donné ce qu'il désirait que pour le lui enlever d'une manière affreuse, et sans espoir de retour.

Ses compagnons n'étaient pas moins affligés ; mais Éphigène l'était plus que personne : elle ne cessait de pleurer, et croyait que chaque vague qui venait se briser contre le navire allait être son tombeau.

Daus sa douleur, elle maudissait l'amoureux Chimon, lui reprochait durement sa témérité, et disait que ce terrible ouragan était une juste punition du ciel, qui ne voulait pas qu'il l'eût pour femme, mais qui avait décidé sa perte et la sienne.

Cependant les matelots ne cessent de manœuvrer pour tâcher d'écarter le danger.

Ils ne peuvent se rendre maîtres des vents qui, augmentant à chaque instant, emportent le vaisseau vers l'île de Rhodes.

Se voyant près de terre, sans savoir le lieu où ils étaient, ils firent leurs efforts pour gagner le rivage.

La fortune seconda leurs désirs; car le vent les jeta dans un petit golfe où le vaisseau des Rhodiens ne faisait que d'arriver.

Quand le jour parut, Chimon et ses gens furent fort surpris de se voir à Rhodes, et à une portée de flèche du vaisseau d'où ils avaient enlevé la belle Éphigène.

Désespéré de ce nouveau contre-temps, et craignant ce qui arriva, Chimon ordonna qu'on fît l'impossible pour se retirer d'un lieu si fatal à ses espérances, aimant mieux s'exposer encore à la fureur des vents et des flots qu'au ressentiment des Rhodiens.

On tenta tous les moyens imaginables pour s'éloigner du golfe, mais inutilement ; au contraire, comme le vent donnait directement contre le rivage, un coup de vague jeta le vaisseau sur le sable, où il fut incontinent environné de monde, et reconnu par l'équipage du vaisseau rhodien, dont une partie avait déjà débarqué, et s'était retirée au village prochain.

Elle fut bientôt instruite de l'aventure de Chimon, et elle revint avec une troupe de paysans qui se saisirent d'Éphigène et de son ravisseur, déjà descendu à terre, avec le plus grand nombre de ses gens, dans l'intention de se sauver dans une forêt voisine.

Il fut conduit avec sa maîtresse et plusieurs de ses compagnons au village, et de là à Rhodes.

Pasimonde, instruit de tout ce qui s'était passé, porta plainte au sénat de la violence du gentilhomme chyprien, et le sénat ordonna à Lisimaque, qui cette année était le premier magistrat, d'aller, avec ses sergents, prendre Chimon et ses compagnons, pour les mener en prison.

C'est ainsi que cet amant infortuné perdit, non seulement sa maî-

Elle devait demeurer auprès d'elles jusqu'au jour fixé pour les noces... Page 377.

tresse, de laquelle il n'avait encore eu que quelques petits baisers, mais sa liberté et l'espoir de la recouvrer.

Quant à Éphigène, elle fut mise chez des dames de la connaissance do Pasimondo, qui s'empressèrent de l'accueillir et de la soulager des fatigues qu'elle avait essuyées.

Elle devait demeurer auprès d'elles jusqu'au jour fixé pour les noces ; et, en attendant, on se fit un devoir de lui procurer toutes sortes d'agréments.

Pendant ce temps, Pasimonde s'intrigua, sollicita pour faire condamner à mort son rival ; mais les gentilshommes rhodiens, à qui il avait sauvé la vie, et pour lesquels il avait eu de très bons procédés, sollicitèrent en sa faveur, et on se contenta de le condamner, lui et les siens, à une prison perpétuelle ; punition qui lui fut aussi douloureuse que s'il eût été condamné à perdre la vie, puisqu'elle lui ôtait l'espoir de jamais posséder l'objet de son amour.

Cependant, tandis que Pasimonde faisait tout disposer pour ses noces, la fortune, toujours capricieuse, parut se repentir du mal qu'elle avait fait à Chimon, et suscita un nouvel événement pour amener sa délivrance.

Pasimonde avait un frère, nommé Hormisda, plus jeune que lui, mais non moins estimable par son mérite.

Ce frère était amoureux d'une très jolie Rhodienne de qualité connue sous le nom de Cassandre, et il l'avait demandée plusieurs fois en mariage, sans avoir jamais pu l'épouser, à cause de divers accidents survenus au moment de la conclusion.

Il faut observer que le magistrat Lisimaque était également épris des charmes de cette demoiselle ; mais elle lui préférait son rival.

Pasimonde, voulant faire, comme on dit vulgairement, d'une pierre deux coups, et éviter les dépenses d'une seconde noce, imagina de conclure, une fois pour toutes, le mariage de son frère, afin qu'il pût épouser la belle Cassandre, le même jour que lui-même épouserait Éphigène.

Il en parla aux parents de la demoiselle, et il fut arrêté que ce double mariage se ferait en même temps.

Lisimaque ne fut pas plutôt informé de ce nouvel arrangement, qu'il sentit que tout était perdu pour lui, si Cassandre donnait sa main à Hormisda.

Cette idée ralluma sa jalousie et la mettait en fureur.

Il dissimula toutefois sa peine et son ressentiment, pour songer aux moyens d'empêcher ce mariage.

Il n'en vit pas de plus court ni de plus sûr que celui d'enlever Cassandre.

L'exécution lui en paraissait aisée, mais indigne d'un honnête homme.

Cependant, après bien des combats, et bien des réflexions, l'amour l'emporta sur l'honneur ; et il se décida à l'enlever, quoi qu'il en dût arriver. Pensant à la manière dont il devait s'y prendre, et aux personnes qui lui étaient nécessaires pour ce coup de main, il se ressouvint de Chimon et de ses compagnons qu'il tenait prisonniers.

Il jugea qu'il aurait de la peine à trouver des gens plus propres à seconder ses vues ; il donna ses ordres pour qu'on lui amenât Chimon la nuit suivante ; il le fit entrer dans sa chambre, et voici à peu près le discours qu'il lui tint :

« Les dieux, mon ami, se plaisent à éprouver la vertu des hommes.

« Ils ne leur prodiguent souvent leurs bienfaits que pour les replonger dans l'adversité ; et s'ils les trouvent aussi fermes et aussi constants dans le malheur qu'ils l'avaient été dans la prospérité, ils se font une justice de leur rendre avec usure leurs premières faveurs.

« C'est sans doute dans l'intention d'éprouver ton courage qu'ils t'ont fait sortir de la maison de ton père, que je sais être très riche.

« Je n'ignore pas non plus qu'ils se sont servis du pouvoir de l'amour pour faire de toi un homme vaillant et éclairé, d'homme stupide et grossier que tu étais.

« Ils veulent voir à présent si l'adversité et la prison n'ont point altéré ton courage.

« S'il est tel qui s'est d'abord montré lorsque tu as conquis ta maîtresse par les armes, je puis t'assurer qu'ils te réservent la récompense la plus flatteuse que tu puisses désirer. Tu vas en juger par toi-même : sois seulement attentif à ce que je vais te dire.

« Tu sauras d'abord que Pasimonde, ton rival, s'est donné toute sorte de mouvements pour te faire condamner à mort ; aujourd'hui il s'en donne pour hâter le moment de son mariage avec celle que tu aimes, et qui t'a coûté tant de peines et de soins, sans avoir pu la posséder.

« Je sais combien ce prochain mariage doit t'affliger ; j'en juge par le chagrin que me cause à moi-même celui d'Hormisda, frère de Pasimonde, qui, le même jour, doit épouser une demoiselle qui m'est pour le moins aussi chère qu'Éphigène peut te l'être à toi-même.

« Aie néanmoins bonne espérance ; il est un moyen de nous venger l'un et l'autre de l'injure qu'on nous fait, et d'empêcher même cette double alliance : il ne s'agit que d'avoir du courage.

« Vois si tu te sens celui de prendre les armes pour enlever les maîtresses de nos rivaux.

« Tu ne balanceras point, si Éphigène t'est toujours chère, si tu veux recouvrer ta liberté et celle de tes compagnons, que j'attache à ce prix.

« Tu verras, par mon courage, que je suis aussi amoureux que toi.

« Parle, je n'ai plus rien à te dire. »

Lisimaque n'avait point encore fini de parler, que Chimon se crut déjà réconcilié avec la fortune.

Il sentit ses espérances renaître et son courage se ranimer.

« Que vous me connaîtriez mal, Monsieur le juge, lui répondit-il, si vous doutiez de ma valeur ; il n'est point de péril que je n'affronte pour servir votre amour, si je dois obtenir la récompense que vous me faites envisager : vous ne sauriez trouver de compagnon plus brave et plus fidèle pour vous seconder.

« Je suis prêt à vous en convaincre ; ordonnez, que faut-il faire ?

— On m'a assuré, répondit Lisimaque, que les deux noces devaient se faire dans trois jours, dans la maison de Pasimonde.

« Risquant donc le tout pour le tout, je suis d'avis de nous y rendre pendant la nuit, bien armés, avec tes compagnons et les miens, et d'enlever, du milieu du festin, ta maîtresse et la mienne ; nous les conduirons aussitôt dans un vaisseau qu'on prépare secrètement par mes ordres, et nous immolerons à notre fureur quiconque s'opposera à notre résistance. »

Chimon fut ravi de la proposition de Lisimaque, et s'en retourna fort content dans sa prison, bien résolu de cacher à ses compatriotes, jusqu'au moment de l'exécution, le projet où ils devaient entrer, afin d'être plus sûr que rien ne transpirât.

Le jour des noces venu, la fête fut des plus magnifiques.

La joie éclatait de toutes parts dans la maison des nouveaux époux, pendant que Lisimaque disposait toutes choses pour y apporter la tristesse et le deuil.

Il met Chimon et ses compagnons en liberté ; il les arme, les réunit aux gens qu'il s'était affidés de son côté, harangue les uns et les autres pour leur inspirer du courage.

Il divise ensuite cette troupe en trois petits corps : il en envoie un au port, afin que personne ne puisse s'opposer à l'embarquement, quand il en sera temps ; il se transporte avec les deux autres à la maison des nouveaux mariés ; il laisse à la porte le second détachement, pour empêcher le monde d'entrer ; et, suivi de Chimon, monte avec le troisième dans la salle des nouvelles mariées, qui étaient à table avec beaucoup d'autres femmes.

Ils s'avancent hardiment, renversant tout ce qui s'offre devant eux, et prennent chacun leur maîtresse, qu'ils remettent aussitôt entre les mains de leurs compagnons, avec ordre de les conduire au port.

Un coup si hardi jette l'assemblée dans l'étonnement et la frayeur.

Les nouvelles mariées poussent des cris affreux, et se démènent vivement dans les bras de ceux qui les emportent : les autres dames, qui n'avaient pu les défendre, se lamentent, se lèvent de table, appellent les hommes à grands cris ; et, en attendant qu'ils viennent à leur secours, elles se mettent en devoir d'arrêter les ravisseurs, en s'opposant à leur passage : mais Lisimaque et Chimon se font jour avec leur épée à travers la foule, et gagnent facilement l'escalier ; ils y rencon-Pasimonde qui, armé d'un gros bâton, était accouru au bruit.

Chimon lui fend la tête d'un coup de sabre, et le jette mort sur le carreau.

Hormisda, qui vole au secours de son frère, est également tué par Chimon.

Les attaquants ayant donc tué ou blessé tout ce qui avait voulu leur résister, se réunirent à ceux qui gardaient la porte, et se rendirent tous en bon ordre au vaisseau, où les deux dames étaient déjà.

Ils mirent aussitôt à la voile, aux yeux d'une multitude de gens armés, qui venaient en diligence pour les arrêter.

Après quelques jours d'heureuse navigation, ils arrivèrent en Candie, où ils furent bien reçus de leurs parents et de leurs amis.

Chimon et Lisimaque épousèrent leurs maîtresses, qu'ils avaient eu soin de consoler durant le voyage, et l'un et l'autre eurent sujet de se féliciter de leur destinée.

Cet événement produisit de grands troubles entre les Rhodiens et les Cypriens ; ils se disposaient même à se faire la guerre, lorsque, par la médiation des parents et des amis des deux époux, tout fut apaisé.

L'affaire s'arrangea si bien, qu'après quelque temps d'exil, il fut permis à Chimon et à Lisimaque de retourner chacun dans son pays, où ils vécurent en paix et en bonne intelligence avec leurs femmes, aussi bien qu'avec leurs compatriotes.

NOUVELLE II

L'ESCLAVE INGÉNIEUX

Pamphile eut à peine achevé son récit, que la Reine en fit l'éloge; après quoi, elle ordonna à Mme Émilie de commencer le sien.

Cette aimable Dame obéit, et débuta ainsi :

Les choses nous font d'autant plus de plaisir, que nous avons plus de goût pour elles; or, comme j'aime beaucoup mieux avoir à vous entretenir des amants heureux que de ceux qui ne le sont pas, je me conformerai au sujet proposé par la Reine, avec beaucoup plus de satisfaction que je n'en eus hier, à me conformer au sujet qui nous avait été prescrit par le Roi, son prédécesseur. Je souhaite que vous en ayez autant à m'entendre.

ous n'ignorez pas qu'au nord, et tout auprès de la Sicile, il y a une île qu'on appelle Lipari.

Vous saurez donc qu'il y eut autrefois, dans la capitale de cette petite île, une jeune fille nommée Constance, qui joignait à une naissance honnête une figure très intéressante.

Un jeune homme, à peu près de son âge, nommé Martucio Gomito, qui ne manquait ni d'esprit ni de bonne mine, en devint amoureux.

La demoiselle, qui lui trouvait des agréments infinis, se fit un devoir de répondre à son amour, et n'était jamais plus contente que lorsqu'elle le voyait ou qu'elle pouvait s'entretenir avec lui.

Martucio, encouragé par ce tendre retour, se hasarda de la faire demander en mariage à son père, qui la lui refusa net, parce qu'il le trouvait trop pauvre.

Le jeune homme, piqué du motif du refus, arma, de moitié avec quelques-uns de ses parents et de ses amis, une petite galère, et jura de ne retourner dans sa patrie qu'après avoir fait une brillante fortune.

Quand le vaisseau fut prêt, il s'embarqua, dans l'intention d'exercer le métier de corsaire, et fit voile vers les côtes de Barbarie.

Il se tint quelque temps sur cette terre, attaquant et pillant tous les vaisseaux qui n'étaient pas en état de lui résister.

La fortune lui fut presque toujours favorable.

Il amassa beaucoup de biens dans très peu de temps, plus même qu'il n'en fallait pour figurer avantageusement dans son pays, s'il eût voulu y retourner.

Mais l'ambition d'augmenter ses richesses le retint encore sur mer, et cette ambition démesurée causa son malheur.

Il fut attaqué à son tour par des Sarrasins; il se défendit longtemps, mais enfin il fallut céder à la force.

Il fut pris avec tout ce qu'il avait piraté, et conduit à Tunis, où il demeura longtemps prisonnier, dans une extrême misère.

La plupart de ses compagnons avaient été tués dans le combat, et son vaisseau coulé à fond, après que les Barbaresques l'eurent pillé.

Bientôt le bruit courut à Lipari que Martucio, et tous ceux qui s'étaient embarqués avec lui, avaient péri sur mer.

Constance, que le départ de son amant avait fort affligée, ne pouvait se consoler de sa perte.

Après avoir longtemps pleuré sur sa malheureuse destinée, elle résolut de ne plus vivre ; mais ne pouvant gagner sur soi de se détruire elle-même, elle s'avisa d'un moyen assez singulier pour se réduire à la nécessité de mourir.

Elle sortit un jour secrètement de la maison de son père, et s'en alla au port dans l'intention d'entrer dans la première barque de pêcheur qu'elle trouverait vide, pour s'abandonner ensuite à la merci des vents et des flots.

Elle en aperçut une, séparée de toutes les autres, qu'elle trouva fournie de mâts, de voiles et de rames, parce que les matelots en étaient sortis depuis peu.

Elle y entre, la détache, et prend le large à force de rames et de voiles ; car elle entendait un peu la navigation, comme toutes les femmes de cette île.

Quand elle se vit en pleine mer, elle abandonna les rames et le gouvernail, persuadée, ou que sa barque, qui n'était pas lestée, serait bientôt submergée, ou qu'elle irait se briser contre quelque rocher, ce qui lui procurerait une mort inévitable.

Dans cette espérance, elle s'enveloppa la tête d'un manteau, et se coucha au fond de la barque, priant Dieu d'avoir seulement pitié de son âme.

Par bonheur l'événement ne répondit point à son attente : la mer était tranquille, et le peu de vent qu'il faisait, poussant vers les côtes de Barbarie, conduisit le bateau, dans l'espace d'environ vingt-quatre heures, en un petit havre, près la ville de Souse, dépendante du royaume de Tunis.

Comme la jeune fille n'avait point levé la tête, elle ne savait si elle était en terre ou en mer.

Lorsque le bateau vint à bord, il y avait sur le rivage une vieille femme, occupée à plier des filets de pêcheurs, qu'elle avait mis sécher au soleil.

Surprise de la voir arriver à pleines voiles, et donner contre terre, sans que personne parût, elle crut que les pêcheurs s'étaient endormis. Pour s'en convaincre, elle entre dans la barque, et ne trouve qu'une fille, étendue tout de son long sur les planches, empaquetée d'un grand manteau.

Elle s'approche, et s'apercevant qu'elle dormait profondément, elle la secoue jusqu'à ce qu'elle soit éveillée.

Elle reconnut à ses habits, quand elle l'eut fait lever, que c'était une chrétienne ; elle lui demanda aussitôt en italien par quelle aventure elle se trouvait là toute seule.

La jeune fille, entendant parler sa langue, crut que le vent avait changé, et l'avait repoussée vers l'île d'où elle était partie.

Elle porte précipitamment ses regards de tous côtés, et ne connaissant point le pays, elle demanda à la vieille où elle était :

« Vous êtes près de Souse, en Barbarie. »

A cette réponse, Constance, plus affligée que jamais d'être encore du nombre des vivants, surprise de se trouver chez des Barbares, et craignant qu'ils ne voulussent, ou la maltraiter ou porter atteinte à son honneur, se laissa tomber sur le sable, comme pour mieux s'abandonner à sa douleur, et elle versa un torrent de larmes.

La bonne femme se mit à la consoler de son mieux ; la compassion la rend éloquente ; elle vient à bout de l'arracher de ce lieu, et de la mener à sa chaumière, où elle lui fit manger un morceau de pain dur et du poisson.

Voyant qu'elle n'était plus si chagrine, elle la pria de lui raconter son aventure.

Constance, étonnée de ce qu'elle lui parlait toujours en italien, ne jugea point à propos de satisfaire sa curiosité sans savoir auparavant à qui elle avait affaire ; elle questionna donc son hôtesse, qui lui apprit qu'elle était au service de plusieurs chrétiens qui faisaient le métier de pêcheurs ; qu'elle avait reçu le jour à Trapani, d'où elle était sortie de très bonne heure, et qu'elle se nommait Chereprise.

Il eut le secret de l'informer de son projet, en lui promettant de l'épée er... Page 390.

Ce nom lui parut d'un bon augure; elle commença même, dès ce moment, à ne plus désirer la mort, soit que les tendres consolations de la bonne vieille eussent ranimé son courage, soit qu'elle eût quelque secret pressentiment qu'elle pourrait oublier ses chagrins et devenir heureuse.

Elle raconta pour lors à cette femme l'étrange résolution qu'elle avait prise, et ce qui l'y avait portée, sans cependant lui dire le nom, ni l'état de ses parents, ni la ville qu'ils habitaient.

Elle termina son récit par la prier d'avoir compassion de sa jeunesse, et de lui fournir quelque expédient pour mettre son honneur à l'abri des insultes des hommes.

Chereprise, qui était une très honnête femme, lui dit de ne point s'inquiéter, et lui promit de lui rendre tous les services qui dépendraient d'elle.

« Je vous placerai, ajouta-t-elle, dans une maison de la ville prochaine, où votre honneur n'aura pas le moindre danger à courir. »

Elle la laisse un moment seule dans sa cabane, et va retirer le reste des filets au soleil.

A son retour, elle la couvre du manteau dont elle l'avait trouvée enveloppée dans la barque, et la mène droit à Souse, en lui disant qu'elle la conduit chez une Sarrasine très respectable.

« C'est une dame d'un certain âge, extrêmement charitable, qui a des bontés pour moi, je la prierai de vous prendre avec elle, et je suis assurée d'avance qu'elle s'en fera un plaisir.

« Je puis vous promettre que si vous cherchez à la contenter et à mériter son affection, elle vous traitera comme sa propre fille, et aura pour vous toute la tendresse et tous les égards que vous pourrez désirer. »

Quand elles furent arrivées dans la ville, Chereprise courut vers sa protectrice, qu'elle aperçut de loin entrant dans une maison voisine de la sienne. Elle parla avec tant de chaleur et d'intérêt, que la dame, touchée des malheurs de cette pauvre petite étrangère, ne put la regarder sans pleurer.

Elle la caressa, la baisa sur le front, et la mena ensuite dans sa maison, où elle ne logeait que des femmes qu'elle occupait à divers ouvrages de soie, de cuir et de palmier.

Constance eut bientôt appris à travailler aussi bien que ses compagnes ; elle se concilia d'autant plus aisément leur estime et leur amitié, qu'elle fit des progrès rapides dans leur langue.

Sa patronne ne l'aimait pas moins ; enfin, elle était aussi heureuse qu'on peut l'être parmi des étrangers et loin de sa patrie.

Dans le temps qu'elle ne comptait plus revoir ses parents, qui la croyaient morte, le ciel préparait un événement qui devait la ramener dans sa patrie avec son amant.

Un prince de Grenade, qui prétendait avoir des droits sur le trône de Tunis, alors occupé par Mariabdel, mit une grosse armée sur pied, dans le dessein d'aller s'en emparer.

Martucio Gomito, qui savait déjà parfaitement la langue du pays, ayant appris cette nouvelle, et les grands préparatifs que le roi de Tunis faisait pour repousser les forces du seigneur grenadin, dit à un de ses gardes que s'il pouvait parler au roi, il lui enseignerait un moyen infaillible pour le rendre victorieux de son ennemi.

Le garde rendit compte de cette conversation à son maître, et le maître au roi.

Le monarque envoya chercher Martucio, et lui ayant demandé quel moyen il avait à donner :

« Sire, lui répondit l'esclave, je me suis aperçu, depuis que je suis dans vos États, que dans vos armées vous employez plus d'archers que toute autre espèce de soldats ; je pense donc que si Votre Majesté pouvait faire en sorte que les flèches manquassent à vos ennemis, et que vos troupes en eussent en abondance, elle serait infailliblement victorieuse.

— La question est de le pouvoir, répondit le roi.

— La chose est très possible, répliqua Martucio, et voici comment.

« Il faut que Votre Majesté fasse faire les cordes des arcs de vos archers beaucoup plus déliées qu'à l'ordinaire, et que le bout du trait qui donne sur la corde soit si mince, qu'il ne puisse servir qu'à ces cordes.

« Cette opération doit être tenue secrète, pour que l'ennemi ne puisse y pourvoir ; par ce moyen, vous êtes sûr de le vaincre ; car lorsqu'il aura lancé toutes ses flèches sur vos troupes, il faudra nécessairement qu'il ramasse celles qui lui auront été tirées par vos archers, s'il veut continuer le combat ; mais elles ne pourront lui servir, à cause de la minceur du bout, sur lequel les cordes trop grosses n'auront pas assez de prise.

« Par ce moyen, vos troupes auront des armes en abondance, et les ennemis en manqueront. » Cet avis plut extrêmement au roi.

Il s'y conforma, et gagna la bataille, ce qui valut ses bonnes grâces à Martucio, dont il fit en très peu de temps un grand seigneur.

La renommée de ce nouveau favori vola dans tout le royaume.

Constance ne tarda pas à être informée que celui qu'elle croyait mort depuis longtemps, vivait encore, et était ce même Martucio que la faveur du prince avait élevé au plus haut degré de la fortune et de la grandeur.

Elle reprit courage, et l'amour presque éteint se ralluma dans son cœur.

Elle conta à la bonne dame toutes les aventures qui leur étaient arrivées, et lui fit part de la situation où elle se trouvait par la découverte qu'elle avait faite, en apprenant que le favori du roi était son ancien amoureux ; elle finit par lui témoigner un grand désir d'aller à Tunis, pour se convaincre de la vérité par ses yeux.

La dame, animée d'une tendresse toute maternelle, loua son dessein, voulut l'accompagner et s'embarqua avec elle.

Arrivées dans cette capitale, elle la mena chez une de ses proches parentes, qui la reçut le mieux du monde.

Chereprise, qui avait été du voyage, fut envoyée pour s'informer si ce Martucio, favori du prince, était Martucio Gomito de Lipari, qui, quelques années auparavant, avait fait le métier de corsaire, avec plusieurs jeunes gens de la même île.

Les informations vinrent à l'appui de tout ce qu'on avait ouï dire.

Alors la bonne dame, voulant annoncer la première à Martucio l'agréable nouvelle de l'arrivée de sa maîtresse, alla le trouver, et lui dit qu'elle avait chez elle une personne nouvellement arrivée de Lipari, qui désirait de lui parler en particulier.

« Comme elle ne veut être vue que de vous, ajouta-t-elle, je me suis offerte de venir moi-même vous le faire savoir. »

Martucio la remercia de sa politesse, et la suivit incontinent.

Quand Constance le vit, elle faillit mourir de joie ; elle courut l'embrasser, et, sans pouvoir lui dire un seul mot, elle se mit à pleurer.

Martucio, de son côté, demeura quelque temps sans pouvoir lui parler, tant il fut saisi en la reconnaissant ; puis jetant un profond soupir : « Est-ce bien vous, ma chère amie ? lui dit-il ; hélas ! j'avais ouï dire que vous étiez morte.

« Que je me félicite de vous retrouver ! »

Il se jette ensuite à son cou, et la serre tendrement dans ses bras, en versant des larmes d'attendrissement et de joie.

Constance lui raconta ses aventures, sans oublier les bons traitements qu'elle avait reçus de la dame chez qui elle demeurait.

Martucio lui conta succinctement les siennes ; après quoi, il courut informer le roi de ce qui venait de lui arriver, et lui demanda la permission d'épouser sa maîtresse à la manière des chrétiens.

Le roi, surpris de cette singulière aventure, voulut voir Constance, et, convaincu par elle-même de la fidélité du rapport de son favori, permit à Martucio de l'épouser, en lui disant qu'il l'avait bien méritée.

Il combla ces amants de dons magnifiques.

Martucio, de son côté, s'épuisa en remercîments et en politesse auprès de la charitable Sarrasine; et, après lui avoir fait de riches présents, il la fit conduire honorablement à Souse.

Les nouveaux mariés retinrent avec eux Chereprise; et, ayant obtenu depuis, la permission de retourner dans leur pays, ils amenèrent cette bonne vieille à Lipari, où ils furent reçus avec une joie d'autant plus grande, qu'on ne comptait plus les revoir.

Ces deux époux vécurent longtemps, et passèrent tout le reste de leurs jours dans l'abondance et dans une parfaite tranquillité.

NOUVELLE III

LES DEUX FUGITIFS

Toute la compagnie fut enchantée de la nouvelle de Mme Émilie. Après qu'on lui eut fait compliment sur la manière dont elle l'avait racontée, la Reine, se tournant du côté de Mme Élise, lui demanda de dire la sienne. Cette aimable dame s'empressa d'obéir et commença de la sorte:

Je me souviens, mes belles Dames, d'une nuit très fâcheuse que passèrent deux jeunes personnes trop peu discrètes dans leurs amours; mais comme cette nuit fut suivie de plusieurs beaux jours, j'aurai un vrai plaisir de vous raconter l'histoire de ces deux amants.

l y eut autrefois dans Rome, ville qui a été longtemps la première du monde, et qui est peut-être aujourd'hui la dernière, à cause de ses débordements, il y eut, dis-je, un jeune homme, nommé Pierre Boccamasse, d'une famille aussi ancienne qu'illustre, qui devint amoureux d'une jeune beauté, dont le père, d'une naissance obscure, mais fort estimé des Romains, s'appelait Giglivosse.

Comme ce jeune gentilhomme était d'une jolie figure, et avait des manières aimables, il n'eut pas de peine à rendre Angeline sensible à son amour.

La passion dont il était dévoré ne fit qu'augmenter par la tendresse que la belle lui témoignait.

Voyant que tout allait au mieux, et qu'il ne pouvait être heureux que s'il l'épousait, il alla trouver Giglivosse, son père, pour la lui demander en mariage, sans s'inquiéter si le sien consentirait à cette alliance.

Bien loin d'y consentir, celui-ci l'accabla de vifs reproches au sujet de cette démarche, et fit dire au père de la demoiselle de ne point se prêter à la proposition de son fils, s'il ne voulait s'exposer au ressentiment de toute sa famille, qui ne consentirait jamais à une pareille union.

Le jeune homme, voyant qu'on refusait de faire son bonheur, fut dans une affliction inconcevable.

Il n'y eut point de choses fâcheuses qu'il ne dît à ses parents; et si le père d'Angeline l'eût voulu, il l'aurait épousée en dépit du sien.

L'amour est de toutes les passions celle qui s'irrite et s'accroît le plus par les obstacles mêmes qu'elle rencontre.

Pierre, désespérant de pouvoir fléchir ses parents, et ne pouvant être heureux sans Angeline, qu'on veillait de plus près depuis qu'on savait qu'il en était amoureux, forma le dessein de s'enfuir de Rome avec elle, dans le cas toutefois qu'elle voulût y consentir.

Il eut le secret de l'informer de son projet, en lui promettant de l'épouser dès qu'ils se trouveraient en pays libre.

La demoiselle approuva son dessein, ils conviennent du jour et de l'heure de leur départ ; et lorsqu'ils ont tout disposé, ils montent à cheval et prennent le chemin d'Alaigne où le jeune homme avait des amis.

Quelque passionnés qu'ils fussent l'un pour l'autre, la crainte d'être poursuivis fit qu'ils se contentèrent de se donner de temps en temps quelques baisers, espérant se dédommager amplement quand ils seraient en pleine liberté.

Pierre connaissait peu le chemin d'Alaigne; après avoir fait environ quatre ou cinq lieues, au lieu de prendre à droite, il lui arriva de prendre à gauche, et alla passer devant un petit château, d'où il sortit douze paysans de mauvaise mine qui allaient droit à eux.

Angeline fut la première à les apercevoir. « Ah Dieu ! nous sommes perdus, s'écria-t-elle ; voilà des gens qui viennent nous attaquer ; sauvons-nous vite, mon cher ami ; » et en disant cela, elle détourne son cheval et gagne une forêt voisine.

Son amant, surpris de ne voir personne, veut tourner la tête, et se trouve pris avant d'avoir songé à fuir.

Ces hommes le font descendre de cheval et lui demandent qui il est.

Il leur dit son nom, et voyant sur sa réponse qu'il est du parti de leurs ennemis, les Ursins, ces scélérats complotent entre eux de le dépouiller et de le pendre à un arbre.

Ils lui ordonnent donc de se déshabiller; mais, tandis que ce pauvre jeune homme, trop certain de son malheur, quitte ses habits et recommande son âme à Dieu, vingt cavaliers qui était en embuscade, courent à bride abattue sur cette troupe de brigands, en criant : Tue! tue!

A ce bruit inattendu, les voleurs quittent Boccamasse pour se mettre en défense.

Mais, voyant qu'ils étaient en plus petit nombre et craignant de succomber, ils prirent promptement la fuite.

Tandis que les autres les poursuivent vigoureusement, Pierre profite de cette heureuse circonstance pour reprendre ses habits; il remonte à cheval et court au galop par le chemin qu'il avait vu prendre à sa maîtresse, bénissant le ciel d'en avoir été quitte pour la peur.

Arrivé dans le bois, il rôde, tantôt d'un côté, tantôt d'un autre; mais, n'y voyant ni sentier ni trace de cheval, il commence à s'affliger.

Il court encore de côté et d'autre, mais il n'est pas plus avancé.

Il crie et appelle Angeline de toutes ses forces, mais point de réponse.

Alors la joie qu'il avait d'être échappé à la mort et de se trouver en sûreté dans ce bois fort épais se change en une profonde tristesse qui lui fit pousser des sanglots et répandre des pleurs en abondance.

Cependant, n'osant plus retourner sur ses pas, il avançait toujours, incertain du lieu où la destinée le conduisait.

Les bêtes féroces, dont il savait que la forêt était remplie, se présentaient sans cesse à son imagination et redoublaient ses inquiétudes.

Il craignait pour lui-même, mais beaucoup plus pour sa maîtresse, qu'il croyait voir à tout moment dévorée par les ours et par les loups.

Enfin, après avoir couru tout le reste du jour, pleurant, gémissant, appelant Angeline, et se trouvant accablé de fatigue et de faim, il s'arrêta aux approches de la nuit, attacha son cheval à un gros arbre, sur lequel il monta pour se mettre à couvert des bêtes sauvages.

Le ciel, qui était couvert, s'éclaircit bientôt après, et laissa voir la lune, qui répandait une lumière argentine à travers les feuillages de la forêt.

Quand la tristesse et la douleur n'eussent point empêché l'infortuné Boccamasse de dormir, la seule crainte de se laisser tomber eût écarté le sommeil de ses yeux.

Il se vit donc contraint de passer toute cette nuit à contempler les astres et à maudire sa malheureuse destinée.

La belle Angeline n'était pas plus heureuse que son amant.

Emportée par son cheval, elle se réfugia, comme je l'ai dit, dans le bois, et pénétra si avant qu'il ne lui fut plus possible d'en sortir.

Elle avait rôdé tout le jour, comme Pierre, se lamentant, pleurant et appelant son amant, toujours sourd à sa voix.

Enfin, ne sachant plus que devenir, elle s'était abandonnée à son cheval, qui, ayant trouvé un petit sentier, le suivit à petits pas.

Après avoir fait environ une lieue de chemin, elle aperçut une petite chaumière comme le jour commençait à finir.

Elle reprit alors la bride du cheval et elle dirigea sa course vers cette habitation.

Elle y trouva un vieil homme avec une femme non moins âgée que lui.

Ces bonnes gens, surpris de la voir seule à une heure si indue, lui en demandent la raison.

Elle leur répondit en pleurant qu'elle avait perdu dans le bois son compagnon de voyage, et les pria de lui apprendre à quelle distance elle était d'Alaigne.

« Ma fille, lui répondit le vieillard, ce n'est point ici la route d'Alaigne, et vous en êtes à plus de six lieues.

— Faites-moi l'amitié de me dire s'il n'y a point dans le voisinage de maison où je puisse aller loger.

— Il n'y en a pas une où vous puissiez arriver avant minuit.

— Puisque cela est ainsi, oserai-je vous prier de me donner l'hospitalité pour cette nuit?

— Très volontiers, ma fille; mais je vous préviens que nous sommes souvent insultés de jour et de nuit par des bandits qui courent ces bois; si par malheur, ils venaient cette nuit, comme vous êtes jeune et jolie, ils ne manqueraient pas de vous outrager, et je vous avertis que nous ne pourrions vous défendre. »

Quoique effrayée par l'observation du vieillard, cependant, comme il était fort tard et qu'elle ne savait où se réfugier, elle aima encore mieux, à tout événement, s'exposer à la merci des hommes que de devenir la proie des bêtes féroces.

« Dieu nous gardera peut-être de ce malheur, dit-elle au vieillard, et je vous aurai la plus grande des obligations. »

Elle descend donc de cheval, entre dans la chaumière, soupe avec ces bonnes gens, se couche avec eux tout habillée, et passe la plus grande partie de la nuit à déplorer son malheur et celui de Pierre, qu'elle n'espérait plus revoir.

La belle, qui ne dormait pas; le reçut avec la plus grande satisfaction... Page 400.

Vers la pointe du jour, elle entendit force gens qui marchaient en causant.

Elle se lève incontinent, gagne une petite cour qui était derrière la chaumière, et se cache en tremblant dans un tas de foin.

A peine fut-elle dans ce gîte que ces gens étaient à la porte.

Ils firent ouvrir avec grand bruit.

Le cheval de la belle qu'ils virent tout sellé, leur fit demander s'il y avait quelqu'un dans la maison.

Le vieillard, ne voyant plus la jeune fille, répondit qu'il n'y avait personne, et que ce cheval s'étant égaré, il l'avait mis à couvert, de peur qu'il ne fût mangé durant la nuit par les loups.

Le chef de la bande dit alors que puisque ce cheval n'avait point de maître, il serait bon pour eux.

La troupe étant entrée dans la maison, les uns courent d'un côté, les autres de l'autre, pour voir s'il n'y avait personne de caché.

L'un d'eux enfonça sa javeline dans le foin, et il s'en fallut de peu qu'il ne tuât là fille qui y était cachée. La javeline la toucha de si près de la mamelle gauche, que le fer perça sa robe.

La fille, qui crut être blessée, faillit jeter un grand cri ; mais, considérant le lieu où elle se trouvait, elle se contint et n'osa pas même porter sa main à la partie où elle avait été touchée.

Ces gens enfin, après avoir bien bu et avoir mangé les chevreuils qu'ils étaient venus faire cuire dans cette chaumière, s'en retournèrent, emmenant avec eux le cheval d'Angeline.

Lorsqu'ils furent un peu loin, le vieux bonhomme demanda à sa femme ce que la petite étrangère était devenue.

Elle lui répondit qu'elle n'en savait rien ; mais qu'elle allait voir si elle ne la trouverait pas cachée quelque part.

Angeline, qui entendit ces mots, comprenant que les brigands devaient être déjà loin, sortit de dessous le foin, et ses hôtes furent agréablement surpris de la revoir saine et sauve.

Le bonhomme, touché de son sort, lui dit qu'il la conduirait, si elle voulait, à un château qui n'était qu'à deux lieues et demie de là, où elle serait en lieu de sûreté ; mais qu'il fallait se résoudre à faire ce chemin à pied, parce que les bandits avaient emmené son cheval.

La belle accepta la proposition avec joie ; et étant partis sur-le-champ, ils arrivèrent au château vers les sept ou huit heures du matin.

Ce château appartenait à un gentilhomme de la maison des Ursins, nommé Lielle de Champ-Fleur.

Sa femme, qui était une personne charitable et pleine de piété, y était alors. Elle reconnut Angeline, et la reçut le mieux du monde.

Elle voulut savoir par quelle aventure elle se trouvait dans ce canton.

Après que la jeune fille lui eut tout raconté, sans déguiser la moindre circonstance, elle fut d'autant plus touchée de son malheur, que Pierre Boccamasse était des amis de son mari.

Quand elle entendit parler du lieu où il avait été pris, elle ne douta point qu'il n'eût été tué, et elle dit à Angeline :

« Vous demeurerez ici avec moi jusqu'à ce qu'il se présente une occasion de vous renvoyer à Rome sans aucun risque. »

Il est temps de revenir à notre amant, que nous avons laissé perché sur un arbre.

Il n'y avait pas encore passé une heure, qu'il vit venir au clair de la lune une vingtaine de loups qui, apercevant son cheval, firent un cercle autour de lui.

Le cheval, connaissant le danger qui le menaçait, lance des ruades à force, et se démène tant, qu'il rompt la corde et prend la fuite ; mais les loups affamés, courent après lui, l'environnent et l'empêchent d'aller plus loin.

Le pauvre animal se défendit longtemps de la dent et du pied ; mais à la fin il fut renversé, mis en pièces et dévoré.

Le malheureux Pierre, témoin de ce terrible repas, tremblait de devenir, à son tour, la pâture de ces bêtes affamées.

Il désespérait de pouvoir jamais sortir de ce bois.

Les étoiles commençaient à pâlir, et à faire place au jour, lorsque, transi de froid et de peur, il regarda de tous côtés, et vit un grand feu à une bonne demi-lieue de là : il attendit qu'il fût un peu plus jour, descendit ensuite de l'arbre, et prit son chemin vers l'endroit où était ce feu, non sans crainte d'être rencontré par quelque loup.

Il arriva heureusement dans ce lieu, où il trouva des bergers qui mangeaient et se divertissaient.

Ils eurent pitié de lui, et le firent chauffer, boire et manger avec eux.

Après leur avoir raconté son aventure, il leur demanda s'il n'y avait point dans le voisinage de bourg ou de château où il pût aller demander l'hospitalité.

Ils lui dirent qu'à une lieue et demie de là il y avait le château de Lielle de Champ-Fleur, que la femme du seigneur occupait, et où il serait bien accueilli, parce que cette dame était très hospitalière.

Pierre, charmé de trouver encore une ressource, les pria de l'y faire conduire par un d'entre eux, ce qu'on lui accorda volontiers.

A peine y fut-il arrivé, qu'il rencontra un ancien domestique de son père ; il le reconnut et l'appela pour lui conter sa mésaventure.

Il entrait déjà en marché avec lui pour l'envoyer à la recherche d'Angeline, lorsque la dame du château, qui l'aperçut d'une fenêtre, le fit appeler.

Il serait difficile de se former une juste idée de la joie qu'il eut de voir sa maîtresse en abordant la dame.

Il mourait d'envie de se jeter à son cou ; mais la timidité l'en empêcha.

La joie d'Angeline ne fut pas moins grande à la vue de son amant.

Après les premiers compliments, la maîtresse du château, qui savait déjà son aventure, lui reprocha avec douceur d'avoir voulu se marier contre le gré de ses parents.

Elle chercha à l'en détourner ; mais le voyant ferme dans son dessein, considérant d'ailleurs les aimables qualités du caractère et de la figure de la jeune fille, et la tendresse qu'elle avait pour son amant :

De quoi vais-je me mêler ? se dit-elle à elle-même ; pourquoi vouloir troubler le bonheur de ces aimables enfants ? ils s'aiment, ils se connaissent, ils sont également attachés aux intérêts de mon mari ; leurs vues et leurs désirs sont honnêtes : il faut donc leur laisser la liberté de suivre leur inclination ; d'ailleurs, il semble que la Providence autorise ce mariage, puisqu'elle a sauvé l'un du gibet, et l'autre de la javeline, et tous deux des bêtes féroces.

Et véritablement, pourquoi m'opposerais-je aux décrets du ciel ?

Bien loin d'empêcher cette union, je dois la favoriser.

S'adressant ensuite aux deux amants :

« Puisque vous êtes résolus, leur dit-elle, de vous marier ensemble, je prétends si peu vous en empêcher, que je veux que les noces se fassent céans, aux dépens de mon mari ; je me charge de vous raccommoder ensuite avec vos parents. »

Dieu sait si ces amants furent ravis d'un aussi agréable changement.

Ils ne pouvaient contenir leur joie, et ils la firent éclater par mille démonstrations d'amour et de reconnaissance pour la dame.

Cette vertueuse dame leur fit des noces aussi magnifiques qu'il est possible de les faire à la campagne.

Le plaisir qu'elle leur procura fut pour elle la plus douce des jouissances.

Quelques jours après, elle les mena à Rome.

Elle trouva le père du jeune homme fort indisposé ; mais elle sut calmer son ressentiment et le réconcilier avec son fils et sa bru.

Il les reçut chez lui, et, voyant combien ils étaient unis, il ne tarda pas à s'applaudir de cette alliance.

Les nouveaux mariés s'aimèrent en effet jusqu'au tombeau, où ils ne descendirent que dans une extrême vieillesse.

NOUVELLE IV

LE ROSSIGNOL

A peine Mme Élise avait-elle achevé de dire sa nouvelle qui, par parenthèse, fut fort goûtée de la compagnie, que la Reine commanda à Philostrate de raconter la sienne, Philostrate ne se fit pas prier, et parla en ces termes :

Je me repens sincèrement, mes belles Dames, de vous avoir donné pendant mon règne, un sujet triste et désagréable à traiter dans vos récits d'hier. Il me paraît que si je veux vous dédommager un peu de l'ennui que je vous ai causé, je dois vous raconter à présent quelque chose d'agréable et de divertissant. Je vais tâcher de le faire dans la nouvelle galante que vous allez entendre.

Vous n'y trouverez rien de fâcheux pour les amants qui en sont les héros, si vous en exceptez une peur de courte durée, qui ne fera qu'en rendre le dénouement plus piquant et plus heureux.

I l n'y a pas encore longtemps que vivait dans la Romagne un très bon gentilhomme, fort estimé par son mérite, qui portait le nom de messire Litio de Valbone.

Sa femme Jacquemine lui donna, sur le déclin de l'âge, une fille qui croissait en gentillesse et en beauté, à mesure qu'elle

grandissait ; si bien qu'elle devint une des plus charmantes demoiselles du pays.

Comme ils n'avaient point d'autre enfant, ils l'aimaient beaucoup,
et la gardaient avec soin, dans l'espérance de la marier un jour très
avantageusement.

Dans le même temps, et dans la même ville, vivait un jeune homme
de bonne mine, et bien découplé, nommé Richard, de la famille des
Menard de Brettinote.

Il connaissait messire Litio, et lui rendait de fréquentes visites.

Il était reçu et traité, par lui et par sa femme, comme l'enfant de la
maison. Il s'amusait quelquefois à badiner avec leur fille, qu'il trouvait fort aimable.

Ces sortes de badinage cessèrent lorsque la demoiselle fut nubile ;
mais ce fut pour faire place à l'amour.

Richard, en effet, devint éperdument amoureux de la belle, et faisait
tout ce qu'il pouvait pour cacher sa passion.

Comme les demoiselles sont pénétrantes sur cette matière, la jeune
Catherine s'aperçut bientôt de la conquête qu'avait faite sa beauté ;
cette découverte lui fit grand plaisir ; Richard commença dès lors à
lui paraître plus aimable, elle ne tarda pas à l'aimer à son tour, mais
elle n'en fut que plus réservée avec lui.

Cet air de réserve intimidait tellement le jeune homme, qu'il n'osait
lui déclarer ses sentiments, quelque envie qu'il en eût : il craignait de
déplaire, ou de n'être pas payé de retour.

Las enfin de se contraindre, il résolut un jour de s'expliquer, et profita d'un tête-à-tête pour peindre toute la vivacité de son amour.

Il fut agréablement surpris d'apprendre qu'il ne sentait rien pour
Catherine, que Catherine ne sentît pour lui.

Après tout ce que deux amants peuvent se dire en pareil cas, encouragé par un début si heureux, Richard conclut qu'il n'y a rien de plus
beau dans le monde que l'union de deux cœurs qui s'aiment tendrement, qu'il ne dépendait que de la belle de lui faire goûter et de goûter
elle-même les plaisirs les plus doux, et qu'un peu de complaisance de
sa part suffirait pour le rendre le plus heureux des hommes.

« Tu vois, mon cher Richard, lui répondit-elle, combien je suis
observée par mes parents : il ne m'est pas possible, avec cette gêne,
de faire ce que tu désires ; mais fournis-moi les moyens de nous voir
sans crainte d'être surpris, et je te promets de me prêter à tout ce qui
peut augmenter ton bonheur et le mien. »

Richard, après avoir un peu réfléchi, lui répliqua :

« Je n'en vois pas de plus sûr, que de faire en sorte qu'on te permette de coucher dans la galerie qui donne sur le jardin, où je tâcherai de grimper, quoique le mur en soit fort élevé.

— Si tu es sûr de pouvoir l'escalader, je suis certaine d'obtenir la permission de coucher dans la galerie. »

Richard s'étant fait fort de franchir le mur, la belle lui dit de ne pas se mettre en peine du reste. Ils se séparèrent ensuite, fort contents l'un de l'autre, non sans s'être furtivement donné mille tendres baisers.

Le jour suivant, Catherine se plaignit à sa mère que la grande chaleur l'avait empêchée de dormir, la nuit précédente. On était alors sur la fin du mois de mai.

« Tu te moques, je crois, ma fille ; je ne trouve pas qu'il fasse chaud.

— Pour moi, je brûle, et vous m'obligerez beaucoup de le dire à mon père ; vous ne lui direz que la pure vérité. Considérez, d'ailleurs, que les jeunes gens ont le sang plus chaud que les personnes d'un certain âge.

— Cela est vrai, ma fille ; mais il faut prendre le temps comme il est. Peut-être fera-t-il plus frais la nuit suivante, et tu dormiras mieux.

— Dieu le veuille ! mais il n'est pas vraisemblable que les nuits se refroidissent à mesure qu'on avance dans l'été.

— Que veux-tu que j'y fasse ?

— Vous pourriez y remédier.

— Et comment ?

— En me permettant, si mon père ne le trouve pas mauvais, de faire dresser un lit dans la galerie du jardin. Le lieu est frais et tranquille ; j'aurais le plaisir d'entendre chanter le rossignol, et j'y serais infiniment mieux que dans ma chambre.

— J'en parlerai à ton père, et nous ferons ce qu'il jugera à propos. »

La mère en parla effectivement à son mari. Les vieillards sont ordinairement difficiles.

« Votre fille, dit Litio, veut donc dormir au chant du rossignol ? Dites-lui que si elle n'est pas contente, je la ferai dormir à celui des cigales. » Catherine, ayant appris la réponse de son père, ne dormit réellement point la nuit suivante ; ce ne fut pas le chaud, mais le dépit qui en fut cause. Elle ne laissa même pas dormir sa mère, qui couchait dans la même pièce, ou tout à côté, tant elle se plaignit souvent de la chaleur.

C'est pourquoi Mme Jacquemine ne fut pas plutôt levée qu'elle alla trouver son mari.

« Il faut, lui dit-elle, que vous aimiez bien peu votre fille, pour sacrifier sa santé à vos caprices. Que vous importe qu'elle couche dans la galerie où ailleurs? sachez qu'elle n'a pas fermé l'œil de toute la nuit, à cause du chaud; elle a été dans une agitation continuelle, et m'a empêché de dormir moi-même. Faut-il s'étonner qu'une fille de son âge se fasse un plaisir d'entendre chanter le rossignol? n'est-ce pas l'ordinaire des enfants?

— Eh bien, que ce soit fini, répondit Litio d'un ton chagrin; qu'on lui dresse un lit dans la galerie avec des rideaux de serge; qu'elle y couche, et qu'elle entende donc chanter le rossignol tout son soûl. » Instruite par sa mère de cette conversation, Cathérine se hâta de faire placer le lit, dans l'espérance d'y coucher la nuit suivante. Elle fit en sorte de voir Richard dans le bourg; mais n'ayant pu lui parler, elle l'en avertit par un signe dont ils étaient convenus.

Le soir, dès qu'elle fut couchée, son père ferma une porte qui communiquait à la galerie, et alla se coucher aussi. Richard, jugeant que tout le monde dormait, monte à l'aide d'une échelle sur un mur, du haut duquel il grimpe, non sans beaucoup de peine et de danger, sur des pierres d'attente d'un autre mur, et gagne la galerie, sans faire le moindre bruit.

La belle, qui ne dormait pas, le reçut avec la plus grande satisfaction. Ils passèrent la nuit fort agréablement, et firent plusieurs fois chanter le rossignol; mais pas si souvent qu'ils l'auraient voulu l'un et l'autre.

Cet oiseau, pour reprendre haleine, mettait des intervalles dans son chant, qui n'en devenait que plus agréable chaque fois qu'il le recommençait. Dans un de ces intervalles, qui n'étaient pas forts longs, nos amants accablés soit de fatigue, soit de chaleur, furent surpris par le sommeil vers la pointe du jour.

Ils étaient tout nus sur le lit, et la belle embrassait alors son amant du bras droit, et tenait de la main gauche le rossignol qu'elle avait fait chanter. Il était grand jour et ils dormaient encore, lorsque Litio, s'étant levé et se souvenant que sa fille avait couché dans la galerie, disait en soi-même :

ED. COPPIN   DISSEN.ODYZARE

Minguin de son côté avait mis la servante dans ses intérêts... Page 405.

« Il faut que je voie un peu comme le rossignol aura fait dormir Catherine. »

Il s'approche du lit sur la pointe des pieds, de peur de l'éveiller, ouvre tout doucement les rideaux, et voit Richard et sa fille dans la susdite posture. Il ne dit mot, et va de ce même pas trouver sa femme.

« Levez-vous promptement, lui dit-il, venez voir votre fille; vous savez l'envie qu'elle avait du rossignol : elle a si bien fait le guet cette nuit, qu'elle l'a pris; venez voir comme elle le tient dans sa main.

— Ce que vous dites-là, serait-il bien vrai? lui répondit-elle.

— N'en doutez pas, vous en serez convaincue, si vous vous dépêchez de me suivre. »

Mme Jacquemine saute du lit, s'habille à la hâte, suit son mari, qui lui dit de ne point faire de bruit, et voit sa fille qui tenait effectivement le rossignol, qu'elle désirait si fort d'entendre chanter. Piquée

de se voir trompée à ce point par Richard, qu'elle n'aurait jamais
soupçonné d'une pareille trahison, elle allait l'éveiller pour l'accabler
d'injures, si son mari ne l'en eût empêchée.

« Gardez-vous bien de faire le moindre éclat, lui dit-il ; ce serait
la plus grande de toutes les sottises. Puisque notre fille l'a choisi pour
amant, elle l'aura pour époux. Il est riche et bon gentilhomme ; le
parti est aussi avantageux que nous puissions le désirer.

« Si donc Richard veut sortir d'ici comme il y est venu, il faudra qu'il
l'épouse ; et alors, croyant avoir mis le rossignol dans une cage étrangère, il se trouvera qu'il ne l'aura logé que dans la sienne. »

La dame, voyant son mari si raisonnable, modéra sa colère, et
n'éveilla point le couple amoureux, d'autant plus que sa fille dormait
d'un fort bon sommeil, et qu'elle devait s'être fatiguée à prendre le
rossignol, dont elle avait eu si grande envie.

Cependant Richard ne tarda point à s'éveiller ; surpris de ce qu'il
était grand jour, il appelle Catherine.

« Ah! ma chère amie, lui dit-il, comment pourrai-je m'en retourner? Il est grand jour ; quel parti prendre? »

A ces mots, Litio s'approche du lit.

« Je vous le dirai, le parti que vous devez prendre, » répondit-il en
tirant les rideaux. A ce coup inattendu, Richard se crut mort.

« Je vous demande pardon, Monsieur, s'écria-t-il aussitôt ; je suis
un traître, un perfide, je mérite la mort ; mais songez que mon crime
ne vient que du grand amour que j'ai pour mademoiselle votre fille.
Punissez-moi, j'y consens, mais laissez-moi la vie.

— L'amitié que j'avais pour toi, lui dit alors Litio, ne méritait pas
une pareille récompense de ta part ; mais puisque tu t'es oublié à ce
point, puisqu'un transport de jeunesse t'a porté à me manquer si es-
sentiellement, il dépend de toi de sauver ta vie et de réparer l'outrage
que tu m'as fait : il faut sur-le-champ reconnaître ma fille pour ta
légitime épouse ; sinon, tu n'as qu'à recommander ton âme à Dieu.
Vois le parti que tu veux prendre. Décide-toi promptement ; car je ne
suis pas d'humeur de patienter une seule minute. »

Pendant que Litio s'expliquait de la sorte, sa fille avait lâché le rossignol, et s'était cachée dans les draps. Elle inondait le lit de ses
larmes, et suppliait son père de faire grâce à son amant, et son amant
de se conformer aux désirs de son père.

Richard ne se fit pas prier longtemps. La confusion qu'il avait de sa
faute, l'envie de la réparer, la peur de mourir, mais plus que tout cela

l'amour dont il brûlait pour Catherine et le désir de la posséder librement le déterminèrent à répondre, sans balancer, qu'il était prêt à l'épouser. Litio prit alors un anneau de sa femme, et le jeune homme épousa sa maîtresse sur-le-champ, et lui jura une fidélité éternelle.

Cela fait, le père et la mère se retirèrent et laissèrent reposer les amants, jugeant qu'ils en avaient besoin. Ils furent à peine hors de la chambre, que les deux époux s'embrassèrent de nouveau.

Ils avaient fait chanter, dit-on, six ou sept fois le rossignol pendant la nuit, ils le firent chanter encore deux fois avant de se lever. Il y a toute apparence que les autres jours ne furent pas si heureux que celui-là ; car c'est un oiseau qui perd sa voix à force de chanter.

Quoi qu'il en soit, quand Richard fut levé, il eut une plus longue conversation avec son beau-père, et ils ne se séparèrent point sans avoir ri l'un et l'autre de l'aventure. Quelques jours après, les noces se firent publiquement en présence des parents et des amis des nouveaux mariés, selon toutes les formalités requises.

La fête, qui fut brillante et magnifique, se fit chez le père de la demoiselle, qui eut tout sujet de se féliciter de l'avoir si bien mariée. On assure que le rossignol dont elle avait fait choix chanta longtemps au gré de ses désirs.

NOUVELLE V

LES DEUX RIVAUX

Pendant presque tout le temps que dura le récit de la nouvelle de Philostrate, les dames ne firent qu'éclater de rire, tant l'idée du rossignol paraissait originale. Les éclats continuèrent de même, après que le récit fut achevé. Enfin, quand elles eurent assez ri, la Reine prit la parole, et se tournant vers Philostrate : Il faut convenir, lui dit-elle, que si tu nous donnas hier de la mélancolie, tu nous as aujourd'hui si bien amusées, qu'on doit te le pardonner. Puis se retournant vers Mᵐᵉ Neiphile, elle lui commanda de dire sa nouvelle.

Puisque Philostrate, dit aussitôt cette belle enjouée, nous a mené dans la Romagne, je veux m'y arrêter pour y prendre le sujet de l'histoire que je vais vous raconter, sans autre préliminaire.

eux Lombards, l'un connu sous le nom de Gui de Crémone, l'autre sous celui de Jacomin de Pavie, tous deux déjà vieux et cassés par les fatigues de la guerre, comme gens qui avaient porté les armes dès leur plus tendre jeunesse, se retirèrent dans la ville de Fano, pour y finir leurs jours

dans le repos. Quelque temps après y avoir fixé leur séjour, Gui tomba dangereusement malade.

Comme il n'avait ni parents ni amis en qui il eût plus de confiance qu'en Jacomin, avec lequel il s'était lié dans le service, il le laissa, en mourant, dépositaire de tout son bien, et d'une petite fille qu'il avait avec lui, âgée d'environ dix ans, des aventures de laquelle il l'instruisit fort au long.

Il arriva, sur ces entrefaites, que, les troubles qui avaient longtemps agité la ville de Faënza s'étant apaisés, il fut libre à chacun de ses anciens habitants d'y retourner. Jacomin, qui en était sorti pour éviter les malheurs de la guerre, sachant qu'elle avait un peu repris sa première force et sa splendeur, alla s'y établir avec toute sa fortune, et emmena avec lui la petite fille qui lui avait été confiée.

Il l'aimait comme si elle eût été sa propre enfant. Elle embellissait si fort en grandissant, qu'elle devint en peu de temps une des plus jolies et des plus aimables demoiselles de la ville. Plusieurs jeunes gens s'empressèrent de lui faire la cour. Les plus assidus étaient un certain Jeannot de Severin, et un nommé Minguin de Mingole, tous deux bien faits, de jolie figure et fort polis.

Comme ils en étaient l'un et l'autre éperdument amoureux, ils devinrent ennemis irréconciliables, aussitôt qu'ils se reconnurent rivaux. La demoiselle touchait à sa quinzième année, et était par conséquent en âge de se marier. Chacun d'eux se serait estimé heureux de l'avoir pour femme, si on eût voulu la leur accorder ; mais voyant qu'on la leur refusait sur de vains prétextes, ils formèrent l'un et l'autre, chacun de son côté, le projet de l'enlever. Voici les moyens qu'ils mirent en usage.

Le vieux Jacomin avait une vieille servante, et un valet nommé Crivel. Celui-ci aimait beaucoup l'argent et le plaisir, et était par conséquent facile à se laisser corrompre. Jeannot fit connaissance avec ce valet, lui découvrit à propos son amour, le pria de le servir dans son dessein, et lui promit de le bien récompenser, s'il venait à bout de l'exécuter.

« Tout ce que je puis faire pour vous obliger, répondit Crivel, c'est de vous introduire dans la maison, quand mon maître ira souper dehors ; car tout ce que je dirais à la demoiselle en votre faveur ne servirait de rien.

« Je n'ai pas le moindre crédit sur son esprit, et je ne voudrais pas me hasarder à lui proposer une chose qui pût la fâcher.

« Voyez si cela vous accommode : je vous tromperais, si je vous promettais davantage. »

Jeannot lui dit qu'il n'exigeait pas autre chose de lui, et ils en restèrent là.

Minguin, de son côté, avait mis la servante dans ses intérêts, et lui avait fait faire plusieurs ambassades, qui avaient presque déterminé la demoiselle en sa faveur.

Ce qui est certain, c'est qu'elle l'avait portée à consentir de le recevoir la première fois que son tuteur sortirait la nuit.

Les choses étaient en cet état, lorsque Jacomin fut invité à souper chez un de ses amis.

Crivel le fit savoir incontinent à Jeannot, qui, à un certain signal, devait trouver la porte ouverte.

De son côté, la servante, qui ne savait rien de l'intrigue de Crivel, fit avertir Minguin de l'absence de son maître, en le priant de se tenir près de la maison, afin d'y entrer au signal qu'elle devait donner.

La nuit étant venue, chaque amoureux, qui craignait la rencontre de son rival, se précautionne d'armes et d'amis, de peur de surprise, et va se poster dans l'endroit qu'il juge le plus convenable.

Minguin alla avec ses gens chez un de ses amis, dont la maison voisine était celle de la demoiselle, pour y attendre le moment du rendez-vous.

Jeannot se porta avec sa troupe dans un endroit plus éloigné, après avoir laissé toutefois un de ses gens près du logis de la dame, pour guetter le moment où la porte s'ouvrirait.

Quand Jacomin fut parti, le valet et la servante firent de leur mieux pour se défaire l'un de l'autre.

Crivel voulait que la servante se couchât, et la servante s'efforçait d'éloigner Crivel sous mille prétextes différents.

« Que ne vas-tu te promener, lui disait-elle, pour aller ensuite au-devant de notre maître?

— Et toi, répondit le valet, pourquoi ne vas-tu pas te coucher, à présent que tu as soupé? »

Comme ils avaient intérêt l'un et l'autre de ne pas s'éloigner, aucun ne voulut démarrer.

Crivel, ennuyé de ces contestations, et voyant que l'heure approchait, courut ouvrir la porte, quoi qu'il dût lui en arriver.

Jeannot entre aussitôt, suivi de deux de ses compagnons, et se met en devoir d'emmener la demoiselle, qu'il trouve dans le salon, occupée à coudre; et la belle de pousser les hauts cris, et la servante d'en faire autant.

Minguin accourut au bruit : les ravisseurs étaient déjà dans la rue; il fond sur eux l'épée à la main, et menace de les tuer, s'ils ne lâchent leur proie.

Pendant qu'on se chamaillait ainsi de part et d'autre, les voisins, munis d'armes et de flambeaux, étaient accourus en diligence, séparent les combattants, et, apprenant la violence de Jeannot, se déclarent en faveur de Minguin, délivrent la nouvelle Hélène, et la remettent dans la maison de son tuteur, qu'elle appelait sans cesse dans son affliction.

Avant que le tumulte fût apaisé, les sergents du commandant de la ville survinrent pour mettre le holà, et firent plusieurs prisonniers, au nombre desquels furent Jeannot et Crivel, son premier complice.

Il est aisé de se figurer le chagrin que cette aventure causa à Jacomin, lorsqu'il fut de retour; il était dans la plus grande affliction.

Cependant, voyant que sa pupille était parfaitement innocente, et n'avait aucune part à la conduite de Jeannot, il se consola un peu, et résolut de la marier le plus tôt qu'il lui serait possible, afin de prévenir de pareilles aventures.

Les parents de Jeannot et ceux de son rival, instruits à fond de la conduite de ces jeunes étourdis, et craignant que Jacomin ne voulût poursuivre cette malheureuse affaire, qui aurait mal tourné pour eux, s'empressèrent le lendemain d'aller lui faire des excuses, et de le supplier d'arrêter les poursuites, s'offrant de lui donner toutes les satisfactions qu'il lui plairait d'exiger.

« Songez que ce sont des jeunes gens écervelés, incapables de sentir les conséquences d'une démarche aussi criminelle; nous vous demandons grâce pour leur étourderie, et nous vous prions de l'oublier, afin qu'elle n'altère en rien l'estime et l'amitié qui nous ont unis jusqu'à ce jour.

— Messieurs, leur répondit Jacomin, que l'âge et l'expérience avaient rendu sage et prudent, je vous suis si attaché, et fais tant de cas de votre mérite, que quand je serais dans mon pays, comme je suis dans le vôtre, vous me trouveriez en ceci, comme en tout autre chose, disposé à faire tout ce qui peut vous être agréable.

« Le sacrifice de mon ressentiment me coûte d'autant moins, que vous êtes vous-mêmes intéressés dans l'insulte qui a été faite à la jeune demoiselle confiée à mes soins.

« Vous saurez qu'elle n'est native ni de Crémonte ni de Pavie, comme vous pouvez l'avoir imaginé ; elle est votre compatriote, née à Faënza même, sans que celui qui me l'a remise en mourant, ni moi, ayons jamais pu découvrir de qui elle est fille. »

Ils furent surpris d'apprendre que cette demoiselle était de Faënza ; et, après avoir remercié Jacomin de son honnêteté, ils le prièrent de leur dire par quelle aventure elle était tombée entre ses mains.

« Gui de Crémone, leur répondit-il, avec lequel j'ai longtemps porté les armes, était de mes intimes amis.

« Peu de jours avant sa mort, il me dit que, lorsque cette ville fut prise par l'empereur Frédéric et livrée au pillage, il entra avec plusieurs de ses compagnons dans une maison que ceux qui l'occupaient venaient d'abandonner, et qu'il trouva pleine de richesses.

« Comme il en sortait, il rencontra sur un escalier cette fille, qui, dès qu'elle le vit, l'appela son père.

« Ce mot, prononcé d'un ton tout à fait tendre, le toucha de compassion pour cette enfant.

« Elle pouvait alors avoir deux ans : il la prit avec lui, en eut soin dès ce moment, et l'emmena à Fano, où il est mort.

« C'est là qu'il m'a laissé cette fille avec tout son bien, en me chargeant de la marier quand il serait temps, et de lui donner tout ce qu'il m'a remis pour elle.

« Si je ne l'ai pas encore mariée, c'est parce que je n'ai point trouvé de parti qui me parût sortable ; mais je me donnerai des mouvements pour en trouver bientôt, afin de ne plus l'exposer aux folies des jeunes gens. »

Le hasard voulut qu'il y eût dans la compagnie un certain Guillemin qui, s'étant trouvé au saccagement de la ville de Faënza avec Gui de Crémone, savait très bien que la maison qui avait été pillée appartenait à l'un des assistants.

Il s'approche alors du personnage :

« Bernardino, lui dit-il, vous avez fait attention à ce que vient de dire Jacomin ? La chose vous regarde en propre.

— J'en ai été frappé aussi bien que vous, répondit Bernardino, et je songeais dans ce moment à la petite fille que je perdis alors, et qui serait aujourd'hui de l'âge de celle dont parle Jacomin.

— C'est assurément la vôtre, reprit Guillemin, n'en doutez pas ; car il me souvient d'avoir autrefois entendu faire, par Gui de Crémone, la description de la maison qu'il avait pillée ; et, d'après son récit, il m'a

toujours semblé que c'était celle que vous aviez. D'après cela, je suis
persuadé que c'était votre fille qu'il emporta.

« Ne pourriez-vous point la connaître à quelque marque?

« Voyez-la, et je suis certain que vous la reconnaitrez. »

Bernardino se ressouvint qu'elle devait avoir une marque en forme
de croix sur l'oreille gauche provenant d'une loupe qu'il lui avait fait
couper quelque temps avant la prise de Faënza.

Il pria alors Jacomin de lui faire voir cette demoiselle, pour vérifier
ce qui en était; ce qui lui fut accordé sans délai.

Aussitôt qu'il la vit, il crut voir le visage de sa femme, tant elle lui
ressemblait! mais voulant quelque chose de plus décisif, il pria Jacomin de lui permettre de regarder près de l'oreille gauche de la fille.

Après en avoir obtenu la permission, il s'approche de la demoiselle,
lève ses cheveux, voit la croix; et ne pouvant plus douter que ce ne
fût véritablement sa fille, il pleure de tendresse, et l'embrasse tendrement, malgré la petite résistance de la pupille, qui paraissait honteuse
de ce qui se passait.

Puis, se tournant vers le tuteur :

« C'est bien ma propre fille, lui dit-il tout transporté de joie; oui, ce
fut ma maison que pilla Gui de Crémone.

« Ma femme fut si surprise et si alarmée, qu'elle oublia sa fille; et
nous avons cru jusqu'à présent qu'elle avait péri dans la maison, qui
fut brûlée en grande partie après le pillage. »

La demoiselle, entendant ce vénérable vieillard parler de la sorte
d'un air vraiment attendri et passionné, ne douta point qu'il ne dît la
vérité; et, courant l'embrasser à son tour, elle mêla ses larmes aux
siennes.

Bernardino envoya incontinent quérir sa femme, ses autres enfants
et ses parents.

Il leur montra sa fille, et leur raconta tout ce qui s'était passé.

Il la mena ensuite dans sa maison, avec le consentement de Jacomin, où elle fut caressée de sa mère, de ses frères et de ses sœurs.

Le commandant de la ville, qui était un galant homme fort porté à
rendre service aux honnêtes gens, ayant appris l'aventure, et sachant
que Jeannot, qu'il tenait prisonnier, était fils de Bernardino, et frère,
par conséquent, de la demoiselle qu'il avait voulu enlever, donna un
tour favorable à l'affaire, raccommoda les deux rivaux, et engagea
Bernardino à marier sa fille avec Minguin, ce qui fut fait avec l'approbation générale de toute la parenté.

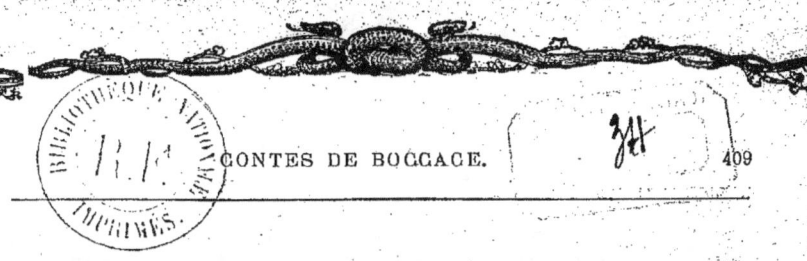

Il avait une fille jolie et tout à fait amiable, qui portait le nom de Restitue... Page 410.

Crivel et les autres prisonniers furent mis en liberté.

Minguin, au comble de la satisfaction de posséder enfin celle qu'il adorait, donna, le jour des noces, une fête des plus magnifiques dans la maison de son beau-père : il conduisit ensuite sa femme chez lui, et vécut toujours avec elle dans la plus parfaite union.

NOUVELLE VI

L'HEUREUSE RENCONTRE

La nouvelle de Mme Neiphile fit grand plaisir à la compagnie. Quand la Reine en eut fait l'éloge, elle commanda à Mme Pampinée de raconter la sienne. Cette dame, avec son air ouvert et toujours riant, commença ainsi :

Qu'il est fort et puissant ce petit Dieu qui nous fait aimer! Quelle force et quel courage ne communique-t-il pas à ceux qu'il tient sous son empire, puisqu'ils leur font braver les plus terribles dangers! Les histoires qu'on a racontées aujourd'hui et les jours précédents, suffiraient, sans doute, pour nous convaincre de cette vérité; mais il est bon d'en fournir de nouvelles preuves, et c'est ce que je me propose de faire dans la Nouvelle que vous allez entendre.

Puisse-t-elle vous amuser autant que je le désire !

Dans l'île d'Ischia, voisine de Naples, vivait autrefois un bon gentilhomme, nommé Marin de Bolgalle.

Il avait une fille jolie et tout à fait aimable, qui portait le nom de Restitue, dont un jeune habitant de l'île de Procida, qui touche presque à l'autre, devint éperdument amoureux.

Cet insulaire, appelé Jean, trouva le secret de s'en faire aimer et d'avoir avec elle plusieurs rendez-vous de jour et de nuit, mais sans en obtenir d'autre faveur que quelques baisers.

S'il arrivait qu'il ne trouvât point de barque pour passer d'une île à l'autre, plutôt que de manquer au rendez-vous, il faisait la traversée à la nage; et s'il était assez malheureux pour ne pouvoir joindre sa maîtresse, il s'en retournait du moins avec la satisfaction d'avoir contemplé les murailles de la maison qui la renfermait.

Cette maison lui paraissait un temple, et sa maîtresse une divinité digne des hommages de tous les cœurs sensibles à la vertu unie à la beauté.

Durant ce commerce amoureux, mais innocent, il prit envie à la belle d'aller un jour d'été se promener sur la côte, et, se voyant toute seule, elle courait de rocher en rocher, avec un couteau à la main, pour détacher les huîtres et les manger.

Il y avait entre ces rochers une fontaine entourée de quelques arbrisseaux, qui y formaient un ombrage des plus agréables.

La fraîcheur de ce lieu avait invité plusieurs jeunes Siciliens, qui venaient de Naples, à s'y reposer.

Aussitôt qu'ils virent cette jeune fille, qui ne les apercevait point encore, ils résolurent de l'emmener.

Elle eut beau crier au secours, elle fut enlevée et portée dans leur barque; ils la traitèrent d'abord avec beaucoup d'égards, et tâchaient de la consoler; mais Restitue pleurait toujours.

Arrivés en Calabre, on mit en délibération qui en jouirait.

Chacun voulait l'avoir, et en jouir exclusivement, tant on la trouvait jolie et intéressante.

Grande contestation de part et d'autre.

La jalousie les empêcha de pouvoir jamais s'accorder.

Pour ne pas se brouiller entièrement, et éviter quelque malheur, on convint qu'elle ne serait ni aux uns ni aux autres, et qu'on en ferait présent à Frédéric, roi de Sicile, jeune prince qu'on connaissait fort friand de ces sortes de morceaux; ce qu'ils exécutèrent aussitôt qu'ils furent arrivés à Palerme.

Le roi la trouva jolie et fort à son gré, et accepta le présent avec joie.

Mais comme il se trouvait alors incommodé, il ordonna qu'on conduisît la belle à une maison de plaisance, nommée la Cuba, avec ordre de la bien traiter et de la garder soigneusement jusqu'à ce qu'il se portât mieux.

Cependant, l'enlèvement de Restitue se répandit bientôt dans toute l'île d'Ischia; mais on ne savait point qui avait fait le coup.

Jean, son amoureux, à qui il importait plus qu'à tout autre de le découvrir, se donna toute sorte de mouvements pour savoir ce qu'elle était devenue et quels étaient ses ravisseurs.

Il fit armer en diligence une frégate et courut toutes les mers des environs, depuis la Minerve jusqu'à la Scalée, en Calabre, et ce fut là qu'il apprit qu'elle avait été donnée au roi, qui la faisait garder à la Cuba.

Cette nouvelle l'affligea beaucoup, désespérant de pouvoir jamais la posséder, ni peut-être la revoir.

Cependant, résolu d'attendre le dénoûment de sa destinée, il renvoya sa frégate dans le dessein de s'arrêter à Palerme, pour voir comment les choses tourneraient.

Comme il n'était connu de personne, il se promena hardiment devant la maison de plaisance; et à force de passer et repasser, il arriva qu'il aperçut un jour Restitue à la fenêtre.

Il s'approcha de plus près, pour se faire voir à sa maîtresse.

Elle le vit, en effet, et lui en marqua beaucoup de joie.

Comme ce lieu était solitaire et peu fréquenté, elle s'approcha le plus qu'il lui fut possible, pour être à portée de lui parler, et se trouva assez près pour l'entendre et être entendue.

Alors la belle, sans perdre le temps en discours inutiles, lui enseigna la manière dont il devait s'y prendre, s'il voulait la voir et l'entretenir de plus près, sans être aperçu.

Il examina la situation du lieu qu'elle venait de lui indiquer.

Quand la nuit fut venue, et même fort avancée, il y retourna, grimpa sur un mur, entra dans le jardin, et, par le moyen d'une antenne de vaisseau qu'il appuya contre la fenêtre, il s'introduisit dans la chambre de sa maîtresse, qui lui avait désigné cette espèce d'échelle.

Comme elle prévoyait qu'il ne lui serait pas possible de garder longtemps son honneur, qui avait déjà couru de si grands risques, elle se proposa de profiter de la circonstance pour en faire le sacrifice à son amant, persuadée que personne n'en était plus digne, et que cette complaisance pourrait le déterminer à la tirer de cette espèce de prison, où elle s'ennuyait à mourir.

A peine fut-il dans la chambre, qu'elle lui fit connaître ingénument ses intentions.

L'amant, au comble de la joie, lui promit de l'arracher de ces lieux, et de prendre si bien ses arrangements, quand il l'aurait quittée, qu'il l'emmènerait sans faute avec lui à sa seconde visite.

Pendant qu'ils s'entretenaient ainsi, Jean de Procida, qui brûlait de goûter les plaisirs de l'amour, quitta ses habits et se coucha auprès de sa maîtresse.

Je vous laisse à penser les caresses qu'ils se prodiguèrent mutuellement.

Les plaisirs dont ils s'enivrèrent furent si vifs qu'ils leur firent oublier tous leurs chagrins et le lieu où ils étaient, si bien que le sommeil les surprit se tenant encore l'un et l'autre étroitement embrassés.

Ils dormaient encore quand le roi, qui avait été charmé de la beauté de Restitue, se trouvant assez bien rétabli, et se sentant certain appétit, partit à la pointe du jour, avec peu de suite, pour aller la voir.

Il ouvre tout doucement la porte de sa chambre, et s'approche de son lit, un flambeau à la main, pour se donner le plaisir de la voir dormir.

Dieu sait s'il fut surpris de la trouver entre les bras d'un homme !

Il entra dans une si forte colère, qu'il en perdit la voix et qu'il fut tenté de les poignarder tous deux; mais considérant qu'il était indigne, non seulement d'un roi, mais même d'un particulier qui se pique d'honnêteté, de tuer deux personnes hors d'état de se défendre, il modéra la vivacité de son ressentiment et résolut de les punir l'un et l'autre du supplice du feu.

Dans ce projet, il s'éloigne du lit, s'avance vers la porte, appelle un de ses gentilshommes et lui demande ce qu'il pense de cette misérable créature, en qui il avait fixé son affection, et s'il connaît le téméraire qui avait osé lui faire un pareil outrage dans son propre palais.

Le gentilhomme, sans s'expliquer sur le compte de la belle, lui répondit qu'il ne se souvenait point d'avoir jamais vu cet homme.

Le roi sort de la chambre et ordonne que les deux personnages soient liés tout nus, tels qu'ils étaient, et conduits sur-le-champ, dans cet état, à Palerme, pour être attachés, dos à dos, à un poteau sur la place publique, et subir le supplice du feu.

Après cela, il repartit pour Palerme, où il s'enferma dans sa chambre, le cœur plein de dépit.

Il est aisé de se représenter la douleur et la consternation de Restitue et de son amant.

Ils furent, suivant l'ordre du roi, conduits à la ville, et attachés à un poteau, autour duquel on éleva le bûcher qui devait les brûler vifs.

On se figure les horreurs qu'ils durent éprouver à la vue des apprêts de leur supplice.

Tout le peuple de Palerme accourut à ce triste spectacle.

La jeunesse et la beauté de la jeune fille, que les hommes regardaient de préférence; la jolie figure et la douceur du jeune homme, que les femmes s'empressaient d'examiner, excitaient la compassion de tout le monde; il n'était personne qui ne les jugeât dignes d'une plus heureuse destinée, et qui n'eût voulu les sauver.

Mais la pitié publique n'adoucissait pas le sort des pauvres victimes de l'amour, qui fondaient en larmes et n'attendaient que le moment de leur mort.

Sur ces entrefaites, Roger Doria, homme célèbre par ses exploits militaires, et pour lors amiral de Sicile, ayant appris l'aventure de ces amants malheureux, eut envie de les aller voir.

Il se rend au lieu de leur supplice, et fixe d'abord ses regards sur la fille, qu'il trouve aussi jolie qu'on le lui avait dit.

Il envisage ensuite le jeune homme, et est fort étonné de le reconnaître.

Il s'approche et lui demande s'il n'est pas Jean de Procida.

A cette question, le patient lève la tête, et reconnaissant à son tour l'amiral :

« Je l'ai été jusqu'ici, lui répondit-il : mais il y a grande apparence que je ne le serai bientôt plus. »

L'amiral lui demanda encore quel accident l'avait conduit là.

« L'amour et la colère du roi, » répondit le jeune homme.

Roger Doria voulut connaître tous les détails de son aventure; et, après les avoir appris de la bouche même du patient, il se retira fort touché du malheur de ces infortunés.

Jean de Procida le rappela, et le pria, au nom de Dieu, de demander pour lui une grâce au roi.

« Quelle est-elle ? repartit l'amiral, naturellement porté à l'obliger.

— Je vois, Monsieur, ajouta le jeune homme, que je vais bientôt mourir, et que je serai privé pour toujours de cette aimable personne qui va subir le même sort, et que j'ai aimée plus que ma vie : il me semble que je mourrais avec moins de regret si le roi permettait que mon visage fut tourné vers le sien.

— Tu peux être tranquille, lui répondit l'amiral en souriant, je vais trouver le roi, et peut-être t'obtiendrai-je la liberté de voir si longtemps ta maîtresse, que tu t'en lasseras. »

Puis, se tournant vers les bourreaux et les archers, il leur commanda de surseoir à l'exécution jusqu'à un nouvel ordre du roi.

Ce brave militaire courut trouver le monarque; et, quoiqu'il n'ignorât point qu'il était fort irrité.

« Sire, lui dit-il, oserais-je vous demander quel est le crime de ces deux jeunes gens que Votre Majesté a condamnés à être brûlés vifs? »

Le roi lui ayant tout dit :

« Je conviens, reprit l'amiral, que la faute qu'ils ont commise mérite une grande punition ; je ne trouverais même pas trop fort le supplice auquels ils sont condamnés, si tout autre que Votre Majesté avait prononcé leur arrêt; mais, de même que les crimes méritent punition, il me semble que les services doivent être récompensés.

« Connaissez-vous bien ces deux criminels ?

— J'ignore qui ils sont, répondit le roi.

— Permettez-moi donc de vous les faire connaître, afin que vous jugiez vous-même que vous vous êtes laissé emporter trop loin par les mouvements de votre colère.

« Pardonnez-moi la liberté que je prends; mais les grands princes ne doivent point s'abandonner aussi facilement à l'impétuosité de leur passion : ils doivent tout examiner avant de prononcer.

« Votre Majesté en conviendra sans doute elle-même, quand elle saura que le jeune homme qu'elle veut faire brûler est fils de Landolfe de Procida, propre frère de messire Jean de Procida, à qui vous devez la couronne; et que la jeune fille doit le jour à Marin de Bulgare, le même qui a empêché que vous ne fussiez détrôné, et qui soutint à Ischia la gloire et la puissance de votre nom.

« D'ailleurs, ces jeunes gens s'aimaient depuis fort longtemps, c'est l'amour qui les a réunis, et non le dessein d'offenser Votre Majesté.

« Ainsi, bien loin de les faire mourir, il me semble, sire, que vous devriez les combler de bienfaits et d'honneurs. »

Le roi ne s'offensa point de la noble liberté avec laquelle lui avait parlé l'amiral : il l'en remercia au contraire, et parut seulement fâché d'avoir trop écouté son ressentiment.

Il ordonna sur-le-champ qu'on fît paraître devant lui les amants ; et, après s'être convaincu par lui-même de la vérité de tout ce que l'amiral lui avait dit, il résolut de réparer le chagrin qu'il leur avait fait, par des honneurs et par des dons dignes de sa générosité.

Il commença par les faire habiller selon leur qualité ; et, ne voulant pas faire les choses à demi, il les maria, les combla de présents magnifiques et les renvoya chez eux, où ils furent reçus de leurs parents avec une joie extraordinaire, et où ils vécurent aimés et caressés de tout le monde, autant qu'ils s'aimaient et se caressaient eux-mêmes, ne songeant aux malheurs passés que pour mieux sentir leur bonheur présent.

NOUVELLE VII

LES AMANTS RÉUNIS

Les dames, en écoutant le récit de cette Nouvelle, étaient dans des transes mortelles, dans la crainte que les amants ne fussent brûlés; mais leur inquiétude fit place à la joie, quand elles les virent échappés au supplice qui les avait longtemps menacés.

Dès que cette histoire fut achevée, la Reine, pour ne pas perdre de temps, commanda à Mme Laurette de dire la sienne.

Cette dame prit aussitôt la parole d'un air tout à fait gracieux :

u temps de Guillaume, roi de Sicile, il y avait dans ses États un gentilhomme connu sous le nom de messire Émeri, abbé de Trapani, qui jouissait d'une fortune considérable.

Comme il avait un grand nombre d'enfants, il lui fallait beaucoup de domestiques.

C'est ce qui le détermina à acheter plusieurs jeunes esclaves, que certains corsaires génois, nouvellement arrivés du Levant, avaient pris sur les côtes d'Arménie.

Parmi ces jeunes esclaves, qu'il croyait être Turcs d'origine, et qui ressemblaient tous à des Bergers, il y en avait un qui paraissait plus gentil que les autres, et dont la physionomie avait quelque chose de distingué.

Cet enfant, nommé Théodore, quoique toujours esclave, fut élevé et nourri avec les enfants de messire Émeri.

A mesure qu'il grandissait, il développait des sentiments et des manières qui ne sont pas ordinaires à des esclaves.

En un mot, il sut si bien plaire à son maître, qu'il l'affranchit ; et, persuadé qu'il était Turc, il le fit baptiser, lui donna le nom de Pierre, et le fit son intendant.

Messire Émeri avait une fille nommée Violante, qui, à beaucoup d'honnêteté, joignait une figure des plus intéressantes.

Elle était dans cet âge heureux où l'on commence à éprouver le besoin d'aimer.

Pierre alors de lui prendre la main, de la lui serrer, de la couvrir de baisers... Page 419.

Souffrant de ce que son père ne songeait point à la marier, elle devint amoureuse de Pierre, et lui aurait déclaré bien volontiers son amour, si la pudeur ne l'eût arrêtée.

Les égards qu'elle avait pour ce jeune affranchi, joints aux heureuses qualités dont la nature l'avait pourvue, avaient fait naître dans le cœur de celui-ci une inclination pour elle, qui ne tarda pas à devenir une passion dans toutes les règles.

Pierre n'était heureux que lorsqu'il pouvait lui parler ou la voir.

Cependant il n'osait lui faire connaître ses sentiments, et avait surtout grand soin de ne rien faire, ni de ne rien dire, qui pût les laisser apercevoir à qui que ce fût de la maison.

Comme il était moins attentif sur lui-même quand il se trouvait avec Violante, cette fille n'eut pas de peine à démêler son amour à travers le respect et la réserve dont il le couvrait.

Pour l'enhardir, elle lui témoigna dès lors par ses regards qu'elle n'était point fâchée des soupirs qui lui échappaient devant elle et des coups d'œil qu'il ne cessait de lui donner.

Malgré cela, ils s'en tinrent au langage des yeux, quoiqu'ils eussent désiré l'un et l'autre de pouvoir s'en expliquer librement.

La fortune eut enfin pitié de leur cruelle situation ; elle leur fournit une occasion favorable pour bannir la crainte et les porter à se déclarer sans gêne l'amour dont ils brûlaient l'un pour l'autre.

Messire Émeri avait, à une demi-lieue de Trapani, une fort belle maison de campagne, où sa femme, sa fille et d'autres dames allaient souvent faire des parties de plaisir.

Cette dame y mena un jour Pierre avec la compagnie ordinaire.

On était sur le point de retourner à la ville lorsque le ciel se couvrit tout à coup de nuages, comme il arrive assez souvent en été : tout annonçait un grand orage.

Mᵐᵉ Émeri et ses compagnes, craignant que le mauvais temps ne les retînt là plus qu'elles ne voudraient, prirent le parti de se mettre vite en chemin pour se rendre à Trapani.

On marchait à grands pas ; mais le jeune homme et la demoiselle allaient beaucoup plus vite, plus animés par l'amour qui les avait réunis que par la crainte de l'orage.

Ils devancèrent la compagnie de si loin, qu'on les avait déjà perdus de vue, lorsque après plusieurs grands coups de tonnerre, il survint une grosse grêle qui obligea la mère et les autres dames de se retirer dans la chaumière d'un laboureur.

Pierre et Violante, au défaut de tout autre asile, se réfugièrent dans une vieille masure délabrée, entièrement délaissée, où il ne restait qu'un morceau de toit, sous lequel ils se mirent à couvert, serrés l'un contre l'autre, à cause du peu d'espace respecté par la grêle.

Ce voisinage, dont ils se félicitaient intérieurement l'un et l'autre, rassura leurs cœurs amoureux, et leur donna occasion de s'expliquer clairement. L'amant parla le premier :

« Que j'ai d'obligation, dit-il, à cette grêle, et que je serais charmé

qu'elle durât, s'il était possible, une éternité, pour être ainsi à côté de
vous !

— Je vous avoue que je n'en serais pas non plus fâchée, » répondit
la demoiselle.

Pierre alors de lui prendre la main, de la lui serrer, de la couvrir de
baisers, et la belle de répondre à ses caresses par des caresses encore
plus tendres ; ils s'embrassèrent, collèrent leurs bouches brûlantes
l'une contre l'autre, et se prodiguèrent tout ce que l'amour a de plus
délicieux, pour se consoler du mauvais temps qui durait toujours.

Je n'entrerai point dans tous les détails des plaisirs qu'ils goûtèrent
dans ce tête-à-tête solitaire ; il me suffit de dire que l'orage ne se dissipa point sans qu'ils eussent joui de tout ce que l'amour peut offrir à
deux cœurs également passionnés et d'intelligence, et sans qu'ils eussent pris des mesures pour renouveler dans la suite leurs jouissances.

L'orage ayant cessé, ils reprirent le chemin de la ville, attendirent
aux barrières le reste de la compagnie, et se rendirent tous ensemble
à la maison.

Les deux amants s'étaient trop bien trouvés du jeu de la masure,
pour ne pas trouver les occasions de le répéter.

Elles se présentèrent plusieurs fois, et ils en profitèrent sans que
personne pût s'en douter.

Ils y revinrent si souvent, que la demoiselle devint grosse ; ce qui
les chagrina beaucoup l'un et l'autre.

Violante fit son possible, mais inutilement, pour détruire son fruit,
tant elle redoutait les reproches de ses parents.

Pierre, non moins affligé de cet accident, voyant qu'il y allait de sa
vie, résolut de s'enfuir, et s'en ouvrit à sa maîtresse.

« Si tu t'en vas, lui dit-elle, mon parti est pris, je me tue.

— Que veux-tu donc que je devienne, ma chère amie ?

« Ta grossesse va découvrir notre intrigue : on pourra pardonner ta
faiblesse ; mais que deviendrai-je, moi qui ne suis qu'un misérable,
qu'aucune considération ne peut faire pardonner ?

« Je ne puis manquer d'être la victime du juste ressentiment de ton
père.

— Ma faute ne peut demeurer longtemps cachée, j'en conviens :
mais sois assuré, mon cher ami, que si tu es aussi secret que moi, on
ne saura jamais que tu y aies jamais eu la moindre part ; tu peux
compter là-dessus comme sur mon amour.

« — A ces conditions, reprit l'amoureux, je demeure ; mais souvenez-vous bien de votre promesse. »

Violante, voyant que sa taille s'arrondissait tous les jours, et qu'il lui était impossible de cacher plus longtemps son état, le découvrit à sa mère, et la supplia, les larmes aux yeux, de la sauver.

La mère, au désespoir de ce qu'elle venait d'apprendre, accabla sa fille de reproches et d'injures, et voulut savoir quel était le complice de sa faute.

La fille, qui s'était précautionnée pour ne pas compromettre son amant, lui débita un mensonge, qui fut pris pour la vérité ; et, sous quelque prétexte plausible, elles partirent toutes deux pour la campagne.

Le terme des couches étant venu, la belle ressentit bientôt les premières douleurs de l'enfantement.

Pendant qu'elle était dans les efforts, et qu'elle jetait les hauts cris, son père, qui revenait de la chasse, entra dans la maison pour se délasser, et, entendant sa fille qui criait douloureusement, courut aussitôt vers sa chambre.

Il rencontre sa femme, et lui demande ce que c'est.

Celle-ci, fort étonnée de le voir, et considérant qu'il ne lui servirait de rien de dissimuler, se vit forcée de lui conter l'aventure de sa fille, de la manière qu'elle l'avait apprise d'elle ; mais lui, moins crédule et moins indulgent que sa femme, répondit incontinent qu'il était impossible que Violante ne connût point l'auteur de sa grossesse ; qu'absolument il voulait savoir la vérité ; qu'il ne ferait grâce à sa fille qu'autant qu'elle la lui dirait ; qu'autrement elle pouvait se disposer à mourir sans miséricorde.

La mère fit de son mieux pour apaiser son mari, et pour l'engager à se contenter de ce qu'elle lui avait dit.

Mais tout fut inutile : il s'approche, l'épée à la main, de sa fille, qui, pendant ce dialogue, avait mis au jour un garçon ; et, sans pitié pour son état, il lui dit qu'il fallait ou se résoudre à mourir sur l'heure, ou à lui déclarer le père de l'enfant.

La peur de la mort porta Violante à trahir son amant : elle avoua tout, mais non sans avoir longtemps combattu.

Émeri devint si furieux en apprenant le nom du complice, qu'il dit cent injures à sa fille, et qu'il eut bien de la peine à s'empêcher de lui passer son épée à travers du corps.

Il remit à un autre moment sa vengeance.

Après avoir exhalé une partie de sa colère en imprécations, il remonte à cheval, et s'en retourne à Trapani.

Son premier soin, en arrivant, fut d'aller trouver messire Conrard, qui rendait alors, au nom du roi, la justice dans cette ville.

Il lui porta plainte contre Pierre, qui fut arrêté sur-le-champ.

On le mit à la question pour avoir son aveu ; les tourments lui firent tout avouer.

Ce malheureux fut condamné à être pendu, après qu'il aurait été préalablement fouetté dans tous les carrefours de la ville.

Cet arrêt mit la joie dans le cœur d'Émeri ; mais il ne satisfaisait point sa vengeance.

Il voulut se défaire en un même jour, et de sa fille et de son affranchi, et de leur enfant.

Dans ce noir dessein, il mêle du poison dans du vin, et le remet avec une épée nue entre les mains d'un domestique fidèle :

« Va, lui dit-il, va trouver Violante, et dis-lui de ma part d'opter sur l'heure entre ces deux genres de mort, ou du fer, ou du poison ; sinon, que je lui ferai subir publiquement le supplice qu'elle mérite.

« Quand tu te seras acquitté de cette commission, tu prendras l'enfant qu'elle a mis au monde ; tu lui briseras la tête contre le mur, et tu le jetteras ensuite à la voirie. »

Le barbare !...

Le domestique, plus prompt au mal qu'au bien, partit incontinent, sans montrer la moindre répugnance.

Cette atrocité devait être commise le même jour, et c'était celui de l'exécution de Pierre.

On avait été le prendre dans son cachot, et il avait déjà reçu cent coups de fouet, lorsqu'en le menant au lieu du supplice, on le fit passer devant une fameuse auberge où étaient alors trois Arméniens de distinction, que leur roi envoyait à Rome, pour négocier auprès du pape une affaire de grande importance.

Ils se proposaient de passer quelques jours dans cet endroit, où tous les gentilshommes de la ville s'empressaient de leur faire la cour.

Ces ambassadeurs, entendant venir le criminel, se mirent à la fenêtre pour le voir.

Il était nu de la ceinture en haut, et avait les mains attachées derrière le dos.

Phinée, l'un des ambassadeurs, vieillard vénérable et fort considéré, le regardant avec attention, aperçut sur son estomac une grande

marque rougeâtre, de celles que la nature fait, et que les dames
appellent ici des *roses* et des *envies*.

Cette plaque lui rappela aussitôt le souvenir d'un de ses enfants,
que des corsaires lui avaient enlevé il y avait quinze ans, sur la mer
de Laïazzo : il n'en avait eu depuis aucunes nouvelles.

Il jugea que s'il vivait encore, il serait à peu près du même âge que
le patient.

Cette double ressemblance lui fit penser que ce pourrait bien être
son fils lui-même.

Pour éclaircir son doute, il imagina de l'appeler par son nom de
Théodore.

Pierre, s'entendant nommer, lève incontinent la tête.

Les sergents s'arrêtent, par respect pour l'ambassadeur, qui demande
alors au patient d'où il est et quel est son père.

« Je suis d'Arménie, répondit Pierre, fils d'un nommé Phinée, et
j'ai été conduit ici par je ne sais quelles gens. »

Phinée, ne doutant plus, après cette réponse, que ce ne fût son fils,
courut l'embrasser, suivi de ses collègues, au milieu des exécuteurs
et des sergents qui l'escortaient.

Il le couvrit d'un riche manteau, et obtint de l'officier qu'on suspen-
drait l'exécution jusqu'à nouvel ordre.

Il avait appris, par la voix publique, le sujet pour lequel ce malheureux avait été condamné à être pendu.

Suivi des autres ambassadeurs et de tous les seigneurs de sa suite,
il alla trouver messire Conrard :

« Celui, lui dit-il, que vous avez condamné comme esclave est libre ;
c'est moi qui suis son père, et il est prêt à épouser celle qu'on prétend
qu'il a séduite.

« Ayez donc la complaisance de faire surseoir à l'exécution, jusqu'à
ce qu'on ait su les intentions de la demoiselle, afin que, si elle l'accepte pour son époux, on ne puisse vous reprocher d'avoir jugé contre
l'esprit de la loi. »

Le gouverneur, surpris d'apprendre que celui qui avait toujours
passé pour esclave fût fils de l'ambassadeur, eut honte de la trop
grande précipitation qu'il avait montrée dans cette affaire ; il reconnut
que Phinée avait raison, et lui accorda ce qu'il demandait.

Il envoya chercher Émeri, à qui il conta ce qui venait de se passer.

Celui-ci, fort étonné de l'événement, ne doutant pas que les ordres
barbares qu'il avait donnés n'eussent été exécutés, se reprocha amè-

rement d'avoir été si vite, et envoya néanmoins sur-le-champ un autre homme à toute bride pour empêcher l'exécution, s'il en était encore temps.

Le courrier arriva par bonheur assez tôt : il trouva le domestique à côté du lit de Violante, tenant l'épée d'une main, et le poison de l'autre, occupé à presser cette infortunée à se décider de mourir par l'un ou par l'autre.

Il lui signifia les ordres de son maître, et Violante en fut quitte pour la peur.

Son bourreau partit incontinent avec le courrier qu'on lui avait dépêché, et rendit compte à son maître de ce qui s'était passé.

Emeri, au comble de sa joie, va trouver l'ambassadeur Phinée, s'excuse du mieux qu'il peut de la dureté qu'il avait exercée contre son ancien esclave, lui en demande mille pardons, et l'assure que si Théodore veut épouser sa fille, il sera enchanté de la lui donner.

Phinée accueillit avec amitié ses excuses, et lui dit qu'il voulait si bien que son fils épousât sa fille, qu'en cas de refus de sa part, il consentait que l'arrêt eût son entière exécution.

Les deux pères, ainsi d'accord, allèrent trouver Théodore, qui n'était pas encore revenu des frayeurs de la mort.

A peine lui eurent-ils annoncé qu'il ne tenait qu'à lui d'avoir Violante pour femme, qu'il oublia tous ses maux pour faire éclater sa joie.

Il répondit qu'il ne demandait pas mieux, et qu'il allait être, par cette faveur, le plus heureux des hommes.

On envoya pareillement savoir de Violante si elle voulait Théodore pour époux.

La belle, qu'on avait instruite de tout ce qui était arrivé, passa de la douleur à la plus vive satisfaction, et répondit qu'on ne pouvait pas lui faire un plus grand plaisir que de l'unir à Théodore.

Tout étant ainsi disposé, le mariage fut arrêté le même jour, et consacré par une fête des plus brillantes, au grand contentement de tous les citoyens.

La célébration des noces fut remise au retour de Phinée, qui ne pouvait différer plus longtemps son voyage pour Rome.

Violante, qui avait donné une nourrice à son enfant, ne tarda pas à se rétablir, et redevint plus belle que jamais.

Elle fut à peine relevée de ses couches, que Phinée fut de retour de Rome.

Elle s'empressa de lui rendre les devoirs qu'on doit à un beau-père.

L'ambassadeur, charmé d'avoir une bru si belle et si honnête, la traita comme sa propre fille, et fit célébrer ses noces avec une magnificence dont on n'avait pas eu d'exemple depuis longtemps.

Quelques jours après, il remonta sur sa galère, emmenant avec lui son fils, sa belle-fille et leur enfant.

Ils arrivèrent, sans aucun accident, à Lajazze, où les deux époux coulèrent une vie tranquille et délicieuse dans le sein de l'amour.

NOUVELLE VIII

L'ENFER DES AMANTES CRUELLES

Aussitôt que Mme Laurette eut cessé de parler, Mme Philomène, par ordre de la Reine, prit la parole, et commença ainsi : Si la compassion, mes aimables Dames, est une vertu qu'on loue beaucoup dans notre sexe, la cruauté, en revanche, est un vice qu'on ne nous pardonne point, et que la justice divine punit toujours rigoureusement.

C'est ce que je vais vous faire voir par une nouvelle aussi touchante qu'agréable, afin que vous appreniez, par cet exemple, à n'être point cruelles.

Il y avait autrefois à Ravenne, ville très ancienne de la Romagne, un grand nombre de gentilshommes, parmi lesquels on distinguait un jeune homme nommé Anastase des Honnêtes, qui, par la mort de son père et celle d'un de ses oncles dont il avait hérité, se trouvait puissamment riche.

Il était déjà dans l'âge de se marier, lorsqu'il devint amoureux d'une jeune fille de messire Paul des Traversaires, d'une maison bien plus ancienne et plus illustre que la sienne.

Il ne désespéra pas néanmoins de s'en faire aimer, et mit tout en usage pour lui plaire ; mais il eut la douleur de voir ses soins mal accueillis ; on ne lui tenait compte de rien, et plus il était attentif à faire sa cour, plus la belle se montrait dédaigneuse.

Elle était si sottement fière de sa naissance, qu'elle eût cru s'avilir en aimant un homme d'une noblesse moins ancienne que celle de sa maison.

Joutes, tournois, présents magnifiques, tout fut employé. — Page 451.

Aussi Anastase ne put-il jamais parvenir à se rendre agréable à ses yeux; il suffisait qu'il parût désirer une chose, pour qu'elle la refusât.

Ces rigueurs soutenues désespéraient le jeune homme, au point qu'il lui vint plusieurs fois dans l'idée de se donner la mort.

Il l'aurait même fait, s'il n'eût cru flatter par là son inhumaine.

Il crut donc qu'il ferait mieux de l'abandonner, de ne plus penser à elle, ou de n'y penser que pour tâcher de la haïr.

Vain projet : un cœur fortement épris ne renonce pas facilement à l'objet qui l'a enflammé ; plus il trouve de résistance, plus le feu qui l'agite devient violent.

Anastase, ne pouvant donc se détacher de l'ingrate, continue ses folles dépenses et ses assiduités.

Ses parents, qui le voyaient dépenser inutilement son bien et sa santé, lui représentèrent son extravagance, et lui conseillèrent de quitter Ravenne, jusqu'à ce que l'absence l'eût guéri d'une passion qui ne pouvait manquer de le ruiner, et peut-être de le conduire au tombeau.

Ce malheureux amant ne put prendre de longtemps sur lui de suivre un avis aussi sage ; mais enfin, pressé, sollicité par tous ses amis, il leur promit de s'éloigner de Ravenne, et fit de grands préparatifs de voyage, comme s'il eût été question d'aller en France, ou en Espagne, ou dans quelque autre pays éloigné.

Quand tout fut disposé, il part avec quelques-uns de ses amis, et s'en va à une campagne, nommée Chiarcio, qui n'est qu'à une lieue et demie de Ravenne.

Il y fit dresser plusieurs tentes qu'il meubla magnifiquement, et dit à ses amis qu'il voulait demeurer là, et qu'ils pouvaient retourner à la ville, s'ils le jugeaient à propos.

Fixé dans ce lieu champêtre, il ne songea qu'à mener une vie joyeuse, faisant plus de dépense que jamais, et tenant table ouverte à tous allants et venants.

C'était tous les jours nouvelle compagnie et nouveaux plaisirs.

Pendant qu'il cherchait ainsi à dissiper son chagrin loin de l'objet qui le causait, un vendredi du commencement de mai, qu'il n'avait personne, et qu'il se promenait accompagné de quelques domestiques, les cruautés de sa maîtresse lui revinrent dans l'esprit, et l'occupèrent si fort, qu'il ordonna à ses gens de le laisser seul, pour pouvoir rêver plus à son aise.

Sa rêverie le mena insensiblement jusque dans un bois planté de pins.

Il avait fait plus d'un quart de lieue dans cette forêt sans s'en apercevoir ; et l'heure du dîner était déjà passée, lorsque, tout occupé de celle qu'il aimait, il crut entendre la voix d'une femme qui poussait des plaintes et des cris douloureux.

Ce bruit l'arrache à sa profonde rêverie : il lève la tête, prête une oreille attentive, et est fort surpris de voir que les cris partent du milieu du bois. Il le fut bien davantage, lorsque après avoir porté ses regards de tous côtés, il vit venir à lui, à travers des broussailles, une belle et jeune femme nue, échevelée, ayant le bas de son corps déchiré et sanglant, poursuivie par deux gros mâtins qui la mordaient presque à chaque moment, et dont l'approche lui faisait jeter des cris lamentables.

Un moment après, il vit paraître un cavalier fort basané, monté sur un cheval noir, le visage enflammé de colère, tenant une lance à la main, courant après elle, l'accablant d'injures et la menaçant de la tuer.

Ce spectacle remplit tout à la fois le cœur d'Anastase d'étonnement, d'horreur et de pitié.

Ému de compassion pour cette femme, son premier mouvement fut de la secourir; mais, se trouvant sans armes, il coupe une branche d'arbre, et se met au-devant des chiens.

Le cavalier lui cria de loin :

« Anastase, c'est vainement que tu voudrais défendre cette méchante femme; il faut qu'elle subisse la punition qu'elle mérite, »

Dans ce même moment, les chiens l'ayant saisie par les flancs, la renversèrent à terre.

Le cavalier descend presque aussitôt de cheval, et s'approche de cette infortunée.

« J'ignore qui vous êtes, lui dit Anastase, et d'où vous me connaissez; mais je ne saurais m'empêcher de vous dire que c'est une grande lâcheté à un homme armé de vouloir tuer une femme nue et sans défense, et de la faire ainsi chasser comme une bête féroce.

« Vous avez beau vouloir m'arrêter, je la défendrai de toutes mes forces, dût-il m'en coûter la vie.

— Tu sauras, mon cher Anastase, répliqua le cavalier, que je naquis dans la même ville que toi; et je me souviens que tu étais encore bien jeune lorsque tu fus nommé Gui des Anastases.

« Tu sauras aussi que j'étais alors plus amoureux de cette femme que tu ne l'es aujourd'hui de la fille de Paul des Traversaires.

« Elle me traita si cruellement, et avec tant de fierté, que je me tuai de désespoir du même javelot que tu vois, et je fus condamné aux enfers.

« Cette ingrate ne jouit pas longtemps du plaisir que lui causa ma mort; elle mourut bientôt après : et parce qu'elle ne s'était point repentie de m'avoir traité avec tant de rigueur et de cruauté, elle fut damnée aussi bien que moi.

« Il nous a été imposé pour peine, à elle de fuir devant moi, et à moi qui l'ai tant aimée pendant ma vie, de la poursuivre comme ma plus grande ennemie dans l'équipage où tu me vois.

« Toutes les fois que je l'atteins, je la perce de cette lance, je lui arrache le cœur, ce cœur qui fut toujours dur et insensible pour moi, et j'en fais ensuite la curée à ces chiens, comme tu vas le voir dans un moment.

« Cette opération faite, il plaît à la justice divine de la ressusciter un moment après ; alors elle se relève, recommence à fuir tout de nouveau ; et moi, précédé de ces gros mâtins, je continue à la poursuivre.

« Tous les vendredis à la même heure, je l'atteins ici, où je lui fais subir le supplice dont je viens de te parler.

« Ne pense pas que nous soyons en repos les autres jours : je ne cesse point de la suivre, et je l'éventre dans tous les lieux où elle a fait ou machiné quelque chose contre moi.

« De son plus tendre ami, je suis devenu son persécuteur et son bourreau ; ce qui durera autant d'années qu'elle m'a fait souffrir de mois.

« Laisse-moi donc exécuter la volonté du souverain vengeur du crime, et ne t'avise point d'y mettre obstacle, parce que tes efforts seraient inutiles, et qu'il pourrait t'en mal arriver. »

Anastase, entendant un pareil discours, sentit plusieurs fois ses cheveux se dresser sur sa tête.

Les derniers mots surtout l'intimidèrent si fort, qu'il recula de frayeur.

Il s'arrêta toutefois pour voir ce qui arriverait ; et, frémissant d'horreur, il vit le cavalier, tenant sa lance en arrêt, fondre comme un lion enragé sur cette malheureuse, qui, à genoux et les mains levées vers le ciel, lui demandait à grands cris miséricorde.

Il lui enfonça de toute sa force sa lance dans l'estomac, et la perça d'outre en outre.

Il lui ouvrit ensuite le sein, lui arracha le cœur et les entrailles, et les jeta aux chiens affamés, qui les dévorèrent incontinent.

Un moment après, cette jeune victime se relève et se remet à fuir du côté de la mer, les chiens toujours attachés à sa poursuite.

De son côté, le cavalier remonte à cheval, et court de nouveau après elle avec tant de vitesse, qu'Anastase les eut bientôt perdus de vue.

Il est aisé de se figurer la situation où un pareil spectacle dut le plonger.

Son cœur était partagé entre l'horreur et la compassion.

Revenu à lui-même, il pensa que cette aventure pourrait lui être utile, puisque la scène s'en renouvelait tous les vendredis.

Il en remarqua le lieu, et s'en retourna chez lui tout pensif.

Deux ou trois jours après, il envoya quérir à Ravenne plusieurs de ses parents et de ses amis.

« Vous m'avez longtemps pressé, leur dit-il, de ne plus songer à l'inhumaine qui me déteste, et de cesser les folles dépenses que j'ai faites à son sujet; me voilà enfin, une fois pour toutes, prêt à suivre votre conseil, si vous voulez m'accorder la grâce que je vais vous demander; c'est d'engager messire Paul des Traversaires, sa femme, sa fille, et autant de leurs parents qu'il sera possible, à venir dîner dans la solitude le mois prochain.

Je vous ferai connaître ce jour-là les raisons qui m'engagent à les attirer chez moi.

La chose paraissant facile aux amis d'Anastase, ils lui promirent de lui donner cette satisfaction, et ne furent pas plutôt retournés à la ville qu'ils se mirent en devoir de la lui procurer.

La demoiselle seule fit quelque difficulté; cependant elle se laissa gagner par les autres dames qui devaient être de la partie.

Pendant ce temps-là, Anastase avait fait dresser des tentes dans le bois planté de sapins. La table fut mise précisément vis-à-vis de l'endroit où s'était passée la scène effrayante dont il avait été témoin.

Il plaça les convives de manière que sa maîtresse se trouvât la plus à portée de voir ce spectacle.

Le repas fut des plus magnifiques et des plus somptueux.

Il était déjà fort avancé, lorsqu'on entend des cris plaintifs poussés par une femme.

Tout le monde est étonné, et chacun demande ce que c'est.

Les cris redoublent : on se lève, on regarde de tous côtés, et bientôt on aperçoit la jeune fille poursuivie par les chiens et par le cavalier.

D'abord grandes menaces de la part des spectateurs contre les chiens, et ensuite contre l'homme qui semblait les exciter; mais celui-ci leur ayant parlé comme à Anastase, les fit non seulement reculer, mais les glaça de surprise et de crainte lorsqu'il renouvela en leur présence ce qui s'était passé le vendredi précédent.

Les dames de la compagnie, dont plusieurs étaient parentes, soit du cavalier, soit de la jeune fille, et qui se souvenaient encore de l'amour malheureux et de la triste fin du jeune homme, furent aussi touchées de ce spectacle douloureux que si elles en eussent été le sujet.

Mais il n'y en eut point qui le fût autant que la maîtresse d'Anastase : elle avait tout vu et n'avait perdu aucune parole du récit du cavalier.

Il lui fut facile de juger que cette aventure l'intéressait plus que toute autre, en se rappelant la dure insensibilité avec laquelle elle avait reçu les soins et les assiduités d'un jeune homme qui l'adorait.

Elle en fut si frappée, qu'il lui semblait déjà qu'elle fuyait devant lui, et que les chiens la poursuivaient et lui déchiraient les fesses.

Elle passa le reste du jour dans de profondes rêveries, et la nuit dans de cruelles appréhensions : enfin elle ne put recouvrer sa tranquillité qu'après s'être reproché son inhumanité et s'être résolue de passer de la haine à l'amour.

Elle ne s'en tint point là.

A peine fut-il jour, qu'elle envoya secrètement à Anastase une servante qui avait sa confiance, pour le prier de la venir voir, et l'assurer qu'elle était décidée à le payer du plus tendre retour.

Anastase s'étant rendu à l'invitation, la belle lui dit, d'un air passionné, qu'elle était prête à faire tout ce qui pourrait lui être agréable.

Le jeune homme répondit qu'il était enchanté de ses nouveaux sentiments, et que, comme ses intentions avaient toujours été honnêtes, il ne voulait rien d'elle que par la voie du mariage.

La demoiselle, qui ne demandait pas mieux, admira sa générosité, et se chargea d'en faire elle-même la proposition à son père et à sa mère, qui consentirent de bonne grâce à cette union.

Les noces furent célébrées bientôt après, et les deux époux vécurent longtemps ensemble et dans la plus parfaite intelligence.

Tel fut l'heureux effet de cette peur ; mais le plus remarquable de l'histoire, c'est que, depuis cette aventure, les dames de Ravenne furent plus douces, plus sensibles et beaucoup plus complaisantes pour leurs amants.

NOUVELLE IX

LE FAUCON

Quand Mme Philomène eut achevé sa nouvelle, la Reine, voyant que c'était à elle à raconter la sienne, à cause du privilège réservé à Dionéo, dit, d'un air riant : C'est donc maintenant à moi, Mesdames, à vous entretenir. L'histoire que je vais vous dire est, en partie, semblable à celle que vous venez d'entendre : elle vous fera voir combien vos complaisances et vos bons procédés ont de pouvoir sur les cœurs et les esprits bien faits, et vous apprendra à être libérales, quand il s'agit de récompenser des hommes qui méritent de l'être, sans attendre que la fortune dispose de vos biens; car elle ne les distribue point avec discernement, mais le plus souvent au premier venu et à celui qui en est le moins digne.

Je commencerai par vous dire que je tiens l'anecdote dont je vais vous parler de Coppe de Bouguèse (Dominique), un de nos compatriotes, qui vivait il n'y a pas longtemps, dont la mémoire est encore en grande vénération parmi nous, et qui mérite de vivre éternellement dans l'estime des hommes, plutôt par ses qualités personnelles et ses vertus, que par la noblesse de ses ancêtres. Ce bon Seigneur, étant déjà sur ses vieux jours, prenait plaisir à s'entretenir souvent avec ses voisins des événements passés, et il narrait avec une grâce, un ordre, une facilité d'expression dont personne n'a jamais été doué comme lui. Parmi les différentes histoires qu'il racontait, voici celle qu'il se plaisait à répéter le plus souvent :

Il y eut autrefois, à Florence, un jeune gentilhomme fort riche nommé Fédéric, fils de messire Philippe Albérigni, d'une maison illustre.

L'art et la nature n'avaient rien épargné pour en faire un jeune homme accompli : il n'avait point son pareil parmi la jeune noblesse toscane.

Il devint amoureux, comme c'est assez l'ordinaire de ceux de son âge et de son rang, d'une dame de condition, nommée Jeanne, qui, de son temps, passait pour une des plus belles et des plus aimables femmes de Florence.

Il n'épargna rien pour s'en faire aimer : festins, joutes, tournois, présents magnifiques, tout fut employé ; mais la dame, aussi vertueuse que belle, se souciait très peu d'être l'objet de toutes ces folles dépenses, et n'en méprisait pas moins le galant.

Fédéric ne se rebuta point ; il continua le même train, et fit tant, par ses prodigalités déplacées, que de tous ses grands biens il ne lui resta plus qu'une petite métairie, dont le revenu modique suffisait à peine pour lui donner à vivre, et ne conserva de sa magnificence passée qu'un faucon excellent pour la chasse.

Quoique plus amoureux que jamais de celle pour qui il s'était ruiné, voyant qu'il ne pouvait plus vivre décemment à la ville, il prit le parti de se retirer à la métairie qui lui restait.

Il y chassait avec son faucon le plus souvent qu'il pouvait, autant pour tâcher de s'étourdir sur la misère qu'il n'imputait qu'à lui-même, que pour ne point s'abaisser à demander du secours à personne.

Il menait depuis quelque temps ce nouveau genre de vie, lorsque le mari de Mme Jeanne tomba malade et mourut.

Il n'eut que le temps de faire son testament, par lequel il institua son fils, déjà un peu grand, héritier de tous ses biens, qui étaient immenses ; et, en cas que l'enfant vînt à mourir sans hoir légitime, les substitua à sa femme, qu'il avait aimée avec tendresse.

La belle saison étant venue, la veuve alla, selon sa coutume, passer l'été à la campagne, à une maison qu'elle avait dans le voisinage de celle de Frédéric.

A la faveur du voisinage, le petit enfant, qui se plaisait à rôder, eut bientôt fait connaissance avec lui ; il le visitait fréquemment, aimant à s'amuser avec ses chiens et ses oiseaux.

Il eut occasion de voir son faucon, dont il avait beaucoup entendu parler.

Cet oiseau lui plut tellement qu'il en eut envie ; mais il n'osait le demander, sachant que Frédéric lui était fort attaché.

Le chagrin de ne pouvoir posséder ce qu'il désirait le mina si fort qu'il en tomba malade.

Il fit connaître à sa mère la cause de son mal en ces termes :

« Ah ! ma chère maman, si vous pouviez me faire avoir le faucon de Frédéric, je sens que je serais bientôt guéri. »

La dame fut quelques moments à rêver et à réfléchir sur ce qu'elle devait faire ; elle savait que Frédéric l'avait longtemps aimée ; qu'il s'était ruiné en son honneur, et qu'elle s'était toujours montrée insensible à ses empressements.

« Comment, disait-elle en elle-même, comment oser demander ce faucon, qui est, dit-on, le meilleur qu'il soit possible de voir, et qui d'ailleurs fait vivre et subsister son maître ?

« Serais-je assez peu raisonnable pour vouloir en priver un gentilhomme qui n'a dans ce monde d'autre plaisir que celui-là ? »

Ces réflexions la tenaient dans une grande perplexité, quoiqu'elle

Transporté de joie, il court au plus vite la recevoir... Page 434.

fût bien certaine d'avoir l'oiseau, si elle le demandait. Ne sachant donc que répondre à son fils, elle garda le silence ; mais l'enfant toujours malade, toujours chagrin, refuse tout ce qu'on lui offre, et dit qu'il veut avoir le faucon.

Enfin, l'amour maternel l'emportant sur toute considération, sa mère, résolue à le satisfaire à quelque prix que ce fût, prend le parti de lui dire qu'il aura cet oiseau, et se détermine effectivement à aller elle-même le demander.

« Ne te chagrine plus, lui dit-elle, songe seulement à te rétablir ; je te promets que la première chose que je ferai demain matin sera d'aller chercher le faucon pour te l'apporter. »

Cette promesse fit tant de plaisir à l'enfant que le soir même il se trouva beaucoup mieux.

Le lendemain, la dame, accompagnée seulement d'une autre femme, alla, en se promenant, à la petite maison de Fédéric. Lorsqu'elle y arriva, il était par hasard dans son jardin, occupé à le faire arranger, parce que ce jour-là le temps n'était guère propre pour la chasse au faucon.

Elle se fait annoncer, disant qu'elle désire lui parler.

On se figure aisément quelle dut être sa surprise, lorsqu'on lui dit le nom de la dame qui le demandait.

Transporté de joie, il court au plus vite la recevoir, et la salue très respectueusement du plus loin qu'il l'aperçoit.

Mme Jeanne, de son côté, va au-devant de lui, et le salue de la manière la plus honnête et la plus gracieuse.

Après les compliments d'usage :

« Seigneur Fédéric, lui dit-elle, je viens ici pour vous récompenser des soins que vous avez perdus, lorsque vous m'aimiez un peu plus que de raison; et la récompense, c'est que je viens avec madame vous demander à dîner.

— Il ne me souvient pas, Madame, lui répondit-il avec douceur et modestie, d'avoir fait aucune perte pour vous; au contraire, vous m'avez procuré de si grands avantages, que si jamais on m'a reconnu quelque mérite, c'est aux sentiments que vous m'avez inspirés que j'en ai l'obligation.

« La grâce que vous me faites aujourd'hui m'est si précieuse, et flatte si fort mon cœur, que, quoique je sois pauvre, je ne voudrais pas la changer contre les biens que j'ai perdus. »

Après lui avoir fait ce compliment, il la reçut dans son petit réduit, et la conduisit ensuite dans son jardin.

Ne sachant que lui donner pour lui faire compagnie, il la laissa avec la jardinière et la dame qui l'avait accompagnée, pendant qu'il était allé préparer le dîner.

Cet honnête gentilhomme n'avait jamais si bien senti les désagréments de la pauvreté que dans ce moment, où il se trouvait si peu en état de recevoir une personne si chère à son cœur; il aurait voulu la régaler, et il se trouvait ce jour-là dépourvu de tout.

Il enrageait de dépit, maudissait sa fortune, et courait çà et là comme un homme qui ne sait où donner de la tête.

Le plus fâcheux, c'est qu'il n'avait ni sou ni maille, ni effets sur lesquels il pût emprunter.

Cependant l'heure du dîner approchait, et il n'avait encore rien préparé, quoiqu'il en eût eu tout le temps.

Il ne savait à quoi se résoudre, lorsque, jetant les yeux sur son faucon, qui se tenait tranquillement perché dans sa loge, il se détermine à en faire le sacrifice, pour avoir du moins quelque chose d'honnête à servir à la charmante veuve qui l'honorait de sa visite.

Il le prend donc, lui tord le cou, le plume et le met à la broche.

Quand tout fut prêt, il retourna gaiement au jardin, pour engager la dame et sa compagnie à venir se mettre à table.

Le repas fini, et après une assez longue conversation des plus amusantes, Mme Jeanne crut qu'il était temps de lui découvrir le motif de sa visite, et lui parla en ces termes :

« Si vous vous souvenez encore, seigneur Fédéric, de tout ce que vous avez fait pour moi, et de ma grande retenue, qui vous a peut-être fait penser que j'avais l'âme dure et sauvage, je ne doute pas que vous ne soyez étonné de ma présomption lorsque vous apprendrez le véritable sujet qui m'a amenée chez vous.

« Cependant, si vous aviez des enfants, ou que vous en eussiez eu, comme vous connaîtriez alors quelle est la force de la tendresse paternelle, je suis assurée que vous m'excuseriez.

« Mais vous n'en avez point, et moi, qui en ai un, je ne puis me soustraire aux lois communes à toutes les mères : c'est ce qui me force, contre toute raison, contre ma propre volonté, à vous demander une chose que je sais que vous estimez beaucoup et à bon droit, puisqu'elle est la seule consolation que la fortune vous ait laissée : en un mot, c'est votre faucon que je vous demande.

« Mon fils est malade; il a une si grande envie de l'avoir, que je crains fort, si je ne le lui apporte, que sa maladie n'empire, et que le chagrin ne le fasse mourir : c'est pourquoi je vous conjure, non par votre amitié, car vous ne m'en devez point, mais par cette bonté de cœur, cette bienfaisance généreuse qui ne s'est jamais démentie, et qui vous distingue si supérieurement des autres hommes; je vous conjure, dis-je, de m'accorder la grâce que je vous demande.

« Mon fils vous devra la santé, peut-être la vie, et vous allez par ce bienfait acquérir des droits éternels sur son cœur et sur le mien. »

Fédéric, ne pouvant satisfaire les désirs de la dame, puisqu'elle avait mangé ce qu'elle lui demandait, se mit à pleurer, avant de pouvoir répondre une seule parole.

La dame crut que le chagrin de perdre son faucon était la cause de ses larmes : elle fut sur le point de se rétracter; cependant elle attendit la réponse qu'il lui ferait quand il aurait cessé de pleurer.

« Madame, lui dit-il, depuis le premier moment que j'ai été épris de vos charmes, j'ai reconnu que la fortune m'a été contraire en bien des choses, et je me suis plaint de ses rigueurs; mais tous les revers que j'ai éprouvés ne sont rien en comparaison de ce qu'elle me fait souffrir aujourd'hui; il m'en restera toujours une vive amertume dans l'âme.

« Eh! pouvait-elle me porter un coup plus sensible, plus cruel, quand je considère que vous vous êtes donné la peine de vous rendre en cette chaumière où vous n'auriez certainement pas daigné venir quand j'étais riche, et que vous me demandez une chose qu'il m'est absolument impossible de vous donner?

« Cruelle fortune, ne cesseras-tu donc jamais de me persécuter!

« J'ai souffert patiemment toutes mes disgrâces; mais je vous avoue, Madame, que celle-ci m'accable : je n'ai plus de faucon.

« Aussitôt que vous m'avez fait la grâce de me dire que vous veniez dîner avec moi, sensible à cette grande faveur, j'ai pensé qu'il fallait, selon mon petit pouvoir, vous offrir un mets plus délicat que ce qu'on sert ordinairement pour d'autres personnes. Je me suis souvenu du faucon; j'ai pensé qu'il serait assez bon pour vous être présenté; je l'ai tué sans balancer, quelque excellent qu'il fût pour la chasse, et vous l'ai fait servir à dîner.

« Mais, puisque vous désiriez l'avoir vivant, je ne me consolerai jamais de vous l'avoir donné à manger.

« Je ne le vois que trop, il est de ma malheureuse destinée de ne pouvoir rien faire qui vous soit agréable. »

Après ces paroles, pour la convaincre qu'il était loin de lui en imposer, il fit apporter les plumes, les serres et le bec de l'oiseau.

Madame Jeanne le blâma fort d'avoir tué un faucon d'un tel prix, pour le lui servir à manger; mais, dans le fond de son âme, elle lui sut un gré infini de sa générosité, que le malheur et la misère n'avaient pu lui faire perdre.

« Je vous tiendrai compte toute ma vie, lui dit-elle ensuite, de ce sacrifice, de quelque manière que la Providence dispose de mon fils. »

Se voyant donc sans espoir d'avoir le faucon, elle prit congé de Fédéric, le remercia de son honnêteté et de ses bonnes intentions, et s'en retourna fort triste, rêvant à ce qu'elle dirait à son enfant pour le consoler du malheur qui était arrivé.

Elle le trouva plus malade, et eut la douleur de le voir mourir quelques jours après, soit que le chagrin de n'avoir pu avoir le faucon eût empiré son état, soit que sa maladie fût mortelle de sa nature.

Cette mort affligea beaucoup la dame.

Après avoir donné quelques jours à ses larmes, elle se vit sollicitée par ses frères à se remarier, parce qu'elle était encore jeune et fort riche.

Elle n'en avait pas trop d'envie; mais se voyant tous les jours pressée par ses parents et ses amies, elle se ressouvint de l'honnêteté, de la constance, de la générosité de Fédéric, qui avait tué son faucon pour lui donner à dîner.

« Je demeurerais volontiers veuve, dit-elle à ses parents, si cela vous faisait plaisir; mais, puisque vous voulez que je me remarie, je vous préviens que je n'accepterai jamais pour époux que Fédéric d'Albérigni.

— Que dites-vous là? s'écrièrent ses frères en se moquant d'elle.

« Parlez-vous sérieusement? nous ne pouvons le croire.

« Ignorez-vous que ce gentilhomme est aujourd'hui dans la plus affreuse misère?

— Je le sais, répliqua-t-elle; mais j'aime mieux un homme qui ait besoin de richesses, que des richesses qui aient besoin d'un homme! »

Ses frères, la voyant décidée à ne pas prendre d'autre mari que celui-là, ne pouvant d'ailleurs se dissimuler que Fédéric ne fût un très honnête gentilhomme, consentirent qu'elle l'épousât tout pauvre qu'il était.

Le mariage se fit avec beaucoup de magnificence.

Le nouvel époux, que l'adversité avait rendu sage, se voyant, pour la seconde fois, à la tête d'une grande fortune, devint économe, et passa avec celle qu'il avait si longtemps aimée, des jours heureux dans les plaisirs et dans la plus tendre et la plus parfaite amitié.

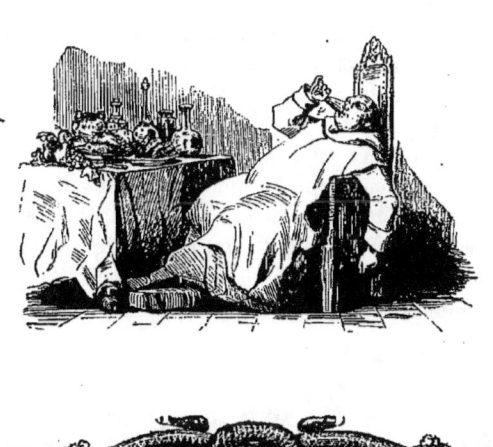

NOUVELLE X

LE COCU CONSOLÉ

La Reine ayant achevé le récit de sa nouvelle, tous bénirent le ciel d'avoir enfin récompensé la constante générosité de Fédéric. Dionéo, qui n'attendait jamais qu'on lui commandât de parler, prit la parole en ces termes :

Je ne sais si c'est un vice d'éducation parmi les hommes, ou si c'est un travers qu'ils tiennent de la nature, d'être frappés plus vivement et d'une manière plus agréable des actions déshonnêtes et criminelles que de celles qui sont décentes et louables.

Ce qui est certain, mes belles Dames, c'est que les gaillardises que je vous ai débitées jusqu'à présent, ne m'ont été inspirées que par le désir que j'ai de vous égayer et de vous divertir plus que ne le font les autres. Je vais tâcher de le faire encore par la nouvelle que vous allez entendre.

Je ne vous cacherai point, Mesdames que le sujet n'en est pas trop honnête à certains égards, mais il pourra vous amuser, et c'est assez pour que je vous la raconte sans crainte. Vous pourrez faire d'ailleurs, en l'écoutant, ce que vous faites quand vous vous trouvez dans un jardin émaillé de fleurs, ou à la vue d'une belle rose, vous avancez vos mains délicates pour la cueillir, en laissant de côté les épines. Vous laisserez également à l'écart l'infamie d'un des personnages dont je vais vous entretenir, pour ne vous amuser que des fourberies galantes de sa femme, et prendre part au malheureux événement qui l'a démasquée aux yeux de son méprisable mari.

I l n'y a pas longtemps qu'à Pérouse vivait un homme fort riche, nommé Pierre Vinciolo, fort connu pour aimer les plaisirs, mais soupçonné d'indifférence pour ceux que les femmes procurent.

Afin de détruire dans l'esprit de ses compatriotes ces soupçons qui n'étaient que trop fondés, il prit le parti de se marier, et épousa une demoiselle bien propre à le ramener dans le bon chemin.

Elle était jeune, grande, robuste, les yeux vifs, le poil ardent, d'une complexion, en un mot, qui eût demandé deux maris au lieu d'un.

Malheureusement pour elle, celui qu'elle venait d'épouser n'était rien moins que disposé à bien remplir les devoirs naturels du mariage ; son goût et son penchant l'éloignaient des femmes ; de sorte qu'il ne couchait avec la sienne que le moins qu'il pouvait, et seulement pour lui donner le change sur le vice honteux dont il était entiché.

Cette conduite ne contentait point la dame, qui était gourmandée par son tempérament.

Comme elle ne pouvait soupçonner son mari d'impuissance, puisqu'il était vigoureux et à la fleur de son âge, elle se douta de sa dépravation, et commença à se fâcher.

Elle débuta par les reproches, et finit par les injures.

C'étaient tous les jours nouveaux débats, nouvelle guerre dans le ménage : enfin, voyant que toutes ces querelles n'aboutissaient qu'à altérer sa santé, sans pouvoir réformer son indigne mari, elle résolut de le punir de son indifférence.

« Puisque ce malheureux, dit-elle en elle-même, ne me rend point le devoir auquel il est obligé par le mariage, et qu'il m'abandonne ainsi à la fleur de mon âge pour satisfaire un mauvais penchant, il est juste que je me pourvoie de quelque galant qui me dédommage des plaisirs dont il me prive.

« Je ne lui ai apporté une bonne dot et ne l'ai accepté pour mari que parce que j'ai cru qu'il était homme, et qu'il aimait ce que les autres aiment et doivent aimer.

« Il savait que j'étais femme; il ne devait donc pas me prendre, puisqu'il n'aimait pas mon sexe.

« O l'infâme! non, je ne lui pardonnerai jamais de m'avoir ainsi trompée.

« Si j'avais voulu renoncer aux plaisirs du monde, je me serais faite religieuse; mais puisque je n'y ai point renoncé, pourquoi en serais-je privée?

« Dois-je laisser passer ma jeunesse sans jouir de son plus bel apanage!

« Quand je serai vieille, on ne voudra plus de moi.

« Mettons donc le temps du jeune âge à profit, afin de nous épargner des regrets inutiles, quand cet heureux âge sera passé.

« Il m'en donne lui-même l'exemple.

« Mon infidélité sera moins criminelle que la sienne; je ne blesserai que les lois de convention, au lieu que lui blesse en même temps ces lois et celles de la nature. »

La tête remplie de ces louables idées, elle ne songea qu'aux moyens d'exécuter son projet, en tâchant néanmoins de ne pas se compromettre dans l'esprit de son mari.

Elle s'adressa, pour cet effet, à une vieille entremetteuse, qu'on aurait prise pour une sainte, à n'en juger que par l'extérieur.

Cette femme avait toujours le chapelet au poing, et passait la plus grande partie du temps dans les églises; elle n'ouvrait la bouche que pour bénir le Seigneur, louer la vie des saints, ou parler des plaies de saint François ; en un mot, on l'aurait canonisée sur sa mine.

La belle prit son temps pour s'ouvrir à cette bonne hypocrite : elle lui conta son cas, et ce qu'elle se proposait d'exécuter.

« Ma fille, répondit la vieille béate, j'approuve votre dessein ; et quand votre mari serait moins coupable, vous feriez très bien de mettre à profit les instants précieux de votre jeunesse.

« Pour toute femme qui a du jugement, il n'est point de regret plus cuisant que celui d'avoir perdu le fruit de ses belles années. »

Il tardait à la jeune femme qu'elle eût achevé de parler, pour lui dire que si elle venait à rencontrer un jeune homme qui passait fréquemment dans son quartier, et dont elle lui fit le portrait, elle tâchât de l'aborder pour savoir s'il serait homme à profiter d'une bonne fortune. Après cette instruction, elle lui donna un morceau de viande salée, et la congédia.

La bonne vieille sut si bien s'y prendre, qu'elle ne tarda point à lui amener le jeune homme.

Quelques jours après, elle lui en procura un second, puis un troisième, puis d'autres encore, selon la fantaisie de la jeune dame, qui, à ce qu'on voit, aimait le changement.

Elle ne laissait pas de prendre des mesures pour dérober son nouveau genre de vie à la connaissance de son mari, quelques torts qu'il eût envers elle.

Comme elle était de bon appétit, elle multipliait et prolongeait tant qu'elle pouvait les visites des galants, afin de mettre le temps à profit, selon le bon conseil de la vieille entremetteuse.

Un jour que son mari fut invité à souper chez un de ses amis, nommé Hercolan, elle crut devoir profiter de l'occasion pour engager la vieille à lui amener un jeune homme des plus beaux et des mieux faits de Pérouse ; ce que celle-ci fit incontinent.

La dame et le nouveau galant se sont à peine mis à table pour souper, que Vinciolo frappe à la porte, et crie qu'on lui ouvre.

La belle, entendant la voix de son mari qu'elle n'attendait pas sitôt, se crut perdue.

Elle se met néanmoins en devoir de cacher l'amoureux, qui ne savait pas trop non plus que devenir.

Soit qu'elle n'eût pas le temps de le cacher mieux, soit que la surprise l'empêchât de raisonner, elle le fit mettre dans une espèce de galerie attenante à la salle où ils soupaient, sous une cage à poules, qu'elle couvrit d'un sac qu'elle avait fait ce jour-là.

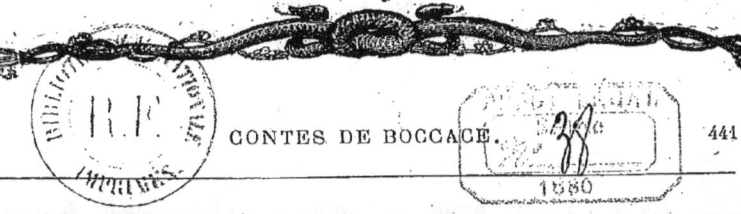

Le mari le prit par la main et le mena à son infidèle... Page 444.

Pendant ce temps, la servante, qui, comme on le sent très bien, était dans sa confidence, enfermé ce qui était sur la table; et cela fait, elle court ouvrir la porte à Vinciolo.

« Quoi! vous voilà déjà? lui dit sa femme. Vous avez eu bientôt soupé.

— Je n'ai rien fait moins que cela, répondit le mari.

— Vous m'étonnez, reprit-elle; et d'où vient que vous n'avez pas soupé?

— Un accident qui a mis toute la maison d'Hercolan en désordre nous en a empêchés.

« A peine nous étions-nous mis à table, lui, sa femme et moi, que nous avons entendu éternuer à quatre pas de nous.

« On y a fait peu d'attention la première fois ; mais nous avons été fort surpris d'entendre le même bruit cinq ou six fois de suite, et même davantage.

« Ne voyant personne autour de nous, nous ne savions que penser, et nous étions dans le plus grand étonnement : alors Hercolan, qui était déjà de mauvaise humeur contre sa femme, de ce qu'elle nous avait fait attendre un peu de temps à la porte, lui a demandé, en colère, ce que cela voulait dire.

« Comme elle ne lui répond rien, et qu'elle paraît embarrassée, il se lève de table, et va vers un escalier tout proche de la chambre où nous étions, sous lequel était un petit réduit fait de planches, d'où il lui a semblé que partait l'éternûment.

« La porte de cette espèce de cabinet, comme il y en a dans presque toutes les maisons, n'a pas été plutôt ouverte, qu'il en est sorti une puanteur insupportable.

« Nous avions déjà senti cette mauvaise odeur, et Hercolan s'en était plaint ; mais sa femme s'était excusée, en disant que ce n'était autre chose que la vapeur d'un peu de soufre qu'elle avait brûlé pour blanchir du linge qu'elle avait étendu dans cet endroit, afin qu'il reçût la fumée qui y restait encore.

« Cette fumée s'étant un peu dissipée, Hercolan regarde dans cette cachette, et aperçoit celui qui avait éternué, et qui venait d'éternuer encore par la force du minéral dont la vapeur lui montait à la tête, et qui avait failli l'étouffer.

« Se tournant alors vers sa femme :

« Je vois à présent, lui a-t-il dit, pourquoi tu nous a tenus si long-temps à la porte.

« Ce procédé mérite une récompense, et je suis trop équitable pour te la refuser ; elle sera si bonne, que je me flatte que tu t'en souviendras toute ta vie.

« La femme, sur cela, a pris la fuite, et s'est sauvée je ne sais où, sans chercher seulement à se justifier.

« Hercolan, sans prendre garde qu'elle s'évadait, a dit plusieurs fois à l'éternueur de sortir promptement de sa niche ; mais, comme il était plus mort que vif, il n'a pas branlé pour cela : il l'a pris par la jambe, et l'a traîné dehors ; après quoi il est allé prendre son épée, à dessein de le tuer.

« La crainte d'être enveloppé dans un meurtre, m'a fait courir au-devant de lui, et je l'ai empêché de lui porter le moindre coup.

« Mes cris et le bruit que je faisais pour défendre le coupable ont attiré quelques voisins qui, voyant le jeune homme à demi mort, l'ont emporté je ne sais où.

« Voilà quel a été notre souper.

« J'avais à peine avalé le premier morceau lorsque cette scène a commencé : ainsi juge si je dois avoir faim. »

La dame connut par ce récit qu'elle n'était pas la seule femme qui eût des amoureux, malgré les dangers auxquels ils s'exposent.

Elle eût voulu, de tout son cœur, excuser la femme d'Hercolan ; mais comme il lui semblait qu'en blâmant les fautes d'autrui, elle se procurait plus de facilité pour cacher les siennes, elle se mit à décla-mer contre elle en ces termes :

« Voilà assurément une belle conduite !

« Qui l'aurait cru ?

« Je la regardais comme la plus honnête, la plus vertueuse, la plus sainte de toutes les femmes.

« Fiez-vous, après cela, à ces dévotes, qui ne font les mijaurées que pour mieux cacher leur jeu !

« Mais qui pourrait tenter d'excuser celle-là, qui n'est ni jeune, ni mal mariée ?

« Il faut convenir qu'elle donne là un bel exemple aux autres femmes !

« Maudite soit l'heure qu'elle vint au monde ! puisse cette femme impure être elle-même un objet de malédiction, puisqu'elle vit dans le crime et le désordre !

« L'indigne créature ! elle est la honte et l'opprobre de notre sexe.

« Est-ce donc là la récompense qu'elle réservait à l'honnêteté de son mari, de cet homme généralement respecté, qui avait pour elle toutes les complaisances et tous les égards possibles ?

« L'ingrate n'a pas craint de le déshonorer pour prix de ses bien-faits, et de se déshonorer elle-même sans pudeur !

« Des femmes de cette trempe mériteraient d'être brûlées vives sans miséricorde. »

Après avoir parlé de la sorte, et n'oubliant pas que son galant était encore sous la cage, elle dit à son mari qu'il était temps d'aller se coucher.

Le mari, qui avait plus envie de manger que de dormir, lui demanda s'il n'était rien resté de son souper.

« De mon souper ! répondit-elle : vraiment, nous avons coutume de faire grande chère quand tu n'y es pas !

« Tu me prends, je crois, pour la femme d'Hercolan...

« Va te coucher, te dis-je, tu mangeras demain de meilleur appétit. »

Ce soir-là même, les fermiers de Vinciolo lui avaient apporté des denrées d'une de ses métairies, et avaient mis leurs ânes, sans les abreuver, dans une petite écurie qui joignait la galerie où le galant était en cage.

Il arriva qu'un de ces ânes, pressé par la soif, se détacha et sortit de l'écurie, flairant par-ci par-là pour trouver de l'eau.

Courant ainsi de côté et d'autre, il passa près de la cage sous laquelle était le jeune amoureux, et lui marcha sur les doigts qui débordaient un peu ; car le pauvre diable avait été forcé, par la forme de la cage, de se tenir courbé sur le ventre, et de coller ses mains contre terre pour se tenir avec moins de fatigue.

La douleur qu'il sentit lui fit pousser un grand cri.

Vinciolo l'entendit, et fut fort étonné, voyant qu'il ne pouvait venir d'ailleurs que de chez lui.

Il sort de la chambre ; et comme le galant continuait de se plaindre, parce que l'âne avait toujours les pieds sur ses doigts, il crie :

« Qui est là ? » et court droit à la cage.

Il la lève, et trouve l'oiseau, qui tremblait de tous ses membres, dans la crainte que le mari irrité ne lui fît mal passer son temps.

Mais Vinciolo, l'ayant reconnu pour lui avoir fait longtemps et inutilement sa cour, se borna à lui demander ce qu'il venait faire dans sa maison.

Il n'en eut pour toute réponse sinon qu'il le suppliait de ne lui faire aucun mal.

« Lève-toi, lui dit-il alors, et ne crains rien ; mais à condition que tu me diras comment et pourquoi tu es venu ici ; » ce que le jeune homme fit incontinent.

Le mari, aussi joyeux d'avoir trouvé l'Adonis, que sa femme en était triste et affligée, le prit par la main et le mena à son infidèle, qui était dans une crainte et un saisissement qui n'est pas possible d'exprimer.

« Eh bien, ma chère femme, lui dit-il en l'abordant, comment justifierez-vous ce trait-ci ?

« Êtes-vous d'avis, à présent, qu'on brûle toutes les femmes de la trempe de celle d'Hercolan ?

« Fallait-il déclamer avec tant de vivacité contre elle, quand vous étiez aussi coupable ?

« Faites-vous plus d'honneur à votre sexe ?

« Vous ne l'avez blâmée avec tant de hauteur que pour mieux cacher votre jeu.

« Voilà comme vous êtes faites, vous autres femmes ; vous ne valez pas mieux les unes que les autres.

« Je voudrais que le diable vous emportât toutes tant que vous êtes. »

La belle, voyant que de prime abord il ne l'avait maltraitée que de paroles, et jugeant qu'elle en serait quitte à meilleur marché qu'elle n'avait cru, ne douta point que son mari ne fût bien aise de tenir dans ses filets un aussi beau garçon.

Cette idée la ranima un peu, et elle lui répondit sans être émue :

« Tu voudrais que le diable nous emportât toutes !

« J'en suis très persuadée, et cela ne m'étonne aucunement, puisque tu abhorres notre sexe ; mais, grâce à Dieu, il n'en sera rien.

« J'ajoute, puisqu'il faut enfin s'expliquer, que tes imprécations ne m'effrayent point.

« Au bout du compte, peux-tu raisonnablement te plaindre de ma conduite ?

« Il y a bien de la différence entre la femme d'Hercolan et la tienne : celle-là est une bigote, une hypocrite, une véritable *mégère*, à qui son mari ne laisse pas d'accorder tout ce qu'elle lui demande : elle ne jeûne de rien, toute vieille qu'elle est.

« Il en est le contraire de moi.

« Je conviendrai sans peine qu'en fait de vêtements et de parures tu me laisses peu de chose à désirer ; mais ne faut-il que cela à une femme de mon âge ?

« Tu sais combien il y a de temps que tu m'as fait la moindre caresse...

« J'aimerais mieux aller pieds nus et mal vêtue, pourvu que tu fisses bien le service conjugal, que d'être la mieux parée de toute la ville.

« Écoute, Pierre, puisqu'il te faut parler sincèrement, je veux bien que tu saches une bonne fois que je suis femme comme les autres ; ce qu'elles désirent, je le désire aussi ; comme elles j'ai des passions, et je dois, comme elles, chercher à les satisfaire.

« Si tu t'y refuses, peux-tu trouver mauvais que j'aie recours à d'autres?

« Au moins te fais-je honneur dans mes goûts, puisque je ne m'abandonne, comme tant d'autres, ni à des valets, ni à des malotrus.

« Tu ne saurais nier que le galant que j'ai choisi ne soit un joli garçon. »

Le mari, qui, comme je l'ai déjà fait entendre, n'estimait guère les femmes, et qui commençait à se lasser du clabaudage de la sienne, l'interrompit en lui disant :

« Allons, ma femme, n'en parlons plus, tu auras lieu d'être contente de moi sur tout ceci; tu sais que je suis bon diable; ainsi plus de reproches de part ni d'autre.

« Tout ce que je demande, c'est à souper; car je crois que ce beau jeune homme n'a pas fait meilleure chère que moi.

— Cela est très vrai, répliqua la commère, nous ne faisions que nous mettre à table lorsque, malheureusement pour nous, vous avez frappé à la porte.

— Dépêche-toi donc, reprit Vinciolo, donne-nous à souper; j'arrangerai ensuite les choses de manière que tu n'auras pas à te plaindre. »

La bonne dame, voyant son mari apaisé, fit aussitôt remettre la nappe, et servir les mets qu'elle avait fait apprêter, et soupa tranquillement avec l'infâme cocu et le jeune galant.

De vous apprendre ce qui se passa, après le repas, entre ces trois personnages, c'est ce que je ne saurais faire.

Je vous dirai seulement que le lendemain les nouvelles de la place de Pérouse étaient fort embarrassées de décider lequel du mari ou de la femme ou du galant avait passé la nuit d'une manière plus agréable.

Quand la nouvelle de Dionéo fut finie, les dames se donnèrent bien de garde d'en rire, plutôt par pudeur et par bienséance que pour avoir pris peu de plaisir à l'entendre.

La Reine voyant que la fin de son règne était arrivée, se leva, salua la compagnie, ôta sa couronne de laurier, et la mit d'un air tout à fait gracieux sur la tête de Mme Élise, en lui disant :

« C'est à présent à vous, Madame à nous commander. »

Mme Élise reçut cet honneur avec une noble modestie. Elle fit ensuite ce qu'avaient fait les Reines qui l'avaient précédée, et après avoir ordonné au maître d'hôtel ce qu'il devait faire pendant la durée de son gouvernement, elle parla ainsi :

« Vous avez souvent entendu dire, comme moi, que par un bon mot, une heureuse saillie, ou par une répartie piquante, plusieurs sont venus à bout de rabattre le caquet des insolents, ou d'échapper au danger dont ils étaient menacés.

« C'est là, ce me semble, un beau sujet à traiter; et comme il peut être d'un grand usage pour la conduite, je veux, puisqu'il m'appartient de parler ainsi, je veux que demain il soit l'objet de nos nouvelles; c'est-à-dire, qu'on y traite de ceux ou de celles qui, par quelque bonne plaisanterie, ont su se venger lorsqu'on cherchait à les humilier, ou qui, par un tour inattendu ou par une réplique faite à propos, ont évité des pertes, se sont tirés d'embarras et ont fermé la bouche aux railleurs. »

Tous applaudirent à cette proposition, et dirent qu'ils s'exerceraient avec plaisir sur un pareil sujet; alors la Reine se leva et laissa à chacun la liberté de faire ce qu'il jugerait à propos jusqu'à l'heure du souper.

La compagnie se dispersa comme à l'ordinaire; les uns allèrent d'un côté, ceux-ci de l'autre, chacun selon son goût. Quand le soleil fut couché, la compagnie se réunit, et la Reine fit servir le souper. Après qu'on se fut levé de table, on se mit à chanter et à jouer de divers instruments, au son desquels on exécuta plusieurs danses. La Reine ordonna ensuite au joyeux Dionéo de régaler l'assemblée d'une jolie chanson.

Il débuta aussitôt par celle-ci :

Dame Aldrade, levez la queue, car j'apporte bonne nouvelle.

Toutes les dames se prirent à rire; la Reine même ne put s'en empêcher; mais elle l'interrompit, pour lui commander de laisser celle-là et d'en dire une autre. « Madame, lui dit-il si j'avais une cymbale pour m'accompagner, je chanterais celle-ci :

« *Levez votre chemise, Mme Lappe;* ou bien cette autre ; *Sous l'olivier l'herbe est menue.*

« Aimez-vous mieux que je chante :

« *L'eau de la mer me fait si grand mal au cœur...*

« Mais je n'ai point de cymbale; ainsi voyez quelle autre chanson vous voulez que je dise.

« Celle-ci serait-elle de votre goût :

« *Sus dehors, qu'on le le coupe, comme à mon ami sur-le-champ ?...*

— Non, non, dites-en une autre.

— Je vais donc vous chanter celle-ci :

> Dame Simone, entonne, entonne,
> Nous ne sommes pas en octobre...

— Encore une fois, répliqua la Reine en riant, dites-nous-en une qui soit raisonnable ; car nous ne voulons point de celle-là.

— Vous n'en voulez point, Madame? Eh bien! dites-moi donc celle que vous voulez ; car j'en sais plus de mille.

« Celle-ci par hasard, vous ferait-elle plaisir?

« *Ma coquille, si gentille, si je ne lui donne des coups de bec ;* ou bien, *Va doucement mon cher mari ;* ou bien cette autre : *J'ai fait l'emplette d'un coq de cent livres.* »

La Reine se mit alors un peu en colère, quoique les autres dames se tinssent les côtés de rire et lui dit : « Trêve de badinage, c'est pousser trop loin la plaisanterie, et donnez-nous une jolie chanson, sans plus tarder, si vous ne voulez me fâcher tout de bon. » A cette menace, Dionéo quitta le ton badin, et se mit à chanter :

> Amour, ce feu si vif et si doux à la fois
> Dont brillent les yeux de ma belle
> M'a rangé sous tes lois,
> Et m'a fait pour toujours ton esclave fidèle,

SIXIÈME JOURNÉE

l était déjà grand jour, lorsque la Reine, qui s'était levée la première, fit éveiller les autres dames et les trois gentilshommes. On alla se promener sur le gazon encore humide, en s'entretenant de différentes choses. La conversation tomba insensiblement sur les nouvelles qu'on avait racontées la veille ; on parla des plus plaisantes, et l'on rit beaucoup de certains traits qu'on prit plaisir à se rappeler.

La chaleur commençait à se faire sentir : on fut d'avis de s'en retourner au château : on trouva le déjeuner tout préparé sur des tables couvertes de fleurs.

Après une courte toilette, on se remit à table pour dîner, par ordre

Mais voyez donc ce gros butor, qui s'avise de vouloir parler avant moi... Page 449.

de la Reine, qui jugea à propos de l'avancer un peu, afin d'éviter la grande chaleur.

Le repas fini, on se mit à chanter quelques jolies chansons; les uns allèrent faire leur méridienne, les autres jouèrent aux échecs, tandis que Dionéo et Mme Laurette continuèrent de chanter en s'accompagnant. L'heure du cercle étant venue, la Reine les fit tous appeler, et l'on se réunit auprès de la Belle Fontaine.

Chacun avait déjà pris la place qu'il avait affectée, et l'on allait commencer la première nouvelle, lorsqu'on entendit les domestiques qui faisaient beaucoup de bruit dans la cuisine; ce qui n'était pas encore arrivé. La Reine fit venir le maître d'hôtel, pour savoir ce qui causait ce grand tapage.

— C'est Licisque et Tindare qui ont pris querelle ensemble, lui répondit-il; mais j'ignore quel est le sujet de leur dispute; car dans l'instant que Madame m'a envoyé chercher, je ne faisais que d'arriver pour les faire taire.

— Allez leur dire, ajouta-t-elle, de venir me parler sur-le-champ.

Quand ils furent en sa présence, elle leur demanda la cause de leur dispute. Tindare voulait parler le premier; mais Licisque, femme déterminée et déjà d'un certain âge, l'arrêta en disant d'un ton fort animé : « Mais voyez donc ce gros butor, qui s'avise de vouloir parler avant moi ! Tais-toi, insolent, et laisse-moi dire : » puis se tournant du côté de la Reine : » Madame, continua-t-elle, ce grand imbécile que vous voyez, veut savoir mieux que moi ce qu'était la femme de Sycophart, comme si je ne l'avais pas autrefois fréquentée. Il prétend que la première nuit qu'elle coucha avec son mari, M. Bidaut ne pénétra dans la sombre caverne de la montagne que par la force des armes, et après avoir répandu beaucoup de sang. Je soutiens, moi, que cela n'est pas vrai, mais qu'il y entra librement et à la grande satisfaction de ceux qui étaient dedans : mais ce garçon-là est si bête, qu'il est persuadé que les jeunes filles sont assez sottes pour perdre leur temps à attendre l'effet des promesses que font les pères et les mères de les marier bientôt, tandis qu'il se passe presque toujours trois ou quatre ans avant de voir ces promesses s'effectuer. Vraiment elles seraient bien dupes si elles s'en tenaient là. Je dois savoir, ce me semble, ce que je dis, puisque je ne parle que par expérience, et d'après le dire de toutes mes amies et voisines ; aucune n'a donné ses prémices à son époux. Je sais de plus les bons tours que la plupart des femmes mariées jouent à leurs maris ; et cette pécore veut m'apprendre à connaître les femmes, comme si je n'étais née que d'hier. »

Pendant que Lycisque parlait ainsi, les dames étouffaient de rire. La Reine qui se possédait un peu plus, eut beau vouloir l'interrompre et lui imposer silence à plusieurs reprises, elle ne cessa de parler, jusqu'à ce qu'elle eût achevé de dire tout ce qu'elle avait sur le cœur. Quand elle eut mis fin à son plaidoyer, la Reine se tourna du côté de Dionéo : « Voilà précisément, lui dit-elle, une matière qui est de votre ressort. Comme vous êtes très versé sur ces sortes de points, je vous donnerai celui-là à décider, quand chacun de nous aura conté sa nouvelle. Ce point-là est tout décidé, ma belle dame, répondit-il, je n'ai pas besoin d'en entendre davantage pour dire que Lycisque a raison. Oui je suis intimement persuadé qu'elle dit vrai, et que Tindare n'est qu'une grosse bête. » A ces paroles Lycisque se prit à rire ; et, se tournant vers Tindare : « Je te le disais bien que tu n'étais qu'un ignorant. Soutiendras-tu encore que tu en sais plus que moi ? Au moins n'ai-je pas perdu mon temps en venant ici. Vois comme tout le monde se moque de toi... »

Si la Reine, d'un ton sévère, n'eût ordonné à cette femme de se taire, sous-peine d'être fouettée, elle n'eut pas cessé de parler jusqu'à la nuit. Quand on fut délivré de son babil et de sa présence, la Reine commanda à Mᵐᵉ Philomène de dire la première sa nouvelle. Cette dame obéit incontinent, et parla ainsi :

NOUVELLE PREMIÈRE.

LE MAUVAIS CONTEUR

De même que les étoiles font l'ornement du ciel, que les fleurs font celui des prairies et des jardins, et que les bosquets décorent agréablement les collines ; de même les pensées choisies, les bons mots et les saillies font la beauté et l'ornement du discours. Il semble que ces sortes de traits ingénieux qui se font admirer par leur vivacité, devraient être plus communs chez notre sexe naturellement vif et sensible ; mais, par une fatalité que je ne puis concevoir, rien n'est plus rare que de voir des femmes se distinguer par de bons mots et des saillies. C'est, sans doute, la faute de l'éducation qu'on nous donne.

Je ne pousserai pas plus loin mes réflexions à cet égard ; Mme Pampinée en a dit assez l'autre jour sur cette matière. Je me contenterai de vous raconter la manière adroite et polie dont s'y prit une dame de bonne famille, pour redresser un gentilhomme qui lui contait une histoire d'une façon ennuyeuse et pitoyable.

Cette anecdote vous prouvera que les plus petites choses ont de l'agrément, quand elles sont dites à propos.

I n'y a pas longtemps qu'il y avait dans notre bonne ville de Florence une dame de condition, très aimable et parlant bien, nommée Horette, et femme de messire Geri Spina.

Pendant son séjour à la campagne, où elle passait six mois de l'année, elle fit la partie avec plusieurs dames et plusieurs messieurs qu'elle avait eus la veille à dîner chez elle, d'aller voir un sien parent ou ami dont la maison de plaisance était voisine de la sienne.

La moitié de la bande était à pied, et l'autre à cheval.

Comme elle était du nombre des premiers, et qu'elle paraissait un peu fatiguée, un des cavaliers lui offrit de la prendre en croupe, et de lui conter, chemin faisant la plus jolie histoire du monde.

La dame accepte l'offre, et voilà mon homme qui commence son récit.

Or, vous saurez que ce gentilhomme était aussi propre à raconter des histoires qu'à porter une épée au côté.

Il s'embrouille, il se répète, il se reprend, il veut recommencer, il s'embarrasse de nouveau, confond les noms ; en un mot, il ne sait ni ce qu'il dit, ni ce qu'il doit dire.

Mme Horette, qui à travers ce galimatias comprit que le fait dont il s'agissait était intéressant, souffrait cruellement de le voir estropié de la plus étrange manière.

Elle patienta quelque temps ; mais, voyant enfin que le conteur s'embarrassait de plus en plus, et désespérant de le voir sortir du désordre où il s'était jeté, elle ne put se contenir, et prit le parti de lui dire brusquement :

« Je vous prie, Monsieur, de vouloir bien me laisser descendre ; votre cheval est trop rude pour moi. »

Le cavalier, qui ne manquait pas d'intelligence, quoiqu'il sût mal raconter, comprit fort bien ce que cela voulait dire : il laissa là l'histoire qu'il avait si mal commencée et plus mal continuée, parla d'autres choses, et finit par amuser la dame qu'il avait d'abord si fort ennuyée.

NOUVELLE II

LE BOULANGER

L'historiette de Mme Philomène fut généralement applaudie. La Reine commanda à Mme Pampinée de suivre l'ordre établi.

Celle-ci prit aussitôt la parole en ces termes :

Je ne sais, mes aimables Dames, laquelle est plus bizarre et plus blâmable, ou de la nature qui met souvent une belle âme dans un vilain corps, ou de la fortune, qui condamne à des professions viles des personnes qui ont l'âme noble et élevée. C'est ce que nous avons été plusieurs fois à portée de voir, et en dernier lieu dans Geste, notre concitoyen, dont la fortune n'a fait qu'un boulanger, malgré la noblesse et la grandeur de ses sentiments. Je blâmerais autant la nature que la fortune, si je ne savais que la première est infiniment sage, et que l'autre a de bons yeux, quoique les sots la représentent aveugle. Je remarque qu'elles se conduisent en cela, comme les hommes qui cachent leurs trésors dans les plus vilains endroits de leur maison, dans la persuasion qu'ils y seront en plus grande sûreté que partout ailleurs, et pour s'en servir dans le besoin.

On dirait que la fortune se fait un plaisir de contrarier l'autre, en refusant les honneurs et les richesses à ceux que la première a le plus favorisés de ses dons. Vous trouverez la pr cude ceci dans l'action de Ciste le boulanger, qui eut le talent de faire rentrer en lui-même messire Géri Spina, mari de cette même dame Horette, qui a fait le sujet de la nouvelle précédente. Cette nouvelle m'a rappelé le souvenir de celle-ci, qui ne sera pas longue.

e pape Boniface, ayant quelques affaires à démêler avec la république de Florence, y envoya des ambassadeurs.

Ils allèrent loger chez messire Geri Spina, qui jouissait d'un grand crédit auprès du souverain pontife.

Geri fit de son mieux pour leur rendre le séjour de Florence agréable, et les accompagnait partout.

Ils passaient presque tous les matins dans la rue de Notre-Dame d'Ughi, où demeurait un célèbre boulanger, nommé Ciste.

Quoique cet homme eût amassé beaucoup de bien à faire du pain, et qu'il eût des sentiments bien supérieurs à sa profession, il ne voulut jamais la quitter.

Il ne laissait pas de vivre dans la plus grande aisance, d'avoir bonne table, et la cave bien garnie des meilleurs vins qu'on recueillît dans la Toscane et ses environs.

Comme il voyait passer chaque jour devant sa boutique messire Geri et les ambassadeurs de Sa Sainteté à des heures où la grande chaleur commençait à se faire sentir, il crut qu'il serait très honnête à lui de les inviter à boire de son bon vin; mais comme il connaissait la distance qu'il y avait entre les ministres d'un grand souverain et un boulanger, il craignit de leur en faire la proposition.

Il pensa donc à trouver un moyen pour les engager à s'inviter eux-mêmes.

Dans cette idée, à l'heure à peu près qu'il croyait que Geri et les ambassadeurs passeraient, il se fait apporter devant sa porte un seau fort propre, plein d'eau fraîche, un petit vaisseau de terre de Boulogne également fort propre, plein de son excellent vin, et deux verres bien rincés et extrêmement clairs.

Là, en veste et en tablier de toile fort blanche et toujours propre, assis sur un petit banc, après avoir toussé et craché avec mesure, il buvait, au moment qu'il les voyait venir, ses deux verres de vin avec une délectation qui faisait envie.

Messire Geri, ayant vu ce manège deux jours de suite, lui dit à la troisième fois :

« Eh bien, Ciste, est-il bon ?

— Excellent, Monsieur, répondit le boulanger en se levant ; mais le moyen de vous le persuader, si vous n'en goûtez vous-même ? »

Messire Geri, soit à cause du grand chaud, soit qu'il eût couru plus qu'à l'ordinaire, soit enfin que le plaisir avec lequel il voyait boire le boulanger lui donnât envie d'en faire autant, se tourne alors vers les ambassadeurs, et leur dit en souriant :

« Je suis d'avis, Messieurs, que nous goûtions le vin de cet honnête homme; peut-être ne nous en repentirons-nous pas. »

Ils s'approchent aussitôt de Ciste, qui les conduit dans son arrière-boutique, et les prie de s'asseoir.

Il fait retirer leurs domestiques, qui s'avançaient pour servir leurs maîtres, en leur disant qu'il était aussi bon échanson que bon boulanger; et après avoir rincé quatre petits verres, il verse lui-même à boire à Geri et aux ambassadeurs, qui furent si contents de son vin, qu'ils avouèrent que depuis longtemps ils n'en avaient bu d'aussi bon, et lui promirent de revenir en boire tous les jours; ce qu'ils firent très exactement.

Quand les ministres du pape eurent terminé leurs négociations, et qu'ils se disposaient à s'en retourner à Rome, messire Geri leur donna un repas splendide, où il invita la plupart des notables de Florence.

Ciste y fut pareillement invité; mais il refusa constamment de s'y rendre.

Geri, voyant cela, envoya lui demander un flacon de son bon vin, afin d'en donner un demi-verre à chaque convive au commencement du repas.

Le domestique qui avait été le chercher, fâché de ce qu'il n'en était pas resté pour lui, s'avisa, en retournant chez le boulanger, de se munir d'une grande bouteille, le priant de la remplir.

A la vue de ce grand flacon, Ciste lui dit:

« Tu te trompes, mon ami, ce n'est certainement point ici que ton maître t'envoie. »

Le valet eut beau lui protester qu'il ne se trompait pas, il n'en put tirer d'autre réponse, et retourna vers son maître, à qui il rapporta ce que Ciste lui avait répondu.

« Retourne chez lui, dit Geri; s'il te fait la même réponse, demande-lui où est-ce qu'il pense que je t'envoie. »

Le domestique obéit, et dit à Ciste:

« — Soyez assuré que c'est ici que mon maître m'envoie.

— Cela n'est pas possible, répondit le boulanger, tu te trompes assurément.

— Où m'envoie-t-il donc, s'il vous plaît? reprit le domestique.

— A la rivière d'Arno » répliqua Ciste.

Sur le rapport de l'émissaire, messire Geri voulut voir le flacon; et le trouvant d'une grandeur démesurée:

« Ciste a raison, » s'écria-t-il; et après avoir fait de vifs reproches à son valet, il lui ordonna de prendre un vaisseau raisonnable, et d'y retourner. »

Ciste, ne voyant plus le grand flacon:

« Je connais à présent, dit-il, que c'est ici que ton maître t'envoie; » et lui remplit de grand cœur celui qu'il avait apporté.

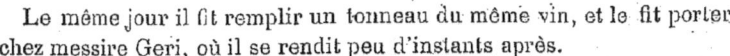

Le même jour il fit remplir un tonneau du même vin, et le fit porter chez messire Geri, où il se rendit peu d'instants après.

« Ne croyez pas, Monsieur, lui dit-il en l'abordant, que j'aie été étonné de la grande cantine de ce matin ; mais vous ayant fait voir, ces jours passés, par mes petites bouteilles, que ce vin n'était pas pour les valets, j'ai cru devoir vous en faire ressouvenir.

« Maintenant que je vous ai envoyé ce qu'il restait de cette pièce, vous en disposerez comme bon vous semblera.

« Je vous prie seulement de l'accepter d'aussi bon cœur que je vous le donne. »

Messire Geri reçut le présent de Ciste avec toutes les démonstrations de la reconnaissance.

Depuis ce jour, il fut de ses amis, et disait souvent que c'était grand dommage qu'un aussi galant homme passât sa vie dans le métier de boulanger.

NOUVELLE III

LE MARI AVARE, OU LA REPARTIE

Après que Mme Pampinée eut achevé son récit, et qu'on eut loué l'esprit et la générosité du boulanger, Mme Laurette, par ordre de la Reine, prit aussitôt la parole, et s'exprima ainsi :

Il faut convenir, mes aimables compagnes, qu'il serait difficile de rien ajouter à ce que l'on a déjà dit sur les bons mots et les réparties. Je me bornerai donc à vous rappeler que ces sortes de traits d'esprit sont d'autant plus agréables, qu'ils laissent davantage à deviner ; c'est ce qui fait le mérite de ceux qui ont fourni le sujet des deux dernières nouvelles, et ce qui caractérise celui qui terminera celle que je vais vous raconter.

n seigneur catalan, nommé messire Diégo de la Rata, grand maréchal des armées de Robert, roi de Naples, vint visiter Florence, lorsque le sage et vertueux messire Antoine Dorso en était encore évêque.

Comme ce seigneur était aussi galant que bel homme, sa principale occupation, pendant son séjour dans notre bonne ville, était de faire sa cour aux dames.

Il devint amoureux, entre autres, d'une nièce du frère de l'évêque qui passait pour une beauté rare.

Le mari de cette belle dame, quoique riche et de naissance, avait des sentiments fort bas et un très vilain caractère.

Son vice dominant était une avarice sordide.

Le maréchal, qui connaissait le personnage, tant par la voix publique que d'après ses propres observations, ne fit pas difficulté de lui offrir cinq cents ducats pour qu'il le laissât coucher une nuit avec sa femme, que notre avare tenait de court.

La proposition ayant été acceptée sans beaucoup de cérémonies, le rusé Catalan, qui voulait punir le mari de sa lâcheté, fit dorer des pièces de monnaie connues sous le nom de popolins, qui avaient alors cours dans la Toscane ; et après avoir passé la nuit avec la belle, qui ne fut sans doute point consultée, et qui dut le prendre pour son mari, il remit à celui-ci les prétendus ducats dont il avait pris soin de se munir.

J'ignore si le Catalan indiscret se vanta de sa bonne fortune, ou si le mari, en se plaignant de la tromperie, fit connaître lui-même sa turpitude ; ce qui est certain, c'est que l'aventure fut sue de toute la ville, et que les plaisants en rirent beaucoup.

L'évêque, en homme sage, fit semblant de ne rien savoir ; il reçut le catalan à son ordinaire, et ils étaient souvent ensemble.

Un jour de Saint-Jean, qu'ils se promenaient tous deux à cheval par la ville, ils s'arrêtèrent dans la rue où l'on faisait les courses.

Ils s'approchent d'un groupe de dames qui s'amusaient à voir les coureurs, et se trouvent à côté d'une jeune et belle femme, nouvellement mariée, que vous pouvez avoir tous connue, et que la peste vient de nous enlever.

C'était Mme Nonne de Pulci, cousine de messire Alesso Rinucci, logée près de la porte Saint-Pierre.

Cette dame, outre la jeunesse et la beauté, avait beaucoup d'esprit, et parlait avec tant de grâce que de facilité.

L'évêque, qui la connaissait un peu, la fit voir au grand maréchal.

Un moment après, le prélat, oubliant sa prudence ordinaire, adresse la parole à cette dame ; et, frappant sur l'épaule du Catalan :

« Que dites-vous de ce cavalier, Madame Nonne ? Pourriez-vous bien en faire la conquête ? »

La belle, croyant que ces paroles attaquaient son honneur, et jugeant qu'elles ne pouvaient que donner des impressions désavantageuses sur son compte à ceux qui les avaient entendues, répondit promptement, et sans chercher à se justifier :

« Peut-être aussi, Monseigneur, aurait-il de la peine à faire la

Le mari eut toutes les peines du monde à retenir son ressentiment... Page 465.

mienne : en tout cas, je puis vous assurer que si je me laissais
vaincre, ce ne serait pas pour de la fausse monnaie. »

Le prélat et le Catalan, tous deux piqués au vif de cette repartie,
l'un pour s'être conduit si peu honnêtement à l'égard d'une femme
honnête, l'autre comme parent ou allié du mari avare et crapuleux,
se retirèrent tout confus, sans oser rien répliquer.

NOUVELLE IV

LE CUISINIER

Mme Laurette avait cessé de parler, et toute la compagnie avait applaudi à la repartie de Mme Nonne, lorsque le Reine commanda à Mme Néiphile de conter sa nouvelle. Quoique les bons mots, dit aussitôt cette dame, soient le fruit d'une imagination vive, cependant le hasard en fournit quelquefois à des gens bornés qui ne les eussent jamais trouvés, s'ils avaient eu le loisir de les chercher longtemps. Je vais vous en donner un exemple dans la nouvelle que voici.

 ous pouvez avoir entendu dire ou avoir vu par vous-mêmes que messire Conrard, citoyen de Florence, a toujours été homme de grande dépense, libéral, magnifique, aimant beaucoup les chiens et les oiseaux, pour ne rien dire de ses autres goûts.

Un jour, à la chasse du faucon, il prit une grue, près d'un village nommé Perciola.

La trouvant jeune et grasse, il ordonna qu'on la remît à son cuisinier pour la rôtir et la servir à son souper.

Notez bien que ce cuisinier, Vénicien d'origine, et qui portait le nom de Quinquibio, était un sot accompli.

Il prend la grue et la fait rôtir de son mieux.

Elle était sur le point d'être cuite, et répandait une excellente odeur, lorsqu'une femme du quartier, appelée Brunette, dont Quinquibio était amoureux, entra dans la cuisine.

L'agréable fumée qu'exhalait l'oiseau qu'on venait d'ôter de la broche fait naître à cette femme l'envie d'en manger, et aussitôt de prier instamment le cuisinier de lui en donner une cuisse.

Celui-ci se moque d'elle, et lui répond en chantant :

« *Vous ne l'aurez pas, dame Brunette, vous ne l'aurez pas de moi.*

— Si vous ne me la donnez, répliqua la femme, je vous jure que vous n'aurez jamais rien de moi. »

Après plusieurs paroles de part et d'autre, Quinquibio, qui ne voulait pas déplaire à sa maîtresse, coupe la cuisse et la lui donne.

Il y avait ce jour-là, au logis, grande compagnie à souper.

La grue fut servie avec une seule cuisse.

Un des convives, qui fut le premier à s'en apercevoir, ayant montré de l'étonnement, messire Conrard fit appeler le cuisinier, et lui demanda ce qu'était devenue l'autre cuisse.

Le Vénitien, naturellement menteur, répondit effrontément que les grues n'avaient qu'une jambe et une cuisse.

« Crois-tu donc que je n'aie jamais vu d'autres grues que celle-ci?

— Ce que je vous dis, Monsieur, est à la lettre; et si vous en doutez encore, je me fais fort de vous le prouver dans celles qui sont en vie. »

Tout le monde se prit à rire de cette réponse : mais Conrard, ne voulant pas faire plus grand bruit à cause des étrangers qu'il avait à sa table, se contenta de répondre au lourdaud :

« Puisque tu te fais fort, coquin, de me montrer ce que je n'ai jamais vu ni entendu dire, nous verrons demain si tu tiendras ta parole; mais, parbleu, si tu ne le fais pas, je t'assure que tu te souviendras longtemps de ta bêtise et de ton opiniâtreté; qu'il n'en soit à présent plus question : retire-toi. »

Le lendemain, messire Conrad, que le sommeil n'avait point calmé, se leva à la pointe du jour, le cœur plein de ressentiment contre son cuisinier.

Il monte à cheval, le fait monter sur un autre pour qu'il le suive, et va vers un ruisseau, sur le bord duquel on voyait toujours des grues au lever de l'aurore.

« Nous verrons, lui disait-il en chemin, de temps en temps, d'un ton de dépit, nous verrons lequel de nous a raison. »

Le Vénitien, voyant que son maître n'était pas revenu des premiers mouvements de sa colère, et qu'il allait se trouver confondu, ne savait comment faire pour se disculper.

Il aurait volontiers pris la fuite s'il eût osé, tant il était épouvanté des menaces du gentilhomme.

Mais le moyen, n'étant pas le mieux monté?

Il regardait donc de tous côtés, croyant que tous les objets qu'il apercevait étaient autant de grues qui se soutenaient sur deux pieds.

Arrivés assez près du ruisseau, il fut le premier à en voir une douzaine, toutes appuyées sur un pied, comme elles font ordinairement quand elles dorment.

Il les montre aussitôt à son maître, en lui disant :

« Voyez donc, Monsieur, si ce que je vous disais hier au soir n'est pas vrai : regardez ces grues et voyez si elles ont plus d'une jambe et d'une cuisse.

— Je vais te faire voir qu'elles en ont deux, répliqua messire Con-

rad ; attends un peu ; » et s'étant approché, il se mit à crier : Hou !
hou ! hou !

À ce bruit, les grues de s'éveiller, de baisser l'autre pied et de
prendre ensuite la volée.

« Eh bien, maraud, dit alors le gentilhomme, les grues ont-elles
deux pieds ?

« Que diras-tu maintenant ?

— Mais, Monsieur, repartit Quinquibio, qui ne savait plus que
dire, mais vous ne criâtes pas :

« Hou ! hou ! hou ! à celle d'hier au soir ; car si vous l'aviez fait, elle
aurait mis à terre, comme celles-ci, l'autre pied. »

Cette réponse ingénue plut si fort à messire Conrad, qu'elle dé-
sarma sa colère ; et ne pouvant s'empêcher de rire :

« Tu as raison, Quinquibio, lui dit-il, j'aurais dû vraiment faire ce
que tu dis : va, je te pardonne ; mais n'y reviens plus. »

C'est ainsi que par une repartie tout à fait plaisante, le cuisinier
esquiva la punition et fit sa paix avec son maître.

NOUVELLE V

RIEN DE PLUS TROMPEUR QUE LA MINE

La repartie du cuisinier vénitien fit beaucoup rire la compagnie. La Reine voyant que
Mᵐᵉ Néiphile n'avait rien à dire, ordonna à Pamphile de commencer son récit. Pamphile
obéit sur-le-champ, et voici comment il s'exprima.

De même que la fortune place dans des professions viles des gens d'un grand mérite,
comme nous l'a fait voir Mᵐᵉ Pampinée, de même la nature se plait quelquefois à loger de
grands et sublimes esprits dans de vilains corps.

On en a vu un exemple, entre autres, dans deux de nos concitoyens, dont je vais vous
entretenir en peu de mots.

essire Forêt de Rabata était un petit homme fort mal
fait, ayant le visage plat et le nez camus comme celui
d'un chien terrier : il était, en un mot, si affreux que,
l'eût-on comparé au plus difforme des Baronchi, on l'aurait encore trouvé fort laid.

Cependant, avec sa difformité, il fut un si grand jurisconsulte, que
les savants de son temps l'ont regardé comme un code vivant de droit
civil.

Giotto, fameux peintre, n'était guère moins laid.

Celui-ci avait une imagination si vive, pour saisir tous les rapports des objets, pour en rendre les moindres nuances, que ses ouvrages faisaient illusion, et qu'on prenait pour la nature ce qui n'en était qu'une imitation, tant son pinceau était énergique et plein de vérité.

C'est lui qui ressuscita la peinture de l'état de langueur et de barbarie où l'avaient plongée des peintres sans goût et sans talent, plus jaloux de charmer les yeux des ignorants et de gagner de l'argent que de plaire aux connaisseurs et d'acquérir de la gloire ; aussi le regarde-t-on comme une des lumières de l'école florentine.

Ce qui relevait infiniment son mérite était une modestie fort rare dans les gens de son état.

Il avait l'ambition d'être le prince des peintres, et néanmoins il ne voulait point qu'on lui donnât seulement le nom de maître.

Mais son humilité ne faisait qu'augmenter l'éclat de ses talents, qui lui attiraient chaque jour des envieux parmi les autres peintres, et même parmi ses propres élèves.

Ces deux hommes aussi mal faits, et d'une figure aussi désagréable l'un que l'autre, avaient leur bien à un village près de Florence, nommé Maguel.

Après y avoir passé quelques jours de la belle saison, comme ils s'en retournaient à Florence, ils se rencontrèrent à moitié chemin, aussi mal montés et aussi mal habillés l'un que l'autre.

Tandis qu'ils cheminaient ainsi ensemble au petit pas, ils furent surpris par une de ces grosses pluies d'été qui viennent tout à coup et finissent quelquefois de même.

Pour se mettre à couvert, ils entrèrent dans la chaumière d'un paysan qu'ils connaissaient.

Cependant la pluie ne discontinuait point.

Impatientés d'attendre, et voulant arriver de jour à la ville, ils empruntèrent chacun à ce paysan un vieux manteau de bure grise, et un méchant chapeau, ne trouvant rien de meilleur, et se remirent en chemin.

Après avoir marché quelque temps fort mouillés et fort crottés, l'orage se dissipa.

Messire Forêt, écoutant Giotto, qui était beau parleur, s'avise de le regarder avec affectation de pied en cap ; et le trouvant si laid et si mal accoutré, sans songer qu'il n'était pas plus beau lui-même, il se mit à rire, et lui dit :

« Pensez-vous que si nous rencontrions à présent quelqu'un qui ne vous eût jamais vu ni connu, il vous prît pour le plus excellent peintre du monde?

— Oui, Monsieur, répliqua Giotto dans le moment, s'il pouvait croire, en vous examinant des pieds jusqu'à la tête, que vous savez seulement votre a, b, c. »

Le jurisconsulte, se voyant battu des mêmes armes dont il avait attaqué son compagnon de voyage, demeura bouche close, et reconnut son imprudence.

Cette anecdote, dont je puis garantir la vérité, nous apprend qu'il ne faut jamais railler les autres, quand on fournit soi-même matière à la raillerie.

NOUVELLE VI

LA GAGEURE

Les dames riaient encore de la prompte et sage repartie de Giotto, lorsque la Reine commanda, par un signe, à Mme Flamette de parler. Cette dame obéit, et commença ainsi :

Pamphile, en parlant des Baronchi, que vous ne connaissez peut-être pas de vue, m'a fait souvenir d'une anecdote non moins plaisante que celle que vous venez d'entendre : elle vous prouvera combien la noblesse de cette famille est ancienne. Cette nouvelle n'est point étrangère au sujet que nous traitons. La voici.

l y a fort peu de temps qu'on connaissait à Florence un jeune homme nommé Michel Scalse.

Il avait l'esprit si enjoué, si fécond en facéties de toute espèce, que la jeunesse de la ville recherchait avec empressement sa société.

Un jour qu'il était à Montigni, avec plusieurs de ses amis, la conversation tomba sur l'ancienneté et la noblesse des maisons de Florence.

Les uns disaient que celle des Ulberti méritait la préférence à cet égard; les autres prétendaient que c'était la maison des Lamberti; un autre soutenait qu'il y en avait de plus anciennes que celle-là, et les nommait : chacun, en un mot, parlait selon son idée et son intérêt.

Scalse, après avoir entendu leurs divers sentiments :

« Vous êtes tous dans l'erreur, leur dit-il en souriant, et vous ne savez ce que vous dites.

« Je prétends, moi, que la famille la plus ancienne, et par conséquent la plus noble, non seulement de Florence, mais du monde entier, ou du moins, pour ne pas exagérer, de toute la Toscane, est la famille des Baronchi.

« Tous les savants et tous ceux qui les connaissent comme moi sont de mon sentiment.

« Afin que vous ne confondiez point, je parle des Baronchi, nos voisins, qui logent près de Notre-Dame la Majeure. »

Les compagnons de Scalse, qui avaient d'abord cru qu'il voulait parler de quelques Baronchi qu'ils ne connaissaient point, voyant qu'il était question de ceux qu'ils connaissaient pour n'être pas d'une famille fort ancienne, se mirent à rire, et lui demandèrent s'il disait cela sérieusement.

« Nous connaissons aussi bien que toi les Baronchi, et c'est nous prendre pour des benêts que de nous dire qu'ils sont les plus anciens nobles de la ville.

— Eh bien, Messieurs, vous ne les connaissez pas, répliqua-t-il, puisque vous n'êtes point de mon avis.

« Au reste, je vous prends si peu pour des benêts, et je suis si persuadé de la vérité de ce que j'avance, que je suis prêt de gager avec qui voudra le souper pour nous six, et de m'en rapporter même à la décision de qui bon vous semblera. »

La gageure acceptée par un nommé Nèri Vanniri, on convint de s'en rapporter au jugement de Pierre le Florentin, dans la maison de qui ils étaient.

Ils vont tous le joindre dans l'instant, pour avoir le plaisir de voir perdre Scalse et de le bien badiner. Le maître du logis était, quoique jeune, un homme sage et de grand sens.

Après avoir entendu Neri, il se tourne vers son adversaire, et lui demande comment il prouverait ce qu'il avance. « Je le prouverai si bien, que vous serez forcé d'avouer, vous et les autres, que j'ai raison. »

Puis il ajouta :

« Plus une famille est ancienne, plus elle est noble de l'aveu de ces messieurs : or, la famille des Baronchi est la plus ancienne de Florence ; donc elle est la plus noble de toutes.

« Il ne me reste donc pour gagner la gageure, qu'à prouver l'ancienneté des Baronchi. Voici ma preuve.

« Tous les hommes sont l'ouvrage de Notre-Seigneur.

« On voit évidemment qu'il a fait les Baronchi lorsqu'il n'était encore qu'apprenti peintre, et qu'il n'a fait les autres hommes qu'après qu'il est devenu maître dans l'art de la peinture.

« Pour vous en convaincre, comparez les Baronchi aux autres hommes : vous trouverez de la justesse, de la proportion, de la régularité dans les traits de ceux-ci ; tandis que ceux-là ne vous paraîtront qu'ébauchés.

« Et véritablement, l'un a le visage long et étroit, l'autre démesurément large : celui-ci est camus, celui-là a un nez d'un pied de long ; l'un a le menton long et crochu, une mâchoire d'âne ; l'autre l'a court et plat, et sa figure ressemble au minois d'un singe.

« Il en est dans cette famille qui ont un œil plus gros ou plus bas que l'autre ; enfin les visages de ces messieurs ressemblent à ceux que font des enfants qui commencent à dessiner.

« Il est donc clair que Notre-Seigneur n'était pas grand peintre quand il les fit ; d'où vous devez nécessairement conclure qu'ils sont plus anciens, et par conséquent plus nobles que les autres hommes. »

Pierre le juge, Neri le parieur, et tous les autres, se rappelant que les Baronchi étaient tels qu'on venait de les dépeindre, rirent aux éclats d'un si plaisant argument et convinrent d'une voix unanime que Scalse avait gagné. On ne se lassait point de crier, en se retirant :

« Il a raison ! il a raison, les Baronchi sont les plus anciens et les plus nobles de Florence ! »

NOUVELLE VII

LA FEMME ADULTÈRE OU LA LOI RÉFORMÉE

Mme Flamette avait déjà fini son récit, et l'on riait encore du singulier argument dont s'était servi Scalse pour ennoblir par-dessus tous les autres les Baronchi, lorsque la Reine commanda à Philostrate de débiter sa nouvelle.

Mes belles Dames, dit alors ce jeune amoureux, il est beau, sans doute, de savoir toujours bien parler ; mais je pense qu'il est encore plus beau de savoir parler à propos. C'est ce que fit une femme de condition, dont je vais vous entretenir : elle parla si à propos et si bien, dans un cas très urgent, que nonseulement elle fit rire tous ceux qui l'entendirent, mais qu'elle évita par ce moyen, la mort qui la menaçait comme vous l'allez voir.

Dans la ville de Prato, il y avait autrefois contre les femmes une loi bien rigoureuse, pour ne pas dire injuste et cruelle.

Par cette loi, celles qui étaient surprises par leurs maris en adultère devaient être brûlées vivantes sans miséricorde.

Il n'y avait pas longtemps que cette dure loi avait été publiée, lors-

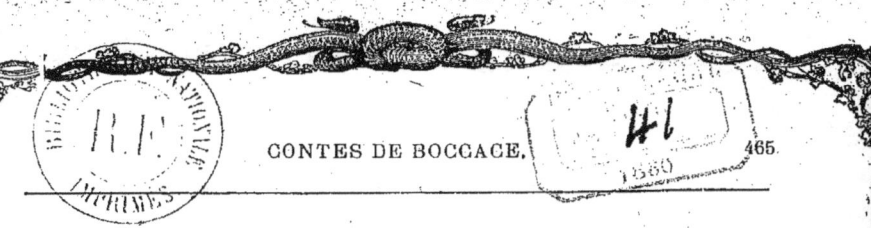

Les plus nobles et les plus riches se promenaient ensemble à cheval dans les rues... Page 470.

qu'une dame, nommée Philippe, jeune, jolie, de complexion fort amoureuse, fut surprise une nuit dans sa chambre, par Renaut de Bugliési,
son mari, entre les bras d'un jeune et beau gentilhomme de la même
ville, nommé Lazarin Quassaglioti, qu'elle aimait plus que sa propre
vie.

Le mari, justement indigné d'un tel affront, eut toutes les peines du monde à retenir son ressentiment, qui le poussait à les tuer l'un et l'autre ; mais la crainte qu'il eut pour sa propre vie l'empécha de tenter l'aventure.

Il crut d'ailleurs qu'il serait assez vengé par la mort de l'infidèle ; et comme il avait autant de preuves qu'il lui en fallait pour constater le délit, il alla, dès la pointe du jour, sans prendre conseil de personne, l'accuser devant le juge, et la fit assigner.

Les parents et les amis de la dame, qui la regardaient déjà comme une femme perdue sans ressource, lui conseillèrent de ne pas comparaître et de prendre la fuite ; mais comme elle avait l'âme grande et courageuse, ainsi que l'ont ordinairement les personnes qui savent bien aimer, elle préféra de mourir en héroïne, après avoir confessé la vérité, plutôt que de vivre honteusement en exil, et de faire voir par cette fuite qu'elle était indigne d'un amant aussi aimable que celui avec lequel elle avait été surprise.

Elle parut donc devant le juge, accompagnée d'un grand nombre de personnes de l'un et de l'autre sexe, qui l'exhortaient à nier le fait, et lui demanda avec un visage serein et d'un ton ferme ce qu'il voulait d'elle.

Le juge, la voyant jeune et belle, et jugeant par sa fermeté qu'elle n'avait pas moins de grandeur d'âme que d'agrément et de beauté, commença à s'intéresser à son sort, à craindre qu'elle n'avouât le fait, et qu'en conséquence, il ne fût obligé de la condamner à mort.

Ne pouvant toutefois différer l'interrogatoire, il lui dit en avocat plutôt qu'en juge :

« Votre mari, Madame, que vous voyez ici présent, se plaint de vous, et dit qu'il vous a surprise en adultère.

« Il demande que vous soyez punie selon la loi ; mais je ne puis vous condamner, si vous ne confessez vous-même le crime.

« Voyez maintenant ce que vous avez à répondre, et dites-moi ce qui en est.

— Il est vrai, Monsieur, répondit-elle, sans rien rabattre de sa fierté, que Renaut est mon mari, et qu'il m'a trouvée entre les bras de Lazarin, que j'aime et que j'estime de tout mon cœur : je n'ai garde de nier un pareil fait.

« Mais, Monsieur, vous êtes trop éclairé pour ne pas savoir que les lois qu'on crée dans un État doivent être communes aux délinquants, ou faites du moins avec le consentement des personnes qu'elles touchent de plus près.

« C'est ce qu'on n'a point pratiqué dans la création de celle dont il s'agit.

« Non seulement elle n'est que contre nous autres malheureuses femmes, qui, en amour, pouvons pourtant beaucoup mieux que les hommes satisfaire à plusieurs ; mais même aucune femme n'a été consultée lorsqu'on la créa, et aucune ne l'a acceptée.

« Cette loi ne peut donc qu'être injuste et mauvaise.

« Si vous voulez l'exécuter aux dépens de ma vie et de votre conscience, vous en êtes le maître ; mais avant de prononcer, je vous supplie de m'accorder une grâce : c'est de demander à mon mari si toutes les fois qu'il a voulu goûter avec moi les plaisirs amoureux, je me suis jamais refusée à ses désirs. »

Renaut, sans attendre que le juge lui fît cette question, répondit que cela était vrai, qu'il ne pouvait que louer la bonne volonté et la complaisance de sa femme sur cet article.

La dame, reprenant aussitôt la parole, dit au juge :

« Je vous demande donc, Monsieur, après que mon mari a pris de moi tout ce qu'il a voulu, et qui lui était nécessaire, ce que je devais et ce que je dois faire du reste?

« Fallait-il le jeter aux chiens?

« N'était-il pas plus raisonnable d'en gratifier un gentilhomme aimable, qui m'aime plus que lui-même, que de le laisser perdre ou gâter? »

Cette affaire avait fait un si grand bruit, qu'elle avait attiré au palais presque tous les habitants de Prato.

Une si plaisante apologie fit rire tous les assistants, qui crièrent tous d'une voix que Mme Philippe avait raison ; de sorte qu'avant qu'on sortît, la loi, par l'avis du juge, fut interprétée, modifiée, disant qu'elle devait seulement s'entendre des femmes qui, pour de l'argent ou pour un sordide intérêt, seraient infidèles à leurs maris.

Renaut, confus d'avoir échoué dans sa folle entreprise, se retira au bruit des huées ; et la dame, délivrée de la peine du feu, s'en retourna triomphante dans sa maison.

NOUVELLE VIII

LA MIGNARDE RIDICULE.

Le commencement de la nouvelle de Philostrate avait causé un peu de honte aux dames de la compagnie, la rougeur qui leur monta au visage en était un vrai signe ; mais s'étant un peu aguerries, elles se regardèrent réciproquement, ne purent s'empêcher de sourire, et finirent par l'écouter avec plaisir.

Quand le récit en fut achevé, la Reine se tourna du côté de Mᵐᵉ Émilie, et lui commanda de raconter la sienne. Cette dame poussa aussitôt un long soupir, comme si elle venait de s'éveiller, et parla ainsi :

Mes chères Dames, comme j'ai été pendant quelque temps livrée à des réflexions qui ont porté mon esprit loin de cette aimable assemblée, à qui j'en demande pardon, je vous prie de ne pas vous offenser de la brièveté de ma nouvelle. Je vous prierais même de vouloir bien m'en dispenser, s'il était possible ; mais puisqu'il faut absolument obéir aux ordres de notre souveraine, je vais vous entretenir comme je le pourrai, de la sotte délicatesse d'une jeune demoiselle, et vous rapporter un mot plaisant et fort bien placé, qui lui fut dit par son oncle, et dont elle aurait pu faire son profit, si elle eût eu assez d'intelligence pour en comprendre le sens et s'en faire l'application.

resco de Chelatico avait une nièce à laquelle on avait donné, par mignardise, le nom de Fanchonnette.

Elle était jolie, bien faite, et avait un air assez noble ; mais ce n'était pourtant pas de ces jolies femmes qu'on revoit toujours avec un nouveau plaisir : au contraire, son orgueil et sa fierté la rendaient souvent insupportable.

Elle se donnait même les airs de dédaigner les hommes, de mépriser les femmes, de ne trouver rien d'aimable dans les autres, sans considérer qu'elle avait plus de défauts que personne.

Impertinente, inquiète, capricieuse, on ne faisait jamais rien qui fût à son gré.

Avec un esprit contrariant au suprême degré, et beaucoup d'autres défauts, elle ne laissait pas de s'estimer autant et plus que si elle eût été une princesse du sang royal de France.

Quand elle sortait, tout l'infectait, et elle avait presque toujours le mouchoir au nez : en un mot, c'était une précieuse ridicule dans toutes les règles.

Un jour, étant sortie et rentrée dans le même quart d'heure, et poussant mille petites exclamations de dédain, qu'elle accompagnait d'autant de grimaces affectées, elle alla s'asseoir auprès de son oncle.

« D'où vient donc, Fanchonnette, lui dit-il, qu'aujourd'hui, jour de fête, vous voilà sitôt de retour ?

— Je n'ai rien vu qui me plaise, mon oncle, répondit-elle d'un air mignard.

« Je n'aurais jamais cru qu'il y eût en cette ville autant d'hommes si mal bâtis et autant de femmes si maussades que j'en ai rencontré aujourd'hui.

« Tout ce qui s'est offert à ma vue m'a paru vilain et dégoûtant ; et comme il n'y a personne au monde à qui les objets désagréables donnent plus d'ennui qu'à moi, je suis rentrée pour ne les point voir. »

Fresco, qui ne pouvait plus souffrir les affectations de sa nièce, lui dit d'un air sérieux :

« Puisque les personnes désagréables te déplaisent si fort, le moyen, ma fille, de t'épargner ce chagrin, est de ne te regarder jamais au miroir. »

Cette demoiselle, dont l'ignorance et la bêtise égalaient la vanité, et qui néanmoins croyait en savoir autant que Salomon, ne comprit point ce que voulait dire son oncle, et elle répondit qu'elle voulait se mirer comme les autres ; et elle demeura bête et mignarde toute sa vie.

NOUVELLE IX

LE PHILOSOPHE ÉPICURIEN

A peine Mme Émilie eut-elle fini sa petite nouvelle, que la Reine, qui ne voulait pas violer le privilège de Dionéo, voyant qu'il ne restait plus qu'elle à parler, commença ainsi :

Je puis vous assurer, mes aimables Dames, que vous m'avez volé tout au moins deux nouvelles, dont je me proposais de vous raconter la plus amusante. Il m'en reste par bonheur une autre qui n'a pas encore été dite. Vous y trouverez un bon mot, le plus piquant et le plus énergique que je connaisse.

 l y avait autrefois à Florence plusieurs belles et louables coutumes, que l'ambition et l'amour des richesses en ont entièrement bannies.

Par une de ces coutumes, entre autres, il y avait dans chaque quartier une coterie composée de personnes choisies.

Chaque membre de cette société donnait à son tour un repas à ses camarades, où il était permis d'inviter des étrangers de mérite, quand il s'en trouvait dans la ville.

Tous ceux de la coterie s'habillaient, au moins une fois l'an, d'une manière uniforme, et les plus nobles et les plus riches se promenaient ensemble à cheval dans les rues, et donnaient quelquefois des tournois ou d'autres spectacles analogues aux exercices militaires.

Parmi ces différentes coteries, on distinguait celle de messire Brette Brunelesqui, dans laquelle il avait voulu attirer un jeune homme nommé Guido, fils de messire Cavalcanti.

Il n'oublia rien pour faire cette bonne acquisition, parce qu'il connaissait tout le mérite de ce jeune homme, qui, à beaucoup d'esprit, joignait l'amour des sciences et de la philosophie.

Mais ce n'était pas là ce qui le faisait le plus rechercher de messire Brette et des autres personnes de la coterie.

Guido était naturellement fort enjoué, beau parleur, extrêmement honnête, habile à toutes sortes d'exercices, faisant toutes choses avec beaucoup plus de grâce et de facilité que les autres, fort riche, et l'homme du monde qui savait le mieux distinguer le mérite et lui rendre hommage.

Tout ce qu'on fit pour l'engager d'entrer dans cette coterie n'ayant pas réussi, Brette et ses compagnons s'imaginèrent que l'amour de la philosophie lui faisait préférer la solitude à la société.

Comme il passait pour avoir beaucoup d'estime pour Épicure, et pour tenir un peu au sentiment de ce philosophe, ceux qui n'étaient pas d'humeur à lui rendre justice disaient qu'il n'étudiait que pour se convaincre qu'il n'y a point de Dieu.

Ce jeune philosophe, revenant un jour de l'église de Saint-Michel d'Orte, passa par le cours des Adimari, et aboutit à l'église de Saint-Jean, qui était pour lors environnée de ces tombeaux de marbre qu'on voit aujourd'hui à Sainte-Réparée.

Il s'arrêta devant ces mausolées, et lisait divers épitaphes, lorsqu'il fut aperçu par messire Brette, qui traversait à cheval, avec sa compagnie, la place de Sainte-Réparée.

Brette ne l'eut pas plutôt vu, au milieu de ces tombeaux, qu'il proposa à ses compagnons d'aller l'agacer.

Ils piquent des deux comme s'ils eussent voulu l'assaillir, et sont presque sur lui avant qu'il ait eu le temps de les voir.

« Pourquoi refuses-tu, Guido, lui dirent-ils en l'abordant, d'entrer dans notre coterie ?

« Crois-tu pouvoir trouver des raisons suffisantes pour anéantir l'existence de Dieu, et quand tu y réussirais, en seras-tu plus avancé ? »

Guido se voyant surpris et enveloppé :

« Je suis chez vous, Messieurs, leur dit-il ; vous pouvez violer les droits de l'hospitalité, et me faire tout ce qu'il vous plaira. »

Comme il était fort agile, il s'appuie aussitôt d'une main sur un de ces tombeaux assez élevé, et prenant son élan, il se jette d'un saut de l'autre côté, et se retire tranquillement.

Les cavaliers se regardant l'un l'autre, un peu surpris du saut qu'ils avaient vu faire, s'écrièrent :

« Est-ce donc là l'homme dont on vante tant l'esprit et le savoir?

« Et où est la justesse de sa réponse ?

« Il est chez nous, dit-il : le lieu où il est ne nous appartient pas plus qu'à lui et qu'aux autres citoyens ; il est commun à tout le monde.

« Il faut sans doute qu'il ait perdu l'esprit.

— C'est vous qui l'avez perdu, dit alors messire Brette, si vous ne comprenez pas ce qu'il vient de dire.

« Il nous a dit honnêtement et en peu de mots l'injure du monde la plus piquante.

« Ces tombeaux, si vous y faites attention, sont les maisons des morts ; et quand il dit que c'est notre maison, il veut nous faire entendre que nous et les autres ignorants sommes semblables aux morts, en comparaison de lui et des autres savants.

« Il a donc pu dire à cet égard qu'il était chez nous. »

Chacun comprit alors le sens des paroles de Guido, et chacun en eut un peu de confusion.

Aucun d'eux n'eut jamais plus envie de l'agacer, et Brette passa toujours dans leur esprit pour un homme doué d'un bon entendement.

NOUVELLE X

LE FRÈRE QUÊTEUR OU LE CHARLATANISME DES MOINES

Dionéo voyant que chacun avait dit sa nouvelle, n'attendit pas l'ordre de la Reine pour conter la sienne. Il pria ceux qui louaient encore le bon mot du philosophe Guido de faire silence, après quoi il commença ainsi :

Quoiqu'on m'ait laissé la liberté de vous entretenir des objets que je jugerai les plus convenables et les plus propres à vous amuser, je ne m'écarterai point aujourd'hui du sujet proposé par notre souveraine. Mon dessein est donc, mes belles Dames, de vous raconter de quelles manières un moine de l'ordre de saint Antoine se tira d'un piège que lui avaient malignement tendu deux de ses compagnons de bouteille, et par quelle présence d'esprit il sut éviter la honte que ces deux jeunes gens croyaient lui avoir ménagée. Si pour vous mettre bien au fait de toutes les circonstances de cette nouvelle, vous me trouvez un peu long, je vous prie de considérer que le soleil n'est qu'au milieu de son cours, et que par conséquent le temps de la promenade est encore fort éloigné.

ertalde, comme vous pouvez l'avoir ouï dire, est un village de la vallée d'Else, dépendante de l'État de Toscane.

Quoique ce village soit aujourd'hui fort peu considérable, il n'a pas laissé d'être autrefois habité par un grand nombre de gentilshommes et de gens aisés.

Un religieux de Saint-Antoine, nommé frère Oignon, et conventuel de Florence, avait coutume d'y aller tous les ans une fois, pour y recueillir les aumônes des sots et des imbéciles.

Il s'y rendait d'autant plus volontiers, qu'il trouvait la quête abondante, et qu'il y était bien reçu, moins pour l'estime qu'on faisait de sa personne, qu'à cause peut-être du nom qu'il portait, parce que le terroir de ce canton produit les meilleurs oignons de toute la Toscane.

Ce frère Oignon, d'une petite taille, au visage enluminé, au poil roux, avait l'humeur fort enjouée, et quelquefois un peu gaillarde.

Il était, dans le fond, fort ignorant; mais il parlait si bien et si facilement, que qui ne l'aurait pas connu de près, l'aurait pris pour un grand orateur, pour ne pas dire pour un Cicéron ou pour un Quintilien : aussi était-il aimé et bien reçu de tous les gens du pays.

Étant donc allé à Certalde, selon sa coutume, au mois d'août, un dimanche mrtin, vers l'heure que le peuple des environs venait à la messe de la paroisse, il s'avança proche la porte de l'église, et parla en ces termes aux hommes et femmes qui y étaient assemblés :

« Vous savez, Messieurs et Dames, que vous êtes dans l'usage de donner tous les ans aux pauvres religieux de Saint-Antoine, de vos blés et de vos revenus, les uns peu, les autres beaucoup, chacun selon ses facultés et sa dévotion, afin que le bienheureux saint Antoine ait soin de votre bétail; vous avez même accoutumé de faire chaque année du bien à ceux qui sont affiliés à notre congrégation.

« Je viens donc ici, par l'ordre de mon supérieur, recueillir les effets de votre charité ordinaire : ainsi donc, par la grâce de Dieu, vous êtes avertis de vous rendre ici cette après-midi, aussitôt que vous enten-

Il s'y rendait d'autant plus volontiers, qu'il trouvait la quête abondante... Page 472.

drez le son des cloches ; je vous prêcherai et ferai baiser la sainte croix, selon la manière accoutumée, dans ce même endroit, devant la porte de l'église ; et parce que je vous connais très dévots à M. le baron saint Antoine, mon patron, je vous montrerai, par grâce spéciale, une très belle et très sainte relique que j'ai jadis apportée moi-même de la terre sainte.

« C'est une des plumes de l'ange Gabriel.

« Il la laissa tomber dans la chambre de la vierge Marie, quand il vint lui annoncer qu'elle concevrait et enfanterait le Sauveur du monde. »

Après cet avertissement, le bon religieux prit congé de l'assemblée, et entra dans l'église pour y entendre la messe.

Pendant ce temps-là, deux drôles fins et découplés, l'un appelé Jean de la Bragonière, l'autre Blaise Pissin, qui avaient entendu ce qu'il venait de dire au peuple assemblé, complotèrent de lui faire pièce, quoiqu'ils fussent de ses amis et de sa compagnie.

La plume prétendue de l'aile de l'ange Gabriel les avait fait beaucoup rire ; ils résolurent de la lui enlever, pour jouir ensuite de son embarras quand il voudrait la montrer au peuple.

Frère Oignon dîna ce jour-là au château.

Quand ils surent qu'il était à table, ils se rendirent aussitôt à l'auberge où il logeait, et convinrent que l'on amuserait le valet du moine, tandis que l'autre chercherait la plume dans le sac du frère quêteur, se faisant d'avance un plaisir de voir la manière dont il s'y prendrait pour s'excuser devant ses auditeurs, auxquels il s'était engagé à la montrer.

Avant d'aller plus loin, il est nécessaire que je vous fasse connaître le valet que l'ami de Blaise s'était chargé d'amuser, tandis que Jean fouillerait dans le sac du religieux.

Vous saurez d'abord que son nom était analogue à sa personne.

On l'appelait Gucchio Balena, comme qui dirait gros animal ; plusieurs le désignaient par le nom de Gucchio Lourdaud ; d'autres ne le nommaient que Gucchio Cochon.

Il avait la figure si grotesque, que le peintre Lipotopo, qui a fait tant de caricatures, n'en imagina jamais de plus singulière ni de plus bizarre. Quant à la lame, elle répondait parfaitement au fourreau : son esprit était aussi épais que son corps.

Frère Oignon, qui se plaisait souvent à égayer ses amis des sottises de ce valet, avait accoutumé de dire qu'il lui connaissait neuf défauts si considérables, qu'un seul aurait suffi pour éclipser ou ternir toutes les qualités, toutes les vertus qu'on a vues briller dans Salomon, Aristote, Sénèque, si ces grands hommes en eussent été atteints.

Représentez-vous d'après cela quel homme ce devait être que ce garçon.

Quand on demandait à frère Oignon quels étaient les neuf défauts qu'il trouvait en lui, il répondait par ces trois mauvais vers de sa façon :

Il est paresseux, gourmand et menteur,
Ivrogne, médisant, voleur,
Sans esprit, raison ni valeur.

« Outre ces vices, il en a plusieurs que je ne dis pas, ajoutait le moine.

« Ce qu'il y a de plus plaisant, c'est qu'il veut se marier partout où il se trouve, et louer une maison pour y établir un ménage complet : parce qu'il a la barbe noire, forte et assez bien fournie, il se croit beau garçon, et s'imagine que toutes les femmes qui le regardent sont amoureuses de lui ; et si l'on voulait le laisser faire, il courrait après elles, comme les chiens après les lièvres.

« Il faut cependant convenir qu'il me sert avec beaucoup de zèle ; car personne ne me parle jamais en secret, qu'il ne veuille savoir ce qu'on me dit ; et s'il arrive que quelqu'un me demande quelque chose, il a tant peur que je ne sache point répondre, qu'il est le premier à dire *oui* ou *non*, selon qu'il le juge convenable... » Mais reprenons le fil de notre histoire.

Frère Oignon avait laissé cet habile valet à son logis, avec ordre de prendre bien garde que personne ne touchât à son bagage, et surtout à la besace où il tenait ses reliques.

Mais Gucchio Lourdaud, qui se plaisait plus dans les cuisines que le rossignol ne se plaît sur les verts feuillages, surtout quand il savait qu'il y avait quelque servante, était descendu dans celle de l'auberge, où il avait vu une grosse cuisinière, mal faite, rabougrie, avec deux horribles tetasses longues et pendantes, et un visage large, ratatiné, plus hideux que celui du plus laid des Baronchi.

Cette vilaine créature enfumée, suante et toute barbouillée de graisse, ne laissa pas de lui paraître ragoûtante.

L'empressement avec lequel il était allé la joindre fit qu'il laissa la chambre du frère Oignon ouverte, et son petit bagage à l'abandon.

Quoiqu'on fût alors dans le mois d'août, et par conséquent au fort de la chaleur de l'été, il s'assit auprès du feu, et commença d'entrer en conversation avec cette servante, qui se nommait Nute.

Il débuta par lui dire qu'il était gentilhomme par procureur, et qu'il avait plus de mille écus, sans y comprendre ceux qu'il devait bientôt donner pour achever d'acquitter certaines dettes.

Il n'y eut point de bien qu'il ne lui dît de sa personne ; et sans faire attention qu'il portait un chapeau plein de crasse et rongé des bords, que son habit était tout déchiré, tout rapiécé de morceaux de différentes étoffes, que sa culotte, percée en plusieurs endroits, laissait

voir sa cuisse noire et velue comme celle d'un sanglier, que ses souliers s'en allaient en lambeaux, il ajouta, comme s'il eût été un gros
seigneur, qu'il voulait l'habiller tout de neuf et la retirer du service;
que sans avoir de grands héritages, il se faisait fort de lui procurer
une honnête aisance : en un mot, il n'y eut point de magnifiques promesses qu'il ne lui fit.

Mais comme rien n'annonçait en lui qu'il fût en état d'en effectuer
aucune, il ne réussit qu'à se faire moquer de lui et à passer pour un
véritable fou dans l'esprit de la servante.

Blaise Pissin et Jean de la Bragonière, ravis de trouver Gucchio
Cochon occupé à en conter à la cuisinière du logis, entrèrent sans
peine dans la chambre du religieux. La première chose qui leur tomba
sous la main fut précisément la besace où était la plume.

Ils l'ouvrent, la fouillent, et trouvent une plume de la queue d'un per-
roquet vert.

Ils ne doutent point que ce ne soit celle que le moine avait promis
de faire voir aux habitants de Certalde, et ils s'en emparent.

Il eût été d'autant plus facile au frère Oignon de persuader au
peuple de cet endroit que cette plume avait appartenu aux ailes de
l'ange Gabriel, que les perroquets étaient alors peu connus : le luxe
d'Égypte n'était point encore passé en Toscane, comme il y est venu depuis, et où il fait tous les jours tant de progrès pour le malheur de l'État.

Mais quand ces sortes de plumes auraient été connues de quelques
personnes, il n'est pas moins vrai qu'il eût été aisé au moine de faire
accroire aux habitants de ce canton que celle-là avait appartenu à
l'ange Gabriel. Non seulement les oiseaux rares n'y étaient point
connus, mais je suis persuadé qu'on n'y avait jamais entendu parler de
perroquets.

La pure simplicité des mœurs anciennes régnait encore parmi eux.

Après que les deux jeunes gens eurent pris la plume, pour ne pas
laisser la boîte vide et mieux surprendre le frère quêteur, ils s'avisè-
rent de la remplir de charbons qu'ils trouvèrent dans la cheminée.

Ceux et celles qui avaient entendu l'avertissement de frère Oignon,
ne furent pas plutôt sortis de la grand'messe qu'ils se hâtèrent d'arriver chez eux pour en porter la nouvelle à leurs amis, parents et voisins.

L'heure arrivée, on accourt en foule au lieu du rendez-vous.

Quand le moine eut dîné, et qu'il eut pris une heure de repos pour
mieux digérer, instruit de la multitude de paysans qui l'attendaient
avec impatience, et dont une partie s'étaient rendus au château pour

l'engager à venir plus tôt, il envoya dire incontinent à Gucchio Balena de sonner les clochettes et d'apporter sa besace.

Le valet avait de la peine à quitter la cuisine et la cuisinière, qu'il espérait toujours de pouvoir gagner ; mais enfin il obéit.

Après que tout le peuple fut réuni, frère Oignon, qui ne s'aperçut point qu'on eût touché à sa besace, commença sa prédication, et dit mille choses sur le respect dû aux saintes reliques.

Quand il fut question de montrer la plume de l'ange Gabriel, il fit allumer deux cierges, ôta son capuchon, développa tout doucement la petite boîte, et l'ouvrit ensuite avec beaucoup de respect, après avoir dit quelques mots en l'honneur de l'ange Gabriel et de sa relique.

Surpris de n'y trouver que des charbons, il fronça le sourcil de dépit, mais il ne se déconcerta pas; il ne soupçonna point son valet de lui avoir joué ce mauvais tour, parce qu'il n'avait pas assez bonne opinion de son esprit.

Il ne lui fit même point de reproches d'avoir mal gardé sa besace ; il ne s'en prit qu'à lui-même d'en avoir confié la garde à un homme qu'il connaissait si paresseux, si peu obéissant et si dépourvu de toute espèce d'intelligence.

Mais, levant les yeux et les mains vers le ciel, il s'écria de manière à être entendu de tout le monde :

« Bénie soit à jamais, ô mon Dieu, ta puissance, et que ta volonté soit faite en tous temps et en tous lieux ! »

Après cette exclamation, il referme la boîte; et se tournant vers le peuple :

« Messieurs et Dames, leur dit-il d'un ton toujours élevé, pour que tous les auditeurs pussent l'entendre, je dois vous dire que j'étais encore fort jeune, lorsque je fus envoyé par mon supérieur chez les Orientaux, avec ordre de faire toutes les découvertes qui pourraient être avantageuses à notre pays en général, et à notre couvent en particulier.

« Je partis de Venise, je passai par le bourg des Grecs, et après avoir traversé le royaume de Garbe et de Balducque, j'arrivai quelque temps après en Parion, non sans être fort altéré, comme vous pouvez croire; et de là je vins en Sardaigne.

« Mais qu'ai-je besoin de vous détailler ici les divers pays que j'ai parcourus?

« Il me suffira de vous dire que lorsque j'eus passé le bras de Saint-Georges, et que j'eus traversé la Truffle et la Bouffle, qui sont des pays fort habités, je passai dans la terre de Mensonge, où je rencontrai beaucoup de moines et d'autres ecclésiastiques qui fuyaient tous la peine et le travail, le tout pour l'amour de Dieu, et qui s'inquiétaient fort peu de la peine des autres, à moins qu'il ne leur en vînt quelque profit, ne dépensant d'autre argent dans ce pays que de la monnaie sans coin.

« J'allai de là dans la Brusse, où les hommes et les femmes vont en patins par-dessus les montagnes, où l'on est dans l'usage d'habiller les cochons de leurs propres boyaux.

« Un peu plus loin, je trouvai un peuple qui portait le pain dans des tonneaux, et le vin dans des sacs.

« Après avoir quitté ce peuple, j'arrivai aux montagnes de Bacchus, où toutes les eaux coulent en descendant, et je pénétrai si avant dans ce pays, que je me trouvai dans très peu de temps dans l'Inde-Pastenade, où, je jure par l'habit que je porte, je vis voler les couteaux ; chose qu'on ne saurait croire, à moins de l'avoir vue.

« Maso del Seggio, gros marchand, que je trouvai là occupé à casser des noix et à vendre les coquilles en détail, pourra vous confirmer cette vérité si vous le rencontrez jamais.

« Quant à moi, ne trouvant pas ce que j'allais chercher partout, je rebroussai chemin pour ne pas voyager par eau, et revins par terre sainte, où le pain frais ne vaut que quatre deniers la livre, et où le pain chaud se donne pour rien.

« Je n'y fus pas plutôt arrivé, que je rencontrai le digne patriarche de Jérusalem, qui, pour honorer l'habit du baron M. saint Antoine, que j'ai toujours porté dans mes voyages, me fit voir toutes les saintes reliques dont il est dépositaire.

« Elles étaient en si grand nombre, qu'il me faudrait trop de temps pour vous parler de toutes : cependant, pour vous faire plaisir, je vous dirai un mot des plus remarquables.

« Il me montra entre autres choses, un doigt du Saint-Esprit, aussi frais, aussi sain, que s'il venait d'être coupé ; le museau du Séraphin qui apparut à saint François ; un ongle de Chérubin ; une des côtes du *Verbum Caro ;* plusieurs lambeaux des habillements de la Sainte-Foi catholique ; quelques rayons de l'étoile qui apparut aux mages d'Orient ; une petite fiole pleine de la sueur de saint Michel lorsqu'il se battit contre le diable ; la mâchoire de Lazare que Jésus-Christ ressuscita, et plusieurs autres choses non moins curieuses.

« Et comme je lui fis présent de quelques reliques que j'avais doubles, et qu'il avait inutilement cherchées, il me donna en récompense une des dents de sainte Croix; une petite bouteille remplie du son des cloches du magnifique temple de Salomon, et la plume de l'ange Gabriel dont je vous ai parlé.

« Il me donna aussi un des patins de saint Guérard de Grand-Ville, dont j'ai fait présent depuis peu à Guérard de Bousi, établi à Florence, qui a beaucoup de vénération pour cette sainte relique : enfin, il me donna des charbons sur lesquels fut grillé le bienheureux saint Laurent.

« J'apportai toutes ces reliques à Florence avec beaucoup de dévotion et de respect.

« Il est vrai que mon supérieur ne m'a pas permis de les exposer en public, qu'auparavant il n'eût été bien prouvé qu'elles étaient véritablement les reliques dont elles portaient le nom : mais depuis qu'on en est assuré par les lettres qu'on a reçues du patriarche de Jérusalem et par différents miracles que ces reliques ont opérés, j'ai la permission de les faire voir ; et comme je ne veux les confier à personne, je les porte toujours avec moi.

« Or, vous saurez que, pour conserver précieusement la plume de l'ange Gabriel, je la tiens dans une petite boîte ; et les charbons qui servirent à rôtir saint Laurent, je les tiens aussi dans une autre boîte, qui ressemble si fort à la première, que je les prends souvent l'une pour l'autre.

« C'est ce qui m'est arrivé aujourd'hui ; car, croyant emporter avec moi celle où est la plume, j'ai pris celle où sont les charbons.

« Au reste, je ne regarde point cette équivoque comme un pur hasard ; je la considère plutôt comme un effet de la volonté de Dieu, lorsque je fais réflexion que la fête de saint Laurent est dans deux jours : ainsi la Providence a voulu que, pour réveiller en vous la dévotion que vous devez à ce saint martyr, et pour vous disposer à célébrer dignement sa fête, je vous fisse voir aujourd'hui les charbons bénits qui ont servi à son martyr, au lieu de la plume de l'ange Gabriel, dont la fête est encore éloignée.

« Découvrez donc vos têtes, mes chers enfants, et venez voir avec respect cette auguste relique.

« Je dois vous dire que quiconque sera marqué de ces charbons en signe de croix, le feu ne le brûlera point de l'année, à moins qu'il ne le sente. »

Après ce discours de vrai charlatan, il chanta un cantique à la

louange de saint Laurent, ouvrit la boîte, et montra à cette multitude
les charbons qu'elle renfermait.

Quand il eut donné le temps à tout le monde de les voir et de les
admirer, chacun s'empressa de s'en faire marquer et donna une
offrande plus forte que de coutume.

Frère Oignon, de son côté, fut libéral de croix, et n'épargna point
ses charbons à marquer les habits de toile blanche des hommes, et les
voiles des femmes, leur faisant entendre qu'à mesure qu'ils s'usaient
dans ses doigts, ils croissaient dans la boîte, comme il l'avait éprouvé
dans une autre occasion : de sorte qu'ayant ainsi croisé tous les habitants de Certalde, à son très grand profit, il s'applaudit en lui-même
d'avoir eu l'esprit de se moquer de ceux qui avaient cru lui faire
pièce en lui dérobant la plume.

Les voleurs avaient assisté à la prédication, et furent si contents de
la défaite que Frère Oignon avait trouvée, et de la tournure plaisante
qu'il avait donnée à la chose, qu'ils manquèrent de se démancher les
mâchoires à force de rire.

Quand l'assemblée fut dispersée, ils joignirent le moine, lui apprirent ce qu'ils avaient fait, et lui rendirent sa plume, dont il ne tira pas
moins de profit, l'année suivante, qu'il venait d'en tirer des charbons.

Cette nouvelle fit le plus grand plaisir à toute la compagnie, qui
s'en amusa longtemps. Le voyage de frère Oignon, les prétendues
reliques qu'il avait vues à Jérusalem, celles qu'il en avait apportées,
la sottise des habitants de Certalde, tout fournit matière à rire. Quand
on se fut assez diverti du charlatanisme de ce moine facétieux, la Reine
se leva de dessus son siège ; un moment après, elle ôta sa couronne,
et la posa d'un air riant sur la tête de Dionéo. Il est temps, lui dit-elle
aussitôt, que tu saches ce que c'est que d'avoir à gouverner des femmes :
dans cette intention, je te fais Roi, et t'exhorte à nous gouverner de
manière que nous ayons toutes lieu d'être satisfaites de ton règne.
Après que Dionéo eut remercié Mme Élise de l'avoir choisi pour souverain, « il faut convenir, dit-il, que je suis un plaisant Roi, puisque
celui des échecs a encore plus d'autorité que je n'en ai. Certes, vous
verriez beau jeu, mes belles Dames, si vous étiez réellement dispo-
sées à m'obéir, comme un véritable roi veut et doit être obéi. Je vous

Elles dirent à la femme de chambre d'aller se mettre en sentinelle à l'entrée de la vallée...
Page 484.

ferais goûter des plaisirs !...... des plaisirs, Mesdames, sans lesquels
les autres ne sont rien....... Mais laissons ces choses-là à part ; je
gouvernerai du mieux qu'il me sera possible. »

Il fit appeler ensuite le maître d'hôtel, comme on l'avait pratiqué à
chaque changement de souveraineté, et lui ordonna ce qu'il devait
faire, tant que son règne durerait. Puis se tournant vers la compagnie : « Mes aimables Dames, dit-il, on a épuisé tant de sujets dans les
différentes nouvelles qu'on a racontées jusqu'à présent que, si Lycisque
ne fût venu cette après-midi, j'aurais eu de la peine à en trouver un
d'amusant qui n'eût pas été déjà traité.

« Vous devez vous souvenir qu'elle a dit qu'aucune de ses amies ni
de ses voisines n'avait son pucelage, le jour de ses noces, et que, non
contentes de s'être amusées, étant filles, la plupart avaient encore joué
de bons tours à leurs maris ; ce qu'elle savait à n'en pouvoir douter.

« Or, laissant de côté le premier article, je pense que l'autre peut faire
la matière de nos premiers récits, et qu'il serait difficile de trouver
un meilleur sujet à traiter pour la journée de demain : c'est pourquoi
j'entends qu'on n'en choisisse point d'autre, et j'ordonne, en ma qualité
de Roi, que les nouvelles qu'on doit raconter, pendant la durée de
mon règne, ne roulent que sur les tromperies que les femmes galantes

ont faites à leurs maris, soit que ces infidélités soient parvenues ou
non à la connaissance de ces derniers. »

Ce sujet ne parut pas honnête, mais au contraire très indécent à la
plupart des dames ; c'est pourquoi elles le prièrent de vouloir bien en
assigner un autre. Dionéo ne crut pas devoir se rendre à leurs prières.
« Je connais, Mesdames, leur dit-il, tout aussi bien que vous, ce qui
est honnête et ce qui ne l'est pas. Le sujet que j'indique n'a rien qui
doive offenser votre vertu ; ainsi vous me permettez de ne le point
changer.

« Il est très fort permis de s'entretenir de ce que l'on veut, pourvu
qu'on se conduise honnêtement.

« Faites attention à la corruption qui règne aujourd'hui dans presque
toutes les classes de citoyens : songez que les lois n'ont plus de frein ;
que les juges, qui devraient les faire respecter, ont abandonné leurs
sièges ; qu'une affreuse licence s'est emparée de tous les esprits ; que
presque personne à présent ne craint ni Dieu ni diable ; et que l'amour
de la vie, dans ce temps de calamité, est l'unique objet dont tout le
monde se soit occupé.

« Je suis éloigné de vouloir vous porter à suivre ces malheureux
exemples ; mais quand, pour vous dissiper et dissiper les autres, vous
prendriez un peu de liberté dans vos propos, je ne vois pas le grand
mal que vous feriez.

« Il vous est très fort permis, pour égayer la conversation, de déroger
quelquefois à l'austère décence que votre sexe vous impose : on ne
saurait vous en faire un crime, tant que vos actions sont honnêtes et
irréprochables.

« Votre honneur n'a rien souffert jusqu'à présent de tout ce que l'on
a pu dire d'un peu libre dans nos divers entretiens : soyez persuadées
qu'il ne sera pas plus blessé de ce que nous pouvons dire encore.

« On connaît votre vertu : on sait que non seulement les discours les
plus séduisants et les plus libres ne sont pas capables de vous détourner du chemin de l'honneur, mais que la crainte même de la mort ne
serait pas capable de vous en écarter. Qu'avez-vous donc à redouter ?
J'ose vous dire, au contraire, que si l'on savait que vous ne voulussiez
point absolument vous entretenir quelquefois d'aventures gaillardes,
on ne manquerait pas de donner de mauvais motifs à cette extrême
réserve. On croirait que vous n'osez en parler que parce que votre
conduite est répréhensible à cet égard. D'ailleurs, considérez, je vous
prie, le bel honneur que vous me feriez, en refusant de vous confor-

mer à ce que j'ai prescrit en qualité de roi. Autant vaudrait que vous ne m'eussiez pas élu votre souverain, si après avoir donné l'exemple de la plus parfaite soumission, vous ne vouliez point vous soumettre à mes ordres. Pas tant de délicatesse, je vous prie ; elle ne fut jamais plus mal placée. On ne doit rougir que de mal faire, et non de ce que les autres ont mal fait. D'où je conclus qu'il faut que vous vous disposiez à composer chacune votre nouvelle sur le sujet que j'ai assigné, et auquel les propos de Lycisque ont tantôt donné lieu. »

Ce discours convertit les dames, et elles promirent de se conformer à la volonté du Roi, qui donna la liberté à chacun de faire ce qu'il jugerait à propos, et d'aller où il voudrait, jusqu'à l'heure du souper.

Comme ce jour-là les nouvelles avaient été fort courtes, le soleil n'avait tout au plus parcouru que les deux tiers et demi de sa course.

Dionéo demeura à l'ombre, et proposa une partie de jeu aux deux autres gentilshommes, qui l'acceptèrent. Tandis qu'ils jouent, Mme Élise tire à part les autres dames : « Depuis que nous sommes dans cette campagne, leur dit-elle, j'ai toujours eu envie de vous mener dans un endroit fort près d'ici ; mais l'occasion ne s'en est point présentée. Elle est à présent favorable, puisque le soleil est encore fort élevé. Je suis persuadée qu'aucune de vous n'a jamais été dans cet endroit, nommé la Vallée des Dames. Voyez si vous êtes d'humeur d'y aller. Je puis vous assurer que vous ne serez pas fâchée de l'avoir vu. » Toutes les dames répondent qu'elles le veulent bien ; elles prennent donc avec elles une des femmes de chambre, et se mettent aussitôt en route, sans dire mot aux trois messieurs.

Après une demi-heure de marche, elles arrivent dans ladite vallée, où elles entrent par un sentier assez étroit, bordé d'un côté par un ruisseau très limpide. Leurs yeux furent agréablement surpris de la beauté du lieu. Les chaleurs de la saison n'en avaient point flétri la verdure. La plaine de cette belle vallée, selon le rapport que m'en a fait une de ces dames, formait un cercle de près d'une demi-lieue de tour ; jamais l'industrie humaine n'en eut fait un plus rond, plus parfait. Ce cercle était bordé par six collines. Sur le sommet de chacune on voyait une charmante maison en forme de petit château ; ce qui faisait le plus beau coup d'œil qu'il fût possible d'imaginer. Chaque colline allait en s'étrécissant, et aboutissait à la plaine par une pente insensible, à la manière de nos amphithéâtres de salle de comédie. Les coteaux les plus exposés au Midi étaient tous couverts de vignes, d'oliviers, d'amandiers, et d'autres arbres portant fruits. De petits bosquets et d'agréables prairies couvraient la partie exposé au Nord. La plaine, qui n'avait pas d'autre entrée que celle par où les dames étaient arrivées, était ornée de sapins, de lauriers, de plusieurs pins, et tous ces arbres étaient plantés avec tant d'art, qu'on eût pris cette plaine pour un vaste jardin. C'était de tous côtés des allées magnifiques où le soleil avait de la peine à introduire quelques-uns de ses rayons. Vers le milieu de ce paradis terrestre était une petite prairie émaillée de fleurs et environnée d'arbres d'une hauteur prodigieuse, qui en défendaient l'entrée au soleil la plus grande partie du jour.

Un ruisseau peu profond, mais rapide et argenté, serpentait dans les environs. Il descendait par une veine de rocher du haut d'une des collines, et faisait un bruit qui flattait agréablement l'oreille. Après avoir fait quelques tours auprès de la prairie, il formait dans la plaine un lac où l'on voyait du poisson en abondance. Cette espèce de vivier pouvait avoir trois pieds et demi de profondeur, sur une quarantaine de large, et une soixantaine de long.

Il était si transparent qu'on eût pu compter les grains de sable qui tapissaient son fonds. L'eau surabondante s'échappait par un petit ruisseau qui, cherchant les endroits les plus plus bas de la vallée, n'en sortait qu'après avoir fait mille détours, comme s'il eût eu regret de quitter un lieu si agréable.

Quand les dames en eurent parcouru et admiré toutes les beautés, elles formèrent le projet de se baigner.

Le chaud qu'il faisait et la solitude du lieu les y invitaient. Dans ce dessein, elles dirent à la femme de chambre qui les avait suivies d'aller se mettre en sentinelle à l'entrée de la vallée, afin de les avertir si elle voyait venir quelque homme. Elles se déshabillent toutes sept, nues aux bords du lac, et y entrent courageusement comme des vers. A travers l'eau claire et limpide de ce vivier, on eût pu voir leur corps d'albâtre aussi facilement qu'on voit la rosée vermeille à travers le vase du mince cristal qui la renferme. Après s'être amusées quelque temps à folâtrer, à courir çà et là après les poissons, qui difficilement pouvaient se cacher, et en avoir pris quelques-uns, elles sortirent de l'eau, s'essuyèrent les unes les autres, s'habillèrent et s'en retournèrent au château au petit pas, ne s'entretenant que de la beauté du lieu qu'elles venaient de quitter et des plaisirs qu'elles y avaient goûtés.

Arrivées de bonne heure au château, elles trouvèrent les trois messieurs qui jouaient encore, à la même place où elles les avaient laissés.

« Il faut convenir, leur dit Mme Pampinée, que nous vous avons joué un bon tour. — Quel tour, dit Dionéo? Seriez-vous déjà plus libres dans vos actions que vous ne voulez l'être dans vos propos? — C'est la vérité, Sire, » répliqua-t-elle; puis elle lui dit d'où elles venaient, entra dans les plus grands détails sur la beauté du lieu et lui raconta tout ce qu'elles y avaient fait. A ce récit, le Roi témoigna la plus grande envie d'y aller avant la fin du jour.

Dans cette idée, il ordonna au maître d'hôtel de servir promptement le souper. Au sortir de table, les trois gentilshommes, suivis de leurs domestiques, prirent le chemin de la vallée et la trouvèrent effectivement digne de tous les éloges qu'on leur en avait fait. Après en avoir parcouru rapidement les principaux endroits, et s'y être baignés pendant une demi-heure, ils revinrent au château sur la brune et trouvèrent les dames qui dansaient au chant de Mme Flamette. La danse achevée, on s'entretint des beautés merveilleuses de la Vallée des Dames et l'on convint généralement que c'était peut-être le plus bel endroit qu'il y eût sur la terre.

Le Roi fit appeler le maître d'hôtel; il lui signifia qu'ils iraient tous le lendemain dîner dans ce lieu; qu'il n'avait qu'à prendre ses mesures en conséquence et y faire même porter des lits de camp, dans le cas que quelqu'un voulût se reposer après le dîner. Il fit servir ensuite aux flambeaux une petite collation, après laquelle les danses recommencèrent. Quand on eut dansé assez de temps, le Roi, s'adressant à Mme Élise, lui dit d'un air poli et gracieux : « Vous m'avez fait aujourd'hui l'honneur de me donner la couronne; il est juste que je vous choisisse à mon tour pour nous chanter une chanson.

« Votre voix est si belle et si gracieuse que c'est obliger toute la société, que de vous engager à chanter. Je laisse à votre choix la chanson : je ne doute pas qu'elle soit jolie. »

La dame, sensible aux compliments du Roi, lui en témoigna sa reconnaissance en lui obéissant tout de suite et chanta une chanson.

Le Roi, qui était dans ses moments de belle humeur fit ensuite appeler Pindaro et lui commanda de jouer de la cornemuse. On exécuta plusieurs danses au son de cet instrument rustique et quand on se fut ainsi amusé une bonne partie de la nuit, le Roi dit à chacun d'aller se coucher.

FIN DE LA SIXIÈME JOURNÉE.

SEPTIÈME JOURNÉE

Les étoiles ne paraissaient plus du côté de l'orient, excepté celle que nous appelons l'étoile du jour, lorsque le maître d'hôtel s'en alla avec tout le bagage dans la vallée des dames pour y préparer ce qui était nécessaire, selon l'ordre qu'il en avait reçu de Dionéo.

Celui-ci, éveillé par le bruit, ne tarda pas à se lever et à faire éveiller les dames et les deux gentilshommes.

On se mit en chemin, au soleil levant, moment agréable où la nature semble plus belle au mortel qui en jouit.

Il leur parut n'avoir entendu chanter les rossignols et les autres oiseaux aussi gaiement. Ils arrivèrent dans la vallée aux doux concerts de ces agréables habitants de l'air.

Ils se promenèrent dans ce lieu charmant, dont ils contemplèrent à loisir les diverses beautés.

On eût dit que tous les rossignols, qu'ils avaient entendus sur la route, s'étaient réunis dans cette plaine pour augmenter leurs plaisirs par leurs chants redoublés. La fraîcheur du matin leur fit trouver cet endroit plus délicieux encore, qu'il ne leur avait paru la veille. Après qu'ils eurent déjeuné avec des fruits, des confitures et des vins excellents, jaloux d'imiter la gaieté des rossignols, ils se mirent à chanter, et l'écho se plaisait à répéter fidèlement leurs accords.

L'heure du dîner venue, les tables furent dressées sous des berceaux où le soleil ne pouvait pénétrer.

C'était fort près du petit lac où l'on s'était baigné la veille. On s'assit dans l'ordre qu'il plut au Roi de prescrire, et pendant qu'on dînait, les poissons qu'on voyait nager fournissaient matière aux propos les plus agréables. Au lever de table, on recommença à chanter et à se divertir par mille petits jeux.

Le maître-d'hôtel, homme actif et intelligent, avait fait dresser dans un des plus beaux endroits de la plaine plusieurs de ces tentes de serge qui nous viennent de France, et dans ces tentes plusieurs lits. Il fut libre à chacun d'y aller s'y reposer. Plusieurs préférèrent de jouer et de causer à l'ombre.

L'heure du repos étant passée, on éveilla ceux qui avaient été dormir et tout le monde se réunit pour raconter comme à l'ordinaire des nouvelles. Le Roi fit asseoir toute la compagnie dans l'ordre accoutumé, sur un grand tapis qu'on avait étendu sur le gazon tout près de l'endroit où l'on avait dîné. Il recommanda ensuite à Mme Émilie de raconter sa nouvelle.

Cette aimable dame se mit à sourire, et commença ainsi.

NOUVELLE PREMIÈRE

L'ORAISON CONTRE LES REVENANTS, OU LA TÊTE D'ANE

J'aurais bien désiré, Sire, que toute autre que moi eût entamé la matière sur laquelle nous devons nous entretenir aujourd'hui; mais puisqu'il vous a plu de me nommer la première, je vous obéirai sans murmurer, et tâcherai de dire quelque chose qui puisse tourner à l'utilité de ces dames; car si elles sont aussi peureuses que je suis moi-même des revenants et des Esprits, et que je n'aie encore pu trouver personne en état de m'en instruire, elles pourront apprendre dans ma nouvelle une excellente oraison pour les congédier et les mettre en fuite, si jamais il leur en apparaît quelqu'un.

l y eut autrefois à Florence, dans la rue Saint-Brancasse, un fameux cardeur de laine, nommé Jean le Lorrain, homme plus heureux que sage, puisque, malgré sa bêtise et sa grande simplicité, il était souvent nommé prévôt de tous les cardeurs du quartier Sainte-Marie la Nouvelle, lesquels étaient alors obligés d'aller tenir chez lui leurs assemblées.

Il eut, outre cela, d'autres honneurs dans son corps, ce qui lui inspira tant de vanité, qu'il se croyait de beaucoup au-dessus des autres hommes.

Comme il n'était pas mal à son aise pour un homme de son état, il donnait souvent à dîner aux Pères de Sainte-Marie la Nouvelle, et faisait présent à l'un d'une culotte, à l'autre d'un capuchon, à celui-ci d'une soutane, à celui-là de quelques mouchoirs.

Les bons moines lui enseignaient en récompense force bonnes oraisons et lui donnaient tantôt le *Pater noster* en langue vulgaire, tantôt le cantique de saint Alexis ; une autre fois les discours de saint Bernard, l'hymne de sainte Mathilde, et plusieurs autres choses de cette nature, qu'il conservait précieusement pour le salut de son âme.

Ce bonhomme avait une femme belle et charmante, nommée Tesse, fille de Manucio de Curculia, aussi prudente et aussi leurrée que son mari l'était peu.

Elle n'ignorait pas sa supériorité sur lui à cet égard, et la commère se proposait d'en tirer parti dans l'occasion.

L'esprit est un bon meuble; la nature ne nous l'a donné que pour nous en servir. Aussi s'en servit-elle.

Devenue amoureuse de Fédéric de Néri Pégoloti, beau garçon qui la guettait depuis longtemps, et qui, par conséquent, ne l'aimait pas moins, elle lui fit dire par sa servante d'aller la trouver à une maison de campagne, nommée Camérata, qu'elle possédait près de Florence, où elle avait coutume de passer l'été, et où son mari allait quelquefois souper et coucher avec elle pour s'en retourner le lendemain à sa boutique. Fédéric, qui ne désirait autre chose que de pouvoir joindre la belle, ne manqua pas de se trouver au rendez-vous.

Il alla la voir le soir même, et comme le mari n'y vint point ce jour-là, le galant soupa tranquillement et coucha avec sa maîtresse, qui, comme on peut le croire, n'employa pas toute sa nuit à dormir. Elle lui apprit, le tenant serré dans ses bras, une demi-douzaine des oraisons de son mari.

Ces heureux amants se trouvèrent trop bien des plaisirs de cette nuit pour ne pas prendre des mesures pour les goûter aussi souvent qu'ils le pourraient sans danger.

Il fut donc décidé, avant de se séparer, que, pour épargner à la servante la peine de l'aller chercher, Fédéric irait tous les jours à une maison de campagne qu'il avait au delà de celle de sa maîtresse par où il passait pour y aller; qu'en allant ou revenant il aurait soin de jeter un coup d'œil sur le coin d'une vigne voisine de la maison, où il verrait une tête d'âne sur la pointe d'un gros échalas; que lorsque le museau de cette tête serait tourné du côté de la ville, ce serait signe que le mari serait absent, et qu'il ne tiendrait qu'à lui d'occuper sa place cette nuit; que dans le cas que la porte se trouvât fermée, il frapperait trois coups, après lesquels il n'attendrait pas longtemps sans qu'on lui ouvrît : mais que si le museau était tourné du côté de Fiénole, cela voudrait dire que maître Jean était dans la maison, et qu'il ne devait pas y entrer.

Par le moyen de cet arrangement, la belle et le galant passèrent

« Raclez ici, raclez là; voilà un endroit que vous laissez. » Page 495

plusieurs nuits ensemble sans avoir besoin de commissionnaire pour s'avertir et sans crainte d'être surpris.

Mais un soir que Frédéric devait aller souper avec la dame qui l'attendait avec deux bons poulets rôtis, il arriva que maître Jean, qui ne comptait pas pouvoir, ce jour-là, se rendre auprès de sa femme y alla pourtant, et fort tard, contre sa coutume.

Tesse fut fort fâchée de sa visite. Pour l'en punir, elle ne lui servit à souper qu'un morceau de lard bouilli.

Les deux chapons, plusieurs œufs frais et une bouteille de bon vin furent enveloppés, par son ordre, dans une serviette bien propre, et portés par sa confidente dans un jardin où l'on pouvait entrer sans passer par la maison.

Tu poseras tout cela, lui dit-elle, au pied du pêcher où nous avons soupé plusieurs fois.

Mais la précipitation avec laquelle cela fut fait, pour en dérober la connaissance au mari, jointe à la mauvaise humeur qu'elle avait déjà, fut cause qu'elle oublia de dire à la fille d'attendre Fédéric pour le renvoyer, après lui avoir fait emporter le souper.

Quand le mari et la femme eurent tristement mangé leur morceau de lard, ils se couchèrent, et la servante aussi.

A peine furent-ils dans le lit, que voilà le galant qui arrive et qui frappe doucement à la porte.

Le mari l'entend d'abord, et la belle encore mieux; mais pour ne point donner des soupçons au cocu, elle fit semblant de dormir.

Fédéric heurte une seconde fois.

Jean, étonné, pousse sa femme, et lui dit :

« Entends-tu, Tesse! quelqu'un heurte à la porte.

— Hélas! répondit-elle, je n'en suis pas surprise : c'est un revenant, un esprit qui me fait une peur terrible depuis plusieurs nuits ; tellement qu'aussitôt que je l'entends, je fourre ma tête dans les draps, et n'ose me lever qu'il ne soit grand jour.

— Rassure-toi, ma femme; si c'est un esprit, il ne nous fera pas de mal : j'ai dit, en me mettant au lit, le *Te lucis* et l'*Intemerata*.

« De plus, j'ai fait le signe de la croix aux quatre coins du lit ; ainsi, quelque pouvoir qu'il ait, nous n'avons pas à craindre qu'il nous nuise en aucune façon. »

La belle, peu contente d'avoir donné le change au bonhomme, craignant que son amant ne la soupçonnât de ne pas être à lui seul, résolut de se lever et de lui faire entendre qu'elle était avec son mari.

Dans cette idée, elle dit à Jean :

« Vos oraisons et vos signes de croix ne me rassurent pas beaucoup, s'il faut vous parler net, je ne serai tranquille qu'après que nous l'aurons conjuré.

— Et comment le conjurer? répondit le benêt de mari.

— Ne t'inquiète pas de cela, répliqua-t-elle.

« J'allai l'autre jour gagner mes indulgences à Fiésole : une sainte religieuse, à qui je fis part de ma peur, m'enseigna une oraison infaillible pour conjurer et chasser à jamais les esprits et les revenants.

« Elle en a fait l'expérience et s'en est bien trouvée.

« J'aurais déjà éprouvé sa recette, mais je n'ai pas osé, parce que j'étais seule.

« Maintenant que tu es avec moi, levons-nous, si tu m'en crois, et allons le conjurer, avant qu'il se retire de lui-même, afin qu'il ne revienne plus. »

Jean y consentit.

Ils se lèvent donc, et vont à la porte où Fédéric, plein d'impatience et de jalousie, commençait à soupçonner la fidélité de sa maîtresse.

Tout en y allant, Tesse dit à son mari de cracher au moment qu'elle l'avertirait.

Ce bonhomme le lui promit ; et quand ils furent près de la porte, elle commença son oraison, disant :

« Esprit, esprit qui cours ainsi la nuit, tu es venu ici la queue droite, retourne-t'en de même.

« Tu trouveras au jardin, au pied du gros pêcher, deux bons poulets, quantité d'œufs de ma geline, et une bouteille de vin ; prends ce qu'il te faudra, et retire-toi sans faire aucun mal ni à moi ni à Jean, mon mari, qui est ici. »

Après ces paroles, elle dit à Jean de cracher, et Jean cracha.

Fédéric, qui entendait tout cela, fut bientôt au fait ; ses soupçons se dissipèrent, et malgré la mauvaise humeur que lui causait ce fâcheux contre-temps, il eut bien de la peine de s'empêcher de rire quand il entendit cracher le mari par ordre de sa femme.

Il disait alors en lui-même :

« Puisse-t-il cracher les dents ! »

La conjuration ayant été répétée par trois fois, les conjurateurs retournèrent au lit, Fédéric qui comptait souper avec sa maîtresse, et qui avait bien saisi le sens de l'oraison, courut au jardin et emporta chez lui les poulets, les œufs frais et le vin, et soupa de fort bon appétit.

Il ne tarda pas à revoir sa chère amante, et rit beaucoup avec elle de l'enchantement.

Il est des gens qui prétendent que Mme Tesse n'avait pas manqué de retourner le museau de la tête d'âne du côté de Fiésole, mais qu'un paysan passant par la vigne, s'était amusé à faire faire plusieurs tours avec son bâton, et que le museau était resté tourné du côté de Florence. C'est ce qui trompa Fédéric. Aussi ces mêmes gens assurent-ils que la dame avait dit l'oraison de la manière que voici :

« Esprit, esprit, retire-toi, et ne m'en veux point ; ce n'est pas moi qui ai tourné la tête de l'âne.

« Que Dieu punisse celui qui l'a fait.

« Je suis ici avec Jean, mon mari ; »

Et qu'ainsi Fédéric s'en était retourné chez lui sans souper.

Mais une femme fort âgée, qui a été longtemps voisine de la femme du cardeur, m'a dit que l'une et l'autre circonstance sont également conformes à la vérité, selon qu'elle l'avait ouï dire, dans la tendre jeunesse ; mais que la dernière façon ne regardait pas l'histoire de Jean le Lorrain, mais bien celle de Jean de Nelle à qui il était arrivé une pareille aventure. Celui-ci comme vous pouvez l'avoir ouï dire demeurait à la porte Saint-Pierre, n'était ni moins simple, ni moins crédule que le premier.

Ainsi on peut choisir, entre ces deux oraisons, celle qui plaira le plus, ou les adopter toutes deux, si on le juge à propos.

On vient de voir qu'elles ont une grande vertu : les dames peuvent en faire usage dans l'occasion.

NOUVELLE II

PERRONNELLE OU LA FEMME AVISÉE

Les dames ne purent s'empêcher de rire en écoutant la nouvelle de Mme Émilie, ni d'applaudir à la bonne et sainte oraison. Aussitôt que le récit de cette histoire fut achevé, le Roi ordonna à Philostrate de conter la sienne. Ce jeune gentilhomme obéit, et parla en ces termes :

Les tromperies mes aimables Dames, que les hommes et particulièrement les maris font à votre sexe, sont si criantes et si multipliées, que quand il arrive à quelqu'une d'entre vous d'user de représailles, non seulement vous devriez être bien aise de le savoir ou de l'entendre dire, mais vous devriez être les premières à le publier, pour apprendre aux hommes que, s'ils ont de l'esprit et de la finesse, les femmes n'en ont pas moins. Cela ne pourrait tourner qu'à votre avantage ; car, lorsqu'on sait qu'on a affaire à quelqu'un d'aussi fin que soi, on n'entreprend pas si légèrement de le tromper. Je ne doute pas en effet que si les hommes étaient instruits des tours qui vont faire le sujet de notre entretien, ils ne fussent plus circonspects à votre égard et plus attentifs à ne pas vous manquer, parce qu'ils verraient que rien ne vous est plus facile que de vous venger.

Mon dessein est de vous faire part de la présence d'esprit d'une femme de basse condition, dans une circonstance très critique pour elle et qui, par ce moyen, échappa au danger auquel elle s'était exposée.

Il n'y a pas longtemps qu'à Naples un maçon, qui n'était rien moins qu'à son aise, épousa une jeune et jolie fille, nommé Perronnelle.

Les nouveaux mariés gagnaient à grand'peine leur vie, l'un à maçonner et la femme à filer.

Un jeune homme vit un jour celle-ci, la trouva à son gré et en devint amoureux.

Il l'accosta, lui parla, lui rendit des soins, et la sollicita de tant de manières, qu'il lui fit approuver sa passion ; il fut convenu que le galant guetterait le mari, qui sortait tous les jours de grand matin pour aller travailler, et qu'aussitôt après il entrerait dans la maison, située dans une rue écartée et solitaire, nommée Avorio.

Ce manège réussit plusieurs fois, à la grande satisfaction du couple amoureux ; mais il arriva un matin qu'après que le bonhomme fut sorti, et que Jeannet (c'était le nom du galant) fut entré, le mari, qui ne reparaissait pas pour l'ordinaire de la journée, retourna chez lui.

Il trouve la porte fermée ; il heurte, et dit en lui-même :

« Loué soit Dieu ! s'il a voulu que je fusse pauvre, il m'a du moins fait rencontrer une bonne et honnête femme ; voyez comme elle a fermé la porte, afin de se mettre hors de toute insulte et à couvert de la médisance. »

Perronnelle, qui reconnut son mari à sa manière de heurter :

« Ah ! mon ami, dit-elle à Jeannet, je suis perdue, voici mon mari.

« Je ne sais ce que cela veut dire, car il ne revient jamais à cette heure-ci ; peut-être vous a-t-il vu entrer.

« Cachez-vous, je vous en supplie, dans ce grand vaisseau de terre que vous voyez là.

« J'irai lui ouvrir pour voir ce qu'il veut, et je tâcherai de le renvoyer. »

Jeannet entre précipitamment dans cette espèce de tonneau, et la belle court ouvrir à son mari.

« D'où vient que vous revenez sitôt ? lui dit-elle d'un ton refrogné ; vous rapportez vos outils ; seriez-vous dans l'intention de ne pas travailler d'aujourd'hui ?

« A quoi pensez-vous d'agir ainsi ?

« Comment vivre, comment avoir du pain ?

« Croyez-vous que je serai d'humeur à mettre en gage mes cotillons et mes autres hardes pour favoriser votre paresse, moi qui, à force de filer nuit et jour, n'ai presque plus de chair aux ongles ? Morbleu, détrompez-vous.

« Il n'y a pas de voisine qui ne se moque de moi, qui ne soit étonnée du mal que je me donne, et vous, vous revenez à la maison, les bras croisés, dans le temps que vous devriez être au travail ! »

A ces mots, elle se mit à pleurer.

« Malheureuse que je suis, ajouta-t-elle, sous quelle étoile faut-il que je sois née ! je pouvais me marier à un très aimable et très honnête jeune homme ; pour qui l'ai-je refusé ? pour un ingrat qui ne fait aucun cas de moi.

« Les autres femmes en prennent à leur aise ; elles se donnent du bon temps avec leur amoureux ; il n'y en a pas une qui n'en ait ; quelques-unes en ont deux, d'autres en ont même jusqu'à trois : elles sont partout triomphantes, parées comme des divinités, brillantes comme des astres ; et moi, parce que je suis bonne et ne songe point à ces folies, je me vois dans la peine et la souffrance.

« Pourquoi ne pas imiter les autres ?

« Apprenez, mon mari, puisqu'il faut vous le dire, apprenez que si je voulais mal faire, les occasions ne me manqueraient pas.

« Je connais des jeunes gens qui m'aiment, et qui me font offrir de l'argent, des robes et des bijoux ; mais Dieu me préserve d'avoir assez peu d'honneur pour jamais accepter de pareilles offres !

« Je suis fille d'une femme qui n'a jamais donné dans le travers, et je n'y donnerai pas non plus, s'il plaît au ciel, malgré ma pauvreté.

« Mais, mon cher, pourquoi revenir sitôt, au lieu d'être au travail ?

— Au nom de Dieu, ma femme ne te chagrine point, répondit le mari.

« Tu dois être persuadée que je connais ta vertu, et, que je sais te rendre la justice qui t'est due.

« Il est vrai que je suis parti de bonne heure pour aller travailler ; mais tu ne sais pas, et je l'ignorais moi-même, que c'est aujourd'hui la fête de saint Galeri, que tout le monde chôme.

« Pour du pain, ne t'en inquiète pas : nous en avons d'assuré pour plus d'un mois.

« J'ai vendu à cet homme que tu vois ici avec moi, le grand vaisseau de terre qui depuis longtemps ne fait que nous embarrasser.

« Il m'en donne cinq écus.

— Quoi ! toujours de nouvelles sottises ! s'écrie alors Perronnelle ; vous qui êtes un homme, vous qui allez et courez partout, et qui devriez connaître le prix des choses, vous n'avez vendu ce tonneau que cinq écus !

« Sachez donc que moi, qui ne suis qu'une petite femme, et qui n'ai fait que mettre le pied sur la porte, je l'ai vendu sept écus à un homme qui est entré il n'y a qu'un moment, et qui le visite pour voir s'il est en bon état. »

Le mari, fort content du marché qu'avait fait sa chère Perronnelle, dit à l'acheteur qu'il avait amené :

« Puisque ma femme, pendant mon absence, a vendu le vaisseau, et qu'on lui en offre deux écus de plus que vous ne m'en donniez, vous pouvez vous retirer ; ce que le marchand fit sans insister davantage.

— Puisque vous voilà ici, continua Perronnelle, allez-vous-en là haut pour finir le marché avec l'homme que j'ai fait monter. »

Jeannet, qui écoutait de toutes ses oreilles, ayant entendu cette conversation, sortit vite du tonneau, et, comme s'il eût ignoré le retour du mari, se mit à crier :

« Où êtes-vous donc, bonne femme ?

— Me voici, dit le mari qui montait, qu'y a-t-il pour votre service ?

— Je demande la femme avec qui j'ai fait le marché de ce tonneau.

— Vous pouvez agir avec moi comme avec elle, répondit le maçon ; je suis son mari.

— Le vaisseau, reprit le galant, me paraît bon et entier ; mais on dirait qu'il vous a servi à tenir des ordures : il est tout barbouillé de je ne sais quoi de sec que je ne puis arracher avec les ongles ; je ne le prendrai point qu'il ne soit nettoyé.

— A cela ne tienne, dit alors Perronnelle, voilà mon mari qui le nettoiera dans l'instant.

— Volontiers, » dit le maçon. Aussitôt, ayant mis bas son pourpoint et pris une ratissoire, il entre dans le vaisseau, où il se fait donner une chandelle allumée. Il était en train de racler lorsque sa femme, comme si elle eût voulu voir la façon dont il s'y prenait, mit la tête à la gueule du vaisseau, qui était beaucoup plus étroite que le ventre, et ayant passé un de ses bras jusqu'à l'épaule, lui disait :

« Raclez ici, raclez là ; voilà un endroit que vous laissez. »

Pendant que la belle était dans cette posture, et qu'elle indiquait à son mari les endroits qui avaient besoin d'être nettoyés, le galant, qui n'avait pu achever à son aise la besogne qu'il avait commencée lorsque le mari était survenu, résolut de s'y remettre et de la finir comme il pourrait.

Il s'approche de Perronnelle qui bouchait l'ouverture du tonneau, et, plein d'ardeur, il la saisit de la manière que les chevaux sauvages, animés par le feu de l'amour, assaillent les juments parthes, et fourbit ainsi son vaisseau, pendant que le mari fourbissait l'autre.

Les deux travailleurs achevèrent leur besogne presque en même temps. Perronnelle retira sa tête et son bras du tonneau pour laisser sortir son mari ; et donnant la chandelle à Jeannet :

« Voyez, lui dit-elle, s'il est assez nettoyé. »

Jeannet l'examina, le trouva tel qu'il désirait, le paya, et le fit porter chez lui.

NOUVELLE III

LES ORAISONS POUR LA SANTÉ

Philostrate ne put parler en mots assez couverts des juments Parthes, pour que les dames ne comprissent clairement ce qu'il voulait dire. Elles en rirent malgré elles, à gorge déployée, faisant semblant toutefois de rire d'autre chose. Quand il eut achevé son récit, le Roi commanda à Mme Élise de commencer le sien. Charmantes Dames, dit-elle aussitôt d'un air délibéré, la manière de conjurer les esprits dont nous a parlé Mme Émilie, m'a fait souvenir d'une nouvelle où il s'agit aussi d'une espèce d'enchantement.

Quoiqu'elle ne soit pas à beaucoup près aussi agréable que celle que nous avons entendue, je vais néanmoins vous la conter, parce que je n'en sais point qui soit plus relative à notre sujet.

ans la ville de Sienne, un jeune homme, nommé Renaut, issu d'une famille très honnête, bien élevé, de jolie figure et fort bien fait, devint passionnément amoureux d'une jeune et jolie femme nouvellement mariée. Il s'imagina que, s'il trouvait moyen de lui parler, il en obtiendrait bientôt tout ce qu'il voudrait. Dans ce dessein, il chercha un expédient qui le mît à porté de la voir et de l'entretenir sans se rendre suspect au mari.

Agnès était grosse depuis six ou sept mois : il mit dans sa tête de devenir son compère. Il accosta un jour le mari, qu'il connaissait, et lui témoigna son désir de la manière la plus polie et la plus adroite. Le mari, loin de soupçonner les vues de Renaut, accepta la proposition, et en parut même flatté. Le jeune homme, devenu compère d'Agnès, profita de l'occasion qu'il eut de la voir, pour lui confirmer de bouche

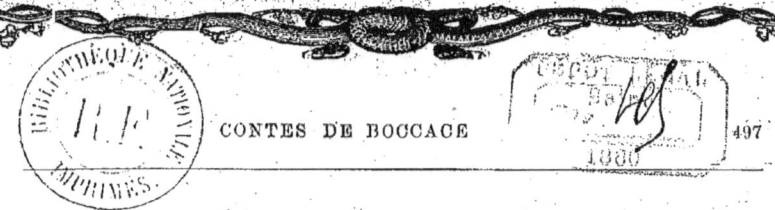

Ne rougissent pas de paraitre dans le monde, gras, dodus.

ce que ses soupirs et ses yeux lui avait dit tant de fois auparavant. Il
lui peignit la situation de son cœur, et ne manqua pas de lui dire que son
repos, son bonheur, sa vie même, dépendaient du retour dont elle payerait
ses sentiments.

La belle, qui n'était ni prude ni bégueule, ne s'offensa point de la déclaration. Son amour-propre en parut même flatté; mais comme elle était
sage et qu'elle aimait son mari, elle ôta toute espérance à Renaut, et lui
défendit de parler davantage d'amour. L'amant fit de nouvelles tentatives,
elles ne lui réussirent pas plus que la première.

Il se fit moine de dépit; et soit que l'état religieux lui convînt, soit autre
chose, il persista dans sa résolution, et demeura dans l'ordre. Il renonça
sérieusement à l'amour et aux autres vanités du monde. Il tint bon quelque temps; mais le démon, plus fort que sa dévotion, lui fit à la longue
reprendre ses vieilles habitudes. Sa passion pour Agnès se réveilla, et il
se livra à tous ses anciens penchants, sans vouloir pour cela quitter le
froc. Au contraire, il se faisait un plaisir de se montrer en habit de religieux
toujours propre, toujours élégant; c'était, en un mot, un moine petit maître.

On le voyait partout réciter des vers galants, chanter des couplets de
sa façon, et faire mille autres gentillesses semblables.

Mais qu'ai-je besoin de vous décrire le luxe du frère Renaut? Il suffit de
dire qu'il se conduisait comme font les moines d'aujourd'hui. Quels sont
ceux en effet qui suivent l'esprit de leur état? Hélas! à la honte de ce siècle
pervers et corrompu, les moines, vous le savez, ne rougissent pas de paraître dans le monde, gras, dodus, vermeils, délicats, recherchés dans
leurs habits, et de marcher, non comme la modeste colombe, mais tels que
des coqs orgueilleux, qui lèvent avec fierté leur crête panachée. Leurs
chambres sont pleines de pots de confitures, de dragées, d'eaux de sen-
teurs, des meilleurs vins de Grèce et des autres pays, de liqueurs, de
fruits d'ambroisie; de sorte qu'elles ressemblent plutôt à des boutiques
d'épiciers ou de parfumeurs qu'à des cellules de religieux. Ils ne cachent
même pas qu'ils sont sujets, pour la plupart, à la goutte, qui, comme on
sait, ne s'attache guère à ceux qui jeûnent, qui sont tempérants, chastes,
qui mènent une conduite sage et réglée, ainsi qu'il convient à des ecclésiastiques et surtout à des moines. Pour moi, malgré l'indulgence qui m'est
naturelle, je ne puis voir sans surprise et sans indignation combien ils ont
dégénéré et combien ils dégénèrent tous les jours. Saint Dominique et
saint François n'avaient pas trois habits pour un; leurs habillements n'é-
taient pas de soie, ni de drap fin, ni de couleur recherchée, mais de grosse
laine et de couleur naturelle, uniquement destinés à les défendre du froid,
et non pour les faire paraître avec éclat. Dieu veuille remédier à ces abus,
en ouvrant enfin les yeux aux imbéciles qui les nourrissent et les engrais-
sent de leurs charités!

Frère Renaut, revenu à ses premières inclinations, rendait de fréquentes
visites à sa commère et devenait chaque jour plus hardi. Il sollicita la
dame avec plus d'onction, plus de persévérance qu'il ne l'avait fait autrefois.

La bonne Agnès, qui avait eu le temps de se lasser de son mari, qui se voyait ainsi pressée, qui trouvait frère Renaut plus mûr, plus beau, plus musqué depuis qu'il s'était fait moine, vaincue un jour par ses sollicitations, se retrancha dans ces expressions vagues dont se servent les femmes portées à accorder ce qu'on leur demande.

« Comment! frère Renaut, lui dit-elle, est-ce que les religieux font ces sortes de choses?

— Quand j'aurai ôté l'habit que vous me voyez, répondit le moine, je vous livre, madame, un homme fait comme les autres. »

La belle, continuant de faire la petite bouche :

« Dieu me préserve, s'écria-t-elle, d'avoir une pareille condescendance ! N'êtes-vous pas mon compère? le péché serait trop grand; et c'est ce qui m'empêche de céder à vos désirs.

— Belle raison pour vous en empêcher! repartit le paillard; j'avoue que ce serait un péché; mais quels péchés beaucoup plus grands le bon Dieu ne pardonne-t-il pas, lorsqu'on se repent? D'ailleurs, dites-moi, je vous prie, qui est plus proche parent de votre fils, ou votre mari qui l'a engendré, ou moi qui l'ai tenu sur les fonts de baptême ? »

La dame répondit que c'était son mari.

« Eh bien, reprit le moine, cela empêche-t-il que vous ne couchiez avec lui?

— Non, assurément, dit Agnès.

— Je puis donc y coucher aussi bien que lui, moi qui ne tiens pas de si près à votre fils. »

La belle, qui n'était pas habile en l'art de raisonner, et qui se déconcertait pour peu de chose, crut ou feignit de croire que le moine avait raison.

« Qui pourrait résister, compère, lui dit-elle, à votre éloquence? »

Après cela elle se rendit, et consentit à tout ce qu'il voulut. On imagine bien que ce ne fut pas pour cette fois seulement. Le compère et la commère se retrouvèrent plusieurs autres fois, et avec d'autant plus d'aisance et de liberté, que le compérage les mettait à l'abri de tout soupçon.

Un jour que frère Renaut était sorti avec un de ses compagnons, il crut, avant de rentrer au couvent, devoir passer chez sa commère. Il n'y avait avec elle dans la maison qu'une jeune et jolie servante. Le compère envoya son camarade au grenier avec cette petite fille pour lui enseigner sa patenôtre. Pour lui, il entra dans la chambre à coucher de sa commère, qui tenait son petit enfant par la main, et ayant fermé la porte, ils s'assirent sur un petit lit de repos. Après s'être fait mutuellement quelques légères caresses, frère Renaut quitta son froc pour se livrer à de plus grandes.

A peine ces heureux amants avaient-ils passé une demi-heure ensemble,
que le mari, qui venait de rentrer, se fit entendre à la porte de la chambre,
heurtant et appelant sa femme.

« Je suis perdue, dit-elle alors! voici mon mari. Il n'est pas douteux
qu'il ne s'aperçoive à présent de notre commerce. »

Frère Renaut, sans capuchon et sans soutane, commence à trembler de
son côté.

« Si j'avais seulement le temps de reprendre mes habits, nous trouverions quelque excuse; mais, si vous lui ouvrez et qu'il me voie en cet état,
il n'y aura pas moyen d'en trouver.

— Habillez-vous promptement, dit la belle en se ravisant; prenez ensuite votre filleul dans vos bras, et écoutez bien ce que je dirai à mon mari,
afin que ce que vous direz, de votre côté, s'accorde avec ce que j'aurai dit;
dépêchez-vous seulement, et laissez-moi le soin de vous disculper. »

Cela dit : « Je suis à vous dans le moment, » cria-t-elle à son mari. Elle
court ensuite lui ouvrir la porte, et lui dit, d'un visage gai :

« Vous saurez, mon ami, que frère Renaut, notre compère, est venu
nous voir fort à propos. C'est un coup du ciel; sans lui nous perdions aujourd'hui notre enfant. »

A ces derniers mots, le bonhomme de mari faillit à se trouver mal. Il en
fut tout interdit, et n'ouvrit la bouche que pour demander le malheur qui
était arrivé.

« Hélas! continua-t-elle, ce pauvre petit est tout à coup tombé dans une
telle faiblesse que je le croyais mort. Je ne savais comment m'y prendre
pour le faire revenir, lorsque frère Renaut est entré. Il l'a examiné, l'a
pris entre ses bras : Ce sont des vers, ma commère, m'a-t-il dit, qui lui
montent au cœur, et qui l'étoufferaient si l'on n'y remédiait promptement.
Ne vous chagrinez pas, je les enchanterai, et, avant que je sorte d'ici ils
seront tous morts et vous verrez votre enfant aussi sain, aussi bien portant qu'avant sa faiblesse. Comme vous étiez nécessaire ici, continua la
dame, pour dire certaines oraisons, et que la servante n'a pu vous trouver, frère Renaut les a fait dire à son compagnon au plus haut étage de la
maison. Je suis entrée ici avec lui, parce que personne autre que le père ou
la mère de l'enfant ne peut assister à cet enchantement. Nous nous sommes
donc enfermés pour n'être interrompus par qui que ce fût. Il tient encore
en ce moment notre cher fils entre ses bras, et il pense que, lorsque son
compagnon aura achevé de dire ses oraisons, tout sera fait; car l'enfant
est déjà beaucoup mieux. »

Ce récit déconcerta tellement le pauvre benêt de mari, qui idolâtrait son fils, qu'il prit tout cela pour argent comptant.

« Hélas ! que je le voie, dit-il en soupirant.

— Gardez-vous-en bien, reprit Agnès, vous gâteriez tout. Attendez encore un peu. Je vais savoir si vous pouvez entrer, ne vous étant pas trouvé au commencement ; je vous appellerai ensuite. »

Frère Renaut, à qui ce récit, dont il n'avait rien perdu, avait donné le temps de s'habiller, prit l'enfant dans ses bras ; et, voyant que le mari avait donné dans le panneau, il cria tout haut :

« Ma commère, n'est-ce pas le compère que j'entends ?

— C'est moi-même, mon révérend père, répondit le mari.

— Avancez donc, s'il vous plaît, » reprit le moine.

Le bonhomme s'étant approché :

« Tenez, voilà votre enfant en parfaite santé. Tout ce que je vous demande pour le service que je viens de vous rendre, c'est que vous fassiez mettre un enfant de cire, de la grandeur du vôtre, devant l'image de saint Ambroise, par les mérites duquel le Seigneur vous a fait cette grâce. »

L'enfant, voyant son père, courut aussitôt à lui et le caressa à sa manière. Le père le prit dans ses bras en pleurant de tendresse, et ne se lassait point de le baiser, ni de remercier le charitable compère qui l'avait guéri.

Le compagnon de frère Renaut, qui avait déjà enseigné à la jeune servante, non pas une seule, mais au moins quatre patenôtres, et qui lu avait fait présent d'une bourse de soie qu'il avait reçue d'une nonnain, n'eut pas plutôt entendu le mari, qu'il sortit du grenier et vint sur la pointe des pieds se mettre dans un endroit d'où il pouvait voir et entendre parfaitement ce qu'on faisait. Quand il vit que tout s'était bien passé, il entra dans la chambre en disant :

« Frère Renaut, j'ai dit en entier les quatre oraisons dont vous m'avez chargé.

— Tu as bien fait, mon cher confrère, et j'admire la force de ton haleine. Je voudrais en avoir une aussi bonne ; car je n'en avais encore dit que deux lorsque mon compère est arrivé. Mais le ciel a eu égard à ta peine et à la mienne, et a guéri l'enfant à ma grande satisfaction. »

Le bon cocu fit aussitôt apporter du meilleur vin avec des confitures, et traita du mieux qu'il lui fut possible les deux religieux, qui avaient besoin de réparer leurs forces. Il les accompagna ensuite jusqu'à la porte, et leur renouvela ses remercîments en leur disant adieu. Il n'eut rien de

plus pressé que de commander la statue de cire, qu'on plaça effectivemen
devant un saint Ambroise qui n'est pas celui de Milan.

NOUVELLE IV

LE JALOUX CORRIGÉ

Madame Elise n'eut pas plutôt achevé son récit, que le Roi commanda à madame Laurette
de commencer le sien. O amour! que ta puissance est grande, s'écria-t-elle aussitôt! que tu
fais entreprendre de grandes choses! que tu fais bien tout prévoir! quel est le philosophe, quel
est le maître qui pourrait enseigner ces subterfuges, ces prévoyances, cette présence d'esprit
que tu inspires dans le moment à ceux et à celles qui vivent sous tes lois?

Certainement il n'est point de science qui ne s'acquière lentement comparée à la tienne.

Les Nouvelles qu'on a racontées jusqu'à ce moment en sont autant de preuves. A ces divers
témoignages, mes aimables dames, j'en ajouterai un nouveau, en vous rapportant le stratagème
d'une femme d'un esprit très-ordinaire, stratagème qu'à mon avis nul autre que l'amour n'aurait
pu suggérer.

I l y avait autrefois dans la ville d'Arezzo un homme riche
nommé Tofano, marié depuis peu à une jeune et belle demoiselle, nommée Gitta, dont il devint aussitôt extrêmement
jaloux, on ne sait trop pourquoi. La femme, qui ne tarda
pas à s'en apercevoir, en eut beaucoup de déplaisir et se crut offensée.
Elle lui demanda plusieurs fois le sujet de sa jalousie; mais elle n'en
tira jamais que ces raisons vagues que les hommes ont coutume d'alléguer en pareil cas.

Fatiguée de se voir continuellement la victime d'une maladie d'esprit à
laquelle sa conduite n'avait aucunement donné lieu, elle résolut de punir
son mari, en lui faisant subir le sort qu'il redoutait sans en avoir le
moindre sujet. Dans ce dessein, elle jeta les yeux sur un jeune homme fort
aimable, qui avait pour elle de l'inclination, et qu'elle avait dédaigné jusqu'alors.

Elle lui fit savoir secrètement ses dispositions. Elle mit en peu de temps
les choses en tel état, qu'il ne leur manquait plus qu'une occasion favorable pour être parfaitement heureux. Entre les défauts de son mari, la
belle avait remarqué qu'il aimait fort à boire : non-seulement elle lui laissa
suivre son penchant à cet égard, mais elle le favorisa de son mieux, pour
tourner au profit de l'amour les moments de liberté qu'elle aurait pendant
son ivresse.

Le jaloux s'accoutuma si fort au vin, qu'elle l'enivrait quand elle voulait; et, quand il était ivre, elle le faisait coucher. C'est par ce moyen qu'elle vint à bout de voir son amant, et de passer avec lui les moments les plus agréables. Le succès de ce manége lui inspira une telle confiance, que, non-seulement elle le faisait venir chez elle, mais qu'elle allait quelquefois le trouver dans sa propre maison, qui n'était guère éloignée de la sienne, et où elle passait la plus grande partie de la nuit.

Cependant le mari, s'étant aperçu que lorsqu'elle le faisait boire elle ne buvait jamais, commença à avoir des soupçons, et se douta de ce qui se passait. Pour s'en convaincre, il passa une grande partie de la journée hors de chez lui sans boire, et se rendit le soir dans sa maison, chancelant et tombant, comme s'il eût été véritablement ivre. Il continua de jouer si bien son personnage, que sa femme, donnant dans le panneau, crut qu'il n'était pas nécessaire de le faire boire davantage, et le fit coucher incontinent.

Il ne fut pas plutôt au lit, et avait à peine fait semblant de s'endormir, que la femme sortit de la maison et courut chez son amant, où elle demeura jusqu'à minuit. Tofano, ayant entendu ouvrir la porte, se leva dans l'intention de surprendre sa femme avec quelque galant. Étonné de voir qu'elle était sortie, et ne doutant pas qu'elle n'eût été le faire cocu, il ferme la porte aux verrous, et va se poster à la fenêtre pour la voir revenir et lui faire connaître qu'il savait à quoi s'en tenir sur sa conduite.

Il eut la patience d'y demeurer jusqu'à son retour, quoiqu'on fût alors au commencement de l'hiver. La belle, désolée de trouver la porte fermée, ne savait que devenir. Elle fit de vains efforts pour l'ouvrir de force. Son mari, après l'avoir laissée faire quelques moments :

« C'est temps perdu, ma femme, lui dit-il, tu ne saurais entrer. Tu feras beaucoup mieux de retourner à l'endroit d'où tu viens. Tu peux être assurée de ne remettre les pieds dans la maison, que je ne t'aie fait la honte que tu mérites, en présence de tous les parents et de tous nos voisins. »

La dame eut beau prier, solliciter, pour qu'on lui ouvrît; elle eut beau protester qu'elle venait de passer la soirée chez une de ses voisines, parce que, les nuits étant longues, elle s'ennuyait d'être seule, ses prières et ses protestations furent inutiles. Son original de mari avait absolument décidé dans son esprit étroit de dévoiler aux yeux de tout le monde la conduite irrégulière de sa femme et son propre déshonneur. La belle, voyant que les supplications ne servaient de rien, eut recours aux menaces.

« Si tu persistes à ne pas m'ouvrir, lui dit-elle, je t'assure que je t'en ferai repentir, et que je me vengerai de ton opiniâtreté de la manière la plus cruelle.

— Et que peux-tu me faire? dit le mari.

— Te perdre, reprit la femme, à qui l'amour venait d'inspirer une ruse infaillible pour le déterminer à ouvrir... oui, te perdre; car, plutôt que de souffrir la honte que tu veux me faire subir injustement, je me jetterai dans le puits qui est ici tout près; et comme tu passes avec justice pour un brutal et un ivrogne, on ne manquera pas de dire que c'est toi qui m'y as jetée dans un moment d'ivresse. Alors, ou tu seras obligé de t'expatrier et d'abandonner tes biens, ou tu t'exposeras à avoir la tête tranchée, comme homicide de ta femme, dont effectivement tu auras à te reprocher la mort. »

Cette menace ne fit pas plus d'effet sur l'âme de Tofano que les prières d'auparavant. Sa femme le voyait inébranlable :

« C'en est donc fait de moi, lui dit-elle; Dieu veuille avoir pitié de mon âme et de la tienne! Je laisse ici ma quenouille dont tu feras l'usage qu'il te plaira. Adieu, mon mari, adieu. »

La nuit était des plus obscures; à peine eût-on pu distinguer les objets dans la rue. La femme va droit au puits, prend une grosse pierre et l'y jette de toute sa force, après s'être écriée :

« Mon Dieu, ayez pitié de moi! »

La pierre fit un si grand bruit à l'approche de l'eau, que Tofano ne douta point que Gitta ne se fût réellement jetée dans le puits. La peur le saisit; il court chercher le seau avec la corde, sort précipitamment de la maison et va droit au puits pour tâcher de l'en retirer; mais la belle, qui s'était cachée près de la porte, ne voit pas plutôt son mari dehors, qu'elle entre, referme la porte aux verrous et va se tapir à la fenêtre, d'où elle crie d'un ton à persuader qu'elle était de mauvaise humeur :

» C'est lorsqu'on boit le vin qu'il faut y mettre de l'eau, et non quand on l'abu! »

Qu'on juge de la surprise de Tofano. Il revint vite sur ses pas, et trouvant la porte fermée, il pria sa femme de lui ouvrir. Elle n'en voulut rien faire et le laissa longtemps se morfondre, comme il l'avait fait à son égard. Le mari insistant et menaçant d'enfoncer la porte, la belle se mit à crier à pleine tête :

« Maudit ivrogne, méchant garnement, je t'apprendrai à vivre. Tu ne rentreras pas de ce soir : je suis lasse de ta mauvaise conduite. Je veux enfin te dénoncer à tout le quartier, et lui faire voir l'heure à laquelle

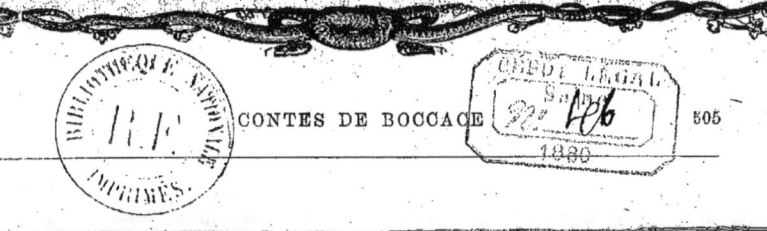

Il n'y avait pour elle, ni noces, ni fêtes, ni promenades.

tu reviens chez toi; nous verrons qui de nous deux sera blâmé. »

Tofano, furieux du tour qu'elle lui avait joué, ne ménagea pas les injures. Il lui en dit de toutes les façons et cria si fort, que les voisins, éveillés par le bruit, se mirent aux fenêtres pour voir ce que c'était. La femme ne les eut pas plutôt entendus demander le sujet de ce tapage, qu'elle leur répondit d'un ton larmoyant :

« C'est ce vilain homme, ce misérable qui s'enivre tous les jours, et qui, après s'être endormi dans les cabarets, revient presque tous les soirs à cette heure-ci. J'ai longtemps patienté, et me suis contentée de lui représenter ses torts; mais puisque mes remontrances n'ont servi de rien, et qu'il a lassé ma patience, j'ai voulu aujourd'hui le laisser dehors, pour voir si cette correction serait plus efficace. »

Tofano, pour se justifier, conta bêtement tout ce qui s'était passé et menaçait sa femme de la maltraiter si elle le laissait plus longtemps à la porte.

« Quelle effronterie! s'écria-t-elle en s'adressant aux voisins; que dirait-il donc si j'étais dans la rue et qu'il fût dans la maison? je vous laisse à juger de son bon sens ou de sa bonne foi! Il m'attribue précisément ce qu'il a fait lui-même; c'est lui qui a jeté la pierre dans le puits, croyant sans doute me faire peur; mais je n'ai pas été dupe de sa supercherie, et vous ne le serez point de son mensonge atroce. Plût à Dieu qu'il se fût jeté dans le puits tout de bon pour y tremper son vin! je ne serais plus exposée à sa brutalité! Ce misérable me fait souffrir le martyre depuis que j'ai eu le malheur de l'épouser. »

Les voisins, tant hommes que femmes, jugeant par les apparences, blâmèrent Tofano et se mirent à lui chanter pouilles de ce qu'il parlait si mal de sa femme. Le bruit fut si grand et courut si vite de maison en maison, qu'il parvint jusqu'aux parents de la belle. Ils se transportèrent aussitôt sur les lieux pour mettre fin à cette querelle. Informés par les voisins de la vérité du fait, ils se jetèrent sur le pauvre cornard et lui donnèrent tant de coups, qu'ils faillirent l'assommer.

Après cette belle expédition, ils entrent dans la maison, disent à la femme de ramasser tout ce qui lui appartient; et, après qu'elle leur a remis ses nippes, ils l'emmènent avec eux, faisant entendre à Tofano qu'il n'en serait peut-être pas quitte pour les coups qu'il avait reçus. Ce pauvre diable en fut malade et comprit, mais trop tard, que la jalousie l'avait mené trop loin.

Comme il aimait beaucoup sa femme, il fit son possible pour se raccommoder avec elle. Il employa ses amis, qui la lui ramenèrent, sur la promesse qu'il leur avait faite de n'être plus jaloux et d'avoir pour elle toute sorte d'égards. Il porta la complaisance si loin, après qu'il eut fait sa paix avec elle, qu'il lui permit de vivre comme elle voudrait, pourvu qu'elle s'y prît de manière à ne l'en pas faire apercevoir. C'est ainsi que ce mari devint sage à ses dépens. Vive l'amour pour corriger les hommes! et meure à jamais l'affreuse jalousie qui les fait donner dans tant de travers!

NOUVELLE V

LE MARI CONFESSEUR

Quand madame Laurette eut fini sa nouvelle, et que chacun eut assez loué le tour que la femme avait joué à son ivrogne de mari, le roi, pour ne point perdre de temps, commanda gracieusement à madame Flammette de dire la sienne. Voici la manière dont cette aimable dame débuta.

La Nouvelle que nous venons d'entendre, messieurs et dames, m'en rappelle une qui concerne aussi un jaloux. Je crois devoir vous la conter de préférence à toute autre, parce que je suis intimement persuadée qu'il n'y a pas grand mal à tromper les maris jaloux, surtout ceux qui le sont sans sujet. Je ne doute même point que si les hommes, qui ont fait les lois, eussent prévu tous les cas, ils n'auraient pas plus prononcé en ceci de peine contre les femmes, qu'ils ne l'ont fait à l'égard de ceux qui, pour se défendre, font du mal à quelqu'un. Les jaloux sont en effet les vrais ennemis de la tranquillité des femmes; ils ne cherchent qu'à leur rendre la vie amère, ou plutôt à les faire mourir à petit feu. N'est-il pas vrai qu'il n'est rien de plus naturel que de se reposer les jours de fête, et de chercher à se distraire honnêtement, surtout quand on a employé aux soins du ménage et au travail le reste de la semaine? Cependant, que de maris jaloux refusent même cette consolation à leurs femmes, et les tiennent, ces jours-là, plus serrées que les autres jours! J'en connais qui ne leur permettent seulement pas d'aller à l'office divin, ni de mettre la tête à la fenêtre. C'est ainsi que leur jalousie leur fait oublier que les jours de dimanche sont consacrés au culte de Dieu et à une sainte récréation; que Dieu lui-même en a fait un précepte et donné l'exemple, en se reposant le septième jour de la création; et que les laboureurs, les artisans, les plus grands seigneurs, et généralement toutes les classes des citoyens s'y conforment très-exactement. Que cette cruelle jalousie les rend aveugles et injustes! que le sort de leurs femmes est à plaindre! combien cette vie est triste et ennuyeuse pour ces pauvres victimes! il n'y a que celles qui se trouvent dans ce cas qui puissent en avoir une juste idée. D'où je conclus que, loin de punir et de blâmer les femmes qui, ayant des maris jaloux sans sujet, leur jouent le tour, on devrait au contraire les applaudir et les récompenser.

 l y eut autrefois à Rimini un marchand très-riche en fonds de terre et en argent, dont la femme était belle et au printemps de son âge. Il en devint jaloux outre mesure. Quelle était sa raison? il n'en avait pas d'autre, sinon qu'il l'aimait à la folie, qu'il la trouvait parfaitement belle et bien faite, qu'elle ne s'étudiait qu'à lui plaire, et qu'il s'imaginait qu'elle cherchait également à plaire aux autres, chacun la trouvant aimable, et ne se lassant point de louer sa beauté : idée bizarre, qui ne pouvait sortir que d'un esprit étroit ou malsain. Gourmandé sans cesse par cette jalousie, il ne la perdait point un instant de vue; de sorte que cette infortunée était gardée de plus près que ne le sont beaucoup de criminels condamnés à mort.

Il n'y avait pour elle ni noces, ni fêtes, ni promenades; il ne lui était même permis d'aller à l'église que les jours de grande solennité, et elle passait le reste du temps à la maison, sans avoir la liberté de mettre la ête aux croisées de la rue pour quelque raison que ce fût. Sa condition, en

un mot, était des plus malheureuses, et elle la supportait avec d'autant plus
d'impatience qu'elle n'avait pas le moindre reproche à se faire.

Rien n'est plus capable de nous porter au mal que la mauvaise opinion
qu'on a de nous. Cette femme, se voyant sans sujet martyre de la jalousie
de son mari, crut qu'il n'en serait ni plus ni moins de l'être avec fondement.

Mais comment s'y prendre pour venger l'injure faite à sa sagesse ? Les
fenêtres étaient toujours fermées, et le jaloux se donnait bien de garde
d'amener qui que ce fût au logis à qui elle eût pu inspirer de l'amour.
N'ayant donc pas la liberté de choisir, et sachant que, dans la maison con-
tiguë à la sienne, demeurait un jeune homme bien fait et bien élevé, elle
souhaitait qu'il y eût quelque fente à la muraille de séparation, où elle
regarderait si souvent, qu'enfin elle pourrait le voir, lui parler et lui donner
son cœur, s'il voulait l'accepter, persuadée qu'il lui serait ensuite plus aisé
de trouver les moyens de se voir de plus près, pour faire un peu diversion
aux tyrannies qu'elle essuyait, jusqu'à ce que son jaloux se guérît de sa
frénétique passion.

Dans cette idée, elle ne fut occupée, pendant l'absence de son mari, qu'à
visiter le mur de côté et d'autre, en soulevant à mesure la tapisserie qu
le couvrait. A force d'en parcourir les différents endroits, elle aperçut une
petite fente. Elle approche ses yeux de cette ouverture, et voit un peu de
jour à travers. Quoiqu'il ne fût pas possible de distinguer par là les objets,
il lui fut néanmoins facile de juger que ce devait être une chambre.

« Si c'était par hasard celle de Philippe, disait-elle en elle-même, mon
entreprise serait à moitié exécutée. Dieu le veuille ! »

Sa servante, qu'elle avait mise dans ses intérêts, et qui plaignait son sort,
fut chargée de s'en informer adroitement. Cette zélée confidente découvrit
que la petite fente donnait précisément dans la chambre du jeune homme,
et qu'il y couchait seul. Dès ce moment, la belle ne s'occupait qu'à visiter
le petit trou, surtout lorsqu'elle soupçonnait que Philippe pouvait être chez
lui.

Un jour qu'elle l'entendit tousser, elle se mit aussitôt à gratter la fente
avec un petit bâton. Elle fit si bien que le jeune homme s'approcha pour
voir ce que c'était. Elle l'appelle alors tout doucement ; et Philippe, l'ayant
reconnue au son de sa voix, et lui ayant répondu gracieusement, elle se
hâta de lui faire connaître les sentiments d'estime qu'elle avait conçus pour
lui. Le jeune homme, enchanté d'une si heureuse aventure, travailla de son
côté, à agrandir le trou, ayant soin de le recouvrir de la tapisserie toutes
les fois qu'il s'en retirait. En peu de temps la fente fut assez large pour se

voir et se toucher la main : mais les deux amants ne pouvaient rien faire de
plus, à cause de la vigilance du jaloux, qui sortait rarement du logis, et qui
renfermait sa femme à la clef lorsqu'il était obligé de s'absenter pour quelque temps.

Les fêtes de Noël n'étaient pas éloignées, lorsqu'un beau matin la femme
dit à son mari qu'elle désirait de se confesser et de se mettre en état de
faire ses dévotions le jour de la Nativité du Sauveur, ainsi que le pratiquent
tous les bons chrétiens.

« Qu'avez-vous besoin de vous confesser? répondit-il. Quels péchés avez-
vous commis?

— Croyez-vous donc que je sois une sainte, repartit-elle, et que je ne pèche
pas aussi bien que les autres? Mais ce n'est pas à vous que je dois les dire,
puisque vous n'êtes pas prêtre, et que vous n'avez pas le pouvoir de m'absoudre. »

Il n'en fallut pas davantage pour faire naître mille soupçons dans l'esprit
du jaloux et pour lui donner envie de savoir quels péchés sa femme pouvait
avoir commis. Croyant avoir trouvé un moyen assuré pour y réussir, il lui
répondit qu'il consentait qu'elle allât se confesser, mais à condition que
ce serait dans sa chapelle, et à son chapelain, ou à tout autre prêtre que
celui-ci lui donnerait; bien entendu qu'elle irait de grand matin, et qu'elle
s'en retournerait tout de suite. La belle, qui ne manquait pas de pénétration,
crut démêler quelque projet dans cette réponse ; mais, sans lui rien témoigner, elle répondit qu'elle se conformait à ses intentions.

Le jour de la fête venu, elle se lève à la pointe du jour, s'habille et va droit
à l'église qui lui avait été assignée, et où son mari arriva avant elle par un
autre chemin. Il avait mis le chapelain dans ses intérêts, et avait concerté
avec lui ce qu'il se proposait de faire. Il se revêtit incontinent d'une soutane et d'un capuchon ou camail qui lui couvrait le visage, et alla s'asseoir
au chœur dans cet équipage.

La dame ne fut pas plutôt entrée dans l'église, qu'elle fit demander le
chapelain, et le pria de vouloir bien la confesser. Il lui dit qu'il ne lui était
pas possible de l'entendre dans le moment présent, mais qu'il allait lui
envoyer un de ses collègues qui n'était pas si occupé, et qui la confesserait
avec plaisir. Un moment après, elle vit venir son mari dans l'accoutrement
dont je viens de parler. Quelque soin qu'il eût pris pour se cacher, comme
elle se doutait de quelque tour de sa façon, elle le reconnut d'abord, et dit
aussitôt en elle-même :

« Béni soit Dieu ! de mari jaloux, le voilà devenu prêtre. Nous verrons qui de nous deux sera la dupe. Je lui promets de lui faire trouver ce qu'il cherche : messire Cocuage lui rendra visite ou je serai bien trompée. »

Le jaloux avait eu la précaution de mettre de petites pierres dans sa bouche, afin de n'être pas reconnu au son de sa voix. La femme, feignant de le prendre pour un véritable prêtre, se jette à ses peids, et, après en avoir reçu la bénédiction, se met à lui débiter ses petits péchés. Elle lui dit ensuite qu'elle était mariée, et s'accusa d'être amoureuse d'un prêtre qui couchait toutes les nuits avec elle. Ces paroles furent autant de coups de poignard pour le mari confesseur : il aurait éclaté, si le désir d'en savoir davantage ne l'eût retenu.

« Mais quoi ! lui dit-il, votre mari ne couche-t-il pas avec vous?

— Il y couche, mon père.

— Comment donc le prêtre peut-il y coucher ?

— Je ne sais quel secret il emploie, répliqua la pénitente ; mais il n'y a point de porte au logis, quelque fermée qu'elle soit, qui ne s'ouvre aussitôt qu'il la touche. Bien plus, il m'a dit qu'avant d'entrer dans ma chambre, il était dans l'usage de prononcer certaines paroles pour endormir mon mari, et ce n'est qu'après l'avoir ainsi endormi qu'il ouvre la porte et vient se coucher auprès de moi.

— C'est très-mal à vous, madame ; et si vous faites bien, vous ne recevrez plus ce malheureux prêtre.

— Je ne saurais m'en empêcher ; je sens que je l'aime trop pour prendre sur moi d'y renoncer.

— En ce cas, je ne puis vous donner l'absolution.

— J'en suis bien fâchée, mais je ne suis point venue ici pour dire des mensonges. Si je me sentais la force de suivre votre conseil, je vous promettrais volontiers.

— En vérité, Madame, j'ai regret que vous vous damniez de cette manière ; c'est fait de votre âme, si vous ne renoncez à ce commerce criminel. Tout ce que je puis faire pour vous, c'est de prier le Seigneur de vous convertir. J'espère qu'il exaucera mes ferventes prières. Je vous enverrai de temps en temps mon clerc, pour savoir si elles vous ont été de quelque secours. Si elles produisent un bon effet, nous irons plus avant, et je pourrai vous absoudre.

— Dieu vous préserve, mon père, d'envoyer qui que ce soit chez moi ! mon mari est si jaloux, que s'il venait à s'en apercevoir, on ne lui ôterait pas de l'esprit que c'est pour faire du mal, et je ne pourrais vivre avec lui. Il ne me fait déjà que trop souffrir.

— Ne vous embarrassez pas de cela, madame, j'arrangerai les choses de manière qu'il ne vous en parlera jamais.

— A cette condition, reprit la pénitente, j'y consens de grand cœur. »

La confession achevée, et la pénitence donnée, la dame se leva et entendit la messe. Le jaloux alla quitter ses habits, puis s'en retourna chez lui, le cœur plein de ressentiment, et brûlant d'impatience de surprendre le prêtre, dans la résolution de lui faire passer un mauvais quart d'heure.

La belle, de retour au logis, n'eut pas de peine à s'apercevoir, à la mine de son mari, qu'elle lui avait mis martel en tête. Il était d'une humeur épouvantable. Quoiqu'il fît tout son possible pour n'en rien donner à connaître, il résolut de faire sentinelle, la nuit suivante, dans un réduit voisin de la porte de la rue, pour voir si le prêtre entrerait.

« Il faut, dit-il à sa femme, que j'aille ce soir souper et coucher dehors ; ainsi, je te prie de tenir les portes bien fermées, celle de l'escalier et celle de ta chambre surtout. Pour celle de la rue, je me charge de la fermer et d'en emporter la clef.

— A la bonne heure! répondit-elle, tu dois être aussi tranquille que si tu étais auprès de moi. »

Voyant que les affaires prenaient la tournure qu'elle désirait, elle guetta le moment favorable pour aller au trou de communication, et fit le signe convenu. Philipe s'approche aussitôt et la dame lui conte ce qu'elle avait fait le matin, et ce que son mari lui avait dit l'après-dînée.

« Je ne suis pas dupe, continua-t-elle, de son prétendu projet : je suis même bien assurée qu'il ne sortira pas de la maison ; mais, qu'importe, pourvu qu'il se tienne près de la porte de la rue, où je suis persuadée qu'il fera sentinelle toute la nuit? Ainsi, mon cher ami, tâchez de vous introduire chez nous par le toit, et de venir me joindre dès que la nuit sera arrivée. Vous trouverez la fenêtre du galetas ouverte ; mais prenez bien garde, en passant d'un toit à l'autre, de ne pas vous laisser tomber.

— Ne craignez rien, ma bonne amie, répondit le jeune homme au comble de la joie ; la pente du toit n'est pas bien rapide, il ne m'arrivera aucun mal. »

La nuit venue, le jaloux prit congé de sa femme, feignit de sortir, et s'étant muni de ses armes, alla se poster dans le réduit voisin de la rue. De son côté, la dame feignit de se bien barricader, et se contenta de fermer la porte de l'escalier, afin que le mari ne pût approcher; elle courut ensuite au-devant de Philippe, qu'elle fit descendre dans sa chambre, où ils passèrent le temps d'une manière agréable. Ils ne se séparèrent qu'au

moment où le jour commençait à poindre, encore ne fut-ce pas sans
regret.

Le jaloux, armé de pied en cap, mourant de dépit, de froid et de faim,
car il n'avait point soupé, fit le guet jusqu'à ce que le jour parût, et n'ayant
pas vu venir le prêtre, il se coucha sur un pliant qu'il y avait dans cette
espèce de loge. Après avoir dormi deux ou trois heures, il ouvrit la porte
de la rue et fit semblant de venir de dehors.

Sur le soir, un petit garçon, qui se disait envoyé de la part d'un confesseur, demanda à parler à sa femme, et s'informa d'elle-même si l'homme
en question était venu la nuit passée. La belle, qui était au fait, répondit
qu'il n'avait point paru, et que si son confesseur lui voulait continuer ses
secours encore pendant quelque temps, elle pourrait bien oublier la personne pour qui elle se sentait encore de l'inclination. On le croira avec
peine; mais il n'est pas moins vrai que le mari, toujours aveuglé par la
jalousie, continua de faire le guet, pendant plusieurs nuits, dans l'espérance de surprendre le prêtre. On sent bien que la femme ne manqua pas
de profiter de chacune de ces absences, pour recevoir les caresses de son
amant et s'entretenir avec lui du plaisir qu'il y avait de tromper un jaloux.

Le mari, las de tant de fatigues inutiles, perdant l'espoir de convaincre
sa femme d'infidélité, ne pouvant toutefois retenir les mouvements de son
humeur jalouse, prit enfin le parti de lui demander ce qu'elle avait dit à
son confesseur, puisqu'il envoyait si fréquemment vers elle. La dame répondit qu'elle n'était point obligée de le lui dire. Le mari insista; et,
voyant que c'était inutilement :

« Perfide! scélérate! ajouta-t-il d'un ton furieux; je sais, malgré toi,
ce que tu lui as dit, et je veux absolument savoir quel est le prêtre téméraire qui, par ses sortiléges, est venu coucher avec toi, et dont tu es si
éprise : tu me diras son nom, ou je t'étranglerai. »

La femme alors nia qu'elle fût amoureuse d'un prêtre.

« Comment! malheureuse, n'as-tu pas dit à celui qui te confessa, le
jour de Noël, que tu aimais un prêtre, et qu'il venait coucher presque
toutes les nuits avec toi quand j'étais endormi? Ose me démentir.

— Je n'ai garde de le faire, répliqua la dame; mais réprimez, de grâce,
votre emportement, et vous allez tout savoir. Est-il possible, ajouta-t-elle
en souriant, qu'un homme avisé comme vous l'êtes se laisse mener par
une femme aussi simple que moi? Ce qu'il y a de singulier, c'est que vous
n'avez jamais été moins prudent que depuis que vous avez livré votre
cœur au démon de la jalousie, sans trop savoir pourquoi. Aussi, plus vous

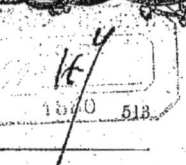

Lambertin n'eut pas plus tôt appris que le mari était absent qu'il monta à cheval pour
aller visiter la belle Isabeau (page 516).

êtes devenu sot et stupide, moins je dois m'applaudir de vous avoir joué.
Pensez-vous, en bonne foi, que je sois aussi aveugle des yeux du corps
que vous l'êtes depuis quelque temps des yeux de l'esprit? Détrompez-
vous, j'y vois clair, et si clair, que je reconnus fort bien le prêtre qui me

confessa dernièrement. Oui, je vis que c'était vous-même en personne ; mais pour vous punir de votre curieuse jalousie, je voulus vous faire trouver ce que vous cherchiez, et j'y réussis parfaitement. Cependant, si vous eussiez été un peu intelligent, si cette affreuse jalousie qui vous tourmente ne vous eût entièrement ôté la pénétration que vous aviez autrefois, vous n'auriez pas eu si mauvaise opinion de votre femme, et vous auriez senti que ce qu'elle vous disait était vrai, sans toutefois la croire coupable d'infidélité. Je vous ai dit que j'aimais un prêtre : ne l'étiez-vous pas dans ce moment ? J'ai ajouté qu'il n'y avait point de porte qui ne s'ouvrît pour lui, quand il voulait venir coucher avec moi; quelle porte vous ai-je fermée, lorsque vous êtes venu me trouver ? je vous ai dit de plus que ledit prêtre couchait toutes les nuits avec moi : quand est-ce que vous avez manqué d'y coucher ? et, quand vous n'y avez point couché, et que vous m'avez envoyé votre prétendu clerc, n'ai-je pas répondu que le prêtre n'avait point paru ? Ce mystère était-il si difficile à débrouiller? Il n'y a qu'un homme à qui la jalousie a fait perdre l'esprit, qui ait pu s'y méprendre. N'est-ce pas en effet être imbécile, que de passer les nuits à faire le guet, en voulant me faire accroire que vous étiez allé souper et coucher en ville? Épargnez-vous désormais une peine si inutile. Reprenez votre raison; soyez comme autrefois, sans soupçon et sans jalousie. Ne vous exposez plus à devenir le jouet de ceux qui pourraient être instruits de vos folies. Croyez que si j'étais d'humeur à vous tromper et à vous traiter comme un jaloux de votre trempe mériterait de l'être, vous ne m'en empêcheriez pas, et eussiez-vous cent yeux, je vous jure que vous ne vous en apercevriez point. Oui, mon ami, je vous ferais cocu, sans que vous en eussiez le moindre vent, si l'envie m'en prenait; ainsi épargnez-vous des soins inutiles, aussi outrageants pour votre femme, qu'injurieux à vous-même. »

Le méchant jaloux, qui croyait avoir appris par une ruse le secret de sa femme, se trouvant lui-même pris pour dupe, n'eut rien à répliquer. Il remercia le ciel de s'être trompé, regarda sa femme comme un modèle de sagesse et de vertu, et cessa d'être jaloux précisément dans le temps qu'il avait sujet de l'être.

Cette conversion donna plus de liberté à la dame, elle n'eut plus besoin de faire passer son amant par-dessus les toits, comme les chats, pour recevoir ses visites. Avec un peu de précaution, elle le faisait venir par la porte, et se divertit longtemps avec lui sans gêne et sans être soupçonnée de la moindre galanterie.

NOUVELLE VI

LA DOUBLE DÉFAITE

La Nouvelle de Madame Flamcette plût singulièrement à toute la compagnie, qui s'accorda à dire que le jaloux méritait bien le tour que sa femme lui avait joué.

Le roi commanda ensuite à Madame Pampinée de dire la sienne. Cette dame obéit et parla ainsi :

Ceux qui prétendent que l'amour ôte l'esprit en manquent eux-mêmes. Les histoires qu'on a déjà racontées, prouvent au contraire qu'il en donne aux personnes qui n'en ont pas, et qu'il aiguise celui des personnes qui en ont. Je vais ajouter une nouvelle preuve à cette vérité.

ans la bonne ville de Florence, si féconde en événements de toutes les sortes, il y eut autrefois une jeune et belle demoiselle, de noble extraction, qui fut mariée à un chevalier d'un mérite distingué. Comme il arrive souvent qu'on se lasse de manger toujours du même pain, quelque bon qu'il soit, la belle devint amoureuse d'un jeune gentilhomme, nommé Lionnet, fait au tour, plein d'agréments, mais d'un naturel peu courageux, sans doute parce que sa famille n'était pas fort ancienne dans les armes.

Comme il aimait la dame pour le moins autant qu'il en était aimé, ils furent bientôt d'accord, et ils ne tardèrent pas à se donner mutuellement des preuves de leur amour. Ils étaient aussi heureux que deux amants puissent l'être, lorsqu'un chevalier, nommé messire Lambertini, vint troubler leurs plaisirs.

Ce gentilhomme se sentit épris de la plus forte passion pour la jeune dame, qui, le trouvant désagréable et grossier, ne voulut point l'écouter. Après bien des soins et des messages, le chevalier, homme riche et puissant, las de soupirer en vain, fit savoir à la belle qu'il lui jouerait mille mauvais tours et lui ferait mille avanies, si elle persistait dans ses refus. Celle-ci, qui connaissait le personnage, et qui ne doutait point qu'il ne se portât à quelque extrémité, se rendit à ses importunités et lui accorda par crainte ce qu'elle ne lui eût jamais accordé par amour.

Madame Isabeau (c'était son nom) avait coutume de passer la belle saison à la campagne, où elle avait une maison des plus agréables. Elle y était depuis quelque temps, lorsque son mari fut obligé de s'absenter pour quelques jours. Il ne fut pas plutôt parti qu'elle envoya chercher son cher Lionnet pour qu'il vînt lui faire compagnie. Je vous laisse à penser si le jeune homme fut prompt à se rendre à son invitation et s'il sut profiter de l'absence du mari.

D'un autre côté, Lambertini n'eût pas plutôt appris que le mari était absent, qu'il monta à cheval pour aller visiter la belle Isabeau. Il heurte. La servante l'eut à peine aperçu qu'elle court en avertir sa maîtresse, qui dans ce moment était seule dans sa chambre avec Lionnet. On devine aisément le chagrin que dut lui causer cette visite importune. Elle aurait bien voulu le renvoyer, mais elle le craignait comme la foudre et n'en eut point le courage.

Elle prit donc le parti d'engager son véritable amant à se cacher dans la ruelle du lit, ou quelque autre part, jusqu'à ce qu'elle eût pu se défaire du chevalier. Lionnet, craintif de son naturel, suivit très-volontiers le conseil d'Isabeau.

Après quoi, la servante alla ouvrir à Lambertini, qui mit pied à terre et attacha son cheval dans la cour, à un anneau de fer qui tenait à la muraille.

La belle alla le recevoir au haut de l'escalier, avec un visage calme et riant, et, après l'avoir salué le plus honnêtement du monde, elle lui demanda le sujet de son voyage. Lambertini commença par l'embrasser; il lui répondit ensuite qu'ayant su l'absence de son mari, il était venu lui tenir compagnie. Elle le remercie de son intention et le fait entrer. Le chevalier, qui n'était pas homme à perdre le temps, ferme la porte, et force la dame à satisfaire ses désirs. Nouveau contre-temps. Le mari, qu'on n'attendait pas sitôt, arrive sur ces entrefaites. La servante qui le voit venir de la fenêtre, court à la chambre de sa maîtresse :

« Madame, voici votre mari; il ne tardera pas d'être dans la cour; il était déjà fort près de la maison lorsque je l'ai vu venir. »

Isabeau, se voyant deux hommes sur les bras, et sentant qu'il ne lui était pas possible de faire cacher le chevalier, à cause de son cheval que son mari avait peut-être déjà vu, faillit se trouver mal de frayeur à cette nouvelle. Elle ne savait quel parti prendre pour sortir de ce mauvais pas, lorsque son esprit, vivement aiguillonné par la crainte, lui fournit tout à coup un expédient.

« Si vous m'aimez, Lambertini, dit-elle, et que vous soyez bien aise de me sauver l'honneur et la vie, faites ce que je vais vous dire : Mettez

promptement votre épée nue à la main, paraissez être en colère et furieux ;
descendez, et dites, en vous en allant : *Je saurai bien le trouver
ailleurs !*

Si mon mari veut vous retenir, ou qu'il demande contre qui vous en avez
ne lui répondez autre chose que le mot que je viens de vous dire. S'il insiste, quand vous serez monté à cheval, partez sans faire semblant de l'entendre, et ne lui répondez absolument rien, sous quelque prétexte que ce

soit : voilà toute la grâce que je vous demande. » Lambertini promit de
suivre à la lettre ce qu'elle venait de lui prescrire.

Le mari, voyant un cheval dans la cour, commençait à tirer des conjectures et allait monter dans l'appartement de sa femme pour savoir qui
était arrivé, quand il rencontra, au bas de l'escalier, messire Lambertini
tout en feu, soit de fatigue, soit de dépit de son arrivée.

« Qu'avez-vous donc, chevalier ? » lui dit-il, tout effrayé de son air. Le
chevalier répond :

« Par la vie ! par la mort ! je saurai bien le trouver ailleurs. »

Puis il remet son épée dans le fourreau, saute sur son cheval et pique

des deux. Le mari, étonné de cette scène, monte, et rencontrant sa femme
au haut de l'escalier, qui paraissait tout éperdue :

« Que veut dire ceci ? lui dit-il : d'où vient que messire Lambertini s'en
va tout en colère ? à qui en veut-il ? »

La fine Isabeau s'approcha de la porte de la chambre, afin que Lionnet
pût entendre sa réponse.

« De ma vie je n'ai eu tant de peur que je viens d'en avoir, lui dit-elle.
Un jeune homme que je ne connaissais pas, même de vue, vient de se
réfugier ici, pour fuir le seigneur Lambertini, qui le poursuivait l'épée à la
main, dans l'intention de le tuer. Comme il a trouvé la porte de ma chambre
ouverte, il y est entré tout effaré, et se jetant à mes pieds :

« Sauvez-moi la vie, madame, » m'a-t-il dit. J'allais lui demander son
nom, ses qualités, la cause de sa frayeur, lorsque je vois arriver messire
Lambertini, qui criait :

« Où est ce traître ? »

Je me suis incontinent emparée de la porte de ma chambre pour l'empêcher d'entrer. Il a eu assez de retenue et de respect, tout furieux qu'il
était, pour ne me faire aucune violence ; et, après avoir longtemps pesté, il
est descendu et s'est retiré comme vous avez vu.

— Vous avez agi sagement, ma femme, répondit le mari. Il eût été bien
fâcheux pour nous qu'il eût été tué ici, et c'est même très-mal au chevalier
Lambertini d'avoir poursuivi jusque dans ma maison une personne qui s'y
est réfugiée.

— J'ignore dans quel endroit il s'est caché, reprit la dame : je sais
seulement qu'il est entré dans cette chambre.

— Où êtes-vous donc ? crie alors le mari : vous pouvez vous montrer
hardiment : votre ennemi est loin ».

Lionnet, qui avait tout entendu, sortit de la ruelle du lit, moins épouvanté
de Lambertini, son rival, que de l'arrivée du cocu.

« Qu'avez-vous donc à démêler avec messire Lambertini ? lui dit le
chevalier.

— Je puis vous protester, monsieur, que je n'en sais rien, et que je ne lui
ai rien fait. C'est ce qui me persuade qu'il m'a pris pour un autre. Il m'a
rencontré loin de cette maison, et comme, après m'avoir un peu regardé,
je l'ai vu mettre l'épée à la main et courir sur moi en furieux, criant :
« Traître, tu es mort ! »

J'ai cru devoir prendre la fuite, sans m'amuser à lui demander la raison
d'un procédé si étrange. Le temps qu'il a mis pour rejoindre son cheval

m'a donné celui de me réfugier ici, où cette généreuse dame m'a sauvé la vie.

— Va, lui dit le mari, va, mon ami, ne crains plus rien. Je te mettrai dans la maison en sûreté ; tu iras ensuite trouver si tu veux, messire Lambertini, pour avoir une explication avec lui. »

Après qu'ils eurent soupé, il lui fit donner un cheval, et le mena lui-même à Florence, où il le laissa chez lui. Le jeune Lionnet parla le soir même à Lambertini, ainsi que la rusée Isabeau le lui avait recommandé, et tout alla le mieux du monde ; car, malgré les malignes interprétations qu'on fit sur cette aventure, le chevalier ne s'aperçut jamais du tour que sa femme lui avait joué.

NOUVELLE VII

LE MARI COCU BATTU, ET CONTENT

Cette prompte défaite parut fort ingénieuse à toute la compagnie, qui en glosait encore, lorsque madame Philomène, à qui le roi avait commandé de parler commença ainsi : Je suis persuadée, mes aimables dames, que vous ne serez pas moins satisfaites du tour d'une autre femme, que je vais vous raconter.

Il y eut autrefois à Paris un gentilhomme florentin, que son peu de fortune avait engagé d'entrer dans le commerce, et où il réussit si bien qu'il devint très-riche en fort peu de temps. Il n'avait qu'un fils unique, nommé Louis. Il ne crut pas devoir en faire un négociant ; mais, pour qu'il n'oubliât point la noblesse de ses aïeux, il lui fit embrasser le métier des armes, et lui obtint de l'emploi dans les troupes du roi de France. Peu de temps après, il lui procura une charge à la cour, où il se fit estimer par la sagesse de sa conduite et par les sentiments d'honneur qu'il avait puisés dans la société des gentilshommes avec lesquels il avait été élevé.

Ce jeune militaire, étant donc à la cour de France, se trouva un jour dans la compagnie de certains chevaliers nouvellement arrivés de Jérusalem, où ils avaient été visiter le saint sépulcre. Ces chevaliers s'entretenaient de la beauté des femmes de France, d'Angleterre et des autres pays par lesquels il avaient passé ; l'un d'eux soutint qu'il n'avait jamais rien vu de si beau et de si bien fait que la femme d'Egano de Galussi, habitante de Boulogne, et connue sous le nom de madame Béatrix. Ses compagnons de voyage furent tous d'accord avec lui, et ne tarissaient point sur les charmes et les éloges de cette dame.

Louis, qui n'avait point encore été amoureux, le devint de cette belle sur le simple récit qu'il entendait faire de ses agréments merveilleux. Elle occupa, dès ce moment, toutes ses pensées, et brûlant du désir de la voir et de se fixer auprès d'elle, il dit à son père qu'il voulait partir pour Jérusalem, et en obtint la permission sans beaucoup de peine.

Il prit congé de ses amis et alla droit à Boulogne où il prit le nom d'Hannequin. Le hasard voulut qu'il vît, le lendemain de son arrivée, la dame dont il était épris. Elle était à une fenêtre et elle lui parut encore plus belle qu'il ne se l'était figurée.

Son amour en redoubla de vivacité; et, dans un des transports de sa passion, il fit serment de ne sortir de Boulogne, qu'il n'eût gagné son amitié et obtenu ses faveurs. Après avoir bien rêvé aux moyens qu'il devrait prendre pour faire connaissance avec elle, il imagina que le meilleur était de se mettre au service de son mari, si la chose était possible. Il vend ses chevaux dans cette intention, concerte avec ses gens la conduite qu'ils doivent tenir pendant son séjour dans cette ville, les exhorte sur toutes choses à ne pas faire semblant de le connaître, en quelque lieu qu'ils le rencontrassent; et, après avoir pris ainsi ses mesures, il s'adressa à son hôte et lui dit qu'il l'obligerait beaucoup s'il pouvait le faire entrer dans la maison de quelque seigneur.

« J'ai précisément votre affaire, lui répondit l'hôte : il y a dans cette ville un gentilhomme nommé Egano, qui a besoin d'un domestique, et qui les aime de votre taille et de votre figure ; je lui en parlerai et vous rendrai réponse. »

En effet, il lui en parla ; et d'après le portrait avantageux qu'il fit du jeune homme, il fut accepté et bien accueilli quand on l'eut vu et entendu.

Hannequin, de son côté, ravi d'être à portée de voir plusieurs fois le jour celle qu'il adorait, servit son maître avec tant de zèle et d'affection qu'il acquit bientôt toute sa confiance. Bref, il s'en fit tellement aimer qu'il lui donna le soin de ses affaires les plus importantes. Il ne faisait rien sans son avis, et le créa son intendant.

Un jour que messire Egano était allé à la chasse, et qu'Hannequin était demeuré au logis, madame Béatrix, qui ne s'était point encore aperçue de son amour, mais qui se sentait pour lui un attachement particulier à cause

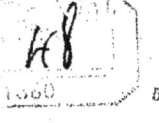

A peine fut-il hors de la chambre, que sa femme se leva et courut la fermer (p. 524).

des bonnes qualités qu'elle lui connaissait, lui proposa de jouer avec elle aux échecs.

On sent avec quel plaisir il accepta la proposition. Notre amoureux, qui voulait lui plaire, se laissait gagner, et le faisait avec tant d'adresse, qu'il n'était pas aisé de s'en apercevoir. La belle en avait beaucoup de joie. Quand quelques dames du voisinage, qui étaient venues voir madame Béatrix, et qui les regardaient jouer, se furent retirées, Hannequin, continuant toujours sa partie, laissa échapper un profond soupir.

« Qu'avez-vous donc? lui dit la dame en fixant ses regards sur lui avec intérêt ; pourquoi soupirez-vous ainsi? seriez-vous fâché de ce que je vous gagne?

— Hélas ! madame, c'est quelque chose de bien plus intéressant que le jeu qui me fait soupirer.

— Je vous prie, si vous avez quelque amitié pour moi, de me dire ce que c'est. »

A ces mots, prononcés d'un ton vraiment touchant, Hannequin pousse un second soupir, bien encore plus expressif que le premier, et la dame de le prier plus fortement de s'expliquer.

« Ne vous fâcherez-vous pas, madame, de savoir le sujet de mes soupirs? ce qui me retient encore, c'est la crainte que vous n'en parliez.

— Soyez assuré, mon cher, que, quoi que ce puisse être, je ne vous en saurai point mauvais gré, et je n'en dirai jamais rien à personne que de votre agrément. Parlez en toute sûreté.

— Je me hasarderai donc à vous ouvrir mon cœur, madame, à ces conditions. »

Alors il lui déclara, les larmes aux yeux, qui il était, lui conta ce qu'il avait entendu dire de sa beauté, l'amour qu'il avait conçu pour elle avant de la voir, ce que cette passion lui avait fait entreprendre, et ne lui déguisa pas le motif qu'il avait déterminé d'entrer au service de son mari. Il finit par lui demander mille pardons de sa témérité, et par le supplier d'avoir pitié de sa tendresse, ajoutant que, si elle n'était pas dans l'intention de le payer de retour, elle ne lui refusât pas du moins la grâce de le laisser dans la place qu'il occupait. O douceur singulière ! ô bonté admirable des dames boulonnaises ! que de fois vous vous êtes montrées dignes d'éloges en pareil cas ! Vous n'aimez point les soupirs ni les larmes ; votre cœur, naturellement sensible, sait les prévenir et seconder les vœux de vos amants. Que ne puis-je vous louer dignement ! ma voix ne se lasserait jamais de chanter vos louanges. La charmante Béatrix, qui regardait fixement Hannequin pendant qu'il parlait, persuadée de tout ce qu'il disait, ressentit une impression si vive et si forte, qu'elle mêla ses soupirs avec les siens.

« Mon cher ami, lui dit-elle ensuite, vous avez tout à espérer. Vous avez touché mon cœur à un point que je ne saurais vous exprimer. Oui, vous venez de vous rendre maître de ce cœur, que ni les présents, ni les soins les plus assidus des plus aimables gentilshommes, n'avaient pu rendre sensible jusqu'à présent. Il est à vous, mon cher ami ; vous me paraissez digne de le posséder, et je vous promets que la nuit prochaine ne se passera pas sans que je vous donne des preuves de l'amour que vous m'avez inspiré. Vous méritez d'être heureux après tout ce que vous avez fait pour moi, et vous le serez. La porte de ma chambre sera ouverte vers minuit ; venez m'y trouver à cette heure-là. Vous savez à quel côté du lit je couche : si je dors par hasard, vous n'aurez qu'à m'éveiller, et je satisferai vos désirs. Pour vous mieux persuader de la sincérité de la promesse que je vous fais, recevez ce baiser pour gage. »

Là-dessus elle se jette au cou d'Hannequin ; ils s'embrassèrent amoureusement, et auraient pris sans doute de plus forts à-compte sur les plaisirs de la nuit, s'ils n'eussent craint d'être surpris par les domestiques. Ils se séparèrent ensuite, pour vaquer à leurs affaires, attendant l'heure du rendez-vous avec une égale impatience.

Cependant Egano, revenu fatigué de la chasse, se hâte de souper et se couche de bonne heure pour se délasser. La belle ne tarde pas à le suivre, et laisse, comme elle l'avait dit, la porte de la chambre ouverte. Hannequin s'y rend à l'heure indiquée. Il entre, ferme doucement la porte, s'approche de la dame, et introduit avec précaution sa main sur sa belle gorge. Béatrix, qui ne dormait pas, saisit cette main des deux siennes, la serre amicalement, et se trémousse si fort qu'elle réveille son mari.

« Hier au soir, lui dit-elle, je ne voulus vous parler de rien, parce que je vous trouvais tout fatigué ; mais dites-moi à présent, je vous prie, lequel de tous vos domestiques vous trouvez le plus honnête, le plus fidèle, et lequel vous aimez le plus.

— Pourquoi cette question, ma chère amie? répondit Egano ; ne sais-tu pas qu'Hannequin est celui que j'aime le plus, et en qui j'ai mis toute ma confiance? Mais pourquoi me demandes-tu cela? »

Notre amoureux, s'entendant ainsi nommer, fit plusieurs mouvements pour retirer sa main, ne doutant pas que sa maîtresse ne voulût le trahir ; mais la belle la tenait si bien qu'il ne lui put échapper.

« Voici ce dont il s'agit, continua-t-elle : je croyais comme vous qu'Hannequin méritait votre estime et votre confiance plus que personne, mais je suis assurée à présent du contraire. Auriez-vous imaginé qu'aujourd'hui, pendant que vous étiez à la chasse, il ait eu l'audace de me parler de galanterie, de me dire qu'il m'aimait, et de me faire des propositions? rien n'est plus certain ; et, pour vous en convaincre par vos propres yeux, j'ai feint d'entrer dans ses vues, et je lui ai donné rendez-vous au jardin sous le pin, où il doit se trouver vers une heure après minuit. Vous sentez bien que mon intention n'est pas d'aller l'y rejoindre. Mais si vous voulez faire une bonne œuvre, et vous convaincre de la perfidie de votre intendant, prenez une de mes jupes et une de mes coiffes, et allez l'attendre : je suis sûre qu'il ne manquera pas de vous aller joindre.

— Il est trop important pour moi de me détromper, dit le mari, pour que je laisse échapper cette occasion. J'y vais tout de suite. »

Et cherchant à tâtons une jupe et une coiffe, il les ajusta le mieux qu'il put, et s'en alla au jardin, où il attendit Hannequin sous l'arbre désigné pour le rendez-vous. A peine fut-il hors de la chambre, que sa femme se leva et courut fermer la porte. Dieu sait si Hannequin, qui avait pensé mourir de peur et fait mille vains efforts pour s'échapper des mains de sa maîtresse, qu'il soupçonnait de perfidie, dut être ravi d'un pareil dénoûment. Béatrix, s'étant remise au lit, l'amant se déshabille sans autre cérémonie, et se couche auprès d'elle avec une joie qui ne peut s'exprimer. Après avoir goûté des plaisirs que l'amour seul peut apprécier, la belle, jugeant qu'il était temps que son amant dénichât :

« Lève-toi, mon ami, lui dit-elle, prends un bâton, et va-t'en vite au jardin. Là, faisant semblant de ne m'avoir sollicitée que pour m'éprouver, d'aussi loin que tu verras mon mari, tu lui diras mille injures, comme si c'était à moi-même, et tu le frotteras de la bonne manière. Tu sens combien le tour sera plaisant. »

Hannequin se lève et va au jardin, armé d'un bâton de cotret. Egano, qui s'impatientait de l'attendre, charmé de le voir arriver, se lève comme pour le recevoir avec amitié.

« Femme perfide, s'écrie Hannequin en s'approchant, je n'aurais jamais cru que vous eussiez poussé si loin l'ingratitude envers votre honnête homme de mari. Vous êtes-vous figuré que je serais assez lâche pour lui manquer moi-même à ce point-là? désabusez-vous, mon intention n'était que de vous éprouver. »

Après ces mots, il lève le bâton et lui en applique un bon coup sur les épaules. Egano, le cœur plein de joie de l'honnêteté de son intendant, lui pardonna volontiers de l'avoir frappé; mais, comme il ne voulait point s'exposer à un second coup, il prit la fuite sans mot dire. Hannequin le poursuit en le frappant et en lui criant :

« Puisse le ciel te punir de ta lâcheté! crains que je n'en instruise mon maître. Si je ne l'en informe point, ce ne sera pas par égard pour toi qui n'en mérite aucun, mais pour lui épargner un tel chagrin. »

Egano, de retour dans sa chambre, fut questionné par sa femme pour savoir si Hannequin s'était trouvé au prétendu rendez-vous.

« Plût à Dieu, dit-il, qu'il n'y fût point venu; car, croyant avoir affaire à toi, il n'est point d'injures qu'il ne m'ait dites, et m'a sanglé tant de coups de bâton que j'en ai les épaules brisées. J'étais bien étonné que ce brave jeune homme t'eût fait de pareilles propositions dans le dessein de me manquer. J'imagine que, comme il te voit enjouée et libre avec tout le monde, il a voulu éprouver ta vertu; je souhaiterais pourtant qu'il s'en fût tenu aux reproches.

— Et moi aussi, répondit la femme; et je dois bénir le ciel de ce que j'ai évité ses coups; je n'en aurais pas été quitte à si bon marché que vous. Mais, puisqu'il est si honnête et si fidèle, il est juste de le considérer et d'avoir des égards pour lui.

— Assurément, reprit le mari, et jamais homme ne l'a mieux mérité. »

Depuis cette aventure, Egano crut avoir et la femme la plus vertueuse et l'intendant le plus affectionné qu'il fût possible de trouver. Béatrix et son amoureux rirent plus d'une fois de cette scène singulière. L'aveugle prévention du mari les mit dans le cas de se voir en toute liberté. Et ils en profitèrent pour multiplier leurs jouissances tout le temps qu'Hannequin demeura à Florence, d'où il ne partit que pour aller à Jérusalem.

NOUVELLE VIII

LA FEMME JUSTIFIÉE

La Compagnie trouva que madame Beatrix, avait été trop maligne et avait poussé trop loin la plaisanterie à l'égard de son mari. On trouva également qu'Hannequin dut avoir une fière peur lorsque la dame, le tenant par la main, disait à son mari qu'il avait voulu la séduire. Pour mettre fin à ces propos, le roi se tourna vers madame Néiphile, et lui commanda de raconter sa nouvelle. Cette dame se mit à sourire, et débuta en ces termes.

Ce ne serait pas une petite tâche que j'aurais à remplir, mes aimables compagnes, si j'étais obligée de vous raconter une nouvelle aussi agréable que celles dont on a fait aujourd'hui le récit. Tout ce que je puis est de m'en tirer le moins mal qu'il me sera possible.

I l y eut autrefois à Florence un très-riche négociant, nommé Henriet Berlinguier, entiché, comme c'est assez l'ordinaire des gens de sa profession, de la manie de s'anoblir par le mariage. Il épousa, dans cette vue, une femme de condition, nommée madame Simone, qui n'était pas du tout son fait.

Comme son commerce l'obligeait de temps en temps à faire des absences, sa femme qui n'aimait pas à chômer, devint amoureuse d'un jeune homme, nommé Robert, qui lui avait fait sa cour avant qu'elle se mariât. Elle agit avec si peu de précaution, que son intrigue parvint à la connaissance de son mari, soit sur le rapport des voisins, soit d'après ses propres observations. Dès ce moment il devint le plus jaloux de tous les hommes. Il ne s'absentait plus, sortait rarement de la maison, et négligeait presque toutes ses affaires pour ne s'occuper que du soin de garder sa femme ; bref, il portait la vigilance si loin, qu'il ne se mettait jamais au lit qu'elle ne fût couchée et endormie.

Dieu sait si madame Simone devait enrager d'une pareille contrainte, qui la mettait dans l'impossibilité de voir son amant. Elle ne put cependant se déterminer à l'oublier. Plus elle se trouvait gênée, plus elle désirait de le recevoir. Elle en cherchait continuellement les moyens, et, après y avoir bien rêvé, elle crut en avoir trouvé un infaillible. Le voici. La fenêtre de sa chambre donnait sur la rue. Elle avait remarqué que son mari s'endormait difficilement, mais qu'une fois endormi, son sommeil était profond. D'après cette observation, elle pensa qu'elle pourrait quelquefois, vers minuit, aller ouvrir la porte à Robert, et passer quelques heureux moments avec lui, sans qu'on s'en doutât. Il ne s'agissait que de trouver un expédient pour être avertie de son arrivée, afin de ne pas le faire attendre à la porte, où il pouvait être aperçu. L'amour, qui rend l'esprit inventif, lui en fournit un bien singulier.

Elle imagina de pendre un fil à la fenêtre, qui, passant le long du plancher, pour le soustraire à la vue de son mari, aboutirait à son lit. Elle en prévint son amant, et lui fit dire qu'elle l'attacherait tous les soirs, en se couchant, au gros doigt d'un de ses pieds, et qu'il n'aurait qu'à le tirer pour l'avertir qu'il était à la porte, il fut convenu que, si le jaloux était endormi, elle lâcherait le bout du fil, et qu'elle irait aussitôt lui ouvrir la porte ; et que, s'il ne l'était pas, elle le retirerait un peu vers elle, pour qu'il n'eût pas la peine d'attendre inutilement.

L'invention parut fort bonne à Robert, qui allait régulièrement toutes les nuits, à l'heure convenue, sous la fenêtre de sa maîtresse. Par ce moyen, il avait quelquefois le plaisir de la voir, et quelquefois la douleur de s'en retourner comme il était venu. Ce manége durait depuis plusieurs mois, lorsqu'une nuit le mari rencontra par hasard le fil, en promenant ses pieds dans le lit ; il y porta la main, et le trouvant attaché à l'orteil de sa femme, il ne douta point qu'il n'y eut du mystère.

Il en fut entièrement convaincu quand il vit que ce fil aboutissait à la fenêtre et descendait dans la rue. Pour être mieux éclairci, il crut devoir ne rien précipiter. C'est pourquoi il le détacha tout doucement du pied de sa femme et le mit au sien pour voir ce qui arriverait.

A peine l'y eut-il attaché que Robert, arrivé au rendez-vous, se mit à le tirer.

Le mari le sentit; mais soit qu'il ne fût pas bien noué, soit que le galant eût tiré trop fort, il coula dans les mains de celui-ci, qu'il jugea par ce signe qu'il devait attendre. Le mari, transporté par son humeur jalouse, s'habille à la hâte, s'arme de son épée, et descend incontinent à la rue, dans le dessein d'égorger tout ce qu'il rencontrerait.

Robert, voyant qu'on ouvrait la porte avec bruit et sans aucune précaution, soupçonna que ce pouvait être le mari et recula quelques pas. Il n'en douta plus lorsqu'il l'entendit, et prit aussitôt la fuite. Henriet, qui ne manquait pas de courage, quoique de race roturière, courut après lui l'épée à la main. Robert, se voyant toujours poursuivi, tire la sienne et se met en garde; ils se battent et se chamaillent longtemps sans se faire aucun mal.

Madame Simone, qui s'était éveillée au bruit qu'avait fait son mari en ouvrant la porte de la chambre, trouvant le fil coupé, comprit que son intrigue était découverte, et jugea que son mari avait couru après son amant. Ne sachant trop comment se tirer d'un si mauvais pas, elle se lève en diligence, et, prévoyant ce qui devait arriver, elle imagine tout à coup un moyen pour se disculper.

Elle appelle sa servante, qui était dans sa confidence, et qui lui rendait tous les services qui dépendaient d'elle : elle fait si bien, par ses prières et ses sollicitations, qu'elle l'engage à se mettre à sa place, dans son lit, et à souffrir patiemment, sans se faire connaître, les coups que son mari pourrait lui donner, avec promesse de l'en récompenser si bien, qu'elle aurait de quoi vivre sans travailler. Cela fait, elle éteignit la lampe que le mari, par jalousie, gardait allumée toute la nuit, elle alla se cacher en attendant le dénoûment de la comédie.

Les voisins, éveillés par le bruit que faisaient dans la rue Henriet et Robert, se mirent aux fenêtres et leur dirent des injures. L'un et l'autre, craignant d'être reconnus, se séparèrent fort fatigués, sans s'être fait la moindre blessure. Le mari, furieux de n'avoir pu ni tuer ni reconnaître son adversaire, n'a pas plutôt mis le pied dans sa chambre, qu'il crie comme un enragé :

« Où es-tu, scélérate? tu as beau éteindre la lumière, tu n'échapperas pas à mon juste courroux. »

Il s'approche du lit, et, croyant se jeter sur la coupable, il assomme de coups la pauvre servante, lui meurtrit les épaules, la tête, le visage, et finit par lui couper les cheveux, lui disant des injures que l'honnêteté ne me permet pas de répéter. Cette misérable fille pleurait de tout son cœur; et, quoique la douleur lui arrachât de temps en temps cette exclamation :

Hélas! je n'en puis plus! sa voix était si entremêlée de sanglots, et le jaloux si transporté, qu'il ne reconnut point son erreur. Enfin, las de la battre et de l'injurier :

« Infâme, lui dit-il en se retirant, ne pense pas qu'après une action de cette nature je te garde davantage chez moi. Je vais tout conter à tes frères et les prier de te venir prendre. Ils feront de toi ce qu'ils jugeront à propos Pour moi, j'y renonce pour la vie. »

Il ne fut pas plutôt sorti, que madame Simone, qui avait tout entendu, rallume la lampe et trouve la servante dans l'état le plus déplorable. Elle la consola de son mieux, la reconduisit dans sa chambre, où elle lui donna tout ce qui était capable de la soulager, en attendant qu'elle pût la faire traiter en cachette par les médecins; et elle la récompensa si grassement qu'elle se fût laissé battre encore une fois au même prix. Après avoir donné les soins nécessaires à cette pauvre créature, elle retourne dans sa chambre, refait son lit à la hâte, s'habille fort proprement, va s'asseoir au haut de l'escalier, et là se met à coudre avec autant de tranquillité que s'il ne se fût rien passé.

Cependant Henriet arrive à la maison des frères de sa femme. Il heurte avec force; on lui ouvre, et à sa voix, les trois frères et leur mère se lèvent et lui demandent le sujet de son arrivée à une heure si indue. Il leur conte l'aventure d'un bout à l'autre; et, pour leur faire voir qu'il ne disait rien que de vrai, il leur montre les cheveux qu'il croyait avoir coupés à sa femme, les priant de l'aller prendre, et leur déclarant qu'il ne voulait plus vivre avec elle.

Les frères, outrés de ce qu'ils venaient d'entendre, qu'ils ne croyaient que trop véritable, font allumer des torches et se mettent en chemin pour aller trouver leur sœur, dans la ferme résolution de lui faire un mauvais parti. Leur mère, qui pleurait à chaudes larmes, voulut les suivre, priant tantôt l'un, tantôt l'autre, d'examiner la chose par eux-mêmes, faisant entendre que la jalousie d'Henriet pouvait lui avoir grossi les objets.

« Qui sait s'il n'a pas maltraité sa femme pour quelque autre sujet, et s'il ne voudrait pas se justifier aux dépens de son honneur ? Je connais les jaloux : tout leur paraît criminel, et les démarches les plus innocentes sont

La belle dit quelques jours après à son mari...

à leurs yeux autant d'infidélités. Je connais ma fille mieux que personne, puisque c'est moi qui l'ai nourrie et élevée; elle est incapable de ce dont son mari l'accuse, et vous ne devez point, mes enfants, vous en rapporter à son seul témoignage. Défiez-vous d'un mari possédé du démon de la jalousie, et ne condamnez votre sœur qu'après avoir bien examiné toutes choses; vous verrez qu'il y a ici du plus ou du moins. »

Aussitôt que madame Simone entendit la troupe qui montait, elle se mit à crier :

« Qui est-ce ?

— Tu le sauras bientôt, répondit un de ses frères d'un ton menaçant.

— Mon Dieu ! s'écria-t-elle, que veut donc dire ceci ? Bonsoir, mes frères, dit-elle ensuite en les voyant paraître. Serait-il arrivé quelque malheur, pour venir ici à l'heure qu'il est ? »

Ses frères, surpris de la trouver si tranquille et dans son état ordinaire, modèrent leur colère et l'interrogent sur les plaintes de son mari, l'exhortant à leur dire vrai, si elle ne veut s'exposer à un mauvais traitement de leur part.

« Je ne sais en vérité ce que vous voulez dire, leur répondit-elle avec un grand sang-froid, et j'ai de la peine à croire que mon mari se plaigne de moi. »

Berlinguier, qui croyait lui avoir défiguré le visage à force de coups de poings, la regardait dans l'attitude d'un homme ébahi et qui a perdu la raison. Il ne savait que dire ni que penser, la voyant dans un état à lui persuader qu'il ne l'avait seulement pas touchée. On voyait sur le visage de la mère un mélange de surprise, d'attention et de joie. Les trois frères, non moins étonnés, lui ayant conté ce que son mari leur avait dit, sans oublier le fil, ni les coups dont il prétendait l'avoir assommée :

« Est-il possible, monsieur, dit-elle en se tournant vers son mari, que vous trouviez du plaisir à vous forger des chimères pour me déshonorer en vous déshonorant vous-même ? ou bien auriez-vous résolu de vous faire regarder comme un homme méchant et cruel, tandis que vous ne l'êtes pas ? A quelle heure, je vous prie, avez-vous paru depuis hier au matin, je ne dis pas devant moi, mais dans la maison ? quand est-ce que vous m'avez battue ? pour moi, je ne m'en souviens point.

— Comment ! méchante femme, dit alors le mari, tu ne te souviens pas que nous nous sommes couchés ensemble hier au soir ? ne suis-je pas rentré après avoir poursuivi ton galant ? ne t'ai-je pas assommée au point de te faire crier miséricorde ? ne t'ai-je pas coupé les cheveux ?

— Mais vous rêvez, mon pauvre mari. Vous n'avez rien fait de tout ce que vous dites là, et, sans recourir à cent preuves que je pourrais en donner, je vous prie, et prie tous ceux qui sont ici, d'examiner si je porte sur mon visage et sur mon corps la moindre marque des coups dont vous prétendez m'avoir rouée. Je ne crois pas que vous fussiez jamais assez hardi pour mettre les mains sur moi. Ce n'est pas ainsi qu'on en use avec les femmes de ma qualité ; et si vous eussiez eu l'audace de l'entreprendre, vous ne devez pas douter que je ne vous eusse dévisagé. Mais, pour achever de vous confondre, je veux bien vous prouver que vous ne m'avez point coupé les cheveux. »

Là-dessus, elle ôte sa coiffe et montre sa chevelure dans son entier.

La mère et les frères de madame Simone tournèrent alors tout leur ressentiment sur Henriet.

« Que signifie tout ceci? lui dirent-ils; ce n'est pas ce que vous êtes venu nous conter. Vous voilà confondu presque en tout point; il n'y a pas apparence que vous puissiez vous tirer guère mieux du reste. »

Henriet était si déconcerté de ce qu'il voyait, que plus il voulait parler, plus il s'embrouillait : il ne savait qu'opposer aux raisons de sa femme. La belle, profitant de son embarras :

« Je vois bien, dit-elle à ses frères, qu'il a voulu m'obliger à vous faire le détail de sa vie débauchée. Je suis très-persuadée qu'il a fait tout ce qu'il vous a dit; mais voici comme je l'entends : vous saurez que cet homme auquel vous m'avez mariée, pour mon malheur, qui se dit marchand, qui veut passer pour tel, et qui par là même devrait être plus modeste qu'un religieux et plus décent qu'une jeune fille; vous saurez, dis-je, qu'il ne passe pas de jour sans s'enivrer; qu'en sortant de la taverne il court chez les filles de joie, tantôt chez l'une, tantôt chez l'autre, et me fait veiller jusqu'à minuit et quelquefois jusqu'au matin, pour l'attendre, comme vous le voyez aujourd'hui. Je pense qu'étant ivre il aura été coucher chez une de ses maîtresses en titre, au pied de laquelle il aura trouvé le fil dont il vous a parlé; qu'il aura poursuivi quelque rival; que n'ayant pu l'immoler à sa jalousie, il sera retourné sur ses pas et aura déchargé sa fureur sur la prostituée qu'il entretient, et à laquelle il a coupé les cheveux. J'imagine que, n'ayant pas encore achevé de cuver son vin, il a cru sans doute avoir fait tout cela chez lui et à sa femme. Examinez sa figure, il vous sera aisé de voir qu'il est encore à demi soûl. Mais quelque injuste qu'il se soit montré à mon égard, quelque chose qu'il ait pu vous dire de moi, je vous prie de lui pardonner comme je lui pardonne, et de le traiter comme un homme qui n'a pas son bon sens. Le mépris est la punition qu'il mérite.

— Par la foi de Dieu, ma fille, s'écrie alors la mère de madame Simone, les yeux étincelants de colère, des choses de cette nature peuvent-elles se pardonner? On devrait éventrer ce malheureux, cet infâme, cet ingrat que nous avons tiré de la poussière, et qui ne méritait pas une femme telle que toi. S'il t'avait surprise couchée avec un galant, qu'aurait-il donc fait de plus que ce qu'il avait intention de le faire? Le barbare! tu n'es pas faite pour être victime de la mauvaise humeur et des vices d'un marchand de poires cuites. Ces sortes de gens venus du village en sabots et vêtus comme des ramoneurs n'ont pas plutôt gagné trois sous, qu'ils veulent s'allier aux plus illustres maisons. Ils font faire ensuite des armes, et on les entend parler de leurs ancêtres comme s'ils avaient oublié d'où ils sortent. Si vos frères m'en avaient voulu croire, ma fille, vous auriez été mariée à un des enfants de la famille des comtes de Gui, et vous n'auriez jamais épousé ce faquin, qui, par reconnaissance pour les bontés qu'on a eues pour lui, va crier à minuit que vous êtes une femme de mauvaise vie, tandis que je n'en connais pas de plus sage et de plus honnête dans la ville. Mais, par la foi de Dieu ! si l'on voulait m'en croire, on le traiterait de manière à le mettre dans l'impossibilité de te manquer une seconde fois. Mes enfants, continua-t-elle, je vous le disais bien, que votre sœur ne pouvait être coupable : vous avez entendu pourtant tout ce que ce petit marchand en a dit. A votre place, je l'étoufferais sur l'heure, et je croirais faire une bonne œuvre; elle serait même déjà consommée si le ciel m'eût fait homme. Oui, tu as beau me regarder, ajouta-t-elle en s'adressant à son gendre, je le ferais comme je le dis si je n'étais pas femme. »

Les frères, non moins irrités que leur mère, mais moins violents, se contentèrent d'accabler Berlinguier d'injures et de menaces. Ils finirent par lui dire qu'ils lui pardonnaient pour cette fois ; mais que s'il lui arrivait jamais de dire du mal de sa femme, et que cela parvînt à leur connaissance, ils lui feraient passer un mauvais quart d'heure; puis ils se retirèrent.

Henriet Berlinguier demeura tout stupéfait. Il avait l'air d'un homme hébété, et ne savait si tout ce qu'il avait fait était véritable, ou s'il l'avait rêvé. Dès ce jour, il laissa toute liberté à sa femme, sans s'inquiéter de sa conduite. Madame Simone fut assez prudente pour ne plus s'exposer à un pareil danger; c'est-à-dire qu'elle profita de la liberté que lui laissait son mari pour recevoir son amant et faire tout ce qu'il lui plairait, de manière à ne plus donner prise contre elle.

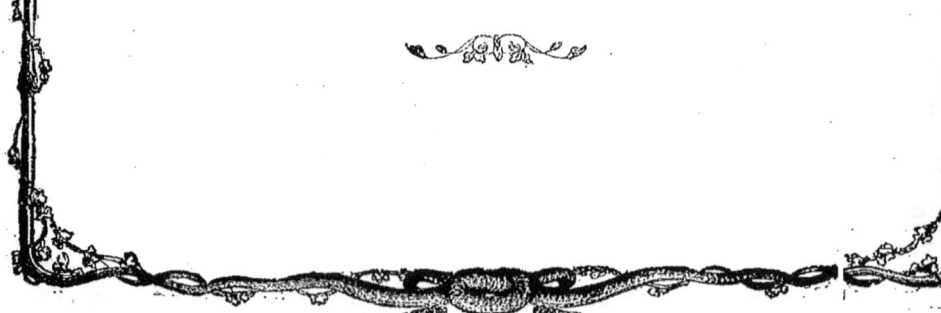

NOUVELLE IX

LE POIRIER ENCHANTÉ

La nouvelle de madame Néiphile fit tant de plaisir aux dames, qu'elles ne pouvaient se lasser d'en parler et d'en rire, lorsque le roi leur imposa silence, et commanda à Pamphile de conter la sienne. Quand tout le monde se fut tu, ce jeune seigneur commença par ces mots :

Je ne crois pas, mes aimables dames, qu'il y ait rien de si difficile, de si périlleux qu'un amant ou une amante véritable n'entreprenne et ne vienne à bout d'exécuter. C'est une vérité dont on a donné des preuves dans plusieurs des histoires qu'on a racontées ici; mais je veux vous la démontrer parfaitement dans la nouvelle que vous allez entendre. Il y sera question d'une dame qui eut plus de bonheur que de raison, plus de témérité que de présence d'esprit. Aussi n'est-ce point un exemple à suivre que je prétends vous donner : le risque serait trop grand, parce que la fortune n'est pas toujours favorable, ni tous les hommes aussi simples que le fut le mari de cette dame.

icostrate était un gentilhomme d'Argos, ville très-ancienne de l'Achaïe, moins célèbre aujourd'hui par ses richesses que par les rois qu'elle eut autrefois. Ce gentilhomme, parvenu à un âge déjà fort avancé, voulut prendre une femme pour le soigner dans sa vieillesse, et il épousa Lidie, demoiselle de condition, aussi entreprenante qu'elle était aimable et jolie.

Comme il était extrêmement riche, il faisait une grande dépense. Sa passion dominante était la chasse; il avait force chiens, force oiseaux et un grand nombre de domestiques. Un jeune homme, nommé Pirrus, beau garçon, bien fait, de bonne mine et adroit à tout ce qu'il faisait, était celui de tous qu'il aimait le mieux et en qui il avait le plus de confiance. Sa femme en devint amoureuse, mais si passionnément, qu'elle n'était heureuse que lorsqu'elle le voyait ou s'entretenait avec lui. Soit que le jeune homme ne s'en aperçût point, ou qu'il ne voulût point s'en apercevoir, il se conduisit avec elle comme auparavant, c'est-à-dire avec beaucoup d'indifférence.

La dame en fut affligée, et, ne pouvant plus contenir sa passion, elle résolut de la lui faire connaître. Elle se servit de sa femme de chambre, nommée Lusque, pour qui elle avait beaucoup d'amitié et de confiance.

« Ma fille, lui dit-elle un jour, les bienfaits que tu as reçus de moi et l'attachement que tu m'as toujours témoigné m'assurent de ton obéissance et de ta discrétion; mais, sur toutes choses, garde-toi de jamais parler à qui que ce soit de ce que je vais te confier. Je suis jeune, bien portante,

comme tu vois ; j'ai de la beauté et de la richesse, et je n'aurais rien à désirer si mon mari était de mon âge et de mon humeur. C'est te dire qu'il
me satisfait peu sur l'article qui plaît le plus aux dames, et je t'avoue que
je ne suis pas assez ennemie de moi-même pour ne pas chercher ailleurs
ce que je ne trouve pas chez lui. On ne se marie que pour pouvoir goûter
les plaisirs amoureux, et c'est précisément ceux dont je me vois privée.
Afin de n'avoir rien à désirer, j'ai jeté les yeux sur Pirrus, pour qu'il
remplace mon mari à cet égard. C'est un garçon honnête et fort aimable,
et je l'ai jugé plus digne de cette faveur que tout autre. Je ne te cacherai
pas que j'en suis follement éprise et que je pense à lui nuit et jour. On
n'est pas maître de son cœur ; il possède le mien en entier, et s'il ne
satisfait bientôt mes désirs, je crois que j'en mourrai de chagrin. Ainsi,
ma chère, si tu prends quelque intérêt à ma tranquillité et à ma vie, tu lui
feras savoir, de la manière que tu jugeras la plus convenable, les sentiments que j'éprouve pour lui, et tâche de l'engager à me venir trouver
toutes les fois que tu l'en prieras de ma part. »

La femme de chambre promit ses bons offices à sa maîtresse et ne tarda
pas à s'acquitter de sa commission. Le jour même, elle trouva l'occasion
de parler à Pirrus tête à tête, et elle lui fit connaître les dispositions de
madame Lidie le mieux qu'il lui fut possible. Le jeune homme, qui effectivement ne s'était point aperçu de la passion qu'il avait inspirée, fut fort
surpris de cette déclaration : craignant qu'elle ne fût un piége pour l'é-
prouver, il répondit brusquement :

« Je ne puis me persuader que ce que vous venez de me dire soit vrai :
madame ne peut vous avoir chargée d'un pareil message ; mais, quand
bien même vous m'auriez parlé par son ordre, je croirais fermement qu'elle
veut plaisanter. D'ailleurs, son amour pour moi fût-il sincère, j'ai trop
d'obligation à mon maître pour lui faire jamais une semblable injure ;
ainsi, ne prenez plus la peine de m'en parler. »

Lusque lui répondit, sans être étonnée de la dureté de son refus :

« Quelque peine que je puisse vous faire, mon cher Pirrus, je vous en
parlerai toutes les fois que ma maîtresse me l'ordonnera. Au reste, vous
en ferez ce que vous jugerez à propos, mais j'avoue que je vous croyais
plus d'esprit. »

Madame Lidie, instruite de cette réponse, en eut un chagrin mortel. Elle
aurait voulu être morte, tant sa passion pour Pirrus la gourmandait. Elle
craignait de ne pouvoir venir à bout de la satisfaire. Cependant, quelques
jours après, elle parla encore de son amour à sa femme de chambre.

« Lusque, lui dit-elle, tu sais bien qu'on n'abat pas un arbre du premier coup; il faut que tu fasses une nouvelle tentative auprès de Pirrus, qui veut être fidèle à son maître à mes dépens. Épie le moment favorable, et peins-lui l'excès de mon amour et celui de ma douleur. Il n'est ni de mon intérêt ni du tien de lâcher prise; car, outre que tu courrais grand risque de perdre ta maîtresse, Pirrus, s'imaginant que nous avons voulu nous moquer de lui, nous en saurait mauvais gré et pourrait nous jouer quelque mauvais tour. Parle-lui donc, ma chère Lusque, et tâche de le convertir. »

La confidente consola sa maîtresse, lui donna bonne espérance, et lui promit de s'y prendre de manière à vaincre toutes les difficultés. Elle ne tarda pas à rencontrer Pirrus, et le trouvant de fort belle humeur, elle profita de cette occasion pour le prendre en particulier.

« Je vous parlai, il y a quelques jours, lui dit-elle, de la passion que vous avez allumée dans le cœur de madame; je viens vous en donner de nouvelles assurances, et vous déclarer que si vous persistez dans votre ridicule indifférence, vous aurez à vous reprocher la perte de son repos, de sa santé et peut-être sa mort. Cessez donc, mon ami, d'être insensible à sa douleur; je vous en conjure par l'attachement que j'ai pour ma maîtresse et par celui que j'ai pour vous-même. Songez quel objet vous dédaignez! Quelle gloire, quel honneur n'est-ce point pour vous d'être aimé d'une dame de ce mérite et de ce rang! Réfléchissez-y, et vous ne tarderez pas à changer de sentiment. En tout cas, vous seriez un grand nigaud si vous ne profitiez point de l'occasion. Considérez que la fortune vous fait deux faveurs à la fois : en vous offrant celles de ma maîtresse, elle vous assure les siennes. Oui, si vous répondez aux désirs de madame, vous allez vous mettre pour toujours à l'abri de l'indigence. Représentez-vous tout ce que peut satisfaire un cœur ambitieux : vous l'obtiendrez par son canal. Armes, chevaux, habits, bijoux, argent, rien ne vous manquera. Pensez bien à ce que je vous dis; faites surtout attention que la fortune abandonne pour longtemps et quelquefois pour toujours ceux qui refusent les faveurs qu'elle leur offre. Elle se présente aujourd'hui à vous les mains ouvertes; ne retirez pas les vôtres, si vous ne voulez l'avoir pour ennemie et vous trouver ensuite dans la misère, sans pouvoir vous plaindre que de vous-même.

« Vous me faites rire, en vérité, quand je songe à vos scrupules. Est-ce nous autres domestiques qui devons nous piquer d'une délicatesse que nos maîtres n'ont pas? Celle que vous affichez en cette occasion serait tout au plus de mise avec vos parents, vos amis et vos pareils : elle est trèsplacée à l'égard de vos maîtres. Nous ne devons les traiter que comme ils nous traitent. Pensez-vous que si vous aviez une femme, une fille ou une sœur qui fût jolie et du goût de Nicostrate, il se fît le moindre scrupule de la suborner? Vous seriez bien simple de le penser; croyez, au contraire, que s'il n'en pouvait venir à bout par les prières, les présents, les promesses, et par toutes les voies de la persuasion, il ne se ferait aucune difficulté d'employer les voies de fait et de force. Ici, le cas est tout différent et tout à votre avantage. Non-seulement vous n'avez point cherché à séduire madame, mais c'est elle qui vous prévient, qui va au-devant de vous; non-seulement vous ne lui manquerez pas, mais vous lui rendrez le repos; vous lui conserverez la vie; car telle est sa passion pour vous, qu'elle risque d'en mourir si vous n'y apportez bientôt remède. Ne la rebutez donc pas, mon cher Pirrus; ce serait refuser de faire une bonne œuvre et rejeter votre propre bonheur. »

Pirrus, qui avait déjà fait plusieurs réflexions sur la première ouverture de Lusque, et qui avait pris son parti d'avance, dans le cas qu'elle revînt à la charge, répondit qu'il était tout disposé à faire ce qu'elle désirait, pourvu qu'on pût le convaincre que madame Lidie agissait de bonne foi.

« Je ne doute pas, ajouta-t-il, ma chère Lusque, de votre véracité; mais, d'après la connaissance que j'ai du caractère de Nicostrate, je crains qu'il n'ait engagé sa femme à feindre de l'amour pour moi, afin d'avoir occasion d'éprouver ma fidélité. Vous savez qu'il m'a confié le soin de presque toutes ses affaires; vous savez aussi qu'il est d'un naturel soupçonneux : or, ne peut-il pas se faire qu'il ait concerté tout cela avec madame? Je n'en suis pas certain, mais il est un moyen de m'en éclaircir, et je me livre aveuglément à votre maîtresse si elle veut l'employer. Le voici : qu'elle tue l'épervier de son mari en sa présence; qu'elle arrache et me donne une touffe de poils de sa barbe et une de ses meilleures dents; dès qu'elle aura exécuté ces trois choses, je m'abandonne à elle sans la moindre défiance. »

Ces conditions parurent difficiles à Lusque, et plus encore à madame Lidie. Toutefois l'amour, fécond en ressources et en expédients, lui donna le courage d'entreprendre ces trois choses. Elle fit donc dire à Pirrus qu'elle remplirait les trois conditions, ajoutant que, puisqu'il croyait son maître si sage et si soupçonneux, elle voulait le faire cocu à ses propres yeux, et lui faire accroire ensuite que ce qu'il aurait vu était faux.

Pirrus attendit impatiemment l'exécution de la promesse de madame Lidie. Il était fort curieux de voir comment elle s'y prendrait pour venir à

Pirrus et la dame commencèrent leur jeu...

bout de ces trois choses. Elle ne tarda pas longtemps à le satisfaire.

Un jour que Nicostrate avait régalé plusieurs gentilshommes de ses amis, Lidie, magnifiquement parée, après qu'on eut desservi, entra dans la salle où l'on avait dîné, alla prendre dans un réduit contigu l'épervier que son mari aimait tant, et lui tordit le cou, en présence de Pirrus et de toute la compagnie.

« Qu'avez-vous fait, ma femme? » s'écrie aussitôt Nicostrate. Elle ne lui répond rien; mais se tournant vers les gentilshommes :

« Messieurs, leur dit-elle, je me vengerais d'un roi qui m'aurait offensée : pourquoi donc aurais-je craint de me venger d'un épervier? cet oiseau m'a fait plus de mal que vous ne sauriez vous l'imaginer : il m'a souvent, et

très-souvent, dérobé la présence de mon mari. Presque chaque jour, avant
le lever du soleil, monsieur s'en va à la chasse avec son épervier et me
laisse au lit toute seule. Il y a longtemps que je me proposais d'immoler
cette victime à l'amour conjugal; mais j'ai cru devoir attendre une occasion pareille à celle-ci : je voulais avoir des témoins qui pussent juger si
c'est à tort que j'ai sacrifié cet oiseau à mon juste ressentiment. »

Les amis de Nicostrate, persuadés que la dame ne s'était effectivement
portée à cette action que par un pur attachement pour son mari, se mirent
à rire, et, se tournant vers leur ami, qui paraissait de fort mauvaise humeur :

«¡ Préférer un oiseau à madame, lui dirent-ils, y songez-vous bien? vous
devez lui tenir compte de sa modération, elle a fort bien fait de se défaire
d'un pareil rival. »

Quand la dame fut rentrée dans sa chambre, ils poussèrent la plaisanterie encore plus loin; et Nicostrate, revenu insensiblement de son chagrin,
rit comme les autres d'une vengeance si singulière. Pirrus, qui avait été
témoin de la scène, eut beaucoup de joie d'un commencement qui lui donnait de si belles espérances.

« Dieu veuille, dit-il en lui-même, que ceci continue sur le même ton! »

Quelques jours après, la femme badinant avec son mari, qui était de belle
humeur, crut devoir profiter de la circonstance pour exécuter la seconde
chose demandée par Pirrus. Dans cette idée, elle lui fit plusieurs petites
caresses, le prit par la barbe, et tout en folâtrant, lui en arracha une touffe.
Comme elle y avait employé un certain effort pour ne pas manquer son
coup, on juge bien que le bonhomme dut éprouver quelque douleur.

« Pensez-vous bien à ce que vous faites, madame? lui dit-il en se fâchant
sérieusement.

— Bon Dieu! monsieur, que vous êtes désagréable, quand vous faites
ainsi la mine! répondit-elle sans se déconcerter, et riant comme une folle :
Faut-il se fâcher si fort pour cinq ou six poils que je vous ai arrachés? Si
vous aviez senti ce que je sentais tout à l'heure, quand vous me tiriez par
les cheveux, vous ne vous montreriez pas si sensible en ce moment. »

Poussant ainsi la raillerie de parole en parole, elle garda le floquet de
barbe, et l'envoya le même jour à Pirrus.

La troisième condition était plus difficile à exécuter; cependant, comme
rien n'est impossible aux personnes qui ont de l'esprit et de la passion, elle
crut avoir trouvé le moyen d'en venir à bout.

Nicostrate avait deux jeunes pages, de noble famille, qu'on avait mis
auprès de lui pour les former de bonne heure dans l'art des courtisans;

l'un lui servait à boire; l'autre était son écuyer de table. La dame leur fit accroire que leur bouche sentait mauvais, et leur recommanda de tenir la tête en arrière le plus qu'ils pourraient, quand ils serviraient leur maître ; les exhortant toutefois de n'en rien dire à personne. Les pages n'ayant pas manqué de faire ce qui leur était ordonné, la belle dit quelques jours après à son mari :

« Ne vous êtes-vous point aperçu, monsieur, de la mine que font vos pages lorsqu'ils vous servent?

— Oui, répondit-il, et j'ai été plusieurs fois tenté de leur en demander raison.

— Donnez-vous-en bien de garde, continua-t-elle, je vais vous l'apprendre. Il y a déjà quelque•temps que je m'en suis aperçu ; mais, de peur de vous faire de la peine, je n'ai pas voulu vous en parler. A présent que que les autres commencent à s'en apercevoir, il est bon de vous en avertir. Vous saurez donc que votre bouche sent extrêmement mauvais : je ne sais d'où cela provient, mais je vous avoue que c'est fort désagréable, surtout pour quelqu'un qui, comme vous, vit avec la meilleure compagnie. Il faudrait voir s'il n'y aurait pas moyen de faire passer cette mauvaise odeur.

— Elle vient peut-être de quelque dent gâtée, dit Nicostrate.

— Cela est très-possible, répondit la dame ; mais il est aisé de s'en convaincre. »

Et, dans ce dessein elle le conduit près de la fenêtre, et lui ayant fait ouvrir la bouche :

« Ciel! quelle infection ! s'écria-t-elle; vous avez une dent non-seulement gâtée, mais pourrie ; je m'étonne que vous l'ayez pu souffrir si longtemps. Si vous ne la faites promptement arracher, soyez sûr qu'elle gâtera les autres.

— Cela n'est pas douteux, dit Nicostrate, je vais envoyer quérir sur-le-champ un chirurgien.

— Il n'en faut point, reprit la dame ; je l'arracherai bien moi-même sans beaucoup de peine. Ces gens-là sont des bourreaux qui vous feraient trop souffrir, et je ne pourrais vous voir entre leurs mains sans souffrir moi-même. Laissez-moi essayer ; si vous trouvez que je vous fasse trop mal, je quitterai la besogne, complaisance que n'aurait point un arracheur de dents. Il ne s'agit que de se procurer de petites pinces. »

Elle en demanda. Quand on les lui eût apportées, elle fit sortir tout le monde de l'appartement, excepté Lusque, à qui elle commanda de fermer la porte de la chambre. Pour, faire l'opération d'une manière plus commode, elle fit coucher son mari sur un banc, et dit à sa femme de chambre de le tenir au travers du corps, pour qu'il ne pût remuer. Puis, lui ayant fait ouvrir la bouche, elle accroche le davier à une de ses plus belles dents, elle la lui arrache avec des efforts violents, qui lui faisaient pousser des cris de douleur. Le pauvre homme, étourdi du mal qu'il avait souffert, porta d'abord la main sur sa joue, et donna le temps à sa femme de cacher la dent qu'elle venait de lui arracher, et d'en présenter une autre toute pourrie, dont elle avait eu la précaution de se munir.

« Voyez, lui dit-elle, ce que vous avez si longtemps gardé dans votre bouche. Il est sûr que cette dent vous eût gâté toutes les autres, si vous ne l'aviez fait arracher. »

La vue d'une dent si vilaine consola le patient de la douleur qu'il avait soufferte et qu'il ressentait encore. Après avoir craché beaucoup de sang et avoir pris quelque élixir confortatif, il sortit de la chambre et alla se jeter sur son lit. Sa femme, sans perdre de temps, envoya la dent à Pirrus. Celui-ci, ne pouvant plus douter des sentiments de sa maîtresse, lui fit dire qu'il était prêt à faire tout ce qu'elle désirait.

La belle, qui brûlait de lui donner de plus fortes preuves de son amour, et à qui les moments paraissaient des années, n'avait plus qu'à trouver le moyen de satisfaire sa passion en présence de son mari. Elle feignit pour cet effet d'être indisposée. Sa femme de chambre instruisit Pirrus du personnage qu'il devait jouer. Il alla voir madame à l'heure de l'après-dîner, où le mari devait se rendre auprès d'elle.

A peine y furent-ils arrivés l'un et l'autre, qu'elle témoigna une grande envie de prendre l'air du jardin, et les pria tous deux de vouloir l'y conduire. Nicostrate la prit d'un côté, Pirrus de l'autre, et ils la menèrent ainsi au pied d'un beau poirier, et ils s'assirent tous trois sur un tapis de verdure. Quelques instants après, il prit fantaisie à la belle de manger des poires. Elle prie Pirrus de monter sur l'arbre pour lui en cueillir des plus mûres. Le galant obéit, et n'est pas plutôt monté sur le poirier que, feignant de voir son maître caresser sa femme, il s'écrie :

« Eh! quoi, monsieur, en ma présence? mais vous n'y pensez pas ; et vous, madame, n'avez-vous point de honte de vous prêter à un pareil jeu? Certes, vous avez été bientôt guérie. Mais, finissez donc ; ce sont des choses qu'on ne doit pas faire devant témoins : les nuits ne sont-elles pas assez longues? faut-il venir au jardin pour une semblable besogne? n'avez-vous pas assez de chambres, assez de lits plus commodes?

— Que veut-il dire, dit la femme à son mari? a-t-il perdu l'esprit?

— Non, madame je ne suis point fou, et je vois fort bien ce que je vois.

— Tu rêves assurément, lui dit Nicostrate, qui riait de son idée.

— Je ne rêve point du tout, monsieur, et il me semble que vous ne rêvez pas non plus. Mais si vous n'avez point d'égards pour moi, vous devriez au moins en avoir pour vous-même et vous éloigner un peu plus, si tant est que vous désiriez vaquer à un tel exercice. Peste! comme vous vous remuez! je ne vous aurais jamais soupçonné une si grande vivacité. Si j'agitais aussi fort le poirier, je doute qu'il y restât une seule poire.

— Que peut donc être ceci? dit alors la dame; serait-il possible qu'il lui parût que nous faisons ce qu'il dit? En vérité, si je me portais mieux, je monterais sur l'arbre, pour voir ce qu'il parût que nous faisons ce qu'il dit croire voir lui-même.

— Soyez sûre, madame, ajouta Pirrus, que je n'ai pas la berlue, et que ce que je vois n'est point une illusion.

— Eh bien! descends, dit le mari, descends, te dis-je, et tu verras ce qu'il en est.

— J'avoue, dit Pirrus, quand il fut descendu, que vous ne vous caressez point à présent; mais il n'est pas moins vrai que vous le faisiez tout à l'heure, et que je vous ai vu, comme je descendais, vous séparer de madame, et vous mettre à l'endroit où vous êtes maintenant assis.

— Mais tu rêves, mon pauvre ami, dit Nicostrate : depuis que tu es monté sur le poirier, je n'ai pas bougé du lieu où je suis. Si cela est, reprit Pirrus, il faut que ce poirier soit enchanté; car je vous jure que j'ai vu, mais bien vu, ce que je viens de vous dire.

Nicostrate, étonné de plus en plus, et persuadé de la vérité du récit de son intendant par l'air sérieux dont il l'avait accompagné, voulut voir par lui-même si le poirier était réellement enchanté et l'effet que cet enchantement produisait à son égard. Mais la dame, qui [.....]

« Je vais y monter, dit-il. Il y monte en effet; mais à peine est-il sur les branches, que Pirrus et la dame commencèrent leur jeu.

« Que faites-vous donc, madame? et toi, Pirrus, est-ce ainsi que tu respectes ton maître? » Les amants eurent beau lui répondre qu'ils étaient assis, il se hâta de descendre, en les voyant ainsi se trémousser; mais il ne descendit pas si vite qu'ils n'eussent eu le temps d'achever à peu près leur besogne et de reprendre leur place.

« Quoi! madame, me faire cet affront à mes yeux! et toi, maraud [.....]

— Oh! pour le coup, dit Pirrus en l'interrompant, j'avoue que vous avez été sages l'un et l'autre pendant que j'étais sur le poirier, et que ce que je croyais voir n'était qu'un enchantement. Ce qui achève de me le persuader, c'est que monsieur a cru voir lui-même ce qui n'était pas.

— Tu as beau vouloir t'excuser, reprit le mari, ce que j'ai vu ne saurait être l'effet d'un enchantement.

— Vous êtes, en vérité, aussi fou que Pirrus, dit la dame : si je vous croyais capable d'avoir réellement de pareilles idées sur mon compte, je me fâcherais tout de bon.

— Quoi ! monsieur, dit Pirrus, vous feriez cet outrage à madame, qui est l'honnêteté, la vertu même ! Quant à moi, je ne chercherai point à m'excuser : Dieu m'est témoin que je souffrirais plutôt mille morts avant qu'une pareille chose m'entrât jamais dans l'esprit, à plus forte raison avant de l'exécuter en votre présence. Je vois à présent clair comme le jour que la faute est au poirier. Il a fallu que vous y soyez monté vous-même, et que vous ayez cru voir ce qui vous met de si mauvaise humeur, pour me faire revenir sur votre compte et sur celui de madame. J'aurais juré vous avoir vus l'un et l'autre dans la posture la plus indécente.

— Est-il possible, dit ensuite la dame en se levant et faisant un peu la fâchée, pour mieux dissuader son bonhomme de mari, est-il bien possible que, me connaissant depuis si longtemps, vous ayez pu me croire capable de m'oublier à ce point ? Me jugez-vous donc assez dépourvue de raison pour oser vous faire cocu en votre présence ? Soyez persuadé que, si j'en avais la moindre envie, les occasions ne me manqueraient pas, sans que vous en sussiez jamais rien. »

Nicostrate se rendit à ces raisons. Il ne pouvait effectivement se persuader que sa femme et son intendant eussent osé se porter à un tel excès d'insolence. Il leur fit des excuses, et se mit ensuite à discourir de la singularité de l'aventure et des effets de vue qui n'étaient pas les mêmes quand on se trouvait sur le poirier. Mais la dame, qui feignait toujours d'être fâchée de la mauvaise opinion que son mari avait eue de sa fidélité :

« Puisque ce maudit poirier, dit-elle, fait voir de si vilaines choses, je ne veux pas qu'il me nuise davantage, ni à aucune autre femme. » Puis, s'adressant à Pirrus :

« Va chercher une cognée et jette-le à bas pour le brûler ; quoiqu'il serait beaucoup mieux d'en donner sur la tête de mon mari, pour lui apprendre à mieux penser de la fidélité de sa femme et de la tienne. Oui, Monsieur, continua-t-elle, vous mériteriez d'être châtié pour l'injustice que vous m'avez faite. Je ne reviens point de votre aveuglement. Quand il s'agit de mal penser de votre femme, vous ne devez pas en croire vos yeux. »

Pirrus, ayant pris une hache, abattit incontinent le poirier. Alors, la belle, se tournant vers Nicostrate :

« Puisque je vois à terre, lui dit-elle, l'ennemi de ma vertu, je perds toute espèce de ressentiment. Je vous pardonne, ajouta-t-elle avec douceur, et vous recommande, sur toutes choses, d'avoir désormais une meilleure opinion de votre femme, qui vous aime mille fois plus que vous ne le méritez. »

Le mari s'estima trop heureux de ce que sa femme voulut bien oublier l'outrage qu'il lui avait fait. Il fit des excuses à Pirrus d'avoir soupçonné sa bonne foi ; et tous les trois satisfaits, ils rentrèrent dans le palais.

C'est ainsi que ce bon mari fut maltraité, trahi et plaisanté par sa femme. Dès ce jour elle vécut familièrement avec Pirrus, qui lui fit souvent goûter les plaisirs de l'amour avec plus d'agrément et de liberté qu'ils n'en avaient eu sous le poirier.

NOUVELLE X

LE REVENANT

Il ne restait plus que le roi qui n'eût pas raconté sa nouvelle. Dès qu'il vit que la compagnie était un peu consolée de la chute du poirier qui ne l'avait point méritée, il parla ainsi : Il est incontestable qu'un roi qui aime la justice doit se conformer, comme les autres, aux lois qu'il a faites, sinon il n'est pas digne du nom de roi, et ne mérite que le blâme de ses sujets.

C'est avec la plus sincère douleur que je me vois contraint de m'écarter moi-même de ce principe.

Je ne voulais point user du privilége que vous m'avez accordé ; j'étais, au contraire, dans la ferme résolution de me conformer au sujet que j'ai proscrit ; mais vous l'avez tellement épuisé, dans les nouvelles que vous avez racontées, que vous m'avez enlevé tout ce que je me proposais de dire sur cette matière. Puisque donc je suis forcé d'enfreindre la loi que j'ai faite, et de recourir au privilége qui m'a été accordé, je dois être puni et me soumets, mes belles dames, à la peine qu'il vous plaira de m'imposer.

Vous devez vous rappeler que, dans la nouvelle que nous a racontée madame Élise, il a été question d'un compère et d'une commère de la ville de Sienne : eh bien, ceci me fait souvenir d'une histoire où il est également question de commérage et de Siennois. Je vais vous la raconter succinctement. Je me flatte qu'elle vous amusera, quoiqu'elle ne soit pas vraisemblable en tout point.

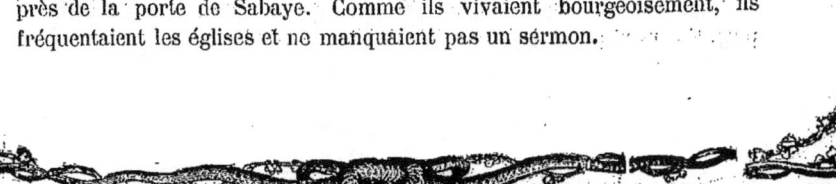

I l y eut autrefois dans la ville de Sienne deux jeunes gens liés d'une si étroite amitié qu'ils étaient presque toujours ensemble : le nom de l'un était Tingusse Mini, et celui de l'autre était Meucio de Turc. Ils demeuraient tous deux près de la porte de Sabaye. Comme ils vivaient bourgeoisement, ils fréquentaient les églises et ne manquaient pas un sermon.

Ayant entendu prêcher plusieurs fois sur les plaisirs et les peines de l'autre vie, selon qu'on avait bien ou mal mérité dans celle-ci, et ne pouvant s'en former une juste idée d'après les divers sentiments des prédicateurs, ils se promirent un jour, avec serment, que le premier qui mourrait viendrait informer l'autre de ce qui en était. Après cette promesse mutuelle, ils continuèrent de vivre dans la plus grande intimité.

Il arriva sur ces entrefaites qu'une certaine dame Mitte, femme d'un nommé Ambroise Anselmin, qui demeurait à Camporeggi, accoucha d'un fils, et que Tingusse fut prié d'en être le parrain. Comme madame Mitte était jeune et jolie, et que Tingusse et son ami Meucio allaient la voir quelquefois, ils en devinrent sensiblement amoureux l'un et l'autre, sans oser toutefois le donner à connaître, chacun par un motif différent : Tingusse regardait comme un crime d'aimer sa commère ; et, dans la crainte de perdre l'estime de son ami, il crut devoir lui cacher sa passion ; Meucio, qui s'était aperçu que Tingusse était amoureux fou de celle dont il était lui-même épris, crut aussi, de son côté, devoir lui cacher l'état de son cœur, dans la crainte de lui donner de la jalousie et de le porter peut-être à le perdre dans l'esprit de la dame.

Sa qualité de compère le mettait à portée de la voir plus souvent que lui et d'en être mieux accueilli. Tingusse, en effet, ne manqua point de profiter de ce double avantage pour se faire aimer, et parla si bien et si souvent qu'il fut payé d'un tendre retour et de toutes les faveurs qu'un amant peut désirer. Meucio n'eut pas de peine à s'en apercevoir, ce qui l'affligea sensiblement ; mais, dans l'espérance d'être un jour aussi heureux que lui, et se trouvant intéressé à ne pas lui donner de la jalousie, il feignit de tout ignorer, et c'est effectivement ce qu'il pouvait faire de mieux.

L'amant favorisé trouvait si doux d'être auprès de sa commère, qu'il ne cessait de faire des voyages à sa métairie ; il y mettait le temps tellement à profit, qu'à force de bêcher le jardin de la belle, il gagna une maladie de poitrine dont il mourut en fort peu de temps.

Trois jours après sa mort (sans doute qu'il ne l'avait pu plus tôt), il apparut, pendant la nuit, à son ami Meucio, suivant la promesse qu'il lui en avait faite, et lui dit qu'il venait lui apprendre des nouvelles de l'autre monde ; Meucio fut d'abord effrayé de cette apparition ; mais s'étant enfin rassuré : « Mon cher ami, lui dit-il, sois le bienvenu. »

Puis il lui demanda s'il était du nombre des perdus.

« Les choses perdues, répondit Tingusse, sont celles qui ne se retrouvent plus. Comment pourrais-je être ici, si j'étais perdu ?

On se réunit l'après-midi auprès de la belle fontaine.

— Point de plaisanterie, reprit Meucio ; je te demande si tu es du nombre des damnés, si ton âme brûle du feu d'enfer ?

— Non, mon ami, je ne suis pas damné ; mais je ne laisse pas de souffrir de grandes peines pour les péchés que j'ai commis. »

Meucio lui demanda quelles peines on infligeait là-bas pour chaque péché commis dans ce monde-ci. Le mort satisfit sa curiosité et entra dans les plus grands détails à cet égard. Meucio, plein de reconnaissance et d'attachement pour son ami, lui offrit ses services sur la terre et l'invita à lui dire s'il pouvait faire quelque chose qui lui fût agréable.

« Je ne refuse point tes offres, répondit le fantôme ; je te prie de faire dire des messes, des oraisons, et de distribuer quelques aumônes à mon intention.»

Après que Meucio eut promis de satisfaire ses désirs, le mort allait se retirer, lorsque son ami, se souvenant de la commère, le pria d'attendre un moment et lui demanda quelle peine on lui avait fait souffrir pour avoir eu commerce avec elle.

« Dès que je fus arrivé dans l'autre monde, je me trouvai vis-à-vis d'un esprit qui savait, je crois, tous mes péchés, et qui me conduisit à un certain lieu pour les expier, où je trouvai force compagnons de misère. Étant ainsi mêlé parmi eux, et me souvenant de ce que j'avais fait avec ma commère, j'attendais à tout moment une punition plus forte. Quoique je fusse au milieu d'un feu très-vif, la peur me faisait trembler. Un esprit me voyant dans cet état :

— Qu'as-tu donc fait plus que les autres pour trembler ainsi ?

— J'ai peur, lui dis-je, d'être puni d'un grand péché que j'ai commis.

— Quel est ce péché, poursuivit-il, qui t'effraye tant ?

— C'est d'avoir couché avec une de mes commères, et d'y avoir couché si souvent, que j'y ai laissé la peau.

— Tu es un grand sot, répliqua l'esprit en se moquant de moi : tranquillise-toi, et sois sûr qu'on ne tient pas compte ici-bas de ce que l'on fait là-haut avec les commères. »

Après ces mots, Tingusse, voyant que le jour commençait à poindre, prit congé de son ami, et disparut comme un éclair.

Meucio ayant appris qu'on ne demandait pas compte, dans l'autre monde, de ce qu'on fait dans celui-ci avec les commères, rit de la simplicité qu'il avait eue d'en avoir autrefois épargné plusieurs par délicatesse de conscience, et se promit bien de réparer sa sottise à la première occasion qui s'en présenterait.

Si frère Robert, dont nous avons parlé, eût su cela, il n'eût pas eu besoin d'étaler tant de rhétorique pour convertir sa bonne commère ; il l'en aurait instruite, et dès lors elle n'eût plus fait tant de difficultés pour lui accorder ses faveurs.

Le soleil penchait vers son couchant, et l'on sentait déjà les fraîches haleines de zéphire, quand le roi eut achevé sa nouvelle. Voyant que chacun avait dit la sienne, il se leva de dessus son siége, et ôtant sa couronne, il la posa sur la tête de madame Laurette, en lui disant : C'est vous, madame, que je fais reine de cette aimable compagnie, vous nous commanderez en souveraine qui ne se servira de son autorité que pour faire des choses qui soient agréables à la société. Puis il reprit sa place.

La nouvelle reine, après avoir salué gracieusement la compagnie, fit appeler le maître d'hôtel, et lui commanda de mettre les tables dans la délicieuse vallée, de meilleure heure qu'à l'ordinaire, afin qu'on pût à loisir s'en retourner au château. Elle lui prescrivit ensuite tout ce qu'il aurait à faire, pendant la durée de son gouvernement. Quand elle eut ainsi donné ses ordres, elle se tourna vers la compagnie, et parla en ces termes :

Dionéo voulut hier que notre entretien d'aujourd'hui roulât sur les tromperies que les femmes font aux maris : si je ne craignais de passer pour
vindicative, j'ordonnerais que l'entretien de demain eût au contraire pour
objet les tromperies que les hommes font à leurs femmes ; mais, laissant
de côté toute espèce de vengeance, je veux que chacun ait la liberté de raconter, soit les tromperies que les hommes se font entre eux, soit celles
qu'ils font à leurs femmes, soit celles que les femmes font à leurs maris.
J'imagine que, donnant un plus vaste champ à la malignité, les nouvelles
seront plus agréables et plus variées. Après ces mots, elle se leva et donna
congé à la compagnie jusqu'à l'heure du souper. Tout le monde se sépara
et chacun alla où le plaisir l'entraînait. Les uns portèrent leurs pas au
bord des eaux limpides qui décoraient cette belle vallée ; les autres s'amusaient à folâtrer sous la verdure ombragée d'arbres. Dionéo et madame
Laurette chantèrent longtemps ensemble la romance d'Arcite et Pamélon.

Après que chacun se fut diverti à sa manière, l'heure du souper étant
venue, on se mit à table tout près d'un petit lac où l'on respirait un air frais.
Le souper fut très-gai ; le chant de mille oiseaux divers ne contribua pas
peu à le rendre délicieux. Au sortir de table, on fit encore quelques tours
dans la vallée, en attendant que le soleil fût couché ; puis, par ordre de la
reine, on reprit, sur la brune, le chemin du château où l'on arriva au
petit pas, et en s'entretenant de mille choses plus divertissantes les unes
que les autres. Du vin frais et quelques confitures qu'on avait préparées
servirent à délasser les dames de la petite fatigue du voyage. Après cette
légère collation, on se rendit auprès de la belle fontaine, où l'on dansa au
son de la cornemuse de Tintadore et à celui de plusieurs autres instruments. Le chant succéda à la danse. La reine le fit cesser un instant pour
commander à madame Philomène de dire une chanson qui donna à penser
à toute la compagnie que madame Philomène avait un amant dont l'absence la contraignait de s'exprimer de la sorte, et comme, d'après ses
propres expressions, il était naturel de croire qu'elle ne s'était pas bornée,
avec lui, à de simples protestations de tendresse, plusieurs des dames portèrent envie à son bonheur.

Après la chanson, la reine, se souvenant que le lendemain était vendredi :
Vous savez, messieurs et dames, dit-elle, en se tournant vers la compagnie,
que demain est un jour consacré à la passion de Notre-Seigneur Jésus-
Christ. Vous vous souvenez que nous la célébrâmes dévotement la semaine
dernière, sous le gouvernement de madame Néiphile, en suspendant nos
entretiens ordinaires jusqu'au dimanche suivant ? Voulant donc imiter le
bon exemple que cette reine m'a donné, il me semble que ce sera bien fait

à nous de nous abstenir, demain et après-demain, de conter des nouvelles, pour employer ces deux jours aux affaires de notre salut. Toute la compagnie applaudit à cet arrangement, et comme la nuit était déjà fort avancée, tout le monde se sépara et alla se coucher.

HUITIÈME JOURNÉE

e soleil commençait à peine à dorer la cime des plus hautes montagnes, lorsque la Reine et la compagnie sortirent de leur chambre pour aller respirer, dans le parc, la fraîcheur du matin.

Après s'être promenés quelque temps, ils allèrent entendre la messe, vers les sept ou huit heures du matin, dans une petite église peu éloignée du château. Au retour, on servit le dîner qui fut fort agréable. La musique et la danse suivirent le repas.

La Reine permit ensuite à chacun d'aller faire sa méridienne, s'il le jugeait à propos. On se réunit l'après-midi auprès de la belle fontaine, où tout le monde s'étant assis pour s'égayer à l'ordinaire par des récits amusants, madame Néïphile, par les ordres de la Reine, commença à parler ainsi :

NOUVELLE PREMIÈRE

A FEMME AVARE GALANT ESCROC

Puisque le ciel a voulu que je commence la journée, je ne m'en plaindrai point. Vous allez donc entendre ma nouvelle. Je dois seulement vous prévenir que, comme il a été beaucoup question, dans les dernières qu'on a racontées, des tours que les femmes ont joués aux hommes, je crois devoir vous en conter un, qu'un homme joua malignement à une femme : non que je veuille le blâmer de l'avoir ainsi trompée, c'est au contraire pour l'en louer, car la femme le méritait bien, et pour vous montrer en même temps que si les hommes sont souvent dupes de leurs maîtresses, ils savent aussi les duper à leur tour.

Cependant, à dire le vrai, le trait que je vais vous raconter ne mérite pas le nom de trompé, mais plutôt celui de juste punition : toute femme qui se pique un peu d'honnêteté doit être jalouse de son honneur, et celle dont il s'agit l'était si peu du sien qu'elle n'eut point de honte de le vendre. On peut pardonner des faiblesses à notre sexe, mais les femmes qui osent se livrer pour de l'argent méritent le feu, comme le dit l'autre jour Philostrate, en nous contant l'aventure qui arriva à Mme Philippe de Prato.

l y eut autrefois à Milan un soldat allemand, nommé Gulfart, qui passait pour un fort honnête homme, et qui était fidèlement attaché au prince qu'il servait, qualité qui n'est pas ordinaire aux gens de sa nation. Comme il se faisait un point d'honneur de rendre ponctuellement ce qu'il empruntait, il trouvait sans peine de l'argent, et à très-petit intérêt, quand il en avait besoin.

Ce bon soldat devint amoureux d'une très-belle dame, nommée Ambroise, mariée à Gasparin Sagastrace, riche négociant de Milan, qui le connaissait particulièrement, et qui l'aimait beaucoup. Il sut si bien s'y prendre que le mari ni personne ne s'aperçut de l'amour dont il brûlait pour elle. Croyant avoir remarqué qu'il ne déplaisait pas, il se hasarda à lui faire parler, pour la prier de payer d'un tendre retour les sentiments qu'elle lui avait inspirés, lui promettant de s'en rendre digne par son empressement à faire tout ce qui pourrait lui être agréable. La belle, après bien des façons, consentit à se rendre à ses désirs, à condition qu'il garderait un secret inviolable, et qu'il lui donnerait deux cents écus dont elle avait besoin.

Gulfart fut si choqué de l'avarice de la dame, dont il ne l'aurait jamais soupçonnée, que peu ne s'en fallut que son amour ne se changeât en aversion ; cependant il se radoucit, et résolut de la tromper. Dans cette idée, il lui fit dire qu'il était prêt à faire ce qu'elle désirait, qu'il voudrait être plus riche pour lui offrir une plus forte somme ; qu'elle n'avait qu'à l'instruire du jour et du moment auxquels il pourrait aller la trouver, et qu'il lui remettrait l'argent qu'elle lui demandait. Cette femme méprisable lui manda que son mari partait bientôt pour Gênes, et qu'elle ne manquerait pas de l'envoyer chercher le jour même de son départ.

Gulfart, sachant que Gasparin devait bientôt faire ce voyage, se hâta de l'aller voir.

« J'aurai besoin, lui dit-il, de deux cents écus, et vous m'obligerez sensiblement de me les prêter, au même intérêt que vous m'avez toujours prêté jusqu'à présent. »

Gasparin lui rendit ce service avec plaisir, et compta la somme sur-le-champ, à la grande satisfaction du militaire.

Quelques jours après, le négociant partit pour Gênes. Sa femme envoie dire aussitôt au galant qu'il pouvait venir et qu'il n'oubliât pas d'apporter

la somme convenue. Gulfart, qui avait intérêt de trouver la belle en compagnie, et qui craignait qu'elle ne fût toute seule, se fit accompagner par
un de ses amis et lui dit, en présence de cet ami et d'un commis qui était
avec elle dans ce moment :

« Voilà, madame, deux cents écus bien comptés que je vous prie de
remettre à votre mari quand il sera de retour de son voyage. »

Elle les prit, sans entendre d'autre malice aux paroles de Gulfart, si ce
n'est qu'il avait parlé ainsi par pure politique et pour qu'on ne soupçonnât
pas que cet argent était le prix qu'elle avait mis à ses faveurs. C'est pourquoi elle lui répondit qu'elle ne manquerait pas de s'acquitter de la commission à l'instant même de son arrivée.

« Mais voyons, ajouta-t-elle, si la somme est complète. »

Elle se met aussitôt à la compter sur une table et voyant qu'il n'y manquait pas une obole, elle la remit dans le sac et dit ensuite tout bas à Gulfart de repasser sur la brune, parce qu'elle serait seule. Il n'y manqua pas ;
et la belle l'ayant conduit dans sa chambre, ils passèrent la nuit ensemble.
Le galant ne s'en tint pas à cette nuit-là ; il sut engager madame Ambroise
à partager plusieurs autres fois son lit avec lui pendant l'absence de son
mari.

Quand celui-ci fut de retour à Milan, Gulfart saisit le moment qu'il était
avec sa femme pour entrer chez lui accompagné de son ami. « Gasparin,
lui dit-il après les premiers compliments, les deux cents écus que vous me
prêtâtes avant votre voyage m'ayant été inutiles pour l'objet auquel je les
destinais, je les rendis, le jour même de votre départ, à votre femme qui
les compta aussitôt devant moi ; ainsi, je vous prie de vouloir bien les
rayer de votre livre. »

Le mari, se tournant vers sa femme, lui demanda si elle les avait reçus ;
et, comme elle voyait devant elle le témoin qui les lui avait vu compter,
elle ne put le nier et s'excusa sur son peu de mémoire de ce qu'elle ne lui
en avait point encore parlé :

« Soyez tranquille, dit alors Gasparin à Gulfart, j'en déchargerai mon
livre aujourd'hui, sans plus tarder. » Alors le galant se retira, fort content
d'avoir ainsi puni sa maîtresse de son avarice et d'avoir su adroitement
jouir longtemps de ses faveurs, sans qu'il lui en eût coûté une obole. On
imagine aisément combien la dame dut être sensible à un pareil tour.

NOUVELLE II

LE CURÉ DE VARLOGNE

Les hommes et les dames furent enchantés du tour que Gulfart avait joué à l'avare Milanaise. On en riait encore, lorsque la reine regarda Pamphile en souriant et lui commanda de dire sa nouvelle. Ce jeune gentilhomme obéit incontinent et parla ainsi :

C'est donc à moi, mes belles dames, à vous amuser à mon tour par le récit d'une petite histoire.

Il ne tiendra certainement pas à moi de remplir et de passer vos espérances à cet égard. Ma nouvelle sera contre ces sortes de gens qui nous offensent, sans qu'il soit à notre pouvoir de les offenser, du moins de la même manière ; je veux dire les prêtres, qui semblent avoir conjuré contre l'honneur de nos femmes, et qui croient avoir gagné les indulgences, lorsqu'ils sont venus à bout d'en séduire quelqu'une. Ils sont si contents, quand ils viennent de cocufier quelqu'un, qu'on jugerait à leur joie, qu'ils ont mené aux pieds du Pape le Soudan d'Alexandrie.

Il est fâcheux, pour nous autres laïques, que nous ne puissions pas leur rendre la pareille.

Mais nous avons du moins la consolation de nous venger sur leurs mères, leurs sœurs, leurs nièces et leurs bonnes amies, en leur faisant ce qu'ils font à nos femmes.

Mon dessein donc est de vous raconter une amourette de village ; vous rirez de la singularité du dénouement, qui vous fera voir qu'il ne faut pas toujours s'en rapporter à la bonne foi des prêtres.

Dans le village de Varlongne, qui, comme on sait ou comme on l'a ouï dire, n'est pas fort éloigné de la ville de Florence, il y eut un maître curé, vigoureux de sa personne et très-propre pour le service des dames.

Ce bon pasteur, qui savait à peine lire, avait néanmoins le talent d'amuser ses ouailles et de les divertir le dimanche, au pied d'un orme par ses contes et ses propos joyeux ; et, quand les maris s'absentaient, il savait visiter leurs femmes, auxquelles il donnait sa bénédiction, leur portant tantôt du gâteau, tantôt de l'eau bénite, et quelquefois des bouts de chandelle.

Parmi les paroissiennes à qui il faisait ainsi sa cour, il n'y en avait point qui lui plût davantage que Belle-Couleur, femme d'un paysan connu sous le nom de Bientevienne de Mazzo. C'était, à la vérité, une bonne villageoise, dodue, fraîche, bien découplée, telle, en un mot, qu'il la fallait à monsieur le curé. Elle était d'ailleurs de la meilleure humeur du monde, toujours la première à la danse, chantant au mieux l'air d'une bourrée et jouant parfaitement du tambourin.

Le curé en devint si fort amoureux qu'il faillit en perdre l'esprit. Il courait tout le jour, tantôt d'un côté, tantôt d'un autre, dans l'espérance de la voir. Quand il savait, le dimanche et les jours de fête, qu'elle était à l'église, il chantait de toutes ses forces pour lui persuader qu'il était grand musicien ; mais quand il n'y voyait point sa chère Belle-Couleur, il s'y prenait avec plus de modération. Cependant, quelque passionné qu'il fût, il sut si bien faire, que Bientevienne ni personne ne s'aperçut de l'amour qui le tourmentait. Pour se rendre favorable celle qui en était l'objet, il ne cessait de lui faire de petits présents et lui envoyait tantôt une botte d'ail frais, tantôt des oignons nouvellement cueillis dans son jardin, tantôt des petits pois et quelquefois un bouquet de fleurs. S'il la rencontrait quelque part, il la regardait du coin de l'œil, comme un chien qui veut en mordre un autre ; mais la paysanne, faisant semblant de ne pas s'en apercevoir et bien aise de paraître sauvage, passait presque toujours sans s'arrêter.

Ce dédain chagrinait fort monsieur le curé. Il ne se laissa cependant point décourager par les froideurs de la belle. L'amour était trop enraciné dans son cœur, pour être en état d'y renoncer. Tel est le charme de cette passion qui nous plaît, lors même qu'elle nous rend malheureux.

Un jour qu'il se promenait, ses mains derrière le dos et l'air pensif, le hasard voulut qu'il rencontrât Bientevienne, monté sur un âne chargé de différentes productions de son jardin. Il lui demanda où il allait.

« Je vais à la ville, monsieur le curé, pour une affaire importante ; je porte ces fruits et ces légumes au seigneur de Bonacorci de Ginestret, pour l'engager à me traiter favorablement ; car vous saurez qu'il m'a fait donner une assignation par son coquin de procureur, juge des bâtiments, pour comparaître devant le tribunal civil.

— Tu fais bien, mon cher ami, dit le curé, fort content dans le fond de son cœur ; Dieu te conduise, et reviens le plus tôt que tu pourras. Si tu rencontres par hasard Lapucio, mon clerc, ou Naldino, mon valet, je te prie de leur dire de m'apporter des attaches pour mes fléaux. »

Bientevienne le lui promit, et continua son chemin.

Le prêtre crut que c'était le moment favorable pour aller voir sa bien-aimée Belle-Couleur et pour faire une tentative auprès d'elle. Il courut droit à sa maison et dit en entrant :

« Dieu veuille envoyer ici tous les biens qui sont ailleurs ! »

La paysanne, qui était montée en haut, l'ayant entendu : « Soyez le bienvenu, monsieur le curé, lui dit-elle ; et où allez-vous donc ainsi traînant votre queue par le chaud qu'il fait ?

— J'ai trouvé ton mari qui allait à la ville, répondit le pasteur ; et je suis venu passer quelques instants avec toi. » Belle-Couleur, étant des-

Madame Picarde alla, comme de coutume, à l'église cathédrale,

cendue, fit asseoir le curé et reprit son travail, qui consistait à trier de la graine de choux que son mari avait cueillie depuis quelques jours. Le curé, profitant du tête-à-tête, entama ainsi la conversation :

« Il est donc décidé, ma chère amie, que tu veux me faire souffrir?

— Moi, et qu'est-ce que je vous fais?

— Tu ne me fais rien à la vérité, mais n'est-ce pas assez de m'empêcher de faire avec toi ce que je voudrais!

70   70

— Est-ce que les prêtres font cela ?

— Sans doute, et mieux que les autres hommes. Pourquoi donc ne le ferions-nous point ? n'avons-nous pas tout ce qu'il faut pour cette besogne ? nous y sommes même plus habiles que les autres, parce que nous le faisons plus rarement. Laisse-moi besogner avec toi ; je t'assure que tu t'en trouveras bien.

— J'en doute fort ; car vous êtes tous avares comme des diables.

— T'ai-je encore refusé quelque chose ? demande-moi ce que tu voudras et sois sûre de l'obtenir. Veux-tu une paire de souliers, un ruban, un fichu ?

— J'ai de tout ce que vous m'offrez là ; mais puisque vous m'aimez tant, rendez-moi donc un service : je ferai ensuite tout ce que vous voudrez.

— Parle, reprit le curé avec vivacité ; je suis prêt à faire tout ce qui te sera agréable.

— Je dois aller samedi prochain à Florence, dit Belle-Couleur, pour rendre de la laine que j'ai filée et pour faire raccommoder mon rouet ; si vous voulez me prêter cent sols, que vous avez assurément, vous me mettrez dans le cas de retirer de chez un usurier ma jupe et mon tablier des dimanches, que je portais le jour de mes noces. Voyez si vous êtes dans l'intention de me donner cet argent : ce n'est qu'à cette condition que vous obtiendrez de moi ce que vous désirez.

— Je n'ai pas d'argent sur moi, mais je m'engage à te donner les cent sols avant samedi.

— Oh ! vous autres, gens d'Église, vous promettez beaucoup et ne tenez rien. Vous ne ferez pas de moi comme de la crédule Billuzza, que vous renvoyâtes bellement sans lui donner un seul liard, et qui, à cause de cela même, est devenue fille du monde. Je ne suis pas d'avis de me laisser duper de même. Si vous n'avez pas l'argent que je vous demande, allez le chercher.

— Épargne-moi, de grâce, la peine d'aller chez moi, par le grand chaud qu'il fait. D'ailleurs, songe que nous sommes sans témoins, et qu'il n'en serait peut-être pas de même à mon retour. Profitons de l'occasion, puisqu'elle est si favorable.

— Allez-y, vous dis-je, sinon vous n'en tâterez point, je vous jure. »

Le prêtre, voyant qu'elle était résolue de ne consentir à rien, sinon un *salvum me fac*, et lui désirant la chose *sine custodiâ* :

« Puisque tu ne crois pas, lui dit-il, que je t'apporte les cent sols, tiens, voilà mon manteau que je te laisse pour *gage*.

— Voyons ce manteau et ce qu'il peut valoir.

— Mon manteau est d'un beau drap de Flandre, à trois bouts et même à quatre, au dire d'un de mes paroissiens. Il n'y a pas encore quinze jours que le fripier Ottot me le vendit dix bonnes livres, et Buillet qui, comme tu sais, se connaît en étoffes, prétend qu'il en vaut quinze.

— Cela me paraît un peu difficile à croire ; mais je veux bien m'en contenter. Nous verrons si vous êtes homme de parole. »

Le curé, qui brûlait d'envie de satisfaire sa passion, lui remit son manteau ; et après qu'elle l'eût enfermé dans un coffre :

« Passons, lui dit-elle, dans la grange, où jamais personne ne vient. »

Le curé la suivit et s'amusa avec elle de la bonne manière. Après s'en être donné tant qu'il put en prendre, il s'en retourna chez lui en simple soutane comme s'il venait de quelque noce.

A peine fut-il arrivé au presbytère, que, considérant le peu de profit qu'il retirait de sa cure, il se repentit d'avoir laissé son manteau et pensa au moyen de le recouvrer, sans être obligé de donner la somme convenue : toutes les offrandes de l'année réunies auraient à peine pu la former. Son esprit malin et rusé lui fournit un expédient. Comme le jour suivant était un jour de fête, il envoya le fils d'un de ses voisins chez Belle-Couleur pour la prier de lui prêter son mortier de marbre, prétextant d'avoir du monde à dîner ; ce qu'elle fit de grand cœur. Deux jours après, il le renvoya par son clerc, à l'heure qu'il jugea que Bientevienne et sa femme devaient être à table.

« Monsieur le curé m'a chargé de vous bien remercier, dit le clerc en s'adressant à la femme, et de vous demander le manteau que le garçon laissa pour gage en vous empruntant le mortier. »

Belle-Couleur, fronçant le sourcil à cette demande, allait répondre, lorsque son mari l'en empêcha en lui disant d'un air fâché :

« D'où vient que tu prends des gages de notre curé ? tu mériterais en vérité que je te donnasse un bon soufflet, pour t'apprendre à te défier ainsi de notre honnête pasteur. Rends-lui vite son manteau et garde-toi de jamais rien lui refuser sans gage, demandât-il même notre âne. »

La femme se lève en grognant entre ses dents, sort le manteau du coffre et dit au clerc en le lui remettant :

« Je te prie d'assurer de ma part à monsieur le curé que, puisqu'il agit de la sorte, il ne pilera de sa vie à mon mortier. »

Le clerc s'étant acquitté de la commission :

« D'accord, répondit le curé ; mais tu peux dire aussi à Belle-Couleur, quand tu la verras, que si elle ne me prête pas son mortier, je ne lui prêterai pas non plus mon pilon : l'un vaut l'autre assurément. »

Bientevienne ne fit pas attention aux paroles de sa femme, qu'il prit pour l'effet des reproches qu'il venait de lui faire. Pour Belle-Couleur, elle fut longtemps fâchée contre le curé : mais les vendanges raccommodèrent tout. Le prêtre lui fit présent d'un petit tonneau de vin nouveau et d'une mesure de châtaignes, et recouvra, par ce moyen, ses bonnes grâces. Ils vécurent depuis en grande intelligence, visitèrent fréquemment la grange, et prirent si bien leurs précautions, que personne ne se douta de leur intrigue.

NOUVELLE III

L'ESPRIT CRÉDULE

La nouvelle de Pamphile, qui fit beaucoup rire les dames, étant achevée, la Reine commanda à Mme Elise de dire la sienne. Cette dame, qui riait encore, commença aussitôt, et parla en ces termes :

« Je ne sais, mesdames, si ma nouvelle vous paraîtra aussi plaisante que celle que vous venez d'entendre ; mais, du moins, je puis vous assurer qu'elle est très-vraie, quoique peu vraisemblable.

ans notre bonne ville de Florence, qui fourmille de toutes sortes de personnages, il y avait un peintre nommé Calandrin, homme simple et neuf au dernier point. Il était presque toujours avec deux autres peintres, dont l'un portait le nom de Lebrun, et l'autre celui de Bulfamaque, gens fort enjoués, mais prudents et rusés, et qui ne fréquentaient Calandrin que pour s'amuser de sa grande simplicité.

Il y avait dans le même temps à Florence un jeune homme nommé Macé del Saggio, qui était bien le personnage le plus facétieux et le plus délié qu'il fût possible de trouver. Ayant entendu parler de la simplicité de Calandrin, il résolut de s'en divertir, en lui jouant quelque bon tour, ou en lui faisant accroire quelque chose d'extraordinairement ridicule. Il le rencontra un jour dans l'église de Saint-Jean, occupé à examiner les diverses peintures et le beau tabernacle qu'on avait posé depuis sur le maître-autel.

L'occasion paraissant favorable à son dessein, il s'en ouvre à un de ses amis qui était avec lui, et s'approche, dans cette intention, du bon Calandrin. Il fait d'abord semblant, ainsi que son ami, de ne pas l'apercevoir, et se met à parler du mérite de certaines pierres, et en parle si pertinemment, qu'on eût cru entendre le plus fameux des lapidaires.

Le peintre, qui l'écoutait raisonner, et qui paraissait émerveillé de ce qu'il entendait, s'approche des deux discoureurs, et les salue en les abordant. Macé continue sa conversation avec son ami, lorsque Calandrin l'interrompt pour lui demander où l'on trouvait des pierres si précieuses et de si grande vertu.

« On en trouve beaucoup, répond Macé d'un air sérieux, à Berlinsonne, ville de Basque, située dans un canton nommé Bengodi, où l'on lie les ceps de vigne avec de la saucisse. On a dans ce pays-là, continua-t-il, une oie pour de l'argent et un oison par dessus le marché. On y voit une montagne de fromage de Parme râpé, sur laquelle demeurent des gens qui ne sont occupés qu'à faire des macaronis et des massepains, qu'on cuit dans du jus de chapon, et qu'on jette ensuite en bas aux passants; et plus en a, qui plus en attrape. Au pied de cette montagne, coule un ruisseau de vin de Malvoisie, auquel il ne se mêle jamais une goutte d'eau.

— Oh! le bon pays! s'écrie Calandrin; mais, dites-moi, je vous prie, ce qu'on fait des chapons dont le jus sert à faire des biscuits?

— Ce qu'on en fait? les Basques les mangent tous.

— Avez-vous été dans ce pays-là?

— Si j'y ai été? oh! je vous en réponds ; plus de mille fois.

— Est-ce bien loin d'ici?

— Il y a plus de mille lieues.

— Il est donc encore plus loin que la Brusse?

— Assurément. »

Calandrin, voyant que Macé disait tout cela d'un grand sang-froid, le crut comme un article de foi.

« C'est trop loin pour moi, ajouta-t-il; autrement je serais ravi d'y aller avec vous, pour avoir le plaisir de voir faire la culbute à ces macaronis, à ces biscuits, et d'en attraper une bonne quantité. Mais ayez la bonté de me dire si l'on trouve dans ce pays si singulier les pierres dont vous parliez tout à l'heure.

— Sans doute, il y en a de deux sortes. Les unes sont des pierres à moudre, qu'on tire de Sertignage et de Moûtisce, dont on fait des meules de moulin, et ces meules tournent d'elles-mêmes pour faire la farine. De là vient qu'on dit proverbialement, dans ce pays-là, que les grâces viennent de Dieu, et les bonnes meules de Moûtisce. Ces pierres à moudre sont en si grande quantité que les habitants de ce pays n'en font pas plus de cas que des émeraudes. Celles-ci y sont si communes, qu'il y en a des montagnes plus élevées que le mont Morel. Elles jettent tant d'éclat, qu'il fait jour au milieu de la nuit. Qui ferait enchâsser ces pierres avant de les tirer de la carrière, et les porterait au Soudan, serait sûr d'en avoir tout ce qu'il voudrait. L'autre espèce de pierre précieuse qu'on trouve dans ce

pays est celle que nous autres lapidaires appelons éliotropie. Elle a la
vertu de rendre invisible quiconque en porte sur soi.

— Il faut avouer, dit Calandrin, que ce pays est merveilleux. Faites-moi
le plaisir de me dire, continua-t-il, si l'on ne trouve point ailleurs cette
dernière sorte de pierre.

— On en trouve aussi dans la Toscane, dans la plaine de Mugnon.

— De quelle grosseur, de quelle couleur est-elle?

— Il y en a de toutes les grosseurs ; mais presque toutes sont de couleur
noirâtre. »

Calandrin, ayant bien retenu tout ce que Macé lui avait dit de la nature
de ces dernières pierres, et se faisant mille félicités chimériques s'il pouvait en trouver, se retira résolu d'en chercher. Mais, ne voulant rien faire
sans ses amis Lebrun et Bulfamaque, il les chercha en diligence pour leur
communiquer sa découverte et son projet. Après avoir couru toute la matinée pour les joindre, il se ressouvint, sur l'heure du midi, qu'ils travaillaient tous deux au monastère des dames de Fayence. Il alla les y trouver,
négligeant toutes ses affaires pour cet objet.

« Mes amis, leur dit-il, nous voilà les plus riches de Florence, si vous
voulez vous en rapporter à moi. J'ai appris d'un homme digne de foi, que,
dans la plaine de Mugnon, se trouve une pierre qui a la vertu de rendre
invisible celui qui la porte sur soi ; ainsi, je suis d'avis que nous allions la
chercher sans délai : nous la trouverons, je vous en assure; je sais
comme elle est faite. Quand nous l'aurons trouvée et mise dans notre
poche, qui pourra nous empêcher d'aller chez ces gros banquiers dont les
comptoirs sont, comme vous le savez, toujours pleins de ducats, et d'en
remplir nos poches ? nous ne serons vus de personne. Par ce moyen, nous
deviendrons riches en fort peu de temps, et nous n'aurons plus la peine
de barbouiller des murailles tout le long du jour, comme font les limaçons. »

Lebrun et Bulfamaque ne purent entendre ces extravagances sans en
rire eux-mêmes. Ils auraient éclaté, s'ils n'avaient voulu prolonger leur
amusement. Feignant donc d'être surpris du discours de cet imbécile, ils
louèrent la sagesse de son projet; après quoi, Bulfamaque lui demanda
comment on nommait cette pierre merveilleuse. Calandrin, qui n'avait pas
plus de mémoire que de jugement, en avait déjà oublié le nom.

« Qu'avons-nous affaire, répondit-il, de savoir comment on la nomme,
pourvu que nous connaissions sa vertu, et que nous puissions nous la
procurer? Je la connais, il n'en faut pas davantage. Si vous voulez me
croire, nous irons sur-le-champ la chercher. — Comment est-elle donc
faite? dit Lebrun.

— Il y en a de différentes grosseurs; mais toutes sont de couleur noi-râtre. Pour ne pas nous tromper, nous ramasserons celles qui approchent de la couleur noire, jusqu'à ce que nous ayons rencontré la véritable. Allons, mes amis, ne perdons point de temps.

— Un peu de patience, » dit Lebrun. Puis, se tournant vers son camarade :

« Il me paraît, lui dit-il, que notre ami raisonne très-juste; mais il me semble aussi que ce n'est pas une heure propre à cette recherche : le soleil est à présent si chaud, et donne si aplomb sur la plaine de Mugnon, que je suis persuadé qu'il doit avoir calciné les pierres qu'il peut y avoir, et que celles qui sont naturellement noires nous paraîtraient blanches. D'ailleurs, comme c'est aujourd'hui un jour ouvrable, nous pourrions rencontrer dans cette plaine des gens qui, devinant notre dessein, cher-cheraient aussi bien que nous, et auraient peut-être plus de bonheur. Ainsi, je suis d'avis que nous remettions la partie à demain matin, qui est un jour de fête, si toutefois vous le trouvez à propos. »

Bulfamaque approuva le conseil de son camarade, et Calandrin imita, comme de raison, son exemple. Il les pria instamment l'un et l'autre de bien garder le silence sur cette chose, qui ne lui avait été confiée que sous le secret. Il leur conta en même temps tout ce qu'il avait entendu dire du pas de Basque, jurant comme un païen qu'il n'y avait rien de plus vrai.

Après que Calandrin se fut retiré, les deux peintres concertèrent la conduite qu'ils tiendraient le lendemain avec lui, pour se bien divertir de son excessive crédulité. Cet original fut sur le pied dès le point du jour. Il courut éveiller ses amis, qui furent bientôt prêts. Ils sortirent tous trois par la porte de Saint-Gal, et arrivèrent de fort bonne heure à la plaine de Mugnon. Calandrin, qui brûlait d'envie de trouver ladite pierre, marchait toujours le premier, allant tantôt d'un côté, tantôt d'un autre, et se jetant avec précipitation sur toutes les pierres noires qu'il rencontrait. Lebrun et Bulfamaque allaient après lui, et, pour mieux lui en imposer, en ramas-saient quelques-unes. Quand notre bon imbécile en eut plein son sein, ses poches et son manteau, Lebrun, voyant que l'heure du dîner approchait, demanda à son compagnon, ainsi qu'il en était convenu avec lui :

« Où est donc allé Calandrin? »

Bulfamaque, qui le voit tout près de lui, tourne sa tête de tous côtés, et feignant de ne pas le voir :

« Je n'en sais rien, répondit-il, mais il était là tout à l'heure.

— Que dis-tu tout à l'heure? reprit Lebrun : je suis sûr qu'il s'en est retourné chez lui, et que, profitant de notre application à chercher, il est allé dîner sans daigné nous en avertir.

— Il a fort bien fait, reprit Bulfamaque, de nous jouer ce tour ; puisque nous avons été assez simples pour le suivre dans cette plaine, nous n'avons que ce que nous méritons. Quels autres que nous, en effet, auraient été assez imbéciles pour se laisser persuader qu'on trouve ici des pierres qui ont la vertu de rendre invisibles ceux qui les portent sur eux ? »

Calandrin écoutait leur conversation avec la plus grande joie, et, ne doutant point qu'il n'eût trouvé la pierre, il résolut de s'en retourner sans rien dire. Il leur tourna le dos et prit le chemin de la ville.

« Que faisons-nous ici ? continua Bulfamaque. Pourquoi ne pas nous en retourner comme il l'a fait ?

— Je le veux bien ; mais je te jure que notre ami ne m'en fera plus accroire ; je suis furieux du tour qu'il nous a joué. Que n'est-il encore assis près de nous ? je lui lancerais cette pierre dans les talons. »

Et en même temps il la lui jette aux jambes. Calandrin sentit vivement le coup ; cependant il ne dit mot, et après s'être gratté l'endroit où la pierre l'avait atteint, il double le pas et gagne chemin. Bulfamaque prend une seconde pierre, et la montrant à Lebrun :

« J'enrage, lui dit-il, que ce faquin se soit ainsi moqué de notre crédulité ; s'il était ici, je lui donnerais de ce caillou sur le dos ; et en disant cela il le lui jette justement à l'endroit qu'il avait dit. Ils le suivirent ainsi à coups de pierres, depuis la plaine de Mugnon jusqu'à la porte de Saint-Gal, où ils jettèrent à terre celles qui leur restaient. Ils s'arrêtèrent avec les gardes, qui, prévenus du fait, firent semblant de ne pas voir Calandrin quand il passa au milieu d'eux. Celui-ci, voyant qu'on l'avait laissé passer sans rien lui dire, était au comble de la joie. Il alla droit à sa maison, située près du coin des moulins. Il passa le long de la rivière, et le hasard voulut qu'il arrivât chez lui sans que personne lui dît un seul mot, quoiqu'il fût chargé comme un mulet. Il est vrai qu'à cette heure-là il y avait peu de monde dans les rues, parce que c'était justement l'heure du dîner. Mais sa femme, nommée Tesse, se trouva malheureusement sur la montée. Elle ne l'eut pas plus tôt vu qu'elle se mit à le gronder de ce qu'il avait été si longtemps à revenir.

« D'où diable sors-tu à l'heure qu'il est ? sais-tu bien que tout le monde a dîné ? est-il possible que le ciel m'ait donné pour mari un homme de cette espèce ? »

Calandrin, jugeant par le discours de sa femme qu'il n'était plus invi-

Le podestat, qui fut bientôt instruit de l'aventure, cria beaucoup.

sible et, croyant qu'elle seule en était la cause, entra aussitôt dans la plus grande colère.

« Maudite femme, s'écria-t-il, que tu me fais de tort! tu as tout gâté; mais, par ma foi! tu me le payeras. »

Il se décharge au plus vite de ses pierres et, courant à elle d'un air furieux, il la bat, la prend aux cheveux, la jette à terre et lui donne tant de coups de poing, tant de coups de pied, qu'il la laisse presque morte, quoique la pauvre femme s'épuisât à lui demander pardon.

Cependant Lebrun et Bulfamaque, après avoir ri quelque temps de la folie de leur camarade, le suivirent de loin et à petits pas. Arrivés près de la porte de sa maison, et entendant qu'il battait sa femme, ils l'appellent comme s'ils ne faisaient que d'arriver. Calandrin, tout en eau, enflammé de colère et las de battre sa femme, parut à la fenêtre et les pria de monter. Feignant d'être fâchés contre lui, ils entrent, et voyant la chambre pleine de pierres et sa femme échevelée, le visage meurtri et pleurant à chaudes larmes dans un coin :

« Que signifie tout ceci, mon cher Calandrin? lui dirent-ils. Auriez-vous envie de bâtir, puisque voilà tant de pierres? » Et puis, se tournant vers l'infortunée qui se lamentait :

« Vous vous êtes donc vengé sur votre femme, lui dit Lebrun, du mauvais tour que vous nous avez joué? Que veulent dire toutes ces folies? »

Calandrin, assis sur une chaise, accablé de lassitude, à cause du grand faix qu'il avait porté et des coups qu'il avait donnés, désolé de la bonne fortune qu'il croyait avoir perdue, n'eut pas la force de répondre un seul mot. Bulfamaque, voyant qu'il gardait le silence et ne pouvant contenir son indignation, lui dit :

« Si tu avais quelque chagrin, ce n'est pas sur nous qu'il fallait te venger, en nous laissant comme deux badauds dans la plaine de Mugnon, où tu nous avais menés sous un vain prétexte. C'est fort mal à toi de t'en être retourné sans nous rien dire. Tu peux compter aussi que c'est bien la dernière pièce que tu nous feras. »

Calandrin, ramassant le peu de forces qui lui restait :

« Mes amis, répondit-il. ne vous fâchez pas; la chose n'est pas comme vous l'entendez. Je suis plus à plaindre que vous ne croyez. J'avais trouvé la pierre précieuse dont je vous avais parlé; vous en serez convaincus vous-mêmes lorsque je vous aurai dit que j'étais à moins de dix pas de vous dans le temps que vous me cherchiez. »

Il leur conta ensuite d'un bout à l'autre ce qu'ils avaient fait, sans oublier les coups de pierre qu'il avait reçus, tantôt sur les jambes, tantôt sur les épaules.

« Sachez de plus, continua-t-il, que les gardes, qui sont attentifs jusqu'à l'importunité pour voir tout ce qu'on porte dans la ville, ne m'ont pas dit le moindre mot en entrant : nouvelle preuve que j'étais vraiment invisible. En un mot, personne ne m'a vu et personne non plus ne m'a rien dit tout

le long du chemin. Mais quand je suis arrivé ici, cette misérable femme
est venue au-devant moi; elle m'a vu et a renversé toutes mes espérances.
Maudite engeance que les femmes! Elles font perdre, vous ne l'ignorez pas,
la vertu à toutes choses. Je me regardais comme le plus heureux des
hommes, et me voilà le plus malheureux. Je m'en suis vengé en la rouant
de coups, et je ne sais ce qui m'empêche de lui en donner encore autant.
Plût à Dieu ne l'eussé-je jamais vue! »

Et là-dessus, s'échauffant tout de nouveau, il voulait la battre encore;
mais ses amis l'en empêchèrent. Ils faisaient les surpris, et affirmaient la
vérité des circonstances que Calandrin leur rapportait. Ils avaient toutes
les peines du monde de s'empêcher de rire et auraient sans doute satisfait
leur envie à cet égard, si la fureur de ce brutal, qui en voulait toujours à
sa femme, ne les eût arrêtés. Ils lui représentèrent son tort de l'avoir ainsi
maltraitée, s'efforçant de lui faire entendre qu'elle n'était aucunement la
cause de son malheur, qu'il ne devait s'en prendre qu'à lui-même, puisqu'il s'était exposé à sa rencontre, sachant que les femmes, dans leur
temps critique, détruisent la vertu de toutes choses. Mais que, puisque le
bon Dieu ne lui avait point donné cette idée, il avait voulu sans doute le
punir de les avoir trompés en ne leur faisant point part de sa découverte.
Enfin, après plusieurs remontrances de cette nature, ils finirent par le raccommoder avec sa femme et le laissèrent fort chagrin dans sa maison
pleine de pierres.

NOUVELLE IV

LE PRÉSOMPTUEUX HUMILIÉ

Madame Élise avait achevé de raconter sa nouvelle, qui fit le plus grand plaisir à la compagnie, lorsque la reine se tourna vers Madame Émilie pour lui dire de remplir sa tâche. Vertueuses dames, dit aussitôt celle-ci, on a déjà vu, par les différentes histoires qu'on a débitées,
combien les moines, les autres ecclésiastiques et les rois mêmes sont portés vers les femmes;
mais, comme ce sujet est inépuisable, je crois devoir vous entretenir encore du prévôt d'église,
qui, bon gré, mal gré, voulait se faire aimer d'une femme de condition; mais elle fut assez
adroite pour s'en débarrasser, et assez bonne chrétienne pour le traiter comme il le méritait.

Personne de vous n'ignore que la ville de Fiésole, dont on découvre d'ici
la montagne, est une des plus anciennes villes d'Italie. Quoiqu'elle n'offre
aujourd'hui presque que des ruines, il n'est pas moins vrai qu'elle fut autrefois très-grande, très-peuplée, et que l'évêché qu'il y a encore est de
temps immémorial. Or, auprès de l'église cathédrale de cette ville de-

meurait, il y quelques années, la veuve d'un gentilhomme. On la nommait madame Picarde. Comme elle n'était pas riche, elle faisait son séjour ordinaire à la ville, dans une petite maison qui lui appartenait, et qu'elle partageait avec deux de ses frères, estimés et chéris de tout le monde. Cette dame avait encore assez de jeunesse, de beauté et d'agrément pour faire naître des passions.

Le prévôt de la cathédrale, qui la voyait fréquemment à l'église, en devint si amoureux, qu'il ne trouvait rien d'aussi charmant que cette veuve. Il ne fut pas longtemps sans lui déclarer les sentiments qu'elle lui avait inspirés, et la supplia de vouloir bien les payer d'un tendre retour. Quoique le chanoine fût déjà vieux, il n'en était ni plus raisonnable, ni plus honnête. Sa présomption et son audace le rendaient insupportable auprès des femmes, et jamais homme ne fit une déclaration de si mauvaise grâce. En un mot, il avait un caractère et une figure si désagréables qu'il n'y avait pas moyen de l'aimer.

Madame Picarde, qui connaissait parfaitement l'humeur de cet homme, bien loin d'être flattée des sentiments qu'il lui témoigna, passa de l'indifférence à la haine : mais, comme elle avait autant de politesse que de vertu, elle crut devoir lui adoucir l'indignation qu'il venait de lui inspirer, et se contenta de lui répondre qu'elle ne pouvait lui savoir mauvais gré de son amitié et qu'elle lui promettait volontiers la sienne, pourvu qu'il n'eût que des intentions honnêtes : ce qu'elle était portée à croire, puisqu'il était son père spirituel, prêtre, et déjà sur l'âge, trois motifs qui devaient l'engager à être chaste et continent.

« D'ailleurs, ajouta-t-elle, je ne suis plus d'âge à avoir des intrigues amoureuses avec qui que ce soit. Mon état de veuve m'oblige à plus de retenue que les autres femmes, et je dois fuir tout ce qui sent la galanterie. Ainsi, trouvez bon que je m'en tienne toujours, avec vous, à la simple amitié. Je ne puis ni ne veux vous aimer comme pourriez l'entendre, et vous m'obligerez beaucoup de ne pas m'aimer non plus d'une manière contraire à mes principes, qui sont ceux de la religion et de l'honnêteté. »

Une pareille réponse ne déconcerta pas le prévôt. Il ne s'était point flatté, malgré sa grande présomption, de subjuguer la veuve dans un premier entretien. Il revint plusieurs autres fois à la charge par lettres et par ambassades, et même de vive voix, quand il pouvait la rencontrer à l'église ou quelque autre part ; tant qu'à la fin la dame, fatiguée de ses importunités, résolut de s'en débarrasser par un tour cruel, puisqu'il n'y avait pas moyen de lui faire entendre raison par l'honnêteté. Mais, avant de rien entreprendre, elle crut devoir communiquer son projet à ses frères, qui l'approuvèrent, après qu'elle les eut informés de toutes les démarches du prévôt.

Quelques jours après, madame Picarde alla, comme de coutume, à l'église cathédrale. Le vieux chanoine ne l'eut pas plutôt vue qu'il se hâta de l'aborder pour lui renouveler ses importunes sollicitations. Il la prend à

l'écart et, après l'avoir sollicitée quelque temps, la belle pousse un profond soupir et paraît attendrie.

« Il est bien difficile, dit-elle ensuite, qu'une citadelle qui a tous les jours de nouveaux assauts à soutenir ne se rende à la fin. C'est ce que je viens d'éprouver. Oui, vous avez vaincu ma résistance, et je consens d'être à vous.

— Je puis vous assurer, madame, reprit le chanoine au comble de la joie, que vous n'aurez pas lieu de vous en repentir. Ce qui m'étonne, c'est que vous ayez fait une si longue défense. Jamais femme ne m'a résisté si longtemps. Si je n'ai pas perdu courage, c'est que j'étais sûr que vous finiriez par m'aimer. La question est de savoir quand et où nous pourrons nous trouver.

— Ce sera quand il vous plaira, dit la veuve, je n'ai point de mari à craindre. Mais, pour ce qui est du rendez-vous, je ne sais trop quel lieu choisir.

— Et pourquoi n'irais-je pas chez vous? répliqua le vieux chanoine.

— Chez moi? la chose n'est guère possible; vous savez, monsieur, que ma maison n'est pas fort vaste et que mes deux frères n'en bougent presque ni jour ni nuit. Ils ont d'ailleurs le plus souvent compagnie. Il est vrai qu'ils n'entrent que bien rarement dans ma chambre; mais elle est si proche de la leur qu'à moins de vouloir vous y tenir dans l'obscurité et sans dire mot ni faire le moindre bruit, il n'y a pas moyen de vous y recevoir. On entend de l'une tout ce qui se dit dans l'autre, quelque bas qu'on puisse parler. Voyez d'après cela si vous vous sentez le courage d'y venir et d'y être muet.

— Qu'à cela ne tienne, une nuit est bientôt passée, et, dans ces sortes de rencontres, la langue n'est pas toujours la chose dont on a le plus besoin. Nous pouvons en essayer, en attendant que nous trouvions un endroit moins gênant. Je me flatte donc, madame, que vous voudrez bien ne pas laisser passer la nuit suivante sans couronner mon amour.

— Soit, dit la veuve; mais le secret sur toutes choses, monsieur le prévôt.

— Vous pouvez y compter, madame; les gens d'Église sont discrets, et je me pique de l'être plus que tous mes confrères. »

La dame lui prescrivit alors la façon dont il devait s'y prendre pour aller la trouver; et tout étant arrangé, il se séparèrent.

Madame Picarde avait une servante qui n'était pas des plus vieilles, mais qui, en récompense, était la plus laide créature qu'il fût possible de voir. Qu'on se représente un visage plein de coutures, un nez de travers, des lèvres d'une grosseur extraordinaire, une bouche large, des dents longues, des yeux louches et bordés de rouge, un teint jaune et noirâtre, et l'on n'aura encore qu'une faible idée de sa laideur. Le reste du corps était parfaitement analogue au visage. Elle était toute contrefaite, bossue et boiteuse du côté droit; en un mot, on aurait dit que la nature avait pris plaisir d'en faire un monstre de laideur et de difformité. Cette fille portait le nom de Cheute; mais, à cause de son grand nez écrasé, on lui avait donné le surnom de *Cheutasse*. Elle ne manquait pas d'esprit ni de malice, comme c'est assez l'ordinaire dans les personnes contrefaites.

« Si tu me veux faire un plaisir, lui dit sa maîtresse en revenant de l'église, je te donnerai une chemise toute neuve.

— Pour une chemise, répondit Cheutasse, il n'est rien que je n'entreprenne.

— C'est, continua la dame, de coucher cette nuit avec un homme dans mon lit, et de lui faire tout plein de caresses, sans lui mot dire, de peur que mes frères ne l'entendent.

— Je coucherais avec dix hommes dès qu'il s'agit de vous obliger.

— Fort bien, mais prends garde surtout de ne pas parler, quelque chose que le galant puisse te dire. »

La nuit venue, le prévôt étant entré doucement et sans lumière dans la chambre de madame Picarde, les deux frères se mirent à parler tout haut, dans l'intention de se faire entendre du vieux galant et de l'engager par là à garder le plus grand silence. A peine fut-il dans ladite chambre qu'il se mit au lit, ainsi que la dame le lui avait recommandé.

Cheutasse à qui sa maîtresse avait bien fait sa leçon, ne tarda pas à l'aller trouver. A peine fut-elle déshabillée que le vieux chanoine la prit dans ses bras et s'en donna d'autant plus qu'il en avait jeûné depuis longtemps. La servante profita de la méprise et se vengea du mieux qu'il lui fut possible du délaissement universel où depuis longtemps elle était réduite à cause de sa grande laideur.

Pendant que ce beau couple mettait ainsi le temps à profit, sans oser se parler ni soupirer trop fort, la veuve dit à ses frères qu'ayant fait son personnage, c'était maintenant à eux à faire le leur. Là-dessus ils sortent tout doucement de leur chambre et vont chez l'évêque, ainsi qu'ils en étaient convenus avec elle. Le hasard veut qu'ils le rencontrent en chemin, qui venait passer la soirée avec eux et boire quelques verres de leur vin frais. Les deux gentilshommes, charmés de l'heureuse rencontre, le mènent à leur maison et le conduisent au fond d'une petite cour où, à la clarté de plusieurs flambeaux, ils lui servirent de leur meilleur vin. Après avoir bu et causé quelque temps de différentes choses, le prélat voulant se retirer, l'aîné des deux frères le retint et lui dit :

« Monseigneur, puisque vous nous avez fait l'honneur de venir passer la soirée avec nous, vous nous permettrez de vous faire voir une chose que nous avons à vous montrer : elle est singulière en son genre.

— Très-volontiers, » répondit l'évêque. Les deux frères prennent chacun un flambeau et vont, suivis de monseigneur et de ses domestiques, à la chambre de leur sœur. Le bon prévôt, qui avait, dit-on, déjà couru plusieurs postes avec sa jolie compagne, s'était endormi de fatigue et tenait encore entre ses bras, malgré le grand chaud qu'il faisait, la guenon qu'il avait si bien festoyée. L'aîné des deux frères ouvre avec précipitation les rideaux du lit et, avançant le flambeau qu'il tenait à la main, montre le couple fortuné au prélat, qui ne peut revenir de son étonnement. On imagine aisément quelle dut être la confusion du prévôt lorsque, éveillé par le bruit, il vit son évêque et tant de personnes autour de lui.

Pour cacher sa honte et son humiliation, il enfonça sa tête dans les draps, priant le ciel de le tirer sain et sauf de ce mauvais pas. L'évêque lui reprocha sa turpitude et, lui commandant de se montrer; il lui fit remarquer avec quelle femme il était couché. Son désespoir et sa honte redoublèrent à cette vue : il était inconsolable d'avoir été pris pour dupe. Le prélat lui ordonna de s'habiller et le renvoya chez lui, sous bonne garde, pour y commencer la pénitence du péché qu'il avait commis.

L'évêque ayant voulu savoir par quelle aventure le prévôt de son chapitre avait ainsi couché avec cette vilaine créature, les deux frères lui contèrent tout ce qui c'était passé. Il les loua beaucoup d'avoir eu recours à cette vengeance, plutôt que de souiller leurs mains dans le sang d'un prêtre, quoique indigne de vivre.

Le prélat lui fit pleurer sa faute pendant quarante jours; mais le dédain qu'il avait essuyé la lui fit pleurer bien plus de temps. Son aventure fut sue de toute la ville. Il garda plusieurs mois sa maison et n'en sortait jamais sans que les enfants le montrassent au doigt et criassent :

« Voilà l'homme qui a couché avec Cheutasse. »

Ce fut de cette manière que madame Picarde se débarrassa des importunités de monsieur le prévôt et que sa servante gagna une chemise neuve et goûta des plaisirs que sa laideur lui avait interdits depuis sa première jeunesse.

Il ne fit aucune difficulté d'aller au cabaret.

NOUVELLE V

LA CULOTTE DU JUGE

Quand Madame Émilie eut achevé son récit et que chacun eut applaudi à l'heureux stratagème de la veuve, la reine se tourna vers Philostrate et lui dit : « C'est maintenant à vous à
remplir votre tâche. — M'y voilà prêt, » répondit Philostrate, et il commença ainsi :

« Je m'étais d'abord proposé de vous régaler d'une nouvelle un peu sérieuse, mais celle que
Madame Élise nous a racontée m'a fait changer d'avis, en rappelant à mon souvenir une anecdote touchant le même Macé del Saggio dont elle nous a parlé.

« Je vous préviens, mes belles dames, qu'elle est peu décente, puisqu'il s'agit de la culotte
d'un juge et que vous n'aimez pas trop à entendre nommer ce mot; mais elle est si divertissante et prête si fort à rire que je ne puis me défendre du désir de la raconter. »

Vous savez qu'il nous vient assez souvent à Florence des podestats de
la Marche d'Ancône, c'est-à-dire des magistrats sans cœur, avares et misérables, menant avec eux des jurisconsultes et des notaires, qui semblent

plutôt avoir été tirés de la charrue ou de la boutique d'un savetier que sortis es écoles de droit.

Un de ces nouveaux gouverneurs, étant venu s'établir dans notre bonne ville, avait amené avec lui un juge qui se faisait nommer messire Nicolas de Saint-Lépide, et qui avait plus l'air d'un chaudronnier que d'un homme de loi. C'était lui qui jugeait les affaires criminelles. Comme il arrive souvent qu'on va au palais quoiqu'on n'ait pas de procès, Macé del Saggio y alla un matin pour y chercher un de ses amis, et entra dans la salle où siégeait messire Nicolas. Frappé de la mine singulière de ce juge, il s'arrête et l'examine depuis la tête jusqu'aux pieds. Nicolas portait un chapeau vert tout enfumé, avait une écritoire à sa ceinture, un pourpoint plus long que sa robe, et plusieurs autres choses que ne porte point un juge qui se pique d'être décemment habillé.

Mais ce que Macé lui trouva de plus grotesque fut ses hauts-de-chausses, qui lui tombaient jusqu'à mi-jambe, et ses habits si étroits qu'ils étaient tout ouverts par devant.

Un juge ainsi fagoté lui fit oublier ce qu'il cherchait ; et, comme il aimai beaucoup à s'amuser, il alla trouver deux de ses camarades, dont l'un se nommait Ribi et l'autre Matthias, gens d'un naturel aussi facétieux que le sien. Il les amena au palais pour leur montrer, leur dit-il, le juge le plus ridicule qu'ils eussent jamais vu.

La figure et l'accoutrement de ce personnage pensèrent les faire mourir de rire, d'aussi loin qu'ils l'eurent aperçu ; mais rien ne les divertit plus que sa longue culotte. S'étant approchés du juge, ils remarquèrent qu'on pouvait aller par-dessous, et que la planche sur laquelle monsieur le juge avait les pieds était rompue et assez entr'ouverte pour pouvoir y passer à l'aise la main et le bras. Ils formèrent aussitôt le projet de lui enlever ses hauts-de-chausses ; et, après qu'ils furent convenus de la manière et du personnage que chacun devait jouer, ils remirent la chose au lendemain, ne trouvant pas qu'il y eût ce jour-là assez de monde à l'audience.

Ils y retournèrent donc le jour suivant ; et, voyant l'assemblée aussi nombreuse qu'ils pouvaient le désirer, Matthias alla furtivement se poster sous la planche sur laquelle les pieds du juge étaient appuyés. Macé et Ribi s'étant ensuite approchés du siége, ils saisissent le magistrat par le devant de sa robe, puis la tirent, l'un d'un côté, l'autre de l'autre, en criant tous deux :

« Justice, monsieur le juge, justice !

— Je vous supplie de me la rendre, dit Macé, avant que ce voleur, que vous voyez auprès de vous, ne sorte d'ici. Il m'a volé une paire de souliers, et je vous prie de vouloir bien me les faire restituer. Il n'y a pas encore quinze jours que je les fis porter chez le ressemeleur, et néanmoins il ose nier qu'il me les ait volés. »

Ribi, le tirant de l'autre côté, criait de toute sa force :

« Ne le croyez pas, monsieur, c'est un imposteur, un fourbe qui veut se tirer d'affaire par une calomnie; il a su que je venais me plaindre de ce qu'il m'a volé une petite valise qui m'était fort utile, et pour vous faire illusion, il est venu lui-même m'accuser de lui avoir dérobé des souliers. Si vous doutez de ce que j'avance, j'ai pour témoins Trecca, qui est ici, la grosse tripière que tout le monde connaît, et la femme qui reçoit ce qu'on donne à Notre-Dame de Varlais. »

Macé interrompait sans cesse son camarade, et Ribi en faisait autant de son côté, criant l'un et l'autre de toutes leurs forces.

Pendant que le magistrat se tient debout pour mieux entendre les parties, Matthias, jugeant le moment favorable, passe ses mains à travers la fente des planches, saisit les deux bouts de sa culotte et les tire avec tant de force et de vivacité qu'il la fait descendre sur ses talons, car elle était fort large et le personnage fort maigre.

Le juge, sentant sa culotte tomber, veut aussitôt se couvrir de sa robe; mais Macé et Ribi, qui la tiennent serrée au lieu de la lâcher, l'écartent davantage et crient à pleine tête, chacun de son côté :

« C'est vilain à vous, monsieur, de refuser de me rendre justice et de m'entendre. Pourquoi donc vouloir vous retirer? la coutume de cette ville n'est pas d'écrire pour des affaires de cette nature. »

Enfin, ils le retinrent assez longtemps pour que tous ceux qui étaient à l'audience s'aperçussent que la culotte lui était tombée sur les pieds, et vissent à découvert ce qu'on devine aisément. Ce ne furent plus que de grands éclats de rire dans toute l'assemblée. Ribi, jugeant qu'on avait assez ri, lâcha la robe et se retira en disant au juge :

« Je vous promets, monsieur, de m'adresser au syndic. »

Macé dit qu'il n'en appellerait point ailleurs, mais qu'il reviendrait pour lui demander justice dans un moment où il serait moins occupé. Ils s'enfuirent ainsi l'un et l'autre, et allèrent rejoindre Matthias, qui s'était enfui après avoir fait son coup.

Le juge, un peu revenu de sa surprise, remit sa culotte; et ne doutant pas que ce ne fût un tour qu'on lui avait joué, demanda avec instance ce qu'étaient devenus les deux voleurs. On lui répondit qu'ils étaient déjà loin. Voyant qu'ils avaient échappé à son ressentiment, il se mit en colère et jura qu'il saurait si les Florentins étaient dans l'usage de baisser la culotte de leur juge quand il était sur son siége.

Le podestat, qui fut bientôt instruit de l'aventure, cria beaucoup contre cette insolence; mais il se radoucit, après que ses amis lui eurent fait entendre que les Florentins n'avaient agi de la sorte que parce qu'ils étaient persuadés qu'au lieu d'amener d'honnêtes gens éclairés il n'avait choisi que des sots, pour n'être point obligé de leur donner de forts appointements. Comme cette observation n'était que trop bien fondée, il ne crut pas devoir faire des recherches pour découvrir les coupables, et ne poussa pas plus loin cette affaire, dont le principe ne lui faisait point honneur.

NOUVELLE VI

LE SORTILÉGE OU LE POURCEAU DE CALANDRIN

Quand Philostrate eut fini sa nouvelle et qu'on eut assez ri du mauvais tour fait au juge, la reine commanda à Madame Philomène de commencer son récit.

« Gracieuses dames, dit-elle aussitôt, de même que la nouvelle de Macé a rappelé dans le souvenir de Philostrate l'histoire qu'il vient de nous raconter, de même le nom de Calandrin m'a fait ressouvenir d'un événement qui le concerne.

« Vous allez en entendre le récit, qui, je pense, ne vous déplaira point. »

Puisqu'il a été déjà question du crédule Calandrin et de ses bons amis Lebrun et Bulfamaque, je ne m'amuserai point à vous mettre au fait de leur caractère. Il me suffira de vous dire que le premier avait dans le voisinage de Florence une petite maison de campagne, le seul bien que sa femme lui eût apporté en dot. Entre autres choses, il retirait tous les ans de cette espèce de métairie un cochon gras, qu'il était dans l'usage d'aller tuer et saler dans le mois de décembre.

Sa femme l'y accompagnait ordinairement; mais, s'étant trouvée malade une certaine année, elle se vit obligée de l'y envoyer seul. Lebrun et Bulfamaque, qui le perdaient rarement de vue, pour avoir plus souvent occasion de se divertir à ses dépens, n'eurent pas plutôt appris que sa femme n'avait pu l'accompagner au village, qu'ils formèrent le projet de l'y suivre, ayant pour prétexte d'aller voir le curé de l'endroit, qu'ils connaissaient beaucoup, et avec lequel ils avaient fait autrefois plusieurs bons tours.

Arrivés chez ce bon curé, ils apprirent que Calandrin avait tué son pourceau ce jour-là même. Après s'être rafraîchis selon l'usage, accompagnés du pasteur, ils vont le voir et sont bien reçus.

« Mes amis, leur dit-il après les premiers compliments, je veux vous montrer combien j'entends l'économie, tout peintre que je suis; » et sur cela, il les mène dans un petit réduit, où il leur fait voir le gros cochon qu'il avait fait tuer le matin.

« Je me propose, ajouta-t-il, de le saler, afin d'en pouvoir manger tout l'hiver.

— Tu ferais beaucoup mieux de le vendre, lui dit Lebrun en l'interrompant.

— Pourquoi cela?

— Pour te divertir avec nous de l'argent qui t'en reviendrait.

— Que dirait donc ma femme?

— Il te sera facile de lui faire entendre qu'on t'a volé.

— Je la connais trop bien, elle n'en voudrait rien croire, et Dieu sait le train qu'elle me ferait. D'ailleurs, ce serait grande sottise à moi de sacrifier aux plaisirs de quelques jours ce qui fera pendant plusieurs mois la ressource de mon ménage; ainsi, trouvez bon que je ne suive point votre conseil. »

Bulfamaque et le curé se joignirent à Lebrun pour lever ses scrupules; mais ils eurent beau faire, leur éloquence échoua contre la sagesse de Calandrin. Le sacrifice était trop grand pour qu'ils pussent triompher de son avarice, malgré sa déférence à leurs volontés. Tout ce qu'ils gagnèrent, ce fut d'être invités à souper; mais, soit que l'offre n'eût pas été assez pressante, soit qu'ils fussent de mauvaise humeur de n'avoir pas réussi dans leur projet, ils ne se rendirent point à l'invitation et se retirèrent en murmurant.

A peine eurent-ils fait quelques pas dans la rue que Lebrun, se tournant du côté de Bulfamaque, son camarade :

« Veux-tu, lui dit-il, que nous lui dérobions cette nuit son pourceau?

— Très-volontiers; mais le moyen?

— Que cela ne t'inquiète pas; j'en ai un infaillible, pourvu toutefois qu'il le laisse dans ce même réduit.

— N'hésitons donc pas, reprit Bulfamaque; nous le mangerons avec M. le curé, qui nous donnera, s'il le faut, un coup de main. Il vaut autant que nous en profitions que cet imbécile, qui, je gage, ne saura pas le saler. »

Le curé, peu scrupuleux de son naturel, ne se fit pas beaucoup prier pour entrer dans le complot.

« Puisque nous voilà tous d'accord, dit Lebrun, dressons dès à présent nos batteries. Calandrin aime à boire, surtout lorsque le vin ne lui coûte rien : retournons chez lui et menons-le au cabaret. M. le curé dira qu'il nous régale; nous lui rembourserons ensuite notre part de la dépense. Il n'est pas douteux que notre homme ne s'en donne alors jusqu'au col.

Quand nous l'aurons ainsi enivré, il nous sera facile de lui enlever le pourceau, sans qu'il puisse se douter que ce soit nous. Courons le rejoindre. »

Calandrin n'eut pas plutôt appris que le curé payait pour tous, qu'il ne fit aucune difficulté d'aller au cabaret. Il trouva le vin excellent et en prit tant qu'il en put porter. Il était près de midi quand on se sépara. Calandrin se retira chez lui, pouvant à peine se soutenir sur ses jambes; et, après avoir mis beaucoup de temps à ouvrir sa porte, il se coucha tout vêtu sans songer à la refermer.

Lebrun et Bulfamaque, qui s'étaient ménagés, allèrent achever leur souper chez M. le curé, qui, pour leur donner plus de forces, leur fit fort bonne chère. Une heure après, ils se munissent de quelques outils pour venir plus aisément à bout d'ouvrir la porte de la maisonnette de Calandrin; mais ils n'eurent pas la peine de s'en servir, puisqu'ils la trouvèrent ouverte. Ils entrent à la sourdine et, pendant que notre homme ronflait, ils enlèvent le cochon et le portent incontinent, et sans être vus de personne, chez monsieur le curé, qui attendait leur retour pour se coucher.

Il était jour depuis plusieurs heures quand Calandrin s'éveilla. Il se lève et, trouvant sa porte ouverte, il court vite au réduit où le pourceau était pendu; ne l'y voyant point, il pousse un cri de surprise et de douleur et demeure quelque temps interdit et immobile. Ayant repris ses sens, il court chez ses voisins pour s'informer s'ils n'auraient pas vu celui qui le lui avait dérobé. Personne n'ayant pu lui en donner la moindre nouvelle, il déplore son triste sort, il se lamente, il jure, il crie et verse un torrent de larmes.

Lebrun et Bulfamaque ne sont pas plus tôt levés qu'ils vont chez lui pour s'amuser de son chagrin.

« Que je suis malheureux! mes amis, leur dit-il les larmes aux yeux d'aussi loin qu'il les vit, on m'a volé mon pourceau!

— A merveille, notre ami! lui dit Lebrun à l'oreille; sois rusé au moins une fois en ta vie, et dis toujours de même.

— Je ne plaisante en vérité point; ce que je vous dis n'est que trop vrai.

— Fort bien; surtout fais beaucoup de bruit, afin de mieux persuader ton monde.

— La peste m'étouffe, si j'en impose! on m'a volé mon cochon, vous dis-je, rien n'est plus certain.

— Bravo! mon cher ami; voilà comme tu viendras à bout de le faire croire.

— J'enrage de voir que vous imaginez que je fais le fin; je veux être pendu et aller à tous les diables, si je ne dis vrai. On m'a dérobé le cochon sans en rien laisser; c'est la pure vérité.

— Mais comment se peut-il? reprit Lebrun, nous le vîmes hier dans cet endroit-là; voudrais-tu sérieusement nous faire accroire qu'il s'est envolé? Quel conte!

— Encore un coup, rien n'est plus certain; je suis ruiné, je n'oserai jamais retourner à la ville : ma femme n'ajoutera aucune foi à ce vol, et Dieu sait le train qu'elle va faire.

— Si la chose est vraie, repartit Lebrun d'un air sérieux, il faut avouer que c'est une bien grande méchanceté de la part de ceux qui t'ont joué ce tour; mais comme je te conseillai hier au soir de vendre ton cochon et de dire ensuite qu'on te l'avait dérobé, je craignais que tu ne voulusses te moquer de nous; je crois même encore que ton intention est de nous jouer comme les autres.

— Faut-il que je me donne à trente-six mille diables pour vous persuader une chose si simple? Au bout du compte, vous me feriez blasphémer Dieu et tous les saints du paradis; je vous dis et vous répète que le cochon m'a été volé cette nuit.

— Cela étant, dit alors Bulfamaque, il faut tâcher de le retrouver, s'il est possible.

— C'est là précisément la difficulté, dit Calandrin.

— Il faut croire, reprit Bulfamaque, que les Indiens ne sont pas venus cette nuit te dérober ton pourceau : c'est sûrement quelqu'un de tes voisins. Si tu pouvais les rassembler, je sais faire un charme avec du pain et du fromage, par le moyen duquel nous découvrirons sur-le-champ le voleur.

— Bagatelle! dit Lebrun; je veux croire à l'efficacité du sortilège : mais ceux qui ont fait le vol se donneront bien de garde d'y assister.

— Que faut-il donc faire? ajoute Lebrun : il faut se procurer des pilules de gingembre, puis il faut avoir de la verdée excellente : on les invitera à en boire; ils viendront sans savoir quel est notre projet, et on pourra charmer les pilules aussi bien que le pain et le fromage.

— C'est fort bien vu, reprit Bulfamaque, qu'en penses-tu, mon cher Calandrin?

— Vous m'obligerez infiniment, répondit-il, d'employer votre savoir à découvrir le voleur; il me semble que je serais à demi consolé si je savais qui a fait le coup.

— Je suis déterminé, dit Lebrun, pour te rendre service, d'aller moi-même à Florence acheter tout ce qu'il faut, si tu me donnes l'argent nécessaire. »

Calandrin avait sur lui une quarantaine de sols qu'il lui remit aussitôt, en le priant de faire toute la diligence possible.

Lebrun arrive à Florence, s'en va chez un apothicaire de ses amis, achète une livre de pilules de gingembre, en fait faire deux d'excréments de chien qu'il fit pétrir avec de l'aloès et couvrir de sucre, comme toutes les autres. Pour distinguer les deux dernières, il leur fit mettre une marque assez sensible pour ne pas les confondre avec celles de gingembre; et, après avoir acheté un grand flacon de bonne verdée, il revint au village.

« Allons, dit-il à Calandrin, va inviter, pour demain, à déjeuner tous ceux que tu soupçonnes, et, comme c'est précisément jour de fête, ils se rendront volontiers à ton invitation; pendant ce temps, Bulfamaque et moi charmerons les pilules, et nous t'apporterons le tout de grand matin. Je me chargerai aussi, pour te faire plaisir, de les présenter aux convives, et je ferai et dirai tout ce qu'il faut dire et faire pour le succès du sortilége. »

Les invités s'étant assemblés de grand matin près de l'église, avec un assez bon nombre de gens de Florence et des environs, qui étaient allés passer quelques jours au village, Lebrun et Bulfamaque parurent avec une assiette couverte de pilules et le flacon d'ambroisie, et firent ranger tout le monde en cercle. Lebrun, qui devait être l'orateur et le magicien, parla ainsi à l'assemblée :

« Il est bon de vous dire, messieurs, le motif qui a porté notre ami Calandrin à vous assembler ici, afin que, s'il arrive quelque chose de fâcheux à l'un de vous, il ne puisse se plaindre de moi ni m'en vouloir. On vola avant-hier à ce brave homme un cochon gras, tué le jour même. Comme il désire de savoir qui de vous lui a joué ce vilain tour, il vous a invités à manger chacun une de ces pilules et à boire un coup de vin. Soyez assurés que celui qui a dérobé le cochon ne pourra avaler la pilule; car, quoique douce par elle-même, elle lui paraîtra plus amère que le fiel, et il se verra contraint de la cracher. Si donc celui qui s'en sent coupable ne veut s'exposer à la honte publique, il n'a qu'à déclarer son vol à monsieur le curé, et nous en demeurerons là. Quant aux autres, la pilule leur sera agréable, et ils trouveront le vin délicieux. Que chacun consulte sa conscience et qu'il agisse en conséquence; il est hors de doute que le voleur doit être ici. »

Chaque assistant ayant déclaré qu'il était prêt à manger et à boire, et tout le monde étant en ordre, Calandrin aussi bien que les autres, Lebrun commença par l'un des bouts et donna à chacun sa pilule; mais, quand il fut à Calandrin, il lui en donna une des deux qu'il avait fait faire pour lui. Il la mâche pendant quelque temps; mais, enfin, sentant une puanteur et

Aux deux voleurs qui firent fumer et saler le cochon (p. 578.)

une amertume horribles, il se voit contraint de la cracher. Tout le monde
se regardait, pour voir celui qui trouverait la pilule amère et la cracherait.
Lebrun n'avait pas encore achevé de les distribuer qu'il entend dire à ses
côtés que Calandrin avait craché la sienne. Il se retourne vers lui et, s'étant
assuré du fait :

« Attends, mon ami, lui dit-il, peut-être quelque autre chose t'a obligé de

73   73

la cracher : en voilà une autre, « ajouta-t-il en la lui mettant lui-même à la bouche.

Calandrin trouve celle-ci encore plus détestable que la première; cependant, la honte ne lui permettant pas de la cracher, il la promène dans sa bouche et fait des efforts pour l'avaler. Les larmes lui en viennent aux yeux, et n'en pouvant plus de douleur, il est obligé de la jeter.

Cependant Bulfamaque qui donnait à boire à la compagnie, Lebrun qui achevait de distribuer les pilules, et la compagnie qui buvait, voyant les grimaces et les crachements de Calandrin, s'écrièrent tous d'une voix qu'il s'était volé lui-même. Il y en eut plusieurs qui l'accablèrent de reproches et d'injures.

Quand tout le monde se fut retiré, Lebrun et Bulfamaque se mirent à le badiner : « Je le savais bien, lui dit celui-ci, que tu étais ton propre voleur tu ne voulais nous faire accroire qu'on n'avait volé ton pourceau que pour éviter de nous régaler une seule fois de l'argent que tu en as retiré; sois sûr que je n'ai pas été dupe un seul instant de ton avarice. »

Le pauvre Calandrin, la bouche encore pleine du goût amer de l'aloès, jura sur sa foi qu'il n'en avait aucunement imposé.

« L'as-tu vendu bien cher? continua Bulfamaque, t'en a-t-on donné six écus? »

Calandrin se désespérait.

« On m'a assuré, lui dit Lebrun, que tu entretiens une fille dans ce voisinage : n'est-ce point à cette maîtresse que tu aurais donné ton pourceau? Tu es un peu railleur de ton naturel, et bien capable de jouer de pareils tours; témoin la plaine de Mugnon, où tu menas chercher des pierres noires. Te souviens-tu qu'après nous avoir bien fait courir, tu nous quittas en nous faisant accroire que tu avais trouvé une de celles qui rendent invisibles? Tu voudrais à présent nous persuader par les serments que le pourceau t'a été volé; nous connaissons ta malice; et nous saurons désormais à quoi nous en tenir. Mais, comme nous ne voulons point avoir pris une peine inutile, nous exigeons, pour dédommagement du sortilége que nous avons fait, que tu nous donnes deux couples de chapons, sinon tu ne trouveras pas mauvais que nous informions ta femme de ce qui s'est passé. »

Calandrin, voyant qu'on s'obstinait à ne point le croire, et craignant avec raison les reproches et les criailleries de sa femme, qui n'eût pas manqué d'ajouter foi à la calomnie dont on menaçait de le noircir auprès d'elle donna les quatre chapons aux deux voleurs, qui firent fumer le saler le cochon et l'emportèrent à Florence, sans avoir la moindre pitié du malheureux à qui ils l'avaient dérobé.

NOUVELLE VII

LE PHILOSOPHE VINDICATIF
OU LA COQUETTE CRUELLEMENT PUNIE

Les dames ne purent s'empêcher de rire de l'imbécillité de Calandrin et s'en seraient plus longtemps amusées, s'il n'eût perdu son cochon et deux couples de poulets. Cette double perte les porta à le plaindre et refroidit leur gaieté. Le récit de la nouvelle fut à peine achevé, que la Reine commanda à madame Pampinée de conter la sienne. « Il arrive le plus souvent, dit aussitôt cette dame, que le mal qu'on fait à autrui retombe sur son auteur; c'est donc une preuve de peu de jugement, que de vouloir tromper ceux qui ne cherchent point à nous nuire.

« J'avoue que nous avons ri de plusieurs tromperies dont on nous a fait le récit; mais, comme il n'en est aucun, si j'ai bonne mémoire, dont on nous ait dit qu'on se soit vengé, je me flatte que vous entendrez avec plaisir celle que je vais vous raconter. Vous frémirez de la vengeance qu'un jeune amoureux, trompé par sa belle, exerça contre elle après en avoir été cruellement joué.

« Mon dessein est d'exciter votre pitié pour cette infortunée, qui faillit en perdre la vie. Mon histoire pourra vous être de quelque utilité, et vous apprendra qu'il est prudent de ne jamais se moquer de personne. »

Il n'y a pas longtemps qu'il y avait à Florence une jeune dame, noble de naissance, nommée Hélène. Elle était belle, bien faite et fort riche. Devenue veuve peu de temps après son mariage, elle ne voulut point se remarier, parce qu'elle aimait l'indépendance et qu'elle vivait d'ailleurs avec un beau jeune homme qui lui tenait lieu de mari. Elle passait avec lui des moments délicieux, par l'intrigue de sa domestique qu'elle avait mise dans sa confidence.

Dans ce même temps un gentilhomme florentin nommé Régnier, qui avait fait ses études à Paris, revint à Florence, non pour y faire étalage de son savoir, mais pour y jouir paisiblement des connaissances qu'il avait acquises. Il eut bientôt l'estime de ses concitoyens par sa bonne conduite et son honnêteté. Il était aussi heureux qu'un jeune homme instruit et bien élevé peut l'être, lorsque l'amour vint troubler sa philosophie et déconcerter sa sagesse.

Se trouvant un jour à une fête, où il était allé se distraire de ses travaux littéraires, il y rencontra madame Hélène en habits noirs selon la coutume des femmes veuves. Il ne put se défendre d'admirer ses charmes et d'en être tendrement ému. Elle lui parut la plus aimable personne de l'assemblée et la plus capable de faire le bonheur d'un honnête homme.

« Heureux, mille fois heureux, disait-il en lui-même, le mortel qui pourrait posséder un pareil trésor!

Il ne la perdait point de vue, ne se lassait point de suivre ses pas ou de s'offrir à sa rencontre dans la mêlée. Entraîné par un sentiment aussi vif que tendre, il résolut de mettre tout en œuvre pour lui plaire et en obtenir des faveurs.

La jeune veuve, qui ne tenait pas toujours ses yeux baissés, et qui, au contraire, promenait ses regards sous cape, tantôt sur l'un, tantôt sur l'autre, voyant que Régnier la lorgnait souvent, n'eut pas de peine à démêler ce qui se passait dans son cœur. Comme elle était fort vaine et fort coquette :

« Bon, dit-elle en soi-même, je n'aurai pas perdu mon temps en venant ici ; car, si je m'y connais, voilà un pigeonneau pris dans mes rets. »

Soit qu'elle imaginât que le nombre des conquêtes dût relever ses charmes et la faire valoir davantage aux yeux de son amant, soit qu'elle fût bien aise de se ménager la tendresse de Régnier, pour remplacer celui à qui elle avait donné son cœur, dans le cas qu'elle eût jamais le malheur de le perdre, elle regardait de temps à autre le nouveau soupirant, de manière à lui prouver qu'elle approuvait sa passion naissante. Notre galant, renonçant dès lors à sa philosophie pour ne s'occuper que de son amour, s'informe du nom, de l'état et du logement de la dame, et croit ne pouvoir mieux lui faire sa cour que de passer et repasser devant sa maison sous différents prétextes.

La belle, toute glorieuse d'avoir mis un philosophe dans ses fers, fit de son mieux pour conserver sa conquête, employant tous les manéges de la coquetterie, sans néanmoins se compromettre auprès de l'amant qu'elle rendait heureux. Régnier, qui brûlait de le devenir, trouva moyen de faire connaissance avec la domestique de la veuve ; il lui confia son amour et la pria de le servir, avec promesse de reconnaître ses bons offices d'une manière généreuse. La servante lui promit de seconder sa flamme, et ne manqua pas, dès ce jour même, de tout conter à sa maîtresse, qui ne fit que rire de cette ouverture.

« Me crois-tu assez folle, lui répondit-elle, pour m'attacher à ce jeune homme, dans le temps que j'ai l'amant le plus aimable et le plus passionné ? Ne me parle de ce philosophe que pour m'amuser de son extravagance. Les savants font des sottises comme les autres hommes. Vois l'usage que celui-ci fait des lumières et de la sagesse qu'il est allé chercher à Paris. Il faut le traiter comme il le mérite ; et, pour que je puisse me bien moquer de lui et le redresser de la bonne manière, tu lui diras, quand tu auras l'occasion de lui parler, que je suis très-flattée de l'amour qu'il me témoigne, mais que mon honneur me défend de le recevoir ; que je veux pouvoir mar-

cher tête levée, comme toutes les femmes honnêtes ; qu'il m'est par conséquent impossible de répondre à son amour ; et que s'il est aussi sage qu'il
en a la réputation, il m'en estimera davantage. »

Femme insensée ! vous ignorez donc combien il est dangereux d'irriter
un homme de lettres ! Que vous allez vous préparer de chagrins !... Mais
n'anticipons point sur les événements.

La domestique ne tarda pas à revoir Régnier. Elle lui fit part aussitôt de
la réponse de sa maîtresse ; cette réponse lui parut assez favorable pour en
concevoir les meilleures espérances. Il redoubla les supplications, écrivit des
lettres pleines de feu et les accompagna de présents.

Tout cela fut bien reçu ; mais on n'y fit que des réponses vagues ; par ce
moyen, la veuve l'amusa fort longtemps. Elle crut enfin devoir découvrir
cette espèce d'intrigue à son amant, qui en prit quelque jalousie. Madame
Hélène, pour lui prouver combien ses plaintes étaient déplacées, d'accord
avec lui, envoya dire à Régnier que, n'ayant pu rien faire pour lui depuis
qu'il lui avait déclaré son amour, elle se flattait qu'aux prochaines fêtes
de Noël elle pourrait lui donner un rendez-vous ; qu'il lui tardait infiniment
d'arriver à ce moment désiré, et qu'ainsi, s'il voulait se rendre dans la cour
de sa maison, la nuit d'après Noël, elle l'irait trouver le plus tôt qu'il le
serait possible.

Le philosophe amoureux fut au comble de la satisfaction, et l'on imagine
sans peine qu'il ne manqua point de se trouver au rendez-vous. Il fut introduit par la servante dans la cour, et y fut renfermé pour y attendre la dame,
exposé à toutes les injures de la saison. Elle avait fait venir ce soir-là son
cher amant ; et, après avoir soupé avec lui et l'avoir caressé plus que de
coutume, elle lui fit part du tour qu'elle se proposait de jouer à son rival.

« Il te sera facile de juger, lui dit-elle, si je l'aime et si je puis avoir eu
pour lui la moindre complaisance. »

Elle lui apprit en même temps qu'il était enfermé dans la cour, où elle
prétendait lui faire passer la nuit, pour refroidir un peu sa passion. L'a-
mant fortuné ne se possédait pas de joie ; il lui tardait de voir son rival se
morfondre d'amour et de froid. Il était tombé le jour précédent une si
grande quantité de neige, que la cour en était couverte ; de sorte que
Régnier n'en pouvait plus de froid au bout d'une demi-heure ; mais l'espérance de se dédommager avec celle qu'il aimait lui faisait supporter son
mal en patience.

Il y avait plus d'une grosse heure qu'il attendait, quand la méchante
veuve mena son amant à une petite fenêtre de sa chambre à coucher, d'où
ils pouvaient voir Régnier au clair de la lune, sans être vus. Elle envoya

sa servante à une autre fenêtre, pour dire de sa part à l'amoureux philosophe de ne pas s'impatienter.

« Ma maîtresse est bien fâchée, lui dit-elle, de vous faire si longtemps attendre, dans un lieu si exposé au froid; mais un de ses frères, qui est venu souper avec elle, n'est pas encore sorti. Elle n'en sera pas plutôt débarrassée qu'elle vous ira joindre : ainsi ne vous impatientez pas.

— Dis à ta belle maîtresse, répondit le bon Régnier, qui était loin de penser qu'on se jouait de sa passion, de ne se point inquiéter de moi; ajoute-lui seulement que je la supplie de venir le plus tôt qu'il lui sera possible. Je souffre moins du froid que de l'impatience de ne la point voir paraître. »

« Eh bien? dit alors la dame au galant, penses-tu que, si j'aimais tant soit peu ce prétendu sage, je le laissasse ainsi se geler et se morfondre?

Le galant, rassuré par tout ce qu'il voyait, engagea sa maîtresse à se coucher, et, pendant qu'il goûtait avec elle les plaisirs les plus doux, Régnier, le malheureux Régnier, trouvait le temps bien long. Il se promenait pour se réchauffer, n'ayant aucun réduit pour se mettre à l'abri, maudissait la rigueur de la saison et pestait contre le frère de la veuve de ce qu'il demeurait si longtemps avec elle. S'il entendait le moindre bruit, il se figurait que c'était la dame qui venait lui ouvrir : mais, vaine erreur! personne ne paraissait. Minuit sonne. La dame dit alors à son amant :

« Que penses-tu de notre philosophe? ne trouves-tu pas que l'amour qu'il a pour moi est de beaucoup supérieur à ses lumières et à sa sagesse? crois-tu que le froid que je lui fais endurer éteigne sa flamme amoureuse?

— Elle s'éteindrait à moins, je vous jure, répondit le galant. Je vois à présent que j'avais tort d'être jaloux de ce bel esprit; il m'est impossible de douter de ta fidélité; tu dois compter aussi sur la mienne. Je sens mon amour redoubler pour toi; tu seras toute ma vie l'unique objet de mes désirs; plutôt mourir que de cesser de t'aimer! »

Ces paroles furent accompagnées de mille caresses passionnées, qui les plongèrent l'un et l'autre dans une douce ivresse. Pour varier leurs plaisirs ils voulurent régaler leurs yeux de la souffrance de Régnier. Ils se lèvent donc, retournent à la fenêtre et voient le malheureux philosophe qui dansait sur la neige, au son du cliquetis de ses dents.

« Que penses-tu, mon bon ami, de mon habileté? dit la dame : ne trouves-tu pas que je sais fort bien faire danser les gens sans tambourin ni musette!

— A merveille : répondit le galant en poussant des éclats de rire.

— Descendons au rez-de-chaussée, reprit la dame, afin qu'il ne manque rien à la comédie ; je lui parlerai, sans que tu souffles le mot, et nous verrons ce qu'il me dira. Cette conversation te divertira pour le moins autant que de le voir sautiller sur la neige. »

Arrivés sans bruit à la porte qui donne dans la cour, la veuve l'appelle à voix basse à travers le trou de la serrure. A ce son de voix, Régnier, qui croit toucher au moment fortuné, s'approche de la porte, le cœur plein d'espérance et de joie.

« Me voici, dit-il, ma belle dame ; ouvrez-moi, je vous prie ; je meurs de froid et d'amour.

— Je ne saurais croire, répond la méchante veuve, qu'un amant aussi passionné, aussi chaud, que vous m'avez paru l'être dans vos billets, soit si sensible au froid. Est-ce qu'un peu de neige est capable de vous geler ; ne sais-je pas qu'il en tombe beaucoup plus à Paris, où vous avez fait un si long séjour ? Je suis pourtant fâchée de ne pouvoir vous ouvrir encore ; mon détestable frère ne démarre point d'ici. J'espère m'en débarrasser bientôt, sous prétexte d'aller enfin me coucher, et il ne sera pas plutôt sorti que je reviendrai pour vous faire entrer. Ce n'est pas sans peine que je me suis échappée un moment pour venir vous consoler et vous prier de ne pas vous impatienter.

— Procurez-moi du moins un abri, madame ; alors j'attendrai tant qu'il vous plaira. Je suis tout couvert de neige ; elle tombe à gros flocons. Ouvrez-moi donc, je vous supplie, afin que je sois à l'abri.

— Il m'est impossible, mon doux ami : la porte crie, et au moindre bruit mon frère ne manquerait pas de venir et de nous surprendre. Je vais le déterminer à s'en retourner, et je suis à vous dans la minute.

— Congédiez-le donc au plus tôt, je vous en prie ; et grand feu surtout, car je n'en puis plus de froid.

— Comment cela se peut-il ? il n'y a qu'un moment vous brûliez d'amour. Est-ce que vos feux seraient déjà éteints ? je ne veux pas le croire. Un moment de patience, et je viens vous ouvrir. Bon courage, mon cher ami, bon courage ! Je vous réchaufferai, soyez-en sûr, le plus tôt qu'il me sera possible. Encore un peu de patience et et vous serez content.

L'amant, qui entendait tout cela, avait de la peine à s'empêcher d'éclater de rire. De retour au lit avec sa maîtresse, le reste de la nuit se passa en plaisirs donnés et reçus, et à plaisanter aux dépens du patient philosophe, qui eut tout le loisir de réfléchir sur les faiblesses humaines. Le pauvre diable claquant des dents et se tenant, comme une cigogne, tantôt sur un pied et tantôt sur un autre, lassé de ne voir venir personne et n'entendant pas un chat remuer, comprit, mais trop tard, qu'il était joué, et le voilà à maudire la veuve et la servante, l'amour, sa sotte crédulité, et surtout la rigueur du temps et la longueur de la nuit.

Indigné de la perfidie dont il était victime, et voulant mettre fin à ses souffrances, il essaya d'ouvrir la porte par où il était entré ; vains efforts ! tout fut inutile. Furieux de ne pouvoir sortir, son amour fit place à la plus forte haine. Il ne s'occupa plus que des moyens de se venger, et promit d'en saisir la première occasion.

Cependant le jour s'approchait. Il commençait à poindre, lorsque la domestique, instruite par sa maîtresse, descendit pour faire de grandes excuses à Régnier, qui était plus mort que vif. Elle feignit d'être touchée de compassion pour son état.

« Que la peste emporte, lui dit-elle, le frère de madame, qui ne nous a pas quittées d'un moment ! il est cause que je ne me suis point couchée et que vous êtes gelé ; vous ne sauriez croire, monsieur, tout ce que j'ai souffert en mon particulier de vous savoir exposé au mauvais temps, mais ne perdons point courage, vous ne serez pas si malheureux une autre fois. Il faut espérer que ma maîtresse, qui est inconsolable du contre-temps survenu, se fera un plaisir de vous dédommager, le plus tôt qu'elle pourra de tout ce que vous avez souffert. »

Régnier, qui n'était pas homme à être trompé deux fois, et qui n'ignorait pas que les menaces étaient autant d'armes pour la personne menacée, n'eut garde de laisser voir son indignation ; il sut réprimer et dissimuler son ressentiment, dans l'espérance de le mieux satisfaire, et se contenta de lui dire, d'une voix presque éteinte, que de sa vie il n'avait passé une si cruelle nuit, mais que, comme il était persuadé qu'il n'y avait point de la faute de madame Hélène, il s'en consolait dans l'espérance qu'elle lui tiendrait compte de ce qu'il avait enduré.

« Je te prie, ajouta-t-il en la quittant, de me rappeler dans son souvenir et de me ménager ses bonnes grâces ; je saurai reconnaître tes services. »

Accablé de fatigue et de froid, Régnier fut à peine de retour chez lui, qu'il se mit au lit. Il eut beaucoup de peine à se réchauffer, il s'endormit, et, à son réveil, il se trouva presque perclus de tous ses membres. Les bras et les jambes lui faisaient un mal horrible. Il appela les médecins, qui désespérèrent de pouvoir le rétablir. Le froid l'avait tellement saisi, que ses nerfs s'étaient retirés. Sa jeunesse, son bon tempérament et les soins des enfants d'Esculape le tirèrent enfin d'affaire.

Quant sa santé fut entièrement rétablie, le cœur toujours ulcéré du tour cruel qui lui avait été joué, il crut, pour être mieux à portée de se venger, devoir continuer le rôle d'amoureux auprès de madame Hélène,

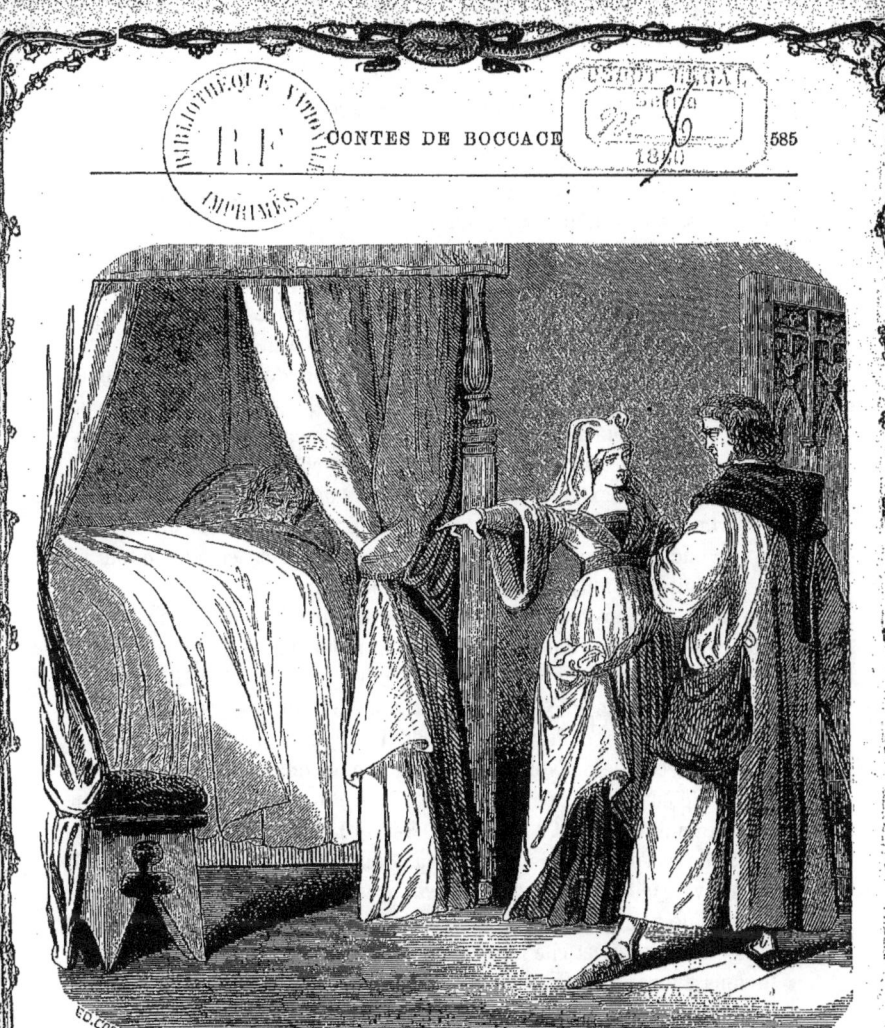

Il appela le médecin qui désespéra de pouvoir le rétablir (p. 584).

quoiqu'il eut pour elle plus de haine qu'il n'avait jamais éprouvé d'amour.
La fortune ne tarda pas à lui fournir une belle occasion d'exercer sa vengeance. L'amant de cette veuve, naturellement inconstant, ou ennuyé
d'une si longue galanterie, la quitta pour une autre femme dont il s'était
épris. Cet abandon pensa la désespérer. Elle passait ses jours dans les
regrets, les gémissements et les larmes. Sa domestique, qui lui était sin-

cèrement attachée, partageait sa douleur et aurait bien voulu la soulager ; mais elle ne savait comment s'y prendre.

Comme elle voyait tous les jours Régnier passer sous les fenêtres de sa maîtresse, il lui vint dans l'esprit qu'un homme savant et philosophe tel que lui devait être versé dans l'art de la nécromancie et avoir quelque secret pour faire aimer. Elle crut donc qu'elle pourrait, par son secours, rappeler le galant de madame Hélène. Elle fit part de son idée à sa maîtresse, qui, sans considérer que, si Régnier avait le secret de faire aimer, il n'aurait pas manqué de s'en servir pour lui-même, donna dans la vision de sa servante, et l'engagea à lui parler à ce sujet et à lui promettre, de sa part, tout ce qu'il exigerait d'elle dans le cas du succès. La domestique s'acquitta de la commission, et notre philosophe bénit le ciel de ce qu'il allait avoir une belle occasion de punir cette méchante femme de tout le mal qu'elle lui avait fait, pour prix de son amour.

« Tu diras à ta maîtresse de ne plus se chagriner. Quand son amant serait dans le fond des Indes, je l'en ferais revenir et le forcerais d'aller se jeter à ses genoux pour lui demander pardon de son infidélité. Il ne s'agit que de faire ce que je prescrirai ; mais il faut que j'instruise moi-même ta maîtresse, et ce sera quand elle le jugera à propos. Je m'estimerai trop heureux de pouvoir faire quelque chose qui lui soit agréable. »

Madame Hélène, informée des dispositions de Régnier, lui fit savoir qu'ils pourraient se voir et se parler à Sainte-Luce del Prato, et ils s'y rendirent l'un et l'autre au jour convenu. Sans songer à la mauvaise nuit qu'elle lui avait fait passer et qui lui avait causé une si dangereuse maladie, la dame ne fit aucune difficulté de lui ouvrir son cœur, de lui en montrer toute la faiblesse, et elle le supplia de vouloir bien la secourir.

« Je vous avoue, madame, dit notre philosophe, qui sentit son ressentiment redoubler par tous les aveux qu'il venait d'entendre, je vous avoue que de toutes les sciences que j'ai apprises à Paris, la nécromancie est celle à laquelle je me suis le plus attaché et celle où j'excelle le plus. Je vous avoue aussi, que comme cette science offense Dieu, j'avais juré de ne jamais m'en servir ni pour moi, ni pour autrui ; mais l'amour que vous m'avez inspiré, tout malheureux qu'il a été jusqu'à ce jour, vous donne un tel empire sur mon esprit et sur mon cœur, que je ne puis vous rien refuser. Dussé-je, par rapport à vous, aller à tous les diables, je ferais ce que vous désirez, mais je vous préviens que ce que vous me demandez est précisément ce qu'il y a de plus difficile dans l'art de la nécromancie. Vous saurez, de plus, qu'il faut que la personne qui veut ramener celui qu'elle aime, agisse elle-même, et qu'elle n'ait point peur ; car tout se fait la nuit, sans témoin, dans un endroit isolé : or, je doute fort que vous soyez disposée à remplir toutes ces conditions, sans lesquelles l'enchantement ne saurait avoir son effet. »

La belle, plus amoureuse que sage, lui répondit :

« Je suis tellement éprise de celui qui m'a si indignement délaissée, et son amour est devenu si nécessaire à mon existence, qu'il n'est rien que je n'aie le courage d'entreprendre pour le rappeler. Vous n'avez qu'à m'apprendre ce qu'il faut que je fasse.

— Madame, lui dit Régnier, qui, comme on le verra, était un homme vindicatif et dur à l'excès, je dois d'abord faire une image de cuivre, au nom de l'homme que vous désirez posséder. Je vous la remettrai ; et lorsque la lune sera dans son décours, vous irez, à l'heure du premier somme, vous baigner nue et toute seule, dans une eau courante, par sept fois différentes, avec cette image que vous tiendrez dans vos mains. Après vous être ainsi plongée sept fois dans une eau vive, vous monterez, toujours seule et toute nue, sur le haut d'un arbre ou sur le toit d'un édifice assez élevé ; et là, l'image en main, vous vous tournerez du côté du nord et vous direz sept fois les paroles que je vous donnerai par écrit. Quand vous les aurez dites, deux demoiselles d'une beauté ravissante se présenteront à vous et vous demanderont, le plus poliment du monde, ce que vous souhaitez. Vous leur direz exactement ce que vous désirez, et vous prendrez bien garde, sur toutes choses, de ne pas nommer une personne pour l'autre. Elles disparaîtront ensuite. Pour lors, vous descendrez pour vous rendre au lieu où vous aurez laissé vos habits, et après les avoir remis sur votre corps, vous retournerez chez vous, où, avant la fin de la nuit, vous verrez votre amant à vos pieds vous demander pardon de sa faute et vous jurer un amour et une fidélité à toute épreuve. »

Comme on a beaucoup de penchant à se persuader ce qu'on désire, la dame n'eut pas de peine à croire tout ce que le philosophe venait de lui dire ; et, s'imaginant déjà tenir son amant dans ses bras :

« Ne doutez point, s'écria-t-elle, que je ne fasse tout ce que vous venez de me prescrire ; j'ai, pour cela, le lieu du monde le plus beau et le plus commode : c'est une métairie située dans la vallée d'Arno, un peu au-dessus de la rivière. Dans le mois de juillet où nous sommes, le bain est fort agréable ; il y a précisément assez près de la rivière une vieille tour inhabitée et fort solitaire, où l'on ne monte que par une échelle de bois de marronnier, que les bergers ont faite pour voir de loin leurs bêtes égarées. Je monterai sur cette vieille tour, et j'espère m'acquitter au mieux de tout ce que vous m'avez prescrit. »

Régnier, qui connaissait aussi bien qu'elle et la métairie et la tour, crut ne devoir pas en faire rien paraître. C'est pourquoi il répondit à la dame que, quoiqu'il n'eût aucune connaissance des lieux, ils lui paraissaient très-propres à la chose, s'ils étaient tels qu'elle le disait. Ravi de trouver l'occasion de se venger, il ajouta qu'il ne tarderait point de lui envoyer l'image et l'oraison qu'elle devait réciter.

— Persuadé, lui dit-il, que lorsque le succès aura rempli vos espérances, vous voudrez bien reconnaître mes services et m'accorder quelque faveur. »

La veuve le lui promit, et ils se séparèrent fort satisfaits l'un de l'autre.

Le philosophe, impatient du désir de satisfaire son ressentiment, eut bientôt fait fabriquer une petite image; il l'envoya à madame Hélène, avec une fable qu'il composa pour l'oraison; il lui fit dire en même temps d'exécuter le projet la nuit suivante, sans y manquer. Pour compléter sa vengeance, il se rendit secrètement, accompagné de son domestique, dans la maison de campagne d'un de ses amis, peu éloignée de la vieille tour.

De son côté, la veuve, suivie de sa servante, prit le chemin de la métairie. La nuit venue, elle fait semblant de se coucher, et vers l'heure du premier somme, elle sort tout doucement du logis et s'en va à la rivière d'Arno, le plus près de la tour qu'il fut possible. Elle tourne ses regards de tous côtés; et ne voyant ni n'entendant personne, elle se déshabille et cache ses habits derrière un buisson; puis elle se baigne sept fois avec l'image qu'elle tient dans ses mains. Cela fait, elle marche vers la tour, où elle monte, tenant d'une main la petite figure, et s'appuyant de l'autre sur l'échelle qui n'était pas trop bonne.

Régnier, qui s'était caché tout auprès avec son domestique parmi les saules, ne perdit aucun des mouvements de la dame. Elle passa même à deux pas de lui en se rendant à la tour. La blancheur de son corps, qui brillait dans l'obscurité de la nuit, la beauté de sa gorge, toutes ses autres parties, non moins belles, qu'il eut le temps de considérer, excitèrent en lui quelques mouvements de compassion, lorsqu'il se représenta que tout cela allait bientôt se flétrir et disparaître.

D'un autre côté, l'aiguillon de la chair le pressa si vivement, qu'il sentit le dieu qui plaît si fort aux dames lever insolemment la tête, et lui conseiller de sortir de l'embuscade pour voler dans les bras de la belle Hélène. Peu s'en fallut qu'il ne succombât à la tentation; mais considérant, par un effort de courage, quelle était cette femme et combien le tour qu'elle lui avait joué était sanglant, la haine et le désir de la vengeance reprirent le dessus et chassèrent la compassion et l'amour. Il laissa donc monter la dame sur la tour. Elle n'y fut pas plus tôt que, se tournant vers le nord, elle se mit à réciter la prétendue oraison. Dans le même temps, Régnier, s'étant approché sans bruit de la masure, ôta doucement l'échelle.

La veuve, ayant répété sept fois les paroles convenues, attendait les deux demoiselles, et les attendit si longtemps qu'elle vit paraître l'aube du jour sans avoir reçu leur visite. La fraîcheur de la nuit lui faisait éprouver un froid qui lui donnait des craintes pour sa santé. Lassée de les attendre vainement, elle commence à se douter de la tromperie.

« Il y a toute apparence, se disait-elle, que Régnier aura voulu se venger de la mauvaise nuit que je lui ai fait passer ; mais si tel a été son projet, je m'en console en songeant que j'ai souffert beaucoup moins du froid et moins longtemps que lui. Cette nuit est d'un grand tiers moins longue que ne le fut la sienne » .

Pour que le jour ne la surprît point là, elle voulut descendre ; mais quelle fut sa surprise lorsqu'elle ne vit plus d'échelle ! Jamais consternation ne fut plus grande. Le cœur lui manque et elle tombe évanouie sur la terrasse. Elle ne revint à elle que pour pleurer et faire des doléances capables d'amollir tout cœur qui n'eût pas été possédé du démon de la vengeance. Elle ne douta point que ce ne fût l'ouvrage de Régner, et se reprocha de l'avoir outragé, mais plus encore de s'être fiée à lui après le tour cruel qu'elle lui avait joué. Elle regarde de tous côtés, elle cherche s'il n'y aurait pas moyen de descendre par quelque endroit sans échelle ; et n'en trouvant point, elle recommence ses lamentations.

« Que je suis malheureuse ! disait-elle ; que diront mes frères, mes parents, mes voisins et mes connaissances, lorsqu'ils sauront que j'ai été trouvée ici toute nue ! me voilà perdue à jamais de réputation, moi qui avais pris tant de soin de cacher mes faiblesses ; mais, quand bien même je trouverais moyen de me disculper par quelque mensonge, Régnier, qui sait mes aventures ne détruira-t-il pas tout ce que je pourrais alléguer en faveur de mon honnêteté ? Ah ! malheureuse que je suis, je perds à la fois mon amant et mon honneur. »

Ces tristes réflexions la menèrent si loin, qu'elle fut plusieurs fois tentée de se précipiter de la tour en bas ; mais l'amour de la vie et la crainte de la douleur l'en empêchèrent. Le soleil étant levé, elle promène ses regards de côté et d'autre, pour voir si elle n'apercevrait pas quelque berger qui pût aller quérir sa domestique ; mais elle ne vit que Régnier qui s'était endormi sous un buisson et qui s'éveillait précisément à cet instant. Notre philosophe s'approche pour lui parler.

« Eh! bonjour, madame, lui dit-il d'un air goguenard : les deux demoiselles sont-elles venues? »

La veuve recommence à pleurer et le supplie de s'approcher tout contre
la tour, pour qu'elle puisse lui parler plus aisément. Il lui obéit; et la belle
s'étant couchée sur le ventre et ne montrant que la tête, lui dit tout en
pleurs :

« Vous pouvez bien croire, mon cher Régnier, que je ne suis pas sans
me repentir du mal que je vous ai fait; oui, je m'en repens. Si je vous ai
maltraité, vous vous êtes vengé; car, quoique nous soyons dans le mois
de juillet, j'ai pensé mourir de froid cette nuit, parce que je suis toute
nue. Vous ne sauriez croire combien de fois je me suis reproché l'offense
que je vous ai faite et le tort que j'ai eu de ne pas répondre à votre
amour; ainsi, je vous en conjure, ne poussez pas plus loin votre vengeance :
soyez généreux, pardonnez en faveur de mon repentir. Je sais que je ne
mérite point de pitié; mais vous vous montrerez digne de la noblesse de
votre naissance, vous serez magnanime, et vous ne me ferez pas languir
plus longtemps. Un honnête homme est assez vengé dès qu'il voit qu'il ne
tient qu'à lui de l'être davantage. Faites-moi donc appporter mes habits,
afin que je puisse descendre. Ne m'ôtez point l'honneur que vous ne pourriez plus me rendre. Si je vous ai trompé en vous faisant espérer de passer
une nuit avec moi, je réparerai ma faute du mieux qu'il me sera possible,
et, pour une nuit perdue, je vous en donnerai cent, si vous l'exigez. Vous
êtes un homme, et je ne suis qu'une femme, c'est-à-dire un être faible qu'il
est facile de terrasser.

« Contentez-vous de m'avoir fait connaître qu'il ne dépend que de vous
de porter la vengeance aussi loin que vous voudrez. Que vous reviendrait-
il de m'exposer à la médisance publique? Ne vous servez pas de l'avantage que vous avez sur moi : l'aigle n'a point de gloire d'avoir défait la
colombe; et vous êtes trop galant homme pour employer vos forces contre
une femme, coupable à la vérité, mais dont vous êtes déjà vengé. Ayez
donc compassion de mon état, je vous en conjure pour l'amour de Dieu et
pour l'amour de vous-même. »

Régnier, entendant ce discours, éprouvait à la fois du plaisir et de la
douleur : du plaisir de se voir vengé du mal que cette femme lui avait fait;
de la douleur, ne pouvant la voir gémir et pleurer sans être touché de
compassion. Cependant, le désir de se venger l'emportait sur l'humanité :

« Madame, lui répondit-il, si, la nuit que vous pensâtes me faire mourir
de froid, mes prières qui, à la vérité, ne furent pas, comme les vôtres,
accompagnées de larmes ni assaisonnées de tendres compliments, avaient

pu me faire obtenir de vous seulement un abri pour me mettre à couvert de la neige qui m'accablait, je ferais à présent de bon cœur ce que vous me demandez ; mais puisque, lorsque je grelottais, vous ne vous inquiétiez nullement de votre honneur, et que vous vous en moquiez, au contraire, dans les bras de votre amant, je ne dois pas non plus m'inquiéter du mien en cherchant à me venger de votre noire méchanceté. Souvenez-vous de tout ce que vous m'avez fait souffrir, pour en faire sans doute hommage à votre galant. Adressez-vous à lui : il aura soin de votre honneur, dont vous êtes si fort en peine, et que vous n'avez pas laissé de lui abandonner. Qui mieux que lui doit vous secourir ? vous vous êtes donnée à lui et lui à vous : appelez-le, il ne manquera pas de voler à votre secours. Voyez si l'amour que vous avez pour ce quidam, voyez si votre esprit, joint au sien, que je suppose aussi fertile en ressources que le vôtre, pourra vous tirer d'un piège dans lequel vous a fait donner le sot que vous insultiez si fièrement, la seconde nuit des fêtes de Noël. Vous souvient-il des plaisanteries que vous vous êtes permises avec lui à mon sujet ?

« Quant aux faveurs, ajouta-t-il, que tu m'offres si généreusement dans une circonstance où tu ne pourrais me les refuser si j'en avais envie, tu peux les garder pour ton amant, dans le cas que tu survives au traitement que je te destine. Je les lui cède de bon cœur, ces nuits agréables dont tu te proposes de me régaler ; et certes j'en eus trop d'une seule : on ne me trompe pas deux fois. N'espère donc pas me séduire par tes flatteries et ton langage mielleux ; ce n'est pas à l'égard d'une aussi méchante femme qu'il est beau d'être généreux et magnanime : ce serait, au contraire, travailler au bien public que de délivrer la société d'un aussi mauvais sujet. Tu as beau dire, je ne suis point un aigle ; mais conviens aussi que tu n'es rien moins qu'une colombe ; tu n'es tout au plus qu'un vil serpent qu'il faut écraser pour l'empêcher de nuire davantage. J'ai plus appris à te connaître en une seule nuit que je n'ai appris à me connaître moi-même pendant tout le temps de mes études à Paris. Ainsi n'espère pas m'attendrir ; je veux et dois te poursuivre comme mon ennemie, sans miséricorde. Quand on se venge, on doit faire plus de mal qu'on n'en a reçu. Mais est-ce se venger que de te faire souffrir ? n'est-ce pas plutôt te châtier d'une faute grave, te punir d'un crime atroce, exercer, en un mot, une justice méritée ? Si, comme c'est dans l'ordre, la vengeance doit surpasser l'outrage, je ne pourrais jamais me venger de ta cruelle perfidie. Quand bien même je t'arracherais la vie, ta mort ne saurait expier ton forfait ! Que dis-je ? cent vies pareilles à la tienne ne suffiraient pas pour effacer ton crime, puisque tu n'es qu'une vile et méchante créature, qui, à un peu de beauté

près, que le temps flétrira bientôt, ne vaut pas la plus misérable servante
du monde.

« Songe qu'il n'a pas tenu à ta malignité de faire mourir un galant homme,
pour me servir de ta propre expression, dont la vie studieuse pourra être
plus utile à la société que cent mille vies comme la tienne, fussent-elles
aussi longues que celles des anciens patriarches. Je t'apprendrai à maltraiter un honnête homme, et à te moquer d'un philosophe qui n'a autre
chose à se reprocher que de t'avoir aimée sans te connaître. Ce châtiment-
ci, si tu en réchappes, te rendra plus sage et te guérira de l'envie d'outrager ceux qui ne t'ont point fait de mal. Mais, si tu désires tant de descendre, que ne te jettes-tu en bas? J'aurais un plaisir infini à te voir casser
le cou. Donne-moi cette douce satisfaction; la mort te délivrera de toutes
tes craintes et de tous tes maux. J'ai trouvé le secret de te faire monter
sur cette tour; c'est à toi maintenant de trouver celui d'en descendre. »

Pendant le discours du philosophe, la dame fondait en larmes, et le
soleil s'avançait dans sa course. Régnier cependant n'eut pas plutôt cessé
de parler, que la jeune veuve arrêta ses sanglots pour lui répondre; ce
qu'elle fit en ces termes ;

« Homme cruel! si la fatale nuit dont vous avez sujet de vous plaindre
vous tient si fort au cœur; si ma faute, que je ne cherche point à diminuer
à vos yeux, vous semble si énorme que ni ma jeunesse, ni mes larmes, ni
mes humbles prières ne peuvent en obtenir le pardon, laissez-vous du
moins toucher par le souvenir de la confiance que je vous ai témoignée,
en vous ouvrant mon cœur et en suivant de point en point ce que vous
m'avez prescrit de faire pour ravoir mon amant. Sans cet excès de confiance, qui mérite quelque égard, vous n'auriez peut-être pas trouvé l'occasion de vous venger. Que cette considération vous porte à me traiter
avec moins d'humanité! Laissez-vous émouvoir par la sincérité de mon
repentir. Ne suis-je pas assez humiliée, sans vouloir ajouter à ma douleur?
Grâce, je vous en conjure, et comptez sur mon éternelle reconnaissance :
rendez-moi mes habits, ma liberté, et soyez sûr que je renoncerai à mon
amant, à tout le monde, pour ne m'attacher qu'à vous seul et tâcher de
vous faire oublier, par mes soins et mes caresses, une offense que je m'é-
tais mille fois reprochée avant de tomber entre vos mains. Ma beauté, dont
vous faites si peu de cas, et que vous croyez de si courte durée, est assez
grande pour devoir plaire à un jeune homme tel que vous, au moins pendant quelque temps. Je vous la consacrerai toute entière et ferai ma plus
douce occupation de vous rendre heureux. Quelque cruauté que vous ayez
pour moi, quelque irrité que vous paraissiez, je ne puis croire que vous

ROBINEAU

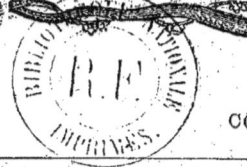

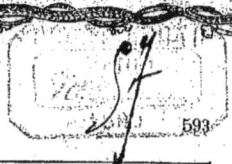

Il ne tarda pas à obtenir ses faveurs.

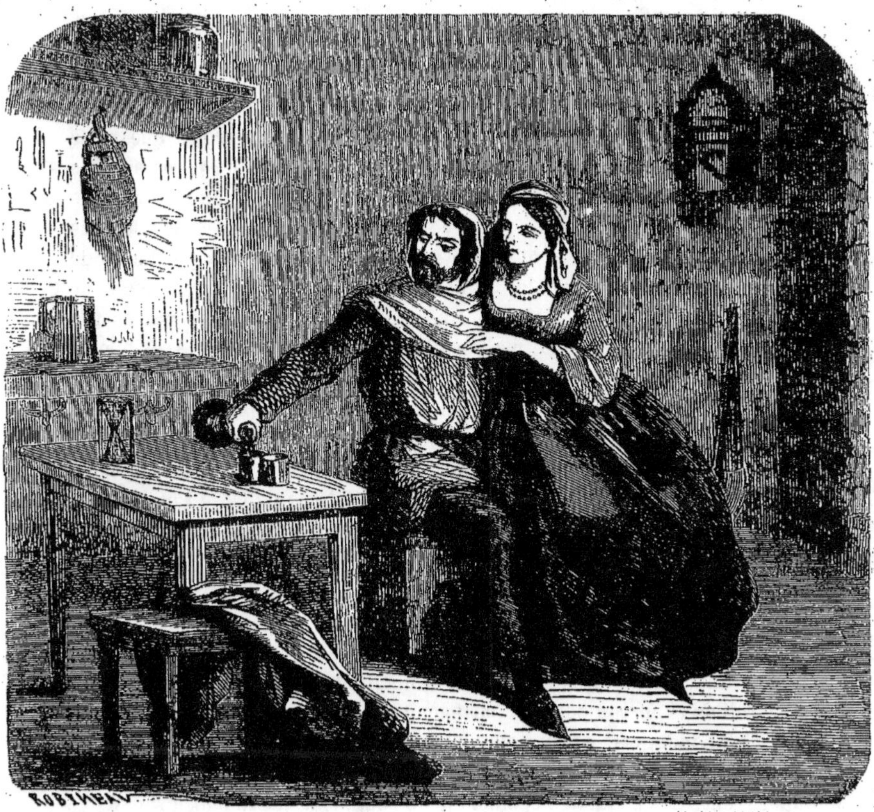

trouvassiez du plaisir à me voir précipiter de cette tour. Non, vos yeux ne pourraient soutenir sans peine le spectacle de ma mort; ces yeux, si vous voulez dire la vérité, ces yeux qui m'ont autrefois trouvée si aimable, ne sont pas si barbares que vous voudriez le faire entendre. Ayez donc pitié de moi : grâce, encore un coup ! et après m'avoir fait souffrir le froid de la nuit, ne me laissez pas plus longtemps exposée aux ardeurs du soleil qui commencent à devenir insupportables. »

Notre philosophe, qui ne lui parlait et ne demeurait là que pour se moquer d'elle et jouir plus longtemps du plaisir de se venger, lui répondit en ces termes :

« Je ne vous tiens aucun compte, ma belle dame, de la confiance que vous m'avez témoignée; je ne la dois qu'à votre intérêt et non à votre amour; vous ne cherchiez qu'à recouvrer votre galant; ainsi, je dois regarder cette ouverture plutôt comme un outrage de plus que comme un motif d'indulgence. Vous êtes encore dans l'erreur, de croire que cette confiance était le seul moyen que j'eusse de me venger : je vous avais tendu tant de piéges, qu'il était impossible que vous ne donnassiez dans quelqu'un, et, heureusement pour vous, vous êtes tombée dans le plus supportable et le moins honteux. Si je t'ai fait donner dans celui-ci, de préférence à mille autres, c'est moins par ménagement pour toi que pour ma propre satisfaction. Mais si, contre toute apparence, tu les eusses évités tous, la plume eût été ma dernière ressource : j'aurais écrit contre toi, de manière à te faire maudire l'existence mille fois le jour. La plume est une arme plus meurtrière qu'on ne l'imagine; il faut en avoir soi-même éprouvé les atteintes pour en connaître tout le pouvoir. Je prends le ciel à témoin, et puisse le ciel donner à ma vengeance une fin digne de son commencement! je prends, dis-je, le ciel à témoin que je t'aurais tant ridiculisée, si adroitement décriée; j'aurais employé, pour te peindre, des couleurs si noires et si naturelles, que la honte que tu aurais eue de toi-même t'eût portée à te crever les yeux, pour n'être plus exposée à voir ton affreuse image.

« Au reste, ne te détache de personne en ma faveur : je te méprise trop pour vouloir de ton amour. Tu peux aimer tant que tu voudras celui dont tu regrettais si fort la perte. Il partageait ma haine avec toi; mais, depuis qu'il t'a abandonnée, et que son infidélité m'a fourni les moyens de me venger de ta coquetterie, il m'est devenu aussi cher qu'il m'était odieux auparavant. Les coquettes comme toi ne cherchent que le plaisir; tu ne le trouverais peut-être pas en moi. Il te faut, comme au commun des femmes, de jeunes freluquets au teint frais, et qui ont à peine du poil au menton, parce qu'ils sont plus dispos, qu'ils dansent et jouent mieux que les autres. Apprends cependant que si les hommes qui sont un peu plus mûrs et qui ont la barbe garnie, sont moins vifs et vont plus lentement, ils vont du moins d'un pas réglé et soutenu, savent ce que les autres doivent encore apprendre. Les femmes coquettes et frivoles estiment les jeunes gens meilleurs chevaucheurs, parce qu'ils font plus de chemin un jour que ceux d'un âge plus avancé; j'avoue qu'ils sont plus ardents; mais, en revanche, les hommes de mon âge, plus expérimentés connaissent mieux les endroits chatouilleux, et l'on doit préférer le bon et le solide au brillant de peu de durée. Le grand trot fatigue, quelque jeune qu'on soit; mais le petit pas fait arriver au logis, quoiqu'un peu tard, sans la moindre lassitude. La plupart des femmes se laissent prendre aux apparences, sans considérer que les apparences sont trompeuses. Elles ne voient pas que les jeunes gens ne se contentent pas d'une maîtresse, et que leur grande vivacité doit naturellement les rendre changeants : tu en as fait toi-même l'expérience. Ils désirent de jouir de presque toutes les femmes qu'ils rencontrent, et s'imaginent que les caresses qu'on leur fait sont un tribut qu'on leur doit. De là vient leur peu de reconnaissance. Aussi font-ils consister leur gloire à publier les faveurs qu'ils ont reçues. C'est cette indiscrétion qui a engagé un grand nombre de femmes à s'abandonner à des moines, que la sainteté de leur état empêche d'être indiscrets. Détrompe-toi, si tu penses que tes amours ne soient connues que de ta servante et de moi : elles ont éclaté dans le public, et l'on ne parle d'autre chose dans ton quartier; mais rien n'est plus ordinaire, dans les intrigues amoureuses, que de voir la personne intéressée être la dernière à savoir les bruits qui courent sur son compte. D'ailleurs les jeunes amants se font un plaisir de divulguer leurs aventures, et le tien n'aura sûrement pas gardé le secret sur son intrigue avec toi.

« Attire-le de nouveau dans tes filets, si tu peux; quant à moi, tu dois y renoncer : je suis à une autre pour la vie. J'aime une dame qui vaut plus que toi, de toutes les façons, et qui ne m'a point fait acheter ses faveurs par aucun vilain tour, parce qu'elle a su m'apprécier. Ainsi, si tu veux te jeter en bas, je puis t'assurer que je te verrais casser le cou sans regret et sans trouble. Tu m'obligeras même de te dépêcher, si tu es capable de faire un pareil saut; mais, puisque tu crains de perdre la vie et d'aller à tous les diables, qui te feraient bien plus souffrir que moi, tu n'as qu'à supporter avec patience l'ardeur du soleil ; et si tu la compares au froid que tu m'as fait endurer, tu conviendras que la peine n'est point encore proportionnée à l'offense.

— Puisque rien de ce que je vous ai dit ne peut vous émouvoir, reprit la dame en sanglotant de plus belle, laissez-vous du moins attendrir par considération pour l'objet qui vous a rendu plus de justice que moi. Je vous demande grâce au nom de l'amour que vous avez pour cette personne aimable.

— Tu me prends par mon faible, répondit Régnier : je ne puis rien refuser au nom de cette belle; » et, voyant qu'il était déjà neuf heures : « Dis-moi où sont tes habits, ajouta-t-il, et je les irai quérir. »

Hélène, croyant avoir vaincu sa barbarie, livra son cœur à l'espérance et lui indiqua l'endroit où elle s'était déshabillée. Le philosophe s'éloigne de la tour et laisse son domestique en sentinelle, avec ordre d'empêcher qui que ce soit d'approcher, jusqu'à son retour. Cela fait, il alla dîner chez son ami, où il fit ensuite la méridienne tout à son aise.

La jeune veuve, que la promesse de Régnier avait un peu consolée, tantôt assise tantôt debout, trouve enfin un endroit où il y a un peu d'ombre, et, l'esprit occupé de peu d'espérance et de beaucoup de crainte, elle pleure sa triste destinée et désespère du retour du jeune homme. Accablée de lassitude et de sommeil, elle s'endormit, mais pour peu de temps ; car, vers l'heure de midi, le soleil dardant perpendiculairement ses rayons sur sa peau délicate et sur sa tête découverte, brûla non-seulement la chair, mais fit de distance en distance des fentes qui lui causaient tant de douleur, qu'elle s'éveilla, quelque envie et quelque besoin qu'elle eût de dormir. Se sentant ainsi grillée et voulant se remuer, il lui semblait que sa peau se retirait et s'en allait en lambeaux, comme un parchemin brûlé qu'on veut étendre.

A ces douleurs cuisantes se joignait un mal de tête des plus violents. Par-dessus tout, le pavé de la tour était si brûlant, qu'elle était obligé d'être dans un mouvement continuel. Par surcroît de malheur, il ne faisait pas le moindre vent, et un essaim de mouches et de taons la piquaient si cruellement, qu'il lui semblait qu'à chaque moment on lui donnait mille coups d'épingle ; ce qui lui faisait porter continuellement les mains sur les différentes parties de son corps.

Elle maudissait la vie, son amant et Régnier, lorsque, accablée de lassitude, de faim et de soif, elle se lève et regarde s'il n'y aurait pas quelqu'un dans le voisinage, résolue de l'appeler à son secours, quoi qu'il dût en arriver. Mais sa malheureuse destinée lui avait enlevé toutes les ressources : la chaleur excessive retenait les bergers et les laboureurs dans leurs chaumières, si bien qu'elle n'entendait d'autre bruit que le chant des cigales.

Les eaux de la rivière d'Arno, qu'elle voyait couler, ne faisaient qu'irriter sa soif; les bois, les maisons et les ombrages qu'elle découvrait, ne contribuaient qu'à aigrir sa peine et à lui faire former des souhaits qui augmentaient sa douleur. Enfin les feux du soleil, le pavé brûlant, la piqûre des mouches et des taons réduisirent cette victime de la plus affreuse vengeance dans un état si pitoyable, que son corps, dont l'obscurité de la nuit n'avait pu effacer la blancheur, était moitié noir, moitié rouge et tout tacheté de sang. Privée de toute espérance et de toute consolation, cette infortunée n'attendait plus que la mort, et s'y préparait en offrant à Dieu ses douleurs pour l'expiation de ses péchés.

Cependant Régnier, s'étant réveillé vers les trois heures de l'après-midi, retourna à la tour pour voir ce que sa victime était devenue et dit à son valet, qui était encore à jeun, d'aller dîner. La pauvre dame, entendant la

voix de son cruel persécuteur, se traîne avec peine sur les bords de la terrasse, et couchée sur le ventre :

« Régnier, lui dit-elle les yeux mouillés de larmes, vous voilà vengé de
reste; si je vous ai fait geler pendant une nuit, vous m'avez fait rôtir durant un jour entier et mourir de faim et de soif. Dans l'état où je suis, la
mort me serait plus douce que la vie, et je souffre si cruellement, que je
vous prie de venir m'achever; je regarderai ce dernier trait comme une
faveur. Si vous me refusez ce service que je n'ai pas le courage de me
rendre moi-même, ne me refusez pas du moins un verre d'eau, pour en
humecter ma bouche sèche et brûlante. Accordez-moi cette dernière grâce,
car je me sens mourir. »

Le philosophe connut, à la faiblesse de sa voix, qu'elle était effectivement fort malade. Il sentit un petit mouvement de compassion, et il ne
laissa pourtant pas de lui répondre :

« Si vous voulez mourir, vous mourrez de votre main et non de la mienne.
Pour de l'eau, je vous en donnerai comme vous me donnâtes du feu. Ce
qui me fâche, c'est que, pour guérir mon froid, il ait fallu me mettre dans
la fiente très-puante de vache et de cheval, tandis que votre chaud peut
se guérir avec de l'eau de rose qui sent bon. Je faillis à perdre l'usage de
mes nerfs, et vous en serez quitte pour changer de peau, comme le serpent. Vous n'en aurez le teint que plus beau.

— Barbare, reprit la veuve infortunée, puisse le ciel te donner un
teint acquis de la même sorte? homme plus cruel que les monstres les
plus féroces, qu'aurais-tu fait de plus si j'avais égorgé toute ta famille?
punirait-on d'un supplice plus long et plus rigoureux le dernier des scélérats qui aurait à se reprocher la mort de toute une ville? tu me refuses
un verre d'eau, qu'on ne refuse pas aux plus grands criminels sur la
roue? encore même leur donne-t-on du vin s'ils en demandent. Puisque tu
t'obstines à me refuser le moindre soulagement, tu es inexorable; je vais me
préparer à mourir en patience. Dieu veuille avoir pitié de mon âme! c'est
à lui que je laisse le soin de me venger de ta cruauté, dont il est seul
témoin. »

Après ces paroles, elle se traîna au milieu de la terrasse, et souhaita
mille fois que la mort vînt finir son martyre.

La nuit s'approchant, et Régnier se trouvant assez vengé, fit prendre
par son domestique, de retour depuis près d'une heure, les habits de madame Hélène, et marchant devant lui, il alla trouver la servante qu'il rencontra sur la porte de la métairie, fort affligée de la disparition de sa
chère maîtresse.

« Ma bonne, lui dit-il en l'abordant, sais-tu où est madame Hélène ?

— Hélas ! monsieur, je l'ignore. Je croyais la trouver ce matin dans son lit, mais elle est disparue, sans que je sache ce qu'elle est devenue, et vous me voyez fort chagrine ; car je crains qu'il ne soit arrivé quelque malheur.

— Que n'étais-tu avec elle, dit le philosophe d'un ton de mauvaise humeur, afin d'avoir pu me venger de toi comme je me suis vengé d'elle! Mais, ce qui est différé n'est pas perdu : je saurai te punir tôt ou tard de ta méchanceté. Je t'apprendrai à te moquer des gens de ma sorte. »

Puis, s'adressant à son valet :

« Donne-lui ces habits, et dis-lui d'aller chercher sa maîtresse, si elle veut. »

La servante, après avoir reconnu les habits, ne doutant point que Régnier n'eût égorgé madame Hélène, eut une peur inconcevable pour sa propre vie. Elle les prit sans murmurer; mais, lorsque Régnier et son valet furent partis, elle donna une libre carrière à sa douleur et courut vers la tour avec ces habits, en poussant des cris horribles.

Régnier et son domestique avaient à peine quitté la veuve pour se rendre à la métairie, que le fermier de cette infortunée, qui cherchait deux cochons égarés, alla voir s'ils ne seraient pas derrière la tour. Arrivé à cet endroit, il entend de tristes plaintes.

« Qui est-ce qui gémit là-haut? » cria-t-il. La dame, qui reconnut sa voix, l'appela par son nom :

« Va, lui dit-elle, appeler ma servante, et dis-lui de venir ici.

— Quoi! c'est vous, madame? Eh! qui vous a donc perché sur cette tour? Savez-vous que votre domestique vous cherche partout depuis ce matin; mais qui diable eût pu vous deviner là ? »

Il court à l'échelle, et comme il travaille à la bien asseoir, afin qu'elle ne bouge pas de place sous les pieds de la dame, voilà la servante qui arrive tout éperdue, en demandant au métayer où est sa chère maîtresse.

« Je suis ici, mon enfant, répond la dame en haussant la voix le plus qu'il lui est possible; ne t'afflige point, apporte-moi seulement mes habits. »

La servante, rassurée par ce qu'elle vient d'entendre, monte sur l'échelle, et, voyant sa maîtresse étendue sur la terrasse, et ressemblant plutôt à un tronc de bois grillé qu'à un corps humain, elle pousse un cri de frayeur, se déchire le visage avec ses ongles, et la pleure comme si elle était morte; mais Hélène la fait taire et la prie de lui aider à s'habiller. La veuve se consola un peu d'apprendre de sa servante que personne ne savait où elle avait été.

Quand elle fut tout à fait habillée, le métayer de monter pour l'aider à descendre; ce bon paysan, voyant qu'elle était hors d'état de se soutenir, la descendit avec beaucoup de peine sur ses épaules, et se disposait à la porter ainsi à la ferme, lorsque la servante, qui descendit la dernière, tomba de dessus l'échelle et se cassa une cuisse. Elle poussa un cri si effroyable, que le fermier fut obligé de poser la maîtresse sur un monceau d'herbe, pour aller secourir la domestique; mais, quand il vit qu'elle s'était cassé la cuisse, il la posa pareillement sur une pelouse, et revint à la dame. Ce nouveau malheur lui causa le plus violent chagrin, parce qu'elle espérait plus de secours de sa servante que de toute autre personne. Affligée outre mesure, elle recommença ses doléances avec tant d'excès, que le métayer non-seulement ne put la consoler, mais même se mit à pleurer avec elle.

Madame Hélène, ne voulant pas que la nuit la surprît dans cet endroit devenu si funeste à son repos, se fit porter à la maison du fermier, qui, accompagné de deux de ses frères, retourna chercher la servante. La femme du fermier donna ses soins à la veuve; elle lava son corps avec de l'eau fraîche, lui fit prendre quelque nourriture légère, la déshabilla, la mit au lit et la fit transporter la nuit du lendemain à Florence, avec sa servante.

Madame Hélène, qui savait mentir, imagina un conte pour donner à cette double aventure un tour favorable dans l'esprit de ses frères. Elle leur fit accroire que la foudre était tombée sur elles et les avait ainsi maltraitées l'une et l'autre. On appela des médecins, qui eurent beaucoup de peine à lui rendre la santé; sa peau demeura plusieurs fois attachée au drap de son lit. Ils rétablirent avec le temps la cuisse de la servante. La gaieté ne revint point avec la santé : madame Hélène oublia son amant, renonça à l'amour, et surtout à la plaisanterie.

Régnier, ayant appris que la servante avait eu la cuisse cassée, se crut assez vengé et en resta là. Il ne dit mot de l'aventure, moins par égard pour la veuve que pour sa propre réputation.

Voilà comment madame Hélène fut punie du tour qu'elle avait joué à Régnier; elle ignorait sans doute de quoi sont capables les gens d'étude quand on les outrage. Ce sont des diables d'autant plus dangereux qu'ils sont plus instruits; ainsi gardez-vous bien, mesdames, de jamais tromper un philosophe.

NOUVELLE VIII

CORNES POUR CORNES

L'histoire de madame Hélène n'amusa guère les dames, elles ne furent que médiocrement touchées de ses malheurs, parce qu'elle les méritait en partie. Elles ne laissèrent pourtant pas de blâmer la cruauté du philosophe : toute la compagnie trouva qu'il avait porté la vengeance trop loin.

Quand madame Fampinée eut achevé son récit, la Reine fit signe à madame Flamette de conter sa nouvelle. Cette dame, empressée d'obéir, prit aussitôt la parole et débuta ainsi :

« Mes belles dames, puisque la barbarie de Régnier vous a mis du noir dans l'esprit, j'imagine qu'il est à propos de vous égayer par une histoire un peu comique.

« C'est ce que je vais faire, en vous racontant la manière dont un homme marié se vengea d'un de ses amis, aussi marié, qui le faisait cocu. Cette vengeance n'a rien d'atroce, et vous fera voir que le galant homme, qui se venge d'un outrage, fait proportionner le châtiment à l'offense. »

J'ai ouï dire qu'il y eut autrefois à Sienne deux bons bourgeois, fort à leur aise, dont l'un se nommait Spinelosse de Tamina et l'autre de Sepe

de Mino. Ils étaient tous deux à la fleur de leur âge, demeuraient dans la même rue et s'aimaient beaucoup. Mariés l'un et l'autre, ils avaient chacun une jolie femme. Spinelosse, qui allait très-souvent chez Sepe, soit que celui-ci y fût ou non, devint amoureux de sa femme, et sut si bien lui faire

Oh! je vous jure de n'en jamais parler à personne, s'écria le docteur.

la cour, qu'il ne tarda pas à obtenir ses faveurs. Ce commerce dura assez longtemps, sans que le cocu s'en doutât.

Cependant la familiarité qui régnait entre sa femme et son ami lui donna à la longue des inquiétudes, et, pour éclaircir si elles étaient bien fondées, il prit un jour le parti de se cacher vers l'heure où Spinelosse avait coutume de le venir voir. Celui-ci vint bientôt le demander, et la femme, qui le croyait sorti, lui ayant dit qu'il était absent, il commença par l'embrasser; elle, de lui rendre baisers pour baisers. Sepe, qui voyait ces caresses du lieu où il s'était fourré, ne dit mot, pour savoir quel serait le dénoûment de ce jeu.

Bref, il vit Spinelosse et sa femme entrer dans la chambre à coucher et s'y enfermer sous clef. Il est aisé de juger s'il dut être piqué de cette double trahison ; mais, considérant que ses cris, bien loin de diminuer l'outrage, ne feraient qu'augmenter sa honte, il ne crut pas devoir éclater, et se contenta de rêver aux moyens de se venger sans bruit. Son imagination lui en eut bientôt fourni un très-convenable, auquel il s'arrêta.

Spinelosse ne fut pas plus tôt sorti, que Sepe entra dans sa chambre et trouva sa femme qui raccommodait sa coiffure chiffonnée.

« Que fais-tu là, ma femme ? lui dit-il.

— Ne le voyez-vous pas !

— Si vraiment, et j'ai vu encore autre chose, que je voudrais bien n'avoir point vu. »

Il lui fait alors le récit de ce dont il a été témoin, et la femme, transie de peur, voyant qu'il n'y avait pas moyen de nier, lui avoua tout, et lui en demanda pardon les larmes aux yeux.

« Tu ne pouvais me faire une plus grande injure, dit le mari ; je te pardonnerai cependant, à condition que tu feras ce que je te commanderai.

— Vous serez obéi.

— Eh bien ! je veux que tu donnes rendez-vous à Spinelosse pour demain, à neuf heures du matin ; j'arriverai un moment après lui, et, dès que tu m'entendras, tu le feras cacher dans ce grand coffre et l'y fermeras à la clef. Quand cela sera fait, je te dirai ce qu'il te restera à faire. Suis mes ordres à cet égard, et je te jure de te pardonner, et même d'oublier ta faute. »

La femme promit tout pour mériter sa grâce, et remplit avec exactitude les intentions de son mari.

Le lendemain, Spinelosse et Sepe étaient ensemble sur les neuf heures. Le premier, qui avait promis à la femme de son ami d'aller la trouver à cette heure-là, prétexta, pour se séparer, un dîner qu'il ne voulait point manquer.

« Ce n'est point encore l'heure du dîner, ainsi ne t'en va pas sitôt.

— Je ne serais point fâché d'arriver de bonne heure, parce que j'ai à parler d'affaires à la personne chez qui je dois dîner. »

Le voilà parti et rendu chez sa maîtresse. Ils furent à peine dans la chambre, que Sepe se fait entendre sur l'escalier. Sa femme feint d'avoir peur, engage le galant à se cacher dans le coffre, l'y enferme et sort de la chambre. Sepe paraît et demande à sa femme si le dîner est prêt :

« Il le sera dans la minute.

— Je viens de quitter Spinelosse, reprit le mari : il dîne en ville chez un de ses amis ; comme sa femme sera toute seule, allez la prier de venir manger un morceau avec nous. La belle, que le souvenir de sa faute et la crainte d'en être punie rendaient obéissante, fit incontinent ce que voulait son mari, et sollicita si bien sa voisine, à qui elle apprit qu'elle ne devait pas attendre son mari, qu'elle l'emmena. Sepe la reçut avec de grandes démonstrations d'amitié. Il fit signe à sa femme d'aller à la cuisine, et, prenant la voisine par la main, la conduisit dans sa chambre et ferma la porte au verrou.

« Que signifie ceci ? dit la voisine ; c'est pour cela que vous m'avez priée à dîner ? c'est donc là l'amitié que vous avez pour mon mari ?

— Avant de vous fâcher, madame, répondit Sepe en s'approchant du coffre et la tenant toujours par la main, daignez entendre ce que j'ai à vous dire : J'ai aimé et j'aime encore votre mari comme mon propre frère. Quant à l'amitié qu'il a pour moi, j'ignore si elle est bien tendre ; mais je sais bien qu'elle ne l'empêche pas de coucher avec ma femme comme avec vous. Il le fit hier, de fraîche date, et presque sous mes yeux. Or, c'est parce que je l'aime que je prétends user de représailles et borner là toute ma vengeance. Comme il a joui de ma femme, il est juste que je jouisse de vous : c'est la moindre chose que je puisse exiger. Si vous me refusez cette satisfaction, je vous déclare qu'il ne me sera pas difficile de le surprendre et de le traiter d'une manière dont vous ne vous trouverez pas bien ni l'un ni l'autre. »

La dame ne pouvait croire que son mari lui fût infidèle. Sepe lui raconta comment il s'y était pris pour s'en assurer. Ces particularités achevèrent de la persuader. « Puisque vous avez résolu, lui dit-elle alors, de vous venger sur moi de l'outrage de mon mari, je veux bien y consentir, mais à condition que vous ferez ma paix avec votre femme ; de mon côté, je lui pardonne volontiers le tort qu'elle m'a fait.

— Soyez tranquille, répondit Sepe ; je me charge de tout, et m'engage outre cela de vous donner un des plus jolis bijoux qu'il soit possible de voir. » Il commença ensuite à lui faire de tendres baisers, la poussa doucement sur le coffre, et en jouit autant de temps qu'il voulut.

Spinelosse, qui avait tout tout entendu, entra dans une telle colère, qu'il en pensa crever de rage ; et si la crainte du ressentiment de Sepe ne l'eût arrêté, il n'est pas d'injures qu'il n'eût dites à sa femme, tout enfermé qu'il était. Mais considérant qu'il avait été l'agresseur, et que Sepe ne faisait que lui rendre cornes pour cornes, il se consola, et résolut d'être son ami plus que jamais.

Cependant la voisine, descendue du coffre, demande le joyau qui lui a été promis. Sepe ouvre alors la porte de la chambre, et appelle sa femme, qui dit en entrant à la voisine :

« Vous m'avez rendu un pain pour un gâteau.

— Ma femme, dit le mari en l'interrompant, ouvre le coffre. »

Puis, se tournant vers la voisine, étonnée de voir son mari :

« Voilà, ma belle dame, le bijou que je vous ai promis. »

Il serait difficile de dire lequel eut le plus de honte, ou de Spinelosse, qui savait de quelle manière on venait de le cocufier, ou de sa femme, de voir son mari qui avait entendu tout ce qu'elle avait dit et fait avec Sepe. Spinelosse sortit du coffre.

« Nous sommes quittes, mon voisin, dit-il à Sepe sans entrer dans aucune explication ; si tu veux m'en croire, nous n'en serons pas moins bons amis qu'auparavant. Puisque nous n'avons rien à partager que nos femmes, ajouta-t-il, je suis d'avis que nous les ayons en commun. »

Sepe accepta l'offre : ils dînèrent tous quatre ensemble dans la plus parfaite union. Depuis ce jour, chaque femme eut deux maris, et chaque mari eut deux femmes, sans qu'il s'élevât jamais la moindre contestation entre eux pour la jouissance.

NOUVELLE IX

LE MÉDECIN JOUÉ

Après que les dames eurent un peu causé sur les femmes des deux Siennois, la Reine, qui n'avait pas encore rempli sa tâche, et qui ne voulait point violer le privilége de Dionée, commença ainsi l'histoire qu'elle devait conter.

« Rien ne me semble plus naturel que d'user de représailles envers ceux qui nous trompent : ainsi j'approuve très-fort la conduite de Sepe à l'égard de Spinelosse ; et je ne pense pas qu'on doive blâmer l'homme qui trompe celui qui l'a trompé, quoique madame Pampinée ait paru insinuer le contraire dans la nouvelle qu'elle nous a racontée. Mon dessein est de vous faire le récit d'une tromperie que vous approuverez sans doute aussi, et qui me paraît digne de toute votre attention. »

Un médecin, né à Florence, avait été faire ses études et prendre ses grades à Bologne. De retour dans sa patrie, décoré du bonnet et de la robe de docteur, on ne tarda pas à s'apercevoir qu'il était tout aussi ignorant qu'avant son départ. Et véritablement rien n'est plus ordinaire, dans notre bonne ville de Florence, de voir ceux qui ont été prendre à l'université de

Bologne, soit le grade d'avocat, soit celui de médecin, soit celui de notaire,
ne cacher sous leurs longues robes qu'une sotte présomption, fruit de
leur crasse ignorance. C'est surtout ce qu'on remarqua autrefois dans le
nommé Simon de Villa, plus riche en biens patrimoniaux qu'en qualités
acquises.

Vêtu d'une robe d'écarlate et décoré du bonnet de docteur en médecine,
il loua, à son retour de Bologne, une maison dans la rue qu'on appelle
aujourd'hui du Concombre. Ce maître Simon avait, entre autres défauts,
la manie de demander à la personne qui se trouvait avec lui le nom et l'histoire de tous ceux qu'il voyait passer dans la rue, comme s'il eût dû composer d'après les faits et gestes des passants les médecines qu'il donnait à
ses malades. Il remarqua principalement deux peintres, dont il a été déjà
question plusieurs fois, qu'il voyait tous les jours ensemble et qui demeuraient dans son quartier.

On devine que c'est de Lebrun et de Bulfamaque qu'il s'agit. Comme il
les voyait toujours de belle humeur, toujours prêts à rire et à danser, il
s'informa quelle était leur profession; et apprenant qu'ils étaient peintres
et pauvres, comme la plupart des gens de leur état, il alla se fourrer dans
l'esprit qu'il n'était pas possible que des gens pauvres pussent être si contents et si joyeux, et qu'il fallait qu'ils eussent quelque ressource qu'on ne
savait pas, d'autant plus qu'ils avaient la réputation d'être fins et rusés.
Pour savoir ce qui en était, il résolut de faire leur connaissance, ou
tout au moins celle de l'un d'eux. Il ne tarda pas à faire celle de Lebrun.

Dans le premier entretien que celui-ci eut avec le médecin, il fut aisé de
s'apercevoir que ce n'était rien moins qu'un sot et un parfait imbécile. Il
s'amusa beaucoup de ses platitudes, et le médecin goûta les gentillesses du
peintre, de manière que chacun trouva du plaisir dans cette nouvelle liaison.
L'un se félicitait d'avoir rencontré un esprit facile et crédule, dont il pouvait
se moquer et tirer parti dans l'occasion; l'autre était enchanté de la connaissance d'un artiste charmant et plein d'esprit.

Le médecin, voulant découvrir les ressources qu'il supposait au peintre,
l'invitait souvent à dîner, dans l'intention de se familiariser avec lui et de le
faire parler. Un jour qu'il l'avait régalé, il prit sur lui de lui témoigner
son étonnement de ce que Bulfamaque et lui étaient si gais et si contents,
quoiqu'ils n'eussent pas de biens ni l'un ni l'autre. Il le pria de lui apprendre leur secret. Lebrun ne put s'empêcher de rire en lui-même d'une si
sotte demande, et lui fit une réponse conforme à sa bêtise.

« Notre maître, dit-il, je ne dirais pas à un autre comment nous faisons;

mais, comme vous êtes de mes amis, je ne ferai pas difficulté de vous le dire, à condition toutefois que vous me promettrez le secret.

— Oh! je vous jure de n'en jamais parler à personne, s'écria le docteur.

— Vous voyez donc, reprit le peintre, comme Bulfamaque et moi vivons contents et joyeux : il n'est pourtant pas moins vrai que notre métier ne paye seulement pas l'eau que nous buvons. Nous ne vivons pas non plus de vols ni d'escroqueries : nous sommes d'honnêtes gens à qui la conscience n'a jamais rien reproché de ce côté-là. Ce qui nous donne à vivre, puisqu'il faut vous le dire, ce sont les courses où nous allons de temps en temps; ces courses-là nous fournissent tout ce dont nous avons besoin, sans faire le moindre tort à personne. Voilà, monsieur le docteur, l'unique source de notre gaieté et de notre bonheur.

Le médecin, qui ne comprenait pas ce que Lebrun venait de lui dire, ne laissa pas de le croire de la meilleure foi du monde. Il le pria ensuite de vouloir bien lui apprendre ce que c'était qu'aller en course, lui protestant qu'il n'en parlerait jamais, pas même à sa femme.

« Grand Dieu ! que me demandez-vous là ? s'écria Lebrun ; savez-vous bien que je perdrais ma fortune et tout ce que j'ai de plus cher au monde si l'on venait à découvrir que je me suis ouvert là-dessus ? Que dis-je ? ma propre vie serait en danger, et peut-être me précipiterait-on sans pitié dans la gueule de Lucifer de Saint-Gal ; ainsi, n'attendez pas que je vous le dise jamais. »

Lebrun ne faisait toutes ces difficultés que pour exciter davantage la curiosité du médecin :

« Mon cher ami, lui dit alors le docteur, tu peux compter sur ma discrétion; de ma vie je n'ouvrirai la bouche sur rien de ce que tu me diras, je t'en donne ma parole d'honneur. »

Après avoir reçu plusieurs autres protestations d'un secret éternel :

« Jugez, lui dit Lebrun, de l'empire que vous avez sur moi, de la déférence que j'ai pour votre qualité de docteur, de l'attachement que vous m'avez inspiré, de la confiance, en un mot, que j'ai en vous, puisque je n'ai pas la force de vous refuser. Vous allez donc tout savoir ; mais j'exige auparavant que vous me juriez, par la croix de Monteson, que vous n'en parlerez de votre vie à qui que ce soit. »

Après qu'il eut fait jurer le médecin :

« Vous pouvez avoir ouï-dire, continua-t-il, qu'il y a douze ou treize ans qu'il arriva dans cette ville un fameux nécroman, nommé Michel Lescot, parce qu'il était d'Ecosse. Il fut accueilli avec beaucoup de distinction des plus notables gentilshommes de Florence, presque tous morts aujourd'hui. Lorsqu'il partit, il laissa, à leur sollicitation, deux de ses disciples, à qui il commanda de rendre aux gentilshommes qui l'avaient si bien accueilli tous les services qui dépendraient d'eux et de leur art. Ces deux nécromans servaient lesdits notables, non-seulement dans leurs affaires de galanterie, mais dans les autres choses, et s'accoutumèrent tellement au climat de notre ville et aux mœurs de ses habitants, qu'ils résolurent de s'y fixer tout à fait. Ils se lièrent d'amitié avec plusieurs personnes, sans s'inquiéter si elles étaient de famille noble ou roturière, pauvres ou riches, ne s'attachant qu'au caractère et au mérite personnel. Par complaisance pour leurs amis, ils composèrent une société d'environ vingt-cinq hommes, qui devaient s'assembler deux fois le mois dans un lieu qu'ils avaient eux-mêmes choisi. Là, lorsque tous les frères étaient réunis, chacun demandait aux deux Écossais ce qu'ils souhaitaient, et ils satisfaisaient tout le monde autant de temps que durait la nuit, car l'assemblée ne se tenait jamais le jour. Bulfamaque et moi fîmes connaissance avec un homme de cette confrérie, et nous devînmes tellement amis qu'il nous fit admettre l'un et l'autre.

« Cette société dure encore, et nous sommes très-exacts, comme vous l'imaginez bien, à ne pas manquer une assemblée. C'est une chose admirable de voir la richesse des tapisseries de la salle où nous mangeons. Les tables sont servies avec une magnificence vraiment royale. Vous seriez émerveillé du grand nombre de domestiques de l'un et l'autre sexe empressés à nous servir et à prévenir nos désirs. Rien n'est plus brillant, mieux travaillé, que la vaisselle d'or et d'argent dans laquelle on sert les mets, qu'on a soin de varier à l'infini, afin de contenter tous les goûts. Il n'y a point d'instrument de musique dont on ne régale les oreilles. Je ne saurais vous dire ni combien on brûle de bougies à ces festins, ni quelle abondance de dragées de toutes les sortes, de confitures de toutes les couleurs, de vins de tous les pays, de fruits les plus recherchés il s'y consomme. N'allez pas vous figurer, mon cher docteur, que nous ayons là nos habits ordinaires, on nous en fournit de si riches, de si précieux, que le moins bien vêtu a l'air d'un empereur. Mais ce n'est pas tout : ce qu'il y a de plus agréable, de plus satisfaisant, ce sont les belles femmes qu'on y fait venir à souhait de toutes les parties du monde. Il suffit d'en désirer une pour qu'elle y paraisse un instant après, fût-elle à deux mille lieues. On y voit la dame de Barbanique, la reine de Basque, la femme du Soudan, l'impératrice d'Osbeck, la Chian-chianfère de Norvége, la Sémistance de Berlinsone et la Scalpèdre de Narsie. Mais pourquoi m'amuse-

rais-je à vous les compter ? il doit vous suffire de savoir qu'on y voit toutes
les reines de l'univers, jusqu'à la schinchimure du Prêtre-Jean qui a les
cornes entre les deux fesses. Après qu'on a bien bu, bien mangé, bien
dansé, chacun passe dans une chambre séparée avec la dame qu'il a fait
venir. Vous noterez que chacune de ces chambres paraît une chapelle
divinement décorée. Il s'en exhale continuellement des odeurs mille fois
plus agréables que celle qui sort des boîtes d'épiceries de votre boutique
quand vous faites le cumin. Les lits de cette chambre sont plus riches et
plus élégants que celui du duc de Venise.

« Je vous laisse à penser ce qu'on fait sur ces beaux lits. Tous les frères
ont les plus jolies femmes qu'on puisse voir ; mais, à mon avis, Buffamaque
et moi sommes pourtant encore mieux partagés que les autres, puisqu'il
fait venir le plus souvent la reine de France, et moi celle d'Angleterre,
qu'on sait être les plus belles femmes de leur royaume. Nous avons su si
bien faire que ces princesses n'aiment que nous et ne pensent qu'à nous.
Jugez par là si nous devons être plus heureux que les autres, possédant les
bonnes grâces de deux reines si puissantes. Vous devez bien vous imaginer
que nous savons mettre à profit la tendre affection dont elles nous hono-
rent. Quand nous avons besoin d'argent, nous leur en demandons ; et si
nous désirons mille ducats, on nous les donne incontinent. C'est ce que
nous appelons, dans notre langage, aller en course ; car, comme les
corsaires, nous mettons tout le monde à contribution, avec cette différence cependant qu'ils ne rendent jamais ce qu'ils ont pillé, et que nous
autres le rendons quand nous avons le nécessaire.

« Voilà, mon cher et aimable docteur, ce que c'est que d'aller en course.
Jugez à présent si j'avais tort de vous recommander le secret. Je ne veux
plus vous exhorter à la discrétion, parce que vous avez trop d'esprit pour
ne pas sentir de quelle conséquence il est pour moi que vous vous taisiez
sur toutes les choses que vous venez d'entendre. Ce serait vous faire
injure de penser que vous fussiez capable de me trahir et de violer vos
serments. »

Le médecin, dont tout le savoir ne consistait peut-être qu'à guérir les
petits enfants de la teigne, crut tout ce que Lebrun lui dit, comme autant
d'articles de foi, et eut la plus grande envie d'être reçu de cette merveilleuse société. Peu s'en fallut qu'il ne priât sur l'heure le peintre de l'y
faire entrer ; mais il crut qu'il était bon de le mettre davantage dans ses
intérêts, par de nouvelles politesses, avant de le lui proposer.

Il se borna donc à lui dire qu'il n'était pas étonnant qu'il menât une si
joyeuse vie, puisqu'il avait le bonheur d'être d'une si aimable confrérie.

Cette musique dura autant de temps qu'il en fallait pour laver Monsieur le Docteur (p. 618).

Depuis ce jour-là, il redoubla d'attentions pour Lebrun, qu'il retenait presque tous les jours à dîner et à souper. Il ne laissait échapper aucune occasion de lui faire politesse, et recherchait si fort sa compagnie, qu'on eût dit qu'il ne pouvait vivre sans lui.

Lebrun, pour ne pas paraître ingrat, lui peignit le carême dans la salle de compagnie, et un *Agnus Dei* dans la chambre à coucher. Il lui peignit encore dans une galerie la guerre des chats contre les rats, ouvrage qui paraissait aux yeux du docteur de la dernière beauté. S'il arrivait que

Lebrun ne soupât point chez le médecin, ce qui était rare, il s'en excusait
le lendemain en disant qu'il avait passé la nuit avec la compagnie en question. Il lui dit un jour que la reine d'Angleterre l'ayant un peu mécon-
tenté, il avait fait venir la Gumèdre du Grand Kan des Tartares.

« Que veut dire Gumèdre ? demanda le médecin ; je n'entends pas ce
mot-là.

— Je n'en suis pas surpris, répondit le peintre, car j'ai entendu dire
que le Porc-gras et Vinacenne n'en parlent point.

— Dites donc Hippocrate et Avicenne, repartit le médecin. — Vous
avez raison, continua Lebrun, je n'entends pas plus vos noms que vous
n'entendez les miens. Gumèdre, en langue tartare, signifie impératrice
dans la nôtre. O la belle créature ! vous en seriez amoureux fou si vous
l'aviez vue, et elle vous aurait déjà fait oublier les médecines, les ordon-
nances et les emplâtres. »

Par ces sortes de discours, le rusé peintre ne faisait qu'allumer de plus
en plus les désirs de l'imbécile docteur, qui se détermina enfin à lui ouvrir
son cœur, persuadé que ses bienfaits l'avaient mis entièrement dans ses
intérêts.

Un soir donc qu'il tenait le flambeau pendant que Lebrun travaillait au
combat des chats et des rats, et qu'ils étaient tous deux seuls, il lui dit du
plus grand sérieux.

« Vous ne sauriez vous figurer, mon cher ami, combien je vous suis
dévoué ; il n'est rien que je ne sois disposé à faire pour vous en convaincre. Fallût-il aller tout à l'heure à deux lieues pour vous obliger, je
partirais sans balancer. Comme je suis persuadé que vous ne m'aimez pas
moins, vous ne devez pas être étonné de la prière que je vais vous faire.
Depuis que vous m'avez parlé de votre agréable confrérie, je ne désire
rien tant que d'en être, et ce n'est pas sans de bons motifs, comme vous
allez en juger. Je vis l'année dernière à Cacavincigli, la plus jolie servante
qu'il y ait peut-être dans l'Italie, et depuis ce temps elle ne m'est pas sortie de la tête. Mon intention serait de la faire venir. Que j'aurais de plaisir à la caresser ! Je lui offris, dans le temps, deux bolonais pour l'engager à m'octroyer ses faveurs ; mais il n'y eut pas moyen de l'y résoudre.
Ne pourrais-je pas être admis dans votre société ? Dites-moi, je vous prie,
ce qu'il faut que je fasse pour y être reçu ; soyez sûr que vous aurez en
moi un compagnon qui ne vous déshonorera point. Je suis bel homme, mon
teint est frais comme une rose ; je suis de plus docteur en médecine, et je
pense que vous n'en avez point dans votre confrérie, où je pourrai par

conséquent être utile. Je sais mille bonnes choses et même une infinité de chansons. Tenez, je vais vous en chanter une. »

Et le voilà qui chante. Lebrun mourait d'envie de rire ; mais il se retint. La chanson achevée.

« Eh bien, notre ami, qu'en dites-vous ? reprit le médecin. En vérité, répond le peintre, il n'est pas possible de mieux chanter ni d'avoir une voix plus agréable ; elle effacerait les sons harmonieux des violons de Saggenali. Vous êtes un vrai prodige.

— Vous ne l'auriez jamais cru, je gage, si vous ne l'aviez pas entendu.

— Non, je vous jure.

— J'en sais bien d'autres ; mais ce n'est pas le temps de vous montrer tout mon savoir. Apprenez que, tel que vous me voyez, je suis fils d'un gentilhomme, quoiqu'il ne vécût qu'au village, et que, du côté de ma mère, je descends en ligne directe de la famille des Vallechio. Aucun médecin de Florence n'a d'aussi beaux livres ni d'aussi belles robes que moi. J'en ai une qui m'a coûté près de cent écus. Je vous prie donc encore une fois de me faire admettre dans votre société. Si vous me rendez ce service, vous pouvez hardiment tomber malade quand vous voudrez : je vous promets de vous guérir *gratis*.

Lebrun l'avait assez pratiqué pour n'être pas surpris de l'entendre parler ainsi ; c'est pourquoi, d'après la connaissance qu'il avait de son caractère, pour lui persuader qu'il cherchait une défaite :

« Eclairez un peu de côté-ci, lui dit-il ; je vous répondrai quand j'aurai fait les queues à ces rats. »

Quand le peintre eut achevé son travail, il contrefit l'homme embarrassé de la demande qui lui avait été faite.

« Je suis persuadé, dit-il au docteur, que vous feriez beaucoup de choses pour moi ; aussi vous n'avez point affaire à un ingrat. Mais sentez-vous bien toute l'importance du service que vous me demandez ? S'il était en ma puissance de le rendre à quelqu'un soyez persuadé que ce serait à vous. Je crois même faire peu de chose, eu égard à votre mérite et au bien que je vous veux. Personne ne vous aime et ne vous considère plus que moi, parce que je trouve dans tous vos discours un jugement qui me charme, un sel qui me séduit, une sagesse qu'on ne peut s'empêcher d'admirer. Vous êtes sensible à la beauté, c'est un nouveau titre à mon estime. Oui, mon cher ami, plus je vous connais, plus je vous vénère. Mais la chose que vous désirez ne dépend pas de moi. Mon crédit sur ce point est moindre que vous ne croyez. Cependant, comme on ne risque rien avec un homme aussi discret que vous, je vous indiquerai les moyens

que vous devez prendre pour réussir ; moyens qui me paraissent infaillibles, puisque vous avez de beaux livres, de belles robes et mille belles
qualités.

— Parlez, ordonnez, dit le médecin transporté de joie, vous pouvez
compter que vous ne serez compromis en rien par mon indiscrétion. Il n'y
a pas d'hommes sur terre plus secret que moi. Dans le temps que messire
Gasparin de Salicet était juge de Farnisopoli, il ne faisait presque rien sans
me le communiquer, parce qu'il connaissait ma circonspection. Pour vous
prouver que je ne vous en impose pas, vous saurez que je fus le premier
à qui il fit part de son mariage avec la Bergamine. Douterez-vous, après
cela, de ma discrétion ?

— Je n'aurais garde, répond Lebrun ; et puisque cet homme se fiait à
vous, j'aurais grand tort sans doute de ne pas m'y fier aussi. Voici donc
la manière dont vous devez vous y prendre pour être admis dans notre
confrérie : nous avons toujours un capitaine et deux conseillers, qu'on
change tous les six mois. Il est arrêté qu'aux fêtes de Noël prochain
Bulfamaque sera élu capitaine, et moi conseiller. Le capitaine peut
beaucoup pour faire recevoir un étranger. D'après cela, il me semble qu'il
serait bon que vous fissiez la connaissance de Bulfamaque. Vous êtes si
poli, si aimable, que vous n'aurez point de peine à vous l'attacher ; et,
devenu votre ami, vous l'engagerez à vous servir, et il le fera bien
volontiers. Je lui ai parlé de vous dans plus d'une circonstance, et le bien
que je lui en ai dit vous a acquis son estime. De mon côté, soyez sûr que
je vous seconderai de tout mon zèle.

— Ce moyen, me dit le docteur, me paraît excellent. Si Bulfamaque se
plaît avec les gens éclairés, il ne pourra pas se passer de moi, quand il
m'aura une fois connu. Je puis dire, sans me vanter, que j'ai tant de savoir,
que je pourrais en fournir à toute une ville, et en avoir encore de
reste. »

Lebrun ayant quitté le médecin, dont il commençait à s'ennuyer, alla
trouver Bulfamaque pour lui conter cette belle conversation et s'en divertir
avec lui. Bulfamaque brûlait d'impatience de voir de près cet original pour
rire à ses dépens. Le médecin, qui de son côté grillait d'aller en course, n'eut
point de cesse qu'il n'eût vu le camarade à Lebrun. Il les eut l'un et l'autre
le lendemain à dîner et à souper, et leur fit bonne chère.

Ces festins en amenèrent d'autres. C'était tous les jours un nouveau
régal pour les deux peintres, qui faisaient les cérémonies nécessaires pour
paraître désintéressés, mais qui finissaient toujours par se rendre aux
invitations parce qu'ils aimaient la bonne chère.

Le docteur, ayant pris son temps, fit à Bulfamaque la même prière qu'il avait faite à son confrère. Bulfamaque feignit d'en être scandalisé, il fit cent reproches à Lebrun.

« Je jure, dit-il d'un ton irrité, je jure par le Dieu de Pafignan que je te ferai repentir de ton intempérance de langue. Je ne sais à quoi il tient que je ne te déchire la figure pour t'apprendre à dire nos secrets à M. le docteur. »

Le médecin lui protesta qu'il l'avait su d'ailleurs, et parla si sagement qu'il apaisa sa colère.

« Il paraît bien, monsieur le médecin, dit alors Bulfamaque, que vous avez été à Bologne et que vous savez garder un secret. Je vois encore que vous n'en êtes pas resté à l'A, b, c, comme plusieurs de nos docteurs, qui ne laissent pas de faire les fanfarons. Si je ne me trompe, vous êtes né un jour de dimanche. Lebrun m'avait bien dit que vous étiez un savant médecin; mais il n'avait pas ajouté que vous saviez prendre les cœurs par votre douce éloquence. J'ai vu peu d'hommes parler si bien et si sagement.

— Voilà ce que c'est, mon ami, interrompit le docteur en se tournant vers Lebrun, d'avoir affaire à des gens d'esprit; cet honnête homme n'a-t-il pas su connaître en un instant toute l'étendue de mon rare savoir? Il vous fallut plus de temps à vous pour découvrir tout ce que je vaux. Dites-lui ce que je vous répondis quand vous m'assurâtes qu'il se plaisait à la société des hommes de mérite.

— Il le sait, dit Lebrun.

— Vous auriez encore une meilleure opinion de moi, continua le docteur en regardant Bulfamaque, si vous m'aviez vu à Bologne, où j'étais aimé des grands et des petits, des professeurs et des écoliers, tant je savais les enchanter par mes discours et mon savoir. Je maniais si bien la parole, et j'étais si accoutumé à me faire admirer, que je n'ouvrais pas la bouche sans faire rire ceux qui étaient présents. On sait aussi que j'ai été universellement regretté. On voulait, pour me retenir, me donner le privilége exclusif d'enseigner la médecine; mais je résistai à tout pour venir jouir ici des grands biens que je possède et pour me rendre utile à mes compatriotes.

— Eh bien, Bulfamaque, dit alors Lebrun, tu vois bien que je ne t'ai rien dit de trop à l'avantage de M. le docteur. Tu conviendras à présent que tu avais tort de soupçonner d'exagération les éloges que j'en faisais. Je suis assuré qu'il n'y a pas de médecin à Florence qui se connaisse mieux que monsieur en urine d'âne, et qu'on ne trouverait pas son pareil d'ici aux portes de Paris. Vois maintenant si tu peux lui refuser quelque chose.

— Vous avez raison, dit le docteur ; mais on ne me connaît point dans cette ville, où je n'ai rencontré jusqu'à ce jour que des gens grossiers et bornés.

Je voudrais que vous me vissiez parmi mes confrères.

— Je n'ai pas besoin de cette nouvelle preuve de votre savoir, dit Bulfamaque ; il est facile de voir que vous êtes leur maître à tous. Je suis enchanté de votre grand mérite et de le trouver fort supérieur à l'idée que je m'en étais formée. D'après cela, vous ne devez pas douter que je ne vous oblige en tout ce qui dépendra de moi. Soyez tranquille, il ne tiendra pas à mon zèle que vous ne soyez bientôt reçu dans notre société. »

Cette promesse lui fut renouvelée par les deux peintres à chaque politesse qu'ils en recevaient. Ils traînèrent la chose en longueur le plus qu'ils purent, et s'amusaient beaucoup à lui persuader des extravagances. Ils lui promettaient de lui procurer la jouissance de la comtesse de Civillari, qui, à les entendre, était la plus belle chose qui se trouvât dans le pays, où l'on ne peut agir par procuration.

« Quelle est cette comtesse ? demanda le médecin.

— C'est, répondit Bulfamaque, une très grande-dame. Il y a peu de maisons qui ne lui payent un tribut. Les membres de notre société ne sont pas les seuls qui lui rendent cet hommage ; les cordeliers la révèrent comme nous, et sonnent, en son honneur, de la trompette de la partie postérieure. Quand elle se promène, elle se fait sentir de loin, quoique le plus souvent elle soit enfermée. Il n'y a cependant pas longtemps qu'elle passa devant votre porte pour aller laver ses pieds dans la rivière d'Arno et prendre l'air de la campagne. Sa résidence ordinaire est au Royaume des Latrines. Son cortège est un grand nombre d'officiers qui portent pour marque de sa grandeur la verge et le *piombino*. On rencontre partout de ses barons, tels que le Tamagnin de la porte de dom Méta, le manche di Scopa, le Scacchera et autres qui sont, je crois de vos amis, mais dont vous ne vous souvenez plus dans ce moment. Si nous réussissons dans notre projet, nous vous mettrons dans les bras de cette belle princesse, vous conseillant d'abandonner la servante de Cacavincigli. »

Le médecin qui, dès sa plus tendre enfance, avait été à Bologne, ne connaissait pas les expressions grossières dont se servaient les peintres. Fort content du portrait qu'on lui avait fait de cette dame, il consentit à en jouir et peu de jours après il apprit qu'il avait été agréé de la société. Cette nouvelle le mit au comble de la joie.

Le jour qui précéda la nuit de l'assemblée désignée pour sa réception, il donna à dîner aux deux peintres, et leur demanda la manière dont il devait se conduire. Bulfamaque se chargea de l'en instruire.

« Il faut, en premier lieu, dit-il, que vous n'ayez aucune peur, sans quoi vous courrez risque de rencontrer des obstacles qui vous empêcheraient d'être reçu, et vous causeriez un grand préjudice. Vous vous rendrez ce soir vers l'heure du premier somme, sur un des tombeaux qu'on a élevés devant Sainte-Marie la Nouvelle, après avoir mis la plus belle de vos robes doctorales; car il est bon que la première fois vous paraissiez avec honneur dans notre société. Vous saurez d'ailleurs que, dans la dernière de nos assemblées, la comtesse, sachant que vous étiez gentilhomme, promit de vous faire recevoir chevalier d'eau froide, à ses propres dépens. Vous attendrez sur ce tombeau qu'on vous envoie quérir. Comme il ne faut vous rien laisser ignorer, voici de quelle manière vous sortirez de là. Une bête noire, cornue et de moyenne grandeur, paraîtra devant vous et fera des sauts et des cabrioles à vos côtés, afin de vous épouvanter, mais sans vous blesser le moins du monde.

« Quand elle verra que vous n'avez point peur, elle s'approchera doucement de vous, et alors vous monterez dessus sans frayeur et sans nommer en aucune façon, Dieu ni les saints. Dès que vous y serez, vous aurez soin de mettre vos mains sur l'estomac, sans toucher aucunement à la bête, qui vous portera au petit pas au lieu où se tient notre assemblée. Mais, songez-y bien, si, pendant tout le temps que vous serez avec elle, il vous arrive d'avoir peur, ou d'invoquer Dieu et les saints, je vous préviens qu'elle pourrait fort bien vous jeter dans quelque trou puant. Ainsi, monsieur, si vous ne vous sentez pas le courage nécessaire, je vous conseille de demeurer chez vous ; car sans être plus avancé, vous nous rendriez un très-mauvais service.

— Je vois bien, dit le docteur, que vous ne me connaissez pas encore ; on dirait que vous ne jugez de moi que par ma robe et par mes gants. Si vous saviez ce que j'ai fait à Bologne, lorsque j'allais avec mes amis voir les courtisanes ; vous ne douteriez pas de mon courage. Un soir, une de ces filles, qui n'était pas plus haute que le coude, et qui n'en paraissait que plus méchante, refusa de venir avec nous. Savez-vous ce que je fis? je la pris par les cheveux, et, après lui avoir donné plus de cent coups de poing, je la jetai, je crois, à plus de cent pas de moi, et la forçai à nous suivre. Une autre fois, n'étant accompagné que d'un petit garçon, je passai de nuit, sans avoir peur, devant le cimetière des Cordeliers, quoiqu'on y eût enterré une femme ce jour-là même. Ainsi reposez-vous sur moi; je suis plus aguerri que vous ne sauriez l'imaginer.

« Au reste pour être mis plus décemment, je prendrai la robe d'écarlate que je portais le jour que je fus reçu docteur. Soyez certain que je la compagnie sera charmée de me voir, et qu'elle ne tardera pas à m'élire capitaine. Attendez-vous à des merveilles, puisque la comtesse qui ne m'a pas encore vu, est déjà si fort amoureuse de moi, qu'elle veut me faire chevalier d'eau froide. Vous verrez si je ne saurai pas bien tenir mon rang de chevalier. Laissez-moi recevoir, et vous serez émerveillé de ma conduite.

— C'est le mieux du monde, dit Bulfamaque, mais ne vous moquez pas de nous : sur toutes choses, soyez exact au rendez-vous à l'heure indiquée, il est essentiel qu'on vous y trouve quand on ira vous chercher. Je vous dis ceci parce qu'il fait froid, et que messieurs les médecins n'aiment pas à le sentir.

— N'ayez nulle inquiétude, répondit le docteur ; je ne suis point frileux. Je puis vous assurer que, lorsqu'il m'arrive de me lever la nuit pour aller à la garde-robe, ce à quoi tout le monde est exposé, je ne mets jamais que ma robe de chambre sur mon corps. Ainsi je me trouverai sans faute au rendez-vous à l'heure convenue. »

Les peintres se retirent fort contents des dispositions du docteur, qui, aussitôt que la nuit fut venue, trouva un prétexte auprès de sa femme pour mettre sa belle robe.

Il se rendit au temps marqué sur l'un des tombeaux de Sainte-Marie, et y attendit patiemment la bête, malgré le grand froid qu'il faisait. Bulfamaque, qui était grand, vigoureux et agile, mit un de ces masques cornus dont on se servait à certains jeux qu'on a abolis, et se revêtit d'une peau bien velue, de manière qu'on l'eût pris pour un ours, à cela près que le masque représentait la figure du diable.

Dans cet équipage, il va, suivi de Lebrun, qui voulait être témoin de la scène, sur la place neuve de Sainte-Marie, et n'a pas plutôt aperçu le médecin qu'il se met à sauter, à siffler et à pousser des hurlements affreux. A cette vue, le médecin, plus peureux qu'une femmelette sent ses cheveux se dresser, tremble dans toutes ses fibres et commence à regretter son lit. Cependant l'envie de voir les merveilles dont on l'avait entretenu, jointe à la certitude que la bête ne lui ferait aucun mal, l'emporta sur la peur, et il se rassura un peu.

Après que Bulfamaque eut fait quelque temps le furieux, il s'apaisa, s'approcha ensuite du tombeau où était le médecin et s'y arrêta. Le docteur qui tremblait encore de frayeur, ne savait s'il devait monter ou non

La belle lui dépêche secrètement une de ses femmes. (p. 622).

sur la bête. A la fin, craignant qu'elle ne s'impatientât et ne le punît, cette seconde peur chassa la première et le fit monter doucement sur l'animal, disant :

« Dieu veuille me conduire ! »

Il se rangea du mieux qu'il put, et ne manqua pas de mettre, comme on le lui avait recommandé, ses mains contre la poitrine. Alors Bulfamaque prit à petits pas le chemin de Sainte-Marie de l'Échelle, et porta notre docteur jusqu'auprès des dames de Ripoli. Il y avait dans ces cantons-là des fosses où les paysans des environs portaient les immondices et le surabondant de la comtesse de Civillari, dont ils engraissaient leurs champs.

Bulfamaque, s'étant approché du bord d'une de ces fosses peu profondes et ayant bien pris son temps, porte la main sur un des pieds du médecin, le pousse avec autant de force que d'adresse, et le jette dans la fosse, la tête la première.

Il se met ensuite à sauter, à gambader, à hurler de nouveau, et passant le long de Sainte-Marie, vers le pré de Tous-Saints, il rejoignit Lebrun, qui l'attendait avec impatience, et qui n'avait pu continuer de le suivre, de peur de faire entendre les éclats de rire qui lui échappaient malgré lui. Ravis de joie, ils s'avancèrent tous deux vers la fosse, pour voir comment se tirerait d'affaire le docteur embrené.

Le pauvre diable, se voyant dans un lieu si abominable, se démenait de son mieux pour en sortir, et retombant tantôt d'un côté, tantôt de l'autre; il se barbouilla depuis la tête jusqu'aux pieds, et ne s'en retira qu'avec une peine extrême, et non sans avoir avalé quelques drachmes de la matière infecte. Il se servit de ses mains, au défaut d'autre chose, pour se défaire du plus gros de la saleté, et s'en retourna chez lui, fort affligé, et sans son bonnet doctoral, qu'il avait laissé dans la fosse. Il se fit ouvrir promptement à force de frapper. A peine fut-il entré et eut-il fermé la porte, que Lebrun et Bulfamaque, qui l'avaient suivi de loin, s'approchèrent de la maison, pour tâcher d'entendre de quelle façon maître Simon serait reçu de sa femme. Ils entendirent qu'elle lui disait toutes sortes d'injures.

« Mon Dieu, s'écriait-elle, que vous méritez bien ce châtiment! Vous alliez, sans doute, voir quelque maîtresse, et vous vouliez qu'elle vous trouvât paré; c'est pourquoi vous avez pris votre belle robe d'écarlate. La voilà bien propre! Ne devriez-vous pas être content d'avoir une femme comme moi? Je me contente bien de vous, moi qui aurais tant de galants que j'en voudrais! Vous êtes un beau médecin de merde! Je voudrais que ceux qui vous ont emplâtré de la sorte vous eussent arraché la vie, pour vous apprendre à courir après d'autres femmes, lorsque vous en avez une chez vous à qui vous n'avez rien à reprocher. »

Cette musique dura jusqu'à près de minuit, c'est-à-dire autant de temps qu'il en fallut pour laver monsieur le docteur.

Le lendemain matin, Lebrun et Bulfamaque, qui ne voulaient pas se brouiller avec le médecin, se peignirent le corps avec une couleur bleuâtre, comme si c'était l'empreinte de plusieurs coups qu'ils eussent reçus. Ils allèrent dans cet état trouver maître Simon. Ils n'eurent pas plutôt mis le pied sur la porte qu'ils sentirent qu'on n'avait pas encore pu emporter toutes les mauvaises odeurs. Le médecin, les voyant paraître, alla au-devant d'eux et les salua comme à l'ordinaire. Les peintres n'agirent pas de même ils firent les fâchés ; et, au lieu de répondre à ses salutations, ils s'exhalèrent l'un et l'autre en imprécations contre lui, en l'accusant de trahison et de perfidie.

« C'est bien mal à vous, lui dirent-ils, de nous trahir de la sorte, nous qui n'avions cherché qu'à vous rendre service. Vous êtes cause que cette nuit nous avons été roués de coups, et qu'il ne s'en est fallu guère qu'on ne nous ait laissés morts sur la place. Peu s'en est même fallu qu'on ne nous ait chassés de la confrérie, où nous avions donné les ordres nécessaires pour que vous y fussiez reçu. Si vous doutez du mauvais traitement que vous nous avez attiré, visitez un peu notre corps, et vous verrez les meurtrissures dont il est couvert. »

Puis, s'étant retirés dans un coin peu éclairé, ils lui montrèrent leur estomac livide, qu'ils ne laissèrent pas longtemps découvert, pour qu'il ne s'aperçut point de la supercherie. Le médecin cherche à se justifier, et leur conte sa triste aventure.

« Je voudrais, dit Bulfamaque, qu'on vous eût jeté du pont dans la rivière. Qu'aviez-vous affaire de vous recommander à Dieu ou à ses saints ? Ne vous avions-nous pas averti ?

— Je vous jure, sur mon honneur, que je ne m'y suis point recommandé.

— Quel mensonge ! reprit le peintre. Vous vous y êtes si bien recommandé, que celui qui alla vous quérir nous l'a rapporté, et a ajouté que vous trembliez de tous vos membres, sans savoir où vous étiez. Vous nous avez joué là un tour que nous ne méritions pas ; ce sera pour nous une leçon, dont nous ferons notre profit. Sera bien fin celui qui nous dupera encore. »

Le médecin leur demanda pardon, fit de son mieux pour apaiser leur prétendue colère, de peur qu'ils ne publiassent son aventure ; elle n'aurait pas manqué de lui faire tort et de le rendre tout au moins l'objet de la raillerie publique ; c'est pourquoi il leur fit plus d'honneurs, plus de caresses qu'auparavant.

C'est ainsi que nos deux peintres enseignèrent au docteur Simon de Villa ce qu'il n'avait point appris dans l'université de Boulogne.

NOUVELLE X

LA TROMPEUSE TROMPÉE

On devine aisément que la nouvelle de la Reine dut fort amuser la compagnie; il y eut certains endroits qui firent rire jusqu'aux larmes. Dionéo, qui vit que c'était à son tour de conter une histoire, prit la parole presque aussitôt après que la Reine eut fini son récit, et voici en quels termes il s'exprima :

« Il est clair comme le jour, mes belles dames, que les tromperies les plus plaisantes sont celles qu'on fait à un trompeur, et que plus le trompeur est fin, plus la tromperie fait plaisir.

« Celle que je vais vous raconter vous plaira, j'ose le dire, plus que toutes celles que vous avez entendues jusqu'à présent, quoiqu'il y en ait eu, parmi le nombre, de très-piquantes. Ce qui me fait parler ainsi, c'est que la dame, qui en fut la victime, était plus rusée et plus habile dans l'art de tromper, qu'aucune des femmes dont on ait encore fait mention dans cette journée.

 l était autrefois d'usage, dans les villes maritimes, comme il est encore aujourd'hui, de porter dans un grand magasin, connu en plusieurs pays sous le nom de douane, toutes les marchandises nouvellement débarquées et d'en remettre aux commis, chargés de les recevoir, un état où leur prix était marqué. Les commis, après les avoir enregistrées sur leurs livres et s'être fait payer les droits, donnaient ensuite aux marchands un petit magasin séparé, pour les serrer.

Les courtiers s'informaient de la quantité et du prix des marchandises de chaque magasin, et du nom du marchand, pour en procurer le débit, moyennant un certain bénéfice. C'est ce qui se pratiquait et se pratique encore à Palerme, port de mer des plus fréquentés de la Sicile.

Les femmes de cette ville sont très-galantes, très-intéressées, très-corrompues; avec cela elles ont tant de manége, que quiconque ne les connaîtrait pas les prendrait pour des femmes du monde les plus honnêtes. La plupart sont belles et bien faites; elles s'attachent plutôt aux étrangers, parce qu'elles les plument plus aisément que les nationaux.

Elles ne voient pas plutôt un nouveau débarqué qu'elles s'informent de son nom et de sa fortune : et, pour être mieux au fait de ses richesses, elles prient les commis de la douane de leur laisser consulter leurs registres, où elles trouvent la liste et le prix des marchandises qui lui appartiennent, et font ensuite de leur mieux pour attirer notre homme dans leurs filets. Vous ne sauriez croire le nombre des négociants qu'elles ruinent. Bienheureux ceux qui en sont quittes pour leurs marchandises, et qui n'y laissent pas la peau et les os!

Après ces détails, qui m'ont paru nécessaires, vous saurez qu'il n'y a pas longtemps qu'un jeune Florentin, nommé Salabet, mais plus connu sous le nom de Nicolas de Chignien, fut envoyé par ses maîtres dans cette ville avec un reste d'étoffes de laine qu'il n'avait pu vendre à la foire de Salerne et qui pouvaient valoir cinq cents écus.

Après en avoir donné l'état aux commis de la douane et les avoir serrées dans un magasin, il chercha à s'amuser par-ci par-là dans la ville,

sans montrer beaucoup d'empressement pour s'en défaire. Ce jeune homme était fort bien fait de sa personne.

Une de ces femmes avides d'étrangers, qui en avait entendu parler, et qui fut bientôt au fait de l'état de ses affaires, jeta les yeux sur lui, persuadée qu'elle n'aurait pas de peine à le plumer. C'était une fine commère, connue sous le nom de madame Blanche-Fleur. Elle ne tarda pas à s'en faire remarquer, et joua si bien son rôle, que le Florentin la prit pour une dame de conséquence. Comme il avait assez bonne opinion de lui-même, il ne douta point que son air ne l'eût charmée, et résolut de mener cette intrigue à son dénoûment. Il chercha donc tous les moyens de se lier avec elle, et, passant et repassant sans cesse devant sa porte, il eut le plaisir de s'apercevoir qu'il ne déplaisait pas.

Après avoir eu l'art de le bien enflammer et lui avoir fait entendre qu'elle éprouvait pour lui une égale tendresse, la belle lui dépêcha secrètement une de ses femmes, fort habile dans l'art de négocier une affaire de galanterie. L'ambassadrice prit le ton qu'il fallait pour réussir dans sa mission, et lui dit, presque la larme à l'œil, que sa bonne mine avait tellement fait impression sur sa maîtresse, qu'elle n'avait pas un instant de repos, et qu'elle consentirait volontiers à le voir en cachette, s'il voulait se trouver à une étuve qu'elle lui désignerait. Ensuite, elle tira de sa bourse un anneau qu'elle lui remit de sa part, comme un gage de son amour.

Salabet était au comble de la joie. Il prend l'anneau, l'examine de près, le baise avec transport, et, l'ayant mis à son doigt, il répond à la bonne commissionnaire que madame Blanche-Fleur ne fait que lui rendre justice en le payant de retour ; qu'il pense à elle nuit et jour ; qu'il l'aime au delà de toute expression, et qu'il n'y a pas de lieu où il ne soit prêt à aller pour se procurer le plaisir de la voir.

« Elle n'a qu'à me faire savoir le jour et le moment, et je m'y rendrai. »

La dame, instruite de ses dispositions, lui renvoie sur l'heure sa confidente, pour lui dire à quelles étuves il devait aller la trouver, le lendemain après vêpres.

L'heure du rendez-vous venue, Salabet, qui ne s'était vanté à personne de son aventure, se rend chez le baigneur, et apprend avec plaisir que l'étuve était retenue par madame Blanche-Fleur. A peine y avait-il passé quelques minutes, qu'il vit venir deux servantes chargées, l'une d'un beau et grand matelas de futaine, l'autre d'un panier plein de provisions.

On étendit les matelas sur un lit, avec des draps de fin lin, bordés d'or et de soie, qu'on couvrit d'une courte-pointe, d'un boucassin de Chypre très-blanc, et de deux oreillers brodés magnifiquement. Après cela, les deux servantes entrèrent dans la chambre du bain et le lavèrent avec soin.

Madame Blanche-Fleur ne se fit pas attendre longtemps. Elle arriva accompagnée de deux autres servantes, et fit mille caresses à Salabet dès qu'elle fut seule avec lui. Après bien des soupirs poussés de part et autre, et bien des baisers donnés et rendus :

« Il n'y a que vous seul, dit la dame, qui ayez pu me faire venir ici. Il n'y a pas eu moyen de me défendre de vos charmes, trop aimable Toscan ; vous avez embrasé mon cœur. »

Après plusieurs galanteries de même force, ils se déshabillèrent et

entrèrent tout nus dans le bain, aidés de deux servantes. La dame, sans
permettre que personne portât la main sur son corps, se lava elle-même
avec un savon composé de différentes odeurs, où celle du musc dominait ;
après quoi elle se fit essuyer par les servantes, avec des draps très-fins
et parfumés.

Le Florentin fut servi avec le même soin. Ils furent portés l'un et l'autre
sur les épaules des servantes, bien enveloppés, dans le lit qui avait été
préparé. Un instant après, on tira les draps mouillés et on laissa le couple
amoureux sur les autres draps, qu'on avait arrosés d'eau de rose, d'eau
de fleur d'oranger, de jasmin et d'eau de naphte, toutes prises dans de
petits flacons d'argent très-beaux. Ils furent enfin régalés de confitures et
de vins exquis, si bien que Salabet se croyait en paradis. Mais rien ne le
charmait tant que la beauté de madame Blanche-Fleur. Il aurait souhaité
de tout son cœur qu'on se fût dispensé de tant de cérémonies, pour se
trouver seul avec la dame, aussi lui tardait-il infiniment que les servantes
se retirassent. Il s'ouvrit à ce sujet à la belle, qui leur ordonna de passer
aussitôt dans une autre pièce, et de laisser seulement dans la chambre
une bougie allumée.

Les amants ne se virent pas plutôt seuls qu'ils commencèrent à s'embrasser et à goûter les plaisirs de l'amour. Le Florentin ne se lassait point
de répéter les jouissances, d'autant plus délicieuses, qu'il se croyait le plus
heureux des hommes. Quand la dame comprit qu'il était temps de se lever,
elle sonna les femmes pour l'habiller, et leur ordonna de servir encore du
vin et des confitures, pour réconforter le galant, qui en avait besoin. Avant
de se séparer :

« Mon cher ami, lui dit-elle, tu serais bien aimable et me ferais grand
plaisir si tu voulais venir souper et coucher ce soir chez moi. »

Salabet, qui en était véritablement épris et qui croyait ne devoir qu'à
l'amour les plaisirs qu'il avait goûtés avec elle, lui répondit que son
désir le plus ardent était de faire quelque chose qui lui fût agréable, et qu'il
était disposé de coucher non-seulement ce soir-là avec elle, mais tous les
jours de sa vie, si le elle trouvait bon. Après cette réponse ils se séparèrent

La dame ne manqua pas de faire parer sa chambre et de donner des
ordres pour préparer un magnifique souper. Le Florentin fut reçu le mieux
du monde, on lui fit faire bonne chère et le repas fut égayé par mille jolis
propos. De la table il passa dans la chambre à coucher. L'odeur des
parfums les plus doux qu'il respira en entrant, la richesse des meubles,
l'air de décence et les manières polies de la maîtresse du logis, tout lui

persuada qu'il avait affaire à une personne du premier rang et fort riche.

Quoiqu'il eût entendu dire des choses désavantageuses sur son compte, il regardait tout cela comme un effet de la calomnie et de la jalousie ; et supposé même qu'elle eût joué quelqu'un, il ne pouvait se figurer qu'elle fût capable de le tromper. Il coucha ce soir-là avec elle, et eut tous les sujets du monde de s'en féliciter. Il se croyait aussi aimé qu'il était amoureux, et la belle n'épargna rien pour le nourrir dans cette idée. Le lendemain, elle lui fit présent d'une belle ceinture d'argent avec une bourse, en lui disant :

« Mon cher ami, tu peux disposer de tout ce que je possède comme s'il t'appartenait. Depuis que je t'ai donné mon cœur, je suis plus à toi qu'à moi-même, et tu peux par conséquent te regarder ici comme le maître et y commander comme chez toi. »

Salabet répondit à cela par de nouvelles caresses et par les assurances d'un attachement inviolable. Il ne s'en sépara que pour aller à la place où les marchands ont coutume de se rendre, et profitait de tous ses moments de liberté pour aller prendre du plaisir chez elle, sans qu'il lui en coûtât rien. Peu de temps après, il profita d'une occasion qu'il eut de vendre ses draps avec beaucoup de profit.

La belle, en ayant été instruite incontinent par ses espions, jeta un dévolu sur la somme qu'il en avait retirée, et prépara ses batteries pour la lui enlever.

Salabet vint quelques jours après souper avec elle ; il n'y eut point de caresses qu'elle ne lui fît ; elle se montra si passionnée, que le Florentin crut qu'elle allait expirer entre ses bras. Il suffisait qu'il louât quelque chose pour qu'elle le pressât de le recevoir. Elle voulut lui faire accepter deux très-belles tasses d'argent ; mais, comme il avait déjà reçu pour plus de trente écus de présents, sans avoir jamais fait pour elle un sou de dépense, il crut devoir refuser celui-là, quelque instance qu'elle fît.

Elle ne s'inquiéta pas de ce refus, parce qu'elle était bien assurée de la sincérité de son attachement, d'après toutes les mesures qu'elle avait prises pour lui persuader qu'elle l'aimait avec autant de désintéressement que de passion.

Pendant qu'ils étaient occupés à s'entretenir de leur tendresse mutuelle, une des servantes de la dame vint lui dire qu'elle avait quelque chose à lui communiquer en particulier. Elle sort et rentre un quart d'heure après, fondant en larmes. Elle se jette sur son lit, et se lamente sans rien dire à son amant. Celui-ci, surpris d'un changement aussi subit, vole vers elle, la prend entre ses bras et se met à pleurer de compagnie :

Il se fit longtemps presser pour s'expliquer, et lui répondit enfin qu'il était ruiné...

« Qu'as-tu donc, ma chère amie ? d'où vient que tu pleures ainsi ? quelle est la cause de ton chagrin ? ne me le cache point, ma douce amie. »

Elle ne lui répond qu'en redoublant ses pleurs. Il lui parla encore, et après qu'il l'eut priée bien fort : « Hélas ! mon doux ami, s'écria-t-elle, je ne sais ce que je dois dire, ni ce que je dois faire. J'ai le plus grand chagrin du monde. Je viens de recevoir des lettres de Messine, parmi lesquelles il y en a une d'un de mes frères, qui me prie de lui envoyer mille écus dans huit jours, dussé-je engager ou vendre tout ce que j'ai au monde, parce que sans cela il aura la tête tranchée sur un échafaud. Je suis au désespoir. Le moyen de trouver cette somme en si peu de temps ! s'il m'eût au moins donné quinze jours pour me retourner, je pourrais la lui procurer. Je vendrais une de mes terres ; mais un terme si court m'en ôte les moyens. Je sens que je ne pourrai survivre à la douleur d'apprendre la mort de mon frère. »

Et là-dessus larmes et doléance de recommencer.

Salabet, qui aurait été plus clairvoyant s'il eût été moins amoureux, croyant ces larmes sincères et que ce qu'elle disait était la vérité même, se mit à la consoler.

« Il ne me serait pas possible, madame, de vous prêter les mille écus parce que je ne les ai pas en mon pouvoir ; je n'en possède que cinq cents, et je vous les offre de bon cœur, si vous pouvez me les rendre d'ici à quinze jours. Par bonheur, je vendis hier mes draps, sans quoi je n'aurais pas pu vous offrir un sou.

— Quoi ! mon cher ami, tu t'es donc laissé manquer d'argent, puisque tu n'en as que depuis hier ? Que ne m'en demandais-tu ? car, quoique je n'aie pas les mille écus, j'en avais toujours cent et même deux cents à ton service. Un manque de confiance de cette nature ne me permet pas d'accepter l'offre que tu me fais. »

Salabet, plus touché de ces paroles que de tout ce qui lui avait été dit et fait auparavant :

« Il faut, ma bonne amie, que ce ne soit pas là ce qui t'empêche de prendre mes cinq cents écus; car, sois assurée que si j'avais eu besoin d'argent, je n'aurais pas fait la moindre difficulté de t'en demander, d'après la connaissance intime que j'ai de ton affection pour moi.

Je reconnais à ce trait, mon cher Salabet, que tu m'aimes véritablement, et que je ne me suis pas trompée en te choisissant pour mon bon ami. C'est ce qui s'appelle être généreux et délicat, que de prévenir ainsi ma demande et de m'offrir une si grosse somme d'argent. Tu m'étais déjà bien cher, mais tu me le deviens encore davantage par un tel procédé. Rien n'est plus noble; vous voulez que je vous sois redevable de la tête de mon frère; c'est un service que je n'oublierai jamais. C'est avec regret pourtant que j'accepte vos cinq cents écus, parce que je sais que les marchands sont dans le cas de faire valoir leur argent et de manquer de bonnes affaires faute de fonds; mais ce qui m'enhardit, c'est l'espérance de te rendre sous peu de jours cette somme, et plutôt que d'y manquer, j'engagerais toutes les maisons qui m'appartiennent. »

En disant ces derniers mots, elle se laissa tomber, en pleurant, sur le visage du Florentin, qui, pour ne pas l'abandonner à son chagrin, passa la nuit avec elle. Il n'eut rien de plus pressé, le lendemain, que d'aller chercher

les cinq cents écus, sans attendre qu'elle l'en fît souvenir. Il les lui remit
de bonne grâce, et sans exiger d'autre assurance que la parole qu'elle lui
avait donnée de les lui rembourser sous quinzaine.

La dame les reçut en riant du cœur et pleurant des yeux. Elle ne manqua pas, comme on peut le croire, de renouveler au marchand, avant de
le quitter, les assurances de son amour et de sa juste reconnaissance.

Ce fut tout autre chose les jours suivants. Parvenue à son but, elle
changea de marche. Salabet, qui précédemment pouvait la voir à toute
heure du jour et de la nuit, trouvait souvent sa porte fermée. C'était beaucoup, quand de sept visites qu'il lui faisait, il y en avait une d'heureuse ;
sans compter que ce n'était plus le même accueil ni la même chère qu'auparavant.

Un mois s'était écoulé au delà du terme pris pour le payer, que madame
Blanche-Fleur ne parlait pas de s'acquitter. Salabet prit sur sa timidité de
lui demander son argent. On ne lui répondit que par de mauvaises défaites.
Ce fut alors seulement qu'il comprit qu'il avait été trompé et joué. Il ne se
possédait pas de rage d'avoir été dupe à ce point. Mais qui ne l'eût été
comme lui ? Comment se figurer qu'une femme qui s'était conduite avec
tant d'art et de finesse n'était qu'une comédienne ?

Ce qui le fâchait surtout, c'était de n'avoir pas exigé une reconnaissance
des cinq cents écus. Comment les ravoir ? Se plaindre ? il n'avait ni preuve
ni témoin, et il vit bien que madame Blanche-Fleur était une femme à tout
nier. Il n'osa même s'ouvrir à personne sur son aventure, dans la crainte
qu'on ne se moquât de lui, ayant surtout été averti par plusieurs personnes
de se défier de la dame.

Ce qu'il y eut de plus fâcheux pour lui fut qu'il reçut ordre de ses
maîtres de leur envoyer les cinq cents écus par la voie de la banque, car
le jour même qu'il avait vendu sa marchandise, il n'avait pas manqué de
leur en donner avis. Pour cacher la sottise qu'il avait faite et s'épargner
les justes reproches qu'il méritait, au lieu d'aller à Pise, comme on le lui
avait ordonné, il passa à Naples, où était alors le nommé Pierre Canigiano,
trésorier de l'impératrice de Constantinople, homme d'esprit et d'une grande
pénétration, et intime ami de Salabet.

Celui-ci alla le trouver dans son malheur, lui conta quelques jours après
son aventure, lui demanda conseil et le pria de lui donner les moyens de
gagner sa vie, étant dans la ferme résolution de ne plus reparaître à Florence.

Après lui avoir fait les reproches qu'il méritait et lui avoir fait sentir tout
ce qui pouvait résulter contre lui de son imprudence, il lui conseilla de

retourner à Palerme. Il lui dit la conduite qu'il devait y tenir, et lui prêta de l'argent pour lui faciliter les moyens de réussir dans le projet qu'il lui suggéra.

Salabet goûta ses avis et se mit en devoir de les suivre. Il fit faire plusieurs ballots bien arrangés et bien marqués ; et ayant acheté une vingtaine de barriques où il y avait eu de l'huile, il les remplit d'eau, embarqua le tout sur un vaisseau, et s'en retourna à Palerme muni des instructions de son ami.

Il donna en arrivant la liste et le prix des marchandises aux commis de la douane, les fit enregistrer en son nom, les mit en magasin, et déclara qu'il était dans l'intention de ne les vendre qu'après en avoir reçu une grande quantité d'autres qu'il attendait.

Blanche-Fleur ne tarda pas d'en être instruite; et apprenant que ce qu'il avait apporté valait environ deux mille écus, sans compter ce qu'il attendait encore, crut qu'elle ne ferait pas mal de lui rendre ses cinq cents écus, dans l'espérance de lui arracher une plus forte somme.

Dans ce dessein, elle l'envoya chercher ; et Salabet, devenu plus prudent, et qui s'était attendu à cela, ne fit aucune difficulté d'aller la trouver et se félicitait en lui-même de ne s'être point brouillé avec elle. Il fut mieux accueilli que les dernières fois, et on feignit d'ignorer qu'il eût reçu de nouvelles marchandises.

La belle lui fit d'abord de grandes excuses de ce qu'elle ne lui avait pas rendu son argent dans le temps, ajoutant qu'elle ne doutait point que ce manque de parole ne l'eût mis de mauvaise humeur.

J'avoue, madame, lui répondit-il en riant, que j'eus alors des affaires qui me chagrinèrent un peu ; mais le temps et mes amis m'ont fourni d'autres ressources ». Je suis de telle humeur contre vous, madame, et je vous en veux si fort, que j'ai vendu la plus grande partie de mon bien pour m'établir dans cette ville. J'y ai déjà pour plus de deux mille écus de marchandises, et j'en attends du Ponant pour plus de trois mille encore. Je vous suis trop attaché ; l'amour que vous avez su m'inspirer est trop profondément gravé dans mon cœur, pour que je puisse vivre éloigné de vous. Votre société est devenue nécessaire à mon bonheur. Il semble que vous m'ayez ensorcelé, tant je m'occupe de vous le jour et la nuit.

— Vous me faites grand plaisir, mon cher ami, de m'apprendre que vous êtes dans l'intention de vous fixer dans notre ville. Soyez assuré que mon amour ne s'est pas plus refroidi que le vôtre ; et si j'ai paru moins passionnée dans ces derniers temps, vous ne devez vous en prendre qu'aux chagrins domestiques qui m'étaient survenus. Quand on est dans l'affliction, il est bien difficile de faire bon visage à ses amis. A présent que mes chagrins sont finis, soyez assuré que je serai plus honnête et plus aimable que je ne l'ai été par le passé, sans néanmoins être plus amoureuse ; car, je vous le répète, vous n'avez point cessé de m'être cher. Au reste, une de mes plus grandes afflictions fut de n'avoir pu vous rendre au terme convenu l'argent que vous m'aviez prêté d'une manière si généreuse ; vous fûtes à peine parti qu'il me rentra des fonds. Je vous les aurais envoyés, si j'avais eu votre adresse ; mais puisque vous voilà de retour vous les prendrez vous-mêmes. »

Cela dit, elle fit apporter un sac où étaient les mêmes cinq cents écus qu'elle avait reçus, et les lui mit dans les mains, en le priant de voir si le compte y était. Dieu sait si Salabet dut être content. Il prit le sac, compta les écus, et en trouva cinq cents, ni plus ni moins. Il dit ensuite à la dame qu'il était très-persuadé de la vérité de ce qu'elle venait de lui dire et en même temps si satisfait d'elle, que tout ce qu'il avait serait toujours à son service.

« Vous pourrez vous en convaincre dans le besoin, ma belle dame, ajouta-t-il, surtout quand j'aurai mon ménage en ville. »

Ils se quittèrent tous deux forts contents l'un de l'autre, du moins à en juger par les apparences. Le Florentin continua de la voir, et elle de lui faire toutes les politesses qui étaient en son pouvoir. Ils avaient leurs vues l'un et l'autre ; mais le galant était bien loin de se laisser duper une seconde fois. Il ne songeait, au contraire, qu'à se venger de la tromperie qu'il avait essuyée et de celle qu'on lui préparait, car il lui fut facile de s'apercevoir que madame Blanche-Fleur ne lui avait rendu les cinq cents écus que dans le dessein de lui en escroquer mille et davantage, si la chose était possible.

Un jour qu'elle l'avait prié à souper et à coucher, il feignit en arrivant une tristesse qu'il n'éprouvait pas. On aurait dit qu'il allait mourir, tant le chagrin qu'il affectait paraissait l'avoir changé. La belle, qui ne put s'empêcher de remarquer sa mélancolie, lui en demanda la cause.

Il se fit longtemps presser pour s'expliquer, et lui répondit enfin qu'il était ruiné ; que le vaisseau sur lequel on avait chargé les marchandises avait été arrêté par les corsaires de Monègue, qui demandaient dix mille écus pour le rendre, et qu'il fallait qu'il en donnât mille pour sa part, s'il voulait récupérer ce qui lui appartenait.

« Je n'ai pas un seul écu en ce moment en mon pouvoir, ajouta-t-il, car les cinq cents que vous m'avez rendus, je les ai envoyés à Naples pour faire acheter des toiles qu'on m'enverra ici. Je pourrais bien me défaire des marchandises que j'ai au magasin de la douane ; mais, dans ces temps-ci, j'y perdrais presque la moitié. Malheureusement pour moi, je suis trop peu connu à Palerme pour pouvoir emprunter une somme si considérable. Voilà, ma belle amie, le sujet de mon chagrin. Si je ne trouve pas promptement de l'argent, mes marchandises seront portées à Monègue, et après cela, il n'y a plus de ressources. »

Madame Blanche-Fleur, qui croyait que c'était autant de perdu pour elle, fut véritablement affligée de cet accident, et pensa aux moyens qu'il y avait à prendre pour empêcher que les marchandises ne fussent portées à Monègue.

« Tu ne saurais croire, mon bon ami, combien je partage ta peine. Dieu m'est témoin que si j'avais mille écus en mon pouvoir, je te les prêterais sur l'heure et sans balancer; mais je ne suis pas en argent. Lorsque vous me prêtâtes les cinq cents écus, j'en empruntai cinq cents autres pour parfaire les mille dont j'avais besoin, et m'adressai à un homme qui prend trente pour cent d'intérêt. Si vous voulez emprunter sur ce pied-là, il vous prêtera, j'en suis sûre, tout ce que vous voudrez. Mais, je vous en avertis, il faudra lui donner de bons gages. Tout ce que je puis faire pour vous obliger est de m'engager moi-même pour vous, si l'on veut mon cautionnement; mais, si on le refuse, quelle sûreté trouverez-vous? quels gages pourrez-vous donner? » Salabet sentit d'abord le motif de ces offres, et comprit parfaitement que ce serait elle-même qui prêterait l'argent; ce qui lui fit grand plaisir.

« Quelque exorbitant que soit l'intérêt qu'on exige, lui répondit-il, vous m'obligerez grandement de me faire prêter les mille écus, puisque la nécessité m'oblige d'en passer par là. Pour sûreté, je n'en puis donner de meilleure que les marchandises que j'ai à la douane. J'offre de les inscrire au nom du prêteur, me réservant toutefois le droit de garder les clefs du magasin, soit pour faire voir les marchandises au courtier, soit pour être assuré qu'on ne les gâte point, ou qu'on n'en enlève point, ou qu'enfin on ne les change point contre d'autres de moindre valeur. »

La dame trouva la sûreté suffisante, et la condition ne lui parut pas déplacée. Elle promit de parler au prêteur, et envoya quérir le lendemain un courtier de ses amis qu'elle mit au fait du rôle qu'il devait jouer, et lui donna les mille écus pour les porter à Salabet, qui fit écrire au nom de cet homme les ballots qu'il avait à la douane.

Cela fait, le Florentin s'embarqua le même jour, et alla rejoindre son ami Pierre Canigiano, à qui il remit l'argent qu'il lui avait emprunté. Il lui raconta la vengeance qu'il avait tirée de la Sicilienne, et le remercia du sage expédient qu'il lui avait indiqué pour ravoir ses cinq cents écus.

Après s'être quelque temps diverti à Naples aux dépens de la femme qui l'avait joué, et dont il s'était bien vengé, il retourna à Florence, où il avait eu soin de faire passer à ses maîtres les cinq cents écus qui leur appartenaient.

Madame Blanche-Fleur, ne voyant plus reparaître Salabet, et l'ayant fait chercher vainement dans tout Palerme, commença à soupçonner qu'elle avait été la dupe à son tour.

Après avoir attendu deux mois sans avoir de ses nouvelles, elle fit ouvrir le magasin, et l'on trouva que les barriques, qu'on croyait pleines d'huiles ne l'étaient que d'eau de mer avec un peu d'huile par-dessus.

On éventra les ballots, qui n'offrirent que des étoupes, à l'exception de deux où il y avait des draps de peu de valeur. La belle Sicilienne, se voyant ainsi attrapée, pleura beaucoup les cinq cents écus rendus, mais plus encore les mille écus prêtés, disant à qui voulait l'entendre qu'il ne faisait pas bon se jouer à un Toscan.

Dès que Dionéo eut terminé son récit, on discourut un moment sur les deux personnages qui en avaient fait le sujet, et tout le monde s'accorda à louer le conseil de Pierre Canigiano et la sagesse du Florentin qui le mit à profit. Puis la Reine, voyant que la fin de son règne était arrivé, ôta sa couronne de laurier de dessus sa tête, et la posa sur celle de madame Émilie, en lui disant d'un air gracieux :

« Je ne sais, madame, quelle Reine nous aurons en vous, mais il est certain que si votre gouvernement répond à votre beauté, il sera des plus agréables. Madame Émilie rougit un peu, moins de ce qu'elle avait été élue reine que d'avoir été louée ainsi devant ses compagnes sur un point très-propre à exciter leur jalousie. Après avoir tenu quelque temps ses yeux baissés, par modestie, et que la rougeur de son visage fut passée, elle donna ses ordres au maître d'hôtel, et s'adressant ensuite à la compagnie :

Vous n'ignorez pas, aimables dames, dit-elle, que lorsque les bœufs ont travaillé une partie du jour, on s'empresse de leur ôter le joug pour les laisser paître librement dans les bois ; vous n'ignorez pas non plus que les jardins et les vergers plantés de diverses sortes d'arbres ne sont pas moins agréables que les forêts où l'on ne voit que des chênes. Je pense donc, d'après cette observation, que nous devrions prendre un peu plus de liberté, et ne pas nous assujettir à traiter un même sujet dans toutes les nouvelles d'une journée. C'est pourquoi, dans la journée de demain, il sera libre à chacun de traiter le sujet qu'il lui plaira le plus. Par ce moyen, les histoires seront plus variées. Sauf à la personne qui me succédera dans la Royauté de nous ordonner de suivre l'ancienne méthode.

« Après s'être ainsi expliquée, elle donna congé à chacun jusqu'à l'heure du souper.

« Toute l'assemblée loua la sagesse de la nouvelle Reine sur les choses qu'elle venait de dire. On se dispersa ensuite pour aller s'amuser, celle-ci d'une façon, celui-là d'une autre. Les dames passèrent leur temps à faire des chapelets et des bouquets de fleurs, les hommes à jouer et à chanter. L'heure du souper venue, on se mit à table et l'on mangea gaiement, à côté de la belle fontaine. Après le souper, vinrent la danse et le chant. La nouvelle Reine, pour suivre l'ordre établi par ses prédécesseurs, commanda à Pamphile de chanter une chanson. Pamphile obéit aussitôt et chanta une chanson qui fut applaudie par la compagnie ; chacun se mit à en commenter le sens pour découvrir la personne qui en faisait le sujet, et que Pamphile voulait dérober à leur connaissance. Malgré toutes les recherches et toutes les combinaisons qu'on fit, personne ne devina son secret. La Reine ne tarda pas d'ordonner à la compagnie de se séparer, et les dames, ainsi que les messieurs, qui avaient besoin de repos, allèrent volontiers se coucher.

Là, les cerfs, les daims, les chevreuils et d'autres animaux semblables...

NEUVIÈME JOURNÉE

E soleil était déjà avancé sur l'horizon, les fleurs commençaient à s'épanouir dans les prés, lorsque madame Émilie se leva.

Elle fit appeler ses compagnes, et les hommes, avertis aussi par ses soins, se rendirent auprès d'elle.

Toute la compagnie prit le chemin d'un petit bois qui n'était pas éloigné du palais. Là, les cerfs, les daims, les chevreuils et d'autres animaux semblables, que n'intimidaient pas les chasseurs dont la peste avait extrêmement diminué le nombre, devenus familiers et comme domestiques, les attendaient sans effroi. Ils rôdaient autour d'eux, s'approchaient tantôt de l'un, tantôt de l'autre, sans redouter qu'on les atteignît.

Cette nouveauté intéressa, et l'on s'amusa pendant quelque temps à les faire sauter et courir.

Mais dès qu'on s'aperçut que le soleil commençait à s'élever, chacun fut d'avis de retourner au palais. Ils se couronnèrent tous de branches de chêne, remplirent leurs mains de fleurs nouvelles ou d'herbes odoriférantes, et s'avancèrent dans cet équipage triomphal. Quiconque les eût rencontrés, eût bien jugé que la mort était loin d'eux, ou que si elle venait les surprendre, elle ne pouvait les trouver que dans la joie.

Ils marchaient pas à pas. Les chansons, les joyeux propos passaient de bouche en bouche.

Enfin, arrivés au palais, ils trouvèrent leurs serviteurs faisant bonne chère, se divertissant, mais sans bruit. S'étant un peu reposés, ils songèrent à se mettre à table, mais ce ne fut qu'après que la salle eut retenti d'une demi-douzaine de chansons toutes plus joyeuses l'une que l'autre, chantées tant par les hommes que par les femmes. Alors on leur donna à laver, et le maître d'hôtel les fit tous asseoir, selon l'ordre prescrit par la Reine.

Ils dînèrent joyeusement. La danse et la musique suivirent le repas; ensuite alla dormir qui voulut.

Mais, quand l'heure de l'assemblée fut arrivée, chacun vint prendre sa place pour converser.

La Reine, regardant madame Philomène, lui dit que c'était à elle à commencer la journée, et à dire la première nouvelle. Cette dame sourit et commença ainsi son récit.

NOUVELLE PREMIÈRE

LES AMANTS ÉCONDUITS

Madame, je reçois avec grand plaisir l'honneur que me fait Votre Majesté de m'ordonner de parler la première, dans cette nombreuse compagnie, où règne la liberté, et où il est permis à chacun de dire tout ce qu'il lui plaît. Je ne doute pas que si je dis bien, ceux qui parleront après moi ne disent mieux encore. Il me souvient, aimables dames, que jusqu'à aujourd'hui la plupart de nos nouvelles ont eu pour objet ou l'amour ou le souverain empire que ce sentiment exerce sur nous. Mais nous sommes bien loin d'avoir épuisé la matière, et quand nous nous entretiendrions une année entière, je doute qu'au bout de l'année nous n'eussions encore beaucoup de choses à dire. Il n'est rien que l'amour ne fasse entreprendre; il fait braver les plus grands dangers et le trépas même; il conduit les amants jusque dans les tombeaux, et leur en fait retirer les cadavres qu'on y a déposés.

« C'est sur ce sujet que je veux vous entretenir, et par ce que je vous dirai ainsi que par ce qui a été dit, vous jugerez du pouvoir de l'amour; mais vous n'admirerez pas moins la sagesse d'une femme honnête qui sut se débarrasser de deux hommes qui l'aimaient malgré elle.

Il y eut jadis à Pistoie une veuve charmante, que deux Florentins, bannis de leur patrie et retirés dans cette ville, aimaient avec transport, sans qu'ils se fussent communiqué le secret de leur cœur. L'un se nommait Rinuce Palermin, et l'autre Alexandre Clermontois. La dame se nommait Françoise de Lazares. Tous deux, chacun de son côté, et dans le plus Grand mystère, avaient tout tenté pour attendrir leur commune maîtresse.

Celle-ci, quoique sans amour, mais lassée de leurs messages continuels et fatiguée de leurs prières, avait enfin daigné ouvrir l'oreille à l'un et à l'autre. Cette complaisance n'était peut-être pas trop conforme aux règles de l'honnêteté ; du moins le crut-elle ainsi, et elle voulut expier son étourderie, coupable ou non, en expulsant enfin ceux qui l'avaient causée. Mais comment s'y prendre ? Voici le moyen qu'elle imagina. Elle résolut de leur demander un service qui, bien que possible, devait les effrayer et lui attirer un refus de leur part. Ce refus était un prétexte honnête et naturel pour les congédier et rejeter pour jamais leurs messages.

Le jour même que cette idée vint à la dame, il mourut à Pistoie un homme qui, quoique d'une noble extraction, avait la réputation d'être, non-seulement le plus méchant de tous les habitants de la ville, mais du monde entier. Ajoutez à cela qu'il était d'une laideur et d'une difformité si monstrueuses, que quiconque ne l'eût pas connu en eût été effrayé d'abord. On l'avait enterré près de l'église des Cordeliers. Elle pensa que cet événement pouvait être utile à son dessein.

« Ma chère, dit-elle à une de ses femmes, tu sais combien les empressements amoureux de ces deux Florentins, Rinuce et Alexandre, me déplaisent et me sont à charge. Je ne pourrais jamais me déterminer en leur faveur, et je n'accorderai jamais rien à leurs désirs. Ils s'épuisent en offres et en protestations : je suis d'avis, pour m'en défaire, de les prendre au mot, et de leur proposer une entreprise dont l'exécution me paraît très-incertaine ; ainsi je pourrai me délivrer du mortel ennui de les voir et de les entendre. Tu sais que ce matin Étrangle-Dieu (c'est ainsi que se nommait le scélérat dont j'ai parlé) a été enterré aux Cordeliers ; tu sais aussi que, lorsqu'il était vivant, il était l'effroi des plus intrépides, et que son abord glaçait d'épouvante quiconque le rencontrait ; il doit être par conséquent un monstre d'horreur depuis qu'il est mort. Va donc premièrement chez Alexandre :

« Madame Françoise, lui diras-tu, m'envoie vous apprendre que le temps est venu où vous pouvez obtenir son amitié, l'objet de vos plus vifs désirs, et qu'elle n'attend de vous qu'un service pour lui faire partager son lit. Pour quelques raisons, dont on vous instruira à loisir, un de ses parents doit faire apporter chez elle le corps d'Étrangle-Dieu, enterré de ce matin. Elle le craint tout mort qu'il est, et voudrait bien pouvoir se dispenser de recevoir un tel hôte. Vous lui feriez le plus grand plaisir, vous lui rendriez le service le plus signalé, si vous vouliez aller ce soir, à l'heure du premier somme, au tombeau d'Étrangle-Dieu, vous vêtir de ses habits, vous mettre à sa place, et y demeurer de manière qu'on pût s'y méprendre. Lorsqu'on viendrait vous chercher, il ne faudrait pas laisser échapper un seul mot, un seul mouvement qui vous trahît. Vous vous laisseriez tirer du tombeau et apporter à la maison comme si vous n'étiez plus effectivement qu'un cadavre. Une fois entré, on vous rendrait les droits d'un homme vivant; vous pourriez coucher avec ma maîtresse, et ne sortir de ses bras que lorsqu'il vous plairait; elle se charge du reste. »

Si Alexandre accepte cette offre, à la bonne heure; s'il la refuse, dis-lui de ma part qu'il ne se montre jamais dans les lieux où je serai; qu'il se garde surtout de m'importuner à l'avenir de ses messages ou de ses ambassades.

Ensuite tu iras trouver Rinuce, et tu lui diras :

« Madame Françoise est prête à faire tout ce qu'il vous plaira, mais elle exige auparavant que vous lui rendiez un grand service. Il s'agit d'aller, vers l'heure de minuit, au tombeau où Etrangle-Dieu a été enfermé ce matin, et sans dire un mot, quelque chose que vous entendiez ou que vous sentiez, d'en retirer doucement le cadavre, et de l'apporter à la maison. Là, vous saurez pourquoi elle exige ce service, et ses faveurs seront votre récompense. Si cette entreprise vous déplaît, elle vous mande de cesser pour jamais toutes vos galanteries à son égard. »

La servante s'acquitta fidèlement de la commission, et redit aux deux amants tout ce que sa maîtresse lui avait ordonné de leur dire de sa part. Tous deux, également épris, répondirent que, pour lui plaire, ils étaient prêts à aller, non-seulement dans un tombeau, mais jusqu'aux enfers. La servante rapporta leur réponse à madame Françoise, qui attendit tranquillement que l'évènement justifiât leur propos.

Dès que la nuit fut venue, Alexandre Clermontois se dépouilla de ses habits, sortit de sa demeure à l'heure indiquée, pour aller prendre dans un tombeau la place d'Etrangle-Dieu. Cependant, chemin faisant, son premier courage commençait à l'abandonner; mille idées noires effrayaient son esprit.

« Dieu ! où vais-je ? dit-il en lui-même; quelle sottise est la mienne ! Que sais-je si les parents de cette femme, avertis par hasard de mon amour, et me supposant plus avancé et plus heureux que je ne suis, ne lui font pas faire tout ceci pour m'assassiner dans l'obscurité de ce tombeau ? qui pourrait me secourir ? je n'aurais pas même l'espoir de la vengeance. La solitude du lieu leur garantirait l'impunité du crime. Que sais-je si quelque rival préféré ne lui a pas proposé ce stratagème pour se défaire de moi ? Mais, en supposant que mes conjectures soient fausses, et qu'en effet ses parents me portent en sa maison, du moins dois-je croire qu'ils ne désirent pas le corps d'Étrangle-Dieu pour le tenir entre leurs bras, ou pour le mettre entre les siens ; ce que je puis imaginer de plus raisonnable, c'est qu'ils veulent venger sur le cadavre d'Étrangle-Dieu quelques déplaisirs qu'il leur aura faits durant sa vie.

On m'a recommandé de ne dire mot, quelque chose que je sente ; et, s'ils me crevaient les yeux, s'ils m'arrachaient les dents, s'ils me coupaient les mains, si enfin ils me faisaient quelques tours de cette espèce, pourrais-je me taire ? et si je parle, peut-être me puniront-ils ; mais, quand même ils ne le feraient pas, que me reviendrait-il de mon entreprise ? sans doute, ils ne me laisseront point avec madame Françoise, qui d'ailleurs ne manquera pas de me reprocher d'avoir enfreint ses ordres, et qui sera alors en droit de se refuser à mes désirs. »

Ces réflexions l'ébranlaient et l'auraient fait retourner chez lui, si l'amour, plus persuasif que la raison, ne lui en eût présenté de toutes contraires à celles-là, et d'une manière si pressante, qu'il fut contraint d'y céder. Il arrive au tombeau, il l'ouvre, il y entre, il dépouille Étrangle-Dieu, revêt ses habits, referme le tombeau sur lui et se met à la place du mort. Il n'y fut pas plus tôt que les plus effrayantes pensées se présentèrent en foule à son imagination alarmée.

Il se représente ce qu'avait été Étrangle-Dieu dont il occupe la place ; il se rappelle les sinistres histoires qu'il avait autrefois entendu raconter de ce qui arrivait pendant la nuit, non-seulement parmi les tombeaux des morts, mais ailleurs ; ces souvenirs faisaient hérisser ses cheveux. Il croyait à tout moment qu'Étrangle-Dieu allait se lever et l'étrangler ; mais enfin, soutenu par la violence de son amour, et se tenant dans la posture d'un mort, il attendit avec quelque tranquillité ce que le sort voudrait ordonner de lui.

D'un autre côté, à minuit, Rinuce sortit de sa maison pour obéir aux ordres de la dame. Dans la route, il s'occupait tristement de ce qui pouvait lui arriver.

« Si je suis surpris, disait-il en soi-même, avec le corps d'Étrangle-Dieu sur mes épaules, je serai mis entre les mains de la justice : si l'on me traite de magicien, je cours risque d'être brûlé : si les parents du mort viennent à savoir ceci, me voilà exposé à toutes les suites de leur juste ressentiment. »

Mille autres idées affligeantes le rendaient incertain. « Mais, quoi! disait-il en son cœur, la première fois que cette femme si aimable et si tendrement chérie me demande un service, je lui refuserais, surtout quand ses plus chères faveurs en doivent être le prix ! Non. Dussé-je en mourir, j'essayerai de faire ce que j'ai promis. »

Il va droit au tombeau, et l'ouvre légèrement. Au bruit qu'il fait, Alexandre, quoique effrayé, ne dit mot Dès que Rinuce fut entré, croyant s'emparer du corps d'Etrangle Dieu, il prend Alexandre par les pieds, et le tire dehors, le charge sur ses épaules et s'enfuit vers la maison de la dame. Comme il ne donnait pas beaucoup d'attention à son fardeau, et que la nuit d'ailleurs était fort obscure, le prétendu mort recevait de temps en temps des contusions ; sa tête donnait tantôt contre le coin d'une rue, tantôt contre une porte et tantôt contre autre chose.

Rinuce était déjà tout près de la porte de madame Françoise, qui s'était mise à la fenêtre avec sa servante pour voir s'il portait Alexandre, et qui avait des excuses toutes prêtes pour les renvoyer tous deux, lorsque le hasard la servit à son gré. Les gens du guet, placés dans cette rue pour arrêter un malfaiteur, entendant marcher Rinuce, tirent tout à coup leurs lanternes de dessous leurs habits pour voir qui c'était et ce qu'ils avaient à faire. Ils agitent leurs rondaches et leurs javelines en criant :

« Qui est là ? » A cette brusque interrogation, Rinuce les reconnut, et n'ayant pas trop le loisir de songer à ce qu'il devait faire, il laisse tomber son fardeau et s'enfuit à toutes jambes. Alexandre, quoiqu'il eût sur son dos les habits d'Etrangle-Dieu, qui étaient fort longs, s'enfuit de même. A la faveur des lanternes du guet, la dame avait vu toute cette scène, et s'était fort bien aperçue que Rinuce portait Alexandre, et que celui-ci était couvert des habits d'Etrangle-Dieu ; leur courage l'étonna, mais son étonnement ne l'empêcha pas de rire lorsqu'elle vit Alexandre jeté par terre, Rinuce s'enfuir et son compagnon de l'imiter. Cette aventure la divertit beaucoup.

Elle loua Dieu qui l'avait délivrée de l'embarras où elle était, ferma la fenêtre et gagna son appartement. Cependant elle convint avec sa servante que ses deux amants l'aimaient beaucoup, puisqu'ils avaient ponctuellement suivi ses ordres.

Rinuce, triste, affligé, maudissant la fâcheuse rencontre qui avait fait échouer son entreprise presque achevée, revint quand le guet fut parti, pour se ressaisir de sa proie.

Ne la trouvant pas, il s'imagina qu'on s'en était emparé, et, le dépit dans le cœur, il s'en retourna chez lui. Alexandre, non moins mécontent que Rinuce, ne soupçonnant pas le tour qu'on lui avait joué, ne sachant que devenir, regagna aussi son gîte fort tristement.

Le matin, on trouva le tombeau ouvert et vide. Ce fut la matière de beaucoup de propos différents dans la ville de Pistoie. Chacun en parla à sa manière. Les plus sots disaient que le diable avait emporté Étrangle-Dieu.

Cependant nos deux amants ne voulurent pas avoir perdu leur peine entière. Chacun, de son côté, conta à la dame ce qu'il avait fait, ce qui était arrivé; s'excusa de n'avoir pu entièrement remplir ses volontés, demanda grâce et un peu de retour pour un amour si violent et si vrai.

Mais, toujours inflexible et feignant de ne pas ajouter foi à leur récit, elle s'en débarrassa honnêtement, en leur faisant entendre qu'ils n'avaient rien à espérer d'elle, puisqu'ils n'avaient pas fait ce qu'elle exigeait.

NOUVELLE II

LE PSAUTIER DE L'ABBESSE

Madame Philomène avait à peine cessé de parler, que toute la compagnie loua l'adresse de madame Françoise, et convint qu'elle avait fait preuve d'une grande sagesse, par la manière dont elle avait su se débarrasser de deux amants importuns qu'elle ne voulait point aimer; mais tout le monde s'accorda à regarder l'action des Florentins, moins comme un trait d'amour que comme l'effet d'une folie très-décidée. Quand chacun eut dit son avis, la Reine commanda gracieusement à madame Élise de conter sa nouvelle, et cette dame commença ainsi ;

« Mes très-chères dames, madame Françoise s'est avec beaucoup d'adresse su tirer de l'embarras où elle était, comme on vient de nous le faire voir : une jeune nonnain, que le hasard favorisa, ne montra pas moins de présence d'esprit et de ruse, dans une rencontre beaucoup plus difficile. Vous savez que les personnes les plus répréhensibles s'érigent quelquefois en censeurs de la conduite des autres : la fortune ne seconde pas toujours leur zèle apparent; c'est ce qu'éprouva l'abbesse de la jeune nonnain dont je veux vous parler.

Il y a en Lombardie un monastère fameux par sa sainteté et l'austérité de la règle qu'on y observe. Une femme, nommée Isabeau, qui réunissait en elle la noblesse et la beauté, l'habitait depuis quelque temps. Un jour, un de ses parents vint la voir à la grille avec un ami; cet ami était jeune et bien fait. La nonnain le sentit, et en devint dès ce moment éperdûment

amoureuse. Une heureuse sympathie agit sur le cœur du jeune homme ; il
ne fut pas plus insensible aux charmes d'Isabeau qu'elle aux siens. Mais ils
ne retirèrent pendant longtemps de cet amour mutuel d'autres fruits que
les tourments de la privation.

Cependant, comme tous deux ne songeaient qu'aux moyens de se voir et
de se réunir, le jeune homme, plus fécond en ressources, trouva un expédient sûr pour se glisser furtivement dans la cellule de sa maîtresse. Tous
deux, également joyeux d'une si heureuse découverte, se dédommagèrent
de la longue attente, et jouirent longtemps de leur bonheur sans contre-
temps.

Mais enfin la fortune trahit leurs plaisirs : Isabeau avait trop de charmes,
et son amant était trop bien fait, pour n'être pas exposée à la jalousie des
autres religieuses. Plusieurs espionnaient toutes ses actions, et, se doutant
de son intrigue, elles ne la perdaient presque pas de vue. Une nuit, entre
autres, une religieuse vit sortir son amant de sa cellule, sans en être
aperçue, et elle communiqua sa découverte à quelques autres.

Elles résolurent de dénoncer leur compagne à l'abbesse, nommée
madame Usinbalde, et qui passait dans l'esprit de toutes ses nonnains, et
de quiconque l'avait vue, pour la bonté et la sainteté mêmes. Pour qu'on
ne soupçonnât pas leur témoignage, et qu'il ne fût pas possible à Isabeau
de le récuser, elles concertèrent de faire en sorte que l'abbesse trouvât la
nonnain couchée avec son amant.

Ce projet arrangé, chacune de son côté fit le guet, se mit aux écoutes, afin
de surprendre cette pauvre amante qui vivait dans la plus grande sécurité.

Un soir qu'elle avait fait venir son amant, les perfides sentinelles le
virent entrer dans sa chambre. Plutôt que de faire du bruit, elles lui
donnent le temps de jouir des plaisirs de l'amour, et se divisent en deux
bandes ; l'une veille sur l'appartement d'Isabeau, l'autre court chez
l'abbesse. Elles frappent à la porte :

— « Allons vite, allons, madame, accourez ; la sœur Isabeau a un jeune
homme dans sa chambre. »

A ce bruit, à ces cris, l'abbesse, effrayée et craignant que par trop
d'empressement les nonnes n'enfonçassent la porte, et ne découvrissent
dans son lit un prêtre qui le partageait avec elle et qu'à l'aide d'un coffre
elle introduisait dans le couvent, se leva à la hâte, s'habilla du mieux
qu'elle put, et, pensant couvrir sa tête d'un voile qu'on nomme le Psautier,
elle s'embéguina de la culotte du prêtre.

Dans cet équipage grotesque, et dont les nonnes trop occupées ne s'aperçurent pas, l'abbesse criant dévotement :

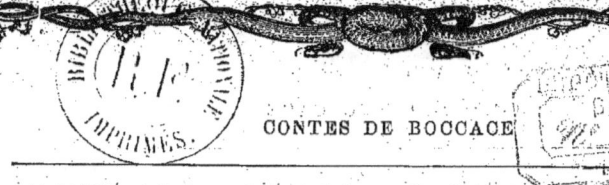

Tu iras trouver Rinuce et tu lui diras : (page 636).

— « Où est cette fille maudite ? »

On arrive à sa porte, on l'enfonce, on entre, on trouve les deux amants dans les bras l'un de l'autre. L'étonnement, l'embarras les rendaient immobiles. Mais les nonnes, furieuses, enlevèrent leur jeune sœur, et, par l'ordre de l'abbesse, la conduisirent au chapitre.

Le jeune homme resta dans la cellule ; il s'habilla et voulut attendre l'issue de cette aventure, bien résolu de se venger, sur celles qu'il pourrait attraper, des mauvais traitements qu'éprouverait sa maîtresse, si l'on ne la respectait pas, de l'enlever et de s'enfuir avec elle.

L'abbesse arrive au chapitre et prend sa place. Toutes les nonnains y étant, les yeux de toutes étaient fixés sur la pauvre Isabeau.

L'abbesse commence sa réprimande, qu'elle assaisonne des plus piquantes injures; elle traite la pauvre coupable comme une femme qui avait souillé et terni, par ses actions abominables, la réputation de sainteté dont jouissait le couvent.

Isabeau, honteuse et timide, gardant le silence de la conviction, n'ose lever les yeux, et son touchant embarras inspire de la pitié à ses ennemies mêmes.

L'abbesse continue toujours ses invectives; la nonnain, comme enhardie par l'excès d'un tel emportement, ose lever la vue, l'arrête sur la tête de l'abbesse, et voit la culotte du prêtre qui pend aux deux côtés. Cette vue la rassure.

— « Madame, lui dit-elle, que Dieu vous soit en aide! dites-moi bien tout ce qu'il vous plaira; mais, de grâce, rajustez votre coiffe. »

L'abbesse, qui n'entendait rien à ce discours :

« De quelle coiffe parles-tu, impudente? dit-elle. As-tu l'audace de vouloir railler? te semble-t-il avoir fait quelque chose de risible?

— Madame, encore un coup, dites-moi tout ce qu'il vous plaira; mais, de grâce, rajustez votre coiffe. »

Cette prière singulière, répétée avec affectation, fit tourner tous les yeux sur l'abbesse, et la décida enfin à porter elle-même la main sur sa tête. On vit alors pourquoi Isabeau avait parlé comme elle avait fait.

L'abbesse, décontenancée, et sentant qu'il était impossible de déguiser son aventure, changea de langage, et conclut son discours par faire voir combien il était difficile d'opposer une résistance continuelle aux aiguillons de la chair.

Aussi douce dans cet instant qu'elle avait d'abord paru sévère, elle permit à ses ouailles de continuer, comme on avait fait jusqu'à ce jour, à saisir toutes les occasions de s'amuser en secret. Après avoir pardonné à Isabeau, elle regagna son appartement. Isabeau rejoignit son ami, le fit encore revenir plusieurs fois, et fut heureuse en dépit de l'envie.

NOUVELLE III

L'AVARE DUPÉ OU L'HOMME GROS D'ENFANT

Dès que madame Élise eut achevé sa nouvelle, chacun loua Dieu de ce qu'il avait épargné, à la jeune nonain, les violentes injures et les reproches amers de ses jalouses compagnes.

La Reine ordonna à Philostrate de parler : sans se faire prier, il commença ainsi :

Le sot juge dont je vous entretins hier me fit échapper l'occasion de vous conter une aventure de Calandrin, que je désirais de vous apprendre.

Quoique nous ayons souvent déjà parlé de lui, tout ce qui le concerne est si plaisant, que je ne crois pas vous déplaire en vous en parlant encore. Vous connaissez son caractère et celui de ses compagnons; il est inutile de vous les retracer de nouveau. Je vous dirai donc, sans autre préambule, que mon héros, devenu possesseur d'une somme de deux cents livres par la mort d'une de ses tantes, se crut un des plus riches particuliers de l'Italie.

Il se mit en tête d'acheter une métairie. Il n'y avait homme dans Florence qui pût lui donner des renseignements sur un achat de cette nature qu'il ne consultât; eût-il eu dix mille écus à y employer, il n'eût pas fait plus de démarches et n'y eût pas attaché plus d'importance. Il fut obligé de renoncer à tous les marchés qu'il entama; le prix se trouvait toujours au-dessus de ses forces.

Lebrun et Bulfamaque, qui éclairaient sa conduite, lui remontrèrent plusieurs fois qu'il serait bien plus sage à lui d'employer son argent à régaler ses amis qu'à une acquisition qui ne lui convenait en aucune manière. Mais leurs conseils n'avaient pas fait impression sur son âme, et n'avaient pu l'amener à leur donner à dîner une seule fois. Comme ils s'en plaignaient un jour, arrive un de leurs compagnons, nommé Nello. Délibération sur la manière dont il faudrait s'y prendre pour se régaler aux dépens de Calandrin. On convint d'un projet dont voici l'exécution.

Le lendemain, Calandrin sort de sa maison; il n'en est pas encore fort éloigné, que Nello l'aborde :

« Bonjour Calandrin.

— Bonjour, Nello. »

Après les premiers compliments d'usage, Nello fixe Calandrin avec une attention mêlée de surprise.

« Que considères-tu donc? dit Calandrin.

— N'as-tu pas senti quelque chose cette nuit? tu me parais absolument changé.

— Comment? que dis-tu? que crois-tu donc qu'il me soit arrivé?

— Je ne sais; quoiqu'il en soit, tu n'es pas comme à ton ordinaire, et Dieu veuille que ce ne soit pas pas ce que j'ai lieu d'imaginer. »

Sur ces mots, Nello laisse aller Calandrin. Celui-ci, prévenu, inquiet, n'éprouvant cependant aucun mal, rencontre Bulfamaque à quelques pas, qui, l'ayant salué, lui demanda s'il ne sentait rien.

« Je ne sais; Nello, que je viens de rencontrer, m'a dit que je lui paraissais tout changé; serait-il bien possible que j'eusse quelque chose?

— Si tu as quelque chose! assurément; tu sembles à demi-mort. »

À ces mots, Lebrun survint :

« Ah! Calandrin, quel visage as-tu là! On te prendrait pour un mort. Comment te trouves-tu? »

Ces trois rapports si uniformes, et qui avaient l'air d'être si peu concertés, persuadèrent Calandrin qu'il était effectivement malade.

« Que dois-je faire? demanda-t-il douloureusement à ses amis.

— Si tu m'en crois, dit Lebrun, tu te mettras dans ton lit, tu te couvriras bien, tu enverras de ton urine à maître Simon le médecin, qui, comme tu sais, est absolument dévoué à nos intérêts; il découvrira le genre de ta maladie et t'en prescrira le remède. Nous voulons t'accompagner; et, s'il est besoin de te faire quelque chose, nous sommes à ton service. » Nello les rejoignit, et tous trois suivirent Calandrin dans sa maison. Dès qu'ils y furent arrivés, Calandrin dit tristement à sa femme :

« Viens, ma femme, viens me couvrir, car j'éprouve une grande douleur. »

S'étant couché, son premier soin fut d'envoyer de son urine à maître Simon, qui, pour lors, demeurait au vieux marché, à l'enseigne du Melon. Il chargea une petite fille de ce message. Lebrun dit alors à ses compagnons :

« Mes amis, demeurez ici; moi, je vais savoir la réponse du médecin, et je l'amènerai, si cela est nécessaire.

— Ah! oui, mon ami, dit Calandrin, va savoir toi-même, ce que tout cela veut dire; je me sens du mal par-ci par-là, cela me donne beaucoup d'inquiétude. »

Lebrun part, arrive chez maître Simon avant la petite fille, et lui fait part de tout le complot. La messagère entre avec la bouteille d'urine; le médecin l'examine avec attention.

« Retourne, ma mie, vers Calandrin; dit-lui de se tenir chaudement; dans un instant j'irai le voir : je lui dirai quel mal il a et quel régime il doit garder pour s'en débarrasser. »

La messagère revient, fait son rapport, et, un moment après, entre Lebrun accompagné du médecin. Il tâte le pouls du malade, et lui dit, en présence de sa femme :

« Calendrin, mon ami, si tu veux que je te parle vrai, tu n'as d'autre mal que d'être gros d'enfant. »

A cette nouvelle inattendue, Calendrin, désespéré, s'écrie :

« Ah! ma femme, c'est toi qui m'as mis dans cet état. Je te l'avais bien dit; tu n'as jamais voulu me croire, et, malgré mes remontrances, tu as toujours voulu te mettre sur moi et renverser l'ordre établi par la nature. »

La femme, qui était très-honnête, rougit et quitta la chambre ; mais Calandrin continue :

« Ah ! malheureux que je suis ! que vais-je devenir ? que puis-je faire ? comment accoucherai-je ? par où l'enfant pourra-t-il sortir ? Je vois bien qu'il faudra mourir, et mourir par la rage de cette maudite femme. Dieu puisse-t-il lui faire autant de mal que je me désire de bien ! Si j'étais aussi sain que je le suis peu, je me lèverais bientôt, je prendrais un bâton et lui donnerais tant de coups, que je la mettrais en pièces. Cependant, si je suis puni, il faut convenir que je le mérite bien : je ne devais jamais condescendre à ses volontés. Mais, si je puis en revenir, qu'elle soit persuadée que je la verrais mourir plutôt mille fois, que de la satisfaire à cet égard. »

Lebrun, Bulfamaque et Nello faisaient tous leurs efforts pour s'empêcher de rire. Pour le médecin, il se donnait libre carrière, il éclatait si fort, il ouvrait si largement sa bouche, qu'on eût pu sans peine lui arracher toutes les dents. Enfin Calendrin eut recours à lui, se recommanda à son art, et le pria instamment de lui donner, dans cette détresse, ses conseils et ses soins. Le médecin lui dit obligeamment :

« Mon ami, il ne faut pas tant te tourmenter. Grâce à Dieu, je me suis assez tôt aperçu de ton mal pour y apporter un remède aussi prompt qu'efficace ; mais il t'en coûtera un peu.

— Hélas ! monsieur, j'ai deux cents livres, avec lesquelles je voulais acheter une métairie, prenez-les, s'il le faut, je les sacrifie volontiers pour me tirer de l'embarras où je suis, et pour n'être point dans le cas d'accoucher ; car en vérité, je doute que je puisse soutenir une si terrible opération. J'ai, dans ce moment, entendu les femmes crier si fort, et n'étant pas conformé comme elles, je vois bien qu'il faudrait en mourir.

— N'aie aucune inquiétude, mon ami, je vais te préparer un breuvage très-agréable, qui, en trois matinées, te tirera d'affaire et te rendra plus sain qu'auparavant. Mais, dans la suite, sois sage, et garde-toi bien de retomber dans tes anciennes folies. Pour composer l'eau que tu dois boire, il faut une demi-douzaine de chapons gras, et, pour les autres drogues qu'on doit y mêler, tu donneras à Lebrun cinq livres ; il les achètera, et me fera porter tout dans ma boutique. Je t'enverrai demain matin, s'il plaît à Dieu, cet excellent breuvage, dont tu boiras un grand verre tous les jours.

— Monsieur, lui répondit Calandrin, je remets tout entre vos mains. »
Il donna cinq livres à Lebrun outre l'argent nécessaire pour acheter les

chapons, et le pria de vouloir bien se donner la peine d'en faire l'emplette pour l'amour de lui.

De retour chez lui, le médecin fit faire un bouillon qu'il envoya au prétendu malade. Lebrun, ayant acheté les chapons et tout ce qui devait les accompagner, revint avec Bulfamaque et Nello. L'on but et l'on mangea en l'honneur de Calandrin. Celui-ci prit son bouillon pendant trois jours de suite. Ses amis vinrent le voir. Le médecin, lui ayant tâté le pouls, lui dit :

« Calandrin, te voilà absolument guéri. Lève-toi maintenant ; tu peux sortir quand il te plaira. »

Le sot se lève, va à ses affaires, cour, la ville et vante partout la cure merveilleuse que maître Simon a faite sur lui. Lebrun, Bulfamaque et Nello étaient charmés d'avoir pu tromper l'avarice de Calandrin ; mais la femme de ce dernier, s'étant aperçue du tour, s'en vengea en grondant son benêt de mari.

NOUVELLE IV

LE VALET JOUEUR

Toute la compagnie rit beaucoup du discours singulier de Calandrin à sa femme. Mais Philostrate ayant cessé de parler, madame Néiphile, d'après l'ordre de la Reine dit :

« Vertueuses dames, s'il n'était pas plus facile aux hommes de faire connaître leur sottise et leurs vices, que leur bon sens et leur vertu, on les verrait plus retenus et plus discrets. Vous l'avez vu par l'histoire de Calandrin. Il pouvait très-bien se guérir du mal dont son imagination était alarmée, sans trahir le secret des plaisirs de sa femme. Cette aventure m'en rappelle une autre absolument contraire.

« On y voit le bon sens d'un homme trompé, raillé, volé par la malice d'un autre. »

Il n'y a pas longtemps qu'il y avait à Sienne deux hommes de même âge et de même nom. Tous deux se nommaient François ; mais l'un était de la maison des Anjollier, l'autre des Fortarigue. Quoiqu'ils fussent assez différents de mœurs et de caractère, ils s'accordaient très-bien en un point, savoir, dans l'aversion qu'ils avaient respectivement pour leur père, et cette conformité criminelle avait suffi pour les lier d'une étroite amitié.

Anjollier, qui était bien fait et d'une naissance distinguée, voyant que la pension que lui faisait son père ne pouvait l'entretenir à Sienne avec quelque éclat, et ayant appris qu'un cardinal de ses amis, et qui lui était entièrement dévoué, avait été envoyé par le pape dans la Marche d'Ancône avec le titre de légat, résolut d'aller le trouver, dans l'espérance d'augmenter, en s'attachant à lui, son état et sa fortune.

Il communiqua son projet à son père, qui l'approuva, et qui voulut bien lui avancer six mois de sa pension, afin qu'il fût en état de s'habiller avec décence et de paraître avec honneur. Il ne lui manquait plus qu'un domestique.

Fortarigue, qui sut qu'il en cherchait un, vint s'offrir pour lui en tenir lieu, sous le titre de page, ou de telle autre qualité qu'il voudrait lui donner, n'exigeant d'autre salaire que sa dépense.

Anjollier répondit qu'il ne voulait pas consentir à cet arrangement; qu'il le croyait très-capable de bien faire tout ce qui concerne le service, mais qu'il lui connaissait deux défauts insupportables, le goût du jeu et l'amour du vin. Fortarigue jura qu'il renoncerait à l'un et à l'autre. Enfin Anjollier, gagné par ses serments, vaincu par ses prières, consentit à tout.

On part, on va dîner à Boncouvent. L'excès de la chaleur décida Anjollier à s'y reposer.

Il se fait préparer un lit, se déshabille, se couche, recommande à son nouveau domestique de l'éveiller à midi. Pendant son sommeil, Fortarigue court à la taverne; il boit, il joue, et en peu d'heures il se voit dépouillé, non-seulement du peu d'argent qu'il pouvait avoir, mais encore de tous ses habits.

Nu, en chemise, il va dans l'auberge où Anjollier dormait, monte à sa chambre, lui prend tout son argent et retourne au tripot. La fortune ne lui fut pas plus favorable : il perdit l'argent de son maître, comme il avait perdu le sien. Anjollier éveillé se lève, s'habille, demande Fortarigue; et, ne le trouvant point, il imagine qu'il dort en quelque endroit écarté, assoupi par les fumées du vin, selon son ancienne coutume. Cette mauvaise conduite le décide à le laisser là, projetant de prendre un valet à Corsignan. Mais, quand il voulut payer son hôte, il trouva sa bourse vide. Jugez du bruit qu'il fit; il menaça l'hôte, l'hôtesse et tout son monde de les faire arrêter et conduire dans les prisons de Sienne. Toute la maison était en alarmes. Arrive Fortarigue, nu, comme la première fois, et venant pour se couvrir des habits de son maître, mais, le voyant prêt à monter à cheval :

« Qu'est-ce que ceci? lui dit-il; faut-il partir tout à l'heure? attendez, je vous en conjure, quelques instants. J'ai mis mon habit en gage pour trente-huit sols, et l'homme va venir tout à l'heure; je suis sûr qu'il le rendra pour trente-cinq sols; c'est trois sols de gain : voudriez-vous perdre une si belle occasion? »

Pendant qu'il parlait ainsi, on vient dire à Anjollier que ce ne pouvait être que Fortarigue qui a pris son argent, attendu la quantité de celui qu'il

avait perdu au jeu. Anjollier, outré de cette friponnerie, entre en fureur,
l'accable d'injures, le menace de de faire pendre ou de le faire bannir de
Sienne ; il eût été plus loin que les menaces, s'il n'eût craint de se manquer
à lui-même. Enfin, il monte à cheval, Fortarigue, feignant de croire que
ces injures s'adressaient à un autre, disait à Anjollier :

« Laissez-là toutes ces folies, elles ne valent pas la peine de nous
occuper ; revenons à ce qui nous intéresse véritablement. Songez qu'aujourd'hui nous pouvons l'avoir pour trente-cinq ; que demain il en vaudra
peut-être trente-huit : encore un coup, dites-moi, je vous prie, pourquoi ne
pas gagner ces trois sols ? »

A ce ton de confiance, les spectateurs croyaient Fortarigue innocent, et,
loin d'imaginer qu'il eût volé l'argent d'Anjollier, assuraient que celui-ci
s'était emparé du sien. Cependant il se désespérait :

« Quel besoin ai-je de ton pourpoint? disait-il ; malheureux, que n'es-tu
pendu ! non content d'avoir joué mon argent, tu retardes mon départ, et
joins, sans pudeur, l'insolence à la friponnerie ! »

Ces injures ne touchaient pas Fortarigue, qui, feignant toujours de
croire que cela s'adressait à un autre, disait :

« Hé pourquoi ne voulez-vous pas que je gagne ces trois sols ? pensez-
vous que je ne puisse vous les rendre ? Je vous en conjure, par l'amitié
que vous avez pour moi, faites ce que je vous demande. Qui vous presse
de partir si vîte ? nous pouvons encore arriver ce soir de bonne heure à la
Tourrenière. Allons, tirez votre bourse. Je vous jure que je courrais tous
Sienne avant de trouver un habit qui me convînt aussi bien que celui-là, et
vous voudriez que je l'abandonnasse pour trente-huit sols? Songez qu'il
en vaut encore plus de quarante, et qu'ainsi vous me faites faire une
double perte. »

Anjollier, qui enrageait au fond de l'âme, mais décidé à ne plus
répondre, tourne la bride de son cheval, et prend le chemin de Tourre
nière. Fortarigue, qui avait son projet, le suit en chemise, le priant
toujours de racheter son pourpoint. Anjollier, pour ne le point entendre,
piquait son cheval. Enfin, après avoir couru à peu près l'espace d'une
lieu, Fortarigue aperçut des laboureurs dans un champ voisin de la route,
et leur crie de toute sa force :

« Arrête, arrête ! »

Ils accoururent tous, l'un avec sa houe, l'autre avec sa bêche, et ils
coupent le chemin à Anjollier, imaginant qu'il avait dépouillé celui qui
courait ainsi en chemise après lui. Ce fut en vain qu'Anjollier leur dit ce
qui en était. Fortarigue arrive, et, feignant d'être en colère ;

Fortarigue court à la taverne; il boit, il joue (page 647).

« Je ne sais à quoi il tient que je ne te tue, infâme, scélérat, dit-il à Anjollier : vous voyez, messieurs, comme il m'a équipé, après avoir joué et perdu tout ce qu'il avait ; mais, grâce à vous et à Dieu, j'en serai reconnaissant toute ma vie.

Anjollier en disait autant de son côté, mais on ne l'écoutait pas. Enfin, aidé des paysans, Fortarigue le descendit de cheval, le déshabilla, se revêtit de ses habits, monta sur son cheval, prit le chemin de Sienne, disant partout qu'il avait gagné le cheval et les habits d'Anjollier.

Ainsi, celui qui pensait aller trouver son cardinal en bon équipage dans la Marche d'Ancône, fut obligé de s'en retourner, pauvre et nu, à Boncouvent. Il n'osa paraître à Sienne dans un si triste état. On lui prêta enfin des habits sur le cheval que montait Fortarigue, et qu'il avait été contraint de laisser à l'auberge pour gage de ce qu'il devait.

Il alla à Corsignan, chez des parents qu'il y avait, et y demeura jusqu'à ce qu'il eut de nouveaux secours de son père. Ainsi la méchanceté de son compagnon renversa ses projets de fortune; mais il sut s'en venger dans un temps plus favorable.

NOUVELLE V

LE SOT AMOUREUX DUPÉ

Dès que madame Néiphile eut achevé sa courte nouvelle, qui ne fut pas beaucoup applaudie et qui n'excita pas les éclats de rire accoutumés, la Reine se tourna du côté de madame Flamette, et lui ordonna de conter à son tour. Elle ne se fit pas prier et commença ainsi :

« Aimables dames, je crois qu'il n'est point de sujet si rebattu qui ne présente une face nouvelle, et qui ne puisse plaire, lorsque l'on sait sagement choisir le temps et le lieu qui lui conviennent. Ainsi, puisque l'unique objet de notre séjour ici et l'unique but de notre réunion est le plaisir, tout ce qui peut le faire naître est merveilleusement adapté au lieu et au temps où nous nous trouvons, et ne peut nous déplaire quand il n'aurait pas le mérite de la nouveauté. Quoique Calandrin soit fameux parmi nous, que beaucoup de ses faits nous soient connus, je veux encore le rappeler à votre souvenir, parce que, comme l'a remarqué Philostrate, toutes ses actions sont plaisantes. Si je voulais m'éloigner de la vérité, j'en sais bien le moyen : je saurais couvrir mon récit de noms empruntés et dépayser la curiosité de mes auditeurs. Moi, je suis persuadée que cette réserve diminue leur plaisir, et qu'elle affadit le sel d'une narration. Je vous présenterai donc l'aventure telle qu'elle est effectivement arrivée, sans lui prêter aucun ornement étranger.

Nicolas Cornaccini, riche bourgeois de Florence, avait, entre ses autres possessions, un fort beau bien à Camérata, où il fit bâtir un superbe château. Pour les peintures dont il voulait l'embellir, il s'adressa à Lebrun et Bulfamaque, et conclut marché avec eux; et, parce qu'il y avait beaucoup de travail, ces deux artistes s'associèrent Nello et Calandrin.

Il ne demeurait dans ce château qu'une vieille servante pour le garder; comme il y avait déjà quelques meubles, quelques lits et autres choses nécessaires, un fils de Cornaccini, nommé Philippe, profitait quelquefois de cet asile secret, et venait s'y divertir de temps en temps avec des courtisanes qu'il renvoyait au bout de vingt-quatre heures. Il était jeune et à marier.

Un jour, un nommé le Mangione, qui tenait à Camaldoli une maison remplie de ces sortes de filles, lui en céda une pour quelque temps, qu'il emmena à Camérata. On l'appelait Colette ; elle était belle, vêtue richement et démentait par ses discours et son maintien la profession qu'elle exerçait.

Un matin cette fille, étant sortie de son appartement, vêtue d'un simple jupon, les cheveux négligemment bouclés, pour se laver les mains et le visage à un puits qui était dans la cour du château, rencontra Calandrin qui puisait de l'eau. Le peintre la salua honnêtement.

La figure de Calandrin parut à la courtisane si extraordinaire, si nouvelle, qu'elle le considéra longtemps avec une attention mêlée de surprise.

Calandrin ne fut pas en reste avec elle, et ne lui épargna pas les coups d'œil. Sa beauté le frappa tellement, que ce qui n'était d'abord que l'effet de la curiosité fut celui de l'amour ; il restait toujours auprès d'elle, mais il n'osait lui parler, parce qu'il ne la connaissait pas. Colette, qui n'avait pas été longtemps à deviner ce que signifiaient des regards si opiniâtres, voulant s'amuser un moment, le lorgnait et soupirait par intervalles.

Ce jeu tourna absolument la tête au pauvre Calandrin ; il ne sortit point de la cour que Philippe n'eût rappelé Colette, et qu'elle ne fût montée à sa chambre.

Calandrin, de retour à l'ouvrage, ne faisait que soupirer. Lebrun, qui s'amusait souvent à ses dépens, s'en apercevant, lui dit :

« Que diable as-tu donc, Calandrin ? tu ne fais que soupirer.

— Ah ! compagnon, si j'avais quelqu'un qui voulût m'aider, que je ferais bien mes affaires !

— Comment ! n'est-il personne à qui tu puisses confier ton secret ?

— Il y a dans cette maison une femme plus belle qu'une divinité, qui est si amoureuse de moi, que cela te paraîtrait incroyable ; je viens de m'en apercevoir en allant puiser de l'eau.

— Par Notre-Dame ! mon ami, prends garde que ce ne soit la femme de Philippe.

— Je crois que c'est elle-même, répondit Calandrin, mais que m'importe ? sur cet article je puis tromper et Philippe et tout le monde. Mon ami, je veux tout t'avouer : elle me plaît au dernier point.

— Je prendrai des informations sur son compte ; je saurai si elle est la femme de Philippe, comme il y a grande apparence, et si notre conjecture se trouve vraie, tu peux être assuré de réussir, parce que je la connais très-particulièrement ; mais comment nous cacher de Bulfamaque ? Je ne lui parle jamais qu'en sa présence.

— Je ne crains pas que Bulfamaque le sache, dit Calandrin : mais, pour

Nello, j'exige le plus grand secret : il est parent de ma femme, et capable de l'en instruire.

— Fort bien : je suis de ton avis. »

Lebrun savait qui était la belle, il l'avait vue venir, et d'ailleurs Philippe l'avait mis dans sa confidence. Calandrin étant sorti pour voir sa maîtresse, Lebrun ne perdit pas un instant pour conter toute cette histoire à Bulfamaque et à Nello. Ils concertèrent ensemble ce qu'ils devaient faire pour s'amuser de cette nouvelle aventure. Lorsque Calandrin fut de retour à l'atelier, Lebrun lui dit doucement :

« L'as-tu-vue ?

— Hélas ! oui, et j'en ai pensé mourir.

— Je veux aller voir si c'est elle que j'imagine, et si effectivement c'est la femme de Philippe : laisse-moi faire, je réponds du succès. »

Lebrun descendit, alla trouver Philippe et sa maîtresse, leur peignit Calandrin depuis les pieds jusqu'à la tête, et leur conta ce qu'il lui avait dit. Ils résolurent ensemble ce que chacun d'eux devait faire pour s'amuser de la passion de cet imbécile. Lebrun, remonté à l'atelier, lui dit :

« C'est ainsi que j'avais imaginé d'abord : ainsi, il faut que tu te conduises sagement, car, si Philippe s'apercevait d'une démarche tant soit peu suspecte, toute l'eau de l'Arno ne pourrait suffire pour te laver du crime de l'avoir offensé. Au reste, que veux-tu que je dise à cette aimable femme, s'il arrive que je puisse lui parler ?

Ho, ho ! tu lui diras premièrement que je suis son serviteur : secondement que je lui souhaite mille muids de cette divine liqueur qui fait arrondir les femmes ; troisièmement, que je suis tout prêt à la servir, m'entends-tu ?

— Très-bien ; laisse-moi faire. » A l'heure du souper, nos peintres quittèrent l'ouvrage, descendirent dans la cour où étaient Philippe et Colette, et pour faire plaisir à Calandrin ils s'y arrêtèrent quelques moments.

Alors Calandrin fut tout yeux. Il lorgnait Colette, faisait des mines, des gestes tout nouveaux, et d'une manière si mystérieuse, qu'un aveugle s'en fût aperçu. Pour l'enflammer davantage, Colette, de son côté, mettait en jeu les manéges de la coquetterie ; cependant Philippe, Bulfamaque et les autres spectateurs, feignant de causer comme Lebrun le leur avait recommandé, et de ne point remarquer ce qui se passait, s'amusaient des grimaces de Calandrin. Enfin, au grand mécontentement de notre amant suranné, il fallut se séparer. Dans le chemin, Lebrun lui dit :

« En vérité, mon ami, tu amollis, tu fonds son cœur, comme le soleil dissout la glace. Si tu veux apporter ta guitare, et que tu lui chantes quelques-unes de ces chansons amoureuses que tu sais si bien, je ne doute pas que nous ne la voyions franchir les fenêtres et s'élancer dans tes bras.

— Tu crois donc nécessaire que j'apporte ma guitare !

— Sans doute.

— Je l'apporterai. Conviens donc à présent que je ne t'en imposais point, quand je t'assurais qu'elle était éprise de moi. Je suis un vrai démon pour me faire aimer. Quel autre que moi pouvait, en si peu de temps, inspirer un amour si vif à une aussi aimable femme ? Seraient-ce ces petits freluquets, dont la science est de voltiger avec légèreté de côté et d'autre, et qui ne sont pas capables d'assembler trois châteaux de noix dans l'espace de mille ans? Que je voudrais déjà que tu m'aperçusses avec mon petit rebec ! sur ma foi, tu verrais beau jeu. Je ne suis pas aussi vieux qu'il peut te le paraître ; elle l'a bien senti ; mais si une fois je puis lui mettre la main sur le dos, je le lui ferai bien mieux sentir encore !

— Ah ! avec quels transports tu la saisiras ! Il me semble déjà te voir avec tes dents, faites en chevilles de luth, mordre ses lèvres vermeilles, ses joues de roses, et, petit à petit, la manger tout entière. »

A ce discours, Calandrin croyait déjà y être ; il chantait, sautait, était hors de lui-même.

Le lendemain, il apporte sa guitare, il chante tout ce qu'il sait de mieux, et réjouit toute la compagnie. Enfin, il était si amoureux de Colette, qu'il n'en travaillait plus. Continuellement à la fenêtre, à la porte ou dans la cour, et jamais à l'atelier. Colette, instruite par Lebrun, semblait se prêter à ses désirs.

Ce même Lebrun, le confident de Calandrin, faisait de part et d'autre les lettres et les réponses ; quelque fois Colette écrivait que, retirée pour quelques jours chez ses parents, elle ne pouvait le voir, mais qu'elle lui permettait les espérances les plus flatteuses.

Ainsi, Lebrun et Bulfamaque, qui avaient l'œil et la main à tout, se divertissaient agréablement aux dépens de leur camarade. Ils se faisaient donner, au nom de l'amante, tantôt un peigne d'ivoire, tantôt une bourse, une autre fois une paire de ciseaux, et d'autres semblables bagatelles, en échange desquelles ils lui donnaient des anneaux d'un métal faux et de nulle valeur, mais que Calandrin regardait comme des objets très précieux. Ils gagnaient d'ailleurs à cette comédie quelques bons repas par-ci par-là, et d'autres honnêtetés, afin de les encourager à veiller au succès de l'entreprise.

Deux mois s'étaient écoulés sans que les affaires de Calandrin fussent plus avancées. L'ouvrage que ses compagnons et lui avaient entrepris allait être fini. Il comprit que, s'il ne hâtait le moment de son bonheur, il pourrait bien ne le trouver jamais. Il sollicita donc Lebrun de travailler à ses affaires plus vivement qu'il n'avait fait encore.

Colette arriva fort à propos. Lebrun s'entretint avec elle et avec Philippe. On convint de ce qu'on devait faire. Alors Lebrun tire Calandrin à part :

« Mon ami, lui dit-il, cette femme ne fait rien de ce qu'elle t'a promis; je crois qu'elle veut te berner; mais, si tu veux y consentir, je sais un moyen sûr pour l'amener, qu'elle le veuille ou non, à ce que tu désires.

— Hé ! pour l'amour de Dieu, mon ami, ne perds pas un moment.

— Auras-tu bien la hardiesse de la toucher avec un morceau de papier que je te donnerai?

— Assurément.

— Eh bien, apporte-moi un peu de parchemin vierge, une chauve-souris en vie, trois grains d'encens, et une chandelle bénite; le reste est mon affaire. »

Calandrin passa la nuit suivante à guetter une chauve-souris. Dès qu'il l'eut prise, il l'apporta, avec les autres drogues, à Lebrun. Celui-ci se retira dans une chambre écartée, où il écrivit sur le parchemin ce qui lui passa par la tête et traça quelques caractères singuliers et inconnus.

« Calandrin, dit-il, en lui remettant l'écrit, sois sûr que si tu la touches avec ce parchemin, elle te suivra sur-le-champ et se rendra à tes désirs. Ainsi, mon cher, si Philippe sort aujourd'hui, fais tous tes efforts pour t'approcher d'elle, de quelque manière que ce soit, et ne manque pas de la toucher. Ensuite va dans la grange, où il y a de la paille ; c'est de toute la maison l'endroit le plus sûr, attendu que personne n'y met jamais le pied : elle t'y suivra; dès qu'elle sera arrivée, tu sais ce que tu auras à faire. » Calandrin, au comble de la joie, répondit qu'il n'était pas inquiet de ce qu'il ferait, dès qu'il l'aurait en sa possession.

Nello, dont notre amoureux se défiait, était instruit de l'aventure, s'en amusait et travaillait, de concert avec les autres, à en amener le dénoûment. Il part, ainsi que Lebrun le lui avait recommandé, va à Florence, arrive chez la femme de Calandrin :

« Tesse, lui dit-il, tu n'as pas oublié les mauvais traitements que tu reçus de ton mari, le jour qu'il revint de Mugnon; il te battit sans pitié et sans justice; il faut que tu te venges, et, si tu perds l'occasion que je te présente de le faire, ne me regarde jamais comme ton parent et ton ami. Il est devenu amoureux d'une jeune femme qui habite dans la maison où nous travaillons; il obtient du retour; il voit souvent sa maîtresse, et il doit être avec elle en ce moment. Je veux donc que tu me suives et que tu le tances comme il le mérite.

— Le perfide ! le scélérat ! s'écria Tesse, voilà donc comme il me traite ! Mais, j'en jure Dieu, son crime ne restera pas impuni. »

À ces mots, elle prend son manteau, se fait suivre par une servante et se met en chemin avec Nello. Dès que Lebrun les aperçut de loin :

« Voici nos gens, dit-il à Philippe ; il est temps de partir. »

Philippe va trouver Calandrin, lui dit qu'il est obligé d'aller faire un tour à Florence, et l'exhorte à redoubler d'activité. Il sortit incontinent et alla se cacher dans la grange, de manière qu'il pouvait tout voir sans être vu. Lorsque Calandrin pensa que Philippe pouvait être assez loin, il descendit à la cour, où il trouva Colette seule, qui, instruite du rôle qu'elle devait jouer, s'approcha de lui, et l'accueillit plus gracieusement qu'à l'ordinaire. Cet accueil séduisant enhardit Calandrin ; il la touche avec son parchemin, et gagne aussitôt la grange. Colette le suit, entre, ferme la porte, se jette à son col, le renverse sur la paille, se met sur lui à califourchon, et a soin de lui tenir les mains sur les épaules, de manière qu'il ne pouvait approcher son visage du sien. Cependant elle le fixe, le considère comme le plus cher objet de ses désirs.

— Cher Calandrin, lui disait-elle, mon petit cœur, mon repos, mon bonheur, ma vie, qu'il y a longtemps que je désire de te posséder et de pouvoir me rassasier du plaisir de te voir ! Par tes charmes et tes grâces tu as enchanté mes sens, et tu as achevé de me séduire par les sons harmonieux de ta guitare. Est-il bien vrai que je te presse dans mes bras ? »

Calandrin, qui avait de la peine à se remuer :

« Hé, mon cher ange, lui dit-il, donnez-moi la liberté de vous baiser.

— Ciel ! que tu es pressé ! laisse-moi d'abord te voir bien à mon aise, souffre que je me remplisse de l'aimable image de ces traits si doux, si enchanteurs. »

Lebrun et Bulfamaque, qui étaient allés rejoindre Philippe, voyaient et entendaient tout. Cependant Calandrin, ne pouvant plus résister à l'impatience de ses désirs, allait employer la force pour obtenir les faveurs de Colette, lorsque sa femme arrive avec Nello.

« Je gage, dit celui-ci, qu'ils sont ensemble là-dedans. »

Tesse ne prend pas la peine d'ouvrir la porte de la grange, elle l'enfonce, entre avec précipitation, et voit son mari se débattre sous Colette, qui aussitôt lâche prise et court là où était Philippe. Tesse s'élance sur Calandrin, qui n'était pas encore levé, lui déchire le visage avec les ongles, le traîne de côté et d'autre par les cheveux, en disant :

« Vieillard insensé! voilà donc l'outrage que tu me préparais! que je rougis maintenant de l'amour que j'ai eu pour toi! Est-ce que tu n'as pas assez d'occupation au logis, pour que tu ailles en chercher ailleurs? est-ce que tu ne te connais pas, malheureux? ne sais-tu pas que quand on te mettrait dans un mortier on aurait de la peine à tirer trois gouttes de jus de ton individu? Ce n'est plus moi maintenant qui t'engrosse, maudit original! il faut que celle qui se charge de ce soin ne soit pas difficile en hommes, pour avoir conçu du goût pour un animal de ta sorte. »

A l'aspect inattendu de sa femme, imaginez-vous la consternation de Calandrin : il resta plus mort que vif. Il n'eut pas le courage de prononcer un seul mot pour sa défense. Bien grondé, bien battu, bien harcelé, il ramasse son chapeau, et prie seulement sa femme de ne pas faire tant de bruit, si elle ne voulait pas qu'il fût taillé en pièces :

« Car, ajouta-t-il, celle avec qui tu m'as trouvé est l'épouse du maître de la maison.

— Je voudrais qu'elle fût celle du diable, et qu'on te mît en pièces, pour être délivrée d'un malheureux tel que toi. »

Lebrun et Bulfamaque, après avoir bien ri de l'aventure avec Philippe et Colette, accoururent au bruit, et firent tant, qu'ils apaisèrent la femme de Calandrin, conseillant à celui-ci de retourner à Florence, de bien se garder de remettre jamais les pieds dans ce château, de peur que Philippe, instruit de l'aventure, ne le rendît victime de son honneur outragé.

Ainsi le pauvre Calandrin, molesté, meurtri, retourna à Florence. Il oublia son amour, et ne s'en ressouvint que par les reproches dont sa femme l'accablait jour et nuit. Il ne revint plus au château, où il avait été le jouet de ses compagnons, de Philippe et de Colette.

NOUVELLE VI

LE BERCEAU

Quand chacun eut dit son mot sur l'imbécilité de Calandrin, qui avait fait rire si souvent la compagnie, la Reine ordonna à Pamphile de conter sa nouvelle.

« Mes belles dames, dit-il, le nom de Colette me rappelle l'histoire d'une autre Colette aussi intéressante.

« Vous y verrez avec quelle admirable prudence une femme habile évita un grand scandale.

Dans la plaine de Mugnon, près de Florence, vivait naguère un bonhomme qui tenait auberge. Quoiqu'il fût pauvre et sa maison petite, il logeait quelquefois les passants; mais ce n'était que lorsque l'extrême néces-

Si donc tu veux m'en croire, tu ne sortiras pas de la maison aujourd'hui.

sité l'exigeait ou que les voyageurs étaient de sa connaissance. Il avait une femme jeune encore et assez jolie; une fille de quinze à seize ans, pleine de grâces et d'appas, un petit garçon d'un an, qui tétait encore sa mère, composaient le reste du ménage.

Un gentilhomme de notre cité, nommé Pinuccio, qui passait souvent par ce chemin, était devenu amoureux de la fille de l'aubergiste. Celle-ci, qui se tenait fort honorée d'avoir attiré les regards d'un citadin, feignait de répondre à sa passion; ce n'était encore que l'amour-propre qui la conduisait; mais l'amour véritable lui disputa son cœur et en resta maître.

Si Pinuccio eût été moins délicat, s'il eût moins craint pour son honneur et celui de son amante, il n'eût pas désiré longtemps en vain les plus douces faveurs; mais plus la passion est vive, moins ces craintes ont d'empire.

Celle de Pinuccio était parvenue au point de ne plus leur laisser de place. Il cherche donc les moyens de se satisfaire. Il imagine d'aller loger chez sa maîtresse, et, comme il connaissait parfaitement toute la maison, il ne doute pas de pouvoir réussir sans que personne s'en aperçoive. Ce projet ne fut pas plus tôt conçu qu'il l'exécuta. Il prit, avec un de ses amis nommé Adrian, qui était le plus cher et le plus fidèle de ses confidents, des chevaux de louage, et, les ayant chargés de leurs valises, ils sortirent de Florence. Ils arrivèrent à nuit close dans la plaine de Mugnon; et, comme s'ils fussent venus de la Romagne, ils vont droit à la taverne et heurtent à la porte. L'hôte ouvre.

« Tu vois, lui dit Pinuccio, qu'il faut que tu nous loges cette nuit. Nous pensions aller coucher à Florence, mais nous avons eu beau piquer nos montures, il ne nous a pas été possible d'aller plus loin.

— Vous savez, monsieur, répondit l'hôte, qu'il ne m'est guère possible de loger des voyageurs de cette espèce; cependant, puisque la nuit vous a surpris ici et que vous ne pouvez aller plus loin, je ferai tous mes efforts pour vous héberger de mon mieux. »

Le premier soin des deux jeunes Florentins, après avoir mis pied à terre, fut de songer au souper de leurs chevaux; ils s'occupèrent après du leur, et firent manger l'hôte avec eux.

Il n'y avait dans l'hôtellerie qu'une très-petite chambre, et dans cette petite chambre trois petits lits, rangés de manière à occuper le moins de place possible. Deux étaient adossés à un même côté du mur, et le troisième, qui faisait le triangle, était en face de ceux-là.

L'hôte fit préparer le moins mauvais pour les étrangers. Dès qu'ils furent endormis, ou plutôt qu'ils feignirent de l'être, l'aimable Colette fut se coucher vis-à-vis d'eux; les époux occupèrent le lit restant, à côté duquel la mère avait placé le berceau de son enfant.

Pinuccio, à qui rien de cela n'était échappé et croyant tout le monde endormi, se lève doucement, va droit au lit de sa maîtresse, qui le reçut non sans quelque frayeur, mais avec beaucoup plus de plaisir encore, et il jouit de tous les droits d'un amant aimé.

Tandis qu'il s'enivrait de plaisir, Adrian, qui avait un besoin à satisfaire, se lève et, rencontrant le berceau qui l'empêche d'ouvrir la porte, le déplace et le met près de son lit; il oublie, au retour, de le remettre à sa place. A peine s'est-il recouché qu'un chat fit tomber quelque meuble.

Le bruit éveille l'hôtesse, qui, craignant que ce ne fût quelque autre

chose de plus sérieux, se lève à la hâte et va, sans lumière, vers l'endroit
où elle avait entendu le fracas. Voyant que ce qui était tombé n'était pas de
grande conséquence, après avoir crié après le chat, elle revient à tâtons au
lit où son mari couchait; mais, ne trouvant point le berceau :

« Oh! oh! dit-elle en elle-même, la belle sottise que j'allais faire! j'allais, ma foi! me coucher avec ces étrangers. »

Et, revenant sur ses pas, elle se met, sans scrupule, dans le lit auprès
duquel était le berceau.

Elle se croyait dans les bras de son mari, elle était dans ceux d'Adrian;
car vous vous imaginez bien que ce jeune homme n'avait pas laissé échapper une si bonne fortune : dès qu'il sentit l'hôtesse auprès de lui, il n'eut
garde de l'instruire de sa méprise, ni de perdre un instant pour en profiter.

Cependant Pinuccio, après avoir goûté avec Colette tous les plaisirs qu'il
pouvait espérer, craignant que la fatigue ne le conduisît à un sommeil involontaire et dangereux entre les bras de son amante, la quitte et retourne
dans son lit. Il rencontre le berceau; et, croyant s'éloigner du lit de l'hôte,
il va précisément se coucher avec lui; et, ne pouvant contenir sa satisfaction et imaginant l'épancher dans le cœur de son ami :

« Adrian, dit-il, rien au monde, non, rien est aussi aimable que Colette;
elle vient de m'enivrer de voluptés; il n'est pas possible à un homme d'en
goûter davantage avec aucune femme. »

L'hôte, à qui de semblables nouvelles ne plaisaient nullement, dit en lui-
même :

« Que me vient conter celui-ci? »

Puis, élevant la voix :

« Voilà le tour le plus méchant et le plus perfide qu'on puisse jouer à un
honnête homme; et je ne l'avais pas mérité; mais vous me le payerez. »

Qui fut surpris? ce fut Pinuccio. Comme il avait peu de présence d'esprit,
il lui répond, tout étourdi de sa méprise, qu'il lui serait difficile de se
venger, qu'il ne le craignait aucunement; et par cette réponse peu réfléchie,
il pensa tout découvrir.

Sur ces entrefaites :

« Ecoute donc ces étrangers, je crois qu'ils ont quelque dispute, dit la
femme à Adrian, qu'elle prenait toujours pour son mari.

— Que nous importe? laisse-les faire, répond Adrian, ils ont trop bu hier
au soir. »

Ce son de voix étranger fut un coup de foudre pour la femme, et lui fit
connaître sa méprise. Que faire? comment réparer cette aventure? comment
la déguiser! Elle se lève, prend le berceau de son fils, le porte près du

lit de sa fille, se couche avec celle-ci, et, feignant de s'éveiller au bruit de la dispute, elle appelle son mari et lui demande le sujet de ce tintamarre.

« N'entends-tu pas, répond celui-ci, ce que me conte Pinuccio, ce qu'il dit avoir fait cette nuit avec Colette ?

— Il ment bien effrontément ; je te jure qu'il n'a point couché avec elle, car je ne l'ai point quittée et n'ai point dormi assez profondément pour ne pas m'apercevoir de tout ce qui se serait passé. En vérité, tu es un grand sot de croire de pareilles sornettes. Mais vous voilà, vous autres hommes ; vous vous enivrez le soir, vous courez çà et là sans le sentir et prenez les songes de votre ivresse pour des réalités : il serait bon, pour vous corriger, que vous vous rompissiez le cou une seule fois. Mais que fait là Pinuccio ? pourquoi n'est-il pas dans son lit ? »

Adrian, voyant que la femme couvrait sagement sa honte et celle de sa fille :

« Pinuccio, dit-il, je t'ai prié cent fois de ne jamais coucher hors de la maison. Ce maudit défaut de te lever ainsi pendant tes rêves et de débiter comme des vérités tout ce qui se présente à ton imagination te jouera quelque mauvais tour. Reviens ici, et que Dieu te donne une bonne nuit. »

Après ce discours d'Adrian et celui de sa femme, l'hôte crut bonnement que Pinuccio était un somnambule. Il l'agite, il l'appelle.

« Pinuccio, disait-il, Pinuccio, éveillez-vous donc et retournez dans votre lit. »

Pinuccio, à qui la conversation n'était pas échappée, voulut contribuer à duper le pauvre homme ; il feint de rêver de nouveau, et débite mille sottises dont l'hôte rit à gorge déployée. Enfin, à force d'être agité, ils'éveille :

« Adrian, dit-il, est-ce qu'il est déjà jour ?

— Oui, oui, viens ici. »

Il se lève, feignant encore d'être endormi, quitte l'hôte et regagne son lit.

Dès que le jour parut, on se leva. L'hôte se moqua des songes et du songeur ; et, après avoir bu avec lui et chargé leurs chevaux, nos deux amis prirent le chemin de Florence.

Ils étaient presque aussi contents de la tournure singulière que leur aventure avait prise que de l'aventure elle-même. Dans la suite, Pinuccio et Colette prirent d'autres moyens pour se voir fréquemment. La jeune fille fit croire à sa mère qu'en effet Pinuccio avait songé ; en sorte que cette bonne femme crut avoir veillé toute seule.

NOUVELLE VII

LE SONGE RÉALISÉ

Dès que Pamphile eut cessé de parler, on loua beaucoup la prudence et la sagesse de la mère de Colette, et quand on eut épuisé les éloges, la Reine ordonna à madame Pampinée de dire sa nouvelle.

« Nous avons souvent parlé, aimables dames, dit-elle, des songes : on n'y croit guère, on s'en moque assez ordinairement ; cependant, quoi qu'on en dise et qu'on en ait dit, je vous conterai ce qui arriva, il n'y a pas longtemps, à une de mes voisines, pour avoir été incrédule sur cet article. »

Peut-être connaissez-vous Talan de Môle, homme d'une honnêteté reconnue. Il avait épousé une jeune fille nommée Marguerite, qui le disputait en attraits à toutes celles de son sexe ; mais les défauts de son caractère étaient bien capables d'affaiblir l'impression de sa beauté. Fantasque, opiniâtre, inflexible et revêche, voilà son portrait au naturel.

Personne ne faisait rien à son gré, il suffisait qu'on lui conseillât une chose pour qu'elle fît tout le contraire. Je vous laisse à penser si elle devait faire le bonheur de son mari ; comme il ne voyait point de remède à sa mauvaise humeur, il se fit un devoir de la supporter du mieux qu'il pouvait.

Or, il arriva qu'étant avec cette espèce de mégère dans une belle maison de campagne qui lui appartenait, il songea une nuit qu'il voyait Marguerite se promenant dans un bois voisin du château et qu'après y avoir fait quelques tours, un loup monstrueux s'élançait sur elle, la prenait par la gorge, l'emportait, quoiqu'elle criât au secours de toute sa force, et, que, l'ayant enfin lâchée, il lui avait laissé la gorge et le visage tout défigurés. Effrayé de ce songe, dès qu'il fut levé :

« Ma femme, lui dit-il, quoique, grâce à ton mauvais caractère, il ne m'ait pas encore été permis de goûter un jour de bonheur avec toi, je serais cependant fâché qu'il t'arrivât quelque fâcheux accident. Si donc tu veux m'en croire, tu ne sortiras pas de la maison aujourd'hui. »

Elle lui en demande la raison, et Talan lui fait part de son rêve. Au lieu d'être touchée des tendres alarmes de son mari :

« *Qui mal veut mal songe*, lui répondit-elle, en secouant la tête. Tu feins de m'aimer, de t'intéresser à mon sort, mais je lis dans ton cœur : tes rêves ne sont que l'expression de ce que tu me souhaites ; et je ferai en sorte de ne pas te donner cette satisfaction, ni aujourd'hui, ni jamais.

— Je prévoyais ta réponse ; car, *à laver la tête d'un âne, on perd sa lessive.* Interprète mon songe comme il te plaira, peu m'importe ; mais je te conseille de nouveau de ne pas sortir aujourd'hui de la maison, ou du moins de ne pas aller dans le bois.

— Je ferai précisément tout le contraire ; mon projet était d'y aller et je m'y manquerai pas. »

Comme cette femme empoisonnait les meilleures intentions, elle se figura que son mari ne voulait l'empêcher d'aller au bois que parce qu'il devait avoir fait quelque partie fine dont il voulait lui dérober la connaissance.

« Peut-être y a-t-il donné rendez-vous à quelque femme débauchée, disait-elle en son intérieur : *le bonhomme serait bon en un moulin avec des aveugles* ; moi qui ne suis point aveugle, je ne serai pas sa dupe. Je me garderai bien de le croire ; je veux tout voir, tout connaître, et, dussé-je rester au bois tout le jour, je saurai quelle espèce de tour il voulait me jouer. »

D'après cette résolution, dès que son mari fut sorti, elle part et arrive au bois ; elle choisit l'endroit le plus épais, s'y cache, fait attention au moindre bruit, et regarde de tous côtés si elle ne voit venir personne. Tandis que, sans crainte et sans défiance, elle attendait avec sécurité l'événement de sa ruse, arrive d'un prochain taillis un loup d'une taille énorme et d'un regard terrible.

Cet animal féroce s'élance aussitôt sur elle, la saisit par la gorge et l'emporte comme un faible agneau ; elle n'a ni la force ni le courage de lui opposer la plus légère résistance. Le loup l'eût sûrement étranglée si des bergers, qui l'aperçurent, ne l'eussent obligé par leurs cris à lâcher sa proie.

Ces bergers accoururent et, l'ayant reconnue, quoiqu'elle fût fort défigurée, ils la portèrent dans sa maison. Elle fut longtemps malade ; mais enfin elle guérit par les soins de son mari, qui fit venir les plus habiles chirurgiens et médecins des environs. L'art ne put cependant effacer les traces que la dent du loup avait laissées sur sa gorge et sur son visage, de sorte que sa beauté en fut extrêmement altérée. Honteuse de reparaître, après cette triste catastrophe, elle pleura souvent, dans la solitude à laquelle elle s'était condamnée, son entêtement, et se sut bien mauvais gré de n'avoir pas ajouté foi au songe de son mari.

NOUVELLE VIII

A BON CHAT BON RAT

Toute la compagnie fut d'avis que le prétendu songe de Talan n'en était pas un; que ce ne pouvait être qu'une vision, puisqu'il s'était réalisé de point en point. Chacun ayant cessé de parler, la Reine ordonna à madame Laurette de dire sa nouvelle.

« Mes aimables dames, dit-elle, puisque plusieurs ne se sont pas fait scrupule de prendre pour sujet de leur récit des matières déjà traitées, je ne craindrai pas de les imiter. La vengeance dont madame Pampinée nous entretint hier me rappelle une histoire à peu près semblable, mais cependant moins cruelle. »

Sachez d'abord qu'il y avait jadis à Florence un glouton renommé, qu'on appelait Chiaque. Tout son extérieur prévenait en sa faveur. Personne ne parlait avec plus de grâce et ne tournait si plaisamment ce qu'il voulait dire. Comme ses revenus ne pouvaient suffire à sa dépense, ses talents le faisaient recevoir dans toutes les sociétés, et il avait grand soin de choisir celles où l'on faisait la meilleure chère.

Dans le même temps, et dans la même ville, un nommé Blondel, d'une taille très petite, mais fine et proportionnée, fort élégant dans ses habits et dans sa frisure, faisait le même métier que Chiaque. Ce Blondel, un matin de carême, venait d'acheter au marché deux très-grosses lamproies pour messire Vieri de Chierqui, lorsqu'il fut aperçu de Chiaque, qui s'approche aussitôt de lui et lui demande ce qu'il veut faire de ces lamproies.

« Hier au soir, répond Blondel, on en envoya trois beaucoup plus grosses que celles-ci, accompagnées d'un esturgeon, à messire Corse Donat; mais, n'en ayant pas assez pour régaler plusieurs gentilshommes qu'il a invités à dîner, il m'a envoyé chercher ces deux poissons. Ne viendras-tu pas en manger ? Je n'ai garde d'y manquer ; tu me connais trop bien pour imaginer que je laisse échapper une si belle occasion. »

L'heure du dîner venue, il se rendit à la maison du seigneur Corse.

« Que veut monsieur Chiaque ? lui dit celui-ci.

— Monsieur, je viens dîner avec vous et votre compagnie.

— Vous êtes un galant homme, et vous me faites grand plaisir. Passons dans la salle à manger, car il est temps. »

On se mit à table. Des poids chiches, de la tonine grasse, une friture de poissons d'Arno, voilà tout ce qu'on servit. Chiaque s'aperçut fort bien que Blondel avait voulu le jouer. La honte d'avoir donné dans ce panneau lui inspira le désir de la vengeance, et il ne tarda pas à trouver l'occasion de le remplir.

Blondel, qui s'était beaucoup amusé à ses dépens, en racontant à qui voulait l'entendre le tour qu'il lui avait joué, le rencontre, l'aborde :

« Eh bien ! lui dit-il, comment as-tu trouvé les lamproies de messire Corse ?

— Avant qu'il soit huit jours, tu le sauras mieux que moi. »

Sans perdre de temps, il va trouver un gagne-denier, convient de prix avec lui, lui remet une bouteille de verre entre les mains, le conduit près de la halle de Cavicciulli, lui montre un chevalier nommé messire Philippe Argenti, homme d'une fort grande taille, emporté, vain, bizarre.

« Tu vois ce chevalier, dit-il à son gagne-denier, va le trouver, et dis lui : « Monsieur Blondel m'envoie vers vous et vous prie de vouloir bien lui *enrubiner* ce flacon de votre excellent vin clairet, parce qu'il veut régaler quelques-uns de ses amis. Garde-toi bien de le laisser approcher de toi, crains qu'il ne te saisisse au collet; tu ferais fort mal tes affaires et tu gâterais les miennes.

— Est-ce là tout? dit le gagne-denier.

— Oui; va, répète ce que je t'ai dit; reviens me trouver, et je te payerai. »

Le commissionnaire part et remplit sa commission. Philippe, qui avait un cerveau prompt à s'enflammer, croyant que Blondel, qu'il connaissait fort bien, voulait se moquer de lui, se lève le visage en feu, les yeux étincelants :

« Que veut dire ceci? s'écria-t-il : de quel *enrubinement*, de quels amis est-il question? Que le diable vous emporte l'un et l'autre ! »

Tout en prononçant ces imprécations, il étendait le bras pour saisir le gagne-denier; mais celui-ci, qui était sur ses gardes, ne perdit pas un moment pour fuir et s'en retourna bien vite vers Chiaque, à qui il rendit compte de sa commission et de qui il reçut la somme dont ils étaient convenus.

Chiaque n'eut plus de repos qu'il n'eût trouvé Blondel. Dès qu'il le rencontra :

« Y a-t-il longtemps, lui dit-il, que tu n'as été à la halle de Cavicciulli?

— Non; mais pourquoi cette question ?

— C'est que messire Philippe te fait chercher partout, et je ne sais ce qu'il te veut.

— J'y vais donc de ce pas, et je lui parlerai. »

Quand Blondel fut parti, Chiaque le suivit de loin pour être témoin de l'aventure. Messire Philippe, qui n'avait pu attraper le gagne-denier, était encore tout bouillant de colère, ne pouvant rien comprendre dans le mes-

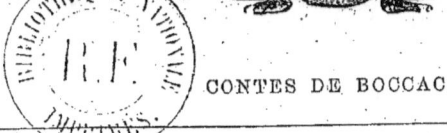
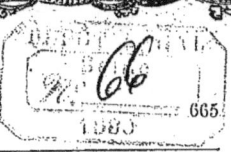

De tous côtés on venait à lui...

sage que Blondel lui avait adressé, sinon qu'il avait voulu se moquer de lui. Différentes pensées l'agitaient sur ce sujet, lorsque Blondel entra. Dès que Philippe l'aperçoit, il s'élance vers lui, et débute par lui appliquer un grand coup de poing sur le nez.

« Dieu ! s'écrie Blondel, étourdi de cette réception inattendue, que signifie cela, monsieur ? »

Philippe le prend par les cheveux, lui arrache sa coiffe, jette son capuchon par terre et, le frappant rudement :

« Traître, je t'apprendrai ce que cela signifie. Mais voudrais-tu bien m'expliquer toi-même ce que veulent dire cet *enrubinement* et ces amis, et tout ce que tu m'as envoyé dire ? Me prends-tu pour un enfant ? penses-tu t'amuser de moi ? »

Tout en disant cela, il faisait tomber sur le visage du pauvre Blondel une grêle de coups ; il arrachait ses cheveux, le traînait par terre et déchirait son habit. Il était si occupé de cette besogne que jamais Blondel ne put lui faire entendre un seul mot, ni lui demander la raison de cet étrange traitement. Les mots d'amis, d'*enrubinement* avaient frappé son oreille ; mais de quoi l'instruisaient-ils ? Les voisins, qui étaient accourus, mirent enfin un terme à la fureur de Philippe, en lui arrachant des mains le malheureux Blondel.

Ce fut alors qu'on l'instruisit des raisons qui avaient allumé une si grande colère; pour le consoler, on lui fit quelques remontrances, on tâcha de lui faire sentir combien il était dangereux de se jouer à messire Philippe, et on lui recommanda de n'y plus revenir.

Blondel, tout en larmes, jurait que jamais il n'avait envoyé chercher de vin chez messire Philippe. Quoi qu'il en soit, il garda les coups et les remontrances.

Il ne fut pas longtemps à imaginer que cette aventure était un coup de vengeance de la part de Chiaque. Mais comment lui riposter? Se tenir coi, ne dire mot était le parti le plus sage, et ce fut celui qu'il suivit. Il garda la maison jusqu'à ce que l'empreinte des poings de messire Philippe fût effacée. A sa première sortie, il rencontra Chiaque.

« Eh bien, Blondel! lui dit celui-ci en riant, comment as-tu trouvé le vin de messire Philippe?

— Que n'as-tu trouvé de même les lamproies de messire Corse !

— Quand tu voudras me donner un dîner semblable à celui que tu m'as fait faire chez lui, je te donnerai à boire comme tu as bu chez messire Philippe. »

Blondel, qui vit bien qu'il n'y avait rien de bon à gagner en luttant contre Chiaque, pria Dieu de faire sa paix avec lui. Dans la suite, il eut grand soin de ne pas se moquer de lui.

NOUVELLE IX

LES CONSEILS DE SALOMON

Il n'y avait plus que la Reine qui n'avait pas encore parlé, et, comme elle ne voulait pas violer le privilège accordé à Dionéo, elle prit la parole quand on eut assez ri du malheureux Blondel et s'exprima en ces termes : « Aimables dames, si nous considérons sainement et sans préjugés, l'ordre des choses de ce bas monde, il nous sera facile de connaître que la subordination des femmes aux hommes est non-seulement prescrite par les lois et les coutumes de tous les pays, mais par la nature elle-même. Si nous voulons donc jouir de la paix, du repos, des autres agréments de la vie, l'humilité, la patience, l'obéissance envers ceux à qui nous appartenons doivent être notre partage; je ne parle point de l'honnêteté, parce que vous n'ignorez pas que c'est le plus riche, le plus noble trésor dont une femme doive s'honorer. Quand les lois établies pour le maintien du bien général, les usages, les coutumes, qui n'ont pas une force moins grande et moins respectable, ne nous ordonneraient pas les vertus dont je viens de vous parler, la nature nous inviterait à les pratiquer. En effet, la délicatesse de nos organes, la timidité de nos cœurs, qui s'étend jusque sur nos pensées et leur donne ce caractère, la faiblesse, ou plutôt la nullité de nos forces, l'aménité de notre voix, la douceur de nos mouvements, tous ces défauts enfin, qui font nos charmes, nous annoncent assez que nous avons besoin d'être secourues et dirigées.

Or, n'est-il pas raisonnable que quiconque se trouve dans ce cas obéisse fidèlement à qui doit le gouverner, et quels autres gouvernants pourrions-nous choisir que les hommes? Nous devons donc les honorer, nous soumettre à leur empire; et la femme qui se révolterait contre cette maxime si juste me paraîtrait non-seulement digne de répréhension, mais même de châtiment. Il y a longtemps que j'ai fait ces réflexions, mais l'histoire de la désagréable épouse de Talan, racontée par Mme Pampinée, me les a rappelées. Je le répète donc, la nature, les lois, les usages condamnent à une sévère punition toutes les femmes qui ne s'efforcent pas de se rendre gracieuses, affables, douces, complaisantes.

« Pour ne pas quitter ce sujet, je veux vous dire un conseil de Salomon. Je regarde ce qu'il prescrit comme un remède excellent pour celles qui auraient les vices contraires aux aimables qualités que je recommande. Cependant, en dépit du proverbe que, dans de certaines circonstances les hommes ne manquent pas de citer et qui dit qu'il n'est point de cheval qui ne demande l'éperon, et point de femme le bâton, je ne prétends pas que ce remède doive s'étendre à toutes indistinctement.

« Ce n'est pas que je ne croie très-facile à la mauvaise humeur des maris de donner à ce même proverbe une interprétation qui leur soit favorable; car, pourraient-ils dire, toutes les femmes sont naturellement habiles et complaisantes; il faut le bâton pour les retirer du vice, il faut le bâton pour les soutenir dans le chemin de la vertu. Une telle maxime, bonne dans la théorie, serait affreuse dans la pratique.

« Mais laissons là toute cette discussion, et venons-en à mon histoire. »

Le bruit de la miraculeuse sagesse de Salomon s'était répandu par tout l'univers : on savait aussi qu'il ne dédaignait pas d'en donner des preuves à quiconque lui en demandait; de tous côtés on venait à lui, on le consultait sur les affaires les plus urgentes et les plus épineuses.

Un jeune gentilhomme de la ville de Lajazze, nommé Mélisse, se mit en route pour le voir. Il rencontra, chemin faisant, un autre jeune homme, nommé Joseph, qui allait aussi à Jérusalem pour le même sujet. Il l'aborde, entre en conversation avec lui; l'interroge sur sa naissance, sa patrie, sa condition, le but et l'objet de son voyage.

Joseph répondit qu'il allait consulter Salomon sur la conduite qu'il devait tenir envers la femme la plus difficile, la plus désagréable, la plus méchante qui fût jamais, et sur qui prières, menaces, caresses, flatteries n'avaient pu jusqu'alors faire aucune impression. Mélisse, interrogé à son tour par Joseph, comme il l'avait interrogé, répondit :

« Je suis de Lajazze, jeune, riche, généreux, tenant bonne maison, faisant honneur à tous mes concitoyens, et je suis aussi malheureux que vous; malgré toutes mes dépenses, je n'ai pu trouver encore un ami. Je vais, comme vous, voir Salomon et lui demander le moyen d'être aimé. »

Arrivés à Jérusalem, tous deux sont conduits devant le roi. Mélisse parut le premier et conta son histoire.

« Aime, » répondit Salomon. Il sortit après cette courte réponse. Joseph vient, représente son malheur :

« *Va-t'en au Pont aux oies.* »

Ce fut le seul conseil qu'il put obtenir. Tous deux s'étant rejoints, ils se communiquèrent les réponses qu'on leur avait faites et les regardaient comme des énigmes dont il ne pouvaient trouver le mot, ou des paroles vagues qui, n'ayant aucun rapport à leurs affaires, semblaient avoir été proférées pour se moquer d'eux. Très-mécontents de leur voyage, ils quittèrent donc Jérusalem et reprirent le chemin de leurs pays.

Après quelques jours de marche, ils arrivèrent à une rivière profonde sur laquelle était un pont magnifique. Dans ce moment passait un grand convoi de chevaux et mulets chargés qui leur fermaient le passage. Ils furent contraints d'attendre. Tout avait défilé, il ne restait plus qu'un mulet ombrageux qui ne voulait plus avancer. Le muletier prend un bâton, le frappe assez doucement; mais le mulet, allant tantôt à droite, tantôt à gauche, quelquefois reculait et ne faisait pas un pas en avant.

Nouveaux coups de la part du muletier, sur les flancs, sur la tête, sur la croupe : tout était inutile. Joseph et Mélisse, qui attendaient que le passage fût libre, touchés de pitié, disaient :

« Bourreau! veux-tu le tuer? ne peux-tu essayer de le mener plus doucement? sûrement, il irait beaucoup mieux si tu le traitais moins cruellement.

— Messieurs, répondit le muletier, vous connaissez vos chevaux; moi, je connais mon mulet, laissez-moi faire. »

A ces mots, il redouble les coups et fait tant enfin que le mulet avance. Avant de quitter ce pont, Joseph demanda à un bonhomme qui y était assis comment cet endroit s'appelait :

« Monsieur, répondit le bonhomme, on le nomme le *Pont aux oies.* »
Joseph se ressouvint alors des paroles de Salomon.

« Je commence à voir clair, dit-il à son compagnon, dans le conseil qui m'a été donné, et que je crois très-bon. Jusqu'à présent je n'ai pas bien su battre ma femme, mais ce muletier vient de me donner une leçon dont je saurai profiter »

Nos voyageurs arrivés à Antioche, Joseph retint quelques jours Mélisse afin de lui donner le temps de se reposer. Joseph fut fort bien reçu de sa femme, à laquelle il dit de leur préparer à souper comme son ami l'ordonnerait. Celui-ci, obligé de céder à cette civilité, donna ses ordres ; mais on n'en exécuta aucun, et le souper fut absolument contraire à celui qui avait été prescrit. Joseph, irrité, dit à sa femme :

« Ne t'avait-on pas dit quel devait être notre souper?

— Que veut dire ceci? repartit-elle aigrement; que m'importent les ordres d'autrui? j'ai suivi ma fantaisie. Que le repas te plaise ou ne te plaise pas, je ne m'en embarrasse guère. »

Mélisse, étonné de la réponse de cette femme, ne put s'empêcher de la blâmer, Mais Joseph, plus courroucé qu'étonné, dit :

« Ma femme, je te retrouve telle que je t'ai laissée; mais crois que je saurai changer ton caractère. » Et, se tournant vers Mélisse :

« Mon ami, lui dit-il, nous verrons si le conseil de Salomon est bon ; mais je te prie de ne point trouver mauvais que je l'exécute devant toi, et de ne point regarder comme un jeu ce que je vais faire. Ne trouble point mon entreprise, et souviens-toi de la réponse que nous fit le muletier, lorsque nous nous attendrissions sur le sort de son mulet.

— Je suis dans ta maison, répondit Mélisse, et j'ai résolu de n'y faire que ce qui te sera agréable. »

Joseph, ayant trouvé un bâton de chêne encore tout vert, monte à la chambre où sa femme était allée exhaler son dépit. Il la prend par les cheveux, la jette à ses pieds, et la bat comme un désespéré. D'abord, on crie, on menace; mais les cris, les menaces n'opérant rien, on a recours aux prières : on jure, on promet de faire à l'avenir tout ce qu'on voudra, Malgré cet air de repentir, les coups roulaient toujours sur les côtés, les cuisses et les épaules; enfin, la lassitude seule met un terme à cette expédition.

Joseph revint vers Mélisse.

« Nous verrons demain, dit-il, quel miracle aura opéré le conseil d'aller au *Pont aux oies*. »

Après s'être reposé un moment, il lava ses mains, puis se mit à table; et quand l'heure du repos fut venue, ils allèrent se coucher. Cependant, la pauvre femme se ramassa, se jeta sur un lit, où elle reposa le mieux qu'il lui fut possible.

Le lendemain, elle se lève de bonne heure, va trouver son mari, lui demande ce qu'il veut pour son dîner. Celui-ci, riant avec Mélisse de l'heureux succès de son expédient, dit ce qu'il veut. L'heure venue, on trouva la table servie selon les ordres reçus. Joseph et Mélisse se réunirent donc pour louer la sagesse du conseil qu'ils n'avaient pas d'abord compris.

Quelques jours après, Mélisse, revenu chez lui, confia à un homme sage la réponse de Salomon. Ce sage lui dit :

« Il ne pouvait vous donner un meilleur conseil. Vous savez bien que vous n'aimez personne. Les fêtes que vous donnez, les plaisirs que vous procurez, ce n'est pas par amitié pour quelqu'un, c'est pour vous seul, pour satisfaire votre vaine gloire. Aimez donc, comme vous l'a dit Salomon, et vous serez aimé. »

C'est ainsi que Joseph parvint à corriger sa femme, et Mélisse à avoir des amis.

NOUVELLE X

LA JUMENT DU COMPÈRE PIERRE

Cette nouvelle excita les murmures des dames et le rire des hommes. Quand tout fut apaisé, Dionéo prit la parole. « Aimables dames, un corbeau parmi des colombes contribue plus à faire ressortir leur beauté que le cygne le plus blanc : ainsi, un fou parmi des sages relève l'éclat de la sagesse. Vous êtes toutes modestes et discrètes; moi, j'ai la tête un peu légère; mais ce défaut doit être un titre à votre bienveillance, puisqu'il fait briller votre vertu : si j'avais plus de mérite, peut-être obscurcirais-je le vôtre. La légèreté qui m'est naturelle me donne des droits à votre indulgence, et la liberté de mes discours doit moins vous offenser, après m'être montré tel que je suis, que si je me fusse comporté en sage. Je veux donc vous conter une nouvelle, point trop longue, mais qui vous montrera avec quel scrupule religieux il faut observer tout ce que prescrit celui qui fait quelques opérations magiques, sans quoi l'on fait manquer l'effet que l'on en attendait. »

Il y avait l'année dernière, à Barlette, un prêtre nommé messire Jean de Barole. Son bénéfice ne lui suffisant pas pour vivre, il conduisait, de côté et d'autre, dans les foires de la Pouille, différentes marchandises sur une jument qui lui appartenait. En courant le pays, il avait fait rencontre d'un certain Pierre, du village des Trois-Saints, qui faisait, avec un âne, le même métier que lui. Il ne l'appelait, selon l'usage du pays, que le compère Pierre, à cause de l'étroite familiarité qui les unissait.

Toutes les fois qu'il venait à Barlette, il le menait avec lui, le couchait, le régalait du mieux qu'il pouvait. Les honnêtetés étaient réciproques. Compère Pierre, qui n'avait à Trois-Saints qu'une petite maisonnette à peine suffisante pour loger son âne, sa femme, jeune et belle, et lui, en faisait les honneurs à messire Jean, quand il lui faisait l'honneur d'y venir.

Cependant, quand il s'agissait de coucher, compère Pierre ne pouvait satisfaire sa bonne volonté, n'ayant qu'un lit qu'il partageait avec sa femme; il fallait donc que messire Jean couchât sur un peu de paille, à côté de sa jument, qui était logée, avec l'âne, dans une écurie fort étroite.

Madame Jeannette, qui n'ignorait pas les bons traitements que son mari recevait à Barlette, de la part du curé, avait proposé plusieurs fois d'aller coucher avec une de ses voisines, nommé Zite Cataprise, et de laisser sa place au bon prêtre.

Celui-ci avait toujours refusé cet arrangement. Un jour, entre autres, pour prétexter son refus :

« Commère Jeanne, lui dit-il, ne vous inquiétez pas de moi : je ne suis pas aussi à plaindre que je le parais. Cette jument que vous me connaissez, je la change, quand je veux, en une belle fille, et lui rends sa première forme. Croyez que je ne puis ni ne veux l'abandonner. »

Jeannette, qui était simple d'esprit, crut ce prodige, et en fit part à son mari.

« Si le curé, ajouta-t-elle, est aussi véritablement ton ami que tu le dis, que ne te confie-t-il son secret? tu ferais de moi une jument, et avec l'âne et moi, tes affaires iraient mieux : nous ferions double profit. »

Compère Pierre, qui n'était rien moins qu'un rusé compère, crut aussi au prodige, se rendit au conseil de sa femme et, sans perdre de temps, sollicita messire Jean de lui apprendre son secret. Celui-ci s'efforça de le détourner de cette idée; mais, n'en pouvant venir à bout :

« Puisque absolument vous le voulez, lui dit-il, demain matin, à notre ordinaire, soyons levés avant le jour, et je vous ferai part de toute ma science. »

Vous imaginez bien que l'attente et l'impatience empêchèrent compère Pierre et commère Jeannette de fermer l'œil pendant une partie de la nuit. Dès que le jour commença à poindre, il se levèrent et appelèrent le curé.

« Il n'y a personne au monde, dit celui-ci en se levant, à qui je voulusse découvrir mon secret; mais vous l'avez exigé, je ne puis rien vous refuser. Cependant, si vous voulez être très-instruits, observez très-exactement ce que je vous prescrirai. »

Après qu'on lui eut tout promis, messire Jean prend une chandelle et la met entre les mains de compère Pierre en lui disant :

« Regarde bien tout ce que je ferai, et retiens fidèlement les paroles que je prononcerai; mais, sur toutes choses, mon ami, garde-toi de rien dire, quoi que je fasse : le moindre mot gâterait tout, et il serait impossible d'y revenir. Fais des vœux seulement pour que je puisse bien attacher la queue; car c'est le plus difficile de l'ouvrage. »

Compère Pierre prend la chandelle et jure de suivre en tout les ordres du magicien.

Alors messire Jean fait dépouiller Jeannette de tous ses vêtements, sans en excepter un seul, la fait coucher sur ses mains et ses pieds, dans la posture d'une jument; puis, lui touchant le visage et la tête :

« Que ceci, dit-il, soit une belle tête de jument. »

De là, passant aux cheveux :

« Que ceci soit belle crinière de jument. »

Ensuite, portant la main sur la poitrine, où il sentit deux globes élastiques et durs, dont le mouvement et la dureté se communiquèrent à une des parties secrètes de messire Jean :

« Que ceci, dit-il, soit beau poitrail de jument. »

Il en fit autant sur le ventre, sur les cuisses, sur les jambes et sur les bras. Il ne restait plus que la queue à former ou plutôt à placer.

Le curé se poste derrière le cul de Jeannette, tandis qu'il appuie une de ses mains sur la croupe, il prend de l'autre l'outil avec lequel on plante les hommes, et l'introduit dans sa gaîne naturelle ; mais à peine l'y a-t-il enfoncé, que Pierre, qui, jusqu'à ce moment avait tout regardé attentivement et sans mot dire, ne trouvant pas cette dernière opération de son goût, s'écria :

« Halte-là, messire Jean ; je n'y veux point de queue, je n'y veux point de queue : aussi bien l'attachez-vous trop bas. »

Le curé ne démarrait point : le mari courut le tirer par sa soutane.

« Peste du nigaud ! dit messire Jean tout chagrin, car il n'avait pas bien achevé sa besogne ; ne t'avais-je pas recommandé de garder le plus profond silence, quelque chose que tu visses ? La métamorphose allait s'opérer dans l'instant ; mais ton maudit babil a tout gâté, et ce qu'il y a de pis, c'est que je ne puis recommencer.

— Vraiment, répondit Pierre, je n'y voulais pas une telle queue, et vous l'attachiez beaucoup trop bas ; et, s'il en fallait une absolument, pourquoi ne me disiez-vous pas de la mettre moi-même ? »

La jeune femme, qui avait pris goût à cette dernière opération de la cérémonie :

« Bête que tu es ! dit-elle à son bonhomme de mari, pourquoi as-tu gâté tes affaires et les miennes, où as-tu vu de jument sans queue ? Tu seras gueux toute la vie : encore un moment de patience et tout était fait. Ne t'en prends qu'à toi-même si nous sommes toujours misérables. »

Comme l'indiscrétion de Pierre ôtait toute possibilité de faire d'une femme une jument, Jeannette se rhabilla, et compère Pierre tâcha de faire son métier ordinaire avec son âne. Il ne voulut point suivre messire Jean à la foire de Belonte, et se garda bien, dans la suite, de lui demander une jument.

Combien ne dut-on pas rire de cette nouvelle, dont aucune des peintures, quoique déguisées, n'échappa à la pénétration des dames ! Chaque membre de la compagnie ayant rempli sa tâche, en contant son histoire, et le soleil commençant à perdre sa chaleur, la Reine, qui savait que le terme de son règne était arrivé, ôta la couronne qu'elle avait sur sa tête et la mit sur celle de Pamphile, qui était le dernier à recevoir cet honneur, en lui disant :

On fit rincer les verres dans la fontaine et but qui voulut.

« Sire, vous n'avez pas peu de chose à faire, comme le dernier, c'est à vous à réparer mes fautes, et celles de mes prédécesseurs, dans la place que j'ai remplie et que vous allez remplir vous-même. Puisse Dieu vous faire autant de grâce qu'il m'en fait en me permettant de vous couronner roi.

Pamphile reçut cet honneur avec reconnaissance, et répondit honnêtement, que si son règne obtenait des éloges, il les devrait à l'indulgence de ses sujets. Ensuite, ayant donné ses ordres au maître d'hôtel, comme ses prédécesseurs avaient fait, il se tourna vers les dames et dit : Mes dames, la bonté de notre Reine d'aujourd'hui, pour donner quelque relâche à notre esprit, nous a permis de parler de tout ce qu'il nous plaisait. Je crois que vous avez assez de repos ; ainsi, je pense qu'il est bon de reprendre notre usage ordinaire.

Voici donc le sujet sur lequel je vous prie de vous préparer à parler pour demain.

Il faut s'entretenir de ceux ou de celles qui ont fait de grandes et belles choses pour l'amitié, ou pour quelque autre motif aussi noble.

La peinture de ces actions embrasera tellement nos cœurs d'une vive émulation, que notre vie, qui ne peut être que fort courte, s'étendra, par les soins de la renommée, au-delà de la durée de ce corps mortel.

Ce sujet plut généralement à la compagnie, qui, s'étant levée, se livra, avec la permission du nouveau roi, aux jeux accoutumés, jusqu'à l'heure du souper, qui fut bien diligemment servi.

Dès qu'on fut levé de table, on alla au bal, et quand on eut chanté plusieurs petites chansons plus agréables par les paroles que par la musique, le roi ordonna à madame Néiphile d'en chanter une de sa composition. Cette dame obéit gaiement, et fit, avec sa voix douce, harmonieuse et nette, retentir la salle. La chanson de Néiphile fit le plus grand plaisir à toute la compagnie qui s'empressa de la louer.

Après que chacun eut dit son mot, le Roi, voyant que la plus grande partie de la nuit était déjà passée, ordonna à chacun d'aller se coucher.

FIN DE LA NEUVIÈME JOURNÉE.

DIXIÈME JOURNÉE

Le soleil commençait à peine à paraître sur l'horizon, que le Roi, s'étant éveillé, fit appeler les dames et les messieurs.

Chacun s'étant rendu auprès de lui, on choisit le lieu où l'on devait aller se divertir.

On partit. Le Roi, accompagné de mesdames Philomène et Flammette, marchait au petit pas, à la tête de la bande joyeuse, qui ne s'entretenait que des plaisirs de la journée. Quand on eut fait un grand tour, on revint au palais, parce que la chaleur commençait à devenir insupportable. On fit rincer les verres dans la fontaine, but qui voulut. Ensuite la compagnie alla se promener dans les agréables bosquets du jardin jusqu'au dîner. Dès qu'on fut sorti de table et que ceux qui avaient été sommeiller furent éveillés, on s'assembla dans un lieu marqué par le Roi, selon la coutume ordinaire. Là, il ordonna à madame Néiphile de dire la première Nouvelle. Elle commença ainsi son récit :

NOUVELLE PREMIÈRE

MESSIRE ROGER

Je dois regarder comme une très-grande faveur, mes chères dames, l'honneur que me fait le Roi, en m'ordonnant de parler la première. Ce sera sur la magnificence, qualité qui orne, embellit, fait éclater la vertu, comme le soleil répand la beauté et la lumière sur le ciel.

Tel est le sujet de la nouvelle que je vais vous conter ; je la crois très-agréable et très-utile.

Messire Roger de Figiovan a été un des plus aimables et des plus vaillants cavaliers qu'ait produits la ville de Florence ; peut-être aussi a-t-il été un des honnêtes hommes dont elle puisse se vanter.

Comme il était fort riche, qu'il brûlait du désir de s'illustrer, et qu'il voyait que la Toscane était un pays peu propre à favoriser ses desseins, il résolut d'entrer, pendant quelque temps, au service d'Alphonse, roi d'Espagne, prince d'une réputation qui effaçait celle des princes ses voisins.

Il passa donc à Madrid, suivi d'un nombreux équipage, et fut fort bien reçu du roi. Il vécut pendant quelque temps auprès de lui d'une manière brillante, se signala par plusieurs belles actions, et acquit bientôt la réputation d'un galant homme. Cependant, comme il étudiait avec soin le caractère et la conduite du roi, il remarqua que ce prince accordait les grâces assez indiscrètement, et que ce n'était pas toujours le mérite qui avait part à ses dons.

Les châteaux, les places, les baronnies étaient distribués à des gens ignorés et qui n'avaient d'autre titre, pour les obtenir, que beaucoup d'intrigue. Il se connaissait, il savait fort bien ce qu'il valait, et, voyant qu'on l'oubliait dans la distribution des faveurs, il crut que cet oubli, tout injuste qu'il était, blessait son honneur. Il résolut donc de se retirer.

Il demanda son congé au roi, et l'obtint. Ce prince lui fit présent de la plus belle et de la meilleure mule qu'il y eût dans ses écuries, telle enfin que Roger eût pu la désirer pour le long voyage qu'il projetait.

Ensuite le roi chargea un de ses gentilshommes, dont il connaissait la sagesse et la discrétion, de tâcher de trouver le moyen d'accompagner messire Roger dans sa route, sans qu'il pût s'apercevoir qu'il eût des ordres pour cela ; de bien écouter ce qu'il dirait de lui, afin de pouvoir lui en rendre compte, et de faire en sorte de le ramener à la cour après qu'il aurait bien déclamé.

L'officier joua fort bien son rôle. Il épia le moment où Roger sortirait de la ville. Dès qu'il le vit partir, il le suivit, l'aborda, et, lui faisant accroire qu'il allait en Italie, il marcha avec lui, comme compagnon de voyage. Ils parlèrent d'abord de choses indifférentes et générales ; mais, sur les neuf heures, le gentilhomme dit à Roger :

« Je crois qu'il serait à propos de faire pisser nos montures et de les faire un peu repaître. »

On entre dans une hôtellerie, où toutes les bêtes pissèrent, excepté la mule ; ce qui fut remarqué de Roger. S'étant remis en route, on arrive à un ruisseau où ils firent boire les bêtes, et où la mule ne manqua pas de pisser.

« La peste soit de l'animal ! s'écria Roger ; il est du naturel du maître de qui je la tiens. »

L'officier ne laissa pas échapper cette phrase ; il en avait déjà recueilli beaucoup d'autres sur le compte du roi, mais toutes étaient en son honneur. Le lendemain matin, le gentilhomme fit si bien, qu'il contraignit Roger de revenir sur ses pas. On prétend que, ne pouvant l'y déterminer par la persuasion, il l'y obligea par ordre du roi. Quoi qu'il en soit, Alphonse, prévenu déjà de son propos, le fait venir, lui fait un bon accueil, et lui demande pourquoi il l'avait comparé à sa mule.

« Sire, répondit le Florentin sans se déconcerter, j'ai fait cette comparaison parce qu'elle est juste. En effet, ma mule n'ayant pas pissé où il fallait et pissant où il ne fallait pas, a agi, ce me semble, comme Votre Majesté, qui ne donne pas quand il faut et qui donne quand il ne faut pas, puisqu'elle comble de ses dons ceux qui en sont indignes et qu'elle les refuse à ceux qui n'ont rien négligé pour les mériter.

— Mon cher Roger, répondit le roi, si je ne vous ai pas, comme à beaucoup d'autres, accordé mes faveurs, ce n'est pas que je ne vous en aie cru beaucoup plus digne que la plupart de ceux qui les ont obtenues. Je connais tout votre mérite, je vous rends la justice qui vous est due; mais votre malheureuse étoile s'est toujours opposée aux effets de ma bonne volonté : c'est elle et non pas moi qu'il faut accuser, et je veux vous en donner une preuve convaincante.

— Sire, répondit le Toscan, je ne me plains point de n'avoir eu aucune part à vos dons, parce que je ne suis pas tourmenté du désir d'augmenter ma fortune; mais je me plains de ce que cet oubli paraît déposer et contre mes services et contre le désir que j'ai toujours eu de mériter votre estime. Cependant je reçois votre déclaration avec tout le respect et toute la reconnaissance que je vous dois, et suis prêt à voir tout ce qu'il vous plaira, quoique vous n'avez aucunement besoin de justification à mon égard. »

Le roi le mena dans une grande salle où, selon ses ordres, il y avait deux coffres fermés :

« Un de ces coffres, lui dit-il ensuite en présence de plusieurs personnes, contient ma couronne, mon sceptre et mes bijoux les plus précieux ; l'autre ne renferme que de la terre. Prenez lequel des deux il vous plaira : je vous donne celui que vous choisirez. Vous verrez, par cette épreuve, qui de votre étoile ou de moi a été injuste envers vous. »

Roger ayant obéi, le roi fait ouvrir le coffre qu'il avait choisi : c'était celui qui ne contenait que de la terre.

« Vous voyez bien, reprit alors Alphonse en riant, que ce que j'ai dit de votre étoile est exactement vrai ; mais vos vertus méritent que j'en corrige la maligne influence. Je sais que vous n'avez nulle envie de devenir Espagnol; ainsi je ne vous donnerai ni château ni place; mais je veux que le coffre que la fortune vous a refusé soit à vous en dépit d'elle. Emportez-le dans votre pays, qu'il soit pour vous et pour les vôtres un témoignage de votre vertu, et de mon empressement à récompenser le mérite.

Roger reçut le présent, et, après avoir fait les remerciements qu'il méritait, il reprit, bien joyeux, le chemin de la Toscane.

NOUVELLE II

GUINOT DE TACCO

La magnificence avec laquelle Alphonse s'était conduit envers le chevalier Florentin fut généralement louée, et surtout par le Roi, à qui elle avait extrêmement plu. Il ordonna ensuite à madame Élise de conter sa nouvelle. Cette dame commença ainsi :

« Qu'un roi ait été grand, généreux, libéral; qu'il se soit montré tel envers un homme qui lui avait rendu service, cela est noble et digne d'éloges. Mais que dirons-nous, si on nous raconte qu'un homme d'église a déployé le même caractère envers un homme qu'il aurait pu haïr avec quelque apparence de justice et sans encourir le blâme de personne? Il faut convenir que si c'est une vertu dans un roi, c'est un miracle dans un ecclésiastique, car si c'est le penchant naturel de tous les hommes de rechercher la vengeance des offenses qu'ils ont reçues, ce penchant est une passion furieuse et héréditaire chez les gens d'église, qui leur fait démentir sans cesse, dans la pratique, les maximes sages et douces qu'ils étalent dans leurs sermons sur le pardon des offenses.

Vous verrez ce caractère général souffrir une exception dans l'histoire que je vais vous conter :

Guinot de Tacco, renommé pour son audace et ses brigandages, ennemi des comtes de Saint-Flour, chassé de Sienne, fit révolter la ville de Radicofani contre la cour de Rome, s'y établit, et pour s'y soutenir faisait détrousser tous ceux qui passaient dans les environs par les satellites qui lui étaient attachés.

Boniface VIII occupait alors la chaire pontificale. L'abbé de Clugny, qu'on regarde comme le plus riche prélat de toute la chrétienté, vint faire dans ce temps sa cour à Rome.

Là, s'étant gâté l'estomac par les excès de la bonne chère, les médecins lui conseillèrent d'aller prendre les eaux de Sienne, et en ayant obtenu l'agrément du pape, il partit en grande pompe et avec un train nombreux de chars, d'hommes et d'animaux, sans trop s'inquiéter de ce qu'on disait de Guinot.

Celui-ci, instruit du voyage du prélat, tendit ses filets, et l'enferma si bien dans un lieu fort étroit, lui et son train, qu'il n'en échappa point un seul valet. Ensuite il lui députa un de ses principaux officiers, qui lui dit fort civilement, de sa part, qu'il le priait de venir descendre chez lui.

L'abbé répondit en colère qu'il ne le ferait pas, qu'il n'avait rien à démêler avec Guinot; qu'il passerait outre, et qu'il n'y avait personne assez hardi pour s'opposer à son passage. Le député lui répliqua respectueusement qu'il était en un lieu où l'on ne reconnaissait de force supérieure que celle de Dieu même, et où les excommunications, les interdictions étaient méprisées et de nul effet :

« Ainsi, je crois, monsieur, continua-t-il, que le parti le plus sage que vous ayez à prendre est de vous rendre de bonne grâce à l'invitation de Guinot. »

Pendant cette petite conférence, arrive une troupe de satellites, qui environnent monsieur l'abbé et le forcent de prendre, avec tous ses gens et son bagage, le chemin du château. Dès qu'il y fut arrivé, on le logea, selon les ordres qui avaient été donnés, dans une petite chambre fort étroite et fort obscure, tandis qu'on donna à toutes les personnes de sa suite un appartement commode et proportionné à leur qualité.

Après qu'on eut mis en sûreté les mulets, les chevaux et le reste de l'équipage, Guinot alla trouver monsieur l'abbé, et lui dit :

« Guinot, monsieur, dont vous êtes l'hôte, m'envoie vous prier d'avoir la complaisance de lui déclarer le but et le sujet de votre voyage. »

L'abbé, à qui l'expérience du malheur avait déjà donné un peu de sagesse et de modestie, répondit à tout sans se faire prier.

Il vint alors en tête à Guinot de guérir lui-même l'abbé sans lui faire prendre de bain. Il eut soin qu'on entretînt un grand feu dans sa petite chambre, et qu'on veillât exactement à sa porte, avec défense de laisser entrer personne. Il ne retourna le voir que le lendemain matin, lui apportant une serviette propre, deux tranches de pain rôti et un grand verre de verdie de Cornilie, puisé dans la provision même de l'abbé.

« Monsieur, lui dit-il après les premières salutations, Guinot, dans sa jeunesse, étudia en médecine, et il prétend qu'il n'y a point de meilleur remède pour l'estomac que celui qu'il veut vous faire. Ce que je vous présente en est un commencement; prenez-le donc, et vous fortifiez. »

L'abbé, que la faim sollicitait plus vivement que le désir de causer, mangea et but avec plaisir, quoiqu'il eût l'air de le faire avec dédain. Ensuite il tint beaucoup de propos qui sentaient la fierté, fit plusieurs plaintes, plusieurs questions, et demanda, entre autres choses, à voir Guinot, qui regarda une partie de ces discours comme autant de paroles vaines qui méritaient peu son attention. Il répondit aux autres choses fort civilement, et l'assura que Guinot se ferait un plaisir de le venir voir dans peu de temps. Le lendemain, il revint avec la même provision, qui fut reçue de la même manière, et il continua ce manége pendant plusieurs jours.

Mais s'étant enfin aperçu que son malade avait mangé des fèves sèches qu'il avait apportées exprès, et qu'il avait feint d'avoir laissées par mégarde, il vint lui demander, de la part de Guinot, comment il se trouvait de son estomac.

Je ne me trouverais que trop bien, répondit l'abbé, si j'étais hors des mains de ton maître, et que j'eusse plus amplement à manger; car ses remèdes m'ont si bien guéri, que j'ai un appétit dévorant. »

Guinot alla aussitôt faire préparer une belle chambre qu'il fit garnir des meubles de monsieur l'abbé. Il commanda ensuite un grand festin, auquel il invita les principaux habitants de la ville, et plusieurs personnes de la suite de l'abbé. Le lendemain matin, il alla dans sa cellule :

« Monsieur, lui dit-il, puisque vous vous sentez bien, il est temps que vous sortiez de l'infirmerie. »

Il le prend ensuite par la main, le conduit dans l'appartement qui lui était destiné, l'y laisse avec ses gens, et va donner ses ordres pour le dîner. L'abbé eut de la joie de revoir son monde; il leur raconta quelle vie il avait menée dans sa prison. Pour eux, ils firent beaucoup d'éloges de la manière dont ils avaient été traités.

L'heure du dîner venue, on servait un repas magnifique, où la bonne chère et le bon vin abondaient. Guinot conservait toujours l'incognito vis-à-vis de l'abbé.

Enfin, après l'avoir traité pendant trois ou quatre jours avec cette même magnificence, il ordonna qu'on apportât dans une salle tous ses bagages, et fit conduire dans une cour, sur laquelle cette salle avait vue, tous ses chevaux, jusqu'à la plus mauvaise haridelle.

Ensuite il alla trouver l'abbé, lui demanda comment il se portait, et s'il se sentait assez de force pour monter à cheval. L'abbé répondit qu'il était parfaitement guéri de son estomac; mais que sa santé irait beaucoup mieux encore dès qu'il serait sorti des mains de Guinot. Celui-ci le mena alors dans la salle où étaient son bagage et ses gens, et l'ayant conduit à une fenêtre d'où il pouvait voir tous ses chevaux :

« Vous devez savoir, monsieur, lui dit-il, que ce n'est pas par lâcheté ou par méchanceté que Guinot de Tacco, qui n'est autre que moi-même, s'est rendu voleur de grand chemin, ennemi du pape et de toute la cour romaine; c'est pour venger son honneur et sauver sa vie, comme un brave gentilhomme, et pour se délivrer des ennemis qui le poursuivaient : on m'a contraint de quitter mon pays, et n'ayant pas de bien, j'en prends où j'en trouve. Mais parce que vous me semblez un seigneur distingué, quoique j'aie guéri votre estomac, je ne veux rien m'approprier de ce qui vous appartient, comme je ferais à l'égard de tout autre qui serait à ma disposition. Je me contenterai de ce que vous voudrez vous-même m'accorder en faveur du

Mitridanes séjourna plusieurs jours, comblé de caresses, de présents et d'honneurs.

besoin où je me trouve. Vos bagages sont ici, vos chevaux dans cette cour; laissez-m'en, ne m'en laissez pas, partez ou demeurez, dès ce moment je vous rends tous vos droits de propriété et votre première liberté. »

L'abbé, étonné qu'un voleur de grand chemin parlât d'une manière si généreuse, et qui lui plaisait si fort, oublia tout son ressentiment contre Guinot, courut l'embrasser avec affection, en lui disant :

« Je proteste devant Dieu que, pour gagner le cœur d'un homme tel que toi, je souffrirais bien plus qu'il ne me semble que tu ne m'as fais souffrir. Cruelle fortune, qui t'oblige à faire un si malheureux métier! »

Cela dit, il reprit le chemin de Rome avec le plus simple équipage, et lui laissa tous les chevaux et tous les meubles dont il put se passer, ne gardant que le plus simple nécessaire.

Le pape avait été instruit de la prise de l'abbé, et en avait été fort affligé. Cependant, dès qu'il le vit, il lui demanda si les bains lui avaient fait grand bien.

« Très-saint père, répondit l'abbé en souriant, j'ai trouvé, avant d'arriver aux bains, un très-habile médecin qui m'a parfaitement guéri. »

Et il lui conta alors son aventure. Sa Sainteté en rit beaucoup; mais l'abbé, dans un transport de reconnaissance, lui demanda une grâce. Le pape, croyant que c'était une nouvelle abbaye dont il s'agissait, dit qu'il ferait tout ce qu'il demanderait.

« Saint-père, continua-t-il, je vous supplie de pardonner à Guinot de Tacco, mon médecin, et de lui rendre vos bontés, parce que je ne connais pas d'homme plus vertueux, ni plus estimable. Tout le mal qu'il a fait est moins son propre crime que celui de sa fortune. Changez-la, donnez-lui de quoi vivre d'une manière convenable à son état, et vous le verrez tel que je le vois moi-même. »

Le pape, qui était généreux, et qui aimait la vertu partout où elle se trouvait, répondit qu'il se rendait aux prières de l'abbé, pourvu toutefois qu'il ne lui en imposât pas, et lui dit qu'il pouvait faire venir sans crainte son protégé.

Guinot vint à Rome, et n'y séjourna pas longtemps sans remplir la haute idée qu'on avait donnée de lui.

Le pape le remit en ses bonnes grâces, le créa chevalier des Hospitaliers, et lui donna un grand prieuré de cet ordre. Il se montra pendant tout le reste de sa vie l'ami, le serviteur de la sainte Église romaine et de l'abbé de Clugny.

NOUVELLE III

MITRIDANES ET NATHAN

Toute la compagnie croyait avoir entendu le récit d'un miracle, de trouver un homme d'église qui fût capable d'une action aussi généreuse. Mais, quand chacun eut dit son mot, le Roi ordonna à Philostrate de conter sa nouvelle.

« Nobles dames, dit-il, la libéralité du roi d'Espagne fut grande, la générosité de l'abbé de Clugny presque inouïe. Mais tout cela vous paraîtra moins surprenant lorsque je vous aurai raconté qu'un homme, pour prouver sa libéralité, se soit déterminé à donner sa vie à quelqu'un qui la désirait, et qui avait médité de la lui enlever.

C'est ce que vous verrez dans la nouvelle que je vais vous dire.

C'est une chose certaine et avérée, du moins si on peut ajouter foi au récit des Génois et de plusieurs autres voyageurs, que dans le Catay, un gentilhomme fort riche, nommé Nathan, avait une pièce de terre qui joignait la route par où étaient contraints de passer tous ceux qui allaient de l'Occident à l'Orient, ou de l'Orient à l'Occident.

Cet homme, doué d'un caractère noble, généreux et libéral, et voulant faire connaître la grandeur de son âme par une action d'éclat, fit assembler des maçons, des charpentiers et des ouvriers de toute espèce, et construire sur le bord de la route, en très-peu de temps, un des plus beaux, des plus grands et des plus riches palais qui jamais aient existé.

Il le fit ensuite meubler de toutes les choses nécessaires pour recevoir honorablement tous les gentilshommes qui y passeraient. Un grand nombre de serviteurs l'aidaient à accueillir les passants avec une magnificence digne de ses grands biens et de son grand cœur.

Cela dura si longtemps que le bruit de sa libéralité se répandit, non-seulement dans les contrées de l'Orient, mais dans celles de l'Occident. Étant déjà chargé d'années et toujours libéral et magnifique, il arriva qu'un jeune seigneur nommé Mitridanes, d'un pays peu éloigné du sien, qui n'était pas moins riche et qui avait souvent entendu louer ses libéralités, en devint jaloux, et se proposa de l'effacer ou du moins de l'obscurcir par de plus grandes.

À l'imitation de son rival, il fit bâtir un somptueux et vaste palais, où il recevait les voyageurs et les comblait d'honnêtetés, de sorte qu'il acquit en peu de temps une réputation glorieuse.

Mitridanes étant un jour seul dans la cour de son palais, une pauvre femme entra par une des portes et lui demanda l'aumône, et l'ayant obtenue, elle revint par une autre, ainsi de suite, jusqu'à douze fois sans être refusée. Elle reparut une treizième fois :

« Bonne femme, lui dit Mitridanes, tu reviens bien souvent. »

Et cependant il lui donna encore ce qu'elle demandait.

« O libéralité de Nathan! s'écria la vieille, combien tu es merveilleuse! étant entrée par les trente-deux portes qu'a son palais, comme celui-ci, et lui ayant toujours demandé l'aumône, il a feint de me méconnaître, et me l'a toujours donnée. Je ne viens ici que treize fois, je suis connue et réprimandée! »

À ces mots, elle part et ne revient plus.

Mitridanes, offensé et irrité du discours de la vieille, et craignant que la renommée de Nathan ne portât préjudice à la sienne, s'écria :

« Malheureux, quand pourrai-je atteindre à la libéralité de Nathan ? Il ne faut plus que je cherche à le surpasser dans les grandes choses, comme je le prétendais, puisque je ne puis en approcher dans les plus petites.

Tant que cet homme vivra, mes peines seront inutiles; et puisque le poids des années n'a pu encore l'ôter de ce monde, il faut que je le fasse moi-même. »

Dans ce mouvement de dépit et de fureur, sans communiquer son dessein à personne, il monte à cheval, suivi de peu de monde, et arrive, après trois jours de marche, à la demeure de Nathan. Il commanda à ses gens de feindre de n'être pas de sa suite, de le méconnaître, et de chercher à se loger aussi dans le palais, et d'y demeurer jusqu'à ce qu'ils eussent d'autres ordres de lui.

Mitridanes, qui était arrivé vers le soir, trouve Nathan lui-même qui se promenait seul aux environs du palais, habillé fort simplement. Ne le connaissant point, il lui demanda s'il ne pourrait pas lui enseigner la demeure de Nathan.

« Mon fils, personne ne peut mieux vous l'apprendre que moi, lui répondit gaiement celui-ci : je vous mènerai chez lui avec plaisir.

— Vous m'obligerez, lui répartit Mitridanes ; mais je veux, s'il se peut, n'être pas connu de Nathan.

— Je puis encore vous satisfaire à cet égard, » répliqua le vieillard.

Mitridanes descend donc de cheval et suit son conducteur, qui le mène jusqu'au palais. Nathan fait prendre aussitôt le cheval de son hôte par un domestique, auquel il dit à l'oreille d'aller promptement ordonner à ses compagnons que personne ne dise au jeune homme qu'il fût Nathan.

Ensuite, il le conduisit dans une belle chambre où il n'était vu que de ceux qui avaient ordre de le servir. Il lui fit faire ensuite de grands honneurs et lui tint lui-même compagnie. Quoique Mitridanes respectât Nathan inconnu comme un vénérable vieillard, il lui demanda cependant qui il était.

« Je suis, répondit-il, un petit serviteur de Nathan, je le sers dès ma plus tendre jeunesse, sans qu'il m'ait élevé à autre chose qu'à ce que vous voyez, de sorte que, lorsque tout le monde se loue de lui, moi je pourrais m'en plaindre. »

Ce discours donna à Mitridanes l'espérance d'obtenir des secours et des facilités pour l'exécution de son mauvais dessein. Nathan lui demanda à son tour, le plus honnêtement du monde, qui il était et quelles affaires l'attiraient dans le pays, lui offrant ses conseils et ses services dans tout ce qui dépendrait de lui.

Mitridanes réfléchit un peu avant de répondre ; mais enfin, résolu de lui donner toute sa confiance, il lui fit un long discours pour s'assurer de sa fidélité, et, après l'avoir entretenu du sujet de son voyage et lui avoir dit son nom et son état, il finit par lui demander ses conseils et son secours.

Nathan fut surpris et effrayé d'une pareille résolution ; mais s'étant bientôt remis, il lui dit avec fermeté, d'un front serein :

« Né d'un père qui n'était point gentilhomme, et qui s'honora peu par les grandes qualités du cœur, je vois, mon cher Mitridanes, que vous ne voulez point imiter son exemple, puisque vous vous faites un devoir d'exercer la libéralité envers tout le monde. Je vous loue de porter envie à la vertu de Nathan, parce que, s'il y en avait beaucoup qui lui ressemblassent, la misère disparaîtrait de la terre, et il n'y aurait plus moyen de s'illustrer par la bienfaisance .»

Vous pouvez compter que ce que vous m'avez confié demeurera secret ; mais je dois vous prévenir que je puis mieux seconder votre projet par mes conseils que par mes secours. Voyez ce petit bois, qui n'est guère éloigné que d'un quart de lieue : Nathan va s'y promener presque tous les matins ; il vous sera facile de l'y surprendre seul et de faire de ce bonhomme tout ce que vous voudrez. Si vous le tuez, il ne faudra pas vous enfuir par le même chemin que vous avez pris en venant, mais vous retirer par celui que vous voyez à main gauche, et qui mène hors du bois. Il est moins fréquenté que l'autre ; cependant, c'est le plus court et le plus sûr pour vous en retourner. »

Mitridanes, ainsi instruit, fit savoir à ses gens dans quel endroit il voulait qu'ils l'attendissent le lendemain.

Le jour ne fut pas plus tôt venu que Nathan, invariable dans ses sentiments, et peu attaché à une vie dont il était toujours prêt à rendre compte au maître des destinées, se rendit seul au petit bois, pour y recevoir la mort. Le jeune homme, de son côté, prend son arc et son épée, car il n'avait point d'autres armes, et se rend au même lieu.

Il aperçoit Nathan qui se promène seul. Désirant de le voir et de lui parler avant de l'attaquer, il court à lui, le saisit, l'arrête, en lui disant :

« Vieillard, c'est fait de toi ! »

— J'ai donc mérité de mourir? répondit Nathan.

A ce son de voix, à l'aspect de ce visage, Mitridanes ne put méconnaître l'hôte bienfaisant qui l'avait si bien reçu et conseillé si fidèlement. Soudain sa fureur s'éteint, et la honte succède au courroux. Il jette loin de lui son épée nue, s'élance de cheval, tombe aux pieds du vieillard :

« Mon père, lui dit-il en pleurant, votre libéralité éclate plus que jamais : après vous avoir témoigné le désir de vous ôter la vie, vous venez ici pour me la sacrifier ! mais le ciel, plus soigneux de mon honneur, de ma vertu, que moi-même, m'a fort à propos ouvert les yeux, que l'envie jusqu'alors avait fascinés. Plus vous avez montré de complaisance à me satisfaire, plus je suis coupable; vengez-vous donc et punissez-moi comme je le mérite. »

Nathan releva Mitridanes, et l'ayant embrassé tendrement :

« Mon fils, lui dit-il, votre faute, puisqu'il vous plaît de lui donner ce nom, est de la nature de celles qui méritent de l'indulgence. Ce n'était point par un motif de haine que vous aviez résolu de m'ôter la vie, mais par un principe de vertu, par la noble ambition de passer pour le meilleur des hommes. Ne craignez donc point mon ressentiment; soyez assuré, au contraire, que personne ne vous aime plus que moi. Votre cœur est véritablement grand, puisque, loin de songer, comme la plupart des riches, à augmenter vos richesses, vous ne cherchez qu'à dépenser avec magnificence celles que vous avez. Ne rougissez point d'avoir voulu me tuer pour devenir fameux, et ne pensez pas que votre dessein m'ait beaucoup étonné. Les plus grands généraux, les plus grands rois n'ont étendu leur domaine et leur renommée qu'en tuant non un seul homme, comme vous aviez projeté de le faire, mais des millions; qu'en saccageant des villes, qu'en ravageant des régions entières. »

Mitridanes ne songea plus à s'excuser, voyant que Nathan l'excusait si bien. Il se borna à lui témoigner son repentir et sa surprise extrême, qu'il eût pu non-seulement se résoudre à mourir, mais qu'il eût lui-même fourni les moyens, et donné les conseils pour l'exécution de son dessein.

« Vous cesserez d'être étonné, lui répondit-il de cette résolution, quand vous saurez que, dès que je fus mon maître, et que j'eus formé à peu près le même dessein que vous, je jurai de ne jamais rien refuser de tout ce qui serait en mon pouvoir. J'ai rempli mon serment jusques aujourd'hui. Vous êtes venu chez moi avec le désir de m'ôter la vie; vous m'avez témoigné ce désir à moi-même; je n'ai pas cru devoir m'y opposer, ne voulant pas que vous fussiez le seul homme qui sortît mécontent de mon château : voilà ce qui m'a déterminé à vous indiquer les moyens de vous satisfaire sans risque et sans péril. Si vous avez encore le même désir, j'ai la même volonté, et vous les mêmes facilités. Puis-je mieux employer ce qui me reste de jours qu'en les sacrifiant à qui ce sacrifice peut être avantageux? J'ai passé quatre-vingts ans dans les plaisirs et les délices; ainsi, selon le cours ordinaire des choses, ce reste ne sera pas de longue durée. Ne vaut-il pas mieux le donner, comme j'ai donné mes trésors, que d'attendre que la nature vienne me l'arracher? C'est donner bien peu de chose que de donner cent ans; qu'est-ce donc que d'en sacrifier six ou huit? Encore un coup, si ma mort peut vous faire plaisir, ne craignez pas de m'ôter la vie. Je n'ai jusqu'à présent trouvé personne qui l'ait désirée, et peut-être n'en trouverai-je jamais. Mais, en supposant que quelqu'un en devienne jaloux, je sens fort bien que plus je la garderai, moins elle aura de prix. Prenez-la donc avant qu'elle soit moins précieuse encore. »

Mitridanes, couvert de honte, s'écria :

« A Dieu ne plaise qu'un tel dessein rentre jamais dans mon âme! loin de vouloir abréger vos jours, je voudrais qu'il me fût possible d'en étendre la durée par le sacrifice des miens mêmes.

— Et si je vous fournis les moyens d'ajouter à mes jours, le ferez-vous?

— N'en doutez pas, répondit le jeune homme.

— Puisque cela est ainsi, vous me ferez faire ce que personne n'a jamais pu obtenir de moi; car je recevrai quelque chose de vous, et ce sera la première chose que j'aurai reçue de quelqu'un.

— Je ferai tout ce qu'il vous plaira, dit Mitridanes; parlez.

— Acceptez cette maison ; je vous la donne : j'irai habiter la vôtre en prenant votre nom.

— Si j'étais assuré, reprit le jeune homme, d'agir avec autant de noblesse et de grandeur d'âme que vous, je n'hésiterais pas à accepter cette offre; mais, comme je suis presque certain que mes actions diminueraient l'éclat de votre réputation, je ne veux point dégrader en autrui ce que je ne puis illustrer en moi ; ainsi, trouvez bon que je vous refuse. »

Après cette conversation, ils retournèrent au palais, où Mitridanes séjourna plusieurs jours, comblé de caresses et d'honneurs de la part de son hôte. Celui-ci lui conseilla de persister dans sa noble et sublime entreprise. Mitridanes voulant enfin retourner chez lui, Nathan le laissa partir après lui avoir fait connaître qu'il ne pouvait le vaincre en libéralité.

NOUVELLE IV

L'AMANT GÉNÉREUX

Il parut bien étonnant à toute la compagnie qu'on portât la libéralité jusqu'au sacrifice de sa vie. On conclut que Nathan avait vaincu en générosité le roi d'Espagne et l'abbé de Clugny. Quand on eut beaucoup discouru sur ce sujet, le Roi, tournant ses yeux sur madame Laurette, lui fit signe de commencer :

« Mes jeunes dames, dit-elle aussitôt, ce qui vient d'être raconté est si beau et si grand, et semble si près du sublime de la vertu sur laquelle nous nous entretenons, qu'il n'est guère possible d'aller plus loin, à moins que nous nous jettions sur quelques aventures amoureuses qui ne manqueront pas de présenter des exemples aussi nobles que ceux qui viennent d'être offerts. Ainsi, excité par ce motif, et surtout parce que cette matière est proprement celle de notre âge, je vais vous faire part de la générosité d'un amant qui ne vous paraîtra pas inférieure à celle des autres héros dont on nous a entretenus, car l'amour fait qu'on prodigue ses trésors, qu'on éteint les inimitiés, qu'on expose sa vie, et, ce qui est encore au-dessus, son honneur et sa réputation, pour se rendre maître de la personne aimée.

Il y avait autrefois à Bologne, ville de la Lombardie, un chevalier que sa vertu rendait cher et respectable à tous ses concitoyens, nommé messire Gentil Cariscendi. Il avait été amoureux, dans sa jeunesse, d'une aimable femme, nommée Catherine, et mariée à messire Nicolas Chassennemi. N'ayant pu obtenir de retour, il alla à Modène, le cœur plein de désespoir, remplir une place de podestat à laquelle il était appelé.

Pendant ce temps-là, Chassennemi ayant quitté Bologne, et sa femme s'étant rendue à une campagne pour y passer le temps de sa grossesse, elle fut tout à coup surprise par un accident si violent, qu'elle perdit l'usage de tous ses sens, et que quelques médecins même la jugèrent morte.

Comme ses parents lui avaient entendu dire plusieurs fois qu'elle ne serait pas grosse assez longtemps pour que son enfant vînt à terme, sans y regarder de plus près, ils l'ensevelirent, la pleurèrent et la firent enterrer dans une église voisine.

Messire Gentil fut d'abord informé de cette nouvelle par un de ses amis, et, quoique cette jeune femme l'eût traité avec beaucoup d'indifférence, il ne laissa pas d'être vivement touché de sa perte.

« J'ai trop aimé cette aimable cruelle, disait-il en lui-même. Pendant qu'elle a vécu, je n'ai pu en obtenir le moindre regard favorable; à présent qu'elle est morte, et qu'elle ne peut plus se défendre, il faut que je lui dérobe quelques baisers. »

Cette résolution prise, et ayant recommandé à tous ses gens de se taire sur son absence, il part la nuit avec un seul valet, et, sans s'arrêter nulle part, va droit au tombeau de sa maîtresse, l'ouvre, y entre, se couche auprès d'elle, approche son visage du sien, et le baise plusieurs fois en le mouillant de ses larmes. Mais, comme l'homme, et surtout l'homme amoureux, n'est jamais content, que plus il obtient, plus il désire, il lui vint en pensée de n'en pas demeurer là.

« Pourquoi, dit-il en lui-même, ne toucherais-je pas un peu sa gorge, puisque je suis ici? ce sera pour la première et la dernière fois. » Il porte donc la main sur ce sein désiré, l'y tient pendant quelques moments, et croit sentir quelques mouvements. Il la glisse vers le cœur, et examinant avec plus d'attention, il ne peut plus douter que sa maîtresse n'ait un reste de vie. Il fait approcher son valet, et, aidé par lui, il la retire du tombeau le plus doucement qu'il peut, la place sur son cheval, et la porte secrètement dans sa maison de Bologne.

Messire Gentil avait encore sa mère, femme vertueuse et sage, qui, ayant appris toute cette histoire de la bouche de son fils, touchée de compassion, rendit, avec l'aide d'un bain et d'un grand feu, la vie à madame

Il ne laisse pas d'être agréable par les montagnes qui l'environnent, les fleuves qui le traversent.

Catherine. Celle-ci ouvre, en soupirant, ses yeux, qu'elle promène avec étonnement de tous côtés.

« Hélas ! où suis-je ?

— Soyez tranquille, lui répondit la bonne dame, vous êtes en lieu sûr. »

Ayant enfin recouvré tous ses sens et toute sa connaissance, ne sachant pas encore où elle était, et voyant messire Gentil devant elle, elle demanda par quelle aventure elle se trouvait là. Messire Gentil lui conta tout fidèlement.

Elle se plaignit d'abord ; mais, après y avoir mieux songé, elle lui fit de grands remercîments ; puis elle le pria, le conjura, par l'amour même qu'il avait toujours eu pour elle, de ne rien faire qui pût blesser son honneur et celui de son mari, et de permettre que le lendemain matin elle retournât chez elle.

« Madame, répondit l'amoureux chevalier, puisque le ciel m'a fait la grâce de vous arracher à la mort et de vous rendre à la vie, soyez persuadée que, quoique j'aie fortement désiré votre possession, je n'userai jamais des droits que ce bienfait peut me donner sur vous, et que je saurai vous respecter. Mais, comme ce que j'ai fait pour vous mérite quelque récompense, voici celle que je désire et que je vous prie de m'accorder. »

La dame l'interrompit pour lui dire qu'elle était prête d'accorder tout ce qui serait honnête et possible.

« Madame, ajouta Gentil, tous vos parents et tous les habitants de Bologne vous croient réellement morte : ainsi, personne ne vous attend chez vous; la grâce donc que je vous demande est que vous consentiez à rester ici secrètement avec ma mère jusqu'à mon retour de Modène, ce qui ne sera pas long. Je vous demande cette grâce, parce que j'ai dessein de vous rendre à votre mari en présence des principaux citoyens de cette ville, et de l'obliger à reconnaître que je lui fais le plus beau et le plus agréable présent qu'il puisse recevoir. »

Cette demande, qui n'avait rien que d'honnête, fut agréée par madame Catherine, cependant avec un peu de répugnance; car elle désirait fort de répandre la joie dans le sein de sa famille par la nouvelle de sa résurrection. Quoi qu'il en soit, elle donna sa parole à messire Gentil d'exécuter ce qu'il désirait.

Quelques moments après cet entretien, elle sentit les douleurs de l'enfantement, et, avec l'aide de la mère du chevalier, elle accoucha sans peine d'un beau garçon, ce qui augmenta beaucoup sa satisfaction et celle de son amant, qui donna ordre qu'on lui fournît toutes les choses nécessaires, et qu'on la traitât comme si c'était sa propre femme.

Il partit ensuite secrètement pour Modène. Quelque temps après, étant sur le point de quitter cette ville, il manda à sa mère qu'on préparât dans sa maison, pour le jour de son arrivée, un grand festin, et la pria d'y inviter plusieurs gentilshommes, entre autres Nicolas Chassennemi. Il avait si bien pris ses mesures, que tout était prêt à son arrivée, et la compagnie rendue. Il trouva madame Catherine plus belle et mieux portante que jamais, ainsi que son enfant, et se hâta de lui prescrire, avant de se mettre à table, la conduite qu'elle devait tenir pour surprendre agréablement son époux et ses autres convives. Le repas fut des plus splendides; tout y fut bon et en abondance. Après le premier service, la conversation étant animée :

« Messieurs, dit le chevalier, j'ai ouï dire qu'il y avait autrefois en Perse une coutume qui me plaît fort. Lorsqu'un Persan voulait donner à quelqu'un des témoignages de son attachement, il le faisait venir chez lui, lui montrait ce qu'il avait de plus cher et de plus précieux, fût-ce une fille, une femme, une amie, lui faisant entendre par là qu'il lui découvrirait ainsi les replis les plus cachés de son cœur, si cela était possible. J'ai résolu d'introduire cette coutume dans notre ville. Vous m'avez fait l'honneur de venir dîner chez moi, je veux vous en remercier à la mode de Perse. Mais, avant tout, je vous prie de me dire franchement votre avis sur une question que je vais vous proposer. Une personne a dans sa maison un bon et fidèle domestique qui tombe malade. Son maître, voyant que ce domestique lui est devenu inutile, ne se soucie plus de lui, et, sans attendre qu'il soit mort, le fait porter dans la rue. Un homme, touché de compassion, l'emporte dans sa maison, n'épargne ni soins ni dépenses pour le rétablir, et parvient à lui rendre la santé. Je demande maintenant si le premier maître est en droit de se plaindre du second, en cas que celui-ci refuse de lui rendre son domestique? »

Cette question ayant été débattue, il fut unanimement conclu que Nicolas Chassennemi, qui parlait avec beaucoup d'élégance et de facilité, ferait la réponse pour tous.

Après avoir loué d'abord la coutume perse, il dit qu'il pensait avec tous les autres, que le premier maître n'avait plus aucun droit sur son ancien serviteur, puisqu'il l'avait impitoyablement abandonné, et que les bienfaits du second lui donnaient un droit incontestable sur ses services, et qu'il pouvait en user, en le retenant chez lui, sans faire aucun tort au premier. Chacun applaudit à cette décision.

Le chevalier, content de cette réponse, et plus content encore qu'elle eût été faite par Nicolas Chassennemi, déclare qu'il était aussi de ce sentiment, ajoutant qu'il était temps de remercier ses hôtes à la manière des Perses. Il envoya deux de ses gens prier madame Catherine, qu'il avait fait parer magnifiquement, de venir honorer la compagnie de sa présence.

La belle prend son enfant entre ses bras, et, accompagnée de deux femmes de chambre, elle paraît dans la salle et s'assied, à la prière du chevalier, à côté d'un très-honnête convive.

« Voilà, messieurs, dit alors le chevalier, ce que j'ai et ce que j'aurai toute ma vie de plus cher. Croyez-vous que je n'aie pas raison?

Tout le monde loua son choix, à la vue de la grande beauté de la dame, et chacun commença de la considérer avec plus d'attention; tous auraient juré que c'était Catherine, s'ils ne l'eussent crue morte.

Chassennemi, plus attentif, plus inquiet que les autres, brûlait d'impatience de savoir qui elle était; et, voyant que le chevalier s'était un peu éloigné, il ne put s'empêcher de lui demander si elle était Bolonaise ou étrangère. Cette question, faite par son mari, l'embarrassa beaucoup; elle eut bien de la peine à se contraindre : cependant, fidèle à la promesse qu'elle avait faite, elle se tut. On lui demanda si ce bel enfant était à elle, si elle était femme ou parente de messire Gentil; pas le mot de sa part. Quand celui-ci se fut rapproché de la compagnie :

« Monsieur le chevalier, dit un de ses convives, j'avoue que cette dame est bien belle; mais il me semble qu'elle est muette : me suis-je trompé?

— Ce n'est pas une petite preuve de sa vertu, répondit le chevalier, d'avoir gardé le silence dans une circonstance comme celle-ci.

— Mais enfin, monsieur, ne peut-on savoir qui elle est?

— Je vous le dirai volontiers si vous me promettez de ne pas bouger de vos places, tant que je parlerai, quelque chose que je puisse dire. »

On le lui promit. S'étant assis auprès de la dame :

« Messieurs, cette dame est, dit-il, ce bon et fidèle serviteur dont je vous ai parlé. Je l'ai ramassée au milieu de la rue, où ses parents, peu soucieux de sa destinée, l'avaient cruellement abandonnée. Mes mains l'ont arrachée aux bras de la mort : et le ciel a si bien secondé mes soins, que, d'une femme effroyable qu'elle était, elle est devenue ce que vous la voyez à présent. Mais il est bon de vous conter cette aventure un peu plus clairement. »

Alors il fit de point en point l'histoire de ses amours, raconta ce qui était arrivé jusqu'à ce jour, au grand étonnement des auditeurs.

Ainsi, messieurs, ajouta-t-il ensuite, si, depuis un moment, vous n'avez pas changé d'avis, cette femme m'appartient de bon droit, il n'y a personne qui puisse justement la réclamer.

Personne ne répondait et chacun attendait ce qu'il avait encore à dire. Nicolas Chassennemi, sa femme, toute la compagnie, pleuraient à chaudes larmes. Gentil se lève, prend dans ses bras le petit enfant, saisit la main de la mère, et la conduit à Nicolas.

« Je ne te rends pas ta femme, lui dit-il, que tes parents et les siens ont indignement abandonnée! je te fais présent de cette dame, et de ce petit enfant, qui est ton ouvrage, et que j'ai tenu sur les fonds de baptême et nommé Gentil. Que Catherine ne te soit pas moins chère qu'auparavant, parce qu'elle a habité ma maison pendant près de trois mois. Je te jure, par le Dieu qui m'a fait devenir amoureux d'elle, pour être sans doute la cause de son salut, qu'elle n'a jamais vécu plus honnêtement avec son père, sa mère, ou toi, qu'ici, sous les yeux de ma mère. » Se tournant ensuite vers la dame :

« Madame, dit-il, je vous tiens quitte maintenant de toutes les nouvelles promesses que vous m'avez faites, et je vous rends à votre mari entièrement maîtresse de vous-même. »

Nicolas reçut sa femme avec des transports de joie difficiles à exprimer, et avec d'autant plus de plaisir, qu'il n'avait pas lieu de s'attendre à la recouvrer. Il remercia de son mieux le chevalier. L'attendrissement qui avait passé dans l'âme de tous les spectateurs ne les empêcha pas de donner à cette action tous les éloges qu'elle méritait.

La dame fut reçue avec une grande joie dans sa maison. Longtemps après, on la regardait encore à Bologne comme une ressuscitée. Messire Gentil vécut depuis dans une intime liaison avec Nicolas, sa femme et toute sa famille.

Que pensez-vous maintenant, Mesdames? vous semble-t-il qu'un roi, pour avoir donné son sceptre et sa couronne, un abbé, pour avoir réconcilié un malfaiteur avec le pape, soient comparables à messire Gentil?

Dans l'ardeur de la jeunesse et de la passion, il croit avoir des droits sur ce que les autres ont négligé : cet objet était l'objet de tous ses désirs, il le possède, il en peut disposer; cependant il n'hésite pas, il le rend. Il me semble certain qu'aucune des Nouvelles qui ont été contées jusqu'à présent ne peut se comparer à la mienne.

NOUVELLE V

LE JARDIN ENCHANTÉ

Chacun avait élevé messire Gentil jusqu'aux cieux, lorsque le Roi ordonna à madame Emilie de raconter l'histoire qu'elle avait à dire.

Voulant répandre de la gaieté dans sa narration, elle commença ainsi :

« Il n'y a personne qui ne regarde l'action de messire Gentil comme noble et magnifique; mais, prétendre qu'il ne peut y en avoir qui la surpasse, me paraît un peu hasardé. »

Je vais vous le faire voir par une fort courte nouvelle.

Quoique le Frioul soit un pays froid, il ne laisse pas d'être agréable par les montagnes qui l'environnent, les fleuves qui le traversent, les fontaines qui l'arrosent.

À Udine, ville de ce canton, il y eut autrefois une belle et noble dame, qu'on appelait madame Dianore, et qui avait épousé un certain Gilbert, homme extrêmement riche, d'une politesse et d'une affabilité peu communes. Les grâces et les vertus de cette femme la firent aimer d'un seigneur de distinction, appelé messire Ansalde Grandesse, dont on connaissait partout la vaillance et la libéralité.

Il employait depuis longtemps auprès de sa maîtresse les moyens d'un amant passionné, mais rien ne lui réussissait. La dame même, ennuyée de ses empressements et de ses importunités, imagina de s'en défaire en lui faisant quelque proposition bizarre et dont l'exécution fût impossible.

« Bonne femme, dit-elle un jour à la vieille chargée des messages de messire Ansalde, tu m'as souvent assurée que ton maître m'aime; tu m'as offert souvent de sa part des présents que j'ai cru devoir refuser, parce qu'il n'a rien à attendre de moi pour cela. La certitude de son amour peut seule m'engager à y répondre, et s'il m'en donne la preuve que j'exige, je suis à lui.

— Que désirez-vous, madame? que voulez-vous qu'il fasse? répondit la vieille.

— Le voici : il faut qu'il me construise ici près, hors de la ville, au mois de janvier, un jardin, rempli de verdure, de fleurs, d'arbres couverts de feuilles, comme au mois de mai; s'il ne satisfait pas mon désir, qu'il ne m'envoie plus ni toi ni d'autres. S'il m'importunait encore, je découvrirais à mon mari, à mes parents, tout ce que je leur ai caché jusqu'à présent, et je trouverais moyen de m'en débarrasser de la bonne façon.

Une telle demande parut au chevalier d'une exécution assez difficile. Il vit bien qu'on ne la lui faisait que pour avoir un prétexte honnête de s'en débarrasser; mais l'offre de sa maîtresse était si séduisante, il était d'ailleurs si curieux de savoir ce qui en résulterait, qu'il résolut de chercher les moyens de la satisfaire à quelque prix que ce fût. Il fit chercher, dans toutes les parties du monde, quelqu'un qui pût l'aider et le conseiller.

Enfin, il trouva un homme qui s'offrit de lui faire, par magie, le jardin demandé. Il conclut marché avec lui, moyennant une grosse somme d'argent, et attendit le mois de janvier avec l'impatience de l'amour.

Il arriva enfin, ce mois si désiré, et la nuit après les fêtes de Noël, lorsque toute la campagne était couverte de neige et de glace, le magicien fit tant, avec le secours de son art, qu'il parut dans un pré voisin de la ville un des plus beaux jardins qu'on ait jamais vus, réunissant les fleurs et la verdure du printemps aux fruits de l'automne.

Dès que messire Ansalde eut vu ce prodige, Dieu sait s'il fut comblé de joie. Il fut aussitôt cueillir les plus beaux fruits et les plus belles fleurs, et les envoya secrètement à sa maîtresse, en l'invitant de venir voir le jardin qu'elle avait demandé, pour être convaincue de l'amour dont il brûlait pour elle. On ne manqua pas aussi de lui rappeler la promesse qu'elle avait faite et qu'elle avait même confirmée par un serment.

Quand la dame vit les fleurs et les fruits que son amant lui avait envoyés, joignant à ces preuves éloquentes ce qu'elle avait déjà entendu raconter des merveilles du jardin, elle commença à se repentir de sa promesse. Cependant la curiosité de voir des choses si nouvelles la fit glisser légèrement sur le repentir, et elle alla, avec plusieurs de ses voisines, voir ce jardin miraculeux.

Après l'avoir examiné, loué et admiré, elle s'en retourna chez elle le cœur très-affligé, songeant à quoi ce jardin l'obligeait. Son chagrin était si violent, qu'il ne lui fut pas possible de le déguiser, si bien que son mari s'en aperçut. Il lui en demanda la raison.

La honte lui fit renfermer pendant quelque temps son secret au dedans d'elle-même; mais enfin, pressée d'une manière à ne pouvoir s'en défendre, elle lui conta toute son aventure. D'abord le mari se fâcha, se mit en colère, fit du bruit; ensuite, considérant l'honnêteté du motif qui avait conduit sa femme, il se calma sagement. « Dianore, il ne convient pas à une femme sage et honnête, lui dit-il, de prêter l'oreille aux discours des amants, et encore moins de faire un marché déshonnête, quel qu'en soit le prix; car c'est par l'oreille qu'on arrive jusqu'au cœur, et il n'est rien de difficile dont l'amour ne puisse venir à bout.

Tu as donc commis deux fautes, la première d'écouter les discours d'un homme amoureux, l'autre de prendre des engagements. Mais, pour la tranquillité, je veux bien te mettre à portée de remplir ta promesse, en t'accordant ce qu'un autre refuserait sans doute; d'ailleurs, il est à craindre que si messire Ansalde n'était pas satisfait, ce nécromant, qui le sert si bien, ne nous jouât quelque mauvais tour. Va donc trouver ton amant, et fais tous tes efforts pour sauver à la fois ton honneur et ta parole ; si cela n'est pas possible, que le corps cède, mais que la volonté résiste. »

La dame pleurait, et disait qu'elle ne voulait pas de la permission qu'il lui donnait; mais le mari usa d'autorité, et il fallut obéir.

Le lendemain, dès la pointe du jour, Dianore, dans un habit négligé, précédée de deux valets et suivie d'une servante, se rend à la maison de messire Ansalde. Quel fut son étonnement quand on lui annonça une pareille visite! Il se lève et appelle le nécromant :

« Viens voir, lui dit-il, viens voir de quel trésor ton art me rend possesseur. »

Il va au devant de la belle, et après l'avoir saluée avec toutes les démonstrations de la joie, il la fait entrer dans une belle chambre avec toute sa suite. Quand elle se fut assise :

« Madame, lui dit-il, si l'amour que je vous ai voué, et que je vous conserverai toute ma vie, peut mériter quelque récompense, dites-moi, je vous prie, quelle heureuse occasion vous appelle chez moi à cette heure, et avec cette compagnie !

— Ce n'est point l'amour qui m'amène ici, lui répondit-elle les larmes aux yeux ; ce n'est point non plus la promesse que je vous ai jurée, c'est uniquement pour obéir à mon mari, qui, plus sensible aux soins et aux fatigues de votre amour criminel qu'à son honneur, et au mien, m'a lui-même ordonné de venir vous trouver. Me voilà donc chez vous, par son ordre, et prête à faire tout ce qu'il vous plaira. »

Si la visite inopinée de Dianore étonna messire Ansalde, son discours l'étonna bien davantage. Touché de la générosité du mari, son amour se changea en admiration.

« A Dieu ne plaise, madame, que je sois assez peu loyal et assez ingrat pour souiller l'honneur d'un homme qui a daigné s'attendrir sur mes maux ! Vous pouvez donc demeurer ici, si bon vous semble, tant que vous le jugerez à propos, avec l'assurance d'y être respectée comme ma sœur. Vous en sortirez quand il vous plaira, à condition cependant que vous voudrez bien témoigner à votre mari, dans les termes que vous jugerez convenables, la juste reconnaissance dont je suis pénétré pour son généreux procédé, et que vous l'assurerez que je suis pour la vie son frère et son serviteur. »

A ces mots, la joie rentra dans le cœur de Dianore.

« J'avais de la peine à me persuader, lui dit-elle, que vous fussiez assez peu délicat pour profiter de ma situation, et je vois avec grand plaisir que je ne me suis pas trompée dans l'opinion que j'avais de votre générosité. Je ne vous parle point de ma reconnaissance, elle égale votre sacrifice, et je ne doute point que mon mari ne la partage. »

Après ces mots, elle prit congé, et courut raconter à son mari tout ce qui s'était passé. Cette aventure fit naître entre lui et le chevalier une amitié étroite dont ils furent liés toute leur vie.

Le nécromant, à qui messire Ansalde voulait donner le salaire convenu, le refusa généreusement, touché de l'exemple qu'il venait d'avoir sous les yeux.

« Quoi ! j'aurai vu, dit-il, le mari sacrifier son honneur, et vous votre

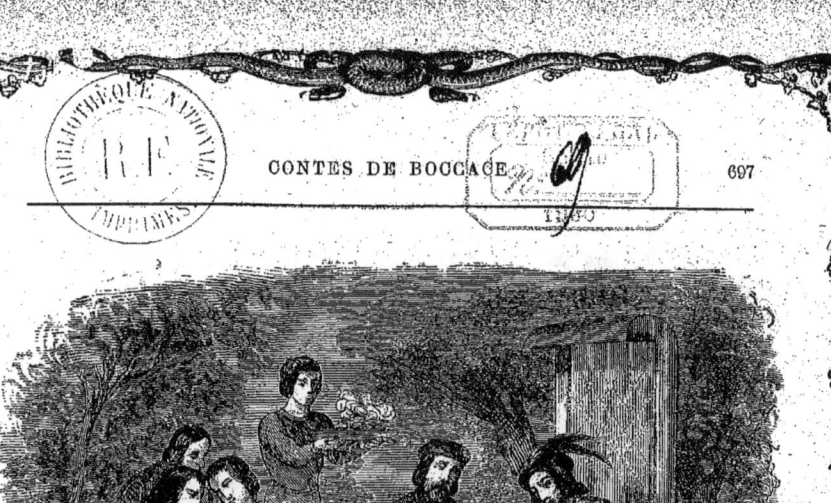

Elles le jetaient au domestique qui les mettait dans la poêle tout vivants.

amour, et moi, je ne pourrais sacrifier quelque peu d'argent! Gardez-le,
vous en savez trop bien faire usage. »

Le chevalier, qui ne se souciait pas apparemment d'avoir des obligations
au nécromant, insistait toujours pour qu'il prît au moins une partie du prix
convenu; mais il refusa constamment, et au bout de trois jours, ayant

détruit son ouvrage magique, il prit congé et partit. Pour Ansalde, il parvint enfin à éteindre l'amour déshonnête dont il brûlait depuis si longtemps.

———

Maintenant, mesdames, quel sera votre avis? Comparerons-nous la générosité de messire Gentil avec celle de messire Ansalde?

L'un fait le sacrifice d'un amour presque éteint, et que ne soutenait plus l'espérance; l'autre sacrifie, dans l'instant qu'il pouvait le satisfaire, un amour dont les plus flatteuses espérances entretenaient la flamme. Il faudrait être bien fou ou bien prévenu pour établir un parallèle entre ces deux actions.

NOUVELLE VI

LES PÊCHEUSES

Qui pourrait raconter les différentes opinions des dames sur les actions généreuses des deux chevaliers? On mit aussi en question, lequel avait montré plus de noblesse et de grandeur, du mari de Dianore, de messire Ansalde ou du nécromant.

Le Roi. ayant laissé disputer quelque temps, regarda madame Flammette, et lui ordonna de mettre fin à tous ces débats, en contant sa nouvelle :

« Mesdames, dit-elle sans perdre un moment, j'ai toujours pensé que, dans des sociétés telles que la nôtre, il faut parler si clairement et si intelligiblement, que les objets dont on s'entretient ne présentent pas deux faces, et ne fournissent pas, par là, matière à des disputes interminables.

Les dissertations conviennent aux gens de collège et non à nous, qui savons à peine filer notre quenouille. Pour ne pas tomber dans le défaut que je remarque, je ne vous conterai point une nouvelle qui d'abord s'était présentée à mon esprit, mais qui pouvait offrir quelque chose de louche et de douteux. Je veux vous entretenir d'un homme qui n'est pas d'une petite étoffe, en vous racontant la courageuse action d'un roi vertueux.

Il n'est personne qui n'ait entendu parler plusieurs fois du roi Charles le Vieux ou Charles Ier, qui, ayant vaincu glorieusement le roi Mainfroi, chassa les Gibelins de Florence et y rétablit les Guelfes.

Pendant cette guerre, un chevalier, nommé messire Néri, de la maison des Uberti, obligé d'abandonner la ville avec toute sa famille, en sortit avec tous ses trésors, et ne voulut se mettre que sous la protection du roi Charles lui-même. Ensuite, las du fracas et du tumulte des affaires, voulant consacrer le reste de ses jours à la tranquillité et la solitude, il se retira à Castel de Marc, où il acheta un beau terrain couvert d'oliviers, noyers et châtaigniers, qui sont les arbres les plus communs du pays.

Sur ce terrain, éloigné fort peu des autres maisons, il fit construire un petit château agréable et commode, avec un jardin charmant où, selon notre coutume, il pratiqua plusieurs ruisseaux, où il fit creuser un grand vivier qui fut bientôt garni de beaucoup de poissons. Ce jardin était l'objet de ses soins les plus chers, et il s'occupait tous les jours à l'embellir.

Le roi étant venu prendre par hasard quelques moments de repos à Castel de Marc, et ayant entendu parler des agréments du jardin de messire Néri, eut envie de le voir; mais ayant fait réflexion qu'il appartenait à un chevalier du parti contraire au sien, il crut qu'il lui convenait d'agir familièrement et d'y aller sans pompe et sans cérémonie.

Il lui envoya donc dire qu'il voulait y souper la nuit suivante, sans autre escorte que quatre de ses gentilshommes. Cette nouvelle fit grand plaisir à messire Néri, qui, après avoir donné ses ordres et travaillé lui-même à ce que la réception fût magnifique, introduisit le roi dans son beau jardin avec les démonstrations de joie les plus vives.

Le roi l'ayant parcouru, ayant également visité le château, fit beaucoup l'éloge de l'un et de l'autre, les tables étaient dressées près du vivier.

On servit, et après qu'on eut donné à laver au roi chacun prit sa place, selon l'ordre de Charles, qui fit mettre Gui de Montfort à sa gauche, et Néri à sa droite. Les mets étaient délicats, les vins excellents, et l'ordre du service admirable, ce qui plut beaucoup au roi.

Tandis qu'il soupait joyeusement et qu'il repaissait avec satisfaction ses regards des touchantes beautés de ce lieu solitaire, entrent deux jeunes filles, âgées de quinze ans, toutes deux blondes, toutes deux ayant les cheveux tressés avec grâce et couronnés d'une guirlande de pervenches.

Leur visage était si joli, les traits en étaient si délicats, qu'elles ressemblaient plutôt à des anges qu'à des femmes. Elles portaient un petit habit de toile de lin, d'une blancheur éblouissante, et qui n'avait, depuis la ceinture jusqu'en haut, d'autres plis que ceux que leur donnait l'empreinte d'une taille élégante et d'une gorge arrondie par les mains de l'Amour : le reste, en descendant, s'élargissait en forme de pavillon et leur descendait jusqu'aux pieds.

La première portait d'une main des filets, et de l'autre un bâton; l'autre avait une poêle sur son épaule gauche, et sous le bras, du même côté, un petit fagot et un trépied à la main : de la main droite elle portait un pot d'huile et un petit flambeau allumé.

Le roi ne put voir sans étonnement deux si belles filles; cependant il ne dit mot, impatient de voir à quoi aboutirait un semblable appareil.

Elles passèrent devant le roi, lui firent avec timidité une profonde révérence et gagnèrent ensuite l'entrée du vivier.

Elles posent à terre ce qu'elles portent, et s'étant munies, l'une du filet, l'autre du bâton, elles entrent dans l'eau et s'y plongent jusqu'au sein.

Un des domestiques de Néri allume du feu, verse de l'huile dans la poêle, en attendant que les nouvelles naïades lui jettent du poisson. Il n'eut pas longtemps à attendre; car, comme elles connaissaient les endroits, celle qui tenait le bâton eut bientôt fait entrer le poisson dans le filet que tenait sa camarade, et elles le jetaient, au fur et à mesure qu'elles en prenaient, au domestique qui les mettait dans la poêle tout vivants.

Les plus beaux furent jetés devant le roi, qui prenait beaucoup de plaisir à les voir frétiller, et qui, pour s'amuser davantage, en rejetait quelques-uns aux belles pêcheuses.

Cette récréation dura autant qu'il fallait pour donner au cuisinier le temps de faire frire le poisson, qu'on servit ensuite moins comme un entremets exquis et délicat que précieux pour la manière dont il avait été préparé.

Les jeunes filles sortent enfin du vivier.

L'eau, qui avait fortement attaché leurs habits sur leurs corps, en laissait voir tous les contours et toutes les parties. Elles repassèrent devant le roi, plus timides, parce qu'elles étaient plus belles.

Chacun avait bien considéré, bien loué ces aimables nymphes; mais elles ne firent sur personne une si profonde impression que sur le roi, dont les yeux attentifs les avaient examinées avec tant de volupté, que rien n'eût pu l'arracher à une occupation si délicieuse.

Lorsqu'elles ne sont plus devant lui, il s'en occupe encore, se rappelle leurs charmes, leurs grâces, leur touchant embarras; il sent que l'amour se glisse insensiblement dans son cœur; mais il ne sait encore laquelle il préférera, toutes deux se ressemblent, toutes deux feraient son bonheur.

Après avoir rêvé pendant quelque temps, il demanda à messire Néri quelles étaient ces deux demoiselles.

« Sire, répondit celui-ci, ce sont mes filles jumelles; l'une se nomme Genèvre la belle, l'autre Iseul la blonde. »

Le roi vanta de nouveau leurs charmes, et conseilla à Néri de les marier. Il s'en excusa sur la médiocrité de ses facultés.

Il ne restait plus que le dessert à servir. Les naïades reparurent dans un habit nouveau, mais non moins séduisant. Le taffetas léger couvrait leurs membres délicats.

Elles portaient, dans des bassins d'argent, les fruits de la saison, qu'elles placèrent devant le roi. S'étant ensuite retirées à l'écart, elles déployèrent les charmes de leur voix harmonieuse, dans une chanson qui commençait ainsi :

> Là, ov' io son giunto amore,
> Non si poria cantare lungamente, etc.

Le roi se crut transporté en paradis, et imaginait entendre les concerts des anges. Quand elles eurent cessé de chanter, elles se jetèrent aux pieds de Sa Majesté, à qui elles demandèrent congé. Le roi le leur donna, quoiqu'il eût été fort aise qu'elles eussent demeuré plus longtemps.

Dès que le souper fut fini, Charles remonta à cheval et regagna sa demeure avec sa suite. Il renfermait dans son cœur la nouvelle passion dont il était enflammé, et rien n'en avait encore transpiré dans sa cour.

Cependant, au milieu du tumulte des plus grandes affaires, l'image des deux sœurs, et surtout de la belle Genèvre, ne le quittait point. Il s'était tellement empêtré dans les gluaux de l'amour, qu'il ne pouvait plus s'en débarrasser. Il rendait souvent visite à messire Néri, et colorait de prétextes spécieux cette familiarité extraordinaire.

Enfin, sentant qu'il lui était impossible de résister davantage à l'impétuosité de ses désirs, et ne voyant d'autres moyens pour les satisfaire que d'enlever celles qui en étaient les objets, il résolut de le faire, et communiqua son dessein au comte de Gui, digne de sa confiance par la haute vertu dont il faisait profession.

« Sire, lui dit-il, l'ouverture que vous me faites m'étonne d'autant plus, qu'ayant été, depuis votre enfance, attaché au service de Votre Majesté, je connais mieux que tout autre votre tempérament et vos inclinations. Je ne me suis jamais aperçu, pendant votre jeunesse, que l'amour, que la passion naturelle de cet âge, ait eu prise sur vous. Il doit donc me paraître étrange que vous y cédiez maintenant, lorsque la vieillesse est si près de vous. S'il me convenait de vous donner des leçons, je vous dirais que, dans les circonstances présentes, c'est-à-dire dans un royaume à peine conquis, chez une nation étrangère, fausse et perfide, ayant à terminer les plus grandes affaires, les négliger pour s'occuper d'un amour frivole, c'est agir, non en roi magnanime et sage, mais en jeune homme faible et imprudent. C'est peu encore. Vous voulez, dites-vous, priver un père de ce qu'il a de plus cher, un père qui vous a reçu, qui vous a traité beaucoup mieux qu'il ne pouvait, et qui, pour vous faire honneur et montrer la confiance qu'il a eue en votre foi, vous a fait voir ces filles presque nues! Vous prétendez donc lui ôter la bonne opinion qu'il a de votre sagesse? Avez-vous d'ail-

leurs oublié que ce sont les violences commises par le roi Mainfroi qui
vous ont ouvert l'entrée de ce royaume? Quelle trahison est comparable à
celle que vous voudriez commettre! Quoi! ravir l'honneur, l'espérance, la
consolation d'un homme qui a été votre hôte? Songez-vous à ce que l'on
dirait de vous? Peut-être vous croiriez-vous bien excusé en disant : Il est
gibelin. La justice des rois est-elle donc changée? Depuis quand leur est-il
permis d'abuser de la confiance d'un homme qui s'est mis sous leur protection, pour le perdre, et d'égorger celui qui se précipite dans leurs bras
pour se sauver? Vous avez remporté une grande victoire sur Mainfroi,
vous en avez une plus glorieuse à remporter sur vous-même. Vous qui
devez être le modèle des autres, sachez vous vaincre, étouffer des désirs
criminels, et n'imprimez pas sur votre nom une tache qui le flétrirait à
jamais. »

Ces remontrances versèrent l'amertume dans le cœur du roi, et l'affli-
gèrent d'autant plus, qu'elles étaient justes. Il en sentait néanmoins tout
le poids. Enfin, après avoir poussé quelques soupirs :

« Mon cher comte, répondit-il, il n'y a point d'ennemi, quelque redou-
table que vous le supposiez, qu'il ne soit plus facile de vaincre avec un peu
de courage et d'expérience que de dompter ses propres désirs; mais, quoique l'entreprise soit difficile, et que j'aie besoin des plus grandes forces,
votre discours m'a tellement animé, que je vous prouverai que je sais
commander à moi-même comme aux autres.

Quelques jours après, étant de retour à Naples, il résolut, autant pour
éloigner de lui l'occasion de faire quelque lâcheté que pour récompenser
le chevalier, il résolut, dis-je, de marier les deux filles de Néri, quoiqu'il
lui en coûtât beaucoup de céder à un autre des attraits qu'il désirait pour
lui-même. Après avoir obtenu le consentement du père, il donna Genèvre
la belle à messire Maffé de la Palisse, et Iseul la blonde à messire Guillaume
de la Magna, tous deux grands seigneurs et chevaliers fort renommés par
leur valeur.

Ce pénible sacrifice fait, il se retira dans la Pouille, le deuil dans l'âme.
Enfin, après bien des combats et des peines, il parvint à rompre ses chaînes
et à redevenir absolument libre.

Quelqu'un me dira peut-être qu'il n'y a rien de fort étonnant à ce qu'un roi
marie deux jeunes demoiselles : j'en conviens; mais si l'on ajoute que le
roi est tout-puissant et amoureux, son action sera véritablement grande.

Or, c'est ce que fit Charles Iᵉʳ. Il sut honorer la vertu d'un gentilhomme,
récompenser la beauté de ses filles, et, ce qui est plus estimable encore,
se dompter lui-même.

NOUVELLE VII

LE ROI PIERRE D'ARAGON

La générosité du roi Charles fut beaucoup louée, excepté par celles qui étaient de la faction des Gibelins. Le Roi ayant ordonné à madame Pampinée de parler, elle commença ainsi :
« Il n'y a personne de raisonnable, mes belles dames, qui ne joigne ses éloges aux vôtres pour célébrer l'action généreuse du roi Charles, à moins qu'on ne soit prévenu d'ailleurs. Mais son aventure m'en rappelle une de son ennemi, absolument contraire, dont une jeune fille de notre cité est l'héroïne.

Lorsque les Français furent chassés de Sicile, il y avait à Palerme un apothicaire florentin, nommé Bernard Puccini, père d'une fille jeune, jolie, et prête à marier. Pierre d'Aragon, devenu maître du royaume, se livrait, avec ses barons, à toutes sortes de plaisirs, surtout à ceux de la table et de la joute.

Un jour qu'il prenait le divertissement de la course, dans un tournoi, la fille de Bernard, la belle Lise, c'était son nom, le vit courir, d'une fenêtre où elle était avec plusieurs femmes. Elle le considéra avec tant d'attention, et ses traits la frappèrent tellement, que l'amour entra dans son cœur avec l'image du prince. La fête finie, et de retour dans la maison de son père, elle ne s'occupa que de sa passion et de l'objet qui l'avait fait naître. Mais comment combler la distance qui la séparait de son amant? Dans sa condition, quel espoir pouvait-elle former? Voilà les réflexions qui la tourmentaient.

Cependant elle ne voulait point renoncer au plaisir d'aimer le roi, qui, ignorant ses dispositions favorables, vivait sans songer à elle. Une passion si folle et si constamment entretenue dans un cœur jeune et ardent y produisit une mélancolie profonde, qui dégénéra bientôt en une maladie très-dangereuse.

Le père et la mère, désolés, lui donnaient les secours qu'ils jugeaient nécessaires : tous étaient inutiles; la jeune fille avait résolu de mourir.

Cependant il lui prit un jour fantaisie, lorsque son père lui demanda ce qui pouvait lui faire plaisir, de découvrir enfin, avant sa mort, sa passion à l'objet qui la lui avait inspirée.

Il y avait à la cour du roi un musicien, nommé Minuce d'Arezzo, qui était en faveur; elle pria son père de le faire venir. Celui-ci, qui crut qu'elle voulait l'entendre jouer et chanter, le fit venir sans perdre un moment.

Après avoir adressé à Lise quelques paroles gracieuses et consolantes, le musicien pinça doucement sa guitare, chanta quelques chansons; mais cette musique, loin de consoler la malheureuse Lise, portait une nouvelle tristesse dans son cœur, et ne faisait qu'alimenter le feu qui la dévorait. Elle dit ensuite qu'elle voulait parler seule à Minuce, et chacun se retira.

« Minuce, dit-elle, je vous ai choisi pour confident d'un secret qui me concerne, et qu'il ne faut révéler à aucune autre personne qu'à celle que je vous nommerai. Je vous supplie de m'aider en ce qui dépendra de vous. Sachez, mon ami, que le jour où le roi célébra son avénement à la couronne, je le vis; un trouble inconnu s'éleva soudain dans mon âme éperdue, et l'amour y porta tous ses feux. Je sens tout le ridicule d'une telle passion; mais, ne pouvant l'éteindre, j'ai résolu de mourir pour me délivrer des tourments que j'endure; voilà ce qui m'a réduite en l'état où vous me voyez. Mais je mourrais moins désolée si le roi pouvait être instruit de son triomphe. Ne pouvant le faire par moi-même, j'ai jeté les yeux sur vous, qui êtes plus à portée que personne de vous charger de ce message et de le remplir adroitement. Ne me refusez pas cette grâce, je vous en conjure. Ajoutez-y celle de venir m'en annoncer le succès, et je quitterai ensuite sans regret une vie où je n'aperçois que des malheurs. »

Elle dit et se tut en pleurant.

Minuce, étonné d'une pareille confidence, hésita quelque temps; mais réfléchissant que, sans blesser l'honnêteté, il pouvait servir cette fille malheureuse :

« Lise, lui dit-il, je vous jure, et croyez-en mes serments, que, loin de vous blâmer, je vous loue d'avoir si bien placé votre tendresse. Comptez sur mes bons offices; soyez persuadée qu'avant qu'il soit trois jours je vous apporterai des nouvelles consolantes, et, pour ne point perdre de temps, je vous quitte. »

Lise lui fit de nouvelles instances et lui souhaita un heureux succès.

Minuce alla trouver Nicolas de Sienne, le meilleur des poëtes de son temps, et le supplia de lui faire la chanson suivante :

Va dire, Amour, au chevalier que j'aime,
　　Que d'une ardeur extrême
　　Je me sens consumer pour lui,
　　Et que n'osant le lui dire moi-même,
Je me meure de langueur, de tristesse et d'ennui.
　　　Dieu des amants, je t'en conjure,
　　　Va trouver cet objet charmant,
　　　Et trace-lui bien la peinture
　　　Du mal que je souffre en aimant.

Le roi fut toute sa vie le chevalier de la jeune mariée.

Dis-lui que je languis, que je brûle et l'adore,
Et que, ne voyant pas que je puisse guérir
  Du feu secret qui me dévore,
S'il n'a pitié de moi, je vais bientôt mourir.
  Déclare-lui, puissant dieu que j'implore,
  Ce qu'à toi seul j'ose enfin découvrir.
    Jamais, depuis qu'il me captive,
    Je n'osai lui faire entrevoir,
    Tant je suis timide et craintive,
    Que tu m'as mise en son pouvoir;
Ce qui me rend la mort plus amère et plus dure.
Mais, dans l'excès cruel de l'amoureuse ardeur,
    Si, pour soulager ma torture,

Je la faisais connaître à ce charmant vainqueur,
Je doute, hélas! que tout ce que j'endure
Pût l'attendrir et me gagner son cœur.

Puisque donc je me suis contrainte
Jusqu'aujourd'hui pour lui cacher
Le trait dont mon âme est atteinte,
Et que je ne puis l'arracher,
Amour, de mon tourment donne-lui connaissance;
Au moins rappelle-lui le jour de ce tournoi,
Jour signalé par sa vaillance,
Où je ne fus que trop témoin de ses exploits.
Il fut vainqueur au combat de la lance,
Vainqueur de tous et le mien à la fois.

Minuce composa, sur ces paroles, un air tendre et doux, analogue au sujet. Le troisième jour, il se présenta au dîner du roi, qui lui commanda de chanter quelque chose. Il pinça sa guitare avec tant de mollesse, il chanta avec tant de vérité les expressions d'un amour malheureux, que tous les spectateurs, et surtout le roi, immobiles de plaisir et d'étonnement, semblaient être en extase.

Quand il eut fini, le roi lui demanda d'où venait cette chanson, qu'il n'avait jamais entendue.

« Sire, répondit-il, il n'y a pas trois jours que les paroles et la musique sont faites. »

Et le roi lui en demandant le motif et l'objet :

« Je n'oserais le dire à d'autres qu'à Votre Majesté, » ajouta-t-il.

Le roi, curieux de l'entendre, le fit venir dans son appartement. Minuce lui conta alors tout ce qu'il avait appris.

Le roi, flatté de cette nouvelle, donna des éloges à Lise, ajoutant qu'une fille aussi honnête, aussi aimable, était bien faite pour inspirer de la compassion, et qu'il pouvait, de sa part, aller la consoler, et lui annoncer que ce jour même il la verrait sur le soir.

Minuce, au comble de la joie, court, sans s'arrêter nulle part, raconter à la jeune fille le succès de son entreprise. Il lui détaille tout ce qu'il a fait, lui répète l'heureuse chanson qui lui avait été d'un si grand secours.

Lise fut si joyeuse et si contente que dès cet instant-là même sa maladie diminua visiblement. Elle attendit, non sans un peu d'impatience, l'heure fortunée où elle devait voir son maître et son amant. Le roi, qui était bon et généreux, s'étant rappelé les discours de Minuce et la beauté de Lise, n'en eut que plus d'empressement de la voir et de la consoler.

À l'heure dite, il monte à cheval, comme pour aller à la promenade, se rend devant la maison de l'apothicaire; et ayant fait dire qu'on lui ouvrît son jardin, il y descendit, s'y promena quelque temps, puis il demanda à l'apothicaire où était sa fille, s'il ne l'avait pas encore mariée.

« Sire, répondit l'apothicaire, elle ne l'est pas encore, depuis fort long-temps une maladie de langueur la consume, et ce n'est que depuis ce matin que ses douleurs semblent un peu affaiblies.

Le roi comprit fort bien ce que signifiait cette meilleure santé.

« Ce serait dommage, dit-il, que le monde fût privé d'une si belle personne : je veux aller la voir. »

Il monte dans sa chambre, accompagné de deux personnes seulement, s'approche du lit, où la jeune fille, un peu soulevée sur son oreiller, l'attendait avec impatience.

« Que veut dire ceci, dit-il, lui prenant la main, ma belle enfant? vous qui êtes faite pour inspirer le plaisir, vous vous laissez déchirer par la douleur. Pour l'amour de moi, rétablissez-vous, reprenez votre première santé. »

La jeune fille, qui sentait presser ses mains des mains d'un amant adoré, quoiqu'elle éprouvât un peu d'embarras, ressentait dans le fond de son cœur la joie la plus vive.

« Hélas! sire, répondit-elle, la maladie dont vous me voyez accablée ne vient que d'avoir voulu me charger d'un fardeau peu proportionné à la faiblesse de mes forces; mais vos bontés vont bientôt m'en délivrer. »

Le roi comprenait très-bien le sens de ces expressions couvertes, et ne l'en admirant que davantage, maudissait tout bas la fortune qui l'avait fait naître dans une condition si obscure. Après avoir demeuré quelque temps avec la malade, et lui avoir donné toutes les consolations qu'il savait capables de faire impression sur elle, il sortit.

L'humanité du roi fut fort louée, et fit grand honneur à l'apothicaire et à sa fille. Celle-ci, plus satisfaite de cette glorieuse visite qu'amante l'ait jamais été des plus grandes faveurs de son amant, entrevoyant quelque lueur d'espérance, guérit bientôt, et devint plus belle que jamais.

Cependant le roi délibéra, avec la reine, de quelle manière il devait récompenser un amour si vif. Montant un jour à cheval avec plusieurs seigneurs de sa cour, il se rendit dans la maison de l'apothicaire. La reine, accompagnée de quelques dames, y vint bientôt après. On fit appeler l'apothicaire et sa fille.

« Aimable fille, dit le roi à celle-ci, l'amitié que vous avez pour moi vous fait grand honneur dans mon esprit ; je veux vous en récompenser. Vous êtes en âge d'être mariée ; c'est moi qui choisirai votre mari. Cependant je serai toujours votre chevalier, et je ne veux d'autre prix de mon dévouement qu'un seul baiser. »

Lise, que la honte faisait rougir, répondit que la volonté du roi serait la sienne, ajoutant :

« Sire, je suis persuadée qu'il n'y a personne qui ne taxât de folie l'amour que j'ai eu pour vous, et qui ne crût que cette passion était le ridicule effet d'un ridicule oubli de mon état, et surtout du vôtre. Mais Dieu, qui seul peut lire dans le cœur des mortels, sait qu'au même instant où vous fîtes sur mon cœur une si vive impression, je me rappelai que vous étiez roi, et moi fille de Bernard l'apothicaire, et qu'il me convenait mal d'élever si haut mes soupirs. Mais vous savez mieux que moi qu'on ne commande pas à son cœur, qu'on n'aime pas à son choix, et qu'on est entraîné par un penchant involontaire. J'ai souvent essayé de combattre ce penchant ; mais, vains efforts ! je vous ai aimé, je vous aime, et vous aimerai toujours. Il est vrai que, dès que je sentis cet amour s'emparer de toutes les facultés de mon âme, je résolus de subordonner toutes mes volontés aux vôtres. Ainsi, non-seulement j'épouserai et aimerai le mari que vous voulez que j'épouse et que j'aime, mais, si vous le désiriez, je me jetterais dans un brasier ardent. Quant à l'offre que vous me faites d'être mon chevalier, vous, qui êtes mon roi, vous sentez que cela ne me convient pas, et je ne veux point y répondre, non plus qu'à la demande du baiser, que je ne vous accorderai qu'avec la permission de la reine. Dieu veuille vous payer de vos bontés et de celles de la reine pour moi, car je ne puis vous témoigner les sentiments de reconnaissance dont je suis pénétrée. »

La reine fut contente de la réponse de Lise, et trouva cette fille aussi sage que le roi la lui avait annoncée.

Le roi fit appeler le père et la mère, qui étaient du secret, et un jeune gentilhomme, peu doué des dons de la fortune, et qui se nommait Perdicon. Il mit plusieurs anneaux dans la main de celui-ci, et lui fit épouser Lise. Il leur donna ensuite, outre plusieurs bijoux de très-grand prix, Ceffalu et Calatabellote, deux terres d'un très-grand revenu, en disant à Perdicon :

« Nous te donnons cela pour le mariage de ta femme ; tu recevras à l'avenir d'autres preuves de notre bienveillance. Maintenant, dit-il à Lise, voulez-vous bien permettre que je recueille le fruit de votre amour ? »

Et, sans attendre de réponse, il lui donna un baiser sur le front.

Perdicon, Lise et ses parents, tout le monde fut content. On célébra les noces avec magnificence. Le roi, fidèle à sa promesse, fut toute sa vie le chevalier de la jeune mariée, et dans tous les faits d'armes il parut toujours avec les devises qu'elle lui envoyait.

C'est par de pareilles actions qu'on mérite l'attachement de ses sujets, qu'on donne l'exemple de la bienfaisance, et qu'on obtient une réputation glorieuse et immortelle : mais c'est ce dont les grands seigneurs s'embarrassent peu aujourd'hui. Ils ne se distinguent des autres hommes que par la cruauté et la tyrannie.

NOUVELLE VIII

LES DEUX AMIS

Dès que madame Pampinée eut cessé de parler, et qu'on eut donné, à la générosité de Pierre d'Aragon, les éloges qu'elle méritait, madame Philomène, par ordre du Roi, prit la parole :

« Mesdames, dit-elle, qui ignore que les actions grandes et belles sont au pouvoir des rois, et que leur caractère particulier doit être la générosité? Ainsi, celui d'entre eux qui fait le bien, quoi qu'il ne fasse que ce qu'il peut et que ce qu'il doit, mérite des éloges; mais en mérite beaucoup moins que le particulier qui, avec moins de puissance et des obligations moins étroites, fait les mêmes actions. Puisque vous avez loué le roi Pierre, je ne doute pas que d'autres, d'une condition inférieure, n'aient part à votre admiration. Je vais donc vous conter une nouvelle où vous verrez deux citoyens, unis par la plus étroite amitié, se disputer de générosité.

Du temps d'Octave César, qui n'avait pas encore le nom d'Auguste, mais qui gouvernait l'empire romain sous le titre de triumvir, il y avait à Rome un gentilhomme nommé Publius Quintus Fulvius. Son fils, nommé Titus Quintus Fulvius, doué d'un bon esprit et animé d'un goût vif pour les sciences, fut envoyé à Athènes pour y apprendre la philosophie.

Son père le recommanda à un Athénien, nommé Crémès, son ancien ami. Celui-ci le logea dans sa propre maison, et le fit étudier, avec son fils, sous le philosophe Aristippe.

Le jeune Athénien se nommait Gisippus. L'analogie de l'âge et du caractère, l'application aux mêmes exercices, l'habitude de vivre sous le même toit, établirent entre ces deux jeunes étudiants l'amitié la plus tendre, qui ne finit qu'à leur mort. Ils n'avaient de bons moments que ceux qu'ils passaient ensemble, et comme ils étaient doués tous deux d'un esprit pénétrant et actif, ils s'élevèrent bientôt l'un et l'autre aux sublimes hauteurs de la philosophie, et partageaient entre eux, sans jalousie, les louanges et l'admiration des personnes éclairées.

Crémès, dont le cœur avait peine à les distinguer, voyait avec la plus grande satisfaction cette union si belle, et il y avait déjà trois ans qu'il en avait été témoin, sans y apercevoir la plus légère altération, lorsque la mort vint terminer les jours de ce vieillard. Les deux jeunes hommes portèrent un deuil égal, et les amis de Crémès auraient eu peine à distinguer le véritable fils, et lequel des deux avait plus besoin de consolation.

Quelques mois après, les parents de Gisippus vinrent le voir; là, d'accord avec Titus, ils lui conseillèrent de se marier, et lui proposèrent une jeune demoiselle, qui joignait à une grande naissance une plus grande beauté.

Elle était citoyenne d'Athènes, se nommait Sophronie, et n'avait guère plus de quinze ans.

Le jour des noces approchant, Gisippus pria son ami de l'accompagner chez sa future épouse, qu'il n'avait point encore vue. Arrivés dans sa maison, elle les accueille gracieusement et se place au milieu d'eux. Le Romain, qui était bien aise de connaître la beauté de celle que son ami devait épouser, la considéra avec la plus grande attention.

Ce dangereux examen eut l'effet qu'il était aisé de prévoir. Titus devint, dans un moment, le plus amoureux de tous les hommes : chaque trait de la belle Sophronie avait fait sur son cœur la plus profonde impression.

Les deux amis de retour chez eux, Titus se retira dans son appartement; là, livré à ses réflexions, l'image de sa maîtresse se présente sans cesse à ses yeux; il ose s'en occuper, il ose la considérer de nouveau, détailler tous ses charmes, et attise par là le feu qui le dévore intérieurement. S'apercevant enfin du progrès de sa passion :

« O malheureux Titus, s'écria-t-il en poussant des soupirs brûlants, où adresses-tu tes pensées, où oses-tu placer tes amours et tes espérances? Les bienfaits, les honneurs que tu as reçus de Crémès et de sa famille, l'amitié qui règne entre son fils et toi, tout ne te fait-il pas une loi de respecter celle qu'il s'est promis d'épouser? songes-tu bien quelle est celle que tu veux aimer? Où t'entraînent les aveugles transports d'un amour inconsidéré et les illusions d'une fausse espérance? Ouvre les yeux, reconnais-toi. Rappelle la raison qui t'a abandonné, mets un frein à l'intempérance d'une imagination déréglée, donne un autre but à tes désirs et un autre objet à tes pensées. Tandis qu'il en est temps encore, combats, résiste et dompte-toi toi-même. Ce que tu veux n'est ni raisonnable ni honnête; et quand tu seras aussi sûr que tu l'es peu de réussir dans tes projets, l'honneur, l'amitié, le devoir te feraient une loi d'y renoncer. Que feras-tu donc, Titus? tu écouteras la raison et tu fuiras un amour qu'elle désapprouve. »

Mais bientôt Sophronie lui apparaît plus belle et plus touchante; cette

image fait évanouir ses résolutions et lui fait condamner ses premiers discours.

« Hélas ! dit-il, quels faux préjugés m'égarent ! ne sais-je pas que les lois
de l'amour, supérieures à toutes les autres, les détruisent toutes, sans
égard pour l'amitié ni pour la divinité même ? Combien de fois n'a-t-on pas
vu un père amoureux de sa fille, un frère de sa sœur et une marâtre rechercher son beau-fils ? Tout cela est sans doute plus criminel, plus monstrueux que de voir un ami amoureux de la femme de son ami. Mille exemples
doivent me rassurer. D'ailleurs, je suis jeune, et la jeunesse est sous l'empire immédiat de l'amour. Il est donc tout naturel que ce qui plaît à l'amour
me plaise aussi. Les actions réfléchies et sensées appartiennent à la matu-
rité de l'âge : dans l'effervescence du mien, je ne puis avoir d'autre volonté
que celle de l'amour. Les attraits de Sophronie méritent les hommages de
l'univers : qui pourrait donc me blâmer de n'avoir pas été seul insensible ?
Je ne l'aime point précisément parce qu'elle doit être l'épouse de mon ami ;
fût-elle la femme de tout autre, je l'aimerais de même. Dans ceci, c'est
moins ma faute que celle de la fortune qui l'a adressée à Gisippus plutôt
qu'à un autre ; et puisqu'il est inévitable que ses charmes soient adorés,
son mari doit être plus content que ce soit par moi que par un inconnu. »

Ces réflexions, qui lui paraissaient on ne peut plus justes, lui font pitié
le moment d'après. Il en rougit, il les quitte, il y revient ; il passe le jour et
la nuit dans ce flux et ce reflux d'opinions, de desseins qui se croisent, se
combattent et se détruisent tour à tour.

Au bout de quelques jours, il perd et l'appétit et le sommeil, et son corps,
accablé par les violentes agitations de son âme, succombe enfin.

Gisippus, qui avait remarqué la noire mélancolie dont son ami était
dévoré, le voyant malade, était dans les plus grandes inquiétudes. Il ne
quittait point son lit, il s'efforçait de le soulager, et lui demandait souvent,
avec les plus vives instances, la cause et l'origine de sa maladie. Titus le
paya longtemps par des confidences dont la fausseté n'échappa pas à sa
pénétration ; mais enfin, vaincu par ses instances réitérées :

« Gisippus, lui dit-il, les larmes aux yeux, si telle eût été la volonté des
dieux que je mourusse, j'aurais vu avec plaisir le terme de ma carrière.
Car, ayant eu l'occasion d'éprouver ma constance et ma vertu, l'une et
l'autre, je rougis de le dire, ont été vaincues. Mais j'attends la mort comme
le juste châtiment de ma lâcheté. Je vais te montrer combien je suis vil et
indigne de ton amitié ; ce n'est qu'à toi, à toi seul, que je puis faire une
pareille confidence. » Il lui raconta alors son aventure, lui en indiqua la
naissance, lui développa les progrès de son amour, lui fit part des combats

qu'il avait essuyés, et lui avoua, en rougissant, de quel côté était restée la victoire.

Il ajouta à ses aveux humiliants et pénibles que, sentant combien sa passion était déraisonnable et indigne d'un honnête homme, il avait résolu, pour s'en punir, de se laisser mourir, chose dont il espérait bientôt venir à bout.

À ce discours, à ces larmes, Gisippus, étonné, resta quelque temps sans répondre. Quoique son amour ne fût pas bien vif, il l'était assez pour combattre un moment sa générosité; mais elle reprit bientôt l'ascendant qu'elle avait perdu, et lui fit conclure que la vie de son ami lui était plus chère que la possession de Sophronie. Dans cette idée, et les larmes de Titus sollicitant les siennes :

« Titus, lui répondit-il en pleurant, si les reproches pouvaient avoir lieu dans une circonstance où tu as si besoin de consolation, je me plaindrais à toi de toi-même, d'avoir pu cacher si longtemps à ton ami l'ardente passion dont tu es consumé. Tes doutes sur son honnêteté t'ont peut-être engagé à en faire un mystère; mais sache que rien de ce qui passe dans notre cœur ne doit être caché à l'amitié; elle doit y lire nos sentiments pour les approuver s'ils sont honnêtes, et les blâmer avec courage s'ils ne le sont pas. Mais laissons tout cela et venons à ce qui t'intéresse, et surtout dans ce moment-ci. Si tu aimes Sophronie, je n'en suis pas surpris; je le serais si tu ne l'aimais pas. Sa grande beauté a dû faire d'autant plus d'impression sur ton cœur, que sa noble sensibilité saisit avidement tout ce qui porte, comme elle, un caractère d'excellence et de rareté. L'amour que tu as pour elle est donc raisonnable; mais tu ne l'es pas de te plaindre de la fortune qui me la donne pour femme, pensant, quoique tu ne me l'avoues pas, que, si elle était à quelque autre, tu pourrais l'aimer avec moins de scrupule et moins de sécurité. Mais conviens, si tu as conservé ton ancienne sagesse, que, pour ton bonheur et tes intérêts, elle ne pouvait tomber en de meilleures mains que les miennes. Car tout autre sans doute, dans la position où je me trouve, eût préféré sa satisfaction à la tienne.

« Tu dois espérer tout autre chose de moi, si tu me crois autant ton ami que je le suis en effet. Depuis que l'amitié nous unit, il ne me souvient pas d'avoir eu rien que je n'aie partagé avec toi, et dont tu n'aies été aussi maître que moi-même. Je ne ferais point d'exception dans le cas présent, quand les affaires seraient plus avancées qu'elles ne le sont; mais elles ne le sont pas assez pour que ce qui m'était destiné ne puisse devenir, sans blesser l'honnêteté ni la bienséance, ton légitime partage. Crois qu'il en sera ainsi; et si je refusais, dans cette occasion de subordonner ma volonté

Les noces furent magnifiques.

à la tienne, que pourrais-je penser moi-même de l'amitié que je t'ai vouée?
Il est vrai que je suis déjà fiancé à Sophronie; que j'attendais le jour de

mon mariage avec l'impatience de l'amour, mais, puisque cette passion a dans ton cœur plus d'énergie que dans le mien, parce que tu sais mieux connaître le mérite de celle qui en est l'objet, je te promets qu'elle entrera chez moi, non comme mon épouse, mais comme la tienne. Chasse donc ton noir chagrin, bannis ces idées noires qui te travaillaient, cette mélancolie qui te minait sourdement; reprends ta santé, tes forces et ton enjouement, et attends dans la joie et la tranquillité la récompense que tu ne saurais refuser sans lâcheté à la plus généreuse amitié qui fut jamais. »

A ce discours de son ami, Titus sentit redoubler sa honte, dont la douce espérance de posséder ce qu'il aimait ne pouvait diminuer le sentiment.

La raison lui faisait voir que, plus la générosité de Gisippus était grande, moins il devait souffrir qu'il l'exerçât. Combattu, attendri, ses larmes, ses sanglots permirent à peine un passage à cette réponse :

« Ami, ce que tu fais m'indique assez ce que je dois faire moi-même. A Dieu ne plaise que je reçoive pour épouse celle que Dieu t'a donnée pour telle, parce qu'il t'en a cru le plus digne ! S'il eût voulu que cette femme m'appartînt, il ne te l'aurait pas destiné. Jouis avec plaisirs du choix qu'il a fait de toi, remplis les volontés de son conseil secret, et laisse-moi me consumer dans les larmes qu'il m'a réservées ; le temps m'aidera à vaincre ma douleur, et tes désirs seront remplis, ou je succomberai à son excès, et mes peines seront terminées. »

— Titus, reprit Gisippus, si notre amitié peut me permettre de te forcer à me complaire en quelque chose et t'engager à m'obéir, c'est dans cette occasion que je veux déployer son autorité; je te le répète, Sophronie sera ton épouse. Je sais assez quelle est la force et la puissance de l'amour; je sais que plus d'une fois il a conduit les amants à une fin malheureuse, et je te vois si affaibli, que je ne crois pas possible que tu résistes à la douleur ; tu serais vaincu, tu tomberais sous le fardeau qui t'accable, et crois-tu que ton ami puisse te survivre? Ainsi, quand je ne considérerais que mes intérêts, que je ne consulterais que le désir de ma propre conservation, il faudrait que tu épousasses Sophronie. Tu l'aimes trop pour pouvoir aimer ailleurs; aucune autre femme ne te sera jamais aussi chère, ne te paraîtra aussi aimable : pour moi, je me sens assez de résolution pour m'en détacher et porter mes affections d'un autre côté; je travaillerai par là à notre sanctification commune. Je serais moins généreux si les femmes étaient aussi rares que les amis; mais comme il m'est plus aisé de trouver une autre femme que de rencontrer jamais un ami tel que toi, je ne balance point entre ces deux sacrifices. C'est pourquoi, si mes prières ont sur toi quelque pouvoir, je te supplie de dissiper le noir chagrin qui te ronge, de vivre dans la plus douce tranquillité, et d'attendre de l'amitié le prix de l'amour. »

Quoique Titus eût encore quelque honte d'accepter Sophronie, et qu'il voulût persister dans son refus, cependant, séduit par le discours de Gisippus, et surtout par sa passion :

« Ami, répondit-il d'un ton qui annonçait le trouble de son âme, si je fais ce que tu veux et ce dont tu me pries, je ne sais si je céderai plus à mon penchant qu'à tes désirs; mais, puisque ta générosité est si grande, qu'elle ne veut point écouter mes justes refus, j'accepte tous les dons que tu veux me faire. Sois sûr que je n'oublierai jamais que je te suis redevable non-seulement de la personne que j'aime le plus, mais de ma propre vie. Le plus ardent de mes souhaits est que les dieux me mettent quelque jour à portée de te prouver toute l'étendue de ma reconnaissance ! »

Il ne fut donc plus question que de chercher les moyens de faire réussir la chose.

« Pour venir à bout de notre dessein, répliqua Gisippus, voici, ce me semble, la route que nous devons tenir. Tu sais que Sophronie ne m'a été accordée qu'après beaucoup de négociations entre mes parents et les siens. Si j'allais dire à présent que je ne la veux point, quel scandale un pareil refus ne causerait-il pas! Je mettrais la division dans l'une et l'autre famille. Cependant cela ne m'inquiéterait guère, si par là je pouvais te rendre maître de l'objet de tes désirs. Mais ce moyen est fort douteux, et il pourrait fort bien arriver que tu ne profitasses pas de mon sacrifice, et que ses parents ne la mariassent à un autre. Ainsi, il me paraît à propos, sauf ton meilleur avis, de continuer et d'achever ce que j'ai commencé. J'amènerai Sophronie dans ma maison, je ferai les noces; le soir, dans le plus grand secret, tu iras coucher avec elle comme avec ta femme. Ensuite, lorsque les circonstances le permettront, nous rendrons l'aventure publique. Qu'on agrée ou qu'on n'agrée pas ce mariage clandestin, il sera fait, et il ne sera au pouvoir de personne d'en briser les nœuds. »

Titus goûta fort cet expédient, et il ne fut pas plutôt rétabli, que son ami reçut Sophronie dans sa maison. Les noces furent magnifiques.

La nuit venue, les dames mirent la nouvelle épouse dans le lit de son mari et chacun se retira.

L'appartement de Titus joignait celui de Gisippus, et l'on pouvait passer de l'un dans l'autre. Gisippus, ayant éteint les lumières, passa dans l'appartement de son ami, et lui dit d'aller se coucher avec sa femme. Titus, honteux et un peu humilié d'une générosité si grande et si soutenue, fit des difficultés pour y aller; mais son ami, toujours franc, et dont les sentiments étaient à toute épreuve, fit s'y bien qu'il l'y détermina. Titus ne fut pas plutôt avec elle qu'il se mit à la caresser, et lui demanda tout bas, en lui serrant la main, si elle voulait être sa femme. Sophronie, qui le prenait pour Gisippus, répondit par un *oui* plein de douceur.

« Je brûle aussi d'être votre époux, » reprit Titus.

Et, en disant cela, il lui mit au doigt un anneau de grand prix. Après cette cérémonie, qu'il jugea nécessaire, il jouit des droits d'époux et goûta les plaisirs d'un amant heureux.

Sur ces entrefaites, Titus ayant perdu son père, reçut des lettres où on lui mandait de revenir promptement à Rome pour mettre ordre à sa succession.

Comme ces lettres étaient pressantes, il résolut de partir sans délai avec Sophronie, ce qui ne pouvait s'exécuter qu'elle ne fût instruite de ce qui s'était passé à son sujet. Gisippus se chargea de ce soin, et lui déclara l'état des choses.

La belle n'en pouvait rien croire. Mais Titus, pour lui certifier la vérité de son union avec elle, lui rappela plusieurs particularités secrètes que son mari seul pouvait connaître, ce qui l'étonna beaucoup.

Après avoir exhalé sa douleur en plaintes et en reproches sur le tour qui lui avait été joué, elle alla trouver ses parents, à qui elle conta son aventure.

Ils furent tout scandalisés et eurent beaucoup de déplaisir de cette tromperie. La famille même de Gisippus fut très-mécontente de sa conduite; mais les premiers, comme les plus intéressés, firent grand bruit, et disaient hautement que Gisippus méritait une punition exemplaire.

Celui-ci faisait tête à l'orage en soutenant que sa conduite n'avait rien de blâmable; qu'on devait, au contraire, lui savoir gré d'avoir donné à Sophronie un mari qui l'aimait passionnément, et beaucoup plus digne que lui d'être uni à son sort.

Titus, témoin de tous ces débats dont il était l'unique cause, en avait un chagrin extrême et ne cessait d'en témoigner ses regrets à son ami. Mais enfin, connaissant l'esprit des Athéniens, et sachant qu'ils étaient d'humeur à faire grand bruit lorsqu'ils trouvaient peu de gens en état de leur répondre, et, au contraire, à céder aussitôt qu'on leur opposait du courage et de la vigueur, il prit la résolution de mettre fin à leurs propos par une action qui annonçât un cœur romain et l'esprit athénien. Il assembla, dans cette intention, dans un temple, les parents de Sophronie et de Gisippus, et, accompagné de son ami seulement, il leur parla ainsi :

« Plusieurs philosophes croient que toutes les actions des hommes ne sont qu'une suite nécessaire des décrets éternels de la Divinité, et que tout ce qui se fait a été ordonné par elle. D'autres bornent cette nécessité aux choses passées ; quelques-uns soutiennent qu'elle s'étend également sur le passé, le présent et l'avenir. Ces opinions réunies ou divisées font voir, à quiconque veut y faire attention, que c'est disputer de sagesse avec la Divinité même, que de condamner ce qui est fait et qui ne peut se détruire. Si les dieux sont infaillibles, comme nous devons le croire, quelle folie,

ED.CUPPIN.   BISSOH COTTABD.

quelle grossière présomption, et quelle punition ne mérite-t-on pas de trouver à redire à ce qu'ils font ou à ce qui s'est fait par leur ordre? Or, n'êtes-vous pas du nombre de ces téméraires, de ces présomptueux, vous qui ne cessez de blâmer mon mariage avec Sophronie que vous avez cru marier avec Gisippus? vous qui ne voulez pas réfléchir qu'il était ordonné de toute éternité qu'elle serait ma femme et non celle de mon ami? Mais, sans chercher à m'appuyer des décrets de la Providence, dure à quelques-uns et impénétrable à tous, supposons que les dieux ne se mêlent point de nos actions, et bornons-nous aux raisons purement humaines. Pour cet effet, je serai obligé de faire deux choses bien opposées à mon caractère : l'une, de me louer un peu, l'autre, de censurer autrui; mais, comme dans l'un et l'autre cas je n'ai besoin que de la vérité, ne craignez pas que je la déguise dans la moindre chose. Je commence par vous dire que rien n'est moins raisonnable et n'annonce plus l'aveuglement de la fureur que vos plaintes, vos déclamations, vos sarcasmes contre Gisippus, sous prétexte qu'il m'a donné pour femme celle que vous lui aviez destinée. Et, véritablement, loin de voir dans cette action quelque chose de blâmable, je n'y trouve rien qui ne me paraisse digne d'éloge :

1° Parce qu'il a fait le devoir d'un ami;

2° Parce qu'il a agi plus sagement que vous n'auriez fait. Je ne veux par vous développer ici les saintes lois de l'amitié; je me contenterai d'observer que ses liens sont, à bien des égards, plus forts et plus étroits que ceux de la parenté. En effet, c'est la fortune qui nous donne nos parents, c'est notre propre choix qui nous donne nos amis. Si Gisippus a préféré la conservation de ma vie à celle de votre bienveillance, faut-il donc s'en étonner? Mais je viens à la seconde partie de ma division, où je veux vous montrer qu'il a été plus sage que vous; car il me semble que vous n'avez pas une meilleure idée des lois de l'amitié que des décrets de la providence des dieux.

« Votre dessein était de donner Sophronie à un jeune philosophe : Gisippus l'a donnée aussi à un jeune philosophe; vous à un Athénien, lui à un Romain; vous à un noble et honnête homme, lui à un homme d'une naissance plus illustre et d'une probité aussi exacte; vous à un riche, lui à un plus riche, vous à un homme qui l'aimait peu et qui la connaissait à peine, lui à un homme qui l'adorait et qui mettait dans sa possession tout le bonheur de sa vie. Mais, afin qu'on ne puisse rien me contester de ce que j'avance, examinons tout par parties. Pour prouver que je suis jeune et philosophe, mon visage et mes études suffisent. Gisippus et moi sommes du même âge, et avons suivi ensemble, d'une ardeur égale, les mêmes études. Il est aussi incontestable qu'il est Athénien, et que moi je suis Romain. Mais si l'on dispute sur la gloire des deux nations, je dirai que Rome est libre et Athènes tributaire; que Rome commande au monde, et qu'Athènes obéit à Rome; que Rome se distingue par ses forces, son gouvernement et les lettres, et qu'Athènes n'est illustre que par ce dernier avantage. Quoique je fasse ici peu de figure, et que vous ne voyiez en moi qu'un simple étudiant, sachez pourtant que je ne suis pas né dans la fange du peuple.

« Mes maisons, les places publiques sont ornées des statues de mes ancêtres; et si vous lisez dans nos annales, vous verrez que les Quintus ont souvent reçu les honneurs du triomphe, et que leurs descendants jusqu'à moi, loin de diminuer la gloire de notre nom, n'ont fait qu'y ajouter

un nouveau lustre. Je me vanterais de mes richesses, si je ne me souvenais
que la noble pauvreté était autrefois le partage des héros romains; mais si
l'ignorance aveugle de la multitude me faisait un reproche de me taire sur
cet article, je lui répondrais que j'ai des trésors nombreux, non parce que
je les ai enviés et recherchés, mais parce que la fortune me les a donnés.
Je sens qu'il vous eût été agréable que Gisippus, étant votre concitoyen,
fût votre allié. Mais vous serai-je moins utile à Rome, qu'il eût pu vous
l'être à Athènes? Vous aurez en moi, dans la capitale du monde, un ami
prompt et actif, un protecteur et un appui pour vos affaires publiques et
particulières. Je conclus donc de tout cela qu'on ne peut, sans injustice et
sans aveuglement, disconvenir que Gisippus n'ai agi plus sagement que
vous n'auriez fait; je conclus encore que Sophronie est bien mariée, puisqu'elle est la femme de Titus Quintus Fulvius, homme d'une noblesse
ancienne, d'une fortune immense, citoyen de Rome et ami de Gisippus.
Quiconque le trouve étrange, en murmure et s'en plaint, ignore absolument
les convenances. Peut-être y en a-t-il qui trouvent à redire, non au fait,
mais à la forme; qui regardent comme peu décent que Sophronie soit devenue ma femme clandestinement, sans avis, sans conseil de parents. Est-ce
donc une chose si rare et si étonnante? Je ne citerai pas pour exemple tant
de femmes qui ont choisi leurs maris contre la volonté positive de leurs
parents, tant d'autres qui ont pris la fuite avec leurs amants, ou qui ont
forcé la volonté de ceux à qui elles étaient subordonnées par une grossesse prématurée; Sophronie n'est dans aucun de ces cas. Gisippus me l'a
donnée avec tout l'ordre, toute la discrétion que la sévérité la plus scru-
puleuse pouvait exiger. Quelques-uns m'objecteront peut-être qu'elle a été
mariée par celui qui n'avait aucun droit sur elle à cet égard.

« Que cette objection a peu de valeur et qu'elle est pitoyable! N'est-ce
donc que d'aujourd'hui que la fortune se sert de moyens détournés et peu
naturels pour arriver à un but déterminé? Qu'importe d'ailleurs qu'un
cordonnier ou un philosophe ait conduit une affaire qui me regarde, pourvu
qu'elle ait été bien conduite? Je prendrai garde à l'avenir; si le cordonnier
est indiscret, qu'il ne se mêle plus de mes affaires; mais je ne le remercierai
pas moins de ses bons procédés. De même, si Gisippus a bien marié votre
fille, c'est une folie à vous de vous plaindre de la façon dont il l'a fait. Si
vous vous défiez de sa prudence, veillez à ce qu'il ne s'entremette plus pour
marier vos filles; mais remerciez-le pour celle qu'il a si bien mariée. Au
reste, vous n'ignorez pas sans doute que je n'ai point cherché frauduleuse-
ment les moyens d'imprimer quelque flétrissure sur l'honneur et la noblesse
de votre maison dans la personne de Sophronie.

En effet, quoique mon mariage ait été couvert des ombres de la nuit et du mystère, je n'ai point usé de violence envers elle, je ne suis point venu en ravisseur criminel lui arracher sa virginité, en dédaignant votre alliance; je suis venu en homme épris de sa beauté et de sa vertu. Je savais fort bien que si j'eusse voulu observer les formalités ordinaires, je me serais exposé à vos refus; et, si vous voulez être sincères, vous conviendrez que vous ne m'auriez jamais accordé sa main, dans l'appréhension que je ne l'emmenasse à Rome avec moi, et que je n'éloignasse de votre vue un objet si cher et si tendrement aimé. Voilà le véritable motif de l'artifice que je me suis permis, et qu'il a fallu enfin vous découvrir; voilà pourquoi Gisippus a fait ce qu'il n'avait pas d'abord dessein de faire en me cédant avec tant de générosité un bien qui était à lui. D'ailleurs, quoique je l'aimasse avec toute l'ardeur imaginable, ce n'est cependant point en amant que j'ai obtenu ses faveurs, mais en véritable mari. Je l'étais, en effet, lorsque je suis entré dans son lit. Je lui présentai l'anneau, je lui demandai si elle me voulait pour mari; elle me répondit qu'oui. Si elle a été trompée, est-ce ma faute? Pourquoi ne s'avisa-t-elle pas de me demander qui j'étais? Le grand crime de Gisippus, le grand crime de l'amant de Sophronie, est donc d'avoir fait en sorte que cette belle Sophronie devînt l'épouse de Titus Quintus. Voilà pourquoi vous épiez, vous menacez, vous déchirez mon ami. Eh! que feriez-vous de plus s'il eût livré votre fille dans les mains d'un homme sans nom, d'un méchant ou d'un esclave? Quels fers, quelles prisons, quels tourments pourraient alors suffire à votre vengeance? Mais abandonnons pour toujours cet odieux sujet.

« Un événement que je croyais encore éloigné vient de me frapper; mon père est mort : mes affaires m'appellent à Rome; voulant y conduire Sophronie, j'ai cru devoir vous révéler des secrets que je vous aurais tenus cachés peut-être longtemps encore. Si vous êtes sages, ma confidence ne vous déplaira point. Il vous est aisé de voir que si j'avais voulu vous tromper, vous faire outrage, je pouvais profiter de ma bonne aventure, en rire et prendre la fuite. Mais, à Dieu ne plaise qu'un si lâche dessein puisse jamais souiller le cœur d'un Romain! Sophronie est à moi par l'ordre des dieux, par la générosité de mon ami, par la force des lois humaines, par l'innocent artifice que l'amour m'a inspiré; et vous qui vous croyez apparemment plus sages que les dieux ou les autres hommes, vous me contestez un droit si légitime! C'est m'offenser de deux manières également injustes et déraisonnables. D'abord, vous retenez chez vous Sophronie, sur laquelle vous n'avez aucun droit, et vous menacez Gisippus, auquel vous devez de la reconnaissance. Je ne veux pas m'étendre davantage

Il sort de la ville, va dans un lieu affreux, solitaire...

pour vous démontrer l'inconséquence et le délire d'une telle conduite; mais je vous conseillerai en ami d'étouffer votre haine et vos dédains, et de me rendre Sophronie, afin que je puisse vous quitter avec les sentiments d'un allié, et que je vous conserve toujours ceux d'un véritable ami. Si ce qui est fait ne vous plaît pas, et que vous osiez vous opposer aux suites naturelles de mon mariage, je vous déclare que je pars avec Gisippus, et qu'une fois arrivé à Rome, je saurai prendre les moyens de reprendre mon épouse malgré vous, et vous connaîtrez alors par expérience combien est à craindre le juste ressentiment des Romains. »

Titus ayant ainsi parlé, se leva, le mécontentement peint sur le visage, prit Gisippus par la main, sortit promptement du temple, faisant les gestes d'un homme qui menace.

Ceux qui étaient demeurés là, touchés des raisons qu'il avait articulées, mais plus effrayés encore de ses dernières paroles, se trouvèrent disposés à recevoir son amitié, et conclurent unanimement qu'il valait mieux avoir Titus pour parent, puisque Gisippus n'avait pas voulu l'être, que de perdre l'alliance de l'un et de s'attirer l'inimitié de l'autre.

Ils allèrent donc trouver Titus, lui dirent qu'ils étaient satisfaits de l'avoir pour parent; que Sophronie demeurerait sa femme et Gisippus leur ami. Embrassades alors de part et d'autre, et Sophronie fut envoyée à son mari. Cette femme adroite, faisant de nécessité vertu, tourna du côté de Titus l'amour qu'elle avait eu pour Gisippus, et suivit son mari à Rome, où elle fut honorablement accueillie.

Gisippus, demeuré à Athènes, eut à soutenir plusieurs disgrâces de la part de ses concitoyens. On profita de l'éloignement de Titus pour cabaler contre lui; et l'on intrigua si bien, qu'il fut condamné, avec toute sa famille, à un exil perpétuel.

De riche qu'il était, il devint si pauvre, que, se voyant réduit à la mendicité, il se traîna comme il put jusqu'à Rome, pour éprouver s'il restait encore quelques traces de son souvenir dans le cœur de Titus. Il apprit, en arrivant, qu'il vivait et qu'il jouissait de l'estime et de la bienveillance générales des Romains. Il se plaça à la porte de sa maison, et attendit l'instant où il sortirait, n'osant se faire annoncer, tant il rougissait de l'état pitoyable où la fortune l'avait réduit; mais il n'oublia rien pour s'en faire remarquer, bien persuadé que son ami, le reconnaissant, ne manquerait pas de le faire appeler. Titus sortit et passa sans lui rien dire.

Gisippus, croyant qu'il l'avait aperçu et qu'il l'avait dédaigné, se retira outré de douleur et de ressentiment, en pensant à tout ce qu'il avait fait pour lui. Il était déjà nuit, que ce Grec infortuné était encore à jeun. N'ayant ni argent, ni ressources, et souhaitant plus la mort que la vie, il sort de la ville, va dans un lieu affreux, solitaire, voit une caverne, s'y enfonce, se jette sur la terre et attend le sommeil, en arrosant de pleurs amers la pierre qui lui sert d'oreiller.

Le lendemain matin, deux voleurs arrivèrent à cette caverne pour y partager le butin de la nuit. Ils se prirent de querelle entre eux; ils en vinrent aux mains, et le plus fort tua l'autre. Gisippus, témoin de cette aventure, crut avoir trouvé, sans se tuer lui-même, un moyen sûr pour arriver à la mort qu'il désirait.

Il resta auprès du cadavre, jusqu'à ce que la justice, instruite du fait, vint le saisir et l'emmena prisonnier. On l'interrogea, il confessa le meurtre sans difficulté. Le préteur, qui se nommait Varron, ordonna qu'on le crucifiât, selon l'usage de ce temps.

Par hasard, Titus, lorsqu'on allait le conduire au supplice, était au prétoire. Il considère le criminel. Quel est son étonnement lorsqu'il reconnaît son bon ami! Son premier désir est de le sauver; mais comment? par quel moyen? Il n'en connaît point d'autre que de s'accuser lui-même. Cette résolution prise :

« Varron, s'écrie-t-il, rappelez ce malheureux; ce n'est point lui qui est coupable, c'est moi, c'est moi qui ai commis le meurtre. Hélas! j'ai assez offensé les dieux par ce forfait, pour vouloir les offenser de nouveau, en laissant subir à l'innocent la peine que je mérite. »

Varron fut très-étonné et surtout très-fâché que toute l'assemblée entendît son aveu. Mais, ne pouvant dissimuler avec honneur et enfreindre publiquement les lois, il fit relâcher Gisippus, et lui dit, en présence de Titus : Quelle folie d'avouer sans raison un crime que tu n'as pas commis, et dont l'imprudent aveu allait te coûter la vie! Tu t'avouais l'auteur du meurtre, et cet homme déclare que c'est lui! »

Gisippus leva les yeux, vit Titus. Il sentit alors que les soupçons qu'il avait formés sur sa reconnaissance étaient injustes, et qu'il ne s'avouait coupable que pour le sauver. Il dit au juge, les larmes aux yeux :

« Certainement nul autre que moi n'est l'auteur du meurtre que l'on poursuit; la pitié de Titus est désormais inutile, il faut que je périsse. »

Titus, de son côté, criait :

« Préteur, vous voyez que cet homme est étranger; vous savez qu'il a été trouvé sans armes auprès de la caverne; il ne vous est pas difficile d'imaginer qu'il recherche la mort pour se sauver de la misère. Renvoyez-le, et donnez-moi la punition que je mérite. »

La nouveauté de la dispute, sur un sujet de cette nature, surprit beaucoup les spectateurs; et Varron, plus étonné que personne des instances mutuelles de ces deux hommes pour s'excuser l'un l'autre, présuma qu'aucun d'eux n'était coupable.

Comme il pensait aux moyens de les délivrer, arrive un jeune homme, nommé Publius Ambustus, qui passait pour un scélérat et un voleur de profession. C'était lui qui avait commis l'homicide dont les deux amis s'accusaient. Touché de compassion pour leur innocence :

« Préteur, s'écria-t-il, je puis vider la contestation qui est entre ces deux hommes. Il y a je ne sais quel dieu qui tourmente mon cœur et le porte à vous avouer mon crime. Nul d'eux n'est coupable; c'est moi qui ai tué l'homme dont on a trouvé le cadavre ce matin. J'ai aperçu dans la caverne, lorsque je partageais nos vols communs avec mon compagnon, cet homme qui dormait d'un profond sommeil. Quant à Titus, il n'est pas besoin que je

cherche à le disculper; sa réputation parle assez pour lui. Jugez-moi donc,
et envoyez-moi au supplice prescrit par les lois. »

Octave, à qui le bruit de cette aventure extraordinaire était parvenu, les
fit venir tous trois pour les interroger lui-même, et savoir ce qui les obligeait
à demander la mort. Chacun lui ayant dit sa raison, il renvoya les deux
innocents et fit grâce au coupable à leur considération.

Titus emmena son ami Gisippus, et, après lui avoir reproché son peu de
confiance en son amitié, le caressa et le conduisit dans sa maison.
Sophronie le reçut avec amitié; elle prit grand soin de rétablir sa santé, et
s'efforça de lui faire oublier ses malheurs. Titus partagea avec lui tous
ses biens, et lui fit épouser sa sœur, nommée Fulvia. Il lui dit ensuite :

« Tu peux rester ici avec moi ou retourner à Athènes, et y jouir de tout
ce que je t'ai donné. »

Mais Gisippus, forcé, d'un côté, par la sentence de son bannissement, et
entraîné d'ailleurs par son attachement pour Titus, préféra Rome à sa
patrie. Les deux familles se réunirent et vécurent dans la plus grande
intimité; il semblait que le temps, loin de la diminuer, augmentât leur
mutuelle affection.

Quelle est donc l'excellence de l'amitié! combien elle mérite de respects
et d'éloges! C'est elle qui fait naître, qui nourrit et entretient les plus beaux
sentiments de générosité dont le cœur humain soit capable. Charitable,
reconnaissante, ennemie de tous les vices, et surtout de l'avarice, on la
voit, pleine d'un zèle actif et prompt, nous porter à faire pour les autres
ce que nous voudrions qu'on fît pour nous-mêmes. Mais, hélas! combien
ses brillants effets sont rares aujourd'hui! Les hommes, devenus égoïstes
et personnels, ont exilé cette auguste divinité de la surface de la terre. Quel
autre sentiment cependant que l'amitié, quels autres intérêts que ceux
qu'elle prescrit eussent excité, dans l'âme de Gisippus, la compassion qui
lui fit accorder aux larmes, aux soupirs de son ami, une maîtresse charmante et tendrement aimée? Quelles autres lois que celles de l'amitié
eussent pu détourner Gisippus du lit où elle était enfermée, où peut-être
même elle l'appelait? Quelle crainte eût pu lui faire perdre une si belle
occasion de satisfaire ses désirs, dans un âge où l'on se croit tout permis,
si ce n'eût été celle d'offenser son ami, de blesser la foi qu'il lui avait
donnée? Quels biens, quelles grandeurs, quelles dignités offertes à Gisippus
eussent pu le faire résoudre à perdre l'amour de ses parents et de ceux de
Sophronie, à braver les injures et les cris d'une multitude grossière?
L'amitié seule pouvait lui inspirer le courage dont il avait besoin.

D'un autre côté, quel autre sentiment que l'amitié eût pu déterminer

Titus à rechercher la mort pour en délivrer son ami, surtout lorsqu'il le pouvait sans paraître ingrat, en feignant de ne pas le reconnaître? Quel autre mouvement que celui de l'amitié eût pu lui inspirer assez de générosité pour partager ses biens avec Gisippus, que la fortune avait réduit à une

extrême misère? Quelle autre affection que cette sainte amitié eût pu le disposer à donner sa sœur en mariage à un homme dénué de tout?

Pourquoi donc les hommes se montrent-ils si empressés à se procurer des parents, des frères, à grossir leur suite d'un grand nombre de domestiques, et qu'ils négligent de se procurer de véritables amis? On est quelquefois délaissé par ses parents, abandonné par ses serviteurs; qu'on retrouve un ami, lui seul répare cette perte en entier.

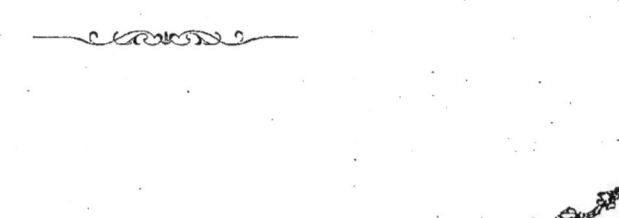

NOUVELLE IX

SALADIN

Madame Philomène avait cessé de parler, et on avait donné beaucoup d'éloges à la reconnaissance de Titus, lorsque le Roi, réservant Dionéo pour le dernier, parla ainsi :

« Mesdames, rien n'est plus vrai sans doute que ce que vient de dire Madame Philomène de l'amitié, et ce n'est pas sans raison qu'elle se plaint, à la fin de son discours, de la voir si peu en honneur parmi les hommes. Si nous étions ici pour censurer et corriger leurs fautes particulières, je m'étendrais sur ce qu'elle a avancé ; mais, puisque le but de notre réunion a un objet différent, je me contenterai de vous raconter une histoire fort longue, à la vérité, mais agréable, dans laquelle vous verrez que si nos imperfections ne nous permettent pas d'atteindre à la sublimité de l'amitié, nous devons nous plaire, du moins, à rendre service, par l'espoir de la récompense qui doit suivre le bienfait.

Lorsque l'empereur Frédéric Ier régnait, si l'on en croit le témoignage de plusieurs historiens, les chrétiens, pour recouvrer la Terre sainte, se disposaient à passer la mer. Saladin, prince rempli de vertus, et alors soudan de Babylone, informé de cette nouvelle, résolut de voir par lui-même les préparatifs des seigneurs chrétiens, afin de pouvoir mieux leur résister.

Ayant mis ordre à ses affaires d'Égypte, feignant d'aller en pèlerinage, il partit sous des habits de marchand, déguisé, n'ayant d'autre suite que deux amis et trois domestiques. Après avoir parcouru plusieurs provinces chrétiennes, il s'avançait dans la Lombardie pour passer ensuite les Alpes.

En allant de Milan à Pavie, il fut rencontré sur le soir par un gentilhomme, nommé Thorel d'Istrie, citoyen de Pavie, qui, suivi d'un grand train de domestiques, de chiens et d'oiseaux, allait passer quelques jours dans une maison qu'il avait sur les bords du Tésin.

Ce gentilhomme le prit, lui et sa suite, pour des seigneurs étrangers qui voyageaient, et il désira de leur faire politesse. Il en eut bientôt l'occasion.

Un domestique de Saladin ayant demandé à l'un des siens combien il y avait encore de là à Pavie, et s'ils pourraient y arriver avant que les portes fussent fermées, messire Thorel prit la parole lui-même :

« Monsieur, dit-il à Saladin, vous ne pouvez y arriver à temps, quelque diligence que vous fassiez.

— Enseignez-nous donc, s'il vous plaît, où nous pourrons trouver à loger ailleurs, car nous sommes des étrangers qui ne connaissons pas le pays.

— Volontiers ; j'avais dans cet instant dessein d'envoyer un de mes gens vers Pavie pour quelque affaire : il vous conduira dans un endroit où vous serez fort bien logés. »

Thorel s'approchant ensuite de celui de ses valets qu'il connaissait pour le plus intelligent, lui commanda de les conduire chez lui, pendant qu'il s'en irait par le chemin le plus court.

Dès qu'il fut arrivé, il fit préparer un bon souper, dresser les tables dans son jardin, et alla ensuite attendre les étrangers sur sa porte. Cependant le valet, causant avec la troupe qui lui avait été recommandée, l'égara dans différents chemins et la conduisit, sans qu'elle s'en aperçût, jusqu'à la maison de son maître. Dès que celui-ci les vit, il courut au-devant d'eux en leur disant :

« Messieurs, soyez les très-bien venus. » Saladin, qui avait de l'esprit et de la pénétration, découvrant dans l'instant toute la trame du chevalier :

« Monsieur, lui dit-il, s'il était possible de se plaindre de l'honnêteté et de la courtoisie de quelqu'un, nous aurions sujet de nous plaindre de vous, qui nous avez fait un peu allonger notre chemin pour nous donner plus agréablement l'hospitalité, politesse à laquelle nous sommes très-sensibles, mais que nous n'avons pas méritée. »

Le chevalier, qui était sage et qui parlait bien, répondit :

« Seigneur, les politesses que je vous fais ne sont rien en comparaison de celles que vous méritez, si votre extérieur ne me trompe pas. Vous auriez été fort mal hébergés hors de Pavie; ainsi, ne regrettez pas de vous être un peu détournés de votre chemin. »

Tandis qu'ils parlaient, tous les gens de messire Thorel arrivèrent pour rendre la réception plus magnifique. On fit monter les étrangers dans les appartements qui leur étaient préparés. Ils y prirent, en attendant le souper, des rafraîchissements, et le chevalier les entretenait de propos agréables.

Saladin et ses deux amis savaient le latin. Ils entendaient parfaitement et étaient entendus de même. Leur hôte leur parut le plus gracieux, le plus aimable et le plus éloquent gentilhomme qu'ils eussent encore rencontré. De son côté, messire Thorel avait la plus grande opinion de ces étrangers ; tout ce qui le chagrinait était de ne pouvoir leur donner meilleure compagnie ni meilleur régal; mais il se proposa de réparer tout le lendemain. Ainsi, après avoir instruit un de ses gens, il le dépêcha vers sa femme, qui était prudente et généreuse. Il conduisit ensuite ses hôtes dans le jardin, où il s'informa poliment de leur état.

« Nous sommes, répondit Saladin, des marchands de l'île de Chypre ; nous allons à Paris pour nos affaires.

— Plût à Dieu, s'écria messire Thorel, que ce pays-ci produisît des gentilshommes qui ressemblassent aux marchands de Chypre! »

De propos en propos, on arriva à l'heure du souper. Il les laissa se mettre à table comme il leur plut. Le repas, sans être magnifique, fut fort bon, et la délicatesse qui y régnait d'autant plus étonnante, qu'on n'avait pas eu beaucoup de temps pour songer aux apprêts. On ne resta pas long-temps à table. Messire Thorel, craignant que ses hôtes ne fussent fatigués, les conduisit à leurs lits et gagna bientôt le sien.

Le domestique envoyé à Pavie s'acquitta de la commission qui lui avait été donnée. La dame fit aussitôt avertir plusieurs des amis et des vassaux de messire Thorel. Elle prépara un grand festin, auquel furent invités les citoyens de la ville les plus distingués.

Elle acheta toute sorte d'étoffes de soie, d'or, des tapisseries, des fourrures, et fit tout arranger comme son mari le lui avait prescrit.

Les étrangers étant levés, messire Thorel monta à cheval avec eux, les conduisit à un gué voisin, et leur donna le plaisir de voir voler ses oiseaux de chasse. Mais Saladin, qui était bien aise de se rendre à Pavie, demanda s'il n'y aurait pas quelqu'un qui lui en enseignât la meilleure hôtellerie. « Ce sera moi qui vous y conduirai, répondit le chevalier, parce que des affaires m'appellent à la ville. »

On partit, on arriva sur les neuf heures, et les voyageurs, croyant être adressés à la meilleure auberge, entrèrent avec messire Thorel dans sa propre maison. Plus de cinquante personnes étaient venues pour le recevoir ; elles allèrent toutes au-devant d'eux.

« Ce n'est pas là ce que nous vous avons demandé, dit Saladin à messire Thorel. Vous en fîtes beaucoup trop hier au soir ; ainsi, vous pouvez nous laisser poursuivre notre route.

— Seigneur, répondit Thorel, je n'ai obligation qu'à la fortune de vous avoir possédé hier au soir ; c'est elle qui fit qu'égaré dans votre chemin, force vous fut de venir dans ma petite maison. Mais je vous aurai une obligation à vous-même, que tous ces gentilshommes partageront, si vous voulez bien nous faire l'honneur de dîner aujourd'hui avec nous. »

Saladin et ses compagnons, vaincus par tant d'avances, descendirent. Ils furent conduits par les gentilshommes dans des appartements richement préparés pour eux. Après les cérémonies de l'hospitalité, ils se rendirent dans le salon, où tout était orné avec la plus grande magnificence. On donna ensuite à laver et on se mit à table. Elle fut servie avec tant de délicatesse, de goût et d'opulence, qu'il n'eût pas été possible de mieux traiter l'Empereur s'il fût venu.

Quoique Saladin et ses compagnons fussent de grands seigneurs, accoutumés au luxe, ils furent étonnés de cet appareil, attendu qu'ils savaient fort bien que leur hôte était un simple citoyen, et non pas un prince ou un

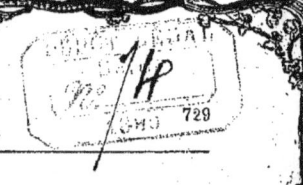

Le chevalier les entretenait de propos agréables.

grand seigneur. Après qu'on eut dîné et un peu conversé, les gentils-hommes italiens allèrent se reposer, parce qu'il faisait extrêmement chaud, et messire Thorel resta seul avec ses hôtes. Il entra avec eux dans une chambre particulière. Afin de ne leur cacher rien de ce qu'il avait de plus cher et de plus précieux, il fit appeler son aimable et vertueuse épouse.

Elle arriva parée des plus riches habits, accompagnée de deux petits enfants, beaux comme des anges. Elle s'avança devant les étrangers et les salua gracieusement. Ceux-ci se levèrent, la saluèrent respectueusement, la firent asseoir au milieu d'eux et caressèrent beaucoup les enfants. Après plusieurs propos agréables, elle leur demanda qui ils étaient et où ils allaient. Ils firent la même réponse qu'ils avaient faite à son mari.

« Je vois, leur répondit-elle en riant, que ce que j'ai eu dessein de faire peut s'exécuter. Je vous prie donc de vouloir bien accepter les petits présents que j'ai à vous offrir. Les femmes, selon leurs petites facultés, donnent de petites choses; mais ayez plus d'égard à la bonne intention de celle qui donne qu'au présent même. »

Ayant fait venir pour chacun des robes très-riches, non comme pour de simples citoyens, mais comme pour de grands seigneurs, des jupes de taffetas et du linge :

« Agréez, s'il vous plaît, ces robes, leur dit-elle; mon mari en a aujourd'hui une semblable. Quant au reste, je sais que c'est peu de chose; mais, sachant que vous êtes loin de vos femmes, que vous avez fait une longue route, qu'il vous en reste encore une fort longue à faire, et que les marchands aiment la propreté, cela peut vous être de quelque secours. »

Les gentilshommes virent bien que messire Thorel ne voulait rien oublier, et qu'il avait obligeamment pourvu à tout. Ils craignaient, vu la richesse des robes, qu'ils ne fussent reconnus.

« Ce sont ici, madame, des présents d'un grand prix, répondit l'un d'eux, et qu'on ne devrait pas accepter légèrement, si la manière dont vous les offrez pouvait permettre un refus. »

Messire Thorel, qui les avait quittés, étant de retour, sa femme leur dit adieu et s'en alla. Elle ne manqua pas de faire plusieurs présents aux domestiques. Messire Thorel obtint d'eux, à force de prières, qu'ils passeraient le reste de la journée avec lui.

Après s'être un peu reposés, ils se vêtirent de leurs robes nouvelles et allèrent se promener à cheval dans la ville. On servit, au retour, un souper magnifique, où se trouva fort bonne compagnie. Ensuite ils allèrent se coucher.

Le lendemain, lorsque le jour parut, ils se levèrent et allèrent prendre leurs montures. Mais ils trouvèrent, à la place des chevaux fatigués qu'ils avaient, des chevaux vigoureux et frais pour eux et pour leurs domestiques.

« Je jure Dieu, s'écria Saladin en se retournant vers ses compagnons, qu'il n'y eut jamais homme plus accompli, plus courtois, plus prévenant que celui-ci. Si les rois chrétiens sont aussi rois qu'il est généreux chevalier, le soudan de Babylone n'est pas fait pour résister, je ne dis pas à tous ceux qui se préparent pour l'attaquer, mais à un seul. »

Voyant qu'il serait inutile de refuser ces nouveaux présents, ils l'en remercièrent et partirent. Messire Thorel, avec plusieurs de ses amis, les accompagna un assez long espace de chemin. Saladin, quoiqu'il le quittât à regret, parce qu'il l'aimait déjà tendrement, le pria de s'en retourner. Thorel, non moins fâché de se séparer d'eux, leur dit :

« Je vais faire ce que vous m'ordonnez. Je ne sais qui vous êtes, ni ne me soucie de le savoir qu'autant que cela peut vous faire plaisir; mais, qui que vous soyez, vous ne me ferez pas accroire que vous n'êtes que des marchands. Adieu. »

Saladin, ayant pris congé des autres gentilshommes, répondit à Thorel :

« Il pourra se faire, monsieur, que vous verrez de notre marchandise, laquelle vous confirmera dans votre opinion. Adieu. »

Le soudan partit avec ses compagnons, projeta, s'il vivait, et que l'issue de la guerre ne lui fût pas funeste, de faire autant d'honneur à messire Thorel que celui-ci lui en avait fait. Il s'entretint longtemps de lui, de sa femme, de ses discours, de ses actions, et loua tout ce qu'il avait vu et entendu de ce loyal chevalier.

Après avoir parcouru toutes les parties occidentales de l'Europe, il se rembarqua, revint à Alexandrie, bien instruit, et se prépara à se défendre.

Messire Thorel, revenu à Pavie, chercha longtemps quels pouvaient être ces étrangers, mais plus il formait de conjectures, moins il approchait de la vérité.

Quand le temps fixé pour le départ des chrétiens fut arrivé, et qu'on faisait partout de grands préparatifs, messire Thorel, malgré les prières et les larmes de sa femme, résolut de suivre la foule des croisés. Ayant arrangé ses affaires, et étant prêt à monter à cheval :

« Mon amie, dit-il à sa femme, je vais suivre les chevaliers chrétiens, tant pour mon honneur que pour le salut de mon âme; je te recommande nos biens et nos intérêts. Comme mille accidents peuvent rendre mon retour très-incertain, très-difficile, et même impossible, je te demande une grâce : quelle que soit ma destinée, si tu n'as pas de mes nouvelles, attends-moi un an, un mois et un jour à dater de celui où je pars. »

— Je ne sais, mon ami, répondit l'épouse éplorée, comment je supporterai la douleur où me laisse votre départ; mais si je n'y succombe pas, que vous viviez ou que vous mouriez, soyez sûr que je serai fidèle à mes engagements et à la mémoire de messire Thorel.

— Je ne doute point, répliqua celui-ci, de la sincérité de tes promesses; je suis assuré que tu feras tout ce qui dépendra de toi pour les tenir. Mais tu es jeune, belle, noble, vertueuse et connue pour telle : il est donc très-probable qu'au moindre bruit de ma mort plusieurs gentilshommes des plus recommandables s'empresseront de te demander à tes frères et à tes parents. Quand tu voudrais, tu ne pourrais résister à leurs ordres. Voilà pourquoi je te demande un an, et que je n'en exige pas davantage.

— Je ferai ce que je pourrai, répondit cette tendre épouse, pour tenir ce que je vous ai promis ; mais si j'étais enfin contrainte d'agir autrement, soyez sûr qu'il n'y a rien qui puisse m'empêcher d'obéir à ce que vous me prescrivez aujourd'hui. En attendant, je prie Dieu qu'il nous préserve de vous perdre. » A ces mots, qu'elle entremêlait de larmes et de sanglots, elle tira un anneau de son doigt et le mit au sien, en disant :

« S'il arrive que je meure avant de vous revoir, que ceci me rappelle à votre souvenir. »

Messire Thorel monta à cheval, dit adieu à tout le monde et partit.

Dès qu'il fut à Gênes, il monta avec sa compagnie sur une galère, et étant arrivé à Acre, il se joignit au reste de l'armée des chrétiens. Une mortalité presque universelle se répandit sur cette armée, et ceux qui n'en étaient pas victimes devenaient prisonniers de Saladin, et on les conduisait dans différentes villes. Messire Thorel fut un de ceux qui n'échappèrent pas à la bonne fortune ou à l'habileté de Saladin ; car on ne sait à quoi attribuer un succès si général et si rapide.

Il fut conduit dans les prisons d'Alexandrie. Là, n'étant point connu et craignant de se faire connaître, la nécessité le contraignit à panser des oiseaux, chose à laquelle il réussissait fort bien. Ce talent le fit remarquer par le soudan, qui lui rendit sa liberté et le fit son fauconnier. Thorel, ne reconnaissant pas ce prince et n'en étant pas reconnu, ne songeait qu'à sa patrie, qu'il regrettait si fort, qu'il avait plusieurs fois tenté de s'enfuir, mais toujours inutilement.

Pendant ce temps-là, il vint des ambassadeurs génois pour traiter avec Saladin de la rançon de plusieurs de leurs concitoyens. Comme ils étaient prêts à repartir, messire Thorel songea à donner par eux de ses nouvelles à sa femme : il lui écrivit pour lui dire de l'attendre, en l'assurant qu'il reviendrait le plus tôt qu'il pourrait. Il pria instamment un des ambassadeurs, qu'il connaissait particulièrement, de faire en sorte que ses lettres fussent remises dans les mains de l'abbé de Saint-Pierre, son oncle.

Les affaires de messire Thorel en étaient là, lorsque, causant un jour avec Saladin de ses oiseaux, il lui échappa un sourire, accompagné d'un geste familier, dont le prince avait été frappé à Pavie. Ce geste réveille dans son esprit le souvenir de son ancien hôte ; il le regarde, le fixe avec intérêt et croit le reconnaître.

« Chrétien, lui dit-il, de quel pays es-tu ? »

— Sire, répondit-il, je suis Lombard, pauvre citoyen d'une ville qu'on nomme Pavie.

Cette réponse confirma Saladin dans ses soupçons.

« Dieu m'a donné le temps, dit-il en lui-même, de faire connaître à cet homme combien sa courtoisie m'a été agréable. »

Ayant fait aussitôt ranger tous ses habits dans une chambre, il l'y conduisit.

« Regarde, chrétien, dit-il, si dans toutes ces robes il y en a que tu n'aies jamais vues. »

L'Italien regarde, examine, et voit celles que sa femme avait données autrefois; mais il n'ose croire le témoignage de ses yeux.

« Sire, répondit-il, je n'en connais pas une; il est vrai qu'il y en a deux qui ressemblent à des robes dont j'ai été vêtu, et que je fis donner à trois marchands qui vinrent chez moi. »

Alors Saladin, ne pouvant plus se contenir, l'embrassa tendrement, en lui disant :

« Vous êtes messire Thorel d'Istrie, et je suis un des marchands à qui votre femme donna ces robes. Le temps est venu de vous faire connaître ma marchandise, comme je vous dis, en partant, que cela pourrait arriver. »

Messire Thorel ressentit dans cet instant de la joie et de la honte : de la joie d'avoir eu un tel hôte, de la honte de l'avoir reçu, à ce qu'il lui semblait, si pauvrement.

« Mon cher ami, lui dit Saladin, puisque le ciel vous a envoyé ici, songez que ce n'est plus moi, que c'est vous qui êtes le maître. »

Après l'avoir beaucoup caressé, il le fit vêtir d'habits royaux, le conduisit lui-même devant les plus grands seigneur de sa cour, et, après l'avoir beaucoup loué, il leur commanda de l'honorer comme lui-même, s'ils désiraient ses bonnes grâces. Tous observèrent cet ordre, mais surtout ceux qui avaient accompagné Saladin dans ses voyages.

Le passage rapide de messire Thorel de l'esclavage au comble de la gloire lui fit perdre de vue, pendant quelque temps, les affaires de Lombardie. Il pensait d'ailleurs que son oncle avait reçu ses lettres.

Le jour que Saladin prit un si grand nombre de chrétiens, mourut un certain gentilhomme provençal, nommé messire Thorel de Digne. Ni sa noblesse ni sa valeur ne l'avaient guère fait connaître de l'armée; de sorte que quiconque entendait dire que messire Thorel était mort, croyait que c'était de messire Thorel d'Istrie qu'il s'agissait. Sa captivité confirma ce bruit, que plusieurs Italiens répandirent dans leur pays et accréditèrent, en assurant l'avoir vu mort et avoir assisté à son enterrement.

Cette nouvelle répandit le deuil et la désolation, non-seulement dans la maison de sa femme et de ses parents, mais dans celle de toutes ses connaissances. Il serait trop long de décrire la douleur, les larmes, la tristesse de la jeune veuve.

Quelques mois s'étant écoulés, son cœur ayant recouvré un peu de calme et de tranquillité, elle fut demandée en mariage par les plus grands seigneurs de la Lombardie, et vivement sollicitée par ses parents de faire un choix. Elle persista longtemps dans ses refus ; mais, contrainte enfin de céder, elle demanda et obtint que la cérémonie fût différée jusqu'au terme prescrit par messire Thorel.

Pendant que ces choses se passaient à Pavie, celui-ci ayant rencontré à Alexandrie un homme qu'il avait vu à la suite des ambassadeurs génois, et s'embarquer avec eux sur la galère qui devait les conduire à Gênes, il lui demanda des nouvelles de leur voyage.

« Monsieur, répondit-il, nous avons fait un voyage très-malheureux. Je quittai les ambassadeurs à Candie, et j'ai ouï dire dans cette ville, ou j'ai fait quelque séjour, qu'étant près d'arriver en Sicile, il s'éleva un vent du nord furieux, qui les jeta sur les bancs de Barbarie, où ils ont fait naufrage ; personne ne s'est sauvé, et deux de mes frères y ont péri. »

Thorel, ne doutant point d'un récit si bien circonstancié et qui était en effet conforme à la vérité, se souvint que le terme qu'il avait prescrit à sa femme allait expirer, et se mit dans l'esprit que, ne recevant point de ses nouvelles, elle se remarierait.

Cette idée lui fit perdre toute sa tranquillité, et le jeta dans une si profonde mélancolie qu'il fut contraint de tenir le lit et qu'il désirait la mort comme une grâce.

A cette nouvelle, Saladin, qui l'aimait beaucoup, accourut vers lui, et le força par ses prières de lui avouer le sujet de sa maladie. Il le blâma de ne le lui avoir pas confié plus tôt, l'exhorta à se tranquilliser, l'assurant que, s'il le désirait, il serait à Pavie au terme indiqué. Messire Thorel, qui avait de la confiance dans ce prince, ne douta point que la chose ne fût possible, et pria le soudan d'en hâter l'exécution.

Saladin fit appeler un magicien, dont il avait déjà éprouvé les talents, et lui ordonna d'aviser aux moyens de transporter en une nuit, sur un lit, messire Thorel à Pavie. Le magicien répondit que cela serait, mais qu'il était à propos d'endormir le chevalier. Le prince ayant pourvu à tout, retourna vers son ami, et l'ayant trouvé toujours résolu de mourir s'il n'allait pas à Pavie, et s'il n'y était pas rendu au terme indiqué :

« Mon cher Thorel, lui dit-il, si vous aimez tendrement votre femme, et que vous la croyiez remariée, je ne vous engagerai point à en faire autant, car, de toutes les femmes que j'ai jamais vues, sans parler de la beauté, qui est une fleur passagère, c'est celle dont les mœurs, les manières, les vertus, le caractère me semblent mériter plus d'éloges et d'amour. Il eût été bien heureux pour moi, puisque la fortune vous avait envoyé ici, de passer avec vous le reste des jours que le ciel me réserve, en vous faisant partager mes dignités, mes honneurs, mes biens et mon pouvoir. Mais le ciel ne m'a pas jugé digne sans doute d'une si grande satisfaction. Puisqu'il n'y a pas moyen de vous retenir, j'aurais du moins voulu savoir votre dessein beaucoup plus tôt : je vous aurais fait conduire chez vous avec les honneurs que vous méritez. Puisque cela ne se peut, je vous renvoie comme je puis, et non comme je le désirerais.

— Sire, répondit Thorel, ce que vous avez fait pour moi me prouve assez votre bienveillance ; vous n'aviez pas besoin d'y ajouter ces nouvelles marques de bonté. Je ne les oublierai de ma vie. Mais puisqu'il faut que je parte, je vous supplie de faire promptement ce que vous m'avez promis, parce que c'est demain le dernier jour où je dois être attendu. »

Saladin promit de le satisfaire.

Le lendemain, le soudan, voulant faire partir son hôte la nuit suivante, fit placer dans une grande salle un lit magnifique, garni de matelas à la mode du pays, couvert de velours et de drap d'or, et orné d'une courte-pointe brodée en perles très-grosses et en diamants fins.

Ce lit était un chef-d'œuvre de beauté et de richesse. On plaça dessus deux oreillers analogues à la magnificence du reste. Il ordonna ensuite qu'on vêtît messire Thorel d'une robe et d'un bonnet sarrasin, qui étaient les plus belles choses qu'il fût possible de voir.

Le jour étant déjà fort avancé, il se rendit, avec plusieurs seigneurs, dans l'appartement de son ami, et s'étant assis auprès de lui :

« Mon ami Thorel, lui dit-il les larmes aux yeux, l'heure qui doit me séparer de vous approche. Ne pouvant vous accompagner ni vous faire accompagner à cause de la longueur du chemin et de la manière dont vous l'allez faire, je suis obligé de prendre congé de vous dans cette chambre. Mais je vous prie, par l'amitié qui nous unit, de ne me pas effacer de votre souvenir, et de venir me voir encore une fois, lorsque vous aurez mis ordre à vos affaires, afin de compenser par une nouvelle joie le déplaisir que j'éprouve de votre prompt départ. En attendant, je vous prie de m'écrire le plus souvent que vous pourrez, et de me demander tout ce qui vous fera plaisir : soyez sûr qu'il n'y a personne que j'aimasse tant à obliger que vous. »

Messire Thorel ne put retenir ses larmes, et, étouffé par sa douleur, il ne put proférer que quelques mots entrecoupés pour l'assurer qu'il n'oublierait jamais ses bienfaits ni ses rares vertus, et qu'il exécuterait ses ordres très-exactement si Dieu lui prêtait vie. Saladin, l'ayant embrassé plusieurs fois en versant des larmes, lui dit adieu, et sortit de la chambre. Tous les seigneurs l'imitèrent, et le suivirent dans la salle où le lit était préparé.

Comme il était déjà tard, et que le magicien n'attendait que ses ordres pour opérer, un médecin apporta un breuvage. Il le présenta au chevalier, auquel il fit accroire que c'était pour le fortifier. Celui-ci le but et s'endormit. Saladin le fit transporter sur le beau lit qu'il lui avait fait préparer.

Il posa à côté de lui une couronne d'un très-grand prix, dont la marque fit voir qu'elle était destinée pour sa femme. Il mit à son doigt un anneau surmonté d'une escarboucle d'un prix infini.

Il lui fit ceindre une épée toute brillante de pierres précieuses, et poser à ses côtés deux grands bassins d'or remplis de doubles ducats et de mille bijoux dont il serait trop long de faire la description. Ensuite il l'embrassa de nouveau, et ayant dit au magicien d'opérer, le lit disparut aussitôt à la vue des spectateurs, Saladin ne fit que parler de lui avec ses courtisans.

Cependant messire Thorel était déjà dans l'église de Saint-Pierre à Pavie, comme il l'avait demandé, avec tous les bijoux, dans l'équipage dont on vient de parler. Matines étaient sonnées, et Thorel dormait encore, quand le sacristain entra dans l'église avec de la lumière. L'aspect imprévu de ce lit si riche et si brillant lui causa de l'étonnement et de la frayeur, et lui fit prendre la fuite ; il courut en avertir l'abbé et les moines. Surpris de le voir si effaré, ils lui en demandèrent la raison. Le sacristain la leur dit. Ils le traitèrent d'abord de visionnaire ; mais, réfléchissant qu'il n'était pas si enfant ni si nouveau en cette église pour s'épouvanter légèrement :

« Allons voir, dit l'abbé, ce que c'est. »

On alluma alors plusieurs flambeaux. L'abbé et les moines, entrés dans l'église, virent le lit, et sur ce lit un homme qui dormait. Tandis qu'ils doutaient, qu'ils craignaient et qu'ils examinaient, sans trop oser approcher, les bagues et les bijoux, messire Thorel s'éveilla en poussant un profond soupir. L'abbé et les moines effrayés s'enfuirent en criant au secours.

Thorel ouvre les yeux, et ayant regardé autour de lui, il voit qu'il est réellement dans le lieu où il avait prié Saladin de le faire transporter. Ce qu'il vit à ses côtés lui donna de la magnificence et de la générosité de Saladin une bien plus haute idée que celle qu'il en avait déjà conçue. Cependant, sans se déranger, voyant fuir les moines, et sachant qu'il était la cause de leur effroi, il appela l'abbé par son nom, en lui disant qu'il

Monseigneur, faites de moi ce que vous croirez que votre honneur et votre repos
vous ordonnent.

était Thorel, son neveu. L'abbé, qui le croyait mort, n'en eut que plus
d'effroi. Mais enfin, un peu rassuré, et ayant fait auparavant le signe de
la croix, il s'approcha du lit.

« De quoi avez-vous peur, mon père? lui dit le chevalier. Je suis en vie,
Dieu merci, et j'arrive d'outre-mer. » L'abbé, quoique son neveu fût un
peu défiguré par sa longue barbe et son habit à la sarrasine, le reconnut ;
et étant absolument rassuré :

« Mon fils, lui dit-il, sois le bienvenu ; mais ne sois pas étonné si nous
avons eu quelque effroi. Il n'y a personne dans toute la ville qui ne te croie
mort, et cette nouvelle paraît tellement sûre, qu'Adaliette, ta femme,
vaincue par les menaces de ses parents se remarie aujourd'hui. Tout est
prêt pour la cérémonie et pour la fête. »

93　　　　　　　　　　　　　　　　　　　　93

Messire Thorel se leva, fit fête à l'abbé et à tous les moines, et les pria tous de ne dire mot de son retour, jusqu'à ce qu'il eût terminé quelques affaires pressantes. Ensuite, après avoir fait mettre en sûreté tous ses bijoux, il conta à son oncle ce qui lui était arrivé. Celui-ci, joyeux de sa bonne fortune, en rendit grâces à Dieu avec lui. Messire Thorel lui demanda quel était le fiancé de sa femme ; l'abbé lui dit.

« Avant que l'on soit instruit de mon retour, dit le chevalier, j'ai bien envie de voir quelle sera la contenance de ma femme à ses noces ; ainsi, quoiqu'il ne soit pas ordinaire que des religieux aillent à de telles fêtes, je vous prie de faire de sorte que nous puissions y aller de compagnie. » L'abbé répondit qu'il le ferait pour l'obliger.

Le jour ne fut pas plutôt venu qu'il envoya dire au fiancé de trouver bon qu'il allât à ses noces avec un de ses amis. Celui-ci lui fit répondre qu'il lui ferait honneur et plaisir.

Messire Thorel se rendit avec l'abbé au logis du fiancé avec son habit étranger. Il fut beaucoup regardé par toute la compagnie ; mais personne ne le reconnut. Lorsqu'on demandait à l'abbé qui il était, il répondait à tout le monde que c'était un Sarrasin que le soudan envoyait en qualité d'ambassadeur au roi de France.

Ce faux ambassadeur fut placé à souhait, c'est-à-dire vis-à-vis de sa femme. Il remarqua aisément, à l'air de son visage et à sa contenance, qu'elle n'était pas fort contente de ses noces, et il la regardait avec intérêt.

Elle lui rendait quelquefois ses regards, non qu'elle eût le moindre soupçon de la vérité, car son nouveau costume le défigurait entièrement, et sa mort, dont on ne doutait pas, ne laissait aucune place à l'espérance.

Messire Thorel, jugeant qu'il était temps d'éprouver si elle avait conservé son souvenir, mit à sa main l'anneau qu'elle lui avait donné à son départ, et ayant appelé le valet qui la servait :

« Va dire de ma part à la mariée, lui dit-il, que la coutume de mon pays est que, quand un étranger est aux noces d'une nouvelle mariée, celle-ci pour lui prouver qu'elle est bien aise qu'il y soit venu, lui doit envoyer sa coupe pleine de vin, et que quand il a bu ce qu'il lui plaît et recouvert la coupe, elle doit boire le reste. »

Le domestique fit la commission. Elle ordonna aussitôt, pour montrer à l'étranger que sa venue lui était agréable, qu'on lavât une grande coupe qui était devant elle, et qu'on la portât pleine de vin à ce gentilhomme. Ainsi dit, ainsi fait. Messire Thorel avait mis dans sa bouche l'anneau qu'il avait reçu d'elle, et, en buvant, il le laissa tomber dans la coupe, de manière que personne ne s'en aperçut. Il eut soin de n'y laisser guère de vin, la recouvrit, l'envoya à la dame, qui, pour suivre la coutume, la découvrit et la mit à sa bouche.

Elle voit l'anneau ; interdite, elle arrête avec attention ses yeux sur ce bijou, et le reconnaît pour celui qu'elle avait donné à son mari au moment de son départ. Elle s'en saisit ; et, fixant celui qu'elle avait pris pour un étranger, elle jette un cri, renverse la table qui est devant elle, et s'élance comme un trait dans les bras du chevalier, en disant :

« Celui-ci est vraiment mon maître, mon mari, mon cher Thorel ! » Et, sans avoir égard à rien, elle l'embrasse étroitement sans vouloir s'en séparer. Son mari fut obligé de le lui ordonner, en lui disant qu'elle avait le temps de lui prodiguer ses caresses. Le trouble était dans la maison, mais la joie y régnait, tant on avait de plaisir à retrouver messire Thorel, après l'avoir cru mort pendant si longtemps. Ayant prié toute la compagnie de ne pas se déranger, il raconta tout ce qui lui était arrivé, depuis son départ jusqu'à ce moment. Il termina son récit par dire au gentilhomme qu'il ne devait pas trouver mauvais de ce qu'il reprenait sa femme, qui ne se remariait que parce qu'elle l'avait cru mort.

Celui-ci quoique un peu piqué de ce contre-temps, répondit qu'il en ferait tout autant à sa place. La dame laissa là les présents de son nouvel époux, et ayant pris la bague qu'elle avait trouvé dans la coupe que Saladin lui avait envoyée, elle sortit de la maison et se rendit à celle de messire Thorel avec toute la pompe des noces. Là, les parents, les amis, les citoyens, qui regardaient cette aventure comme un miracle, se consolèrent au milieu des fêtes et des festins.

Messire Thorel, ayant fait part de ces joyaux à celui qui avait fait la dépense des noces, à monsieur l'abbé et à plusieurs autres, et informé Saladin, par plusieurs lettres, de son heureuse arrivée, vécut plusieurs années plus amoureux que jamais de sa femme.

Voilà quelle fut la fin des ennuis de messire Thorel et de sa chère moitié, et la récompense de leur honnêteté et de leur courtoisie. Il y a bien des gens à qui la fortune permettait d'en faire autant, et qui en ont la bonne volonté ; mais la manière dont ils font leurs présents les fait acheter plus qu'ils ne valent. Ainsi, ils ne doivent pas s'étonner s'ils n'obtiennent pas toujours la récompense qu'ils doivent mériter.

NOUVELLE X

GRISÉLIDIS, OU LA FEMME ÉPROUVÉE

Le roi ayant fini sa nouvelle, qui fit plaisir à toute la compagnie, Dionéo prit la parole et dit, en souriant :

« Convenez, mes belles dames, que le nouveau marié dut être bien fâché de l'aventure ; mais laissons là ces réflexions.

« Cette journée paraissait avoir été consacrée à des rois, à des soudans ou à des gens de cette espèce, pour ne pas m'éloigner de cet exemple, je vais vous parler d'un marquis.

« Ne vous attendez pas à des actions grandes et généreuses de sa part, vous n'en verrez que de folles et de brutales, quoique la fin en fut bonne : mais je ne conseille à personne de l'imiter.»

Un des plus illustres et des plus célèbres descendants de la maison de Saluces fut un nommé Gautier. Sans femme, sans enfants, et n'ayant aucune envie de se marier ni d'avoir des héritiers, il employait son temps à la chasse. Cette façon de penser et de vivre déplaisait fort à ses sujets ; ils le supplièrent si souvent et si vivement de leur donner un héritier, qu'il résolut de céder à leurs prières. Ils lui promirent de lui choisir une femme digne de lui par sa naissance et ses vertus.

« Mes amis, leur dit-il, vous voulez me contraindre de faire une chose que j'avais résolu de ne faire jamais, parce que je sais combien il est difficile de trouver dans une femme toutes les qualités que j'y désirerais, et qui établiraient la convenance entre deux époux. Cette convenance est si rare, qu'on ne la trouve presque jamais. Et combien doit être malheureuse la vie d'un homme obligé de vivre avec une personne dont le caractère n'a aucun rapport avec le sien ! Vous croyez pouvoir juger des filles par les pères et mères, et, d'après ce principe, vous voulez me choisir une femme ; c'est une erreur : car, comment connaîtriez-vous les secrets penchants des pères, et surtout ceux des mères ? Et, quand vous les connaîtriez, ne voit-on pas ordinairement des filles dégénérer ? Mais, puisque enfin voulez absolument m'enchaîner sous les lois de l'hymen, je m'y résous ; mais, pour n'avoir à me plaindre que de moi, si j'ai lieu de m'en repentir, je veux moi-même choisir mon épouse, et, quelle qu'elle soit, songez à l'honorer comme votre dame et maîtresse, ou je vous ferai repentir de m'avoir sollicité à me marier, lorsque mon goût m'en éloignait. »

Les bonnes gens répondirent qu'il pouvait compter sur eux pourvu qu'il se mariât.

Depuis quelque temps le marquis avait été touché de la conduite et de la beauté d'une jeune fille qui habitait un village voisin de son château. Il imagina qu'elle ferait son affaire, et, sans y réfléchir davantage, il se décida à l'épouser. Il fit venir le père et lui communiqua son dessein. Le marquis fit ensuite assembler son conseil et les sujets voisins de son château.

« Mes amis, leur dit-il, il vous a plu, et il vous plaît encore, que je me résolve à prendre femme : je suis tout déterminé à vous donner satisfaction ; mais songez à tenir la promesse que vous m'avez faite d'honorer comme votre dame la femme que je prendrais quelle qu'elle fût. J'ai trouvé une jeune fille assez près d'ici, qui est de mon goût ; c'est la femme que je me suis choisie. Je dois l'amener sous peu de jours dans ma maison ; préparez-vous à la recevoir honorablement, afin que je sois aussi content de vous que vous le serez de moi. »

L'assemblée, à cette nouvelle, fit paraître sa joie, et tous répondirent qu'ils honoreraient la nouvelle marquise comme leur dame et maîtresse.

Dès ce moment le seigneur et les sujets ne songèrent plus qu'aux préparatifs des noces. Le marquis fit inviter plusieurs de ses amis et de ses parents, et quelques gentilshommes d'alentour. Il fit faire sur la taille d'une jeune fille, qui avait à peu près la même que sa future, des robes riches et belles, prépara anneaux, ceinture, couronne, enfin tout ce qui est nécessaire à une jeune mariée.

Le jour pris et indiqué pour les noces, sur les neuf heures du matin, le marquis monta à cheval avec toute sa compagnie.

« Messieurs, dit-il, il est temps d'aller chercher l'épousée. »

On part, on arrive au village où elle demeurait. Quand on fut près de la maison qu'elle habitait avec son père, on la vit qui revenait de chercher de l'eau et qui se hâtait afin de voir passer la nouvelle épouse du marquis. Dès que celui-ci la vit, il l'appela par son nom, Griselidis, et lui demanda où était son père :

« Monseigneur, répondit-elle en rougissant, il est à la maison. »

Le marquis descend alors de cheval, entre dans la pauvre chaumière, et trouve le père qui s'appelait Jeannot.

« Je suis venu, lui dit-il, pour épouser ta fille Griselidis ; mais je veux, avant tout, qu'elle réponde devant toi à quelques questions que j'ai à lui faire. »

Alors il demanda à la jeune fille si, lorsqu'elle serait son épouse, elle s'efforcerait toujours de lui plaire, si elle saurait conserver son sang-froid, quoiqu'il fît ou qu'il dît ; si enfin elle serait toujours obéissante et docile. Un *oui* fut la réponse de toutes ces demandes. Le marquis la prit alors par la main, la conduisit dehors, en présence de la compagnie, la fit dépouiller nue, et la revêtit ensuite des superbes habillements qu'il avait fait faire, puis il plaça sur ses cheveux épars une brillante couronne.

« Messieurs, dit-il aux spectateurs surpris, voilà celle que je veux pour épouse, si elle me veut pour mari. »

Et, se tournant vers elle :

« Griselidis, me veux-tu pour mari?

— Oui, monseigneur, si telle est votre volonté, » répondit-elle.

Il l'épousa ensuite, la conduisit en grande pompe dans son château, où les noces furent faites avec autant de magnificence que s'il eût épousé une fille du roi de France.

La jeune épousée sembla changer de mœurs avec la fortune. Elle était, comme je l'ai déjà dit, belle et bien faite. Elle devint si aimable, si gracieuse, qu'elle paraissait plutôt être la fille de quelque grand seigneur que du pauvre Jeannot. Elle étonnait tous ceux qui l'avaient connue dans son premier état. Elle était d'ailleurs si obéissante à son mari, et avait tant d'attention pour prévenir ses moindres désirs, qu'il était le plus content et le plus heureux des hommes.

Elle avait su se concilier si bien l'affection des sujets du marquis, qu'il n'y en avait pas un qui ne l'aimât comme lui-même, qui ne l'honorât, et qui ne priât Dieu pour son bonheur et sa prospérité. Tous convenaient que, si les apparences avaient déposé contre la sagesse du marquis, l'événement prouvait qu'il avait agi en homme habile et prudent, et qu'il lui avait fallu la plus grande sagacité pour découvrir ainsi le mérite caché sous des haillons et des habits villageois. Le bruit de ses vertus se répandit en peu de temps, non-seulement dans ses terres, mais bien loin au delà, et son empire était tel qu'elle avait effacé les fâcheuses impressions que les fautes de son mari avaient faites sur les esprits.

Au bout de quelque temps, elle devint enceinte, et accoucha heureusement d'une fille, au terme prescrit par la nature. Le marquis eut une grande joie; mais, par une folie qu'on ne conçoit pas, il lui vint en tête de vouloir, par les moyens les plus durs et les plus cruels, éprouver la patience de sa femme.

Il employa d'abord les invectives, lui disant que sa basse extraction avait indisposé tous ses sujets contre elle, et que la fille dont elle venait d'accoucher ne contribuait pas peu à lui aliéner les esprits et entretenir les murmures, parce qu'on aurait désiré un héritier. A ces reproches, sans changer de visage ou de contenance :

« Monseigneur, lui disait-elle, faites de moi ce que vous croirez que votre honneur et votre repos vous ordonnent. Je ne murmurerai pas, sachant que je vaux moins que le moindre de vos sujets, et que je ne méritais en aucune manière la glorieuse destinée à laquelle vous m'avez élevée. »

Cette réponse plut au marquis, qui vit que les honneurs que lui et ses sujets avaient rendus à sa femme ne l'avaient point enorgueillie.

Quelque temps s'était écoulé après cette scène. Il avait parlé, sans paraître avoir de dessein particulier, de la haine que ses sujets portaient à sa fille. Après avoir ainsi préparé sa femme, il lui envoya, au bout de quelques jours, un domestique qu'il avait instruit de ce qu'il devait faire.

« Madame, dit celui-ci d'un air désolé, si je veux conserver la vie, il faut que j'exécute les ordres de monseigneur. Il m'a commandé de prendre votre fille. »

Il dit et se tut. A ce discours, au triste maintien de celui qui le prononce, se rappelant surtout ce que son mari lui avait dit, elle croit qu'il a ordonné la mort de sa fille. Quoique, dans le fond du cœur elle ressentît les douleurs les plus vives, cependant, sans émotion, sans changer de visage, elle prend sa fille, la baise, la bénit et la remet entre les mains du serviteur.

« Fais, lui dit-elle, ce que ton maître et le mien t'a commandé. Je ne te demande qu'une grâce, c'est de ne pas laisser cette innocente victime exposée à la rapacité des animaux carnassiers et des oiseaux de proie. »

Le domestique, chargé du fardeau qu'elle lui avait remis, va rendre compte au marquis du message. Celui-ci admira beaucoup le courage et la constance de sa femme. Il envoya sa fille par ce même homme, à Bologne, à une de ses parentes, la priant de l'élever avec grand soin, sans dire à qui elle appartenait.

Griselidis devint grosse une seconde fois, et accoucha d'un fils, ce qui combla de joie le marquis. Mais les épreuves qu'il avait faites ne lui suffisant pas encore pour le tranquilliser, il employa, comme auparavant, les reproches et les invectives, et il eut soin de les assaisonner de plus d'aigreur et de violence. Le visage enflammé d'un feint courroux :

« Depuis que tu es accouchée de ce fils dit-il un jour à sa femme, il ne m'est pas possible de bien vivre avec mes sujets. Ils sont humiliés que le petit-fils d'un paysan doive être un jour mon successeur et leur maître. Si je ne veux qu'ils portent leur indignation plus loin, et qu'ils ne me chassent de l'héritage de mes pères, il faut que je fasse de ton fils ce que j'ai fait de ta fille, et qu'enfin je brise les liens de notre mariage, pour prendre une femme plus digne du rang où je t'ai élevée. »

La princesse l'écouta avec une patience admirable, et ne se permit que cette réponse :

« Monseigneur, contentez-vous, faites ce que bon vous semblera, et n'ayez aucun égard à ma situation. Rien au monde ne m'est cher que ce qui peut vous l'être. »

Bientôt après, le marquis envoya prendre son fils comme il avait fait de sa fille, et, feignant de l'avoir fait tuer, il l'envoya à Bologne, dans la même maison qu'habitait sa sœur. Griselidis, quoique très-sensible, opposa autant de fermeté à cette épreuve qu'à la première.

Le prince, au comble de l'étonnement, était persuadé qu'il n'y avait aucune autre femme capable de tant de courage, et il eût pris ce courage pour de l'indifférence, s'il n'eût connu d'ailleurs l'amour de cette mère pour ses enfants. Ses sujets, qui n'imaginaient pas que la mort de ces petites créatures fût un jeu, donnaient toute leur haine au marquis et toute leur pitié à la marquise.

Cette infortunée dévorait ses chagrins sans se plaindre, et, quoiqu'elle se trouvât continuellement avec des femmes qui blâmaient hautement la conduite de son mari, il ne lui échappa jamais le moindre reproche.

Cependant ce prince bizarre n'était pas encore content. Il crut devoir mettre la patience de sa femme à la dernière épreuve. Il dit à plusieurs de ses parents qu'il ne pouvait plus souffrir Griselidis, et qu'il sentait bien qu'il avait fait une démarche de jeune homme étourdi, en l'épousant, et qu'il allait tout tenter auprès du pape pour obtenir la cassation de son mariage, et la permission d'en contracter un autre.

Quelques honnêtes gens eurent beau lui remontrer l'injustice de son procédé, il ne leur répondit autre chose, sinon qu'il était résolu d'exécuter son projet.

La marquise, instruite du malheur qui la menaçait, imaginant qu'elle serait obligée de retourner dans la maison de son père, et d'y reprendre les occupations rustiques de sa jeunesse, qu'une autre posséderait celui qui avait tout son amour, était intérieurement dévorée du plus cuisant ennui. Elle se disposa cependant à soutenir cette nouvelle injure de la fortune avec la même tranquillité apparente qu'elle avait soutenu les autres.

Peu de temps après, le marquis fit apporter une fausse dispense, comme si on la lui eût envoyée de Rome, et fit entendre à ses sujets que, par cet écrit, le pape lui donnait la permission d'abandonner Griselidis et de prendre une autre femme. Il fit venir l'infortunée qu'il tourmentait, et, en présence de plusieurs personnes :

Rien n'échappe aux regards curieux du favori.

94 94

« Femme, lui dit-il, par la permission que notre saint père le pape m'a donnée je puis prendre une autre épouse et te laisser là. Parce que mes ancêtres ont été gentilshommes et seigneurs du pays où les tiens n'ont été que simples laboureurs, tu ne peux plus être ma moitié; trop de disproportion est entre nous. Je veux que tu retournes dans la maison de ton père, avec ce que tu m'apportas en mariage. J'ai trouvé celle qui doit te remplacer et qui me convient mieux que toi à tous égards. »

A cette terrible sentence, Griselidis s'efforça de retenir ses larmes, chose assez extraordinaire dans une femme, et répondit ainsi :

« Monseigneur, j'ai toujours très bien senti l'immense disproportion de la noblesse de votre état à la bassesse du mien. Ce que j'ai été à votre égard, je l'ai toujours regardé comme une faveur spéciale de la Providence et de vos bontés, et non comme une chose dont je fusse digne. Puisqu'il vous plaît maintenant de reprendre ce que vous m'avez donné, je dois vous le rendre avec soumission et avec la reconnaissance de m'en avoir jugé digne au moins pour quelque temps. Voici l'anneau avec lequel je fus mariée : prenez-le. Quant à ma dot, je n'aurai pas besoin de bourse ou de bête de somme pour la remporter : je n'ai point oublié que vous m'avez prise nue, et s'il vous semble honnête que ce corps qui a porté deux de vos enfants soit exposé à tous les regards, je m'en retournerai nue. Mais, si vous daignez accorder quelque prix à ma virginité qui fut ma seule dot, souffrez que je sois du moins couverte d'une chemise. »

Le marquis était attendri; mais voulant remplir son dessein :

« Eh bien, soit, remporte une chemise, » lui répondit-il d'un visage courroucé. Tous les spectateurs de cette scène le suppliaient de lui donner au moins une robe, afin qu'on ne vît pas dans un état misérable la même personne qui avait joui pendant treize ans du titre de son épouse; mais leurs prières furent inutiles.

Cette infortunée, après avoir fait ses adieux, sortit du château, avec une simple chemise, sans coiffure, sans chaussure, et se rendit ainsi à la chaumière de son père. Tous ceux qui la virent passer dans cet état humiliant l'honorèrent de leur compassion et de leurs larmes.

Le malheureux père, qui jamais n'avait pu s'imaginer que sa fille devînt la femme du marquis, avait toujours craint ce qu'il voyait arriver, et avait conservé les habits qu'elle portait lorsqu'elle était simple bergère. Il les lui donna; elle s'en revêtit; elle se livra, selon son ancienne coutume, aux travaux domestiques, soutenant avec fermeté les assauts de la fortune ennemi.

Le marquis fit ensuite entendre à ses sujets qu'il allait épouser une fille

d'un des comtes de Pagano. Il fit faire tous les apprêts d'une noce magnifique, et appela Griselidis chez lui.

« La nouvelle épouse que j'ai prise, lui dit-il; doit arriver dans peu de
jours. Je veux l'accueillir honorablement à cette première entrevue. Tu
sais que je n'ai personne chez moi capable d'arranger les appartements et
de préparer beaucoup d'autres choses nécessaires pour une pareille fête :
toi, qui connais mieux que tout autre les meubles de la maison, fais, arrange, dispose, ordonne. Invite toutes les dames qui te conviendront, et
reçois-les comme si tu étais encore la maîtresse du logis. Les noces finies,
tu t'en retourneras dans la chaumière de ton père. »

Quoique toutes ces paroles fussent comme autant de coups de poignard dans le cœur de Griselidis, qui n'avait pu oublier son amour comme
elle avait oublié son ancienne fortune :

« Monseigneur, répondit-elle cependant, je suis prête à faire ce que
vous ordonnez. »

Elle entra avec ses pauvres habits de village dans cette maison d'où naguère elle était sortie en chemise. Elle frotta, balaya les appartements,
prépara la cuisine, enfin se prêta à tout ce que la dernière servante de la
maison aurait pu faire. Elle invita ensuite plusieurs dames de la part du
marquis.

Le jour de la fête venu, elle reçut toute la compagnie dans son costume villageois avec un visage joyeux et content.

Le marquis, qui avait étendu avec une vigilance vraiment paternelle ses
soins sur l'éducation de ses enfants, et qui les avait confiés à une de ses
parentes, que le mariage avait fait entrer dans la maison des comtes de
Pagano, les fit venir tous deux.

La fille atteignait sa treizième année : jamais on n'avait vu une beauté si
parfaite. Le fils n'était encore âgé que de six ans. Le gentilhomme, qui
conduisait cette petite famille, était chargé de dire qu'il amenait la jeune
fille pour la marier au marquis, et on lui avait recommandé le silence le
plus profond sur le secret de sa naissance.

Il fit tout ce dont on l'avait prié. Il arriva à l'heure du dîner avec une
nombreuse compagnie. Il trouva les avenues remplies des paysans du
marquisat et des environs qui s'empressaient pour voir la nouvelle
mariée.

Les dames reçurent celle-ci ; Griselidis, elle-même, vint dans la salle où
les tables étaient mises, sans avoir changé d'habits, pour la saluer, et elle
lui dit :

« Soyez la bienvenue. »

Les dames, qui avaient longtemps prié le marquis, mais en vain, que cette infortunée ne parût pas, ou qu'elle parût dans un habit plus décent, s'étant mises à table on servit. Les regards de tous les convives étaient tournés sur la jeune fille, et chacun était obligé de convenir qu'il n'avait pas perdu au change. Griselidis surtout l'admirait, et partageait son attention entre elle et son frère.

Le marquis, qui crut enfin avoir éprouvé assez la patience de sa femme, voyant que la nouveauté des objets ne pouvait lui faire changer de contenance, sachant d'ailleurs que cette espèce d'insensibilité ne venait pas d'un défaut de bon sens, pensa qu'il était temps de la tirer de la peine où elle était sans doute, quoiqu'elle affectât beaucoup de tranquillité. C'est pourquoi, l'ayant fait venir en présence de toute la compagnie :

« Que te semble, lui dit-il, de la nouvelle épousée?

— Monseigneur, je ne puis en penser que beaucoup de bien; si elle a, comme je n'en doute pas, autant de sagesse que de beauté, vous vivrez avec elle le plus heureux du monde. Mais, je vous demande une grâce, c'est de ne lui point faire essuyer les reproches piquants que vous avez prodigués à votre première; je doute qu'elle pût les soutenir aussi bien, attendu qu'elle a été élevée délicatement, tandis que l'autre avait éprouvé les peines et les travaux dès sa plus tendre enfance. »

Le marquis, voyant Griselidis fermement persuadée de son nouveau mariage, la fit asseoir à côté de lui.

« Griselidis, lui dit-il, il est temps que tu recueilles le fruit de ta longue patience, et que ceux qui m'ont regardé comme un homme méchant, brutal et cruel, sachent que tout ce que j'ai fait n'était qu'une feinte préméditée, pour leur apprendre à choisir une épouse et à toi à l'être, afin de me procurer un repos solide, tant que j'aurai à vivre avec toi. C'était surtout le trouble du ménage que je craignais en me mariant. J'ai fait la première épreuve de ta douceur par des invectives, des paroles injurieuses et piquantes ; tu n'y as répondu que par la patience ; tu n'as jamais contredit mes discours, ni censuré mes actions; voilà ce qui m'assure le bonheur que j'attendais de toi.

« Je vais te rendre en une heure tout ce que je t'ai ôté en plusieurs; et réparer par les plus tendres caresses mes mauvais traitements.

« Regarde donc avec joie cette fille, que tu croyais devoir être mon épouse, comme ta fille et la mienne, et son frère comme notre véritable fils.

« Ce sont ceux que toi et beaucoup d'autres avez si longtemps regardés comme les victimes de ma barbarie. Je suis ton mari, j'aime à te le répéter, et nul mari ne peut recevoir de sa femme autant de satisfaction que j'en reçois de toi. »

Il l'embrassa ensuite tendrement, et recueillit les larmes de joie qui coulaient de ses yeux. Il se levèrent ensuite et allèrent embrasser leurs enfants. Tous les spectateurs furent agréablement surpris d'une révolution si peu attendue.

Les dames, s'étant levées de table avec empressement, conduisirent Griselidis dans un appartement, la dépouillèrent de ses habits, et la revêtirent de ceux d'une grande dame ; elle reparut comme telle dans la salle de compagnie ; car elle n'avait rien perdu de sa dignité et de son éclat sous les vieux haillons qui la couvraient.

Elle fit mille caresses à son fils et à sa fille, et, pour célébrer cette réunion, on prolongea les fêtes pendant plusieurs jours.

On vit alors que le marquis avait agi avec sagesse ; mais on avoua qu'il avait employé des moyens trop durs et trop violents pour parvenir à ses fins. On louait, sans restriction, la vertu et le courage de Griselidis.

Le marquis, au comble de la joie, tira Jeannot, le père de sa femme, de son premier état, et lui donna de quoi finir honorablement ses jours.

Après avoir richement marié sa fille, il vécut longtemps heureux avec Griselidis, et sut lui faire oublier les malheurs du passé par les charmes du présent.

***

Que concluons-nous de ce récit? que souvent, des maisons les plus pauvres, du sein d'une chaumière sortent des esprits presque divins, et que souvent on voit naître au milieu des palais des êtres plus dignes de commander aux bêtes qu'aux hommes. Quelle autre que Griselidis eût pu soutenir, non-seulement avec tranquillité, mais même avec joie, les épreuves rigoureuses par lesquelles son mari la fit passer? Il eût été peut-être à désirer que ce mari brutal eût eu affaire à une femme capable de se venger de tout ce qu'il lui avait fait souffrir, mais Griselidis fut en tout point un modèle de vertu. La Nouvelle de Dionéo achevée, et les dames ayant dit leur avis sur la conduite étrange du marquis, le Roi prit la parole, et voyant que le soleil était déjà sur son déclin : « Mesdames, dit-il, l'intelligence des mortels ne consiste pas seulement, comme vous le savez, à se souvenir du passé et à connaître le présent; ceux qui en combinant l'un et l'autre, savent prévoir l'avenir, sont doués d'un esprit excellent.

« Il y aura demain quinze jours que nous sommes sortis de Florence pour venir respirer un air pur et salubre à la campagne, et éviter le spectacle affligeant et lugubre des horreurs que la peste étale dans la ville. Notre voyage, notre réunion ne peuvent qu'être approuvés. Quoique les Nouvelles que l'on a racontées aient été quelquefois assez gaillardes, et aient présenté des tableaux propres à émouvoir les sens, à éveiller la concupiscence; quoique nos danses, nos jeux, nos chansons, la recherche de notre table aient semblé devoir appeler et faire naître des plaisirs plus doux et plus piquants, cependant il ne s'est passé rien de répréhensible, ni dans nos actions, ni dans nos paroles. J'ai vu régner partout l'honnêteté, la concorde et une véritable fraternité; ce qui m'a fait un très-grand plaisir. Mais, afin que l'habitude de vivre ensemble ne dégénère en besoin, et ne fasse contracter des liaisons plus étroites, pour ne pas donner surtout prise à la médisance et à la calomnie, qui pourraient s'exercer sur un plus long séjour à la campagne, je pense, sauf votre meilleur avis, que nous nous en retournions au lieu d'où nous sommes partis.

« D'ailleurs notre coterie est parvenue à la connaissance de nos voisins; ils voudraient sans doute s'y introduire, et, si elle devenait plus nombreuse, elle perdrait tous ses agréments. C'est pourquoi nous partirons dès demain, si vous approuvez mon conseil, et je garderai la couronne jusqu'à ce moment, sinon je sais à qui la remettre. »

L'avis du Roi fut mis en délibération, et passa à la pluralité des suffrages. Au moyen de quoi il fit appeler le maître d'hôtel, lui parla de ce qu'il avait à faire le lendemain, et donna ensuite congé à la compagnie.

Les dames et les hommes étant levés, on se livra à divers amusements, comme à l'ordinaire. On soupa; le chant et la danse suivirent le repas.

Tandis que madame Laurette dansait, le Roi ordonna à madame Flammette de chanter.

A l'heure de minuit on alla se coucher selon l'ordre du Roi.

Le lendemain dès que le jour parut et que chacun fut levé, le maître d'hôtel ayant fait d'avance partir tous les bagages, la troupe joyeuse, sous la conduite de son sage Roi, prit le chemin de Florence. Quand on fut arrivé, les trois hommes déposèrent les sept dames au couvent de Sainte-Marie-Nouvelle, d'où ils étaient partis avec elles; chacun d'eux ensuite alla où son plaisir l'appela, et retourna à sa maison quand bon lui sembla.

NOTE DE D'ÉDITEUR.

Nous croyons faire plaisir à nos Lecteurs, en ajoutant, au *Décaméron* deux petits ouvrages du même auteur, qui, du côté de l'imagination et de l'intérêt, ne le cèdent point à ses contes.

Le premier est l'*Anneau de Gigès*, dont le fond est puisé dans l'*Histoire mythologique*.

Le second ouvrage est la traduction de son *Labérinto d'Amore*, où, sous la figure d'un songe, il raconte une de ses aventures avec une femme qu'il aimait passionnément, et qu'il ne put jamais rendre sensible à l'amour qu'elle lui avait inspiré.

L'ANNEAU DE GIGÈS

La Lydie, ancienne province de l'Asie Mineure, qu'on appelait auparavant Maonie, tire son nom de Lydus, fils d'Atys ou d'Atyes, le premier roi de la dynastie des Athiades ou des Atydes.

Camblitas, un des dix-neuf rois de cette dynastie, se rendit mémorable par son grand appétit.

On assure qu'une nuit, il se trouva si pressé de la faim, qu'il dévora la reine sa femme couchée auprès lui, et qu'il ne s'en aperçut le lendemain que parce qu'il lui était resté une des mains de la princesse entre les dents.

Pour donner à cette fable un air de vraisemblance, on ajoute qu'il attribua cet excès à quelque maléfice et qu'il se poignarda de désespoir.

Omphale, femme d'un des rois de la dynastie suivante, est célèbre par l'amour d'Hercule, qui brûla pour ses charmes. Elle était alors veuve de Tmolus.

Plusieurs anciens monuments qui la représentent portant la massue et la peau de lion à côté d'Hercule, vêtue d'une robe de pourpre, filant de la laine, ont fait dire que cette reine obligea ce héros jusqu'alors invincible, non-seulement à se déguiser, et à changer sa massue en quenouille, et sa peau de lion en ajustement de femme, mais qu'elle le réduisit encore à l'état humiliant des femmes qui la servaient en qualité de domestiques : exemple mémorable de l'empire de l'amour, et de l'ascendant qu'ont les femmes sur l'esprit et le cœur des hommes.

Les complaisances d'Hercule furent payées d'un tendre retour. Omphale le rendit heureux et en eut un fils, nommé Agésilas, de qui descendait Gigès, dont on va raconter l'histoire.

Hercule avait eu, d'une autre maîtresse, un fils connu sous le nom de Cléolas, au petit-fils duquel l'Oracle fit donner la couronne de Lydie.

Il s'appelait Argon et fut le premier roi de cette seconde dynastie. Il eut vingt-deux princes de son sang qui lui succédèrent.

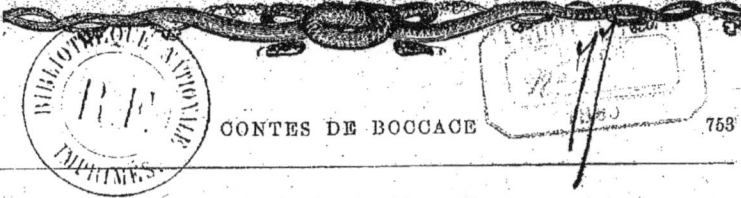

Gigès sortit et laissa la reine fort pensive.

Le dernier de sa branche fut Candaule, un des principaux personnages de cette Nouvelle.

Ce prince était amoureux fou de sa femme; mais son amour était aussi bizarre qu'excessif.

Il n'entretenait ses courtisans que des charmes de la reine, et obligeait les poètes de sa cour à célébrer sa beauté par leurs chants.

Il interrompait les affaires les plus sérieuses, pour parler de l'éclat de sa figure, de la blancheur de sa peau, de l'élégance de sa taille, de la belle forme de tous ses membres. En un mot, il était fou de la reine, dont la beauté justifiait véritablement ses éloges; mais qui eût été beaucoup plus flattée de l'attachement de Candaule, si elle l'eut dû à sa vertu, car elle en était infiniment plus jalouse que de ses qualités extérieures.

Gigès, qui descendait d'Hercule, et qui sortait du sang royal par Omphale, était un des plus jeunes et des plus beaux seigneurs de la cour de Candaule, dont il était parent.

Il resta d'abord inconnu parmi les gardes du prince; mais le Roi, instruit de la noblesse de son origine, le prit bientôt en amitié, l'éleva aux premières dignités et en fit son confident.

Toujours amoureux de sa femme, il crut qu'il ne pouvait être parfaitement heureux, si son favori ne connaissait tous les charmes de la princesse.

— Qu'elle est belle! mon cher Gigès, tu ne saurais en avoir une juste idée, à moins de la connaître comme je la connais. Jamais les Dieux ne formèrent rien de si touchant. Elle pourrait le disputer de beauté à la mère des amours. Je veux te rendre le témoin de ma félicité. Entre avec moi dans l'appartement de la reine, tu verras les caresses que je reçois; il te sera facile de contempler tous les attraits de celle que j'adore. Je te mettrai à portée de jouir d'un si doux spectacle. Viens, mon ami, viens prendre part, s'il se peut, à tous mes plaisirs.

— Ah! Seigneur, répondit Gigès, que me proposez-vous? A juger des charmes cachés de la reine, par ceux qui se laissent voir, je me persuade aisément que rien n'est si beau, et que votre bonheur égale votre vertu. Pourquoi voulez-vous révéler à d'autres des beautés réservées pour le seul Candaule? Je ne sais que trop que les rois sont les favoris des dieux et que c'est pour eux que la fortune réserve toutes ses faveurs. Comme il n'est pas au pouvoir des autres hommes d'en espérer de pareilles, ne me faites point désirer un bien auquel je ne dois point aspirer, un bien que je désirerais vainement. Je ne doute point encore une fois que la reine ne réunisse en sa personne tous les agréments possibles. Mais, croyez-moi, Seigneur, il est des situations dans lesquelles les femmes ne veulent point être vues; et vous n'ignorez pas que lorsqu'elles se sont laissé apercevoir de si près, il est souvent à craindre qu'elles n'en restent pas là.

Cette sage remontrance ne désabusa point le Roi.

Il fallut que son favori cédât aux ridicules empressements de Candaule.

— Je te cacherai, lui dit-il, et par ce moyen la reine ne pourra se refuser au plaisir que je veux te donner.

Gigès fut secrètement introduit dans l'appartement par le roi lui-même, qui le cacha derrière une jalousie, d'où il pouvait contempler à son aise les beautés les plus cachées de la princesse. Elle prenait le bain, et était dans l'état où il faut être pour le bien prendre.

Rien n'échappa aux regards curieux du favori, qui ne fut pas longtemps à s'apercevoir qu'en effet Candaule était le plus heureux et le plus passionné de tous les maris. Il fut si ému de ce spectacle qu'il ne se connaissait pas.

Le plus violent amour pour la reine s'empara de tous ses sens, et il eut à peine la force de se contenir. Non-seulement il devint passionné ; mais il sentait déjà des mouvements de jalousie, et murmurait au-dedans de lui-même, de ce qu'un autre que lui fût possesseur de tant d'attraits.

La justice et l'honnêteté, ni le rang de son rival, ne purent arrêter ses désirs, ni le défendre de former des projets criminels pour satisfaire sa passion.

Il tardait à Candaule de rejoindre son favori pour jouir de sa surprise, et du plaisir de l'entendre faire l'éloge du trésor de beauté dont il était possesseur.

Il fit éloigner la Reine et rejoignit son ami.

— Eh bien, Gigès, que penses-tu de ma femme ? te l'étais-tu figurée si belle ? Candaule n'est-il pas le plus heureux des rois ? Crois-tu qu'il y ait sur la terre une femme aussi bien faite ni aussi jolie ?

Gigès, qui craignait de faire connaître ses vrais sentiments, de peur de lui inspirer de la défiance, ne répondait rien.

Candaule, surpris de ce silence, lui en marqua son étonnement ; et voyant qu'il s'obstinait à ne pas parler, il le pressa de lui en dire les motifs.

— Seigneur, puisque vous m'ordonnez de m'expliquer, dit Gigès assez froidement, je vous avouerai que je m'étais formé, de la beauté de la Reine, une idée plus avantageuse que celle que j'en ai, depuis que j'ai été à portée de juger de ses attraits cachés ; et que le plus grand charme qu'elle ait à présent à mes yeux, est celui de vous plaire...

— Quoi ! interrompit brusquement Candaule, tu ne la trouves pas adorable, incomparable, divine !

— Non, Seigneur, reprit le favori ; et puisque vous désirez que je vous parle franchement, je connais vingt femmes qui lui disputeraient le prix de la beauté, si le titre de Reine qu'elle porte ne leur en interdisait la liberté. Je conviens qu'elle est bien faite, qu'elle a la peau blanche ; mais je connais des femmes qui ont le pied plus joli et la gorge plus ferme.

Candaule crut que Gigès avait perdu le goût et l'esprit, il eut pitié de sa stupidité ; et comme s'il eût cherché sérieusement à se perdre, il alla en entretenir sa femme.

— Croiriez-vous, madame, lui dit-il, qu'il y eût dans le monde un homme qui ne vous trouvât pas la plus belle personne de la terre, et qui vous en préférât vingt autres, qui sont, à son gré, plus dignes d'être aimées que vous ? Gigès, ajouta-t-il, est cet homme extraordinaire. Je l'aime assez pour avoir voulu lui donner le plaisir de vous voir dans votre bain. J'en attendais une surprise que je n'ai point trouvée. Il n'a pas senti la moindre émotion à votre vue ; et ce que tous les dieux devraient adorer, un homme seul en a été le spectateur, sans en avoir été touché.

Candaule crut se rendre bien recommandable à la reine par ce discours ; il se trompa grossièrement.

Elle apprit avec indignation le tour que son mari lui avait joué ; et si elle dissimula son ressentiment, ce fut pour se venger plus sûrement.

— Quoi, disait-elle en elle-même, le roi prostitue sa femme à l'un de ses sujets ! il la donne en spectacle à Gigès ! Le misérable ! il ne sent pas le mépris que cette lâcheté va lui attirer. C'est avec raison que le favori fait si peu de cas de mes charmes. Comment estimer une femme que son mari estime assez peu pour la montrer nue à son ami ! le mépris qu'il a pour Candaule a passé jusqu'à moi. Quelle honte pour ma fierté ! Non, je ne puis vaincre un juste courroux ! il faut qu'il éclate ; je ne suis plus femme de celui qui ose me prostituer ; je le serai plutôt de Gigès. Ah ! s'il peut avoir assez de courage pour me venger... Oui, je porte jusque-là ma haine. Je suis résolue de lui donner la couronne en lui donnant ma main. Il est d'une illustre origine ; il s'est distingué par des actions héroïques : s'il dédaigne mes charmes, il sera touché de la noblesse de mes sentiments, et je serai plus heureuse avec lui qu'avec l'époux dont l'amour extravagant m'a avilie.

La reine, pleine de cette idée, mande aussitôt Gigès. Il était occupé de sa passion naissante, et cherchait dans sa tête un moyen pour faire connaître ses sentiments à celle pour qui il soupirait.

On devine combien il dut être charmé de se voir appelé par la reine elle-même. Ayant accouru à ses ordres : — Gigès, lui dit-elle en le voyant entrer, ce n'est pas pour te reprocher le mépris que tu fais de mes charmes que je t'envoie chercher; peut-être ne les dédaignes-tu que parce que tu ne les as pas considérés. C'est pour te parler de la lâcheté de Candaule. Pourrais-tu le justifier de m'avoir ainsi sacrifiée à sa folle vanité? Crois-tu qu'après m'avoir livrée à un autre, je puisse ou je doive l'estimer et conserver pour lui le moindre sentiment de tendresse? Non, Gigès, tu te trompes, si tu me juges assez stupide pour être insensible à un tel affront. Entre dans ma peine, et résous-toi à me venger de cette humiliation. Je te l'ordonne, tu dois m'obéir, ou c'est fait de ta vie. Il n'y a que mon mari qui puisse me voir dans l'état où tu m'as vue, et je ne veux ni ne peux avoir deux maris à la fois. Tu dois m'entendre. Vois ce que je te propose. Si tu laisses vivre Candaule, il faut que tu meures; mais s'il meurt, il faut que je t'épouse. Choisis, et songe que si tu balances un seul moment, c'est fait de tes jours.

Il est aisé de se représenter quels furent l'étonnement et le trouble de Gigès; il adorait la reine, il l'eût préférée seule à tous les empires de la terre; et elle lui en offrait un avec la possession de son cœur.

Il se détermina bientôt.

— Madame, lui dit-il, en se jetant à ses pieds, Gigès est au comble de la joie; il approuve votre haine; jamais il n'y en eut de plus juste. Candaule est indigne de posséder tant d'appas et tant de vertus. Je vous adore, madame; et si j'ai feint d'être insensible à votre divine beauté, ce n'est que pour cacher à celui qui vous a exposée à mes regards, l'amour que vous m'avez inspiré. J'osais porter mes vœux jusqu'à vous, et j'avais intérêt d'abuser votre époux. Je me livre à vos desseins, et je consens à mourir, si vous n'êtes bientôt vengée. La grâce que je vous demande, madame, c'est de continuer la confiance que vous me témoignez. Il ne dépendra pas de mon zèle de m'en rendre digne.

Gigès sortit et laissa la reine fort pensive. Le plaisir d'apprendre que Gigès n'avait montré de l'indifférence pour sa beauté que pour tromper la jalousie de son mari la soutint dans son projet.

La bonne mine de son amant, les qualités qu'elle lui reconnaissait, et qui lui avaient gagné l'estime de toute la cour, le zèle qu'il venait de lui montrer, tout cela lui inspira pour lui une inclination soudaine, qui lui fit juger que les dieux avaient ordonné la mort de Candaule.

C'est ainsi que les passions s'accrochent à tout ce qui peut justifier les désordres qu'elles entraînent après elles.

Gigès, occupé de son amour et de la grandeur de son entreprise, rêvait au moyen qu'il emploierait pour consommer ses desseins. Les bontés dont le roi l'avait toujours honoré se représentaient quelquefois à son esprit; et il se reprochait son crime et son ingratitude!

— Que je suis malheureux, disait-il dans ces moments où la voix du repentir se faisait entendre à son cœur! Il faut, ou que je trahisse l'amitié et que j'attente à la vie de mon bienfaiteur et de mon maître, ou que je m'expose à tout le ressentiment d'une femme outragée et que j'adore. Quel parti prendre? Oublierai-je tout ce que je dois à la faveur du Roi, pour m'abandonner aux mouvements d'une passion que je ne puis satisfaire qu'à ce prix? Puis-je balancer? L'amour de la reine, l'attrait d'une couronne, la main, le cœur d'une femme adorable, peuvent-ils être balancés par la crainte de punir un traître dont les dieux semblent avoir ordonné le trépas?

Il s'arrêta à cette idée, et il eut bientôt étouffé les remords. Il résolut donc d'exécuter son crime à la première occasion.

Il ne s'agissait plus que de prendre des mesures pour assassiner le roi sans aucun danger pour sa propre vie.

Etant sorti de chez lui pour rêver plus à son aise aux moyens de consommer son crime, sans se compromettre, il alla se promener hors de la ville.

Son esprit, combattu par mille réflexions, ne lui permit pas de s'apercevoir qu'il avait fait beaucoup de chemin dans la campagne.

Il ne sortit de sa rêverie que lorsque le ciel, qui s'était couvert tout à coup de nuages, eut répandu sur l'horizon une obscurité qui lui fit craindre de ne plus se retrouver.

Il erra longtemps à l'aventure, tremblant à chaque coup de tonnerre, et s'imaginant que les dieux l'avertissaient, par cet orage inattendu, qu'ils désapprouvaient sa résolution. Les remords se réveillent dans son cœur agité; il fait vœu de renoncer à son projet, et de sacrifier sa vie, plutôt que de le mettre à exécution; mais le bruit du tonnerre ayant cessé, l'espérance succéda à la crainte.

Il rougit même de sa faiblesse, et revint à son premier dessein avec la ferme résolution de le suivre, dès qu'il trouverait l'occasion favorable.

Le calme s'étant insensiblement rétabli, mais la pluie continuant toujours, Gigès, qui avait gagné des rochers pour se mettre à l'abri du mauvais temps, entra dans une caverne qui s'offrit à sa vue et qu'il ne connaissait pas. L'entrée lui en parut singulière, et piqua sa curiosité.

Il y rencontra un chemin frayé, au bout duquel il aperçut une lumière.

Il s'avança, et vit dans l'enfoncement un grand cheval d'airain, éclairé par deux grandes lampes.

Les flancs de ce cheval avaient chacun une ouverture.

Quelque merveilleuse que fût cette aventure, Gigès ne s'en étonna point : il visita le dedans de cette machine, et il y trouva un corps mort, d'une grandeur extraordinaire.

Comme il n'était pas facile à intimider, il visita curieusement ce cadavre, et ne lui trouva rien de remarquable qu'une bague d'or qu'il avait au petit doigt de la main droite. Gigès s'en saisit, et la mit à un de ses doigts.

Après avoir visité le reste de cette caverne merveilleuse, il ressortit de là, et la pluie étant ensuite tout à fait cessée, il reprit le chemin de la ville.

Il fut fort surpris, en rentrant chez lui, et donnant quelques ordres, d'entendre ses gens se récrier comme s'ils eussent vu quelque spectre. Ils fuyaient au son de sa voix, et il semblait qu'ils ne pussent se rassurer.

Il les voyait regarder de tous côtés en fuyant, et les entendait se demander les uns aux autres où était leur maître, dont ils avaient entendu distinctement la voix, sans qu'ils l'eussent vu.

Cette observation lui fit penser que l'anneau qu'il avait au doigt pouvait bien causer ce changement.

Il considéra la bague plus attentivement ; il vit qu'elle était finement travaillée. Il voulut en examiner la pierre, et la tourna sur le dessus de la main.

Dès le même instant, ses gens, que sa voix avait effrayés, le saluèrent et furent rassurés en le voyant.

—Quoi ! leur dit-il alors, je vous parle depuis une heure, et vous ne répondez que par des cris ? Est-ce que ma présence vous effraye, ou suis-je changé au point que vous ne me reconnaissiez plus ? — Ah ! seigneur, lui dirent-ils, nous ne vous avons jamais méconnus ; mais nous entendions votre voix sans savoir où vous étiez. C'est ce qui nous a empêchés de vous répondre, et ce qui nous a un peu épouvantés ; car nous ne savions que croire. Ce n'est que dans cet instant que nous vous voyons.

—Vous êtes tous des imbéciles, j'étais derrière ce paravent, leur répondit Gigès, qui voulait leur donner le change sur ce qui venait de se passer ; en un mot, il crut devoir se donner de garde de faire une seconde expérience de la vertu de l'anneau en leur présence, et c'est pour cette raison qu'il les traita de fous et de visionnaires.

Après avoir tâché de leur faire prendre le change sur la vérité de ce qui venait d'arriver et désirant de faire plus particulièrement l'essai de cette bague magique, il ressortit et vint chez le roi.

Le chaton de sa bague était tourné vers le creux de la main comme il l'avait en entrant chez lui. Alors il s'apperçut qu'il voyait et qu'il entendait tout le monde, sans être vu de personne.

Pour s'en convaincre d'une manière irrévocable, il s'avisa de toucher un courtisan sur l'épaule, qui lui parut tout surpris de n'avoir pu voir d'où le coup était parti, et qui ne cessait de tourner sa tête de tous côtés pour tâcher de découvrir si quelqu'un le suivait.

Il serait difficile d'exprimer la joie de Gigès.

Il ne douta point que les dieux ne le protégeassent et ne lui eussent envoyé ce secours pour se défaire de Candaule.

Il voulut se donner un plaisir qu'il n'avait point encore eu ; il alla chez la reine. Cette princesse était seule avec Euphémie, la plus chère de ses femmes et la confidente de tous ses secrets.

— Admires-tu, lui disait-elle au moment qu'il entrait, la fatalité de ma destinée ? Il n'est rien de plus vrai que j'étais réservée pour un autre que pour Candaule tout amoureux fou qu'il est de moi; ou plutôt à cause de sa folie même. Je me suis vue obligée d'aimer ce prince : il était mon époux et mon roi, mais ses extravagances ont commencé par me refroidir, et sa lâcheté me l'a rendu odieux. Dès le moment que j'ai appris qu'il m'avait prostituée aux regards de Gigès, j'ai rompu tous les liens qui m'attachaient à lui. Mais, te le dirai-je, ma chère Euphémie? j'estime, j'aime déjà, j'adore même Gigès.

Dans le dernier entretien que j'ai eu avec lui, la douceur de sa physionomie et l'éloquence de ses paroles, ont fait une impression sur moi que je ne puis surmonter, et je sens qu'il faut que je meure ou que je l'épouse. N'est-ce pas une preuve que le ciel l'avait ainsi ordonné ? Nous donnerait-il ces sentiments, s'il ne voulait que nous y déférassions ?

J'obéis aux dieux quand je cède à mon penchant, et quand je ne suis pas maîtresse de ne point aimer, je conclus qu'ils ont voulu que j'aimasse.

Gigès, continua-t-elle, a joui d'un privilége qui n'appartient qu'à mon mari : il m'a vue toute nue par l'indiscrétion du roi. Si le roi m'eût estimée, il ne m'eût point avilie de la sorte.

Il ne faut pas qu'il existe deux hommes qui aient joui, à mon égard, d'un droit qui n'appartient qu'à un époux.

La nature et la loi me défendent d'avoir deux maris. Je dois donc me défaire de celui qui m'a mésestimée au point de faire partager ses droits

Ce lieu est nommé diversement le Labyrinthe de l'Amour...

à un autre. D'ailleurs, j'aime Gigès; il m'aime aussi ; il n'en faut pas davantage pour justifier mon dessein.

Gigès, transporté de joie d'entendre ainsi parler la reine, oublia qu'il était invisible ; et se jetant brusquement à ses pieds :

— Ah ! madame, lui dit-il, que je sais bon gré aux dieux de vous avoir inspirée de la sorte ! N'en doutez point, ils avaient ordonné cet amour. Eh ! qui doit vous être plus cher que Gigès ? il vous estime, il vous adore, il vous adorera toujours. L'indigne Candaule ne mérite aucun ménagement.

Oui, madame, haïssez-le cet époux qui vous a trahie et qui doit vous déplaire. S'il vous eût aimée, il se serait conduit différemment. Gigès ne vous trahira jamais ; il cherchera tous les moyens de vous rendre heureuse, vous pouvez compter sur son inviolable fidélité.

96   96

La reine fit un grand cri à ce discours inattendu. Elle reconnaissait la voix de son amant, mais elle ne le voyait point, et ce qui redoublait sa frayeur, elle se sentait embrasser les genoux.

Elle fit de vains efforts pour se lever, elle était retenue par des bras invisibles. La voix de Gigès avait causé la même alarme à Euphémie, qui joignit ses cris à ceux de la reine.

On sut presque aussitôt, dans le reste de l'appartement, le prodige qui venait d'arriver dans la chambre de la princesse, car ses autres femmes accoururent au bruit qu'elle avait fait.

Gigès, se reprochant son imprudence, n'eut garde de se montrer. Il se releva et se plaça dans un endroit de la chambre d'où il pouvait contempler à son aise les charmes de l'objet dont il était enflammé.

Le roi, instruit de ce qui venait de se passer, accourut dans l'appartement de la reine.

Attentif à toutes les inquiétudes de sa femme, il tâcha de lui persuader qu'elle s'était abusée.

— C'est une erreur de l'imagination, lui disait-il, vous avez cru entendre une voix, et vous n'avez rien entendu. Peut-être avez-vous pris pour vous des discours qui se tenaient dans la pièce voisine : en un mot, ce que vous me dites est incroyable, et vous ne devez pas y ajouter foi.

La reine, qui avait entendu distinctement la voix de Gigès, ne pouvait se rendre à ce raisonnement. Elle persista à soutenir qu'elle ne s'était nullement abusée ; mais elle prit soin de lui cacher que la voix qui avait frappé ses oreilles fût celle de Gigès, de peur que le roi, concevant de la jalousie contre son favori, ne lui ôtât les moyens de se défaire de lui.

Gigès, qui riait en lui-même de la peur de la princesse, se mit à éclater tout haut, tâchant toutefois de déguiser le son de sa voix.

Alors, Candaule fut surpris à son tour. Ces cris, qui partaient d'un objet qu'il ne voyait point, lui parurent quelque chose de surnaturel. Il s'approche de l'endroit d'où ils venaient, et il les entend redoubler.

Il se sent même prendre par le bout du nez ; et quoiqu'il y porte aussitôt la main, il ne peut le faire assez promptement, que l'homme invisible n'eût lâché prise auparavant.

Il fut encore plus étonné, quand il se sentit prendre par les épaules, et qu'on le fit tourner si prestement, qu'il ne douta plus que cette aventure ne fût miraculeuse.

Tout roi qu'il était, il ne put s'empêcher de marquer une certaine frayeur, et s'en retourna dans son appartement, ne sachant que penser de ce prodige.

Gigès revint chez lui sans se montrer à la reine parce qu'elle n'était point seule.

Cette princesse était rêveuse. La voix qu'elle avait entendue était toujours présente à son imagination; elle brûlait d'impatience de revoir son amant pour lui faire part de ce qui lui était arrivé, et pour lui demander l'explication de ce phénomène, dans le cas qu'il fût son ouvrage.

Il revint le lendemain, pendant que le roi était enfermé avec les prêtres, qu'il consultait sur cet événement.

La reine s'entretenait avec Euphémie de la singularité de ce prodige. Gigès se mit à ses pieds sans se faire voir.

— Ne craignez rien, madame, lui dit-il; c'est votre fidèle amant qui est l'auteur de ce qui fait l'objet de votre surprise. Et dans le même temps, il tourna son anneau et se laissa voir à cette princesse.

Elle fit un cri de joie et d'étonnement.

Il l'eut bientôt rassurée. Elle voulut apprendre par quel moyen il savait ainsi disparaître.

Gigès lui raconta son aventure, après qu'on eut fait retirer Euphémie.

Ils ne doutèrent point l'un et l'autre que le ciel ne se fût intéressé pour eux, en mettant entre leurs mains un moyen si sûr de se délivrer de Candaule.

La mort de ce prince fut donc résolue. Il fallait se hâter, de peur que le fait vînt à être éclairci, et qu'on sût que Gigès était cet être invisible qui avait causé tant de frayeur dans le palais.

Le roi, après avoir consulté les prêtres de ses dieux, en avait appris qu'il fallait que ce fût un jeu de quelque homme adroit, qui cherchait à se divertir. Et il avait résolu d'approfondir ce mystère.

Il était temps de prévenir ses recherches, les domestiques de Gigès pouvaient parler.

La reine et son amant convinrent qu'il n'y avait pas de temps à perdre.

Gigès rentra la nuit dans le palais, et il se tint avec un poignard à la main à l'entrée du vestibule qui conduisait à l'appartement où la reine couchait.

Il crut devoir exécuter son projet devant témoins, afin qu'on n'imputât à personne la mort du prince. Le roi, accompagné de plusieurs courtisans et de plusieurs valets, passe quelques moments après pour se rendre à l'appartement de la reine.

Gigès s'avance, lui perce le sein, et le laisse mort sur la place.

Ce meurtre causa une frayeur d'autant plus grande, qu'on ne vit point la main qui avait frappé le roi. Chacun regarda sa mort comme un miracle.

La reine, qui en fut instruite sur-le-champ, feignit une douleur mortelle.

Cependant Gigès ne tarda pas à se montrer, et feignit d'être accouru au bruit de cette mort, dont la nouvelle fut bientôt répandue dans tout le palais.

Comme il était du sang des Mermnades, qui descendaient d'Hercule, et que Candaule ne laissait pas d'enfants, il fut bientôt déclaré roi par les brigues secrètes de la reine, et par les suffrages des grands.

Il épousa depuis cette princesse ; et l'oracle de Delphes ayant confirmé son élection, il fut reconnu de tous pour le légitime successeur de la couronne, et c'est par lui que commença la troisième dynastie des rois de Lydie.

LE LABYRINTHE D'AMOUR

ou

LE SONGE D'UN AMANT MALHEUREUX

J'étais passionnément amoureux d'une femme, qui avait perdu son mari depuis peu de temps, lorsque, désespérant de pouvoir jamais la rendre sensible au feu qui me dévorait, je me mis à réfléchir sur les folies que l'amour nous fait faire, et sur les malheurs qu'il traîne ordinairement à sa suite.

Après avoir rappelé, dans mon esprit, tout ce que l'histoire ancienne et moderne offre d'exemples d'amants malheureux, je n'en trouvai point qui méritât moins ses disgrâces, ni qui fût plus à plaindre que moi. Je ne pus résister à la douleur que cette réflexion me causa, je m'abandonnai à mon désespoir, et résolus de me défaire d'une vie que le mépris dont on me payait rendait insupportable.

Déjà ma main était armée d'un poignard, lorsqu'un frémissement subit causé par la crainte de passer d'une vie malheureuse à des tourments plus cruels, suspendit ma résolution, et me fit avoir honte de moi-même. Des larmes abondantes coulèrent de mes yeux, et, profitant d'un retour de raison :

—Insensé! dis-je en moi-même; quel usage fais-tu de ta philosophie? A quoi te servent les lumières que tu as acquises à si grands frais? Quel changement dans ta conduite et dans tes sentiments! Quelle étrange fureur! n'en accuse point l'objet de ta passion, la femme pour qui tu brûles n'a aucun droit de te rendre malheureux.

Pourquoi l'aimer, si elle n'a pour toi que de l'indifférence? Si son cœur brûle pour un autre, si une malheureuse antipathie la force à te haïr, n'est-ce pas la servir que de vouloir te détruire? A quoi bon ces transports, ces soupirs et ces larmes qu'elle ignore et qui ne la toucheraient peut-être pas, quand elle en serait témoin? Pourquoi désirer une mort qui ne te vengerait pas de ses dédains? Est-il possible, que voulant passer pour un homme sage, tu te désespères de la sorte? Est-il possible qu'une passion passagère soit capable de te faire oublier qu'il est un autre monde où l'on punit sévèrement les folies qu'on fait dans celui-ci? Cesse de lui sacrifier la bonne opinion qu'on a de toi, rougis de ton emportement et de ta faiblesse ; songe que ton sort peut changer et devenir aussi agréable qu'il est aujourd'hui malheureux.

Ces réflexions, que je dus sans doute à mon bon ange, dissipèrent les ténèbres dont ma raison était enveloppée et me firent voir clairement l'excès de mon extravagance.

J'en eus honte et je formai la résolution de me détacher, pour jamais, de la femme qui l'avait causé. Sachant que la solitude est pernicieuse aux âmes sensibles et malheureuses, je sortis, pour me dissiper, et me rendis à la promenade, où je rencontrai plusieurs gens d'esprit de ma connaissance. Je les accostai, et, après nous être longtemps entretenus de morale, de physique et d'autres sujets littéraires, la nuit nous obligea de nous séparer.

Je rentrai chez moi l'esprit assez tranquille. Je crus être parfaitement guéri de l'inquiétude que j'avais eue lorsque je me mis au lit, après avoir soupé fort légèrement.

Le sommeil ne tarda pas à me fermer les yeux; mais comme s'il n'eût pas suffi à mon imagination de m'avoir cruellement travaillé durant le jour, elle me tourmenta encore par un songe, dont voici le fidèle récit.

Je rêvai que j'entrais dans un chemin qui me parut d'abord si charmant que tous mes sens en furent ravis; jamais rien au monde ne m'avait tant causé d'admiration.

J'ignorais en quel pays j'étais, mais je m'y trouvais bien, et ne m'embarrassais pas d'en savoir la carte.

Plus j'avançais, plus ce sentier me paraissait délicieux, en sorte que je me flattais d'un bonheur infini, si j'en pouvais trouver le terme. L'espérance que j'en avais augmentait si fort mon impatience, que je m'imaginais plutôt voler que marcher.

Mais, en courant de toutes mes forces, il me parut que ce lieu devenait insensiblement sauvage, et peu à peu triste et affreux. Au lieu de gazons et de fleurs, je ne vis plus que du sable, des chardons et des épines. Je voulus tourner la tête, j'aperçus derrière moi une nuée épaisse et sombre qui, m'environnant, arrêta ma course et m'ôta l'espoir de la félicité que je m'étais promise.

Je demeurai un long espace de temps comme immobile. Enfin, le nuage qui

m'enveloppait s'étant un peu dissipé, je reconnus, à la faible clarté d'un jour
prêt à finir, que j'étais dans un désert affreux et stérile, entouré de rochers
et de montagnes, si hautes, que je ne pouvais comprendre comment j'y étais
entré. Mon étonnement redoubla lorsque, jetant mes regards de tous côtés,
je n'aperçus aucune issue pour en sortir. Pour surcroît de chagrin, j'entendais autour de moi, et assez proche, des hurlements de bêtes farouches, dont
un semblable séjour ne pouvait manquer d'être peuplé. Je tremblais de peur,
et me trouvais dans la plus triste situation qu'un homme puisse éprouver. Je
ne savais à quel saint me vouer, ni quel parti prendre. Tantôt je me repro-
chais de m'être engagé si imprudemment dans cette effroyable solitude, tantôt je levais les mains vers le ciel et lui adressais mes prières.

Enfin, lorsque je me croyais perdu sans ressource, je vis de loin venir vers
moi, du côté de l'Orient, un homme seul qui me paraissait de belle taille. Ses
cheveux blancs comme neige annonçaient qu'il était fort âgé. Il marchait à
pas lents avec une gravité qui m'imprima du respect, et je remarquai qu'il
était enveloppé d'une draperie de couleur écarlate, mais plus vive que les plus
belles étoffes rouges.

Ce vénérable vieillard me fit peur et plaisir tout ensemble. Je craignais,
d'un côté, qu'il ne fût le maître de cette habitation sauvage, et qu'indigné de
m'y voir sans sa permission, il ne lui prît envie de me faire dévorer par les
bêtes féroces dont j'entendais les hurlements.

Je me flattais, d'un autre côté, qu'il aurait pitié de moi et me rendrait
service; car plus il s'avançait, plus son air me paraissait affable, et plus il
me semblait qu'il ne m'était pas inconnu.

Cependant il s'était si fort approché, que non-seulement je reconnus sa
figure, je me souvins encore de sa profession et de plusieurs endroits où je
l'avais vu, mais je ne pus jamais me rappeler son nom.

Pendant que je le cherchais dans ma mémoire, il m'appela lui-même par
le mien, et me dit d'un ton de voix propre à me tranquilliser:

— Pauvre *Boccace!* quelle fatalité vous a conduit dans cet affreux
séjour?

Qu'est devenue votre raison! Ne reconnaissez-vous pas que vous êtes
dans un lieu de réprobation et de mort?

En entendant parler ainsi ce bon vieillard, qui me paraissait touché de mon
infortune, je m'attendris et les sanglots coupèrent ma voix. Un peu revenu
de ce saisissement, je lui répondis,

— Qui que vous soyez, prenez pitié de moi, et daignez m'apprendre ce que
je dois faire pour sortir d'un lieu si terrible. Quelque consolation que m'apporte votre chère présence, je ne laisse pas d'être encore inquiet.

Je vous conjure, au nom de Dieu et de notre chère patrie, où je crois vous avoir vu, de dissiper, s'il se peut, la crainte dont je suis saisi.

— Il est aisé de voir, par votre discours, quand je ne le saurais pas d'ailleurs, dit le vieillard en souriant, que vous êtes hors de vous-même, et tout à fait troublé. S'il vous était resté assez de sang-froid pour vous souvenir de votre belle et de l'intérêt que je dois prendre à sa conduite, vous n'auriez pas eu le courage de m'attendre, ni la hardiesse d'implorer mon secours. Je vous avoue que si j'étais encore ce que j'étais autrefois, je ne serais pas d'humeur à vous rendre service ; mais je ne suis plus sujet aux faiblesses mortelles ; je suis sorti de la vie et la charité prend la place de la colère que je devrais avoir naturellement contre vous. Ainsi je ne vous refuserai point mon assistance.

J'écoutai le commencement de sa réponse avec assez de tranquillité, jusqu'à ce que j'entendis ces mots : *Je suis sorti de la vie* ; mais lorsque je compris que ce devait être l'ombre de celui que j'avais vu autrefois, alors un frisson soudain me saisit dans toutes les fibres, mes cheveux se dressèrent, et mes jambes tremblaient si fort, que je ne sais pas comment elles purent me soutenir. Bref, cette nouvelle frayeur fut si forte qu'elle me rendit immobile et muet comme une souche.

L'Esprit ne put s'empêcher d'en rire, et poursuivit ainsi son discours :

— Rassurez-vous, parlez hardiment, ne vous défiez point de moi. Je ne suis point ici pour augmenter votre inquiétude, vous m'y voyez uniquement pour vous tirer de l'abîme où vous êtes, si vous voulez profiter de mes conseils.

Ces paroles me remirent et me consolèrent. Je regardai cette apparition comme un miracle que le ciel faisait en ma faveur ; et, saluant respectueusement l'Esprit, je le priai de commencer par me mettre en lieu de sûreté de peur qu'il ne m'arrivât quelque nouveau sujet de crainte. Le spectre me répondit qu'il ne pouvait abréger le temps de ma liberté, que l'entrée du lieu où j'étais était ouverte à tout le monde ; qu'il était aisé de s'y introduire avec la Volupté et la Folie, mais qu'on n'en sortait pas avec la même facilité ; qu'il fallait, pour cela, une lumière et une force qui viennent immédiatement de la puissance de celui par la permission duquel il me parlait.

— Puisque je dois rester ici quelque temps, lui dis-je, apprenez-moi, s'il vous plaît, en quel lieu je suis, et quel est celui qui vous envoie pour m'en retirer.

— Ce lieu est nommé diversement, *le Labyrinthe de l'Amour, le Vallon enchanté, le Bourbier de Vénus, la Vallée de Misère* ; enfin chacun l'appelle comme il lui plaît. La mort m'a retiré pour toujours de cette

Sa taille me parut bien faite et sa figure très-intéressante.

malheureuse habitation, mais celle où je suis à présent est encore plus triste, quoique moins dangereuse.

— Seriez-vous en Enfer ou en Purgatoire, lui-dis-je en l'interrompant?

— Je suis dans un lieu où je n'ai plus rien à craindre pour mon salut, c'est un sûr asile contre le péché, mais j'y souffre et y souffrirai jusqu'à ce qu'il plaise à la justice divine de me faire grâce. Mes tourments égaleraient ceux des damnés, si je n'avais l'espérance de les voir finir. Vous n'en douterez pas quand vous saurez que l'habit que je porte, et qui vous a paru si brillant, est un feu allumé par la colère de Dieu, ce feu est si vif, que celui que vous connaissez n'est que de la glace en comparaison. Deux

97   97

choses m'ont attiré cette pénitence : l'une, un peu trop d'attachement aux
richesses, l'autre, la sotte complaisance avec laquelle j'ai toléré les vices
de la femme dont vous êtes si fortement épris. Il vous est aisé de juger à
présent que celui par la permission duquel je suis ici, est le Maître souverain de l'univers.

Ces paroles me jetèrent dans une humilité profonde et me firent réfléchir
sur la puissance et la bonté de Dieu.

Après avoir gardé un moment de silence :

— Ame bienfaisante, m'écriai-je, que j'ai de grâces à rendre au Créateur,
de ce qu'il veut bien me retirer de l'abîme du péché! Sans doute qu'il
permet que les bienheureux intercèdent pour nous sa miséricorde.

— Cela est si vrai, mon cher *Boccace*, qu'un ange m'a commandé de
venir à votre secours, en considération de ce que dans tous les désordres
de votre vie, vous n'avez pas laissé de conserver toujours de la dévotion
pour celle qui a porté le salut du monde dans son sein. Elle vous a vu avec
des yeux de pitié, égaré dans cette triste vallée et comme elle assiste souvent ses serviteurs, sans attendre qu'ils l'implorent, elle a prié son Fils de
m'envoyer ici pour vous remettre dans le bon chemin.

— Hélas ! ce n'est pas la première fois que la sainte Vierge m'a donné
des marques de sa protection. Je vous assure que celle que je reçois
aujourd'hui donnera de nouvelles forces à ma reconnaissance et redou-
blera ma dévotion. Au reste, si j'ai beaucoup de joie de vous savoir hors
d'état de craindre l'enfer, les maux que vous souffrez ne laissent pas de
me toucher sensiblement. Je souhaite que mes prières puissent les adoucir;
mais, en attendant, daignez m'apprendre si cette vallée n'est pas un lieu
d'exil où l'amour envoie ceux qui sont disgraciés, comme je le suis, ou si
elle n'est habitée que par ces vilains animaux dont j'entends sans cesse
les hurlements.

— Vous faites consister comme beaucoup d'autres, me répondit le Fantôme,
le suprême bonheur dans la Volupté, quoique ce ne soit au fond que corruption et misère. Cette triste vallée est ce qu'on appelle dans le monde
la Cour de Cupidon, et les bêtes que vous croyez entendre ne sont autre
chose que les esclaves de Dieu, qui expriment leurs passions brutales. C'est
ainsi que le son de leurs voix paraît aux oreilles des sages.

— Je vous entends, et je commence à m'apercevoir que l'air qu'on respire ici empoisonne l'esprit et le cœur, je comprends à présent ce que
signifient l'obscurité, la stérilité, l'horreur de ce triste séjour, tous les noms
que vous lui donnez, la raison pour laquelle l'entrée en est si agréable,
et la difficulté qu'il y a d'en sortir.

— Puisque vous commencez à entendre raison et à vous rassurer, en attendant que le soleil paraisse, et que je puisse vous conduire hors d'ici et vous rendre à vous-même, répondez à mes questions et contentez ma curiosité. Vous pouvez juger, par ce que je vous ai dit, que je connais la personne dont vous êtes épris, cela n'est pas difficile à croire, puisqu'elle a été ma femme, cependant n'ayez pas de répugnance à me conter toutes les particularités de votre aventure. Je vous en apprendrai plusieurs à mon tour que vous ignorez.

J'avais trop d'intérêt de ménager l'Ombre pour lui refuser ce qu'elle me demandait.

— La prière que vous me faites, lui dis-je, et les obligations que je vous ai ne me permettent pas de vous cacher ce que je n'ai confié à aucun de mes amis, et que je n'ai déclaré à ma maîtresse que par deux lettres.

Cependant, sans prétendre vouloir rien diminuer de ce que je dois à la générosité avec laquelle vous me pardonnez, je puis vous dire avant toutes choses que n'ayant connu votre femme qu'après votre décès, vous n'aviez plus aucun droit sur elle, que cette galanterie n'est point de votre bail et qu'ainsi je n'ai rien fait dont vous deviez me savoir mauvais gré.

Je me trouvai, il y a quelque temps, avec un homme que vous avez connu ; notre conversation tomba sur les femmes, qui se sont distinguées par un mérite extraordinaire. Nous fouillâmes dans l'antiquité, nous y trouvâmes, en faveur du beau sexe, quelques exemples de sagesse, de doctrine, de fidélité, de vertu, de courage qui le disputaient à ceux des plus grands hommes.

Nous passâmes ensuite en revue les plus illustres femmes de notre temps, le nombre à la vérité s'en trouve très-petit. La personne avec qui je m'entretenais m'en cita quelques-unes de notre ville, et entre autres celle dont vous avez été le mari ! Je ne la connaissais pas encore, et plût à Dieu ne l'eussé-je jamais connue, il m'exagéra son mérite, me jura qu'elle n'avait pas sa pareille en générosité, et me raconta quelques anecdotes qui prouvaient qu'elle avait le cœur excellent.

Il me la dépeignit douce, d'un esprit sans égal, d'un bon goût pour toutes choses, et d'une facilité à s'exprimer comparable à celle d'un orateur, et ce qui me plut davantage, discrète, affable, complaisante.

J'écoutais tout cela avec admiration, et disais en moi-même, heureux qui posséderait le cœur d'une si charmante personne.

Presque résolu de mettre tout en usage pour mériter ce bonheur, je m'informai du lieu de sa demeure. Je courus partout où je pouvais la trouver.

La fortune qui ne m'a jamais servi que pour mieux me trahir, me fit rencontrer cette belle, ce jour-là même dans une église. Son habit de deuil n'ôtait rien à ses charmes. Sa taille me parut bien faite et sa figure très-intéressante, en un mot je lui trouvai plus de mérite extérieur que je ne m'en étais figuré.

Plein de l'idée des vertus de son cœur, en fallait-il davantage pour l'aimer, pour désirer de faire sa conquête, pour devenir son esclave sans faire la moindre résistance !

Voilà comme je devins passionnément amoureux de votre femme.

— Votre espérance augmenta-t-elle avec votre feu ? me dit l'Esprit en m'interrompant ; apprenez-moi comment vous découvrites votre passion.

— Quand je voudrais, lui répondis-je, vous déguiser mon aventure, je suis si persuadé que vous ne l'ignorez pas, qu'il me serait inutile de vous en cacher la moindre circonstance.

Ayant ajouté trop de foi au portrait qu'on m'avait fait de votre veuve, je pris la liberté de lui écrire. Je crus qu'en lui déclarant mes sentiments dans une lettre tendre et respectueuse, elle répondrait peut-être à mon amour, ou que n'y répondant pas, il ne me serait pas difficile d'étouffer une passion qui ne faisait que de naître.

Elle me fit réponse par un billet qui n'avait ni queue ni tête, et où il n'était nullement question de la passion qu'elle m'avait inspirée.

Tout ne roulait que sur la curiosité qu'elle avait de me connaître, et sur le plaisir qu'elle aurait toujours de recevoir mes lettres. Il me parut que voulant faire le bel esprit, elle y réussissait très-mal, et il me fut aisé de comprendre, par son style, que celui qui m'avait parlé d'elle si avantageusement m'avait trompé ou s'était trompé lui-même.

Malgré cette observation, ma flamme ne put diminuer. J'étais trop prévenu en faveur de la taille et de la figure pour ne pas tout pardonner à l'esprit. Je m'imaginai que son dessein était de m'engager, par un commerce de lettres, dans un commerce de cœur.

Cette espérance m'anima, je lui écrivis une seconde lettre aussi passionnée que la première, je suis certain qu'elle lui fut rendue, mais, depuis ce jour, je n'ai vu ni des siennes ni personne de sa part, et j'ai remarqué qu'elle m'évitait avec un soin fort étudié, et des airs qui marquaient autant de mépris pour moi, que j'avais de respect pour elle.

L'Esprit me dit alors que si mon chagrin et mon désespoir n'avaient pas d'autre fondement, j'avais voulu mourir pour bien peu de chose.

— Je conviens que j'ai agi comme un étourdi, et qu'avant de m'attacher à cette femme j'aurais dû chercher à la connaître par moi-même et ne pas m'en rapporter si légèrement à autrui. Je ne doute pas qu'elle ne me préfère à quelque rival qui ne me vaut peut-être pas.

On m'a parlé d'un de ses voisins nommé Absalon qu'on dit être fort bien avec elle. Il y a toute apparence qu'il occupe son cœur et la moitié de son lit; je sais qu'elle lui a fait voir mes lettres, qu'ils en ont plaisanté, et que cet insolent a cherché à me tourner en ridicule dans les sociétés qu'il fréquente.

Je parierais que c'est lui qui, pour se moquer de moi, a fait une impertinente réponse à ma première lettre. J'ai vu plusieurs fois cette veuve me montrer au doigt en disant à ses compagnes :

— Voyez-vous ce prétendu sage? C'est un de mes soupirants, n'ai-je pas fait là une belle conquête!

Qu'il est fâcheux pour un honnête homme, qui s'est acquis quelque réputation dans le monde, d'être la dupe d'une femme de ce caractère.

Vingt fois j'ai été sur le point de l'accoster en pleine rue, pour lui dire des injures, et si je ne l'ai pas fait, c'est que j'ai été retenu par l'idée que je me ferais plus de tort qu'à elle. J'ai pris le parti de dissimuler mon chagrin, et la violence que je me suis faite pour cela n'a servi qu'à l'augmenter et à me jeter presque dans le désespoir.

J'eus à peine cessé de parler que l'Esprit, qui m'avait écouté attentivement, prit la parole.

Je comprends me dit-il, que votre orgueil humilié n'a pas moins de part à l'origine de votre désespoir, que votre amour malheureux; mais comme cette passion trouve son compte avec presque toutes les autres, qu'elle est l'écueil des plus sages et des plus honnêtes gens, je veux pour votre utilité particulière vous dire naturellement ce que je pense.

Je vous dirai d'abord que vous êtes blâmable par mille raisons. Je me réduis à deux principales : la première votre âge, et l'autre vos études, qui devraient vous avoir rendu plus sage et plus jaloux de votre réputation.

Si votre visage ne me trompe vous avez plus de quarante ans. Il y en a quinze au moins que vous devriez avoir de la raison, et avoir renoncé à la galanterie. L'amour n'est fait que pour les jeunes gens. Vous auriez compris, avec un peu de réflexion, que les hommes qui commencent à s'éloigner de la jeunesse ne conviennent plus aux femmes. Il est donc malséant et ridicule à une personne de votre âge d'être amoureux. Vous devez combattre cette faiblesse, vous devez soutenir votre réputation. Mais passons à l'autre considération qui doit rendre l'amour également méprisable aux jeunes et aux vieux.

C'est votre application à l'étude des belles-lettres. Je sais que vous ne vous êtes jamais senti d'inclination pour les emplois de vos ancêtres, un goût plus élevé vous a conseillé des occupations plus nobles.

La philosophie à laquelle vous vous êtes dévoué dès votre plus tendre jeunesse, méritait la préférence que vous lui avez donnée. Vous ne sauriez être blâmé d'avoir renoncé au Champ-de-Mars, aux finances, au barreau, pour disputer une place sur le Parnasse; mais les philosophes, les historiens, les poëtes ont dû vous apprendre ce que c'est que l'amour et ce que sont les femmes, ce que vous êtes et ce que la raison exige de vous.

Oui, vous savez que l'amour sensuel est une passion qui abrutit l'âme, affaiblit l'esprit, épuise nos forces et ruine notre fortune.

Combien d'exemples des désordres que cette fatale passion a causés! Combien de meurtres, d'incendies, de ruines de maisons l'ont décriée dans le monde!

Il suffit de connaître bien les femmes pour se repentir de les avoir aimées. La meilleure d'entre elles est la moins dépravée.

En est-il de sincères, de constantes, de fidèles?

Les femmes ne sont bonnes qu'à exercer la patience des hommes. Elles exigent des soins, des prévenances et l'homme qui s'estime n'est pas fait pour descendre à ces petitesses.

Est-il rien de plus incommode, de plus fatigant, qu'une femme amoureuse, quelque aimable qu'on la suppose d'ailleurs? Il faut lui rendre compte de toutes ces actions, s'épuiser pour elles de toutes les façons.

Si une maitresse n'est point amoureuse de celui qui croit en être aimé, n'est-elle pas pis encore? La perfidie est le moindre de ses défauts; en un mot, il faut être dépourvu de toute connaissance du cœur humain pour s'attacher aux femmes.

En faut-il davantage pour vous éloigner de ces sources empoisonnées? Les gens de bien vous estiment et se font honneur d'être de vos amis; que doivent-ils penser de vous à présent, s'ils sont instruits de votre faiblesse pour une femme qui ne mérite que votre mépris? quelle estime feront-ils de vous, en apprenant qu'un philosophe dont ils faisaient cas était l'esclave d'une insigne coquette, et cachait sous une sagesse apparente un esprit faible et corrompu?

Arrêtez, s'il est possible, le cours fatal de cette honteuse révolution.

Pour vous faire encore mieux connaître les erreurs où votre aveugle passion vous a jeté, je vais vous faire un portrait au naturel de l'objet dont vous vous êtes si follement épris.

HISTOIRE DU FANTOME ET DE SA VEUVE

J'étais veuf et âgé de près de soixante ans, lorsque ma famille et mes amis me conseillèrent de me remarier.

Ils jetèrent les yeux sur la belle en question, veuve, ainsi que moi, depuis plusieurs années.

Ils crurent qu'aucune autre femme de notre ville ne me convenait mieux qu'elle. Je lui fis une visite, elle me reçut le mieux du monde. Je la trouvai si raisonnable et si charmante, c'est-à-dire elle se contrefit si bien, que j'en devins éperdument amoureux.

Je la voyais assidûment, je l'accompagnais à l'église, je la menais à la promenade, je faisais même le jeune homme, car je jouais quelquefois de la guitare sous ses fenêtres et la régalais de tous les plaisirs que mon amour et ma galanterie pouvaient imaginer.

Toutes les fois que je lui rendais visite, elle me faisait des histoires à l'avantage de son cœur et de son esprit. et me disait des choses capables de me donner de l'estime pour elle. Vous en avez conçu beaucoup en la voyant ; vous en auriez bien eu davantage à l'entendre.

Vous jugerez si j'avais tort de la croire spirituelle, lorsque vous saurez qu'elle me récitait des vers qu'elle m'assurait effrontément avoir faits dans sa plus tendre jeunesse, et dont je ne n'ai connu le véritable auteur que longtemps après mon mariage.

Comme je cherchais à lui plaire, et que je savais aussi faire des vers, je m'avisai de lui adresser plusieurs sonnets, et d'autres petites poésies sur des sujets qui l'intéressaient.

Elle avait un petit chien de Bologne qui mourut dans le temps que je lui faisais la cour. Cette perte lui fut très-sensible : un honnête homme est souvent moins regretté de sa femme qu'elle ne regretta son chien.

Elle le pleura, le baisa, le fit ensevelir dans du beau linge et enterrer dans son jardin avec tant de cérémonie, qu'il ne manquait à cette pompe qu'une oraison funèbre, je crus être engagé d'honneur à faire ma cour à la belle affligée par une épitaphe que je lui présentai le jour de l'enterrement.

La voici, car je m'en souviens.

> Ci gît le plus beau des toutous
> Dont le destin nous fait envie,

Il fut caressé de Sylvie.
Et de tous ses amants fit autant de jaloux,
Il passait les nuits auprès d'elle,
Il est expiré dans ses bras,
Elle pleure encor son trépas,
Et n'en ferait pas temps pour un amant fidèle,
Cher passant qui lisez ces quatrains affligeants
Nous serons tous ainsi du trépas les conquêtes :
Mais convenez qu'on voit des bêtes
Plus heureuses que bien des gens.

Le premier jour de l'année dans laquelle je me remariai, fatale époque !
je lui donnai, pour ses étrennes, un écran qui la représentait assise devant
une cheminée.

Un amour à côté d'elle soufflait le feu de la cheminée qui paraissait sans
flamme et sans fumée; ces mots étaient écrits au-dessus :
Indarno Soffio, et dans un cartouche au-dessous, on lisait :

Vainement, belle Iris, je souffle votre feu :
Je n'y vois point briller de flammes;
Peut-on, quand on en a si peu,
En allumer tant dans les âmes?

L'estime que j'avais conçue pour cette veuve effaça pour quelque temps
la mauvaise opinion que ma défunte m'avait donnée de son sexe; car, à vrai
dire, je n'avais guère été plus content de la première que je ne le fus de la
seconde; et je ne doute pas que ce n'eût été la même chose, quand j'en aurais
épousé une douzaine l'une après l'autre.

Je l'aimais vivement, et il ne tint pas à moi d'en jouir avant le sacrement;
mais sa politique était de me refuser ses faveurs. Elle affectait de grands
sentiments sur la tendresse et me tenait rigueur.

Pour mettre fin à cette contrainte, je me déterminai à l'épouser. Le contrat fut fait et signé avec un désintéressement de ma part qui aurait fait de
l'impression sur une âme plus reconnaissante que la sienne.

Les premiers jours de notre union se passèrent agréablement; nous
fûmes assez contents l'un de l'autre, mais cela ne dura pas. Les manières
honnêtes de la maîtresse ne furent plus celles de la femme. Je vis bientôt
la métamorphose d'une colombe en serpent, et connus à regret que mes premières complaisances, ou plutôt mes premières faiblesses, avaient contribué à ce changement.

Quoique je ne fusse que trop doux et trop patient, elle me faisait passer

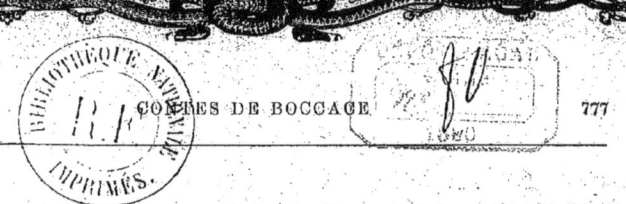

Boccace devint amoureux et obtint les faveurs de la fille naturelle de ce prince.

pour le plus brutal des maris, et avait la malice de citer ces états de la faiblesse où son orgueil la réduisaient, comme autant de preuves irrécusables des mauvais traitements qu'elle supposait que je lui faisais.

Cette indulgence excessive de ma part, acheva de la perdre ou plutôt de développer son caractère vicieux. Osant tout impunément, elle s'abandonna sans pudeur à tous ses penchants.

La gourmandise, l'ivrognerie, la galanterie étaient ses divinités favorites, et elle ne passait pas de jours sans rendre des hommages à l'une des trois, et quelquefois à toutes trois dans le même jour.

Il n'y avait pour elle ni carême, ni vigile, ni quatre-temps, elle s'enivrait assez souvent avec des femmes de son humeur, elle poussait la débauche jusqu'à l'excès.

Quant au chapitre de la galanterie, je ne crois pas qu'il existe de femme

98 98

plus coquette, plus débauchée, plus lubrique, et qui fasse mieux la prude aux yeux de ceux qui ne la connaissent pas.

Jamais une jeune fille qui cherche à se procurer un établissement n'employa plus de temps à sa toilette. Elle a plus de pots de pommades, de fard, de pâtes, d'eaux de senteur, que l'apothicaire le mieux fourni.

Je ne viendrais pas à bout, en quinze jours, de vous dire ce qu'elle faisait pour plaire à tout autre qu'à moi. Cependant elle avait beau faire, elle n'était plus jeune et prenait souvent des peines inutiles.

Quand je l'épousai, elle avait près de quarante ans et ne s'en donnait que vingt-huit. Elle avait quelques cheveux blancs et Dieu sait avec quel soin elle les cachait.

Lorsqu'on la venait voir elle consultait ses amies sur son ajustement, et se promenait gravement dans sa chambre pour faire voir si tout allait bien. Quand je lui demandais pourquoi elle se donnait tant de peines, elle me répondait effrontément que c'était pour me plaire, mais qu'elle avait le malheur de n'y pas réussir, prétendant que je la délaissais pour courir après les grisettes.

Elle en avait bien menti, elle m'avait tellement dégoûté des femmes que je les fuyais toutes. Elle ne fuyait pas de même les hommes.

S'il passait devant elle quelque joli garçon, elle se rengorgeait comme un coq d'Inde. Vous pouvez juger combien mon front eut d'assauts à soutenir.

Je pris vainement toutes les précautions que la prudence humaine inspire pour éloigner messire cocuage de mon lit, elles furent inutiles, et je ne dois m'en prendre qu'à moi.

Je savais déjà à quoi l'on s'expose quand on se marie. J'étais redevenu libre, je devais me tenir comme j'étais, mais on ne peut fuir sa destinée, les mariages se font au ciel, et les cocus sur la terre.

Exiger de la constance dans une femme c'est demander une chose contre nature, et je trouve qu'une des plus grandes faiblesses du cœur humain, c'est d'être sensible à leurs infidélités. On doit s'y attendre, et n'en être pas plus surpris que de voir au nord une girouette, qui, un instant auparavant, était tournée du côté du midi.

Qu'une femme brise des nœuds qu'elle avait formés pour toute sa vie, qu'elle succombe aux charmes de la nouveauté, j'ai pitié de sa faiblesse; qu'elle prenne soin de la cacher, et qu'elle choisisse un amoureux assez sage pour sauver son honneur, je loue sa discrétion, et ne désespère pas de son retour à la vertu, mais je la trouve inexcusable, et ne lui pardonne point son infidélité, quand elle joint l'effronterie au libertinage, comme celle dont nous parlons.

Elle avait tellement levé le masque, que c'était presque tous les mois un nouveau galant. J'ai su, par un domestique qui m'a dévoilé ses intrigues, qu'elle était insatiable de caresses, que son feu ne s'éteignait non plus que celui des vestales, quoique bien différent, qu'elle épuisait son homme avant de s'en séparer, et qu'elle avait six ou sept bons amis à la fois.

Mais la bienséance ne veut pas que je touche plus longtemps cette corde. Il suffit que vous sachiez qu'elle l'emporte sur Messaline par sa lubricité. J'en ai eu moi-même des preuves, et je suis persuadé que l'expérience que j'en ai faite n'a pas peu contribué à abréger mes jours. Si elle a refusé vos services, c'est pour ne pas se brouiller avec un homme qu'elle reçoit et qui ne vous aime point. Il est si valeureux dans les combats d'amour, qu'elle le ménage dans la crainte de le perdre.

Vous êtes peut-être surpris de m'entendre dire de semblables choses, j'avoue qu'elles ne seraient pas décentes dans la bouche d'un prédicateur, mais si la décence et la pudeur m'empêchent de dire tout, je ne puis aussi tout supprimer.

Ces détails sont nécessaires pour vous dégoûter d'une femme que vous n'auriez jamais été tenté d'aimer, si un de ceux qui la connaissent de près vous eût mis au fait de son caractère.

Je fais ici le rôle d'un bon médecin, qui, ne s'attachant pas au goût des remèdes n'emploie que les plus propres à la guérison de son malade, votre mal n'est pas aux oreilles, il est au cœur; je ne puis me servir de termes assez forts pour pénétrer jusque-là.

Vous croirez sans peine qu'obligé de vivre avec un pareil garnement, la vie ne devait guère m'être agréable. Je tombai dans une profonde mélancolie qui augmentait par le soin que je prenais de la cacher.

Un fond de tristesse paraissait malgré moi sur mon visage, on en devinait la cause, et l'on me plaignait sans le dire.

Enfin le chagrin me suffoqua presque subitement. Dès que j'eus rendu l'âme, je connus mieux que jamais la noirceur de celle de ma veuve.

Elle n'avait jamais eu une plus grande joie que celle qu'elle ressentit à mon agonie. Elle n'attendit pas que je fusse expiré pour s'approprier une partie de mes effets.

On voit peu de veuves qui ne soient habiles à succéder; celle-ci, pendant qu'on était occupé à me donner du secours, ouvrait mes coffres et volait tout ce qu'elle pouvait aux enfants de mon premier lit.

On trouve aisément des recéleurs et des recéleuses en ces sortes de cas. Il semble qu'il y ait de la charité d'aider une pauvre veuve affligée à piller les héritiers de son mari ; la mienne ne manqua pas de ces officieuses personnes pour mettre ses larcins en sûreté.

Cela fait, elle poussa les hauts cris, elle feignit d'être évanouie, elle déplora sa destinée, et donna des larmes de bienséance à ma mort, tandis qu'au fond du cœur elle maudissait la vie dont j'avais joui trop longtemps à son gré.

Elle porta si loin la dissimulation, et contrefit si bien l'affligée, que tout le monde y fut trompé. Ensuite, pour satisfaire son humeur libertine, elle dit qu'ayant dessein de passer le reste de ses jours dans la retraite, et ne pouvant plus habiter une maison qui lui représentait trop sensiblement la perte qu'elle venait de faire, elle voulait s'éloigner du grand monde et demeurer dans un lieu écarté.

Ainsi elle ne voulut point rester chez moi ni chez personne de sa famille; elle choisit, dans une rue détournée, un logement commode à l'usage secret des plus honteux plaisirs.

Parmi la foule d'amants qui partagent son loisir, elle a un tenant qui est payé pour remplacer ceux qui la quittent. Je vous en ai déjà parlé, mais vous ignorez que c'est précisément cet Absalon que vous avez justement soupçonné d'être bien avec elle.

Il ne vous aime pas parce qu'il déteste les gens qui ont plus d'esprit que lui. Il se pique d'être poëte et n'est qu'un plat rimailleur.

La crainte que vous ne l'éclipsassiez auprès de la belle, qui ne le pensionne pas pourtant pour son esprit, l'a porté à lui dire que si elle vous recevait ou vous écrivait jamais sans sa participation, il la quitterait sur-le-champ, lui faisant entendre qu'elle n'en serait pas quitte pour sa retraite.

Voilà la bonne vie que mène celle qui était mon épouse, ou plutôt mon fléau, voilà cette honnête personne pour qui vous avez fait des folies que je ne puis trop vous reprocher.

Je pourrais, par un plus long discours, vous représenter mieux que je n'ai fait les imperfections de cette créature, la folie de votre prévention et l'horreur du crime que vous méditiez quand vous vouliez mourir pour elle, mais je crois vous en avoir assez dit; c'est à votre tour à parler.

Je baissai la vue tout honteux, et ne savais que répondre. Enfin, pénétré jusqu'au cœur de ce que je venais d'entendre, je dis à l'Esprit :

— Vous m'avez instruit et corrigé en termes plus doux que mon péché ne méritait. Les vérités qui viennent de sortir de votre bouche ont produit tout l'effet que vous pouviez en espérer : je reconnais mon illusion, je méprise ce que j'aimais, je me trouve tout changé, le crime que je méditais me paraît si horrible que, sans la confiance que j'ai en la protection de la Reine du Ciel dont votre présence me répond, je désespérerais de mon salut.

L'Esprit, d'un air compatissant m'interrompit :

— Rassurez-vous, me dit-il contre ces frayeurs et persévérez dans les bons sentiments que vous me témoignez, il n'est point d'actions si criminelles que le repentir n'efface et que la bonté divine ne pardonne.

— Prenant Dieu à témoin, lui dis-je, des promesses que je vous fais de réformer ma vie, je vous prie de m'aider de vos conseils.

— Vous n'avez, me dit-il, qu'à faire le contraire de ce que vous avez fait. Vous avez été passionné d'une femme, parce qu'elle vous paraissait estimable et charmante, songez qu'elle n'est rien moins que cela. Défiez-vous de tout ce qui peut exciter votre curiosité, évitez soigneusement de vous trouver dans les lieux où vous aviez accoutumé de rencontrer cette sirène, et tirez de l'outrage qu'elle vous a fait une vengeance salutaire. Les poëtes élèvent jusqu'aux nues les personnes qu'ils estiment et font des satires contre celles qu'ils n'aiment pas, vous vous acquittez également bien de l'un et de l'autre, occupez votre plume à publier les défauts d'un objet qui ne méritait pas vos louanges, peignez-la telle qu'elle est, pour réparer la fausseté des éloges que votre muse lui a prodiguées.

Je lui promis que si le bon Dieu me faisait la grâce de sortir du labyrinthe, j'exécuterais de point en point ce qu'il m'ordonnait, que je ne me vengerais que par la plume et ne publierais que des vérités utiles. Je le remerciai de nouveau de ses bons conseils, en le priant de m'apprendre les moyens de lui en marquer ma reconnaissance.

— Ma femme, me répondit l'Esprit, est d'un si mauvais naturel qu'elle a négligé pour moi les devoirs de piété qu'on a coutume de rendre aux défunts.

Faites-donc dire quelques messes pour mon repos et donnez quelque chose aux pauvres à mon intention, cela me suffira. Mais si je ne me trompe, l'heure de votre délivrance approche, je crois voir une lumière nouvelle, qui vous mettra bientôt dans un état plus heureux.

Je regardai, et vis effectivement sur l'horizon une clarté semblable à celle de l'aurore, quand elle commence à dissiper les ténèbres de la nuit, elle s'augmentait insensiblement, et devint grande, mais d'une manière différente du jour qui se répand partout également.

Celle-ci paraissait comme un rayon entre deux nuées fort épaisses et sombres, et marquait un chemin qui aboutissait où nous étions et ne passait pas plus loin.

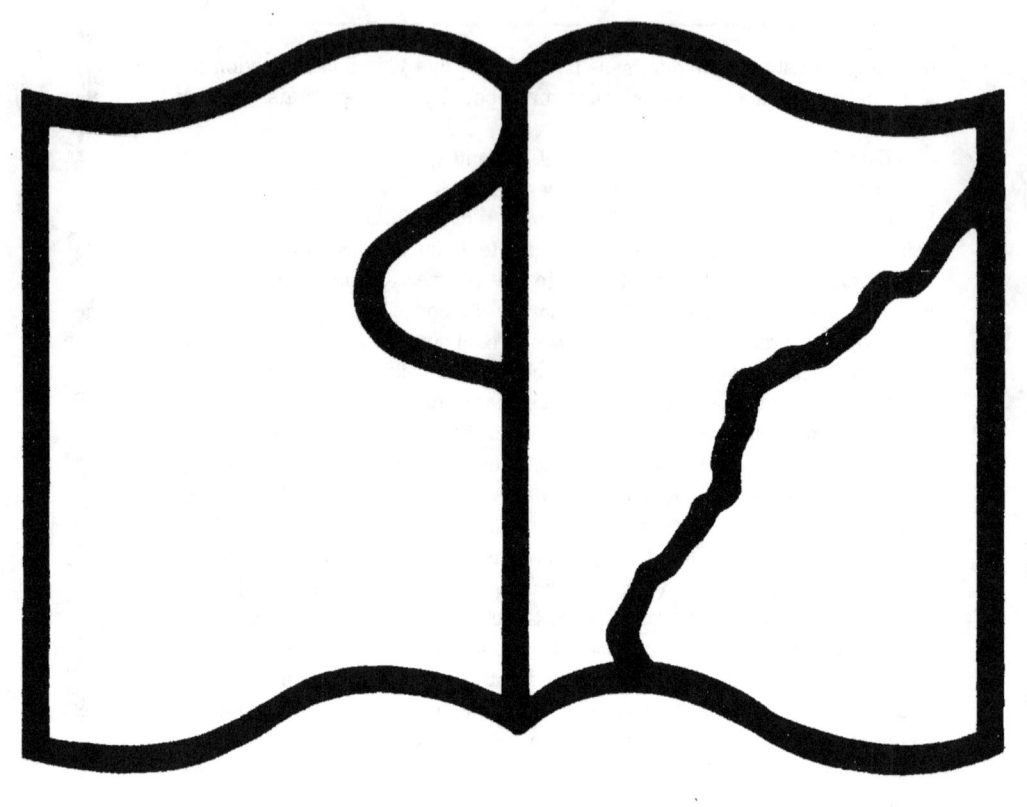

Texte détérioré — reliure défectueuse

NF Z 43-120-11

Sitôt que cette lumière tomba sur moi je me sentis une amertume de cœur sur l'énormité de mon péché qui me saisit et m'affligea plus que jamais. Je connus encore mieux mon erreur, et quand j'eus réfléchis, je me vis soulagé d'un pesant fardeau, qui m'avait rendu jusqu'alors immobile.

Me trouvant donc plus léger et plus en état de m'éloigner du lieu où j'étais, j'appris à l'Esprit ma bonne disposition et le priai de trouver bon que je prisse congé de lui.

L'Esprit me paraissant fort joyeux, me répondit qu'il y consentait.

— Sortons d'ici, me dit-il, mon cher ami, je vais marcher devant vous, ne me perdez pas de vue, et prenez bien garde au sentier lumineux qui nous guide. Il y a des abîmes affreux à droite et à gauche.

— Marchons, répliquai-je, je m'observerai si bien que je ne me trouverai plus dans un pareil inconvénient.

Mon conducteur commença d'aller du côté d'une montagne dont le sommet semblait toucher aux nues.

Nous y arrivâmes et la gravîmes dans moins de temps que je ne croyais.

Lorsque nous fûmes sur le sommet, le jour me parut universel; je respirai un air plus pur et plus doux, mes yeux furent charmés en découvrant, dans une grande étendue de pays, de la verdure, des fleurs et une grande diversité d'objets également dignes d'admiration.

Je repris ma gaieté naturelle. L'Esprit m'obligea de tourner la tête pour voir l'endroit d'où je sortais, il ne me parut plus une vallée, mais un gouffre profond et ténébreux, d'où j'entendais sortir des gémissements et des cris qui me faisaient horreur.

L'Esprit me dit alors que j'étais libre et que je pouvais faire ce que bon me semblerait.

Ma joie fut si grande que, voulant me jeter à ses pieds pour le remercier, je m'éveillai tout en nage et aussi fatigué que si j'avais effectivement grimpé une des plus hautes montagnes des Alpes.

Les différentes idées d'un rêve si singulier et si long me parurent si mystérieuses que, de crainte d'en perdre le souvenir, je les jetai sur le papier, dès que j'eus les yeux ouverts.

Ensuite je m'informai plus particulièrement de la conduite et du caractère de la femme que j'aimais, ce que j'en appris me confirma qu'il y avait quelque chose de surnaturel dans mon songe.

Je résolus de profiter de cet avertissement et de renoncer pour toujours à ces engagements, qui nous rendent indignes de la protection divine, dont je venais de recevoir une marque si sensible.

VIE DE BOCCACE

Jean Boccaccio ou *Boccace*, issu de parents peu riches, quoique ses aïeux eussent longtemps occupé à Florence les premières places de la magistrature, naquit en 1313, à Certaldo, petite ville de Toscane, peu éloignée de la capitale. Il fit ses premières études sous Jean de Strada, fameux grammairien de son temps, qui tenait son école à Florence. Ses progrès rapides, et le goût qu'il montrait pour la littérature, n'empêchèrent point *Boccacio di Chellino*, son père, de le destiner au commerce. Il l'obligea de renoncer au latin pour se livrer à l'arithmétique; et, dès qu'il fut en état de tenir les livres de compte, il le plaça chez un négociant qui l'amena à Paris.

Plus fidèle à ses inclinations qu'à ses devoirs de commis, Boccace, dégoûté du commerce, négligea les affaires du négociant, et le força, par ce moyen, d'engager ses parents à le rappeler. De retour dans sa patrie, après six ans d'absence, on lui fit étudier le droit canonique, dont la science conduisait alors aux honneurs et à la fortune; mais l'étude des lois était trop aride pour flatter le goût d'un jeune homme épris des charmes de la littérature, et doué d'une imagination aussi vive que féconde; aussi donna-t-il plus de temps à la lecture des poëtes, des orateurs et des historiens du siècle d'Auguste, qu'aux leçons du fameux Cino de Pistoie, qui expliquait alors le Code; et quand il fut devenu son maît... par la mort de son père, il ne cultiva plus que les muses.

... mier usage de sa liberté fut d'aller voir Pétrarque à Venise, qui, ... de son esprit et surtout de son caractère, par l'analogie qu'il ava... avec le sien, se lia avec lui de l'amitié la plus étroite et la plus digne d'être proposée pour modèle aux gens de lettres. Quoiqu'ils courussent tous deux la même carrière, on n'aperçoit pas que la plus légère aigreur ait jamais altéré leurs sentiments. Personne n'a plus loué Pétrarque et ses ouvrages que Boccace; et personne n'a montré plus d'estime pour Boccace que ce poëte célèbre.

Pendant son séjour à Venise, Boccace eut occasion de connaître un savant de Thessalonique, fort versé dans la littérature grecque, nommé Léonce Pilate. Comme il était jaloux d'apprendre la langue d'Homère et de Thucydide, pour lire dans l'original ces auteurs qu'il ne connaissait que par des traductions latines, il persuada à ce savant d'aller s'établir à Florence, et le prit chez lui jusqu'à ce qu'il lui eût procuré une chaire de professeur pour expliquer les auteurs grecs. C'est ce qu'il nous apprend lui-même dans son livre de la *Généalogie des dieux*, écrit en latin, et où il le cite souvent; non que ce professeur eût composé des ouvrages, mais parce que Boccace avait eu soin d'écrire, dans ses recueils, plusieurs des choses qu'il avait apprises de lui dans la conversation.

La famille de Pétrarque avait été chassée de Florence avec les Gibelins, dès le commencement du XIVᵉ siècle. La célébrité que ce poëte, alors retiré à Padoue, s'était acquise par ses ouvrages et par les honneurs distingués qu'ils lui avaient mérités, détermina les Florentins à lui députer un ambassadeur chargé de négocier son retour, en offrant de lui rendre, des deniers publics, tous les biens que son père Petraccolo avait possédés. Boccace fut choisi, d'une voix unanime, pour cette commission. Il eut ensuite l'honneur d'être employé à des négociations plus importantes. Ses concitoyens lui confièrent plusieurs fois les intérêts de la république auprès des princes qui pouvaient lui nuire ou la protéger; et, dans toutes ces circonstances, il justifia l'opinion qu'on avait eue de son zèle et de son habileté.

Les biographes italiens et français qui parlent de Boccace s'étendent beaucoup sur ses ouvrages, et ne disent presque rien des événements de sa vie. Aucun n'en fixe les époques; on ne connaît de bien positives que celles de sa naissance et de sa mort. On sait qu'il voyagea longtemps, qu'il parcourut les principales villes d'Italie; mais on ignore en quel temps de son âge. Voici ce que nous avons recueilli de plus intéressant dans les différents auteurs qui ont écrit sa vie ou commenté ses écrits.

Après qu'il eut quitté la France, il se rendit à Naples, où il passa quelques jours. Là, se trouvant par hasard sur le tombeau de Virgile, il se sentit saisi d'un si profond respect pour ce grand poëte, qu'il baisa la terre qui avait reçu ses cendres. Le souvenir du plaisir qu'il avait éprouvé à la lecture de ses ouvrages réveillant son premier goût pour les lettres, il jura, dès ce moment de renoncer entièrement à l'état qu'il avait d'abord embrassé par condescendance pour ses parents.

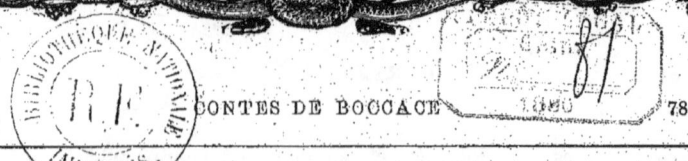

Jeanne de Naples.

Il fit un second voyage à Naples; et comme il était déjà connu par plusieurs ouvrages, il fut bien accueilli à la cour. Robert était alors sur le trône de Sicile; et s'il faut en croire le Tassoni, Sansovino et quelques autres auteurs, Boccace devint amoureux et obtint les faveurs de la fille naturelle de ce prince. Un grave historien (1) assure qu'il brûla aussi du plus tendre amour pour Jeanne, reine de Naples et de Jérusalem, et que c'est d'elle-même qu'il a voulu parler dans son *Décaméron*, sous le nom de *Fiammetta* ou *Flamette*. Ce qui est certain, c'est qu'il était né avec un penchant extrême pour les femmes; qu'il les a aimées passionnément, et que l'habit ecclésiastique qu'il prit, avec la tonsure, vers l'âge de vingt-quatre ans, ne l'empêcha pas de leur faire publiquement la cour. C'est

(1) Antoine Ciccatelli, dans son *Histoire des Papes*, vie d'Urbain VI.

pour elles, pour les amuser, pour se les rendre favorables, qu'il composa ses Contes, ainsi qu'il en convient lui-même dans l'espèce de préface qu'il a mise à la tête de la quatrième *Journée*. Il eut plusieurs enfants de ses maîtresses; une fille entre autres nommée *Violante*, qui lui fut chère, et qui mourut fort jeune.

Son goût pour la galanterie ne s'éteignit qu'à l'âge de cinquante ans. Il vécut depuis dans la plus exacte régularité, se repentant sincèrement de tous les égarements qu'il avait à se reprocher, et qu'il n'eût sans doute pas portés si loin, si les mœurs de son temps avaient été moins libres. Comme il n'eut jamais d'ambition, il passa la plus grande partie de ses jours dans la pauvreté; car il avait vendu, pour acheter des livres, le peu de biens dont il hérita de ses parents. Il passa les dernières années de sa vie à Certaldo, où il mourut en 1375, regretté de tous ceux qui l'avaient connu.

Boccace était d'une figure agréable, quoique peu régulière. Il avait le visage rond, le nez un peu écrasé, les lèvres grosses, mais vermeilles, une petite cavité au menton, qui lui donnait un sourire agréable. Ses yeux étaient vifs et pleins de feu. Il avait la physionomie ouverte et gracieuse. Sa taille était haute, mais un peu épaisse. Tel est à peu près le portrait que Philippe Villani, son contemporain, nous fait de sa personne.

Quant à son caractère, il était doux, affable et fort gai, ou plutôt fort joyeux; car Boccace faisait plus rire qu'il ne riait lui-même. Tels ont été parmi nous Rabelais et La Fontaine, ses imitateurs. Ami tendre, il eut toujours cette indulgence pour les défauts d'autrui sans laquelle il n'est point d'amitié durable et solide. Il fut lié avec tous les gens de lettres de son temps.

Son savoir était immense pour son siècle, où l'on ne jouissait pas encore des richesses littéraires que l'imprimerie a si promptement répandues. C'est à lui qu'on doit la conservation d'un grand nombre d'auteurs grecs anciens.

Outre le *Décaméron*, il a laissé plusieurs autres ouvrages qui, pour être moins connus, n'en sont pas moins estimables. La plupart sont écrits en latin et d'un style digne du siècle d'Auguste. Tel est celui qui a pour titre *De la Généalogie des Dieux*, suivi d'un traité des montagnes, des mers, des fleuves, etc., ouvrage infiniment utile pour l'intelligence des poëtes grecs et latins. Il fut imprimé à Bâle en 1532, avec des notes de Jacques Micyllus.

Il composa plusieurs poëmes dans la langue toscane, qui annoncent une imagination aussi féconde que brillante. Les plus répandus sont le

Ninfane Fiesolano, où il chante les amours et les aventures d'Affrico et de Mensola, personnages de son invention; et *la Théséide*, ou les actions de Thésée, en stances de huit vers; manière de versifier qu'il a le premier employée dans la poésie héroïque, et qui a eu beaucoup d'imitateurs parmi les poëtes italiens. Le plus connu de ses ouvrages en prose, après le *Décaméron*, est celui qui a pour titre : *il Labyrinto d'Amore* ou *l'Amorosa Visione*.

CONCLUSION DE BOCCACE

Illustres dames, pour le plaisir de qui j'ai entrepris un si long ouvrage, prenez part à la joie que j'ai d'en être venu à bout. J'en remercie la Providence, qui, par égard sans doute pour vos prières, beaucoup plus que pour mon mérite, m'a soutenu dans cette longue et pénible carrière. Après avoir d'abord remercié Dieu, et vous ensuite, il est temps que je donne du repos à ma main et à ma plume fatiguées; mais il est bon auparavant de répondre d'avance à quelques observations critiques que vous pourriez me faire. Je sais que ces Nouvelles ne doivent pas avoir plus de privilége que tout autre ouvrage, et même moins, comme j'en suis convenu au commencement de la quatrième journée.

Quelques-unes d'entre vous diront peut-être que ces Contes sont écrits avec trop de liberté et de franchise, que j'y fais dire et plus souvent entendre par des dames des choses que des femmes honnêtes ne peuvent ni dire ni entendre. Voilà d'abord ce que je nie; car je prétends qu'il n'y a rien de si déshonnête qui ne puisse être présenté d'une manière chaste : or, c'est ce que je crois avoir fait. Mais je suppose que cette première objection soit fondée, je ne veux point plaider avec vous, je serais trop sûr de perdre : je veux seulement vous proposer mes réponses. S'il y a dans mes écrits quelques endroits qui puissent faire rougir la pudeur, la nature des Nouvelles l'exigeait, et tout homme de bon sens qui voudra les juger sans partialité, conviendra qu'il n'était pas possible de leur donner une autre forme et de les raconter d'une autre manière sans les altérer. Quelques expressions gaies, que les dévotes, qui pèsent plus les paroles que les choses, et qui s'attachent plus à l'apparence qu'à la réalité, auront remarqué comme malsonnantes aux oreilles chastes, sont-elles plus malhonnêtes que tant d'autres, comme *trou, cheville, mortier, pilon, andouille,* dont on se permet tous les jours l'usage sans aucun scrupule? D'ailleurs doit-on accorder moins de licence à la plume du poëte qu'au pinceau du peintre? Qui blâmera les nudités, les caprices de l'imagination dans celui-ci? Qu'il peigne saint Michel, une lance à la main, combattant le diable, ou saint Georges aux prises avec un dragon; qu'il représente Adam et Ève dans l'état où ils étaient en sortant des mains du Créateur, personne n'y trouve à redire. Au reste, ce n'est ni dans une église, où tout doit partir du cœur et être énoncé avec les paroles les plus rigoureuses, que ces nouvelles ont été contées; ce n'est pas non plus dans les écoles de la jeunesse, où il ne doit pas régner moins de sévérité, qu'elles ont été débitées, mais dans les jardins, dans un lieu de plaisir, parmi les jeunes gens, et dans un temps où chacun pouvait courir partout, les culottes sur la tête, pour sauver sa vie. Ce qu'il y a de vrai, c'est que cet ouvrage peut être utile ou nuisible selon la diverse trempe des esprits qui le liront. Qui ne sait que le vin, qui est une chose agréable et salutaire à tous les hommes, comme le disent du moins les buveurs, ne soit très-pernicieux à ceux qui ont la fièvre? dirons-nous pour cela qu'il est nuisible? Le feu porte partout le ravage de l'incendie; nierons-nous pour cela son utilité? Parce que les armes sont meurtrières, conclurons-nous qu'il ne faut pas s'en servir? Ce n'est point par elles-mêmes qu'elles sont dangereuses, c'est par la méchanceté de ceux qui les portent. Ainsi les paroles, indifférentes par elles-mêmes, ne peuvent être viciées que par ceux qui les entendent, et celles qui paraissent les plus libres ne le sont pas lorsqu'elles entrent dans un entendement bien disposé, comme la fange qui couvre la terre ne peut obscurcir le soleil ou altérer la beauté des cieux. Il n'y a point de livres plus purs et plus sains que ceux de l'Écriture sainte; cependant n'y a-t-il pas eu des gens qui, pour les avoir mal interprétés, ont causé leur perte et celle de beaucoup d'autres? Chaque chose renferme en soi un germe d'utilité, mais ce germe peut être infecté et converti en poison. Il en est ainsi de mes Nouvelles. Quiconque en voudra faire une mauvaise application en pourra tirer des conseils dangereux et des exemples pernicieux; quiconque voudra faire le contraire le pourra aussi aisément. Mais elles ne produiront que de bons fruits si elles sont lues en lieu, en temps convenables, et par les personnes pour qui elles ont été écrites. Quiconque leur préférera son bréviaire aura grande raison; il peut rester tranquille, et être persuadé qu'on ne courra pas après lui pour les lui faire lire.

Mais quelques dévotes, qui, malgré l'austérité qu'elles affectent, ne laissent pas quelquefois de se dérider, me diront peut-être qu'il y a des Nouvelles que j'aurais dû supprimer. J'en conviens; mais je ne pouvais écrire que ce qu'on racontait, et celles qui racontaient racontaient bien; si j'y avais changé quelque chose, j'aurais donc défiguré le récit. En supposant même, ce qui n'est pas, que j'en sois l'inventeur et l'écrivain, je ne rougirai pas d'avouer qu'il y en a de défectueuses, parce que je sais qu'il n'y a que Dieu qui puisse donner la perfection à ses ouvrages. Charlemagne, qui le premier créa les paladins, n'en put composer une armée entière. Il y a dans tous les objets différentes qualités. Une terre, quelque bien cultivée qu'elle soit, produit toujours parmi les plantes utiles et salutaires quelques plantes parasites et nuisibles. D'ailleurs, puisqu'on s'entretenait avec des femmes, jeunes et simples, comme vous pouvez l'être, mesdames, n'eût-ce pas été une sottise de se tourmenter pour trouver des choses excellentes et pour mesurer toutes ses phrases?

Au reste, ceux ou celles qui voudront lire des Nouvelles ont la liberté du choix. Qu'ils prennent celles qui leur plairont et laissent les autres de côté. J'ai mis en tête de chacune d'elles un titre qui indique leur objet.

Je pense qu'on ne manquera pas de me dire qu'il y en a de trop longues. Je réponds encore une fois que quiconque a autre chose à faire serait un grand sot d'employer son temps à les lire, quand bien même elles seraient fort courtes. Quoiqu'il y ait déjà longtemps que j'aie commencé à les écrire, je n'ai cependant pas oublié que j'ai adressé mon travail aux personnes oisives. Quand on lit pour passer son temps, peut-il y avoir de lecture trop longue puisque l'on remplit son objet? Les ouvrages de peu d'étendue conviennent à ceux qui travaillent et étudient non pour passer le temps, mais pour l'employer à leur utilité, beaucoup plus qu'à vous, mesdames, qui n'avez d'autres occupations que celles que vous donnent les plaisirs de l'amour. Comme aucune de vous n'a étudié, ni à Athènes, ni à Bologne, ni à Paris, il n'est pas étonnant qu'on bavarde un peu plus longtemps avec vous qu'avec ceux qui ont exercé leur esprit dans les écoles.

Quelques-unes me diront que j'ai mis trop de gaieté dans mes discours, et qu'il ne convient pas à un homme grave comme moi d'écrire de cette manière. Je dois rendre grâces à ces dames, c'est leur zèle pour ma réputation qui les fait parler ainsi : cependant je vais répondre à leur objection. J'avoue que j'ai du poids et que j'ai été pesé quelquefois en ma vie; mais j'assure celles qui ne m'ont pas pesé, que je suis léger, et si léger, que je nage toujours sur l'eau sans aller au fond. D'un autre côté, considérant que les sermons de nos prédicateurs sont semés de railleries, de brocards, je n'ai pas craint de les imiter dans un ouvrage écrit pour prévenir les vapeurs des dames. Toutefois, si cela les divertit trop, n'ont-elles pas, pour se faire pleurer, les lamentations de Jérémie, la passion de Notre-Seigneur ou la pénitence de la Madeleine?

Je m'attends qu'on dira que j'ai une langue méchante et venimeuse, parce que je dis quelquefois la vérité aux moines. Je pardonne volontiers à celles qui me feront ce reproche, parce que je présume qu'elles ne le font pas sans raison particulière. Les moines sont en effet de fort bonnes personnes, qui, pour l'amour de Dieu, fuient le travail et la peine, et rendent en secret de très-importants services aux dames. Si tous ne sentaient pas un peu le bouquin, leur besogne serait beaucoup plus agréable. Je confesse cependant qu'il n'y a rien de stable ici-bas, que toutes les choses y sont dans une perpétuelle vicissitude; ma langue pourrait bien avoir subi le sort commun, quoiqu'une de mes voisines m'ait dit, naguère, que j'avais la meilleure et la plus douce du monde, et quand cela arriva, il ne me restait plus presque rien à écrire. Voilà toute ma réponse.

Que chacun dise et croie maintenant tout ce qu'il lui plaira : je me tais. Je remercie celui qui, par son secours, m'a soutenu dans mes travaux et m'a conduit heureusement à la fin que je m'étais proposée. Je le prie, aimables dames, qu'il vous tienne dans sa sainte grâce; et si vous avez eu quelque plaisir à la lecture de ces Nouvelles, l'auteur se recommande à votre indulgence.

FIN

TABLE DES MATIÈRES